中华优秀传统文化传承发展工程

中国
民间文学
大系

故事

4-50

重庆卷（一）

Project for Transmission and
Development of Fine Traditional
Chinese Culture

Treasury of
Chinese Folk Literature

Collection of Folktales

Chongqing Volume I

中国文学艺术界联合会 中国民间文艺家协会 总编纂

中国文联出版社
http://www.clapnet.cn

图书在版编目（CIP）数据

中国民间文学大系 . 故事 . 重庆卷 . 一 / 中国文学
艺术界联合会，中国民间文艺家协会总编纂 . -- 北京：
中国文联出版社，2023.8
ISBN 978-7-5190-5232-4

Ⅰ . ①中… Ⅱ . ①中… ②中… Ⅲ . ①民间文学 – 作
品综合集 – 中国②民间故事 – 作品集 – 重庆 Ⅳ . ① I277

中国国家版本馆 CIP 数据核字 (2023) 第 113117 号

中国民间文学大系·故事·重庆卷（一）

Zhongguo Minjian Wenxue Daxi
Gushi Chongqing Juan (Yi)

总编纂	中国文学艺术界联合会 中国民间文艺家协会
终审人	蒋爱民
复审人	卞正兰
责任编辑	张超琪　黄雪彬
责任校对	宋雨桐　张雉岩
书籍设计	XXL Studio
排版制作	水行时代文化
责任印制	陈　晨
出版发行	中国文联出版社有限公司
地址	北京市朝阳区农展馆南里 10 号，100125
电话	010-85923025（发行部），010-85923091（总编室）
印刷	廊坊佰利得印刷有限公司
开本	635*965，1/8
字数	1817 千字
印张	124.25
版次	2023 年 8 月第 1 版
印次	2023 年 8 月第 1 次印刷
书号	ISBN 978-7-5190-5232-4
定价	1220.00 元

中华优秀传统文化传承发展工程

中国民间文学大系出版工程领导小组

中国民间文学大系出版工程学术委员会

学术顾问   （按姓氏笔画排序）
乌丙安   叶春生   刘守华   刘铁梁   刘锡诚
刘魁立   李耀宗   杨亮才   郎　樱   郝苏民
段宝林   陶立璠

主任   冯骥才

常务副主任   潘鲁生

副主任   （按姓氏笔画排序）
万建中   叶舒宪   陈泳超   苑　利   赵塔里木
高丙中   朝戈金

委员   （按姓氏笔画排序）
万建中   王宪昭   王锦强   尹虎彬   叶舒宪
田兆元   冯骥才   向云驹   向柏松   刘　祯
刘晔媛   江　帆   安德明   李　松   张士闪
陈泳超   陈勤建   苑　利   林继富   郑一民
赵塔里木   高丙中   陶思炎   黄　涛   萧　放
曹保明   崔　凯   朝戈金   程建军   潘鲁生

秘书   王锦强（兼）

中国民间文学大系出版工程编纂出版工作委员会

总序

　　5000 多年的中华文化源远流长、灿烂辉煌，滋养着中华民族生生不息、发展壮大，积淀着中华民族最深沉的精神追求，镌刻着中华民族独特的精神标识，也蕴藏着解决当代人类面临难题的传统智慧，是涵养社会主义核心价值观的精神之源，更是我们在世界文化中站稳脚跟的坚实根基。中华优秀传统文化是我们必须世代传承的文化根脉、文化基因，在实现"两个一百年"奋斗目标和中华民族伟大复兴中国梦的历史进程中，追溯中华文化的源流、探究中华文化的传续、前瞻中华文化的走向，对于为中华民族精神家园立根铸魂、为新时代中国特色社会主义事业发展凝心聚力，具有重大意义。

　　编纂出版《中国民间文学大系》（以下简称《大系》）是新时代传承发展中华优秀传统文化的国家级重点工程。党的十八大以来，以习近平同志为核心的党中央高度重视中华文化的传承发展。2017 年 1 月，中央印发《关于实施中华优秀传统文化传承发展工程的意见》（以下简称《意见》），编纂出版《大系》列为其中的重大工程。《意见》从建设社会主义文化强国，增强国家文化软实力，实现中华民族伟大复兴中国梦的高度，深刻阐述了中华优秀传统文化传承发展的重要意义、指导思想、基本原则和总体目标，对传承发展工程的主要内容、重点任务、组织实施和保障措施等作出了重要部署，是当前和今后一个时期指导我们传承发展好中华优秀传统文化的重要遵循。民间文学是中华优秀传统文化中最主要的基础资源之一，它鲜明而又直接地反映着人民群众的日常生活和价值观、审美观。中国民间文学大系出版工程（以下简称大系出版工程）由中国文联负责组织实施，是中华优秀传统文化传承发展工程的重点项目之一，也是中国民间文学遗产抢救保护与传承的民心工程。这一工程的主要任务是以客观、科学、理性的态度，收集整理民间口头文学作品及理论方面的原创文献，编纂出版《大系》大型文库，完善中国口头文学遗产数据库，为中华民族保留珍贵鲜活的民间文化记忆。在编纂同时，开展一系列以中国民间文学为主题的社会宣传活动，促进全社会共同参与民间文学的发掘、传播、保护，形成全社会热爱、传承优秀传统民间文学的热潮，形成德在民间、艺在民间、文在民间的共识，推动民间文学知识普及与对外交流传播。

民间文学产生于民间，流传于民间，具有与生俱来的人民性。习近平总书记在文艺工作座谈会上的讲话中指出，"人民既是历史的创造者、也是历史的见证者，既是历史的'剧中人'、也是历史的'剧作者'"。因为民间文学活动本身就是人民的审美生活，是人民不可缺少的生活样式，具有浓厚的生活属性。民众在表演和传播民间文学时，就是在经历一种独特的生活方式。人民创作、人民传播和人民享受，是民间文学人民性的具体表现。

民间文学是培育和践行社会主义核心价值观的重要载体。首先，民间文学是宝贵的历史文化遗产，是中华民族祖祖辈辈集体智慧的结晶，积淀着中华民族特有的极为丰富的思想道德和文化意识形态。其次，民间文学是人民群众自己的文学和学问，具有最为广泛的人民性，没有哪一种文学艺术形式拥有如此众多的作者和观众。它对人们的生活方式和思想观念所产生的潜移默化影响也是最为深刻和久远的。再次，民间文学是人民群众最为喜闻乐见和熟悉的审美方式，也是最为便利的文学活动形式。每个地方都有祖辈延续下来的传说、故事、歌谣、谚语、小戏、说唱等等，为当地人耳熟能详。这些民间文学一旦进入当地人的生活世界，便释放出强大的感化能量。

新中国成立后，党和政府十分重视民间文艺的传承保护。民间文学搜集抢救整理成果丰硕，为编纂出版《大系》奠定了坚实基础。1950 年 3 月，我国民间文学、民间戏剧、民间音乐、民间美术、民间舞蹈等领域的文艺家与研究家发起成立了中国民间文艺研究会（以下简称民研会；1987 年更名为中国民间文艺家协会），开始在全国范围内统一组织实施中国民间文艺的传承与研究工作。在民研会成立大会上，代表们讨论并通过了《征集民间文艺资料办法》。1979 年 9 月，全国少数民族民间歌手、民间诗人座谈会在京召开，众多民间歌手和艺人恢复名誉，抢救保护民族民间文化遗产工作也随之重启。1984 年 2 月，中宣部印发《关于加强少数民族文学研究和资料搜集工作的通知》。同年 5 月，文化部、国家民委、民研会印发《关于编辑出版〈中国民间故事集成〉〈中国歌谣集成〉〈中国谚语集成〉的通知》，全国各地大批民间文艺专家和民间文艺工作者代表们会聚起来，形成强大的学术力量和社会力量，开始了民间文学抢救整理工作。1987 年至 2009 年，在全国普查、采录的基础上，全国各地民间文学"三套集成"陆续编辑出版。"三套集成"从酝酿、立项到全面实施，历经近 30 年，全国 30 个省市自治区（不含重庆、港澳台）编纂出版 90 卷（102 册），总计 1 亿多字，一大批珍贵的各民族神话、传说、故事、歌谣、谚语等民间口头文学作品，成为民间文学爱好者和研究者的通用读本。进入新世纪以来，中国民间文化遗产抢救、中国民族民间文化遗产保护等工程又相继开展，取得扎实而宝贵的工作进展。为了进一步适应今后文化发展以及科学技术进步带来的阅读、研究与利用的实际需要，2010 年 12 月，中国民间文艺家协会启动实施了中国口头文学遗产数字化工程，已陆续完成 10 多亿字民间口头文学记录文本的数字化存录，最终将形成体系完备的"中国口头文学遗产数据库"，以有效避免因各种因素造成的纸质资料遗失和损坏，并使阅读、检索和利用这些作品及资料变得更为方便、快捷和准确，从而实现更大范围的资源共享。新中国成立70年来民间文艺工作的实践与经验，数十亿字民间文艺资料的积累与储备，数十万民间文艺工作者的心血和智慧，是我国民间文艺事业发展的宝贵财富，也为《大系》的编纂工作确立了综合实力和巨大优势。

大系出版工程是新时代中国民间文学保护、传承工作的扩充、延伸、深化、升华，更是民间文学创造性转化和创新性发展的理论探索和实践行动。《大系》文库按照神话、史诗、传说、故事、歌谣、长诗、说唱、小戏、谚语、谜语、俗语、理论12个门类进行编纂，计划到2025年出版大型文库1000卷，每卷100万字，共10亿字。该工程制订的长期规划、分步骤分阶段分类别的运作策略和实施举措，保障了项目的可持续性发展和科学化运用。

《大系》既是有史以来记录民间文学数量最多、内容最丰富、种类最齐全、形式最多样、最具活态性的文库，也是在民间文学搜集整理领域开展的新时代综合性成果总结、示范性的本土文化实践活动。它将几千年来在民间普遍传承的无形精神遗产变为有形的文化财富，从而避免在全球化语境下民间文学遭遇民众文化失语和传统经典样式失忆的尴尬与窘境，为世人了解中国民间文艺发展规律、应对社会转型和变革所带来的传统文化衰微之势，提供了文化复兴的有效良方和经验范式。

《大系》充分吸收当代民间文学研究的新成果、新理念，在选编标准上，始终坚持正确的政治导向，坚持优秀传统文化的标准，萃取经典，服务当代。各分卷编委会着力还原民间文学的本真形态，忠实保持各民族作品原文意蕴，在内容、形式、类型等方面力求反映出民族风格和当地口承文化传统特点，按照科学性、广泛性、地域性、代表性的"四性"原则，在各类文本中，精心编纂出具有民间文化传统精神和当代人文意识的优秀作品文库。

编纂出版《大系》，我们始终坚持具有鲜明导向的指导思想和基本原则。《大系》汇集全国各地民间文艺领域上千名专家、学者，计划用8年的时间对民间文学12个门类进行搜集整理、编纂出版，是一项复杂的系统工程。《大系》既是党中央交给中国文联的一项重要的文化建设任务，又是民间文艺界的一项重大学术研究活动；既是一项中华民族大型文化精品创建工程，又是一次中国民间文学主题实践宣传活动；既要深入田间地头调查搜集采录第一手资料，又要坐在书斋静下心来进行归纳整理研究。《大系》具有很强的政治性、学术性、专业性、群众性。我们的指导思想是，始终高举中国特色社会主义伟大旗帜，全面贯彻落实习近平新时代中国特色社会主义思想和党的十九大精神，紧紧围绕实现中华民族伟大复兴中国梦，深入贯彻新发展理念，坚持以人民为中心的工作导向，坚持以社会主义核心价值观为引领，坚持创造性转化、创新性发展，坚定文化自信，增强文化自觉，树立正确的价值观、历史观、审美观，积极思考和探索民间文学的继承与发展等时代命题，坚持交流互鉴、开放包容，关注民间文学新的时代内涵和现代表达形式，使我们民族创造的民间文艺更接地气、更有底气、更具生气。

《大系》编纂出版工作确立了"三个坚持"的基本原则：一是坚持社会主义先进文化前进方向和正确价值取向，对民族民间文学中的制度风俗、思想观念、价值理念、乡规家风等加以梳理和诠释，去粗取精、去伪存真，发掘民间文学蕴含的核心价值观，充分发挥民间文学在"美教化、厚人伦、移风俗"等方面的特殊作用；二是坚持广泛性和代表性相结合，在广泛普查和科学分类的基础上，加强对各民族民间文学精神与思想内涵的挖掘和阐发，把强调先进价值观与突出地域文化特色、民族风格密切结合起来，推动建设中华民族和合一体的共同精神家园；三是坚持学术性与普及性相结合，以民间文学理论研究成果和当代文化思想为学术指导，加强民间文学各类别经典文本呈现、精品范本出版，促进民间文学的创造性转化和创新性发展，并注重与时代发展相适应，实现从口耳相传到多媒体传播的时代变化，激活其当代价值，高标准、高质量、高要求地打造体现中国精神、中国形象、中国文化、中国表达的经典传世精品。

编纂出版《大系》是新时代赋予我们的光荣职责和神圣使命。我国各民族民间文艺积淀深厚，灿烂博大，与人民生活紧密联系着，是中华优秀传统文化的土壤和基石。千百年来，我国民间文学薪火相传、生生不息，深深融入中华民族的血脉，深刻影响着中国人的精神世界，印刻着中华民族独特的文化记忆，鲜明地表现着广大人民群众的精神向往、道德准则和价值取向，充分彰显着中国人的气质、智慧、灵气、想象力和创造力，是中华文化的亮丽瑰宝和鲜明标志，不论过去还是现在，都有其永不褪色的价值。但同时也要看到，民间文学又是脆弱的。随着转型期社会的深刻变革和城镇化带来的高速发展，民间文学赖以生存的土壤正在迅速流失，不少优秀民间文学正在成为绝唱，更多的民间文学资源业已消失。因此，抢救与保护散落在中国大地上各区域、各民族现存的不可再生的文化遗产，按照当代学术规范和学科准则，大规模开展民间文学的搜集、整理、出版、推广、研究，激发全社会对我国优秀民间文学的热爱和珍视之情，促进民间文学保护、传承与发展，延续中华文脉，造福人民大众，为繁荣发展社会主义文艺事业提供民间文学精致文本和精彩样式，已成为热爱中华优秀传统文化有识之士的共同心声。

当前，中国特色社会主义步入新时代，在以习近平同志为核心的党中央领导下，各级党委和政府更加自觉、更加主动推动中华优秀传统文化的传承与发展，开展了一系列富有创新、富有成效的工作，有力增强了中华优秀传统文化的凝聚力、影响力、创造力。进一步发扬优秀传统，充分尊重人民群众的思想观念、风俗习惯、生活方式、民族情感、表达形式，充分尊重一代又一代民间文艺创造者、传承者的经验智慧与劳动成果，进一步凝聚共识，精耕细作，落实好、完成好大系出版工程的各项工作，不断书写出中国民间文学新的辉煌，既是新时代赋予广大民间文艺工作者的光荣职责，更是我们共同担当的神圣使命。

我们郑重呼吁：全社会都行动起来，共同承担起抢救中华民族民间文学遗产的神圣职责！

中国文学艺术界联合会
中国民间文艺家协会
2019 年 3 月 5 日

General Prologue

The splendid culture of China, with a time-honored history of more than 5000 years, has ensured the lineage, development, and growth of the Chinese nation, encompassed the deepest intellectual pursuit of the Chinese nation, engraved the distinctive cultural identity of the Chinese nation, containing the traditional wisdom to tackle today's problems faced by humanity. Moreover, the profound culture of China constitutes the spiritual source for cultivating the core socialist values, laying down a solid foundation for us to stand firm in the diverse global cultures. Fine traditional Chinese culture comprises the cultural root and gene that we must transmit from generation to generation. In the historical process of achieving the Two Centenary Goals and realizing the Chinese Dream of rejuvenation of the Chinese nation, China's fine traditional culture is of great significance in tracing the source and course of the culture of the Chinese nation while gaining a foresight of its future direction, so as to reinforce the rootedness and soulfulness of the spiritual homeland for the Chinese nation, and to pool the wisdom and strength for developing the socialism with Chinese characteristics in the new era.

The compilation and publication of the *Treasury of Chinese Folk Literature* (hereafter referred to as "the *Treasury*") is one of the national key projects for transmitting and promoting China's fine traditional culture in the new era. Since the 18th National Congress of the Communist Party of China (CPC), the CPC Central Committee with Comrade Xi Jinping at its core has been attaching great importance to the transmission and development of traditional Chinese culture. In January 2017, the central authorities issued the Opinions on Implementing the Project for Transmission and Development of Fine Traditional Chinese Culture (hereafter referred to as "the Opinions") in which the compilation and publication of the *Treasury* is included as one of the key projects. With a perspective of building China into a country with a strong socialist culture, strengthening its cultural soft power, and realizing the Chinese Dream of the rejuvenation of the Chinese nation, the Opinions not only profoundly expounds the significance, guiding ideology, basic principles, and the overall objectives of transmitting and developing China's fine traditional culture, but also conceives a holistic strategy for a series of projects on their main content, key tasks, organizational implementation, and supporting measures. It is, accordingly, a crucial guideline for us to better transmit and develop fine traditional Chinese culture at present and in the near future.

As one of the most fundamental resources in China's fine traditional culture, folk literature reflects, directly yet vibrantly, the daily life, values, and aesthetics of the people. The Publishing Project for the *Treasury of Chinese Folk Literature* (hereinafter referred to as "the Project"), organized and implemented by China Federation of Literary and Art Circles (CFLAC), is one of the key projects under the framework of the Projects for Transmission and Development of Fine Chinese Traditional Culture, and also a people-to-people exchange project for salvaging, preserving, and transmitting Chinese folk literary heritage. In an objective, scientific, and rational manner, the main tasks of the Project are 1) collect and collate the first-hand materials of folk oral literature and original documents of theoretical studies, 2) set up a large-scale textual library through compiling and publishing the *Treasury*, 3) enrich the Chinese Oral Literature Heritage Database, and 4) keep folk cultural memories alive for the Chinese nation. At the same time of compilation, a series of social publicity activities centered on the theme of Chinese folk literature should be carried out to promote the participation of the whole society in the exploration, dissemination, and safeguarding of folk literature, to unfold vigorous mass campaign for practicing and transmitting the fine traditional Chinese culture, and to reach the consensus that the people are the source of morality, art, and literature, giving impetus both to the popularization of folk literature knowledge and cultural exchanges and communication with foreign countries.

It is precisely because its origin is in the people while its spread is among the people, folk literature stands in the immanent affinity to the people. General Secretary Xi Jinping of the CPC Central Committee pointed out in his speech at the Forum on Literature and Art, "The people are both the creators and the observers of history, and both its protagonists and playwrights." Since folk literary activity itself has shaped not only the aesthetic life of the people, but also the indispensable life model of the people, it bears a strong life-attribute. When people perform and disseminate folk literature, they are experiencing a specific way of life itself. The affinity to the people of folk literature is alive in the concrete manifestations that it has been created, transmitted, and enjoyed by the people.

Folk literature is an important carrier for fostering and practicing core socialist values. Firstly, folk literature is the irreplaceable historical and cultural heritage, representing a crystallization of the collective wisdom handed down for generations of the Chinese nation, while testifying the accumulation of the distinctive and profound philosophical thoughts, moral essence, and cultural ideology attributed to the Chinese nation. Secondly, folk literature stands for people's own literature and learning and boasts the most extensive affinity to the people. No form in literature can match folk literature in terms of the number of creators and audience, and no literary form has exerted such profound and long-lasting yet subtle influence on people's mode of life and way of thinking as folk literature. Thirdly, folk literature is one of the most celebrated aesthetic means that is familiar to the average people and is also the most easily-accessible form of literature. No matter where it is, there must be legend, tale, song and ballad, proverb, drama, telling and singing, as well as other oral genres that are widely known to the local people for generations. Accordingly, once entering the life-world, folk literature will release powerful inspirational appeals.

Since the People's Republic of China was founded in 1949, the CPC and the competent authorities of government at all levels have been attaching importance to transmitting and promoting folk literature and art. The work of collecting, salvaging, and collating folk literature has yielded fruitful results, which lays a solid foundation for the compilation and publication of the *Treasury*. In March 1950, with the initiative of artists and researchers from related fields, such as folk literature, folk operas, folk music, folk fine art, folk dance, and so forth, the Chinese Society for Folk Literature and Art Research (hereafter referred to as "the Society," which was officially renamed as the Chinese Folk Literature and Art Association in 1987) was established. The Society immediately embarked on organizing and implementing the promotion and research work of folk literature and art in a unified way throughout the country. The "Measures for Collecting Materials of Folk Literature and Art" was discussed and adopted at the founding assembly of the Society. In September 1979, the National Symposium of Ethnic Folk Singers and Folk Poets was held in Beijing, with the aim of restoring the reputation of folk singers and artists who had been degraded during the Cultural Revolution, and the work of salvage and preservation of the folk cultural heritage was also resumed along the event. In February 1984, the Publicity Department of the CPC Central Committee issued the Notice on Strengthening the Research and Data-Collection of Ethnic Literature. In May 1984, the Ministry of Culture, the National Ethnic Affairs Commission, and the Society jointly issued the Notice on Compilating and Publishing *The Collection of Chinese Folktales, The Collection of Chinese Songs and Ballads, and The Collection of Chinese Proverbs*. Many experts and workers devoted to folk literature and art from all over the country were convened to form a strong academic force and social synergy and started to dedicate themselves to salvaging and collating folk literature. From 1987 to 2009, the Three Collections of Folk Literature were successively compiled and published on the basis of the nation-wide survey and collection. After nearly 30 years from preparation, project approval to full implementation, the Three Collections finally came into view of readers in 90 volumes (102 copies) in 30 provinces and autonomous regions (apart from volumes of Chongqing, Hong Kong, Macao, and Taiwan), with a total of more than 100 million characters in Chinese. Since then, a great amount of folk oral literary texts, such as myth, legend, folktale, folk song and ballad, proverb, and so forth, have become the general readers both for folk literature enthusiasts and scholars.

Since the beginning of the new century, the Project for Salvaging Chinese Folk Literature and the Project for Safeguarding Chinese Ethnic Folk Cultural Heritage have both been implemented by the Chinese Folk Literature and Art Association (CFLAA) and made remarkable achievements. In order to further adapt to the actual needs of reading, research, and utilization brought about by cultural development along with scientific and technological advancement in the future, in December 2010, the CFLAA initiated and implemented the Project for the Digitization of Chinese Oral Literature Heritage and has hitherto completed the digitization of the folk oral literature of over one billion Chinese characters. The goal of the digitization project is to create a well-established system of the Chinese Oral Literature Heritage Database, to effectively avoid the loss and damage of printed materials caused by various factors, to make reading, retrieving, and using these texts and materials more convenient, fast, and accurate, thereby enabling a wider range of resource sharing.

Over the past 70 years, the practices and experiences of folk literature and art, the accumulation and preservation of folk literary data in billions of Chinese characters, as well as the efforts and wisdom of hundreds of thousands of cultural workers, have constituted the invaluable assets for the development of Chinese folk literature and art, and also established the comprehensive strength and considerable advantage for the compilation of the *Treasury*.

The Project is not only the augmentation, extension, intensification, and sublimation of the preservation work of Chinese folk literature in the new era, but also the theoretical exploration and practical action in transforming and boosting folk literature in a creative way. The *Treasury* is to be compiled under 12 categories, namely myth, epic, legend, folktale, song and ballad, long poem, telling and singing, folk drama, proverb, riddle, folk adage, and theory. It is planned that by 2025, 1000 volumes with one million characters each and one billion characters in total will be registered. The sustainable development and scientific applying value of the Project will be ensured by its long-term planning and holistic measures with operation strategies for implementation in phases, steps, and categories.

The *Treasury* is not only the library that documents the largest number of folk literary texts with unprecedented resources in terms of content, genre, form, style, and living nature throughout history, but also provides a summarization of the comprehensive achievements in the field of collecting and collating folk literature, demonstrating local cultural practices in the new era. It turns the intangible spiritual legacy that has been generally transmitted for millenniums among the masses into tangible cultural wealth, thereby obviating the dilemma and predicament of folk literature suffering both from cultural aphasia of the folks and amnesia of the fine traditional patterns in the context of globalization. To understand the laws governing the evolution of Chinese folk literature and art, to cope with the decline of traditional culture brought about by social transformation, the *Treasury* provides an effective prescription and experience paradigm for cultural rejuvenation.

The *Treasury* fully draws on the new achievements and new conceptions gained in contemporary folk literature research. With regard to the selection criteria, it always adheres to the orientation of the people-centered and the standards of fine traditional culture to make the past serve the present. The editorial committees of each collection and each volume strive to represent the cultural reality and diverse implication of folk literature collected from Chinese people of all ethnic groups, giving specific attention to maintaining ethnic characteristics and local feature of oral-based cultural tradition in terms of content, form, genre, type, and so forth. In accordance with the Four Principles, namely, Scientificity, Extensiveness, Locality, and Representativeness, the well-elaborated Treasury collects fine folk literature works from all kinds of texts that are embedded with traditional cultural ethos and contemporary humanistic perception.

The compilation and publication of the *Treasury* always upholds the guiding ideology and basic principles with well-defined orientation. As a collaborative undertaking of thousands of experts and scholars in the field of folk literature and art across the country, it is a complicated systematic project that is planned to take 8 years to collect, clarify, collate, compile, and publish the folk literature materials under 12 categories. The *Treasury* is not only a crucial task entrusted to the CFLAC by the CPC Central Committee, but also a significant academic research project in the field of folk literature and art; it is not only a large-scale cultural project for promoting fine works of the Chinese nation, but also a promotional activity in practice highlighting the theme of Chinese folk literature; it is thus necessary both to go deep into the field to investigate, collect, and document the first-hand data, and to sit down at the desk to conduct induction, collation, and research with a will.

The *Treasury* is highly political, academic, professional with a strong connection to the grass-roots. Our guiding ideology includes to uphold socialism with Chinese characteristics and comprehensively implement Xi Jinping's Thought on Socialism with Chinese Characteristics for a New Era and the guiding principles of the 19th CPC National Congress; to make the unremitting endeavor to the realization of the Chinese Dream of national rejuvenation and push forward the new development concepts in an all-round way; to adhere to the people-centered approach, the guidance of the core socialist values, and transform and boost traditional culture in a creative way; to have full confidence in culture, enhance cultural consciousness, foster sound values and outlooks of history and aesthetics, and actively ponder over and explore into propositions put forward by the times, including the transmission and development of folk literature; to persist in deepening exchanges and mutual learning in a spirit of openness and inclusiveness, while ensuring the attentiveness of new connotation of the times and the contemporary form of expressions introduced in folk literature. In accordance with the above-mentioned guiding principles, the folk literature created by the Chinese nation should be more grounded, more uplifted, and more energetic.

The compilation and publication of the *Treasury* has established the basic principles of the Three Adherences. First, to adhere to leading direction of advanced Socialist culture and sound value orientation. In the process of clarifying and annotating the conventional custom, idea, conception, and family tradition carried in the ethnic and folk literature, we should discard the dross and keep the essential, eliminate the false and retain the true, explore the core values contained in folk literature, and to give full play to the special role of folk literature in the aspects of "giving depth to human relation, fostering sound moral values, and breaking with undesirable customs." Second, to adhere to the combination of extensiveness and representativeness. On the basis of extensive survey and scientific classification, we should strengthen the exploration and elucidation of the literary spirits and ideological connotation of folk literature among various ethnic groups, integrate the manifestation of sound values with prominent regional cultural characteristics and ethnic features, and promote the construction of a common spiritual homeland of harmony and unity for the Chinese nation. Third, to adhere to the combination of academicity and popularization. Under the professional guidance of the theoretical research results of folk literature and contemporary cultural thoughts, we should strengthen the presentation of fine texts in various categories of folk literature and the publication of quality model-texts, promote the creative transformation and innovative development of folk literature, and lay stress on keeping pace with the times, facilitating the appropriate transition from word of mouth to multimedia communication, and activating its contemporary value. With high standards, high quality, and high requirements, the *Treasury* aims to create a fine library that exemplifies Chinese spirit, Chinese image, Chinese culture, and Chinese expression that will be handed on from age to age.

The compilation and publication of the *Treasury* is the glorious duty and sacred mission delivered to us by the new era. Closely connected to the people's lives, folk literature and art of all ethnic groups of Chinese nation are profoundly developed and accumulated with its splendid, extensive, and broad spectrums, offering soil and cornerstone for the growth of fine traditional culture with Chinese features. For thousands of years, the Chinese folk literature has been passed on from generation to generation, running deep in the blood of the Chinese nation with great influence on the spiritual world of the Chinese people, and thus establishing the Chinese nation an imprint of the distinctive cultural memory. The folk literature in China thus evidently represents the spiritual aspirations, moral principles, and value orientations of the broad masses of the people, fully demonstrating the temperament, wisdom, intelligence, imagination, and creativity of Chinese people, thereby, endowing Chinese culture with the bright gem and distinctive symbol, which has its values that never faded, no matter in the past or at present. At the same time, however, we should be aware of the fact that folk literature is fragile. With the profound transformation of society and the rapid development brought about by urbanization during the transitional period, the soil that folk literature lives on is rapidly losing; many expressions of fine folk literature are becoming swan songs, and more and more folk literary resources have disappeared. Therefore, it has become the shared aspirations of those of vision to salvage and safeguard the existing nonrenewable cultural heritage scattered in various regions and ethnic groups in China, to undertake collection, collation, publication, promotion, and research of folk literature on a large scale in accordance with contemporary academic norms and disciplinary criteria, to motivate the whole society to love and cherish China's fine folk literature, to strengthen the protection, transmission, and development of folk literature so as to continue the lifeline of Chinese culture, and benefit the people's wellbeing, as well as to provide exquisite texts and wonderful formats of folk literature for the prosperity and development of socialist literature and art.

At present, the socialism with Chinese characteristics has entered a new era, the CPC committees and governments at all levels, under the leadership of the CPC Central Committee with Comrade Xi Jinping at its core, have been more conscious and more active in promoting the transmission and development of fine traditional Chinese culture, and launched a series of innovative and productive work, which has effectively enhanced the cohesion, influence, and creativity of fine traditional Chinese culture. In order to further carry forward the fine traditions, we should 1) fully respect the people's ideological concepts, customs and folkways, lifestyles, feelings and sentiments, as well as their ways of expressions, 2) fully respect the experience, wisdom, and labor outcomes of bearers and practitioners of folk literature and art in generations, 3) further consolidate consensus to carry out intensive and meticulous operations, to implement and complete all the work of the Project, and to make new achievements in Chinese folk literature. All these tasks are not only the honorable responsibilities of the practitioners of folk literature and art in the new era, but also the noble mission that we share.

We hereby earnestly call on the whole society to take actions together on the solemn duty of salvaging folk literary heritage of the Chinese nation.

China Federation of Literary and Art Circles (CFLAC)
Chinese Folk Literature and Art Association (CFLAA)
March 5, 2019

（陈婷婷　安德明　巴莫曲布嫫 译；侯海强 审订）

序言

　　月亮在白莲花般的云朵里穿行，迎面吹来阵阵凉风，我们依偎在祖母的怀里，听她讲那遥远的故事，《狼外婆》《狗耕田》《七仙女》《叶限》……构成了很多人儿时的记忆。一些故事以文字的形式记录了下来，但大量民间口耳相传的故事，因为演述人的断代而渐渐失传。那些散落在祖国大地上的民间文学"遗珠"，若不能及时得到抢救整理，我们失去的不仅是一个个好听的故事，更是民族文化的根脉。《中国民间文学大系·故事卷》正是举全国之力延续这一根脉的伟大工程，旨在将那些正在被遗忘的民间故事传统重新打捞起来，使之成为永远不会消失的纸质文本，供后人阅读、保存、研究和享用。

一、民间传统生活的"活化石"

　　民间故事具有浓厚的生活属性，民众在表演和传播民间故事时，是在经历一种独特的生活，一般不会意识到自己在从事文学活动。民间故事演述活动本身就是民众的生活，是民众不可缺少的生活样式。自古以来，民间故事的演述往往不是单独进行，而是和民众的生产生活及各种仪式活动紧密结合，有着很大的实用价值。故此，其价值包含在当地人的思想、历史、道德、审美等一切意识形态里面，也伴随着当地人的一切物质活动，远远超越了单纯的审美维度。民间故事延续了当地的文化传统，深深影响着当地人的生活世界。

　　民间故事的演述始终与某一生活情境联系在一起。民间故事与生活情境之间的联结最为牢固，同时也具有多向度的社会意义。民间故事的演述过程具有浓厚的表演色彩，但故事的演述者从来都不是独自站在舞台上演独角戏，听众随时随地都有插话、打岔、插科打诨的可能。故事的演述，往往都是因某次偶然的闲谈或者某个偶然发生的事件引起的，演述人通过演述某个与当时当地情景相符的故事，来表达自己的思想感情。因此，对于当地人来说，民间故事具有重要的交流意义。只有在民间故事演述的各种因素的关联情境中以及从头至尾的过程之中把握民间故事的生活形态，民间故事才能被全面理解。譬如，独龙族的"坛嘎朋"贯穿于独龙族各种仪式场合，表现了对祖先丰功伟绩的追忆。这种民间故事现象在民族地区尤为普遍。倘若脱离了具体的生活情境，民间故事便无法演述，也失去了演述的必要。

民间故事演述中机智、调侃的语言，伴随的插科打诨，夸张的形体动作，惟妙惟肖的表情，表演者与观众奇妙的互动，等等，都可引发现场哄堂大笑。恩格斯在《德国民间故事书》中说：民间故事书的使命是使农民在繁重的劳动之余，晚上疲惫不堪回来的时候，娱乐他，恢复他的精神，使他忘掉沉重的劳动，把他那贫瘠沙砾的田地变为芬芳的花园。这是民间文学特有的生活魅力。

在夜间讲故事是民间一种十分普遍的生活现象，有些著名故事集的名称就反映了这种情况。如 16 世纪中叶意大利斯特拉佩鲁勒收集的一个故事集叫作《愉快的夜晚》。日本故事学家关敬吾说，他开始研究民间故事时，阅读的是一位老大娘演述的《加无波良夜谭》。著名故事家刘德培的很多故事就是在这种场合下获得，在这种场合下演述。夜谈不限于室内，夏季夜晚在室外乘凉，秋收季节夜晚在月光下剥玉米、绩麻，这种轻体力劳动都不妨碍讲故事。在故事的演述和接受的过程中，人们的生活变得更充实，更有情趣。

二、演述者的演述魅力

民间故事的叙述人不是一般的说话人，即不是正在"说话"的人本身，而是一个秉承了某一地方传统并在传播和演绎传统的人物。一个人一旦进入叙事，他就必须改变自己的身份、角色和角度。叙述人是叙述人所创造、所想象、所虚构的角色。他可以根据需要，用不同的声音和方式进行叙述，并伴以各种形体和表情动作。故事的叙述人在演唱或讲故事时极为自然地把"说"扩展为一种表演、一种戏剧化的形式。叙述者不仅是一个故事的叙述人，他们还身兼数职地模拟故事中不同人物的口吻、音容笑貌、行为动作，以有声有色的方式富有临场感地叙述民间故事或演绎民间口头传统。

德国哲学家瓦尔特·本雅明（Walter Benjamin）在《讲故事的人》（1936 年）一文中说："民间故事和童话因为曾经是人类的第一位导师，所以直至今日依旧是孩子们的第一位导师。无论何时，民间故事和童话总能给我们提供好的忠告；无论在何种情况，民间故事和童话的忠告都是极有助益的。"[1] 在这篇著名文章中，本雅明解释了民间文学教育作用的来源：故事演述者拥有丰富的生活经验。他们为两种人，一是远游者，讲故事的人都是

[1]　[德] 瓦尔特·本雅明著：《本雅明文选》，陈永国、马海良编，北京：中国社会科学出版社，1999 年，第 309 页。

从远方归来的人，"远行者必会讲故事"。这样一种人见多识广，比当地其他人有着更为丰富的社会阅历，在崭新的生活道路上行进又不会深陷其间。《一千零一夜》中的故事大多来自从遥远地方归来的商人和商船上的水手；中国上古神话中有大量关于远国异人的描绘，《禹贡》《山海经》等都是有关殊方绝域、远国异人的故事。远游者的演述魅力在于空间方面，在于他们和另一空间的联系和有关的知识。人们总想知道山外的世界，远游者拓展了人们的生活空间，这是神秘的、异质的、充满悬念的、可以引发人们不断追问的生活空间。于是，从此人们的生活增添了一种崭新的空间上的联系、比较和向往。

故事演述者的另一种类型是当地德高望重者，他们是一群了解本地掌故传说的人。他们同样见多识广，比当地其他人有着更为深刻的社会阅历，在传统的生活道路上行进又在延续传统。他们是深深了解时间的人，是当地历史记忆的代表和演述者，其行为是在积极延续当地的口头传统，其故事和知识来自于对历史和传统的掌握。演述的魅力在于将过去与现在联系在一起，通过聆听故事，人们知道了现在的生活是对过去的延续，更加理解当下生活的意义和合理性。

两种故事演述人"代表着人们生活和精神世界在空间和时间两个维度上的联系的维持与拓展"[1]。因此，这种演述活动的教育意义是全方位的，不仅是知识、道德及宗教信息的传输，而且让一个地方的文化传统在代际间不断传承，使当地人从故事中获得生活时空坐标上的恰当认定。法国著名藏学家石泰安（R.A.Stein，1911—1999）在《西藏史诗和说唱艺人的研究》[2]一书中，强调故事演述者是当地传统文化和历史的保护者，是一个民族或族群记忆的保持者。因为民间故事属于"过去"或历史，是对过去记忆的意识的母体。他们神圣的责任和目的就是让传下来的意识母体再传下去。

每个演述者都声称是由于听到过这个故事，所以才具有了讲述它的能力。他们用第一人称的口吻叙述事情发展的经过，绘声绘色，手舞足蹈，似乎说的就是历史本身，叙述本身就是历史，俨然就是祖先历史的重现。

三、民间故事的生活意义

在中国，发达的是以抒情行为及其产品为主要研究对象的诗学。直到 20 世纪 70 年代末改革开放后，西方建立在结构主义和现代语言学基础上的叙事学才传入进来。"叙事"又称"叙述"，英文翻译为"narrative"一词。叙事问题是当代人文学科中最具争论性的

---

[1]　耿占春：《叙事美学：探索一种百科全书式的小说》，郑州：郑州大学出版社，2002 年，第 21 页。
[2]　[法]石泰安（R.A.Stein）：《西藏史诗和说唱艺人的研究》，拉萨：西藏人民出版社，1993 年。

问题的核心，叙述就是"讲故事"。"'讲故事'是'叙事'这种文化活动的一个核心功能。古往今来的不少批评家都注意到了讲故事作为人类生活中一项不可少的文化活动的意义，不讲故事则不成其为人。"正像世人皆知的《一千零一夜》所喻指的：从人最终的命运来看，"叙事等于生命，没有叙事便是死亡"。它用无穷无尽的故事赞美了故事本身，赞美了讲故事的人。将这部百科全书般的故事集译成中文的纳训先生在"译后记"中提到：伏尔泰说，读了《一千零一夜》四遍以后，算是尝到了故事体文学作品的滋味。

日本学者关敬吾在描写故事演述活动中的这种情形时说："随着故事情节的发展，不管它的主人公是人，是动物，是天狗，还是老山妖，故事里的主人公、讲故事的人和听众们能完全融为一体。人们沉浸在故事里，形成了一种精神集体。"[1] 演述活动这种现场效果无疑起着联合人们、创造生活的作用。民间故事每篇作品的具体内容各不相同，但其所体现的情绪、思想倾向、生活理想有一定共同性。因此，在演述活动中，作品本身这种共同性经过演述者的发挥，很容易和听众（观众）发生心理共鸣，被听众（观众）接受，使"个体知觉变成集体知觉"，达到人们的共识和共有的精神趋同。

故事演述活动作为民众最基本的生活样式，之所以得以传承，主要不是依靠信仰的支撑，也不是依附仪式的神圣，而是出于民众对审美的基本需要，也是各民族、各地区民众将生活诗意化的产物。因而，其中也深刻地凝聚着各民族、各地区民众的审美理想、审美观念与审美情趣。说故事、听笑话的文学活动本身给人带来身心的欢愉。现实生活中的民间故事各种形式的表演，喜剧的成分远远大于悲剧成分。一些比较严肃甚至神圣的民间表演过程，也总会融入一些插科打诨的形式。江西省赣南地方小戏采茶戏有一种舞蹈动作叫"矮子步"，幽默，诙谐，让观众感官得到满足。"矮子步"模拟并夸张地表现了采茶负重等姿态，老虎头鲤鱼腰，双手柔如月，腕、手、腿、脚、头具有几种不同的节奏，演员根据情感表达的需要可随时调整。整个舞蹈动作融合在完整统一的音乐之中，表现出气氛的欢快活跃，人物心情的舒爽轻松。小孩观看备感亲切，大人欣赏之后如回到童年，有一种返璞归真的舒畅。

民众运用民间故事进行传统的道德教育，这对于中华民族品格的形成，具有不可替代的作用。我国传统的道德思想，相当部分存在于民间故事之中，并借助民间故事得以传播。在民间，传统道德教育主要是通过民间故事演述的形式得以实施的。道德力量的释放往往是在故事的演述中实现的，演述者和听众共同营造了神秘的训诫和警示的氛围。"故事中的事件被看作他们生活的一部分，而不是与他们分离的或者是发生在别人身上的。我们每个人的身上都存在善和恶的潜能，因此每个角色体现了一个完整的人的某一部分。"[2]

[1]　[日] 关敬吾：《日本民间故事选·致读者》，北京：中国民间文艺出版社，1982 年，第 5 页。
[2]　[美] 麦地娜·萨丽芭：《故事语言：一种神圣的治疗空间》，叶舒宪、黄悦译，《广西民族学院学报》，2003 年第 5 期，第 31 页。

故事戏剧性地表现了这些部分，用形象来提醒人们：应该如何行为举止，可能在哪里误入歧途。故事演述完后，在场的人会有一番交流和讨论，这种演述空间、故事和故事之后的讨论都是一个完整过程中的要素。在这个过程中人们（尤其是年轻人）认识到道德的生命意义，从而使人们的行为都符合道德规范。

民间故事对青少年教育的作用更为明显。童话中往往出现魔法宝物母题，如何使用魔法宝物，既是故事情节发展的重心，也是两种道德观念交锋的焦点。魔法宝物实际上是诱使矛盾对立的双方充分表现各自品格和品性的道具。在使用魔法宝物的过程中，善和恶、无私与自私、正义与邪恶、高尚与卑鄙相互对照和衬托，前者建设力的高扬和后者破坏力的放纵泾渭分明。这是借用神灵的手笔摹写人世间善良、憎恶及贪婪的剧本。魔法宝物母题故事非常巧妙地制造了谁都难以摆脱其诱惑的魔物道具，让把玩它的人不得不暴露自己的道德景况。当正义最终战胜了邪恶，儿童欢快的内心也被注入了高尚的情愫。

四、民间故事：核心价值观的载体

培育和践行社会主义核心价值观需要优秀的民族民间故事传统。什么是社会主义核心价值观？它是建立在民族优秀传统文化基础上的，它是历史文化系统中凝聚提炼出来的，分别指向国家、社会和公民个人的价值目标、价值取向和价值准则，而这种公民个人的价值准则在不断规范人的成长，浇铸人的品格。核心价值观的 12 个词尽管都是面向当下和未来的，但也是对中国传统文化包括民间故事传统提炼和升华的结晶，具有鲜明的历时性向度。

培育和践行社会主义核心价值观之所以需要民间故事，主要基于两个方面：一是民间故事是历史的、民族的，或者说是民族历史的积淀。民间故事既是当下的，又是历史的、传统的和民族的，是优秀传统文化有机的组成部分。二是民间故事是民众的、人民的。民间故事根植于民族历史文化的土壤，带有深厚的民族特质；同时，民间故事的创作者和演述者是具有人民思想、愿望的人民本身，因此，民间故事具有直接的人民性。社会主义核心价值观延续着民族精神，承载和演绎着民族精神的民间故事在培育和践行社会主义核心价值观中的作用便举足轻重。我国源远流长的民间故事，从根本上使社会主义核心价值观符合广大民众的意愿和历史发展的方向。在我们建设中国特色社会主义和实现"中国梦"的过程中，当然应该吸取外国优秀的文学形式和文学作品，但最能够代表民族群体的崇高精神，最能够表达这种崇高精神的，不可能是外来的，而只能是本民族具有悠久历史的包括民间故事在内的文学传统。

新华社消息：为更好地培育和践行社会主义核心价值观，发掘、传承中华优秀传统文化，努力实现中华传统美德创造性转化、创新性发展，努力使中华民族最基本的文化基因与当代社会相协调，人民网、新华网、光明网定于 2014 年 7 月下旬起至 2014 年 9 月举办"聚焦核心价值观——中国传统名诗词、名故事、名折子戏推荐活动"。这一活动说明，党委宣传主管部门已认识到，培育和践行社会主义核心价值观需要民间故事。

一般而言，民间故事讲述活动在年节期间以及人生礼仪期间最为活跃。这种群体的场合，是民众进行道德教化的最佳时间。马克思和恩格斯早就指出：人是在十分确定的前提条件下创造历史的，这种前提和条件，包括"传统"在内。讲故事作为社会文化现象之一，它先于个人而存在。民间故事在个体社会化的过程中所起的教化作用，别的东西是不能替代的。所以恩格斯在讲到德国民间故事书的重要作用时，说民间故事书像《圣经》一样培养着人民的道德感，使人们认识到自己的力量、权利和自由，唤起对祖国的爱。

总而言之，新时期的民间故事，本身就是社会主义核心价值观的具体表现，是其承载体系中的有机组成部分，同时民间故事又通过教化、娱乐等途径，不断地把社会主义核心价值观渗入人们的日常生活，使社会主义核心价值观与民间及民族传统紧密联系在一起。利用民间故事开展培育和践行社会主义核心价值观活动，可以在民间、民族和传统情怀的语境中，使核心价值观进入人们的生活世界，并且深入人心。

五、记录文本的学术价值

与其说民间故事是文学的，不如说它是生活的；与其说它是审美的，不如说它是文化的。这是对处于"表演"状态的民间故事所下的判断。也就是说，田野语境中的民间故事不是真正的民间"文学"，而是与生产生活浑然一体的表演文本。从"文学"的角度关注民间故事，民间故事可以与田野没有关系。因为田野中的民间故事已不是纯粹的文学，而是文化与生活。纯粹的民间故事指的就是中国民间文学大系出版工程故事卷中这样的记录文本。故事卷生产的过程就是认识民间故事和将口头表演转化为纯文学文本的过程。

记录文本具有独立于田野之外的意义，以田野语境去衡量记录文本是徒劳的。民间故事文本尽管远离了现实生活和口头语言系统，却更加容易地进入了学术话语系统之中，自在地展开学术历程。以记录文本为考察对象，有着与表演理论和民族志诗学迥异的学术路径，沿着这条路径，产生了"故事形态学""口头程式理论"和"结构主义"分析方法。记录文本的生命力不在于作品本身的流传，在于不断被阅读，在于被学者们用于建构学术话语、从事学术活动之中。

中外民间文学学者大多关注民间文学的文学属性，而没有认识到其生活属性或排斥其生活属性。民间文学学科的正规名称是"民间文艺学"，是和作家文艺学相对的文艺学。这足以表明以往人们对民间文学的考察和研究主要是基于文艺学或文学的视角。民间文学被记录下来，变成了与作家文学同样的文学文本。唯有"记录"，民间文学才能抖露沉重的生活属性，而给予民间文学纯粹的文学性。民间文学研究的主要流派，有神话学派（包括语言学派）、功能学派、人类学派、心理分析学派、原型批评学派、流传学派、结构学派、符号学派等等。这些流派的研究对象一般也是民间文学的文学文本，而不是民间文学的生活文本。

其实，现有民间文学的学科体系主要是依据记录文本建立起来的。没有民间文学的记录文本，就不可能建构出民间文学的学科体系，也不可能将民间文学进行比较明确的分类，神话学、史诗学、故事学、歌谣学、传说学等也无从产生。记录文本可以让我们更为静态地、清晰地把握各种民间文学的体裁特征。一个无可辩驳的事实是，民间文学的文本研究已经取得了十分丰硕的成果。中国是如此，在西方现代话语的语境中也是这种情况。美国耶鲁大学的哈维洛克（E.A.Havelock）教授 1986 年出版了《缪斯学写：古今对口传与书写的反思》（*The Muse Learns to Write*）一书，提出了"文本能否说话"（Can a text speak?）的著名论断，并尝试让古希腊的文本重新"说话"，使记录的民间文学作品进入民族志诗学和人类学研究的视野之中。研究民间文学的一个重要路径，就是通过对文本的阅读实例揭示出潜藏在这些文本下面的文化无意识，因为如果我们调动一切可资借鉴的手段（诸如符号学、结构主义、原型批评、语义学及传统的文化人类学等），对之进行适当的质询，"文本必然会显示出它表面上试图掩盖的东西"[1]。

大系故事卷为开创我国民间故事研究的新局面奠定了坚实的基础，可以说现在已进入了研究民间故事条件最好的时期，难以胜数的民间故事作品足以满足故事学家们各方面的学术需求。

六、口传故事渐趋枯竭

讲故事实际为一种"话语转述"，因为故事原本就存在，而且演述者从不追问故事的真假。任何叙事都包含虚构的因素，而我们的当下社会却力图追求知识的客观性，包括人文的知识也被披上科学的外衣，冠之为"人文科学"。我们在不断吸纳和输出既不包含故事叙述又不包括讲故事的人即叙述人这一主观立场的知识或所谓的学问。伴随着知识客观化的进程，我们学会了计算、分析、推理、归纳、总结、报道和评述等等，而失去了讲故事的能力。于是，叙事这种古老的表现方式逐渐成为作家们的专利，尤其是明清古典小

---

[1]　[爱尔兰]安东尼·泰特罗（Antony Tatlow）讲演：《本文人类学》，王宇根等译，北京：北京大学出版社，1995年，第1页。

说显示了其无穷的活力和广阔的空间。信息的密集和更替的加速，促使我们需要直接而快捷地领会真理与精髓，于是不得不抛弃叙事，远离情节，民间故事等逐渐成为古老的传统，成为可供解释的符号。寓言故事中的情节早已被遗忘，凝练为意义深刻而又固定的成语。叙事形式成了累赘，或者成了一种奢侈的我们无法在现实生活中享用的东西。

记得读小学的时候，语文老师时常给我们讲一些民间故事。大家每次听得都很入迷，听完一个总会央求老师："再讲一个吧！"现在的学生似乎已不屑于听故事了，老师也不善于讲故事了，实在要讲的话，只能找一本故事书来读。借助大众传媒，各色各样的新闻将故事遣回故事的家乡。人们不再对传统民间故事津津乐道了。先秦的寓言、汉代的史传、六朝志怪、唐人传奇、宋元话本、明清文人笔记等都在说明当时是讲故事的黄金时代。在过去，民间叙事是在民间社会的一所所大学：尽管这是一些不登大雅之堂的"大学"——瓦子里、街巷间、茶馆烟馆里进行的。在文学、历史、宗教以及哲学、社会学这样一些"文科"成为现代社会大学里的专门知识之前，传统社会里的文化教育以及个人的教养全都是文学性质的。而且对于这个社会中的大多数人来说，所受教育的地方大多是上面所说的休闲与娱乐的空间，而其方式则是听故事的形式。因此，他们的精神世界不仅是用祖先或人类的"过去"所充实的，也是用叙述故事的方式所建造的。现在都不会讲故事了，这却是已往时代里常见的能力和生活现象。

民间口头文学为集体演述，民间口头传统通过参加者共同发出的声音，成为一条口耳相传的流动的传播链。口头传统在"声音"中获得生命。随着私人生活空间的出现，书写语言和书写活动变成"私语"，开始带有鲜明的个人色彩。如今的我们都热衷于个人的独创，养成了具有独白性质的思维习惯。我们再也不会重复口头传统了，再也不擅于在公共场合集体叙述同一个故事。我们已经进入个人化写作的时代，强调一种创造性的书写行为，演述原本就有的口头文学不再为我们所能。

民间故事的实际状况让民间故事研究遭遇前所未有的挑战，即城乡一体化进程迅速导致民间口传故事文本枯竭，民间故事研究不再可能从田野中获得源源不断的文本资源。如今，在大部分乡村，人们已听不到村民演述农耕生活的各种口头故事了。有一典型事例，晋代干宝《搜神记》中有"毛衣女"篇，开头指明故事发生在豫章新喻，即现在的江西新余市。在日常生活中，除了新余仙女湖和仙女洞的导游，现在谁还会演述这一故事呢？这一故事早已失去了演述的环境，口传的链条已然中断。然而，在新余，还有以仙女命名的学校、道路、村落以及人文景观，许多年轻男女还特意到仙女湖畔喜结良缘，仙女故事之符号频频出现并得到广泛使用。这是以现代生活样式演述着"毛衣女"的故事。民间文学文本难以寻觅，而民间文学生活仍在持续。在汉民族地区，传统民间文学的命运大体如是。

七、维护记录文本的本真性

"忠实记录"可以说是"五四"歌谣运动开始以来，一个恒久不变的核心理念。[1] 早期，学者们注意到了方音、方言对于歌谣表达的重要意义，认为这是歌谣的"精神"所在。因而，诸多学者在搜集歌谣时，将注意力投向了方音、方言的记录与解释。

1958 年 7 月召开的全国民间文学工作者第一次代表大会，总结提炼出了民间文学工作的 16 字方针，即"全面搜集、重点整理、加强研究、大力推广"。其中前八个字，演变为"全面搜集，忠实记录，慎重整理，适当加工"。对此，时任《民间文学》执行副主编的贾芝先生，在 1961 年的少数民族文学史讨论会上曾作过一次长篇发言，指出："我同意当面逐字逐句记的。……逐字逐句当面记录，保留的东西显然会更多，可靠性也更大些。不管采取什么方法，都应达到'忠实记录'为准。而由于记录口头文学最大的问题是保持民间语言的问题，因此逐字逐句记录，应当是我们努力学习采用的一个比较好的方法。"[2]

20 多年后，钟敬文先生在给马学良《少数民族民间文学论集》所作序中，再一次强调了忠实记录原则的重要性。[3] 虽然"忠实记录"在"五四"歌谣运动中成为实践准则，在 20 世纪 50 年代的搜集工作中就已提出，并在集成《工作手册》中反复强调，然而对于如何做到忠实记录，除口头文本外，哪些方面也需要忠实记录，则没有更加翔实的具体要求。

其实，只是"一字不动"文字上的忠实，而不注意民间故事表演性的描写再现，并不是真正的"忠实记录"。从以往记录文本实际情况看，造成偏离"忠实记录"境况的根本原因主要不在于对内容的篡改，而是没有将文本置于具体的表演环境当中加以书写。民间文学是演述的，而非陈述的。"(民间文学) 可能在劳动中配合一定动作演唱，也可能配合音乐舞蹈载歌载舞，甚至穿插进日常谈话，或者为了劳动、宗教、教育、审美、娱乐等实用目的在各种场合或仪式上说唱而表演。"[4] "民间文学的表演性使其形成多面立体。"[5] 因此，仅仅记录叙述了什么远远不够，还需要书写怎么演述故事，描绘出影响表演的其他因素。民间故事田野作业应该关注的是故事"表演"和表演的现场。应注意故事演述过程

[1] 段宝林：《民间文学科学记录的新成果——兼谈一些新理论的创造与论争》，《广西师范学院学报》，2008 年第 3 期。
[2] 贾芝：《谈各民族民间文学搜集整理问题——1961 年 4 月 18 日在少数民族文学史讨论会上的发言》，载《拓荒半壁江山：贾芝民族文学论集》，北京：文化艺术出版社，2012 年。
[3] 钟敬文：《忠实记录原则的重要性——序马学良〈少数民族民间文学论集〉》，《思想战线》，1987 年第 2 期。
[4] 段宝林：《加强民族民间文学的描写研究》，载段宝林《立体文学论——民间文学新论》，北京：高等教育出版社，2007 年，第 10—16 页。原文发表于《广西民间文学》，1981 年第 5 期。
[5] 段宝林：《论民间文学的立体性特征》，《民间文学论坛》，1985 年第 5 期。

中"语境"和"表演"的因素，包括"演唱的风度：姿势、面部表情、语气以及速度。把他作为一个艺术家来描述"，"观众、听众的反映、评语。包括：听众的成分（青年、老年、妇女、儿童还是其他），肯定的和否定的评价等（这些最好能记进正文中去，放在括号里，如：笑、大笑、鼓掌、欢呼，或'可惜'、'好！'等等）"。[1] 这一颇具操作性的"立体描写"办法，至今仍值得民间故事田野记录遵循。

八、让传统故事焕发时代活力

民间故事遗产的传承大多以"保护"为重，保护是活态的，即努力使民间故事遗产维持于生活状态，以口头演说及相关民俗活动为基本生存表征。但从传统民间故事的实际境遇看，一味强调"保护"似乎违拗了现实。民间故事传承所取得的主要成果并非来自于"保护"，反而是"保存"。"保存"就是以实物、文字、图片、音像以及数字化的形式将民间故事遗产呈现出来，属于一种转化型的记录和记忆。

我国各民族都有好听故事和好讲故事的传统，打捞民间故事就是要让这一传统发扬光大，使传统的民间故事融入我们的生活，重新进入富有生气的叙述状态。

民间故事具有极强的时代适应性，原因就在于这一民间体裁的一个特殊性。什么特殊性？故事并不专属于某种民间艺术形式，各种民间艺术形式可能表演同一个民间故事。因此，故事是超越民间体裁的，是其他民间叙事体裁的源泉。各种民间艺术形式在同一空间里可能建构同一故事的共同体。围绕同一个故事，不同的文学体裁可以互相转化。这种转化可以在具体操作中完成，然而在更多情况下，是在自然状态中不知不觉中完成的。这段话实际上已触及"互文性"的问题。"互文性"一词指的是一个（或多个）信号系统被移至另一系统中，就文本而言，就是每一篇文本都联系着若干篇文本，并且对这些文本起着复读、强调、浓缩、转移和深化的作用。在文学文本相互转移的过程中，故事一直处于中心地位。

可喜的是，民间故事这一"元文本"特性正在被有意识地充分利用。国家有关部门正在组织实施中国经典民间故事动漫创作工程，就是用动漫的形式对《盘古开天》《牛郎织女》《精卫填海》等一些中国民间故事进行再创作，让民间故事进入大众传媒，成为影视作品、网络小说和电子游戏创作的基本元素，民间故事已不再专属于口头语言，其讲述的形式具有丰富的科技含量。可以预见，在不久的将来，一些经典的民间故事将会以年轻人喜好的现代样式重新焕发生机，并逐渐进入人们的日常生活当中，展示出强大的社会教

---

[1] 段宝林：《中国民间文学概要》，北京：北京大学出版社，1981年，第306页。

化功能。

　　事实上，许多记录文本仍具有旺盛的生命力。甚至还有这种现象：经过重新创编的民间文学反而被民众广泛接受，《格林童话》就是一个典型的例子。尽管民间文学记录文本属于纯文学的范畴，但其毕竟来源于民间的社会生活，本身的特质远远超越了文学本身，为各种人文社会科学的研究提供了可能。已全面展开的大系出版工程将为开创我国民间文学事业的新时代奠定坚实基础。民间故事的记录文本努力保存其应有的口传经验和集体经验，使之能够经受历史的检验，这是民间文学工作者的神圣使命。

　　　　　　　　　　　　　　　　　　　　　万建中

　　　　　　　　　　（中国民间文艺家协会副主席、北京师范大学文学院教授）

　　　　　　　　　　　　　　　　2018 年 12 月 26 日于京师园

本卷主编　王倩予

1
　《中国民间故事集成·重庆市永川县卷》封面
　摄影 李星，2020 年 3 月

2
　《中国民间故事集成·重庆市卷》编辑们下乡采风，原载《中国
　民间故事集成·重庆市卷》

3
　《中国民间故事集成·重庆市卷》编委会合影，原载《中国民间
　故事集成·重庆市卷》

4
　《中国民间故事集成·重庆市卷》编委在工作，原载《中国民间
　故事集成·重庆市卷》

5
　　璧山区开展小城故事会场景
　　摄影 黄凯

6
　　精灵神怪民间故事的主要发源地——大足石刻
　　摄影 郭静，2019 年 5 月

7
　　流传着凄美民间故事的江津爱情天梯
　　摄影 施迎合，2020 年 9 月

8
　　姜昆陪同全国政协副主席卢展工考察重庆民间故事
　　供图 王倩予

9

老故事家杨大矛在病中坚持写故事

摄影 周铀，2020 年 12 月

10

民间故事家刘远扬向外地游客介绍重庆民间故事

摄影 周铀，2019 年 5 月

11

民间故事搜集人严小华在收集重庆民间故事

供图 严小华

12

区县民间故事集成书脊

摄影 燕刀三，2020 年 3 月

13
　　日本广岛市立大学加藤千代教授一行与著名故事家魏显德、陈昌明、罗像俊合影，摄于 1995 年 3 月
　　供图　王倩予

14
　　台湾故事大王张大光来到重庆讲故事，与重庆民间故事家们交流
　　供图　吴霞

15
　　挖掘整理重庆民间故事的同人们，原载《中国民间故事集成·重庆市卷》

16
　　严小华向重庆市委书记肖央介绍走马民间故事的情况
　　供图　严小华

17

严小华在向西南师范大学的王倩予老师介绍重庆民间故事
供图 王倩予

18

渝中区七星岗通远门城墙遗址公园，民间故事家在现场表演
摄影 黄振新

19

原重庆市委领导调研重庆民间文学
供图 严小华

20

张玲玲在关武庙戏楼故事茶馆讲述民间故事
供图 朱伟

21

　　重庆故事博物馆正门

　　摄影 吴霞，2007

22

　　再现了上世纪 80 年代当地居民一边吃火锅一边讲故事情景的重

　　庆好吃街铜像

　　摄影 周铀，2019 年 1 月

23

　　重庆老茶馆之一

　　摄影 燕刀三，2013 年 5 月

24

　　重庆老茶馆之二

　　摄影 燕刀三，2019 年 6 月

25

重庆民间故事采录原始资料之一

摄影 李星，2020 年 3 月

26

重庆民间故事采录原始资料之二

摄影 李星，2020 年 3 月

27

重庆民间故事讲述人王平浩

摄影 周铀，2009 年 8 月

28

重庆南岸区广阳镇杜志榜展示他收藏的民间故事图书

供图 杜志榜

29
　　重庆著名民间艺术家刘远扬、吴文、刘万伦参加重庆巴渝民间
艺术节获奖
　　摄影　周铀

30
　　著名表演艺术家田连元、杨鲁平了解重庆民间故事的情况
　　摄影　郭静

31
　　著名民间故事讲述者、采录者王正平在整理资料
　　摄影　周铀，2020 年 5 月

32
　　走马古镇讲故事时的情景宣传画
　　摄影　振新，2021 年 6 月

目录

0913

后记

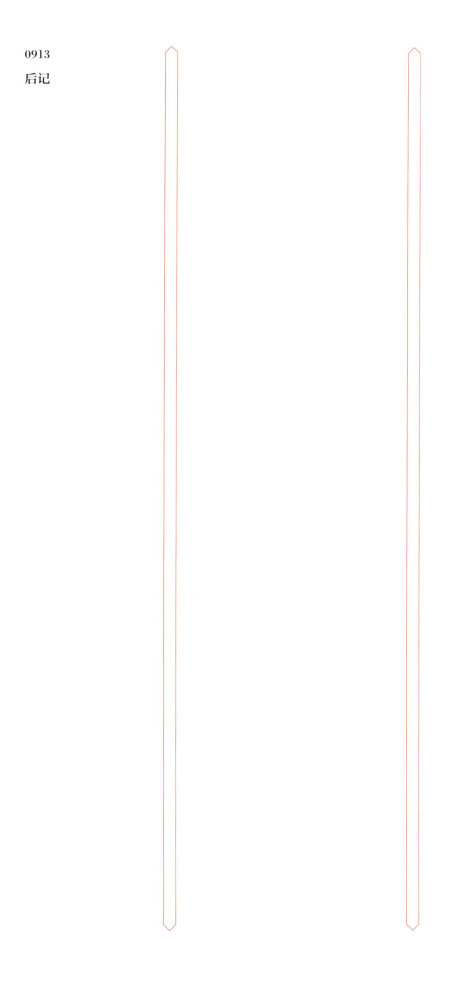

故事・重庆卷（一）
目 录

概述

重庆简称"渝"，位于我国西南腹地，1997 年新设直辖市后，全市面积 8.24 万平方千米，辖 26 个区、8 个县、4 个自治县，常住人口 3205.42 万人，城镇人口 2226.41 万人，常住外来人口 168 万人。全市共有 55 个少数民族，其中土家族人口约为 154.70 万人，苗族人口约为 51.29 万人。

重庆是长江上游地区的经济中心，是西部大开发重要的战略支点、"一带一路"和长江经济带重要连接点以及内陆开放高地、山清水秀美丽之地。重庆以山城、江城著称，长江、嘉陵江、乌江、大宁河水系发达，武陵山、金佛山、仙女山、缙云山以及大巴山纵横连绵；重庆又以雾都、桥都闻名，幽胜之地，名胜古迹，数不胜数。

重庆是远古时期中华民族主要活动地之一。有距今 200 多万年的巫山人化石，有铜梁出土的旧石器晚期石器。夏商时期为百濮之地，《华阳国志》载："越嶲郡会无为濮人居地，有濮人冢。"《史记·楚世家》说："（楚武王）于是始开濮地而有之"，"建宁郡南有濮夷，濮夷无君长总统，各以邑落自聚，故称百濮也"。三峡地区是中国主要岩盐产区，由于盐是古代重要的硬通货之一，由此在商朝至西周时期巫山地区催生了巴国文明。

从历史沿革和出土文物总体上看，重庆市显示出"民族多元一体"的格局。借用著名学者费孝通"你中有我，我中有你，融合变异，不可分割"这十六个字，可以生动地概括出这种格局。重庆的苗族、土家族也是越濮部族西迁的后裔与当地若干土著居民融合而成。重庆有大量移民，除湖广外，还有河南、山东、陕西、云南、贵州、江西、安徽、江苏、浙江、广东、广西、福建、山西、甘肃等省区的居民搬迁至此。重庆的历史更迭是与民族融合、文化交流相互结合的。

重庆的民间故事，显现了巴蜀文化的特点。《华阳国志》说："蜀地沃野千里，号为陆海。""杜宇教民务农，一号杜主。""巴亦化其教而力农务，迄今巴、蜀民农时先祀杜主君。"其传说反映杜宇是农业神，与周人之崇拜后稷相似。开明是治水神，巴人从事农业，也受蜀的影响；蜀地的水利，亦靠熟悉水性的巴人治理。从文化与民族关系上看，巴与蜀也不可分。

重庆山川秀丽，景色迷人，民间故事甚多。长江三峡有系列风物传说，一些重要的旅游景点也有不少故事流传，这些故事大都是山水风光、名胜古迹、宗教信仰和名人遗迹的融合。丰都鬼城的故事，是颇具特色的。丰都平都山本是东汉道教人物阴长生、王方平修仙炼丹之处，隋唐以后竟因地名的附会而变成佛家的阴曹地府了。阴、王二位开山建庙的故事，反映了这种附会的底蕴，原来他二人是为了获得财物而在此建庙的。故事内容的演变，反映了宗教世俗化、经济化的走向。地狱曲折地反映了封建政权的专政。其刑具不过是封建衙门刑具的夸大，鸡脚神是令人生畏的捕快，无常是刑名师爷，阎王就是县官。

流传在重庆主城区的民间故事也特别多，地域性强，重庆又称山城，人民生活在山川秀丽、层峦叠嶂的自然环境里，具有浓郁的古巴人的特色。主要表现为故事人物耿直豪迈、机智勇敢、敢于跟坏人坏事作斗争等性格特征，这些故事具有教育功能、娱乐功能，因此，自古以来，重庆民间故事在市民阶层中经久流传，既作为茶余饭后的谈资，也作为教育后人的题材，不仅公共场所讲述，每个家庭也都讲述。

重庆还有许多不怕鬼的故事，反映人民对封建专政工具的仇恨、蔑视和嘲笑。一些不被上层社会重视，但却接近人民生活的"小人物"也有不少。如治病救人的医生、爱打抱不平的安世敏、擅长法术的宗教人物、川剧和曲艺的演员，他们的轶闻趣事都留在人民的心里，流传在人民的口耳之间。有些故事还以超现实的幻想，将人们的日常劳动、产品、民风民俗等等加以神奇化、趣味化。这些故事可谓斑斓多彩、五彩缤纷，说得上是口头流传的文化百科全书。

重庆文化在本地又被更广泛地称为巴渝文化。巴渝文化是长江中上游地区最富有鲜明个性的民族文化之一。巴渝文化起源于巴文化，它是巴国在历史的发展中所形成的地域性文化。巴人一直生活在大山大川之间，大自然的熏陶、险恶的环境，炼就一种顽强、坚韧和剽悍的性格，因此巴人以勇猛、善战而称。巴人的军队参加周武王讨伐商（殷）纣王战争，他们一边唱着进军的歌谣，一边跳着冲锋的舞蹈，勇往直前，古代典籍曰："武王伐纣，前歌后舞。"隋时，嘉陵江称渝水，重庆因位于嘉陵江畔而置渝州，故重庆简称"渝"。

近年来的三峡库区考古发现，更雄辩地证明：长江流域与黄河流域一样，同是中华民族文明的摇篮，巴渝文化历史悠久、绚丽多彩，是中华灿烂文化的重要组成部分。这里暂且不说闻名中外的三峡一带的古迹胜地，也不说抗战时期陪都人文荟萃将巴渝文化推到一个高峰，仅以解放后尤其近三十年的民间故事为例，就足以证明这一点。重庆民间故事在巴渝文化上耸起一座丰碑，从它每一个人物、每一句俚语的痕迹里，似乎可以窥视到民间故事在千百年来发展的脉络。

大山大川铸就了重庆男儿的坚韧豪迈，女儿的柔情似水，这些性格特征，创造出大量的具有巴渝民间特色的故事，重庆民间故事也因此平添了追求正义、不畏强权、粗狂豪迈、热情似火等积极向上的元素，也充满了对爱情、亲情、乡情等美好事物的向往。重庆民间故事一般短小精悍，结构紧凑，属于散文体，其地域特色表现在多方面。

一、开放性和通达性。古代巴国盐业贸易比较发达，靠着盐业巴人"不织而衣，不耕而食"，为此修建、规划了方便盐业贸易的栈道、航道等。可以说早在几千年前，巴人便有眼放四方、海纳百川的开放性。近代重庆是西部最早开埠的城市，开始了与世界的大量交流。如今南岸区老街汇聚了不少当时的外国政府机构、洋行、医院、企业等等，还有渝中区的领事巷。在民间故事中，自然融进了这种开放和通达的性格特征。

二、趣味性和乐观性。重庆人的乐观还表现在其生活情趣方面，巴人能歌善舞，如今的重庆人同样在这片土地上享受着上天的这份独特馈赠，因地制宜地修建了不少依山傍水的美丽空间。这使重庆不但有全球最大的山水都会，也有平原城市的平地，还有滨水城市的浪漫。人民在这里安居乐业、其乐融融。民间故事体现了重庆人这种祥和、富有情趣的"乐活"精神。整人专家安世敏的故事，流传于川东农村。他头脑敏捷，捉弄起人来，巧思迭出，有些恶作剧简直到了令人叫绝的地步。他不是大英雄，甚至有的行为不可取，但人们仍然爱传说他的故事，体现了劳动人民豁达大度、风趣乐活的审美情趣。

三、大局观与机智性。无论是巴蔓子将军，还是宋朝时的合川钓鱼城，还是二战时的主城区，只要是巴文化地区，重庆人都表现出了大局观与大志气。这体现在民间故事中，便是涌现出的一批具有家国情怀的人物，他们反抗外辱，与坏人坏事斗智斗勇，宁可牺牲小我，也要维护国家的统一和民族的团结。

二

重庆民间故事在形式上，种类丰富多样，在内容上，情节丰富多彩。重庆地区讲述民间故事亦称"摆龙门阵""吹垮垮""讲瞎话"等，有调侃诙谐之意，反映了老百姓对民间故事的亲切和热爱。讲故事的活动在重庆时代久远，地域广泛，要推算最早的民间故事讲述，至少已有两千年。讲述故事的传统在重庆地区从来就没有中断过，就是在 21 世纪的今天，讲故事的风气在民间依然十分盛行，尤其是在边远的村镇和茶馆酒店，民间故事依然异彩纷呈，焕发出勃勃生机。作为老百姓喜爱的民间文艺活动，人们在长期的讲述过程中，形成了一套较为固定的习俗，对于这样一种丰厚的人类文化现象，其主要内容、故事类别等，学者们还没有给出一个较为完整而准确的科学定义。就总体而言，学术界有两种不同的定义：广义的民间故事和狭义的民间故事。广义的民间故事是指流传在群众中间、与民间韵文体文学相对的民间散文体叙事作品，包括神话、传说，还有其他各种各样的故事，如动物故事、幻想故事、笑话、寓言，以及某些民族或地区特有的口头散文叙事文学体裁等等。狭义的民间故事，指与神话、传说并列的其他散文叙事作品。

民间故事创作主体一般是占人口大多数的底层民众，直接来源于生活，重庆民间故事亦然，重庆民间故事是重庆老百姓在春种夏耘、秋收冬藏、生老病死、喜怒哀乐的生活百态中，对社会人生的情感抒发。多种多样的故事形式，传播着社会的文化传统和价值观念，促成了特定社会性格的形成。

幻想故事和生活故事是重庆民间故事的主要组成部分。人们在日常生活中发生的一切事情，经过艺术加工，提炼而成为故事，代代相传，形成一种强大而凝固的文化现象。生活故事中的官与民、长工和地主关系、雇主和工匠关系、巧媳妇和"呆"女婿关系等，都是大家所熟知的经典，还有《田汤圆打鬼》《李天龙》《三月三，蛇出山》《借对联姻》《白吃秀才》《赵大帮工》《丑姑当正宫》《蛇吞象》《有理无理》《审柜子》《财白星遭饿死》以及人物故事中的安世敏系列、吴癫子系列等故事，无处不散发出乡土人情的浓烈气味。

笑话故事是以诙谐的文字、叙说，让人发笑，引人深省。重庆民间故事中，《爹满门》《县官画虎》《刘瞌睡》《雷麻子》《先生先死》《差点把你认成亲爹》等，都是笑话故事的经典，这些作品在轻松欢快的情节推进中，自然而然地体现出了作者人生观和世界观。

寓言故事通过讽刺黑暗、邪恶、虚伪，深刻揭露和抨击恶、伪、丑，或通过歌颂光明、善良、真诚，热烈赞誉真、善、美。重庆民间寓言故事继承和发扬了我国传统寓言中的许多特色，这些作品不仅深入浅出，可读性很强，而且从中反映了劳动人民健康、朴实的思想，闪耀着人民群众无穷的智慧和高尚的道德情操，其思想境界和艺术境界，都达到了很高的高度。比如，《管钱的有几个是白的》《猫和耗子打官司》等，在重庆民间，代代相传，经久不衰。

三

重庆民间故事具有强烈的社会价值。重庆民间故事真实地反映了广泛的社会生活和劳动人民思想感情，本身蕴含着丰富的历史、社会、生产、生活等方面的知识，对群体思想、行为等方面具有引导的功能。

重庆民间故事是以劳动人民的生产劳动、社会生活为题材来表现劳动人民的思想认识、道德观念、生活态度、审美情趣的，具有反映社会生活广泛性和深刻性的特点。重庆民间故事始终陪伴着老百姓的全部生活，因此，说它是重庆人民生活的百科全书亦不为过。

重庆民间故事既是重庆人民生活的百科全书，它必然具有多重社会功能。重庆民间故事的社会功能，首先是对人的作用，通过塑造艺术形象给人以感染、启迪，使其思想发生潜移默化的变化，进而影响社会生活、经济基础。民间故事的社会作用是间接的、精神的，主要包括认识作用、教育作用、审美作用、娱乐作用、宣传作用等，以帮助人们认识社会生活、历史风貌，扩大知识领域，丰富生活经验，加深对社会生活规律的理解，提高认识能力的作用。

民间故事常见的主题，有歌颂劳动、团结互助、父慈子孝、反抗剥削等等，这些主题反映出来的思想，对整个社会有着不可低估的引导力和约束力，这种力量的作用是法律所不能替代的。

重庆人民在生产劳动、风俗习惯、宗教信仰等日常生活中，广泛地叙说民间故事，体现了劳动人民的美学观和审美理想，蕴藏着对社会人生的评价，可以帮助人们发展和提高审美能力、艺术鉴赏能力，培养健康的审美观和艺术趣味。重庆民间故事的形式为人们喜闻乐见，有很广阔的群众基础，它是重庆人民自我教育最方便、最普及的口头教科书。

四

重庆民间故事具有强烈的文化价值。其文化价值主要体现在历史文化价值、旅游文化价值、文学创作价值诸多方面。重庆民间故事对人们追溯史实、借鉴经验具有重要意义。民间故事一定程度上反映了人民生活的状态和历史发展，研究民间故事，则能够感受历史的真实面貌与魅力，从中窥探历史中的政治、宗教、风俗等状况，对比当下社会探索出新的历史价值。重庆民间故事反映了一定时期的社会现状与形态，自然能让我们了解历史时期的变化过程。

随着新时代人们生活水平的日益提高，大多数人的主要需求已经不再是物质需求，更多的转变为精神需求。旅游作为现代人娱乐休闲的重要方式，具有较大的开发价值空间。而民间故事通常保持着较为明显的区域特征，是具有区域代表性的文化资源。重庆民间故事储量丰富，内容生动有趣，形式多种多样，容易形成重庆地区的文化名片，挖掘到旅游价值。比如景区可以借助新鲜离奇的传说故事吸引游客，让游客在观赏风景的同时，还能听到民间传说，增加其游玩趣味。

民间故事不仅为后世文学开创多种形式，还奠定了不少创作风格。在现代文学创作中，许多作家为了体现创作内容的真实性、生动性，在作品中往往会借鉴民间文学的内容，以丰富其文学作品。重庆民间故事通过各种各样的途径，对文人、作家的创作产生影响，有的在采撷、利用、借鉴民间文学素材的基础上，有意识地把民间文学的某些人物形象、故事情节融合到自己的作品中，并加以充实、丰富、润色，从而诞生了以民间故事为母体的新作品。一些重庆民间故事作品，经过文人的再创作，变成通俗的说唱文学，扩大了民间文学的影响，而且把群众的智慧同作家丰富的艺术表现手法融为一体，克服了处在自然状态的民间故事的零散与粗疏芜杂，创作出既符合人民群众审美情趣，又具有较高的思想性和艺术性的作品，使文学艺术发挥出了更为广泛的审美功能。

五

重庆民间故事具有强烈的教育教化价值。恩格斯曾说：民间故事有这样的使命，它同圣经一样培养人的道德感，使人认清自己的力量、自己的权利、自己的自由，激起其勇气，唤起其对祖国的爱。民间故事的讲述是一种即兴的创作教育，故事讲述人借助思想、运用思维以进行语言的表达，而听众在接受故事时，也需要运用感觉和思维才能理解故事的含义。这就是说，民间故事是双向完成的过程，讲述人和听众的记忆、思维、感觉、语言和肢体行为都要参与其中，而这些记忆、思维、感觉、语言和肢体的能力，都能够在一定程度上得到增强。重庆民间故事蕴含着丰富的历史社会、生产生活等方面的知识，同时还呈现出讽喻鲜明、寓意深刻的寓言性审美特征，其教育教化功能价值是显而易见的，无论是对成年人还是对儿童来说，都是如此。重庆民间故事丰富的文化知识和强烈的趣味性为人们的语言能力、思维能力、记忆能力、感受能力提供了载体，比起理论化说教，这种教育方式更加锻炼能力。

重庆民间有很多轻松活泼、幽默风趣的故事，具备了"寓教于乐"的可行条件，乐是外在的形式，教才是核心价值，故事讲述者和听众处于教和学的环节，不断地发射接收、接收发射，渐渐积累了通达互动的默契，未来生活的种种境遇，或是愁烦，或是严酷，亦将采取此种方式谋求解决，对恪守传统伦理道德的行为，给予热烈的赞扬和歌颂，对违反传统伦理道德的行为，给予猛烈的抨击和鞭挞。重庆民间故事强烈的趣味性、丰富的想象、爱憎的鲜明和人物榜样的力量，与普通民众的兴趣爱好相契合，它教导人们要勤劳、正直，提倡团结和睦、尊老爱幼、孝敬父母，反对赌博、偷窃、诈骗、懒惰，不要多嘴多舌、争强好胜。比如《杀狗劝夫》《为官不学文》等，能够使人们在潜移默化中塑造自己良好的性格。同时，民间故事的人物形象多为二元对立的关系，比如《问你贪心几时休》一则，赞扬勤劳节俭的同时，也批判了懒惰与贪婪，即所谓惩恶扬善，这种简化的对应方式，符合普通民众的理解水平，其人物构造所蕴含的价值观念利于人们接受。

当然，由于历史原因，难免有一部分民间故事在某种程度上带有封建礼教的烙印和小农保守意识，但只要仔细甄别，排沙简金，正确对待和分析，亦可探知其宝贵的经验和教训，可使后人受益。

六

重庆民间故事具有强烈的艺术欣赏价值。重庆民间故事立足于现实生活又富于幻想的艺术特色，简洁精练的表达方式和曲折生动的结构技巧等，都有很大的艺术欣赏价值。这些特色是民众在长期的自发创作中形成的，是中国传统审美习惯的典型代表。重庆民间故事的情节发展有一定的基本元素，比如情节通常被分为三部分，即开头是引子部分，中间是情节发展部分，结尾是故事结局部分。情节发展部分通常围绕主要人物或多个人物所面临的某个问题展开，而在故事结局部分，问题总能以这样或那样的方式得到解决。民间故事的一个独特之处，就是它们对听众或读者进行指导，向他们传输道德观念。

任何文学都是相互渗透，相互借鉴的。有一些重庆民间故事，讲述了在世界范围内广泛流传的著名故事，这很正常，民间故事都是由一代人以各种方式传给下一代人的，没有任何一个人声称拥有个人所有权或著作权，因为它们属于每一个人。反过来说，民间故事也有极大的启蒙借鉴价值，历来伟大的作家，很多都在民间文学的哺育之下成长起来。民间故事不仅对作家、诗人的创作有极其重要的借鉴价值，而且对音乐、美术、舞蹈等艺术门类，亦有极其重要的借鉴价值。

重庆民间故事艺术人物人格的研究，为还原当时当地的民众心理特点、风俗习惯、民族源流等方面，提供了珍贵的资料，口口相传，翔实可考。另外，重庆民间故事中塑造的典型人物，在艺术上十分完美，比如安世敏、熊家婆、傻女婿等，在文学史上历代不衰，放射出了夺目灿烂的光辉。

七

　　重庆民间故事具有强烈的时代政治价值。每个时代有每个时代关注的焦点，目前人们从关心领土、军备、武力、科技进步、经济发展、地域扩张、军事打击等有形的"硬实力"，转向关注文化、价值观、影响力、道德准则、文化感召等无形的力量，正是我们这个时代必由之路。党中央明确提出"提高国家文化软实力，使人民基本文化权益得到更好保障，使社会文化生活更加丰富多彩，使人民精神风貌更加昂扬向上"的工作目标。中央党校戴焰军教授认为，文化是一个社会重要的精神支柱，强调文化的力量，既能丰富人民的社会生活，也能创造不同于科技、经济等的发展动力。"把文化软实力的概念写进党代会的报告，说明执政党在推进社会发展中越来越重视文化的作用"，报告这一新提法，表明我们党和国家已经把提升国家文化软实力作为实现中华民族伟大复兴的新的战略着眼点。文化软实力作为一个时代政治发展的精神动力、智力支持和思想保证，越来越成为民族凝聚力和创造力的重要源泉，越来越成为综合国力竞争的重要因素。任何一个国家和地方，要想得到长足发展，在提升自身政治、经济等硬实力的同时，必然不会忽略和遗漏文化软实力的提升。

　　任何一个民族的复兴，必须有文化的复兴作为支撑；中华民族的伟大复兴，必然伴随中华文化的繁荣兴盛。而要繁荣兴盛中华文化，提升新时代政治实力，发掘、保护、传承和弘扬民间文化珍品，就成为其最根本的一条捷径。乍一看，重庆民间故事不过是流传于民间的口头故事，对一个时代不可能具有决定性作用，但是，要知道它是渗透于广大民众骨血的集体意识，它的时代政治价值不可忽略。重庆民间故事承载了巴渝大地千百年的文化信息，我们在树立"文化软实力是重要国力"观念的同时，也要树立"民间故事是地方发展的重要助推力"的意识，从而大力发掘民间故事，推动和扶植相关的文化产业，把文化产业的做大做强，列进地方政治、经济、社会发展的宏伟蓝图。

八

　　重庆民间故事存在着叙述时代的多样性、场地的多元性、故事构成的丰富性、本土文化与外来文化的共存性等特征，使得重庆民间故事更具有五彩缤纷的艺术色彩。

　　一、重庆民间故事虽然想象奇特丰富，但却牢牢根植于现实主义土壤。

　　重庆民间故事里的人物、事物、情节，常常荒唐离奇，出人意表，看似与现实无关，其实隐含着深刻关系，是重庆劳动人民对真善美永恒的追求，对美好生活的向往，它反映的是普通劳动大众的价值观念，是牢牢根植于现实主义的作品。重庆民间故事是重庆人对现实生活的理解，故事来源于生活，又超越生活本身，是对生活的概括。人们通过想象，赋予人或者动物某种特殊的本领、才能，使他们符合人们心中的理想和愿望。重庆民间故事在思维形态上，呈现出典型的虚幻特征，故事中所幻想出来的人、物，在现实生活中，都是可以找到原型的，是现实生活的真实反映。

重庆故事人在编织故事时，总是去粗取精、标新立异，力求从日常生活的平淡无奇中超脱出来，以强烈夸张和大胆虚构的手法，渲染大智大愚、大喜大悲、大善大恶，打乱尊卑贵贱的既有秩序，构造一系列奇特不凡的艺术境界，从而赋予了故事旺盛的活力。

生活故事和笑话题材包罗万象，往往同男婚女嫁、兄弟分家、朋友交往、后妈虐待等贴近民众生活的人物、事件有关。其中，呆女婿、巧媳妇、长工与地主、打官司和断案等内容，艺术上显得更为成熟，因而流行广远，另外，描写的一些机智人物，比如安世敏之类的人物，已经成为家喻户晓的艺术典型。

二、重庆民间故事情节结构单纯，脉络清楚，易讲易记。

重庆民间故事作为传统的民间口头文学，其结构形态必然表现为传统叙事文学的一般特征，符合亚里士多德划定的"开始""中间"和"结束"三个组成部分，内容大都形象生动、形神兼备、语言朴素易懂。第一部分，交代故事发生的时间、地点、人物等背景材料；第二部分，在故事背景基础之上，设置悬念，制造激烈的矛盾冲突，或通过不同人物性格、行为举止，维持听众的好奇心，使故事达到高潮；第三部分，往往随着矛盾的解决，进入尾声，"好人得福，坏人遭祸""善有善终，恶有恶报"成为常见结局，以喜剧终。这种三段式故事结构，在走马民间故事中得到鲜明的印证，故事情节生动、脉络清楚、易讲易记。

三、独一无二的巴渝方言为重庆民间故事平添了趣味性。

重庆古称巴国，当地语言是四川方言中的分支，其"土""农"味道十足。方言是流行于特定地域的语言，是一方民俗的真实反映，是地方文化的重要承载工具。既然每个地方的语言，都有其自身特点，那么重庆方言的特点是什么呢？答案是：鲜活生动、机智幽默、通俗易懂、蕴含深意。随着社会发展，重庆方言不仅没有出现消失的危机，反而与时俱进，悄无声息地发展着，变化着，当然，其语法和语言特色并没有发生根本性改变，改变的，只是一小部分不太规范、不合时宜的习惯用语。

重庆方言和川话一脉相承，然而它的许多特点，在川话的基础上又有所发挥。如前所述，两江交汇给重庆带来丰富的语言和词汇，重庆人兼收并蓄，形成独特的语言特色。在重庆民间故事中，往往习惯于副词、形容词的运用，比如在动词后面加后缀，使得语气加重，比如，形容舒服的词，叫"安逸得很"，形容聪明的词，叫"精灵惨了"，还有"脏兮兮""胖嘟嘟""傻豁豁""疯扯扯""酸溜溜"等词组，都体现出了重庆方言的独特韵味。

四、重庆民间故事派生出其他各种各样的文艺形式。

重庆民间故事还派生出许多不同门类的艺术形式。这些艺术形式虽说令人目不暇接，但仍是万变不离其宗。重庆民间故事讲究构思巧妙、情节曲折，形象生动、形神兼备，叙议结合、揆情度理。而民间说唱则要求"表叙表唱""手舞之，足蹈之"，即在讲述故事的过程中，辅以适当的模拟性的表演，所谓"众生万相，皆备于我""生旦净末丑，老虎狮子狗，全靠艺人一张口"，演唱中根据叙事的需要，时而模拟甲，时而模拟乙，从而取得艺术的效果。

重庆民间说唱善用比兴手法，十分形象化，语言朴素易懂，高度概括，往往几句歌谣就能勾画出一个生动的艺术形象，表达出一个深刻的思想。其中民歌部分，以地方的鲜活口头语言为媒介，整散结合，句式灵活，通过对语音、语义、语调、节奏和韵律的处理，完成说听双方心灵的互动，唤起听众的共鸣。这些艺术特征，都跟重庆民间故事一脉相承。

九

重庆民间故事传承到当代社会，受到多元文化的挑战。由于重庆民间故事产生的时代，人民精神生活比较贫乏，民间故事因此成为了人民精神生活的"刚需"，从而深受人民喜爱，流传广泛，得到主流社会的认可。当代社会大大进步，加上现代科技力量的介入，人民在精神生活上有了更大范围的选择性，民间故事有被逐渐冷落的趋势，也是情理之中的事情。一些原本流传比较广泛的著名故事，在发源地还能找到源头，但在其他区县，却鲜有人知。更有些故事，由于没有文本支撑，只存在口口相传，于是随着讲述人的离世，便失传了。就流传的情况看，九龙坡区、南岸区、巴南区、黔江区、酉阳土家族苗族自治县、石柱土家族自治县、丰都县、城口县都属于民间故事大区（县）。自上世纪80年代，国家越来越重视传统文化的挖掘整理，因此，重庆各地方政府投入了大量的人力物力，借助声光电等科技手段，对重庆民间故事进行了五次大规模的抢救性采集和研究。

1983年，重庆市参与文化部采集和整理民间文学"三套集成"。

1987 年，在巴县第二次走马乡民间故事大规模的采集工作中，文化馆采录魏显德故事 500 多则，歌谣 400 多首，谚语歇后语共 2000 多条，成立走马乡民间文学搜集领导小组，对全乡各村能讲故事、唱民歌的重点人员登记造册，并进行了三次专门培训。乡政府把每年的中秋节定为全乡"民间故事活动日"。

1988 年，重庆市启动第三次走马乡民间故事大规模的采集工作。走马乡民间故事讲唱家群体的发现，引起了有关部门的强烈关注。6 月，《四川文化报》发表题为《都市里的村庄》的文章，介绍走马乡民间故事发掘情况，引起社会广泛关注。7 月，西南师范大学中文系彭维金教授带领大学生采风队到走马乡采风，记录作品 123 集 1053 件（其中故事 937 篇、民歌 116 篇），新采集作品 371 件，抄录原始资料 4 卷，撰写综合考察报告 1 篇，专访材料 1 篇。严小华接任走马乡乡长后，又组织人力收集了民间故事目录 1963 则，采集民间故事 1539 则，民谣 1228 首，谚语 3004 条，其他资料 4416 则，整理成音响磁带 207 盒，形成资料 10247 页。市、县党政领导和专家学者们共同提出在走马乡建立"民间文学之乡"的设想。

1990 年，重庆市启动第四次走马乡民间故事大规模的采集工作。共发掘到能讲 50 则以上的故事家和能唱 100 首歌谣的民歌手 50 余人，其中能讲唱 100 则（首）以上的 6 人，500 则（首）以上的 1 人。讲唱群体多达 130 余人。采录各类民间文学资料 12000 多件，其中磁带录音 142 盒。10 月，走马乡被重庆市政府授予"民间文学之乡"。此后，走马乡开始举办每年一次的"春节民间文艺活动周"和"中秋节民间文学活动日"，重庆出版社正式出版发行《魏显德民间故事集》。次年 5 月，严小华和魏显德二人参加了河北省"中国耿村国际学术会议"，走马民间故事引起与会的国内外专家学者的高度重视。

1992 年 3 月，走马乡民间故事第五次采录工作启动。其间，辽宁大学民俗研究中心主任乌丙安教授来渝主办"中国民俗学高级讲习班"，与会的 11 名学员和巴县文化局专干对走马乡工农村进行了长达一星期的采风，共收集到故事目录 1245 则，采录故事 650 则，民歌 305 首。7 月，走马乡民间故事第六次采录工作启动。西南师范大学中文系教师王倩予率 22 名学生组成采风队，对工农村进行了为期 17 天的大规模、全方位采风活动，采录对象 152 人，重点采录近 20 人，收集故事目录 2848 则，采录 2021 则，整理 1551 则。另收集歌谣、谚语、谜语若干件，磁带录音 200 余盘，工农村被命名为"中国民间故事村"。12 月，巴县人民政府命名走马工农村为"民间故事村"。走马乡在市、区领导的关心支持下，成立了由党政主要领导负责的"民间文学工作领导小组"，同时成立了由"特级民间故事家"魏显德担任名誉会长的民间文艺协会（会员 52 人）。民间文艺协会下设民间山歌队、故事队、川剧坐唱队、红太阳乐队、民乐吹打队和书画协会 5 个分队。

1993 年，重庆作协副主席兼民协副主席邓毅先生在《经济日报》发表《乡村四月闲人少——西南首家"故事之村民协"成立散记》的署名文章。

1993 年,走马乡撤乡建镇;1995 年,走马乡划归重庆市九龙坡区。3 月、9 月和 11 月,日本广岛市立大学加藤千代教授及西南大学文学院王倩予一行 5 人,先后三次对走马镇(重点是工农村)民间故事进行采录,收集到各类民间故事作品数百件。其后,在他们编撰刊发的《特定研究报告书》中,给予走马镇民间故事以高度评价。

1996 年,联合国教科文组织官员木卡拉、武井士魂、木村碧对走马民间故事进行了深入细致的实地考察,并由联合国教科文组织牵头出版了中国民间文艺家协会主席冯元蔚先生作序的《走马镇民间故事》。

1998 年,联合国教科文组织和中国民间文艺家协会联合授予魏显德先生"中国十大民间故事家"的美称(全国共 10 人)。

走马镇现已形成 316 人的讲唱群体,其中能讲 1000 则以上的故事家 2 人,讲 500—1000 则的故事家 3 人,讲 200—500 则的故事家 10 人,讲 100—200 则的故事家 15 人,讲 50—100 则的民间故事家 40 余人。在全镇故事"篓子"中,祖孙、兄弟、夫妻同为故事家的亦不乏其人。他们现已提供故事目录 10915 个,已采录故事 9714 则。同时搜录民歌、谚语 、歇后语、俗语近万条,共录制音带 470 盒,记录文字资料 700 余万字,CD 盘 1 套 9 张,DVD 盘 1 套 14 张,形成各类文字资料 700 余万字,并放到文物储藏室进行恒温保存,以供学者研究。

目前,大部分区县设立了文化站,担负着民间故事的挖掘、整理、编撰、出版、典藏、宣传等日常工作,还打造故事平台,组建讲述队伍,鼓励故事家进行再创作,使之符合当代人的审美情趣,在全重庆范围内巡演。比如著名民间故事家吴文,在电视连续剧《安世敏》中出任主演,各区县多次要求他作为民间故事形象大使,出席基层文化活动,引起轰动。著名民间故事家刘伦则以故事茶馆为依托,利用多媒体平台,打造新时代刘伦故事会。这些都无疑极大地拉动了重庆民间故事的受众量。

在采集整理的过程中,发现了两个问题。一是存在不少情节雷同的故事。产生这种现象的原因甚多,或出于同源异说,或出于出版物上读来的故事在辗转传述中,囿于集录者的见闻,把老故事当新故事集来了。由于口头文学本有辗转相传,彼此影响,大同小异的变动性,对这种大同小异的故事,应审慎研究,传述中有新特色者无妨保留,兼收并蓄,无新加特色者不宜羼入。二是采录人本身文化水平不高,对于一些具有特色的方言文字,无法写出相应的字词,因而大量使用国家标准文字替代。还有的方言,在口语上是正常的,听说两明白,但一录成书面语言,就存在逻辑混乱,采录人为了便于理解,也把这部分转换成了普通话语言。诸如此类，使得重庆民间故事失去了很多生动有趣的特色。编纂者们为了让本卷故事保持原滋原味，在这方面进行了适量的"还原"工作，虽说是"适量"，但是做了大量的查阅资料、文字勘校、实地勘察、走访讲述人等工作，其辛苦程度，可想而知。在此，我们向默默驻守在民间故事第一线的文艺工作者们，致以崇高的敬意！

王倩予

凡例

一、 本卷所选辑的重庆市各民族、各地区的民间故事，具有代表性、广泛性、地域性，共分为五大类：幻想故事、生活故事、机智人物故事、传统笑话、寓言故事，共收录 680 余则。

二、 本卷遵循《中国民间文学大系出版工程工作手册》及"编辑体例"的规定分类编排。凡第一层次之大类，均单页标出类别；大类中之第二层次子类，则在目录中按（一）、（二）、（三）……顺序隔行排列；第二层次以下，按照"故事类型特点突出且作品分布数量"的大小顺序进行编排。

三、 本卷民间故事尽可能注明了讲述者性别、民族、文化程度、籍贯、职业，以及采录时间、采录地点、采录者姓名，并尽可能标明初稿整理者姓名和重点作品的故事类型和情节单元。对讲述人、采录人失联、离世等客观原因造成无法记录相关信息的，则尊重客观事实，予以留白。

四、 本卷对讲述现场的描述，诸如讲述行为、身体语言、表情，讲述情景，讲述过程，讲述者与周围受众的互动等，在注释和附记中选择性加以说明。正文中地方性过强的字、词，均作注释，用现代汉语拼音字母及同音汉字注音，根据按文释义的原则释义；并用序号"[1][2]……"表明顺序，随文排于当页脚下。如：[1] 抽（chou）：推。[2] 装盲：zhuang mang，盲，音莽。即装傻。因绝大部分属于方言注释，不再标注〈方〉。

五、 本卷中凡与故事内容有关之人名、地名、民情、事件、动物、植物等，均根据不同情况，或写出附记、附录排于正文署名之后，或写出注释随文排于当页脚下。

六、 本卷中与正文母题相同，具有一定特色的异文作品，或为附记摘录排于正文署名之后，或为附录单独排列于正文序后。对未收入本卷的主要民间故事篇名，均在书后列入附录页。

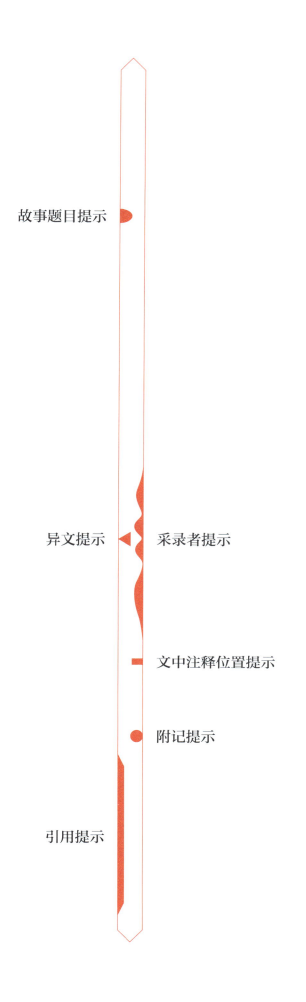

故事题目提示

异文提示　　采录者提示

文中注释位置提示

附记提示

引用提示

C019

故事·重庆卷（一）

一 幻想故事

（一）鬼狐精怪故事

1

张打鱼遇鬼记

从前，有个姓张的打鱼人，每天到河边打鱼时，都要带点酒菜，边撒网边喝酒。

有天晚上是大月亮，张打鱼又带了酒菜，到小河边撒下网后，就坐下来喝酒。他连撒了三网，一条小鱼也没打到。眼看酒也要喝完了，正在心焦，突然听得水下有"吁嘘、吁嘘"的吆鱼声。他把网拉起来一看：呀！满满的一网鲜鱼。张打鱼欢喜昏了。第二天赶场，卖了不少的钱。

当天晚上，张打鱼又到河边打鱼。撒下网后，又听到有人"吁嘘、吁嘘"地吆鱼。拉起网来又是一大网！接连三天，都打了很多鱼，卖了很多钱，生活也过得好起来了。

第四天晚上，张打鱼特别多买了点酒菜，到河边撒下网后，便对着河里说："伙计，这几天感谢你，吆鱼辛苦了，请上来喝两杯嘛！"只听那水中有人答道："老伯，我不会喝酒，你就一个人喝嘛。过两天，我都要走啰！"张打鱼就问："伙计，你要到哪里去哟？"那人说："前村那家有个老婆婆，时常打骂她那个媳妇；媳妇怄气，明天就要来跳河。她一淹死，我就找到替身了！"张打鱼听了，晓得他是个淹死的水鬼，也不说好歹，只打了一网鱼就回

家去了。

第二天早晨，张打鱼找到前村，访着了那个恶婆婆。劝她说："大嫂子，你只有一个独儿媳妇，万一她怄气想不开，去寻了短见，哪个来服侍你哟？"老婆婆明白了道理，就对她媳妇好了，媳妇就不去跳水了，那个水鬼也没有找得到替身。晚上，张打鱼照样去打鱼，水鬼也照样给他吆鱼，双方都没有提说这件事情。

过了两天，张打鱼去打鱼时，水鬼又对他说："老伯，有个姑娘要来跳河……"张打鱼问："是哪点来的嘛？"水鬼说："是后村张二婶的女儿，名叫杏花。张二婶估到要把她嫁给一个有钱的老爷，杏花不干，又拗不过她妈，就想来跳水。"张打鱼记在心里，和水鬼扯了一些闲话，只打了两网鱼就回家了。

第二天上午，张打鱼跑到后村，找到了张二婶的家。见一个十七八岁的姑娘，在家里哭哭啼啼的，一问果然是杏花。便跟张二婶摆谈起来："二婶子，你那姑娘漂漂亮亮、聪聪明明的，还是让她自己选个婆家好。万一她走了绝路，你不是落个人财两空吗？"张二婶仔细一想，事情确实如此，便不逼迫杏花了，还把聘礼退还了那家老爷，杏花也不打主意跳河了。

晚上，张打鱼照样去打鱼，双方也不谈起这个事。水鬼还是"吁嘘、吁嘘"地给他吆鱼。张打鱼收网后，把酒菜摆起，又请水鬼出来喝。水鬼还是不喝，却在水里呜呜咽咽地哭了起来。张打鱼问："伙计，你啷个[1]在伤心啊？是不是替身没有找到？"水鬼说："老伯，这回我真的要去啰！我是舍不得和你老人家分手。"张打鱼一听，心里也很难过，就问："伙计，这回你要到哪里去哟？"水鬼说："上面垭口上，有座新修的土地庙，城隍菩萨派我去当土地，我明天就要去上任。如果你二天打不到鱼或者有啥子事情，就到垭口上土地庙来找我好了。"话一说完，张打鱼再也没有听到水鬼开腔了，只好收拾起鱼网和笆篓，各人回家去了。

水鬼走了以后，没得人吆鱼了，接连几天，张打鱼都打不到好多鱼，生活越来越恼火。没有酒喝不说，连吃饭

[1]　啷个：怎么。

都成了问题。这天，张打鱼实在饿得很，忽然想起了水鬼说的话，便找到了垭口上那个新修的土地庙。当真见一个泥塑的新土地坐在里面，就上前去磕了一个头，说："伙计，我实在穷得没有办法，才找你来啰！"他等了一阵，见土地不开腔，只得饿起肚皮回家。睡到半夜，做了一个梦，梦见那个土地菩萨对他说："老伯，你把我那香炉里的香灰，抓去和在饭里做成饭团，就可以给人治病嘛。"说完，把张打鱼抽[1]了一把，张打鱼惊醒了，清清楚楚记得这几句话。

第二天早晨一起来，张打鱼就跑到土地庙去装了几大捧香灰，回家用剩饭和成一团，装在一个布口袋里，走街串巷给人治病。

这天，张打鱼来到一个镇上，听到一家大院子里哭得很凶。一问才晓得这家是个肯做善事的老财主，他的独生儿子生病，到处请医生都没医好，已经死了三天了。财主舍不得埋，全家老小都守着哭。

张打鱼一想：我就给他医一下看。财主一听说他能起死回生，欢喜得很，就忙喊他医。张打鱼把一个香灰饭团掰开，用凉水给娃儿灌下去。到晚上，那娃儿就能开口说话了。财主高兴惨[2]了，要送银子给张打鱼。张打鱼就是不要，只吃了一顿饭就走了。这消息一传开，到处的人都来请他治病。张打鱼从不推辞，总是一医就好！

讲述者：	王永泉，男，汉族，初中学历，煤矿工人
采录者：	龙吟
采录时间：	1984 年 2 月 20 日
采录地点：	南桐矿区万盛场（今綦江区南桐镇）

2

田汤圆打鬼

很久以前，在两岔场口开汤圆铺的老板田八万，他的汤圆生意很好，腊月间开起夜堂通宵营业。不晓得啷个的，田八万每天打开钱箱子一看，半夜后收的钱，尽是钱纸灰灰。田八万心里明白：咦！碰到鬼了！就暗中捡些玻璃渣子回来舂细，包在汤圆里头。到了后半夜，田八万就卖这特制的汤圆。那些鬼儿子吃了玻璃渣渣，都喊遭不住，就向阎王告状。田八万晓得阎王爷一定会派人来捉拿他，就把豌豆倒在地上，两口子把门关得紧紧的。

第二天，鬼差拿着脚镣手铐，在门外大声问道："田八万在屋头没有？"他妻子答应说："在屋头的。"但不出去开门。外面的声音更大了："快开门！"田八万说："开了的，你进来嘛！"鬼差很冒火，抖[3]开门就跨进屋来，恰恰踩在豌豆上，脚一滑，乒乓一声倒在地上。田八万两口子早有准备，拿起木棒棒就打，打得鬼差叽哩哇啦地跑了。

鬼差挨了一顿饱打，跑回去给阎王爷说："田汤圆没

[1]　抽：推。
[2]　惨：很，表示程度。
[3]　抖：踢。

捉到，还挨了一顿打。"阎王爷说："无用的东西，滚回去！我明天派缉拿司去，看他田八万往哪里跑。"

第三天，田汤圆坐在凉椅上假装养神。缉拿司走来一看，田八万在家，心想：看你今天往哪里跑。田汤圆见缉拿司来了，连忙站起来，指着板凳说："请坐。"

缉拿司一屁股坐在板凳上，没想到板凳上糊了一层糍粑，把缉拿司的屁股粘到站不起来。田八万两口子就趁机给鬼东西几锭子[1]，打了就开跑。缉拿司把屁股上的糍粑抓脱后，只好回去给阎王老爷回话。阎王爷说："你回去，我明天派无常去，看他再往哪里跑。"

缉拿司走后，田八万心想：这回一定是无常二爷来，这是个好贪杯的家伙。第四天，无常来到屋外头就闻到香气，问："屋里有没有人啦？"田八万忙从屋里出来招呼说："呵！是无常二爷嗦？快坐，快坐！"还朝屋里喊："快拿点酒菜来。"无常二爷哪里见得酒，上席就大吃大喝起来，哈哈儿就吃醉了。等他醒来时，哪里还有田八万的影子？田八万早就跑了。无常只好回去给阎王说："田八万有隐身之法。我们在桌上一起吃饭，哈哈儿就不见了。"阎王爷听了十分生气，说："你们几个笨蛋，我明天亲自去捉他，看他到底有好凶。"

第五天，阎王爷拿起横顺能罩五十里的阴魂伞，来到田八万家。见田八万坐在椅子上，正在喝茶。阎王进门就大声喝道："田八万，跟我走。"田八万早有准备，站起来拿过身边的一把花布撑花[2]说："走就走嘛。"阎王爷问："你拿那个做啥子？"田八万说："这是玉皇大帝送给我防身的阳灵伞，横顺能收二百里的阴魂野鬼。"阎王爷一听这话，倒转[3]骇了一跳，心想：难怪我派人捉不到他哟，原来他还有阳灵伞嗦！等我先把他的宝物收了再捉他。就假意说："田八万，把你那伞拿给我看一下。"田八万还假装不干。阎王爷更认为果真是件宝物，又说："来，我这把伞先给你押到。"田八万接过阎王的阴魂伞，转过背就与妻子出后门，骑着马跑了。阎王拿着花布撑花，没有阴

魂伞，只能看着田八万两口子跑了。

讲述者：　刘祥珍，男，汉族，农民
采录者：　贾占轩
整理者：　饶春英
采录时间：　1985 年 7 月
采录地点：　江北县两岔乡（今渝北区茨竹镇）

[1]　锭子：拳头。
[2]　撑花：伞。
[3]　倒转：反而。

3

阎王巧断冤案

很久以前，在丰都长江边住着一个渔夫。由于他长相丑陋，乡邻们都管他叫"丑渔夫"。

正因为他生得丑，到了"而立"之年，还没娶上媳妇。不过，他外貌虽丑，心地却挺善良；有时连自己的温饱都不顾，也要救济他人。

有一天，他提着一条两斤来重的红鲤鱼回家，被当地一富家少爷看见，死皮赖脸要买。丑渔夫本想提回家中喂养，好跟它作个伴，当然就不卖。一个要买，一个不卖，就争执起来。那少爷依仗人多势众，把手一挥，家丁们一拥而上，抢了红鲤鱼不说，还把丑渔夫毒打一顿。丑渔夫回到家中，又气又恨，一连几天躺在床上动弹不得，茶水不进；不多日，含恨死去。

他死后，魂魄来到名山地府，鬼卒们不问青红皂白，就命他干些苦活。他自知在阳世时都矮人几簸片，在阴间，还有啥话说哩？他每天总是默默地干活，至于鸣冤叫屈的事，他想都不敢想。过了些日子，鬼卒们见渔夫相貌虽丑，但很老实，渐渐就愿和他搭话。不久，不少鬼卒竟跟他交了朋友。一次，他跟一个鬼友到阴司街去喝酒。酒过数巡，

便讲出了自己身世。那鬼友听罢，愤愤地说："哎呀，老兄，你死得如此冤枉，为何不到阎罗天子那里去告他一状呢？你可知晓，这阴间执法，善恶分明。就是阳寿没寿终者，只要罪孽深重，也可缉命拿来治罪。"

丑渔夫听罢，叹道："那少爷是富家子弟，有钱有势；就是来到阴间，恐怕也能买通官府……唉！罢了。况且我已死，让那少爷自己醒悟吧，何必再伤一命呢？"鬼友听罢，连声叫道："唉呀！老兄，你太善良了啊！"

那富家少爷把红鲤鱼夺回家后，养了几日，生厌烦之感，便吩咐家丁拿到厨房烹饪，美餐了一顿。不料，这少爷在吃鱼时，喉咙被鱼刺卡住了，请了很多郎中，也不见效。几日后，少爷喉咙肿大，茶水也不能进，不久就一命呜呼了。

少爷死后，他家里烧了不少纸钱，好让他带往阴间花用，可以少吃些苦、少受些罪。少爷来到阴间，确实走运：一靠有张能说善辩的嘴，再靠钱多，会孝敬鬼王、买活鬼卒，他不仅没吃苦受罪，不久，还在一名头目手下混了一名差事。

有一天，丑渔夫和一鬼友又到阴司街去喝酒。当他俩喝得酒兴正起，突然看见一小差提着酒壶，朝店里走来。丑渔夫一看，来的正是夺他红鲤鱼、伤他性命的那个冤家，一股怒气从心起。那少爷进店，一眼认出了丑渔夫，自己心虚，立即紧张起来。因为他知晓：这阴曹地府不比阳间，善恶极其分明。若是丑渔夫告发了，这怎么了得！就是不受刀山火海之刑，也得被关进铁围城，作千年老鬼，还想超生么？但回心一想：怕他个球！区区穷鬼，无钱无势，胆小怯懦，量他屙不起三尺高的尿！便胆壮起来。忽又一想：不行，他毕竟是颗钉子，若不拔掉，必有后患。可又怎么办呢？他迟疑了一会儿，眉头一皱：哦……有了有了，我虽奈他不何，难道不可借刀杀人吗？这下心里踏实多了，就笑容可掬地迎上前，假惺惺施礼道："渔夫老兄耶，小弟赔罪来了。在凡间，我家家丁伤了老兄性命，确实罪该万死。事后，我悔恨万分。为了赎清罪孽，我料理了你的后事，将你厚葬。没想到你我兄弟能在此相会，真是有幸。你若能宽恕老弟，我愿与你老哥结为生死之交。怎么样？"说罢忙打躬作揖。老实的丑渔夫早被他说得心软了，

忙说道："过往之事，休再提了。既然你已经悔改，我还有啥说的呢？好，咱们就以兄弟相称吧！"当鬼友得知这就是害死渔夫的冤家，恨得咬牙切齿；可一听他们在称兄道弟，又不便开口。从此，渔夫和那少爷你来我往，打得火热。一天，少爷邀渔夫到他那里喝酒叙谈。酒过数巡，少爷突然起身说："兄长独饮片刻。小弟有点事，去去就来。"少爷说罢，出门去了。

原来，少爷溜到鬼王房中，偷了一包银两，然后又跑到鬼王跟前说："大人呀，刚才我看见丑渔夫从你房里贼眉贼眼溜了出来，想必是偷了你什么东西吧！"大王急回房中一看，果然银两不见，忙派鬼卒前去捉拿。渔夫独饮了几杯，不见少爷回来，看看时辰不早，就起身走出门去。不想，就在这时，却闯来一群鬼卒，大喊抓贼。渔夫吃了一惊，急忙迎上前去："众兄弟，贼在何处？"

"拿下！"一个小头目喝道。众鬼卒一拥而上，将他锁着就走。

渔夫被带到鬼王那里，惶恐万状，跪倒在地，连声叫冤："大王，他们把我无缘无故锁来，我有何罪？"

鬼王一声大喝："胆大丑鬼，偷我钱财，若不从实招来，我要叫你去当牛做马！"渔夫听罢，心里反倒踏实了，说道："这实在是冤枉呀！大王，我从来连人家一张菜叶也不曾摸过，偷你钱财又从何说起？如若查出小人确实拿过你的一分一毫，当牛做马，绝无怨言。"

鬼王怒目而视说："好呀！你竟敢顶撞我。来呀！把他给我丢进畜牲圈去，做一世黄牛。"

说来也巧，就在这时，那少爷慌忙跟来："老兄啊，你还是招了吧。要不然，小弟就救不了你啰！"

渔夫蒙在鼓里，竟安慰道："老弟放心，老哥没做亏心事，当牛做马吓不了我！"

渔夫变为黄牛之后，心里总是不服，但也搞不清楚到底是谁搞他的鬼。因此，整日里闷闷不乐。一天，他来到一棵树下乘凉，不禁又想起往事，便掉起泪来。正巧，这时五殿阎罗天子由鬼王陪同出访，路过这里。黄牛便朝天子叫几声，跑了过去，欲用头角顶撞阎王。阎王见此牛泪流满面，还要用角相撞，就问鬼王："这丑牛何时来此？在凡间做甚恶事？我看，这牛含冤非浅。"

鬼王听罢立即回话："禀报阎王，此丑牛在凡间是一渔夫，不曾作恶；来阴间后竟敢违犯律条，偷盗拿摸还赖账不认，被我贬为黄牛。"

阎罗天子听罢，上前一步，手摸牛头："丑牛，可曾偷摸？"黄牛摇摇头。"你哪里不服，能讲给我听吗？"黄牛点点头。于是，凑近阎罗天子的耳朵，把少爷请他喝酒，少爷如何离去，又为何被捉，一一讲了一遍。

阎罗天子听罢，知道其中有因，便又问："你和少爷是如何相识？"渔夫又把他跟少爷在凡间和来阴间后的事讲述了一遍。

阎罗天子听罢，转过身来，朝着鬼王："你什么时辰丢钱，又是谁向你报告？"鬼王便把前前后后的情况讲了出来。

阎罗天子听着听着，不禁发怒道："你办案好糊涂啊！依我看，此案定是冤案！"鬼王吓得战战兢兢："那、那、那作案的是谁呢？"

"是谁？难道你不懂贼喊捉贼吗？"

鬼王恍然大悟，就要去惩罚那个差役。阎罗天子忙叫住："慢，此事不必过急，我自有办法！"说罢，他挨近鬼王，作了一番安排。

第二天午时，阎罗天子来到二殿，二殿大王楚江立即迎上。阎罗天子令道："我要在此审理一案。"

一切准备停妥，阎罗天子坐在堂上，令带囚犯。一会儿，鬼王带着一差役来到殿上，阎罗天子指着他道："你可知道，今天带你来此何事？"

"大王，小人不知。"鬼差连连叩头。

"你来阴间做过恶事吗？"

"没有没有，小人岂敢作恶。"

"我昨日查访，要让一些善鬼重新超生。得知你的阳寿没终，被鱼刺卡喉身亡，实属非命；来到阴间，也不曾作恶。决定让你投胎超生，你可愿意否？"

鬼差听罢，不禁大喜，连连叩拜："感谢大王！感谢大王……"话没说完，起身便走。

殊不知他才过不了奈何桥。一连几次踏上桥，又一连几次滑下来。正待要骂，却见阎罗天子、楚江、鬼王等已站在桥上。阎罗天子冷笑道："你不是说来阴曹之后没作过恶吗？怎么又过不了奈何桥呢？"

原来，奈何桥就是地府中检验善恶的地方。为善者，来去无阻；作恶者，休想过去！那家伙还想狡辩，阎罗天子大怒道："小小刁鬼，你在世害死善良，死后陷害无辜，而今竟敢哄骗寡人。你那花言巧语能骗过别人，能骗得过我吗？"

"小人该死！小人该死！"差役只好把他如何横行霸道害死渔夫，死后又如何行贿骗取上下信任，又如何借刀杀人、陷害渔夫等一一招认了。

阎罗天子立即下令："这小小刁鬼，作恶多端，不思悔改；打下十八层地狱，永世不得超生。押下去！"接着又对那违反阴律的头目、差役分别作了惩处，然后，招回渔夫转胎人世。

从此，阎罗天子巧判冤案，善恶昭彰的故事就传开了。

讲述者：　谭廷贵，女，名山镇居民，不识字
采录者：　李国荣，男，丰都县氮肥厂工人，初中学历
采录时间：1985 年 5 月
采录地点：丰都县名山镇（今名山街道）

4

错勾张二

早年间，丰都城郊有个姓张的员外，膝下有六个儿子。大儿子叫张大，二儿子叫张二；以下就顺着次序，张三、张四、张五、张六的喊下去。学名大号，反倒被一般人忽略了。

张员外家大宅大，分成东西两个院子。东院房舍高大，建筑华美，住着张员外一家。西院是长工院，住着长工和仆妇们。说也巧，这长工中也有一个名叫张二的，为人忠厚老实，在张员外家帮工二十多年，行为上从未有过不端之处。

东院的张二少爷则不同了，自幼得员外夫人偏爱，顽皮、任性；兄弟之中，数他最刁。成年后，又在社会上结交一些花花公子、流氓无赖，长年累月游街串巷，酒馆进，妓院出，日赌夜嫖，经常惹是生非。可每当事发后，别人告上门来，张二少爷就往长工张二身上推，让西院张二代他承罪受罚。事过之后，他还暗地威吓长工张二不准向外人说穿，如果不依，就要找人收拾他。长工张二一来畏惧张家权势，二来家中贫寒，倘被开销，无路可走，因此只得忍气吞声，默默地承受着一切罪过。这样一来，东院张

二少爷捡了不少便宜，胆子越来越大。

几年后，弟弟张五娶了个媳妇，花容月貌、年轻风流。张二少爷一见，垂涎欲滴；不出半年，就勾搭上手。日子长了，有次被张五当场拿获。张二少爷恼羞成怒，一不做、二不休，索性将张五整死，悄悄埋在后花园里。

张五冤魂不散，在阎罗天子面前告了张二少爷一状。阎罗天子一听张二罪行：奸淫弟媳、杀死胞弟，十分恼怒，立即吩咐殿前的两个小鬼去将张二捉进地府问罪。谁知那天晚上，东院张二少爷又外出宿妓去了，两个小鬼就误把西院张二生拉活扯地捉进了幽冥。

张二来到鬼门关，守门的小鬼却不准他进去。说他罪恶深重，殿殿有罪，狱狱有名，要先到一殿溜沙坡听候发落。张二来到一殿，执法的小鬼把他押去和其他鬼魂一起背沙。可是他后面的那些鬼魂背上去了，他却怎么也背不上去。执法的小鬼感到奇怪，就把这事报告了一殿殿主秦广大王。秦广一听，说："可能他前世作恶太多，须得先去过刀山、蹈火海、下油锅，减轻了罪孽再来背沙。"

几个小鬼就把张二送到东地狱。先是上刀山。别的鬼魂一上去，就被割成碎渣抛下来；可张二上去后，还能自己走下来，连一点皮也没刺伤，把执行的小鬼都惊呆了，不知他是哪个得道的仙家，便立即把情况报告东狱殿殿主。东狱殿主叫判官翻开生死簿一看，确有张二这么个人；再查善恶簿，真是恶贯满盈，理当受刑。于是殿主就大声喝斥道："胆大张二，你还敢不服罪！来呀，给我大刑侍候！"张二刚想开口申辩，几个小鬼抓着他一下子丢进了油锅。哪晓得刚才还烧得滚开的油，一下子就冷却下来了。张二在油锅里就像洗温水澡一样，一点也不曾被烫伤。于是，小鬼们又拿锯子来锯。别的罪鬼只要一上锯子就被锯成几截。唯独他不同，刚锯断了，又合拢来，既不流血，也不喊痛，把东狱殿主都吓得不知所措，连忙报告了阎罗天子。这件事，把整个阴曹地府都轰动了。

阎罗天子听到报告，也觉得奇怪，就叫把张二押上殿来，由他亲自审问。

"张二，你在阳间做了多少恶事，快快从实招来！"

张二说："我一辈子啥子恶事都没做过。"

阎罗天子见张二死不认罪，就把善恶簿摊开，一条一

条地问。张二却只喊冤枉，一条也不承认。阎王奇了！细看张二，是个老实巴巴的庄稼汉子，确实不像是个歹人。于是就传张五上堂对质。张五一看，连说："错了，错了！"

阎罗天子问："怎么错了？"

张五忙说："不是这个张二。杀死我的，是我的二哥张二，这个是我家的长工张二。"阎罗天子这才明白，一定是小鬼勾错了。再一查，果然是两个张二，就惩罚那两个小鬼到溜沙坡去背沙。另派黑无常亲自出马去把东院的张二捉拿归案。

至于西院的张二嘛，自然放回阳间去了。因他在地狱受了不少冤枉罪，阎罗天子亲笔批准，给他添寿二十年，并且丰衣足食、乐享天年。后来张二果然平安活到一百零八岁才死去。

讲述者： 陈永珍，女，农民，不识字

采录者： 姚秋云，男，丰都县计生办干部，高中学历

采录时间： 1983 年 10 月

采录地点： 丰都县名山镇（今名山街道）

5

无常醉酒

从前，丰都城有个生意客叫李鑫，有天下乡去做生意转来，赶到半路天就黑了。他想：就是赶拢县城，城门也关了；干脆就近找个地方宿一晚，明早再赶回去。不远处有个窑罐厂，有两兄弟正在干夜活，老大叫毛大，弟弟叫毛二。生意客摸黑找上去，向两兄弟客气地作了一个揖，说："两个哥子，能不能借个宿哟？"

毛大问："客人是做啥子的哟？啷个这阵还在摸夜路？"

李鑫说："我是卖百货的，收场晚了，赶不回城。"

毛二说："我们这里一无旅店，二无床铺，去哪宿呢？"

生意客说："住宿处不打紧，我就帮你们做一夜窑罐，只求行个方便。"

毛大、毛二见有利可图，满口应承下来。

宵二道夜的时候，三个人一边吃酒，一边吹牛冲壳子。

毛大说："你这个生意有没有搞头？"

生意客说："勉强糊口吧。"

毛二说："你说你是卖百货的，把货拿来我们见识见识，要不要得？"

生意客推辞不过，只好把货打开，取出绫罗绸缎让毛大、毛二兄弟看。毛大、毛二从来没有见过这么多东西：花布花线、金银首饰，花花绿绿，眼睛都盯不过来。毛大、毛二先是看花了眼，然后就起了歹心。两兄弟趁生意客收拾东西，借口说要小便溜了出来，在茅房里商量了谋财害命的办法。

两兄弟回转屋来，更加热情招待；毛大又取出一罐好酒，毛二又炒了两样好菜，劝起酒来。其实，他们暗中做了手脚。生意客走南闯北，见过的世面不少，对于那些拦路打劫、谋财害命的勾当听过不少；算他福大命大，自己还没有碰到过。开初，他有些警惕，只是小口小口喝酒；但经不住两兄弟鬼哄，渐渐酒越喝越多，酒性大发，和两兄弟划起拳来。两兄弟在菜中已做了手脚，又经酒一激，不一会儿生意客就醉了。

毛大、毛二怕他会醒转过来，连忙用麻线把他勒死了。

李鑫被弄死后，两兄弟不知如何办才好。拖出去甩了嘛，怕被别人发现；沉到水塘里嘛，又怕浮了起来。还是毛大心最歹毒，一不做二不休，干脆把生意客剁成肉酱，和在泥里做了窑罐。

毛大、毛二谋了生意客的钱财，就不想再做窑罐了。一天，毛大对毛二说："兄弟，这踩泥巴的活路[1]又苦又累，我俩不如去做生意好赚大钱。"

毛二说："我俩笨手笨脚的，乡巴佬做得成啥生意嘛！"

毛大说："我看不如到城里开个酒馆，守着柜台又找钱又清闲！"

两兄弟商量妥当，烧完了最后一窑窑罐，进城在城隍庙对门开了个酒馆。

城隍庙的无常二爷，生性爱喝酒，每晚黑都要到城里酒馆去喝二两。这天，他又从神龛上跳下来，出庙门一看，发现对门新开了一家酒馆，人进人出，热闹得很。无常心想，我何不也去凑个热闹！无常一脚跨进酒馆，见铺子里还摆了些窑罐，又想：不如买它一个做酒葫芦，随时用也

[1] 活路：泛指一切体力劳动。

方便，省得天天出门。

毛大、毛二见来了买主，就请无常自己挑选。无常二爷左挑右看，只喜欢一只颜色深一些的，就买了。他想：喝了酒，带回去洗了，明晚再来灌酒。

回到庙里，无常二爷端来一盆水倒了一半在罐子里。谁知那罐子怪，被冷水一激，竟说起话来："我死得好惨哪！"

这一下把无常二爷搞糊涂了，问道："是哪个在说话？"没有人答应。

无常心想，莫不是今晚对门的酒好，我醉了不成？这时，窑罐又叫起来："无常二爷，我死得好惨哪！"这回无常听清楚了，说："你个窑罐，什么死呀活呀的。"窑罐说："我原叫李鑫，被人害死做了窑罐。"接着把毛大、毛二如何害死他的经过哭诉了一遍。无常听完，十分气愤。为了弄个水落石出，第二天无常装成百姓去毛大住的地方察访，结果与窑罐说的大致不差，于是决计要收拾毛大、毛二。他便拿出一颗珠子放在罐子里，又用一根红绸拴在背上。

从此，毛大、毛二天天见一个白胡子老汉，身穿长褂，背着个酒葫芦到店里喝酒，天天只打八个钱的酒，站在柜台前一口气喝完就走。这样过了半年，毛大、毛二的生意天天赔本；结账时，抽屉里都有一点钱纸灰，两兄弟不知是什么原因。

一天，白胡子老汉又来喝酒，喝完解下葫芦要毛二打酒。毛二问："打多少？"白胡子老汉捋了捋胡子说："装满。"毛二拿过酒葫芦漫不经心地打起酒来。打了半天，百斤一缸的酒蚀了一半，那葫芦才装了小半罐。老大一见，心中犯疑，看了白胡子老汉一眼，说："打酒先付钱。"白胡子老汉笑了笑说："给你十两银子如何？"

毛大拿过银子掂了一下分量，感到轻飘飘的，心想，就是这个该死的老头害得我天天蚀财，举起银子叫起来："各位，你们都来看，这个老头用假银子骗人哪！"

酒客们围过来，个个掂了掂银子的分量，都觉得很重，说："这可是真家伙哟！"

白胡子老头笑了笑说："为人不做亏心事，半夜敲门心不惊。老大，你何必这么大惊小怪呢？"

毛大心想收拾老头，却反被弄得下不了台。

白胡子老汉又笑了笑说："我用十两银子灌一壶酒，这价可给得不低呀！毛大，少说废话，快给我灌酒，老朽还有急事要办。"

毛大无奈，只好在众人嘲笑中灌起酒来。把铺子那缸酒灌完，葫芦里还装不到一半。毛二只好叫伙计把库房里的酒抬来再灌，还是灌不满。最后把供家神的酒取来倒进去，才勉强装满葫芦。

白胡子老头又从怀中摸出一锭银子丢在柜台上，扬起颈子喝了几口酒后，扬长而去。

毛大给毛二说了几句悄悄话，就暗暗跟在老头后头。他在赶夜市的人丛中，看见白胡子老汉在城隍庙里一晃就不见了。毛大也跟进庙来。这时天已黑尽，庙里除了菩萨，哪里有个人影。毛大找遍旮旯角角，都没有见着白胡子老汉，只见一尊尊凶神恶煞的菩萨立在他面前。

正当他惊魂未定时，庙里飘出一股酒香。他寻着酒味找去，闻到白无常嘴里酒气冲鼻。这下子他明白过来，吓出一身冷汗：原来那白胡子老汉是无常二爷。

毛大不死心，找来钉子把无常木雕像的脚钉住，心想：钉住你，看你还能不能跑！做完这些，毛大才赶回家来，这时那银子早就不见了，只有一堆纸灰。不久，两兄弟一起暴死在街头，他们的额上都印着"谋财害命，如此下场"几个字。

讲述者：　杨正喜，男，农民，初小学历

采录者：　高应平，男，丰都县文化馆干部，大专学历

采录时间：　1986 年 10 月

采录地点：　丰都县社坛乡（今社坛镇）十三村

6

李天龙

从前有个川戏班子，班子里头有个唱小花脸的人，姓李。因为他又吃鸦片又滥酒，拉一沟子[1]的烂账，还不出来就东吱西唔、扯谎驾云[2]，从没有一句老实话，所以人们就叫他李扯谎。

有一回，班子要到贵州天堡场去唱戏。管事说，那场上在闹鬼，不能唱夜台，只能唱上下本。管事的要求全班子的人第二天早点赶起去，把亮台戏唱好。

第二天，班子要启程时，李扯谎就走不了路了。这个拉到要烟账，那个拉到要酒钱。他巧施扯谎术，好不容易才脱了身。但赶到天堡场，太阳都搁山上了。他看场上关门闭户，清丝雅静。心想：今天赶场，哪个连一个人都没得呢？这地方，他前几年来过，晓得唱戏都在万寿宫的万年台上。就来到万寿宫一看，班子上的人影子都看不到一个。爬上了万年台，只见衣箱和行头把子放在楼上，连照看箱子的人都没得。李扯谎正觉得奇怪，猛然想起管事说

[1] 沟子：指屁股。
[2] 扯谎驾云：说谎。

过场上在闹鬼，不觉背沟一凉，浑身毛骨悚然。但又一想：我都是个鬼，烟鬼、酒鬼、拉一屁股烂账，鬼都要怕我三分，我何必怕鬼呢？再一看饭甑子还在庙坝子当中，过去揭开来一盯，甑子头的剩饭还是热的。他就顾不得有鬼无鬼，先把肚子箍圆[3]了再说。饭后，天已经黑了，他的鸦片烟瘾又来了。好在他打得有泡子[4]，忙找来打杂师的大毯，在台口一铺，就把随身带着的烟枪、烟灯摆开，又把吼班打的旗子拿来围成一座"方城"挡风，就倒下去吞云吐雾地烧起来。瘾一投起[5]，瞌睡就来了，长伸伸往楼板上一挺就开睡。

当他迷迷糊糊，正要入睡的时候，忽然听到庙门口"咔嚓"一声响。他一惊：噫，莫非真的是鬼来了？就听见哒、哒、哒的脚步声响，越来越近，而且从楼梯一步一步地上楼来了。李扯谎反而不怕了，他想到人们常说鬼是一阵风，来无影去无踪，是鬼就不会有脚步声。这有脚步声……咦，莫非是贼娃子呀？闯你妈的鬼啰，俗话说"强盗都不偷戏班子"，这家伙怕是走错了庙门，老子今黑倒要看他偷点啥子。吃烟人最懒，火烧到屁股上都不挪一下位置的。他连身都不翻，只撩开旗子的一个角角，朝外一看，来人已经走到了他的面前。只见此人约有四十来岁，穿着派头都很阔气，像是地方上的一个绅士。李扯谎心想：幸好我没有乱出言语哟，看样子这个人在码头上不是大爷就是钱粮[6]。李扯谎随便到了哪个码头，总爱巴结这种人，为的是烟、茶、酒钱有搁处。他忙翻身坐起说："拜兄[7]请坐！"来人就坐在旁边的功马凳上问："啊，只有你一个人吗？""嗯，就是兄弟一个人。听说这码头上闹鬼，全班人都跑光了。我来得暗了一点，又不晓得他们跑到哪里去了，只好一个人睡在这里等。哪来他妈啥子鬼嘛！几爷子各人吓各人。""对头，鬼有啥子好怕的，就是鬼也不见得都是害人的。""啊！拜兄高见。兄弟斗胆请问拜兄尊姓大名？""敝姓李，草字天龙。""啊哟，原

[3] 箍圆：箍读 kuī，箍圆此处作吃饱讲。
[4] 泡子：泡读 pāo，即鸦片烟丸子。
[5] 投起：过足了。
[6] 钱粮：袍哥上掌管财权的人。一般是三爷，故称三爷是钱粮。
[7] 拜兄：袍哥对人的尊称。

来是李大爷大驾光临。"李扯谎忙从身上又摸出两个泡子说："李大爷，小弟不成敬意，睡下来将就烧两口嘛。"李天龙便从身上摸出一大盒熟土[1]说："我看你是喜好这一口的人，请烧我的。"李扯谎一闻，还是南土[2]，"啊，李大爷！我就三月间的桃花——谢了哦"，就高兴地给李天龙当"枪手"，两人烧了个天昏地黑。李扯谎才说："请问大爷尊府？""舍下离此不远，就在场外四十里的黑峰谷。听说今天场上来了班子，我默到[3]赶来看夜戏，哪晓得你们没有唱。我在场上转了一圈想回去了，忽然看见庙头有灯亮，我想有灯就必然有人，原来是你老弟。请问贵姓呢？""嗨呀！李大爷，我们五百年前是一家哒嘛。""哦，原来是家门老弟，幸会，幸会。"李天龙忙起身向庙门一招手说："陈老幺，拿些酒菜上楼来！"话音一落，那叫陈老幺的人就把酒菜端上楼来了。李扯谎一见有吃食，就把啥子就搞忘了，也没想想通街关门闭户，哪来啷门快的温酒热菜呢？看到这丰厚的酒菜，喉咙管里早就伸出爪爪来了。李天龙说："老弟远来，为兄这杯素酒，就权当接风洗尘。请！"两个人边喝酒边摆谈，称哥论弟地越谈越亲热。李天龙说："我们既是本家兄弟，为兄又蠢长几岁，就以兄弟相称不更好吗？"李扯谎求之不得，说："承蒙大哥不弃，小弟高攀了。"二人更加亲热起来。喝一会酒，又烧一阵烟，直到雄鸡高唱"咕——咕——喔"，李天龙才慌忙翻身爬起来说："老弟！愚兄告辞了。""大哥！今天的戏好哦，是《御河桥》下本，看了再走嘛。""不看了，愚兄白天很忙，今晚再来陪贤弟要。"李天龙边说边下楼去了。

早上太阳出来过后，戏班子上躲鬼的人才回来。大家看见李扯谎睡得吹噗打鼾的，不觉大吃一惊：嘿，李扯谎一个人敢在这里睡一夜呀！把李扯谎喊醒了问："你昨晚没见到鬼吗？""老子就是鬼，哪来他妈啥子鬼哟！"他隐瞒了李天龙的事。下午太阳一偏西，戏班子上的人又开始走了。有人喊："李扯谎，走哇！""走哪去？你们怕鬼你们走！"他想到晚上李天龙还要来，跟你们走了，这烟、

酒、茶、饭交搁给哪个呀？但他又不愿多留人。人多了，烟酒都要遭扯稀秧[4]。

当晚，李天龙果然又拿了南土和酒菜来，两个人喝酒烧烟搞了个通宵；鸡一叫，李天龙又走了。从此，李天龙天天晚上来，鸡一叫就走。一天晚上，李天龙走的时候，从怀里摸出两锭银子对李扯谎说："老弟，拿去买两件像样点的衣裳，换换你的板壁[5]。钱不够再向愚兄要就是了。"李扯谎喜出望外，连声感谢。李扯谎把板壁一换，穿绸挂缎，用钱也洒脱，烟也烧得泡活[6]，在班子上就操起大爷[7]来了。人些[8]心想：李扯谎到底是盗了墓还是赌钱赢了大注呢？

李扯谎发横财的事，传到班子上的掌坛师耳朵里头去了。那阵的戏班子，都有一个掌阴教的掌坛师，这种人大多其貌不扬，据说是专门和鬼打交道的。像唱《刘十四娘回煞》呀，《搬目连》呀，总之，捉鬼放鬼都是他。班子上这个掌坛师姓张，他把李扯谎一看，只见李扯谎印堂发黑，面如土灰，一脸的鬼气，不觉大吃一惊，问道："李扯谎！你最近搞些啥子名堂？莫把我们班子上的名声败坏了哦！""笑话，掌坛师！我李扯谎是有点扯谎，但手脚还是干净的。那几爷子没烧到我的烟就坏我。""你的钱哪来的呢？你要跟我说老实话哟！""掌坛师，我跟你说老实话。最近我碰到我大哥李天龙，才算过了几天人过的日子，那几爷子就不安逸了。"张掌坛师听到李天龙的名字就惊问道："你好久钻出来个李天龙大哥呢？他住在哪里？""离场四十里的黑峰谷。""唵！你哪个认识他？"李扯谎见掌坛师正起了相子[9]，就把认识李天龙的经过说了。掌坛师大叫一声："哎呀！你晓不晓得李天龙是啥子哟？我跟你说，这场上闹鬼就是他在作怪。他已经不是一般的鬼，而是受了日月精华的僵尸鬼了。"李扯谎一听掌坛师又说鬼，真是三句话不离本行，更不相信了，就说：

---

[1]　熟土：熬制过、可供吸用的鸦片烟。

[2]　南土：云南产的鸦片烟。

[3]　默到：暗想、以为。

[4]　扯稀秧：此处指被分摊而不能独享。

[5]　板壁：衣裳。

[6]　泡活：大手大脚。

[7]　操起大爷：学大爷、摆阔气。

[8]　人些：人们。

[9]　正起了相子：严肃的样子。

"算啰算啰，我懂！你老人家要烧烟，要用钱，只管说，何必坏人家的名声呢？我李扯谎未必是人是鬼都分不伸展了么？""李扯谎，他真的是个鬼！你要不信，我拿三根红纸捻给你，今晚黑你就把这三根红纸捻坌[1]上桐油点起放在你身边，他一来就会现相的。"李扯谎说："好嘛，大家都是袍哥[2]人，不现相你就要还价钱啰。"晚上，李扯谎就按掌坛师说的，把红纸捻点起。李天龙还是按时来了，一见就问："老弟，你点这红纸捻是啥意思？""嘿嘿，大哥！没啥意思，就是我们掌坛师这龟儿子打胡乱说。"他就把掌坛师今天下午对他说的话，全向李天龙说了。李天龙哈哈大笑说："老弟！今天下午张掌坛师跟你说话的时候我就在场，只不过你们看不到我而已。老实跟你说，愚兄确实是个鬼。""唉！大……大……大哥，你……你……你当真是鬼呀！""你不要怕，我虽然是你们掌坛师说的那种僵尸鬼，但我决不害你。如果我要害你的话，还留你到今天做啥？你我既是同宗弟兄，我就老实告诉你嘛：我特地来结识你，是有要事托你帮忙。尽管你们那个张掌坛师，打算从明天就要搬目连来捉我；说实在的，他那点本事要想收我还差远了。现在且不去管他，还是来说我们的事。"

原来李天龙是重庆望龙门的人，从小练就一身好武艺，三五十个人近他不得。在袍哥头又海了个五排[3]，又爱结识江湖上的好汉，为人很讲义气，在社会上的名声越来越大，就是占山为王的土匪也慕他的名。那阵的关隘码头，到处都有土匪。重庆药材帮，在贵州一带办的药材，十有九回都在路上被抢了，便有人来求李天龙帮忙保镖。李天龙实在托不过情，就去保了两回镖。沿途土匪看见李天龙的认旗[4]，都认为这个人够朋友，是落教[5]的。所以让路放行，两回都一帆风顺。药材帮老板大赚其钱，当然很满意。可天龙的母亲却说："天龙呀，这保镖的事你就别干

[1] 坌：读 bèn，蘸、沾。
[2] 袍哥：曾是四川民间秘密组织，遵循自定的教义规则，使用隐语和暗号交流，是一个具有一致身份认同的江湖联盟。
[3] 五排：哥老会中排行第五的弟兄。
[4] 认旗：保镖人的旗号。
[5] 落教：够意思、够朋友。

了。土匪还不是抢那些发财人的东西，穷人有啥东西给他抢呀？为发财人卖命，得罪穷朋友划不来。"李天龙听了母亲的话，就决心不再保镖了。可是药材帮那些大老板尝到了甜头，高矮要扭到他去。最后把龙头大爷都搬起来压他说："老五！要落教点，莫不识抬举。只要你跟到走一趟，那些土匪都会买你的账的。"李天龙说："光是说哟，一回买账，二回买账，一直买下去别个喝西北风呀？我看没得哪个多账好买的。""老五！就是他们不买账，凭你那一身硬功夫，还怕闯不过去？这事非你去不可。就给为兄一个面子，走一趟吧，否则就把袍哥先搁起来再说。"李天龙没法，只好认承了。他也预感到这次没有前两次哪个顺利了，就挑选了四十名武艺高强的打手一道去。

李天龙带着四十名打手，押着几十担药材，从贵州启程朝重庆方向走。没想到来在贵州天堡场黑峰谷，就被一伙强人拦住了。李天龙上前去拱手道："小弟李天龙借大哥宝山路过，望大哥高抬贵手放小弟过去。山不转水转，今后大哥云游到敝地重庆，小弟当尽地主之谊，以酬大哥恩典。""少批垮[6]哟！此花是我栽，此路是我开；要走此路过，留下买路财。""要买路钱好说，给弟兄们留下三担货！""不行！要全部搁到。""少点不行吗？我李天龙是给别个保的镖，总不能让我空手回去交差嚓？""我管不到你哪个多，舍不得货就拿命来！""噫，你老兄也不要逼人太甚啰！"两个就打了起来。不哈儿，土匪一声呼哨，就逃进了山谷。李天龙带着打手追进山谷，忽听得一声锣响，李天龙喊声："糟了！"只见两面山坡上，乱箭如雨点般射下来。李天龙和四十名打手，全部被射死在山谷里头。

李天龙把上面经过讲完后说："我的阴魂到了阎王殿，阎王说我是个孝子，阳寿未终，叫我还阳。我转到山谷一看，我的尸首不晓得哪个的，已成碎块。尸骨不全就还不到阳了，所以就成了个阴司不管的野鬼了。张掌坛师哪个收得到我嘛？我之所以没有离开此地去云游四海，是因为我还有一桩心事未了。我的母亲，膝下只有我一人，我死后她就无人奉养，我想找个可靠的人来代替我侍奉我母亲。你我既是同宗兄弟，我母亲等于是你的伯母。土匪抢去的

[6] 批垮：啰嗦、废话。

东西，就藏在黑峰谷的山洞头。除了我的药材外，还有不少金银珠宝。后来这些土匪为分赃火并，全都死了，没有人晓得这些东西。我现在告诉你，你可以去取出来，拿一半来侍奉我母亲，另一半就该你得。你能够不负所托吗？"嘿，大哥！那还用说吗？"他把胸膛拍得咚咚响说："我李扯谎不是不讲信义的人。只要大哥一句话，我定把伯母当我亲娘一样对待！""如此，受为兄一拜。"李扯谎赶忙把李天龙扶起说："大哥！莫折煞小弟了，小弟是决不会负心的。""如此，我就放心地云游四海去了。"说罢，一股风就不见了。

李扯谎按李天龙所说的地址，到山洞里头去一看：真是除了那几十担药材外，还有无数挑金银珠宝。他好不高兴啰，心想李天龙既然云游四海去了，我何必又运到重庆去分一半给那老婆子呢？倒不如各自运往两湖一带去安家立业为好。预算雇了几十个力夫，担起就开横线向两湖方向走。

一天，李扯谎一行人来到一个地方。看见一个人，肩膀上爬着一只猫，猫身上的颜色是黄的，在阳光底下显得金光闪闪。配上那脚杆上的白毛，硬是协调好看。那猫在那人肩上、背上、头上，翻过来、滚过去，咪啦咪的做着各种逗人喜爱的动作。李扯谎越看越喜爱，就走上前去对那人说："喂！把猫儿卖给我怎么样？""不卖！""我多出点钱嘛。""说起钱就两无缘，多点把点钱我是不卖的。除非你舍得出一百两银子，我就卖给你。""嘿！啥子猫要值一百两银子哟！一两银子都可到市上随便挑选一只好猫了。""我说你舍不得嘛。算了！反正我又不想卖。"那猫又向李扯谎做怪相，逗得李扯谎硬是想买。他想：这几十挑金银财宝都是捡来的，百十两银子又算得了啥子呢？他硬是就拿一百两银子把猫买下来了。

太阳落土时，走到一家旅店。李扯谎一看，这旅店还大样，就走上前去对店老板说："今晚这旅店我全包了，明早晨加倍付钱给你。"

李扯谎宵了夜，洗了脚，就摆起烟灯抽大烟。猫儿就坐在烟灯旁。李扯谎打好烟泡子，对准烟灯正准备吸，猫儿一爪就把烟灯刨熄了。"去，去，去，不要在这里迁翻！"李扯谎顺手就把猫儿刨下了床。然后又把灯点起去吸。哪晓得猫儿上床来一爪又把灯给他薅熄了。一连几次都把灯搞熄了。害得李扯谎烟也吃不成，一时火冒三丈，抓起猫儿就往地上一拃，只见青烟一冒，一个人站在面前。李扯谎非常诧异，把眼睛揉了两揉，仔细一看，原来是李天龙圆瞪两眼，满脸怒容地望着他。吓得他赶忙一翻身爬起来说："大……大哥，你来了呀？""哼，李扯谎，你怕不是这样做的哟。想吃梗笼心肺[1]，连鬼的钱都吃起来了。老子今天容不得你！"说完，摇身一变，忽然身高丈余，青面獠牙，血盆大口，伸出一双铜柱似的大手，抓住李扯谎，"咔嚓"一声，撕成两大块，一颗黑心落在地上。李天龙化股清风走了。

鸡刚叫，天才开亮，旅店门口就有急促的敲门声。店老板开门一看，只见一个老头，头裹红巾，手执钢叉，气喘吁吁地问："李某住在这里吗？""在上房！""快——"原来是李扯谎戏班上的张掌坛师，他搬目连来捉拿李天龙。跑进屋一看，只见地上一摊血，李扯谎两大块尸体躺在血泊中，李天龙已经无影无踪了。张掌坛师把钢叉往地上一插说："唉！我来晚了。不过，李扯谎这种人也该挨。"

讲述者： 钟兴邦，男，汉族，初中学历，江北区川剧团演员

采录、整理者： 王正平、吴培荣

采录时间： 1986年6月

采录地点： 江北区文化馆

附记

本文通篇用重庆方言记录，比较完整地再现了讲述时的情景。谈谈关于重庆话的特点：1.重庆话的儿化音相当多，言之乃全国之最，亦不为过。通俗地说，就是其中后缀带"儿"发音的词相当普遍。2.重庆话无前鼻音。3.声调上，"开门扫地"普通话阴平上去四声与重庆话"开门扫地"四声不大一样。第一个字相同，都是阴平；而"扫"字，重庆话的发音却与普通话的"去"声相同；"地"字则与普通话的平声相同；如此等等。

[1] 吃梗笼心肺：独吞。

7

韩木匠背鬼

韩木匠在别户做木活，听人们都在说，路边一座女坟出了个青面獠牙的鬼，把不少人吓病哒。

这天，韩木匠做完木活，对老板儿说："今晚上我回家一趟。"老板儿叫他千万不要回家，免得碰到鬼。韩木匠说："放心，我们木匠从来不怕邪，有鲁班传下的弯尺在身，啥子邪物都不敢拢身[1]的。"木匠肩头挂着弯尺，上路了。

刚走进坟场，见墓碑石上一个人影子在晃动。细看，果真披头散发，嘴里的两颗獠牙一直上翘到鼻尖，舌头伸出足有一尺长，滴着口水，眼睛射出绿幽幽的光，腿跨在墓碑上。

见韩木匠走来，它大吼一声："韩木匠，我早晓得你要来，请背我！"韩木匠不理。它又怪叫："韩木匠，你背我！"一边怪叫，一边张牙舞爪。

"好，我背你。"

"把弯尺丢下！"

"行！我甩哒。"韩木匠索性丢掉弯尺，说，"来嘛，上我背，扒紧些。"

那鬼爬上韩木匠背，被韩木匠背靠背地反背着。韩木匠紧紧捏着鬼的双手快走。鬼在韩木匠背上扳来扳去，韩木匠捉住鬼的手不放。鬼见韩木匠不好欺，就说："放我下来！"

"不是你要我背的喃？"

"放我！不放我要变哒。"

"我看你会变嘛？"韩木匠把鬼的双手捏得更紧。

鬼啷个也挣不脱韩木匠的手，就在背上变成一块碑石。韩木匠还是紧紧捏着不放。背上的鬼越来越重，背得他大汗细洒[2]的。运足气，咬着牙，终于拢了自己的家门。

变成碑石的鬼又大叫："放我下来！"韩木匠还是不理。进了屋，韩木匠忙叫女人点灯。女人掌灯一看，见韩木匠背了块碑石回来，衣服都湿透哒。不知男人发了哪辈人的疯。只听韩木匠气咻咻地说："快找条牢实的大麻布口袋！"

女人找来口袋，帮助韩木匠把碑石放进口袋头，又用粗绳把袋口扎紧。那碑石在口袋里动了几下，变成一只咪咪叫的猫，乱闯乱蹦，可啷个也出不来。

第二天是赶场天，韩木匠两口子背着猫上街。买猫的人不少，韩木匠就便宜卖哒。

讲述者：　韩永应
采录者：　杜作权
采录时间：　1986 年 3 月
采录地点：　万县地区关龙乡三河村（今万州区余家镇三河村）

[1]　拢身：靠近身子。

[2]　大汗细洒：大汗长流。

8

背鬼的故事

女鬼烧死。

尽管女鬼没烧死，但自从这回大胆人给女鬼退了神光，她再也不敢到河边要人背了。

讲述者：　陈敬银，男

采录者：　张家玉

采录时间：　1987 年 3 月 7 日

采录地点：　奉节县甲高乡（今甲高镇）方家村

据说往年子[1]，一条小河边，住着一个女鬼。

有个胆大的人，决心去打整她。这天晚上，他来到河边，没等好大一会，那个女鬼就来了，要他背。大胆人背着这个女鬼，几步就过了河。一上岸，女鬼就说："行了，放我下来。"他只当没听到，只管跑。女鬼把脑壳一甩，立刻变得有狮子那么大，头发长得把大胆人包了起来，牙齿有尺多长，眼睛睁起鸡蛋大，样子十分吓人。大胆人不管这么多，反正把她捏得死死的，始终不放她下来。

几搞几不搞，天亮了。女鬼立刻变成了一节烂水木，大胆人把她用坛神压着，接着就出门找桐油，安置来烧。他一走，大胆娘扫地，搬开坛神，看到一节烂水木，就拿出来甩到门外。哪晓得，那烂水木立即变成了漂亮姑娘，一下跪在大胆娘面前说："老奶奶，劳慰您救了我的命。"说完就跑了。

大胆娘一时搞得稀里糊涂，不晓得是哪个回事。等她儿子把桐油弄回来，一问才晓得。大胆人失悔得很，没把

[1]　往年子：前几年。

9

赌钱汉与吊颈鬼

从前，有一个赌钱汉，一天到晚专门赌钱，他那妇人硬是把他没得办法。有一年，看到要过年了，屋里啥子都没得。他想，人家有年我也有年，那我又拿啥子来过年呢？他想来想去，就把他过酒时留下的三并线子拿到街上卖，好办点过年货。线子卖了，手头有了几个钱，赌瘾又来了，就将卖线子的钱去赌。原是想去赢回二三十，哪晓得还是输了。

回到屋里，心头硬是难受，又想不到其他法子，只有死路一条！他正扑在桌上哭，吊颈鬼黄二姐来了。她问："输二哥，你啥子事这么伤心？"赌钱汉一惊，抬头一看，是个活灵活现的女人在问自己。他一五一十地说了各自的事。"那没啥子，输二哥，你的钱不是在你的桌子底下？"赌钱汉往桌子底下一看，真的桌子底下有不少钱。黄二姐说："这些钱够你赌几天了。"他真的又拿去赌，回回都是赢。赌了一天一夜，赢的钱还请了个人帮他挑起回去。妇人看到后，硬是气糟了，以为他又是去哪里挪的账；后来晓得这些钱真的是丈夫赢来的，才安心过了一个年。

过了年不几天，黄二姐又来了，是约他一路去吊颈。这时，他才晓得黄二姐是个吊颈鬼。他壮起胆子说："黄二姐呀，我啷个要吊颈嘛？你看我为一世人，一个儿子都没得，还要把种个传下去啥！"黄二姐说："要得，按你

的办嘛。"黄二姐去给送子娘娘说（送子娘娘是她的亲姐姐）："输二哥活一世人，膝下无子，你给他送个宝贝去。"送子娘娘看在黄二姐的面上，真的给他送去一个胖儿子。

得了儿子不久，黄二姐又来约他去吊颈。他说："黄二姐，我的儿子你送来了，我和你一起去吊颈吧！可我死了还要找个好地方埋，砌个好坟山。"当真黄二姐就给他一坨钱砌坟，坟砌了三年才砌好。黄二姐又来了。这回他没二话可说，又默了个条，他说："黄二姐，我没吊过颈，你做个样子我看了，我才晓得啷个吊法。"黄二姐就老实[1]吊在树上甩来甩去的。他赶紧用早已烧得通红的火叉朝黄二姐的颈子叉去。黄二姐再也变不成了，输二哥也没死得成。

讲述者： 陈家万
采录者： 熊翠华
采录时间： 1986 年 2 月 25 日
采录地点： 忠县鲁井乡文化站

[1] 老实：果然。

10

酒醉鬼收拾吊颈鬼

有个叫魏明华的人，他从来就不啷个信邪，根生儿胆子斗大。

那天，他到舅舅家去吃了晌午，耍迄很晚才动身回家；晌午又多喝了点酒，走起路来都还二麻麻的，走到半路天就黑了。

他走到一座棺山坡，那棺山坡上埋了不少的坟，有个人在朝他喊："喂！来哟，来打秋啰！"

那天晚黑月亮不啷个大，看不大真切；魏明华朝喊他那个方向看一伙，看不到啥子名堂。他心想，管他是个啥子怪哟，拢去看看。他就朝喊他的那个方向走，连路走连路答应："哪个在喊？来了，来了！"

他走拢那堂一看，那里有根树子，树丫上吊了根绳子下来，绳子的下面一头挽了个活搭扣，一个人手拉活搭扣站在树子下面，喊他的正是那人。他一下明白了：那是个吊颈鬼！

吊颈鬼见魏明华硬是来了，就对他说："来，来打秋耍。"

常言说得好：酒醉心明白。魏明华虽是二麻麻的，心头还是明白的。他晓得吊颈鬼是想找替身，他才不上当呢。他对吊颈鬼说："啷个打法吗？你先打给我看看。"

"简单得很，就像恁个做。"吊颈鬼连路说连路把脑壳往活搭扣头伸。他刚把脑壳伸进活搭扣，魏明华眼疾手快，一家伙就把活挞扣给他拉紧了。吊颈鬼越是板，魏明华越是往下拉。最后，吊颈鬼怪叫一声，变成了一个白猪儿。

魏明华把鬼变的白猪儿牵回屋，第二天又牵到市上去卖了。他对买主说："这猪儿野得很哈，点都解不得绳子哟。解了绳子跑了的话，莫怪我哈！"

买主不晓得内情，他把猪儿背回屋就往猪圈头放。他心想，关在圈头何必还套绳子呢？他就把绳子给它解了。刚把绳子取下来，猪儿怪叫一声就不晓得到哪里去了。

隔了几天的一个晚上，魏明华又从那座棺山过。这回，他也像那个吊颈鬼恁个喊："喂！来哟，又来打秋啰！"

刚一喊完，就听到那边在答应："你的钱用完了嘛是哪个哟？算了，算了！不得干的了！"哪个晓得吊颈鬼还遭酒醉鬼收拾了。

讲述者： 刘远扬，男，汉，初中学历，巴县走马乡（今九龙坡区走马镇）银岗村八社

采录者： 钟守维

采录时间： 1990 年 6 月

采录地点： 九龙坡区走马乡（今走马镇）工农村

11

李老七气鬼

不晓得是哪一年，传下这么一个习惯：每逢七月半，家家都要烧纸钱、祭祖先、敬鬼神，以讨个吉利，图个清静。

有个叫李老七的犟拐拐，他就偏偏不兴这一套。亲戚们劝他，他不理；朋友们说他，他不听。这样一来，李老七不但得罪了人，而且得罪了鬼。

有一天，鬼们凑在一起，商量要整治一下李老七。鬼们决定把河坝里的石头搬来，丢进李老七的田里，叫他栽不成秧，饿得他喊天。鬼们一起搬完石头后说："李老七呀李老七，明年你就吃不成！"

过了年，正逢春分节，天气蛮好，李老七拿一把钉耙，打算平了田撒谷种。他走近田坎一看："呃，咹个遍田都是鹅卵石？"想着想着，他忽然哈哈大笑，自言自语道："哟，好安逸！我这瘦田正愁没得油水哩，一个石头四两油，十个石头四斤油，百个石头四五十斤油啰！"一边说，一边挽起裤脚笑呵呵地跳下田去，"一、二、三、四……"地数起石头来。

哪晓得他的一言一行被躲在背后的一个小鬼看到了，

急忙跑回去给大鬼们报信；他们一听，气得一个个捶胸口。一夜之间，鬼们不但把搬去的石头捡得一个不剩，还把原先田里的石头捡得干干净净的。捡完了，一个二个洋洋得意地说："哼，这下呀，看你油个屁！"

这一年，李老七的秧子长得青油油的，谷子吊吊长得像串串珍珠，把谷秆都压弯了。秋收捯谷子，增收三成，鬼们气得干瞪眼。

第二年，鬼们料想李老七去年增了产，七月半总该表示表示吧。哪晓得鬼们深更半夜来到李老七家，只见大门紧闭，冷冷清清。李老七在院子里的柳树下，翘起二郎腿，正在一边喝酒，一边悠哉游哉地哼着小调。气得鬼们一个个咬牙切齿，大鬼小鬼互相埋怨，没有办法收拾李老七。最后，鬼们只好垂头丧气地散伙了。

讲述者： 杨永成
采录者： 张辛明
采录时间： 1985 年 10 月 14 日
采录地点： 梁平县（今梁平区）星桥乡柏杨村

12

恶人鬼都怕

传说，唐朝有个神算师，名叫袁天罡。硬是神得很，他晓得过去和未来的事。

有一天，一个叫郑三的地头蛇来请袁算师给他算命。郑三把生庚八字报出后，袁算师把郑三看了一眼，说："你这个八字我不要钱，算啦！"郑三听了，以为是嫌他拿不起钱，便说："你怕老子拿不起钱吗？"袁算师说："你莫发气，依我算来，你这个八字有点儿不好。"郑三说："不好你也要说。"袁算师说："那就莫怪我直说，你明天午时三刻就要死。"郑三说："不死嘟个说？""不死来掀我的摊子。"郑三不信，又去找另一个八字先生算，也说他要死。郑三没法，就转来找袁算师，问有啥法子改没得。袁算师说："你今晚回去安排一桌酒席，明天你向东南走一百里避难，太阳落土后你才能回来，也许有救。"郑三回家后，老实按袁算师说的去做。买了上等的好酒好菜，摆了满满一桌。第二天早晨，他就出门避难去了。这天午时三刻，阴间地狱的差鬼们前来捉拿郑三。他们来到郑三家门前，见大门紧紧关着。掀开门进去一看，屋里没有人，只见桌上摆满了好酒好菜。差鬼们不管三七二十一，

就把桌上的酒菜吃喝光了。一个个喝得醉醺醺的，其中一个小鬼当时醉倒在床上困着了，其余差鬼回去向阎王禀报。当郑三晚上回来，见满桌酒席吃了个精光，床上还困着个小鬼。这郑三本来就凶狠，又不怕事，就顺手抄起一把菜刀，把小鬼的头砍了下来。郑三想，不如把他的皮剥下来，明天去街上卖山货，也抵销几个酒钱。

再说阎王见有一个小鬼没回来，就派判官去找。判官来到郑三家里，看见郑三拿刀正在剥小鬼的皮，吓得掉头就跑。阎王听说后气得直捶胸口，又派判官去把小鬼的皮子拿回来。判官没法，装成老头去问郑三把皮子拿去做啥子。郑三说："老子要把这小鬼的皮拿去卖山货。"判官问要好多钱。郑三说要三千两银子，判官嫌价钱太高了。郑三说，老子要是捉住那个鬼判官，剥了他的皮还要多卖几个钱呢！判官一听，吓出了一身冷汗，赶忙跑回地府。阎王听说郑三这么凶，就出动所有鬼怪，才把郑三捉去了。

郑三来到阴间，过的第一道关卡是奈河桥。郑三一个人来到奈河桥，正在打主意嘟个才能过去，恰在这时来了个和尚也要过桥。郑三灵机一动，他走到和尚前面，向和尚行了个礼，说道："方丈，你是行善的，你的袈裟能不能和我的衣裳换一换，让我在阴司也做一个行善之人？"和尚双手合十说："阿弥陀佛！换给你吧。"和尚和郑三调换了衣服。郑三还假装蛮尊重地让和尚前头走。和尚也不讲礼，两个就一前一后向奈河桥上走去。走到桥中间，那些鬼怪见前头一个那一身打扮正是恶人郑三，还不等和尚走近，就一拥而上，把"郑三"掀下河去。郑三见和尚已被掀下了河，便大摇大摆地装着和尚走路的样子朝桥中间走去。郑三把手一合道："阿弥陀佛！"鬼怪们见是个和尚，赶忙让出一条路让他过去。当郑三要下桥时，一个鬼官看见这和尚打着赤脚板，心想，哪有和尚打赤脚板走路的，赶忙追上去问："方丈为何赤着双脚？"郑三大声说："谁是方丈？我是天上的'赤脚大仙'，是玉帝派我来传达圣旨的。玉帝的大鼓破了，限你们三天内剥三千张鬼皮去补玉帝的大鼓。如耽搁了，一齐杀掉！"鬼怪们一听，吓得一个个东藏西躲，不敢露面。郑三顺利地过了奈河桥，回到了阳间。

讲述者： 陈广平
采录者： 黎昌伦
采录时间： 1986 年 9 月 9 日
采录地点： 忠县复兴乡（今复兴镇）东堡村

13

鬼怕恶人

　　有条路旁有一根黄桷树，人们爱在树下乘凉。旧社会受冤屈的人多，还有人来这儿吊颈，因此这儿有吊颈鬼。听老人说，吊颈鬼要取替胎才能转人世。有一天，有个赌钱汉在街上赌钱，把衣服都输光了，走到黄桷树下，已经半夜，坐在那儿自言自语地说："老子今天才想不过气呀，样啥都输光了，干脆吊死算啰！"这时，有个吊颈鬼巴不得有人来上吊，吊死了他好转人世啥。他就说："来嘛，老哥，吊起多好耍哟！"赌钱汉说："恁好？那你给我吊一下看看。"老实这个吊颈鬼就吊起打飞秋，把颈子甩过去车过来的。赌钱汉看起硬是好耍，就说："你再吊一次，我看你哪个才吊得死，吊多阵了痛啥！"吊颈鬼说："你把绳子打个扣，一吊就紧了，再哪个都解不下来。"说着，就把绳扣一打，往上一吊，眼睛鼓定起了，舌头也伸出来了，甩过去甩过来。赌钱汉连忙把绳扣子扯住整他。吊颈鬼晓得是在戏弄他，但是没得办法，央求他快点放了他，赌钱汉不答应。天亮了，吊颈鬼变成了一只猫，赌钱汉就把猫弄在街上去卖了四百钱，还给那买猫的人说："这个猫要好生管倒，一放了就会跑哟！"买猫的人不信，猫弄回去就把拴猫的绳子解开了，刚一解开猫就跑不见了。赌钱汉卖猫得了四百钱，又拿去喝酒、赌博，半夜回家又走到黄桷树下，坐起说："老子今天吊死算了哟！"变猫逃回的吊颈鬼一听，说："昨天你把我卖了四百钱不说，还叫主人家把我好生看到呢，今天我不干了！"赌钱汉说："你光是说，叫我吊死，我样啥都没得，死了哪个好想吗？你保佑我赢钱，修一幢房子还差不多。"吊颈鬼说："要得。"二人进了赌场，别人看不到吊颈鬼，有他在旁帮助，次次包赢不输。到了半夜，修房子的钱也足够了。吊颈鬼说："老伙计，现在该你吊颈了哩。"赌钱汉说："你先莫要忙！我媳妇都没说，还没得孩子，人生一世嘛还是要把事些做完啥。"吊颈鬼说："好。"又去找来媒婆，给他娶了个媳妇，生了个娃儿。吊颈鬼说："伙计，现在该吊得了哩！"赌钱汉说："好，今天可以吊了。吊前我们要好生吃一点，耍一阵。"马上他给他屋的个说："你去买点菜，打点酒，有客要来，把最快的剪刀放在桌子上。"他女的个老实弄菜打酒，搞得七翻二阵的，办好了，最后把剪刀拿来放在桌子上。赌钱汉说："伙计，快点出来喝酒，喝了耍一阵就去吊颈。"吊颈鬼信以为真，过来坐起陪他喝酒，摆龙门阵。赌钱汉趁吊颈鬼不防，拿起剪刀，一下就把吊颈鬼的舌头剪掉了。吊颈鬼跑上名山无常二爷处告状，崔判官把生死簿拿来一翻，是该赌钱汉死，马上就派无常、小鬼、鸡脚神去捉拿。这几个鬼来到赌钱汉家时还早，就躲到他的房子上面去等着。晚上，女的个问："今天煮啥子夜宵哟？"赌钱汉指指房子上吊的腊肉："你去把上面的戳一个来煮哟！"几个鬼一听，吓跑了，回去汇报说："我们去他家的房子上面等，他在下头叫他女的个把我们戳一个下去煮！"鬼王说："那么凶吗？我亲自去看看。"鬼王第二天自己去看，他跑到房子上去蹲倒起，先看一下赌钱汉究竟有好凶。一看，他两口子正在吵架。女的个说要去吊颈死。赌钱汉说："有个鬼在这里守倒我都吊不死，你吊得死？老子把你照倒起，我吊死了要你拿钱来过路。"又说："充其量把名山的鬼王弄来打炒面吃。"鬼王一听要把他拿去打炒面吃，也被吓倒了，连说："这个人才叫凶，算了！算了！不捉他了！"

讲述者： 李志宣，男，农民，初中学历
采录者： 秦艳明、秦历辉
采录时间： 1986 年 8 月 21 日
采录地点： 丰都县楠竹乡八村（今楠竹村）三组

14

吴兴隆改恶

明朝嘉靖年间，丰都高家镇有一个姓吴的老板，大号吴兴隆。吴老板为人精明能干，算盘也打得精。在镇上，他以自己的名号作字号，开了一家"兴隆粮店"。五谷登场时节，农民急于卖粮，他就狠心压价收购；等到来年春二三月，青黄不接，老百姓缺粮的时候，他又拼命抬高粮价，大量卖出。再加上在升斗上做些手脚，不几年，兴隆粮店就兴隆起来。

这个吴兴隆老板除了做生意而外，为人还有一个特点，就是手狠心毒。能占的他全都要占，能赖的就一律赖掉。和他打过交道的人，都晓得他有几分厉害。

那一年，五谷丰登，吴老板去石柱山里低价收苞谷、豆子。由于收得过多，身上带的银钱不够了，又舍不得放过时机。中秋那天，他买了几件礼品，假意到石柱县城他表哥家里拜节。他表哥徐明是个老好人，只是好酒贪杯，经不起他几说几劝，喝到二昏二昏的时候，就亲手把三百两银子借给了他，连字据都没有要他写一个。

吴兴隆收完粮食运回高家镇，正准备筹款还账，忽听得石柱来人说，他表哥徐明中秋节当晚由于饮酒过量，中毒死了。吴兴隆一听暗暗高兴，盘算着要把这笔三百两银子的债务赖掉。

转眼到了第二年春荒时节，兴隆粮店的米价一天高过一天，银钱如流水般流进吴老板的钱柜子。一天夜里，吴兴隆吃了夜酒，正打主意出门看戏，忽见街边上走来一人，青衣青帽，脸色发黑，走拢向他打了一躬说："吴老板，我是从石柱来的。我家老爷说，你去年中秋借他的银子该还了。"说完转身飘然而去。

吴兴隆听了这话，心中一惊，好半天没有回过神来。过后坐在戏台边仔细一想，又冷冷地笑了。哼！记得去年中秋夜饮酒时，只有徐明与他二人在座：表嫂不在家，下乡走人户[1]去了；取银子时连管家都没有惊动，是徐老表亲手开的钱柜子，是自己亲自解的银子包袱。除他二人之外，哪里还有第三者知道呢？除非是鬼……想到这里，他心里一惊，但立马镇定下来。鬼？啥子鬼，活见鬼哟！于是又心安理得去看他的戏。

一晃又是几个月过去了。中秋那天，他去江边朋友家饮酒归来，已是三更时分。家里人都睡着了。他推开门，见脚底下有一件白晃晃的东西。捡起来一看，是一封信，封面上写着：吴兴隆老板亲启。他心想：怪了，这送信的人也想得出，深更半夜的，从门缝缝里将信投进来，未必有啥子紧急的事？走进里屋，在灯下他将信拆开一看，顿时脸都吓白了。信中写道："兴隆贤弟台鉴：去年中秋，你借走我纹银三百两。转眼一年过去，不见你前来归还，不知是何用意。自我去后，家中经济日渐拮据。还望你看在孤儿寡母分上，早日将银钱还我，以敷用度。冒犯之处，还望多多见谅。表兄徐明拜上。"

看完信，吴兴隆吓了一跳，双眼紧闭，瘫坐在凳子上。过了一会，又在灯下仔细辨认信笺上的笔迹，果然是表兄徐明手书不假。心想：这就怪了！难道死了的人还会写字么？笑话！一定是徐家哪个下人当时听得一两句口风，今朝便模仿徐明笔迹，前来讹诈的。哼！也不睁开狗眼看看，我吴某人难道是好对付的么？想到这里，心里又平静下来，随手将信凑上油灯，悄悄烧了。

[1]　走人户：走亲戚。

转眼又是三几个月。一天黄昏，吴兴隆从店里办完事回家，刚进门，仆人就告诉他，说刚才有个人来找他，已等了他半天了。吴兴隆问："来人是啥样子？"仆人说："个头不高，胖胖的，水泡眼睛，穿一身黑衣服，打一把小红伞，样子有点怪。"吴兴隆一听害怕了：难道是徐明？忙问："那个人在哪里？"仆人说："刚才还坐在这里，怎么一眨眼就不见了！"正说着，里屋突然传出哇哇的哭声。丫头走出来，笑嘻嘻地说："老爷，恭喜，恭喜，太太生了！"

一会儿，接生婆将娃儿抱出来，吴兴隆一看，嘴巴都笑圆了：是个男孩，胖嘟嘟的，正舞着小手，哇哇直哭哩。吴兴隆接过来，一边诓，一边说："啊啊，莫哭，莫哭！哭啥子？大喜的日子，该笑才好！"原来这吴兴隆今年四十有七，膝下只有两个千金，想儿子都想到命里去了。

但是这个巴望已久的儿子，生下地并没有给吴家带来好运。满月酒吃过，就开始害病了：一时吐，一时泻，一时咳，一时烧。吴兴隆夫妇从此就没有清静过。一个月换一个奶妈，半个月请一位太医，还是不得行。满周岁时，来吃喜酒的人喜都不敢道一声。娃儿黄皮寡瘦的，眼睛发绿，眼看就要不行了。

送走客人之后，吴兴隆的老婆想不过味，伤伤心心地哭了一场。一边哭，一边数落："老天爷，我们姓吴的前世做了啥子过恶事啊！你这样作践我们，我硬是想不过啊！"说也怪，听当妈的一哭，那要死不活的娃儿反倒笑起来，笑得咯咯的，把吴兴隆的心子都笑冷了。他心里是明白的：做过啥子过恶事？赖骗徐家孤儿寡母的钱财，至少要算一桩吧……吴兴隆听着老婆的数落，心子都要炸了，忍不住抱头大吼一声："不要哭了，家里又没有死人，嚎丧呀！"说罢，气极败坏地冲进内屋，"砰"的一声关上门。

当晚，吴兴隆做了一个梦，梦见表哥徐明来了，胖胖的，个头不高，水泡眼睛，穿一身黑衣服，打一把小红伞。他说，他是特意来辞行的。一年来，费心操劳，欠他的三百两银子大体上还清了。他劝吴兴隆不要怄气，凡事要想开些，不要把银钱一类的小事看得过重了。说完，打了一躬，转身就走了。这时，他老婆屋里头哭声起了，将吴兴隆从梦中惊醒。丫头失魂落魄地跑进来报信说："老爷，事情不好了，小少爷归天了！"吴兴隆听后毫不惊诧，扬了扬手说："知道了，吩咐管家准备后事吧！"

吴家小少爷的丧事办得很隆重，花的钱不少。从此，吴兴隆对银钱一类的事情看得不那么重了。春荒时节，他不顾老婆和账房先生的反对，平价卖米，并且搭棚施粥。高家镇的人们见了都觉得稀罕。有人说："这真叫作铁树开花，铁公鸡也拔毛了！"吴兴隆听了也不介意，只是淡淡一笑。他究竟笑啥子，只有他各人心里明白。

讲述者： 秦先伦，男，农民，高小学历
采录者： 姚秋云，男，计生办干部，高中学历
采录时间： 1987 年 10 月
采录地点： 丰都县开峰乡友谊村（今忠县涂井乡友谊村）

15

拐脚鸭

很久以前，丰都城外有个酒醉佬，天天都要进城去喝几杯。这天晚上，他又喝得醉醺醺的，偏偏倒倒地回屋。路过山口桐子林，看到一个黑影子吊在路边边一棵桐子树上，对到他喊："酒醉佬，酒醉佬，来打甩秋哟。"醉汉走近一看，原来是一个吊颈鬼。他有些害怕，一吓，酒醒了一半。他想躲已经来不及了，只好装疯推口说："我不会打甩秋，我还要赶回家哩。"

吊颈鬼见他不上钩，就变了脸吓他："你不来，今天就不准你过路。"

醉汉晓得今晚黑走不脱，心一横，说："要得嘛。"就用下巴往桐子树枝丫上挂。但没挂稳，"咚"的一声摔下来，吊颈鬼见了哈哈大笑。

醉汉说："我吊不成，你吊给我看看嘛。"

吊颈鬼说："要得。"一步跳下来，教酒醉佬怎么上吊。

醉汉等他刚刚吊上去，一下抓住他的两只脚，搭在肩膀上就跑。吊颈鬼脑壳朝下倒挂着，不晓得是醉汉想整他，拍着手笑："好耍，好耍。跑快点，跑快点！"

醉汉晕头转向跑了半天，还是走不到家。这时候，不晓得哪家的鸡叫了一声，吊颈鬼慌了，赶忙喊放他下来。醉汉不干，不管吊颈鬼在背后如何乱抓，只顾背起朝前赶路。

天亮了，醉汉才走拢屋，把吊颈鬼放下来一看，哪里还有什么鬼，放下来的是一块柴疙蔸。醉汉连忙叫儿子抱谷草来烧，直烧得青烟直冒。烧完刨开草灰一看，柴疙蔸不见了，连一块炭都没有。醉汉觉得有些奇怪。当天下午，他和往常一样，又到城里头去喝酒，不知不觉又醉了。晚上回屋，又遇到昨天那个吊颈鬼，还是吊在桐子树上喊："酒醉佬，来打甩秋哟！"

醉汉早晨没有把他烧死，心中很气，也不答话，走过去，一把抓住他的两只脚，背在背上就走。

吊颈鬼昨晚上了当，今天再不嘻哈打笑了，只在背上乱抓。醉汉狠狠捏了他两爪，吊颈鬼才不吭声了。

醉汉跑了一阵，又走错了路，清醒过来，干脆转身往城里走。走进城门天就亮了，吊颈鬼又隐去真身，变成了一只老羊子。恰巧这天赶场，醉汉心想，留下这东西是个祸害，不如背到市上卖了，换几个钱打酒喝。哪晓得半天过去，市快散了，连个问价的人也没有。醉汉正准备打转身，突然一个老汉在喊他，问他羊子卖不卖，说要买老羊子去配单方。醉汉随口要了一吊二百钱，老汉觉得相因，就买下了。老汉牵起羊子回家，拢屋一看，哪里还有羊子，手头捏的是一根空绳子，气吹了。

醉汉得了一吊二百钱，又去酒馆吆五喝六地喝酒。晚上醉醺醺地又往家赶，来到山口树林，那个吊颈鬼又吊在那里。吊颈鬼见了他，恶暴暴地说："赚了一吊二百钱，喝得安逸哈！"醉汉怕吊颈鬼报复他，假装赔小心说："老哥子，对不起，只因身上差几个酒钱，并没有存心害你哟。如果你老哥子不见外，今天就到我屋去喝两盅。"醉汉趁吊颈鬼不注意，一把抓住他的双脚，背起就跑。

一路跑，醉汉心里一边想，听说山上的和尚能够收鬼，这回我要把鬼背到庙里去卖给他。醉汉一边走，一边打主意。为了防吊颈鬼跑掉，他找了一个空坛子，把鬼装在坛子里，抓把黄泥巴把坛子口封得严严实实的，还咬破中指，把血洒在坛口上，然后拎在肩上扛起走。吊颈鬼在坛子里头晓得糟了，急得又哭又叫，连声哀求酒醉佬把他放了。

醉汉白都懒得搭，一口气将坛子扛到了名山上。

醉汉放下坛子，在路边坐了一阵。有个和尚前来问话，问他坛子里装的啥东西，卖不卖。醉汉不知道吊颈鬼变成啥了，含含糊糊地说："坛子里装的是个活物，有三斤半重。"和尚听了也没说啥子，摸出一两银子就跟他买了，说："劳烦你帮我扛一下，我再给你三个铜钱就是了。"

醉汉跟随和尚，把坛子扛拢天心眼。和尚对着坛子，念了一道消灾咒。接着，举起坛子，朝天心眼摔下去。只见火光一闪，无底洞里"呷、呷、呷"叫了几声，就啥子也看不见了。

三天过后，有人在名山下观石滩礁石上，发现了一个怪物：长颈子，扁嘴壳，走起路来一拐一拐的，叫的声音是"呷、呷、呷"的。有个打鱼的一网把它罩住了，用秤一称，不多不少三斤半。河边上很多人围着看，不晓得是啥子东西。这事，酒醉佬听说了，急忙赶到河边去，一看，心里全明白了：这活物肯定是吊颈鬼变的，颈子好长哟，叫声"呷、呷、呷"，最重不过三斤半。至于两只脚嘛，从阴间走到阳间来，一连走了三天三夜，你说能不拐吗？

讲述者：　秦先伦，男，农民，高小学历
采录者：　姚秋云，男，计生办干部，高中学历
采录时间：1983 年 10 月 25 日
采录地点：丰都县开峰乡友谊村（今忠县涂井乡友谊村）

16

罗氏和鬼娃儿

从前，绍兴场附近有一个余老爷。他儿子在外面办公事，是一个县官。儿媳妇姓罗，叫罗氏。结婚以后，由于没有生娃儿，经常受公公婆婆的气。进了余家以后，干的是牛马活，吃的是残汤剩饭，和丫头佣人差不多。为啥要受这些气？她公公婆婆说："娃儿都不能生，喂来有啥用，还不如喂一个母猪合算。"外人听了，都替她打抱不平。

后来，罗氏终于怀了个娃儿，余家立刻就改变了态度，外人也替她松了一口气。大家说："罗氏苦了这么多年，这次终于盼出了头。"

但是，好景不长。罗氏怀了七八个月的娃儿，突然颈子上生了一颗稻米那么大的疮。她不小心抓破了疮，晚上就死了。罗氏一死，余老爷家就把她抬出去埋了。大家说："这个疮才凶哩，中午才抓破，晚上人就死了。"

有人说："罗氏才划不来哩！她自己死了不算，还把娃儿都带到阴曹地府去了。"

不管大家怎么说，人都死了，又怎么生得出娃儿哩。最后，还是弄出去埋了。

有一天，余老爷上红庙子去赶场，杀猪匠看到了说：

"余老爷，你儿媳妇在我这里赊的猪肉钱，应该给得啦。"

余老爷听了，大吃一惊。他说："你知不知道我儿媳妇是哪一个哟？"

杀猪匠说："嘟个不知道哩，罗家桥的罗氏。她男的是个县官，她是大名鼎鼎的县官太太。是不是嘛？"

余老爷说："恐怕你认错了人了。"

杀猪匠说："不会错，不会错，不信你回去问你儿媳妇嘛。"

余老爷说："我那儿媳妇去年上半年就死了，到现在有一年多，快满两年了，又哪里会来你这里赊猪肉哟！"

杀猪匠说："她前天早上都还来称了三斤肉回去的，你不相信？如果你说不是的话，过两天又要赶场了，你就到我的摊子侧边来打远哨。如果不是你的儿媳妇，我这钱不要。"

赶场那天，余老爷到杀猪匠的肉摊旁边盯远哨，果然看见他儿媳妇罗氏中午到肉摊来赊了三斤肉，提起走了。他觉得奇怪，跟在她后面走。最后，看见她提着肉走到坟墓旁边，围着坟墓转了三圈就不见了。

余老爷回家吃饭，和儿子一起到罗氏坟墓处一看，才发现坟墓后边有一个洞，坟墓旁边的草坝上有一个娃儿在地上爬上爬下玩儿。这个娃儿长得又白又胖，竟和余县官小时候的模样一点不差。

发现了这个情况，余老爷两父子立刻回去喊些人拿锄头和钉耙来把坟墓打开。坟打开一看，见罗氏没有死，刚刚买回的那一块肉已经缺了一只角了。余老爷和儿子见了，高兴得不得了，忙把罗氏和娃儿接了回去。他们给这娃儿取了名字，去街上付清了杀猪匠的肉钱，还办了几十桌酒席，燃放了许多鞭炮来庆贺自己的儿媳妇和孙子回家。

人们觉得奇怪，问她嘟个死了一两年都还活着呢。罗氏才说这是她自己不愿意走，才活到现在。

罗氏说，那一天她生了疮，睡在床上迷糊糊地就被两个人押到阴曹地府去了。到了丰都，阎王爷把生死簿一翻，把她分到成都府一个姓张的老爷家当少爷。她听后跪在地上说："老爷呀，你看我怀身大肚的，自己肚皮里都还有娃儿没生下来，又嘟个有心思去给人家当少爷哟！"

阎王爷听了，说："生下来又哪个来抚养呢？"她说："老爷，这个娃儿生下来以后，我自己可以留下来抚养。"

阎王爷听了说："那你想转人世吗？"

她听了，立刻就说："我转不转人世没有什么，只要能够把自己的娃儿抚养成人，也就心满意足了。"

阎王爷听了，很受感动，说："可敬呀可敬！"就把她放回来了。

结果，罗氏一直活了六十多岁，她的娃儿后来还中了状元。

讲述者： 戴福义，男，农民，初中学历
采录者： 戴寿银，男，县文化馆干部，大学学历
采录时间： 1982 年 12 月 12 日
采录地点： 丰都县红庙乡十三联社（今丰都县龙河镇红庙村）

17

郎清云和产妇鬼

以前有个郎清云，是一个当过兵的，胆子大得很。

有一次他外出回家，从平坝走到山垭口，累得大气连天，就在垭口上的一棵黄桷树底下坐起休息。这时从后面来了一个二十来岁的妇女，走到垭口上既不休息，也不喘大气，又飞快走了。郎清云见了，觉得奇怪：大家到了这个地方都要休息，她嘟个一点都不累哩？郎清云赶上去往她背的背篼里面一看，里面还有一个红帕子，才晓得那女的是出来取替身的产妇鬼。

郎清云非常气愤，远远地吊在后面跟着她走。走了一阵，来到一个大院子。郎清云看见这个产妇鬼把自己背上的背篼取下来往路边一甩，又把红帕子藏在草当中，走进院子里去了。郎清云见她一走，马上把红帕子取来藏在自己身上，跟着进了院子。见院子里有人，他就问："你们这个院子有人生娃儿吗？"

院子里的人说："有啊，就是那边一户的儿媳妇这两天可能要生娃儿。"

郎清云说："那你们看没看见一个二十来岁的妇女从这里过路呢？"

那人说："看见的哟。她说是她屋的亲戚，刚刚走他们屋去了。"

郎清云听了，马上走到那家门口问："你们家来得有一个女娃儿吗？"

主人家站出来说："有一个，有一个。她说是我们儿媳妇的亲戚，刚刚才拢，在里面帮助我们儿媳妇生儿子。"

郎清云听了，很想说明她是一个来取替身的产妇鬼，又怕说了会把院里的大人娃儿吓坏。于是转弯抹角地说："她是我的媳妇，你们给我喊出来，我要把她领回去。"

主人家听了，说："她在帮助我们的儿媳妇生娃儿。大哥，你就等一会再回去嘛。"

郎清云说："不行不行。再让她在里面，你家儿媳妇的性命都要出问题。"

主人家听了，莫名其妙，说："不会不会，她说她经常帮人家接生哩。"

郎清云看好说无效，说穿了又怕把人家吓坏，就闯进去一爪把那女的抓出来了。他说："你这个伤天害理的东西，人家跟你无冤无仇的，你嘟个要无端地跑来害人家哩。"说得那女的哑口无言。郎清云又把红帕子取出来一亮，产妇鬼就乖乖地跟着他走出去了。到了大路上，产妇鬼又哭又说："我以后再也不出来害人了，请你把红帕子给我。没有这个帕子，我又嘟个回得到阴曹地府去呢？"

郎清云见她很可怜，以为她真的不再害人，就把红帕子还给她了。

过了几天，郎清云在一个大院子给人家做家具，又看见这个女娃儿从地坝中间走过去了。他觉得奇怪，问这一家的人："你们这个院子有人生娃儿吗？"

这家的人说："有啊，这边岩脚一家的大儿媳妇可能这两天要生娃儿。"

郎清云听了，马上说："我今天还有点急事要出去处理一下，明天再来做。"说完就跑到院子外面能够藏东西的地方去找产妇鬼藏的帕子。他把草笼笼、树笼笼都找遍了，结果在那草房外面的草当中发现了。郎清云见了，取出来藏在身上就往这家走。

到了这家，郎清云说："你们家刚才来得有一个女娃儿吗？"

这家的人说："有。她说是我们大儿媳妇的表姐，到我们大儿媳妇屋里去了。"

郎清云一听，跑进去又把她抓出来了。他说："你上一次是怎么说的？你不是说再也不出来害人吗？怎么又出来了？"

主人家听了，莫名其妙。郎清云把她拉起就往外面走。产妇鬼不走，说："我又不是你的媳妇，你凭啥喊我走啊？"

郎清云说："呃，你不是我的媳妇我就管不了嗦？"他突然从身上把红帕子掏出来一抖，说："你别高兴早了。凭什么？就凭这个就可以喊你走。"

产妇鬼见了，二话没说就跟着他出去了。走到了没人户的地方，产妇鬼才说："我到阴曹地府都已经二三十年了。在那里受苦受气，实在没有办法才出来的呀。要是过得下去的话，哪个还来做这种事情哩。"

郎清云听了，非常气愤，说："过不下去也不该做这种伤天害理的事情呀。为了转人世，就可以只顾自己，不管别人的死活嗦？"

女娃儿听了，哑口无言。

郎清云说："要是你实在感到孤单的话，我劝你还是出来跟着我好了。"

产妇鬼听了，说："那怎么成呢？你是大千世界的人，我是阴曹地府的鬼，怎么能混杂在一起哩？我来跟你住，说不定人家还要说是人鬼混杂呢。"

郎清云说："那有什么呢！我们人世间本来就有混杂搞鬼的人。他们虽然不是鬼，但心怀鬼胎，当面是人，背后是鬼，和鬼又有什么区别？"

产妇鬼听了，说："不行不行，以后说不定还要把你们那里的人吓坏哟。"

郎清云说："那怕什么？只要我不给他们讲，哪一个又知道你是个产妇鬼哩？"

女的听了，非常感动，就真的跟着他去了。从此以后，郎清云每天照样出门给人家修房造屋做家具，女娃儿在家煮饭喂猪种庄稼，家里收拾得非常整齐。从这以后，这女娃儿再不出门去干那种伤天害理的事情了。

那时候，这个院子里有一个年轻媳妇，结婚十几年了，都不生娃儿。有一年，怀了个娃儿，生娃儿的时候又生不下，难产死了。她娘家来打人命官司，讲了三天三夜都不许埋。郎清云见了，把产妇鬼喊进屋里去问："这个人是不是你去取了替身呀？"

女娃儿说："你去问，看我到他的家去过没有？自从她怀了娃儿以后，我连他们家的门都没有进去过，又嘟个是我嘛？"

郎清云说："不是你，那又是哪一个干的呢？"

女娃儿说："她自己生娃儿难产死了，怪哪一个嘛！再说我的帕子也在你身上放起的，就是取了人家的替身，我也回去不了。"郎清云见她说得有理，就没有追问了。谁知这个女娃儿却说："郎清云，你看我是不是去，帮她一个忙哟？"

郎清云听了，说："你的本领是取替身，未必还可以让死尸回活过来吗？"

女娃儿说："可以呀。只要我站在她面前用手拍两下，这个人的阴魂马上就可以烟消云散，到西天去。如果我站住她面前吹气，这个人的魂魄又可以从外面回到尸体上去。"

郎清云听了非常高兴，说："那你就赶快去把她救活过来。"

结果，她过去给这个女的吹了两口阴气，这个人的阴魂马上就转来了。她又给她吹了一口阴气，肚皮里的娃儿"呱"的一声就生出来了。这户人见了，破涕为笑，还把她拉去坐了上八位。从这以后，周围的人生娃儿都来请她去接生。

有一次，郎清云把红帕子掏出来交给了她，说："你到人间来做的好事已经不少了。我看你还是把这个帕子拿起回阴曹地府去奔一个前程嘛！"

产妇鬼见了说："我们都已经结婚这么多年了。我怎么能割舍得下你呢？"她急忙把这个帕子拿着要丢进灶里去烧。

郎清云见了，一把就把帕子拖出来，说："烧不得烧不得。你把这个都烧了，以后又嘟个回得到阴曹地府去哩！"

这个女娃儿听了，说："在这里不是一样过得很幸福吗？何必要回那个鬼地方去呢？"结果她还是把那张红帕子烧了。

后来郎清云活到七十多岁。郎清云死后，这个产妇鬼也不见了，听说他们在阴曹地府还是夫妻哩。他们在那里卖"迷魂汤"，一个叫忘魂汤爷爷，一个叫忘魂汤娘娘。

讲述者：　　戴福义，男，农民，初中学历
采录者：　　戴寿银，男，县文化馆干部，大学学历
采录时间：　1982 年 12 月 15 日
采录地点：　丰都县红庙乡十三联社（今丰都县龙河镇红庙村）

18

赌鬼胡二

传说很久很久以前，有个人上吊死了，成了个吊颈鬼。到了丰都阴曹地府，他才觉得自己死得划不来。阴曹地府鬼气森森，鬼哭狼嚎，一点都不快活。他想，不如去找个替死鬼，自个还是回到阳间去才好。

有一天，他趁着鬼门关的几个小鬼不注意，溜了出来，装成个人样子，在丰都城转来转去，寻找目标。

有个人叫胡二，原本是个做小生意的，人还算本分，找的钱还能养活堂客[1]和两个娃儿。有一次，几个朋友约他去推牌九，从那以后，他赌上了瘾，成了个赌棍。开先他赢了一些钱，后来输多赢少，把做生意的本钱都出脱了。没办法，他就回去找堂客要。他女人叫秀芬，是个吃苦耐劳的人，天天纺点纱，赚点钱补贴家用。自从胡二成了个赌鬼，把做生意的本钱出脱完了，就靠她纺纱赚的钱养家糊口。开先胡二打哄，说生意要做大点，把堂客的钱骗到手。后来秀芬晓得了，就再也不给他，说："你本是好人，啷个要去赌钱，弄得一家人饭都吃不起了，还打哄连怪的。

[1]　堂客：妻子。

我没得钱了，你也不要再去赌了。"

胡二说："赌输了，借了人家的钱总要还嘛。最后一回，把钱还了，我再也不赌了。"

秀芬说："借的哪个的？我去还！"

胡二说的是谎话，可钢口还硬得很："我是个男子汉，找婆娘要点钱还恁个受气？你要是不把钱给我，你那钱也别想安稳。"

果然，胡二趁晚黑秀芬睡着了，把秀芬辛辛苦苦挣的钱偷了。

有了一回就有二回，胡二赌老是输，秀芬赚的钱老是遭胡二偷。秀芬好几回都想死了算了，但想到娃儿还没成人，又舍不得。

这晚黑，胡二赌输了回来，秀芬给他说："胡二，你要是再赌钱，我只好上吊算了。碰到你这个没出息的老公，我活起也没意思。"

秀芬说这话的时候，恰恰被那个吊颈鬼听到了。那鬼好不快活，心想，这婆娘要上吊，正好是我的替身。

吊颈鬼去找丰都城的土地菩萨，向他许愿：如果土地菩萨帮忙成全他这件事，他来世一定重新盖个土地庙。土地菩萨答应了。

第二天一大早，胡二趁秀芬还没醒，又把秀芬准备买米下锅的钱偷了，跑得溜快进了赌场。吊颈鬼给土地菩萨说了，叫土地在赌场使法，让胡二慢慢赢钱，他就跑到胡二家去等秀芬上吊。

果然由于土地使法，胡二这天手性好得很，赢了又赢，硬是舍不得离开赌场，正中了那个鬼的计策。

秀芬起床后，准备去买米煮饭给娃儿吃，发现藏在席子下的钱又遭胡二偷了，肚皮都快气爆了，只是哭。这一哭不打紧，两个才几岁的娃儿被她哭醒了，不晓得妈哭啥，要妈妈拿东西吃。

秀芬把藏在贴身衣兜里的几个铜钱拿给两个娃儿，叫他们出去买粑粑吃。等两个娃儿一走，秀芬叹了口气："我秀芬命好苦啊。算了，跟这样的老公实在没得想头，上吊算了。"

鬼一听，心头直叫好："要得，跟这样的老公硬是没得想头。上吊，快点上吊！"

正当秀芬找出绳子要上吊时，两个娃儿买起粑粑回来了。一哈儿[1]两个娃儿就把粑粑吃完了，说没吃饱，还要吃。

秀芬实在是没得钱了，看见两个娃儿闹着还要吃的，心头好酸哪！她只好将隔夜的冷饭热来给两个娃儿吃了，叫他们出去耍。

那个鬼心头急得很：要是时间长了，胡二回来，秀芬就不会上吊了。心头说："你啰唆啥子，要上吊就撒脱些嘛。"

秀芬等两个娃儿出了门，又把绳子向楼枋上甩去。鬼怕有人再来打扰，干脆把门拴上了，坐在那儿等秀芬上吊。

秀芬把绳子拴好，脑壳正要伸进绳套头，看见娃儿换下来的衣服没洗，心想："我虽然要走了，再也看不见两个娃儿了；当一回妈，就最后一回把娃儿的衣服洗了再走也不迟。"

她跳下凳来，拿起了娃儿的脏衣服。

那个鬼在一旁干着急，但也没办法。心想：你这个妈也当到家了，就再等一等吧。

秀芬一边洗衣服，一边流泪，心头好不凄惨；那个吊颈鬼等了一晚上，又等了一上午，等哪等得就睡着了。

秀芬把娃儿衣服洗完，心一硬就上了吊。那个鬼还在睡，忽然听到有人敲门才把他惊醒了。醒来一看，秀芬已上吊。他正要扑上去，门被人打爆了，冲进来的正是胡二。原来胡二赢了钱，好不高兴，回来一看门被反拴上，从门缝一看，堂客上了吊，把他急慌了。

胡二跑进屋，连忙把秀芬抱下来。那个鬼心头好后悔：要是不打瞌睡，这个替身不就找到了！

胡二用手一探，秀芬还气息幽幽，连忙把秀芬抱在床上。想到原来两夫妻恩恩爱爱，如今堂客硬是横了心，心头也着实难受！

正当这时，土地菩萨领着白无常走了进来。那个鬼打算等胡二去请郎中的时候把秀芬整死，没想到碰到了白无常。他正要溜出去，白无常一甩链子把他套上了。

土地菩萨等秀芬醒过来，指着胡二说："你这个老公

[1] 一哈儿：一会儿。

没出息，是个赌鬼。今天我奉了崔判官的命，领白无常来捉拿你，今后你就不再糟蹋人啦！"

胡二一听，魂都吓落了，跪在地上直见磕头求饶。

土地菩萨说："胡二，你以为你今天赢的钱都是真的吗？哈哈哈……那是我找了几个小鬼使的法……"

胡二把钱掏出一看，果然是些纸灰灰，只有他从秀芬那里偷去作本钱的钱才是真的。俗话说，一夜夫妻百日恩。秀芬虽然恨胡二不争气，但一听说要把她老公抓到阴间去，她心又软了，也向土地公公求饶。

土地公公说："胡二，你听着，要是你再当赌鬼，再欺侮你堂客，我随时都可以禀报崔判官，勾了你的命！"

从此胡二再也不敢赌钱了，因为他怕背个赌鬼名声到阴间去。据说，赌鬼要遭下油锅。

讲述者：　隆清和，男，退休工人，小学学历
采录者：　高应平，男，县文化馆干部，大专学历
采录时间：　1985 年 8 月 2 日
采录地点：　成都川棉一厂

19

王方平

以前有个卢道人到丰都城来化缘，住在一家客栈。这客栈主人因为服务态度好，加上清洁卫生，几乎天天几十张床都住得满。主人姓李，是个良民。

这卢道人从川西坝子来，会使法术。有天夜里，他想，何不灵魂出壳到上海去玩一玩呢？主意打定，盘腿坐在床上，双手合十，一哈儿，他的魂个就飞出躯壳上了天。到上海时，天恰恰亮了。他东窜西走，在上海玩了一天，看了好几件稀奇古怪的事。天黑后，他的魂往回飞；半夜时分，回到了他的肉身上。

第二天，他向李老板说，他昨天到上海去玩了一天，还讲了上海发生的那几件稀奇古怪的事。李老板半信半疑。过了十几天，上海来的报纸和在上海做生意回来的人谈到卢道人说的事，硬还是一模一样。从此李老板对卢道人另眼相待，更加周到。

住了一段时间，卢道人在丰都化缘化了不少的钱，通过钱庄汇回道观去了。原本他打算再住两日，再上名山去游览一回；哪晓得这晚黑睡下之后，心血来潮，忽发奇想：何不灵魂出壳再游一次上海呢？于是，他在床上又盘

起双腿，双手合十，魂个又飞出躯体，上了天空。天亮的时候，他又到了上海。哪晓得他在上海大世界游玩时，碰上了师兄张道人。师兄弟俩相见，好不高兴，相约一起到苏杭、黄山等名山大川游历一番。这一游历不打紧，游出了事来。

过了五日，李老板看卢道人的房门反锁，不见人影，忙叫伙计撬开房门一看，卢道人双腿盘坐在床上，一动不动。李老板用手探了探鼻息，哪还有啥子气？周身冰冷，喊不答应，推也不理。李老板由于接触人多，对修行炼丹之说也略知一些。他想，卢道人一定是坐化了，只好去报了警察局。警察局局长听此稀奇事，亲自前往处理，查明情况后，派人把卢道人躯壳送往城外火化了。

过了两日，卢道人的魂个飞了回来，回到他原先的住房。哪晓得床上睡的人却是另一个旅客。他的魂找不到自个的躯壳，就满屋乱摸。这一摸不打紧，一下摸到了那旅客的脸上，把旅客摸醒了，听见有人在说："我的肉身呢？我的肉身到哪去了？"

那旅客连忙擦火点灯一看，房里又没有人，心想：是自己睡蒙了。吹了灯又睡下。才一睡下，又有人在摸他的脸，又在说："我的肉身呢？我的肉身到哪去了？"

这回他听得清清楚楚了，断定不是自个睡蒙了，一定是碰到了鬼！

他再也不敢睡了，一直坐到天亮。

从那以后，这房子一连住了几个旅客，每天晚黑如此。这事渐渐传出去，不仅这间房没有人住，李老板客栈也没有人上门了。

李老板原来生意兴隆，现在一连数月分文不见，不免心中发慌。一天，李老板正坐在大门口发愁，忽见一道长模样的人向他走来，说要住房。李老板说："道长，我是厚道人，不瞒你说，我这有一间客房闹鬼，现在没得人敢来住了。"

道长说："没关系，我从来都不怕鬼。"李老板只好依了他。

这晚黑，这道长假装睡下，卢道人又来摸他，他显得不耐烦。

道长说："你的肉身嘛？你到厨房水缸头去找嘛！"

卢道人到厨房去，一头栽进水缸里，拱了几转，哪有他的肉身呢！他又回到房里，说："水缸头没有！"

道长说："那你就到灶孔里头去找看嘛！"

卢道人又到厨房，一头钻进灶里去，哪有他的肉身呢？他又回到房里，说："灶孔头也没有。"

道长哈哈一笑："对啰，水里没有，火里也没有；既然你水火都不怕，还要那躯壳作甚？"

卢道人恍然大悟，才晓得几年来，自己已修炼到入水不濡、入火不灼的境地了。卢道人问："请问道长高姓？"

道长说："吾王方平是也！"

卢道人连忙作揖说："不知仙翁驾到，贫道无礼了。"

王方平说："你为了自己躯壳装神弄鬼，害得人家鸡犬不宁，生意也做不成，有失道家声威。何不从此跟我去吧！"

卢道人留恋人间，哀求道："仙翁，你法力无边，还我一个肉身吧！"

王方平说："今天的事，全系你自作自受，我不能让你再回阳世。如若你不跟我走，我只好无礼了。"

卢道人哪敢违抗，只得跟王方平走了。

第二日清早，李老板来察看，哪还有个人呢？李老板忽然记起，道长好似在哪里见过！又想了一阵，明白了，连说："对了，是他，一定是他！"扑爬跟斗儿爬到名山二仙楼一看，果然那道长跟王方平的塑像一模一样。

从此，李老板客栈再也不闹"鬼"了，生意做得更红火。

讲述者： 杨正模，男，干部，初中学历

采录者： 高应平，男，县文化馆，干部

采录时间： 1990 年 3 月 7 日

采录地点： 丰都县县城

20

无常娘娘

　　过去，石柱有家卖包面的馆子，老板姓蔡。包面卖出了名，大家喊他"蔡包面"。蔡包面生意好，日子自然过得好。只有一点不顺心：两口子都四五十岁了，还没有娃儿。蔡包面很着急，求神呀，求观音呀，样啥名堂都搞交了[1]，还是不生人。后来他们生气了，样啥都不信，还把菩萨诀[2]了一顿。说也奇怪，他不信神，送子娘娘偏偏又送了一个来。五十多岁才生了个女娃儿，两口子非常高兴。他们怕这女娃儿长不大，又让她拜继了二十多个干娘干老子，还在楼上开了个天窗，让女儿在上面绣花。到了十七八岁，这女娃儿长得很漂亮，石柱的城隍菩萨看见都动了心，就是不敢动手。因为他在石柱虽是一方之主，但上面有个阎罗天子管到他。丰都那无常二爷凶得很，你瞒得过天子，瞒得过无常二爷吗？俗话说，日管阴来夜管阳，皇帝老子都怕无常。哪个惹得起他？

　　有一次，天子殿的无常二爷到石柱去，石柱的城隍姓

[1]　搞交了：做遍了。

[2]　诀：此处是骂的意思。

马，见了问他准不准备成亲。无常二爷听了说："成亲？我是阴曹地府的人，又是正神，哪个敢成亲呢？"马城隍听了，笑一下说："那天子爷爷为啥要成亲呢？""那是天子大人嘛！"马城隍说："天子也是人，我们也是人；为什么他可以，我们不可以？"无常二爷听了答不上来。马城隍就把无常二爷打扮得漂漂亮亮的，领着他来到蔡家。无常二爷看女娃儿长得很漂亮，就干了。这个女娃儿见无常二爷长得高高长长，听说又在阴曹地府办事，也点了个头。她一答应，没过几天就发急病死了。哪个的呢？因为见面以后，无常二爷就回来告诉了天子爷爷，把这个女娃儿的名字勾了。女娃儿死了，两口子恓得死去活来。

　　到了望乡台，女娃儿看见自己的爹妈哭得伤心，就托梦请他们到丰都来见她。蔡包面两口子到丰都一看，无常二爷的庙子里有一位无常娘娘，和自己的女儿一模一样。回去以后，蔡包面在石柱到处化缘，没隔多久，就送钱到丰都来修了无常殿。从那以后，蔡包面两口子每年都要到丰都来看她。见了他们，庙里的和尚都要外公外婆的喊。过了些年，蔡包面死了，丰都的和尚还把蔡婆婆接到名山来住了几年哩。

讲述者：　　王淑清，女，农民

采录者：　　戴寿银，男，县文化馆干部，大学学历

采录时间：　1983 年 6 月 4 日

采录地点：　丰都县高镇公社大桥生产队

21

李泡粑

从前，丰都县麻柳林那里有一泡粑店，母子两个相依为命。儿子姓李，早先靠打柴为生，后来积了二三十块钱，就买米做泡粑来卖。由于周围团转都没有人卖泡粑，开始每天还可卖三四升米的粑；后来其他两家人也开了泡粑店，逐渐逐渐就只能卖两升米、一升米，甚至半升米了。后来半升米都要卖两三天。这哈儿他又去打柴来卖，让他的妈每天做一两斤米的泡粑卖。

有一次，天都快黑了，从外面来了一个女娃儿要买泡粑吃。她说："李大娘，拿几个泡粑来吃哟！"李大娘去蒸笼一看，只剩几个，就全部盛在碗里端出来给她吃了。大娘说："实在是抱歉，就剩这么几个了。"

女娃儿问："你们咋个不多做点嘛？"

李大娘说："哪个又不想多做点，多赚几个钱？但是要有人买噻。"这个女娃儿吃了却不走。李大娘说："天都黑了，你怎么还不走呢？"

女娃儿听了，说："现在天都黑了，怎么走得拢哩？我是山上的人，离这里还有几十里路哩，我看是不是就在你们这里住一夜呢？"

李大娘说："你看我们家总共才这么大，怎么住得下你呢？"

女娃儿说："我是一个孤儿，姓胡，父母都没有，回去也没有亲人。我看是不是就给你那个儿子当媳妇呢？"

李大娘听了，立刻摇头，说："当媳妇啊？不行不行。我们家很穷，糊口都困难，咋个娶得起媳妇？你还是走嘛。"

女娃儿说："我不怕穷，你家穷我们共同来兴嘛。"那个女娃儿任你怎么说都不走，后来就留下来了，就是胡氏。

这以后，这个女娃儿和李大娘每天在家里做粑，由李大娘的儿子每天担到街上去卖。李家的泡粑几天工夫就把其他人的泡粑盖过了，一天做几十斤米的泡粑都不够卖。才搞了两三年，李家就修起了雕梁画栋的楼房。再过了四五年，李家又开起了钱庄，胡氏也生了富、贵、荣、华四个娃儿，每天从外面回来，几个娃儿马上就跑来围着"爸爸、妈妈、奶奶"地喊，生活也有了起色。要是在外面遇到什么不顺心的事，只要几个娃儿上前来爸爸奶奶一喊，心情马上就舒畅起来了。由于他们的泡粑做得好，个子大，味道香，大家都称李大娘的儿子为李泡粑。

谁知男人得势，女人遭殃。后来李泡粑不务正业，竟然在外面搞起日嫖夜赌的事情来了。时间一长，他竟然还提出要娶小老婆，要把胡氏休了。李大娘一听，一家伙就气倒了。她说："可以，我现在都七八十岁的人了，看你把她休了，哪一个给你做泡粑嘛。你要休她的话，最好还是把做泡粑的人找到了再休。不然，给你做泡粑的人都没有。"

这个女娃儿也说："你要休我，可以。不过我先得把话说在前头，你们这个家要是没有我的话，三天就得停火，五天就要垮台。如果你李泡粑不信，我今天下午就出去走十天亲戚，让你在家里试一试。"

李泡粑说："做泡粑，有什么稀奇，试一试就试一试。没有你，我们照样卖钱。"

这天下午，胡氏走了，李泡粑去做了几笼泡粑，第二天挑到街上去，一个都卖不出去。大家说不香，全部拿去喂了猪。果然第三天就停了火。这天下午，他从钱庄取几十块钱去买米，大家都说他用的是假钱，不卖给他。有的人说他用假钱骗人，还把他打了一顿。第四天，大家都说他那钱庄里拿出去的是假钱，还要来拆他的房子。李泡粑不信，到钱庄去一看，果然是些假钱。这时他才对胡氏另眼相看起来。他觉得她还有点功夫，休不得。

李泡粑再也不敢提休妻娶妾那个话了，还叫人去请胡氏回来。第五天，许多人都来等着拆他们家的房子，把李泡粑整得焦头烂额。这时，胡氏回来了。她到外面一站，说："你们为什么要来拆我们的房子？"

这些人说："你们家用假钱哄人。"

胡氏说："你们看一下你们手中的钱，如果是假的就拿来找我；如果不是假的，就自己拿回去。以后随时发现有假钱，随时来找我，保证不会用假钱骗你们。"大家听了一看，果然是真钱，就全都回去了。李泡粑见了，觉得奇怪。他跑去钱庄一看，又全部都是真钱，高兴忙了。

胡氏见了说："怎么样，我说没有我三天就要停火，五天就要垮台嘛，信不信呢？"李泡粑羞得满脸通红。

第二天，胡氏又做了几十斤米的泡粑给李泡粑拿去卖，大家吃了都说好吃，一半天就卖完了。从这以后，李泡粑就再也不敢小看胡氏了。

有一次，李泡粑在街上卖泡粑，迎面遇到了一个长老和尚，拦住李泡粑对他说："不怕你那个女娃儿长得乖，她不是个人。"

李泡粑说："啥子？不是人哪？我说你才不是人哩。不是人是个啥子嘛？"长老和尚说："狐狸精！"

李泡粑说："狐狸精哪？那她又怎么会生娃儿呢？"

长老和尚说："那你看见过她梳脑壳没有嘛？"

李泡粑听了一想：对呀！我们结婚这么多年，硬是没有见过她梳头哩。于是他就问："那要咋个才看得见她梳头呢？"

长老和尚说："每天清早她要起来煮饭。煮饭之前，她要把脑壳端下来放在灶台上面梳。"

第二天清早，李泡粑发现胡氏果然是这么梳头，就有点害怕。第二天上街就去找长老和尚。见了长老和尚，李泡粑说："果然是一个狐狸精，咋个办呢？"

长老和尚说："你不用怕。我现在画得两张符给你，拿回去以后，你等她出门的时候，就把它贴在门窗上，然后进屋把门窗关好，她就再也进不来了。"

这个男的说："要是她来撞门，硬是要进来呢？"

长老和尚说："她要是敢撞，还没有拢门就要被打死。"

回去以后，李泡粑看他女的出门上茅厮[1]去了，马上就把两道符掏出来弄点米汤贴到门窗上，进屋把大门关了。胡氏上厕所转来，再也进不到屋了，只有在外面吼。她说："李泡粑，你知道不知道你这个房子是怎么来的哟？要不是我来给你做，你卖泡粑，你卖银子都没有人要。"

李泡粑听了，既不答应，也不开门，让她在那里吼。胡氏吼了一阵，见李泡粑黑起心地在整她，就再也不要求开门了，说："你既然不让我在这里住，我也不强迫你留我。只是要求你把四个娃儿弄出来我摸一下就行了。"结果经过她一摸，李富、李贵、李荣、李华四个娃儿全部变成了活泼可爱的小狐狸，跟着胡氏一起跑到大山上去了。

胡氏一走，李泡粑就再也做不出那种又大又香的泡粑来了。过了几天，大家又说他办的钱庄发放假钱骗人，把他家的房子也拆了。

后来李大娘一死，李泡粑就上山当和尚去了。

讲述者： 戴吉山，男，农民，小学学历
采录者： 戴寿银，男，文化馆干部，大学学历
采录时间： 1983 年 12 月
采录地点： 丰都县红星乡（今仁沙镇）十二村

[1] 茅厮：厕所。

22

儿大娘三岁

从前，有个名叫得福的人，父母双亡，单身一人，到了二十九岁还没娶上媳妇。有天，得福做活路回来，安顿弄饭吃。他走进灶屋，只见锅里热气腾腾；揭开锅盖一看，菜也弄好了。他想，这才怪呢，是哪个搞的呢？第二天做活路回家，饭菜又做好了。他吃完饭，正要去把几件脏衣服洗了，哪晓得那几件衣服早已洗得干干净净。得福想，这才有点名堂呢。这以后，得福每天搞活路回家，有热饭热菜吃；衣服脏了只要脱下，自然有人洗；还有恁个怪，得福想吃什么，只要念出来一句，下顿就有了。恁个怪的事，当然得福要打听是哪个做的。他到处打听，也没打听到。这天，得福吃了饭，假装上坡搞活路。一个兔儿折[1]就回来，要拢屋时，突然看到一只狐狸走到土地老爷庙前，打一个滚，变成了一个漂亮女子，朝得福屋里走去。得福一下明白了，原来是狐狸精做的好事。得福赶忙将狐狸皮收起赶回家里。只见那漂亮女子在洗锅，得福一步跳进屋，吓得她转身就跑，被得福拦住了。

她见跑不脱，一下跪在得福面前说："我已服侍你半年多了，既然今天被你识破，又不准我走，那我俩就成亲嘛！"得福巴不得她说这句话，忙答应了。成亲后，两口子你疼我爱，蛮和气。第二年就得了一个男娃儿，取名得宝。

有天，为点小事，两口子歪诀歪叨[2]起来。得福诀："哼！羞你的先人，你是个什么东西！"女个说："哼！你凭什么说我不是东西，有什么把凭？"

得福一听，马上就将那张狐狸皮拿出来做把凭。妻子一把夺过来，披在身上，将娃儿左手中指咬了半截衔着，在地上打一个滚，现出原形跑了。得福晓得搞拐了，跟倒撵。看到要撵拢，狐狸在一棵大树上一头撞死了。得福失悔不迭。

一晃又是好几年，得宝已经念得书了。得宝进学堂后，念书蛮展劲，天分也好。后来上京应试，一举中了状元。

再说狐狸精死后，投胎人身，名"精变"，一晃也是十九岁的大姑娘了。这天她上街，得宝正坐着轿子过街，被她一下认出，就喊了起来："哎唷！你是我宝儿嘛！"得宝一听，硬气糟了，大骂："你这黄花女子，怎个没得家教，痴货！"

精变说："大人，你的确是我宝儿呢。"

男不和女斗，狗不和鸡斗。得宝只好把她带到当地县官处评理。县官问她咋个出此狂言，精变就把自己服侍得福，到与他成亲，再到投胎变人的经过，过过细细讲了。县官和得宝还有点不信，县官问她有什么证据，精变说："有，我走时，咬掉了他左手中指半截。不信，逗上试一下。"把她保存起的手指拿来一合，巴皮巴肉地合上了，连丁点痕迹都没得。

这下，县官、得宝完全相信了。得宝马上跪在精变面前说："娘呀！原来是怎个回事哟，请您不要记我刚才的气啊！"精变忙把得宝拉了起来，并问："宝儿，今年好大了呀？"

得宝说："娘，儿今年刚好二十二岁。"

精变说："哦，原来儿还大娘三岁嘛。"

[1] 兔儿折：很快转身回来。

[2] 歪诀歪叨：乱骂。

讲述者： 李明春，男，农民

采录者： 冉涛元，男，五马乡文化站，干部

采录时间： 1986 年 4 月 2 日

采录地点： 奉节县五马乡（今五马镇）王坪村

23

两兄弟与雷蚣虫

从前有两兄弟，非常任性。大人送他们读书，他俩却去耍雷蚣虫[1]，两兄弟一人一根。吃饭的时候把雷蚣虫从楠竹筒中放出来，吃饭之后就把雷蚣虫放进去，外头用一个包谷球塞起。要到二十来岁，这两根雷蚣虫就长到了三尺多长，成了两兄弟的随身之物。

有一年夏天，皇城开考。两兄弟知道了，都要去应考。老大说："这次开考，我一定要去把文状元夺了。"老二也说："这次招考，我一定要上京城去考一个武状元给你们看。"父母没法，就只好让两兄弟都去。

途中路过一座大山，山边有一个幺店子。两兄弟才走到半山腰，就遇到一个小妇人。她问："你们二位先生，到哪里去哟？"两兄弟说："上皇城去应考。"小妇人说："那你们去哪里住呢？"两兄弟说："现在天都快黑了，还不是只有到前面看那个幺店子住不住人？"小妇人说："那里是一个栈房，怎么不住人喔？再往前走说不定还要在路边过夜。"说完就走了。

[1] 雷蚣虫：蜈蚣。

两兄弟到了幺店子一打听，果然前面还要走几十里路才有人户，就真的住下来了。吃了晚饭，栈房的伙计打水来请他们洗脚时才向他们说："请问你们两位先生，你们从山上路过时，看到一位二十多岁的小妇人没有？"两兄弟说："遇到过的，这个人眉清目秀，才二十多岁，她还叫我们就在你们这个地方住哩。"

伙计听了，说："哎呀，两位先生，你们遇到妖精了。这个小妇人是个蟒蛇精，我们这里已经有很多人都是被它吃了的。你们还是趁早离开吧。"

两兄弟说："现在天都黑了，出去到哪里去住呢？有妖精还不是只有在这里住。"伙计说："那你们就要注意一点。"

两兄弟听了，心里像十五个吊桶打水——七上八下的，心想现在是死到临头了。于是就把雷蚣虫从楠竹筒筒里倒出来放在衣物上，一边哭一边说："雷蚣虫啊雷蚣虫，现在我们已经大祸临头，就要分手了。我们把你喂了十几年，又怎么舍得分手呢？现在我们死了都没有啥子，要是连累了你，又怎么好哩。我们现在还是把你们放出去，让你们自己去找一条生路吧。"两条雷蚣虫一听，下地就出门去了。

这天晚上，他们怎么也睡不着，还是要天亮的时候才迷迷糊糊地睡着了一会儿。谁知他们刚刚睡着，立刻就狂风大作、飞沙走石地响起来了，把房子都吹得"乒乒乓乓"响。这样过了一会儿，又清风雅静的，什么声音也没有了。第二天一早，伙计来喊他们吃早饭。一听没有答应，还认为又是被妖怪吃了。伙计把房门打开，才发现他们是睡着了，还在打扑鼾。伙计又喊他们两个起来吃饭，两兄弟才醒过来。谁知他们起来把大门打开一看，发现大门外的地坝上有水桶那么大一根蟒蛇在摆，蟒蛇精旁边是那两根雷蚣虫。由于蟒蛇的颈子被雷蚣虫咬住，脑壳在地上一动不动地躺着，只有尾巴在摆动，有点气力都已经不大了。

大家见了，立刻抱起石头往蟒蛇的脑壳上砸，结果把它整个脑壳都砸破了才砸死。蟒蛇一死，嘴里立刻滚了两颗珠子出来。两兄弟捡起来一看，嗨呀，原来是两颗夜明珠。两兄弟拿着夜明珠，进城去赶考，一个考了文状元，一个考了武状元。

考中了状元，两兄弟对这两条雷蚣虫就更好了。他们单独给这两条雷蚣虫准备了一间屋子，还给两条雷蚣虫添制了一张床、一床被子。从这以后，两条雷蚣虫对他们也更好了。有一天晚上，两兄弟刚刚从外面回来，就遇到两个女娃儿来了。两兄弟开始认为是侍候他们的丫鬟，仔细一看，才发现不是他们自己的丫鬟。那两个女娃儿都说看他们读书很刻苦，打算来陪他们学习。随后就把门关了，再也不许外人进来打扰公子了。

从这以后，这两个女娃儿每天晚上都要来陪他们读书，陪他们睡觉。时间一长，两兄弟就互相说了。弟弟说："哥哥，这几天怎么每天晚上都有一个女娃儿来陪我读书呢？"哥哥问："她说她姓啥子吗？"

弟弟说："她说她姓雷，在雷家洞住。"

哥哥听了说："我那里也有一个女娃儿，每天晚上来陪我读书，陪我睡觉。"

弟弟问："她又姓啥子嘛？"

哥哥说："也是说的姓雷，在雷家洞住。"

弟弟听了说："那我们干脆派个人去提亲，把她们明媒正娶接过来哟！"哥哥听了，说："明媒正娶可以，不过还是应该征求她们的意见，要她们自己愿意才行。"

弟弟听了，也觉得是这个道理。

这天晚上，两个女娃儿来了。他们给陪自己睡觉的女娃儿说："我们耍得这么好，是不是还是找一个人来提亲，把你明媒正娶地接过来，让我们一辈子好下去哟。"

谁知这个女娃儿却说："现在这样不是很好吗？哪个稀罕你那个明媒正娶哟。我们父母双亡，你去找哪一个提亲呢？"哥哥说："那么，大哥大嫂总还是有嘛，我去找你的大哥大嫂提亲嘛。"

女娃儿说："我们是孤儿，哥哥嫂嫂也没有。"

哥哥说："虽然没有哥哥嫂嫂，同一个姓的长辈还是有吧。我们去向你们姓雷的长辈提亲嘛。"

女娃儿说："我们已经出来十几二十年了，同姓的长辈也不认识我们。"

两兄弟觉得奇怪，就不好再问了。第二天，两兄弟碰头一讲，才晓得两个女娃儿都是这么讲的。两兄弟觉得有点怪。在睡觉之前，弟弟在自己一个手指拇上抹了点印泥，哥哥在自己一个手指拇上抹了点砚墨；晚上睡觉时，在女娃儿身上擦上印泥或砚墨。第二天，两兄弟进雷蚣虫住的房间一看，一条雷蚣虫身上有一团红色的印泥，一条雷蚣虫身上有一团黑色的砚墨。他们这才明白那两个女娃儿是雷蚣虫变的。从这以后，两兄弟就再也不提明媒正娶的事情了。

有一天晚上，女娃儿进来耍了一会，弟弟就出去了。女娃儿认为他出去有事，就没有管他。谁知道他去了一会儿之后，进来就哭，还说自己对不起她们两姊妹。

女娃儿听了，说："这不是过得好好的嘛，有哪一点对不起我们呢？"弟弟说："我们两兄弟想永远跟你们一起生活，怕你们离开我们，我已经把你们的虫壳烧了。你看咋个对得起你们嘛？"

两个女娃儿听了却说："烧都烧了，哭啥子嘛。再说，你也不是坏心。"从此以后，这两个人就再也变不成雷蚣虫了，白天晚上都跟两兄弟一起生活。

后来他们白头偕老。两兄弟的儿子、孙子都中了状元。

讲述者：　戴淑平
采录者：　戴寿银，男，文化馆干部，大专学历
采录时间：　1983 年 5 月
采录地点：　丰都县红星乡（今仁沙镇）十二村甘蔗岩

24

隐身帽

很久很久以前，深山里住着祖孙二人。奶奶叫狄奶奶，孙孙叫狄娃。

一天，狄娃在山上打柴。突然，跑来一只慌慌张张的狐狸，蹲在地上，可怜巴巴地请求道："救救我吧！猎人追上来了！"狄娃看着浑身打战的狐狸，赶忙用树枝柴草把它掩盖起来。猎人追上来了，对狄娃大声问道："喂，打柴的，狐狸从哪条路跑了？"狄娃不慌不忙地说："从右边那条路跑了。"猎人就向右边追去了。

第二天，一位中年人，戴着瓜皮帽，穿一身青，牵着一头大肥猪，来到狄娃家，对狄奶奶说："奶奶，这猪送给您，初三我来拜年。"说着把猪拴在门边磨子上，就一下不见了。狄奶奶好生奇怪，暗想，莫非是老天爷的恩赐吧！

正月初三，送猪的客人果然提着礼品来了。祖孙二人欢天喜地，备了一席丰盛的酒菜，款待这位素不相识的好心人。老奶奶感激地说："老弟，你是我家的大恩人呀！可我们连你的姓名也不晓得。""老奶奶，我姓李。狄娃就叫我李大哥吧。"

李大哥请狄娃去他家玩，然后去京城逛逛。

李大哥带着狄娃，沿着羊肠小道向山里走去，路越走越宽。转过一道弯，前面现出一座漂亮的楼房，白墙红瓦，古松翠柏。狄娃在这里吃得很好，玩得也愉快。

初五，他们要动身去京城了，李大哥给狄娃戴上一顶帽子，腰上扎根锦带，然后叫狄娃闭上眼。只听见耳边发出"呼呼"的声音，轻飘飘的，如腾云驾雾一般。一会儿，李大哥喊了声："到了！"狄娃睁开眼一看，他们已来到繁华的京城了。李大哥让狄娃随便去逛，太阳落土的时候，在十字街口相会。

狄娃走进戏院看起戏来，旁边坐着一位羞答答、娇滴滴的小姐。看完戏，狄娃跟着小姐的轿子走去，一直到了绣楼。丫鬟给小姐端来一碗汤圆，小姐斯斯文文地吃起来。狄娃站在一旁，肚子咕咕直叫。他顾不上什么，抓起一把勺一同吃起来。小姐才吃一个，他就吃了三四个。小姐又叫丫鬟端来一碗，很快又吃完了。丫鬟奇怪：小姐今天怎么吃这么多？小姐也惊奇，一碗汤圆怎么才吃两三个就没了？她不禁自语道："难道是鬼神么？"狄娃笑着说："一不是鬼，二不是神，是人。"小姐吓得掉了手中勺，差点叫出声来，壮着胆子问："是人，怎看不见？""嗨，我戴有隐身帽哩。"小姐听说隐身帽，认定这是宝贝，便使出诡计来："我父亲正在招宝，谁选中了谁就娶我。你摘下来，让我瞧瞧吧。"狄娃信以为真，摘掉帽子，现出身来。小姐夺过帽子，大声喊："抓贼呀！抓贼呀！"

几个家丁一拥而上，将狄娃捆得结结实实，关进牢里了。他躺在稻草上，想起奶奶，不由得泪流满面。在心里喊："李大哥，快来救我吧。"

李大哥不见狄娃到十字街口来，掐指一算：不好！弟弟被送进孙员外牢里了。他到员外家，从牢里救走了狄娃。

第二天夜晚，狄娃又戴着一顶帽子，来到天井。只听见一个家丁向孙员外说："那小孩是个神仙啊！关在牢里，无影无踪了。"狄娃暗暗高兴。他侧身出来，穿过花园，只见前面有一位姑娘拿着绳子准备上吊。狄娃大步上前，一把抓过绳子。姑娘吓得尖叫一声，向后猛退几步。"不要怕，我是人，我戴有隐身帽。"姑娘定下神来，问："你就是昨天抓来的那个人？"狄娃现出身来，问她为啥

寻短见。姑娘哭着说："我六岁就死了父母，卖身到员外家作奴仆，服侍老爷和小姐，他们一天不是打就是骂的，已整整十年了。狠毒的员外硬要我做他的姨太太，逼得没法，只好寻死。"

姑娘说完，伤心地哭起来。正在此时，李大哥寻找狄娃来了。姑娘跪在地上，苦苦哀求："两位好哥哥，救救我吧！我愿跟着你们一块走。"

第三天，三人回到了深山。李大哥用手一画，松林里现出一座楼房；又用手一画，楼房外边的荒山变成了一片良田美地。当他们来到大门口，狄奶奶笑盈盈地迎出来了。

李大哥为狄娃主持了婚礼。就在洞房花烛夜，李大哥忽然不见了。狄娃和狄奶奶同做了一个梦，才知道李大哥就是那只狐狸。

后来，狄娃到深山去找了好几次，再也没有找到李大哥和李大哥的房子了。

讲述者：　　　傅德保
采录者：　　　傅吉骥
采录时间：　　1983 年 9 月
采录地点：　　万州长岭乡（今万州区长岭镇）

25

狐狸精报恩

相传，有座庙里住了一户姓唐的大户人家，家境非常好。唐家大少爷整天不出门，在屋里苦读诗书。有一天，突然吹起大风，天一下变得黑沉沉的，接着又哗呀哗地下起大雨来。天上一个火闪接一个火闪，那炸雷也打得凶。这唐少爷一心只管专心攻书，对外头的风雨火闪，只当没来头。他为了免得飘雨把书打湿了，起身来关窗子。他走到窗边正推窗子时，天空又是一个火闪，冲得眼都睁不开，接着又是一个炸雷。这时，他觉得从窗外掉了个什么东西进来了，这东西落在他身上就不见了。他听炸雷一响，展劲把窗门关好，转身来用帕子在周身掸了又掸，一点东西也没得。他还是放心不下，又点灯在屋里四处找了一遍，还是半点东西也没得，只好又读他的书去了。几年过后，唐少爷出门应试去了。他的夫人有天深夜在家要生娃儿了，一发作就痛得死去活来、喊娘叫爷的，娃儿老不下地。家里的人就叫了一个长年到东街那边去请个喜娘。长年急急忙忙就往东半头跑，当他跑到半路上时就被一个妇人挡到了。她问："你恁夜深了，急急忙忙，要到哪个地方去？"长年不耐烦地说："我去找喜娘，我家少夫人发

作了。"那妇人笑嘻嘻地说："我就是喜娘，你带我去要不要得？"这长年听说她是喜娘，连连点头说要得。这妇人走进房间问了问夫人，就准备动手了。唐家里的人看到这喜娘是空着手进门的，哪个来接生啰，就问她要不要么子东西。她说不要。说着就把袖子卷得高高的，将碇子举起朝夫人的肚子上轻轻一砣。只听到夫人在床上叹了一口大气，细娃儿哇的一声落下来了。夫人也扯起噗鼾来，睡着了。那妇人打了个招呼就走了。唐家的人问她住在什么地方，她说住在萏叶树院子。隔了三天，唐家叫人去请喜娘洗三，再三打听也打听不到这妇人的下落。

后来有人才说这是个狐狸精显灵。据说唐家住的这座庙里有只狐狸成了精，刚好那天打炸雷是天老爷要收它，这狐狸精在逃命时遇到唐少爷在书房攻书，唐少爷关窗子时身上落的那东西就是那狐狸精。要不是滚到唐少爷身上，狐狸精就要被雷打死了。狐狸精后来为了报答唐少爷的救命之恩，就显灵报了这个恩。被狐狸精接下的娃儿后来长得很好，很有出息。

讲述者： 张传清
采录者： 吴晓明
采录时间： 1987 年 3 月 10 日
采录地点： 开县汉丰镇（今开州区汉丰街道）

26

蜘蛛精救书生

有个蜘蛛，修了几千年的道，终于修成了美女。她想过人间男耕女织的生活，就是没得机缘。

一天，一个落榜书生，从京城赶路回家，路过一片松林，遭一个草毛贼抢了行李和盘缠，只有他的那些书没遭抢。他孤身一人，腰无半文，回家还有上千里路程。嘟个办？他越想越怄气，不如一死了事。老实的，他把裤腰带解下来，朝松树上一搭，套个圈圈，脑壳朝里头一伸，双脚一蜷，只听得"呼呼呼"一阵风响，哈儿工夫，睁开眼睛一看，自己竟睡在一张软绵绵的床上。书生想，是在做梦还是到了地府？他咬了下舌头，觉得生痛，断定自己还没有死，就翻身下床，一眼看到他的书摆在梳妆台旁边的书案上。正在这时，只听珠帘"叮当"响，进来一个千金小姐，手头拿个白瓷碗。"公子，受惊了，请喝姜汤。"

"你是何家小姐？这是啥子地方？"

"你问我，我倒要问你，堂堂七尺男儿，何事要寻短见？"

"小姐，学生姓王字少白，渝州人氏。赴京赶考落榜，回家途中又遭毛贼洗劫，走投无路，所以……多谢小姐救命之恩！请问恩人尊姓大名？"

"奴家姓朱，小名文芝。"

"想必这是小姐闺房。为免生是非，学生告辞了。"

朱小姐一把抓住王公子说："你往哪里走？这里离渝州还有千多里路，你身无分文，路上吃啥子？"

朱小姐恁个一说，王公子才想到自己的处境，低下头来不知嘟个才好。

朱小姐像看透了王公子的心思，她说："我嘛，不救已经把你救了，俗话说：救人命胜造浮屠。我看你这人倒还忠厚老实，反正你又没得去处了，就留在这里。你看，恁大个院子，就我一个人，好冷清哦。你只当给我打伴，每天照样读你的书，穿不愁，吃不愁，住不愁；到了下回大考之年，你再进京城赶考，如能得中，你看得起我，把我接去，我的终身就托给你了。"停了停，她又说："你实在要走，我也把话说明：这是我住的房，这是我睡的床，已经遭你睡了，你晓得别个会说啥子。我的清白、名声都捏在你的手里，只要你一走，我就只有死。"

王公子听朱小姐说得合情合理，再抬头一看，只见朱小姐长得如花似玉，水汪汪的两只眼睛，像要哭恁个。他的心就软了，一下跪在朱小姐面前说："小姐救命之恩，学生终身不忘；君子滴水之恩，还当涌泉相报。现在就按小姐吩咐，留下苦读诗书；一旦金榜题名，定与小姐完婚，白头偕老。苍天在上，黄土在下……"

朱小姐没等王公子把话说完，一下蒙住他的嘴，把他扶了起来。

原来，这朱小姐能文能武，王公子写的诗文都要她指点修改；一早一黑，她还要教王公子拳术刀剑。几年之后，王公子也成了文武全才。有一天，朱小姐对王公子说："我要去外婆家住两天才回来。"叫他千万不要去开后花园练功房的门。头一天过去了，二的一天，王公子忍不住了，想看里头到底有啥子。打开练功房的门一看，里头有个大蜘蛛，上身已变成美女，样子和朱小姐差不多，吓得他车[1]身就跑。他上气不接下气地回到书房，刚刚坐下，书房门"砰"的一声开了，那个美女蜘蛛闯了进来开口就

---

[1] 车：转。

骂："你这杂种，惊我一刻功，毁我三年道。你要赔我这三年的心血！"说完就口吐白丝向王公子射来。正在这时，一股风吹开窗门，朱小姐飘了进来。"小妹，手下留情！为姐这两天正是为你采灵芝仙草去了，现已采回，你吃了再修炼半年就能成正果。看在姐妹分上，你就饶了他吧！"

美人蜘蛛接过灵芝仙草，变成一股风走了。

王公子看到笑兮兮的朱小姐直是后退："你……你你……这……"

"王公子，事到如今，我也不瞒你了。你刚才见到的是我小妹，正在修炼化身，你那一闯已废她三年道行。幸亏我给她采来灵芝仙草，她吃了很快就能修炼成人。至于我嘛，不说你也明白了。请不必害怕，我将终身托付于你，就是想过一辈子人的生活，为你生儿育女。两年以来，我的所作所为你都看见的，现在看来我们的缘分……"

王公子听到这里，眼睛水滚的个就出来了。他走过去一只把朱小姐抱到，哭声哭气地说："你莫说了，你比世上的人都好，你姊妹修炼的事从此不提了。"

这年秋天，又逢京城大比，王少白考中了头名进士，马上回到家中，与朱小姐成了亲。这时朱小姐的小妹，已修成了二八佳人；洞房花烛夜，她还说四言八句祝福姐姐、姐夫白头到老。

三天过后，王公子与朱小姐一道衣锦还乡，回到渝州参拜父母、叩谢祖宗，等候皇上放官圣旨。传说后来王少白当了几年县官，看透了官场中那些见不得人的板眼，就隐姓埋名，与朱小姐搬进深山老林过清静日子去了。

讲述者：　谭丙荣
采录者：　钟守维
采录时间：1991 年 3 月
采录地点：巴县走马乡（今九龙坡区走马镇）

27

树精

我们青草坪，从前是去陕西的必经之路，过往行人很多。在山脚下有个村庄，名叫畜牧村。村中有一个店子，叫太平店。去打店子的人很多，非常热闹。

这一年，不知为什么，突然冷清下来，太平店的来客也稀少了。即使有几个四川人到陕西路过这里，去后也没有转来。人们也不知是怎么回事。后来，听说上面出了妖精，要吃人。过后，店中更加冷清了。

有一天，一个做木活的人来打店，店小二问："师傅到哪里去？"木匠回答："我家老小不能糊口，到陕西找点活干，养家糊口。"店小二说："哎呀，你还不知道，上面岭上出了吃人的妖精，你去它定会吃你的。已有好久没人走这条路了，不要去吧！"那木匠说："我不信，我也不怕。"

第二天早晨，木匠挑着担子走了。走了一会儿，走进了一片树林。也不知走了好久，树林越来越深，天色也越来越暗。上了青草坪，天早已黑尽了。突然面前出现了一座屋子，点着灯。他心中大喜，赶忙上前敲门。只听"吱"的一声，门开了，出来一个长得很漂亮的妇女，娇滴滴地问道："客官哪里去？"木匠说："到陕西去。走到这里天黑了，想在你屋里借个歇。"那妇女说："请进来吧！"他进了门，放下担子，在板凳上坐下来，那妇女也坐在他的对面。过了一阵，那妇女打起瞌睡来。开始没什么，一会儿，只见她披头散发，长长的舌头掉了出来，吓得木匠心惊肉跳。他的担子正好放在身边，他飞快地从担子里取出一把锋利的凿子，猛向那妇人心口凿去。瞬间，那妇人便不动了。这时，天全亮了，哪有啥子屋子！面前有一根大树，高约十余丈，枝叶茂盛；粗大的树干，几个人才能抱着。刚才的那把凿子正插在树干上。他顿时明白了，马上从担子里抽出斧子，猛地向树干砍去，只见一股血水流出来。他猛砍，直到夕阳快落山了，才将树子砍断。他感到浑身无力，躺在地下歇了一会儿，才挑着担子向前走去。

从此以后，这条路上过往行人又多起来了。

讲述者：　王永照

采录者：　张雪亚，文化专干

采录时间：1986 年 5 月

采录地点：城口县河鱼乡

28

胡氏

从前，古家店有一个人姓张。由于人生得高大，人们称他张大汉。张大汉无父无母，又无兄弟姊妹，孤身一人，靠给别人当长工割草喂猪为生。成人以后，由于他饭量大，一顿要吃一斗一升米的饭，就再也没有人请他去当长工了。

没有人请他去当长工，给人家打短工的机会也不多，张大汉就上山去打柴来卖。由于他个子高大，一次可以挑两三百斤柴到街上去卖。

有一次，张大汉没吃早饭就上山打柴，刚刚把柴捆好，还没有动步就饿晕过去了。醒来一看，自己在一家人户的床上睡起的，旁边还有一位十七八岁的姑娘侍候他。

屋里，桌子凳子、箱子柜子、书籍字画，样样都有。见他醒了，女娃儿问他："张郎，你醒了？"

张大汉觉得奇怪：我们从来没有见过，她怎么知道我姓张？于是问道："你是谁呀？啷个知道我姓张呢？"

姑娘说："我姓胡，是狐狸精变的。不过你放心，我们狐狸精从来不害人。"

张大汉听了，说："狐狸精哪？你啷个生得这么漂亮呢？我们结婚行不行？"

姑娘听了，说："你是个人，我是个狐狸精，怎么能结婚？说不定让人知道了，还要把人家吓死哟。"

张大汉说："不会不会。只要我们不说，就没有人知道。"于是他们就结婚了。

张大汉娶了胡氏以后，每天就再也不需要自己亲自去煮饭弄菜了。每天回家都有热气腾腾的饭菜吃，心情也舒畅得多了。隔了一年多，胡氏生了一个儿子，取名张狗儿。随后又修了新房子，开了个泡粑店。由于胡氏做的泡粑又大又香，每天要卖一斗二升米的泡粑，几年工夫就赚了很大一笔钱。

有一天，丰都名山的一个和尚到张大汉开的泡粑店吃泡粑，见胡氏长得漂亮，起了歹心。他对张大汉说："你这个娘子生得这么漂亮，简直比西施还美。要是她能跟着我走，我保证你不做都有吃的。"张大汉不理他，出门去了。

胡氏也听见了，她并不理睬这个和尚，继续做泡粑。和尚又对胡氏说："小娘子，再端几个来吃呃。"并且趁着胡氏端来泡粑的机会，一把抱住胡氏不放。他刚想去亲嘴，发现抱的是房子中间的一根柱子。和尚见了，又扑上去抱，但扑上去却不见人，一脚踩进大水缸里，把衣服裤儿都打湿了。他这才发现女娃儿是一个妖怪，便灰溜溜地出去了。

出了泡粑店，和尚找到张大汉，对张大汉说："不怕你那个女的生得乖，她是个妖怪哟。"张大汉说："那又怎么样呢？"和尚见张大汉和胡氏很好，又生一计，向张大汉说："你打不打算和她永远好下去？"

张大汉说："想！"和尚假惺惺地说："要想吗，那就要让她脱胎换骨，变成真正的人才行。"张大汉信以为真，向和尚讨教办法。和尚说："我现在给你一个铁宝盒，你拿回去，把盒子打开之后放在床底下。只要她往床上一躺，马上就可以脱胎换骨，变成真正的人。"

张大汉高兴忙了。见了胡氏，把和尚说的话一五一十全告诉了她。

胡氏听了说："这哪里是在帮助我呢，这是一个毒计！他是想用盒子里的万道佛光来整死我。"

张大汉听了，恍然大悟，问胡氏怎么办。胡氏说："只要你把它放到冷水当中浸一会，它的佛力自然就散发

到水中去了。明天再拿去还他就行了。"

张大汉说："要是他亲自来找你怎么办？"

胡氏听了，说："你放心。我是修炼了三千多年的狐狸精，量他也把我奈何不得。"

张大汉听了，把铁宝盒打开一看，果然有万道佛光！放到水缸中一浸，把满满一缸水都烧开了。看到发不出光来了，第二天张大汉把铁盒还给了这个和尚。和尚虽然知道狐狸精没有死，但晓得她灵气满身、精气十足，只好睁一只眼闭一只眼。

和尚还是当自己的和尚，胡氏还是做自己的泡粑。井水不犯河水。

从这以后，夫妻俩比过去更加恩爱。互敬互爱，格外亲热。过了一段时间，胡氏对张大汉说："张郎啊，我们的缘分到明天就要结束了，你说啷个办呢？"

张大汉说："啥子叫缘分呢？"

胡氏说："缘分就是我们之间的婚姻关系。我的名字已被阴曹地府在生死簿上勾了，要重新投胎，真正变成人啰。"

张大汉虽然一千个不干，但是无可奈何。胡氏劝他说："你要好好抚养孩子。如果你感到孤独，我有一个表妹在红庙子附近的胡家冲住，叫傅娘。我昨天就跟她说了，保证你上门去一提就成。"

张大汉听了，依依不舍，抱头痛哭。后来她把自己的娃儿背上一摸，张狗儿背上就现了一首诗："我儿真命苦，三岁就离母。要想妈放心，刻苦把书读。"第二天早上，刚刚鸡叫胡氏就出门了。胡氏走了以后，张大汉去红庙子一问，果然有一个傅娘。见面一看，这个傅娘跟胡氏竟然一模一样。张大汉问她为何和胡氏一点不差，傅娘说她们是表姊表妹。于是张大汉娶了傅娘。傅娘还是一个狐狸精，对张大汉比胡氏还好。

胡氏死了以后并没有走。由于她对这个娃儿不放心，经常回来督促他读书。傅娘见了，说："胡姐，你怎么还没有去投胎转世呢？"胡氏说："这个娃儿还小，我又啷个好丢下他不管，自己去奔自己的前程哩！我打算看着他长大成人以后，才去投胎转世。"傅娘听了，说："这个人才是的哟，阴曹地府喊你去投生都不去。人家有些人为了

自己转人世，还要去做伤天害理的事，当产妇鬼、吊颈鬼整人，把人家整死了让自己转人世呢。"

有一天，张大汉发现了胡氏，又惊又喜。他说："你都去了这么多年了，哪个还不去转世哟？"

胡氏说："快了。只要张狗儿有了出息，能独立生活了，我就无忧无虑地走了。"

后来这个娃儿考中了状元，大家就再也没有看见胡氏了。

讲述者：　戴吉山，男，农民，小学学历
采录者：　戴寿银，男，文化馆干部，大专学历
采录时间：1983 年 12 月 8 日
采录地点：丰都县红星乡（今仁沙镇）十二村

29

鬼怕横人

以前，有个不怕鬼的年轻人，他家要安碓[1]。父亲为这件事请人择个日期，选个时辰，图个吉利。

到了那天，这个年轻人扛着一根又大又粗的碓杆子走到安碓的地方。他的父亲叫道："不能摔，再等一会儿。动了这方土今后会不吉利的。"年轻人不信，把眼一瞪，叫道："鬼神要退快快退，老爷今天要安碓。要是今天你不退，一棒捶你个粉碎。"还没念完，他便把扛在肩上的大棒摔了下来。

结果，鬼缩着脖子到阎王那里去告状："我说不占那方，你偏偏要我去占那方。现在他把我打着了，该咋个办？"阎王说："那个年轻人给你打招呼没有？"鬼说："打了招呼，他说鬼神要退快快退……"阎王说："人家打了招呼，你不让，咋个能怪他呢？"

[1]　碓：碓窝。碓窝是平底、中间空的深窝状家具，材料有石制、铁制、木制，有大小之别，配以杵（碓窝棒），用来舂米、面、花椒、辣椒粉等，为我国古老的家具。

讲述者： 白帮华，男，土家族，农民，不识字

采录者： 白文吉，男，土家族，文化专干，高中
学历

采录时间： 1986 年 6 月

采录地点： 秀山土家族苗族自治县大溪乡下坪村

30

王小二娶胡妮

　　从前，有个叫王小二的打柴人，他爹去世得早，他和妈过日子。王小二勤劳善良，又是个孝子；每天打柴卖了，都要给妈买点东西回去。

　　一天，他上山打柴，刚打好一挑柴，捆起要走，突然听到有人说话："王小二，救我一下！"王小二抬头四下一看，没见到人，就准备走。突然又听见有人在说："王小二，快救我一下！王小二，快救我一下！"

　　王小二问："你在哪里？""我在这里。"

　　王小二一看，是条毛狗[1]。毛狗在地上哀求王小二说："你救我一下，一个打猎的把我撵了三天，马上就要撵拢了。求求你救我一下，我跑不动了！"

　　王小二说："我怎么救得了你呢？"

　　毛狗说："你把柴打开，我躲到你柴中间，你捆上柴，挑起走就行了。"王小二就打开柴，把毛狗捆进里面。刚刚挑上肩，走了才几步远，打猎人就撵上来了。他问："大哥，你看见毛狗没有？"

[1]　毛狗：狐狸。

王小二随手往前面一指，说："跑过去了，你快去撵。"

打猎人听了他的话，扯伸脚杆就往前面追去了。王小二放下柴担，看到猎人翻过了山梁，这才解开柴担，把毛狗放了出来，说："猎人走远了，你快逃生去吧！"

毛狗点了点头说："恩人，今天要不是你救我，我的命就没得了。让我跟你回去吧，可以帮你做些事情，我要报答你的恩情。"

王小二心想，你一条毛狗，能帮我做啥子事？就说："算了！算了！救你，我也没费多大力，你各自去吧！"说完，挑起柴担就往回家的路上走。

没走多远，毛狗又出现在他面前，请求王小二带它回去。王小二还是不答应，照旧叫毛狗走开。毛狗不再说话，掉转头来，走小路赶到王小二家去了。

这时，王小二的妈正坐在院坝里补衣服。毛狗摇身一变，变成了一个美貌的女子。她走进院坝对王小二的妈说："阿妈，我叫胡妮，刚才赶路口渴了，求妈给口水喝吧！"王大娘一听，赶忙转身进屋捧了一碗水出来递给她。胡妮接过碗，边喝边问："阿妈，姓什么？家里有些什么人？"大娘告诉她："我家姓王，很早就死了男人，只有一个儿子，名叫王小二，上山打柴去了。"胡妮问她小二娶媳妇没有。王大娘叹口气说："唉，穷得连饭都没得吃，哪个愿把女儿给我家做媳妇哟！"胡妮羞答答地说："阿妈，我给你家做媳妇，行吗？"王大娘一看，胡妮长得像仙女，摇摇头，说："大姐，你莫逗我这个穷老妈妈哟，我儿哪有这个福气哟！"胡妮说："阿妈，我讲的都是真话。我是远方人，和父母出门投亲，路上父母已死了，丢下我孤单一人，无依无靠。今天走到这里，正与你儿有缘，你就收下我吧！"说着，跪在地上，哭泣起来。王大娘是个糍粑心肠[1]，听胡妮说得造孽，又见她那样乖，就满口答应了。

王大娘刚刚扶起胡妮，进屋弄饭吃，王小二挑着柴回来了。他见阿妈与一个乖女子在讲话，缩手缩脚不敢进去。王大娘把他拉进屋，指着胡妮，笑眯眯地告诉他："这是妈给你娶的媳妇，你看好吗？"王小二说："妈，你也不看看，人家是千金小姐，我是一个打柴的，穷得吊起锅儿敲当当[2]，和她成亲，这配吗？"胡妮听了，含羞带笑走来，说："我早和阿妈说好了，我不嫌你，你还嫌我？"王小二听她这么一说，哪有不愿的道理呢？于是，二人拜了天地，拜了阿妈，结成了夫妻。婚后，夫妻俩恩恩爱爱。王小二照样每天上山打柴，胡妮在家纺线织布，阿妈料理茶饭，一家人生活得十分美满。过了两年，胡妮生了个白胖胖的儿子，两口子当成掌上明珠，取名天宝。天宝聪明乖巧，不到两年，就学会走路说话了。王小二看儿子越长越乖，家也越来越兴旺，心里甜得像灌满了蜂糖，经常做梦都在打哈哈。胡妮呢？好像有说不出的苦衷，越来越忧愁了。

一天，王小二打柴回来，吃完夜饭，逗着天宝玩，两爷子嘻嘻哈哈玩得很开心，胡妮却坐在一旁抹眼泪。王小二见了，感到奇怪，就问："天宝妈，你怎么了？是哪里不安逸吗？"胡妮痛苦地摇摇头，好像有什么话不好说。王小二着急了，拉着胡妮的手追问："你到底怎么啦？"胡妮一头扑在王小二怀里，眼泪汪汪地说："王郎，我们要分离了！"

"你说什么？！"王小二急切地问，"我们怎么会分离呢？"

胡妮知道再也瞒不住了，于是，告诉王小二说：她本不是人，是他救下的那条毛狗。那天她遇难，要一个善良的孝子才能救她，幸好碰到王小二才得了救。为了报恩，她才来给王小二做妻子。现在，过了三年，她劫难已过，恩已报了，她必须回去了，不回去就要受到惩罚。

王小二一听，抱着胡妮大哭起来，说什么也不答应她离开。胡妮想到夫妻三年恩爱，现在就要分离，也伤心得大哭起来。两口子抱着哭了一阵，实在难舍难分。于是，胡妮劝王小二说："如果你真爱我，也许我们还能团圆，不过要经过许多艰难险阻！"

王小二听说有希望团圆，连忙接过话去："只要能使你永远和我在一起，上刀山、下火海，我也不怕！"

[1] 糍粑心肠：软心肠。

[2] 吊起锅儿敲当当：意为无米下锅。

胡妮见王小二情真意切，很受感动，就告诉他说："等孩子满三岁后，你就到我家来找我，我妈要你从我们穿戴一样、高低一样的七姊妹中找出我来。我们七姊妹每人头上都用帕子盖着，到时，我把帕子卷一只角，你就会认出我来，我妈就会招呼你。否则，我妈就要杀你的头。其余的事，我也难预料，只有到时再告诉你。"说完，含泪亲了亲天宝，对王大娘说了一声"阿妈，多保重！"就眼泪汪汪地走了。

一年过后，天宝三岁了。王小二安顿好阿妈和孩子，就出门找他妻子去了。他照着胡妮的指点，一直向东方走。他走啊、走啊，爬了一山又一山，过了一水又一水，走了七七四十九天，才来到嘎嘎山前。王小二打起精神往上爬，没到山腰，已挥汗如雨，累得很了。刚刚坐下休息，突然传来如雷的响声，随着跳出一只猛虎，向王小二扑来。王小二就地一滚，躲过了。爬起来一看，老虎又向他扑来，王小二向侧边一跳，又躲过了。紧接着，老虎扑前脚，蹬后腿，"嗡"的一声，第三次扑来，王小二向树后一闪，又躲过了。老虎见扑不到王小二，威风去了大半，又见王小二已爬上树，也就夹着尾巴逃了。王小二梭下树来，擦干汗水，又往前走。来到山腰，突然飞沙走石。王小二一看，原来是条大蟒蛇，脑壳碗口大，身子水桶粗，昂首向王小二扑来。王小二心想：胡妮没见到，不能先死在蟒蛇嘴里。忙取出随身带着的斧头，对准蟒蛇砍去，刚好砍中蛇头。蟒蛇逃了，王小二才长长嘘了一口气。

过了虎蛇关，再往前走不久，来到一个幽静的地方。这儿青松绿树、奇花异草，前面一壁巨石，石下一个大洞，上面写着"嘎嘎山仙人洞"。王小二十分欢喜，心想：总算把胡妮的家找到了。这时，一位老妈妈叫住他："那位后生，你来这里做什么呀？"

"找我的妻子。"

"谁是你的妻子？"

"胡妮。"

"我这里有七个胡妮，我叫出来你认。认不出来，就杀死你！"王小二答应："要得。"老妈妈喊出七个女儿，一字排开，让王小二认。王小二看七个女子，果然身材一样，穿戴也一样，每人头上罩着一张青丝帕；要不是事先串通，谁也莫想从中认出哪个是胡妮来。王小二因胡妮事先有暗示，心中不慌，慢慢把七个女子一看，见其中一个罩帕卷了一个角，便指着她对老妈妈说："她就是我的妻子！"说着，揭开罩帕，果然是胡妮。夫妻久别重逢，又惊又喜，少不了有许多许多的话儿要谈。老妈妈却不让他们叙说，让王小二进洞后，另安排了一间屋子给他住下。

王小二住下后，发现洞子又大又亮，只是一日三餐饮食很怪：顿顿端出来的饭都像茅厕里的屎蛆，大个大个的；菜都是蛐蟮、蚂蟥，一条一条的。王小二怕吃得，一连饿了三天，饿得肚皮都贴背了，又不敢吭声。胡妮知道了心疼，设法悄悄告诉他："王郎，你吃嘛，那些都是仙家食用的，阿妈故意弄成那个样子吓你的。"王小二听胡妮这样一说，放心了，吃饭时就闭着眼睛往嘴里拈。谁知那饭菜吃起来好吃得很，每顿都吃几大碗。两三天后，王小二精神饱满，浑身上下有使不完的力。

王小二暗暗高兴，心想：这样吃几年，我不成仙，怕也要成大力士……正想得美，胡妮却悄悄跑来告诉他说："王郎，我们要搬家了。"

王小二一惊，问："搬到哪里去？"

"搬到海外仙山。那里路途遥远，山高岩悬，十分危险，你就不用去了。你回家好好抚养天宝，让他读书。现在日子艰难，你把我罩头的青丝帕带回去，需要用钱的时候，只将帕子一抖，那卷起的角角里就会掉下银子来，足够你父子和婆婆花费。将来天宝长大，你也可以跟着享福了。"

"没有你在一起，我觉得一切都没得意思！"王小二说着，一把拉住胡妮，说，"要回去，我们一块回去吧！"

胡妮连忙闪开，说："不行！阿妈不允许我长期跟着你！"

王小二一听，不禁泪流满面："你不是说，我们还有希望团圆吗？嘟个现在还不跟我回去呢？"

胡妮说："现在还不行！如果你真心爱我，回去安顿好阿妈和孩子，再去海外仙山找我吧。"说完，看了王小二一眼，便匆匆离去了。

这夜，王小二翻来覆去睡不着，想到自己经过千难万险，吃过千辛万苦，好不容易才找到妻子，谁知却是要自己单身回去。要是能和她一起回去该多好啊……他想着想着，不知什么时候睡着了。第二天早上醒来一看，自己睡在一块大石头上，洞里的人和物都不见了，只有他妻子的一张青丝帕放在胸前。王小二没法，只好收起帕子往回走。

一回到家，王大娘就问儿子："你媳妇怎么没回来呢？"王小二说："她们要搬家，叫我先回来把你们安顿好了再去找她。"说着，摸出青丝帕，把胡妮说的话、教的方法都讲给阿妈听了。母子二人想试一试，将帕子一抖，果然从那卷起的角角里掉下一锭银子来。王小二心里欢喜，知道家里不会再缺钱用了，就准备立马起身，去海外仙山寻找胡妮。

王大娘听说儿子要去海外仙山找媳妇，又高兴，又着急。欢喜的是找回媳妇一家团圆。着急的是听老人们讲，到大海边，路远十万三。要凭一双脚走完十万三千里路，那该多难啊！王小二却很有信心，他劝他妈说："不管有好远，走一天就近一天，总有一天会走到海边！"王大娘没办法，只好流着泪让儿子去了。

一路上，王小二起早摸黑，不歇气地走。饿了，吃点干粮；渴了，喝点泉水；累了，躺在草地上闭闭眼睛。他走啊、走啊，不知走了多少天，终于来到大海边。王小二一看，这海一眼望不到边，只见天连水、水连天，无边无际，到哪去找仙山呢？他实在想不出办法，急得在岸边沙滩上团团转。

突然，他看到远处有团黑影在动。走拢去一看，一个比簸箕还大的海龟陷在泥坑里，正拼命挣扎着想从坑里爬出来，回到大海去。王小二赶忙蹲下身来，用手刨掉坑周围的沙，又趴在地上用肩把海龟往大海里推。一个时辰下来，王小二累得大汗淋淋、精疲力尽，才把海龟推到海水里。

海龟到了海里，伸动脚游了几下。王小二见海龟得救了，心里欢喜，不觉长长松了一口气。他正想躺下休息一会，只见海龟从水中伸出头来对他说道："我是千年海龟，弄潮耍起了劲，退潮时把我陷进泥坑里了，多亏你救了我的命。你有啥子事，我可以帮助你。"

王小二一听，又惊又喜，就把要到海外仙山寻找自己的妻子，正苦于没法渡海的情况说了。海龟一听，说：

"那好办，你坐在我背上，我驮你去就是了。"王小二欢喜得很，立马上了海龟背。海龟驮着王小二向大海那边游去。

游了三天三夜，来到海外仙山，海龟告诉王小二说："胡妮就在山上，只要心诚志坚，就会找到她的！"说着，告别王小二，向回游走了。

这时，王小二仔细把山望了一下，岩壁像刀切斧砍，又没路，怎么去呢？他站在岩壁脚下，仰着头，望来望去，忽见东南顶悬有一根鸡屎藤。王小二双手抓住鸡屎藤，像猴子一样，一纵一纵往上爬。爬呀、爬呀，手勒出了血，他不管；爬呀、爬呀，脚趾拇出了血，他不管；累得筋疲力尽了，他还挣扎着往上爬，终于爬上了山。

王小二坐在岩上抹了抹汗，正要动身去找胡妮，突然有人在呻吟："哎哟，是哪个哟，快来救我一下哟！"王小二寻声望去，在一块岩头边，有一个面黄肌瘦、周身脓疮的老妈妈躺在地上呻唤[1]。王小二问她："你怎么哪？"她说："我病了，求你给我弄点药吧。"王小二说："到哪儿去弄药呢？"那老妈妈挣扎着坐起来，用手往前头岩边一指，说："那下面岩壁上，有根小橘子树，树上结了两个橘子，你去摘来我吃了，病就好了。"

王小二见她病得造孽，就答应说："要得。"谁知他走过去一看，好一座万丈悬崖，往下一望，叫人头昏眼花。要摘那悬崖上的橘子，硬是难！老妈妈见王小二有点害怕，又哀求他说："好心的人呐，你快下去摘来我吃吧！不吃那橘子，我就要死了呀！"说着又痛苦地呻唤起来。王小二听了，忙安慰她说："老妈妈，不要着急。我舍了这条命，也要去摘来给你吃！"说着，从腰上背的刀匣子里，抽出柴刀，砍来软绵坚韧的古藤，搓成索子，捆在岩边树上，然后顺着藤子往下梭。梭拢橘子树，果然看见上面结着两个绯红的橘子，急忙把它们摘下来揣在怀里。王小二欢喜登了，心想，这下老妈妈的病可以治好了。他正准备往回爬，突然，"嘣"的一声，藤子断了。王小二一下跌了下去，人事不省了。

王小二醒来一看，自己睡在一张舒坦的床上，胡妮和那生病的老妈妈站在床前，笑眯眯地看着他。原来，王小

[1] 呻唤：呻吟。

二的真情感动了胡妮的阿妈，她命海龟去海边接来了王小二，又变成了生病的老阿妈，再次考验他。当她看到王小二确实真诚、善良，就亲自把王小二接进了洞里。老阿妈见王小二醒了，含笑对他说："难为你对我女儿这么真诚，难为你心地这么善良，我对你放心了，现在你把胡妮领回去吧。你怀里那两个橘子是仙药，你二人一人吃一个，转眼就可回家了。"

王小二欢喜登了，一下翻身起来，磕头谢了老阿妈，欢欢喜喜领着胡妮回去了。从此，一家团聚，生活过得十分美满。

讲述者： 谢兴顺，男，土家族，农民，小学学历
采录者： 刘长贵，男，汉族，干部
　　　　 彭林绪，男，文化馆干部
采录时间： 1984 年 6 月
采录地点： 黔江县（今黔江区）

31

王瓦匠和魏小姐

很久很久以前，在彭水太原一带，流传着王瓦匠的故事。王瓦匠十四岁上死了父母，上无哥哥姐姐，下无弟弟妹妹，一人学艺度日。他学艺勤奋，眼巧心灵；别人要三年出师，他两年就能单独给人家捡瓦。他捡瓦下细[1]，沟瓦无沙眼，捡的瓦保证不漏。这样，请他捡瓦的人户就多了，他也慢慢地存了一些钱。王瓦匠一年年大了，想找一个称心如意的姑娘。

一天，王瓦匠到魏员外家捡瓦，捡了五天，还没捡完。第六天，捡到员外家西厢房，王瓦匠从瓦沟里看下去，只见魏小姐在房内攻书。魏小姐生得十分秀气，一对眼睛黑得发亮，一张小嘴红得像樱桃。王瓦匠看得入神，一不小心，一块小瓦块落了下去，正落在魏小姐的身边，把魏小姐吓了一跳。魏小姐仰起脑壳，往墙上一看，见有人在房上捡瓦。王瓦匠急忙认错："小姐，对不起，这怪我手艺不好，粗心大意。"魏小姐见王瓦匠认错了，也没有过多地指责。王瓦匠一边捡瓦一边想：要是我能娶到她就好了。

[1]　下细：认真仔细。

这以后，王瓦匠每天总是思念魏小姐。于是，王瓦匠去找陈媒婆做媒。

三天后，陈媒婆来到王瓦匠的家中，对王瓦匠说："王瓦匠，魏员外的胃口好大呀，恐怕你难办到。""有好大？你快说嘛！""魏员外说，要五件礼物。""哪五件？""一要一尺二长的犀牛角一支，二要夜明珠三颗，三要灵芝草二枝，四要龙胡子三两，五要一丈二尺长的红头发一根。这五件礼物恐怕你是神仙也难办到哦！"王瓦匠知道是魏员外出的难题。但他想，要娶到魏小姐，就只有想方设法去办这几件事。他问道："陈婆，魏员外说的是真话还是假话？""你怕我还骗你，是他亲口说的。""要是我办到了呢？""魏员外说，办到了，他决不翻板。""好，就是上刀山、下火海，我也要办到。"

陈媒婆走后，王瓦匠在家想来想去，想不出得到五件礼物的办法。一天晚上，他睡在床上，梦见一个白胡子老头给他投梦："王瓦匠，你真心想娶魏小姐，必须到西天去求佛。"王瓦匠醒来后，就决定到西天去求佛。第二天，王瓦匠准备了一些干粮和简单的行李出发了。一天，王瓦匠走到龙门坝，这里有一丘大田，田里原来有水，现在没有水了。有人说："王瓦匠，你到西天求佛，请帮忙问一下，我们这丘大田啷个不出水了哟。"王瓦匠答应了。几天后，走到土地塘，出来一个手拄拐棍的老汉："王瓦匠，你到西天去求佛，请问下佛爷，我在这里住了几年，为什么没人敬我一杯酒。"王瓦匠知道这是土地公公，也答应了。过几天，来到一根很大的古树下，古树上有一个大雀窝，窝内在喊："王瓦匠，你到西天求佛，请问一下佛爷，我抱了半年的小鹰，啷个一直抱不出来？"王瓦匠答应了。又走了几天，王瓦匠来到一个悬岩上，这悬岩有万丈高，这时，他忽然听到岩上有人说："王瓦匠，你到西天去求佛，请问一下佛爷，我在这里修道已成龙，为什么下不了海。"王瓦匠也答应了。又走了几天，王瓦匠来到一个大水塘前，一个老妈妈哀求说："王瓦匠，你到西天求佛，请你问一下佛爷，我在这里修了二十多年道，为什么不能成仙？"王瓦匠也答应了。王瓦匠继续往西天走。一天，突然来了个白胡子老汉，挡住了他的去路，关心地说道："王瓦匠，我看你诚心要娶魏小姐，求佛心切，那五件礼

物，回原路去拿吧！"王瓦匠感到奇怪，便问道："回原路啷个去取法？"那白胡子老头把胡子一抹，慢慢说道："这不难，你到龙门坝那里，用二锤把石门坎打开了，石门坎内有一条犀牛，角有一尺二长，你用二锤把它取下来就是。""谢谢爷爷！""你到土地塘，那土地爷爷下面坐了一颗夜明珠，你把它取了，他也就有人敬了。""谢谢爷爷！""你到大古树的地方去，老鹰窝里有两枝灵芝草，你取了，小鹰也就抱出来了。""谢谢爷爷！""你到悬岩上，把龙胡子扯了二三两，它就可以下海了。""谢谢爷爷！""你走到大水塘，你见到那老妈妈，她头上有一根一丈二尺长的红头发，把它扯了就能成仙。"王瓦匠听了，心里有说不出的高兴，说了一声："谢谢爷爷！"王瓦匠正准备往回走，白胡子老汉喊住他，说："你莫要慌，还有件事要交代。"王瓦匠立即转身："请老爷爷再指点。""你如果遇到悬岩不能过去，把眼睛闭紧就能过去了。"王瓦匠万分感谢那位白胡子老汉，连拜三下，转身回去取那五件礼物。

王瓦匠按白胡子老汉的指点，在五个地方顺利地取到五件礼品。他去找陈媒婆，陈媒婆起初不相信，一看是真的，急忙到魏员外家将礼品呈上。魏员外大吃一惊，一件一件认真地看，件件是真，不觉暗暗欢喜，急忙将女儿请出来。魏员外将事情的经过给女儿说了一遍，魏小姐面带羞色地说："既然大人有言在先，女儿从命。"

就这样，王瓦匠和魏小姐拜堂成亲了。

采录者：　　王国章
选自：　　《川东南民族资料汇编·神话传说故事第一集》（四川人民出版社 1986 年）

32

雷公精

有一个青年，叫西二哥，从小死了爹妈。他为了活下去，每天都到万山林中去捡干柴来卖，买回一两碗米，和着野菜充饥。就这样，他一天一天地慢慢长大了。

在西二哥经常去捡柴的那座深山中，住着一个雷公精[1]。她看见西二哥过着贫苦的生活，人又很勤劳、机灵，很爱慕他，决心帮助他。

有一天，雷公精看见西二哥进山砍柴来了，就变成一个漂漂亮亮的女子，过去招呼西二哥："西二哥，你天天捡柴，家头烧得了好多哟？"西二哥说："妹妹，你不晓得哟，我从小没爹妈，只有捡柴卖了求生活。"女子问："西二哥，你家在哪里？""我没得家。""哪个给你煮饭洗衣哟？"西二哥答道："都是我自己。"女子又说："西二哥，我也是孤身一个女子，我来帮你煮饭洗衣服。"西二哥说："我自己都养不了，哪还能要你去帮我哟？"女子一边说话，一边帮西二哥捡柴，从早上说到下午，西二哥没得法了，才松口答应让女子和他一起去。

两人一起下了山，把柴挑到街上卖了，去换了点米，西二哥就领着女子来到路边搭的一个烂棚棚中。里面有一床烂席子，烂蓑衣，屋角角的石头上放着一个钵钵。西二哥就把米倒在里面煮。一会儿，饭煮好了，西二哥就端给女子吃，女子又推给西二哥。西二哥说："你吃了剩的，我再吃。要尽我的肚子吃，就没得你的了。"女子只得拿了筷子夹了几筷，吃了一点，然后端给西二哥。西二哥狼吞虎咽地把剩的都吃了。

晚上，两个人都不肯睡一张床。女子就放了一把瞌睡虫，一会儿，西二哥就倒在席子上睡了。西二哥一睡，女子就找来四面八方的木匠石匠，一晚上，叮叮咚咚地就修了一座新崭崭的大房子。西二哥醒来一看，自己住在新房子里，床上是新铺新盖新帐子。西二哥想：这莫不是在做梦？女子晓得他心头很奇怪，就对他说："这是我的妈妈死时留给我的新房子，往后我们就住在这里。"西二哥出去一看，当门是一湾大田，心头真是高兴。

从那以后，西二哥种田，女子在屋头做饭、喂猪、缝衣、做鞋。一年后，他们养了一个儿子，一家三口和和睦睦地过日子。

哪晓得，这天西二哥正在田头打谷子，有个阴阳先生路过，喊他："那个种田佬，你来我给你算个命。"西二哥忙，就不理他。阴阳先生便下田来拉住西二哥："你身上有股邪气，想来你屋头一定有个精怪。"西二哥不信。阴阳先生说："不信你这阵回去看。"

西二哥半信半疑地跑回家，屋头一点声音都没有。他悄悄推开房圈屋一看：唉呀！这可了不得，一根大雷公虫睡在床上，碗大的头放在枕头上，腰担在床沿上，尾巴在楼板上拖起。西二哥吓得腿打闪闪，赶忙往外跑，把看到的一五一十给先生说了。先生说："你快点去烧锅开水，朝雷公虫脑壳上淋去，千万不要淋尾巴！要不然雷公精不死，你就要背时[2]了。"

西二哥赶紧到灶房屋，照阴阳先生的话烧了一锅翻滚的水，就提进屋去。他战战兢兢地走到床前，手抖得碰到床上了。雷公虫动了一下，西二哥心更慌了，舀起一瓢开

---

[1] 雷公精：蜈蚣精。

[2] 背时：倒霉。

水，就往雷公虫身上淋。哪晓得雷公虫痛醒了，又变成了那个女子。女子浑身燎泡儿，眼泪汪汪地对西二哥说："西二哥呀西二哥，你上别人的当了！"西二哥一看害了自己的女人，后悔不及。女子说："你把娃儿抱给我再看一眼。"西二哥赶紧把箩筐头的娃儿抱来。女子解开娃儿的衣服，在背上咬了一口，自己就死了。

西二哥看到女人死了，虽然晓得她是雷公精变的，但想到她平时对自己百般恩爱，心里又恨又痛，就昏了过去。他昏迷中听到女子对他说："西二哥，要是你还记得我们夫妻的情分，就把我的尸骨拿去倒在东山的林盘中间埋好，不要让人家鸡扒狗咬的。日后，我还来投身报答你。"西二哥醒了，就照女子说的，把她的尸骨埋在东山的林盘中间，高高地垒了个坟。

不久，东山下陈家坡的陈秀才家生了一个姑娘，下地就晓得说，三天就晓得吃，十天就晓得走。没过几年就长成了一个大姑娘。

西二哥边做边养儿子，十年过去了，这儿子小小年纪，就能诗善文，先生都称他"小秀才"。有一天，陈秀才家请客去做诗喝酒，也请了小秀才，西二哥也陪着儿子去做客。

到晚饭时，客人们你推我让，说哪些该坐上席，哪些该坐侧边，哪些该坐下头。小秀才也不讲礼，就跑到上席去坐起了。陈家那姑娘说："娃呀娃，你下来提壶，等老娘坐上席来喝杯酒。"把小秀才气得不得了，就说："别人都叫我小秀才，你一个女子怎么'娃呀娃'的叫我！"他把眼睛鼓起，硬是不服气。那姑娘一看就说："娃呀，你还不服气。你把衣服撩开，让大家看看，你背上有'秀才'两个字，那还是我咬的。"娃儿把衣服一撩开，背上硬是有规规矩矩的两个字——"秀才"。西二哥在旁边见了，心头啥子都明白了。

不久，西二哥就请媒人去下聘，把陈秀才的姑娘娶回家，一家又团圆了。

讲述者： 冉崇明，男，土家族，农民，初中学历
采录者： 连小培，男，汉族，西南大学中文系学生
采录时间： 1982 年 6 月
采录地点： 酉阳土家族苗族自治县南腰界乡（今南腰界镇）大坝村

33

善鬼

采录时间： 1986 年 7 月

采录地点： 秀山土家族苗族自治县官庄乡（今官庄街道）

　　从前，有个人叫张四，每天夜晚都到河边去钓鱼；每一回去，都有一个人在河边等他。他们一边钓鱼，一边摆龙门阵。

　　那人是个水鬼，他把河里的鱼围拢来让张四钓，每夜张四都要钓很多鱼。

　　有一夜晚，那个水鬼对张四讲："明天中午，有一个妇女要来这里跳水，你莫喊哈，我要取替胎。"

　　果然，第二天中午，有一个妇女哭哭啼啼地跑来跳水。张四相信了水鬼的话，他叹了口气望着，没有喊那妇女一声。过了一会，那个妇女却浮了起来，没有淹死，上岸回去了。张四觉得好稀奇。

　　夜晚，张四又去钓鱼，那个水鬼又在等他。张四问水鬼，水鬼脑壳一摆说："唉！这妇女有孕在身，我换得一条命，却要害她母子两条命，要不得！"

讲述者： 张达昌，男，农民，小学学历

采录者： 杨秀维，男，文化专干

34

我才真的投错了胎

从前，有一个唱白鼻梁小花脸的人，姓魏。因为他身材矮小，都叫他魏土地。他还看不起同行中唱旦角的人，骂别个是投错了胎。魏土地是烟、酒、茶、赌四开人物，扯常拉一勾子账。有天他到酒馆去赊酒吃，老板说："魏先生！敝店本小利微，你上月赊的酒钱还没还清，今天是前账不清，后账不赊。"魏土地认为老板伤了他的面子，就说："啥子？你魏大伯都是赊账不还的人吗？""你是哪个的大伯……""老子就是你的大伯……"两个人你一言，我一语，就抓扯起来。酒馆头的人拉的拉，劝的劝。魏土地说："是好汉不要巴到门枋狠，我们到城外去对捡[1]。"老板也不输这口气。他两个跑到城外头荒山坡坡上大打出手，拳脚相交，扭住一团，乒乒乓乓从坡上礧[2]到坡脚。魏土地的脑壳不偏不歪，正正撞在一坨石头上，这下完了。

魏土地在地下晕了一哈哈，一翻身又爬起来了。一摸身上，好像没有趷[3]到，站起来就走。他飘飘然走到一个地方，抬头一看，横匾上写着"城隍庙"。他心想：戏班子咋个搬到城隍庙来了呢？他跨进殿去，看到城隍菩萨高高在上，侧边的判官就开吼："大胆的魏土地，为何擅闯城隍殿，还不速速退下。""吼啥子，老子是唱戏的。"判官拿出生死簿一看说："你阳寿未满，不能提前跑到这里来。""啥子阳寿未满啰，老子本来就没死。"判官说："你跟别个打架礧下岩摔死了。""乱说，我学过武功的人，礧下岩趷得到吗？""你不信啦？你用嘴巴咬一下你的指拇，看痛不痛嘛！"魏土地老实把指拇放在嘴里一咬，哎呀，一点都不痛，糟啦，他就哭起来了。判官说："你早死了，这是你的三魂七魄在这里。好在你的阳寿未满，我叫引魂童子带你出去还魂。"

魏土地就跟到引魂童子去还魂。他这个人爱耍，有热闹看的地方，魏土地都要拱拢去看，惹得引魂童子怪不安逸。他们从一家大院子过路，听到里头敲锣打鼓，闹热得很，魏土地又拱拢去了。

原来，这家的老太婆死了，正在打围鼓[4]。引魂童子一再催魏土地走，他总说："还看哈儿。"把引魂童子惹冒了火，在背上给他一推说："去你的。"魏土地往那死了的老太婆身上一扑，这一下闹热了，那个死老太婆唉哟一声就坐了起来，吓得周围的人呜喧呐喊、扑爬跟斗地乱跑。老太婆的儿子忙说："不要怕，我老太太没有死，现在回活转来了。"这下，儿子、孙子和媳妇些都围拢来，有两个媳妇便上前去扶住说："婆婆慢点。""哪个是你婆婆哟？我是戏班子的魏土地。"魏土地确是有点武功的人，他魂魄扑在老太婆身上，这老太婆硬还有了一把力气，双手一掀，把两个媳妇甩倒在地，他扯伸脚杆就往外跑。只听见后面有人追着喊："老太太，莫跑摔了。"

老太婆一口气跑回戏班子。魏土地的同事们正在唱戏，忽然看到这个老太婆跑到后台来了，都围拢来说："老太太，这是后台，你走错了，看戏在前头。""放你妈的屁，瞎了你的狗眼，连我魏土地你们都认不到了呀！"同事们

[1] 对捡：一个对一个地打斗。
[2] 礧：léi，"礌"的异体字，文中意为"滚动"。

[3] 趷：dá，摔。
[4] 打围鼓：川戏清唱。

大笑起来说："魏土地是我们班子上唱小花脸的，你老人家在镜子头照一下，看像不像魏土地嘛！再说，我们那个魏土地，跟别个打架，已经跶死了，还停在戏楼脚的。"魏土地当真在镜子里一照，自己果然是个六旬开外的老太婆。再跑到楼下，的确停得有具死尸，他过去一看，当真是自己的尸体。这时，魏土地才想起：平素我爱说那些唱旦角的同事投错了胎，这下我魏土地才真的投错了胎啰。这时，那老太婆的儿女已经找来，把她硬拉死拖地弄回去，当祖先人供养起来。魏土地误投女胎，有口难言。

讲述者：　　　钟兴邦，男，汉族，初中学历，区川剧团
　　　　　　　演员
采录、整理者：王正平
采录时间：　　1986 年 6 月
采录地点：　　江北区文化馆

35

投生改过

有个张老头，虽不很富，却有些财产。他有个外侄很穷，为了读书，就来向他借钱，张老头给了他一百两银子。

后来，张老头年纪大了，家里也穷了。恰好他外侄考中了状元，张老头就到他家去要银子。外侄不认账了，张老头大怒："你借没借？当天赌个咒。"外侄就对天发誓："我要是借了你的银子不还，就变猪变牛来还。"张老头转身就走了。

到了夜里，外侄听到有人叫他拿银子，他迷迷糊糊地起床，摔了一跟斗，摔得头破血流，到半夜就死了。

张老头回到家里，他儿子说，昨晚有匹马跑到马圈头不走了。原来是他外侄到阴间后，阎王罚他变马还账。张老头不知道，就把马牵去卖。恰好一个强盗看张老头的马长得好，心想：骑这匹马去抢人还要得，就买去了。马儿心想：我是来还账的，要是你骑我去抢人，我又要欠新账。便逢崖跳崖，马和强盗都摔死了。

马又到阎王那里。阎王问："我叫你变马还账，你来干什么？"他把事情说了。阎王说："你又造罪了，这回去变狗。"他说变狗吃屎很臭。阎王说："屎臭你不吃就是

了，光吃骨头。"

于是，他变成狗到张老头家里，张老头很小气，从不给骨头吃。到了过年那天还是不给。狗心想：我来这么久了，你骨头也舍不得。他趁家里没有人，就把桌子上的腊肉刁来吃了。老头回来大怒，拿棍子就打。狗反把他咬了一口，老头把两个儿子喊来才把狗打死了。狗又来到阎王那里。阎王问："你为什么又回来了？"狗说了经过。阎王说："你又造罪了。"就叫他变蛇，不吃生灵只吃树叶。

他变成蛇来到树林里，过了三年，长得很大，心想：我这么大，怎么才能把我弄死，脱了俗壳呢？他灵机一动，一天夜里，横躺在路上，过来一辆马车把他轧成了两段。这回他回到阎王那里，要求变人。阎王答应了，叫他到黄员外家投生。员外妻子怀了九个月，把他生下来后，他见员外家很富，大声叫道："对了，这下出头了！"员外和妻子大惊，说是个怪物，就把他放到尿桶里淹死了。他又到阎王那里，阎王说："下回投生不要说话了。"

第二回他投生到李先生家。李先生是个教书匠。这回他变精灵了，生下来不哭不闹，到了十三四岁都不说话。李先生很忧虑：我就这么一个儿子，可惜是个哑巴。

一天，李先生有事要外出，给学生布置了一道题。学生想了很久都做不起，恰巧这个哑巴娃儿来了。因为他前世是状元，拿起笔就帮学生些做起了。下午，李先生回来，看学生些比往回做得好多了，就问谁来过。学生没法，就说哑巴来过，功课是他帮到做的。李先生很惊奇，回家就问；哑巴不说，就动手打。哑巴痛得没法，就大叫起来。李先生住了手说："你到底不是哑巴哟！"哑巴才说了他几次投胎的遭遇。

过了两年，李先生送他去赶考，又考中了状元。他记住前世的教训，常对人说："为人莫做害人事。"他一生审案公道，成了一个清官。

讲述者：　周汝忠，男，不识字，民主乡二村五组
　　　　　农民
采录者：　周富民

整理者：　　唐建兰

采录时间：　1985 年 7 月 3 日

采录地点：　潼南县民主乡（今龙形镇）

36

白花小姐

有个姓邱的书生，进京赶考的路上，投宿在白花店。他见白花店的白花小姐长得漂亮，白花小姐也见邱生有文才，两个人就一见钟情。白花小姐留邱生一住就是一个月。这一个月里，两个人白天在一起耍，夜晚同床共枕，像两口子一样。

眼看考期就要到了，白花小姐再三催促，邱生只好上路。分手的时候，两个实难割舍。邱生对白花小姐说他考取了功名，一定回来接她，并把自己的扇坠交给白花小姐作定情物。哪晓得他这一走，却是赵巧儿送灯台——一去永不来。原来，邱生进京考中了榜眼，被丞相府招为女婿，就把自己对白花小姐说的话，忘得一干二净了。

邱生走了过后，白花小姐天天望他回来接自己。一望不来，二望也不来，后来才听说邱生当了丞相府的女婿。她见邱生如此负心，心想自己已经失身，又羞又气，就打发了店中请的佣人，自己便去吊死了。

白花小姐死后，阴魂不散，受日月精华，就成了僵尸鬼。她认认真真打扮了一番，比原先还要漂亮，便到相府去找负心的邱生算账去了。

那天，邱生正在相府大办招待。酒过三巡，家人进来对他说，外面有一个漂亮的女子要见他。一问模样，邱生晓得糟了，一定是白花小姐找上门来了。他赶忙说，他从来不认得那女的，叫家人出去回那女子的话，说他不见。

隔了几天的一个晚上，邱生忽然听到丞相的小姐在房里惊叫一声，他吓出了一身冷汗。三步并作两步进屋一看，小姐好端端地睡在床上。他问她为啥子叫唤？小姐说她做了一个噩梦，梦见一个披头散发、青面獠牙的恶鬼，张开血盆大口要吃她，把她吓叫唤了。邱生安慰了她一阵，她才平静下来。

正月十四那天晚上，邱生一个人上街看灯。走到青龙大街，一个红衣道人把他拉到说："你一脸鬼气，你夫人一定是鬼。"

邱生说："你胡说！我堂堂相爷的女婿，夫人是相爷的千金，啷个会是鬼？"

红衣道人哈哈大笑说："信不信由你。要是不信，今晚你回去悄悄看一看就晓得了。"

邱生转念一想：自从小姐那晚做噩梦过后，言谈举止好像是跟以前有点儿不同。嗯，宁可信其有，不可信其无。今晚下细点。

邱生要迄夜深才悄悄回到相府，走到内室窗下，用舌头舔破窗纸向里面一看。不看则已，一看差点把魂都给他吓脱了：一个披头散发的女鬼，正坐在床上，玩弄着他送给白花小姐的定情之物——玉扇坠。吓得他屁滚尿流地跑到街上，找到那个红衣道人，要他救命。红衣道人说："不要紧。你现在回去，装作啥子都不晓得的样子，就不会出事的。千万要小心，要是让她看出了痕迹的话，祸事就来啰！等到正月二十八，靖恩寺演戏，你设法挽她去看戏，那阵我再收拾她。"

邱生回到相府，天天都是提心吊胆的，又装模作样很不自然。小姐早就看出了毛病。一天，她问邱生："官人，这几天你好像不大对头哟，病了唛？"

邱生说："没得啥子，没得啥子。"

小姐又问："莫不是对我有些嫌弃了？"

邱生说："哪里话，小姐出生相府，才貌双全。小生能与小姐白头到老，实在是三生有幸。"

小姐叹了口气，说："官人啊，你不要瞒我了。这几天，我的心跳得很，肯定是有人背后算计我。既然你已经怀疑我，我就实话对你说了吧！我已不是相府的千金，而是那个和你相好了一个月的白花小姐。自从那天你走了过后，我天天想，夜夜盼，等来的却是你当了相府女婿的消息，我一气之下就吊死了。我的阴魂到相府找你，你又不认我。实在没得办法，我才把丞相小姐弄死，借尸还魂，和你在一起过日子。我也不想长久这样不明不白地下去，今天就给你明说了，你看啷个做？"

邱生赶忙给她跪下，苦苦哀求，请她原谅。

白花小姐说："原谅？说得轻巧，当根灯草。没得恁个耙和！"

"那……那你要啷个办嘛？"

"我呀，我要你那颗心！"

邱生觉得自己确实对不起白花小姐，如今丞相小姐又死了；到了这步田地，还有啥子想头哟，死就死嘛。他横下一条心来，把白花小姐的手拉到自己胸前说："你要我的心就挖去吧！"

白花小姐说："我要你自己掏出来。"

"这……"

白花小姐"噗"的一声就笑了出来，说："唉！你堂堂的相府女婿，啷个像这样子哟！早知如此，何必当初呢？你现在跟我说一句良心话，你到底悔改不？"

邱生赶忙说："改、改、改！千错万错是我的错，一定请娘子饶了我。我要是再有二心，雷打火烧。"

白花小姐双手把邱生拉起来，说："郎君也不必赌这样大的咒，只要真的改了就对了。我问你，我的事是哪个给你说的？"

邱生把红衣道人的事给她说了。白花小姐就给邱生打招呼，叫他到了那一天，要啷个啷个做……

转眼就到了正月二十八，邱生和小姐到靖恩寺看戏。二人端根板凳坐在人群当中。坐下没得好一哈儿，就见那个红衣道人走上戏台，指拇一歇掐，嘴头叽叽咕咕一歇念，说到说到地朝前一指，小姐就觉得全身一震。她赶忙拔下头上的簪子，朝台子上甩去。那道人一拍令牌，簪子就"当"的一声落在地上。小姐又摸下手上戴的玉圈儿，朝

道人甩去。道人举起司刀[1]，一下又把玉圈打落了。接着，道人把脚上穿的蒲鞋脱一只下来，朝天上一甩，"呼"的一声就对着小姐脑壳砸来。只见小姐身上一道白光，"嗖"的一声冲起，变成一团白雾，护住脑壳顶。道人的蒲鞋就像碰到了弹簧一样弹了起去。这样搞了好几回，小姐开头脑壳上冒毛毛汗，后来大颗大颗的汗水往下滴，人也摇摇晃晃的就要倒了。邱生见了，赶忙照小姐给他说的办法，在她脸上接连吹了三口气。气一吹完，小姐脑壳顶上的雾气，很快就聚拢在一起，变成一只白鞋，朝道人的蒲鞋冲去。两只鞋就在空中上下飞腾、你顶我撞地打得个难解难分。看戏的人些见搞起恁大阵仗，都吓跑了。台子上只剩下道人，台子下就只得小姐和邱生。

两只鞋子在空中越斗越凶。开头两个还不相上下，到后来，蒲鞋一点也捡不到便宜了。大约搞了一个时辰，只听"嘶——"的一声，白鞋一家伙钻进蒲鞋里去了。道人便倒在戏台上，肠子、肚子流在地上一大坝，白光又飞回小姐身上。

小姐喘了口气，对邱生说："郎君，幸亏你吹了我三口气，我才赢了。现在，我得了你的真精神气，鬼气已脱，就有出头的日子了。我不是那种过河拆桥的人，我们既有当初那段缘分，现在你又有悔改之心，你和丞相小姐又是明媒正娶，我就还你的夫人，望你们白头到老。你等到，我去把她的魂给你引回来。"说完，倒在地上断了气。

隔了一阵，丞相小姐的喉咙又发出了"啊、啊"的响声，身上也慢慢在活动了。接着，又轻轻地睁开了眼睛，撑起来坐在地上。她对邱生说："我到了阴间，晓得了你对白花小姐绝情的事。本来我不想再回到阳间了，只是白花小姐苦苦相劝，一定要我回来和你在一起。阎王也说我阳寿未尽，我才回来了。"

邱生赶忙问："白花小姐她到哪去了呢？"

丞相小姐说："她的尸体还在白花店，阎王准她还魂去了。"

"快！快！"邱生赶忙把丞相小姐扶起来说，"我们快点赶去，把她接来一起过日子吧。"

[1] 司刀：道士的法器。

丞相小姐也很赞成这样做，他们就一起赶到白花店。哦嘀！来晚了，白花小姐还魂后早就走了。

讲述者： 陈棋，男，汉族，初中学历，农民
采录者： 陈朝友
整理者： 金祥度
采录时间： 1988 年 2 月
采录地点： 巴南区凉水乡（今接龙镇）

37

双魂坡

从前，四川南川（现属重庆辖区）边界有个读书人，名叫乔逸生。从小父母双亡，只得投靠他的表叔陈员外。员外对他还不错，从小供他读书。表妹陈玉芹比逸生小两岁，她同情表兄的遭遇，对他格外关心；逸生也喜欢这个表妹，他们合得来。在这个家里，就数他们二人亲近。玉芹的哥哥嫂嫂对逸生很冷淡，时不时要当着逸生的面，冷言冷语地麻啄[1] 他。

乔逸生不愿意吃这个受气饭。有一天，他也不跟哪个打招呼，就悄悄离开了陈家。临走时留下了一首诗："胸怀大志，蠖屈一时；有朝翼展，终非池鱼。"陈员外派人到处去打听逸生的消息。表妹玉芹很是怄气，终日里闷闷不乐。

乔逸生出来之后，到处流浪，只靠给人家写写字、画个画找点饭钱。后来流落到了贵州的方竹岩，岩上有个乡绅叫罗炳卿，见他能书善画，就替他团了个学堂，有十多个农村娃儿在那里读书。

[1] 麻啄：数落、奚落。

这一年冬天，放了年假，乔逸生一个人转到山上去耍。看到远处的山，心头又思念起表妹来。当年出来，怕惹得表妹伤心，他才不辞而别。今天他一人孤孤单单站在山上，更加思念玉芹，就吟起诗来："鸿雁行行去，白云朵朵开。他乡流浪者，盼望故人来。"说来也怪，诗才念完，就看见山下来了一个人。走拢一看，正是玉芹。两表兄妹见了，又欢喜又悲伤。玉芹说："你走了以后，我饭吃不下，觉也睡不好，得了一场病；哥哥嫂嫂又逼我出嫁，我不愿，就跑出来了。没有想到在这里碰见了你。"逸生把表妹领回罗家暂时住到。后来罗家见玉芹一个单身女子出来，怕受牵连，劝乔逸生打发她走。乔逸生晓得主人的意思，就和表妹一起离开了罗家。

他们出来之后，一路上虽说在一起，却总是以兄妹相称，规规矩矩的。后来，到了落武坝，租了一间房子，表兄卖书画，表妹做针线，和睦地生活着。

有一天，逸生向玉芹提出了成婚的要求。玉芹说还是以兄妹相处好些，逸生也就算了。中秋来了，逸生、玉芹一边赏月一边喝酒。不一阵，两个都有点醉意了，当晚二人就成了夫妻。第二天，逸生起来找不到玉芹，到外面去也没有找到。他问邻居，邻居说大清早看见玉芹上山去了。逸生连忙去追，追了好远都没有追到。追到一个山沟的石壁处，看见石壁上只有一首诗："妾本孤魂落异乡，蒙君相爱效慧娘。春宵一刻情缘尽，羞听他人话短长。"又看见路边有一个小坟，碑上刻着：蜀川义女陈玉芹之墓。逸生看了大吃一惊，放声大哭起来。附近的山民见他哭得伤心，对他说："五年前，从四川来了一个姑娘叫陈玉芹，是出来找表兄乔逸生的。她没有找到表兄，又得了病，我们留她住在这里养病。后来实在医不好，就死了。"逸生听了，更是悲痛，找来笔在石壁上写道："穷途末路得卿怜，人鬼殊同死与生。我自贪生徒怨苦，不如一死伴芳魂。"写完，就在坟前哭，哪个也劝不住。一直哭了七天七夜，第八天死在坟前。附近的人把他们葬在一起，就把这个地方取名叫双魂坡。

讲述者： 朱绍泉，男，汉族
采录者： 王官品
整理者： 韩井泉
采录时间： 1985 年 12 月 5 日
采录地点： 綦江县县城（今綦江区）

38

鹰姑

从前，在磨盘山的吕家沟，住着一个医生，叫吕限光。他到处行善，就连他家周围团转的雀儿，也不准别人来打；看见雀鸟受了伤，他也要医治。

他有个儿子叫吕荣。有一年正月十五，吕荣到街上去看龙灯，在回家的路上，遇到狂风大雨，使他分不清方向，只好到处乱摸。摸来摸去还是摸不到回家的路，他就喊："天老爷呀！你保佑我吧。"他这一喊呀，黑暗中就现出一点亮光，他便向亮光走去。走拢看见一个姑娘，便说："大姐，你起点善心，让我在你家借歇一晚吧。"姑娘的爹也出来了，把吕荣请进屋，叫女儿拿出衣服给他换了，又叫女儿将吕荣的湿衣服拿去烤干。最后说："你不能在我家住。我家姑娘已经成人，被别人知道了会说闲话的。"过了一会，姑娘拿来烤干的衣服叫吕荣换上。她爹吩咐她送吕荣回家，吕荣只好走。

这姑娘在路上没给吕荣说什么。刚刚走到磨盘山的垭口上，突然来了一个美女，那美女对姑娘说："鹰姑，你不要送了，我来送他吧。"这叫鹰姑的姑娘不肯让美女去送，那美女就大叫一声："你再不让我送，我就翻脸不认

人了。"只见她突然披头散发，青面獠牙，伸手来抓吕荣，吕荣吓得昏死在地。那鹰姑见状大怒，挺身挡住恶鬼，你来我往，好一场恶斗。恶鬼岂是鹰姑对手？几个来回便被打败。鹰姑将吕荣背回吕家，便要回去。吕荣被救醒后，流着眼泪挽留她，不让鹰姑走。鹰姑说："你不要难过，我会再来的。"

从这以后，吕荣朝思暮想，但愿鹰姑再来与他相会。过了很久，鹰姑果然来了，她对吕荣说："我是鸟类，不能与你成亲。只因你父亲救护了我们全家，所以我要救你。从今以后，请你不要再想念我了。隔你家不远的黄家姑娘与你有缘，我去给你做媒。"在鹰姑的说合下，吕荣就与黄家女子成了亲。

成亲之后，吕荣将鹰姑的事告诉了妻子。他们夫妻俩就请来高僧，在家中念了三个月的经，以此报答鹰姑。一天晚上，那鹰姑给吕荣托了一个梦说："谢谢你。因为你请高僧为我们念经，我与父亲已被封为日游神，专门管辖妖精。我们会保护你们的。"

讲述者：　　张玉芬，女，汉族，高小学历，农民
采录、整理者：陈素华
采录时间：　1985 年 5 月
采录地点：　潼南县群力乡（今潼南区群力镇）

39

毛狗娘

　　有一个单身小伙儿，住在深山里头，人很勤快。挖土、犁田、栽秧、挞谷，啥子事都很能干。天天忙了坡上又忙屋头，煮饭浆洗都是自己做。他对门坡上有一个洞洞，里头住着一个毛狗。这个毛狗修了很多年道，修炼成精了。它每天都看见这小伙儿忙了坡上回来又要忙屋头，毛狗精对小伙儿就有些怜悯。一天，毛狗变个姑娘，趁小伙儿上坡的阵，就悄悄到他屋头来，把饭菜帮他弄好，又悄悄走了。小伙儿回来一看，嘿，这是哪个帮我煮的饭呢？从此，他天天回来，饭菜都弄好了。就恁个过了好久。

　　有一天，这小伙儿想看是啷个回事，挖起锄头出门来，也不上山去做活路，就躲在屋后头的树林林里。半上午阵，就看到自己房子上在冒烟。他急急忙忙往屋头跑，砰的一下，膼[1]开了门，看到一个女娃儿，一闪身往后门去了。他赶即追到后门，但啥子都没看到，他更觉得是怪事。

　　第二天，他精灵了。看到房子上冒烟，他不走大门，阴悄悄地想从后门摸进去。刚刚摸到后门口，看到地上有

[1]　膼：zhuā，踢。

张毛狗皮皮。他想：定是这东西作怪。就悄悄地把毛狗皮拿去藏了，这才从大门轻脚轻手梭进屋，又看到昨天那个姑娘在帮他煮饭。

　　毛狗精看到小伙儿回来了，忙往后门跑。跑到后门口一看，她的皮子不见了。晓得自己没得皮子就跑不脱了。小伙儿问她，为啥子来帮自己煮饭。毛狗精说："人家可怜你嘛，帮你煮饭还不好呀！"小伙儿说："那倒好啊。你是哪家屋头的大姐嘛？""我没得娘和老子。"小伙儿心头明白，忙说自己也是苦命人，没得娘和老子，就要求和姑娘成亲。毛狗精怕他心不诚，小伙儿忙对天赌咒说："我忘恩负义，一辈子单身。"两个就恁个成了亲。

　　成亲之后，男的照旧在外头挖土犁田；女的就在屋头浆洗缝补、烧茶煮饭，夫妻俩十分笑和。一年过后，那姑娘生下一个胖嘟嘟的儿子，小伙儿欢喜昏了。有一天，他抱起娃儿边逗边说："咚咚喔，咚咚喔，你妈是个毛狗娘。"姑娘一听便说："你不要恁个说嘛。"小伙早已忘了赌过的咒了，就说："这是逗娃儿耍，有啥子来头嘛！"他又说："咚咚喔，咚咚喔，你妈是个毛狗娘。"姑娘气惨了，便说："你有啥子凭据，说我是毛狗。"小伙儿见妻子脸红筋胀的，就说："你是不是要凭据？""要。""好嘛。"小伙儿就爬到阁楼上，把一卷毛狗皮甩了下来说："看看你自己的皮皮吧。"姑娘把皮子牵开，人往上头一扑，打个滚就变成了毛狗。小伙儿一看，哎呀，糟了。他后悔已经晚了，毛狗精一窜就出了大门，一趟就跑进对门深山老林去了。

　　姑娘一走，小伙儿就恼火了，又要带娃儿，又要煮饭。最恼火的是娃娃还在吃奶，这一下没得奶吃了，娃儿白天黑了地哭得不得开交。他只好抱起娃儿到山上去喊："娃娃的妈，娃娃的娘，娃娃讨口奶奶尝。"喊破喉咙也不见娃儿的娘。小伙去向算命先生请教。算命先生说："你娃儿的妈本是个毛狗精，就住在山里头。她们天天都要到山那边的荷花大塘去耍。你到垭口上去等，等到一群大姑娘从你身边走过，你妻子就在她们里头。"小伙儿老实就去了。等了一哈儿，当真来了一群大姑娘，但全都长得一模一样，认不出哪一个是他的妻子。他又去找算命先生。算命先生说："你啷个恁笨啰！你把娃儿抱起去，看到那群

姑娘来了，你把娃儿屁股掐一爪，不怕你妻子不理你。"

第二天，小伙儿抱起娃儿到垭口上等，那一群姑娘又来了。刚刚走到小伙儿身边，他狠起心肠掐了一下娃儿的屁股，娃儿就哇啦哇啦地哭了起来。一个姑娘突然从人群中跑了出来，抱起娃儿眼泪长流，忙解开衣襟来给娃儿喂奶。姑娘把奶喂规一，就问是哪一个指的路。小伙说是个算命先生。姑娘就拿出一个纸包包，说："你把这包包送给算命先生，你说我感谢他了。娃儿就留在我这里。"小伙儿忙问："你真的再不跟我一路回家了吗？"姑娘流眼抹泪地说："我哪天回去，算命先生会给你说。"说完，人一晃就不见了。

小伙儿回来，把纸包包交给了算命先生，问："我娃儿的妈，她哪天才回来？"算命先生接过纸包包，打开一看，吓得脸青面黑，忙说："你各人到垭口去等她吧。"小伙从此天天到垭口去等，等到头发胡子都白了，也不见毛狗姑娘回来，就连算命先生从那以后也无踪无影了。

讲述者： 刘福元，女，汉族，不识字，居民
采录者： 姜孝德
整理者： 王正平
采录时间： 1985 年 12 月
采录地点： 江北县刘家台

40

毛狗精

古时候，在一个大山脚脚，有一家人，只有两娘母。母亲双目不见，儿子叫陈恩，是一个孝子。母子二人的生活，就靠陈恩上山打柴维持。

一天，陈恩在山上砍柴累了，靠在大树边歇气。突然，他闻到一股香味。陈恩觉得奇怪：这荒山野外的，哪来这种香味？这时，大树背后发出笑声。一个长得很漂亮的姑娘，从树背后走了出来。陈恩惊得木痴痴地把她望到。

姑娘见陈恩一双眼睛盯到自己，就说："这位大哥，天要黑了，你还不快砍柴呀？"

"是，是，天不早了，我妈还在等我回家煮饭哩。"陈恩边说边手脚忙乱地把柴捆起，千担[1]一穿，担起就走。刚走两步就踢到一坨石头，一扑爬趴在地上。那姑娘走过来问道："趴痛了没有？不要慌，慢慢走嘛。"陈恩长这么大，还从来没有听过这么亲热的话。他爬起来就问："这位大姐，你叫？"那姑娘笑嘻嘻地答道："我叫丁香。"

从那以后，陈恩上山总想碰到丁香姑娘，可是他每次

[1] 千担：两头尖的担柴草工具。

都没见到，心头闷闷不乐的，柴也砍不动了。

有一天，陈恩拿起千担、砍刀懒洋洋地来到山上。突然看见路边坐着一个女的在哭，一看正是丁香。连忙过去问她，为啥这样伤心？丁香流眼抹泪说："我父亲要我嫁给一个有钱人的儿子。听说这个人很坏，我不情愿，就偷偷地跑出来了。可是，我又到哪里去呢？"说完，哭得更凶了。陈恩见姑娘越哭越伤心，就问："你有亲戚没有？"丁香说："没有。"陈恩叹了口气："那啷个办呢？"丁香见陈恩想不出法，就哭着对他说："大哥，我只求你一件事。我死后，你把我埋在这座山上，时常来看我。"边说边朝一根大树撞去。陈恩赶忙拉住她说："要不得！这样吧，如果你不嫌弃我，就跟我一起回家去。"丁香听了，急忙跪下，对陈恩说："多谢大哥救命之恩。"

陈恩带丁香回到家，跟母亲讲了今天的事情。丁香在床边左一个妈右一个娘，喊得巴心巴肠的，陈恩的母亲也很高兴。

丁香在陈恩家很勤快，里外事情都做，服侍妈比陈恩还要下细。她又肯帮左邻右舍的忙，人些都说陈恩有福气，找了个贤惠、能干的媳妇。

丁香还懂点医术，天天上山扯草药，没得好久就把母亲的眼睛医好了。

一年后，他们生了一个胖嘟嘟的儿子。

一天，陈恩上街卖柴，碰到一个道士。那道士朝陈恩左看右看，说："贫道观你神色不对，印堂发暗，有一股妖气缠身，你中邪了。"陈恩不信。道士又说："你堂客就是妖怪，不信你回去看嘛！"道士说完就走了。

陈恩卖完柴，买了盐米，闷闷不乐地回到家里。丁香问他哪点不舒服。陈恩为人老实，就照实对丁香说了。丁香一听，对陈恩说："那道人胡说八道，你看我是人还是妖？"陈恩想了想，觉得堂客说得在理，就不再担忧了。

转眼就要过年了，陈恩一家虽不算富裕，由于他们夫妻二人勤快，一年到头也有点积累。

这天，陈恩拿起钱，准备到街上去买点过年货。走时，丁香对他说："天这么冷，你要早去早回。还有，不管哪个的话，你要先听后想，不要上别人的当。"

陈恩来到街上，买齐了过年的东西就往回走。刚出场口，又碰到那个道士。陈恩想起妻子的话，就打算绕道走。那道士连忙喊住他说："我说老弟，你的气色越来越不好了。再不把堂客撵走，你就要大祸临头了。"

陈恩一听就冒火说："道爷，我又没有得罪过你，你为啥要缠到我不放嘛？我堂客对我、对妈都好，还生儿育女，她哪里是妖精？"

道士摇头叹气说："你心太好了。你跟我来，看样东西你就晓得了。"

陈恩老实跟着道士来到山上一笼矮树前。那道士用剑将矮树砍倒，现出一个洞，陈恩跟道士进了石洞。道士在一堆乱石旁，揭开一块石板，下面有一个包袱。道士叫陈恩把包袱打开来看，里面包着一张漂亮的毛狗皮。道士说："这就是你客堂的皮子。她现在修炼成精了。"陈恩看着皮子，半信半疑。道士就说："你如不相信的话，三十晚上你劝她多喝几杯酒，她醉了就要现出原形。"

陈恩很晚才回到家，丁香问他到哪里去了。他扯谎说在街上碰到一个卖柴的朋友，摆了一哈儿龙门阵。丁香却信以为真。

三十晚上，陈恩劝丁香多喝点酒。开头，丁香还推；后来又觉得大年三十，不好推辞得，也就喝了几杯。本来不喝酒的丁香，几杯酒下肚就觉得头重脚轻，屋都在打旋旋，晓得要出问题，赶忙叫婆婆、丈夫慢慢喝，她先睡了。婆婆见媳妇满脸通红，便叫陈恩扶丁香进房休息。

陈恩把丁香扶进屋后，又出来陪母亲喝酒。大约过了半个时辰，陈恩悄悄进屋一看，吓了一大跳：丁香果然变成了一条毛狗睡在床上。

这下陈恩不知怎么办才好。打死她么，只须一棍；想起他们夫妻恩爱，想起儿子，陈恩下不了手。不打死，今后又怎么过日子？左右为难，不晓得该啷个办。正在这时，丁香酒醒了，又变成了人形。她看到陈恩坐在床边，心里明白了。

陈恩见她醒来，仍给她端茶送水，叹了口气说："丁香，我对你实说吧。那天我又碰到了道士，到了一个石洞……"听了这话，丁香手里茶杯落地，她晓得道士整她。她再一想，自己与陈恩的缘分已尽，只好分手了。于是含着泪说："你已经知道了我的来历，我也不多说了。只恨道士三番五次作对，我不能和你白头到老。我走以后，你要多保重，特别要照看好小儿，长大要让他读书。我走的事，切莫让老娘知道，只望她老人家多活些年辰。"说完，泪如雨下。

陈恩也哭得不可开交。丁香为他揩干泪水说："陈恩，你要记住，我走后三天，你就到我们见面时的那根树下，铲去杂草，拿回屋来再看。"说完，她叫陈恩为她倒茶。等陈恩转身，丁香早已不见了。

三天之后，陈恩取回了包袱。打开一看，里面尽是黄金白银。他知道这是丁香给他留下的，心里感激不尽。

后来，陈恩的儿子还考中了状元。

讲述者： 许玉发，男，汉族，小学学历，工人
采录者： 沈世云
整理者： 张容
采录时间： 1985 年 11 月
采录地点： 江北县鸳鸯乡（今渝北区鸳鸯街道）

41

苋菜精

从前，有家姓周的农民，在他家的房子背后，种了一块苋菜地。他娃儿周泽容，每天一早一晚，都要到苋菜土去屙尿。其中有一窝苋菜，长得特别好，那娃儿就专门把尿屙到那窝苋菜的周围。后来一块土的苋菜都倒苗[1]了，唯独那窝越长越好，又高又大。由于它沾了人的精气，久而久之，就变成了精。苋菜精为了报恩，天天晚上三更过后，就变成个女娃儿去陪周泽容睡觉。周泽容上学，苋菜精也去接送他。隔了段时间，周泽容饭也吃不得，书也不想读，人也瘦了。他老汉就请医生给他看，看了以后还是不见好。后来，他老汉就问他。他开头不敢说，追问紧了，才把女娃儿陪他睡觉的事说了。老汉听了后，就对他说："今晚她再来，你就拿根很长的青线，拴在她头发上，但是不要让她晓得。"

二更天，苋菜精又来了。周泽容就悄悄把青线拴在了她头上。到了五更时候，苋菜精就走了。早晨，周泽容的老汉跟着青线理到苋菜土，那青线正是拴在那窝苋菜上的。

[1] 倒苗：指蔬菜开花结籽后枯萎。

老汉就晓得这窝苋菜成了精。老汉想：哪个办呢？想来想去就打了个主意，把沾了狗血的红头绳给娃儿，说："她再来，你就把她的手脚拴起来，不让她转去。"果然，那晚上苋菜精被周泽容用红头绳拴住，还不了原形，没有走脱。周泽容的老汉清早过来一看，床上很漂亮一个女娃儿。老汉对她说："既然你和我儿好，你要把他的病医好了，我们就留你下来。"苋菜精说："我可以把他的病医好，但我有一个请求：每逢打雷的时候，他要抱到我，我沾了人气才能免灾。因为我是苋菜成精，所以害怕打雷。"周泽容说："好嘛。"于是，苋菜精就张开嘴，对着周泽容吐了三口气，然后把头发剪了一纂[1]，烧成灰蒸蛋给他吃了。七天之后，周泽容的病果然就好了。周家觉得苋菜精勤快贤淑，又没伤害过人，就留她住在家里，成了周家的好媳妇。每逢打雷，周泽容总是紧紧地抱到她。

讲述者：　王明金，男，汉族，小学学历，退休工人
采录者：　王越伟
整理者：　王承运
采录时间：　1987 年 5 月
采录地点：　沙坪坝区童家桥

[1]　一纂：纂读 zuǎn，一撮。

42

大蟒精赴海

有一个巨大的山洞，洞里住着一条千年大蟒。它采日月之精华，吸山川之灵气，经过千万年的修炼，马上就要变成一条蛟龙。在它即将化作真龙，游归东海之时，它忽然心血来潮，突发奇想，决定走捷路下长江入海。原来蛟龙下海，按照玉皇大帝的规定路线，要先下飞水洞，入飞龙河，进龙溪河，再转长江，过三峡，经洞庭，才能到达东海。照这条老路走，可能要三至五月时间。如果改走捷路，由藏身之洞出发，直接翻越荒田坝，下桔子庵，过景家咀，经珍溪进入长江，就会缩短行程，只要十天半月，就可以到达东海。

蛟龙的主意已定，在动身时，擅自改变了玉帝所规定的行走路线。由于蛟龙下海行走必须带着九尺深的水才能行走，于是，就造成了一场大洪灾。顿时雷电交加，天昏地暗，洪水暴涨，山体滑坡，房屋倒塌，民不聊生。当时，护送蛟龙下海的雷公电母，多次发出指令，叫蛟龙沿着老路朝飞水洞老路往下走。可是那蛟龙周围被虾兵蟹将簇拥着，前呼后拥，十分威风，头脑发涨，自以为了不起，根本不听命令，坚持要走捷路。眼看洪水越涨越高，损失越

来越大。在这千钧一发之际，玉帝震怒了，说："格老子的，不遵天条，简直是一条烂滚龙！"急令雷公电母就地执法。只听得震天一个炸雷，山谷为之抖动，一下就把蛟龙打死了，一股青烟直冲九天，蛟龙的尸体摆在地上，足有十多丈长。当地人挖了一个大坑，用了十二张黄篾帘包着蛟龙尸体，才把它埋下。

蛟龙被雷打死后，它原来居住修炼的山洞，不断冒出白色气体，冬暖夏凉，终年不断，呼呼作响，有时直冲云天，有时弯曲盘旋，久不散去。见此情景，当地人害怕蛟龙的灵魂会报复捣乱，认为冒白烟就是它的冤魂不散的表现。于是，就请了几个道士，为蛟龙做了三天水陆大道场，超度蛟龙的亡魂。又集资在蛟龙曾经居住的洞口处，修建了一座寺庙，取名为"龙泉寺"，庙中供奉一位龙王菩萨塑像。每逢干旱不雨之年，人们就到寺庙里来烧香许愿，祈求保佑，降雨免灾。

讲述者： 王周志，男，退休职工，小学学历
采录者： 黎美剑，男，大学学历，垫江宣传部干事
采录时间： 2003 年 4 月 15 日
采录地点： 垫江县鹤游镇

43

三妹杀妖

从前，在一座大山脚下，住着一家人，有外公和他的三个外孙女，靠打柴为生。

有一天，外公上山打柴，不小心把脚杆砍伤了，痛得他连连叫喊："哎哟，哎哟……"突然，随着一股阴风刮来，一个龇着牙的妖怪落在他面前，问："老头儿，你叫我做啥子？"

"我的脚遭砍了，痛得叫唤，并没叫你呀！"

"哼！只有我的名字才叫哎哟，你刚才不是叫我是叫谁？你把我从老远叫来，没得这么容易就走了的。"

老头说："那……你要我啷个办？"

"啷个办？你不是有三个外孙女吗？你把大妹许配给我，不然的话，你们一家休想活命。"

老头为保住全家性命，只得答应了。就这样，大妹被妖怪弄起走了。妖怪临走时说："你如果要见大妹，就叫一声'哎哟'，我就会领她来的。"

隔了一段时间，外公又到那次砍伤脚的地方砍柴。老人想看看大外孙女，就喊了一声"哎哟"。妖怪果然来了。外公问："我的外孙女呢？""大妹今天不舒服没有来。她

很想念二妹，让我来带她去。"外公怕妖怪加害大妹，又答应了。

二妹走后，三妹一个人孤孤单单，就缠着外公要去看两个姐姐。外公见三妹整天闷闷不乐，就喊了声"哎哟"。妖怪就来把三妹带走了。

三妹跟着妖怪来到一个又大又深的洞中。妖怪说："这就是我住的地方，你来了就莫想再出去了。"三妹在洞中到处找姐姐，没看到。"你莫找了。"妖怪说着拿出两个人脑壳，"你知道你姐姐是哪个死的吗？哼，你大姐来，我拿脚给她吃，她不吃，说明她对我不是真心的；你二姐来，我拿手给她吃，她也不吃，说明她对我也不真心。我就把她们杀了。"三妹看着两个姐姐的脑壳，伤伤心心地哭了起来。那妖怪把一个脑壳甩给三妹说："今天我把脑壳给你，你如果是真心，就把它吃了。我要出去三天，三天后回来你还没吃的话，我就照样杀死你。"

妖怪走后，三妹整整哭了一天一夜。忽然，她听到"烧灰、烧灰"的声音，抬头一看，洞口前的树丫子上有一只小鸟，在那里又点头又叫。三妹听到听到，突然想出了一个办法，于是，就把妖怪给她的那个脑壳烧成了灰。但是，烧成灰后又哪个办呢？第三天早晨，三妹又听到外面小鸟叫"包肚，包肚"。嘿，她一听又有办法了。她用口袋把灰装好，围着肚子包起。

到了晚上，妖怪回来了。走进洞就问："给你的脑壳吃了没有？"三妹说："我吃了。""是真的吃了还是假的吃了？如果是假的，我一叫脑壳就会出来。""你叫嘛。"妖怪老实就叫："脑壳呀，快出来吧！"脑壳就回答："我在肚子里面，出来不到了。"妖怪听了很高兴，以为三妹是真心对他。三妹想为两个姐姐报仇，就假装对妖怪好，吃饭时就劝妖怪喝酒。妖怪心想：三妹吃了脑壳，是真心对我好。就大口大口地喝起来。妖怪喝得醉昏昏的，三妹说："听说你是杀不死的，是真的吗？"妖怪指了指自己的胳孔[1]说："杀别的地方不行，只有这个地方杀得死我。"三妹看清了他指的地方。等他喝得烂醉后，就拿出了早准备好的刀，照准胳孔一刀，就把妖怪杀死了。

从此，三妹和外公平平安安地过日子了。

讲述者：	郑元玉，女，汉族，小学学历，住汉渝路，家庭妇女
采录者：	王越伟
整理者：	魏仲云
采录时间：	1987年5月
采录地点：	沙坪坝区童家桥

[1] 胳孔：腋下。

44

冷彩成

往年，有个书生叫冷彩成，带个书童一路上京求名。主仆二人晓行夜宿，不久就到了京城。住了下来，一打听，才晓得隔考试还有两个月。冷彩成对书童说："你明天到城外找个清静的地点，我好攻读诗文。"

第二天，书童在城外找了座冷庙。当天冷彩成就搬到了那儿，住在东厢房。隔了几天，又来了个李书生，住在西厢房。隔了几天，又来了个张书生，和李书生住在一起。

一天晚上，冷彩成读书读到深夜，眼睛涩鼓鼓的，到庙门口去散步。陡然听到说话的声音，过细一听，只听一个男的说："姑娘，从了嘛。"又一个女的说："我不是你的，滚开！"

冷彩成听了一会儿，不晓得在哪方，就不管这些，还是各自散他的步。

第二天早上，冷彩成才下床。张书生惊惊慌慌跑来说："昨晚上李书生死哒。"

冷彩成过去，把李书生翻去翻来地看了一遍，只在他脚板心找到了小米大一个眼儿，别的么哩[1]再没找到。冷彩成心里觉得蛮怪，又说不出是啷格[2]一回事，只好帮到买棺材，装殓尸体，当天就把尸体发回了他的家乡。

第二天早上，冷彩成还没起来，张书生的书童跑来说："张书生昨晚也死哒。"

冷彩成三扒两爪穿好衣裳，跑过去，过细看了一遍，和李书生死得一个样。冷彩成照样安排了张书生。

晚上，冷彩成正坐在灯下读书，陡然有人在敲门。他心里跳得嘚儿嘚儿的，问："哪一个？深更半夜的有么哩事？"

一个年轻的姑娘说："冷先生，我是为你而来，你把门开开呀。"

冷彩成听到是个姑娘，说："请小姐转去，有么哩事明天再来。"

姑娘又喊了几道，冷彩成总是叫她明天再来。姑娘无法，才在门外说："冷先生，家父是当今朝廷命官。前三年，家父从京城到外地做官，走到这儿，我得了急病，倒地就死哒。家父要赶路，就把我埋在了这儿。我阳寿没满，尸体至今没烂。我埋在庙门右边，是个副脉。一座男坟埋在左边，是个正脉。他成了精，经常逼我和他成婚；我不从，他就找我扯闹。我和你才是前世修定的夫妻。你这回要中头名状元。中了状元后，上书奏明皇上，挖开我的坟，在我胸口上吹三口气，我就马上活转来。"

冷彩成这才晓得前晚上听到的声音是啷格一回事。又想开门，又怕开门，正在进退两难的时候儿，姑娘又说："这个妖精专门喝生人的血，喝上一百个后，他就要活转来。李书生和张书生是被他喝了血才死的，他喝了九十九个哒，今天晚上又要来喝你的血。"

冷彩成吓得汗毛直竖，说："请小姐救我。"

姑娘说："我不行，现在睡在正殿上有个侠客，你去找他。快点儿来哒，我走哒。"

冷彩成拉开门，向正殿跑去，只觉得背后一股冷风直扑，吓得站不起来哒，朝前爬起走，嘿起喊："救命啦，

---

[1] 么哩：什么。

[2] 啷格：也作"啷个"，怎么。

讲述者：	张兴国
采录者：	王泽润
采录时间：	1986 年 3 月 22 日
采录地点：	奉节县甲高乡（今甲高镇）金坪村

救命啦……"到了正殿大门，只听里头"嗖"的一声，一道金光飞出来，冷风没得啦。只见一彪形大汉儿手提一把宝剑，从正殿走出来，拉起冷彩成，说："我叫晏池侠，巫山人。这个妖怪着我发的剑光砍伤逃走啦，他的伤三年后才能养好。三年后的某年某月，他又要来喝你的血。"

冷彩成连忙跪下说："请大师救学生一命。"

晏池侠拉起冷彩成说："你这次要中状元，但三年内不能做官，奏明皇上，住在家里。我赐你一副外剑，回家后，挂在房门上。遇到危险时，大喊三声晏池侠，外剑就要显灵。"说完从怀中摸出外剑，交给冷彩成。冷彩成正要谢恩，跟前么哩都没得啦。

到了考期，冷彩成真的中了状元。他向皇上写了奏文，说了理由，要求挖开那座女坟，回家住三年，然后上任做官。皇帝同意哒。第二天，冷彩成挖开了那座坟，撬开棺材盖子，只见姑娘满面红光，生得像天仙。他走拢去抱住她上身，在胸口吹了三口气。姑娘溜了溜，慢慢睁开眼睛，看着冷彩成喊了声"夫君"。

他们夫妻到家里，在房门上挂上外剑，冷彩成天天攻读诗文，妻子挑花绣朵，夫妻恩爱，好不快活。眨眼就到了晏池侠说的那天，两人愁眉苦脸，不晓得有好大的祸事。这天上午，红火大太阳。晌午，乌天黑地。一会儿，雷攻火闪。一个闪过后，只见一个身高一丈二、手杆丈把长、爪子尺把长、腰杆[1]簸箕粗、脑壳筛子大、眼睛像灯笼、牙齿几寸长的怪物出现在天井里，朝他房屋恶奢奢地扑来，一股黑气直扑。冷彩成吓得面如土色，大喊："晏池侠！晏池侠！晏池侠！"只听外剑"嗖"的一声，一道金光飞出，直射怪物。怪物没躲开，"哇"的一声，只见一大摊黑血。

冷彩成插了几炷香，朝巫山方向拜了三拜。从这以后，他不管到哪儿做官，总是把外剑带起，挂在房门上。外剑能驱邪除怪，一传十、十传百，逐步传遍了天下。人们慢慢都在房门上挂起了外剑。时间久哒，人们才取了个新的名字，叫"门帘子"。

[1] 腰杆：腰部。

45

皮大花

从前有个皮大花。一天，他半夜三更跑到员外屋后的竹林里，正准备去偷竹子，忽然听到王员外家里还有人在说话。再过细一听，屋里就像一个女人在"哎哟哎哟"地哭。他麻起个胆子跑到阳沟里去一看，哦！原来是王员外的媳妇在生娃儿。皮大花正准备溜走，忽然发现他来的那条路上，有一个女人手里提着个红鸡公对直朝员外家走来。那女人走得要拢屋哒，就把鸡公放在草堆上，然后，进了员外的屋。皮大花跑到草堆那儿一看：哎呀！这才怪哈，看到是个鸡公，哪个变成一个衣胞哒呢？他把衣胞拿去埋在稀泥巴田里后，又躲到竹林里去了。这时，屋里生娃儿的女人喊天叫爷地哼，又过了一会儿，那女人的声音就哼不出来哒，就像要掉气一样。这下皮大花明白了，捉鸡公的女人一定是个产后鬼。

产后鬼拿了魂魄出来，一看红鸡公不见了。她往四下一看，就看到竹林里躲着个男人。她就喊："你这个人才不讲道理哒，哪个偷我的东西呢？快给我送来。"

皮大花听到产后鬼一喊哪，骇得直是抖。连忙说："那要得，要得，你跟我来拿嘛。"

他们到田里去提。嗯，怪哉！怎么又不见了？原来，是太白金星保佑了那妇女，把衣胞收走了。这下，产后鬼就硬不依，不管哪么就要跟到他。不的话，就要他的命。皮大花无法，就跟产后鬼结了婚。后来，添了个小宝贝。可是，孩子刚生下三天，她就把娃儿的手和脚的大拇指咬了一个去哒，还在娃儿的背心上刻了一首诗。然后，拿着她生下的衣胞就跑了。

产后鬼一跑就跑到了沙州，在那里投了胎。皮大花的娃儿呢？很聪明，天分好，后来考中了状元，分到沙州府做府官。有天，他坐在八人轿中，敲锣打鼓地出来游街。一个女娃子跑出来就喊："看啰！看啰！坐轿子的那个官是我的娃儿哟！"府官的随从听到后，就把她抓起来捆起。她大声说道："我说他是我的儿就是我的儿，没错！不信的话，你们看我的儿有只手没得大拇指，有只脚也没得大拇指，背上还有一首诗：'我儿生得苦，三天就离母。要想娘母会，就在沙州府。'"府官在轿内一听，一点不错。连忙下轿跪拜母亲，并用轿子把母亲接到府上，一家人团了圆。

讲述者： 邓家高
采录者： 傅耀琼
采录时间： 1986 年 9 月 15 日
采录地点： 奉节县青政乡青政村（今公平镇青正社区）

46

黄鳝精

从前，有个财主讨了两个堂客。这个财主有个嗜好，专爱吃黄鳝煮稀饭。他专门请一个长年一年四季给他捉黄鳝。一年、两年，黄鳝都捉完啰，财主还没吃得满意哩。长年也无法了，很焦愁。

一天，长年做了个梦，梦见有人对他说："不要焦，不要愁，黄鳝就在你屋后的枯井头。"他醒来后，觉得奇怪，赶忙跑到屋后的枯井一看，里面是一凼水。他用龙骨车把水车干，里头硬是有像木旋那么大一根黄鳝，他就把它拉起来。财主一看欢喜忙了，忙叫长年拿到河沟去剖，洗干净了煮稀饭给他吃。长年说："老爷，这根黄鳝这么大，格外再派几个人，我一个恐怕弄不住。"财主说："就你得行的个。"长年只好一人去到河边。长年正准备剖，黄鳝说话了："小伙子，我黄鳝落难你搭救我；你落难我黄鳝搭救你。你搭救我一时，我就搭救你一世。"长年见黄鳝会说话，觉得很怪。心想："我不如把它放生算啰。"于是，把它放了。黄鳝就摇头摆尾地走了。

长年哭兮兮回去对财主说："老爷哟，叫你多派两个人去呀，你不干；我一个人撑不住哦，黄鳝跑了！"财主

一听气大得很，说："你跟我把恁大一根黄鳝放跑了，好，你各人给我滚！"

长年无法，就在深山野沟砍了一块地方来，搭个棚棚住下，每天去开生荒，早出晚归，生活很苦。

一天，他开荒回来进棚棚一看，饭菜煮得热热烙烙的，觉得很奇怪。想问是哪个回事呢，又没得一个人。这时肚皮也饿了，管他的哟，还是吃了哦。一连两天，都是这样。这天，他上坡时连路走连路想：我今天打个倒步回去看一下嗬，是哪个在给我煮饭哪。他转去一看，一个很漂亮的小妇人正在给他煮饭。他问她："你是哪家小姐哦？给我煮饭，莫把你的衣服打脏了哦。"小妇人说："我呀，是来给你烧茶煮饭洗衣裳的。"长年忙说："吁，要不得！要不得！这个地方安不下你小姐哟。"这小妇人再三再四都说是来给他洗衣裳、烧茶煮饭的，叫他只管去开他的荒。从此，她每天早饭煮得早，午饭煮得早，晚饭也煮得早。晚上嘛，洗脸水洗脚水给他端拢来。晚上没得睡处，就拿个斗筐放在地上睡觉。

长年要满三十岁的头天晚上，睡到半夜时，小妇人对他说："你还是泡个生期酒嘛。"长年说："我这个样子，泡得起哪样酒哦？没得法哟。"小妇人说："不怕的个。泡个酒，泡个酒。"这晚上，那狗就咬啊、咬啊。第二天早晨，长年爬起来看，吧，住的已不是原来那个棚了，而是走马转角楼。金柱头、银磉礅，那边厨房正在煮饭，这边正在办菜啰。一到中午，人来客往；去的千千，来的万万；送的东西堆成山，火炮放起不断纤，闹热得很。

财主的两个堂客听说长年泡三十生期酒，回来跟财主说了。财主想：他那个样子，泡得起哪样生期酒哦。于是，就带起两个堂客去看。一走拢，那小妇人就出来，收摆桌子，麻利得很啰。财主瞟起眼睛一看，这女人才漂亮哦，心里头硬是想忙了。找到长年说："我两个女人换你一个女人要得不？还拿两股田的封官契书给你。"小妇人一眨眼睛，支个点子，长年满口赞成："要得，要得！"于是，财主的两个堂客就跟到长年，小妇人就到财主家去了。

每天，这小妇人在财主家照样把饭菜煮得热热烙烙的，味道也办得好。晚上，洗脸水洗脚水给财主端拢来，财主高兴得很。过了两天，小妇人对财主说："老爷，今晚要

听从我安排，要准备一点路粮，明天我们要走长路。你听从也要听从，不听从也要听从。"财主准备了一些干粮，但却不想跟她走。到了半夜，小妇人叫他走，他不走。这时，小妇人立马从帐子后跳出来，脑壳几摆摆，青面獠牙的，要吃财主。财主吓得发抖，忙说："我听从你的，听从你的。走，走！"

走来走去，走去走来，走了几天几夜，走得路都没得了，最后走到大河边那个岩沿顶上了。小妇人说："老爷，你把脑壳伸出去看那河头是些啥子嗬？"财主一看，河头的鱼鱼虾虾多得很，个个抬起头，嘴巴张起要吃人。小妇人立马给他一推，把财主推下河去喂鱼了。小妇人也变回一根黄鳝，下河去了。

讲述者： 田国洲，男，农民，初小学历
采录者： 陈立全、沈建华
采录时间： 1986 年 10 月 8 日
采录地点： 南川区石溪乡（今石溪镇）青杠旁

47

一物降一物

乡坝[1]有句俗语，叫作"卤水点豆腐，一物降一物"。其中"一物降一物"比喻宇宙万物相生相克，生生不息；有一种事物，就会有另一种事物来制服它，相互牵扯，以达到平衡。在民间，就流传着一个普通农民降伏狐狸精的故事。

话说，从前有一个强壮的农夫，在北山脚下锄田，他的妻子用陶罐盛了稀饭给他送来。农夫吃了一半，把陶罐放在田边，继续埋头干农活。到傍晚，农夫饿了，想喝另一半稀饭，走近陶罐一看，罐里头剩下的稀饭全没了。这样的现象屡屡出现，旁边也没有其他人呀，奇怪得很。农夫心里头就疑惑，想搞明白究竟是怎么回事。一天，农夫照例喝了一半稀饭，却不下地干活，只远远坐在一旁，斜眼瞅着那罐子。突然，一道白光闪过，只见一只狐狸，东张西望；一会儿，身子一扭，就扭到陶罐旁边，将小脑袋伸进罐里，美美地偷吃稀粥。农夫那个气呀：哟嗬，我还以为啥子神怪呢，原来是你这个东西捣鬼呀。于是手持锄

[1] 乡坝：农村。

头，偷偷跑过去，一锄头打在狐狸腰上。狐狸一惊吓，饭罐套在头上，它一路狂奔，一路苦苦挣扎，蹦来蹦去，就是摆脱不掉脑袋上的罐子。一人一狐，满山乱窜。直到天黑，农夫累得实在追不动了，狐狸才捡得一命，逃之夭夭。

过了几年，山南一个富贵人家的千金小姐，被一雄性狐狸精缠上了。狐狸精在家里赖着不走，硬要与小姐相好。富贵人家请了多少道士画符、巫婆念咒，都被狐狸精破解了。狐狸精笑着对千金小姐说："一纸之符，焉奈我何！"就是说，它道行深，一张纸符是奈何不了它的。千金小姐心生一计，哄骗狐狸说："你的道行确实很了不起，我想通了，愿意与你永生相好。但不知道你生平是否也有怕过的人？"

狐狸精得意忘形，说："什么人我也不怕。"小姐说："我就不信，你难道天下第一了？"狐狸精洋洋自得："如果他不算天下第一，我自然就是天下第一了。"小姐心眼快，赶紧追问："他是谁？"狐狸精知道自己说漏了嘴，支支吾吾的。在小姐一再追问之下，才说："十年前我曾在北山脚下偷吃饭食，差点儿被一个头戴大斗笠、手持弯脖子兵器的农夫打死。直到现在，每每想起，仍心有余悸。"千金小姐暗暗记住了狐狸精的话，回头偷偷告诉了父亲。父亲心想，既然狐狸精惧怕这个农夫，何不请农夫来制服他？但又不知道农夫的姓名和地址，没办法找到他。

说来也巧，富人家里有个仆人，这天有事到北村去，偶然向人谈起了这件奇怪的事情。旁边有个人惊讶地问："这件事和我当年遇到的情况完全相符。莫非我从前打过的那只狐狸，现在成妖作怪了？"仆人听了，很是诧异，回去后告诉了主人。主人大喜过望，立刻打发仆人用好马将农夫接了过来，恭恭敬敬地向他诉说所求之事。农夫笑道："我从前确实遇到过一只狐狸，但未必是你家的这只。况且它既然变成妖了，难道还害怕我一个农夫不成？"

在主人的再三请求下，农夫答应告一哈[1]。他便穿戴得跟十年前一模一样，走进房里，将锄头往地上猛地一督[2]，大声呵斥道："咄！我天天找，月月找，年年找，都

没找到你，原来你躲藏在这里作怪。今天既然碰上了，非宰杀你不可，绝不饶恕！"农夫话音刚落，就听到屋内传来狐狸的哀叫声。农夫装出更加威严愤怒的样子，狐狸浑身瘫软，哪里还使得出来啥子法术哦，只顾哀求饶命。农夫作势举锄就打，厉声喝道："拿命来！"那千金小姐一时动了可怜[3]的心思，娇叱道："念你未曾伤人，还不快滚？"那狐狸如蒙大赦，赶紧抱头鼠窜了。从此以后，这家人也就平安无事，恢复了往常的日子。

这个故事里面，狐狸虽然精通变化之术，却被一个普普通通的农夫给镇住了，不正是"一物降一物"么？天下之大，万物相生相克；你再厉害，总有人降得了你，那些自以为"老子天下第一"的家伙，可别被自己骗啰。

讲述者：　邓伟根，男，退休教师
采录者：　雷响玲，男，自由职业者
采录时间：2015 年 8 月 15 日
采录地点：沙坪坝区磁器口街道

附

记

据采录者雷响玲回忆：邓伟根很善于讲故事，一般热天讲，天冷了不讲。热天他拿一把蒲扇，坐在院坝，或者黄桷树下开讲，听的人有大人小孩。讲这个故事的时候，夏天，傍晚。他语速缓慢，一边讲，还给听讲的孩子们打打扇。讲到狐狸变人的时候，他就把蒲扇把脸一遮，一亮相，做出一个鬼脸，常常吓得小孩子哇哇乱叫。

[1]　告一哈：试一试。

[2]　督：顿。

[3]　可怜：恻隐。

48

虎三行孝

很早以前，有一个偏僻的山村，住着李家两兄弟。父亲死得早，全靠母亲一人喂猪、打柴，把两兄弟拉扯大。谁知哥哥一场病又死了，只剩下李二打柴养活母亲。

有一天，母亲打猪草回家，看见门口睡着一只老虎，不敢进屋。等李二打柴回来，这只老虎还是睡起不走，但又不像有心伤人的样子。李二便大起胆子说："畜牲呵，如果你要咬我，就点头三下；如果你不咬我，就摇头三下。"这老虎就把头摇了三下，李二才扶着母亲开门进了屋。

接连几天，老虎都来守在门口。李二都干脆不关门，让老虎自由进出，在堂屋里睡。时间一长，母亲就给老虎取了个名字，叫它"虎三"。老虎每天都在李二家里；晚上出去一趟，总要给母子二人叼[1]些野鸡、野兔回来维持生活。

一天晚上，母子都已睡了，忽听得一阵门响。李二起床一看：老虎衔来了一个十七八岁的姑娘，姑娘已经吓昏了。李二赶快叫醒母亲，烧了一碗姜汤，给姑娘灌下肚去，姑娘就慢慢醒过来了。

原来，这姑娘是城外王员外家的小姐，晚上在后花园被老虎衔走。王员外派人四处寻找，并且向县衙门报了案。家人们找来找去，终于在李二家里找到了。王员外就告李二抢他的女儿。县官便差人将李二捉去，下了大牢。李二的母亲就对老虎说："虎三哪，都是你惹的祸，还不赶快设法救你二哥！"那老虎点了一下头，就跑上山去了。

第二天，县太爷正想升堂审李二，突然从四面八方，跑来许多老虎、豺狼、猴子、豹子，在县城里到处乱窜。吓得县太爷不敢升堂，便叫衙役们用刀枪追赶，哪知越赶越多。县官吓得把衙门关得紧紧的，就叫人去问监牢里的犯人，有谁能驱赶这些野兽，就提前释放他。李二一听，说："给我杀三百条猪，宰三百只羊，我去。"县官只好差人立马照办。

李二打开县衙门，见虎三正趴在门口，便大声说道："虎三，赶快叫它们退出城去，我有赏。"虎三把头一点，吼了几声，所有的野兽都跟着它退到了城外。李二叫差人把猪、羊抬来，砍成块块丢出城外，赏给野兽吃了。

野兽散完，县太爷要释放李二，问他有什么要求。李二说："王员外的小姐是老虎衔来的。她在我家时，因感激我救命之恩，已自愿许配与我。请大老爷做主！"县官明白此事后，知道李二是冤枉。又见他驱兽有功，便找王员外来商量，愿意做主成全这门婚事。王员外也问过女儿，确实有那回事，便将李二招为女婿，择定吉日成了亲。李二夫妻敬养老母亲，一家人过起了好生活。

从此，虎三没有再来。

讲述者：　肖正坤，男，汉族，小学学历，木工
采录者：　王良福
采录时间：　1985 年 11 月 17 日
采录地点：　南桐矿区南桐乡（今万盛经济技术开发区南桐镇）

[1]　叼：用嘴衔。

49

杨二娃和虎兄弟

附记

据肖正坤小学同学万三透露，肖正坤从小就爱讲故事、听故事，曾经在班上以讲鬼故事出名。经常三五个同学聚在一起，听他讲鬼故事。后来工作了，较少听到他讲故事了。这篇故事肖正坤大概在一九七几年就讲过。当时在一个乡下院坝讲的；有三四个人在劳动之余，坐在石凳上听他讲；讲话声音不大，氛围拿捏得较好。

附记采录时间：2020 年 5 月。

杨二娃是个穷苦人，没有接堂客，屋头有个妈，母子俩全靠杨二娃找柴卖过日子。

一天，他路过山神庙，刚坐下歇稍，对面山上就传来了老虎的吼叫。他慌忙跑到山王菩萨背后去躲起，老虎走进庙门，脚一歇刨一歇蹬，脑壳一歇点，吼了几声就趴在地上不动了。杨二娃听别个说过："老虎是山王菩萨喂的狗。山王菩萨不开口，老虎不敢咬人。"杨二娃想老虎可能是在求山王菩萨准许它咬人。只听山王菩萨开了腔："我后头躲的这个年轻人是个孝子，你不能吃。你要吃就下山去吃那个没得孝心的长奶夫人。"

老虎走了，杨二娃也放心大胆地出来把柴背起回屋去。下午，他就听邻居说，长奶夫人遭老虎咬去了。这回他明白了：山王菩萨灵验得很！从此，他找柴路过山神庙，总要进去给山王菩萨作揖磕头，求他保佑母亲身体好。

有一回，杨二娃上山找柴的时候又碰到了那只老虎。他怕老虎咬他，赶忙躲到一根叉树后头，心想，要是老虎没有看到自己就好了。其实，老虎已经看见杨二娃了，它正饿得心慌，管他山王菩萨开口不开口，肚皮吃饱了再说。

它就一家伙跳起来，朝杨二娃扑去。哪晓得一跳就跳到双叉树高头去卡起了，前爪一踩踩不到实处，后脚一蹬又蹬了个空，四脚不挨地悬空吊起，越板越卡得紧，肋巴骨都卡断了，眼睛水也流出来了。

杨二娃心想：你还想吃老子哒嘛，这回看老子来打整你！不说多了，先在你屁股上割两块肉下来，拿回去熬碗汤给妈吃也好。

他正默到去动手，见老虎在流眼睛水，丧德巴兮的，又不忍心了。他晓得畜牲也通人性，就问老虎："恁个嘛，老虎，我要是救了你，你吃我呢，啄三下脑壳；不吃我呢，就摇三下脑壳。"

老虎老实就摇了三下脑壳。杨二娃见它恁个乖巧通人性，心想：好嘛，我也做个义气人。他就拿起柴刀把双叉树的丫枝砍断了一股，老虎才下来了。老虎一下来，就跪在杨二娃当门的直顾啄脑壳。杨二娃摸它，它一点都不板，活像喂驯服了的猫儿一样。杨二娃说："走，我们到山王菩萨那里去。"

他们一路到了山王菩萨那里，山王菩萨给老虎医好了肋巴，老虎就和杨二娃结拜成了弟兄，杨二娃是老大，老虎是老二。

老虎跟杨二娃一路回屋，路上那些人看到老虎来了，跑都跑不赢。老虎几下子窜拢杨二娃的家门口，正要往屋头钻，杨二娃赶忙把它喊到："不忙，不忙，我先去给妈说了来，你莫把她老人家吓倒了！"他进屋去对老娘说："妈，你不要怕，我引了只老虎回来，是我结拜的弟兄。它是来看你老人家的。"又转身把老虎引进屋，对老虎说："兄弟，这是我妈，以后要听她的话哈，不要多事哟。"老虎啄了啄脑壳。

老虎在屋檐口睡，听到杨二娃的妈在说："二娃，屋头米都没得点，你兄弟吃啥东西哟？"

杨二娃说："它不吃饭的个，它要吃鸡呀狗那些荤食，它各人晓得去弄。"

老虎听说他们没得米吃，第二天多早就在路边边的树笼笼躲起，见米贩子来了，大吼一声跑出来，吓得米贩子丢了米担子亡起命跑了。老虎吓跑了米贩子，把米口袋拱在背上就弄回了杨二娃的屋。杨二娃的妈想吃肉，老虎也

像恁个，给她弄了半边猪肉回来。

没得穿的啷个做呢？老虎就到街上去弄。它一进场，满街的人像铺柞叶子一样地跑。它就去把铺子里的衣服衔起往屋头拖。吃的有了，穿的也有了，杨二娃的家屋就搞活动了。杨二娃的妈跟老虎摆龙门阵："老二，你看你哥哥都快满三十了还没接堂客，你想得到法不？"老虎啄啄脑壳，意思是想得到法。

那天，远处有个秀才嫁女，吹吹打打好热闹！花轿抬起从树林侧边过的时候，老虎一价钱按了出来，把迎亲的人全都吓起跑了。轿夫丢了花轿就开跑，新姑娘在花轿里头就遭吓昏了。

老虎把新姑娘背回屋，杨二娃的妈又喜又忧。喜的是老虎背回来一个穿红戴绿、如花似玉的姑娘，忧的是那姑娘要是死了就麻烦了。她对老虎说："老二，你闯大祸了。人命关天，你弄个死人在屋头来，我们脱得到手哇？"连路说连路去摸那姑娘的胸口，哎呀，还有热气！她赶忙去烧姜开水来一歇灌，那姑娘就活转来了。她对那姑娘说："不要怕，你只要不乱走，它不会咬你的。要是跑了的话，随便好远它都把你弄得转来。"从此，那姑娘就在杨二娃屋头过日子，后来就和杨二娃成了亲。

当地有个地头蛇，听说杨二娃的堂客乖得很，就打起鬼主意来。他勾结贪官，以杨二娃喂老虎抢人为由，趁那天老虎上山去了，就带起人来把杨二娃捉去关起，把杨二嫂抢起跑了。

老虎一转来，杨二娃的妈连路哭连路说："老二，你娃子惹大祸了！你哥哥遭别个告了，弄到衙门去关起了，你嫂嫂也遭那人抢起跑了。"

哎呀，这还得了！老虎一听，火冒三丈，轰呀轰地吼起就跑上山去了。它是虎王，它上山去把那些老虎都喊下山来，闯进衙门，把杨二娃救了出来。又闯进那个地头蛇的屋，把杨二嫂救了出来，把地头蛇几家伙就撕了吃了。这回，它们不管山王菩萨开不开口了，这种人不吃还吃哪种人！从此以后杨二娃他们一家过上了幸福快乐的生活。

讲述者：　　邓树辉

采录者：　　严小华

采录时间：　1988 年 6 月

采录地点：　巴县走马乡（今九龙坡区走马镇）工农村

50

虎保爷

　　从前有一个人，家里很穷，靠打柴来维持生活，人们叫他"打柴郎"。有一天，打柴郎在山林里打柴，疲倦了，坐下休息，打起瞌睡来，一睡睡了一个上午都没醒，又不知什么时候发梦癫，身子滚到老虎窝里。等他醒来，看见面前有一只猛虎守着，顿时吓哑了，叫也叫不出来，就昏死过去了。

　　老虎并没有吃他。它准备等打柴郎醒来后送他回家。这阵看到打柴郎吓得昏死了，连忙找水来给打柴郎喝。不多一哈儿，打柴郎醒来了。老虎说："打柴郎，你莫怕。我不吃你，你怕什么？"打柴郎见老虎在安慰他，放心多了。老虎又说："你家在哪儿？有没有媳妇？如果没有，我帮你找一个。"打柴郎很感激这只老虎，就拜它做"保保[1]"。

　　在老虎的帮助下，打柴郎很快就找到一个媳妇。老虎见打柴郎日子过得苦，就经常到富贵人家抢东西来给打柴郎。打柴郎一家生活过得很好，以后打柴郎就再不打柴了，有什么困难就去找老虎帮忙。

[1]　保保：干爹。

由于老虎抢粮，周围的贫苦农民也不再向县里交税了。这下惹怒了县官。县官来查问，看见打柴郎有很多粮食，断定这是他抢别人的，不问青红皂白，将打柴郎传到公堂。县官说："你的东西是怎么抢来的，赶快招来。"打柴郎漫不经心地回答："有这么回事，你敢怎么样！"一听这话，县官大怒说："快拖下去重打四十大板。"差役正准备来拉人，打柴郎说："忙啥子，我还有话要说哩！"县官说："那你就说嘛。"打柴郎就哄他说："我家有东西，是因为有一个动物在给我帮忙。我要的东西，我叫它涨就涨，叫它不涨就不涨。"县官一听，也想发财，就说："什么东西？你与我说来。"打柴郎说："你也想要这东西吗？"县官说："不，不，我是为民着想。你拿来给我，我就把得的财分给大家。"打柴郎想："你这家伙诡计多端，现在还想骗我哩。"他将计就计，说："既然你能为民着想，现在我就去拿来交给你吧！不过，这家伙很贵重，我已经将它放在暗处。"县官说："这东西叫什么名字？"打柴郎说："不知道。我认为它是宝贝，取名'虎保'。"于是，打柴郎就和县官一起回家去取。

回到家里，打柴郎叫县官休息，自己就找虎保去了。

跑到山上，他立即呼唤老虎的名字。老虎听到打柴郎的声音，就从山林里跑出来，一个跟一个，看样子有百多只，后面还跟着其他野兽。打柴郎对虎保说："今天我家来了一群'客'，我要招待你们大吃一顿。"老虎开始听了还不太明白，经过他解释就知道了。于是老虎就跟着打柴郎来到房子外面，埋伏起来。

打柴郎刚刚进屋，县官就问："你的'虎保'呢？你拿到哪里去了，赶快交出来！"打柴郎笑了笑："你真的想它吗？现在我一喊它就来。""当然啦，你快喊啦！"打柴郎说："既然你要，我就喊吧！"于是就"虎保，虎保"地喊了两声。话音刚落，一群大大小小的老虎从外面跑了进来。打柴郎说："这就是你想要的'虎宝'，现在你就拿去吧！"县官一见这场面，吓得魂飞魄散。没等他回过神来，就被老虎些吃掉了。

讲述者： 杨廷松，男，民办教师，高中学历
采录者： 蓝朝权、李昌茂、何丽佳
采录时间： 1986 年 9 月 30 日
采录地点： 丰都县灯塔小学

51

杀虎救阿妹

很早很早以前，某地有一对兄妹。阿妹是只雌虎精，那是阿哥上山打猎，在深山一座山岩边休息时遇见的。阿妹为逃避一只雄恶虎的追求，化装成窈窕淑女躲到此地，她说是外出逃荒迷了路。阿哥见她十分可怜，带回家中，拜见父母，父母认做义女。从此，雌虎精就喊他为"阿哥"，操劳家务，孝敬双老；久而久之，互生情愫。经过族人撮合、父母同意，终于结成夫妻，恩恩爱爱，形影不离。

阿哥家地处山间的一块坪地，屋背后是陡峭的坡土和茂密的森林。阿哥是独子，上无兄姐，下无弟妹；父母年老，种田挖土，全由他一人去做。阳春季节的一天，阿哥牵着黄牛上坡犁土点苞谷；阿妹在家服侍好双老，做完家务事之后，也扛了锄头上坡帮助丈夫，顺便送茶送烟。这时，阿哥已犁完一块大丘，正在休息，用猎枪打下一只斑鸠，放在柴火中烧烤，肉香扑鼻。

阿哥见到阿妹，故意逗她说："送茶送烟来迟了，不拿斑鸠肉给你吃。"阿妹产生了误会，生了气，独自往森林中走去。阿哥心中没有在意，以为阿妹故意使性，过一阵就会回来的，留下又香又油的斑鸠大腿给阿妹，又犁土去了。

到了中午，阿哥也累了，准备收工，阿妹还没有转来。阿哥坐下来等，太阳已经偏西，仍不见阿妹的踪影。阿哥十分着急了。这一带老虎多，他害怕阿妹发生意外，立即将牛牵回家中，对父母说明情况后，腰插大砍刀，又上山了。

崇山峻岭，溪谷纵横，阿哥已数不清究竟爬了多少座山岭，摔了多少次跤。夜幕已经降临，行动更加困难。他不顾体累脚伤，在荆棘草丛中摸索前进，心中只有一个想法：他不能离开阿妹，要把她找回来。走着走着，忽然发现远处的山谷中有火光。他猜测阿妹可能就在那里，于是，顺手摘下一片树叶含在嘴边，吹奏只有阿妹听得懂的乐曲：

"阿妹阿妹，你在哪里？"

"阿妹阿妹，你是不是在火堆边？"

他侧耳聆听，未见回音，只好朝着火光的方向继续前行。正巧，来到以前他与阿妹相遇的那座山岩，火光就在岩下。他伸出脑壳向下一望，立刻喜出望外：岩下山谷里，有一堆木柴在熊熊燃烧着；柴火旁边，蹲伏着几只老虎；有一只白额虎，呲牙咧嘴，形状更显凶恶；一位年轻妇女坐在此虎一侧，在一块锦缎上绣花。此女正是阿妹。

原来，阿妹离开阿哥走进森林后，未发现阿哥追来，于是，继续赌气沿着山路走，冤家路窄，迎头碰上了曾经追求过她的那只白额雄虎和几只小虎。

雄虎精高兴得咆哮起来，把阿妹胁逼到山岩下，要她恢复原形，重返山林，和他同居。雄虎精扑向阿妹，阿妹死活不答应，被抓伤多处。夜晚寒冷，他们在岩下取柴烧火取暖。阿哥用树叶吹奏的乐曲传来时，雄虎精还在纠缠不休，她心中着急，却又无法摘叶吹曲回答。

雄虎精在山中游荡了许久，再加对阿妹的纠缠、打斗，已感到疲倦，眼睛半睁半闭，昏昏欲睡。阿妹摘了片树叶，变化成锦缎；扳了根小竹枝，变化成绣花针，坐在火堆边刺绣，思考着如何脱身。她心中又喜又怕，喜的是丈夫已来到附近，怕的是雄虎精会伤了自己心爱的人。正在此时，几粒水汁落在锦缎上。她以为是栖息在岩顶树上的鹞鹰或鸦雀的粪便，骂了几声"死鸦雀"，又摘了片树叶，变化成锦缎来绣，仍见水汁落下。如此反复多次，她开始怀疑，闻了闻水汁，是阿哥身上的气息。

她加足了干柴，火光冲天，抬头向上探望，阿哥正伏在岩上望着她笑哩。落在布上的水汁，不是鸟粪，而是他吐下的口水。阿哥忙着要下岩，阿妹急了，一边用针戳动雄虎，试探是否已睡熟，一边用手势向丈夫示意，雄虎精还未完全睡熟，要他暂缓行动。阿哥胆大，救妻心切，立即下岩，在阿妹的帮助下，挨个地把几只睡熟的小虎杀了。待雄虎精被身边诸虎垂死挣扎的响声惊醒，怒啸着正准备扑向阿哥时，已来不及了，阿哥的大砍刀已砍裂了他的头颅。

阿妹虚惊得无力行走，喝了阿哥捧的几捧虎血，才站了起来，和阿哥相互搀扶着走向归途。家中的双老见儿、媳长久未归，以为被老虎吃掉了，心中十分悲痛，在家中设祭台，悬桶鼓，办丧事。父亲还边哭边吹芦笙："嘟啦！嘟啦！（芦笙乐音：1616）儿、媳都变成老虎屎啦！"母亲正在吊脚楼上伤心，忽见儿、媳走在路上，要到家啦，立即转悲为喜，匆忙下楼，不慎从楼梯口滚下，碰伤了脚，边笑边喊："哎哟，哎哟！儿回来啦！"阿妹跑到楼梯边，扶起了她。阿哥从正在发愣的父亲手中抢过芦笙，边吹边跳："嘟啦！嘟啦！儿回来啦！"

讲述者：　古银发
采录者：　孙龙英
选自：　　万盛区（今綦江区）《苗族志》，2005 年 9
　　　　　月，重庆市万盛区民族宗教侨务办公室编

52

滚豆儿大战龙王精

很早以前，凤凰山下住着一户很穷的人家。老头过世得早，只剩下老伴和六个儿子，生活相当凄惨。这个女人每天都要到人家那里去洗衣裳来维持一家人的生活。六个儿子也不在母亲身边。因为这六个儿子的父亲欠了龙王精的一笔账没还，龙王精把他们压在山脚下了。母亲心疼儿子，天天去山脚下给六个儿子喂饭，硬是度日如年。这件事惊动了天上的玉皇大帝，玉皇大帝决定派仙女下凡来搭救她。

有一天，这个母亲又来到河边给富实郎家洗衣服。洗着洗着，从水面上漂过来一颗豆儿。开始，母亲没有注意，以为是水上漂过来的污泥，于是顺手就把它拂开了。哪知过了一会，它又漂过来，在老妇人的身边打转转。母亲觉得这颗豆很怪。她当时很饿，就把它吃了。谁知过了八个月，竟生了个小孩儿。这娃儿长得很高，身上有毛毛，是个男的，取名叫滚豆儿。

有一天，这孩子问他妈："妈，我们这个家怎么只有你一个人呢？"他妈说："孩子，说来话长啊！"话音刚落，就哭起来了，孩子连忙上前去给他妈擦眼睛水。他妈又说："我们家过的日子比所有天下人都不如。你父亲由于欠了龙王精的债，被龙王精打死了。你的六个哥也被龙王精用六匹大山压倒了。"滚豆儿听了说："妈，你不要难过，我一定要给你报仇，要把六个哥哥救出来。"他妈听了，只是一笑，意思说："儿哪，你有多大的能耐哟，那龙王精是我们这一带最凶的人哩。"后来，滚豆儿问清了情况，有一天，变成一个飞蛾，在龙王精门上贴了一张告示，大意是不准龙王精欺压百姓、为非作歹，否则就要他的命！龙王精看了以后，大发雷霆说："哪一个敢和我龙王爷作对就出来吧。"这时，滚豆儿就一个箭步冲了出来。滚豆儿说："我们要打的话还是选择个地方去吧。"说完就走。龙王精说："那我们就到凤凰山去。"滚豆儿说："那才好呢。我也是准备到那里去。"第二天，龙王精变成了一条蟒蛇，身子搭过了几匹大山。滚豆儿挎起一把铁锤上了山。双方在山上斗了几天几夜，不分胜负。最后又到一块几百丈长的大青石滩滩去斗。结果，滚豆儿用铁锤把龙王精锤成两截，救出了六个哥哥。

讲述者：　李玉兵，男，农民，不识字
采录者：　戴寿银，男，县文化馆干部，大学学历
采录时间：1989 年 7 月 28 日
采录地点：丰都县十直乡（今十直镇）包上村九组

53

王强与王启

从前，有一个姓王的老人，他有两个儿子，大儿叫王强，二儿叫王启。有一天他们分家，大儿分了三间屋子，二儿分了一条牛。分家过后，王强起了歹心，想把王启分的这条牛也弄过来，个人独得全部财产。

有一天，在一座桥上，两兄弟相逢。王强顺手就把王启推到大河里去了。王启在大河里泡了三天三晚，看见河里一堆两丈见方的牛屎巴漂来，王启就爬上这堆牛屎巴上叫喊。一直漂到一座桥下面，突然来了一个手持拐杖的白胡子老人，老人对他说："小伙子啊！你想不想上岸啦？"王启说："老爷爷啊，我已经饿了三天三夜了，快救命啊！"老人就用拐杖把王启救了起来。这时，天快黑了，这里没有人户，王启问老人说："爷爷，我今晚怎么办啊？"老人说："这里没有人户，只是前面有一座九龙庙，有九层楼，一至八层都是住的妖精，只有九层才能住人。你如是赤心人，忠诚老实，讲天良，那你就上得到九层楼；如你不是，那你就要被那些妖精吃掉。"王启问："什么妖精啊？"老人说："有野猫精、毛狗精、菜花蛇精……"说完，老人就不见了。王启只好往九龙庙走。

走拢一看，确实有九层楼。王启从一层爬到九层，没得半点阻拦。不一会儿，妖精转来了，只听到下面的野猫精说："今晚有生人。"菜花蛇说："大惊小怪，哪有什么生人？"野猪精说："我今天看到李家在收妖精，又在跳端公，又在杠神。不是说大话，要收捉我啊，不容易。我就住在他们当门竹林的一个洞里。要收我只有用一千二百斤炭、三百斤火药，一起猛攻，才能收住我。"野猫精接到说："皇上贴了一个榜文出来，说谁把皇帝娘娘的眼睛医好了，就招他为驸马。"蛇精说："我得行，前面有一个艾蒿坪，坪内有一根艾蒿树，树苑脚下有一颗艾蒿针；右边有一个瓶瓶；下边还有一个石头，名叫金龙石，石头中间有一包水。就用这颗针把金龙石的水倒在瓶里，就能医好皇帝娘娘的眼睛。"王启听后，把这两件事记在心里。不知不觉天亮了，妖精出去了。

王启出来就往艾蒿坪走。到艾蒿坪一看，果然有一根艾蒿树。王启就照蛇精说的那么去找。恰好有一颗艾蒿针和一个瓶瓶，下边有一个金龙石，石头中间真的有一包水，王启就把这些取走了。天又快黑了，王启就往李家走。一到李家，果然在跳端公。王启请求借歇，李家不干，说了一些好话才让他住了。到了晚上，端公无法收捉妖精，王启心想，该我显本事了。就自言自语地说："我要走。"老板问他："深更半夜往哪里走？"王启说："前面有人请我收妖精。"老板感到很惊奇，就问："你会收妖精？"王启说："试试吧！"老板说："你如果把我家这个妖精收了，我就赏你金银无数。"马上，李家对王启以宾客相待。第二天，老板问："要些什么材料？"王启假装算了一下说："这个妖精，隔你家不远，就在当门的竹林里。如果不信，你们去看，有一个石洞洞。这个妖精啊，是野猪精，要一千二百斤炭、三百斤火药，就能收捉。"不多久，李家把材料备齐了，把火药弄在前头，炭弄在后头；把炭一点燃，火药爆炸，就把野猪精收了。李家老板赏他金银无数。王启在李家住了很久。

一天，王启问："你们晓不晓得皇帝娘娘的眼睛怎么的？"李老板说："我清楚。皇上贴榜说，如有人把皇帝娘娘的眼睛医好了，就招他为驸马。你能吗？"王启说："试试看。"李老板就给王启带路，不多天，就到了京城。

王启一见皇榜就扯，皇上的手下就把王启接到皇帝金殿内。王启对皇帝说："我有一个条件。"皇帝说："我妇人多年双眼失明，只要你能医好，什么条件都答应。"王启说："我的医法是一吹二摸三亲。那你们把皇帝娘娘扶出来嘛。"皇帝娘娘一出来，王启就用艾蒿针点了一下。娘娘说："我看得到一点了。"王启又假装吹了几口气说："我用一点眼药点一下，看怎么样。"王启把瓶瓶和艾蒿针一拿出来，才点了两下，皇帝娘娘的眼睛就能看见了。就这样，王启被招为驸马，享了荣华富贵。

哥哥王强在家得知兄弟享了荣华富贵，就带了很多的礼物去找兄弟王启。这天，恰好王启回家看望老人和哥哥，两兄弟又在那座桥上遇见了。王强问王启的经过，王启从头说起，王强听了很眼热。王强对王启说："兄弟，你照样把我也推进大河，我去看怎么样啊？"王启不干，王强假意和王启一挤，顺势掉进了大河。王强在河里也泡了三天三夜，也看到了一堆牛屎巴；他爬上牛屎巴漂啊漂，也遇到白胡子老人的指点，照兄弟一样，到九龙庙去住。王强才走到第一层，天摇地动，他把吃奶的力气拿出来才上了第二层楼，遇着妖精回来了。野猫精说："今晚有生人。"那些妖精异口同声地说："非收拾他娃[1]不可！"野猫精说："那晚我说有生人，你们不信，老三就被别人收了。"这时王强浑身吓得惊颤颤[2]的。妖精一起动手，就把王强吃了。这就是说："害人终害己，人财两头空。"

讲述者：　蒲东成
采录者：　帅兴友
采录时间：　1986 年 12 月 20 日
采录地点：　城口县燕麦乡（今明中乡）

[1]　他娃："他小子"，蔑称。

[2]　惊颤颤：颤抖。

54

叫花子的奇遇

从前，有个叫花子，他省吃俭用，想把要来的米存起来，一升升去卖。可是，晚上装满一升米，早上只有半升了。叫花子很奇怪，决定探个究竟。

这天晚上，他照例装满一升米，悄悄躲在一边看。这时，一只白鼠出现在升子旁边。叫花子看得真切，一伸手想把它逮住；那白鼠十分机灵，往后一跳躲开了。

叫花子问："你为何要吃我的米？"

白鼠说："因为你只有半升米的命，所以我要吃你的米。"

叫花子听了，暗暗吃惊，决定去西方问佛。

他沿路乞讨，来到一个员外家。员外问："你去哪儿呀？""我去西方问佛，为何我只有吃半升米的命？""请你帮个忙，我家右边那株桃树，开花不结果；左边那株李树，结果不开花；我家那个姑娘，十八岁了还不说话。问问是何原因？"叫花子点头告辞，又向西走去。

一日中午，他来到海边，海水一浪浪拍打着海岸。忽然，水里冒出一个头来。叫花子一看，原来是条黑龙。

黑龙问："喂，你到哪儿去？"

"我去西方问佛。"

"请你帮个忙，我在此修道多年，为何成不了精？"

叫花子点点头，黑龙摇身一变，变着一只小船，把他送过大海。

走啊走，历尽千难万险，来到一座山前。叫花子饥寒交迫，昏倒在路旁。

突然，祥光一闪，一位白发老翁从天而降。他双手一合："阿弥陀佛！"只见他拿出一颗黄豆那么大的东西，放入叫花子口中。药粒下肚，那叫花子一跃而起，看着面前的老者，不知如何是好。老者问他："你去哪儿啊？""我去西方问佛，肚中饥饿，昏倒此地，多谢您老搭救！"

"你给谁问佛？"

叫花子左思右想，认为自己问得少，别人问得多，应该从别人问起。"为别人。"

"你问吧！"

"我路过汪洋大海，一条黑龙请我帮个忙，问它为什么成不了精。"

"只因为它舍不得口中那颗珠子。"

"一个员外问，他房屋右边那株桃树开花不结果，左边那株李树结果不开花；他家那个姑娘，十八岁了还不会说话。是何原因？"

"右边有缸金，左边有缸银。那个姑娘嘛，见到她男人就说话。"

"啊？"叫花子又惊又喜，把自己要问的事都忘了。

"还有吗？"老者问道。

"没有了……！"一眨眼，老者飘然而去。叫花子十分得意，高兴而归。他走回海边，黑龙已等候多时了。

"我怎么成不了精？"

"你嘛，只因为舍不得你嘴巴那颗珠子。"黑龙听了，立刻吐出嘴巴里的珠子，把它送给了叫花子。

来到员外家，员外早已等在客厅。忙问："什么原因啊？"

"您右边有缸金，左边有缸银，姑娘见到她男人就说话。"

这时，员外那个女儿正好出来听见，她甜甜地叫了声

"爸爸！"又笑盈盈地盯着叫花子。员外大惊。他立即吩咐家人，扛着锄头，来到桃树下，挖地三尺，果然有一缸金子；左边李树下真的挖出一缸银子。员外万分高兴，当即将女儿许给了叫花子。后来员外死了，小两口日子越过越好。原来那颗珠子是夜明珠，昼夜金光闪闪，主人要啥有啥。

叫花子舍己为人，得到了好处，那只白鼠再也不来吃米了。

讲述者：　江生丙
采录者：　魏太洪
采录时间：　1986 年 7 月
采录地点：　云阳县驷马乡（今开州区汉丰街道）

55

有良心与无良心

以前，有两个人，一个叫有良心，一个叫无良心。他们一起做小生意，经常挑起担担结伴到山里头去卖货。

后来，无良心想，如果没得有良心一路，我一定能赚很多钱。于是，他就起了歹心。有一天，有良心和无良心走到一个悬岩边，无良心说："有良心，你快来看，岩边有窝灵芝草！"有良心当真走过去看，无良心一下就把他推下了崖，然后把两挑货担合在一起，挑起就走了。

有良心遭无良心一推，顺岩往下滚，结果被悬岩半腰的树藤藤网住，昏过去了。也不晓得过了好久，他醒过来，看到四边都是刀切似的悬岩，上不去，下不去，就大哭起来，边哭边说："无良心，无良心，为啥子要起心害我哟！"他的哭声惊动了三精洞的老洞主。老洞主有心搭救他，把手杖一挥，变成一架梯子，有良心就顺着梯子下到洞中，老洞主就把他藏起来了。

晚上，住在洞中的三个精怪——狐狸精、猴子精和野猫精回来了。野猫精鼻子尖，一走进洞就喊："生人气！生人气！"三个精怪到处找。老洞主说："我在屋头没看见生人来。"猴子精说："这里悬岩又高又陡，哪个人来得到？算了，算了，肚子饿了，还是吃饭。"

狐狸精、猴子精、野猫精边吃边摆龙门阵。狐狸精说："山那边有个无水山坝，那里的人好傻，有山泉眼不去挖，却跑到山那边去挑水。"老洞主忙问："那山泉眼在哪里呢？"狐狸精说："在坝子当头的大核桃树下。"猴子精说："无水山坝好点，那个女子梁上的母女俩还要傻，守到一坛金、一坛银不去挖，却从早到晚帮人春碓窝。"野猫精说："我说那些人啦，都傻得很！公主眼睛瞎了，皇帝发了皇榜，哪个能把公主的眼睛治明，就招他为驸马，全国的男子就没得一个想得出办法。"老洞主问："你有啥子办法？"野猫精说："拿无水山坝的核桃叶蘸着泉水一洗就好了。"有良心就藏在精怪们吃饭的石头下。精怪的话，他听得一清二楚。

第二天，三个精怪一走，老洞主又将手杖一挥，变成一架梯子，搭到山顶上，有良心就顺着梯子爬上了山顶。

有良心走到无水山坝，向一家人户要水喝。他舀了半瓢，喝了几口，就泼在地上。主人家说："你不晓得我们这里吃水多艰难哟！"有良心说："我看你们这里不缺水。"主人家说："我们这里都到山脚下去挑水。"有良心说："在那大核桃树下就是山泉眼，只要把树根挖开，就有水流出来。"主人家一听，高兴得跳起来，连忙跑到各家报喜。每家每户都派人拿着锄头到核桃树下去刨树根。树根下面有块光滑的青石板，周围的土都湿浸浸的。几个小伙子把青石板撬开，一股清清亮亮的泉水就涌出来了。无水山坝的乡亲们非常感激有良心，定要凑钱来酬谢他。有良心说："其他我不要，我只要一罐泉水和一丫核桃枝。"人们装了一罐水，折了一枝核桃丫给他。

有良心离开了无水山坝，走到女子梁，多远就看到有一老一少两个女子，拄着棒棒在春谷子。他赶忙走上前去说："伯娘，我来帮你春。"那碓窝已经磨得很薄了，他使劲一春，碓窝被春烂了。老婆婆一见就哭起来："老天哟，我们就靠它吃饭嘞，这下啷个办哟！"有良心对年轻女子说："大姐，你快去拿把锄头来。"锄头拿来了，他把碓窝底挖开，得了一坛金子。他又把另一个碓窝春烂，挖开后，又得了一坛银子。他对老婆婆说："伯娘，这一坛金子和一坛银子，够你俩娘母过一辈子了，你们也不要春碓了。"

老婆婆定要送一坛银子感谢他，可他不肯收。最后，只拿了一锭金、一锭银，算是领了老婆婆的情。

有良心带着一罐水、一丫树枝，用那一锭金、一锭银做盘缠，朝京城走去。

到了京城，他看到城墙上贴着皇帝为公主求医的诏示，就一把揭了下来，朝皇宫走去。皇帝派人领他到公主的宫中，公主这时正闭着双眼躺在床上。他拿上核桃枝，蘸着泉水，擦洗公主的眼睛。第一遍擦过，公主的眼睛皮睁开了；第二遍擦过，眼珠会动了；擦完第三遍，公主高兴地叫起来："唉呀，我看得见了！"

后来，有良心当上了驸马，无良心晓得了就去找他。有良心心里想，要不是无良心当初把我推下岩，我未必有今天，我一定要好好报答他。于是，他把无良心接到家头，用大鱼大肉招待他，还把自己的经历讲给他听。无良心听了，也想去碰运气。回家时，他走到岩边，一步跳下去，给摔死了。

讲述者：　冉崇锡，男，土家族
采录者：　连小培、李世萍
采录时间：　1982年3月
采录地点：　酉阳土家族苗族自治县南腰界乡（今南腰界镇）

56

孙云发受刑

解放以前，杨渡溪有一个人叫孙云发，又吃鸦片又赌钱，几年就把家产败出去了，成了烂人。族下的人就弄他到部队去当兵。开始陈兰亭师长不收人，后来，经过孙家的人劝说，再加上大家都是你知我识的人，才收了他，还给他安了个排长当。

孙云发当了排长，还是不争气，没过几天就看上了洗衣服的袁幺姐。袁幺姐虽是家庭贫寒，人却很有志气，不管你怎么说，她就是不干。有一次，孙排长趁袁幺姐父母不在家，把她强奸了。袁幺姐要拉孙排长到陈师长那里去评理，孙排长害怕了，答应娶她为妻。袁幺姐无可奈何，才软了下来。从这以后，只要袁幺姐的大人不在家，孙排长就到袁幺姐家去。后来，袁幺姐怀了孕，催孙排长结婚，孙排长总是支支吾吾。过了几天，孙排长就调到其他地方去了。

孙排长走了以后，袁幺姐的肚子越来越大。外人见了，都精呀怪地说她；她受不了族人的气，就在屋里吊死了。

袁幺姐死了以后，到了丰都，跪在城隍菩萨面前说："大老爷，哪里是我缠他哟，是他来害我。"城隍菩萨听了，对袁幺姐说："既是这样，我现在把你放了，你去把他抓到这里来。"袁幺姐说："大老爷，孙云发在什么地方，我都不知道哩。这么大的天下，到哪里去抓呢？"城隍菩萨把生死簿拿来翻了一翻，说："没走多远，就在渠县城里。"随后，写了个公函给袁幺姐，叫她拿去交给渠县的城隍菩萨。到了渠县，袁幺姐把自己的事情一说，那里的城隍老爷也很同情，就是不同意在城里抓人。他说："要抓孙云发可以，须得在城外三十里外。"袁幺姐没有办法，只好留在渠县等机会，一等就是半年多。一天下午，孙云发和袁八老爷一起到团部去领饷，走出三十里外，袁幺姐扑了上去，一把把孙云发的魂魄抓了。袁八老爷看孙排长有点像发羊儿疯，扑在地上就不出气了，马上上去捏住他的鼻子"孙排长，孙排长"地喊。喊了好一阵，孙排长才答应，声气都变了，变成了女娃儿的声音。袁大老爷觉得奇怪，问："孙排长，你说话啷个一下就变成女儿的声音呢？"孙排长说："我哪是孙排长啊，我是袁幺姐，从丰都来抓他的。"袁八老爷听了，更觉奇怪，又说："你为什么要来抓他呢？"袁幺姐就把孙排长的根根底底讲出来了。袁八老爷也是杨渡人，听了以后，向袁幺姐求情，求袁幺姐放了他。袁幺姐说，要放，得依她三个条件。袁八老爷说："只要你放人，莫说三个，三十个条件也可以。"袁幺姐说："第一，把我的棺材弄到孙家去埋。"袁八老爷说："可以。"袁幺姐说："第二，要封我为大婆子。"袁八爷说："可以。"袁幺姐说："第三，要给我两个老的每年送五十块钱。"袁八老爷说："可以。"袁八老爷一答应，孙排长在地上呻唤了两声，一下就活过来了。袁八老爷说："孙排长，你知道你刚才在做啥子？"孙排长说："我走着走着，就被一个人把喉咙卡住了，哪里还知道是啷个回事哟！"后来，袁八老爷一讲，孙排长才知道是怎么回事。

过了两年，孙排长回到了杨渡，又吃鸦片烟，又讨小老婆，哪里还把袁幺姐的话放在心里哩。回家一年多，许的愿一个都没有办得到，袁幺姐又来找他。那天中午，孙排长请了几个朋友吃午饭，袁幺姐走去，"啪！啪！"就是几耳光，一下一个手掌印，把他打得妈呀娘地叫。孙排长捂住脸，袁幺姐把他推倒在地，一家伙又卡住了他的喉咙。大家不知是怎么回事，跑上去，捏住鼻子喊，又喊出个女娃儿的声音来。上次在渠县的事，孙排长和袁八老爷回来都没有讲，大家都不知道，一问，大家才知道是袁幺姐来找他。只听袁幺姐说："谁要想救他呀，就到天子殿去！"大家跑到天子殿一看，哎呀，孙云发在那柱头上绑着，心子都被挖出来了！

讲述者： 王淑清，女，农民，不识字
采录者： 戴寿银，男，文化馆干部，大专学历
采录时间： 1983 年 6 月 4 日
采录地点： 丰都县高家镇大桥村

57

山海绝恋

很久很久以前，箕山来了个千年浮尘子精。短短一个月时间，浮尘子精就带领大大小小的浮尘子，将山上鲜嫩的春茶吃了个干干净净。不久，饱受浮尘子精摧残的茶树全部枯死，整座箕山变得光秃秃的，了无生机。

箕山脚下住着一个姓夏的土郎中，祖祖辈辈以采茶治病为生，箕山的茶树枯死了，夏郎中一家人就失去了生活来源。幸好独生女儿秀娥常到山上捡蘑菇摘野果，拿到山下的集镇换些油米钱，一家人才勉强度日。

当年夏天的雨后，夏秀娥独自到金盆湖附近捡蘑菇，路遇一青年男子昏倒在湖边的大石包上。夏秀娥摸脉发现青年男子中了蘑菇毒，便用草药和泉水解了青年男子体内的蘑菇毒。青年男子复姓上官，名子云，是川黔边界的一名秀才。因家中后院有一片大竹林，故视竹为友，由敬竹爱竹，到写竹画竹。半年前，上官子云奉父命带书童赴京赶考，不幸在长江边遇到强盗，盘缠被抢光，逃命时跟书童失散了。上官子云本无心功名，误打误撞逃到箕山，见箕山形态奇异、逶迤起伏，形如腾飞的巨龙，是个吟诗作画的好地方。便在箕山老鹰岩山腰找了个石洞，潜心画起

了百竹图，不想错食蘑菇中了毒。

上官子云醒来谢过夏秀娥的救命之恩，继续回到老鹰岩的石洞画百竹图。夏秀娥常利用捡蘑菇的时间，给上官子云送些食物到石洞，一来二去，风华正茂的上官子云和情窦初开的夏秀娥产生了爱慕之情。俩人在石洞外的萱花泉边私定终身，并跪着对天起誓，要在箕山永生永世长相守、不离分。

第二年谷雨，画好百竹图的上官子云到夏郎中家提亲，夏郎中满口答应了这门亲事。夏秀娥唱起上官子云写的茶歌庆贺，美妙的茶歌传遍了箕山，也惊动了在古墓修炼的浮尘子精。见上官子云才华横溢英气逼人，夏秀娥心灵手巧聪明美丽，久寡的浮尘子精又嫉又恨，不由生出想拆散这对天造地设的璧人的邪念。浮尘子精变成妖媚富贵的女子勾引上官子云，无奈上官子云用情专一只爱夏秀娥一人，任浮尘子精百般挑逗勾引就是不肯上当。软的不行就来硬的，浮尘子精以上官子云不跟她成亲就杀死夏秀娥相逼。一身君子风骨的上官子云拒绝了浮尘子精，全然不顾浮尘子精的淫威，午饭也没吃，就带着夏秀娥离开箕山，欲回川黔边界的故乡小镇。

浮尘子精率兵围追上官子云和夏秀娥，把他们一步一步逼到前山山崖。走投无路中，抱着一小袋干茶的夏秀娥和上官子云手拉手，流着泪纵身跳下山崖。浮尘子精在半空中接住上官子云，将他抓回古墓。

心上人儿香消玉殒了，上官子云也不愿独自苟活，本想撞死在古墓内，却一头撞到了七只蜘蛛的身上。原来，玉皇大帝得知浮尘子精冒天下之大不韪，吃光了箕山的茶叶，毁掉了箕山的茶树，龙颜大怒，欲派天兵天将下凡消灭浮尘子精。观世音掐指一算，普天之下，浮尘子精最怕的是蜘蛛，便主动请命，安排盘丝洞的七只蜘蛛到箕山收服浮尘子精。

上官子云和七只蜘蛛依计行事，假装同意浮尘子精的要求跟她成亲。吃晚饭的时候，上官子云强装笑脸，口吐莲花，灌醉了浮尘子精。浮尘子精的法力在一点一点消失，绝望中，浮尘子精喷出一股毒气，来不及躲闪的上官子云被熏瞎了眼睛。现出原形的浮尘子精，被一拥而上的七只蜘蛛，撕破咬碎灰飞烟灭。俗话说，树倒猢狲散。浮尘子

精一死，浮尘子们都纷纷逃离了箕山，不愿逃，或者来不及逃的，统统都被七只蜘蛛吃掉了。

大仇已报，双目失明的上官子云抱着百竹图，微笑着跳下了后山山崖。月光如水，一阵温脉的晚风徐徐荡过，上官子云跳下去的地方（后山），突然长出了许多竹子，夏秀娥跳下去的地方（前山），也跟着长出了许多茶树。重重叠叠郁郁苍苍的竹子和密密麻麻葱葱茏茏的茶树，在箕山上相互缠绕、相互偎依，茶在竹中、竹在茶中、茶中有竹、竹中有茶。这正应了上官子云和夏秀娥，永生永世长相守不离分的誓言。

夏秀娥和上官子云的爱情，感动了天地，玉皇大帝钦派风神到箕山长护茶竹。为了纪念夏秀娥和上官子云化成茶竹的功德，后人索性把箕山叫成了茶山竹海。听上了年纪的老人说，谷雨这天，真心相爱的情侣，在茶山竹海的最高峰薄刀岭上，背靠背、手挽手、极目四望，于那绿波翠浪中，会隐约飘来深情的呼喊：

上官哥哥——

秀娥妹妹——

讲述者： 刘翠竹，女，农家乐老板
采录者： 海清娟，女，永川区胜利路，作家
讲述情景： 采录者等5人，在农家乐饭厅吃完饭时，老板主动讲述当地民间故事
传承情况： 喜欢听故事。这个故事是听老一辈讲述的，刘翠竹偶尔向住宿者讲述，无专门的传承人
采录时间： 2021年12月
采录地点： 永川区茶山竹海

（二）宝物故事

58

乾
坤
斧

从前，有一家人，父母老了，全靠两个儿子上山打柴换米过日子。他们很穷，连砍柴的开山[1]也置不起，只能用一把烂镰刀。

一天，兄弟俩砍柴砍累了，靠在树子上歇气。一哈儿，就迷迷糊糊睡着了。醒来见当门放起一把锈了的开山，两兄弟就把开山拿到石板上磨，磨快后还好用，轻轻一下就把树砍断了。

过了不久，他两兄弟在山上打柴时，看到一股黑烟，从山那边吹过来了。哪来恁黑的烟子哟？要是遭它薽[2]到了，人都怕要变成"包黑子"咧。他们躲不开，老大就拗起开山，一开山砍去，烟子就散了，一只金晃晃的鞋子落在地上，他们就把它捡回家了。

梅雨天气到了，绵绵雨接连落了好些天。砍柴卖的人不能打柴换米，锅儿就揭不开了。没得法，老大就把那

只鞋子拿到街上去卖。他见街上蓊[3]了很大一堆人在看布告，自己认不到字，也就没去管这些空闲事。他找了个空凼[4]，摸出鞋子摆到地上，捡了根谷草绾个圈圈插在鞋子上，跍到一边等买主。这时，有个人拿起他的鞋子看了一下，说："布告上明明写着，当今天子的三公主不见了，衣着相貌都写在上头，穿的就是这种鞋子，你这鞋子哪来的？"这人一吼，守布告的差役听到了，过来一看，这鞋子当真和告示上说的一点不差。就把老大拉到县衙。县太爷升堂问他："鞋子从哪儿凼来的？"老大就把捡鞋子的事照实说了。县太爷派人把他送进皇宫。

皇上说："你既得了鞋子，必定晓得公主的去处。"老大说："那阵风很大，看不清楚有人没得。"皇上说："只要你能找回公主，我就重重赏你。"老大说："赏不赏是小事哟，只要不倒霉就是啰。"

老大回家后，就和兄弟到那天捡鞋子的地方，找来找去找到一个洞，洞子深得看不到底。两兄弟就去剐了三十三根棕树，撕了三天三夜的棕丝，搓了三十三副笋索。找了一个大笋篼，抬起笋索，拗起开山，到山上无底洞去了。老二犯奸[5]，先丢了坨石头下去，好半天都没落到底。老大叫老二下去，老二说："哥哥，你气力大些，你下去找，我在上面守到。你找到公主后，我好拉你上来。"他们把笋索接起，老大坐在笋篼头，老二就往下放。一直把三十三副笋索放完了，才放到底。洞里头黑不溜秋的张口不见牙齿。老大爬出笋篼，顺着洞子往里摸。摸了一阵，里头越来越宽，一会儿就看见亮了。哟，里头还有一座大房子哩！他来到大门前，偏起脑壳从门缝缝瞅，看见公主被绑在一根柱子上，那些妖怪正在逼她和魔王成亲。老大从腰杆上取下开山，对到大门一亮，那门就开了。那些妖怪看到这把开山，眼睛都睁不开，老大几开山把那些妖怪砍死了。他正要去给公主解索子，屋头又钻出一个黑大汉。老大不管三七二十一，拗起开山就砍，"嚓"的一声就砍脱了那大汉一只膀子。妖怪现了原形，原来是一只三个脑

---

[1] 开山：斧头。

[2] 薽：qiū，熏。

---

[3] 蓊：wōng，形容草木茂盛，此处作人多讲。

[4] 空凼：此处指空地方。

[5] 犯奸：耍奸滑。

壳的大麻鹞子。它伸出爪爪来抓老大。老大一开山砍脱它一个爪爪，妖怪就跑不动了。又是一开山，砍断了妖怪的翅膀。最后，老大给它一开山掠去，不偏不歪掠在中间那个脑壳上。不多一会儿，老麻鹞子就死了。

老大捡起开山，给公主解了索索。公主问他："你啷个进来的？"老大说："是皇上要我来救你。"公主说："你这把开山是从哪儿凼来的？"老大说了捡开山的经过。公主说："它能降妖斩魔，一定是仙家的乾坤斧，你要好生收拾。"老大带着公主来到洞口，要公主先坐箩篼上去。公主要老大先上去，老大不干。公主说："你先上去，再把箩篼放下来。"老大说："我是来救你的，应该你先上。"公主见老大说得诚心，就从怀里摸出一根龙凤帕，"哗"的一声撕成两半，递一半给老大说："你是我救命恩人，我的终身就许与你了。你以后就凭这个到京城来找我。"

公主上去后，老大一等箩篼不放下来，二等也不见放下来。他爬又爬不上去，只好在洞里另找出路，找了几天都没找到出口。一天，他找到一个洞门，上面挂了一把牛尾巴锁。他把开山一亮，锁就打开了。老大走进去，看见里头有条大蟒，被铁链子锁在一方大石头上。蟒见了老大，就流眼抹泪的，要老大救它。老大举起开山，一下就把铁链子砍断了。大蟒摇身一变，变成一个年青娃儿，跪在老大当门说："我是东海龙太子，在三百年前布雨时，被这三头鹞抓到洞子来的。它要我把肚里的宝珠吐出来拿给它，我不干，就遭锁在这里了。多亏你救了我一命，你是我的再生父母。你被老二暗算了，他要把你困死在洞子头。为了报答你的救命之恩，我愿把你送出去。"它叫老大骑在它背上，闭上眼睛，没有一哈儿，就到地面了。老大要请三太子到家里去耍几天，三太子说："你屋老二已送公主到皇宫去请赏去了，我马上送你去。"老大又骑在三太子的身上，闭上眼睛，没一哈儿，就到了。三太子告别了老大，就飞回东海去了。

老大来到皇宫，拿出半张龙凤帕要见公主。皇上一看，原来是头回送鞋子到京城的老大。老二不是说他死了吗？啷个又活了呢？就要老大把救公主的经过说出来。老大说完后，皇上说："你只救了我女儿的命，这是我与你之间的人情，也只能由我还。你一无地位，二无才学，三不是

金榜状元，我怎能让你和公主成亲？"公主听说皇上不准老大和她成亲，就对皇上说："他不是金榜状元，是进宝状元！"皇上问："他进了什么宝？""他有降妖斩魔乾坤斧。""叫他赶快献上殿来。"老大拿出开山，皇上就封了他一个进宝状元。没两天就和公主成亲了。

老二闹着要向皇上讨赏。皇上说："你为争功，不顾兄弟情分，要把哥哥困死在洞子头，多亏神龙相救才得脱险。你还有脸讨封吗？"老二说："我把公主送到京城，没有功劳也有苦劳啊！"皇上气到了，大喊一声："把这个响马叉出宫去！"

出了京城，老二很不服气，果然当拦路打劫的响马去了。

讲述者：　　　蒙进田，男，不识字，农民
采录、整理者：蒙昌华
采录时间：　　1985 年 10 月
采录地点：　　合川县双槐乡（今合川区双槐镇）

59

金剪刀

传说从前，高都山[1]下的民胜村有个叫秀芝的姑娘，模样俊秀，心灵手巧，有一手剪纸的绝艺。她剪出的花，鲜艳艳的；剪出的草，水灵灵的；剪出的动物，活生生的。

有一年冬天，秀芝姑娘得到一把神仙送给她的金剪刀。她剪出一只鸟，鸟扑棱飞了；剪一条狗，狗汪汪叫着跑了；剪一条牛，牛活了；剪了几只鸡，鸡活蹦乱跳的。

秀芝姑娘得了金剪刀的事儿，传到地主刘三宝耳朵里。刘三宝心狠手辣、贪得无厌，他派狗腿子去把秀芝姑娘抓来了，要她剪满屋的金银，要不，就莫想出去。"咔嚓"一声把门锁上了。

开始，秀芝只晓得哭，后来她有了主意。她拿起剪刀，几下就剪出一个大门，往后墙上一贴，一扇门出现了。她带上金剪刀和几张纸，从门里跑出来，急忙往山上跑。刘三宝见后墙开了门，人和金剪刀都不见了，喊起家丁就追。

秀芝姑娘急中生智，随手剪出一条大河往后一扔，大水把刘三宝和家丁们隔住了。然后，她又剪了几个浪头往

河里一甩，河里马上波浪翻滚，一下子就把刘三宝和家丁们卷进河里淹死了。

从此，秀芝姑娘就在山上修炼成仙，这就是八仙中的何仙姑。那条剪成的河，就是现在的星桥河。

讲述者： 龙老八
采录者： 张辛民
采录时间： 1985 年 11 月 14 日
采录地点： 梁平县星桥乡民胜村（今梁平区星桥镇）

[1] 高都山：梁平县七星乡（今重庆市梁平区七星镇）附近的山名。

60

宝石盆

从前，有两家人，一家姓王，一家姓张，两家是隔壁邻居。王家只有个忠厚老实、软弱怕事的王五，张家有好几弟兄，其中张三为人特别刁钻狠毒、蛮不讲理。

张三欺负王五，把地界的界牌一直朝王家移，得寸进尺，把王家祖上留下来的地都快占完了。王五心头气愤，晓得自己斗不过张家，没得法，只得忍气吞声把剩下的地种起。

一天，王五喂的那头牛忽然说话了，告诉他某处有窝草，叫他去割回来它吃。王五心想：牛说话不是一般的事。就到那地方去把草割了回来。第二天，牛又叫他去割。他想，才割了哪个又去割哟？跑去一看，奇怪，那草又长起来了！

回到家头，牛又开口了："你去把草挖起来，那下头有个石盆，它会对你有用的。"说完，倒在地上死了。

唯一的伙伴死了，王五伤心得很。他把牛埋了后，就去挖那窝草。那草长得很深很深，好不容易才挖起来了。挖开一看，下头硬是有个石盆。他把石盆背在背上往回走。一路上，又累又热，就把衣服脱下来放在石盆头，石盆马上就装满了一盆衣服。他才晓得那是个宝盆。

背回屋，他放了点儿米在石盆头，马上就是满满一盆米。王五高兴得不得了。从此，王五吃的有了，穿的也有了，日子越过越好，还结了个婆娘。不过，他还是照样勤劳，照样节省。

后来，这事遭张三晓得了，他跑去对王五说："我屋头原来有个石盆不见了，听说你捡了个石盆，肯定是我那个，快还给我。"

王五马上说："没得那话。那是我从山上挖出来的。"

张三很狡猾，说："哪个给你做证？鬼才相信！走，我们去见官！"

见了县太爷，王五就把石盆的来历一歇说了。县太爷问张三，张三也照王五怎个说一通，说石盆本来就是他从山上搬下来的。

县太爷不晓得该判给哪个才好。王五说，他放一颗米在石盆头，就会涨出一盆米。一试，硬是灵验。县太爷就要把石盆判给王五。张三不依教，说他也会变。他丢了一锭银子在石盆头，银子一晃就不见了；抓一把米进去，一哈儿也一颗都没得了。这下子把张三气忙了，就朝石盆头吐了一口痰。哪晓得那口痰一吐到石盆头，就化成一股青烟直往张三鼻子头钻。张三接连打了几个喷嚏，就直挺挺地倒在地上死了。

县太爷非常得意，自以为判案如神，说："本官明镜高悬，自有公断。张三贪财刁顽，自讨苦吃，活该！现将石盆判归原主。"

哪知，王五和石盆早已不见了。

讲述者： 魏显德，男，汉族，小学学历，巴县走马乡（今九龙坡区走马镇）退休干部
采录者： 钟守维
采录时间： 1990 年 6 月
采录地点： 巴县走马乡（今九龙坡区走马镇）工农村

61

进宝状元

从前，有个娃儿叫曹回乡，十四五岁才开始读书。他学堂里屋基阳沟头有一个老蛤蟆，他天天都从家里包点饭来喂它。

三年书读满了，临走那天，他对老蛤蟆说："蛤蟆老仙，我三年书已读满；从明朝起，再也不能送饭给你吃了。"蛤蟆说："感谢你天天送饭给我吃，我吐颗宝珠送你。这颗宝珠只要在死人身上滚三下，死人就活了。你明天拿这颗宝珠到京城去考进宝状元，一定会考中。"

曹回乡拿着宝珠回家打点行李、盘缠，第二天就出发进京。走了一阵，他看到一条死蛇，心想：蛇也是一条命嚯，蛤蟆老仙说这颗宝珠能起死回生，我试一回看。他把宝珠在蛇身上滚了一下，嗨，蛇就动了；滚第二下，蛇就硬起来了；滚三的下，蛇的脑壳就昂起来了。蛇回过头来，把曹回乡睃了[1]两眼，梭起走了。曹回乡心想：这宝珠还真的救得活命哩！

走了一阵，看到一个蜂子死在路上。这蜂子也是一条

[1] 睃：suō，斜着眼看、偷看。

命嚯，他又把宝珠放在蜂子身上滚。滚一下，蜂子动了；滚两下，翅膀硬起了；又滚一下，哦哟，蜂子扑了两下，"嗡"的一声飞起走了。

他又走了一阵，看到路边边有个死蚊子，又把宝珠放在死蚊子身上滚，这死蚊子活过来飞走了。

他又走了一阵，听前面一个院子里在吹唢呐。走拢一看，院子里出来一个担水桶的大汉。曹回乡走上去问他："大叔，这院子头啷个哭得恁热闹哟？"那大汉说："你不晓得，尧员外的大儿子死了。"曹回乡说："哦，我医得活。"大汉说："当真？"曹回乡说："试一回嘛！"大汉赶忙放下水桶，跑回去跟员外说："员外，员外！门前有个小伙说，他能救得活少爷。"尧员外说："快点请进来！"曹回乡被请进了院子，来到灵堂一看，那大少爷已装进了木头，亲人些哭得不得开交。曹回乡说："把盖子揭开。"盖子揭开了，他把宝珠在死尸上滚了三下，只见大少爷翻身爬起来坐起，眨了眨眼睛。看到周围的人都披麻戴孝，脸上挂起眼睛水，就问："你们在做啥子哟？"员外欢喜得声气都抖了，说："儿呵，我们都在哭你死了。要不是这位曹恩人的话，你都落土了。"

尧员外一家人对曹回乡感谢得不得了。留曹回乡在家耍，顿顿都是好酒好菜招待。尧员外问曹回乡宝珠是啷个得到的。曹回乡就把得宝珠的经过说了，还说："蛤蟆老仙叫我拿这颗宝珠上京城去考进宝状元，说一定考中。"尧员外的大少爷听了，对曹回乡说："你去京城考状元，我们一路去嘛，盘缠算我的。"他们就上路了。

两个走在路上，大少爷装肚皮痛。曹回乡拿宝珠在他身上轻轻一滚，他肚皮就不痛了。又走了一阵，大少爷的肚皮又痛起来了。曹回乡又拿宝珠在他身上轻轻一滚，又不痛了。大少爷就说："这宝珠死人都医得活，啷个肚皮痛医不断根呢？你把宝珠拿给我放在身上，看又如何？"曹回乡就把宝珠拿给大少爷带在身上。果然，大少爷的肚皮没有再痛了。

这天，两个来到离京城很近的一个场上，天就黑了。曹回乡对大少爷说："我们在这里打栈房，明朝又走。"大少爷说："歇啷个！到京城去歇。"两个就在馆子把饭吃了，又继继赶路。

曹回乡走前头，大少爷走后头。走到一个岩岩边，大少爷就起了歹心，一掌把曹回乡抽[1]下岩去。他带起珠宝，连夜赶晚到京城去了。

曹回乡被大少爷抽下岩去，当时就吓晕了，心想完了。嗨！哪晓得岩岩半中拦腰长了一根黄桷树，垭盘很大，上面又缠了很多野藤藤。曹回乡恰恰落在树垭上。第二天早晨，岩脚底下的砍柴声把他惊醒了。砍柴的就把他救了下来，问他为啥子在树上。曹回乡一五一十地把受害的经过说了。砍柴的听了很气愤，拿些银子给他，叫他进京去告大少爷。

曹回乡来到京城，听说进宝状元已被大少爷考中了，很着急，但是没得办法。

这天晚黑他打了栈房。累了几天，倒在铺上就睡着了。他在路上救的那条蛇给他托梦说："你不要急。皇帝的公主在御花园耍，被我一个兄弟咬伤了脚，随便哪个都医不好。你明朝进宫去把御花园里头的苞谷叶春出浆来，拿一点给公主吃，拿一点搽伤口，保证医得好。"

第二天一早，曹回乡来到宫门，看到贴的皇榜，上头写起：哪个把公主的脚医好，就把公主许配给他。曹回乡上前把皇榜撕下，随到差人去见皇帝，说："公主的脚我医得好。"皇帝就叫他医。曹回乡就跑到御花园，折了一把苞谷叶春成浆，取点浆给公主吃，又在伤口上擦了一点。一哈儿，肿就消了；再一哈儿，就还了原。皇帝就准备招曹回乡当驸马。

尧大少爷听说曹回乡没有死，怕得要命。听说他要当驸马，又眼红，就打鬼主意整曹回乡。他向皇帝奏道："曹回乡凭这点就当驸马，恐怕众人不服。现时边疆战火很紧，不如叫他带兵打仗，赢了就回来与公主成亲。"皇帝同意了。

这一下把曹回乡焦倒了。这天晚黑，蜂子来托梦说："这场战火保证你打赢。你多带点索子就是了。"第二天，曹回乡就叫兵士些多带索子。开到前线，刚一开仗，只看到半天云蜂子多麻了，把敌人锔[2]得要死不活。曹回乡叫

兵士只管捉呀捆的，这一仗就打赢了。

皇帝为他摆庆功宴，要他明朝和公主成亲。尧状元又在侧边打鬼主意，跟皇帝说："明朝选九十九个宫女，和公主共一百人，坐一百抬花轿，要曹回乡去找。找到了公主坐的花轿，就证明他对公主是真心的；找不到，就应杀头！"皇帝又同意了。这一回曹回乡又焦倒起了：哪个找得到呢？

这天晚黑，蚊子来托梦给他："你明朝只到有很多蚊子爬的那抬花轿找。"第二天，曹回乡老实地照到办。一五、一十、三十、五十……一直数到九十九抬，都没有看到有蚊子爬，只见最后一抬花轿上爬了很多蚊子。他连忙上去把轿子拉到，打开一看：嗨！公主硬是坐在里头。皇帝立马给公主和曹回乡办喜酒，文武大臣都来庆贺。皇帝问："尧状元呢？"这时差人来报说："尧状元吊死了！"曹回乡这时才把事情的前前后后都向皇帝说了。皇帝就下令把尧状元拿出去示众，进宝状元还是曹回乡的。

讲述者： 李世才，男，汉族，高小学历，农民
采录者： 李健
整理者： 张荣华
采录时间： 1985 年 10 月 10 日
采录地点： 江津县店子乡（今江津区油溪镇）

[1] 抽：推。
[2] 锔：jū，蜇、用针等刺。

62

浪里还珠

从前，有个夏天官。他出京察访回来，看见皇城的午门上绑了一个白胡子老头，就上前问道："你恁大岁数，为啥遭开刀问斩？"老头答道："只因我管教不严，长子冒犯天条，罪及愚老。望天官搭救，我一定不忘大恩大德。"

夏天官立即上殿，为老头求情。皇上见有天官说情，当即免了老头死罪，罚他戴罪立功。

原来，这老头就是蔡龙王。因龙太子降雨误了时刻，罪及老龙，玉帝交凡间天子治罪。蔡龙王感激夏天官为他说情，两个就结为兄弟，你来我往，走得亲热。

有一天，蔡龙王对夏天官说："老弟，明天是你母亲八十大寿，何不回家祝寿呢？"夏天官答道："你哥子有所不知：家隔万里，我一时哪能归家？"蔡龙王笑道："一切包在我的身上。今晚黑就动身，包你走拢天还没亮就是了。"

那天擦黑，蔡龙王来到天官府，对夏天官说："你伏在我的背上，闭上眼睛，千万不可睁开。"天官点头答应。霎时，就听蔡龙王在说："到了！"夏天官睁眼一看，果

真到了家门。自此以后，两人走得更见亲热。

转眼过了几年，夏天官已经告老还乡，蔡龙王也刑满回龙宫去了。有一天，龙王去拜访夏天官，并邀请天官到龙宫去耍几天。天官听罢笑道："龙兄，你哥子说笑了。海底龙宫，凡人哪能去？"蔡龙王当即取出一颗珠子，说："这是一颗避水珠。你放在身上，就可以来去自便了。"

第二天，夏天官带着珠子去至海边，大海中果然现出条大路。他就顺着大路，对对直直走到了水晶宫。蔡龙王早在宫门等候。夏天官在龙宫中，饮宴三日，好不自在。

有一次，夏天官乘着酒兴对蔡龙王说："龙兄，我俩交往恁久，从未见你哥子的真身。愚弟很想看看。"蔡龙王万万没谙夏天官提出这个难题，看在过去曾经救过自己的情分上，勉强答应道："不过，只许你一人看，看后不准张扬。"夏天官当时点头答应了。

夏天官回到府中，他站在楼台之上。到了约定时间，只见东方一片祥云升起，云中现出一条白龙，上下翻卷，银光四射。夏天官看得高兴，心想：机会难得，何不叫夫人也来看看真龙。他立即下楼。谁知，夫人刚刚上楼，突然那白龙就从空中坠下，无踪无影了。

从此，蔡龙王再也没有到过天官府了。这时，夏天官才想起当初诺言，但后悔已来不及了。

过了许久，夏天官乘船出海。船到中途，突然乌云翻滚，雷声不断，海浪汹涌。浪涛之中伸出一只龙爪："还我珠来！"夏天官知道是蔡龙王在喊，心想：还了可惜，不还又怕惹怒了龙王，性命难保。无奈何，只好将避水珠投入海中，才得保全性命回来。

后来，人们送夏天官一副对联："时来龙宫饮宴，运去浪里还珠。"至今还在百姓口中流传。

讲述者：　秦勇，男，汉族，初中学历
采录者：　沈世云
整理者：　张容
采录时间：　1985 年 6 月
采录地点：　江北县明通乡（今北碚区柳荫镇）

63

耗子皮

从前有个孤儿，从小就去帮小伙计。他每年得了工钱，都要买些香烛供品，给大路侧边的土地菩萨烧香，求菩萨保佑他能结个婆娘。

年边到了，小伙计领起工钱，又去买了香烛纸钱，求土地菩萨。当天夜晚，土地给小伙计投了个梦，说："哎！你这娃儿也是哟，恁个专心诚意地给我烧香，要我给你找个婆娘，我到哪里去给你找？我这凼有件衣服，你穿起各人去找好了。"

第二天，天麻糊糊亮，小伙计就到土地庙来了，他是来拿衣服的。走拢一看，那里有啥子衣服，只有一张耗子皮。他两个指拇拈到耗子皮一抖，就变成了一件衣服。他把衣服往身上一披，还合身，脱下来又成了一张耗子皮。土地说话算数，小伙计非常欢喜。

宵了夜，小伙计倒在床上想：到哪凼去找婆娘呢？啊！对了，隔壁员外屋有个小姐，还没开亲。小的那阵我们还同到耍过的；长大后，她被关进了绣楼，再没打

过堆[1]了。走她屋当门过时，还时常看见她在窗子边打望[2]呢。今夜晚，干脆先上她那绣楼去看看。

小伙计把耗子皮摸出来穿起，就上了绣楼。屋头红灯大亮的。小伙计刚走到屋中间，小姐就喊起来了："耗子，好大个耗子哟！"小伙计心想：啊！披起这件衣服别人看见我就是一个耗子。就忙躲到屋角角去，把耗子皮脱了下来。他走到小姐当门一站，小姐见是小伙计，忙问："你是嘟个上来的？遭别个看到没得？"小伙计说："除了你，格外没哪个看到。"小姐说："那好。唉呀！我们还是小的阵在一起耍过的。长大后，我一上绣楼，就再不敢下楼去了。我经常看见你从屋当门过。"小伙计说："我一无亲，二无戚，爹妈死得早，长起这么大了，还是一个人。""要是你上楼没遭人看到，天天晚上都来耍嘛！"就这样，小伙计天天夜晚都要上楼去耍。

一天，员外看到小姐病唉唉的，人也瘦了，肚子也大了。怪了，未必女儿还有不规矩的事？就把小姐喊来盘问。小姐说："经常有个耗子，夜晚来和我耍。"员外听了想：莫不是啥子精怪哟！就请道士来收妖。收得到啥子？一盘、二盘都没有收到。员外想：不是妖怪未必是人？就派人把楼守起来。那夜晚，守的人听到小姐屋头有两个人在说话，打开门来看，又都没得外人。

后来，有个人对员外说："员外，你去请日管阳、夜管阴的包青天来审下嘛！"员外就把这个案子告到包文正手头去了。包公把小姐传来问。小姐说："请包大人给小人做主。我说的耗子，是隔壁的小伙计。我们一个心甘，二个情愿，就是父母不同意。"包公"嗯"了一声，就退堂了。

第二天，包公把小伙计传来问："你认得员外的小姐吗？"小伙计说："我们从小就在一起耍。"包公又问："你嘟个钻到小姐绣楼去的？"小伙计就把向土地烧香、许愿，土地送耗子皮的事说了。包公要他穿起来看。小伙计把耗子皮摸出来一抖，就变成一件衣服，他往身上一穿，就变成了一只不足五寸长的耗子。

[1]　打过堆：此处指在一起玩耍。

[2]　打望：张望。

包公又把土地找来问："你身为一方土地，为何指使别人惹是生非？"土地说："他们从小在一堆长大，一个有情，一个有意，就是配不成对。"包公"哦"了一声，没说多的话，就叫土地回去了。

过了几天，小伙计又遭捉到了。员外说："把他弄到大河沙坝上去审，要他跑不脱。"老实，那天在河边沙坝上，用很多柴草围了一个大圈圈，当中设起公案，团转站满了看稀奇的人。火把柴草点燃后，包公就开始审案了。包公把耗子皮拿起往小伙计当门一丢，说："今天，我看你往哪里跑！"小伙计抓起耗子皮，往身上一披，就变成了耗子。他围到火跑了一圈，跑不出去。眼看要被捉到了。突然，从天上飞来一只麻鹞子，把他抓起就飞走了。包公一看，又是土地变的。就对员外说："这是天意，是天意啰！"员外说："未必我的女儿只有嫁给帮人的命哪？"包公说："只要他二人情投意合，有啥子要不得？"员外不同意，说："他一无金，二无银，这门亲事就搞不成！"这时，人堆堆头钻出个老头儿，边走边喊："有，有，有！小伙计托我送来一缸金、一缸银，为他说亲来了。"包公听了说："好呵，我来为他们择个良辰吉日！"

到了那天，小伙计和小姐就名正言顺地成了亲。

讲述者：　李伯均，男，汉族
采录者：　邹红明
整理者：　蒙昌华
采录时间：1985 年 10 月
采录地点：合川县龙市乡（今合川区龙市镇）

64

闹海线

从前，一家两娘母，儿子叫王贵，父亲早年去世，家里靠捡狗屎卖维持生活。王贵已是二十出头了，由于家里穷，还没安家。一天，他看到一泡干狗屎，去一钩，一节连一节，好看忙了，像线穿的珠子一样。王贵仔细一看，里面有根线，拿去水里一洗，金灿灿的，线的一头还刻了三个字——闹海线。王贵不知这线有啥子作用，就捡回去放在一口烂箱子里。

附近有座庙，里面住着几个和尚。一天，王贵捡狗屎路过庙门口，听到他们说说笑笑在聊天。其中一个长老说："我听说古时候的闹海线作用才大。不怕你穷，只要在五月端阳和八月中秋节把闹海线在水里一搅，海神就要送东西来，要啥子有啥子。"其他和尚听得津津有味，王贵听了半信半疑，回家去告诉瞎眼的老妈妈。老妈妈一听，心里也非常高兴。

等到五月端阳，王贵把线拿到河里使劲一搅，水就翻滚了，惊动了龙宫。龙王派夜叉出海察看，王贵对夜叉说："我要一座新屋。"夜叉说："你回去就是。"王贵回去一看，原来的烂房子变成了一座漂亮的砖房子。母子俩虽然有了好房屋，但吃的用的还是很贫寒。王贵就望八月十五到来。

八月十五这天，王贵又把闹海线拿到河里一搅，搅得水晶宫不得安宁。巡海夜叉立即来问，王贵说："我有了住的，但没得吃的、穿的、用的。"巡海夜叉又说："你回去就是。"王贵跑回家一看，果然缸缸罐罐装满了米，还有很多衣服、银子。过了几年，王贵又觉得不如意，还差一样东西。到时候他又把闹海线拿到河里去搅，巡海夜叉又急忙来问。王贵十分害羞地说："我二十五了，衣服没得人补；母亲上了年纪，无人料理家务。"巡海夜叉说："龙王的三女儿给你当媳妇要得不？"王贵心里甜滋滋的，就答应了。他急忙跑回家，一走到地坝边，就看到楼上窗孔旁坐着一个绣花姑娘，就是龙王的三女儿。两人一见钟情，结为夫妻，生活过得很美满。

一晃四年，王贵的娃儿都三岁了。一天，天上雷攻火闪，下起大雨来。原来龙女要回宫了。王贵紧追不舍，但是没有追上，坐到哭了三天三夜，又把闹海线放在河里头不停地搅，搅得翻江倒海。龙王变成一个老头，来到王贵的面前，王贵把老头接回家，两人很摆得来。老头忽然为王贵提起亲事，说当地有家员外的女儿才貌双全，早年就看中了王贵，只因王贵家穷才没说这门亲事。这次一说，两厢情愿，一见面就情投意合，结为美满的一对。王贵就拜老头为干爹。夫妻俩十分敬奉他。

几天过去，老头对王贵夫妻说："你们成家了，有吃有穿；只要勤扒苦做，你们的日子会越过越好。"当晚老头就不辞而别了。

讲述者：　许秉贤，男，初中学历，农民
采录者：　刘泽云
采录时间：1986 年 10 月 2 日
采录地点：垫江县龙桥乡（今垫江县曹回镇）

65

张滑竿捞金船

很久以前，老君洞的半坡上有一家幺店子，住着姓张的母子二人。儿子是抬滑竿的，大家叫他张滑竿。张妈妈在路边卖点茶水，两娘母穷得连灯都点不起。幸好他家门背后有一个大红蜘蛛，有饭碗那么大，浑身通红，一到晚黑就闪闪发光，比点盏油灯还亮。他们母子都喜爱这个蜘蛛，把它看作宝贝。

一天，有个北方人路过。这人看到了红蜘蛛，喊张妈妈卖给他。张妈妈起先不愿意，说晚上要靠它发光当灯点。北方人说他愿多出点钱，张妈妈一听就动心了，说要晚黑等儿子回来商量一下，约好第二天来听回销。

晚黑，张妈妈就把北方人要买红蜘蛛的事一五一十给儿子说了。张滑竿说可以，看看北方人究竟出多少钱再说。

第二天，那个北方人来了。张滑竿听他真的要买红蜘蛛，就问："你出多少钱呢？"北方人说："给一千两银子，可以吗？"张滑竿心头一惊，心想：他出这么多的钱买这个红蜘蛛，一定有啥子大用场。我不妨问个究竟。于是他装得老老实实地说："我这个蜘蛛是个宝贝，你拿去做好事我才卖。如果是做坏事，钱再多我也不卖。你要说实话。"北方人只好说："老实告诉你吧，重庆金紫门外大河底下有一只金船，每到半夜都要浮出水面来，只有用这个红蜘蛛才能把它网住拖到岸上。"张滑竿听了，心头便另有打算。却说："既然是这种好事，我一定抽活你，不过你也要多给点钱才行。把一千两银子换成一千两金子我就卖。"北方人默了一下说："好，就给你一千两金子。不过我今天没带这么多。你等着，三天后我凑齐了就来。"

北方人走后，张滑竿心想：既然他是买去打捞金船，我何不先用蜘蛛去把金船捞起来之后再卖给他。主意一定，张滑竿当天晚上就带上红蜘蛛，悄悄来到金紫门河边等候。到了半夜，忽然河水翻腾，波浪滚滚；轰隆一声，果然有一只亮晃晃的金船浮上水面。这时那红蜘蛛就像撒网一样，一下抛出蜘蛛网把金船紧紧网住，接着就慢慢收起网来。因为船太重，水又急，蜘蛛收得很慢。张滑竿怕耽搁久了被人看见，慌忙去抓住蛛丝展劲拉。谁知这蛛丝经不住人的热气，"嘣"的一声就断了。金船随即沉入水底。蛛丝突然一断，红蜘蛛也遭弹到河中被冲走了。张滑竿一无所得，只好埋怨自己没得发财的福分，蔫奄奄地回去了。

第三天，那个北方人来了，看见张滑竿母子愁眉苦脸的样子，问他们出了什么事。张滑竿没法，只得把实情告诉他。北方人一听，气愤地说："你太贪心了！给你一千两银子，你又要一千两金子；给你一千两金子，你又想一船金子！现在好了，连灯都没得照的了，该背时！"

讲述者： 周均阳，男，汉族，初中学历，工人
采录者： 李光秀
采录时间： 1986 年 6 月
采录地点： 九龙坡区九龙乡

66

王大娃子与炸海干

很早以前，有个王大娃子，家里只有两娘母。他妈是个瞎子，他天天割草来卖了供养她。

有一天，他到沟边去割草，看见一对石宝在打架，打得很激烈，响声也大。看了半天，草都没割一根。他觉得这两个石宝打架有趣，就拿来放在背篼里。石宝在背篼里也打架，背篼也背不走了，他就把两个石宝一边吊一个背起回家了。回到家里，王大娃子向躺在床上的瞎子妈说："我今天没割到草。"他妈说："你为啥没有割到草呢？"儿子说："今天只顾看石宝打架去了。"妈说："孩儿，这对石宝在哪里呀？"儿说："我已经背回来了。"妈说："你二场背到场上去卖，别个管他拿好多钱你都不卖，一定要问清他买去做啥子。"

赶场那天，王大娃子老实就背着两个石宝到街上去卖。刚到街上，就有个高鼻子洋人来买。王大娃子说："随便你递几个钱都可以。你把这两个石宝买去做啥子哟？"高鼻子洋人不肯说。他不说，王大娃子就不卖。高鼻子洋人没得法，只好说："这两个石宝叫炸海干，可以拿去调海。"王大娃子听后，就不卖了，背着石宝回了家，把今

天赶场的事一五一十向他妈说了。他妈听后，说："孩儿，这是一对宝。既是能调海，你就拿去调一下吧！"

第二天，天还未亮，王大娃子就把两个石宝背起走。当他走到海边，海水突然翻起大浪。他赶忙将石宝丢一个下去，那海水马上消下去一半。龙王就问："是哪个在调海呀？是差金吗？差银啦？"他说："是王大娃子在调海。我金也差，银也差。"龙王说："既然是恁个，那就让开些。"话一落音，那金子银子便朝岸上滚哟。王大娃子说："好了，我要不完啦。"随即就把石宝一捡，把金银背回家去了。

王大娃子得了金银，换回了很多东西。他妈又对他说："孩儿啦，现在我家样啥东西都有，只是你还没有说亲。你又去调海，龙王问你，你说金银倒不差了，就只差个媳妇。"

过几天，王大娃子背着石宝又去调海。龙王又问："是哪个在调海呀？"王大娃子说："是我。""你是差金差银吗？""我金也不差，银也不差，就是差个媳妇。"龙王想，如果不答应他的要求，他将两个石宝丢下来，不管多大的海，也会将海水炸干，龙子龙孙都会干死。龙王没有办法，只好将三女许配给他，便叫三女上岸来。王大娃把三女引了回去，向他妈说："妈，龙王将他的三女儿许配给了我。这个茅草棚棚，她嘟个住得下去哟！她只来了个光人，啥子东西都没带，只带了一把梳子装在盒子里。"他妈说："这嘟个办呢？"龙女说："这个不难，奉了父王之命，你家再穷也没有关系。"

就在这天晚上，王大娃子和他妈睡着后，龙女就把那香花、野草拿在房子周围团转插起，接着又把香花、野草放在口里嚼，嚼了喷，口中念念有词，马上就出现了四角头庄院，高高的围墙把一个庄园围得严严的。第二天，王大娃子起来一看，周围的树子像桶大，大树上鸟雀成群；树下奇花异草，香喷喷的；漂亮的庄院、高大的围墙，加上迷人的风景，简直胜过天堂。奇怪的是，大门上还写了一块横匾"万事不求人"。王大娃子一夜之间就变成了员外了。王员外在街上买来香、烛和纸，当晚就与龙女拜堂成亲了，生活过得非常美满。

有一天，知县老爷路过王员外庄院，看见这个庄院又大又美，大门上写着"万事不求人"，很是惊奇。一打听才知是王大娃子的，回衙后就叫差人把王大娃叫到堂上。知县问："你大门上的横匾是谁写的？"王大娃子说："回老爷，是我女的写的。""你女的为啥子要这样写？"知县老爷边问边想，这女的必定是个不简单的人，就想霸占她。

知县对王大娃子说："你女的写了'万事不求人'，我限你女人三天之内做三千双鞋送到大堂来。办到了，我把县官让给你当；如果办不到，你的女人就要拿给我，休想和你女人团圆。"王大娃子听到这话，回家哭着向他的女人说了。龙女听了，不以为然地说："这有啥子不得了嘛？"

第一天过去了，不见动静；二的一天过去了，还是不见响动。这可把王大娃子急坏了。第三天，仍然不见动静。三千双鞋从哪里来？王大娃子急得什么似的，哭得不得了。他女的一再劝他不要哭，但哪里劝得住，眼睛水都快哭干了。到了深更半夜，只见龙女在地上用手指画螺蛳，画上陆陆续续冒出三百美女，和龙女一模一样。这三百人都忙着替龙女做鞋。到天快亮时，三千双鞋都做起了。第二天，王大娃子就拿到大堂上去交了。这回没有难倒龙女。但知县并不死心，他又心生一计，说："王大娃子，我要十二只老虎到大堂。还是那样，若有十二只老虎到了大堂，我把县官让给你当；如果办不到，你的女的就拿给我。时间三天。"王大娃子想，请老虎不比得做鞋，哪里去找十二只老虎嘛？回到家里，又把县官如何刁难的事向龙女说了。龙女说："这事，你去请教父王。"

王大娃子拿着炸海干又去调海，龙王问："又有何为难之事？"王大娃子说："县老大爷太霸道，故意刁难我，限期三天，要我找十二只老虎到大堂。办不到的话，他就要把你三女儿抢去。你三女儿叫我来请教父王。"龙王说："这个好办。到大堂的路上有座庙子，你进去磕头拜佛过后，庙里就有一头花白老虎出来。它在地上打两个滚，就会变成像牛那么大。你要壮着胆子，骑在它的背上，莫往后面看，直向大堂走。"王大娃子转身走到庙里，按父王说的那样办，果真来了一只花白老虎，在地上打个滚，就变成牛儿那么大了。他就跳到虎背上，骑着向城中走去。一路上，老百姓看见大老虎后面跟着十一只小老虎，都吓得不得了。城内老百姓晓得是知县出的难题，没有哪个不恨县大老爷的。当王大娃子骑着虎走到大堂时，县大老爷吓得屁滚尿流，连忙说："王员外，好，你转去，转去。你转去后，我再吩咐拿官给你做。"王大娃子骑着老虎回转到庙里，老虎在地上打一滚，那十二只老虎都不见了。

王大娃子又来到大堂。知县说："现在啥子都不要你拿，只要你赶十二条龙到大堂来。办不到的话，你的女的就是我的。"王大娃子回去问他女的啷个办。他女的说，还是只有去问父王。二的一天，他又去调海。龙王问："你又有啥子为难之处？"他说："那县官又出了一个难题，要我赶十二条龙到大堂。办不到就要硬抢你三女儿。我没得法，又来问父王。"龙王说："原来是这样。你前面走，龙后面来。"王大娃子转身就走，身后跟着像脚盆那么粗的十二条龙，金光闪闪。王大娃带着十二条龙走向城内，把一路的老百姓都吓得跑光了。个个都说县大老爷是个害人精，害死人啦。王大娃子一拢大堂，知县又出了个难题："你们说我害人，我害人就害人。我要你给我捉个害人来。"王大娃子又回去给龙女说："以前出的几个难题都解决了。现在县大老爷要害人，走哪里去找啊？这不是明明要我们两个不能团圆了吗？"龙女说："这个也不难，你还是去找我父亲，看他啷个说。"王大娃照旧拿着炸海干去调海。龙王又问："又有啥子为难的事情？"王大娃子说："那县大老爷又给我出一个难题。城中老百姓都说他害人，他说：'我就是害人，就是要你给我找个害人来。'这个害人走哪里去找啊？"龙王听了说："这个不怕。"便把王大娃子喊到龙宫去说了一阵。随后王大娃子就拿着龙王给他的花雀走到大堂来，把花雀送给知县，回头就走了。

知县接过花雀，拿在手中玩来玩去，玩了半天都舍不得丢。突然，那花雀燃起一团火，把知县和他的官呀兵呀，一起烧成了灰。

讲述者：　徐国成，男，退休工人
采录者：　戴寿银，男，县文化馆干部，大学学历
采录时间：1986 年 8 月 18 日
采录地点：丰都县江池乡场上

67

仁义的开山

从前，有个打柴的叫仁义，家里只有他和母亲，很穷，两娘母就靠仁义打柴买米过日子。

一天，仁义正在砍柴，忽然有个老头问他："仁义，你用弯刀砍柴，一人砍得到好多？啷个不用开山砍呢？可以多砍点。"仁义说："我没得钱买。"老头说："我借一把给你。"说着，就递了一把开山给他。仁义接过一看，问老头："你这开山，怎个小一把，还不如我的弯刀砍起快。"老头笑了笑说："我这开山，你喊它大就大。"老实的，仁义就喊："开山儿，你大吧。"当真的，开山就大到他想的那么大了。仁义使起劲砍，风快，一会儿就砍很多。等仁义来还开山，老头已不见了。从此，仁义每天都把开山别在腰杆上，上山打柴。

又有一天，仁义上山砍柴，正砍得起劲，忽然对面山上黑风暴雨的，向到仁义这边山上吹过来，一个妖怪飞过来了。仁义急忙拿起开山喊："开山儿，你大吧。"开山就变成多大一把。等那妖怪飞到他头上，他就举起开山砍去。也没晓得砍没砍到，黑风暴雨一会儿就过去了，落下一只绣花鞋。仁义捡起一看，这鞋做得很好，就把它藏在身上，

回家去交给母亲。母亲见鞋上还绣得有龙凤，喜欢得很，经常拿出来看一下，解解愁闷。

不久，县城贴出告示：皇帝的幺公主不见了；如果哪个能找到，要官给官，要银子给银子。告示一出，轰动了全城。

仁义有个老表，住在城头，名叫钱财。他一天到晚都想升官发财，一见告示，认为运气来了，背起一杆火药枪到处找。一天，走到仁义屋头，正碰到仁义的母亲拿起绣花鞋在看，钱财见了就问："舅妈，你在看哪样哦？"仁义的母亲深怕别人要她的，就说："我没看哪样。"钱财说："哎呀，哪样的好东西怕我看到啰，我又不要你的。"仁义的母亲无法，腻吱腻吱[1]地把绣花鞋递给钱财看。钱财看后，心想："这鞋这么好，有龙有凤的，一般人哪个有？只怕硬是皇帝公主的！我不如拿去见县官。如果真的是，我就该当官发财了。"于是，对仁义的母亲说："舅妈，这只鞋卖给我要得不？我拿两斗米给你。"仁义的母亲一听，忙说："嗯，我不卖，我是拿来看会儿解愁闷的。"钱财又磨："哎呀，舅妈，你家连过年米都没有，你还看这个吃不饱的东西？这样，我再拿十斤肉给你，你把鞋给我算了。"仁义的母亲被缠不过，只好把鞋子拿给了钱财。

钱财高高兴兴地拿着鞋来到县衙。县官一看，就问钱财这只鞋的来历。钱财说不出，只好对县官说："要说来历，只有我老表仁义才晓得。"县官马上派人带起钱财去找仁义。差人把仁义找到大堂，县官问："仁义，这只鞋是你屋的吗？"仁义回答："是。"县官又问："是从哪里得来的？"仁义说："是我在后山打柴捡的。"县官说："放屁，大山上哪有这鞋。"仁义是乡下人，断筋[2]吓倒了，就把打柴捡到这只鞋的经过一五一十说给县官听了。

县官听后，坐上轿子，带起差人，押着仁义和钱财来到后山查看，果然见一丛茅草上有血。顺着血迹找去，见一直流到山那边悬岩脚下的洞口。县官叫人找来五十丈绳子、五十个响铃和一只箩筐，一起套在一个架架上。县官叫钱财下去，钱财吓倒起了。他是个奸猾人，就对县官

[1] 腻吱腻吱：犹犹豫豫，不情愿。
[2] 断筋：完全。

说："大老爷，这地势我不熟。叫我老表仁义去，他熟悉些。"仁义说："叫你去你不去，下去要起不来。我倒没啥，但我的老母亲，靠哪个来供呀。"钱财为了不下洞，就说："没关系，我供就是。"仁义老实，就答应了。要下洞时，县官对仁义说："你下去找到了小姐，就扯绳子。铃一响，就拉你上来。"仁义立在箩筐头，五十丈绳子放完了，才到了底。

仁义走出箩筐，见周围黑黢黢的。四面一摸，有个洞口。顺到洞口摸进去，越走越亮，像到了另一个天地。

他来到一个大院子，见石门是关起的，听到里面在喊："仁义呀，快来救我！仁义呀，快来救我！"仁义感到奇怪：是哪个在喊我去救他呀？仁义忙去推石门，但推不开。仁义一看，石门上写得有字："要得石门开，除非仁义来。"仁义就喊："石门开，石门开，石门开开仁义来。"话音一落，石门真的就开了。他走进去，见房里关着一位小姐，正在伤心。见仁义进来，就抱着仁义哭："仁义呀，快救我出去。妖怪逼我和他成亲，你要再不来，我就没命了。"仁义忙问："妖怪在哪里？"小姐说："在后花园里养伤。那天，他抢我来的时候，不知是哪个砍了他一刀，流了很多血。"仁义明白了，那天他砍的就是这妖怪。仁义对小姐说："我去看一下嘛。"小姐忙说："要不得，要不得！他要是晓得了，我们就出不去了。"仁义说："我不怕，我去一下就来。"仁义走到后花园，大吃一惊：他见一个蛇脑壳、龙身子的怪物，把花园围了三转，正在睡瞌睡。仁义轻手轻脚走过去，取出开山儿喊："开山儿，你大吧。"开山儿变大了，仁义举起来，猛地几开山，就把妖怪砍成三截。仁义满身是血，他高高兴兴来见小姐。他对小姐说："好了好了，我把妖怪砍死了。"小姐跟仁义来到后花园，见妖怪真的死了，才对仁义说："我是皇帝的女儿。那天，我在后花园赏花，忽然黑风暴雨的，妖怪就把我抢来，估倒要我和他成亲。我不从，他就把我关起来。我天天盼望仁义来救我。"仁义也告诉小姐，他就是仁义，并把经过一五一十地说给小姐听。公主感恩不尽，说："我没有别的报答，只有把我终身许配给你。"仁义听后，忙说："你是公主，我是穷打柴的，哪敢与你成婚！"公主再三要求，仁义才答应了。当下，公主拿出一

张手帕，撕成两半，拿一半给仁义，说："以后回去，我俩的婚姻，就凭这手帕为证。"

两人来到洞底，箩筐只能装一个人，你推我让，结果还是让公主先上去。公主走进箩筐，把绳子一扯，上面听到铃响，把箩筐拉了上去。县官一看，真是公主，高兴得很，用轿子抬起公主就跑。钱财见公主救出来了，仁义要升官发财，没得他的搞头，就忙叫人用石头填洞，石头轰隆翻天往下滚。仁义正在洞底扬起脑壳看，听见声音不对，急忙跑开。仁义哭天天不应，又饿了，没有法子，只好再转去。走啊、走啊，走错了路，走到了另一个院子。里面又有人喊："仁义救星呀，快来救我！"仁义感到奇怪，定神一看，石门关着，又没写字，打不开。于是，仁义又对开山喊："开山儿，你大唗！"开山变大了。仁义拃起开山，几下就把门砸烂了。进屋，见梁上捆着一个人脑壳、龙身子的东西。仁义问："你是啥子妖怪，要我来救你？"那东西说："我不是妖怪，我是东海龙王三太子。因我错发了雨簿，被捆在这里受罪。要你仁义救星哪阵来救我，我哪阵才能回去。"仁义听说是这么回事，就取出开山，砍断绳子，把他救了下来。三太子感恩不尽，请仁义去他家要。仁义想，我正愁没法回去呢。于是，就同三太子一起，走出院子。

走呀走呀，走到了海边，仁义问："路都没有了，哪个走哟？"三太子说："不怕，你跟我来。"三太子在前面走，仁义在后面跟。走在一条石板路上，海水涌来涌去，就是淹不到石板路。不多一会儿，进了龙宫。仁义一看，到处都是金柱头银磉磴。

龙王见儿子回来，高兴得很。三太子向龙王说了仁义救他的经过，龙王很感激，马上叫人摆宴招待客人。仁义上桌一看，尽是鸡鸭猪狗牛羊。仁义心想，我默倒是哪样好吃的，原来尽是河里冲来的死东西。仁义见了恶心，都不吃。侍候的人见了，又换了一桌山珍海味，仁义吃了。三太子晓得了，对仁义说："哎呀，先前那桌东西，你该吃些才好，吃了能长生不老呀！"仁义一听很后悔，叫摆起重吃。三太子说："过都过了，不得行！你要记倒，走时，父亲要送东西给你，你哪样都不要，只要香火上的那箱子。那是宝物，你有了它，以后想要哪样就有哪样。"

过了几天，仁义想念母亲，要走，龙王留不住。临走，龙王要送仁义金银财宝，仁义都不要，他只要香火上的箱子，龙王忍痛把祖传宝箱送给了他。三太子把他送上岸。来到岸边，仁义对宝箱说："我要匹马。"话刚说完，马就站在他身边。仁义骑上马，一会儿就回到家中。

仁义见到母亲，母亲的眼睛都已哭瞎了。仁义向宝箱要了眼药，用药一点，母亲的眼睛就好了。仁义又向宝箱要了房子、饭菜、衣服。从此，两娘母有住、有吃、有穿，过上了好生活。

一天，仁义上街赶场。钱财看到了他，很惊奇，就约他吃饭。钱财问起那半边手帕的事，仁义就说了洞底与公主以手帕订亲的经过。于是，钱财又暗中下毒手，把仁义整死了。但一摸他身上，又不见手帕，只好悄悄把仁义埋在后花园，用石板盖上，再填上土，上面栽一根芭蕉树。

不久，有个州官查访到这里，忽然一阵狂风，把他的大红伞吹到钱财后花园那根芭蕉树上搁起。州官觉得奇怪，马上叫人扯了芭蕉树，撬开石板，挖地五尺，发现了仁义的尸体。州官叫人把仁义的尸体放在还魂床上，不久，仁义慢慢苏醒过来。州官向仁义问清了事由，马上派人把钱财捉了，当场杀了头，尸体甩在粪池里。

仁义回家后，告别母亲，带起半张手帕，进宫去见了公主。不久，仁义与公主结了婚，成了皇帝的驸马，又把母亲接进宫里，一起过着美满的生活。

讲述者：	黄开林，男，文化站站长，初中学历
采录者：	沈建华
采录时间：	1987 年 5 月 7 日
采录地点：	南川区东胜乡文化站

68

金酒壶

从前，一户人家，有两兄弟，哥哥狡猾，弟娃老实。俗话说，树大发桠，儿大分家。两弟兄长大了，就闹着要分家。家里只有一头牛，一只狗，哥哥奸些，分了牛；弟娃老实，分了狗。

弟娃没牛就只有用狗来耕田。这狗很乖，教它嘟个耕，它就嘟个耕，把田耕得又快又好。哥哥虽然分的牛，但那牛犟得很，硬不听他的话，尽跟他扯皮，田也犁不成。狡猾的哥哥见弟娃的狗比牛有用些，就用牛去跟弟娃换了狗。殊不知狗到了他手里却不听他的话，横扳直跳尽扯筋，哥哥气糟了，几锄脑就把狗打死了。

弟娃晓得后，就把狗弄回来埋在田里，后来从田里长出一根小谷，长得非常好。有一天，忽然飞来一只鸟，把这吊小谷叼起就跑，弟娃看见了，就筋斗扑爬地跟着这只鸟撵。撵了很久，撵到万寡悬岩上的一个洞子里去了。弟娃听见洞子里有说话声，好像在说："快些走哟，外面来了生人。"弟娃走进去一看，石桌子上剩有一把金酒壶，好像有人在这里喝过酒。弟娃就把这金酒壶拿了回来往桌上一笃，心头在想，这会有酒有肉多好啊！嘴里刚说："壶儿一笃[1]，有酒有肉。"真的，桌子上就摆满了酒肉。弟娃有了金酒壶后，就不愁吃不愁穿了。

哥哥见弟娃的生活过得这样安逸，就去问弟娃嘟个搞起的。弟娃就把去洞子里的情形一五一十向哥哥说了。哥哥听了，也想去捡个便宜，得个宝，就连夜连晚爬到那岩洞里去。恰巧，八洞神仙又在那里喝酒。哥哥一进去，就遭捉住了。这个揪一把，那个掐一爪，嘴巴还在说："揪死你，掐死你，头回偷金酒壶的就是你。"最后，八洞神仙捉到哥哥的鼻子几揪几揪，把哥哥的鼻子揪起恁么长，吊起甩呀甩的，拖齐脚背背了。

哥哥"哎哟哎哟"捂着鼻子回来说："弟娃呀，这回我就上了你的当，吃了你的亏呀！大不该到岩洞里去，你看我这鼻子吊起怎么长，嘟个有脸去见人啊！"弟娃说："不要紧，不要紧，我这里有金酒壶。你站过来，我壶儿一笃，你鼻子一缩；我壶儿一顿，你鼻子缩一寸。"哥哥说："弟娃呀，你这样搞太慢了，我鼻子一寸一寸地缩，要好久能缩得完呀，你快些给我笃嘛！"弟娃说："这个容易，我笃快些就是。"弟娃边说边拿起金酒壶直顾笃，他哥哥的鼻子看到看到就直顾缩，结果几缩几缩，啊嗬！哥哥的鼻子缩得没得了，还凹进去多大个洞洞。

讲述者：　陈振华
采录者：　杜礼臣，男，县文化馆干部
采录时间：1983 年 10 月 16 日
采录地点：奉节县新城乡花园村

异文

从前，有两弟兄，爹妈死得早，两个就守着爹妈留下的家产过日子，还蛮和气呢！后来，哥哥说了个媳妇。从一娶媳妇后，日子就不像往天了。嫂嫂好吃懒做，刻薄尖酸，是个心狠手辣的人，做事要好刮毒有好刮毒。家里如

[1]　一笃：往地上一顿。

果有么哩好吃的，开始还两口子躲到吃；哥哥看不过，说了她几句，她干脆连哥哥都不让吃了。还在屋里摔东砸西，要死要活的。久而久之，哥哥也成了她一样的货色哒。

过了一年，哥哥两口子商量把弟弟撵出去过。于是，就把弟弟喊拢来分家。嫂嫂说："我们一无亲戚，二无姑爷舅舅，只好各人分。今天，你们两弟兄都去做活路，晌午回来吃稀饭。先吃完的得瓦屋和好田，后吃完的得牛和孬田，外搭一个牛圈。"

嫂嫂在屋里煮稀饭时就使了手脚的，哥哥的冷，弟弟的烫。结果弟弟就后吃完，输了，就拉了牛搬进牛圈里去哒。

嫂嫂是个毒心子，把分给弟弟的小谷种子弄到甑子里蒸熟哒给他送来，还假情假意地说是选的好种呢！其实啊，她巴不得弟弟饿死哒，好连牛、牛圈和孬田都归他们两口子。

老实巴交的弟弟，将熟小谷子种到田里，结果几块田只生一根苗，还是那黑心嫂嫂蒸的时候，升子空空里卡的一颗。弟弟也不灰心，天天去经佑。结果，结了帅大一吊小谷。等到小谷一成熟，他就把它割哒晒在石头上，各人也躺在石头上睡着了。一会儿，飞来一只大老鹰把小谷叼起走哒。弟弟醒来就跟到老鹰追呀追，追到万山老林，老鹰不见了，只看到两个老汉在那里下棋。一个老汉说肚子饿哒，另一个老汉摸出一个金壶儿，嘴里念道："金壶儿，笃两笃，有酒又有肉。"念完就是一席好酒好菜。吃饱喝足过后，就"呼啦啦"地睡了。弟弟轻手轻脚地拿了金壶儿就跑，跑回来就念："金壶儿，笃两笃，修栋楼房大瓦屋。"一会儿就是一栋四角天井的大瓦房子。从此，就过上了好日子。嫂嫂见弟弟过上了好日子就眼睛红了。那天，大酒大席地办起接弟弟来吃饭，想套弟弟的口气。弟弟还以为嫂嫂变好些了，第二天也接哥哥嫂嫂吃饭。嫂嫂见他还不动手弄饭，就说："你接我们吃么哩呀？把我们喊起来凉起呀！"

弟弟就拿出金壶一念，大酒大席就来了。嫂嫂就挖根挖底地问，弟弟就把前前后后的经过一五一十地讲了。

第二年，哥哥也照弟弟说的那样，把小谷子蒸了去种下，也同样结了一大吊小谷。秋天，哥哥把小谷割了晒在石头上，闭起眼睛，刚等老鹰把小谷一叼走就跟到撵。撵到一个万山老林后，果然看见有两个神仙在下棋，下完棋又喝酒。他也不管三七二十一，偷了金壶儿就跑，被神仙发觉了，抓住他说："你好大的胆子，头回偷了我的宝贝还不够，还要来偷，看我收拾你。"说完，就把他撕成两块。

讲述者： 樊其珍
采录者： 樊其湘
采录时间： 1985 年 12 月 10 日
采录地点： 奉节县大树乡（今大树镇）关山村

69

瓜葫蒌儿的故事

从前，有两弟兄，哥哥奸狡巨猾，弟弟老实忠厚。爹妈死后，哥哥嫂嫂想把弟弟掐干，独得家财。一天，哥哥对弟弟说："我这儿有四百两银子，你拿去做点儿生意，老实远些走。"哥哥嫂嫂心想，你带起这几百两银子，别个不谋害你，走远了银子用完哒，饿也要饿死。

弟弟带起银子，走了一天到黑，遇到一个四合天井的大屋，他就到屋里去借歇。这个屋里有一个老头儿，老头儿对弟弟说："你要住的话，那就只有在天井屋里歇。"

老头儿那个天井屋一修起，就遇到一件怪事：凡是在天井屋里去歇的人，一个也没有活过。弟弟在天井屋里住了一夜，第二天早晨去给老头儿道谢。老头儿觉得蛮奇怪，问他："你在屋里睡倒，遇到么哩东西没得？"弟弟说："没得别么哩，就是睡到半夜时候，有蛮长一条蜈蚣从屋梁上梭下来，它嘴里吐出一颗宝珠吐到桌子上，珠子里头硬是戏锣戏鼓地打吼哒。它把珠子一吐出来，就要来吃人；要不是我躲得快，就遭它吃哒。"

老头听了，就问弟弟有治没得，弟弟说有治。老头儿问啷个治喃？弟弟说，我要四五背篓干柴、四五斤桐油、四五斤重的一个雄鸡子。

黑哒，弟弟就在屋头锅里把鸡子蒸了，又拿了一把叉子等到起。半夜时候，蜈蚣果然又来哒。它闻到锅里鸡子香，就去吃鸡子。弟弟一叉子把它叉到起，又到干柴上，泼上桐油，把它烧死。弟弟就把那颗宝珠得到了。

弟弟得了宝珠，从老头儿家出来，走了大半天，走到一个海边上。他累倒哒，就拿出那颗宝珠放到石头上，珠子里又戏锣戏鼓打起来。这一打，惊动了龙王，龙王就派螃蟹精和虾子精出来打听。螃蟹精和虾子精到岸上看到是颗宝珠，就转去禀告了龙王。龙王听了，就叫螃蟹精和虾子精去请弟弟进龙宫来。

进龙宫的时候，螃蟹精和虾子精对弟弟说："龙王问你要么哩宝贝，你管他么哩都莫要，只要他那个灶脑壳头阳尘火炕的瓜葫蒌儿。"龙宫里到处都是金银宝贝，弟弟么哩都没要，只要了那个瓜葫蒌儿。原来，那个瓜葫蒌儿里装着龙王三太子。龙王对弟弟说："你若是要么哩，把瓜葫蒌一敲，喊一声龙王三太子，你要的东西就会摆在你面前。"

弟弟从龙宫出来，走到半路上就饿哒。他把瓜葫蒌儿一敲就说："龙王三太子，我饿哒。"一说完，就是一桌子酒肉。一吃完，又都收到瓜葫蒌儿里去哒。

弟弟一出门就是五六年。一天，他回到屋里，正遇到哥哥做生，来了满屋的客。哥哥嫂嫂以为弟弟早就死哒，不想他今天又突然回来了，还是穿的一身巾巾绺绺的，两口子心里就不安逸他。

那天黑哒，弟弟对那些客人说："今天哥哥做生，你们都来祝寿。今天将就客人都在，我们就把家分哒。"分家时，弟弟说："我只要门前那个地坝。"哥哥嫂嫂就只给他分了一块地坝。弟弟就对那些客人说："明天早晨就请众客位在我家来吃一顿早饭。"那些客人心想，你光棍一根，连个坐的都没得，拿么哩吃？弟弟等客人都睡哒，走到地坝里，把瓜葫蒌儿往地下一敲，说："龙王三太子，请你给我修一座四合天井的大屋，还要蛮多酒席。"

第二天早晨，那些客人起来一看，只一夜工夫弟弟就起了一座四合天井的大屋，屋里摆得亮堂堂的，还有蛮多酒席。

弟弟突然一下发了财，哥哥嫂嫂心里痒酥酥的，就问弟弟是啷个发的财。弟弟就把瓜葫萎儿的事说了。哥哥嫂嫂听了，就弄全部家产把弟弟的瓜葫萎儿换过来哒。

哥哥嫂嫂带着瓜葫萎儿一路走一路笑，心想，有了这个宝贝，就一辈子不愁吃不愁穿哒。那天，两口子走到海边上，看到那个瓜葫萎儿阳尘火炕的，背起有些丑，就拿到海里头一洗。那知瓜葫萎儿刚刚往水里一放，海里就涌起一股大水，把瓜葫萎儿和哥哥嫂嫂都卷到海里去哒。

讲述者： 黄亿前

采录者： 佘兴国，男，巫山县文化馆干部

采录时间： 1987 年 4 月 4 日

采录地点： 巫山县早阳乡（今巫峡镇）龙水村三组

70

金狮子

从前，有三弟兄分家。老大、老二都贪财，分家的时候，分得好些。老幺没得办法，穷得很。年关到了，老幺过不起年，老大就喊老幺走他屋去团年。吃过后，老幺说："哥哥，把你那菜给点我，回去烧点纸，团个年嘛！"哥哥说："哎呀，在这里吃了是一样。"第二天，老二屋的喊团年。吃了过后，老幺说："二哥，把你那肉给点我，回去烧个纸，团个年。"二哥也说："你在这里吃了就是嘛！"老幺怄粗粗[1]的，回去想不开，就在当门河坎上去跳水。正要跳，哎，想起各人屋里还有儿女，不忍跳下去，就在河坎上放声大哭。哭了一阵，把眼睛水一抹，一看：哎呀！河里头的河水往两边分开了，现出一条大路。老幺顺着这条大路往河里走，走了一阵，看见一个大院，他就走进去。院里的人对他很好，很仁义，招呼他坐、吃饭。吃了就问他："你来做啥子？"老幺把三弟兄分家的事说了。院里的人说："我屋里的东西，你看得起哪样就拿哪样，没得来头。"老幺在屋里一看，那香火上有一对金狮

[1] 怄粗粗：不高兴的样子。

子，他说："我啥子都不要，就要一个金狮子。"主人说："你看得起，你就拿去嘛！"老幺把这狮子拿到就道谢走了。老幺拿上河坎一想，唉，莫忙，没问别个姓哪样，今后如何感谢别个？哦，刚刚主意想起了，掉头去一看，河水封了，路没有了。又一想，算了算了，既然像恁个，今后各人在心头感谢就是了。老幺把金狮子拿回来放在堂屋的桌子上，就向到狮子说："金狮子，肉眼行，讨点金来讨点银。"那个狮子就一跳一跳的，跳一下屙一坨屎，跳一下屙一坨屎，很快就屙了一桌子；下细一看，屙的都是银子。老幺得到银子，就上街去办酒、肉、菜，回来弄好后，去请他大哥、二哥到他屋里来吃。大哥、二哥、大嫂、二嫂都来了。他们想：嘟个老幺昨天都没办法，今天又是嘟个有了钱？就问他的来源，老幺把嘟个去嘟个来的跟他们说了。老大、老二两弟兄起了坏心。老大说："莫忙，把我们分家的财产、田土全部拿给老幺，我们两个就要这个金狮子就是了。"他俩认为恁个粑和，又有钱用，又不费力。老二说要得。他们两个商量归一，就把这些契约拿给老幺去了，还请了中人，纸笔定江山，写了就作数。这一下，老幺得了田土、家财。大哥和二哥把金狮了拿回去，欢天喜地放到桌子上，照样说："金狮子，肉眼行，讨点金讨点银。"那金狮子照还不停地跳，边跳边屙，屙了一桌子屎；不过屙下来的不是银子，而是真正的屎，比蛇烂了还臭，臭得熏人。两兄弟闻起打脑壳，就一个拿一根棒棒打狮子。你一棒、我一棒，头一棒打下狮子跳在桌子下，二一棒打下跳到火门口，三一棒打下跳在地坝；一直撵到河坎上，又一棒，"咚"的一声跳到河里去了。哦，糟了，这是一份家当换来的呀！两个衣裳都没有脱，"咚"的一声就跳到河里去按狮子。哦，狮子没按倒，两弟兄就遭淹死了。

讲述者：　范志仅，男，个体户，上过私塾
采录者：　王建明
采录时间：1986 年 10 月 10 日
采录地点：垫江县周嘉镇

71

李二

从前，有一家姓李的，有母子四人。母亲年老病多，又跛又瞎。她有两个儿子，长子叫李大，次子叫李二。李大娶了媳妇，李二才十二岁，正在读书，家中靠李大夫妇劳动度日。一天，李大的妻子对李大说："我们上服侍老的，下侍候小的，他们耍的耍，读书的读书，我们真划不来哟，我们今后也不做了。"于是，夫妇两个就装起病来了，整天在屋里吃着白糖泡米子，用干巴牛肉下酒。母亲看到这种情况，便对李二说："你还是去请个先生来给你哥哥嫂嫂看一下嘛，已经几天没出门了，恐怕病还很扎实哟。"李二请来了看病的先生。先生一见李大夫妇，便明白了好几分，边请脉边说："你们需要吃补药。"便开了一个处方，上面写着几位药：狼心、狗胆、猪大肠，肥鸡、嫩鸭、人参汤。这样，过了半年，李大夫妇吃得红光满面，就是整天不起床。母亲又喊来李二说："你还去请先生来看一下，你哥哥嫂嫂身发肿、脸发黄、心发慌。"李二请来原来那个先生，再三诊断，没有什么病。先生便心生一计，叫来李二说："你哥哥嫂嫂眼发花、心发慌，要吃千人百畜回龙汤，你今天快去赶场买来。"这时，哥哥嫂嫂立即跑出来，把先生和李二骂了一顿。先生说："你看他们那么神气，有啥病啰！是看见你读书不服劲，想分家。"李大夫妇说："分家就分家。"由于李大夫妇占强，把最孬的房子分给李二，把边边角角最瘦薄的土分一点给李二。母亲见此情景，也只好跟着李大了。

李二失去了依靠，书也读不成了；他人小不会种地，只好出门要饭。李二是一个争气的人，要饭也不在哥哥嫂嫂的眼皮下。他白天出门要饭，晚上就住庙里菩萨的神龛上。那些菩萨就问："你是哪里的叫花子，臭里臭气的？"李二说："我是李二。晚上，这里是我的天下；白天，是你们的天下。你给我滚下去。"那些菩萨老老实实地下去了。就这样过了很久，李二做了一个梦，梦见菩萨对他说："李二，你今后不要再来了。我们拿个葫芦给你，它叫'终需有'，你要什么，它就来什么。"李二高兴了，一觉醒来，摸摸周围，果真有个葫芦。李二拿来试了试，果真灵。第二天就不讨饭了，带着"终需有"到河下洗澡，洗澡后要件新衣服来穿上了。他就把那个"终需有"挂在岩洞里。那个"终需有"不但要什么来什么，而且还会唱歌，唱得优美动听。这一唱，河底龙王老爷在龙宫里听见了，派人上来察访，结果是李二带的"终需有"在唱，龙王便把李二请到龙宫里去为他唱歌。唱了三天，在陆地上就过了三年。李二要回家，龙王问他要什么。李二说："我什么都不要，就要你灶上那个猫。"李二抱着猫回到地上，走到一个十字路口，把猫放在路上吃水去了。回来一看，猫不见了，却在那里站着一个大姑娘。李二问那大姑娘把他的猫弄到哪里去了，并说，那是龙王老爷的猫，要不找回来就会背时的。说着说着，就吵了起来。那姑娘对李二说："我就是你说的那只猫，你是凡眼看不见，我是龙王老爷的三姑娘。"李二和姑娘一起回到家中，向"终需有"要来一座房子，二人便成了亲。时间一天天过去了，李二母亲的六十寿辰到了，哥哥嫂嫂为母亲六十寿辰请客祝寿。这一天，李二假装要饭，穿着烂衣服回到家中。看哥哥嫂嫂怎样待他。哥嫂一看李二回来了，就冲着李二说："你还是那烂鬼样子，扫兴败吉的，到那边边角角吃点残汤剩饭就给我滚出去。"李二果然吃了点剩饭回到了家中，把哥嫂待他的情况如实地告诉了妻子。妻子说：

"你现在换上新衣服去请客，我们明天继续为母亲祝寿。"于是，李二出门请客去了，并把三亲六戚都请到了。人们都不相信李二这个叫花子整得起酒，都承认来凑合他，想看一看李二到底卖的是什么药。妻子向"终需有"要来一幢四角天井的房子，屋里陈设非常漂亮，并请来了四十八个厨师，酒席办得十分丰盛。

第二天清早，李二喊来了大轿，把母亲接到自己家中，三亲六戚也跟着来了。大家走拢一看，酒席办得这么好，都不相信这是李二的家。李大更是心起疑团，便问李二："你这么好的家是怎么来的？"李二就对大家说："我有一个宝贝，叫'终需有'，我要什么就有什么。"人们不大相信，便要考考李二的宝贝是否灵。当时是冬天，人们要吃鲜笋子，李二一喊就来了。人们又要吃嫩苞谷，李二一喊又来了。这时哥哥嫂嫂看红了眼，李大就提出拿所有的家产给李二换。李二当时不肯，李大再三恳求，李二答应去同妻子商量。当晚，回到屋里，李二把李大要用全部家产换"终需有"的事给妻子讲了，妻子对李二说："换就换吧。我不是凡人，我是神仙，我不会跟你一辈子的。我把你家搞富了，我就要回龙宫去。"李二听了很难受，妻子告诉他，只要你家好了，会接到和我同样的妻子。李二听了妻子的话，果然把"终需有"换给了李大。李大换去后，却什么也喊不出来。李大又来问李二："你的'终需有'是怎么来的？"李二便把庙上的事如实向李大说了。李大夫妇也学着弟弟的样子，白天假装去讨饭，晚上就住在李二住过的那个庙里。那些菩萨见是李大来了，就说："这个没良心的人，身上臭里臭气的，把他们轰出去，轰远点，不然他要来欺负他的弟弟的。"这样，李大夫妇被轰到很远很远的地方，讨了若干年饭都没有回到老家。

李二有了房子和土地，勤扒苦做，过上了幸福美满的生活。

讲述者：　　冉隆胜
采录者：　　冉启银
采录时间：　1985 年 10 月
采录地点：　石柱（土家族自治）县

72

懒哥嫂和勤弟弟

从前，有弟兄俩，哥哥叫胡心，弟弟叫胡勤。胡心好吃懒做，还背着兄弟同老婆关起门在屋头偷吃好东西。胡勤老实憨厚，整天在坡上劳累。

有一天，胡勤在坡上犁土，一只黄鸟飞到牛背上对着他"叽哩、叽哩"直叫。胡勤好生奇怪，对小黄鸟问道："小黄鸟，小黄鸟，你好像有什么话要对我说？"说来也怪，小黄鸟真的开口说话了："你哥嫂把糯米饭煮好了，快回去吃吧！"说完就飞走了。胡勤将信将疑，跑回家中一看，灶上果真有一碗香喷喷的糯米饭。他二话没说，端着就大口大口地吃起来。这时嫂嫂从屋里出来，见饭被弟弟吃了，就大发雷霆："大清早就回家，成啥样子？"胡勤回答说："我把地都犁了一大半啦。"说时，饭已吃完，又回到坡上犁土去了。嫂嫂又气又恨，和丈夫商量："今晚又煮糯米饭，放上砒霜，毒死他！"胡心虽有点同情弟弟，但因惧怕妻子，不敢反对。

下午时分，那只小黄鸟又飞来对胡勤说："糯米饭有毒，糯米饭有毒！"胡勤回到家后，见灶上果真又放了碗糯米饭，便端起来往地上一摔，碗摔得粉碎，饭也撒得满地都是。正好，一条小黄狗跑来，刚吃了几口，就哀叫着死去了。胡心和妻子听到摔碗声，跑到灶房一看，只见弟弟低头坐在灶门口，那条小狗死在地上，知道他识破了毒计，不好做声，只得气呼呼地转身进屋去了。

第二天，哥嫂提出要与胡勤分家。胡勤答应了，但是什么东西也不分他，只给他一间破草房。胡勤愈想愈伤心，一个人跑到妈妈的坟上放声大哭起来。突然，他听到鸟叫声，抬头看是那只小黄鸟，衔起他摔在地上的汗巾飞走了。胡勤心里非常着急，跟着小黄鸟飞的方向追去。追呀、追呀，追到一个山洞边，小黄鸟飞进洞去不见了。胡勤正在迟疑，突然，眼前出现了一大堆闪光刺眼的金子和银子，旁边还站着一位白发老人。老人笑吟吟地问他："你想要些什么东西呢？"胡勤答道："我是庄稼人，什么都不要，只要有点种子就行了。"老人点着头答应了他，从衣袋里拿出一粒南瓜籽，送给他，并嘱咐他道："回去种上，要勤浇勤灌。"胡勤谢过老人，带着种籽回到家里。

第二天早晨，胡勤把南瓜籽种到地里，早晚精心照管。到了秋天，南瓜长得比黄桷树还大。胡勤早晚不离，守在南瓜地里。

一个月光明朗的夜晚，有五个猴子来到胡勤地里偷瓜，胡勤也不做声，悄悄跟在它们后面。五个猴子抬着大南瓜来到一个山岗上，停下来休息。只见一个老猴子拿出一只闪闪发光的金盒子大声喊道："我要酒，我要肉，我要饭……"不一会儿，一张小桌上摆满了酒肉饭菜。五个猴子开怀畅饮，一个个吃得稀泥烂醉，东倒西歪睡在那里。这时胡勤轻手轻脚跑上前去拿起金盒子，就往家跑。

这一来，胡勤要什么有什么，不愁吃不愁穿了。哥哥嫂嫂发现他有了金盒子，就一心打他的鬼主意。一天，嫂嫂哭着来到弟弟家里，说她没吃的了。胡勤是个心地善良的人，见嫂嫂哭得可怜，信以为真，就拿了不少酒肉和粮食给她。天天如此，胡勤有些生气了："你怎么天天都到我这里来哭？"嫂嫂说："我哭，是想借你的金盒子。"胡勤推托道："这是我种南瓜得的，不能借，你借去也不灵。"嫂嫂得知他的金盒子是种南瓜得的，就向他讨了几粒南瓜种，带回家去种上了。

由于胡心两口子懒得不浇水不灌粪，南瓜藤又短又小，叶子也黄得难看，结出的南瓜才有碗口大。到了秋天还算好，南瓜也有水桶那么大了。两口子天天夜晚守在旁边，巴不得那五个猴子来偷。说来也巧，这天晚上，头次偷瓜的那五个猴子，又来偷瓜了。四个猴子在老猴子的指挥下，把瓜抬到山岗上，停下休息。两口子跟在后面来到这里，以为它们要用餐了。跑拢一看，见五个猴子还在闲谈，便连忙往回跑。这一来被猴子们看见了，一齐追上来，把他俩捉住。老猴子气极地说："上次你们把我的宝贝金盒子偷去了，还想来偷，这次总算抓住你们，赶快把我的宝贝退来。"两口子分辩着："我们没有拿。我们不知道……""撒谎！"老猴子厉声骂道，"孩儿们！把这两个没良心的东西处死！"猴子们得令，立即动起手来。先是挖眼睛、咬喉咙，后是抓肚皮、掏心肝；不一会工夫，这两个好吃懒做而又贪心的夫妇，就去见了阎王爷。勤劳、善良的胡勤却从此过着幸福的生活。

采录者：　姚远
选自：　《川东南民族资料汇编·神话传说故事第一集》（四川人民出版社 1986 年）

73

金瓜子

从前，一个院子住着弟兄两人，都结了婚，有了子女。嫂嫂勤俭善良，弟媳好吃懒做。

一天，嫂嫂收工回家，坐在屋檐下摘胡豆角。突然从屋梁上落下一只燕子，把脚趷断[1]了。嫂嫂就把小燕子捡来喂起，还在坡上弄些草药回来包在燕子的脚上。过了几天，小燕子的脚好了，她就把小燕子放了。小燕子飞去不多久，衔来了三颗瓜子。嫂嫂看见了很高兴，就把瓜子种在土里。过了一些时候，瓜子发芽、牵藤、开花、结了瓜儿。瓜儿成熟了，嫂嫂把瓜摘下来，划开一看，里面全是金瓜子。从此嫂嫂发了财。

弟媳看了，很不安逸，也想发财。于是她就从梁上捉下一只燕子，把它的脚杆打断，然后用药包上。小燕子脚好了，也给她衔来三颗瓜子，她也把瓜子种起来，发芽、牵藤、开花、结果了。她认为这一下会发财了，就到处借钱用，拉了很多债。瓜成熟了，她把瓜切开一看，里面没有金瓜子，是个愁眉苦脸的小老头。她问小老头在焦啥

[1]　趷断：摔断。

子？小老头说："我焦你这一屁股的账哪个还得清哟！"

讲述、采录者：陈代晖，女，汉族，高中学历，干部

整理者：　　　李守志

采录时间：　　1985 年 12 月

采录地点：　　大渡口区新山村

74

兄妹寻宝记

从前，有三姐妹，爹妈死得早，三姐妹好不容易才长大成人。有一天，三姐妹在山坡上玩耍，谈起各人的心愿。大姐说："我想嫁给皇帝家那个缝衣裳的，不愁穿。"二姐说："我想嫁给皇帝家的厨子，不愁吃。"三妹想一下说："我要嫁给皇帝，帮他管天下！"谁知，皇帝手下的人上山打猎，把她们的话听见了，转回去报告给皇帝。皇帝说："去把三姐妹都给我叫来。"

三姐妹到了皇宫，皇帝一看，相貌都不错，就说："你们的心愿我都知道了……"于是，就把大姐嫁给裁缝，把二姐嫁给厨子，把三妹封为皇妃。在皇宫里，大姐和二姐都成了三妹的仆人。时间一久，两个姐姐就生了嫉妒心，商量起要整三妹。

三妹生娃儿，两个姐姐去经佑她。娃儿刚生下来，乘三妹不省人事的时候，大姐二姐就把娃儿甩下了御河，哄三妹说："生下的是死胎。"这御河要经过丞相的家门口，娃儿顺水漂流，正好被丞相捞起。一看是个男娃儿，还没有死咧！心知是皇家的骨肉，就把娃儿留在家里哺养，消息也不准外传。

三妹生的第二个娃儿也是男的，同样被两个姐姐甩下了御河，也被丞相家捞上来哺养。又过了两年，三妹生了一个女孩，仍然被甩下河，又被丞相收养在家里。这事除丞相家知道外，其他任何人都不晓得。

十多年过去了，三个娃儿都长大了。有一天，两个哥哥上山打猎去了，只有妹妹一人在花园玩耍。突然来了一个巫婆对她说："你们家的花园虽好，却缺少三样东西！"妹妹问："还缺少哪三样东西？"巫婆说："这三样东西是能言鸟、五色泉、音乐树。能言鸟会说话，它知道的事情很多；五色泉能喷出五颜六色的彩雾；音乐树能奏出美妙动听的乐曲。不过，要这三样宝贝非常艰难，要到很远很远的黑石山去取；如果一不小心，就会变成黑石头，永远也回不来了！"巫婆说完就不见了。

妹妹很想得到那三样宝贝，等两个哥哥打猎回来，就把巫婆说的话说了。大哥说："好，让我去取那三样宝贝来给妹妹要。"第二天临走时，他留下一把宝剑说："如果这把宝剑不再发光，我就一定出了事，回不来了！"

大哥走了三天三夜，走到黑石山迷了路。看见一间房子，便进去问路。一个八十多岁的白发老头对他说："要取那三样宝贝是很不容易的。但是，只要有勇气冲上山顶就能得到。不过，在冲上山顶时，不管任何人叫你，你都不能回头。"于是，大哥便走到黑石山脚往山上爬。当他走到半山腰，突然有人在叫他的名字。他越听声音越近，像有很多人在叫喊。他觉得奇怪，便忘记了老头的话，回头一望，顿时全身无力，立即倒在地上，变成了一块黑石头。

二哥和妹妹在家里，三天三夜都守着宝剑。第四天宝剑突然不发光了，二哥说："大哥肯定出事了，让我去把三样宝贝取回来吧！"临走时，他把一串明珠交给妹妹说："要是珠子抹[1]不动了，就是我出了事，回不来了！"

二哥同样走了三天三夜，来到白发老头那里问路。老头说："要取那三件宝贝很不容易。不过，只要有勇气，就能得到。你在冲上山顶时，不管任何人叫你，你都不要回头。"二哥很快走到黑石山下，只管向山顶爬，快要到

达山顶的时候，突然听见大哥的声音在喊他。他想，莫不是大哥迷了路？回头一望，也立即倒在地上变成了一块黑石头。

妹妹在家中守了三天三夜，眼看珠子抹不动了，晓得二哥也出了事。她痛哭一场之后，便自己出发，决心要把两个哥哥救回来，要把三样宝贝取到手。

妹妹来到黑石山，也到白发老头家问路。白发老头又说："你只要有勇气一直到达山顶，就能够取到宝物。重要的是，不管任何人叫你，你都不要回头。"

妹妹鼓起勇气直往山顶爬去。快到山顶的时候，忽然听见她的两个哥哥在不停地呼喊她的名字。她牢记老头的话，一概不理那些喊声，一直爬上山顶，便找到了那三样宝贝：能言鸟、五色泉、音乐树。

能言鸟对她说："你只要洒上五色喷泉的水，变成黑石头的人便会复活。"于是，妹妹便舀了一些泉水，洒在那些黑石头上。果然，大哥、二哥都活了。

妹妹和大哥、二哥重新团聚，三人捧着三件宝贝，欢欢喜喜回到家里，把能言鸟、五色泉、音乐树安放在花园里。

不久，皇帝上山打猎，遇见两个打猎的年轻人，便叫来一问，才知是丞相的两个儿子。皇帝问："听说你们家花园里有会说话的鸟，有喷五彩雾的泉水，有会奏乐的树，是真的吗？"两兄弟急忙回答："是真的。请皇上前去观赏！"皇帝当即应允，便由两兄弟引路，来到丞相府中。

妹妹想办点菜来招待皇帝，就去问能言鸟。鸟儿说："音乐树下有一串明珠，你拿去氽汤。那就是皇帝最喜欢吃的东西。"妹妹就照鸟儿的话备办。皇帝见到那碗明珠汤时，觉得很稀奇；舀了一瓢吃在嘴里，真是美味可口。就说道："稀奇真稀奇，珠宝也能吃！"能言鸟听了就答道："这个不算奇，还有稀奇的事哩！"皇帝问："还有哪样事更稀奇呢？"鸟儿说："各人的娃儿都认不到，你说稀奇不稀奇？"皇帝说："哪有自己的娃儿都认不到的稀奇事哟？"能言鸟就把大姐和二姐淹死皇妃两儿一女，被丞相救起扶养的事，不添不减、一五一十地说了。皇帝恍然大悟，便立即把两儿一女叫到身边，仔细看他们的相貌。觉得儿子确实像自己，女儿确实像她妈妈，不禁伤心落泪。

他非常感激丞相，给了重赏。更痛恨害他妻子和儿女的那两个姐姐，下令把她们赶出皇宫。皇帝领回了他的儿女，一家人团了圆。

讲述者：　张国维，男，汉族，高小学历，农民
采录者：　熊安文
采录时间：　1986 年 7 月 5 日
采录地点：　万盛区（今綦江区）南桐矿区青山乡

（三）奇幻故事

75

母子奇遇记

传说很久以前，有一户人家，只有两娘母。妈姓肖，人些喊她肖三妈，儿子小名叫毛毛。两娘母日子过得苦。平时，肖三妈在屋头纺线子，喂几个猪儿，喂点鸡鸭。纺出来的线子和鸡鸭生的蛋就拿到街上去卖钱买米。穿的，尽是她各人织布来连的。慢慢地，毛毛长到十五六岁了，就上坡去割草打柴，卖点钱来补贴家用。两娘母心肠都很好，平时有讨口的，他们再没得都要挪点给叫花子吃。要是饭不够的话，两娘母你让过去我让过来。

有一天，天还没有亮，两娘母就起来了。他们昨晚上商量好了的，今朝肖三妈要拿线子到街上去卖。吃了饭，肖三妈跟毛毛说，等她走了，把家里头的猪喂了，把鸡鸭放出去，把屋头扫干净，就上坡去割猪草，等她回来煮晌午。说完就走啰。

那阵儿天才打麻点[1]，只看得到点路影影。肖三妈没走好远，到了一个冷弯弯头，那里是一坝竹林林，黑黢黢的。忽打忽前头走过来一个小伙儿，高高大大的，看到肖

[1] 打麻点：蒙蒙亮。

三妈就喊："大嫂，你走哪里去哟？"肖三妈心头想：你这人才笑人啰，我走哪里去关你啷个事？就不理他，还是走各人的路。那个小伙一把把她拉到，说："大嫂，你耍哈儿再走嘛？"肖三妈本来就只有三十多点，一听他怎个说，就冒火了："你放开，我要上街！"小伙子硬是不放她走，还说："你跟我一路去的话，不愁吃不愁穿，要啥子有啥子。"肖三妈一听，气得鬼火冒，车转身"啪"地一耳矢打去。哦嗬，这一下子就把那个小伙打死了。肖三妈一看，心想：挨起了，打死人啰。算了，街上都不去了，打死了人要填命的呢。回去跟毛毛说一声，我各人去投监。于是，肖三妈转身往回走。

就在肖三妈往回走的时候，毛毛在家里也出了事。原来，肖三妈刚刚走出去没得好久，毛毛正在做屋头的事，走进来一个大姑娘，长得红头花色的，就问："你是不是来找我妈的哟？"那个姑娘说："是！"毛毛说："我妈刚刚上街去了，你等哈儿来嘛。"那个姑娘也不开腔，就往毛毛住的房圈头走。毛毛心想，她可能要"方便"一下，就没有去管她。

等毛毛把事情做完了，还没有看到那个姑娘出来，就进去看。一看哪，那个姑娘在他床上睡起。毛毛冒火了："哎！你这个姐姐才笑人啰，为啥子跑到我床高头睡起哟！"那姑娘说："我一看到清静的房间就想睡。你也上来嘛！"毛毛一听，当真冒火了："起来！起来！你这个姐姐啷个怎笑人啰！"姑娘笑着看到毛毛，动都不动一下。毛毛气慌了，就伸手去拉她："我要上坡去割草，你死皮赖脸的不起来！"那个姑娘背靠壁头，脚蹬到床边，毛毛拉不动。二冒火，把她朝壁头一推，那姑娘一下撞在壁头上就死了！毛毛一看，啷个办呢？杀人要赔命。只有等妈妈回来给她说了，我就去坐牢。

一哈儿，肖三妈回来了。一进门，毛毛就哭："娘啊！儿今天打死人了哟！"肖三妈一听也哭了："儿哪，我们俩娘母硬是祸不单行啰！我也打死了一个小伙儿。"两娘母都说："好，好，好，去投监坐牢。"收拾好东西，肖三妈又说："我们去把那个小伙抬回来。"老实的，两娘母找了块板板就去把那个小伙抬回来了。

两娘母来到县衙投案。县官是个清官，听两娘母谈了

过程，感到为难。把他们杀了，人家又不是有心杀人，又自己来投案；不杀，又人命关天。县官派人把两个死人抬回衙门头来停起，就上报州官。州官心想：你县里都不杀，我们杀了也说不过去。没得法，又只好朝上报。

皇帝接到了呈文，问宰相啷个办呢？宰相晓得了事情的经过后说："嗨呀！快把他们全都带上金殿来。"有人说："死人是不是也带进来？"宰相说："我叫全部都带进来！"这样，肖三妈、毛毛，还有两个死人都带进了金殿。

肖三妈和毛毛跪在地上，不敢抬头。宰相走拢去把肖三妈和毛毛扶起来，高兴地说："黄金、白银归库！"只看到地下的两个死人一下子站起来，朝金库方向走去了。

皇帝高兴得很，就封毛毛为进宝状元，封肖三妈为进宝夫人。从此，他们两娘母就享受荣华富贵。

讲述者： 杨太顺，男，汉族，不识字，农民
采录者： 黄永递
整理者： 周厚军
采录时间： 1985 年 11 月 10 日
采录地点： 江津县梁家乡（今江津区龙华镇）

76

妹夫还金

从前，有两老挑，一个姓王是姐夫，一个姓李是妹夫。这两老挑一同上京赶考，走到半路上，错过了栈口[1]，来到一个前不巴村、后不挨店的山沟沟里头，天就黑了。正在找不到歇脚处之时，姐夫老王发现山岩边有间破屋，二人就进去将就过夜。他二人走了一天路，又累又渴，就分头外出找水。结果，黑里摸索，水没找到，老王倒看到一处烂草堆里有东西在发亮。捞开烂草才看清楚：是一个猪槽，装了一槽子金子。他忙喊妹夫过来看。老李见姐夫捡了金子，赶忙恭维他，说："王哥财星高照，出门得喜，这次必定高中。"老王却说："二人同行，大家有喜嘛！"就商量：在这深山荒野，别无外人，我们先把这槽金子埋在土坎脚下，等应试完毕，再一路回来平分。

第二天，二人又向前赶路。妹夫老李连路走连路想：像我，肚儿头墨无几点，还去考个啥子状元啰，倒不如设法独吞那笔财喜，当他妈个发财状元还撇脱[2]得多。他

[1] 栈口：有栈房的地方。
[2] 撇脱：简单、容易。

左想右想……突然，"哎哟"一声，倒在地上呻唤。老王在前头，一心在默读他的子曰诗云，听到老李在后面叫唤，赶紧转身来扶他。老李把手一摆，说："莫挨我，我的肠子都要断了，痛得很咧！"老王见妹夫在地上痛得打滚，只好背他回到自己家里将息，心想等妹夫好了，再一同进京。老李见姐夫不走，就说："姐夫，兄弟病重，不要为我耽误了你的考期。"接连催他独自进京。姐夫眼见考期将近，也只好上路。临行前，再三叫堂客好生经佑妹夫养病。

谁知，等老王走后，老李的病也好了，假意对姨姐说："姐夫独自上路，孤身一人，不放心，我追起去跟他做伴。"姨姐再三再四也留他不住，只好让他走了。

老李明说是要追赶老王，实际是想吞梗黄鳝[1]，独占那猪槽里的金子。他忙忙迫迫，走拢破屋，找到土坎，刨开泥巴一看：怪了，猪槽内哪来黄金，只有一槽子清汪汪的水。老李心想：这就怪哉啦，金子怎么变成水了呢？哼！你变成水我也要把你喝干才走。他趴在地上，嘴对猪槽咕嘟咕嘟一歇就把清水喝干。水倒喝了，没隔多阵，他的肚皮这才真的痛起来了，只得一路"哎呀"连天地走回姨姐家中扯谎说："姨姐！我的病又发了。"姨姐见妹夫痛得脸青面黑，就叫他上楼去睡，等明天上街请医生看病。

老李在楼上睡不多久，肚子不痛了，只觉得坠胀想屙。哪晓得，他说屙就要流，下楼都来不赢，就在楼板上屙了一堆。他东屙一堆西屙一堆，一连摆了十几堆才松架[2]。老李心想：恁大个人，在人家楼上摆些摊摊，多脏人啦，倒不如一走了之。他就不等天亮，悄悄溜之大吉。

姨姐见妹夫天亮了还没有下楼，以为是毛病深沉，起不到床，就送饭上楼。她才上楼口，只见楼口上金光灿灿的，楼板上堆了十几堆黄金，又不见了妹夫。心想：我这个妹夫才好呢，他送恁多金子，还不让我道个谢就走了，等丈夫回来一定要去感谢他一下才对。

[1]　吞梗黄鳝：独吞的意思。
[2]　松架：松活。

讲述者：　卢有田，男，初中学历
采录者：　宗学磊
整理者：　黄启宽
采录时间：　1985 年 5 月
采录地点：　江北县东山乡（金渝北区大盛镇）

77

包子有多大

从前，有个人，气力大，很吃得，就是好多人家都供不起，不敢请他去做活路。他没法，饿得遭不住，只好到外地去求生。

一天，他遇到一个开店店的老太婆在起房子，就走拢去说："老太婆，你在起房子，你那些大树子我帮你捞回来，你煮一顿稀饭给我吃。我只吃个饱，不吃多的。"老太婆想，吃稀饭有啥子嘛，就答应说："要得嘛！"老实的，他走起去捞树子，一只手拔起树子，捞起就回来。老太婆一看说："你这个人力气大吧！几十个人才抬得起的大树，你一个人就捞起回来了。"

正在这时，一个骑马的人来店子吃酒。他的马在旁边把稀饭吃了一些。大力士转来看到了，就对骑马人说："这稀饭是我吃的，我下伙力，只吃一顿，你的马吃了，我嘟个够吃呢？"两个人你一句我一句，说得不对头，抓到就开打。两个打呀打的，骑马的人还是感到自己有点错，没得啥子理由跟别人打，扯伸脚杆就跑，大力士就在后头追。一追就追到一个山洞，两个人刚刚跑进去，哪晓得里面跑出来一个人，把他两个抓到，问："你们为啥子？"

两人把打架的经过说了，那个人就劝他们说："好！你们两个都是英雄，不要打啦。我们三个结拜为兄弟，要不要得？"两人都点头答应，问："哪个为大哥呢？"那人说："我们哪个把山上的石包弄下岩去，哪个就为大哥。"老实的，捞树的人走去抱到起，只把石包搬动了一点；骑马人去搬，只能把石包搬来楞起。山洞里那人走去搬，哎哟，那石包像垮岩一样垮下去了。恰恰这哈儿，岩底下有个人，端起碗正在吃饭，石包一下子就滚到他碗里头去了。那人拿起筷子一夹，把石包挟起甩得多远。这三个人看见吓到起啦，急忙跟他跪倒，说："我们结拜为兄弟，你为大哥。"

四个人结拜为兄弟后，就一路回到老太婆那里，对老太婆说："你有啥子都端出来，让我们吃饱。"老太婆说："吃饱可以。你们吃得完，就不给钱；吃不完就给我当儿子。"四个人心想：她有好多东西哟？没有吃不完的。大家都说："要得嘛！"老实的，老太婆就端一个包子出来。四个人就问："嘿！老太婆，你嘟个给我们四个人只端一个来哟。"

老太婆笑嘻嘻地回答："你四个吃一个包子亲热点噻！你们吃嘛。吃了不够，我再给你们端来。"

四个人听了，都没啥话好说，就你一块我一块地捞来吃。肚子都吃胀了，还没有看到包子的心子在哪里。于是就问："老太婆，你这是糖包子，还是肉包子哟？"老太婆说："肉包子，不信你们看嘛！"她伸手拿起包子一掰，唉呀！隔心子还有几里路远，你说这包子有好大！好，这四个没有说的，只好给老太婆当儿子。

讲述者：　朱正国，男，汉族，工人
采录者：　廖桂超、王伟
整理者：　李兴荣
采录时间：　1985 年 11 月 9 日
采录地点：　大渡口区

78

人心不足蛇吞相

从前有个放牛娃儿，有天放牛的时候，他骑在牛背上，听到地上吱吱吱地叫。梭下牛背一看，一条很小的白花蛇遭牛踏[1]了，踏在地下直扳。放牛娃儿是个糍粑心肠，他把蛇捧起来放到草背篼头，又找些草药舂烂了给蛇包伤。回到老板屋头，又在房子后头挖了一个洞，把蛇放在洞洞头将息。天天放牛回来，都要看下蛇的伤势。蛇的伤慢慢就好了。嘿，怪，那蛇的伤养好过后，它就不走了。放牛娃儿就天天捉些山耗儿呀一类吃的东西给蛇送去吃。

几年过后，蛇长大了，一顿要吃很多东西，放牛娃儿供不起了。一天，蛇跟放牛娃儿说："你供不起我了，就把我背到河头去吧。"老实，放牛娃儿就把它背到河头去了。蛇梭到河头，昂起脑壳对放牛娃儿说："小兄弟，感谢你救命之恩、抚养之情。二天你有啥子事要我帮忙，你就到河头来喊我。"

又过了几年，放牛娃儿长大成人了。自己做庄稼，有吃有穿，啥子都好，就是没得堂客。他想去找白花蛇帮忙，

又一想，白花蛇它到哪去给找堂客哟，也就算了。有一天，他进城卖柴，城门洞有很多人围起看告示。他认不得字，就听到人些在摆谈，说皇帝的女儿得了病，太医说要龙肝才医得好，公主等着这味药救命。要是说人肝，皇帝倒拿得出来，要龙肝皇帝就没得法。皇榜上说，哪个找到了龙肝，医好了公主，就招哪个当驸马，要啥子官给啥子官。看告示的人都摇脑壳：龙肝到哪去找哟！

放牛娃儿听了就想：要是说蛇肝，我那条白花蛇怕还可以给我一点，要龙肝就没得办法。他又想，吔，白花蛇在水头，说不定和龙有交道。管他的哟，去找它问一下，不行就算了。放牛娃儿倒没想当驸马，只是想要个堂客。他就到河边来，一喊白花蛇，河头就显出一条张牙舞爪的龙来，把他吓了一跳。龙说："恩人呀，你不要怕，我就是原先你救过的白花蛇。你有啥子事要我帮忙？"放牛娃儿本来想找白花蛇帮忙找龙肝，这下看到白花蛇变成了龙，反倒不好意思要龙肝了。龙一再地问，他才说了。这条龙连嗯吞都没打[2]，就喊他去割龙肝。说完，龙便张开了嘴，那嘴里红彤彤的像个大洞洞。放牛娃儿不敢进去，龙又说："恩人，莫怕，你来割好了。"放牛娃儿想到有了龙肝就有了堂客，壮起胆子，战战兢兢地走进龙的嘴巴。他不心厚，只割了二指恁宽一溜[3]。龙痛得浑身打抖，但没敢闭嘴巴。放牛娃儿出来，向龙道了谢，就回到城门洞，撕了布告，让卫士引他去见皇帝，献上龙肝。公主吃了龙肝，病当真好了。

放牛娃儿当上了驸马。皇帝见他对皇家忠心，就留他在身边当了左班丞相。哪晓得三年过后，公主的病又犯了。太医说还是要吃龙肝才得好。原先的放牛娃儿，这阵的驸马爷，又是左班丞相，就前呼后拥地来到河边找龙肝。一喊，龙就来了。丞相说："龙啊，公主的病又犯了，还是要吃龙肝才得好呀！我没得法，只有又来求你帮忙了。"龙还是二话没说，张开了嘴巴说："请你进来割吧。"丞相这回就不怕了，他晓得龙不得害他，就大摇大摆地走了进去。他拉住龙肝正要割的时候，心想：这回干脆多割点，

[1] 踏：chā，踩。

[2] 嗯吞都没打：干脆，二话不说。

[3] 一溜：此处指一小条。

免得二回又来割。就黑起心肠一刀割下去。那龙痛得实在遭不住了，嘴巴一下就闭了拢来。它又深怕把恩人憋死在肚子里，就连忙张开了嘴巴。哦嗬！丞相已经断了气。这就叫人心不足蛇吞相。

讲述、采录者：姜孝德，男，汉族，初中文化，文化
　　　　　　　专干
整理者：　　　王正平
采录时间：　　1985 年 10 月
采录地点：　　江北区刘家台

79

贪心的大哥

很久以前，在四川一个地方，住着一户人家。父亲名叫江国龙，大儿江贵财，幺儿江东。一家三人，生活还过得去。

哪晓得老父亲一天去后山打柴，不小心摔了一跤，中了风。江国龙晓得自己活不了好久了，就把两个儿子叫到身边，说："看来我活不到几天了。我死后你们两弟兄要互相照顾，好生过日子。我没有啥子东西留给你们，管得到点钱的就是这几间房子和这点家具。"说完老头就死了。两个儿子伤伤心心哭一场把父亲安埋了。过了一段时间，江贵财就想把弟弟赶出去，好独吞家里财产。一天，江贵财对江东说："父亲已死了，我的岁数也不小了，今后还想成个家，给你娶个嫂子。"江东听后心里很高兴：哥哥年纪的确不小了，该安家了，嫂嫂过来后还可帮助家里做点活路。就直顾点头说："要得，要得。"不谙哥哥又说："现在你也长大了，该独立生活了，我们分家吧。"江东一听哥哥要把自己分出去住，心里一酸，眼泪水都流出来了，对哥哥说："哥哥，我们还是一起住吧！我年纪还小，做庄稼这一套还不懂，分了家我嘟个办嘛？"江贵财听不进

弟弟的话，估到要分；江东没得办法，只好答应。在分家的时候，江贵财对江东说："后阳沟那间灰房和这床铺盖[1]分给你，其他的东西该我要。"这样江东被赶了出去，住在烂灰房里，守着一床烂铺盖，一个人想起就哭。后来，他在隔房子不远的地方开荒种了点粮食和西瓜，一个人过起日子来。

这一年，他种的西瓜长得很好，瓜结得很多，他想：我把西瓜拿去卖成钱，就够一年用了。于是，江东就天天围着这些西瓜转。瓜一天天地成熟了。一天，江东发现西瓜少了很多，又心痛又奇怪，心想是不是有强盗在夜晚来偷了哟？到了晚上，江东就到地里去抓偷西瓜的人。等了半天没有动静。夜深了，江东正想回家时，突然听到地里有响动，仔细一看是一些八九岁的小娃娃在偷西瓜。江东心想这回要抓到几个，好叫他们的大人赔我的瓜。等到江东去抓人时，才看清楚原来是一群猴子。猴子一看有人来了，一个个都朝后山跑了，江东只好坐在地里哭，一直哭到早晨。一个卖口袋的老头从这里路过，一看这娃娃哭得遭孽，就问："都十几岁的人了，在哭啥子呀？是不是有人欺负你了？快给我说，我们找他评理去。"江东一看这是一个好心人，就一五一十地向老头讲了一遍。老头听了对江东说："我送你一个口袋和一个锣鼓。到了晚上你就睡到口袋里头，把锣鼓带上，不要出声，猴子再来你就有办法打整它们了。"说完老头就走。到了晚上，江东就把口袋和锣鼓带上睡到瓜地里。等到半夜，那群猴子又来了，在地里乱窜乱摸。有个老猴子摸到了个大的，就喊其他猴子："快过来，这里有个大西瓜，把它抬回洞里去，好好生生吃一顿。"老猴子一说，小猴子就动手了。在口袋里的江东听到猴儿要把他抬到洞里去，就在里头动都不动等猴儿些抬。走了好一阵，猴儿们费不尽的力，把"大西瓜"抬回了洞里。猴王命令道："大家累了，去耍一哈儿，回来再一起吃大西瓜。"等到猴儿们都走开了，江东松开口袋，伸出头向洞内四周一看：哟！到处金光闪闪的，啥子东西都是金子做的。老头跟他讲过：猴子怕打锣鼓。江东从口袋里拿起锣鼓就开打，猴子听到这响声，尽都吓

跑了。江东拿了一些金子就朝口袋里装。回到家中，江东请了一些匠人，把烂房子拆了，重新起成新的，又买了地方，日子过得比哪一个都好。

江贵财看到弟弟发了迹，就去问弟弟是哪个发的财。江东就原原本本把经过给哥哥讲了。江贵财说："看在我们兄弟一场的分上，你是不是把口袋借给我，让大哥也发个财？"江东心想借就借吧，反正洞里的金子多的是，就把口袋拿给了哥哥。江贵财挨到晚上就照弟弟说的去做。到了半夜，猴子又来了，把这个"大西瓜"抬起就走。走了一山又一山，把猴子些抬累了，就在山顶停下歇气。这哈儿猴王说："我们这回也抬累了，抬拢家也是吃，倒不如就在这里把西瓜跶烂吃了算啦！"说完就一脚把西瓜踢下岩去了。那岩高得很，贪心的哥哥当时就遭跶死了。

讲述者： 彭平，男，汉族，初中学历，工人
采录者： 杨正平
采录时间： 1985 年 7 月
采录地点： 九龙坡区南泉镇（今巴南区南泉街道）

---

[1] 铺盖：被子。

80

问你贪心几时休

从前，有两口子靠下苦力过日子。他们起早贪黑拼死累活地干，可还是住的烂房子，吃穿都十分困难。

一天，有个过路人对他们说："下力这么恼火，啷个不去做点生意嘛？"

男人回答："我们是找一顿吃一顿，哪来的本钱呀！"

过路人说："没有本钱就做酒生意嘛。你屋侧边有口水井，你去把井里面的水打起来当酒卖，就会有人来买。"

过路人到井口上哈了三口气就走了。

第二天，两口子把井头的水舀起来当酒卖，没想到有人来买去吃了之后，说比哪家铺子的酒都好。后来，买酒的人越来越多，两口子又办了些凉菜卖冷单碗，生意越发兴旺起来。他们把酒卖完之后，又到井头去舀，舀起来就是好酒。

两口子卖酒发了财，房子修好了，穿的也制齐了，有人问他们："老板，你的酒这么好，是从哪儿买来的？"两口子支支吾吾不说。问的人得不到回答，就想了个主意来打听，说："老板，把你的酒糟子卖点给我喂猪吧！"

老板心里想：要是有酒糟就好了，不但可以卖钱，自己的猪也有喂的了。从此，他经常都在想这件事情。

三年过后，过路人又来到这里，问他："你的酒生意好不好？"

卖酒人说："好倒是好哟，就是没得酒糟子喂猪。"

过路人心想：你这个人的心子才大呢。先前说没本钱做生意，我把白水变成酒让你发了财；现在你又说没得糟子喂猪，你的贪心太大了！

过路人又到井口上哈了三口气，并在井旁题了一首诗：

山高不算高，
人心比天高；
白水当酒卖，
还嫌少酒糟。

又到酒铺外面的墙上题了一首：

问你贪心几时休，
穷也愁来富也愁。
骑上驴儿思骏马，
当了武将望王侯。
士农工商不愿做，
还想帝王做一周。
继子荫妻图富贵，
未见何人肯回头！

过路人走了，卖酒人再把井里的水舀起来卖，就没有人来买了，因为那水又成了真正的井水。

讲述者：　魏显德，男，汉族，小学学历，退休干部
采录者：　严小华
整理者：　周熔德
采录时间：1988 年 2 月
采录地点：巴县走马乡（今九龙坡区走马镇）工农村

81

贪心害自身

从前，有两弟兄，从小就死了妈、老汉，生活没得着落，靠给地主放牛割草换碗饭吃。这年数九寒天的一个早晨，地主一大清早就催他两弟兄上山。两弟兄身上穿的衣服既破烂又单薄，霜风吹过来扎骨头，把两弟兄硬是冻得惨。

这时候，太白仙和北斗仙游南天门，路过这里。看到这两弟兄冻成那个样子，太白仙动了怜悯心，对北斗仙说："你看那两个小儿冻成那个样子，好可怜啰，你快点赐点银子帮他们一下嘛。"北斗仙说："太白仙，我看算了。这银子不赐还好些，如若赐了，反而要害死他们两弟兄。"太白仙说："我不相信。"北斗仙说："不信你看。"

两弟兄抖抖缩缩地往山上走，走倒走倒，忽然听到"轰"的一声，像是天上打了个大炸雷，把两弟兄吓了一大跳。回过神一看，面前的山岩垮了个缺缺，缺缺上白光闪闪。他们连忙跑过去一看，嗨吔，里头好大一缸银子哟！两弟兄高兴昏了，这回可发大财了。过了一会儿，哥哥对兄弟说："兄弟，你把银子照到，我拿锭银子上街，打点酒割点肉，谢一下天地菩萨。"他一边走一边默，这

么多银子，要是我一个人得了该多好哇，可惜还要和弟弟两个平半分。一边走一边默，忽然默出个烂条来："怎个办，我去买包毒药放在酒里头，敬过神后，等兄弟先吃，把他毒死，银子不是就归我一个人了吗？"越想越觉对头，一上街就照怎么办了。

弟弟守在银子旁边，心头也在默，默的才更狠，他把割草的镰刀磨得飞快，安心等哥哥磕头拜菩萨的时候，从后头给他一刀，砍落他的脑壳，一个人吞银子。

没得好一阵，哥哥把酒肉买回来了，开始供神。他刚刚跪在地上磕了一个头，脑壳还没往上抬，弟弟在后就给他一刀，一火色就把他脑壳砍搬了家。哥哥死了，弟弟心头好安逸，一心想这回要当绅粮了，倒起酒就喝。他哪里晓得哥哥在酒里下了毒，还没喝两杯，咚的一声也栽下去死了。

两位大仙眼睁睁看到亲亲两弟兄为一缸银子自相残杀，结果都死了。这下，太白仙服了。这就是老年人常说的："起心贪心，反害自身。"

讲述者： 彭海曙，男，退休职工，高小学历
采录者： 彭光明、夏述华
采录时间： 1989 年 10 月 30 日
采录地点： 涪陵区仁义乡

82

穷八辈闹海

以前，有一户人家，只有两娘母。人们不晓得他们姓甚名谁，只晓得他们家很穷，一直穷了八辈人，人们就喊老妈妈为穷七娘，叫她儿子为穷八辈。两娘母靠讨口度日。

有一年冬天，两娘母讨口走到一个叫龙沟的地方，天快黑哒，两娘母忽然看见前头好像有个岩洞，走拢一看，当真是个岩洞。到了洞里，找了些松树油点燃一照，洞很宽很深。两娘母衣裳单薄，天又下着雪，就在一块石板上挨到坐起，不敢闭眼。说也奇怪，两娘母坐到的这块石板越来越暖和，穷七娘高兴忙哒，说："我们两娘母有救哒！这个冬，就在这岩洞里过。"白天，穷八辈照常讨饭来给他妈吃。晚上，两娘母就在洞里过夜。

一天，穷八辈到外头讨饭去哒，只有七娘在洞里。突然，来了一个白胡子老头儿，要买她那块发热的石板。七娘心想，他要买石板，那块石板肯定有来历，大有用场，就连忙问他："您家买去做么哩呀？这是一块么哩石板哪？"白胡子老头儿说："这块石板是龙王镇海宝物，龙王有一次路过这儿，在这儿歇了一夜，掉在这儿哒。事隔多年，没有找到。龙王说哪个捡到了这宝物还给他，他就

要谢他两次，谢时要么哩给么哩！"白胡子老头儿还说，还宝物给龙王时要去闹海，但不是像哪吒那样闹海。

七娘问："哪个闹呢？"白胡子老头儿说："把石板背起，找到大海后，把石板丢下海去，海里马上就有人问：'你要么哩？'晚上，就会给你送来。你要想得到龙王的第二次报赏，就要用绳子把石板拴起，闹海以后，再把石板拉起来下回再用。"七娘说："哦，那块石板我就不卖哒，我各人去闹海。"白胡子老头儿见七娘不卖，只好走了。当天晚上，七娘把这件事给八辈说哒，八辈说："让我试试看。"

第二天，八辈背起石板，带上干粮，找大海去哒。他走哇走哇，走得又饥又渴，还不晓得大海在么哩地方。这时，八辈看见路旁有一口井，心想，吃点东西再说。八辈吃了东西，喝了井水，不知哪个搞的，恍恍惚惚就睡着哒。

等他一觉醒来，水已打湿了他的脚背，大海就在面前！八辈不管三七二十一，赶忙把石板往海里一丢，一哈儿，海里有一个声音问："是哪个闹海？"八辈连忙大声说："我，穷八辈！"海里的声音又问："你要么哩？"八辈心想，我靠讨口来养活我妈，只要有了金银，就能买到东西，就不去讨口哒，也不会这样穷了。他连忙说："我要金，要银。"海里的声音说："你回家去吧，晚上给你送来。"

八辈把石板从海里拉上来背起哒，就老老实实地回了家。一到家，他妈忙问他："你带回么哩呀？"八辈就把闹海的经过一五一十地给他妈说哒。七娘说："今晚上我等到，看哪个给我们送来。"晚上，两娘母等哪等，等了半夜，也没得哪个给他们送来。七娘说："见鬼，各人睡瞌睡。"

第二天天亮，怪事发生哒，只见洞里到处都是金子银子，八辈和七娘高兴得不知说么哩好。就用这些金子银子买了屋，买了田，再也不去讨饭哒，日子越过越好。

就是有一件事还不称心，七娘还没得儿媳，八辈还没得媳妇。八辈给他妈说："我再去闹海，龙王给我个媳妇就好哒！"七娘说："龙王给了我们这么多金银哒，你还要找他要媳妇？再说，他哪儿来的姑娘给你？莫把脑壳想扁哒。"八辈说："我再去试试看。人们传说，龙王不是有

好多好多的女儿吗？"

第二天，八辈背起石板，带上干粮，又找大海去哒。他走哇，走哇，走得又饥又渴，又走到上次那口水井边。八辈吃了东西，喝了井水，又恍恍惚惚地睡着哒，等他一觉醒来，水已打湿了他的脚背，大海就在面前！八辈又赶忙把石板往海里一丢，一哈儿，海里有个声音问："是哪个闹海？"八辈连忙说："我，穷八辈！"海里的声音说："你又有金了，又有银了，还要么哩？"八辈说："我还要个媳妇，龙王能给我一个媳妇吗？"海里的声音说："那你回家去吧，晚上给你送来。"八辈就把石板沉到海里去哒。

八辈高高兴兴地回去了。一到家，又把闹海的经过一五一十地给他妈妈说哒。七娘说："今晚上我硬要等到他们送儿媳来！"晚上，两娘母等哪等，等到鸡子叫哒，还没有给他们送来。七娘说："金银还可以送来，你想，龙王哪个会舍得把他的女儿送来呢？不等哒，睡，瞌睡也来急哒。"

他们刚睡着，门外就有一个女子的声音喊："妈，开门！妈，开门！"七娘听到哒，高兴得连门都忘了开，等她醒过神来，才去把门开开。门一开，只见一个十分美貌的姑娘进门就叫了一声"妈"，并说："我是龙王的三女儿，给你做儿媳来哒。"从此，他们一家三口人，日子越过越火红。

可惜哒，好景不长，人们你传我，我传你，传说穷八辈不知在么哩地方说了一个比仙女还要美貌的姑娘。这样一传十，十传百，传到了县大老爷的耳朵里去了。这个县官是本县的一大霸，贫苦百姓又恨他又不敢作声。他就坐上轿子往穷八辈家里来哒。

县官到了八辈的家，三姑娘礼礼信信地说："请县大爷用茶。"县官听到这声音，看到了这人，连茶都忘记接哒！他回去以后，神魂颠倒，茶不思，饭不想，一天就打坏主意，想夺八辈的妻。

一天，他把八辈召去应差，县官说："八辈，给你一件差事，限你十天给我修一座宝塔。塔要修得高，要一眼望去把帽子都望得掉。如办不到，就用你的妻子来抵！"

八辈回家后，三姑娘见他愁眉苦脸的，就问他："八

辈，县大爷召你去做么哩？"八辈一五一十地给她说哒。还说，这是县官想法子想把你夺走。三姑娘听了说："这有么哩难的！你先吃饭，吃了饭点三炷香来，插在水井边上，把这事给我爹说声，请他的虾兵虾将来帮忙。县官限你十天，我只要一晚上。今晚上你尽管睡你的瞌睡，不必操心。"

八辈照三姑娘说的办哒。晚上，他躺在床上横直睡不着。到半夜时候儿，只听到外面"嗨呀伙，嗨呀伙"的声音响成一片，好像有千军万马一样。

第二天，八辈多早就起了床，想看看宝塔修么哩样子哒。出门一看，他不敢相信各人的眼睛，一晚上的工夫，一座蛮高的宝塔就修好哒。到了第十天，八辈高高兴兴去交了差。县官来了，仰起脑壳一看，正遇上了一股风，刚好把他的乌纱帽吹掉了，县官只好气喽喽地回去哒。

回去后，县官还是不死心。他又把八辈召去说："八辈，你是个能干人，本官限你明天买齐一百匹白马，每匹马一根杂毛都不要。如办不到，怪不得本官，只好用你的妻子来作抵！"

八辈回家后，三姑娘问他："县官召你去，又出了么哩难题？"八辈说："上次有你爹的虾兵虾将帮忙，这次就是再请得来，也帮不上帮哒！"他就一五一十地给三姑娘说了，还说："世上就是有这样的一百匹马，也够我跑上一年，何况没得。"三姑娘说："我以为是么哩了不起的大事呢！照上次那样，给我爹说声就行哒。"

八辈照着上次那样办了，晚上，他横顺睡不着。到了半夜，只听到外面的马"嘘嘘嘘"地叫，八辈高兴得要起去看个究竟。三姑娘说："不能去，明天一早去看。"

第二天大清早，八辈就起来哒。开门一看，一百匹白色的马，一根杂毛都没得，你挤我，我挤你，有的还不停地刨着地。八辈高兴得一趟子跑到县里，叫县官来领马。县官看了马，挑不出一根杂毛来，只好垂头丧气地领马回去哒。

回去后，县官还是不死心。他想，这次我非要难倒八辈不可！要他办一件世上没得的东西，看他哪个交差！他又把八辈招去说："八辈，你这样能干，你再去给本官买两条长一丈、高八尺的大黑狗来，也一根杂毛都不要。如

办不到，只有用你的妻子来作抵！"

八辈回家后，眉毛眼睛都愁作一坨去哒。三姑娘问明后，就对八辈说："这次你亲自到我爹那儿去一趟，弄两条他养的黑狗来。回来后，就赶快去交给狗官。记到，把狗交给他以后，你要头也不回地往回跑，跑出十里以外再停脚，不然，你就要丢命。"三姑娘说完哒，领八辈来到水井边，烧了三炷香，就叫八辈下去。八辈说："我啷个去嘛？"三姑娘说："只要往井里一跳就行哒。"八辈害怕哒，心想，水井那么深，跳下去不淹死才怪嘛！三姑娘看着八辈害怕的样子，趁八辈往井里看时，一把就把他推下去哒。

说也怪，八辈落井后眼一闭，就到龙宫门前，看门的虾兵蟹将把他带到龙王那里，龙王拿最好吃的东西待承了他。龙王对八辈说："你在我这儿多玩几天，好好看看我的龙宫。"八辈心里着急，龙王又非要留他不可，就只好跟到龙王屁股后头去看龙宫。只见龙宫金光闪闪，到处是数不清的珍珠玛瑙，八辈把脑壳都看晕哒。他心里欠着他妈和三姑娘，龙王再啷个留都留不住，就把他要的两条黑狗交给了他，叫他带回去。

八辈回到家，就牵着两条黑狗一趟子跑到县里，见到县官说："县大老爷，你要我买的两条黑狗买到哒，交给你。"说完，他转身就跑，一口气跑到十里外才停脚。这时，只听得"轰隆"一声，像晴天打了一个炸雷，那狗官随着响声飞上了天。

原来，那两条大黑狗是两包火药，把作恶多端的狗官炸死哒。后来，再来接任的县官，看到前任的下场，就再也不敢作威作福地残害百姓哒。从此，人们过上了清静的日子。穷八辈一家也和人们一样，日子越过越美满。

讲述者：　唐团西
采录者：　李忠蓉
采录时间：1986 年 4 月 25 日
采录地点：巫山县长梁乡西沟村

83

蜂做媒

从前，有一对夫妻，有三个女儿，都没嫁人。有一天，三个女儿正在院坝头拿起扇子乘凉，不知从哪里飞来一只黄蜂。只听那只蜂飞到大姐身边，边飞边唱：

"蜂子蜂，蜂子蜂，龙家请我做媒公，问你大姐去不去？"

大姐说："不去！"说着，一扇子把黄蜂打进污泥里。黄蜂又飞起来，飞到二姐身边，边飞边唱：

"蜂子蜂，蜂子蜂，龙家请我做媒公，问你二姐去不去？"

二姐说："不去！"说着，一扇子把黄蜂打进污泥里。蜂子又飞起来，飞到三姐身边，边飞边唱：

"蜂子蜂，蜂子蜂，龙家请我做媒公，问你三姐去不去？"

三姐觉得有些奇怪，就说："去！"黄蜂随后就飞走了。

后来，龙家择好吉日来迎亲。这天，女方家正准备安排住处，龙相公说："不用，我们只要有一间屋就行了。"新婚之夜，人们走来一看，屋里全是些龙。婚后，两口子恩恩爱爱，日子过得也不错。

二姐是个贪得无厌的人。有一天，二姐到三妹家去耍，和三妹到水井边去洗衣服，二姐就对三妹说：

"三妹，我们两姊妹好像。你把你的衣服脱给我穿，穿起看像不？"

三妹老实，把衣服脱给二姐穿。二姐穿上三妹的衣服，趁三妹不注意，把三妹推下水井里淹死了，她就冒充三妹回到三妹家去。

几天后，龙相公发现妻子不像往天，心中有些疑惑。有一天早上，龙相公端着碗在屋里吃早饭，看见一只雀雀对着他叫，他说："你如果是我的人，你就飞到我衣兜里来。"

那只雀果真飞进了他的衣兜，他就把雀雀喂养起来，十分珍爱。等龙相公出门以后，二姐就把那只雀雀杀了，修了毛，用鼎锅炖起。

龙相公回家一看，雀雀不见了，就问二姐："雀雀哪里去了？"

"我把它杀了，肉在鼎锅里煨起的。"龙相公一听，十分气愤，就把雀雀肉端出去倒了。不久，龙相公倒雀肉的地方长出了一棵琵琶树。二姐知道了，就把琵琶树砍了，她将琵琶树做成一根捶衣棒。她用这根捶衣棒捶衣服，龙相公的衣服一捶，洗得干干净净；她自己的衣服一捶，捶得稀烂。二姐一气，就把捶衣棒烧了。这一烧，三妹就从灶孔里钻了出来。这一下，二姐现原形了，就一头在墙上撞死了。

讲述者： 吴玉仙，女，苗族，农民
采录者： 王礼举，男，文化专干，高中学历
采录时间： 1986 年 4 月
采录地点： 秀山土家族苗族县溶溪乡（今溶溪镇）李家溪

84

黄雀和树仙

从前，有两口子，很孝敬父母。父亲死了后，母亲又病危。两口子每天煎汤熬药，细心照顾。不久，母亲医治无效也死了。两口子很伤心，就在母亲坟前烧香化纸，连哭了三天三夜。此事被树仙知道后，就派黄雀飞下山来探听。黄雀探听后回去告诉树仙，说是确有其事。

有天，树仙就变成一个老太婆，走到他们两口子跟前说："你们不要再哭了，回去捏泥人吧，泥人会报答你们的。"说完以后，老太婆就不见了。

两口子回家后，当真就捏了一个像他母亲模样的泥人，供奉在堂屋里。过了七天，泥人的嘴里就吐出了不少银子。两口子就用这些银子，添置农具、种子，买了耕牛，又修整了房屋和猪圈，加上两口子勤耕苦做，不久就发了财！

邻居有两口子见他们发了财，就去问他们是嗯个发的财。堂客老实，就把遇神仙和捏泥人的事照实说了。邻居两口子贪心，回家一商量，就把自己的母亲用绳子勒死，也埋在那里，同样在坟上去哭了三天三夜，哭得很伤心。

树仙知道后，又派黄雀下山去探听。黄雀把情况探听到，回去就如实说了。树仙很气愤，又变成一个老太婆来

对那两口子说："你们不要再哭了，回家去捏泥人吧，泥人会报答你们的。"于是，邻居两口子就欢欢喜喜地回去，捏了一个大泥人，供在堂屋里。七天后，这两口子用麻布口袋，接在泥人的嘴下面，准备装银子。泥人开口了，吐出来的不是银子，却是一窝大黄蜂！当场就把这两口子螫死了。

讲述者：　杨银书，男，苗族，高小学历，农民
采录者：　杨银平
采录时间：1985 年 12 月 12 日
采录地点：万盛南桐矿区关坝乡（今万盛经济技术开
　　　　　发区关坝镇）

85

姜屠户

从前，有个姓姜的屠户。一天，他把案桌打开，正想卖肉，就有一条蜈蚣虫爬上案桌来。屠户叫它走，它不走。屠户说："我晓得你要吃肉，我给你吃，你不要爬我的肉，爬了我的肉就卖不脱了。"蜈蚣虫吃了屠户的肉就走了。第二天，姜屠户把案桌一打开，蜈蚣虫又爬上来了。就这样，姜屠户一直把蜈蚣虫喂了三年。

有一天，姜屠户的一个朋友来约他去做生意，姜屠户就把肉案桌收了。他对蜈蚣虫说："蜈蚣虫呀，我要走了，没得肉给你吃了。你如果跟我走，我就去买个箱子，你各自爬进去就是。"蜈蚣虫听了就爬进箱子，姜屠户就带着它走了。

姜屠户带着蜈蚣虫走到一个叫凉风垭的地方。听到有人喊他的名字，他以为是熟人，就脆生生地应了一声。哪晓得答应过后，四周一看，又没有见到人。他默到是自己听错了，就继续赶路。过了凉风垭，有一个客店，他就去歇脚。店主问他："你经过凉风垭时，有人喊你名字没有？"姜屠户说："有。""你答应了没有？""答应了，就是没有见人。""那请你到前面去住，我们店没有号了。"

姜屠户只好到前面一个店，店主又问他，他又同样答复，店主人又没有让他住店。这样一连走了三个客店，他们都这样问他，一个店也没有留他住。他不知为了什么。他走进了第四个客店，店主问他："你经过凉风垭时，有人喊你名字没有？""有。""你答应他没有？""没有。"这下店主人就让他住进了客店，安排他住在最后面的一间屋子里。洗了脚，他问别的客人："为什么店主都要问过凉风垭时有没有人叫名字，这是哪个回事呢？"那个人给他讲："凉风垭那里有个蛇妖，谁人路过，它都知道名字。它喊名字，你如果答应了，晚上就要被它吃掉。所以，答应了的人都不留宿，店主人怕出人命。"姜屠户吓倒了。怎么办？他对店主说："主人家多给我一些菜油。"他把灯油加得满满的，就倒在床上睡起，把眼睛睁得大大的。等到三更的时候，只听到有响声，一会儿就看见一条大蟒蛇，张着大嘴巴，向他梭来。他想到自己反正要死了，就打开箱子对蜈蚣虫说："蜈蚣虫，我要遭妖精吃了，你各自走吧！"正在这时，大蟒蛇张着嘴巴已梭到姜屠户面前，蜈蚣虫一下跳进大蟒蛇的嘴。一哈哈，大蟒蛇几扳几扳[1]就死了，摊在地下堆了大半间屋子，姜屠户也吓昏了。第二天，店主见半晌午了，姜屠户的房门还未打开，就料定姜屠户昨晚扯了谎，被大蟒蛇吃了。他跑到街上，喊些人来看。门一打开，哎呀，蟒蛇堆了半间屋，姜屠户还睡在床上。人们把姜屠户喊醒，大家剥开大蟒蛇的肚子，看到蜈蚣虫把大蟒蛇的肠子咬烂了，它自己也闷死在蟒蛇肚子里了。

讲述者： 唐守财，女，汉族，农民

采录者： 徐伟

整理者： 李新华

采录时间： 1985 年 7 月

采录地点： 九龙坡区敬老院

[1] 几扳几扳：蠕动几下。

86

石福成仙

从前，有一个想成仙的人，名叫石福，在深山修道，不吃不喝，诚心修炼。

这天早上，突然飞来一只斑鸠，落在他的腿上，开口说："修道人，一只老鹰追了我三天三夜，要吃我，请你救我一命！"石福一听，说："放心吧！我要成仙成佛，一定要多做好事，决不让老鹰把你吃掉。"说了后就把斑鸠放在胸前。这时，追赶斑鸠的老鹰也飞来了，说："修道人，我已经三天三夜没有吃东西了，如果不把斑鸠给我吃，我就要饿死。"斑鸠一听，哭着说："好心人，你一定要保我一命！"老鹰说："好心人啦，如果你再不把斑鸠给我吃，我就要死了！"

这可把石福难住了。不把斑鸠给老鹰吃，老鹰就会饿死；给它吃了，斑鸠又会丧命。怎么办呢？他想了一会，说："我不让斑鸠丧命，也不让老鹰饿死。"就从荷包里摸出一把小刀，在自己的腿上割了一块肉，比一个斑鸠还重，甩给老鹰吃。老鹰感激万分，对他说："谢谢你，救了我一命，我不会饿死了。"斑鸠也说："谢谢好心人，你也救了我一命。"石福很高兴，对老鹰说："以后再不准吃斑鸠了，应在山中自找食吃。"二鸟一听，一齐说道："你已经成仙了。我们奉玉皇大帝旨意，前来考验你。你舍己为人，玉帝封你为仙。"说完，二鸟一下变成了两个仙人，驾着祥云回转天庭。石福自己也变成仙人了。

讲述者： 荣春义，男，汉族，高小学历，农民

采录者： 朱大平

采录时间： 1985 年 11 月

采录地点： 璧山县蒲元乡（今璧山区璧城街道）

87

妈妈过生我要来

从前，有个女的，生了五个姑娘。第一个生下来她只看了一眼，就用帕子把她捂死了。第二个生下来，也被她捂死了。接连生了四个姑娘都被她捂死了。第五个姑娘她懒得费力气，干脆把她丢进脚盆头淹死。几年后，她才生下一个儿子。儿子长到几岁的时候，他的父亲就累死了。儿子长大了，母亲的眼睛也瞎了，只得靠儿子打柴卖维持生活。

有一天，儿子很早就上山去打柴。心想明天是妈妈的生日，多打点柴卖了，好多买点肉和米回去。他正在使劲砍柴时，忽然，一个声音在说："妈妈过生我要来。"怪呀，在这荒山野林中哪个在说话呢？他四周打望，没有看到啥子，心里很是奇怪。儿子卖了柴回来后，心里一直不安，也没给他母亲说。第二天晌午，隔壁的人看到有五个打着花伞，穿得花俏的姑娘直朝他们屋里走，但是两娘母都说没见有客来。一哈儿，儿子到箱子里去拿东西，刚揭开盖子，就吓得连话都说不出来了。原来箱子里头有五条肥冬冬、花噜噜的菜花蛇。他飞快地跑去拿锄头。等他拿来锄头时，妈已不见了，蛇也没有了。他找来找去，结果在红

苕坑里找到了五条菜花蛇，正在一口一口地吃他妈。后来人们说那五条菜花蛇，就是他妈整死的五个小姑娘。

讲述者：　　李国顺，女，汉族，东南乡银炉村四组农民

采录、整理者：张德智

采录时间：　1985年4月

采录地点：　永川县（今永川区）东南乡

88

三弟兄

从前，有三弟兄，他们天天都上山去砍柴卖。平时，三人一起出去，每天回来都现弄饭，肚皮饿得不得了。一天，三弟对两个哥哥说："我们干脆转轮子，拿一个人在屋头煮饭吧。"两个哥哥说要得。

第一回，大哥在屋头煮饭，二哥、三弟上山打柴。大哥在屋头把饭煮好了，两个兄弟还没转来，他就把饭热在锅里，去山上喊他们。等他们回来时，一看，锅头的饭没有了。三兄弟默到遭哪个偷吃了，就到处去找，没有找到一个人。

第二回，二哥在屋头煮饭。饭煮好后，就到山上去喊大哥和三弟。喊回来后，饭又遭吃了。

第三回，三弟在屋头煮饭。他把饭煮好后，假装出去喊哥哥回来吃饭，没走好远点就转回来躲在屋背后，从墙缝缝头偷看屋里的情形。没得好一哈儿，就看到一个白胡子拖到地上的老头来了。三弟听人说过，白胡子拖拢地的老头是怪物变的；要打赢他，就要把他的长胡子抓住不放。三弟悄悄地溜进屋头，乘老头子没注意，一把就把老头的长胡子抓到手里，死死不放，老头就遭逮住了。三弟将就

他的胡子把他捆在一根大树子上，然后到山上去喊两个哥哥回来吃饭。

两个哥哥回来吃到了热喷喷的饭，就问弟弟饭哪个没遭偷吃呢？弟弟就说了是哪个回事。大哥和二哥不相信，三弟就把他们带到捆老头的地方去看。怪呀！白胡子老头不见了。三弟马上带着两个哥哥四处去找，结果在附近发现了一个深不见底的洞子。洞子黑得不得了，很吓人。

三弟胆子大，叫两个哥哥在上头等到，一猫儿[1]就钻进了洞子。三弟在洞子里摸了一阵，看到不远的地方有光亮，就朝有光亮的地方走去。走拢一看，又有一片竹林，竹林过去是一条小河围绕着的花园。三弟听到有洗衣服的声响，走去一看，一个美丽的姑娘在那里洗衣服。三弟向姑娘打听白胡子老头的下落，姑娘说：白胡子老头是一个怪物变的，专门出去害人，她就是被白胡子老头抓来服侍他的。姑娘求三弟将她救出去。三弟说："现在不得行，老怪物会追来的。"姑娘又说："老怪物正在屋头睡瞌睡，他的枕头边放得有把宝刀。"说完就带三弟来到老怪物睡的地方。三弟一看，一个怪物睡在床上，还没有醒。三弟悄悄走上前去，把老怪物枕头上的宝刀取了过来。老怪物突然惊醒了，又变成了白胡子老头。三弟说时迟那时快，一刀就把老怪物杀死，带起姑娘朝洞口走去。到了洞口，三弟叫姑娘坐箩筐先上去。姑娘上去把洞子头发生的事情告诉了两个哥哥。哪晓得两个哥哥见到姑娘就动了心，都想要她，就不吊箩筐下来了，还用大石头把洞口封了。姑娘很着急，使劲朝洞子喊："看到白羊子，骑上去就能出来。"

三弟在洞子里头到处寻找，想找到姑娘说的白羊子。找来找去，还是没看到白羊子的影子。突然，他看到一个石门，心想，白羊子可能关在石门里头，就用力推开了石门。里头没有白羊子，是一地的宝物。三弟欢喜得不得了，捡了一些宝物用衣服包起，走出了石屋。他刚走出石屋，就看到一黑一白的两只大羊子朝他走来。他跑过去一下子骑到白羊子身上，白羊子飞快地跑起来，把他带出了洞子。

三弟回到了家里。洞中救出来的那个姑娘，看见三弟

回来了，欢喜昏了，告诉三弟，他的两个哥哥争到要她，打了起来，两个都受了伤，睡在床上。三弟进屋一看，两个哥哥当真都受了伤，他心头很难过。两个哥哥一看到弟弟，怪不好意思，哭着说："三弟，我们对不起你。这姑娘还是跟着你。"三弟看到两个哥哥遭孽，散了两样宝物给他们，就带起姑娘走了。他们在别的地方安了家，过上了好日子。

讲述者： 郭万珍，女，汉族，青峰乡五村四组农民
采录、整理者：曾垂菊
采录时间： 1987年5月
采录地点： 永川县青峰乡（今永川区青峰镇）

附记

郭万珍年纪大，腰板伸不直，声音也有些沙哑，反而在讲故事的时候起到了烘托气氛的效果，给人感觉有点苍老、恐怖，特别适合讲神仙鬼怪类故事。她讲到这则故事中的"白胡子老头""老怪物"，声音不仅沙哑，还带拖腔，光声音就把故事人物讲活了。

[1] 一猫儿：一下子，形容动作快。

89

换妻

从前有个穷人名叫谢二。谢二只有个妈，两娘母住在一个岩洞头。谢二每天砍一挑柴去卖，卖了刚好买一合米，只够两娘母一天的生活。哪一天不担柴去卖就该饿饭。

一天，谢二担挑柴去卖，在鲜大老爷的朝门口[1]歇气。鲜大老爷是这一方的绅粮，一家人住了很大一座院子，还总想占人家的便宜。这时鲜大老爷正在他朝门口转要，就问："谢二，你一天砍柴能卖多少银子哟？""大老爷，柴卖得到啥子银子呵，只有一合米的钱。我们两娘母将就糊口。"鲜大老爷一听，就说："谢二，恁个吧，你天天来帮我做活路，我一天给一合米，你又跟我吃，一合米拿回去你妈一个人吃不是更好吗？"谢二忙说："要得，要得！"这一来，谢二就帮鲜大老爷做活路，每天稳稳当当得一合米。一做就做到了腊月三十天。他在鲜大老爷屋头吃了年饭，拿起一合米，一路走一路想：明天是初一，鲜大老爷屋头要过了大年十五才有活路，这一合米能吃到十五吗？新年里头柴也怕卖不脱了。回到岩洞头，他妈看他心焦，

[1] 朝门口：大门口。

就说："儿呀，你心焦啥子嘛？你拿回来的米，我天天都没吃完，还剩得有点，看来这个年还将就过得去。"谢二的心才放了下来。

原来，鲜大老爷的堂客看到她男人欺谢二人老实，用一合米就换人家做一天活路，太刻薄人了，每天打米的阵就舀两合米说是一合米。谢二的妈吃了才有剩余。

谢二的老汉以前也是一个员外，后来背了时，样啥东西都没给他留得有，只有一个岩洞。岩洞正好对着鲜大老爷的院子。腊月三十下午，鲜大老爷屋头放火炮祭祖先。谢二听到了，心想：我还是该去买点香蜡纸烛敬一下祖宗。他手头没有一文钱，忽然想起他老汉以前爱栽花，还留得有一个花钵，是点老古董。忙拿个背篼背起就是一趟，跑拢街上太阳都快落坡了。他背起花钵从上街走迄下街，老大三十的，连问都没人问。花钵没卖脱，人还跑累了，就把背篼放在街边上歇气。嗨，这地方正好是家银铺。那阵的银子有真有假，称银子时要錾一点下来看真假。这阵那银铺头正在称银子，"当"的一錾子下去，"嗒"的一下就溅了绿豆恁大一点银子到谢二的花钵头来了，他也没有看到。等他歇够了气，背着背篼回去的路上，突然发现了那点银子。那阵的银子很值价，就绿豆大一点，他拿到钱铺头却换了两吊钱。割肉、打酒、买香蜡纸烛这些，都没有用完。晚上两娘母欢欢喜喜祭了祖先，还团了个年，才蜷在岩洞的乱谷草堆堆里睡了。

睡到半夜，岩洞外头来了一个要饭的叫花女子，向两娘母告怜说："做个好事嘛，让我进来讨个歇吧。"这腊月三十晚上，外头冷风吹得呼啦呼的。谢二本想应承，但一看这是个年轻女子，怕鲜大老爷晓得了，说他不习正经，过了年不请他做活路不说，恐怕这岩洞也不让他住了，就不敢应承叫花女子讨歇。那女子说："做个好事嘛，我只歇一夜，明天一早就走。我晓得你们没吃的，我不会吃你的早饭。"谢二的妈说："儿呀，外头只怕下凌罗，你就让她进岩洞来遮个露气吧。腊月三十晚上，我们这种人家都不收留她，还会有人收留她吗？"谢二才应承那叫花女子讨歇，并让她跟他妈睡在一个乱草窝里。谁知这叫花女子睡下过后，就对老太婆说："你老人家的岁数也大了，我看你儿子人也老实，你就收我做你的媳妇吧。穷人反正都

是大家找来大家吃，我还能帮你两娘母缝缝补补的。"老太婆听这女子心也诚，忙把谢二喊起来说。谢二开头不应承，说自己连妈都养不活，还养得活堂客么？一直说到鸡都开叫了，谢二才应承了。便在岩洞里重新点上香烛，拜了天地，将就在岩洞的乱草堆堆中打了洞房。一家人重新入睡。

第二天早晨，谢二一觉醒来，睁开眼睛一看，哎呀！自己不是睡在乱草堆头，而是睡在绫罗帐被的牙床上。岩洞变成了一座大庭院，修的是走马转角楼，还有凉亭游廊。屋里屋外，丫环、大娘进进出出，外头还有大班轿子侍候。他刚一翻身，丫环便来招呼说："老爷，请洗脸！"谢二心想：这是嗯个搞的？他女人进来了，再不是个叫花女子，生得十分美貌。她对谢二说："老爷，现在你什么也不用管了，各自洗脸。外面汤圆已经煮好了，你吃了汤圆要到哪里去，只管叫大班就是了。"谢二总觉得是在做梦，但又一想：管他妈的是梦不是梦，过了年我还要到鲜大老爷屋头去做活路，今天还是先给人家拜个年。他女人听他要去给鲜大老爷拜年，吃了早饭，忙叫丫鬟给谢二换了个一身新，又叫大娘带上人情，打发大班把他一直抬到了鲜家的朝门口。先就点燃火炮，噼噼啪啪一放，抬轿的人就喊："谢二老爷来给鲜大老爷拜年啰！"

鲜大老爷不晓得外头来的是啥子贵客。出来一看，三人抬的丁字拐大轿已经落地。那阵，从三个人抬的轿子来看，起码都是个官了。鲜大老爷慌忙迎出朝门，谁知从轿上下来的是谢二。谢二忙作揖说："给老爷拜年，恭喜发财。"大娘把礼盒也捧上来了。鲜大老爷虽感奇怪，但看到谢二这身穿着和排场，不免抬头看看对门坡上谢二的岩洞。这地方他多年不曾留意了，今天一看，岩洞早已不在了，修了一座走马转角楼的大院子。他才慌忙接住谢二，连称呼也改了口说："谢二老爷，请堂屋落座！"当天是满酒胘肉的招待。

第二天，鲜大老爷心想：谢二这娃娃阴到发了财，还假装到我屋来帮丘二[1]。他是嗯个发的财呢？为探谢二家的虚实，也坐起轿来给谢二的妈拜年。走进谢二屋头一看，

屋头一切摆设比他鲜大老爷舒气十分。谢二的女人忙叫他出来接客，说："倘若人家问你家产哪来的，你就说是你老汉留下的。他要跟你商量啥子事情，你说你做不了主。"谢二把鲜大老爷接进堂屋，也是满酒胘肉的待承。鲜大老爷听说谢二继承了父业，还讨了堂客，就要求一见。谢二把女人喊出来，鲜大老爷一看就昏了君啦。心想：谢二去年砍一挑柴卖一合米，我也出一合米，他就老老实实地跟我做一年活路。这娃娃憨痴痴的，我要把他拴到。就说："谢二，我和你商量一件事。我看你女人人倒还是漂亮，就是年轻了点。你这样大一副家当，她嗯个管得下来嘛。我的堂客很能干，这点你是晓得的。我们两个换一下，要不要得？"谢二心想：世上啥子都可以换，好像没有听说换堂客的事，人又不是猪呀羊呀这些畜牲，嗯个能换呢？但他老实，就说："这个事我还做不到主，要给我女人说了来。""好！你这就进去问她！"

谢二进房间，把鲜大老爷的话向他女人说了。他女人说："你去跟鲜大老爷说，要换一齐换，连房屋、田产一齐换，还要当众立约打响片[2]，不准后悔。"谢二说："这嗯个要得哟！房屋财产我倒舍得，你我是夫妻，我嗯个舍得你哟！""我是跟你不久的。你照我说的去办好了。"谢二尽管舍不得女人，他还是按堂客说的出来与鲜大老爷回话。

鲜大老爷喜欢昏了：干得，干得。老子这回又占了谢二的大便宜。满口答应，马上回去下帖子请乡约、地保，当众立约，两家交换了房屋、田产和堂客。鲜大老爷的堂客见她男人无情无义，倒很愿意把个老实的谢二两娘母迎过门来。

鲜大老爷得到如此漂亮的女人和一副大家当，当然也欢欢喜喜地搬到谢二屋头去了。谢二的女人把他迎进屋，还办了酒席为他接风。当晚喝得醺醺大醉，倒在牙床上就睡了。一觉瞌睡醒来，觉得浑身透凉。睁眼一看：自己却睡在岩洞的乱草堆里，谢二的女人也无影无踪了。在他身边放了一个提篮、一只破碗、一根打狗棍。鲜大老爷从此讨饭。路过他原来的朝门口时，他女人连狗也不给他咬。

---

[1] 丘二：雇工。

[2] 打响片：当众声明。

讲述者： 李盛华，男，汉族，唐家沱乡太平冲村
农民

采录、整理者：古建云、王正平

采录时间： 1985 年 10 月 25 日

采录地点： 江北区太平村

90

试心桥

　　从前，在华蓥山坎脚的野茅坪，住着父子两人，他们靠担力维持生活。过了些年，老汉在后山给儿子说了一门亲，这家人穷是穷，但很谐和。

　　媳妇对公公很好。热天，没得帐子挂，就割起苦蒿，捆成把是把的，晒干了给老人熏蚊子；冬天，老人盖的烂棉絮过不到夜，就把陪嫁来的土布铺盖抱给公公盖。两口子挤在草堆堆里，用烂衣服搭在磕膝头[1]过夜。天冷凶了，老汉跟儿说："天这么冷，来挤到一堆睡嘛。"他儿子说："要不得。别个晓得了，要说闲话。"媳妇听了说："啥子要不得？睡到一堆还热火些。"老实三爷子就睡一床了。挨邻处尽爱说空话的人晓得后，当到媳妇臊言杂语的。有的人说："那鬼老汉，老牛想吃嫩草。"有的说："各人的男人家不能干，煮饭还要老汉烧火[2]。"媳妇听了又怄又气。她怕把老汉冷到了，只好忍气吞声，求菩萨保佑。

　　第二年开春后，媳妇把自己脑壳上那个铜簪子取下来，

[1]　磕膝头：膝盖。

[2]　烧火：指公公与儿媳发生性行为。

叫男人拿到街上去卖了，买点香烛钱纸回来，她要到华蓥山上去朝观音菩萨。男人心想，本来自己的婆娘和老汉没得不干净的事，那些烂牙腔的硬要说些来吊起，让她去朝一下山也了她一个愿。

上山那天，媳妇想早去早回，就打捷路走试心桥上山。走拢试心桥，她见到桥头翁起很多人。有的在说："过嘛，做了亏心事的人过不得呀！一过就要摔下去。"媳妇一看：是呀，一根树子棒棒搭的桥，好悬啰，踩滑了摔到岩脚没得活了的。她正要上桥时，听到背后有人说："这个婆娘不习好，各人有男人，还要老人公烧火，嘻嘻！看她走不走得过去！"媳妇听了把心一横，提起香篮就走过去了。桥头的人，看到她平平安安地过去了，都七嘴八舌地议论。隔了一哈儿，忽然，山上的人在吼："糟了！那个女的摔下岩去了！"桥头的人听说："该是嘛，那种婆娘，只瞒得到凡人，瞒不过菩萨。她走过去了，还是要摔下崖去趷死。算了算了，还是给她屋拿个信回去，喊她的男人和公公老汉来收尸。"

她男人和公公听说她摔死了，两爷子怄得不得了。公公抹眼流泪，喊天叫地哭了一阵后，喊娃儿砍了两根竹子，绑成滑竿[1]到山上去收尸。

他两个人走拢一看，媳妇满身是血，脸貌都看不清楚了，一身衣服挂得稀烂。外头死了的人，是进不得屋的。两爷子只好把媳妇抬回来，放在后阳沟的灰厂厂[2]里头。

老汉跟儿说："把我们这座烂房子当了，也要换几个钱给她割一副木头[3]。"儿子说："那今后我们嘟个办？""今后我们没得住的，歇岩洞就是。"两爷子把木头匣匣做起；没得布裹尸，就把屋头那床烂铺盖的包单拆下来，把媳妇裹起装到了匣匣里。

当天晚上，两爷子正坐在屋里怄气，突然，听到外面有人敲门。男的走到门边问："是哪个？"

屋外说："是我。各人屋的人，连声气都听不出来了唦！"

男的吓了一跳，忙说："你做点好事，莫来吓我！"说完赶忙用背把门抵得梆紧[4]。

屋外的人按到门一阵打："嘟个搞的嘢！一夜没回来，就生岔岔[5]了唦？"

男人说："你已经死了，就莫来吓我们了嘛！我们正在想办法给你办后事。木头已经割好了，把你装到里头放在后阳沟的。"

"噫！平常外人骂我，你不做声；今夜晚你也要咒我呀！嗯嗯……"

男人一听，门外的女人哭得很伤心，自己心头又舍不得，就说："莫忙，你把手伸进来我摸一下！"女的把手从烂门板缝缝伸进来，男的一摸：呃！嘟个是热的？嗯，她不是鬼，是活人。就把门打开了。公公见了媳妇问："你昨晚嘟个不回来？"

媳妇说："我烧完香后，在普贤殿听一个婆婆说，她有医咳嗽病的草药，就到她屋拿草药去了。爹，有了这个草药，今后就可以给你医病了。"说着就指了一下手上提的篮子："这里，看嘛！"男的一想说："怪了，昨天下午带信的人明明说你摔死了，我们才上山把你抬了回来的。你去看嘛，还停在后阳沟灰厂厂的。"

媳妇走到灰厂厂一看，硬还停起个匣匣儿。打开后，里面哪里停有死人哟，明明是满满的一匣匣银子。

这家人有钱后，去买了两床新铺盖。从此，三爷子就再不睡一床了。

讲述者：　　蒙进田，男，汉族，双槐乡鹰岩村八组农民
采录、整理者：蒙昌华
采录时间：　1985 年 10 月
采录地点：　合川县双槐乡（今合川区双槐镇）

[1]　滑竿：简易的轿子。
[2]　灰厂厂：简陋的灰屋。
[3]　木头：此处指棺材。
[4]　梆紧：很紧。
[5]　生岔岔：此处比喻变心。

91

赵大赵二

以前有个孤儿，叫赵大，长大以后做桐油生意，后来赚了钱，买了几石谷子的地方。

有年冷天，他看到一个叫花儿睡在雪地头，就把他接回家去，结拜为弟兄，取名赵二。

隔几年，赵二长大啦，赵大给他接了个女人安了家。赵二两口子心肠不好，想独吃图吞家产，就悄悄商量害死赵大。有天晚黑，等赵大睡后，赵二两口子就找来石灰捧在他的眼睛头，又拿刀把他的脚筋抽了，抬到河边捧下水去。赵大被水一冲，石灰冲不见了，眼睛看得到了，爬上岸边，梭进一个庙里。三更后，来了两个菩萨，他们摆起龙门阵来。一个说："街上出了一个案子，有个叫赵二的把他哥哥害了，那家伙心才不好哟。"一个说："这也没得啥子，只不过赵大要遭一回难。我们庙背后有棵红树树，赵大只要把树叶子摘下来春烂，包在脚上就不痛啦。"过了一阵，两个菩萨又摆，城头有个黄员外，他的女儿遭乌龟神缠倒了；说是有人把他家喂的乌龟杀了，取出苦胆来给小姐吃，小姐的病就好啦。

天亮以后，赵大爬到庙背后，摘了红树树上的叶子来

包脚，一包上脚就不痛啦。他进城去，老实听说有个黄员外，赵大就到黄员外屋头，喊起要跟小姐治病，黄家的人巴心不得。赵大就照倒昨晚黑菩萨说的法子，杀了乌龟，取出苦胆给小姐吃。没得两天，小姐的病就好啦。黄员外十分感激赵大，招他做了女婿，又请先生教他读书，后来中了举人。

赵二两口子害了赵大后，一天好吃懒做；没得几年，就把家整穷了。有天，赵二听说赵大在城头当官发了财，还当了黄员外的女婿，急忙去作揖打跪求情认错。赵大心肠软，没记他们的仇，倒把他郎个走好运的事情跟赵二说了。

赵二回去后又跟女人说了。两口子也想发财，各人用石灰打瞎了眼睛，又用刀刀割了脚筋，爬到河边滚了下去。他们被水一冲，也冲在那个庙下边。两口子爬进庙里躲到，等晚黑菩萨来递点子。三更时，外面落起大雨来，又吹起大风。一哈哈儿，跑进来两个猫子[1]，它们闻到生人气，到处寻着，找着，就把赵二两口子吃了。

讲述者： 马淑英，女，炊事员，不识字
采录者： 李绪强、杨友仁
采录时间： 1986 年 10 月 23 日
采录地点： 武隆县中嘴乡（今武隆区芙蓉街道中嘴社区）

[1] 猫子：老虎。

92

丑姑当正宫

从前，有个姑娘，没得爹妈，跟到哥哥嫂嫂。她长得又麻又癞，嫂嫂很讨厌她，背到哥哥不打就骂，天天都逼起她去放羊子。桑树发叶的时候，丑姑总爱爬到桑树上唱："桑叶青蓬蓬，朝廷选我当正宫。"嫂嫂听到了就说："看你那个丑样子，还想当正宫？呸！只怕二天你嫁不出去，我们要养你一辈子哟。"丑姑说："嫂嫂，二天我骑高头大马出阁的阵，我要你给我当马凳[1]。"

桑叶黄了的时候，丑姑又爬到桑树上去唱："桑叶黄又黄，朝廷选我当娘娘。"过路的人听到了都说："哼！又麻又癞，还想盖花铺盖。真是饿老鸹想吃天鹅肉。"丑姑不管别个嘟个说，她一年又一年地照唱这个歌。

有一年，才登基的皇帝做了一个梦，梦见树上一只凤凰向他飞来。第二天，小皇帝就叫丞相给他圆梦。丞相听了说："恭喜万岁。凤乃百鸟之王，吉祥之物。这是鸾凤之兆，万岁爷该选娘娘的时候到了。"小皇帝问："我该选一个啥子样子的人呢？""皇上当然要选一个骑龙抱凤的

[1] 马凳：上马的踏凳。

人啰。"

这天，小皇帝就带起丞相和武士微服出访，走来就碰到了丑姑。她还是和往常一样，穿件烂衣服，巾巾吊吊的，靸双烂鞋子，头发乱蓬蓬的，正爬在桑树上唱："桑叶嫩蓬蓬，朝廷选我当正宫；桑叶黄又黄，朝廷选我当娘娘。"武士些听到了，看丑姑那个丑样子，大怒道："哼！这么一个又麻又癞的丑八怪，还想朝廷选你当正宫、做娘娘？我一箭射你见阎王。"说到说到就一箭射去。丑姑反手一下把箭抓住了。武士一惊，又连射两箭。丑姑乱抓乱扒，又把两支箭接在手头，梭下树来就跑。丞相早已看见丑姑人虽丑，但口出大言，又会反手接箭，心想此女定不一般，就叫皇帝快追。丑姑一跑就跑到院坝，把她家的花母鸡吓得"咯哒，咯哒"地飞起跑。她怕鸡跑失了，又要遭嫂子打，连忙把花鸡母抱起又想跑，但被她家的围墙拦住了。她顺着一根树子爬上了墙头，又不敢往里头跳，因为翻墙越壁又会挨嫂嫂的打。丑姑只好抱着花鸡母骑在墙高头。正好丑姑家的围墙高低不一，弯弯曲曲。丞相一看暗自叫道：这不就是骑龙抱凤之人吗？小皇帝也跑拢了。丞相忙说："恭喜万岁，骑龙抱凤之人在此！"小皇帝把丑姑一看说："天啦！这个丑样子，我嘟个能选她当娘娘呀！"他向武士一挥手："射！"武士又是一箭射去，丑姑慌忙一把抓住。这一下丑姑冒火了，心想：你们太不讲理了，我唱歌关你屁事？你们拿箭射我，我跑回家了，你还要来追杀我。丑姑和放羊娃儿打堆，性子早已是学野了的，便骂道："你们这群狗男子，姑奶奶饶不了你。"说到就把右手的箭举起，唰的一声向武士掷去，吓得众人倒退几步。她又举起左手，正要向皇帝掷去，丞相慌忙上前说："贵人息怒。皇上在此，不可造次。"丑姑听说年轻人是皇帝，就说："你真是皇帝就封赠我。不封我就是个假皇帝，我今天饶不了你。"她边说边把箭举得高高的。丞相说："皇上，你快封她吧，不封看来脱不了手了。"皇帝也犟，说："这样丑的人，我愿她把我射死都要得。"丞相心想皇帝是金口玉牙，说假也是真的，便说："万岁，让她射死嘟个要得哟！不封又走不脱，不如封她一个空衔头。"皇帝没得法，只好答应说："好嘛，我封你为朝阳正宫。"

丑姑一听这年轻人是真皇帝，急忙说："谢万岁！"哪晓得她一欢喜，忘了自己骑在墙头上，弯腰一拜，就从墙上摔了下来。嘿，她这一摔下来就摔脱了她脸上的麻子壳壳和脑壳上的癞子疤疤，青油油的头发一下飘洒出来了。丑姑一下变成了个千娇百媚、如花似玉的女子。小皇帝一看好不高兴，硬是让丑姑当了正宫娘娘。

皇帝派人来接丑姑的时候，她硬要她嫂嫂给她当马凳，她才上马。嫂嫂又不干，哥哥没得法。来迎驾的钦差大臣催得急，丑姑从头上的金钗上扯下一颗金豆豆，含在嘴里，然后和口水一起吐到地上。她忽然说："哎呀！嫂嫂你看你当门有颗金豆豆。"她嫂嫂一看，果然有颗金豆豆，就弯腰去捡。丑姑趁势一脚踏在她嫂嫂背上就上马走了。

讲述者：　翁曼群，女，汉族，初小学历，居民
采录者：　姜孝德
整理者：　王正平
采录时间：　1985 年 11 月 13 日
采录地点：　江北区刘家台

93

城隍菩萨挨剐

从前，有两个人打伙做生意，赚了一笔钱，有一个人心狠，不给另一个分，还要到城隍菩萨那里去烧香咒那一个。他磕头说："城隍菩萨，鸡脚大神，如果你们明天把他收了，我来给你们穿金戴银。"许过这个愿，他就走了。这时，侧边有个学生在读书，这些咒别个的话，他全都听到了。

第二天，城隍菩萨就派鸡脚大神去把那个做生意的人一脚踢出去，把脑壳打破了，脚杆也跌断了。这个学生见了，就要去玉皇大帝那里告那个城隍菩萨。晚上，人们睡了，他就在屋头做告文。这事被城隍菩萨晓得了，就去给教书先生托梦。他说："先生，先生，你那学生要到玉皇大帝那里告我，你快点保我吧！"先生一觉醒来，去看那个学生，果然他正在做告文。先生就说："这么晚还不睡，在做啥子？"这个学生见先生来了，就慌里慌张把告文丢进柴灶里烧了，先生也认为没事了。

第二天晚上，城隍菩萨又来给这个先生托梦。他说："先生，我请你保我，你为啥不帮我的忙呢？"先生说："我啷个没保你？那个告文，我一去学生就赶忙烧

了！'""哎呀，糟了！告文一烧，被灶神菩萨拿到玉皇大帝那里去把我告了，玉皇大帝要问我个千刀万剐。"

隔了几天，全城降瘟症。玉皇大帝就装成一个道人去向大家说："你们啥药吃了都不好，只有去把城隍菩萨割来吃才得好。"有人不怕事，去弄来吃了，当真好了。全城的人就都去割城隍菩萨来吃。你割一块，我宰一坨，就这样把城隍菩萨宰割光了。

讲述者：　陈怀明，男，农民，小学肄业
采录者：　张安明，男，虎威乡文化站干部，高中
　　　　　学历
　　　　　柯晚琴，女，新城乡文化站干部，高中
　　　　　学历
采录时间：　1986 年 8 月 5 日
采录地点：　丰都县仁沙乡（今仁沙镇）和平村一组

94

三月三，蛇出山

有个女子很孝顺。她的父亲生病了，到处去医都医不好。一天晚上，一个白胡子老头来给她投了个梦，说："小姐，听说你父亲的病好多年都医不好。我有办法给他医好，只是有个要求：医好以后，你要把终身许配给我。"这个女子心想："管他的哟，只要你把我父亲医好，你再老我也嫁给你。"她就答应了。白胡子老头说："明天你到对门山上去。山上啥子都不长，只有一窝草。你不要扯完了，只扯三匹叶子，拿回来熬起。先敬天地，再敬家神。敬过后，才给你父亲吃。你对门那个山很高，全是石头，又没得路。我放一双麻窝子草鞋，在你的门背后，穿上那双鞋子就上得去了。"这女子一下就醒了，天也亮了。她到门背后一看，硬是有双麻窝子草鞋。她就把鞋子一穿，悄悄出门来，走到对门山脚一看，哟，真是满山石头，又没得路。幸好穿着那双麻窝子草鞋。她一步一步爬上山顶一看，老实有一窝草，她就扯了三匹叶子。正准备滑下山去，刚一跍[1]，人就轻飘飘地下山来了。她回到屋头，忙

[1]　跍：蹲下。

把草药熬起，照白胡子老头说的敬了神才端给她父亲吃。父亲吃了以后，就不呻唤连天的了。还说："女儿呀，我今天吃了这个药过后，心里好像很舒服。"到了中午，他又说："女儿，我想吃点清稀饭。"女儿看到她父亲前几天连吃点水都吞不下，这一下想吃稀饭了，看来真的好了。在父亲吃稀饭的时候，她心里想：父亲这一下好了，我就要嫁给那个白胡子老头了。到晚上，那白胡子老头又给她投梦来了，说："只要你上山三回，就能医好你父亲的病。明早晨还照我说的恁个办。"

第二天早晨，那女子往门背后一看，那双鞋子又放在那里。她又穿起去把药扯了回来，照样熬给她父亲吃了。她父亲感觉到病松活多了，就说："吃稀饭不行了。人是铁饭是钢，要煮点干饭来给我吃。"家里的人把干饭煮给他一吃，精神更好了。但还是有些咳嗽，一阵一阵的还有些不好。这天晚上，那个老头又投梦来了，说："小姐，你父亲好些没有？""好些了。""好，你明天早晨上山去，把那窝草连根根一起扯回来，熬给你父亲吃，病就会断根。只是你说说话作不作数？""嗯个不作数？你把我父亲病医好了，不管你好大岁数，我都愿跟到你。""好吧！九月九那天，我就来接你。你要跟你父亲说，随便见了啥子都不要害怕。你也不要害怕，我自会接你走的。"

第二天早晨，她又穿起那双鞋子上山。那窝草长得很茂盛，她连根根扯了回来，熬给父亲吃了，父亲的病就完全好了。她就跟她父亲说："你老人家的病好了，我也要离开你们了。"她父亲忙问："你做啥子要离开我们嗬？"女儿就把白胡子老头投梦的经过，下下细细[1]给她父亲说了。她父亲本想：我死了都要得，我不情愿舍我的女儿。但又一想：那白胡子老头莫非是神仙，见我女儿是一个孝子，来度她成仙的？

九月九这天一早，一家人把小姐像新姑娘那么打扮起来。准备了大蜡烛、火炮这些，跟交代姑娘一模一样。等了好半天，也不见来接亲的人。直到午时三刻，一条大蟒蛇，梭到大门口，一家人都吓到了。只有那女子的哥哥没有害怕。哥哥朝蟒蛇说："你若是来接我妹妹的就点头，

不是就摇头。"那蟒蛇把脑壳搁在门坎上直是点头。哥哥想到妹妹说是白胡子老头，莫不是龙王要娶我妹妹，那就害苦妹妹了。她哥哥很精灵，便对蟒蛇说："我妹妹本是大孝子，只能许配给东海龙王的太子，不是我们就不嫁。是龙太子娶我妹妹，你就点头，不是你就摇头。"那蟒蛇直是点头。父亲看到女儿是嫁给龙太子，忙叫家人点起大蜡烛，放起火炮，扶出新姑娘。那蟒蛇把头伸进堂屋，在家神前点了三下头。哥哥知道东海很远，怕妹妹二天找不到路回娘屋，便对蟒蛇说："我们没有跟妹妹办陪嫁，哪个办？"蟒蛇直摇头，表示不要陪嫁。哥哥说："我们送妹妹三升菜籽。"蟒蛇直点头，表示要得。哥哥忙拿来三升菜籽对妹妹说："来年菜籽花开的阵[2]，请你们回娘家来耍。"妹妹也很精灵，就用衣兜兜着菜籽。跟到蟒蛇出门以后，一路走就一路撒菜籽。那蟒蛇在她身边，一路走一路用头捞[3]她的脚，或用须子[4]在她身上舔，表示对她亲热。最后菜籽撒完了，一看身边的蟒蛇也不见了。前面是汪洋大海，后面又没得路，真是去也去不得，回也回不得。这女子一急就哭了，忽听有人在喊："小姐莫要哭，请把眼睛闭到！"她一看周围连个人影子也没有。又有人在喊："小姐，请把眼睛闭到！"她心想：管他的哟。她就把眼睛一闭，人像腾云驾雾一样，轻轻飘起来了。不一哈儿脚就踩到了地。她睁开眼睛一看，而前都是珠光宝气，照得她睁不起眼睛，两边站满了迎接她的人。众人齐说："小姐，我们三太子接你来了。"她抬头一看，不是投梦的白胡子，走来的却是一位英俊少年。

三太子走过来说："你真守信用，又有胆量，见了我的原形，一点也不害怕。"这女子才知接她的蟒蛇，原来是三太子。她认为三太子很钟情，也就高高兴兴随三太子进入龙宫，拜了公婆，当夜洞房花烛，与三太子结为夫妇。

第二天一早，三太子说："现在我们该回娘家了。"那女子说："太子，你也太着急了。人世间要三天才回门。"三太子说："龙宫一日，世上一年。你已到龙宫半年

---

[1]　下下细细：仔仔细细。

[2]　阵：那时候。

[3]　捞：触碰。

[4]　须子：信子。

了，此时已是三月三了，你哥哥和一家正盼你喃。只是一桩，我上岸后不能变成人形，只能现原形。我怕你们一家人害怕，把你送到屋当门我就回来。等到九月九，我又来接你。"

两人上岸一看，头年撒下的菜籽都开花了。三太子现出原形，仍是一条蟒蛇，沿着菜籽花的那条大路，送女子到了自己的屋当门就回去了。女子回屋把龙宫带的礼物送给了父母和哥嫂，便在家一直耍到九月九，三太子才接她来了。年年恁个：她在人世耍半年，在龙宫过一夜。人世上每逢三月三，三太子送妻子回娘屋时，大大小小的蛇也都梭出洞来迎接三太子，三太子也准许它们在露天下游玩半年。每当九月九，三太子来接妻子回龙宫时，大小蛇又都来送行，从此又都梭回洞洞不得出来。所以，俗话说：三月三，蛇出山；九月九，蛇钻孔。

讲述者： 刘升华，女，汉族，不识字，退休工人
采录者： 王正平，男，汉族，江北文化馆干部
整理者： 陈洁
采录时间： 1985 年 10 月 29 日
采录地点： 江北区三洞桥

95

龙宫井

很久以前，有三兄弟和一个老母亲。老大、老二都很有钱，母亲就跟着他们两个过。但他俩为人奸滑，老三穷，却为人憨厚老实。只要有事求他，他都尽力帮助。当地人叫他张善人。

有一年天干，张老三把自己的一点粮食都借给别人去了。到了快过年的时候，连过年都过不起。于是，张老三的妻子把陪嫁的首饰拿给他，叫他卖了买点过年货，简简单单地过个年。

这天晚上，他梦到一个人对他说："张善人，人人都说你善良，爱帮助人。明天早晨，你去赶场，走到那口水井边等到。有个打鱼的人，提着一个白乌龟，你把它买下来，放在水井头，就算救了我的命了。"张老三醒后，觉得很奇怪。

第二天，天还没亮，他就到那个水井边等到。天一亮，果然看见一个打鱼的人，提着个白乌龟来了。那个白乌龟一看见张老三就流泪。张老三赶紧拉住那个打鱼的人，好说歹说，把要卖的首饰都给了打鱼的人，才买下这个白乌龟。随后，他就把它放进了那口水井里。那个白乌龟浮在

水面上，朝他点了三下头，就慢慢地沉下去了。

张老三放了白乌龟过后，两手空空回到家里。妻子问他买的过年货在哪里，他就把买乌龟放生的事说了。妻子听了，也没说他哪样，只是要他去找两个哥哥，借点吃的来过年。张老三拿起口袋，先到老大屋，见大门关起的，从里面飘出一股油香味。张老三敲门，从门缝里面伸出大哥的脑壳，问："你找哪一个？人家不过年吗？""大哥，是我……"话还没说完，大哥"嘭"的一下就把门关了。张老三只好转身往二哥家走。老二远远地看见老三来了，马上就把大门关得紧紧的。张老三一看，晓得两个哥哥都不会借东西给他。

张老三拿着空口袋，走到了放乌龟的那口井边，思前想后，觉得自己很对不起妻子和娃儿，就一下跳进了井里。

张老三本想一死了事，没想到他一跳下去后，眼前却出现了一条很宽的大路。他就顺着这条大路朝前走，走到一座大宫殿前面。刚拢大门口，就听见有人在高声喊："三太子，你的大恩人来了。"立刻就从里面走出来一个很漂亮的青年，把他迎了进去。张老三遭搞糊涂了：那个门卫为啥子说我是这个青年的大恩人呢？这时，三太子就把托梦的事说了。原来，这个青年就是他买放的那个白乌龟。张老三这才醒豁过来。

张老三在龙宫住了三天，三太子虽然热情款待，但他还是想回家。这天晚上，三太子对他说："如果你走的阵，父王送你东西，你啥子都不要，就要他桌子上的那个铜狮子。"

第二天，张老三去向龙王和三太子辞行。龙王挽留不住就说："张大善人，你救了我儿子的命。为了报答你的大恩大德，我宫中有的是奇珍异宝，你要啥子只管说就是了。"张老三就说："我要你桌子上的那个铜狮子。"龙王听了很为难，但他还是叫人把铜狮子拿给了张老三，并说："张善人，你在用它之前，必须先叫三声铜狮，便会从里面跳出一个童子来。你有啥子要求，就对铜狮子说。"转身又对铜狮子说："你要好好服侍张善人。"张老三出了龙宫，从原路回到了地面。

张老三在龙宫住了三天，人间就是三年。别人劝他的妻子改嫁，但她始终不肯，带着儿子勤扒苦做维持生活。

这天，张老三的妻子忽然看见丈夫回来了，还以为是眼睛看花了哩。下细一看，确实是自己的丈夫，好不欢喜，眼睛水一下就滚了出来。张老三也止不住落泪，就说："我这几年不在家，真是对不起你呵！"妻子说："那些都不说了，只要人回来了就好。"张老三就拿出铜狮子，吩咐它摆出了一桌酒席。他边吃边慢慢地向他妻子讲了这铜狮子的来历。

事情凑巧，张老三回来的第二天，就赶上他老母亲的七十大寿。他的两个哥哥，为了显耀他们有钱，要为母亲办寿酒。他们到处下帖子，请亲戚邻朋来吃生期酒[1]。张老三一家人也去了。老大、老二很奇怪，心想：老三今天不晓得从哪里借了一身新衣服来穿起，便说了些挖苦老三的话，老三也不生气。等到亲朋到齐开席的时候，张老三就说："各位亲朋如果不嫌弃，就请明天到我家去吃顿便饭。我们也要为母亲办七十大寿。"客人们听了都很诧异，因为他们都晓得张老三家里很穷。老大、老二为了让老三丢丑，便说："好，满盘[2]有请，明天到老三家赴宴！"

张老三回到家里，拿出铜狮子，喊出了里面的童子，要他在一晚之内，修起一座高楼大瓦房。明天有客来，要有人经佑。晌午摆的酒席要够客人坐。一会儿，那童子也不晓得从哪里弄来无数的人马，一夜之间就修起了一座高楼大瓦房。

第二天，客人陆续来了，丫鬟、大娘递烟递茶。

老大、老二本想借机挖苦老三，可是，一见这场面，就不敢乱说了。到了中午，客人们看到烟囱还没冒烟，不晓得是哪个回事。这时，只听张老三在喊："各位亲戚朋友，请到花厅坐，马上开席！"客人们来到花厅一看，那酒席是他们从来没有见过的好酒席，于是大家饱吃了一顿。张老三陪着客人又说又笑，两个哥哥反而被冷落在一边。等客人们走后，老大和老二假装亲热老三，向他打听发家的原因。张老三本来就是个老实人，就把得到铜狮子的事情，一五一十地说了。老大、老二不信，又叫他拿出铜狮子重新又试了一回，硬是叫啥子来啥子。

[1] 吃生期酒：赴生日宴。
[2] 满盘：全体。

老大、老二回家后，就打起了坏主意。他们天天都到老三家去纠缠，说愿拿他们两家所有的家产来换老三的铜狮子。老三不肯，他们就骗死骗活地说："你不换，我们就去死！"老三害怕惹出祸事，就说："你们硬是要换，就当到众人立个契约。"老大、老二当真当众立约，老三就把铜狮子换给了他们。

老大、老二把铜狮子拿回家里，高兴得不得了，马上就想发大财。他们叫了三声，从铜狮子里面跳出一个童子，童子一看是老大老二，就说："我是来服侍张善人的，你们莫想得到半点好处。"说完跳进铜狮子里，那个铜狮子就跑了。老大、老二两家人都跟着拼命追，那个铜狮子跑到那口水井边，一跳就跳下了水井。老大、老二追拢了，也一个接一个地跳了下去，想摸起那个铜狮子，结果都被淹死了。

龙王害怕张善人来井里打救，赶快运起法力，调来两座大山，把井口死死压住了。张老三赶来，连那口井也找不到了。他就把老母亲接到家里，和自己的妻子儿女过起了幸福的生活。

讲述者： 张仁容，女，汉族，不识字，农民
采录者： 程才荣
采录时间： 1985 年 6 月
采录地点： 荣昌县东民乡（今荣昌区荣隆镇）

96

龙女报恩

有个打鱼的，名字叫王小。家头只他和他妈两个人，全靠王小打鱼维持生活。有一回，王小到大河去打鱼，从早晨打到太阳落土，都没有打到一条鱼。他提起网想往回转，但又一想：管他的哟，还撒最后一网，打得到打不到都不打了。哪晓得这一网甩下去，打到了一个团鱼。王小欢喜忙了，把团鱼捉起来一看，那团鱼哭兮兮地把他望到，眼睛水一颗一颗地往下滴。王小的心软了，就把团鱼放回河里去了。

王小把网搭在肩头上，正朝屋头走。还没有走几步，就听到背后有人喊他。他回头一看，哎哟，把王小吓了一跳。喊他的那人脑壳上长得有角，活像个二五[1]。王小正想扯伸脚杆开跑，那个怪物喊王小莫怕，说他是龙王派来请王小到龙宫去耍的，要他马上就去。王小说回去问了妈来。那怪物要和他一路回去。王小说："你那样子莫把我妈吓到喽！"那怪物摇身一变，就变成了一个相貌堂堂、威威武武的将军，跟王小一路回屋。

[1] 二五：鬼。

王小的妈问："龙王为哪样要请我儿去嘛？"

将军说："王小救了我们公主。"

王小的妈说："那就明天去，等我把衣裳跟他补一下。"将军就各自走了。

第二天，王小穿了一身洗得干干净净，补得周周正正的衣裳朝大河走。刚走拢河边，就看到那个将军站在沙坝上等他。将军喊王小把他的衣裳角角拉到，把眼睛闭到。王小只听到一阵"嚯、嚯、嚯"的水响，脚轻飘飘的。没多久，他睁开眼睛一看，拢了龙宫喽，嗨呀！到处亮晃晃的。

王小到了龙宫过后，龙王每天陪他转耍。奇怪的是，王小不管吃饭、走路、睡瞌睡，都有一个很乖的猫儿跟他一路。王小也很稀奇这个猫儿。要到第三天，王小说他的妈在屋头没得人经佑，要回去。龙王看他不贪图富贵，是个孝子，也就不留他了。走的时候，龙王问他要点啥子，只要是他龙宫有的都给。

王小说："我屋头耗子多，时常偷我妈的饭吃。要是龙王答应的话，我要你这只猫儿。"

龙王默了一下，还是满口应承了。

王小把猫儿抱回屋，还是天天打鱼，他妈就帮到去卖鱼。两娘母天天回屋，饭呀、菜呀都弄好了，猫儿在桌子上耍。吃饭的时候，猫儿横顺要跳到王小的衣兜头滚来滚去玩耍。王小就把鱼呀、肉呀拈给它吃。像恁个过了两天，王小的妈问他说："饭是你弄的呀？顿顿吃恁个好，是哪来的钱？"

王小说："妈，我好久弄饭啰？我还以为是你弄的咧。"

王小心想：妈又不晓得，我又没有弄，未必然有小神子（儿）吗？王小想弄清楚是哪个一回事。一天，他提起笆篓，拢起鱼网，出门来躲在后阳沟，从篾笆墙缝缝把屋头盯到。太阳要当顶的时候，就看到那只猫儿爬起来伸了个懒腰，又拿前脚爪"洗脸"；洗完了，就跳到地上打了个滚，一下变成了一个很乖的姑娘。那姑娘把袖子朝饭桌子一甩，嗬哟：鱼呀、肉呀、饭呀、菜呀，热喷喷的在桌子上摆得规规矩矩。这一来，把个王小都看傻了。等他跑进屋，姑娘已不在了，猫儿还是猫儿，还朝他"咪咪咪"地叫。

第二天，王小还是假装去打鱼，又跑到后阳沟去藏到。等猫儿刚刚变成人的时候，他使力把门推开，一步跨进去，把猫儿皮抓来揣到。那姑娘围到饭桌子追王小，嘻嘻哈哈地要他还。开始随便哪个她都把王小追不到，后来王小跑累了，干脆不跑了；等她跑过来，王小一下把她抱到。正在这个时候，王小的妈从外头进来，把他两个看到了，就对王小一阵吵。那姑娘赶忙跑过去跪倒，说她是龙女，王小救过她的命，她是来报恩的。

龙女说："老人家，你要是不嫌弃的话，我就给你当媳妇。"

就恁个，龙女和王小成了亲。

一日三，三日九，团转四邻都晓得王小有个乖堂客。有的说他福气好，有的暗地忌恨他。这当中有个财主叫王半平，一天，他对王小说："王小，你跟我打八条鱼来，每条要不轻不重，刚刚二两。我晌午就要。拿不来，就不准你在我的河上打鱼。"

王小回去对龙女说："哪有恁合适的鱼，恐怕今后在这一带打不成鱼了。"

龙女说："莫愁，你去把纸和剪刀跟我拿来。"

一哈儿，龙女就拿纸剪了八条鱼，吹了口气，纸鱼就变成了活鱼。一称，每条都不多不少，刚刚二两。王半平拿到没得话说，心头还在打鬼主意。他又喊王小三天之内，跟他牵匹三只脚的马去，要不然的话，马上喊王小搬家。王小回去又对龙女说："你看哪个办？"

龙女喊他把屋角角的那根三只脚的板凳拿来，她又一吹气，板凳变成了一匹三只脚的马。王小给王半平牵起去，王半平看了，心头想：我肯信你啥子事都办得到！就说："限你明天用七个花样不同、七种颜色不同的缎子，缝件长袍给我拿来。要是办不到哇，我要你的脑壳。"

王小又回去把王半平要衣裳的事说了。龙女喊他上街去拣几味药，再买点纸回来。龙女几剪刀就剪成了一件衣裳，她又把那些药碾成面面，抹在衣裳上头。两口气一吹，就变成了一件花花绿绿的衣裳了。

王半平看到王小把七色衣裳跟他送来了，欢喜忙了。他想：恁个好看的衣裳，只怕皇帝老倌儿也没穿到过。

他刚刚把衣裳笼到身上，还没有捆带带，那衣裳
"轰"的一声就燃了起来，把王半平和他的房子都烧成了
灰灰。

讲述者：　王瑞全，男，汉族，小学学历，农民
采录者：　鲜光禄
整理者：　周镕德
采录时间：　1986 年 5 月 13 日
采录地点：　巴县长岭乡（今万州区长岭镇）

97

莫奈何

　　从前，在一条河边住着一位单身汉，常年靠打草鞋卖
维持生活，人们喊他草鞋匠。草鞋匠是个有良心的人，见
赶场过不了河的人，他就背他过河。他住房的侧面立有一
个土地，灵得很，敬的人也多。草鞋匠早也敬，晚也敬，
吃好也敬，吃歹也敬，它就是不灵。一天，他敬土地菩萨
时，默念道："土地菩萨呀，我吃好敬你，吃歹敬你，你
为什么不灵呢？你怎么看远不看近呢？"

　　这天晚上，土地菩萨就给他送来一个梦，讲："草鞋
匠，你家屋背后有一个洞，洞里有个狗崽崽，你去把它捉
出来嘛！"

　　他一醒来，就到屋背后的洞里去把狗崽崽捉来喂起，
他吃哪样，狗也吃哪样，晚上，就和狗睡在一起。到了六
月间，他就把狗带下河去给狗洗澡，龙王知道了很不高兴，
就叫虾兵出来看，虾兵见是草鞋匠在给狗洗澡，就回去向
龙王报告说："回龙王，是草鞋匠在给狗洗澡。"

　　龙王说："明天，拿五十两银子去把他的狗买了。"

　　这天晚上，土地菩萨又给草鞋匠托一个梦，讲："草
鞋匠，草鞋匠，明天有人要来买你的狗，你莫卖哟！"

第二天，虾兵来了，说："草鞋匠，我给你五十两银子，你把狗卖给我，好吗？"

草鞋匠说："我这狗不卖！"

虾兵回去报告龙王："龙王哇，他不卖哩！"

龙王说："明天拿一百两银子去。"

这晚上，土地菩萨又托梦，叫他不要卖。

第三天，虾兵拿了一百两银子来买他的狗，他还是不卖，龙王说："明天拿一千两银子去。"

这天晚上，土地菩萨又给他托梦来，讲："草鞋匠，明天他拿一千两银子来，你也不要卖，如果他问你要好多钱才卖呢，你就说，不要钱，要货换货，他问你要哪样货，你就说要画眉笼。"

第四天，虾兵拿了一千两银子来买他的狗，草鞋匠就说："我不要钱，要货换货。"

虾兵问："你要哪样货呢？"

草鞋匠说："我要你家的画眉笼。"虾兵回去给龙王报告了，龙王说："那就把画眉笼拿去换嘛！"

第五天，虾兵用画眉笼把狗换去了，草鞋匠拿起画眉笼一看，里面什么也没有，就骂起土地菩萨来："土地菩萨，你害得我好苦啊，我拿这个画眉笼来做哪样，烧了还没得一捧灰。拿银子，莫讲一千两，就是五十两，我也要吃好久嘛！"

他把画眉笼摔在屋角角，就坐在门坎上叹气。忽然，听见有人在喊："草鞋匠，草鞋匠，快来吃饭！"

草鞋匠朝四周一看，人影影都没得一个，就说："是哪个？莫开玩笑啊！"

过了一会儿，又有人在喊："草鞋匠，草鞋匠，快来吃饭！"

草鞋匠心想：堂客都没娶，哪个来帮你煮饭嘛！他理都不理。过了一会儿，又有人在喊："草鞋匠，草鞋匠，快来吃饭！"

草鞋匠心想：硬有神仙啦！他半信半疑地站起来，走到灶台边，揭开锅盖一看：果然，锅里头饭菜都有，香喷喷的。他不管三七二十一，舀起就吃，吃饱了，又坐在门坎上叹气。

天黑了，又有人在喊："草鞋匠，草鞋匠，快洗脚睡觉嘛！"

草鞋匠屋里屋外四处看，人影影都没得一个。过了一会儿，又有人在喊："草鞋匠，草鞋匠，快洗脚睡觉嘛！"

草鞋匠愈发稀奇起来，听那声音，仿佛是从屋角角传来的，他连忙跑去看屋角角那个画眉笼，嘿！画眉笼里有个拇指大的小人哩！就问：

"是你在喊我吗？"

小人说："是呀！"

"你嘟个不出来呢？"

"你把眼睛闭上我就出来。"

草鞋匠闭上了眼睛，等他睁开眼睛一看，哎呀！面前站着一个漂漂亮亮的姑娘哩！把他吓了一跳，说："你是哪家的小姐哟？莫到我屋头来，人家晓得了，我脑壳上不糊稀泥才怪呢。"那姑娘说："你莫怕，我是龙王的三女儿，是你拿狗跟龙王换的呀！"第二天，龙王三女儿和草鞋匠一起出门做阳春，她看见屋侧面有一块荒草坪，就说："草鞋匠，我们就在这里立一幢房子好不好？"

草鞋匠说："你讲哪样，我们现在连饭都吃不饱，拿哪样来建房子呢？"

"你莫愁嘛！"

那天晚上，龙王三女儿拿着画眉笼在草坪上转了一圈，刚转完，就出现了一幢十二个天井的房子。

第二天，王员外吃酒回来从这里路过，见了那房子，就问随他一起挑脚的："那是哪家立的房子呢？"

挑脚的说："我们那房子还当不住人家的偏耍，那么大一幢房子，我嘟么敢进去呢？"

王员外说："你拿两个粑粑出来，说进去借火烧粑粑嘛。"

挑脚的拿出粑粑就进去了，草鞋匠就叫妻子给他倒茶。龙王三女儿从屋里端着茶出来，挑脚的一看，那么漂亮的一个姑娘，惊呆了，粑粑在火里烧煳了都还不晓得。三女儿说："把手伸出来，把眼睛闭起，我赔你！"

挑脚的伸出手，闭上眼睛，三女儿在他手上吐了一泡口水，一下就变成了一个粑粑，挑脚的拿着粑粑就出去了。他对王员外说："嘿，原来那是草鞋匠昨夜起的房子。"

员外有点稀奇：那草鞋匠饭都吃不起，哪有钱起那么大一幢房子？又听说他家还有一个像天仙一般的老婆，王员外想：这里头一定有个怪！正在这时，草鞋匠和龙王三女儿出来了。王员外一见，他也看呆了。等龙王三女儿进屋以后，他就打起了鬼主意，叫草鞋匠把那姑娘送给他，草鞋匠不干，他就说："不干！不干你明天要上粮嘛！"

草鞋匠问："上什么粮？"

"上米粮嘛！"

"上好多？"

"三石三斗三升三碗。"

草鞋匠心想：我家总共还没有三碗，哪里上得起三石三斗三升三碗呢？回到家就哭起来了。龙王三女儿问他有什么难处，他一五一十说了出来，龙王三女儿说："你不用愁，上就是了！"

第二天，龙王三女儿用杯子装了一杯米，灌在草鞋匠的衣袖里，说："你到王员外家去，喊他拿斗来量就是了，我包你倒出来就有三石三斗三升三合米。"

草鞋匠走到王员外家大门口，大声武气地喊："王员外，拿斗出来量米嘛！"

王员外出来一看，草鞋匠手里什么也没拿，正要发作，谁知管家听见喊声，立即把斗拿了出来，草鞋匠把手一伸，对准斗口，米就从衣袖里哗哗地流了出来，不一会儿又是一斗，不一会儿又是一斗，不到一个时辰，就有了三石三斗三升三合米。王员外又说："草鞋匠，你明天要上鱼呢！"

"上好多？"

"上三千三百三十三条，半斤一条的，要一两不能多，一两不能不少。"

草鞋匠听了，心想：我到哪里去捉那么多半斤一条的鱼呀？没办法，他回到家就哭起来，龙王三女儿见了，问他："你有什么难处？"他一五一十地讲了，龙王三女儿说："你不用愁，上就是了！"

那夜晚，龙王三女儿用纸叠了三千三百三十三层，剪成了三千三百三十三条鱼。

第二天，龙王三女儿把那些纸鱼装进草鞋匠的衣袖里，叫他到王员外家去上鱼。走到王员外家，他大声武气地喊："王员外，快拿秤来称鱼嘛！"

王员外出门一看，草鞋匠手里什么也没有，正想发作，管家听到喊声，拿上秤就出来了。

草鞋匠把手一伸，对准鱼缸，那鱼就一条条从草鞋匠的衣袖跳了出来，一称，条条都是半斤，一数，正好三千三百三十三条，一条不多，一条不少。完了，数的人说："有了，回去吧！"草鞋匠边走边说："好，好！我就是怕不够，不够就搞得我莫奈何了！"这话被王员外听见了，说："草鞋匠，你明天就给我送莫奈何来！"

"送哪样？"

"莫奈何——"

"啥子叫莫奈何？"

"莫奈何就是莫奈何嘛！"

草鞋匠从来没见过莫奈何，这下可叫他作难了，他回到家就哭起来。龙王三女儿见了，就问他："你哭哪样？又碰上什么难处？"

"员外要我明天送'莫奈何'去。"

"送多少？"

"一百二十个。"

"你莫哭，上就是。但你明天要去给王员外讲，莫奈何要七天后才能送去。莫奈何，吃火药。要他先备齐一百二十箱火药，一百二十把火钳。"

第七天，龙王三女儿做了一百二十个莫奈何，加了一百二十个铃铛，叫草鞋匠给王员外送去。说："你对王员外讲，这莫奈何要吃火药，得走拢喂它。它饿了不笑，胀了不笑，当着我它也不笑，要我走了两里路，你喂它火石子它才笑。"

莫奈何送到王员外家，草鞋匠把龙王三女儿的话对王员外讲了，王员外打开大仓，让莫奈何去吃火药。莫奈何把仓里的火药都吃光了，吃了这里吐一堆，那里吐一堆，吐得员外家屋前屋后到处都是。王员外想看莫奈何笑，等草鞋匠走了两里路，叫人拿火石子喂它。莫奈何吃了火石子，轰的一声，到处的火药堆冲起来，把王员外一家都烧死了。

讲述者： 吴正春，男，苗族，乡文化专干

采录者： 杨凤珍，女，兰桥乡文化专干

采录时间： 1987 年 6 月

采录地点： 秀山土家族苗族自治县晏龙乡（今梅江镇）

98

王半城与『害死人』

　　在很早很早以前，有个忠厚老实的青年，叫周猛。家里有一个老母亲，半身不遂；加上周猛是帮人出身，所以家境十分贫寒。有一年，周猛去河边洗衣服，在河边捡回来一个猪儿。这猪儿也怪，主人连喂了三年，不见它长，也不见它小；不论主人用啥子食子去喂它，它拱来拱去就是不吃。周猛娘看到这种情况，就叫他把猪牵进城里去卖了。可是，周猛连续进城卖了三场，都没卖得脱。这天晚上，周猛卖猪回来后，正迷迷糊糊地躺在床上，一个白胡子老汉来给他投梦："这猪儿一不能卖，二不能杀。明天你把它牵出来，它往哪里走，你就跟着它往哪里走，定有好处。"

　　第二天早晨，周猛一觉醒来，梦中的事情记得一清二楚。他草草吃了点早饭，牵起猪儿上路了。一路上，猪儿毫不停顿，径直走向河边，下了水。周猛一见，便跑上去，一把拉住猪儿的尾巴。谁知，这猪儿力气大得很，拉起周猛就往水里走。只听得两边水声呼呼作响，越走声音越小；走了一阵，水声没得了。周猛一睁开眼睛，把他吓呆了：只见眼前是龙王水晶宫，红墙绿瓦，珠光闪烁；奇花异草，争鲜斗艳；宫内宫外，美女们翩翩起舞。好不气派！他回头再找猪儿时，猪儿不见了，面前却站着一个英俊的小伙子。原来，龙王的三公子出龙宫游玩，刚刚出去不远，就被鲤鱼精追赶，一直追到岸上，变成了猪儿，被周猛捉回去喂起了。

老龙王听三公子讲了经过，笑着对周猛说："你救了我的幺儿，而且一直喂养了三年，我要好好报答你。你就在龙宫多住些时候吧。"

周猛在龙宫住了下来，整天都由三公子陪着到处游耍。一天，三公子对他说："你走的时候，如果父亲叫你拿东西，你什么都不要，只要他经常带在身边的那颗绿珠子。"周猛记住了，但他不晓得是啥意思。

一晃三天过去了，周猛要回去，龙王对他说："你是我三公子的救命恩人，你今天要走了，金银财宝你随便拿吧，要什么拿什么。"周猛却跪着说："龙王爷，你说的金银财宝我什么都不要，我只要你身边带起的那颗绿珠子。"老龙王想了半天，才解下珠子，对他说："你拿去吧，也算你们的缘分。"说完，便派三公子送周猛上岸。

周猛带着珠子回到家乡，只见房子烂了，草有三尺深，老母亲也死了。原来，他在龙宫耍了三天，地面上却过了三年。母亲死了，周猛悲痛一阵，就动手开荒种地，砍树木搭了一个草棚。草棚子搭好后，周猛才取出珠子放在枕头边。谁知，珠子刚一沾地，竟变成一个美丽的大姑娘。原来，这颗珠子是老龙王的三姑娘。周猛一看，绿珠子变成了他在龙宫碰到过的三公主，便说："你回去吧，你是公主，怎么过得惯我这穷苦生活哇？"三公主听周猛这么一说，更觉得他是个难得的好人，便："我父亲既然把我送给了你，我就不回去了。日子苦不怕，明天就会变的。"第二天，果然出现了高楼大厦、亭台楼阁，样样都有，实在华丽不过了。周猛和三公主当天就结了良缘。夫妻之间，你恩我爱，过着十分幸福的生活。就在周猛和三公主居住的地方，住着一个姓王的财主，他生性歹毒，无恶不作。因为他的财产能买下半个城，所以，四邻百姓都喊他"王半城"。一天，王半城听说原来的穷苦人周猛发富了，就来问他发富的原因。王半城来到周家，看到了三公主。他从来没见过这么美丽的姑娘，不由得垂涎三尺，

顿生邪念。王半城想霸占三公主，又不好明火执仗去抢，就把周猛带到他府里。王半城对周猛说："你是一个山村野夫，怎么娶了一个这么美丽的姑娘？如果你有这种本事，限你一天给我织路那么长一匹布，做海那么大一缸酒。如果做不出来，你妻子就是我的了。"周猛回来后，连连唉声叹气。三公主看见了，就问他："王半城喊你去做啥子，你叹这么大的气？"周猛便将事由说给三公主听了。三公主听完后就说："不怕，你各自耍，等明天交布的时候你才去问他：路有多长，海有多大，我好比倒起做。"

第二天，交布的时候到了，王半城看周猛手里无一寸布，无一碗酒，正在高兴，谁知周猛却问："王半城，路有好长？海有好大？我们好比倒路织布，比倒海做酒。"王半城一惊，又气又恨：谁敢光天化日之下喊他王半城？！他一计不成，眼珠一转，再生一计，又对周猛说："这次算便宜你了。那限你一天之内答出天有几尺高，海水能装几酒壶。要不然……嘿嘿。"周猛听后，两眉焦住一堆。回到家里，就把事情又给三公主说了。三公主一听，说："不怕，你各人去睡瞌睡，明天你就去说：酒壶有海大，就只有一壶；酒壶有海的一半大，就要装两壶。你王半城的尺有天高就有一尺，你的尺子只有半天高就有两尺。"

第二天，周猛就去把话向王半城说了，气得王半城跳了起来。他说："杂种！这件事你能办到，那你给我做个'害死人'来。要不，老子就要抢你的女人。"周猛一听，从头到脚冷了下来：这"害死人"是一句话，妻子再能做也做不起这个摸不着看不见的"害死人"呀。周猛边走边想，回到家里，看见三公主就一顿痛哭。三公主见了，一惊：等问明了原因，才笑嘻嘻地说："你怕哪样？快点去砍竹子来，我给他编'害死人'。"

"害死人"编起了，能高能矮、能大能小、能长能短、能方能圆，又别致，又好看。第二天，三公主给周猛说了几句悄悄话，周猛便拿着"害死人"进了王府。王半城看见周猛拿来一个能高能大、能圆能方的东西来，又雅致，又好耍，就对周猛说："好一个'害死人'！它要吃啥子？"周猛说："它要吃一石二斗火药，还要抽一杆烟。"王半城正在兴头上，就命手下的人抬来火药装进

"害死人"的肚子里，再亲自给它点上一杆烟。在王半城给"害死人"点烟时，周猛就悄悄跑了。王半城哈哈大笑地看"害死人"吃烟。不一会儿，烟引燃了火药，一声巨响，把平时作恶多端的王半城和他的走狗们送上了西天。

讲述者： 刘辉之
采录者： 吴建国
采录时间： 1985 年 6 月
采录地点： 彭水苗族土家族自治县汉葭镇

99

龙王的女儿

很久以前，有户人家，兄弟二人。父母在世时，家产还可以。哥哥好吃懒做，讨个嫂嫂心肠狠毒；弟弟勤劳忠厚，光棍一个。父母去世后，兄弟分了家，哥嫂霸占了房屋财产，弟弟只分到一间茅草房、一只猫儿和几分薄田瘦土。

一天，弟弟带起猫儿上坡去挖土，挖了土觉得没啥搞头，于是就到河边钓鱼。鱼没有钓到，只钓起来一个螺蛳，就把它甩了。

第二天又去钓鱼，鱼没有钓到，又钓起来一个螺蛳，又把它甩了，但甩了又钓起来。他就把它拿回去，放在水缸板板上，就去他哥哥处烤火。螺蛳慢慢爬到水缸里。他回来见螺蛳不在了，也没放在心上。

第三天，挖土转来，推开房门一看，饭菜都弄好了，热热烙烙的，还在冒气。他跑去问嫂嫂："嫂嫂，你哪阵过去把饭菜都给我煮好了喃？"嫂嫂白他一眼，说："我才不跟你煮饭呢。你米都没得，我跟你煮饭？"他又跑到左邻右舍去问，也没有哪个给他煮饭。他感到很奇怪。

接连两三天，他从坡上回来，饭都煮好了，还有好吃的鱼肉。他很过意不去：是哪个哟，你说一声嘛，我也好道声谢撒。往后一天，他想看个究竟，就假装上坡，马上又转来把猫儿抱起藏在床下。不一会儿，见水缸板板挪开了，螺蛳从水缸里慢慢爬上来，一个小人从螺蛳壳里出来，慢慢变成一个姑娘，头发长得很，正在梳脑壳。他悄悄跑出来，急忙去把她拉倒起。这姑娘没有逃得赢，猫儿赶快把螺蛳壳衔到屋里去藏起，姑娘就回不去了。他们两个就成了婚。不久，生了一个娃娃。

有一天，狂风大作，雷攻火闪的，一下把茅草房吹走了，接着跟他吹来一间大瓦屋，他们住了进去。荒田荒土也变成了良田好土。哥嫂一见弟弟娶了这样一个美貌姑娘，还有这样大一幢好房子，就去打弟弟的主意，说："兄弟兄弟，我们合拢来住哦。"弟弟想，这样大一幢房子，自己也住不完，合拢来就合拢来吧。

兄弟媳妇很勤快，每天洗衣煮饭。她有一个习惯：天天都要睡一会儿午觉。嫂嫂看不惯她，就说她懒，在兄弟面前怂祸。有一天，邻居不在了一只鸡，嫂嫂就坏她，说她是个怪物，偷别人鸡吃；又找些鸡毛放在她床底下，趁她睡午觉时，找个鸡老壳把她满嘴都糊起血，然后去把兄弟喊回来。兄弟回来一看，自己媳妇满嘴是血，床下又有鸡毛，就把她打醒。媳妇问："我又没惹你，你啷个打我嗬？"兄弟说："你看你，不是个好东西！偷别人鸡吃，是个怪物，你马上给我滚回河头去！"媳妇向他求情，兄弟还是不许："你偷人家鸡，我把脸放在哪里？"媳妇哭来哭去，说又说不清，只好朝河里走去。走到河中，水都淹了半截身子了，还在回头喊："我没偷鸡吃呀，让我回来吧！"兄弟仍然不许她回来，还把她的螺蛳壳甩到河头，回家去了。没到半个时辰，雷攻火闪、黑风暴雨，大瓦房给吹走了，茅草房又给他吹还原了，好田好土又变成了荒山。哥嫂见弟弟穷了，又分开过日子。

兄弟每天带起娃娃和猫儿上坡。一天，口渴了，喊他娃娃拿罐罐去打水。水打回来一尝，是甜的，就问娃娃："你在哪里打的水嗬，怎个甜？"娃娃说："是妈妈流的眼泪水哩。"他问："你妈妈在哪里流的眼泪水？引我去看嗬。"娃娃就把他引到井边说："我在这里打的水，妈妈一起来，抱着我哭，我就吃妈妈的奶，妈妈的眼泪就滴在罐

罐头。她叫我给爸爸说，要吃开水就从罐罐里倒；要吃饭喃，一倒就有米，用簸箕接倒，会一颗一颗地落，就够我们和猫儿吃。"

嫂嫂看到兄弟屋的簸箕里回回都有饭，又打主意："兄弟，我们两家还是合拢来住哦。"弟弟想，反正有几个人就够几个人吃，想多有点又不得行。于是说："要得嘛。"一合拢来，嫂嫂就想一桶一桶地装米。她对兄弟说："兄弟，我们把罐子口口弄大些，米出来得多些。"一弄，罐子坏了，米也不来了。

又一天，弟弟又喊他娃娃去打水。娃娃走到井口，不见妈妈起来，娃娃哭起不走，见井口耸了三根笋子起来。兄弟带起猫儿来看娃娃，见三根笋子，兄弟和娃娃、猫儿一齐去扯。结果笋子没扯起来，倒把他们三个扯下井去，到龙王那里去了。龙王见了就埋怨他："我来看看这个傻女婿哦，你只晓得听你哥嫂甩摆，害我的女儿。"兄弟晓得自己冤枉了妻子，也很后悔。

从此，兄弟和螺蛳姑娘团聚，一家人就住在龙宫里。哥嫂只得到一间烂草房。

讲述者：　张修绿，女，个体户，小学学历
采录者：　沈建华
采录时间：1987 年 4 月 16 日
采录地点：南川区大有乡场头商店

100

虾子救人

从前，有个叫放生的人，常年在外地游荡。有一天，他路过河边，看见一个渔夫捕了一桶虾，他走上前去把那桶虾全部买了，然后倒入河中。奇怪的是，他刚倒下去，突然看见一只大虾爬上河岸，只见那大虾在沙坝里爬了一会又回到了河里。放生走上前去一看，原来是爬的一首诗："逢岩莫靠舟，遇油莫梳头，斗谷三升米，蚊蜂抱笔头。"看完后，他继续赶路。

途中，他坐了一只船，刚好船到了一个石岩下的码头，天就黑了，船只好停在那里过夜。放生一看船是歇在大岩下，一下想起了虾子爬的那句"逢岩莫靠舟"的诗句，于是他对船老板说，这里不能停船。老板看他老实巴交的样子，也就同意了。果然，睡到半夜，大岩塌了下来，大岩下的船只全被压沉了。

到了年底，放生回到家。刚一进屋，不小心把吊着的菜油灯撞着了，泼了他一脑壳的油。他正准备拿梳子来梳，突然想起"遇油莫梳头"的诗句。原来，放生出家后，妻子有外遇。这天晚上，放生睡到半夜，那个男人拿着刀，准备把他杀死。由于那男人不敢打亮，只好用手摸，摸到放生头上，感到油滑油滑的，以为是女的，就摸到另一头，不分青红皂白，一刀下去，把那头的人杀死了。放生的妻子被杀死了，县官以为放生一回家妻子就被杀，不是放生又是谁呢？放生有口难辩，县官定了他的死罪。在放生画押的时候，很多蚊子和蜂把笔头围得紧紧的，始终画不成押。县官觉得很奇怪，就问放生："你碰到什么怪事吗？"放生说："我只碰见了一个虾子给我写了四句诗，我应验了三句，还有一句。如果你把我杀了，就无法应验了。"县官又说："那你说出那一句吧！"放生说："斗谷三升米。"县官一听便想，斗谷三升米，岂不还有糠七升吗？于是问放生："你们周围有个叫康七升的人吗？"放生说："有。"于是县官传令康七升上堂。由于康七升做贼心虚，一上堂就承认是自己杀死了放生的妻子。康七升被判处了死刑，放生才没有死成。

讲述者： 胡启雄
采录者： 谭小林
采录时间： 1986 年 3 月 11 日
采录地点： 云阳县后院乡

101

鲤鱼姑娘

从前，有一个名叫西二的人，家里很穷。他家只有俩娘母，他父亲过世得早，母亲又是个瞎子；西二会木匠[1]，为了维持家庭生活，天天就去帮员外家做活路。他每天回家过后，就先要给他母亲背堰水，第二天早晨又要去给母亲背堰水后才去做活。他每次去背水，那个水井头都有一条鱼。那鱼在井里游来游去，要把它浪开后，才舀水背起回来。

有一回，西二又去背水，但那条鱼怎么也浪不开。他搞气大了，用力弄瓢把水舀起来，但鱼还是被舀在瓢头来了。他准备把这瓢水倒了，这条鱼突然一跃就飞到水桶头去了，西二只好背起回去。临去做活路时，他对他母亲说："今早我去背水，水井头那条鱼，回回都浪得开，今早上却硬浪不开，被我背起倒在水缸头了。你煮饭时，注意摸一下，不要煮在锅头煮死了。"后来，他母亲去舀水煮饭，一瓢水舀起来，这条鱼突然跃起来，鱼尾刷在老人的眼睛上，突然间，把一双瞎了几十年的眼睛刷得看得见

了，站在她面前的是一个十分美丽的大姑娘。到天黑时，西二回来，看到他母亲的眼睛看得见了，还有一个很漂亮的大姑娘，感到很高兴。当即，这个姑娘就对西二说，要与他为婚。他母亲也讲了她舀水煮饭的经过。西二当时没有对姑娘提出的要求作回答，只是说："你一个美貌的姑娘要与我为婚，我穷得很，房子也没得一座，只有个狗坐梁棚棚，怎么能与我为婚呢？"这个姑娘说："只要你有这一愿望，没有房子坐是小事。我只要一个夜阵，就能修一厢大房。"西二没有法，就同意了。

隔一天晚上，等他们都睡熟后，姑娘就召仙开始修造。结果，等第二天早晨西二母子俩醒来，竟是住在一厢四角天井的房子里，装得花花绿绿的。从此，他们家在各方面都发生了变化，一天天富有起来，西二也不再去给员外家做活路了。由于西二在给员外做活期间受尽了员外家的刁难，所以，他现在要员外到他家来看看。员外说："你家一个狗坐梁棚棚，有哪样看法啰。"后来，西二还是去请，员外托不过情，就来了，看到原来那座狗坐梁现在竟成了一厢四角天井的大房子，还有一个美丽的大姑娘。员外不但感到这四角天井的大房子有点奇怪，更感奇怪的是他这样穷一个人家还找上这么漂亮的姑娘。

有一天，员外把西二叫到他家，给他说："我用七个女人换你一个女人。第二天就来接人，干也得干，不干也得干。"西二就回去哭哭啼啼地给他女人一五一十地讲了。他女人知道西二为难，就对他说："你要换，就只要员外家的一只黑箱子和他最丑的一个女人，其他六个女人都不要。"老实西二就对员外说了，员外感到很高兴。三天时间一到，员外就骑马坐轿来接人，并按西二提的要求，把一口黑箱子和一个女人交给了西二。员外把人接起去了，西二母子俩哭成了泪人。后打开黑箱子，一箱金子。但员外把这女人接去后，姑娘头天不下轿，第二天不下轿，那些客人就说："员外，拐了，第一天不下轿，第二天不下轿，拿来做哪样哟？"第三天，客些都走完了，这姑娘才下轿。下轿后到他屋头去转三转，结果，这整块地方却旋下去成海了。这个姑娘就是鲤鱼姑娘。

[1] 木匠：木工活。

讲述者： 杨仲良，男，汉族，初中学历，务农
采录者： 李向国，男，苗族，鞍子乡文化专干
采录时间： 1987年3月8日
采录地点： 彭水苗族土家族自治县鞍子乡（今鞍子镇）鞍子村三组

102

小哥儿和美姑

从前，有一个盖匠[1]和一个泥水匠，他两家是邻居。那一年，他两个的妻子同时怀了孕，盖匠就对泥水匠说："我们两家来打个亲家，如果你我两家生的都是儿，就让他们结为弟兄；如果生的都是女，就让她们结为姊妹；如果一家生儿一家生女，就让他们结为夫妻。"泥水匠听了说："好！一言为定。"

十个月后，盖匠的妻子生了个儿。过了几天，泥水匠的妻子生了个女。于是，两家就订了亲。

过了一年又一年，孩子都长大成人了。泥水匠的女，长成了个端庄秀丽、漂亮的大姑娘。由于她生得美，人家称她为美姑。盖匠的儿子也有十七八岁，但个子还不到三尺高。由于他个子矮，人家就喊他小哥儿。

泥水匠因为女儿生得漂亮，求婚的人挤破了门。他觉得小哥儿实在配不上美姑，就向盖匠提出退婚。小哥儿知道泥水匠提出要退婚的事，就对父亲说："没有那么撇脱。他要退婚，我们就到县大老爷那里去告他。"并请人

[1] 盖匠：修房盖瓦的工人。

写了状子，送到县衙告了状。县官接到状子，传他两家到堂，先问泥水匠："你为何要退婚？"泥水匠回答："大人，我家女儿生得又高又漂亮，他的儿子生得又矮又小，怎能和我女儿美姑相配？"县官又问盖匠："你有什么说的没得？"盖匠说："我们两家是指腹为婚的，娃儿生下来又是订了亲的，不管人高人矮都要成亲。退婚，哪有这样的道理？"县官指着泥水匠说："你回去选个日子给他们成亲。再提退婚，就罚你十三大板。"泥水匠无奈，只得服从官府，不敢再提退婚的事了。

结婚那天，美姑一直伤心落泪。小哥儿送走客人回到洞房，美姑还在哭。小哥儿就说："你不要伤心，我并非生来这样矮小，不信你看。"说完，他在地上打了三个滚，就变成了一个高高大大的英俊小伙子，说："只因我有二十年的灾难；如果灾难期满，我就会成现在这个样子。这事你不能对任何人说。说了，我的灾难期就会更长。"说完后，又在地上打了三个滚，又变成了原来那个又矮又小的样子。

第二天，美姑高高兴兴回门。她母亲见了她这么欢喜，便问："看你欢喜那样儿，嫁给一个矮子还得意昏了，究竟有啥子值得你欢喜嘛？"美姑只是笑。母亲更冒火："你这鬼女，你不顾脸面，我们还要脸面。""妈，你不要恁个说嘛，人家小哥儿只是……"美姑一急，就把小哥儿嘱咐她的话搞忘了，把昨晚上的经过原原本本地给她妈说了。她刚说完，就见小哥儿提了个口袋，气冲冲地走了进来，对她说："我喊你不要对任何人说，你硬要说。你把天机泄漏了，我现在只好走了。这口袋里装的是钱，够你用的。"说完，把口袋递给她，在地上打个滚就不见了。

美姑从娘家回来后，一天到晚都在思念小哥儿。她后悔自己把小哥儿的秘密说了出去，害得现在一个人孤孤单单的。忽然想起小哥儿临走时留给她的那个口袋，拿出来一看，里面是钱。奇怪的是，口袋里的钱拿了又有，总是拿不完。她不愁吃不愁穿，就是觉得没有乐趣。后来，她就让那些来要饭的穷人、叫花子给她摆龙门阵[1]，凡是讲了的她都要给钱。久而久之，远近的人都知道她喜欢听龙

[1]　摆龙门阵：讲故事。

门阵，好施舍。

有一天，从远地来了一个瞎子和一个跛子，他们来讨饭。有人说："村角美姑是个大善人，你们去求她吧！"于是，他两个就来到美姑家。美姑给他们吃了饭后，问他们："你们会不会摆龙门阵？"他们便问："摆啥子龙门阵嘛？"美姑说："只要是你们看到的、听到的，都可以摆给我听。"跛子忽然想起了什么，问瞎子："那天我们遇到的可不可以说？"瞎子说："说说试试看。"于是，跛子就讲起了那一天看到的事：

"三天前，我们讨饭路过一个靠山的地方，那里四周没有人烟，只有一座楼房在山腰上。我们两个当时又累又饿，以为那是大户人家，就不管三七二十一，走到楼下去讨饭。喊了半天没得人答应，才晓得是座空房子。再一看楼脚是空的，就上楼去想找点东西来吃。

"进去看到楼上屋当中摆得有张大桌子，上面有很多菜饭。我们看到那香香喷喷的饭菜，正想去吃，突然听到窗外面有卟、卟、卟的响声，就赶紧躲到门外，从门缝往里头看。一哈儿，从窗外飞进来了十一只白鹤，一个个在地上打了三个滚，尽都变成了美男子。他们围着桌子坐了一圈，并未吃饭，好像在等哪个。后来，听到有一个说：'小哥儿怎么还不来？'隔了一哈儿，窗外又响起了卟卟卟的响声。随着响声，又飞进来了一只白鹤，它在地上打三个滚也变成了个美男子，他长得特别英俊。我们一直看到他们把饭吃完，在地上打三个滚，又都变成白鹤飞走了。他们走后，我们才进去吃了那些剩菜剩饭。"

美姑听跛子讲完后，问："那最后进去的叫小哥儿，你没听错？""没有听错。"美姑听了泪水就一下流了出来："这么多年了，没听到他的消息，今天……今天多亏了你们。"于是，美姑把她和小哥儿分离的事，给瞎子和跛子说了，并说好第二天一起去那地方找小哥儿。

第二天，美姑让瞎子留在家里，和跛子一道出发了。整整走了两天两夜，来到那栋楼房前，躲在门外。美姑从门缝往里看，果然里面有一桌饭菜，还有十二张椅子。等了一会，随着"卟卟卟"的响声，飞进来十一只白鹤，它们在地上打了三个滚，变成了十一个美男子。只听得其中一个说："今天我们为小哥儿钱行。要吃个高兴。"又听另

一个在说："小哥儿总算熬到头了。这也多亏了他行善的妻子，他才提前和妻子团圆。我们还得熬几年呵！"一个站起来叫道："小哥儿来了！"美姑听了，连眼睛也不敢眨，生怕一眨眼睛看不到她丈夫小哥儿了。只见窗外，轻轻飞进来一只白鹤，在地上滚了三下。美姑仔细一看，果然是自己的丈夫小哥儿。那模样，跟新婚晚上完全一个样。虽然新婚之夜，她只看到过一眼，但她永远也没有忘记。美姑看到日夜思念的丈夫就在眼前，再也忍不住，推开门就朝小哥儿扑了过去。小哥儿大吃一惊，退后了几步。当他看清是自己的妻子时，也情不自禁地扑过来，紧紧搂住了美姑，两人抱头痛哭了一场。那十一个美男子和门口的跛子看到这情景，也忍不住跟着流泪，大家举起酒杯庆祝他们夫妇团圆。

讲述者： 郑元玉，女，汉族，小学学历，家庭妇女
采录者： 王越伟
整理者： 魏仲云
采录时间： 1987 年 5 月
采录地点： 沙坪坝区童家桥

103

姚顺改过

很久很久以前，有家姓姚的夫妇，四十多岁才生个独儿，取名叫姚顺。

老两口对儿子百依百顺，从小娇生惯养，养成了一副怪脾气。姚顺长大以后，便经常打骂他爹娘，还觉得有乐趣！久而久之，逼死了他爹。

爹死后，姚顺只好承担起家里的农活了。每天上坡做活路，他娘都要给他送饭，还要递到手头。如果饭送早了或晏[1]了，姚顺都要打他娘。娘把他没得法子，不晓得要啷个才顺得到儿子的心。

有一天，太阳晒得死人，姚顺在坡上犁田。他娘见已到晌午了，便收拾饭菜送上坡去。姚顺在坡上，肚皮也饿了，便解开牛绳，让牛儿自己吃草去。就在这时，他娘已快走拢田边了。娘一见牛儿朝自己走来，心想："饭又送晏了，又要挨打啰！"吓得她没了主意。她见路边有根老槐树，便朝那树干一头碰去，当时就碰死在槐树底下。

姚顺把娘埋了，日子过得更苦了。除了要上坡做庄稼

[1] 晏：形容时间晚、迟。

外，家里的事也得自己干。有一天，在犁田歇气的时候，肚皮饿得不得了，又没得娘送饭来了，还得自己回家煮饭。正在想起难过的时候，突然听见树上一群鸦雀在叫唤。他抬头一看，原来是老鸦雀在给一窝小鸦雀喂食儿。食儿落在地上时，老鸦雀又飞下地把食儿衔起，重新飞进窝里再喂。姚顺看着，心头就在想：我的爹娘不也是这样把我养大的吗？我却把他们打呀、骂呀地逼死了。姚顺就哭喊起来："我的爹呵，娘呵！我真对不起你们呵！"他走到老槐树面前指着说："老槐树呀！就是你碰死了我的娘，今天我要砍了你！"

姚顺砍了老槐树，把它搬回家里，锯一节跟人一样高的树桩，然后请了一个木匠，雕成他娘的模样。从此以后，不论是上坡做活路，或是在家里做事，总是把槐树雕成的"娘"带在身边。犁田时把"娘"放在当头，犁拢当头就喊一声"娘"。在家时，早上起来就先问："娘，你老人家好？"总之，随时都把"娘"挂念到的，经常问饥问寒的。

有年，姚顺收了庄稼，把谷子晒在地坝上。因为无人照看，每天都要被鸡子和雀鸟吃掉很多。姚顺没得法子，就把"娘"安置在地坝阶沿的板凳上，在"娘"的侧边供上香烛，还放上一根吆鸡、雀的响篙[1]。上坡前给"娘"打声招呼，请"娘"照管一下。果然，每次回家来，谷子总是原封原样的，再没有任何东西动过了。

这事，天老爷知道了，就来显灵，要试一试姚顺的心，看他是不是真的悔改了，是不是真诚地对待"娘"。这天姚顺晒谷子，安顿好了"娘"，出门去了。他刚走到坡上，突然乌云四起，快要下雨了。姚顺急忙车身回家，首先把"娘"抱进屋里，把香烛点燃供好以后，才跑出门收谷子。当他跨出门来时，乌云却已散尽，青天朗朗的。后来有人说："如果姚顺是先把谷子收了，再去照应他'娘'的话，天老爷早就用炸雷打死他了！"说起也怪，由于姚顺年年、月月、天天把他"娘"喊呀叫的，终于把"娘"喊活了。有一天，他早上起来，那槐树木雕成的"娘"，突然能吃饭、能说话了，变成了原来那个真娘。

从此以后，姚顺上坡做活路，又有娘在家煮饭、洗衣、

照管他了。姚顺也真心诚意地孝敬娘，两母子越过越好了。

讲述者：　梁治成，男，汉族，不识字，农民
采录者：　刘绪应
采录时间：　1985 年 12 月 8 日
采录地点：　万盛区（今綦江区）南桐矿区青山乡

附
记

据知情人回忆，梁治成年轻时候就喜欢讲故事，记忆力非常好。喜欢在夜晚讲。一般只要有两三人愿意听，他就愿意讲。这是给一个乡里的儿童讲的故事。

[1]　响篙：吆牲畜、家禽、雀鸟的破竹竿。

104

一刀还一刀

从前，有两兄弟外出做生意。

一天，他们走到一个冷浸湾[1]，坐在土地庙前歇气。弟弟想：这点本钱，够得到两张嘴巴吃呀？干脆，把哥哥整死，我个人得这点本钱，生意一定做得开。就对哥哥说："哥哥，我今天要杀你。"哥哥听了说："兄弟，这连本带货都算你的，我回去做活路就是。"兄弟想：你回去告了我，妈老汉不得依。我现在把你杀了，回去就说你在外头得急病死了，哪个都不晓得。

兄弟非要杀哥哥不可，哥哥只好给兄弟说好话。正在这时，来了一个白胡子老汉。哥哥就喊："老大爷，我的兄弟要杀我，你劝他一下嘛。"老汉说："你前世杀了他，这世他该杀你。"哥哥不信，说："你啷个晓得我前世杀了他？"老汉说："你杀他的那把刀，还在土地庙后头石头下压起的。不信，你们去拿来看嘛。"说完就不见了。

弟弟听了，觉得很怪。他啷个晓得哥哥前世杀了我？就到土地庙后头去找，真的石头底下有一个包包。抖开烂布，里头硬是一把尺多长的刀儿；刀尖尖上，还乌杂杂的吧。兄弟想：上辈子他杀了我，这辈子我杀他，下辈子他不是又要杀我呀？今天，要不是菩萨指点，这样一刀去，一刀来，怨仇哪辈子才能了？想了一伙，兄弟拿起刀，走到哥哥当门，跪在地上说："哥哥，我不能杀你。今天，当到土地菩萨的面，把过去的冤仇勾销了。"

哥哥和兄弟两人抱到哭了一场。他们去买了些香烛纸钱和刀头[2]供品来敬土地菩萨。从此以后，再不角孽[3]了。

讲述者： 张述玲，女，住小沔镇王家场二组
采录者： 徐乐英
整理者： 蒙昌华
采录时间： 1985 年 10 月
采录地点： 合川县（今合川县）小沔镇

[1] 冷浸湾：阴森、僻静的地方。

[2] 刀头：敬神的供品，一般为一块长形煮猪肉。

[3] 角孽：争吵、打骂。

105

仁义值千金

有两老表，一个叫钱财，一个叫仁义。钱财家屋孬点，仁义家屋好点。有回，钱财约仁义出门去耍，说："老表，我的家屋孬，没得钱；你就带十吊钱，我们一起去耍嘛。"钱财虽是个穷人，心术却不正；仁义有钱，却很老实。他当真就拿了十吊钱——那阵是用的小钱，一吊就是一千文，十吊就是一万文，还是很大一笔数个。仁义用褡裢装起，挑在肩头上，就跟钱财出了门。走啊走，走到一座岩跟前。岩上的路不宽，侧边又是万丈悬岩，礄下去就不得活。钱财说："老表！这里很危险，那褡裢恁个重，你挑了半天了，拿来我给你挑一下吧。"仁义确实挑累了，就把褡裢交给钱财挑起。走到岩顶的时候，钱财就喊仁义说："老表，你来看啰，岩下原来是个平阳大坝。"仁义当真走到岩边来看，钱财一掌就把仁义抽下了岩，挑起钱回头一趟，悄悄跑回家去了。

仁义被抽下岩过后，礄到半岩上就被葛藤网到了。上不沾天、下不沾地，他喊了半天，没得人来救他。天慢慢地黑下来了，肚子也饿了。一直挨到半夜，他迷迷糊糊听到岩上有人过路，边走还在边谈。一个说："岩下这一坝

田都干开裂了，有一股水去救一下那些庄稼就好了。"另一个说："有倒是有这么一股水，就在这半岩岩上。那是个龙洞，不过要仁义才打得开。"那个又问："龙洞有没有记号呢？""画得有个圈圈。"他们的龙门阵又摆到另一个事情上去了。一个说："听说王员外女儿得了怪毛病，找了好多医生都医不好。""还是要仁义才医得好。""仁义哪个才医得好呢？""说来也撇脱。王员外屋后头那石岩缝缝头有窝红茅草，扯来熬水给小姐吃了就会好。"仁义睁开眼睛一看，天漆黑；立起耳朵认真听，又没听到人说话了。他好不容易才熬到天亮，听到岩上又有人说话，仁义便惊叫唤地喊救命。上面的人才放下箩篼来，把他救了上去。众人问他是哪个礄下去的？他才把昨天被钱财推下岩去的事说了。众人说："钱财这家伙太没良心了，你哪个要跟这种人一路啊！"这些都是这附近的庄稼人，听说仁义饿了，就请仁义到他们屋头去吃饭。仁义又谈起昨晚迷迷糊糊听到有龙洞的事。众人说："坝上的田硬是干得恼火呀，眼看是颗粒无收。你不就叫仁义吗？要是你去把龙洞打开，不是就救了我们这一方人的命嘛。"仁义说："我去告一下看。"

吃了饭过后，大家还是用长绳子吊箩篼的办法，把仁义吊到半岩岩上去。他硬还找到了昨晚黑听说的那个圈圈。就拿起錾子手锤对到那个圆圈圈，当当当，几手锤就打穿了。先礄出一颗亮晶晶的珠子，他把珠子捡来揣在怀里，跟着哗哗哗地就流出水来了。大家欢喜得不得了，三刨两爪把仁义扯上岩去。仁义把珠子拿出来送给大家。大家说："你为我们做了这样大的好事，我们还没谢你。这是天老爷给你的珠子，你各自捡到吧。"

仁义再三感谢众人救命之恩，又问起王员外的事。大家说："隔这里三十多里，有一个王员外。听说是他屋小姐得了怪病，请了好多医生去都医不好，王员外没得办法。他最近出了一个榜文，说是哪个把他女儿医好了的话，不但要给赏银，还要把女儿许配给他。"仁义心想：医术我是不懂，也不想做他屋的女婿。要是那晚黑听说的是真的，我能救他屋小姐一命也就好了。他就到王员外家去，走拢门口一看，墙上当真贴得有一张榜文。再看王员外那院子后头，硬有一匹石岩。仁义便去把榜文撕了。员外听说有

人揭榜，亲自出来把仁义接进客厅。落座过后，问他吃了饭没有？仁义说："我来得远，还没吃饭，有些饿了。"员外叫人摆饭。仁义吃完饭后，就请员外把小姐扶出来看病。仁义怕人家不信，还是假装成医生的样子摸脉。把这些过场做了，才对员外说："药单子不忙开，我有个单方，先用草药。"员外说："要得！"仁义又问："员外，你屋有长楼梯没得？"员外说："有哇！"仁义说："找十六架长的楼梯来接起，我想爬到你屋后头那石壁上去看有没有那种草药。"员外吩咐家丁抬来十六架长的楼梯。仁义一步一步爬到那石壁中间，石夹缝里真的有一窝红茅草。便赶忙扯来放在衣兜里，然后一步一步梭了下来，把红茅草交给员外说："拿去熬水来小姐喝，这草药非常灵验。"王员外赶忙叫人拿去熬来给小姐吃了。这茅草真灵验，小姐把头道药吃下去一哈儿，病就好了一半；一天三道药一吃，病就完全好了。又养几天，身体就复了原。王员外非常高兴，定要把女儿许配给仁义。仁义见小姐漂亮贤惠，也就答应了。择日不如撞日，王员外吩咐立即张灯结彩，马上就完了婚。

成亲过后不久，仁义便向岳父说，要回家去看望老父老母，王员外答应了。两口子便收拾起回到了家中。仁义顺手把那颗珠子丢在米柜子头，哪晓得第二天起来，半柜子米变成了满满一柜子。仁义觉得非常奇怪，又把珠子拿去放在仓头；本来仓里没有多少谷子，第二天却变得满满一仓。他这才晓得这是颗宝珠。于是开仓放粮，来领的人排得很长，天天如此。

钱财早把那十吊钱用光了。听到老表在施谷子，就担了一挑大箩篼来。三升五升他还不要，要尽他的箩篼装。仁义说："要得，等把那些领粮的人打发走了，剩多少你就一下担去。"说来也怪，轮到钱财面前，所剩的谷子，只够他一个人吃。仁义说："今天你就先把这点拿去吧，明天再来。"一连几天都是这样。钱财觉得奇怪，为啥仁义天天都有一仓谷子来施舍人呢？便问："老表！那天你摔下岩去了，怎么没有死，还发了这么大的财呢？"仁义说："老表，全得你把我抽下岩去，才得到这个东西。"接着便把他被抽下岩后的经过，都一五一十地说了。

钱财一听是这么一回事，便要求仁义把他抽到那岩下去。仁义说："那都要得么？把你跶死了，表嫂找我扯皮怎么办？"钱财说："不怕得！"高矮[1]要仁义答应。仁义莫法，说："你硬要我那么办的话，我们就当到表嫂和众人立一张约据，你的生死与我无关。"当真，钱财就把他堂客和邻居些找来。他堂客也是想发财的人，满口答应，当众写了文约。两个人又来到了岩边。仁义一看岩岩那么高，实在不忍心把表兄抽下去。但钱财估住[2]仁义要把他抽下去，说是文约写了的，不抽不行。仁义只好把他抽了下去。钱财礛到半岩上，也被葛藤网住了。他心想：这地方真有神仙？挨到半夜，就听到岩上有人过路了，说："今晚黑好像有生人！"另一个说："哎呀，不好！果真有生人，快抽他下岩底底去。"钱财觉得有人把藤藤往上一拉，自己便从那藤藤的缝缝头漏到岩底下去了。独独他礛下去的那个地方，是一个大粪凼，装了一凼粪，他爬又爬不上坎，踩又踩不到底。钱财被大粪一呛，就淹死在粪凼里了，直到烂了也没得哪个晓得。这真是：钱财如粪土，仁义值千金。

讲述者： 尹志安，男，汉族，不识字，毕家湾村农民
采录、整理者：王正平
采录时间： 1986 年 2 月
采录地点： 江北区唐家沱乡（今铁山坪街道）

异文一：钱财如粪土，仁义值千金

传说，从前，任家湾住着一家姓任的财主，老头子死后，只剩下兄弟二人。老大名叫任钱财，为人凶险、刻薄，是个视财如命的家伙；老二叫任义，待人忠厚、老实。

有一次，兄弟俩一同外出收租，走到一个名叫旋坑的地方。这旋坑正在路边，被茅草掩着，一般不易发觉。坑

---

[1] 高矮：此处作无论如何讲。

[2] 估住：强迫。

内深不可测，早晨常有雾气上冒；若遇天降暴雨，坑内还会传出虎啸龙吟之声，煞是可怕。老大在父亲死后，早就怀有害死任义、独吞家产之心，只愁没有机会动手。今天，见到旋坑，陡生歹念，心想："我神不知鬼不觉地把他推入坑内，那份家产不就成了我个人的吗？"任义毫无知觉地走在前面，看看来到坑边之时，老大脚下假装一滑，从后面猛一推，就将兄弟任义推倒，一滚，就跌下万丈深坑里去了。他站在坑边，假惺惺地哭了几声，然后侧耳倾听，坑内一点动静也没有。他料定老二必死无疑，就转身回家去了。

任义掉进坑中之后，被几根青藤缠住，吊在坑的半腰，上不能上，下不能下；虽说浑身没有受伤，可是叫天天不应，叫地地不灵。坑内黑咕隆咚的，他也束手无策，只好大喊"救命"。就这样，他声嘶力竭地喊了三天，嗓子都喊哑了，惊动了地王菩萨。地王菩萨出来问道："你是何人？来到我地府门前乱叫乱嚷！"任义连忙回答："我叫任义，是给皇帝采药的，不慎掉入坑中，还望菩萨救命。"地王菩萨说："原来你是给皇帝采药的，你手中的青藤不就是最好的药吗？好好好，仁义值千金，滚上去。"老二只觉得耳畔生风，眼前一亮，到了坑边的大路上，他想：果然是神仙显灵搭救了我。于是，便跪在地上，向坑内三拜九叩，谢菩萨救命之恩。谢毕，他也不回家，直奔京城而去。为什么呢？原来当朝皇帝长有一身怪疮，奇痒难熬；遍请天下名医治疗，都不见效，只好全国张贴榜文，寻访四海奇士异人，若能治好皇上之病，官封宰相，赏金赏银。老二任义早知此事，拿着手中的青藤，给皇帝治怪疮顽疾去了。

皇帝将任义献上的青藤熬水，内服外搽，只三天工夫，疾病痊愈。龙颜大悦，大宴群臣，赏银万两，并封任义为当朝宰相。老二名噪一时。不久，这个消息就传到了老大任钱财的耳朵里。他后悔莫及，心想："老二因祸而得福。当初，若是我自己下坑去，那宰相官职不就是我的了吗？"他越想越怄气，心一横，自己也要下坑去试一试。便来到坑边，纵身一跳，跌入坑中。一路上东碰西撞，跌得他头破血流、鼻青脸肿；待到奄奄一息之时，才被一丛烂草缠住。他拼命地大喊"救命"，喊了三天，地王菩萨

又出来问道："你是何人？"老大连忙答道："我叫任钱财，是……"还没等他的话说完，地王菩萨便一声断喝："钱财如粪土，滚下来。"他大叫一声，就跌入万丈深渊中了。

讲述者：　　文德元
采录者：　　肖光胜
采录时间：　2007 年 2 月

异文二：钱财和仁义

从前，有个员外，他的姑娘病了嘿久[1]都医不好。员外没得办法，就说哪个把我的姑娘病医好了，我就把姑娘嫁给他。

有两老表，一个叫钱财，一个叫仁义，他们合伙出外做生意。两个一路走，走啊走的走到一个地方，那堂接连天干了三年，一颗雨都没落，找口水吃都找不到。他们又走，走啊走的走到一口水井跟前，那口井深得很，就是有水也吃不到。这拿哪个做嘛？想一伙，没得格外的法子，只有把两只箩篼的索索抽下来接起，一个一个地下去吃。钱财一味都是强盗吃米汤——贼喝喝的。他早等不得了，就对仁义说："老表，你把索索拉到起，我先下去看看。"

仁义向来就是一根肠子拖迄屁股丫的人，老实得很，就答应了。他把索索拉到，让钱财先梭下去吃了来，自己才下去吃。嘿！他才是箐箕挖锅万不谙[2]，下去容易上来就难。钱财早想独吞那些货，仁义一下去，他就把索索收了，随便仁义在下头哪个喊，他理都不理，各人担起挑挑走了。

天黑了，有三个老头坐在井边边摆龙门阵。一个老头说："我们这堂[3]啰，天干了三年颗雨不落。那些凡人根本不晓得，这是对门山上那三根大树在作怪。只有把它们砍了，才会落大雨。"

[1]　嘿久：很久。
[2]　万不谙：万万没有想到。
[3]　这堂：这地方。

二的个老头说："我看也还是，那些凡人啥都不晓得。要是去把对门那三个石老虎打了，就有三堆金子。他们还到哪去找钱啰！"

三的个老头也说："就是啊，凡人硬是哪样都不晓得。那边那个员外的姑娘病了，哪个医生都医不好。其实，他们屋檐边边那窝草就是灵芝草，拿去一吃病就会好。那些人硬是不识宝！"

仁义在水井头把三个老头的话听得一清二楚的。只是听清楚了又有啥子法，各人的性命都难保呢！

三个摆呀摆的，有个说："咦！哪堂有股生气气？糟了，我们的话遭他听到起了！"

格外一个老头说："哼！我们搬泥巴把水井塘到，那人一定在井头。"

还有一个老头说："不不不！这人心肠好，我们把他救起来。"

老实的，他用指甲壳一弹，就把仁义从水井头弹出来了。

仁义从水井头出来后，就照老头说的去做。他先去找员外，找到员外就对他说："员外，你那姑娘的病我医得好。"

员外说："真的呀？要是你把我那姑娘的病医好了的话，我把她许配给你。你成了亲没得嘛，先生？"

仁义说："哎呀，我们这号人，家屋恁贫寒，哪里成亲啰！"

员外赶忙说："哎，那就正好，正好！要是你真有那个本事，把我姑娘的病医好了的话，我说的话一定作数。二天你还可以住在我这里。"

你说仁义哪个会医不好呢？他听到那几个老头说了的哒嘛。他就去把屋檐边那窝灵芝草扯来熬水给员外的姑娘吃，硬是一吃就灵，吃了第二天就好了。员外高兴得很，选了个吉日良辰，让仁义和他姑娘成了亲。

办了婚事过后，仁义对堂客说："还有件事给你说，要是把对门那三个石老虎打了，就是三堆金子。"

堂客不信，仁义说去试一回看，他就拿起锤锤去打石老虎。果不然，每个石老虎肚皮头都有一堆金子。这回，仁义发大财了！

仁义又对堂客说，还有件事没有做。堂客问是啥子事，仁义说："我们现在倒是发财了，只是这个地方接到干了三年，把人些干得好丧德哟！我去弄点雨下来。"

他就喊了些人，扛起开山去砍树子。砍呀、砍呀，一共砍了七七四十九天，才把那三根树子砍倒了。刚刚一砍倒，天上的黑云就起了一层又一层，雷哟也直顾轰呀轰地打。哎呀，一哈儿大雨就落起来了！这回，那堂的人全部得救了。

再说钱财，他一个人担起那挑货去卖。他不会做生意，也不会精打细算，卖点钱就三花两花；等货一卖完，就腰无半文了。他不晓得哪个打听到仁义没有死不说，倒转还发了大财，就想去投靠仁义。只是哪有脸去见人家？想一伙，就托了一个人先到仁义那去探探口气。

仁义是个菩萨心肠，听说老表硬是没得法子，可怜他，没跟他两个计较过去的事，就把他接去了。

你默到钱财是个好东西唦？几天好日子一过，他又打起发财的主意来了。他东掏西掏，把仁义发财的根根掏到过后，就对仁义说："我说老表呀，你看我恁穷哪个做嘛，一味巴到你吃闲饭哪个好意思吗？我要是也像你恁个发财就好了，恁个要得不？你把我再放到那口井头，让我也去碰碰运气看。"

仁义想了想，大伙都发财当然更好啊。他就和钱财一路又到那口井跟前，把钱财放下井去。

那天晚黑，三个老头当真又来了。他们一拢井边边闻到有生人气气，有个老头就说："嘿，这回水井头的是个黑心子人，我看他是玉皇大帝卖新谷——天仓满。不医治他，他不晓得厉害。伙计，弄泥巴把他埋在里头。"

这一来，钱财就遭埋在水井头，二辈子都起来不到了。

讲述者： 刘远扬，男，汉族、初中学历，巴县走马乡（今九龙坡区走马镇）银岗村八社
采录者： 艾一苇
采录时间： 1990年6月
采录地点： 巴县走马乡（今九龙坡区走马镇）工农村

106

赵元祈寿

有个赵元，家里很穷。两娘母全靠他打点儿柴来卖了维持生活，吃点稀饭都是清汤寡水的，经常有了这顿没得那顿。

赵元满十九岁那年，有一天，他到八字先生袁天罡那里去算八字，想看看自己为啥恁个穷，看有点儿变着[1]没得。袁天罡一算说："吔，你这个人，只活得到十九岁个。今年就该死。"

赵元说："先生，我死了都看得淡，只是我妈要饿死。是不是求得到寿呵？"

袁天罡听他要祈寿，就说掌握生死那两个人，某天某天要在某个桥上下棋，叫他去割一点肉来办菜，弄得热热烘烘的，再打上一斤把酒，准备好杯筷。等他两个下棋下起了劲的时候，用条盆装起，悄悄从桥脚把酒菜顶上去。若是他两个把你的东西吃了，你就有指望；要是不吃的话，就没得指望。

老实的，到了那天，赵元就把柴卖了，用那个钱去割了一斤肉，打了一斤酒，准备了两双筷子、两个酒杯用条盆装起。来到桥下，等那两个人下棋下起了劲的时候，他轻脚轻手地把条盆从桥脚朝上顶。那两个下了一阵棋，一看：嘿！哪来的酒菜呀，还热气喷喷的。

有一个说："伙计，管它哪来的哟，我们吃啊，吃啊！"

两个就一歇吃了。吃倒是吃了，只听桥下面"汪"的一声有人哭起来了。

喊吃那个问："你哭啷个呀？"

另外那个说："好像是赵元，你哭哪样？"

赵元说："袁先生说我十九岁就要断阳寿。我死了都看得淡。我妈那样大年纪啷个做嘛？也要遭饿死幺台呀。"

他们把生死簿翻开一看，赵元的阳寿硬还是一十九岁。他们心想：这事儿不好搞地。给他改嘛，阎王晓得了脱不到手；不给他改呢，又吃了人家的东道。管他的哟，给他改一下。

他们提笔把"一"字一改，就成了九字，赵元阳寿九十九岁。

后来，赵元硬是活到了九十九岁呢！

讲述者： 宋朝福，男，汉族，不识字，农民
采录、整理者： 金祥度
采录时间： 1987年10月
采录地点： 巴县忠兴乡（今巴南区南彭街道）

[1] 变着：变化，转机。

107

张公百忍

据说，过去有一个姓张的，他做啥子事情都以忍让为先，处处为人家着想，所以，大家都叫他张百忍。有时，也难免有人骂他几句，他听了却说："我没有惹他，他不是在骂我。"大家都说他硬是忍得。

有一天，张百忍接孙儿媳妇，办了一百多桌酒，远亲近邻都来吃酒席。正当晌午开饭的时候，有一个叫花子跑来，腔都不开就坐了首席。他穿的衣裳又脏又臭，还把一双生癣长了蛆的脚杆放在板凳上来抠。结果把一桌人都烦走了，他一个人吃一桌。百忍的孙儿看了就告诉爷爷，百忍却说："一个长期流浪的叫花子，好不容易一个人安安逸逸地吃上一顿，就让他吃吧！"这个叫花子吃完饭就跑去晒太阳。

晚上新郎新娘入洞房了，叫花子却睡在新房里不出来。百忍的孙儿又跑去告诉爷爷，百忍说："一个叫花子一辈子好不容易睡到这样的铺陈[1]，就让他去睡，你们换一个房间就是了。"孙儿心想，让他睡一下倒也不要紧，可是，

[1] 铺陈：指睡觉时所用的卧具。

他那双生癣长蛆的脚，不晓得要把铺盖弄得好脏呢！但是爷爷说了，也只好算啦。

到了半夜，叫花子睡在新房里好像在拉稀，屙得稀里哗啦的。百忍的孙儿两口子在隔壁听了急得没办法。第二天，天一亮，孙儿就跑去告诉爷爷，百忍又说："弄脏了洗了就是了，快去叫他起来洗脸吃饭。"孙儿跑去叫那个叫花子，可是随便哪个都喊不开门；就去把爷爷喊来，也叫不开门。就叫人把门端开，里面没人。把蚊帐一捞，看见一床铺金晃晃的金子。

原来那个叫花子是个神仙。他听说张百忍啥子都忍得，就跑来试他。结果硬是真的，就在床上屙了一床铺的金子报答他。

讲述者： 刘国均，男，汉族，小学学历，东民乡农民

采录者： 程才荣

采录时间： 1985 年 6 月

采录地点： 荣昌县东民乡（今荣昌区荣隆镇）

108

张寄和文珠

从前，有个姓文的员外，家里很有钱。他有个女儿叫文珠，长得人是人才，貌有相貌。附近有个员外姓张，生有一子，叫张寄。两个员外共同请了一个老师，来教这一男一女。张寄和文珠，从小在一起读书玩耍，感情很好。

哪晓得好景不长。几年之后，张员外因与别个打官司，没塞县太爷的包袱[1]，输了官司又赔了很多银子，家里就败落了。张员外又气又怄，一口气上不来也死了。从此，张寄就靠卖字画挣点钱过活。

张寄和文珠一天天长大，加之文员外又看不起张家，他们之间就不容易见面了。但他们感情很好，就悄悄来往。久而久之，文珠的父亲晓得了，很冒火，就把文珠打了一顿锁起来。文珠想不通，就"两个五百——一吊"，死了。文员外正在气头上，硬不准家里人埋文珠，要把文珠甩到山上去喂狗。家里人没办法，只好照办。

张寄听说文珠死了，哭得死去活来。又听说文员外要把文珠甩到山上喂野狗，就扛起锄头悄悄跟在后面，想等

[1] 塞包袱：行贿。

没有人时将文珠安埋。

到了山上，抬文珠的两个人把文珠甩了就走。张寄跑上去，跪在文珠的面前哭，边哭边挖坑。坑挖好，正想把文珠往坑里放时，听到有人在喊："埋不得，还要活！"张寄车转身顺着声音去找，看见一个老婆婆站在那里。张寄就请老婆婆救文珠。老婆婆说："何须我去，你自己就救得活！"她拉着张寄的左手，在中指拇上吹了口气，对张寄说："你把这根指拇咬出血，把手指放在姑娘的嘴里，她就活了。"张寄照到恁个做了，姑娘果然就活过来了。文珠想起她屋头老汉又凶又恶的样子，就不敢回家。张寄早就没有家了，他们商量了一阵，决定离乡远走。第二天，他们砍了些楠竹，用山上的野藤扎了个筏子，就顺河而下。一路上，碰到有人户的地方就停下来，张寄上坡去讨饭，饭讨得少就光给文珠吃，自己扯谎说吃过了，背到起悄悄喝河水填肚皮。

他们在河上漂了半个多月。一天，来到一个大场镇，张寄又上街讨口，文珠守在竹筏上。这哈儿，河上来了一只商船靠在竹筏侧边。船上的商人看到漂亮的文珠，眼睛都定了。开先，文珠还有点害羞，后来看到商人穿得体面，又想到自己的苦日子，就动了心。这个商人很会察颜观色，看到文珠动心了，就大起胆子对文珠说："你何不到我船上来？"文珠没开腔，心头在想：我这样跟着张寄到处流浪也不是办法，不如跟了这个商人，叫商人拿些银子给张寄，他也好谋生安家。当商人再次提出要她上船时，她就向商人提出要钱的条件。商人答应给张寄二百两银子。文珠要商人把银子拿到竹筏上，她再过船去。商人就叫手下人拿了二百两银子到竹筏上。文珠也随着那人到了商船上。

张寄讨饭回来，发现竹筏上没人了，赶忙大喊起来。文珠把头伸出船窗外，说明了刚才的事情。张寄气得不得了，把银子"叭"地甩了过去，对文珠说："我什么都不要，只要你把我的血还我！"文珠拔出簪子，把右手中指戳了个眼，滴了三滴血出来。她的脸色马上变了，像一张黄纸。

张寄不忍心看到文珠那痛苦的模样，撑起竹筏就走了。结果，还没等到天黑，文珠也死了。商人把她埋在河滩上。没得三天，一场大水把文珠的尸体冲到河头。后来河里就

长起数不清的虫子。这些小虫子就是文珠变的。她为了活转来，到处飞着找张寄，希望再得到张寄的血。张寄呢？早已不知去向。于是小虫子就到处飞，叮人血。

讲述者：   匡波，男，汉族，玉溪乡初中学生
采录、整理者：刘健
采录时间： 1985 年 12 月
采录地点： 潼南县玉溪乡中学

附
记

这则故事是由讲述者在其中学班上讲给同学听的。小故事家的讲述配合丰富且夸张的肢体动作，惟妙惟肖，收获了班上听众的掌声。

109

当
良
心

从前，有个教书匠，家里婆娘儿女五口人，全靠他一个人教书的钱维持生活。那阵的钱一年比一年不管用，他屋的生活也一年不如一年。

这一年眼看年关已到，可家里连一颗米都没有了。他想了个主意，写了"天地良心"四个字，拿到当铺去当了一锭银子，欢欢喜喜拿回家里交给堂客，叫她买过年的东西。堂客觉得奇怪，男人哪里来的银子？就问起银子的来历。教书匠把写字当银子的经过跟堂客摆了，堂客不但不高兴，反而冒火了。但想到年根三十，闹起不好，就心平气和地跟男人说："为人在世都要讲究良心，怎能把'天地良心'卖了。你把我的嫁妆拿去当了，把'天地良心'取回来，余下的钱再买过年的东西。"这位教书匠听后觉得有理，就照堂客说的去做，同时把堂客的话告诉了当铺老板，把"天地良心"抱回家里。这一来，当铺老板觉得这两口子忠实可靠，就把这个教书匠请去给他守当铺。

这天，又是腊月三十。老板要回家过年，就要教书匠给他照当铺。走的时候吩咐说："大年初一不管多少东西，不管大小，只要有人拿来当就要收。"老板吩咐完就

放心大胆地回家过年去了。正月初一这天，早上铺门一开，只见八个人抬了死人棺材来当。教书匠一看，觉得不大吉利；但老板有吩咐，还是当了下来。

年一过，老板回到铺上。一见教书匠大年初一当了死人棺材，心头就有些气，对教书匠说："把死人和棺材抬在你家安放。"教书匠只好答应。老板就叫人把这死人和棺材抬到了教书匠的家中。隔了半个月，一直没有人来取。教书匠以为死人早已烂了。回家打开棺材一看，结果好好的，一点没烂。他又回到当铺，一天都提心吊胆的。又隔了一个月，死人棺材还是没得人来取。教书匠又打开棺材来看，没想到那死人变成了一个金娃娃！

从这以后，那位教书匠就发了财。

讲述者：　王福海，男，汉族，不识字，福禄乡红山
　　　　　六队农民
采录者：　王章斗
采录时间：　1985 年 11 月
采录地点：　璧山县福禄乡（今璧山区福禄镇）

110

心中人

杏花村有一个冯大娃，父母年迈，母亲又生病在床，一家人全靠他打点鱼、砍点柴来维持生活。有一年父亲的生日，母亲叫他拿三吊钱，到街上去打酒买肉。

大娃走到场口，遇见一个老婆婆在哭哭啼啼地讨钱。老婆婆说："我在县太爷家帮了好几年工，从来没有得过工钱，只是俩娘母吃点饭。现在我女儿十六岁了，县太爷要她当小[1]。我们不干，他就倒说我差他三吊钱，限三天内还清！还不清就硬要我女儿作抵。"

冯大娃一听，就把自己的三吊钱，全部送给了老婆婆。他看到老婆婆又急又累那个样子，便说："我没得事，就背你回去吧！"于是，背起老婆婆，一哈儿就走拢了她家。来开门的是一个漂亮的姑娘。老婆婆说："这就是我女儿杏花。这是恩人冯大娃！"从此，两个年轻人就以兄妹相称。大娃经常为杏花家送点柴、鱼；杏花也常到大娃家，帮忙做点家务活路。两家人很合得来。

过了两年，杏花的妈突然得急病，临死时对大娃说：

[1]　当小：做妾。

"娃呀，我死后，你就和杏花做夫妻吧……"老婆婆死后，大娃把杏花接到家中，打算到孝满后，再成亲圆房。

这年端阳节，兄妹俩驾只小船，在河边打鱼。忽然划过来一只花船，上面坐着有名的花花少爷。少爷问："冯大娃，你船上那个姑娘是啥子人呵？"大娃说："是我表妹呃！"

第二天，花花少爷派人送了一张请帖，要冯大娃去吃酒。杏花说："哥，这酒是不好吃的哟，你要早点回来啊！"一去，花花少爷就提出来："冯大娃，把你表妹嫁给我，要得不？"大娃不开腔，只是摇脑壳。花花少爷看他不答应，又说："不是我要你那表妹，是我那当县太爷的舅舅，要娶你那表妹作偏房。如果你不答应，只怕你命都保不住哇！到头来，你表妹还不是他的人？"花花少爷见他还是不开腔，就说："好，你回去商量商量。限你三天，把表妹送到县衙门去，不然的话，就莫怪我不客气了！"

大娃走后，花花少爷一想：这个事还没有给舅爷打招呼。万一冯大娃真把表妹送去，被舅爷霸占了，还枉费心思哩！就先写了一封信，叫人送到县衙门去。

县太爷接到信一看，晓得是两年前自己想弄到手的杏花。心想："干脆，我两舅侄都不要算了，拿去献给皇上。"就写了一封奏章，夸奖杏花像天仙一般美貌，请皇上派人来看。

冯大娃回家后，心焦得很，又不敢把实话告诉父母和杏花。眼看三天限期快到，才把实话说了，一家人抱起哭成一团。正在哭时，县太爷坐了大花船，靠在河边来接人了。父亲说："娃呀，你同杏花快跑吧！"大娃和杏花向父母磕了一个头，拉起就往后山跑。他父亲去开门，被撞进屋的差人把门板推倒，恰好把他压在门板下，遭踩死了；老婆婆生病在床上，也遭吓得气死了。

差人些追到后山上，把杏花抓住押上大花船，大娃就浮水来追。两只手刚刚扳住船舷，被船上的差人一刀砍脱了四个指拇，又一篙竿打在脑壳上，冯大娃就沉到河里淹死了。

杏花见大娃一死，也不想活啦！挣脱了差人的手，也跳进河里淹死了。县太爷赶忙叫人打捞，捞起来一看：大娃和杏花紧紧抱在一起，随便嘟个都分不开！

县太爷见两个都死了，就叫人在河边架起柴火，把两人的尸体烧了。烧了三天三夜火才熄，可是灰灰堆里，却有两个东西在发光。刨出来一看：是两颗晶明透亮的人心子。一颗里面有个男人，而另一颗里有个女人。不论嘟个把心子转来转去，里面的男人和女人，都会相对着微笑，真是神奇极了！

县太爷一想：奏章已上了，美人又死了，如果皇上怪罪下来，有欺君杀头之罪！不如把这两个宝物，赶快献给皇上，还可将功折罪。便命人做了一个精致的木盒子，把两颗心子放在里面，亲自连夜送上京城去。他向皇帝说："陛下，我送来一对宝贝人心子。心子里有一男一女两个活人，还会笑会动哩！"皇帝听了很高兴，就喊把盒子打开。打开一看：里面的两颗心子，都化成了一汪血水，臭气熏人！皇帝大怒，说县官有欺君之罪，命令推出午门斩首。县官大喊冤枉，皇帝便暂时不杀他，叫一个大臣审理这个案子。

大臣一审问，县官只好把一切经过如实招出。大臣很同情冯家的苦难，便奏明皇上：县官害死四条人命该杀头；花花少爷欺压百姓该充军。就把这个案子理清了。

大臣回家把这件事告诉了夫人，夫人也怜惜冯家的遭遇。晚上，他俩夫妻都做了一个同样的梦，梦见大娃和杏花跪在面前说："感谢大人为我们伸冤报仇。想到你们膝下无儿无女，我们愿意来作儿女。"不久，夫人就怀孕了，生下一男一女双胞胎，很像冯大娃和杏花。

讲述者： 朱永书，女，汉族，不识字，农民
采录者： 汪江
采录时间：1985 年 12 月 20 日
采录地点：万盛区南桐矿区万盛乡（今綦江区南桐镇）

111

两姊妹与花王

从前，有个张老汉，他有一对双儿，都是女娃儿，像两朵花恁个，乖得很，长来一模一样的，只是姐姐要稍微胖点儿，要不是还难分出大细。

十八岁那年，还有十多天就是两姊妹的生期了，张老汉问她两个要啥子供生？大双儿说要件漂亮的衣裳，小双儿说要一朵很好看的野花。衣裳好办，请个裁缝缝就是；十冬腊月的，很好看的野花到哪里去找呢？为了顺幺姑娘的心，张老汉还是到处去找来试。

张老汉找遍了平坝，没得。他又上高山，草鞋都爬烂了几双，在一个大岩洞口找到了一片很好看的花。张老汉看到欢喜昏了，左挑右选，摘了一朵最好看的。这时从那花心心头跳出一个小伙儿。

他问张老汉："你是哪个？为啥子要摘我的花？"

张老汉说："我姓张。"接到就把小双儿供生要一朵花的来龙去脉摆给小伙儿摆了。小伙儿说："本来我是要喊你赔的，看在你幺姑娘喜爱花的分上，就算了。回去问她一下，我这里正缺个养花的，如果她愿意，就喊她来嘛。"

张老汉拿起花回到屋头，两姊妹看到老汉儿拿恁好看一朵花，还怄粗粗的，就问为哪样不高兴。张老汉就把找花的经过情形摆了，问小双儿去不去。小双说："要噻！"大双儿还打她的岔嘴，喊她莫去。

小双儿到了山上过后，就和小伙儿两个成了亲。原来这小伙儿是花王，只不过没有哪个晓得。小双儿穿不愁吃不愁，大双儿知道了很打失悔，该晓得嫁给那小伙儿就对了。

有一回，小伙儿出远门去了，小双儿喊大双儿去跟她打伴。大双儿去一耍呀，觉得啥子都比屋头好，就不想回去了。她想大姨姐儿住在妹夫屋头不是个牌，她就起了坏心。她喊妹儿把衣裳脱给她穿一下，首饰取来戴一下，看好不好看。大双儿穿戴好了，喊小双儿到外头井边去耍。

大双说："妹，你来看，水头的影子像哪个？"

小双说："哎呀，我两姊妹一模一样的！"

大双趁小双不留意，一下就把她抽进水井，赶忙盖好盖子，就回小双的屋头，像小双恁个生活起来。

没隔好久，小伙儿回屋了，大双儿啥子都学小双恁个样儿，像得很，小伙儿一点都没有看出来。他去担水揭开水井盖盖，"卜"的一声飞出一只雀雀儿。从这天起，这只雀雀儿天天都在岩洞洞叫唤："羞羞羞，姐姐用我梳子，戴我的环子，照我的镜子，绷她的面子，害死她妹子。"

大双儿听了，心头嘿门害怕，捡坨石头把这只雀雀儿打死了，窨在岩洞侧边。不久在窨的地方，长出了一根红枣子树，就在那年就开了花、结了果。小伙儿爱在枣子树底下歇气，想吃的时候只要嘴一张，枣子就落到他的嘴头，硬是又香又脆又甜。大双儿也想吃，在树子底下张起嘴巴等，枣子就不落下来，她就拿起竿竿去打，竿竿还没有打到，一颗枣子一下就落进了大双儿的嘴头，她一下咬下去，"科"一声，把她的牙齿都摁落两颗，鲜血跟到嘴角流。大双儿痛得鬼火冒，把枣子树砍来烧了。在烧的时候，只听到"啪"的一声，从火头爆出一颗火石儿，把她的眼睛打瞎了。这一连串的事都叫大双儿不顺心，她仔细一想呀，多半是自己做了亏心事，她就把害死妹妹的前前后后对小伙儿摆了。她想现在自己这样难看，活在世上也无用。小伙儿还没有回过神来，大双儿已跑到水井边。等小伙儿追拢，只见她一下跳进去，马上从水井头冒出一股白烟烟，越集越多，越来越大。等烟烟慢慢散开，中间现出了小双儿。小伙儿几步跑过去，把她紧紧抱在怀头。

讲述者：　魏显德，男，汉族，小学学历，巴县走马乡（今九龙坡区走马镇）退休干部

采录者：　钟守维

采录时间：　1990 年 6 月

采录地点：　巴县走马乡（今九龙坡区走马镇）工农村

附
记

2021 年 1 月周铀在渝北区黄泥磅访谈了这则故事的采录者钟守维。据钟守维讲，魏显德和魏显发两兄弟是著名的民间故事家，被联合国教科文组织称为"东方的格林兄弟"。他们一般在茶馆、院坝讲，或者在生产劳动的间隙讲。魏显发的风格比较沉稳一些，语言连贯，出口成章。魏显德则幽默风趣，与听众互动性强，有时让听众猜一猜故事发展。如本文大双问妹妹，"你来看，水头的影子像哪个？"他就伸长脖子问听众，"你们说像哪个？"听众情绪活跃，七嘴八舌议论起来。他就笑呵呵看大家猜。在语言上，魏氏兄弟特别讲究方言的运用，比如"欢喜昏了""大岔嘴""摁落""抽进水井"等，形象生动，深受乡里乡邻的喜爱。

112

亲生儿子比妈大

一天晚黑，有个人叫两个轿夫把他抬到一个阴森森的地方，那个地方摆着一些怪头怪脑的刑具，有些人在那里受怪眉怪眼的罪：有遭用解锯解的，有遭下油锅炸的，有遭放进磨眼推的，有走尖刀山的……啥子花样都有。轿夫见那些人丧德得很，就用身上所有的钱把一个年轻人买了出来。分路的时候，有妻室儿女那个轿夫叫单身轿夫做好事，把那女的引回去喂起。单身轿夫见她无依无靠，就答应了。从此，那女的就和轿夫成了亲。

轿夫经常在外面抬轿，他的老妈和媳妇两个在家过日子。日子一长，老妈发现媳妇每晚黑都要把脑壳端下来梳头，梳好过后又端回去，然后从窗口飞身出去，天亮前才飞回来睡在铺上，就遭骇昏了。儿子一回来，她就赶忙给他说了。儿子开头还不相信，后来悄悄一盯，硬还是的！他也遭骇到起了。

女的晓得事情瞒不住了，就对轿夫说："我确实不是人，是鬼。只是我不是恶鬼，外搭你又救了我，对我恁个好，我是绝不会害你的。"

轿夫说："你既然不是人，啷个能够长久跟我两个在

一起过日子喃？你走吧。"

女的说："本来我再到阴曹地府去受一段时间的罪过后，就可以投胎转世了。只是我现在已身怀有孕，我有罪，娃儿没得罪，等娃儿生了我就走。"说完，眼睛水直顾冒。

几个月后，娃儿出生了，那女的把娃儿右脚的大指拇咬下一块，用布包好装在木盒盒头，拿去埋在香火脚脚，隔了七天，她就走了。

那娃儿从小就很精灵，读书也用功，十八岁那年就考取了进士，后来就当了大官。那天，大队人马护送他回家祭拜祖宗。在半路上，一个十四五岁的小女子拦住轿子，说轿子头坐的是她的儿，她要见他。随从的人以为她胡闹，正默到把她轰走的时候，轿子头的人喊："不忙，让她说说再看。"

轿子头的人又问："你小小年纪，和我素不相识，哪个说我是你的儿喃？"

"你右脚的大脚趾缺了一块，是不是？那是你刚生下来的时候我给你咬了的。"

大官心想：这就是个怪事了。除了我自己，没得哪个晓得我大脚指拇少了一块，她是哪个晓得的喃？莫非她……不会，不会，看她年纪比我还小，绝不会是我的母亲。

小女子见他不相信，就说："回家去你自然就明白了个。"

大官就叫随从用轿子把小女子抬回家。回家后，小女子从香火脚脚把木盒挖出来，那头装那点肉也长大了些，拿去放在大官大脚指的一比，点儿都没得差错。小女子又把她哪个在阴间受完罪去投胎转世的事一歇摆了，大官才完全相信了，赶忙在香火脚下跪拜比他小几岁的妈。

讲述者： 魏显德，男，汉族，小学学历，巴县走马
　　　　 乡（今九龙坡区走马镇）退休干部
采录者： 钟守维
采录时间：1990 年 6 月
采录地点：巴县走马乡（今九龙坡区走马镇）工农村

113

土地公公会铺排

有一座土地庙，庙里头供着土地公公和土地婆婆。

一天，来了一个种梨树的农民，备了丰厚的供品，向土地求告说："请菩萨保佑，千万莫要吹风。我的梨子收成好了，再来烧香还愿。"说完就走了。

不一会儿，一个撑船的提着刀头来向土地菩萨哀求说："请菩萨大慈大悲，多刮顺风。保佑我一帆风顺，我再来还愿。"

接到来了个庄稼人，他向土地烧香许愿说："请菩萨落一场透雨，我好整干田栽秧。打谷子时，我拿个大鸡公来谢你。"

没隔多会儿，一个赶场摆摊的生意人，手拿供品来求土地说："菩萨保佑，千万落不得雨哟！我生意好了，感恩不尽呵！"他连拜数拜走了。

天黑了，土地也吃得酒醉饭饱了。土地婆婆说："你看，人家又请吃，又送礼，又要风，又不要风；又要雨，又不要雨，你办得到吗？"

土地公公对老伴说："你莫着急，我自有万全之策。夫人你请听，吹风莫吹梨子园，吹到河边好行船；白天晴

起好走路，黑了落雨整干田。"土地婆婆说："嘿！你硬还会铺排哩！"

讲述者：	魏显德，男，汉族，小学学历，巴县走马乡（今九龙坡区走马镇）退休干部
采录者：	钟守维
采录时间：	1990 年 6 月
采录地点：	巴县走马乡（今九龙坡区走马镇）工农村

异文：土地佬贪财

一天，李子园的老头子看到园里的李子长得比别人的都好，眼看就快要黄了。他怕大风把李子吹落了，就想了一个办法。他看到土地老汉在那里坐起耍，就跑去许愿："土地神，我的李子快黄了。你要是保佑我的李子不遭大风吹落的话，我二天给你烧两百吊长钱。"土地老汉高兴地答应了。

第二天，一个划船的来找土地佬，求他吹点大风助点力。划船的说："你如果做得到的话，我隔天就给你烧两百吊钱。"土地神想了想，高兴地答应了。

第三天，当地被干得水都没有吃的农民一齐来找土地佬想办法，带了两百吊长钱和一些吃的东西来求他下点雨。这一下，土地神发愁了。他想，前天有人要求我不吹风，我是承认了；昨天有人来求我吹风，我也承认了；今天又有人来求我下点雨。几件事情互不相容，这哪个办呢？不承认吧，眼看到手的两百吊钱得不到，连那些吃的东西也尝不到一口；承认下来吧，又办不到。后来，他硬起头皮还是承认了。

晚上，土地佬睡在床上想了很久，最后找来笔、墨、纸张写了一张告示，贴在土地庙的墙上。告示上写着：

吹风不吹李子园，

专吹河下好行船。

白天晴起好挂面，

夜晚落雨好整田。

讲述者：	封忠焱，男，农民，初中学历
采录者：	封孝文、熊云
采录时间：	1986 年 11 月
采录地点：	南川区神童乡（今神童镇）金塘村三组

114

秀才与三仙

从前，有位秀才上京赶考，走到一座山脚下，忽然听见山腰传来喊救命的声音。秀才赶紧跑去，可是左看右看不见有人。秀才暗暗心慌：莫非我碰到了鬼！正打算往前走时，又传来喊救命的声音。秀才忙问："你在哪里喊救命？我四处寻找，哪个不见你？"

那声音回答说："我们本是蛇仙、鼠仙、蜜蜂仙，只因触犯天规，被玉皇大帝压在这座山下，现已满期。菩萨指点说，今天有人来救我们，我们才喊救命的。只要你把这几根草一扯，我们就会得救。以后我们会感谢你的。"

秀才把那几根草一扯，把它们救了出来。蛇仙、鼠仙、蜂仙十分感谢秀才，就与秀才结拜为弟兄。分别时，对秀才说："你如有难，喊我们三声，我们就会前来搭救你。"

秀才继续往前走。几天后，来到一条河边，只见江水奔腾，无桥、无船，难以过河。秀才想起他的那三位弟兄，向天喊道："我今天有难，请弟兄们快来搭救！"

话音刚落，三位弟兄出现在他面前，争先恐后问道："老大有啥子难处？我们一定舍身相救！"

秀才说："我走到这里，过不得河，请你们把我送过河去吧！"

鼠老三说："你骑在我背上，我背你过河。"

蜂老幺说："还是抓住我的翅膀，我一下就飞过去啦！"

蛇老二赶紧说："你们说的都不好，还是我搭桥让老大过河吧！"

说着把尾巴一甩，架起了一道拱桥，张秀才安安稳稳地走了过去。

过河后，他大步向前，不几天，来到京城。哪知考期已过，无法再考。来到大街，看见一张皇榜，上写着："皇娘病重，若有人能治好，赏给金银财宝一车；若是未婚男子，招为驸马。"皇榜前，人山人海，但没人敢去揭榜。

张秀才也在人群中发呆，忽然蜜蜂老弟飞到他耳边说："我给你一件宝物，定能治好皇娘的病。"说完，给了秀才一面宝镜。张秀才胆子大，走上前去揭下皇榜，守榜的卫士把他带入皇宫。

来到皇宫，秀才见过皇帝后，就去治病，拿起宝镜向皇娘头上一照，皇娘顿觉好了许多。他天天用宝镜照皇娘，没过多久，把病完全治好。皇帝、皇娘大喜，就要招秀才为驸马。张秀才说出这次上京投考误了考期。皇帝、皇娘一听，格外开恩，准他补考，当场面试，秀才文才出众，点为状元。

正准备招他为驸马，但朝廷内不少大臣的儿子都想当驸马。皇帝为了显示公平，决定采取"认轿选婿"方式招驸马。吉日那天，锣鼓喧天，共十二乘花轿走在街上，好不热闹。想当驸马的公子哥儿成百上千，但却无人敢点。

张秀才正在为难的时候，蜜蜂仙又飞来告知：见有蜂子追上追下的，就是公主花轿。秀才这下心中有数啦，鼓足勇气，认准之后，大步向前，喊声："我选这一乘！"掀帘一看，正是公主！于是，他被招为驸马。

这真是，救人一难，得来终身福禄。

讲述者：　许思仁
采录者：　夏智富

采录时间： 1986 年 7 月 16 日

采录地点： 万州区凉风乡（今甘宁镇）桐坪村

115

神奇的十兄弟

　　从前，移山的一个村里，住着一家姓梁的老两口。他俩为人忠厚善良，靠种田过活，算得上村里的好人家。可惜老两口五十多了还没有个儿女，常常愁眉不展。

　　一天，一位长着白胡子、拄着手杖的老头路过门前，问他老两口算个八字不。老两口说："算八字有啥用，又算不来个儿女。"白胡子老头问："哦，你们要几个儿子呢？"老两口说："要几个？有一个就好得很啰！"白胡子老头说："你们别急嘛，我保证不到一年，你们要生十个儿子。"老两口一听，惊喜地问："这话当真？"白胡子老头说："当然是真的呀！不过，你们生了十个儿子，一定要等我来给他们取名字。"说完，白胡子老头就不见了。

　　一晃就是一年，老太婆真的一胎就生了十个儿子。第二天，八字先生真的就来了，进门就说："恭喜你们生了十个儿子。"老头子急忙迎进屋里，口中不停地说："十个十个，谢天谢地，真不知怎样感谢您才是哟！"八字先生说："呃，别那么客气嘛，我来给你这十个儿子取名字了。这十个名字是：听事一、力大二、硬头三、散风四、大肚五、散气六、高脚七、巨口八、雷公九、造船十。"名字取完后，他就准备走了。老头子忙问："先生，您取的名字是根据哪个字派取的？"八字先生说："我是根据你十个儿子的本领来取的。譬如说，你大儿子叫听事一，就是天底下不管什么事情，他是最先听见的；力大二，就是天底下所有的人都没有他的力气大；硬头三，就是用各种锋利的刀剑都砍不伤他的头。同样，其他几个儿子都有一项与他名字相合的本领。你这十个儿子比八仙还强，就是皇帝老子想欺负你们都不行。"这一下，可把老两口高兴得嘴都合不拢了。

不久，老太婆一胎生了十个儿子的稀奇事情传遍了整个移山。后来，不知怎么传到皇帝的耳朵里去了，把皇帝都惊呆了！他想：了不得，了不得！这是世上从没有的事，一定是神仙投的胎。如果让这十个穷鬼长大了，我这皇帝位子怎么坐得稳呢？他暗暗打了一个坏主意，想把梁老汉这家除掉。

一天，皇帝派兵前来要老两口一家去扛两万多斤重的一根大木料；如果扛不起的话，就要全家问斩。皇帝的诡计，早被听事一听见。全家商量后，派力大二前去。说来也没人相信，力大二用两个指拇一抬就将木料扛起了。

这一下，把皇帝惊呆了，决定先把梁老汉全家用刀剑杀死。结果，又被老大听见了。到时，派了硬头三一个人前去对付。皇帝见硬头三来了，就命令动刀，可怎么也砍不进去。后来，兵士们把刀剑都砍断了，可硬头三的脑壳连一根头发也没有伤着。这一下又失算了。皇帝又决定用世上从没有过的大风把他们一家全部吹散，让他们一家永远不能团聚。老大晓得后，散风四前去抵挡。皇帝的诡计又没得逞。

皇帝不甘心，又心生一计：煮一斗二升米的稀饭给他们吃，我要用稀饭把他们胀死。这一诡计又被听事一听见，派大肚五前去。大肚五的肚子长得真怪，能大能小。他走去只消几口，就把一斗二升米的稀饭吃光了。皇帝的诡计又落了空。

皇帝又下令把他们全家都抓来放在蒸笼里蒸，要把他们一个一个蒸死。此事又被听事一听见，又派散气六一个前去。散气六一去，就被扣在蒸笼里，烧起熊熊大火。皇帝心想，这下看你从哪里跑。这时，听到散气六在里面大喊："快把火烧大些，我在里面还冷呢！"皇帝的鬼条又落空了。但他还不死心，准备把梁老汉一家人一个一个地甩到大河里淹死。这事又被听事一听见，赶快叫高脚七一个人前去。皇帝的士兵将高脚七甩到大河里。这时，高脚七的脚突然长高，河水才淹到他的膝盖头。

皇帝见这招还是不行，就从海里弄来一条百多斤重的大鱼，要他们一口吞下去，想把他们卡死。这事又被听事一听见，就派巨口八前去。巨口八一到，皇帝就叫他快把鱼一口吞下去。巨口八走上前去，不慌不忙把这一百多斤重的大鱼一口就吞下肚去了。这样，皇帝的阴谋又没得逞。

这天，皇帝又生出一计，叫天上的雷公雷母来打死这一家人。皇帝的鬼主意又被听事一听见。第二天，天空突然变黑，黑得像锅底一样。一会儿，"轰隆轰隆"的雷声从天上打下来。这时，雷公九突然冲上前去，一下就把雷公抓住了。这下，皇帝的诡计又落了空。皇帝还是不甘心，就使出最毒的一招：明天用洪水把他们淹死。这事又被听事一听见，马上和造船十商量，决定晚上造一些大船，让人些都坐上大船。造船十一夜工夫就造出了许多只大船，他们很快地把船送到善良人的家里。第二天，天刚亮的时候，突然河里涨起了大水。一眨眼，水就淹没了房屋、高山。人们坐着造船十造的船，在水上漂流。

皇帝一家人也坐着一条他们自己造的船，想看到梁老汉一家被淹死。水越涨越高，风浪也越来越大。皇帝坐的船被吹翻了，皇帝被淹死了。后来水退了，天下也太平了，人们过着安居乐业的生活。

讲述者： 黄会福
采录者： 秦楠芳
采录时间： 1985 年 12 月 25 日
采录地点： 忠县洋渡镇沿江村

116

汪二

汪二是个勤快人，一天到黑就只晓得埋倒脑壳做活路儿，屋头干[1]得起灰灰。他堂客叫他也像隔壁侯三那样出去找点外水儿，他说："不是我的财喜想找也找不到，我才不去错想哩！"堂客说他是个莽二[2]，一辈子都死不开窍。

有一天，屋头没有柴烧了，汪二出去捡柴。走呀走的，走上山去了，那跟前有道坎坎，上头有个疙苑。他想，我把这疙苑搬回去就行了。哪晓得上去一搬呀，轻轻一下就搬开了，透夹[3]有个炉缸[4]，装了一缸银子。他心想，这一定是哪个藏在这点的，就扯了一把草草，把炉缸就[5]起，光把疙苑背回了家。

黑了睡瞌睡的阵，跟堂客摆谈起这事。堂客问他："为啥不把银子背回来呢？"他说："不是我的财喜我不要嘛，我还扯把草草就倒的哩！"堂客问他："在哪点的？"他就说在哪点哪点，还有一道坎坎。

隔壁侯三两口子听到这边一摆呀，吧！跟老子有银子！就说："老子们去把它背回来哟！"两口子背起稀篮背[6]跑去一看果然有个炉缸。侯三把草草一扯，伸手去摸，想看看里头到底是不是银子。哪晓得，刚刚把手一伸进去，"轰"的一声，一窝蜂子飞出来，按倒两口子直顾蜇。哎哟！断筋蜇痛了哟，硬幺不到台。心想，这个背时的汪二才害死人啰，害得我们遭蜇，立在这点游[7]都游不得哟！看到蜂子又飞进去了，两口子将就那把草草把炉缸就倒起。侯三心想，你们两口子害得我们遭蜇，莫忙，老子也喊堂客把稀篮背掌倒[8]，老子把炉缸抱在背篼头背回去。汪二屋头那窗子随时都没有关的个，背起去往窗子上给他摔进去，他听到响声还不起来打望呀！嘿！整[9]蜂子蜇死他两口子。

老实的，侯三两口子把稀篮背背起，费了不少力才把炉缸背回。接着，就往汪二两口子窗子跟前"吭"的一声倒进去了。

汪二屋头的说："门那跟前儿啷格'吭'的一声哟！起去看一下嘛！"

汪二说："看哪样嘛，还不是啥东西倒了个，睡哟！"

汪二媳妇说："吧！只怕还是去看一下哟！"

侯三两口子一听，赶快跑回屋头去睡倒起说："哼哼，这回子等你两口子好生遭蜇一下。"

哪晓得汪二的堂客起来一看呀：咳！满屋都是银子。

讲述者：　王洪山，男，农民，不识字
采录者：　王确
采录时间：1983 年 8 月 30 日
采录地点：南川区南平镇

[1] 干：穷。
[2] 莽二：傻子。
[3] 透夹：底下。
[4] 炉缸：很大的缸子。
[5] 就：zhòu，堵。

[6] 稀篮背：背东西的大背篓。
[7] 游：动。音"幼"。
[8] 掌倒：扶住。
[9] 整：让。

117

焦玉龙成仙

从前，有两个大财主，名叫葛道成和魏道成。魏道成请了一个放牛娃儿叫焦玉龙，专门放牛割草，还去帮别人挑担子。他放牛的地方叫七曜山，这山从山脚到山顶有四十多里路。他爱做好事，不管哪个人的渠冲垮了他都要给你补好；不管你哪个的谷子倒了，他都要轻脚轻手把它理顺。他给别人挑担子，从来没有收过钱。有一天，玉龙觉得没有啥子事，就到大路上去。他看到一个老头，胡子都白了，挑了一挑竹箢箢。他说："老大爷，把你那个担子拿来我帮你挑；我挑担担，个个都晓得，要钱不挑担，挑担不要钱。拿来我给你挑吧！"那老头说："你不要钱也可以，我要你耐烦。"那老头有二十四个纸团团，一头放十二个。玉龙举在肩膀上挑起走了。爬上坡的时候，那老头才回过头来问："你耐烦不耐烦？"他答应："耐烦。"走了一阵，又问："你耐烦不耐烦？""耐烦。"又走一阵，再问："你耐烦不耐烦？"他仍答应"耐烦"。一连问了二十次"耐烦不耐烦"。要到山顶时那老头又问他："你耐烦不耐烦？"他想这个老头才气人，就说："反正我挑上去就是嘛，不消一个接一个问。"老头听了说："这句话你

说拐了啊。玉龙啊，玉龙！二十个耐烦你都耐烦了，这个耐烦硬是不耐烦。你还有三年的大难，我的担子也不要你挑了！你转去不要帮魏道成了，去帮葛道成。三年满了我再来度你。"

老头说完这话，那担子变得重得不得了，硬是挑不起。玉龙回到家里，找到魏道成说："我不帮你了，我要到别处去了。"魏道成说："你从小就在我们家里，为啥今天要走呢？你去做好事、挑担子我都没有说过你嘛！"魏道成见劝不住他，就把几年的工钱给他算了。玉龙把钱全部拿来买些蜡烛、几大挑香，拿来点起。烟子直冲天上，连天上巡察的千里眼、顺风耳都惊动了。

烧过香烛，焦玉龙来到葛道成家里。葛家正差个长年，就雇了他。他到了葛家，莫说想做点好事，连家里的活都做不完。活路硬是多得不得了，吃也吃得孬，穿也穿得孬；白天做事，晚上还要推磨，累得他不像人样，吃了不少的苦。好不容易混满了三年，玉龙身子瘦得像一包骨头，连路都走不动了。

有天，玉龙给老板说："老板，三年满了，我不在你家做了，我要到七曜山去成仙了，三年前菩萨给我说了的。"葛道成说："你一包骨头架了，现在还成啥子仙啰！干脆送你去嘛！"他明个是送，实际是想看他到底哪个成仙法。他们两个一路往七曜山上走，走到山顶悬岩旁，葛道成说："你要成仙嘛，就到那树上去，用手吊起，眼睛闭倒，我喊你放，你就放手。"他心想：只等他手一放，我就把他打发了，不然还要向我要工钱呢！于是，玉龙就爬到树上去，两手把树枝紧紧抓住，双眼闭倒。这时，葛道成在下面慢慢把烟抽起；等他把烟抽完了，玉龙的手都软了。他说："你哪个还不喊放呢？"这时葛道成就喊："玉龙啊，玉龙，你快成仙了，松脚松手吧！"果然，玉龙把两手一松，呀，落下悬岩去了。这时，突然飞来一条龙，玉龙正好落在那条龙背上，一起飞上了天。

葛道成一看，成仙这么容易，他也想成仙成佛。于是，他就回家办些好的吃了几天，带了个长年和他的老婆一路上七曜山来。他给带来的那个长年打招呼，我们上那大树上去吊起，你把烟吃了就喊松手松脚，我们就飞下去骑龙。我们一走，屋里的家产就算你的了。结果，他两口子爬到

那树上，等一松手，落到万丈悬岩下摔死了。

讲述者：　蒋泽瑞，男，农民，不识字
采录者：　姚晓清、许正华、洪永福
采录时间：　1986 年 8 月 6 日
采录地点：　丰都县开丰乡光明村四组

118

馋嘴的土地神

很早以前，有一家姓张的，媳妇生了娃儿，请了个算命先生来定生庚八字，一算咧，娃儿第一次出行走东方。她家房后是东方，只有朝屋后走。一上岩，就是土地庙，到土地庙前，她把娃儿从背上笆笼头放下来施尿。土地公公出门玩耍去了，土地婆在家照屋，看见张家媳妇抱着娃儿对她撒尿，十分气大。土地婆婆就变成了一个蜂子，去螫娃儿，把娃儿螫得惊叫唤。张家媳妇没法，只好求土地神了。她急忙磕头作揖，说："土地神啊，你保佑我娃儿不哭，我把我家大公鸡杀来敬你老人家。"老实的，娃儿就不哭了。出行回去，媳妇把遇到的怪事跟丈夫说了，男人说："要得，明天杀了大公鸡，煮好去敬土地神就是。"第二天，张家媳妇把鸡拿到了土地庙。土地公公一看觉得很奇怪："张家今天哪个拿好东西敬我呢？"土地婆婆就把昨天的事情给土地公公讲了，两人哈哈大笑。土地婆说："好久没打过牙祭了，今天好好吃一顿！"说着说着吃起花儿开。

又隔了一天，土地婆婆出门去耍，土地公公在家照屋。李员外家一个放马娃，吆着一匹马来土地庙前放。那马吃饱了，玩得正高兴，把尿鞭子伸出来，在肚皮上打得"当那当"的响。土地公公看见了，心想：你这个畜牲才是讨嫌哩！土地公公也变成一个蜂子，去螫马的尿鞭子。马被螫得精痛，就乱蹦乱跳，把土地庙的房子蹭垮了。

土地婆婆回来一看房子垮了，很生气，对土地公公说："前天我照屋，你昨天吃鸡；今天你照屋，哪样都没得吃，房子也被你照垮了。"土地公公说："我以为螫它一下，也有大公鸡吃，没想到，还蹭垮了房子。现在到哪里去坐呢？"天要黑了，土地夫妇到处找房子都没找到。土地婆婆说："没有办法了，只有坐岩腔啰。"从此，土地夫妇就在岩腔里安了家。

讲述者：　谭云合，男，农民，小学学历
采录者：　陈立权、谢生文
采录时间：1987 年 5 月 21 日
采录地点：南川区石溪乡（今石溪镇）卫星村七组

119

歪屁股菩萨无人敬

以前，丰都城里有一个开钱庄的人，姓文，叫文朝中；堂客姓张，人称文张氏。除了夫妻二人，还有一个娃儿，叫永寿。文朝中有一个知心朋友姓郎，叫郎润齐。由于两个要得好，文朝中就借了三百两银子给郎润齐做生意，郎润齐家里也逐渐好起来了。谁知后来文朝中在儿子几岁的时候就得病死了，郎润齐不承认这一笔账。一天，文张氏去找郎润齐讨账，郎润齐说已经还了的。还说："大嫂，你如果不信的话，我去把账本抱出来你看嘛，哪一年哪一月哪一天还多少数字都记得一清二楚的。"文张氏不服，说："文朝中要死的时候都还招呼我们来收，怎么会是还了的呢？"

郎润齐听了，说："如果你实在不相信，红庙子的威灵大仙很灵，要风得风，要雨得雨，我们去红庙子里跪在威灵大仙面前赌咒嘛。"

文张氏听了，满有把握，于是就说："要得嘛。"两个人就一起出门去红庙子赌咒。但出门之后才走了几步，郎润齐又说："今天快要黑了，干脆明天一早再去哟。"

文张氏说："要得嘛。"于是两个人约定了，郎润齐第二天上午在家里等，等文张氏到了郎家以后，大家再一路去红庙子赌咒。

谁知文张氏一走，郎润齐马上就私自提一块刀头肉、一只红鸡公到红庙子去了。进了庙里，郎润齐把香烛纸钱点起就说："威灵大仙在上，在下郎润齐，过去欠文朝中的三百两银子分文没还。今天他堂客来找我讨账，我说还了的，还拿出一本假账簿给她看，说哪年哪月哪一天还了多少，哪一年哪一天又还了多少，就把她骗走了。现在说的是明天一早到你面前来赌咒。你如果灵验，明天我们来赌咒时，你就弄他们家跌破脑壳摔断脚杆。如果你真的应了我说的要求，我给你威灵大仙穿上金袍。"

第二天，文张氏在家里把猪儿喂了，家务事情做完了，才领着文永寿一起来。郎润齐见了，说："我还以为你今天不来呢。"文张氏说："昨天说好的，又啷个会不来呢！"两个大人和这个娃儿就一起到庙里去赌咒。到了庙里，郎润齐把香烛纸钱点起，跪在菩萨面前说："威灵大仙在上，下民郎润齐原先欠文朝中三百两银子，早在文朝中在世之前，就已还清。现文张氏不要良心讨谎账。如果是我郎润齐赖账不还，走出山门就摔断脚杆；如果是文张氏不要天良来谎要，走出山门也摔断脚杆。"文张氏等郎润齐说了之后，也跪下去赌了个咒，随后就领着文永寿出来了。果然文永寿在山门上把脚杆刮破了，直是冒血。

这天回去，满城的人都笑文张氏。人家说文张氏不要良心讨谎账，在威灵大仙那里赌咒，结果把自己娃儿的脚杆都跌出了血，鲜血直流。文张氏听了，气愤不过，就到丈夫坟跟前去哭诉："夫君哪，你啷个叫我去讨谎账呢！郎润齐说那三百两银子还了的，我不相信才去赌咒，结果把我们文永寿的脚杆皮都刮出血。"她又说又哭，哭着哭着就迷迷糊糊地睡着了。她梦见文朝中对她说："贤妻呀，你和郎润齐昨天去赌咒就应该昨天去赌咒，啷个走出门又回来嘛。这是昨天郎润齐把你支走以后，他就私自一个人去敬了一块刀头肉和一个红鸡公。他许的愿是把你们的脚杆跌断了，他去威灵大仙穿金上袍，你们又怎么不背时嘛！"

文张氏说："那我们现在又怎么办呢？"

文朝中说："你现在回去请人写道祭文，然后把祭文宣读一遍之后烧了。"文张氏听了，一会就醒过来了。

回去以后，文张氏第二天就去请先生写了一张祭文，然后把纸烛点起，把香案摆起，在地坝中间读完就烧了。结果文张氏把祭文一烧，天上的玉皇大帝马上就知道了。

郎润齐从庙里回来，听说全城的人都在笑文张氏不要良心，非常高兴，他就去买猪来杀了敬菩萨。谁知买了好几天，都没有人说哪里有肥猪卖。有一天他到乡里去买，才听说某人某人有一条大肥猪要卖。听了这话，他马上就跑去这家说："恭喜恭喜，听说你有条大肥猪，我想买去敬菩萨。"那一户人家听了，说："是有一头，你来看嘛。"

看了肥猪，郎润齐说："要多少钱呢？"那户人说："前天屠夫说给六吊钱，我没有卖。你如果安心买，我还是六吊钱卖给你，免得费粮食。"郎润齐听了，说："六吊就六吊。"买起就走了。谁知他牵着猪在前面走，猪在后面竟说起话来了。它说："郎润齐，你还是要点良心啰！"郎润齐回头一看，没有人，又走。他走了一阵，后面又在说："郎润齐，你不要以为没有人知道呃。"郎润齐回头一看，还是没有人，又走。走了一阵，后面又在说："郎润齐，我是玉皇大帝派来帮助你的哟。"郎润齐听了，觉得奇怪，就对着后面说："这是哪一个在说哟？要说就站出来说嘛。"郎润齐这么一说，这头猪竟像人一样一下就站起来了。它说："我前世欠了这一家六吊钱，死了以后玉皇大帝要我变猪来还。你欠人家三百两银子，看你怎么还嘛。"

郎润齐听了，心里想："他才欠人家六吊钱都变猪来还。我欠人家三百两银子，那死了要变多少次猪才还得清呢？"于是他就对这条猪说："麻烦你给玉皇大帝和文朝中说一声，我明天就把三百两银子还给文张氏，另外还给她五十两银子的利息。"肥猪听他这么一说，倒在地上就死了。

从这以后，红庙子的威灵大仙就再也没灵气了。才过了几年，这里就四壁透风，变成一座破庙子。大家都说威灵大仙不公道，是一尊歪屁股菩萨，哪一个还去敬它哩！

讲述者： 戴吉山，男，农民，小学学历
采录者： 戴寿银，男，县文化馆干部，大学学历
采录时间： 1984 年 12 月 3 日
采录地点： 丰都县红星乡（今仁沙镇）十二村四组

120

秦氏修雷庙

　　古时候有一个不孝之妇，经常虐待婆婆，有时候还找各种借口打骂；在吃饭的时候搞"两锅饭"，不让婆婆吃好菜和干饭，只能吃点粗茶淡饭、残汤剩饭，婆婆经常处于半饥半饱状态。因为婆婆双目失明，行动不便，不能劳动，只得忍气吞声，让秦氏折磨。这个妇人的丈夫朱和凡，虽然对秦氏多次进行批评，晓之以理，要求她好好孝敬母亲；但秦氏总是当作耳边风，把丈夫的好言相劝，由这只耳朵进、那只耳朵出，仍然我行我素，一意孤行，有时甚至变本加厉，不拿饭给婆婆吃。邻居们都指责秦氏不孝。

　　在一个三伏天的中午，烈日当空，万里晴空，秦氏在家中煮午饭，盘算着不拿猪肉给婆婆吃。突然，天上出现黑风暴雨，响起一个震天大雷，炸得地皮都在抖动。只见一团红火从天上落下来，掉在院中的天井中，冒起一股青烟之后，秦氏呆呆地跪在了天井中的地上，更不说话，像木偶一样。一会儿，雨过天晴，秦氏仍跪在地上不动，院中的人都不约而同跑来看稀奇。这时，邻居张大娘走来看了说，这是秦氏不孝婆婆，遭雷神抓了的报应。于是，她连忙走到秦氏身边用手摸鼻子，见还有气息，便急忙进屋

去，劝导朱和凡的母亲。让她把自己穿的裤子脱下来，由人扶到天井中跪在地上的秦氏身旁，将脱下的裤子笼在秦氏的脑壳上，并宽容地说，幺儿，起来吧！又用手一扯，秦氏就势一下从地上站起来，跟着婆婆走回屋去，全身毛发无一损伤。从此以后，秦氏改了心，孝敬婆婆。

相传雷神是周文王的第 100 个儿子雷震子，主管人间的孝顺善恶，惩恶扬善。为了以实际行动来崇敬雷神，以秦氏为首，组织人员四处化缘，募集钱财。花了三年工夫，修建了一座雷神庙。庙中供奉雷神，让雷神的神灵护佑地方百姓，一年四季，香火不断，成为美谈。

讲述者：	王周志，男，退休职工
采录者：	黎美剑
采录时间：	2003 年 4 月 15 日
采录地点：	垫江县坪山镇

121

奇怪的南瓜

从前，有两兄弟，结了婚，分了家。但是，他们的堂屋没有分，属两兄弟共同所有。有一年春天，飞来一对燕子在堂屋垒窝，不久就有很多小燕。一天，哥哥收工回家，看见屋子被燕子屎弄脏了，就用竹竿把燕窝戳了下来。几只小燕被跌死了，有一只燕的脚杆被摔断了，还没有死。他弟弟回家见了，非常心痛，就扯草药，像给人治伤一样给燕子包扎。不久，这只燕子就可以飞了。

第二年春天，这只燕子给正在地里做活的弟弟带来了一颗南瓜籽。弟弟种在地里，不久就结了一个像面筛大的南瓜。他拿回家用刀破开，里面全是金子，从此发了财，过上了好日子。

哥哥看弟弟这么容易就发了财，想依样画葫芦。将一只燕子脚弄断，照样给它包扎治伤，这只燕子也飞走了。第二年春天，这只燕子也给他带来了一颗南瓜籽，种在地里，结了个面筛大的南瓜。哥哥拿回家里破开："妈呀！"里面盘有一条大蛇，把哥哥咬死了。

讲述者： 蓝文林，男，农民，小学学历

采录者： 蓝朝权、李昌茂、洪永福

采录时间：1986 年 7 月 13 日

采录地点：丰都县董家乡（今董家镇）石盘村五组

122

今日你救我，明日我救你

　　从前有个人，为人善良忠厚，爱帮人做事。一天，他去赶场，看到一个打鱼的在街上卖鱼，有一条鱼嘴巴一张一张的，好像要跟他说话一样，他就拿钱把这条鱼买回去，放在水缸头。水缸小，养不住，他又把这条鱼放到河里去。当放到河里的时候，那条鱼始终不沉下去，他就对那条鱼说："今日我救你，明日你救我。"话刚说完，那条鱼就沉下水里去了。

　　一天，这个人要进城去耍。进城要坐船过一条河，船刚刚划到河当中，突然起了大风，不一会儿，又下起大雨。看倒看倒的，船就被吹翻了。船上的人全部都会游水，只有他一个不会游。他想，这回该死了，就把嘴和眼睛一闭，安心等死。

　　过了好一阵，听到有人在说话，还有人在推他。他把眼睛睁开一看：呀！尽是些高房大屋，到处都是亮堂堂的。这个地方是哪里哟？他车转身来一看，旁边还有个人。他问："这是哪个地方？我啷个到这里来了？"那个人说："这里是水晶宫。你不要害怕，我会好好待你的，因为你救过我。我本来是条鱼，想到外面去耍一下，那天突然遇到一个打鱼的,一网把我网上去了,是你救了我。"他一回忆,记得有那一回事,于是就安心下来。

耍了一段时间,该回去了。鱼不管啷个留都留他不住,最后只好让他走。他一出门就没有路,鱼说:"这颗珠子,你拿起走。只管朝前走,不能朝后面看,要不到好一阵就走拢屋。"老实的,他拿来珠子,不一会儿,就回到屋了。

他回到家里一看,房子早就烂了。他一屁股坐到地上叹气说:"我的房子要是像原来那个房子就好了。"他刚说完,房子马上就变好了。他进屋一看,屋里样都没得。他又说:"房子倒是好,要是有点家具就更好了。"他刚把话说完,屋子里全是新家具。后来他想什么就有什么。他始终不忘为人们做好事,周围的人都向他学,大家都成了好人。

讲述者: 　王德方,男,初中学历
采录者: 　王福山、封孝文
采录时间: 　1987 年 5 月
采录地点: 　南川区头渡乡敬老院

123

锦鸡惩罚天犬

金佛山很高,山上有个南天门,是凡间通往天庭的关口,玉帝的天犬经常守在那里。有一天,二郎神到王母娘娘那里赴蟠桃会去了。天犬见没人管,就偷偷跑到金佛山下吃鸡追鹿撵羊咬人。

南天门下面有一个金霞洞,锦鸡在里面修道。听见外面搞得呵嗬连天,出来一看,原来是天犬在凡间捣乱,撵得鸡飞狗跳的。锦鸡摇身一变,变成个行脚僧,走到天犬旁边。天犬见行脚僧走来,猛扑过去,想撕烂他的袈裟,咬伤行脚僧。锦鸡从嘴里吐出两颗铁弹,打在天犬头上,天犬一下就眼冒金星,夹起尾巴逃回南天门去了。

二郎神赴宴回来,见天犬睡在门边,十分可怜,问它为什么。天犬当然不说它自己的孬处,扯谎说:"我看到金霞洞出来一个妖怪,在凡间糟践百姓。我去为民除害,反被妖怪吐出铁弹,打在我头上,痛得我眼冒金星。请大人帮我报仇啊。"

金佛山土地住在南天门下。他对天犬摧残金佛山生灵满肚子气,就上天去禀报玉皇大帝。走到南天门,遇到了二郎神,二郎神问土地到底是怎么回事。土地一五一十地照实说了。此事天犬知道了，对土地很不满意，反咬土地见妖孽残害百姓却见死不救。二郎神只看见天犬是玉帝的照家狗，头上又有伤，怕玉帝责怪，便听信了天犬说的，把土地吼下了南天门。又派天兵天将，分成十路冲出南天门，杀向金霞洞。锦鸡知道天犬胡言，惹下了祸事，一翅飞出洞来，落到一棵枝叶茂密的古树上观看。十路天兵天将，把金霞洞戳了十个眼都不见"妖怪"，随即转向人间到处寻找。一问到百姓，百姓怨声载道，骂天犬是妖。就连山上的鹿、兔、野鸡都出来埋怨天犬无理。二郎神感到奇怪，想再找人证实。二郎神常听别人说，天下锦鸡不仅外貌美，内心也美，就请锦鸡来做证。锦鸡一翅飞到二郎神面前，把天犬的所作所为告诉了二郎神。也承认，为惩治天犬，自己吐出了铁弹才降伏了天犬的。

二郎神拜谢了锦鸡，收兵返回南天门，禀报玉帝惩罚天犬去了。

讲述者：　　曾令奎，男，工人，初小学历
采录者：　　傅品全
采录时间：　1990 年 7 月
采录地点：　南川区半河场（今南川区三泉镇）

124

忠实的长工

从前，有一个老实人，父母早亡，只剩下他一个人，他便去一家帮长工。主人对他很好，一年做完以后，主人给他工钱，他也不要，一连三年都是这样。主人说："我还是每年给你把粮食积起。今年起，我划一块田给你种，谷种肥料算我的，收的谷子算你的。"长工答应了。一年快到收割的时候，谷子全被牛吃光了。二年又吃完了。三年谷子快成熟时，主人叫他去照。那晚，长工打着火把，在田里发现了一条青色的大水牛。长工准备去牵，又没有牛鼻绳，他便拉着牛的尾巴。牛的力气大，把他拖走了。长工紧紧抓住，牛走到哪里，他跟到哪里。牛往水里走，他仍抓着不放。突然，水往两边分，现出了一坡石梯子。跟着牛走了很久很久，见到一个牛栏，牛不走了。长工放了手，感到十分疲劳，倒在牛旁边便睡着了。一会儿，有人喊他去见他们的主人。主人问明他的身世、来由。主人很客气，说："牛吃了你两年的庄稼，我要赔你。你现在要两天，散散闷。"第三天，主人请他去问他要金还是要银。长工什么都不要。主人引他去花园看花，再问他什么花好看，可以给他。长工还是什么花都不要，他只要那一根已挖了的树桩。主人便给了他。他便沿着原来的石梯回去了。

回去才听说，原主人因为他走这三年吃了官司，关押在监狱里，田地房屋点都不少。长工起诉才救出了主人。主人出狱后问长工，要田地房屋呢，还是要钱要粮？长工什么都不要，只说住在原来的这间房子就行了。

长工带回的这根树桩，是一个桃花桩。每到晚上二更以后，从树桩钻出来一个美貌的小姐。当小姐一出来，整个房子的装饰设备都变得相当漂亮，还响起了动听的音乐，每晚如此。这样惊动了邻居。邻居忌恨他，知道了宝物就是那个树桩；那晚等树桩里的女子出来以后，他便把树桩偷走了。这女人回不去了，就长期留在长工的身边，嫁给长工做媳妇了。长工过上了幸福美满的日子。邻居拿了树桩去，什么用也没有。

讲述者：　　任道学
采录者：　　刘治年、陈以河、傅敬轩
采录时间：　1985 年 6 月
采录地点：　石柱县蚕溪乡（今石柱县三河镇）

125

城隍菩萨贪赃

从前，有一家失了盗。户主就去城隍庙烧香，向菩萨许愿：如菩萨显灵，破了盗案，清还了失物，一定敬上阄猪阄羊。那盗贼心虚，也悄悄去向城隍许愿：若菩萨保佑盗案不发、赃物保全，供奉阄猪阄羊。

殊不知这两人的许愿，都被一顽皮学生听见。学生暗想：这城隍老爷表面看来一本正经；仅这一回，他便要贪污两份厚礼，并不公正清廉。于是，趁先生在讲桌瞌睡之时，便写下了一份状纸，上告城隍贪赃枉法。城隍害怕泄露了秘密，即时托梦先生，说有学生顽皮，乱写乱画，玷污神灵。先生梦惊，随即拿起戒尺，拍打桌子，斥责那些乱写乱画的学生。那顽皮学生连忙将状子捏成纸团，投入火炉烧毁。岂不知这一烧，那状纸被火神爷拿着，上告到玉皇大帝那里去了。

玉皇大帝大怒，令雷公执法。天色突变，雷电交加；城隍叫苦不得，害怕遭到雷劈之灾。正好那晚有一买卖人，背着一背窑罐，投庙躲雨借宿。城隍立即托梦于他："请你三更时分不要睡着，三更时的炸雷是冲着我城隍来的。为搭救我，天上打一炸雷，你便摔一窑罐。躲过了这场劫难，我重重谢你。"买卖人惊醒，照着去做。"轰隆隆"，"乍啦啦"，天上响一雷，庙里摔一罐。如此三雷，买卖人摔了三个窑罐。

雨住雷停，城隍混过了关。城隍感谢买卖人，问他要富还是要贵。买卖人回答：一不要富，二不要贵，只要享乐。城隍便赐给他一张鼠皮，教他变术。只要他在鼠皮上一滚，立即变成了一只老鼠。他凭着老鼠的本领，爬上了一家员外的闺楼，鼠皮一脱，摇身一变，还原成一个白面书生，并与小姐同居享乐。天快亮时，又变成老鼠离开了闺楼。久而久之，小姐怀了孕。员外查问原因，小姐只好如实相告。父女商量，就在当晚，员外趁他们同居之时，拿着鼠皮去包公那里告状。

城隍心虚，害怕包公查明公断，又要阴谋。托梦买卖人在大堂上变鼠逃走，以灭罪证。过堂时，包公请来城隍当面审问，买卖人如实招供。为使证据确凿，包公将鼠皮甩在地上，令其当场演变。当买卖人在鼠皮上一滚变成老鼠时，突然飞来一只老鹰，把老鼠一嘴叼走。殊不知包公早已奏明玉帝，玉帝早有安排。晴天一霹雳，老鹰被击中，现在众人眼前。地上还显了六个大字：城隍贪赃该死。

讲述者：　　陈时才，蚕溪乡农民
采录者：　　刘治年、陈以和、付敬轩
采录时间：　1985 年 6 月
采录地点：　石柱县蚕溪乡（今石柱县三河镇）

126

太阳山捡宝

古时候，有两兄弟，老大有钱，老二很穷。

有一天，老二上山去打柴，肚子饿了，就在山上睡着了。一只老鹰飞来把他惊醒，老鹰问："你怎么在这里睡着啰？"老二说："我是一个打柴的，没有钱买米吃饭，肚子一饿，就不知不觉睡着了。"老鹰说："你明天随我一道到太阳山去，捡点金银宝贝回来。你买块地方种粮，就不愁吃穿了。"说完，老鹰飞走了。第二天，老鹰真的来了，便叫老二骑在它背上，飞到了太阳山。

到了太阳山，太阳正要出来的时候，满山的金银珠宝闪闪发光，眼睛都睁不开。老鹰就叫老二："你闭上眼睛，快点捡嘛，我等着你……"老二捡了半口袋，便不捡了。老鹰说："你多捡点嘛！还有时间回去的。"老二说："我只捡这点就够了，我们快快回去吧。"说完，就爬上老鹰的背飞回了家。没多久，老二便买了地方，修起大瓦房，有田种、有饭吃、有衣穿了。

老大见老二富裕起来，就问："兄弟，你啷个发的财哟？"老二就把太阳山捡宝的事，一五一十地给哥哥讲了。老大一听，也要去捡宝，就照着弟弟说的那样，也几顿不吃饭，跑到山上去假装睡着了。

老鹰又来了，就问老大。老大也说："我是个打柴的，没有钱买米吃，肚子一饿，就不知不觉睡着了。"老鹰也答应背他到太阳山去。第二天，他就趴在老鹰背上，飞到太阳山。谁知老大贪财，他闭着眼睛捡了满满一口袋金银宝贝，还不罢手。老鹰说："走得了，太阳要出来了！"老大说："不忙，我再捡一口袋。"又捡了半口袋，老鹰急了："快点，再不走，太阳会烧死你的！"老大还舍不得走。太阳刚一露面，老鹰赶忙飞走了；可惜它慢了一点，把毛都烧糊了，变成了现在的乌鸦。贪心的老大呢，被烧成了灰灰！

讲述者： 陶登友

采录者： 陶永华、石发林

选自： 万盛区（今綦江区）《苗族志》，2005年9月，重庆市万盛区民族宗教侨务办公室编

127

石牛吃庄稼

解放前，在垫江靠近邻水县的某地村庄，有块水田。经常有动物去吃田里的水稻，还没有成熟的庄稼就这样遭吃得稀稀拉拉[1]的，搞得来一整年生都没得啥子收成。当地的农民自发组织人员，在那里找个旮旯藏到起。第二年，终于搞醒豁[2]了，原来是一条牛偷吃庄稼。这晚上，夜色下的农田静悄悄的，可是在那片田里出现了偷吃秧苗的动物，大家远远一看，正是头牛。

于是村庄里的年轻人敲锣打鼓，朝这头牛追去。牛儿正在埋着脑壳吃秧苗，呷呷呷，呷呷；一见有人追来，脑壳一摆就开迢[3]。牛在前头迢，他们在后头撵。过了河堰口，过了龙华，过了马峡口，最后跟到跑过改河梁。跑过改河梁那条小路后，牛再也跑不动了，开口说："你们这堂[4]的人些才财哟，吃点青苗苗都舍不得。"就卧在地上，摇身一变，变成了一块大石头。

[1] 稀稀拉拉：稀少。

[2] 醒豁：清楚。

[3] 迢：跑。

[4] 这堂：这地方。

听说牛变成了石头，周围住户跑拢来，说："吔，原来这里就有一块石头哒嘛。这哪里是牛变石，明明是石变牛哒嘛。"平时他们没怎么警觉嘚，没有想到这块大石头居然是牛的化身，还能去偷吃庄稼呢。大伙儿一商量，决定用铁锤砸了，免得它再变回来吃秧苗。砸开一看，看到石头里面颜色是褐色的，跟牛的五脏六腑一样。

讲述者： 廖运珍，女，汉族，不识字

采录、整理者： 易致国

采录时间： 2015 年 3 月 12 日

采录地点： 江北区大石坝

附记

据采录者易致国描述，廖运珍精神矍铄，口齿伶俐，讲述故事时动作丰富。当讲到牛吃秧苗的时候，她勾着头，鼻子一耸一耸，从左吃到右，又从右吃到左，嘴里发出咂咂咂的声响，神态极为逼真，引得众人哈哈大笑。

128

雷击逆妇

刘家凼有户姓刘的人家，当家的走得早，留下孤儿寡母三人艰难度日。刘母是个能干人。靠着勤劳苦干勤俭节约，不但把一对儿女拉扯大了，家里还小有积蓄。

女儿刘大妹倒伶俐，有胆有识，还是一把庄稼地里的好手。儿子刘二娃小时害过一场脑膜炎，身子倒没落下多大残疾，但性格懦弱，是个八竿子打不响的闷葫芦。所以到了谈婚论嫁的年纪，刘母四处托人说亲都没下落，最后和邻村一杜姓人家的幺女成了亲。

这杜幺妹长得歪瓜裂枣，还又凶又恶，是个吃豆芽不掐脚的主儿。村里人都劝刘母不要引狼入室，但刘母想到儿子的光景，以为找个强势的才能撑起家，就没把人家的劝告放在心上。

杜幺妹好吃懒做，刁蛮任性。一进门，就把刘家闹得鸡犬不宁。对刘二娃，她颐指气使，稍有不顺就使横要泼，把刘家儿子降得死死的。对刘母，她目无尊长，吆来喝去，稍不顺意还恶语相向，很是霸道。

刘母操劳了一辈子，上了年纪，各种毛病就上了身。加上经常被杜幺妹虐待，不出三年，就垮了架。非但人脱

了形，腿脚不灵便，还一发作起来床都下不了。杜幺妹非但不给她医治，还咒骂刘母是装病，是个祸害，经常不给饭吃。

刘大妹嫁得比较远，隔着几个乡，平时很少回娘家。对于家里的变故和光景，她知道后很是气愤，数次想教训杜幺妹，都被刘母阻挡了。刘母说，嫁出去的女儿泼出去的水，千万不能照嫌娘家的事，否则她的日子更难过了。

这年过端午，刘大妹想到家里被杜幺妹败得底朝天的光景，就蒸了些粽子来看刘母。由于山高路远，等她到刘家凼时，已过午饭时间了。她跨进家门，却见到了令人发指的一幕——她的母亲跪在床前，用舌头舔地上的苞谷渣渣，身子不住地上下起伏，咳出的痰都是血红血红的。而杜幺妹躺在靠门的竹椅上，指着刘母大声叫骂："老不死的，大过节的给老子煮苞谷渣渣，粽子都没得。你爱吃，你就给我吃了，吃干净……"

刘大妹再也看不过了，就跟杜幺妹干了起来。杜幺妹自然是不依教，仗着身高马大，把刘大妹打出了家门。刘大妹气火攻心，回家后想好好收拾下杜幺妹这个恶婆娘。她听人讲，如果每天对着灶烧香念咒，老天爷就会在雷电交加时出来显灵，收走那个人。她想到自己受的屈辱和亲人的困苦，心一横，就买了香和烛，每天虔诚地在灶前念咒语。

不久后，一天，本来是个大晴天，却突然雷电交加，大雨倾盆。刘母已是病得奄奄一息了，任杜幺妹再怎么打骂都无力动弹了。杜幺妹睡饿了，想起灶房还有半坛醪糟，就拿了碗去灶房。刚跨过门槛，天空"咔嚓"一声巨响，一道闪电像爪子一样在空中张开，摄人心魄。

闪电过后，刘二娃尖叫起来。他看到杜幺妹浑身漆黑，身上冒烟，呆在屋中，像被钉子钉住了一般。他去拉，拉不动；去取碗，也取不下来。他吓坏了，赶紧呼叫左邻右舍帮忙。村里的老人说这是平时恶事做多了遭老天爷惩罚。要想化解，只有找娘家人请道士来做法场。

杜家很快请了道士来刘家，设经堂，供佛念经。连着做了七天法事，杜幺女才醒转过来。但她整个人还是黑的，像焦炭一样，吓死个人。她一醒来，就两眼翻白，惊颤颤地说了个"雷"字。接着，拼命扯身上的衣服，说好热。

之后，她就大呼小叫地喊娘，说"我错了"。

众人扶她到歇房休息，她却愣愣地坐着，硬是不肯上床睡觉，不肯吃饭，每天就是不停歇地吼叫：雷！雷！雷！

就这样连着叫了五天，不治而亡。

讲述者：　　廖运珍，女，汉族，不识字
采录、整理者：何雷
采录时间：　2015 年 10 月 12 日
采录地点：　江北区大石坝

129

张打枪娶媳妇

张打枪二十五岁，还没有娶媳妇；家里只有他一个人，靠打猎为生。

他这个人对老年人很有孝心。每次打到一样鸟兽，哪怕是一只麻雀，也要给团转的孤寡老人吃一点。从来都是这样，年年如此，天天不变。

他长久这样做，把他屋背后的土地公、土地婆都感动了。

土地婆对土地公说："他敬老之心这样好，我们去给他找个媳妇要得不？"

土地公说："哪个要不得，说媳妇是你们女人的事，我哪个好给他说？"

就在这天晚上，张打枪睡到半夜做了一个梦，梦见土地婆对他说："你明天到河边去看媳妇。"

天一亮，他就赶忙往河边跑，一直等到天黑还是不见啥子媳妇。忽然，河里一条鲤鱼游到了岸边，张打枪就把这条鲤鱼捉了回去，放在水缸里喂起。

第二天，他又出去打猎。回家后，发现有人帮他煮好了饭，但不知是哪一个煮的，他觉得奇怪。第二天、第三天也是这样。第四天，他就假装出去打猎，阴倒去后门偷看。他看到一个乖妹崽正在煮饭，便把后门一推就进去了。那一脚恰好踩在鱼壳上面，那条鲤鱼变成的乖妹崽就再变不成鱼了。结果，在团转四邻的帮助下，猎人和那妹崽结婚了，婚礼还办得很热闹。

当地有个绅粮，听说一个猎人娶到了那么乖的一个媳妇，心里很不安逸。

一天，绅粮把张打枪喊去对他说："限你三天之内给我做三千把红椅子，不然就杀你的头。"张打枪听了，一路哭起回家。他媳妇听了说："这么大点事，还哭啥子哟。我箱子里头有根红线，你拿去在背后树子上系三千个疙瘩就行。"张打枪老实去系了一天，第二天就变成了三千把红椅子。

哪晓得，等张打枪去交椅子时，绅粮又不要红椅子了，又要张打枪在一夜给他做三根"将军炮"。

张打枪又哭起回家，把事情说了。他媳妇又说："我箱子里面有截竹筒筒，你拿去锯成三截，插在河里就行了。"张打枪又这样做了。第二天起来一看，硬是三根"将军炮"雄个个[1]地在河里立起。他又扛去交给绅粮。绅粮又不要了，说："不要'将军炮'了。你若不能使我们这条河的水倒流，你媳妇就算我的。"这一下，绅粮才表明了他的坏念头。

这一回，张打枪哭得更惨，走到半路就昏过去了。媳妇赶忙跑去给他"纠痧"[2]，才活转过来。接着问他，他连话都说不出来，好一阵才说："绅粮要我让他当门那条河的水倒流，不然，你就要算给他。"媳妇听了，并不惊慌，说："你回去把我箱子里面的水瓢拿去，把桥外面的水往桥里面舀三瓢，水自然就倒起流了。"

张打枪老实照样一做，水看到看到就往上涌，没好一阵，就淹到绅粮的地坝边来了。这个时候，他媳妇也来到了绅粮的家门口。绅粮吓慌了，忙对张打枪媳妇说："你赶快把水消了[3]。"她说："消水是可以，但你要把三千把

[1] 雄个个：雄起起。

[2] 纠痧：治病的一种土方法。

[3] 水消了：水退了。

椅子盘出来放在地坝边，把'将军炮'也盘出来放在地坝边，还要给我吃一些东西。"绅粮忙说："你要吃啥东西嘛？"她说："十二担火药，一担火柴，十床棉被！你若办不到，我就不消水。"

绅粮见水已经涨到门坎脚来了，赶忙说："你赶快把水稳住，我马上派人去办。"媳妇把水稳住说："我限你半天时间弄来。办不到，水就把你淹死。"

天要黑的时候，椅子、"将军炮"盘出来了，火药、火柴、棉被办齐全了。结果呢，火药一响，一家伙就把这个绅粮炸成灰灰了。

讲述者：	姚道孝，男，农民，高小学历
采录者：	李昌茂、蓝朝权、万政策
采录时间：	1986 年 7 月 20 日
采录地点：	丰都县董家乡（今董家镇）五星村二组

130

刘打枪

有个单身汉姓刘，打枪打出了名，都叫他刘打枪。他专门靠打斑鸠哇、野鸡呀、毛狗这些禽兽卖钱来维持生活。刘打枪这人不过才二十多岁的小伙子，自己找来自己吃，生活也还过得去。

这天，他打猎回家，走到一个山坳上，看见两个鸡公在打架。一个鸡公是花的，一个鸡公是黑的。那花鸡公打不赢那黑鸡公。刘打枪心想：我今天还没搞到着[1]，不如帮花鸡公一把。他举起枪"砰"的一枪，就把那黑鸡公打死了，花鸡公也吓得跑不见了。他过去把黑鸡公捡起一看，原来是只黑老鹰。他当时认为是看花了眼，便把黑老鹰提回家里，打整[2]出来吃了。

第二天，他打猎回来，开门进屋一看，嘿！桌子上摆起了热气腾腾的菜饭。他觉得很怪，到处查看，屋里屋外都没有人。心想：我出门时，门是锁到的，有人也进不来呀！他查不出个究竟，也就不管三七二十一地吃了起来。

[1] 没搞到着：此指没有收获。

[2] 打整：清洁干净。

从这以后，他天天回来，饭菜都弄好了。他这样吃了一两个月，但总想看个究竟，到底是啥子人在给他弄饭。

这天，他又假装出去打猎，却转到后阳沟去躲了起来。等到半上午的时候，忽然看见飞来一只非常好看的花雀儿，落在他房前。花雀儿就地一滚，脱了毛衣就变成了一个美女，也不用开门，轻飘飘地就进屋里去了。他从门缝缝往里一看，只见那美女正在灶房里弄菜煮饭。刘打枪在身上取出火石打燃，轻脚轻手把雀儿脱的毛衣一把火烧了，这才开门进去。那美女慌忙往外跑，跑出门一看，毛衣已被烧了，无法再变成雀儿飞走。刘打枪忙说："原来是你在帮我弄饭，我很感激你。你是什么人，为什么来与我弄饭？"女子说："我原是凤凰三姑娘，那天黑鹰精拦路调戏我，想霸我为妾，我不依从，险些遭了毒手。多亏你相助，今天特来报恩。"刘打枪忙说："原来是凤姑娘，你就不用走了。"于是他两个就结成了夫妻。

刘打枪与凤姑娘结成夫妻过后，离开哈儿都舍不得。一日三、三日九，刘打枪就不愿出去打猎了。凤姑娘问他为啥子不出去打猎，他说："你这么漂亮，我舍不得离开你。反正屋里又不缺吃穿了，还打啥子猎了哟！"凤姑娘说："人是越要越懒的，猎还是要打。你舍不得我嘛，我把我画在一张纸上，你拿去带在身边。无论你到哪里想看我，只要摸出来就看见我了。"刘打枪果然把凤姑娘画的画像揣在荷包头，又出去打猎，想看就摸出来看，而且画上还写着："刘打枪之妻。"刘打枪心头甜蜜。这样过了三年。一天，刘打枪外出打猎，又默到摸出凤姑娘的画像来看，一摸没摸到，把包儿翻转来也没找到。他不晓得在什么时候把凤姑娘的画像落了。刘打枪没得法只好回到家里。凤姑娘说："落了算啦，我再画一张就是！"

且说当地县官出巡，旗锣伞盖地走这里过。在前面开路的衙役捡到了一张画像，赶忙拿到轿前禀道："禀老爷！""何事？""小的在前面开路，捡到一张画。""呈上来！"衙役将画呈上。县官一看：呀！本官纵有三妻四妾，哪一个比得上这个美人哟。莫说我的三妻四妾，就是皇帝的三宫六院中也难找这样的美人。我若能把这女子弄到手，岂不是人生一大快事。再一看，画上写着：刘打枪之妻。心想：什么东西刘打枪？他配有这样的艳福吗？县官

打道回衙，立即吩咐衙役，查访刘打枪的下落。这些差狗子，本来知道刘打枪隔这儿不远，却偏偏说难查，需要很长时间。县官只想要这个女人，花点钱不在乎，就先支了差人们一个月的用度。一个月后，差狗子禀报县官，说刘打枪的下落已经查明。县官立即下令传刘打枪到堂。

刘打枪一听县官传他，心想我打猎还犯了什么法吗？总想不出个明堂，觉得凶多吉少，不敢去。凤姑娘说："不用怕，你尽管去。他提出啥子要求，你只管答应，回来我自有办法。"刘打枪只得跟差狗子一道去见县官。县官将惊堂木一拍，问："刘打枪，你是打猎的吗？"刘打枪说："是！""本官限你在七天之内给我打三百只活野鸡来。"刘打枪心想：七天打三百只死野鸡都困难，枪一响野鸡不死也得飞了，哪个还有活野鸡呢？但又不敢与县太爷顶嘴，只得答应"是"。回到家中越想越不是滋味，便放声大哭起来。凤姑娘问他为啥哭，他才把县官的要求说了。凤姑娘说："你答应没有？"刘打枪说："我哪敢不答应啰！"说了又哭。凤姑娘说："不要哭了。明天你到街上去买一百斤灰面[1]和各色颜料回来，我自有办法。"第二天，刘打枪去买了一百斤灰面和各色颜料回来。凤姑娘把灰面揉起，连夜捏成三百个野鸡，又把野鸡涂上花花绿绿的颜色。刘打枪说："县官要的是活野鸡，你这是死的哝嘛。""你莫管，各自去睡吧，明天你领三百个活野鸡去交差就是了。"刘打枪第二天起来，只见凤姑娘向这些灰面捏的野鸡吹了一口气，这些野鸡都活了。刘打枪就咯、咯、咯地唤起这群野鸡到了县衙大堂上。县官一看没把刘打枪难倒。他是想刘打枪的堂客，并不是想要三百只活野鸡。他眼睛几眨几眨说："刘打枪，我又限你七天，要送三百只不同样的雀鸟来，也要活的。七天之内办不到，我就要拿你问罪。"刘打枪回到家中又放声大哭。凤姑娘又问他哭啥子。他说："县官要我在七天之内打三百个不同样的雀鸟，不能按期办到，县官就要问罪。"凤姑娘又说："不要紧，明天你照还[2]上街去给我买一百斤灰面回来，另外还要一百斤火药。"刘打枪问买火药做

[1]　灰面：面粉。

[2]　照还：照旧。

啥子？凤姑娘说："这你就不要管，只管买来就是。到期我给你三百个不同样的雀鸟就是了。"刘打枪把东西买回来，凤姑娘照样把灰面拿来捏了三百个不同样的雀鸟，她在每个雀儿肚子头都包上火药。到期全部做好了，便对刘打枪说："若县官问你这些雀儿吃啥子东西，你就说啥子都能吃。"凤姑娘又吹了一口气，这些雀鸟又都活了。刘打枪把这些雀鸟带到大堂上去交差。县官一看，真是三百只不同样的雀鸟。心想：我又没把他难倒，这嘟个办呢？眼睛几眨几眨，把惊堂木一拍，说："好大胆的刘打枪，你这些雀鸟是假的。"刘枪打吓慌了，心想他怎么晓得是假的呢？只好硬起颈子说："老爷冤枉！个个都是真的。""是真的？它们能吃东西吗？""能吃。""什么都能吃吗？""是的。""火也能吃吗？""是。"县官心想：这不就要你的命了？雀鸟能吃火？就说："好，我要当堂试来。若不吃，定拿你斩首示众。"县官一心就想弄到刘打枪的堂客，雀儿怎能吃火呢？这本来是有意刁难。他叫差狗子端来一盆炭火，就说："刘打枪你走开，老爷我亲自来喂，倒要看看是真是假。"县官说着，把烧红了的炭倒在大堂上。嘿，那群雀鸟果真一齐拥上来，把炭一颗颗地啄进嘴里引燃了火药。县官正感稀罕，三百个雀鸟一齐爆炸了。不仅爆死了县官，把大堂也烧了。

讲述者：　　尹志安，男，汉族，不识字，江北区唐家沱乡农民

采录、整理者：王正平

采录时间：　1986 年 2 月

采录地点：　江北区唐家沱乡讲述者家

131

雀毛衣

　　王瓦匠与魏小姐成婚后，朝夕相处，寸步不离。魏小姐梳头，王瓦匠在前面拿镜子；魏小姐看书，王瓦匠在旁边打扇子，王瓦匠成天陪伴在魏小姐身边。时间一长，魏小姐觉得不太好，想给王瓦匠找点事做。一天，吃过早饭，魏小姐问道："郎君，你除了捡瓦，还会做哪些活路？"王瓦匠回答说："我们贫寒人，除了捡瓦，犁田犁土都会。""你既然会犁土，明天把屋当门[1]那块土犁了行吗？"王瓦匠想了一下说："犁土没啥，就是看不到你了。"魏小姐想了想说："郎君，明天我给你画一张像，你用竹竿撑起插在土头，你犁土的时候不就看到我了吗？你看要得不？""要得，要得！"第二天，王瓦匠吃过早饭，扛起魏小姐的画像犁土去了。他把魏小姐的像插在土边，就去犁土。当牛朝魏小姐的像走去时，他一对眼睛大大鼓起，把魏小姐盯倒，牛鞭子也忘了打。一旦牛转过身来，没有魏小姐的像时，他手中的牛鞭子不停地打牛屁股，打得牛"哞哞"直叫，魏小姐在绣楼上看得一清二楚。

[1]　当门：门口。

王瓦匠晚上收工回来，魏小姐亲切地问："郎君，你今天犁土吆牛哪个一时快，一时慢？""你还不知道我的心思吗？一看到你的时候，我就慢慢吆，多看一会儿；看不到你的时候，就狠狠打。"魏小姐说："这好办，明天我再画一个，你把它一头插一个。"果然，第二天，王瓦匠扛起两张画，牵着牛又去犁土，他把像一头插一个。这下，王瓦匠吆牛来去都不快不慢，魏小姐在楼上看到也放心了。突然，吹来一阵狂风，魏小姐的两张像被狂风刮走了。王瓦匠回到家来，垂头丧气的。魏小姐问明了情况，劝道："郎君，不要难过。风吹走了，再画两张就是。"

魏小姐的两张像吹到哪里去了？一个不知下落，一个吹到皇宫里去了。皇上一见那像，胜过了当今的皇后。于是，立即派出兵卒，四处查访。一个兵卒来到魏员外家，发现魏小姐与画上的人完全一样，回禀皇上。皇上高兴不已，立即传旨将魏小姐召进皇宫。魏员外家接到圣旨，犹如晴天霹雳。魏员外闷闷不乐，王瓦匠死活不干。王瓦匠说："要死要活我们都在一起。"魏小姐说："不去，看来是不行的。我到宫后，你上山去打鸟，把好看的鸟毛做成衣服；到八月十五那天，带到京城去卖，我自有办法。"王瓦匠送走了魏小姐，天天上山去打鸟。

到了八月十五，王瓦匠背着一条美丽的雀毛衣来到皇宫外面，大声喊叫："卖雀毛衣，卖雀毛衣！"这时，魏小姐正在宫内陪皇上谈天，听见外面有人在叫卖雀毛衣，急忙向皇上奏道："皇上，外面有人卖雀毛衣，我想请他拿进来看一下，陛下看如何？"皇上立命太监召卖雀毛衣的人进宫。魏小姐见了王瓦匠，便递个眼色，叫他不要着急。魏小姐又叫其余的人退下。这下，宫内只剩下他们三人了。魏小姐问道："皇上，你看这雀毛衣好不好？""好！好！""那你把皇衣脱下，穿穿雀毛衣，看合身不？"皇上脱下龙袍，穿上雀毛衣："夫人，你看合身不合身？"这时，魏小姐将皇帝的龙袍给王瓦匠，推他走进内室。王瓦匠穿上龙袍一出来，魏小姐大声喊道："宫内有刺客。"宫廷兵卒闻声进屋，问道："刺客在哪里？"魏小姐指着穿雀毛衣的："就是那个。"穿雀毛衣的皇上一时慌张，只是吞吞吐吐地说："这……这……"穿龙袍的王瓦匠大声喝道："快给我推出去斩首！"圣旨一下，兵

卒们生拉活扯地把穿雀毛衣的皇上斩了。

晚上，魏小姐和王瓦匠收拾了钱财，借着月光，逃到很远的山区去了。

采录者：　　　王国章
选自：　　　《川东南民族资料汇编·神话传说故事第一集》（四川人民出版社 1986 年）

132

清明洞

很久以前，谢家山有个洞，洞内有石桌石凳。每年清明节，只要是谢家清明会[1]的人来到那里，洞门便会自己打开，石桌上摆出杯筷，而且杯筷跟去的人数一样多。所以，人们叫它清明洞。

这年清明节，有个读书人姓井名玉，他是谢家的外孙，也来到洞中吃清明会。午饭后，众人都走了，井玉一个人还在洞中玩耍。忽然，洞门关了，井玉嘟个也打不开石门。

洞里一片漆黑。忽然有只亮火虫[2]飞在井玉眼前，井玉就跟到亮火虫在洞里走。不知走了多久，亮火虫不见了，只见石壁上有个碗口大的洞，洞边还有把手锤和錾子，他就用手锤和錾子把那个洞打大些，从洞中钻了出去，见到外面好像又是一重天地。井玉顺着条小路，走过一座小桥，绕过一笼竹林，来到一座大院子门前。正要叫门，谁知门内走出一个老者说："井公子请进！"井玉一惊，忙问：

"老伯怎么认识我？"老者说："这你就不必多问了，进来吧。"井玉走进屋里，见一女子，捧来杯茶。老者等那女子离去后说："井公子，刚才送茶这女子，是我的幺女，公子若不嫌弃，愿许与公子为妻，不知你意下如何？"井玉忙说："学生功名未成，岂敢高攀？加之考期临近，还要攻读诗书。"老者说："你要求功名当然是正理，但你可知道，你现在何处？到时我父女不送你出去，恐怕你永远也要不成功名了！"井玉想到，要是在洞中永远回不了家，不如就应允了。便说："只要老伯和小姐能送我回到谢家山，不误学生功名就行了。""那是当然。"井玉忙起身对着老者说："岳父大人在上，受小婿一拜。"当夜，井玉便与小姐完了婚。

转眼已过两个月，井玉问小姐哪阵送他回去。小姐说："今天是五月初四，明日就是端阳。只要你明日救了我，我们父女将终身难忘，定能早日送你回去，盼你金榜题名。"井玉忙问："小姐明天有何灾难？我这个文弱书生，怎么能救你？"小姐说："实不相瞒，我父女原本不是人，是毛狗修成。明天午时三刻将遭雷劫之灾，只要郎君不要害怕，到时你将我的原身紧紧抱在怀里，雨过天晴，自然无事。"

到了第二天，五月初五，正午刚过，天上狂风四起，火闪雷鸣，黑风暴雨，铺天盖地。小姐见势不好，就地一滚，现出原形。原来是一只锦花毛狗。这时，井玉念在夫妻情分上，忙把它紧紧抱在怀里。突然，金光一闪，"轰隆"一声巨响，顿时将屋盖掀去了半边。不多一时，雨过天晴，锦花毛狗又变成了人形，在井玉面前千恩万谢。

第二天，小姐父女亲自将井玉从原路送至清明洞前。小姐用手一指，石门便开了。临别时小姐又说："郎君，我已身怀有孕，你务必来此，我与你送姣儿来，也不枉你我夫妻一场。"

井玉回家后，不久便上京应试，得中首名状元。来年回乡祭祖，不几天便是清明。他来到清明洞前，正有一奶娃儿在地上啼哭。井玉命人抱来一看，只见有血书一封，上写着："结发清明洞，避劫免灾凶。若要再相聚，除非南柯中。"井玉看毕，眼含泪花朝着清明洞拜了三拜，便带着自己的儿子离去了。

[1] 清明会：旧时，各姓家族，一般都在清明节聚众祭祖，并备办酒席，俗称"清明会"。与会者，叫"吃清明会"。

[2] 亮火虫：指萤火虫。

从那时起，清明洞就再也没有开过。

讲述、采录者：王平浩，男，工人，初中学历

采录时间：　1987 年 5 月 1 日

采录地点：　荣昌县昌元镇（今荣昌区昌元街道、昌州
街道）

**附
记**

　　王平浩既讲述故事，也参与传统文学的采录、整理。他常常在工作之余，给工友们讲述神话、传说、民间故事、寓言等。讲故事的时候，他经常手持折扇，把折扇的舞动融入故事情节中，听众的思绪随着他的折扇忽上忽下、忽左忽右、忽快忽慢，折扇俨然成了故事情节的外在体现。他也上讲台讲故事，比较严肃，一板一眼，声调平和端正；有时在讲述过程中，穿插一些自己的见解，有警示作用。所讲故事完整性好、逻辑性强，听众记忆深刻。

133

新姑娘搭盖头，不乖也会乖

　　从前有个江州[1]王，到民间访贤的时候，路过一个地方，正好碰上那里结亲办喜事。

　　那阵结亲，不像现在恁个[2]男女双方自愿，全凭"媒妁之言，父母之命"。也就是说，靠媒婆两边说，只要双方的妈呀老汉答应了，亲事就算成了，不管你本人愿不愿意。一般的都是莫大点[3]就把亲事给你订了，还有的在妈肚皮头怀起就订了亲的。男女之间莫说来往，就是见面都不行。新姑娘没有过门以前，男女双方认都认不到。

　　江州王碰上的结亲那两家，男娃儿倒是不错的，身材好，又知书识礼；女娃儿就有点恼火[4]，一张黑皮子，脸貌儿也不周正。这事硬还把她妈呀老汉焦到起了，要是男方见她恁个丑，悔起亲来就麻烦了。眼看迎亲的就要到了，嘟个做嚯？一屋人正在那里打不起主意的时候，江州王恰恰来了。他问明是嘟个一回事后，就给他们出点子，叫把

[1]　江州：重庆古称江州。

[2]　恁个：这样。

[3]　莫大点：没有多大。指年龄小。

[4]　恼火：麻烦。此处指长相不好。

新姑娘打扮打扮，让她内穿白外穿红，红衣红裙红鞋子，红中现白就好看些；再用一块红帕帕撂在脑壳上，把脸遮到；要是迎亲的问，就啷个啷个[1]说；等拜了堂入了洞房，那时生米已变成熟饭，男方反悔也来不及了。女方的人些实在也想不出格外的法子，只好照江州王说的办。

迎亲的来了，新郎官见新姑娘脑壳上搭了块帕帕，想揭开看看新姑娘的脸貌儿。女方的人些急顾[2]说，要不得要不得，今天的日子，是不能够在入洞房前让新姑娘露脸的，露了脸就不利达[3]，男方不出事女方都要出事。

新郎官听女方恁个一说，就把手缩回来了。花轿抬拢男方，对新人拜了堂，正默到进洞房的时候，来了个老太婆。人些都没见过她，不晓得是哪一方的亲戚。新郎官也没问，照样当客来招呼，又是请坐又是倒茶。那老太婆走到新姑娘面前，用手在她胸口上一歇画，好像是在画符。画完，把新姑娘的脑壳轻轻一拍就走了。

入了洞房，新郎官把新姑娘脑壳上搭的帕帕揭开一看：哎呀，新姑娘好乖！他欢喜忙了。原来，那老太婆是观音菩萨。她见江州王给女方出了恁个一个点子，眼看江州王就要当巴国国王了，怕男方揭开帕帕看到女的丑，要去找女方扯皮[4]，会把江州王牵扯进去，下不到台，就来帮他的忙，把新姑娘变乖了。亲朋好友些见新姑娘恁乖，都想多看几眼；那些老表呀小叔子呀都去扭到新姑娘闹，大家欢欢喜喜闹迄半夜[5]过后才散了场合。江州王本来也是混在人群当中看热闹，他还是担心新郎官揭开帕帕不依叫[6]。心想，万一事情闹大了，他好出面调解。哪晓得帕帕一揭，新姑娘变得恁乖！他想那老太婆肯定是个神仙，赶忙到处去找她。哪去找哟？老太婆早就无影无踪了。

从此，不管新姑娘乖不乖，过门那一天都要拿块帕帕搭在脑壳上把脸遮到。大家把那块帕帕叫盖头。新姑娘搭盖头，说是不乖的也会变乖。新姑娘穿红色衣裙，也是从

那时兴起来的。

讲述者： 熊祥君，男，汉族，高中学历，巴县羊乡塘湾村，农民

采录者： 李子硕，罗桂英

整理者： 李子硕

采录时间： 1988 年 9 月

采录地点： 巴县民间文学集成办公室

附
记

此故事巴县走马乡（今九龙坡区走马镇）魏显德也有讲述。说是在原始社会，有个部落的人被称为"野人"，长得丑陋。他们的女性为了与神农族男人结婚，出嫁时就用芭蕉叶搭在头上遮住面孔。由于故事情节有待深挖，暂未整理入卷。

[1] 啷个啷个：如此这般。

[2] 急顾：急忙。

[3] 利达：吉利。

[4] 扯皮：闹矛盾，找说法。

[5] 迄半夜：到半夜。

[6] 不依叫：不顺从，不答应。

134

金竹林

南山堡住着汪家两弟兄。几岁时，妈就害病死了，靠老汉做点小生意维持一家人的生活。这年，当地瘟疫流行，老汉也得上了瘟病。在要落气的时候，他对两弟兄说："我没有给你们留下啥子，只有三十两银子。要分就平分；不分，两人打伙用。"老汉死后不久，汪二起心，在一天晚上把三十两银子一火杆[1]拿起就跑了。

汪大这哈子就作难了，种地没得地，做生意莫得本钱。幸亏邻近有个金老头儿，见他忠厚老诚，就把他叫去学做篾活。老头有片竹林，全是金竹。金竹编的东西总有点清香味，加上金老头儿手艺好，拿上市一抢就煞角[2]。特别是做拐棍，更是远近都吃香。

几年后，金老头儿对汪大说："我老了，栽竹、砍竹、守竹林的事我不得行了，你就接过手去吧。砍了竹子，早上要磕头，夜夜都要守，每三十天要淋一次。卖竹器不要和人争价钱。"汪大很听话，一年到头的事情都照说的做。

一个热天，汪大把凉板放在竹林中歇凉守夜。不伸抖[3]是喇个的，一下子就睡着了。他恍惚听到有女子的笑声。睁眼一看，硬是看到个漂亮的女子看着他笑。他翻爬起来，问女子干啥子。女子说是来耍的。汪大有点奇怪：这大夜深了，一个女的还不怕？女的对他说："这是我的家，我啥子时候都可以走起耍。"汪大以为是听错了，忙说："这是金老头儿的竹林，咋个会是你的家？"女子说："你不相信，我带你去看看嘛。"汪大跟着那个女子，转了几篷竹子，就看见一座大门。女子一拍门，门开了。进门后，看见一座很大很大的院子。到了客厅，汪大刚一坐下，丫头就端来了一碗香茶。女子说她叫金竹，父母外出做客去了，只有她和一个丫头竹芸在家。一哈哈[4]，酒菜上桌了。汪大从细娃儿长齐人大，还没吃过这样的好酒菜。吃完了，金竹把汪大送出门，一眨眼就看不到了。第二天，汪大把夜里出的事情跟金老头儿说了。金老头儿说，这下更要把竹林看好。

一天，几个人手拿弯刀、棍棒估到[5]来砍竹子。汪大不肯。那几个人就毒打了他一顿。汪大不顾伤痛，与那几个人挽[6]了起来。他被打昏了过去。等他醒来，看见这几个人正在放火烧竹林。他脱下衣服就去扑火。打到打到起[7]，他又昏了。一阵清风吹来，汪大醒了，他见金竹站在身边，那几个人都倒在地上死了。火也熄了，竹子像根本没被烧一样。他一摸身上，伤也不痛了。金竹对他说："你人好心好，我很感激你。我拿根竹棍给你，有啥危难时，它可帮你的忙。"说完就不见了。

自这以后，汪大更爱金竹子了。金老头儿死后，汪大讨了婆娘。他的竹器很卖得，要销嘿门[8]远。

讲述者： 王凤霞，女，住云门镇中街
采录整理者： 文余鼎

[1]　一火杆：一家伙，一起。
[2]　煞角：结束，完成。
[3]　伸抖：清楚。
[4]　一哈哈：一会儿。
[5]　估到：强行。
[6]　挽：纠缠。
[7]　打到打到起：打着打着。
[8]　嘿门：很，非常。

采录时间： 1987 年 9 月

采录地点： 北碚区文星街道（今北碚区天府镇）

135

代
义
的
故
事

从前，有个生意人叫代义，在街门前摆个摊摊，卖点这样那样的小东西。他爹给他留下了一点小小产业，但是，没得好久他都用完了。为啥子呢？因为他肯做善事，看到那劳力[1]的哟、担挑挑的哟，只要从他屋门前过，他就倒茶呀、舀稀饭给他们吃；遇到有岁数的穷人哟、瞎子哟，他就拿钱给他们，一拿就是几吊钱。他经常都嘟个整，时间长了吧，就把他爹留给他的产业拿光了咯。

这一年腊月，代义弄穷了噻，就没得办法过年了。屋头只得一点点米了，煮一顿稀饭都不够，他堂客又吵他。嘟个办呢？他想来想去，心想还是去死了算了。这天晚上，他悄悄爬起来，就到那个万挂悬岩上去坠岩。"呼"的一声跳下去，殊不知在半岩上遭一窝梭草[2]挡到起了。他一把扯起来看呢，哦吧，多大一砂锅银子。他心想，我要是把这些银子抱回去，还是有用完的一天噻。算了，我命不

[1] 劳力：下苦力。
[2] 梭草：一种野草，其茎可编织草席。

得死，还是转去[1]。他用梭草把砂锅盖到，就摸回去了。

这头，他堂客醒转来，嗨！哪个没见人呢？到处去喊也喊不得应[2]，到处去找也找不到他，心头就着急了哟。过一哈儿嘛，他转来了，堂客就问他："你半夜三更冲到哪里去了嘛？"代义说："你也把我说够了哟，屋头过年都只得顿稀饭了，我想还是去死了算了。我跑去坠岩，哪晓得半中拦腰[3]抓到一窝梭草，扯开一看呢，有一口砂锅，装起亮灿灿的一锅银子。我想我有了钱还是要行善咯，一锅银子用得到好久嘛？用完了我还是要死嘛。所以我就没有要，空起两只手转来了。"殊不知呀，代义说这些话，恰恰遭两个来偷他的贼听到了，这两个贼急忙就到那个万挂悬岩上去找银子了。

两个贼跑到悬岩上往下一望，黑黢黢的不晓得有好高，他们就把衣服脱下来接起。一个贼想多分些银子，就扯到衣服下去了。这个悬岩又陡，天又漆锅麻黑[4]，他就用脚去薅，薅就薅到那窝梭草了。急忙扯开一看呢，龟儿里头是啥子银子哟！这个狗日的在整我们呢，砂锅里头多大他妈[5]一根死蛇。贼娃子心想，老子把这根蛇拿转去整他。两个贼就把蛇拿转来，悄悄爬到代义的房顶上，把蛇丢在他床铺上就跑了。第二天早上，代义一觉醒转来，一扯铺盖咂，哎呀啷个恁么[6]重咂，嗲[7]都嗲不动。费多大力扯开一看：哎呀！一床铺都是银子。他堂客说："还说你不要哟，这啷个又来了咂？"代义也搞不伸抖[8]，心想这怕是我肯做善事，老天给我的一笔救命钱咯。从这以后，代义就更肯做善事了，他就活了很大岁数了哟。

讲述者：　　　王桂山，男，私塾，天府矿务局退休工人
采录、整理者：邹岳男，高中学历，北碚区文化馆干部
采录时间：　　1987年9月
采录地点：　　北碚区文星街道（今北碚区天府镇）

[1]　转去：回家去。
[2]　得应：答应，回答。
[3]　半中拦腰：半路上。
[4]　漆锅麻黑：形容天色非常黑。
[5]　他妈：语气词，表示程度。
[6]　恁么：那么。
[7]　嗲：音diá，提。
[8]　伸抖：清楚。

136

大路不平旁人铲

张家二老年纪很大了，但无儿无女。一天赶场回来，在大路边捡到一个娃儿，取名张大路。大路一天小，两天大，很快就长大成人了。

张老头子死了，张大娘变卖家产，准备起盘缠，让大路出去做生意，想求个出头之日。

大路走后，母亲一个人在家难以维持生活，不久双眼就瞎了。这时，那条从大路上捡回来喂了多年的老黄狗围到她叫个不停。张大娘心酸地说："狗啊狗！你看我都只有等到饿死了，你叫！我哪有东西给你吃嘛。"隔了一会儿，黄狗嘴衔一根棒棒和一条绳子回来，它又叫又转的终于使张大娘懂到了它的意思，从此，黄狗引着张大娘出门讨饭去了。有一天，黄狗引着张大娘来到一个人烟稀少的地方，走到一个石坎边，黄狗不走了，它用嘴衔着主人杵路棒[1]的另一头，朝石坎上捅去，然后"汪汪"叫了两声，大娘往那里一摸，是一个瓦罐，她刚揭开盖子，就闻到饭菜的香味，而且是热嘟嘟的。张大娘实在饿极了，端起就

吃了起来。原来瓦罐里的饭菜，是一个叫旁人的午饭，他在田头做活路，堂客刚给他送来的。旁人正准备来吃，忽然看见树上的喜鹊窝里，有几只小喜鹊在喂一只飞不动的老喜鹊，不由得看入了神，一时忘了吃饭。听到狗叫，只见一个素不相识的老太婆在吃自己的饭，他上前一问，张大娘就哭诉起来，把自己的情况告诉了旁人。旁人很同情张大娘，一定要张大娘到自己家里住下，说自己只有夫妻二人，要认他为母亲。张大娘很感动，就到旁人的家住了下来。旁人千方百计到处求医，想早日治好母亲的眼睛。

一天，旁人在田里做活路，觉得很疲劳，一坐下来就恍恍惚惚睡着了，他梦见一位神仙授药给他，说用石笋磨水三转擦眼就能治好母亲的眼睛。旁人一下惊醒了，发现身边有一个红纸包包，他连忙打开一看，里面果然有一节石笋。旁人急忙将石笋拿回家中，在碗里磨了三转，然后兑上水，轻轻地擦在母亲的眼上，母亲的眼睛一时就清亮了，她亲眼看见了旁人和媳妇，娘儿三个抱头哭了一场。

一天，旁人上街，看到墙上贴了一张皇榜，皇榜上说的是皇太后眼睛失明，遍请天下名医都不能治好，如有民间神医能治好太后的眼睛，定有重赏。旁人走上去就揭了皇榜，看守的人拉住他问："你治得好吗？"旁人说："试试看嘛！"来到皇宫，旁人治好了皇太后的眼睛。皇帝大喜，派人把旁人一家接进了皇宫，一面酒宴招待他们，一面庆贺皇太后眼睛重见光明。

再说，张大路出门做生意，路上遇到一个外地人，两人谈得很投机，就一起向京城走去。张大路问那个人："大哥，你到京城有何贵干？"那人说："献宝。"张大路又问："献啥子宝？"那人说："一颗宝珠。"当天晚上，两人都走累了，张大路就请那人喝酒，劝来劝去，把那人灌醉了。张大路几说几不说[2]，叫那人把宝拿了出来。张大路一见宝珠，就起了歹心，趁那人酒醉以后，他就出门去照样买了一颗假宝珠，跟那人的宝珠换了。第二天，张大路对那人说："大哥，你进京献宝要紧，先走一步，我想在此地做点生意再走。"于是，两人就分手了。

那人到了京城，赶忙觐见皇帝，皇帝接过宝珠一看，

[1] 杵路棒：拐杖。

[2] 几说几不说：东说西说，形容能说会道。

大吼一声："大胆奴才，胆敢欺君，给我拉出去重打三百大板！"众差不由分说，把他拉出去重打后撵出了京城。

隔了几天张大路也进京献宝。皇帝仔细看了他献的宝，果真是天下难得的珠宝，当即就封张大路为进贡状元在京任职。张大路当了官，早已忘了母亲。

皇太后的眼治好后，满朝文武都进宫庆贺，其中也有张大路。一直跟着张大娘的那条黄狗认得张大路，只见它飞快地窜上去将张大路狠狠地咬了几口。左右的人正要打狗，张大娘高喊一声："不要打！"原来她也认出了张大路，就在皇帝面前诉说了这个不孝之子。

皇帝一听张大路竟是这样忘恩负义的人，就下令斩首示众，将他尸体埋在大路上，让千人踩，万人踏。张大路阴魂不散，埋他那个地方每天冒一个大坟包起来，阻挡行人。有人把它铲了，第二天又长出来，硬是铲不完。一天晚上，皇帝梦见一个人对他说："大路不平旁人铲嘛！"皇帝醒来一想，莫不是治眼睛的旁人吧？于是就叫旁人去铲大路上的坟包。从此，大路上再也不长坟包了。

讲述者：　吴代朝，男，高中学历，文星乡农民
采录者：　李鉴踪、朱莲英，西南师大中文系 81 级
　　　　　学生
整理者：　李鉴踪、杜善勇，西南师大中文系 81 级
　　　　　学生
采录时间：1987 年 7 月
采录地点：北碚区文星乡（今天府镇）

137

金牛过江

南纪门外的珊瑚坝[1]，搭着不少席棚竹屋，自来便为贫苦人聚居之处，又当码头渡口；在枯水季节，便形成一条街。这里住着一对孤苦伶仃的老夫妇。这对老夫妇没有亲戚儿女，就此二老，相依为命，靠推豆腐售卖维持生活。每天老婆婆在家煮豆浆，老头则挑着上街售卖，清早出门，午后归来，苦挣苦活。一天午后，已近夕阳西下，老头挑着豆腐担子走街串巷，劳累了一天，慢慢返回家去，正经过满地卵石的河坝。他高一脚低一脚地走着，无意中看见有一个大鹅卵石，颜色黄紫，光滑闪亮，十分可爱。平日极少见到，心想捡回家去，镇压床席，倒顶合适。于是，老头儿俯身拾起，顺手放在豆腐筐里，挑回家去。这个卵石放在床头，已经数月了。白天用它来榨豆腐，晚上用它来压席角，二老并未怎样珍惜它。

哪知一天上午，一个金发碧眼的洋人，从南岸渡江入城，来到珊瑚坝河边，拄着手杖，沿河街缓步而行。到

[1]　珊瑚坝：河滩名。位于今重庆市渝中区南纪门经石板坡、燕喜洞至菜园坝长江岸边。

得豆腐棚前，他忽然停住不走了，像发现了什么稀奇似的，不住地用眼向棚子瞧望，并走进棚里去，指着压在豆腐箱上面的那个大卵石问道："这东西可以出售么？"老头儿心里揣想，他买这东西有什么用处呢？忽然记起人们平时谈起洋人识宝的事，也许这卵石是什么宝贝，所以他才愿意出钱购买，便随口答道："可以卖，要一百两银子！"哪知洋人听了，十分高兴，并不还价，要老头带着卵石，一同到他家里去取银子。到了那洋人住处，放下鹅卵石，洋人付过了一百两银子。老头禁不住好奇地问道："你花这么多银子，买这个石头儿有什么用处？"洋人哈哈大笑道："值得，值得。这卵石是打开金库的钥匙，有了它，重庆金库的财宝便全都属于我了。你说，一百两银子买它不挺值得么？"老头一听这鹅卵石是打开金紫门外金库的钥匙，洋人有了它，金库的财宝便全归他了，这还了得？便拖过卵石，抱在怀里，把一百两银子放还桌上，口里说："我不卖了。"

洋人不依，二人便到了县衙门，请县大老爷裁判。县官听说是关系到洋人的官司，连忙升堂问案，询明原委，便判道："洋人最守信用，老头既将卵石卖与洋人，岂有再收回之理？这卵石仍归洋人，所付一百两银子，亦罚还洋人，以示赔礼道歉，辨明是非！"

那洋人得到卵石之后，正待第二天晚上前去盗取金库的财宝，库里那头金牛到南岸去了。洋人手持卵石，叫开洞门，结果空空如也，什么也没有找到，枉自劳力费神一番。

那天凌晨，金紫门外大码头，忽然有人呼叫渡江。当时，每晚二更以后，各码头即告收渡，但有专门值班的渡船，名为"差船"，听候官府差遣，以便有要事或传送紧急公文时，官差渡江之用。"差船"虽然专为官府准备，但在平时情况下，既然有船夫在此通宵值班守候，遇到一般平民百姓有急事要求过江也同样给予摆渡，反正收取船资；不过，因为是在夜间，又是专船往返，收费高于白昼而已。金紫门对岸上坡，便是南坪，深夜偶尔有人呼叫渡江，并不为奇。

守候差船的船夫听见有人呼叫渡江，口音不像是官府的，而且天气寒冷，在睡梦中被叫醒，本不十分乐意；便

答说若要过江，须包来回船费。哪知岸上满口答应。船夫无可推说，只好起身摆渡。

半夜后，寒雾漫漫。渡船搭上跳板，才见上船来的人，原是一位四十余岁的中年汉子，庄稼人打扮，身后牵着一头黄牛。船夫心里很不高兴，因为牛大且重，容易把船踩漏；再者，推起来也很吃力。但既已答应摆渡，此时也不好推拒，只好照应这一人一畜上船站好。

船只离岸，向上游撑了一段，便向对岸划去。那中年人牵着牛鼻绳，站在舱里默不作声。船夫心想，这么夜深，还牵牛过河，况且从城内牵往乡村，真是古怪，忍不住问道："老兄从哪里来？这么晚牵着牛到哪里去呢？"

那人淡淡地答道："这是主人养的放生牛，我是受雇照应它的。主人听说有人要来盗取，因此叫我牵到南岸喂养一段时间。"船夫听了，深信不疑，便不再问了。两人一面摆谈，一面推桡，小船到得河心，黄牛忽然拉起粪来，登时撒了一舱板牛粪。牵牛的中年汉子忙向船夫表示歉意，连道半夜劳神辛苦，又把船弄脏了，很是过意不去。船夫本来有些不高兴，听他这么一说，不便发作，便说："没什么关系，靠岸后你各自上坡，我舀水冲洗了就是，河下顾不了这么多。"

一会船靠了岸，船夫搭好跳板，让那汉子牵牛上岸。此时雾更大了，船夫用篙尖倒钩抓住岸边乱石，好让人畜安全上岸。哪知中年人头也不回，牵着牛对直向坡上走去，并不提付给船钱的事。船夫丢了竹篙，急忙追去，却踪影全无，十分生气，暗想这是安心不给船钱。返身回到船上，一眼瞧见舱里的牛粪，更觉冒火，分文未得，还要打扫船舱！边气边卷起衣袖，用水箕槽斗[1]撮起牛粪，抛入江中。尚未打扫干净，天色渐亮，这才瞧见撒掉在舱板上的牛粪，金黄发亮，仔细辨认，竟是黄金。

金牛过河以后，又到哪里去了呢？原来到南岸"放牛坪"去了。

[1] 水箕槽斗：一种木板做的、专为舀出舱中积水之用。

搜集、整理者：王秉诚

附
记

因本文发表于报纸，原作者进行了书面化整理，讲述者不明，但有些词句不会这样表达。为了再现当时情景。现根据重庆口语进行一定程度的还原。整理者：周右。

《金牛过江》原文

南纪门外的珊瑚坝，搭了不少席棚竹屋，从来就是贫苦人聚居的地方，又当码头渡口；在枯水季节，就形成一条街。这里住着一对孤苦伶仃的老夫妇。这对老夫妇没有亲戚儿女，就啷个两个老的，相依为命，靠推豆腐卖钱维持生活。每天老婆婆在家煮豆浆，老头就挑起担担上街去卖，清早出门，晌午后才回来，苦挣苦活。一天午后，太阳落山了，老头挑起豆腐担子走街串巷，累了一天，慢慢朝家走去，正经过满地鹅卵石的河坝。他高一脚矮一脚地走，无意中看见有一个大鹅卵石，颜色黄紫，光滑闪亮，可爱得很。平时很少见到，心想捡回家去，镇压床席，倒顶合适。于是，老头儿弯腰捡起来，顺手放在豆腐筐里，挑回家去。这个鹅卵石放在床头，已经几个月了。白天用它来榨豆腐，晚上用它来压席角，两个老的并不啷个稀奇它。

哪晓得一天上午，一个金发碧眼的洋人从南岸渡江进城，来到珊瑚坝河边，拄着手杖，沿河街慢慢走。到得豆腐棚前，他忽然停住不走了，像发现了啥子稀奇把戏样，不停地用眼朝棚子望，走进棚里头去，指着压在豆腐箱上面的那个大卵石问道："这东西可以卖不？"老头儿心里揣想，他买这东西有啥子用处呢？忽然记起人们平时谈起洋人识宝的事，也许这卵石是啥子宝贝，所以他才愿意出钱购买，就随口答道："可以卖，要一百两银子！"

哪晓得洋人听了，高兴惨了，并不还价，要老头带起鹅卵石，一起到他家头去取银子。到了那洋人住处，放下鹅卵石，洋人付过了一百两银子。老头禁不住好奇地问道："你花这么多银子，买这个石头儿有什么用处？"洋人哈哈大笑道："值得，值得。这卵石是打开金库的钥匙，有了它，重庆金库的财宝就全都属于我了。你说，一百两银子买它不嘿值得么？"老头一听这鹅卵石是打开金紫门外头金库的钥匙，洋人有了它，金库的财宝就怕要全归他了，这还了得？便拖过卵石抱在怀里，把一百两银子放还桌上，口里说："我不卖了。"

洋人不依，两个就到了县衙门，请县大老爷裁判。县官听说是关系到洋人的官司，连忙升堂问案，询明原委，判道："洋人最守信用，老头既然把卵石卖给了洋人，嘟个有再收回来之理？这卵石仍归洋人，开先付的一百两银子，也罚还洋人，以示赔礼道歉，辨明是非！"

那洋人得到卵石之后，正等第二天晚上去偷盗金库的财宝，库里那头金牛，却到南岸去了。洋人手拿卵石，叫开洞门，结果空空如也，啥子也没有找到，白白的劳力费神一阵。

那天凌晨，金紫门外大码头，忽然有人呼叫渡江。当时，每晚二更以后，各码头即告收渡，但有专门值班的渡船，名为"差船"，听候官府差遣，以便有要事或传送紧急公文时，官差渡江之用。"差船"虽然专为官府准备，但在平时情况下，既然有船夫在此通宵值班守候，遇到一般平民百姓有急事要求过江也同样给他摆渡，反正收取船资；不过，因为是在夜间，又是专船往返，收费当然要比白天高。金紫门对岸上坡，就是南坪，深夜偶尔有人呼叫渡江，并不奇怪。

守候差船的船夫听到有人呼叫渡江，口音不像是官府的，而且天气寒冷，在睡梦头被叫醒，本来就不十分乐意；就答说如果要过江，必须包来回船费。哪晓得岸上满口答应。船夫就没啥子好说的了，只好起身摆渡。

半夜后，寒雾漫漫。渡船搭上跳板，才见上船来的人，原是一位四十余岁的中年汉子，庄稼人打扮，身后牵着一头黄牛。船夫心里嘿门不高兴，因为牛又大又重，容易把船踩漏；再说，推起来也嘿门吃力。但既已答应摆渡，这时也就不好推脱，只好照应这一人一畜上船站好。

　　船只离岸，朝上游撑了一段，就朝对岸划去。那中年人牵着牛鼻绳，站在舱里默不作声。船夫心想，嗰个夜深，还牵牛过河，况且从城头牵往乡村，真是古怪，忍不住问道："老兄从哪里来？这么晚牵起牛到哪里去呢？"

　　那人淡淡地答道："这是主人养的放生牛，我是受雇经佑它的。主人听说有人要来偷，因此叫我牵到南岸喂养一段时间。"船夫听了，深信不疑，就不再问了。两人一面摆谈，一面推桡，小船到了河心，黄牛忽然拉起粪来，登时撒了一舱板牛粪。牵牛的中年汉子忙向船夫表示歉意，连说半夜劳神辛苦，又把船弄脏了，很是过意不去。船夫本来有些不高兴，听他这么一说，不好发作嘚，就说："没得啥子关系，靠岸后你各自上坡，我舀水冲洗了就是，河下顾不了嗰个多。"

　　一哈儿船靠了岸，船夫搭好跳板，让那汉子牵牛上岸。这时雾更大了，船夫用篙尖倒钩抓住岸边乱石，好让人畜安全上岸。哪晓得中年人头也不回，牵着牛对对直直向坡上走去，并不提付给船钱的事。船夫丢了竹篙，急忙追去，那人却踪影全无，船夫气惨了，暗想这是安心不给船钱。返身回到船上，一眼看到舱里的牛粪，更觉冒火，分文未得，还要打扫船舱！边气边卷起衣袖，用水箕槽斗撮起牛粪，抛进江中。还没来得及打扫干净，天色渐渐亮了，这才看到撒落在舱板上的牛粪，金黄发亮，仔细辨认，竟是黄金。

　　金牛过河以后，又到哪里去了呢？原来到南岸"放牛坪"去了。

（四）童话故事

138

熊家婆

（一）

在一座老山里头，有一家人，是三娘母。一天，妈妈要走婆婆那点去，就给两姊妹说："我走了，你们在屋头要乖些，我先去喊家婆[1]来给你们打伴。"大妹崽问："妈妈！家婆像个啥子样子嘛？我们都还没见过哩。""你家婆肩膀上补了一块白疤疤。"妈妈走了，两姊妹就在屋头等家婆来。

哪晓得躲在后阳沟的熊家婆[2]，听到了她们说的话，就掐了张麻叶贴在肩膀上，等天黑尽了，就去轻轻敲门。小妹崽一听，说："家婆来了，家婆来了。"就要跑去开门。大妹崽拉到她说："莫忙，等我看一下。"就问："你是哪个？"熊家婆憋起声音说："我是你家婆。"小妹崽又要去开门，大妹崽又拉到她，从门缝缝往外头看。看到熊家婆肩膀上补了一块白疤疤，她才把门开了说："家婆进屋坐吧！"

熊家婆看到屋里有灯，就说："外孙女，我生火疤眼[3]看不得灯，你们把灯吹了我就进来。"小妹崽一嘴就把灯吹了。熊家婆这才进屋。大妹崽端根板凳说："家婆，你坐。"熊家婆怕现了尾巴，连忙说："唉呀，我屁股生了坐板疮，坐不得板凳，要坐坛子。"小妹崽老实给家婆抱了一个坛子来。熊家婆坐在坛子上，把尾巴藏在坛子里头。但尾巴在坛子里头又打得啪呀啪地响，大妹崽就问："家婆，你在做啥子哟？""大外孙呀，我吃了夹生红苕，光爱打屁。"

耍了一阵就要睡瞌睡了。大妹崽和小妹崽都争起要和家婆一起睡。熊家婆说："哪个洗得干净，哪个就挨到我睡。"小妹崽一听，欢喜蹦了，赶忙去把澡盆占到。大妹崽一想：妹妹小些，就让她挨到家婆睡算了。小妹崽洗哟洗哟，洗得很干净，她就跟家婆两个睡一头。睡到半夜，大妹崽醒了，听到熊家婆咔崩咔崩地在吃东西，就问："家婆，你在吃啥子哟？""吃干葫豆。""我要吃。"熊家婆已经把小妹崽吃了，还剩几个指拇，就递了一根给大妹崽。大妹崽接过来一摸：哎呀！是人的指拇。她晓得妹妹遭了，心想：它不是家婆，是熊家婆。我啷个才跑得脱呢？大妹崽就说："家婆，我要屙尿。"熊家婆害怕她跑了，就说："来，我拿绳绳儿把你拴到，免得你蚀[4]了。"熊家婆拿根绳子拴在大妹崽的手上。大妹崽走到尿罐那点，把绳子拴到尿罐上，急忙爬上楼，把楼梯抽了。熊家婆等了一阵，大妹崽没转来，就拉绳子，绳子拴在尿罐上的，它默到人还在那里，就喊："大外孙，你屙簸条屎[5]也该屙完了哟。"噫，啷个没得声音呢？它使力一拉，乒乓一下尿罐拉翻了。熊家婆连忙爬起来，想点灯去找。大妹崽在楼上找到了一瓶酒醋，看到熊家婆刚一把灯点燃，就一滴醋淋下去，把熊家婆的灯淋熄了。熊家婆点了好几回都遭淋熄了。熊家婆默到是耗子精在作怪，就说："耗子精，耗子精，莫要打熄我的灯，捉到大妹崽，我们平半分。"熊家婆又点灯，还是遭淋熄了。熊家婆气慌了，要上楼找耗子精算账。大妹崽一看吓到了，就叮叮咚咚地朝着楼板

[1] 家婆：外婆。
[2] 熊家婆：四川民间传说中有伪装成家婆的熊，俗称熊家婆。
[3] 火疤眼：红眼病。
[4] 蚀：蚀读色，作不见了讲。
[5] 簸条屎：形容屙屎的时间很长。

跺脚。熊家婆怕打雷，吓得钻到一个大柜子里头躲起。大妹崽从楼板缝缝里看到了，就轻脚轻手地下楼来把柜子锁了。熊家婆在柜子头躲了一阵，听到没有打雷了，就想出来。一拉柜门，门遭锁了。它说："大外孙，我是你亲家婆，你放我出去嘛，我给你扯花衣裳。"大妹崽说："你是个熊家婆，把我妹妹都吃了，我要烧开水烫死你。"大妹崽把水烧开了，就搭起板凳从柜子顶顶上向里头灌开水，烫得熊家婆惊叫唤。熊家婆也精灵，它叫一阵就不叫了，悄悄靠在一个角角头，开水就淋不到它了。大妹崽烫了一阵，没听到叫唤了，默到熊家婆遭烫死了。她才又钻到铺盖窝去睡，一直睡到大天白亮。

半上午，门口来了一个货客，看到大妹崽屋头没有大人，就问："你屋头换不换货？"大妹崽说："我屋里只有个柜子，里头装的是银子。我老汉不在屋头，你换不换嘛？"货客心想，我这点东西调你一柜子银子，哪个不换呢？就答应换。大妹崽说："你最好走快些，捞到河边才把银子拿出来，免得我老汉看到了。"货客好不欢喜，把货给了大妹崽，捞起柜子一审[1]，重沉沉的，默到硬是银子，就嘿咗嘿咗地捞到河边。他把柜子一打开，熊家婆呼的一声钻了出来。货客一看，吓得不要命地跑，熊家婆就跟到追。货客没追到，它抓到了一个卖盐巴的人。盐巴客一看熊家婆被开水烫得垮皮脱毛的，急忙说："熊家婆，你莫吃我。我这是一挑药，我愿给你医伤。"熊家婆正痛得恼火，就让盐巴客给它医。盐巴客捧起一捧盐，照准熊家婆脑壳上遭烫落了皮的地方洒了下去，转身就跑。熊家婆想追去抓住他，盐巴溇[2]得伤口痛得要命，它只好跳到河头去洗。洗了上来，连盐巴客的影子都找不到了。它又碰到一个卖梳子的。卖梳子的说："哎呀，熊家婆，你披头散发的样子，好难看哟。走，我领你到树子上去，给你把头发梳伸展。"熊家婆心想，梳完头再吃你。就和卖梳子的爬到树子上梳起头来。卖梳子的帮熊家婆梳一绺头发，就往树上缠一绺，梳好了也缠紧了。卖梳子的刁做[3]把梳

子丢下树去，说："唉呀，梳子落了，我下去捡。"他一梭下树来，扯伸脚杆就跑。熊家婆急了，它想：我追过去捧过来，连肚皮都整饿了。要是这个人再跑脱了，不是要遭饿一顿吗？它想下树去追，头发又在树上缠得梆紧。它拼命地扯呀扯，痛得钻心，扯得血骨淋当[4]的才扯脱了。它追到一个地方，卖梳子的又不见了。看到地上有个洞洞，心想，那个人一定躲在那洞洞里头。走过去一看，洞底底有个披头散发、皮翻皮垮的家伙。它心想，嗨，这里还有个剥了皮的现成东西，我正好吃它。它一下扑了下去，只听"咚"的一声响。原来那个洞是地上的一口水井。结果，熊家婆摔进水井头淹死了。

讲述者：　　　刘福元，女，汉族，不识字，织布工人
采录、整理者：姜孝德、王正平
采录时间：　　1985 年 11 月
采录地点：　　江北区刘家台

附
记

《熊家婆》是重庆地区广为流传的民间童话故事，异文甚多，深受广大人民的喜爱。刘福元讲述的这个故事具有代表性。她是织布工人，经常在车间一边工作一边讲，还给织布工人的孩子们讲，讲得抑扬顿挫，情节紧张曲折，特别吸引人。

[1]　一审：掂量。
[2]　溇：lǎn，用盐或其他调味品拌渍。
[3]　刁做：也有的地方发音刁志、交煮，故意。

[4]　血骨淋当：血肉模糊。

139

熊
家
婆

（二）

从前有婆孙二人。这一天，两人正在烙麦粑，熊家婆来了，进门就要吃粑粑。婆婆就拿了一个给它，熊家婆几下就吃完了，又要吃。婆婆又分给它半边，它几下又吃完了，还要吃。孙女又分半边给它，吃完后还要吃。婆婆对它说："没有了，二回再来吃吧。"熊家婆冒火冲天地说："哼，不怕你不干，今晚我还要吃你的孙女！"说完，气冲冲地走了。

婆婆想到今晚熊家婆要来吃孙女，就坐在门口伤心地哭。一哈儿来了个卖豌豆的，见老太婆哭得伤心，就问："老人家，你哭啥子嘛？"老太婆哭着说了原因。这人就说："不怕得，我把豌豆送你，你把豌豆倒在门后边，熊家婆来了摔死它。"老太婆想熊家婆摔个跟斗又摔不死，它爬起来还是要吃孙女，又哭。一哈儿来了个卖大牯牛的，见老太婆哭得伤心，就问："老太婆，啥子事情这么伤心啦？"当老太婆把原因告诉他后，这人说："没得来头[1]。我把牛送给你，你把它拴在门后头，熊家婆来了，牛会搐

死它的。"老太婆还是不放心，又伤心地哭起来了。一哈儿来了个卖火药的人，又问老太婆："你哭啥子？"老太婆说："熊家婆今晚上要来吃我的孙女。"卖火药的人说："不怕得，我把火药送给你。"还悄悄给她说了啷个用法。老太婆想了一阵又哭。一哈儿又来了个卖螃蟹的人，问老太婆："啥子事情这么伤心嘛？"老太婆把事情告诉了他。卖螃蟹的人说："不要怕，我把螃蟹送给你，你拿来放在水缸头，到时自有用处。"老太婆想一阵又哭。一哈儿来了个卖席子的人，又问老太婆："这位婆婆，啥子事情想不开呀？"老太婆说："今晚熊家婆要来吃我的孙女。"他说："没得问题，我把席子送给你，你等会自有妙用。"又给老太婆说了用法。天黑了，婆孙二人准备归一[2]，就上楼去了。

这时熊家婆大摇大摆地来了。走进第一道门，踏到豌豆，一跟斗摔成个破屁股。走进第二道门，牯牛一角就把肚皮给它顶穿了。熊家婆心想，啥子东西恁个凶？慢点，等我把灯点燃了再给你说。走到灶边一点火，"轰"一声，又把眼睛烧瞎了。吧！硬是要干！等我把眼睛洗一哈儿再说。刚把手伸进水缸，螃蟹又把手夹到不放，熊家婆痛得甩都甩不脱。熊家婆大骂："鬼老婆婆不怕你鬼点子多，今晚我把你两个一齐吃了！"说完，噔、噔、噔，往楼上就爬。爬到最高处，踩到席子一滑，哎哟哟哟从顶上摔下来，再也起不来了。两婆孙打开楼门，把石头、开山、秤砣甩下去，把熊家婆砸死了。

讲述者：	李成芳，汉族，半不识字，农民
采录者：	肖先富
采录时间：	1985年12月
采录地点：	璧山县来凤乡（今璧山区来凤街道）

[1]　没得来头：没有关系。

[2]　归一：完毕。

140

熊嘎婆钻灶烘

有一个妈妈带了两个女儿,大的一个十一二岁,小的一个不到十岁。这天妈妈要去办事,晚上不回来,就跟两个女儿说:"你们不要乱跑,晚上要把门关好,谨防熊嘎婆来吃人。"又给她们交代,灶烘头烧得有板栗,黑了肚儿饿的阵就去弄来吃。

妈妈走后,两个女儿多听话的,哪里也没敢去,不到天黑就把大门关了。黑了起了大风,妹儿害怕,就把姐姐抱到。正在这时,有人来打门。姐姐问是哪个,打门的说是她们的嘎婆,来帮她们照屋的。两姊妹正在害怕,巴心不得有人来做伴,一听是嘎婆来了,赶忙把门打开。等外头的人进来一看,哪里是嘎婆哟,怪里怪气的样子,脑壳上包了张兮脏兮脏的帕子。姐姐晓得糟了,肯定是熊嘎婆来了,心里就在默,哪个才不遭熊家婆吃掉。

熊嘎婆见两姊妹把它盯到就盯到,认出了它不是她们的外婆,就扯把子说:"妹娃子莫怕,你妈走的阵子跟我打了招呼的,要我来照看你们。我怕你们不开门,才说是你们嘎婆的。"说完就喊两姊妹快点上床睡瞌睡,它想等两姊妹睡了好吃她们。

两姊妹上床后,熊嘎婆就把灯吹了。一哈儿,姐姐故意把牙齿咬得崩呀崩地响,熊嘎婆听了就问:"妹儿,你在做啥子?"姐姐说:"我在吃沙胡豆,好吃得很!"熊嘎婆心想,我先吃点沙胡豆来,等哈儿再吃她们。就说:"拿点给我吃嘛。"姐姐说:"哎呀,我刚刚吃完,没得了。你要吃的话,外头灶房屋灶烘头烧的多得很,你各人去掏嘛。"

熊嘎婆一走出房圈屋,姐姐就把门闩了,还用板凳抵到。熊嘎婆找到灶烘,见里头硬是烧得有东西,一股香喷喷的热气直往鼻子冲。它不晓得该啷个弄,就把脑壳伸进灶烘去左一拱右一拱的。灶烘头炕的板栗那哈儿正好炕熟,它恁个一拱,都"噼噼啪啪"爆起来了,把飞烫的灰冲到它脸上,弄得它眼睛都睁不起。一颗大板栗"崩"的一夹钳[1]爆起来,刚好打在它左眼上,把眼睛猫[2]给它打开了花,痛得它又扳又跳。那灶烘的门又小,等它把脑壳扯出来,遭都遭安逸了。熊嘎婆着气忙了,想进房圈屋找那两姊妹算账,门早就抵得死死的,它啷个打得开?闹迄快要天亮,它怕遭人们看见,只好按着一只瞎眼逃走了。

讲述者: 张银普,男,汉族,小学学历,巴县走马乡(今九龙坡区走马镇)村民
采录者: 钟守维
采录时间: 1990年6月
采录地点: 巴县走马乡(今九龙坡区走马镇)工农村

[1] 一夹钳:一下子,形容快速。

[2] 眼睛猫:眼睛。

141

安安送米

安安是一个十打岁[1]的男娃儿，他屋里有婆婆、爸爸、妈妈和姑姑。婆婆对安安很疼爱，但对安安的妈妈很凶。安安的妈妈是很孝顺老人的，她尽是藏在灶房头，自己吃糠，把白米饭省给安安的婆婆吃。婆婆为啥子对媳妇不好呢？是安安的姑姑在中间挑拨，说："我那天进灶房去，看见她自己吃好的，只给你端这种饭和菜来。哼，我们屋头遇到这种媳妇，算是背时了。"就恁个，安安的婆婆总想把她的儿媳妇撵出去。

安安的爸爸是个读书人，人很老实。他在自己的老婆和妈中间，左也不是右也不是。他对自己的女人倒是很好的，他妈的话又是非得听不行的。一天他从外头回来，他妈就对他说："今天你非得把你那不孝顺的老婆休了，不休你老婆，当妈的就走。"

安安的爸爸、妈妈都是孝子。安安的爸爸虽是舍不得妻子，但母亲说了，他又不能不恁个做。安安的妈妈也晓得丈夫的心，她怕丈夫为难，也就硬起心肠说愿意走。就

恁个，安安的妈妈就丢下安安走了。她没有娘家，在外头到处流起[2]。

安安只晓得妈妈走了，为啥要走，他就不晓得了。安安思念他妈妈，时常问他婆婆："我妈妈到哪里去了？啷个还不回来？"婆婆就说："她走人户去了，隔几天就回来。"后来，安安从隔壁户那里听说妈妈是遭婆婆撵走的，在外头连饭都没有吃的，安安就想去找他妈妈，送点吃的去。

这时，安安上学了。他向婆婆扯谎说："我天天上学堂，来回恁个远。从今天起，我不回来吃晌午，你把米给我吧，我自己在学堂煮饭来吃。"婆婆听他说得有些道理，就答应了。安安天天上学就带两合米。晌午，安安自己只吃一合米，剩下一合米存起来。一天一天地存，一共存了三升米，安安就要出去找妈妈了。他先回家给婆婆说："老师带我们出去看几天世景，回来好做文章。"他又对学堂的先生说："我们屋里有点事，请几天假。"

安安就背起米出来了。他先把米背到土地菩萨那里，说："菩萨，这是我拿给妈妈吃的，请你帮我照到。"

安安放好米，就先去找妈妈。找啊找，从早晨找到黑了，找了一天也没有找到妈妈，安安就伤伤心心地哭了起来。就在他哭的时候，来了一个白胡子老头。安安赶忙问老人："我妈妈在哪里？"白胡子老头说："哦，娃娃儿，翻过这座山，就会找到你妈妈。"安安老实就把米背起翻山，走到了白衣庵。

安安的妈妈被婆婆撵出来后，来到这座山上寻短路[3]，被白衣庵的尼姑救了，留在庙里，给庙子头的尼姑扫地煮饭看庙门。

这天，天都黑了，她听到有人在喊开门，下细一听，听出了安安的声气，默到是婆婆来了，她不敢去开门。庙上师傅听见有人在喊开门，问她啷个不开门呢？安安的妈妈照直说了。师傅说："莫害怕，只管去开门。"安安的妈她才把门打开，看见是安安一个人，背了三升米，就问他来做啥子，把米背到哪里去。安安说："妈妈，我是来找

[1] 十打岁：十来岁。

[2] 流起：流浪。

[3] 寻短路：寻短见，自杀。

你的，这米是我背来给你吃的。"妈妈默到这米是安安偷来的，她晓得家里米不多，婆婆又不会把米给安安。她气到了就要打安安。安安忙把自己悄悄存米的事给妈妈说了，妈妈还是不相信，安安就哭了。那师傅听了说："莫忙，是偷来的米，米就是一个颜色；真是一天一天存的米，米的颜色深浅一定不同。"安安的妈妈赶忙把米倒出来一看，米的颜色深浅硬是不同。妈妈抱到安安，大哭起来。这时，天已黑尽了，安安要和妈妈歇一夜，妈妈喊安安快些回去，说是免得婆婆在屋里担心，随便哪个也不留安安歇一夜，硬是把安安推出了庙门。她把安安送了一程又一程，一直送到半山腰，看得到家了，妈妈才推说要去解手，叫安安先往前走。等安安向前走不多远，她就躲在树子背后学野猫叫，这下才把安安吓得跑起回家去了。妈妈一直望到安安跑到山脚，才转身回白衣庵。

安安回家过后，把他在白衣庵看到妈妈的事，悄悄地给他爸爸说了。爸爸晓得安安是去找妈妈，也没有吵他。

安安的爸爸很想到白衣庵去看安安的妈妈，在婆婆当门[1]没有借口出不到门。正好，婆婆叫安安的爸爸进京城赶考，他就绕道走白衣庵过。恰好那天安安的妈妈为一个渔夫补了衣服，渔夫送了她三条小红鱼。在回庙的路上，碰到了丈夫。两个人曾经是夫妻，感情也很好，但毕竟是写过休书休了的，他们只有各自坐在一个池塘的两边，你看我，我看你。还是安安的妈妈先开口说："你这出门走哪里去呀？"

"我去京城赶考。你现在过得好吗？"

"我很好。婆婆好吗？"

"唉，自从你走了，她老人家就病了，现在睡在床上的。她喊我去赶考，我就得去考试。本来我不想去的，她老人家硬要我去。我走了，只好由安安他姑姑在屋头侍候了。"

安安的妈妈一听婆婆病了，就说："我这里有三条小红鱼。那个渔夫说这种鱼能医病，说不定会医好婆婆的病。"

安安的爸爸跟即就把鱼拿回家，煮给婆婆吃了，病就

马上好了一半。安安的婆婆还要吃，他又不好意思再上山找自己的妻子，只好到屋后面的水沟里去找了三条小红鱼，煮给婆婆吃。婆婆吃了，病又犯了。安安的姑姑大骂哥哥是想把妈害死，好把女人接回家来。把她哥哥逼得没法，只好上山找到安安的妈妈。恰好安安的妈妈又给渔夫做了件新衣服，又得到三条小红鱼。安安的爸爸把鱼拿回家煮给婆婆吃，婆婆的病就好了。儿子才把鱼的来历讲给婆婆听了，婆婆很是感激，但还是不愿把媳妇接回来。

安安的爸爸只好上京去赶考。哪晓得他一考就考中了状元。这一下就对了。安安的爸爸当了状元，先去白衣庵接安安的妈妈，再回屋见母亲。安安的婆婆听说儿子当了状元，把媳妇也接回来了。安安的姑姑又给她妈说："这回媳妇恐怕不会放过你老人家。"安安的婆婆又怕，又不好意思，就去吊死了。四邻团转的人，弄清楚这些都是姑姑放的烂药[2]，就把安安的姑姑烧死了。姑姑死了过后变成了蚊子。起初这蚊子嘴上没有尖嘴嘴，它还想害人，就跑到铁匠那里，叫铁匠给它打了一个尖嘴嘴，专门吃人的血。蚊子就是安安的尖嘴幺姑。

讲述者： 赵贵英，女，汉族，不识字，退休工人
采录、整理者： 张屏屏、王正平
采录时间： 1986 年 3 月 8 日
采录地点： 江北区

[1] 当门：面前。

[2] 放的烂药：挑拨、使坏。

142

老虎抢亲

过去，有个娃儿天天都上山去捡柴，别个捡不到，唯独他捡得到。为啥子呢？原来山里头有两个老虎，没生过小老虎，它们没得喜欢的，就来喜欢这个捡柴的娃儿。天天老虎都帮娃儿把干柴衔到一堆，让娃儿走拢就背。开头这娃儿还有些害怕，后头娃儿看见老虎真的不咬人，他就不怕了。那两个老虎喜欢这个娃儿得很，随时留这娃儿在山上歇[1]。老虎到处去给娃儿衔些桃木李果让他吃。夜晚，老虎怕娃儿冷，两个就把娃儿挤在它们当中睡。后来，这娃儿就拜寄给老虎，老虎就当了这个娃儿的"保保"。

一晃十几年，娃儿也长到十六七岁了。他和老虎能用点头摆手这些过场[2]来说话。老虎就跟娃儿说："你该去接一门亲了。"娃儿对老虎保保说："我哪里讨得起堂客哟，天天卖柴的钱，只够我和妈两个人吃饭。"老虎说："讨不起，我们就给你抢一个来。"娃儿默到老虎是说起耍的。

有一天，娃儿上山，老虎说它们两个要到他屋头去耍。

喊娃儿办起席，请起客，在家头等他们，这娃儿也就答应了。娃儿回屋，先向挨邻接近的人家打招呼说："明天，山上有两个老虎要到我屋头做客，请你们把鸡呀、鸭呀、猫呀、狗呀这些都关到一下。小娃娃也喊到屋头去，免得遭老虎吓到了。"左邻右舍的人和亲戚朋友，也都晓得这娃儿拜了两个老虎做保保，家家都按他说的恁个做。到了那天，也都到他屋头来当客，想看下稀奇。

这天，两个老虎下山了。原来，它们早就听到山那边有家人今天嫁姑娘，两个鬼东西就跑到大路边边躲起来。没等好久，就看见一纤纤[3]送亲的人，跟到一乘花轿细吹细打地来了。两个老虎从路边边一下拱出来，叫唤一声，吓得那些送亲客、迎亲客、抬轿的和吹鼓手，一齐丢下家什，扑爬跟斗儿地瀑起跑。新姑娘看到两个麻老虎，人就吓昏了。老虎背起新姑娘就往这娃儿屋头一趟，吓得沿路的人家关门闭户。老虎对对直直到了这娃儿屋头。娃儿屋头来的客，看到两个麻老虎来了，还衔了一个人，吓得钻的钻桌子脚，梭的梭到门背后。这娃儿一看，老虎衔来的是个新姑娘，才明白他虎保保真给他抢来了个媳妇，急忙喊大家莫怕，说他虎保保不得伤人。人些都不相信，谁也不敢出来。这娃儿就对老虎说："保保！我说你不伤人，你就点三下头给他们看。"老实的，老虎就点了三下头。人些看老虎当真通人性，才爬出来重新坐到席上。这阵，新姑娘醒转来了，一看满屋是客，默到到了婆家了。那阵又是包办婚姻，女娃儿在结婚前是看不到男娃儿的，她还默到这个捡柴的娃儿，就是她要嫁的男人。这娃儿看到新姑娘醒了，就把她扶起来，先拜了天地，又来拜老虎保保。新姑娘吓得打抖抖，娃儿跟她说："你莫怕，这是老虎保保。"新姑娘才战战兢兢地给虎保保道了"万福"。两个老虎也直啄脑壳。人些看到老虎通人性，就更不怕了，都来向新郎新娘朝贺。这捡柴娃儿给老虎另安一席，还在下席陪坐。两个老虎也欢欢喜喜地抓菜吃。

新姑娘的娘婆二家，只说这女子遭老虎吃了，都没有再来找。一年过后，新姑娘生了一个胖娃娃。老虎知道了，

---

[1] 歇：过夜。

[2] 过场：此处是指点头、摆手等动作。

[3] 一纤纤：一串串。

就从山上衔了些山羊、鹿子来给娃儿打三朝[1]。娃儿满岁后，新姑娘才说要回娘家。两个老虎又要来送他们。捡柴娃儿没法，只有求教老虎不要进丈人的屋。老实的，它两个送拢后就在屋门外等。哪晓得新姑娘的娘屋人，看到捡柴娃儿不是自己的女婿，听了事情的过脚[2]，又嫌他家屋头没得钱，就想赖婚。但看到两个衔他女儿的麻老虎，还坐在他屋当门，才不敢赖婚了。吃了响午，老虎把两夫妻接回家去，它两个才回山上去了。

讲述者：　　王素清，女，汉族，不识字，居民

采录、整理者：姜孝德、王正平

采录时间：　1986 年 4 月

采录地点：　江北区刘家台

[1]　打三朝：婴儿出生三天，旧习俗在这天要为婴儿洗三，要办酒席，叫打三朝。

[2]　过脚：经过。

143

狮王与兔

山上有个狮王，天天在山上撵兔子吃，一天要吃几个。兔子们打伙商量：这样下去我们兔家要灭族了，怎么办呢？

一个长耳朵兔子说："我们每天送两只肥兔去供养它好了。"大家只好答应。长耳朵兔去给狮王说："你老人家这么大的岁数了，不要太劳累了。"狮王想：对头，我这么老了，撵起来是累，每天有两只肥兔也足够了。后来，长耳朵兔果然每天老老实实给狮王送两只肥兔去。日子一久，兔子们就反对这个办法说："一天两个，这么下去还了得？"长耳朵兔说："不这样做，我们真的要灭族！"又继续这样送了好多天。狮王认为送兔已经成了规矩，就再也不去撵其他兔子了。

有一天，长耳朵兔子只送了一只兔子去，又比平时晏。狮王很冒火说："为啥来得这么晏，不讲信用，又只得一只。"长耳朵兔说："那前山有个狮王，说是你派它去的，喊我们把兔子交给它。"狮王说："我没有派呀！是谁敢冒我的名义？走，它在哪里，让我咬死它！"狮王把送来的这只兔子含在嘴上，长耳朵兔带路，就去找前山那个

狮王。走到一个土坎边，果然看见下面那个狮王嘴上含着一只兔子。这个狮王气得暴跳如雷，一下就扑下去咬那个狮王。殊不知，下面是个水池，那个狮王是它自己的影子。它扑下池子就爬不起来了。长耳朵兔子见狮王掉进了水池，就跑到种地的农民当门去逛。农民见了兔就跟到撵，长耳朵兔就往水池边跑。农民追到水池边，看见一个狮子在池子里头扳得乒乓翻天的，就约了一些农民把它打死了。

从此，兔家族就渐渐兴旺起来。

讲述者：　王桂山，男，两年私塾，退休工人
采录者：　马蕾玲
整理者：　余合明
采录时间：1985 年 12 月
采录地点：北碚区代家沟乡（今北碚区天府镇）

144

蚂蚁请客

有一天，蚂蚁请推屎扒去吃饭，推屎扒答应了。到了第二天，推屎扒一觉醒来，见太阳都红山了，就赶忙往蚂蚁屋头走。它走到太阳落坡，才走拢蚂蚁的屋。一看，蚂蚁的屋门很小，自己进不去；往回走嘛，这一走，蚂蚁哪个晓得我来过了呢？想了下，就在蚂蚁的门边写了两句话：

门小身难进，
各自转回程。

蚂蚁办了很多好吃的东西，等推屎扒去吃。一直等到天黑，还没见推屎扒来，就到门外去看。它见门边有两行讥讽的字，很不服气，就在推屎扒写那两行字的下面，也写了两行字：

一身庞[1]屎臭，

[1] 庞：很，表示程度。

还要乱抛文。

145

老虎怕『屋漏』

讲述者：　赵大青，男，汉族，小学学历，巴县走马乡（今九龙坡区走马镇）

采录者：　严小华

采录时间：　1988 年 2 月

采录地点：　巴县走马乡（今九龙坡区走马镇）

很早以前，深山老林里住了一户人家，父母都死了，只剩下姐妹两人：姐姐十二岁，妹妹才五岁，就靠帮财主养牛求吃。离她们不远，有个卖豆腐的人，平时爱赌博。有一天，他赌钱输了，没有本钱做豆腐，就想黑了去偷两姐妹喂的牛。

山里有一只老虎，也想在这天晚上去吃两姐妹的牛。

那天晚上，卖豆腐的人悄悄爬到牛圈的屋梁上等起。老虎也早就进了牛圈，趴在地上等机会。

过了半夜，天上忽然一阵雷轰火闪，一哈儿就下起了大雨。姐妹两个住的房子很烂，漏得很，那雨越落越大，屋顶也越漏越凶。妹妹吓哭了。姐姐劝妹妹不要哭，说："你恁大的声气，要是让老虎听见了，要来吃我们呵！"妹妹说："我不怕老虎，就怕屋漏！"

两姐妹说的话，遭老虎听见了，老虎想：我是兽中之王，哪个不怕我？她不怕我怕"屋漏"，未必"屋漏"硬是那样凶？老虎就有些虚了。

这时，梁上偷牛的人，认为落雨正是偷牛的好机会。往下一看，模模糊糊看到有一堆黑糊糊的东西在动。他以为是牛，就往下一跳，恰好骑在老虎背上。老虎忽然觉得一个东西，落到自己身上，以为是"屋漏"来了，吓得爬起来就开跑。

偷牛的人觉得奇怪，啷个这条牛跑得恁快？他怕掉下来，两手就紧紧地抓住老虎的耳朵。老虎想把"屋漏"甩脱，就拼命地跑，一哈儿就跑到一片树林里头。偷牛的人发觉越来越不对头，啷个这头牛是毛乎乎的哩？他趁扯火闪[1]的哈儿仔细一看：哎呀！原来是条大老虎。这一下差点把他吓昏了。他想：我再不想法脱身，恐怕性命难保。于是，他趁老虎跑得慢的时候，展劲一跳，就跳到一根大树上头。

老虎一看"屋漏"爬到树上去了，赶紧跑去找猴子商量，要猴子爬到树上把"屋漏"抓下来。猴子有些害怕，不敢上去。老虎就说："我用一根绳子，一头拴在你的脚上，一头拴在我的颈子上，如果是'屋漏'真凶，你扯一下绳子，我背起你跑就是。如果不凶，我们两个就把它弄来吃啦。"猴子一听有吃的就说："要得嘛！"于是，老虎背起猴子来到树下，把树上的"屋漏"指给猴子看清楚，猴子就抓住树子朝上爬。这哈儿，偷牛的人在树上尿胀了，想下来屙。一看老虎又转来了，还有一个猴儿在往上爬。猴子爬了一截，用爪爪一摸，刚好摸到偷牛人的脚板心。他脚板一痒，又朝上爬了一截；猴儿又用爪爪去摸他的脚板心，他又朝上爬一截。猴子摸一次，他朝上爬一截。这样搞了几次，偷牛的人实在憋不住了，尿就流了出来。那尿恰恰流在猴儿的身上，也落在老虎的眼睛里头。老虎想，遭了！"屋漏"真凶，随便洒点水水，我们就遭不住。猴子呢，看到身上淋得浇湿，就忙用脚去拂身上的尿。这一下拴在猴子脚上的绳子就扯了一下，老虎看到绳子一扯，拖起猴子就跑，老虎跑累了，停下来一看，猴子都遭拖死了。

偷牛的人在树上一直等到大天白亮，看到老虎、猴儿都不在了，才从树上慢慢爬下来。过后他一想起就心惊肉跳的。从此，再也不敢去偷东西了，只老老实实地做自己的豆腐生意。

[1] 扯火闪：闪电。

讲述者： 唐希民，男，汉族，高中学历，工人
采录者： 潘永明
整理者： 李守志
采录时间： 1986年3月4日
采录地点： 大渡口区重钢运输部工地

异文：老虎怕"屋漏"

在我们这个地方，流传着老虎怕"屋漏"的故事。

古时，有一户姓涂的人，家里只有一位老娘和一个名叫涂兰的女儿，女儿长得十分漂亮，涂兰刚满十八岁，老娘叫涂兰走阿婆家去拜年。当时，正是正月间，涂兰高高兴兴地去了。回家的时候，路过一片森林，树林里黑压压的，有野兽出没。涂兰独自一人走在这条路上，不免提心吊胆，心惊肉跳。她刚刚转过一个山嘴，从树丛里突然窜出一只多天没进食的老虎，看见来了一位年轻的姑娘，非常高兴，就张牙舞爪向姑娘扑过来。

涂兰姑娘看见一只饿虎向她扑来，吓得要命，但她历来灵敏聪慧，在这万分危险的情况下，她急中生智，心想：雷都不打善良人。姑娘急忙向老虎跪下来，苦苦哀求，说："老虎大哥，我是一个苦命之人，家中只有年迈的母亲，今年六十多岁，我母亲只有我这么一个独生女儿，你若把我吃了，谁来照顾我那年迈的老人？望你行行好，放我回去吧。"可是，这只老虎饿得肚皮咕咕响，口里直流清水，哪肯轻易放过这送到嘴边的肥肉呢。它说："姑娘，我今天饿得要命，今天把你放了，我啷个办？"涂兰姑娘回答说："我晓得你是饿了，你要是没有饿，你肯定不吃我这有良心的人。"老虎说："对，我要是不饿，怎能忍心吃你。"姑娘见话到嘴边，就灵机一动："这样吧，老虎大哥，你稍等一会儿，让我回去看一下母亲，你再吃我吧。"老虎见姑娘两眼流泪，甚是可怜，就同意了姑娘的请求。

涂兰急急忙忙跑回家去，可是，老虎也很狡猾，它想：姑娘跑回去后，肯定不会来了。它就随着姑娘跑到她的家门外，在坝子随地坐下等着。过了一会儿，它想，不对，假若姑娘看见我坐在这地坝，她就肯定不会出来，我

不是又扑空了？于是，它钻进旁边的牛圈里躲着，等姑娘一露面，就把她咬起走。

老虎刚躲进牛圈，就听见姑娘在屋里对她母亲讲，有老虎追来了，要吃她，心中非常害怕。涂兰的母亲说："乖，你不要怕老虎，我就不怕它，我只怕'屋漏'。"老虎听见了"屋漏"，心想：人不怕我老虎，只怕"屋漏"，"屋漏"怎么那么凶？顿时，老虎也怕起"屋漏"来了，它吓得全身发抖，乖乖地躲在牛圈的角落里，动也不敢动，再也不敢出来咬涂兰了。

到了深更半夜，附近有一个偷儿，准备去偷涂兰家的东西。他先到厕所里去小便，路过牛圈时，正好看见了藏在墙角的老虎，因晚上看不清楚，偷儿还以为是花白马。他高兴昏了，手持木棒，一步跳上老虎背骑起，左手用力抓住老虎的背毛，右手给老虎屁股上一棒，打得老虎招架不住。老虎以为是"屋漏"来了，它跳出牛圈，就往山上跑。偷儿见这匹胯下的花白马不上路，他就使劲地打，打得老虎一边叫唤，一边往森林里跑。

渐渐地，天要亮了，东方露出了鱼肚白，偷儿才看清自己骑的是一只花色斑斓的猛虎，吓得他全身发软，手一松，就从老虎背上摔了下来。老虎以为自己甩掉了"屋漏"，拼命往前跑，连头也不敢回。

老虎跑呀，跑呀，一直跑到岩边，才停下来喘气。这时，一个猴子从树上下来，看见老虎累得满头大汗，喘不过气来，好生奇怪："老虎大哥，何事这样慌张？累成这副样子？"老虎气喘吁吁地回答说："猴子老弟，你不知道，我今天差点被'屋漏'打死了。你若不跟着我快跑，你也要挨'屋漏'的打。"猴子天生聪明，它说："天下动物，你为大哥，哪来的'屋漏'，可能是人喽！"老虎说："不是人，是'屋漏'。"

猴子笑着问道："'屋漏'究竟是什么东西，你看清楚没有？"老虎说："没看清楚。"猴子说："既然如此，我们两个跑回去看一下，好不好？"老虎心有余悸，说："我不敢去，那个'屋漏'凶得很。"猴子说："这样吧，我走前头，你走后面，要真是'屋漏'，它一定先打我，你不是就可以跑了吗？"老虎说："好吧，我们一起回去看看。"

那个偷儿从老虎背上摔下来后，半天才从地上爬起来，他又怕老虎返回来吃他，就连忙爬上一棵大松树顶上躲着张望。他刚去不久，猴子和老虎就一起跑来了。老虎抬起头，发现了躲在树上的偷儿，害怕地对猴子说："老弟你看，'屋漏'在大树上坐起的。"猴子仔细一看，说："树上不是'屋漏'，是人。"它见老虎还不相信，就又说："我们去找根长藤子来，一头拴在你的腰上，一头拴在我的腰上，我爬上树去看，如果是'屋漏'，我就眨眼睛，你就拉着我开始跑。"老虎同意了这个办法。它们腰上都相互拴着绳子的一头，猴子就开始往树上爬，老虎在下面楞睛鼓眼地盯到猴子，生怕漏过了信号。

树上的偷儿看见这个情况，吓得浑身直筛糠，摇得树枝也抖动起来，正好一些渣渣灰尘落在猴子的眼睛里，猴子连忙眨了眨眼睛。老虎一见，以为树上是"屋漏"，拉着绳子拔腿就跑，一下子把猴子从树上拉了下来，当场就摔死了。老虎不顾一切，也不管猴子的死活，一直跑到先前歇气的岩边才停下来，这才回头来看后面的猴子。猴子由于被老虎拖着，一路上东撞西撞，把下牙巴都撞来掉起了，看起来就像在发笑一样，于是，老虎说："猴子老弟，你还舒服，把我拖累得要死，你还忍不住好笑。"

就这样，涂兰姑娘才脱了险，留下了一个老虎怕"屋漏"的故事。

讲述者：　杨仲良，男，汉族，初中学历，务农
采录者：　秦中和
采录时间：1987 年 3 月 8 日
采录地点：巴南区（今双河口镇）永升村

146

神笔

从前，有个娃儿，几岁时父母就死了。为了生活，就去给财主家割草。割来的草不够牛吃，财主经常打他。

一天，他又去割草，和一些娃儿耍了半天，才想起割草的事。这时，天要黑了，结果割的草很少。想到回去要遭打，就坐在坡上伤伤心心地哭。这时，走过来一个老婆婆，问他为哪样哭得这样伤心，娃儿就把草割不满回去要遭打的事告诉了她。老婆婆对娃儿说："娃娃，不要哭，我这里有一支笔，送给你，它会帮你忙。"说完，把一支笔给他，走了。娃儿拿着笔觉得无用，心想，笔啷个会帮我割草呢？于是就把它甩了。正准备转身走，突然又听见刚才老婆婆的声音："娃娃，你不要把它甩了，它会帮你的忙。"娃娃想问个究竟，到处看，又不见婆婆在哪里，觉得奇怪，就去把笔捡回来。心想，管他的哟，拿回去写写画画也可以。他一捡起来，顺手就在地上画了一棵草，刚一画完，一下就变成真的草了。娃娃又惊又喜，就用笔在地上架势画，不一会儿，一片又青又嫩的草出现在他面前，他割下来盛了满满一背，带上笔就回家了。这天就没有挨打。以后，娃儿每天和其他娃儿耍安逸了才去割

草，割的草又嫩又好。而且他用笔画什么就是什么。这样，他每天又好耍又不挨打。

日子一久，财主见娃儿每天都割一背草回来，有时还要收早活路，于是就叫他多割一背。娃儿不敢不听，第一天割了满满两背草。财主觉得奇怪，就派管家去阴到看。第二天，娃儿又照常去割草，管家悄悄跟在后面，看到这娃儿在和其他娃儿一起耍。心想，看你耍一阵去哪里割，割不满，回去才好生点收拾你！天快要黑了，见娃儿在一个湾湾头用笔画草，一画草就长出来，割满了就背起回去。管家心里头明白了，把这事告诉了财主。财主想，我要得到这支笔，就不必雇人割草了。想到这里，把娃儿叫进屋来，估到起把娃儿的笔夺过来，把娃儿赶出门外。

财主每天用笔画草，草就有了，画啥子有啥子。有一天，财主想：我要是有一屋的金子，不是就更发财了吗？于是，他用笔画了一坨金子。刚刚画完，一坨金子就落在他面前了。他心厚，嫌一个金子砣砣少了，就画大砣砣金子，画个不停。金子越画越多，越垒越高，有一坨金子画歪了掉下来，他来不及躲开，被金子打在脑壳上打死了。

这事一传开，娃儿就跑去看，想把神笔拿回来。他进屋一看，金子没有了，笔也不见了。

讲述者：　唐文明，男，农民，初小学历
采录者：　张洪良、沈建华
采录时间：　1987 年 5 月 14 日
采录地点：　南川区河图乡（今南川区河图镇）河图村
　　　　　　一组

147

癞格宝[1]娃娃

从前，有一个李员外，家道富实。他屋头只有个女儿，就是没得儿。他一想到人老哒，无人来继承家业，心里就着急，只好去求神拜佛。

说也灵验，后来，他女人真的有了孕。不久，就生下一胎来。李员外拿起灯一看，是一只癞格宝，把他气糟哒。不久，全村的人都晓得了，都跑来看稀奇。把李员外气得要死不活的，又说不出口，只好把气憋在肚子里头，口里硬说要把癞格宝杀哒。

说来也怪，等李员外走出房后，癞格宝开口说话了："妈妈，您给爹爹说说情，莫杀我，孩儿日后有用。若嫌我丑，可把我送到屋后的花园里，那儿树下有个洞，我就躲在那儿，您每天送点吃的来就行哒。"它妈一看它那可怜的样子，生下来就能讲话，心想，它肯定是个么哩神仙，就把它送到屋后花园的树洞里藏了起来。

[1] 癞格宝：癞蛤蟆。

李员外晓得后气封了喉，一气之下就冲出门去哒，临走时说："癞格宝不杀，死不归家！"后来，他就到了城里，宁愿给人家帮铺子。

癞格宝的姐姐每天给它送饭，姐姐回去时，癞格宝就给她一筐金子或银子，天天这样。不久，家里的金银就堆不下哒。

这天，癞格宝很想念亲人，就叫姐姐引它出来。到了屋里，它说："妈妈，爹爹出门这么久了，我家的日子也更好过哒，我们还是去接他老人家回来吧！"它妈说："不知他在哪儿，哪个去找呢？"癞格宝说："莫发愁，我晓得在么哩地方，让我去接爹爹。"它妈就答应哒。

癞格宝来到城里，打听到爹爹在替人家帮铺子，它找到老板儿说明了来由。老板见是一个癞格宝，就板起脸说："你应由后门而进，不能走正门，省得坏了大人的生意！"癞格宝瞪了他一眼，就从后门转到前门，看见爹爹正在那儿卖布。它就跳到柜台前，高兴地说："爹爹，我来哒，这回是专门接您回去享福的。"李员外抬头一看，是癞格宝来哒，就吼它说："你这东西，在家里出够了丑不说，又跑到这儿来丢我的脸，快滚！"癞格宝说："爹爹，现在家里有放不下的金子、银子，您老人家身为员外，还替人家帮铺子，有么哩搞场？"李员外见它横直央求，准备收拾行李回家，又有些犹豫。癞格宝看出了它爹的心思，就说："爹爹，你嫌我丑，可先走七天，我保证还能走到你前头。"

第二天，李员外就上了路，癞格宝站在铺子外头，看到它爹走远哒。这时，老板家的小姐从里屋出来，一见有个癞格宝，就吐了一口痰在地上，癞格宝跳过去把痰吃得干干净净，还眯起眼对小姐笑了笑，又跳进里屋坐在椅子上，哪个赶也赶不出去。它对老板儿说："我不待到七天是不走的。我走的时候，你要派人护送我出城，还要喊各处的人都来看我。不这样做，我就不走。"

第七天上，老板只好照办了。城里来看热闹的人密麻麻的，老老少少都到齐哒。癞格宝走出城门后，就叫护送它的人转过身去。等他们再回头望时，癞格宝已无影无踪了。

李员外在路上走得脚也发软哒，肚子也饿得"咕啊咕"地叫，他一路走一路还在骂癞格宝。下午，癞格宝先拢了屋，它妈问："你爹哪个没回来？"癞格宝说："点灯的时候就要拢屋的。"果然，擦黑的时候，李员外拖着脚回来哒，一进门就发脾气。他见癞格宝早就拢了屋，感到很奇怪。他女人拉到他说："你还发脾气，快些来看！"走到里屋，一见那么多的金银，李员外的气一下就消哒，他女人原原本本给他说哒。从此，李员外就再也不提出门的事了，还蛮喜欢癞格宝哒。

一晃几年过去了，一天晚上，一家人坐在院子里歇凉，癞格宝说："爹爹，我已是这么大的人了，该接媳妇哒！"它爹说："娃娃，你看你，哪个愿嫁给你嘞？"癞格宝说："自然有人，只要您请个媒人就行哒。我看您帮铺子那家的小姐自然会答应的。"李员外就请了媒人去城里老板家说媒。

老板对媒人说："要提亲嘛，好说，有几样东西要办到。办不到，脑壳就别想歪哒！一要老龙王的胡子半斤；二要老龙王的角一只；三要夜明珠一颗；四要娶亲时用玉石铺路，从他家铺到我家。"

媒人回来一说，把李员外吓倒哒，他对癞格宝说："娃娃，我说不行就不行。你看，这些东西到哪儿去弄得到？"癞格宝听了哈哈大笑说："这几样东西不难，我明天就去弄。"

第二天，姐姐送它下河；癞格宝刚走下水，河水就干哒，露出一条路。它一路走，水又从后头涨起来。癞格宝到了龙宫，龙王见它来了，急忙下跪说："稀客，稀客，今天是么哩风把大人吹来哒？"癞格宝说："不为别的，我想在你这儿弄几样东西。"龙王说："尽管选，要么哩有么哩。"癞格宝说："我要你的胡子半斤，头上的角一只。"龙王一听吓呆哒，说："这哪个能行嘞？"癞格宝说："少啰唆，快拿刀来割下！"龙王只得照办了。龙王又问："大人还要么哩？"癞格宝说："要三太子头上那颗夜明珠。"龙王忍住气，拿来斧头劈下了三太子头上的夜明珠，交给了它。癞格宝说："还有一件事，到我娶亲的那天，要用玉石给我铺路，从我家铺到丈人家。"龙王这才露出笑脸说："这件事不难，老龙照办。"龙王留住癞格宝痛痛快快玩了三天，顿顿吃的山珍海味。

龙宫三天，人世间就是三年。癞格宝把珍宝带回了家，就请媒人送去，铺老板瞪起眼睛惊呆哒。心想，这个癞格宝不是凡物，就把女子许给它了。

娶亲那天，真的是玉石铺路，接亲的人一路走，后头玉石就自然收哒。一夜工夫，就到了癞格宝的家，拜了堂。晚上，癞格宝说："小姐，我有个读书的嗜好，得另住一间房，不能打扰。"小姐心想，哪怕你是个癞格宝，我俩成了亲，哪个能这样做嘞！她也没多说。癞格宝到另一间房里头读书去哒。

一天，两天，一个月过去了，癞格宝白天照样出来，就是晚上不同小姐在一起。一天晚上，小姐偷偷溜到房前，想看看它究竟在搞么哩。她用舌头儿把窗户纸舔了个洞，一看，不觉惊呆哒！只见屋里有一个蛮漂亮的公子正在灯下用功。小姐轻轻儿走到门前，使劲把门一推，癞格宝来不及变身，小姐一进门急忙跪下，哭着说："夫君何必这样捉弄我嘞！拜了堂不能在一起过日子，是不是嫌我丑？"从此，癞格宝就变成了一个漂亮的公子，天天和小姐在一起哒。

没多久，皇上出榜招考，公子考中了状元。

讲述者：　陈正乾
采录者：　曾兴平
采录时间：　1986 年 3 月 29 日
采录地点：　巫山县铜鼓乡粮站

148

癞格宝求亲

从前，有户人家，媳妇怀胎三年零六个月都还没有生。老人公会算，他算到家头要出个贵人，媳妇也该在这几天坐月。他怕出事，就哪里也不去。

结果硬是等到了。生个啥子呢？生的不是人，是个癞格宝。

癞格宝丑得很，走路是跳一跳的，他爹妈不爱。他爷爷心想：横顺是我家的血脉，管他是个啥子哟，喂起再说。

癞格宝慢慢就长大了。一天他妈要回娘屋，癞格宝听说舅舅屋头有三个表姐，他也要跟到去。他妈嫌他丑，不要他去，就把他锁在屋头。等他妈妈收拾好了一出门，他却在前面喊："妈，你啷个紧到[1]不来哟？我等你好半天了。"妈一看，不晓得癞格宝从哪里钻出来的，一跳一跳地在前头直顾走。他妈生气了，赶上去一下把他抽下田，又各人走了。走了没得好远，癞格宝又在前头喊："妈你啷个走得恁慢啰？快点来嚰。"他妈没得法，只有引起他一路。

[1] 紧到：一直，时间久。

到了舅舅家，舅舅见外侄恁丑，就和癞格宝他妈商量，设法整死他。舅舅对癞格宝说："癞格宝，你去把对门那根大树给我挖回来了，你的三个表姐随你选一个。"

癞格宝说："要得嘛。"就一跳一跳地到对门去了。

十几个丘二才把那根大树子砍了下来，大家抬起来放在癞格宝背上。他舅舅默到把癞格宝压死，哪晓得他硬是鼓起气，一跳一跳地把大树子挖回屋了。挖回屋后他就叫舅舅把表姐些喊出来选，舅舅打翻叉[2]要他去把屋后头那个水缸背回来，才让他选表姐。癞格宝说声"要得"又去了。

舅舅心想：二十来个人都抬不起的水缸，不压死你才怪呢！哪晓得没隔好一哈儿，癞格宝又一跳一跳地把水缸背回来了。

舅舅又打翻叉说："三回为定准。这回你去开荒，三天之内要是开出一百二十石谷的土，三个表姐才由你选；要是开不出来，我就打死你。"

癞格宝说："舅舅这回说话要算数哟！"他一跳一跳地就去了。

癞格宝一去就是三天，舅舅为了搞清楚癞格宝究竟在那里做些啥子，就假巴意思[3]叫女儿给他送饭去。

头的一天，舅舅叫大女儿去送饭。大女儿走去一看，癞格宝哪是在开荒啊，在那里花眉屎眼地跳。

二的一天，舅舅又叫二女儿去送饭。二女儿走去一看，癞格宝还是在那里跳，一张脸只看得到两个眼睛仁在转。

三的一天，舅舅叫三女儿去送饭。三女儿走到那里远远地一看，看到的是一个漂漂亮亮的小伙子坐在树脚脚，拿本书在那里看。侧边荒土里头，泥虫蚂蚁、飞禽走兽，不晓得来了好多，它们拱的拱、刨的刨、啄的啄，那块荒土都快开完了。她明白了：癞格宝原来不是癞格宝，说不定是天上的啥子星宿投的胎。等她走过去，那小伙又变成了癞格宝。她没出声，把饭送拢就回去了。

荒开完了，舅舅再也没得话说了，只有等癞格宝选一个表姐姐。选大表姐，大表姐不干；选二表姐，二表姐也

[2] 打翻叉：反悔。
[3] 假巴意思：假意。

是不干：选到三表姐，三表姐就答应了。

迎亲那天，大姐、二姐看到来接三妹的是一个漂漂亮亮的小伙子。开初还默到是弄错了，等到搞清楚他硬是癞格宝的时候，好打失悔哟！有啥办法呢，当初是自己不干的！

癞格宝和三表姐成了亲，两口子很笑和。后来，癞格宝还考起了状元呢。

讲述者：　王国珍，女，汉族，不识字，工人家属

采录者：　罗桂英

整理者：　金祥度

采录时间：　1986 年 1 月

采录地点：　巴县前进化工厂

149

大闯闯和小闯闯

古时候，城外住着一个小闯闯，城内住着一个大闯闯。有一天，两个相会，小闯闯问："你啷个叫大闯闯，我叫小闯闯呢？"大闯闯就说："我的道法高明，能用三言两语把老虎闯走。"小闯闯说："你有这样大的威力，那好，请你到山上去，把那只经常伤人性命的老虎闯走，我就拜你为师。"

这一天，小闯闯把大闯闯引到山上去。小闯闯钻进树林子的岩洞头，"嘘"的一声，突然一阵狂风，树林里跳出一只老虎，张牙舞爪的。大闯闯吓出一身冷汗，灵机一动，几扭几扭地就爬到树上坐起。老虎发起威来，朝树子使劲地啃，大闯闯吓得魂不附体，扳一根棍棍，装着掏牙齿的样子，边掏边说："老虎啊老虎，你还不够我昝牙齿[1]。"老虎听树上的人说了这句话，又看他在掏牙齿，信以为真，马上不要命地跑。跑在一个大岩洞旁，岩洞里有猴子，猴子问："大哥，大哥，你在跑什么？"老虎说："那边有个人凶得很，说我还不够他昝牙齿，要把牙

[1]　昝牙齿：填牙齿缝。

齿打整了来吃我。"猴子说："我不信，你是兽中之王，还怕？"老虎说："那我两弟兄去看！"猴子精灵些，对老虎说："我两个去看，他要是下来吃我们，你跑得快，我跑不赢，倒给他做个菜。"老虎说："办法我早想好了：找一根牛绳子，一头套在你颈子上，一头套在我那颈子上，我跑你就跑，保证安全。"猴子怯心怯胆的，勉强答应去。

老虎和猴子套上了绳子，来到大闯闯坐的那棵树下，一看，树上这个人还没有走。老虎大胆地啃起树来。大闯闯看得真切，猴子颤惊惊地四处张望。大闯闯仍然掏起牙齿来，边掏边说："猢狲啊猢狲啰，你怎么才引个老虎来，刚才有两只山羊和一个驴子被我吃个精光。今日你们来了，送来一顿美餐。莫忙，等我把牙齿打整干净了来。"话没说完，把老虎吓得转身就逃。老虎这一跑，不分方向，逢岩跳岩，逢坎跳坎：猴狲被拖在后面，身子被树桩桩、碎石头挂脱了半截，老虎还在拼命跑。跑了一阵，心想，我倒是跑脱了，掉转去看一下猢狲老弟来了吗。掉头一看：哎呀，我的老天爷呀，猢狲只剩下脑壳连着上半截身子了！它以为猢狲是被树上的那个人跳下来咬去大半截，暗自庆幸自己跑得快。

树上的大闯闯料想老虎不会再来了，就悠哉游哉地梭下树来站起。小闯闯见了，从树林中出来拜他为师。

讲述者： 胡荣则，男，农民，初中学历
采录者： 刘泽云、卢勇
采录时间： 1986 年 10 月 14 日
采录地点： 垫江县曹家乡幸福院

150

二十四个望娘滩

从前有个娃儿，天天都上山割草，割来卖了奉养他妈。一天，他在后山半岩上看见很大一蓬[1]草，割下来就装满了一背。第二天来看，这蓬草又长起来了。他就天天都来割，那蓬草天天都长。头天割了，第二天又有。这娃儿就想：我天天恁远来割，好难得走哟，不如把它挖回去栽到地坝边[2]，几不安逸咧！老实，他第二天就来挖草。草一挖起来，草底下露出颗珠子来。那颗珠子光光生生的，很好看。他把珠子捡起来搁到荷包头，把草背回去栽到地坝边。那珠子没放处，就放在米坛子头。第二天起来一看，草蔫了。他进屋揭开米坛子一看：哟！满满一坛子米。这下他才晓得这是一颗宝珠。原来这宝珠叫夜明珠，挨到米长米，挨到钱生钱，挨到衣服出衣服。两娘母从此不愁吃和穿了。

他周围团转[3]的割草娃儿些说："你们屋头是哪个一

[1]　一蓬：很大一窝。
[2]　地坝边：房前平坝边，即院坝边。
[3]　周围团转：左邻右舍。

下就变得有吃有穿了呢？"这娃儿也老实，就把自己捡到宝珠的事说了。这些娃儿都想看一下宝珠，割草娃儿就拿出来给大家看。但他只拿在自己手头让人看，这些娃儿想拿到自己手头去看，他又不肯。于是，这群娃儿就来抢。他没得地方藏，就放到嘴巴里头包起。有的娃儿又到他嘴里去抠，他急得咕噜一声就把宝珠吞到肚子头去了。这下不得了，夜明珠一吞下去，他口渴得要命。就跑到屋头喝水，喝完壶头的喝缸里的，一下就把缸头的水都喝完了，还是口渴得要命。他妈问他："儿哪，你是嘣个的嘛？"儿子就把吞下夜明珠的事说了。他妈是个尖尖脚[1]，嘣个挑得动水喃？就叫儿子到水井里去喝水。他跑到井边，一哈儿就把井里的水也喝干了，还是口渴得要命。他妈走来一看，只好叫他到河头去喝水。儿子就往河边跑。他妈拄棍剟棒，战战兢兢地走到河边一看，儿子趴在河边喝水，头上长出了角，身上生出了鳞甲。他妈死死拉住儿的脚，大哭大叫："儿哪，你不要走呀，你走了老娘一个人嘣个办哟？"

这时，天上黑风暴雨来了，河头水陡涨。一哈儿，儿子已经变成了一条龙，说："妈呀，儿不想走。你看，雷公火闪来了，我不下水，就要遭雷打。妈呀，把我放了吧。"一个炸雷吓得他妈一松手，儿子梭下水去，在雷公闪电的押解下，涌起波涛向下河游去。他妈向河里喊一声："儿呀。"儿子就回头望一眼妈，河中间就起一个滩。他妈喊一声，儿子回一下头，直到听不到妈的喊声了，儿子才直奔东海。他妈共喊了二十四声，儿子回头望了二十四下，河中间就起了二十四个滩。后人称这里叫望娘滩。

讲述者：刘福元，女，汉族，不识字，织布工人
采录者：姜孝德
整理者：王正平
采录时间：1985年11月
采录地点：江北区刘家台

[1]　尖尖脚：小脚。

异文一

《二十四个望娘滩》中的主人公是女儿，名叫聂郎。因财主来抢夜明珠，她吞下夜明珠，又被财主推进江里，变成孽龙后，非常气愤，立志要向财主报仇，涌起漓江大水，淹了不少田地、庄稼。她的舅舅叫二郎，不让她兴风作浪报私仇，就用一副铁链子把她锁在江里，说："石头开花马长角，我就放你出来。"至今石头未开花，马也未长角，聂郎还是被锁在江里。每年到了聂郎被推下江的日子，人们就丢一副铁链子下去，所以，聂郎永远上不来了。

（江北区大石坝街道李科辉口述）

异文二

《二十四个望娘滩》中说：主人公叫叶三，因财主抢夜明珠，吞下珠子，变成孽龙后，他妈哭道："儿呀儿，你走了妈怎么办哟？"孽龙说："妈，今天是三月三日，明年的三月三日，你老人家在清江等我，我有宝物给你。"孽龙说完又在水里吸了口水，然后用尾巴把他妈卷到一个高坡上，就把口中的水吐出来，将财主淹死了。然后游向下游，由于他依恋母亲，回头望了二十四眼，在河下形成二十四个滩，称为二十四个望娘滩。

叶三的妈由于耳朵不大好使，把"清江"听成了"青山"。第二年三月三日，她在青山等儿不来，最后饿死在山上，变成了阳雀。所以，每年到了三月三日，阳雀就开口叫唤。从前的人听到阳雀叫，马上就坐在地上，说是这样可以得宝。孽龙到了第二年的三月三日，在清江等不来母亲，后来知道母亲饿死了，他发誓要造祸给人间，准备将四川搞成一个洗澡的池塘，供他游玩。他便到处去赶山吃石头，弄到下游去堵江，结果被二郎神看见了，上报玉皇大帝。玉皇大帝决定将孽龙捉获，监禁在清江河里。二郎神先将清江周围百姓召集拢来，把事情原因给大家讲了，叫百姓打铁链子，然后二郎神将孽龙捉住，用铁链子锁在清江里，并且叫百姓十年换一次链子。

（江北区石门街道徐天龙口述）

《二十四个望娘滩》中的主人公叫张宝，因被人追逼，他吞下夜明珠，变成孽龙后，就游到灌县，在那里兴风作浪，玉皇就差二郎老爷去降他。二郎老爷有七十二变，这个孽龙也有七十二变，两个就斗法，张宝就喊二郎老爷先变。你一变，我一变，一个变一个样子不同。二郎老爷先变先完，没得变的了，这样一来，孽龙就高他一招。这时，观音菩萨变了一个染匠，担一挑染布的蓝靛来了，二郎老爷急忙抓起一把蓝靛往脸上一抹，孽龙问："二郎老爷，你在做啥子呵？""我脸青面黑正在变。""好，好，我变不赢你，愿服二郎老爷管。"二郎老爷就把他牵到灌县那个沱沱头，就是现在灌口那个沱沱头，打了一副铁链子，把孽龙套起押在那里。孽龙问："好久放我呢？""石头开花马长角就放你。"至今未见石头开花马长角，孽龙一直套在那里。那副铁链子每年换一回，新链子沉下河去。旧链子浮起来时，已迁成香签棍那样大一点了。

（江北区华新街道罗海林口述）

151

猴王抢亲

从前，在鲤鱼河岩上住着一个打山匠。打山匠有两个女儿，大的叫阿彩，小的叫阿凤。打山匠在每年"踩山坪"[1] 的时候，都要带两个女儿去参加对歌、跳舞、吹芦笙。

这一年，两个女儿都长大了，打山匠就叫两个女儿自己去参加"踩山坪"，并告诉她们："完了就早点回来。"两姊妹记着阿爸的话，就走了。

"踩山坪"一直热闹了三天，姊妹俩也高高兴兴地耍了三天，然后，就匆匆忙忙往回赶。走了一山又一山，过了一湾又一湾，太阳落山了，月儿上天了，姊妹俩还在山间小路上不停脚地走。走呵走的，不知不觉就到了猴子岩。岩上的猴子听到半夜有人走路，觉得奇怪，猴王就对它手下的猴子说："你们去看看，是什么人半夜三更还在行走？把他们给我抓上山来。"于是，猴子们连跑带跳下到岩脚，一拥而上，把姊妹俩拉拉扯扯推上山。

猴王一见，是两个十五六岁的姑娘，想娶为夫人，就

[1] 踩山坪：苗族代表性传统节日。

说："我是猴山的大王，我要娶你两个做夫人，你们愿意吗？"阿凤首先说："不愿意！"阿彩也说："猴大王，人和猴子是不能通婚的，请你放我们走吧。"

猴王见姐妹俩不同意，心头非常恼火，它想了想，就对猴子们说："你们去把新房给我准备好，把红烛点亮，不管她们愿不愿意，今晚上都要成亲！"

阿彩见猴王要估逼[1]成亲，想逃也逃不脱，心里很着急，就用手拉了拉阿凤的衣裙，轻轻对妹妹说："你想个办法吧，今晚怎么办呵？"阿凤想了想，对姐姐说："不怕，我有办法。"

阿凤面带笑容，走到猴王面前说："大王，我们愿意给你当夫人，不过，你得让我们姐妹准备一下，七天以后再成亲。如果今天晚上成亲，我们死都不得干的！"

猴王听了，觉得迟几天也行，就同意了，但是，它却派了几个猴子，轮流看守着姐妹俩。阿凤原想拖延时间，寻找机会逃跑，谁知，被看守得这样紧，姊妹俩只有抱头大哭！

这样，一直到了第六天。

猴王见还有一天就可以成亲了，非常高兴，就叫手下的猴子们，到附近各山洞去请亲戚朋友来参加婚礼，到各处去采摘果品食物，只剩猴王一个留在洞里守住阿彩、阿凤。

自从阿彩、阿凤去参加"踩山坪"后，打山匠在家一直挂念着两个女儿，现在过了十几天了，还不见女儿回家，就决定去寻找她们。

打山匠走了一天，来到猴子岩，隐约听到猴子洞内有女人的哭声，就爬上岩洞里去看，原来，正是他的两个女儿，猴王还在旁边守着哩。阿彩、阿凤见是自己的阿爸来了，激动得哭喊起来。

打山匠又喜又气，对猴王说："你快把我的女儿放回家，不然我就把你杀了！"说着，就把腰刀抽了出来。

猴王很害怕，嘴里却狡辩说："是你的两个女儿同意明天和我成亲的，说话应该算数嘛。"

阿彩和阿凤同时说："不，是你逼着我们同意的。"

[1] 估逼：强迫。

正说话的时候，到四山采集果子的猴子已陆陆续续回到洞里。打山匠见此情况，沉思了一会儿，就把腰刀插进鞘里，转身对猴王说："猴王，既然是我的女儿愿意同你成亲，那就让我问问她们。你先出洞去，让我们商量好了再告诉你。"猴王听了，觉得可以，便领着猴子们守在洞外。

阿彩和阿凤一看自己的阿爸这样办，都一齐说："阿爸，你为什么这样糊涂？难道你真要把我们嫁给猴王吗？"打山匠说："不，孩子！砍树要刨根，除害要除尽，杀死猴头容易，但是还有猴子、猴孙哩！只有把它们一网打尽，才能免除祸患。现在，你们两个就照我的办法办吧。"于是，悄悄给阿彩、阿凤讲了一阵话……

打山匠把猴王叫进洞说："我的女儿既然说过愿意嫁给你，那就不好反悔，不过，有个条件：要把你的猴子们全部召集拢来，和我们比武，如果打赢了我们，才能成亲。"

猴王问："怎样比法呢？"

打山匠说："无论怎样比都可以，只要能把我们从岩顶上拉下来就算赢。"

阿彩、阿凤在一旁故意说："阿爸，不能让它们抓脚板心呵，那是我们的命根根啦！"

打山匠也故意说："孩子，既然是比武，抓哪里都行，我们自己多防着点就是了。"

猴王一听阿彩、阿凤说怕抓脚板心，就牢牢地记住了这一招，心想：我有这么多猴子，还怕抓不到你们的脚板心吗？就答应了比武。

第二天，打山匠和阿彩、阿凤各自带了一把小尖嘴锤，来到猴子岩顶，刚一坐好，猴王就指挥它的大大小小的猴子们，三个五个地拥上岩顶去，专抓父女三人的脚板心。当猴子们埋头抓紧脚板心时，打山匠和阿彩、阿凤就用钉锤敲猴子们的脑门心。一锤一个，前面的死了，后面的又拥上来，不一会工夫，猴子们和猴王全被敲死了，只剩下一雄一雌，两个刚生下不久的猴儿。

打山匠父女见这两个猴儿可怜，就把它们套回家去喂养起，猴儿慢慢长大了，阿彩、阿凤就拿烂斗笠、烂草帽给它们戴在头上，挂上牛、马、猪、羊等脸壳面具逗猴儿取笑。后来，猴子再也不敢害人了，有些猴子还会演猴戏，在戏班子里当演员哩！

讲述者：　杨贵发

采录者：　肖光寅

选自：　　万盛区（今綦江区）《苗族志》，2005 年 9月，重庆市万盛区民族宗教侨务办公室编

152

七妹和六姐

　　从前，有一个老人，他上山打柴回家时，看见一棵树上，开了几朵很好看的花，一数，只有六朵。老人念道："花呀花，再开一朵花，我有七个女儿要戴花。"果然，这棵树又开了一朵花。

　　等他摘完花正准备下树，树下有一条大蛇挡住了他。蛇说："你要嫁一个女儿给我，我才让你回去。"老人说："你要娶我的女儿，也应该邀个媒才是。"蛇让开了路，老人才从树上下来，挑柴回到家里。把摘回来的花，分给了七个女儿。

　　这时，飞来一只蜜蜂，飞到大姐面前叫："嗡嗡嗡，蛇家请我做媒翁，牛驮胭脂马驮粉，问你大姐肯不肯？"大姐在绣花，顺手拿花绷子朝蜜蜂打去。蜜蜂又飞到二姐面前叫："嗡嗡嗡，蛇家请我做媒翁，牛驮胭脂马驮粉，问你二姐肯不肯？"二姐在扎鞋底，顺手给蜜蜂一鞋底板打去。蜜蜂就接着从三姐问到六姐，没有一个愿意嫁到蛇家去。当蜜蜂飞到七妹那里，问她肯不肯时，七妹连声说道："肯肯肯！"

　　第二天一早，天上飞来一乘大花轿，接七妹过门。七

妹的妈对七妹说:"你嫁到哪里,我们又不晓得,二天我们哪门找得到你的家呢?"七妹说:"你拿把菜籽给我,我一路走,一路撒,明年等菜籽开花的时候,你就顺到菜籽花来找我嘛。"

第二年春天,七妹的妈要去看女儿了。六姐再三再四要跟妈一路去。妈就同六姐一路顺着菜籽花,走了一弯又一弯,翻了一岭又一岭。来到一口井边,菜籽花没得了。妈以为女儿在井里淹死了,就在井边放声大哭。这时,飞来一只雀儿唱道:"大娘莫哭莫哭,搬开石头就是大瓦屋。"妈把脚下的一块石板搬开,下面现出一条石板路;顺路走下去,当真就看见一座非常漂亮的大瓦房。妈来在门前大声喊:"七女,七女快开门!"七妹说:"莫忙,莫忙,等我戴好金簪来。"妈又喊:"七女,七女快开门!"七妹说:"莫忙,莫忙,等我戴好玉圈来。"妈又喊:"七女,七女快开门!"七妹说:"莫忙,莫忙,等我穿好罗裙来。"一哈儿,七妹开门把妈和六姐接进了屋,问妈和六姐:"你们坐金板凳呢,还是坐银板凳?"六姐忙说:"金板凳也要坐,银板凳也要坐。"妈说:"就坐木板凳好了。"吃饭时,七妹又问:"你们吃金碗呢还是银碗?吃龙肉呢还是凤肉?"六姐说:"要吃金碗,也要吃银碗。要吃龙肉,也要吃凤肉。"妈说:"就吃瓦饭碗,只要有点回锅肉就行了。"

午饭后,妈要回去了。七妹说:"蛇郎不在家,这两天就要回来了,妈就多耍几天。"六姐说:"妈,你要回去,就一个人先回去,我还要耍几天。"妈只好一个人先回去了。

六姐留下了。她见七妹一身的穿戴,早就眼红了,就对七妹说:"要是你能将你身上穿的罗裙、手上戴的玉圈、头上插的金簪借给我穿戴半天,我就是死了也甘心。"七妹忙取下金簪、玉圈,脱下罗裙,递给六姐说:"你莫说穿半天,你想穿多久就穿多久,我屋头还有。"

六姐见七妹家啥子都有,就起了坏心,打了个坏主意。她把七妹骗到井边去说:"七妹,七妹,快来看,那井头有条鱼是两个脑壳!"七妹不信,走到井边朝井里一看,六姐趁势就把七妹抽了下去。然后,把自己装扮成七妹的模样。

第二天,蛇郎回来了。他进屋一看,觉得家里啥子都一样,只是妻子脸上多了几颗麻子,就问:"你原来脸上都没有麻子,为啥子现在有了呢?"六姐说:"我昨天晒豌豆,跶了一跟斗,被豌豆印起的。"

蛇郎到井边去挑水,井中飞出一只雀儿,蛇郎就把它捉住,关在笼子里。雀儿每天唱很好听的歌给蛇郎听。等六姐来听时,雀儿就大声叫道:"羞羞羞,姐姐配妹夫。"六姐又气又恼,就把雀儿杀了,炖了一碗雀儿汤。蛇郎每筷子都拈到肉,六姐每筷子都拈到骨头。六姐气得连汤一下倒在茅厮头。茅厮头就长出一棵蕼麻[1]。蛇郎去解大手[2],觉得舒舒服服;六姐去解大手,那棵蕼麻就要蕼[3]她屁股。

六姐恨死了蕼麻,想砍又不好砍,想割又不好割,只好用根索子套起来拉。拉呀拉,使劲一拉,把七妹拉了出来。六姐吓得一倒退,摔在尿缸头淹死了。

从此,蛇郎和七妹又过着幸福美满的生活。

讲述者: 王平浩,男,汉族,初中学历,工人
采录者: 王平浩
采录时间: 1987年4月25日
采录地点: 荣昌县昌元镇(今荣昌区昌元街道、昌州街道)

[1] 蕼麻:蕼读 hē,荨麻。
[2] 解大手:解大便。
[3] 蕼:刺痒,刺痛。

（五）动物故事

153

杜鹃

从前有个村学究，姓杜名琦；生了一个美好的女儿，名娟。娟长大了，嫁跟一个姓李名贵扬的秀才，两情甚洽，相爱甚浓。

不久，大考期到了，李贵扬只得辞别了妻子，上省过考，杜娟也只得洒泪送出门外。自后过了许久许久的时日，都杳无音信。

一日，杜娟倚门站着，忧愁地望着对面的山岭。山岭上的林木，已含苞吐放、欣欣向荣了。前年送走她的丈夫，正是这时候。她曾站在屋前柳荫下，目送他走过那一片清寒的田野，爬上那一条寂寞的山路，越过山岚，直到他的身影最后没入苍茫中。她尽望着下山的那一条路。

东村的驼子走来向她说："杜娟，杜娟，你不要太痴心了吧！张员外有铜山几座，你可以改嫁给他。""不，我还有亲丈夫，出门未归来。""你的丈夫不会再归来，谁都说他淹死在外面。""他纵不归，我也不嫁。"

又一日，杜娟仍倚门站着，眉目紧锁地望着对面的山岭。山岭上的林木已青青葱葱、一片苍碧了。她尽望着下山的那一条路。

南村赵跛子走来向她说："杜娟，杜娟，不要太痴心了吧！钱员外有银山几座，你可以改嫁给他。""不，我还有亲丈夫，出门未归来。""你的亲丈夫休想他再回来，谁都说他落水葬鱼腹，水晶宫里会龙王去了。""他纵不归，我也不嫁，守节名扬万古传。"

又一日，杜娟仍倚门站着，面黄饥瘦，唇干目陷，望着对面的山岭。山岭的林木，已黄叶舞风、枝枯杆秃了。她尽望着下山的那一条路。

西村的何瞎子走来向她说："杜娟，杜娟，不要太痴心了！冯员外有金山几座，你可改嫁给他。""不，"她仍然答应道，"我还有丈夫，出门未归来。""还在想念你的亲丈夫？谁也说他船破沉水，水埋沙葬了。""树的皮，人的名；他纵不归，我也不嫁。"

又一日，杜娟仍倚门站着，容颜凋敝，两泪莹莹。望着对面的山岭。山岭上积雪皑皑、彤云苍苍。她尽望着山下的那一条路。

北村的王老娘走来向她说："杜娟，杜娟，不要太痴心了！陈员外家有银山十八，金山十八，宝山十八，玉山十八。良田千亩，吃不完；桑麻遍坡，穿不完；雕楼绣阁，住不完；丝竹管弦，听不完；梅兰竹菊，看不完。你可以改嫁给他。""王老娘，休絮叨。我还有亲丈夫，出门未归来。""啊呀！你还有什么亲丈夫。你还不知道他早已肉烂骨朽，魂归天外，魄落地府了。""他纵不归，我也不嫁。"

不久，杜娟得了一梦：李贵扬站在她的面前，果然像落汤鸡似的，一身水淋淋，两眼泪汪汪，向她说道："你到青滩来喊我，我还能回来。"她醒来，不幸得很，却将青滩误记为青山了。那时正是清明节，山正青得可爱，她急忙出了门，走过出野，爬上山坡，越过山岚，登上山顶，便在林中的深处一声高一声地喊起她的丈夫"李贵扬"来了，自然她一点也喊不应他。可是她的生性节烈，自后，无论什么年头，只要清明一到，山一青，她便来喊她的丈夫了，常常喊到唇焦舌敝，甚至喉裂出血，直到山由绿而青、由青而苍黄了，才罢休。

因为她的鞋尖脚小，走起山路来真吃苦不过。有一位神仙，大概是坐莲台的观音吧，十分可怜她，将她变作了一只鸟，好叫她往来轻便一些。因为她变成一鸟，后来的人，便将娟改成鹃，叫她杜鹃了。

搜集、整理者：一了

选自：　　《民俗周刊》，民国二十二年（1933）《重庆商务日报》副刊第 19、20 期

附
记

据于飞回忆：一了，系笔名，本人姓名已忘记。重庆人。20 世纪 30 年代经常搜集、整理民间故事，撰写介绍民俗的文章，在《重庆商务日报》副刊《民俗周刊》上发表。

154

洋雀

杜鹃，我们通常都叫她洋雀，因她是从洋那边来的。

我还没有满十岁的时候，有一年的夏初里，满口胡须已花白了的二祖父，来到我们家里了，他是一个和蔼的人。一天的午后，他带我们出去转山。太阳在西山上的云霞里，慢慢向下落；山原和田野，不消说是非常葱绿的，像绿酒一样令人感到醉意。他坐在一株茂密的榕树下，嘴里衔着一支陈旧的烟杆冒着缕缕的白烟，我便在草间捉蚱蜢玩耍。

"鸭尾，鸭尾，来，我摆龙门阵跟你听。"我记得那时，四面都有杜鹃的声音传来。他讲了：中华国的四面都是海围着的。现在只说东洋大海的那边，太阳升起的地方，有一个仙岛，岛上住着一位神圣，那便是稷。稷是管领百谷的神，他也同我们一样，百谷之中，他最喜欢稻。所以他也像所有的农夫一样，一年最操心的就是怕稻谷得不到丰收，怕农夫们大意懒惰。因此，一到了清明节前后，谷的播种期间，他便派遣了许多使者，渡过重洋，来到中华国的村庄上，提醒农夫们，催促农夫们，监督农夫们。那些使者便是洋雀。他又怕洋雀们出来偷懒，对它们说："你们一到中华国里便要终日终夜地喊着'米快扬'，农夫们

就知道勤谨了。你们如果偷懒，便不准回来了。"洋雀们也同许多人的心理一样，最怕是回不到故乡。稷神又在岛边竖立一块磨石："如果你们回来时，钻不过这磨眼的，便是偷懒的。"因它不叫，舒服，便长得肥大了。（别一说，洋雀出来时，是用秤称了的。如果回去时重了些，便要被驱逐了。）所以洋雀们出来，从不敢偷懒，一直要到禾已出了穗，它们监督的职务才算完了。到那时，便一个衔一枝稻穗回去做证明它们没有中道而返，是尽了全部的责任的。

搜集、整理者：一了

采录时间： 1933 年 6 月 16 日

采录地点： 南岸区翠云寺西斋

选自： 《民俗周刊》，民国二十二年（1933）《重庆商务日报》副刊第 20 期

155

十二属相为啥没得猫

以前没得皇历，记天数过画杠杠，要不就拿草草、藤藤打疙瘩。玉皇大帝看到这不是个办法，他就把一天一夜分成十二个时辰，三十个一天一夜，作一个月，十二个月又为一年。那十二个时辰还没得名字，哪个好喊嘞。玉皇大帝就想找十二个动物去，当面给时辰取名字。就叫太白金星去办这件事。太白金星问："选哪些动物？"玉皇大帝说："选起耽搁时间，你下去碰到哪个就喊哪个，喊满十二个就回来。

老实的，太白金星就到凡间来了，他头一个碰到的是蛇，他说："玉皇大帝喊你明天一早上天去。"后来太白金星又碰到了牛、猪、虎、龙、兔、羊、马、狗、鸡、猴，还差一个，太白金星想猫儿大家都稀奇，莫把它搞落了。他到处都没有看见，把脚一矗[1]，土地菩萨就出来站在他的面前，问他："有啥子吩咐？"他说："去喊猫儿明天一早上天，玉皇大帝找它有事。"

土地找了多一阵还是没有找到猫儿，正好碰见耗子。

[1] 矗：dú，音毒。矗脚，蹬脚击地。

采录时间： 1987 年 11 月

采录地点： 巴县陶家乡（今九龙坡区陶家镇）

土地要它帮忙去喊猫儿上天。

耗子问："玉皇大帝喊它上天做啥子？"

土地说："不晓得的哟。多半是玉皇大帝封官嘛。"

原来耗子和猫碰到就打架，这样耗子都喊活不出来，哪还背搭得住[1]再给猫儿封官？耗子想："不如自己去找玉皇大帝，讨个一官半职回来，猫儿总不敢再像现在恁个歪[2]了。"老实的，耗子生怕搞落了，等土地一转背，它就扯伸脚脚儿朝天上跑。

第二天，玉皇大帝在凌霄殿上坐起等，它对太白金星说，它们哪个先拢就属子时，二一个就是丑时……正在这个时候，天兵喊耗子拢啰！太白金星说："我喊都没有喊耗子，是不是叫它滚回去？"玉皇说："清早白晨的，还是图个吉利，算了！把它喊来写起。"就这样，耗子还整了个头名，子属鼠。跟到来的是老牛、老虎、兔儿、龙、蛇、马、羊子、猴儿、鸡、狗。最后来的是猪，它头天晚上吃多了，睡过了驾[3]，都大天白亮了才跑起来，捞了个尾巴。

再说，土地清早起来转山，撞到猫儿在打露水，他说："哎！你还没有走哇？"

猫问土地公公："我走哪去？"

土地晓得了，一定是耗子搞了鬼，信没带到。土地简单说了几句，就叫它赶快走。心想它跳得快的个，这会儿去还不为迟。等猫儿汗泡滴水的跑拢噻，位子都占齐了。就这样，十二属相头才没得猫儿，反倒有了个讨厌的耗子。

你想嘛，这猫儿啷个不恨耗子嘛，从这以后，猫儿碰到耗子，不是打架恁个火巴和[4]，硬是要咬来吃了才安逸。

讲述者： 傅灿芬，女，汉族，初中学历，巴县陶家乡石堡村，农民

采录、整理者：周熔德

[1] 背搭得住：经受得起。
[2] 恁个歪：这么凶。
[3] 睡过了驾：睡过了时候。
[4] 恁个火巴和：那么便宜。

156

公鸡为啥早晨叫

据说，在上古刚有人烟的时候，天上一共有十个太阳。十个太阳有时一起出来，有时轮流出来；世上只得白天，没得黑夜。把地上晒得干起口口，人些晒得支不住，只好躲在山洞里不敢出来。好多人都遭渴死了、饿死了，剩下的也都黄皮寡瘦的在那里等死。眼看地上的人烟就要遭灭绝了。

这时，人间出了个叫后羿的人，他力大无比，带了弓和箭，要把天上的太阳都射下来。他那张弓是用老虎的骨头拐[1]的，弦是用龙筋绷的。他拉满弓，搭上箭，嗖嗖嗖地，一口气就射下九个太阳。剩下的那个太阳爬起来就跑。后羿就跟到后面追，追呀追的，那个太阳就藏起不见了。这一下地又变得漆黑，伸手不见五指。那阵又没得灯，没得亮，连个火种都没得。恁个一来，人些还是没得办法活下去。大家就求后羿，留下这个太阳莫再射它了。

后羿走了，那个太阳还是紧到[2]躲起不出来，啷个办

[1] 拐：yuè。拐断：折断；拐弯：将直变曲。
[2] 紧到：长时间，无限期。

噻？人们就喊："太阳，出来哟！"哪晓得呀，太阳是遭后羿射怕了的，随你这些人啷个喊，就是不出来。

人喊它不出来，就吆动物来喊。喜鹊出来一叫喊喃，叽叽喳喳的，显得一点没得诚意；乌鸦又来叫，呱呱呱，听起来像死了人一样；喊猫头鹰出来叫唤喃，咕咕咕的，活像鬼嘘一样的吓人。随便哪个来喊，太阳还是不出来。

最后，找到了公鸡来喊。公鸡扇了扇翅膀，伸了伸颈子，叫了起来："哥哥哦——，哥哥哦——，太阳哥哥快出来哟——"

它叫得巴心巴肠的，太阳见它叫得又真心、又实意，就慢慢、慢慢地出来了。

从那以后，公鸡每天早晨"哥哥、哥哥"地一歇叫，太阳一听到它叫哎，就慢慢出来了。太阳一出，天上、地下就亮了，万物也得救了。

讲述者： 杜志榜，男，汉族，初中学历，巴县广阳
镇文化站专职干部
采录、整理者：李子硕
采录时间： 1988 年 2 月
采录地点： 巴县广阳镇（今南岸区广阳镇）

157

鹅颈子是怎样变长的

采录者： 谢敏
整理者： 刘友
采录时间： 1986 年 4 月
采录地点： 沙坪坝区石井坡

古时候有两姊妹。妹妹是个聪明能干贤惠的人，姐姐却懒得出奇，啥子事都不干，还逞强好胜的。

一天早上，妹妹因为要上坡干活，很早就起床。烙好了两块粑粑，一块烙得大点，一块烙得小点。小的准备带上坡去，等中午干完活路后吃；大的一块留着干完活路回家同姐姐一起吃。

谁知，懒姐姐在家里嘴馋，一个人就把那块大的吃光了。

当她吃完那粑粑后，就感到口渴得要命，直想喝水。她喝了一盅又一盅，把水缸子里的水也全喝光了，还是不解渴。于是，她跑到离家不远的一口水井边上去，趴在井口尽量伸长了颈子去喝水。

水井中的水被她越喝越少，她不得不把颈子越伸越长。就这样，她的颈子就长了，喉咙也发出"嘎嘎"的叫声。

后来，她就变成了一只鹅。

讲述者： 张华山，男，住远祖桥

158

为啥人会说话，青蛙不会说话

很早以前，人和青蛙都不会说话。传说有一种仙水吃了就可以说话。这种水很少，人不晓得在哪个地方，只有青蛙才晓得。人和青蛙商量，一起去找仙水。青蛙走得慢，人就把它放在肩上指路。看到要走拢了，青蛙"呱啦呱啦"叫，人就看见仙水了。人的心奸，就把青蛙丢在地上，自己跑在前面去把仙水喝光了。等青蛙一蹦一跳走拢时，只舔了一点水脚脚。所以只有人会说话，青蛙只会呱啦呱啦叫唤。从那以后，青蛙一直不和人打交道，只要见到人就跑，主要就是恨人不讲良心。

讲述者： 杨厚德，男，汉族，高中学历，长寿县葛
　　　　 兰乡星火村，农民
采录者： 郑文开
整理者： 李铭寿
采录时间： 1985 年 10 月
采录地点： 长寿县葛兰乡（今长寿区葛兰镇）

159

败龟

那些有点文墨的中医开药单子，爱把龟板写成败龟，其实就是乌龟壳壳。啷个偏要写得恁个文诌诌的嘛？阴倒还有个龙门阵。

传说，海龙王有个幺姑娘，小名叫珠珠，长大了大家叫她珍珠公主。她聪明漂亮，能诗能文，待人和气；在龙宫头，老的稀奇她，下人尊敬她，那些平辈也都喜欢她。老龙王啥，更是把她稀奇到命头去了，啥子都将就她。

珍珠公主是在龙宫头长大的，海头的奇观奇景她早就看够了。听说人间的山光水色、渔樵耕读别有一番风味，她就想出海看看。有一天，她去找海龙王，说她要上岸去转转。海龙王晓得挡她不住，只好说："我儿要早去早回。"老实的，她就带了两个宫女，摇身变成了打鱼郎，划起一条小船到了人间。

珍珠公主她们三个，穿过海滩，走上了一条茅草路。路侧边有坨大石头，上面刻有"蓬莱仙山"四个大字。公主正看得起劲，忽然听到有人唱歌，唱的是：

山连海来海连山，

山海原来不一般。

龙宫出美女，

深山出仙丹。

珍珠公主从来没听到过恁个好听的歌，就跟到歌声找起去，想看看唱歌的人是啥样儿。还没走几步，又听到在唱：

太阳出来照仙山，

仙山美景唱不完。

神仙都说人间好，

我说人间多苦寒。

有个宫女说："公主，人间恁个好，这唱歌的人还说苦寒，硬是身在福中不知福呵。"

她们又走了一段路，这下看到了，原来是个年轻樵夫正在砍柴。她们怕遭樵夫看到了，躲在一坨大石头后面悄悄看。一会儿樵夫打好柴，担起朝山下走，边走边唱：

太阳当顶又当中，

肚皮饿得闹垮松。

打柴之人多苦命，

一挑柴换米半升。

公主听那樵夫唱得可怜兮兮的，就喊一个宫女赶快变个樵夫，装起才上山的样子，给他送点吃的去。那宫女摇身变了个樵夫，迎上前去："大哥，看你砍恁大一挑，怕早就饿了。我的干粮有多的，你拿去吃嘛。"

那樵夫道了一声"多谢"，拿起干粮就吃，吃完担起柴就下山了。

这天晚上，珍珠公主睡在龙宫的珊瑚床上，翻过来滚过去，硬是睡不着。不管是睁起眼睛，还是闭上眼睛，那个年轻樵夫老是在她眼前晃。这是为啥子喃？她也说不清楚。第二天吃了早饭，珍珠公主躲开那些宫女，一个人悄悄从后花园走了。没走好远她又站到了。她想：要是中午父王不见我去吃饭，到处找我嘞个办？她又急忙回宫，找到一个贴身宫女："你赶快去告诉父王，说我昨天耍安逸了，正在书房使劲作诗，晌午饭就不跟他一起吃了。"安排停当过后，珍珠公主这才放心落肠走了。

珍珠公主一人来到蓬莱仙山，摇身一变，也变个年轻樵夫，把昨天学来的山歌，就恁个有一回无一回地唱。正在这时，昨天那个樵夫又一路唱起上山来了。

太阳出来红彤彤，

每日打柴到山中。

只为老母不挨饿，

哪怕虎豹恶又凶。

珍珠公主心想，这人还多好孝心呀！就追上前去喊："打柴哥，打柴哥，我们一路嘛。"

年轻樵夫回头一看，见是一个小伙子，看样子也是上山打柴的，就问："小哥，你家住何处？叫啥名字？"

"家住蓬莱村，姓龙名海。你喃？"

"我叫郑海樵，也住蓬莱村。哪个我不认得你呀？"

"不瞒郑哥说，我是才搬来的，那龙潭凼侧边的三间新草房就是我的家。郑哥，你家有好多人呀？"

"我和母亲。你喃？"

"一个人。从今天起，我天天都跟你上山学打柴。"

老实的，从这天起，珍珠公主每天都变个樵夫和郑海樵一起上山打柴，还跟他学唱山歌。

当然啰，郑海樵随便哪个也想不到，和他一起打柴的是龙宫的珍珠公主。他只晓得龙海这小伙儿精灵，随便教他哪首山歌，只要听一遍就会，打柴也比他行。有一天，两个又一路上山打柴，走呀走的，龙海说他要去解小手，郑海樵无意间看到就问："龙老弟，男子汉大丈夫的，你哪个解手像女人家过跕到屙哟？"

这一问，公主的脸一下就红了。她就慢慢现出了女儿装，说："我本来就是女的。"

郑海樵不敢相信自己的眼睛，他绕着公主转了三转，左看右看，果然是个女娃子，长得像仙女恁个，就大起胆子说："龙老弟，不，不不，龙妹，你就嫁给我嘛？"

"要倒要得，不过，你要把我追到了，我才跟你成亲。"她想考下郑海樵精不精灵，说完就边跑边唱：

好个蓬莱山，

一转十里七。

围到追三转，

追到成夫妻。

郑海樵就在后头跟到追。

再说海龙王，好多天没有看见他的幺女了，心想：有好多诗写不完哟？就亲自到公主的书房去看。这下现像了，那些宫女只好实话实说。龙王冒了火，把那些宫女通通弄来关起，又喊龟将马上到蓬莱仙山去把公主找回来。

龟将摇身一变，成了个白发老翁，来到蓬莱山前，正碰到郑海樵在追珍珠公主，他走过去把郑海樵挡到问："小哥，你追她做啥子？"

"追到好成亲呀。"

原来，龟将老早就对公主有意，只是公主不干，他就恨公主，今天他想让公主出丑。就说："小哥，你好傻哟，她跑恁个快，你哪个追得到嘛？"

"未必老翁有办法？"

"对头。你躲在这里不动，等她过来你一下跳出去把她抱到，不就成了吗？"说完，龟将就不见了。

郑海樵老实在一根大树子后头，等公主跑过来，他一下把她抱到了。

公主说："郑哥，你真精灵！"顺势就倒在郑海樵的怀里。

突然龟将变的老翁钻出来吼了一声："公主，你好大的胆子。"把两人吓了一大跳。

公主抬头一看，见是龟将，就冒起火来了。她一脚朝龟将踢过去，把他的乌龟壳踢破成几大块，痛得他直是"哎哟！哎哟！"叫唤。

"龙妹，你莫打他，要不是他的话，我还追不到你。"

公主一听，原来龟将还是他们的媒人，心一下就软了，"卟"地一泡口水吐在龟壳上。龟壳一下就生拢了，只不过，那生口的地方留下一条路路。从此，乌龟壳上就有了花纹，中医把它称作败龟就是恁个来的。

龟将的背壳伤好了，只听公主喊了一声"滚"，他爬起来就跑，回龙宫见到龙王说："禀龙王，公主和一个打柴的成亲了。"

龙王一听，火冒三丈，领起鱼兵虾将来到蓬莱山前，找到了珍珠公主，把她押回了龙宫。

讲述、整理者：周熔德，男，高中学历，巴县陶家乡文
化站专职干部

采录时间： 1987 年 5 月

采录地点： 巴县陶家乡（今九龙坡区陶家镇）

160

瞎眼蛇为啥子眼睛瞎

瞎眼蛇嘛又叫锅铲蛇、烙铁头。它的脑壳是个扁扁，眼睛没得光，它毒得很，咬到人不得了。

瞎眼蛇原先眼睛不瞎，它喜欢在大山坡坡上耍。有一回，药王菩萨上山去采药，它把药王菩萨咬了一口，药王菩萨就说："你娃眼睛瞎了呀！"遭药王菩萨恁个一封正哪，它眼睛就瞎了。它问药王菩萨："我的眼睛看不到哎，咹个找吃呀？"

药王菩萨说："你捞到哪样就一口给他剟去嘛！"

瞎眼蛇老实就像恁个做。你看那瞎眼蛇，捞到哪样硬是要剟一口呢。这就是瞎眼蛇眼睛为啥遭瞎的故事。

讲述者： 赵大青
采录者： 严小华
采录时间： 1989 年 3 月
采录地点： 巴县走马乡（今九龙坡区走马镇）

161

猴子屁股为啥是红的

从前，在一座高山脚下住着一户人，这户人有个年轻的姑娘，她的名字叫小兰。小兰经常上山去找柴。那座山上有很多猴子，那天小兰上山去找柴的时候就遭猴王抢去了。猴王把小兰关在山洞头，天天寸步不离地守在她身边，她想逃也逃不脱。

一年过后，小兰生了一个猴娃。那娃儿啥都跟人一样，只是周身都长满了毛。小兰非常想念家头的人，总想找机会逃脱；猴王随时随地都把她守到的，咹个逃得脱？

那天，猴儿些到河边去打水。它们跑到山下去把人家的筛子偷来打水，筛子全是眼眼，咹个装得起水吗？装得满满一筛，一提呀水就没得了。搞了半天，吃奶的力气都用完了，还是点儿水都没有弄上山，只得回去给猴王说。猴王听了很冒火，骂猴儿些不扎实。它认为小兰已经生了娃儿半年多，心想她不会逃跑了，就决定亲自去看看。它对小兰说："你在屋的好好照看娃儿，我去看看就回来。"猴儿些都跟猴王一路下山打水去了，小兰见是个逃跑的机会，就把娃儿放在床上，悄悄跑回家去了。

猴王引起猴儿些在河边打水，一直打迄天黑都没有打一滴水上山，没得法，只好回山上去了。回去一看哪，小兰不见了，只有娃儿在床上饿得惊叫唤。猴王着急了，赶忙抱起娃儿去找小兰。它找到山脚脚小兰的家，坐在屋角角那块大青石上喊："猴儿的妈，猴儿的娘，猴儿讨点奶奶尝。"开头几天，小兰听见娃儿哭起丧德得很，就叫家里的人去把娃儿抱来喂奶。日子一长呀，家里的人就不赞成了，他们一见猴王来了，就赶忙把门关得紧紧的。猴王天天照样来，一天又一天，从早到晚坐在那块青石板上一声连一声地喊："猴儿的妈，猴儿的娘，猴儿讨点奶奶尝。"

小兰的父母觉得老是这样总不是个办法，就想收拾收拾猴王，让它断了这条路，绝了这份情。他们在猴王来以前，把那块青石板烧得飞烫，等着猴王来。

猴王来了，它走到青石板跟前，连路喊："猴儿的妈，猴儿的娘——"连路往青石板上坐。一坐下去呀，哎哟，把屁股的皮都烫脱了，痛得它跳起多高，抱起娃儿跑了。从那天起，猴王再也不来了；也从那天起，猴子的屁股就红了。

讲述者：　龚芳怀
采录者：　钟守维
采录时间：1991 年 3 月
采录地点：巴县走马乡（今九龙坡区走马镇）

162

牛下巴的小包包

不知大家注意没有，每条牛的下巴都有一个小包包。为啥子呢？有一段小故事哩。

相传，过去的牛是会说话的。

有一天罗隐秀才从田边路过，见一个人正在犁田，那牛一个劲地叫饿，一点都不听使唤。犁田的人很恼火，他一边用棍子打牛，一边骂道："你这畜生，我刚刚喂了你的草，才犁这么一点，你又叫饿了，你一天要吃多少东西！"

罗隐秀才心想：如果牛一天到晚都吵饿，不犁田，长期下去，田园不荒才怪！

于是他顺手折了一根树枝向牛下巴戳去，一直戳到牛嘴里把它的舌头拴住了。说也奇怪，自从牛舌头被拴住之后，它只是埋头犁田，不再喊饿了。

时间一长，牛下巴就长出了一个小包包。

讲述者： 谢志忠
采录者： 严小华
采录时间： 1989 年 3 月
采录地点： 巴县走马乡（今九龙坡区走马镇）

163

调戏观音变黄鳝

很久以前，一条小溪侧边住了一户姓黄的人家，有一年夏天，夜里下暴雨，小溪的水猛涨，把这户人的房子冲倒了，屋里的人都着淹死了。

黄家有个十六七岁的儿子在外地念书，那晚上他不在家，所以没着淹死。家里的人死了，就没人供他念书了，他只好回来，在亲友的帮助下，勉勉强强地整了一下房子，又在那里住下来。

这条小溪的石滩上安有跳磴。平时，溪沟里的水不大，人们可以在跳磴上行走；可是一下大雨，溪沟里的水涨了，人们过这条溪沟就成了问题，特别是那些鞋尖脚小的妇女，根本莫法通过。

黄家的儿子读过《因果经》，那上面专门讲因果报应，就是"善有善报，恶有恶报"之类。他想，我在生多做些好事，死后就可以升天成佛。一遇溪沟涨水，他就不去干其他的事，专门在那里背人过河。只要是下雨天，他都等候在那里，把人背来背去的，一直背了二十年。也就是说，他整整做了二十年好事。

他的善良行为被观音菩萨晓得了，她想：这个人真的是诚心诚意做好事吗？我去考验他一下。

有一天涨水，正好是赶场天，来往的人很多，背来背去，姓黄的人已经背得精疲力竭了，正想回家休息。这时，打扮得花枝招展的观音菩萨来了，她嗲声嗲气地说："大哥，背我过去吧，我有急事。"姓黄的人看她那副样儿比以往背过的所有的女人都要漂亮，劲头就来了。他把她扯在背上背起，觉得软溜溜的，不轻不重，心就花了。走到河中间，心想：这个女的才乖哟，把她背回家做堂客才安逸哟！就紧紧地把她的脚杆捏到，继后又伸手去摸她的胸脯。这下把观音菩萨气昏了，就说："说起来哎，你还做了二十年好事，现在看来，你是口善心不善。打你到田头去，让你变黄鳝，拿给农夫下酒下饭。"观音菩萨说完，一股风就不见了。

姓黄的人在河里滚了一下，就飞到田头去了，果真变成了黄鳝。据说，他在田头很不甘心，就把田坎打些洞洞。

讲述者： 赵大青

采录者： 严小华

采录时间： 1989 年 3 月

采录地点： 巴县走马乡（今九龙坡区走马镇）

164

猫和狗结冤仇

从前，有对夫妻，他们养了一个狗儿、一个猫儿。两夫妻对狗儿和猫儿好得很，人吃啥子，猫儿和狗儿就吃啥子。

有一回，男人去割草，捡到一颗夜明珠。把它放在钱里头，钱就涨；放在米头米也涨。两口子就发了财，起了一厢房子。哪知这夜明珠的事遭强盗晓得了，强盗就去偷，乘天黑溜进两口子的床脚躲起来。两口子在床上商量把夜明珠含在嘴里头。堂客包上半夜，男人包下半夜。这番话被强盗在床脚听到了。睡了一阵，强盗从床脚爬出来，假装男人的声音，把嘴巴伸到那个堂客的嘴巴边说："拿我包，拿我包。"那个堂客睡得迷迷糊糊的，就把嘴头的夜明珠吐在强盗的嘴头了。第二天男人问堂客，堂客说："你喊我吐给你的嘞！"男人晓得上了当，两口子怄气得很。

狗儿和猫儿也晓得了，决心给主人找回夜明珠。狗儿去咬住打更匠，猫儿去咬住山耗子，要他们说出夜明珠的去向。因为打更匠守夜，认得到那强盗；山耗子夜晚出来，也认得到那强盗。打更匠和山耗子就给猫儿和狗儿说了。

猫儿和狗儿就去找，走了很远很远，来到强盗屋头。猫儿就去叫一个耗子来问，耗子说："那个夜明珠就藏在箱子里。"猫儿要耗子去咬穿强盗的木箱；耗子把箱子咬穿了，把夜明珠拖出来交给猫儿和狗儿。猫儿把夜明珠含在口里和狗儿一道回了屋。见到主人猫儿就吐出夜明珠，主人见了很高兴，默到是猫儿找回来的，就把肉给猫儿吃，把骨头拿给狗儿吃。狗儿心想，这是大家的功劳，为啥你吃肉，我吃骨头？心头就不安逸，就去咬猫儿。所以，后来猫儿在桌上吃，狗儿在桌下吃，它们经常为抢吃打架。

讲述者： 谢志忠
采录者： 钟守维
采录时间： 1989 年 3 月
采录地点： 巴县走马乡（今九龙坡区走马镇）

165

狗为啥子恨猫

大家常常看到，狗一见猫就追，好像仇敌一样。为啥呢？说起来还有一段故事呢！从前，有个寨主家里养了一只猫和一条狗。主人给它们分了工，猫捉耗子狗看家。除了看家捉鼠之外，还要上山做活路，寨主把它们当成两个主要劳动力。

一天，寨主叫它们去耙田。猫到田边后，就趴在一棵树上睡着了。狗呢？下田干活，扯草呀，耙田呀，累得满头大汗。狗耙完了田，觉得很累，就趴在田埂歇气，一会儿就睡着了。

猫一觉醒转来，已经正午了，慌忙从树上跳下来一看，狗已把田耙完了。猫想，糟糕，这回一定要挨主人的骂了。它赶忙下田乱踩一顿，满田都留下猫的脚印。

正在这时，寨主来了。他看到狗在田埂上睡瞌睡，而猫在田里走来走去，鼻梁上还在冒汗。一气之下，他当场把狗狠狠地骂了一顿："你偷懒，不做活路，在这里睡瞌睡！我不给你饭吃！"狗解释说："我没偷懒，我耙完田累糟了，刚睡着，您就来了。"寨主说："你睡大觉不做活路，不是偷懒是啥子？"狗再三说："我真的没偷懒，田是我耙的……"不管狗咋个说，寨主就是不相信，生气地说："猫勤快，狗偷懒；从今以后，猫吃鱼，狗吃剩饭和屎！"

狗遭冤枉惨了。从此，狗就把猫看成仇敌，一见猫就追到咬。猫呢，感到心中有愧，对不起狗，所以一见到狗就躲。

讲述者：　谢金华

采录者：　蒋方忠

采录时间：　1985 年 10 月 20 日

采录地点：　梁平区云龙乡（今梁平区云龙镇）红色村

166

狗找朋友

从前，狗和人住在一起，人也很喜欢狗。狗是哪个和人住在一起的呢？原来还有一个来历。

很早以前，狗还是和那些野兽一样生在老林[1]里、长在老林里。一天，狗为了让它自己过得快活些，决定找一个待它又好，胆子又大的伙伴儿作它的朋友。主意一定，就在深山老林里找了起来。

一天，它碰到一只狼，就上前说："狼大哥，狼大哥，我们是一个祖宗，但一直没得来往，我们交个朋友要不要得？"狼看了看狗那副乖乖儿的样子就同意和狗交朋友。到了晚上，狗就"汪、汪、汪"地叫唤起来，狼一听赶忙对狗说："莫乱叫，莫乱叫，如果让熊听到哒，你我兄弟性命就难保。"狗停住叫声，心想，你还怕熊，那么熊一定比你胆子大些，比你狠些。

第二天一早，狗就和狼分开哒，到老林里去找熊。狗找到熊说："熊大哥，熊大哥，我们交个朋友要不要得了？"熊同意和狗交朋友。到了晚上，狗照样叫唤起来。

[1]　老林：原始森林。

熊一听也赶忙对狗说："莫乱叫，莫乱叫，要是狮子晓得了，我们就没法活命哒。"狗停住叫声，心想，熊怕狮子，那么，狮子一定比熊的胆子大些，比熊能干些。

第三天一早，狗又和熊分开哒，去找狮子。它翻了好几座山，过了好几条河，才把狮子找到。狗对狮子说："狮子大哥，狮子大哥，我们交个朋友要不要得？"狮子也同意和狗交朋友。晚上，狗又照样叫唤起来。狮子也对狗说："莫乱叫，莫乱叫，要是老虎听到哒我们就不得了。"

第四天，狗又和狮子分开哒，去找老虎，同老虎交了朋友。晚上，狗和老虎睡在一起，狗想，今儿黑了总不要紧啦。狗刚一叫，老虎也对它说："莫乱叫，莫乱叫，要是让猎人晓得哒，我们就没得活命哒。"狗听了，伤心完哒，心想，这下只好和人交朋友了。

第五天，狗又和老虎分开去找人。它走到一户人家里，这家人看到跑来一只摇头摆尾的狗，十分高兴，赶忙拿出一些吃的来喂它。

晚上，狗又"汪、汪、汪"地叫唤起来。这家人听了，高兴地对狗说："好伙计，你只管叫吧，你一叫强盗就不敢偷东西哒，我们就可以放心大胆地睡瞌睡。"狗听了这些话，喜欢得不得了。从那以后，狗就和人住在一起哒。

讲述者： 陈延兵
采录者： 陈红革
采录时间： 1986 年 4 月 12 日
采录地点： 巫山县钱家乡（今巫山县双龙镇）油坊村

167

龚元长识鸟音

万州新田有个名叫柳坝的村庄，村里村外树木很多，村前河岸上杨柳成排，实在是个好地方。

柳坝村里有个秀才叫龚元长。他满腹诗书，只因那时官场污教[1]，屡试不中，也就心灰意懒，不再赴考，只在家中种田为生。闲时养鸟赋诗，日子虽说清贫，却也过得自在，天长日久，他连那些鸟儿讲的话也能听懂不少。

一天清早，龚元长到河边耍，忽听得树杈上几只鸟儿叽叽喳喳，像在喊他。侧耳细听，硬是在喊他哟！

只听得那几只雀儿叫道："龚元长，龚元长，后山有只摔死羊。快快扛着回家去，你吃肉来我吃肠。"

龚元长听后，连忙赶到后山，见沟底果真有只羊摔死在地上，心中大喜，将羊儿驮在肩上，扛回家里，剥下皮，把羊肠撒给那些鸟儿，羊肉东家一块，西家一腿，自己也乐得美美地吃了一顿。

过了几天，乡长领着几个家丁闯进村来，东一窜，西

[1] 污教：没有正义，不讲原则。

一跑，一眼看见了龚元长钉在墙上的羊腿，一把扯下来，叫道："找到啦，找到啦！这腿上长了块黑毛毛，不正是我丢的那只羊么？龚元长是个贼娃子！把他捆起来！"几个家丁一拥而上，捆起龚元长，送到县衙门。

龚元长被押进县里，判了个盗窃罪，关进大牢。转眼间，两个月过去啦，掐算日子，正是麦黄时节，龚元长越发焦急，不知地里成了啥样，再关两月，岂不误了一季收成？一天，忽见几只雀儿飞来，呼啦啦停在牢外树上，连声叫道："龚元长，龚元长，人家关你你莫慌。寇军已到长城外，快叫县令报皇上。"

龚元长听鸟儿这么说，忙叫狱卒禀告县令，县令听后，将信将疑，此事关系国家安危存亡，哪敢怠慢？连忙派飞骑传书，禀奏皇上。皇上看了奏章，赶忙派兵，巩固了边防，打败了外敌的入侵。

皇上松了口气，因县令报信有功，升他做了州官，并亲自召见，问他消息从何处得来。县令照实说哒。皇上听后，不信竟有这样的事情，传圣旨将龚元长押送进京，他要亲自问个明白。

龚元长被押进京后，收进牢中。皇上得知龚元长能听懂鸟儿的话，不信，要试他一试。这天，他见殿外的屋檐下有个燕子窝，几只老燕正匆匆忙忙衔来虫虫喂窝中的乳燕，心中一动，派人把窝中的乳燕捉了。等老燕觅食归来，不见了燕儿，叽叽喳喳吵成一团时，才吩咐把龚元长带来，指着那几只燕子问道："龚元长，听说你能识鸟音？"龚元长答道："听懂一些。""你说说，这几只燕子在说些啥子？"龚元长说："禀圣上，它们在说：'你做你的皇帝，我养我的儿郎，你在万人之上，何必跟鸟儿一样。你嫌我们吵嚷，我们搬走何妨，莫欺弱小生灵，才是一位好皇上。'"

皇上听后，哈哈大笑，不但放了龚元长，还让他补任了南浦的县令。龚元长到任后，大显本事，替老百姓做了不少好事。

讲述者： 宋永宏
采录者： 牟群峰
采录时间： 1986 年 4 月
采录地点： 万州区新田镇

168

猎人和杜鹃

相传很久以前，葵花寨[1]上，有一座山叫帽山。一个猎人在山上转了一天，一只鸟也没打着，就坐在一棵大树下歇气。太阳快落山了，一群小鸟飞落大树上，一只杜鹃鸟说："今天我碰见一位老人跳进河里，我问他为啥寻短见？老人回答我，家头几天没饭吃了。我很同情他，给了他一颗珍珠，老人捧在手中，还感动得流泪呢！"

猎人一听又惊又喜，想道："我何不试一试，看它给我个啥？"想毕，猎人就势一滚，不断地喊："我不想活了，活着不如死了好……"

小鸟们在树上听见喊声，急忙飞到猎人身边，关切地问："您嘟个啦？"

猎人哭诉道："我只有一个儿子，他是我的命根子，不料他今天被山上的老虎吃了。唉哟，我嘟个活呀？"杜鹃一听，同情地说："您别伤心啦，我给您一颗珍珠，您拿去好好过日子吧！"说完，从口里吐出一颗珍珠。猎人双手捧着珍珠，感激地说："谢谢你救了我这条老命！"

[1] 葵花寨：在今万州区高粱镇境内。

猎人回到家中，把得到珍珠的经过向妻子说了一遍，猎人妻子捧着闪闪发光的珍珠，高兴得脚不住手不停的。第二天，天还没亮，猎人用珍珠在城里换了许多银子回来，整整装了一大木箱。猎人妻子说："要是还有一箱银子该有多好啊！"猎人眼珠一转："你明天到山上去再按我的做法弄一颗珍珠回来，不是又有一箱银子了吗！"猎人妻子来到山上，见一群小鸟飞来，就呜呜地哭了，哭得很伤心。这时，一只杜鹃飞到猎人妻子身边说："您为啥这么伤心，告诉我吧，也许我能帮助您……"

猎人妻子伤心地说："我的老伴死了，没钱安埋，我的命好苦哇！"杜鹃鸟一听，泪水也跟着流了出来："您和我一样，都是命苦哇。我天天喊，天天叫，嘴都喊出血了，嗓子也叫干了，还是没有把它喊活。不过，还是活着的好！"猎人妻子又说："我活着还有啥意思？不如死了图个痛快……"杜鹃鸟一边擦眼泪一边说："我给你一颗珍珠，拿回去好好过日子吧！"于是，杜鹃鸟又从嘴里吐出一颗珍珠放在猎人妻子的手中。她拿着珍珠回家了。

从这以后，猎人家里有钱了。猎人对妻子说："我们家钱这么多，进城去买幢房子，在城里好好玩一辈子，你看要得不？"妻子高高兴兴地同意了。猎人说："我先进城去，买到房子，再来接你。"猎人把全部银子挑进城里，买了一幢房子，娶了一个年轻的媳妇，把他原来的妻子忘得一干二净。

妻子在家等猎人回来接她。她等啊盼啊，却不见猎人来接。她找到城里，看见猎人和他年轻的媳妇在街上玩，猎人妻子气得大骂了猎人一顿，就跑回家中悬梁自尽了。

两年过去了。猎人年轻的媳妇得了一场重病，眼睛突然瞎了。猎人急得不知嘟个办才好，请来一位名医给她诊治。医生说："治好瞎眼病，要用一百只小鸟的眼睛熬水喝。"猎人说："这有何难，明天我上山打一百只鸟回来就是了。"

猎人来到山上，想起了杜鹃鸟，他在大树下等呀等，太阳快落山的时候，一群小鸟飞落在树上，猎人哭了起来。杜鹃鸟飞到他身边，猎人一把捉住杜鹃，恶狠狠地说："你快给我叫来一百只鸟儿，我就放了你。"杜鹃说："你要鸟儿干啥子？"猎人回答："我老婆眼睛瞎了，要一百只小鸟的眼珠治病。"杜鹃叫了两声，成群结队的鸟儿飞旋在猎人面前，每只小鸟向猎人身上吐了一口血，突然，血变成了一团熊熊烈火，猎人就这样被烈火活活烧死啦。

讲述者：　何锡生
采录者：　陈荣
采录时间：　1986 年 5 月 25 日
采录地点：　万州区葵花乡（今万州区高梁镇）吴坪村

169

老虎和猫

人们常说，老虎那么凶，猫子还是它的师父哩！

传说，老虎跟到猫学艺，拜猫为师父。猫成天教老虎闪、卧、腾、跳，还教它觅食、诱敌、捕捉。学了一段时间，猫又教了它两手绝招——天蓬爪、金钩闪[1]。老虎也很精灵，一学就会。心想，师父连绝招都教给我啦，我可以走遍天下了。渐渐地骄傲起来。猫师父发现老虎有些目中无人的样子，性子又烈，今后不仅要横行霸道，只怕连它这个师父它都不认哒，就留了一手绝招，作为看家本领。

不出猫所料，老虎在暗暗地盘算：这么小小的一只猫，竟然是我的师父，以后不被别人笑话吗？有它在，我就有天大的本事也不能成为天下第一。唉！反正有它没我，有我没它，一定要想法干掉它。那时候，这天下就没有哪个比我更强了，我就成了兽中之王啦，多威风啊！

一天，老虎对猫说："师父，我跟你学了这么久，不知道长进如何？你能和我比一比吗？"猫爽快地答应了老虎的请求。两师徒各就各位，摆开架势，一扑一卧、一攻

[1]　金钩闪：用尾巴卷回来缠东西的动作。

一守地比试起来。老虎自以为个子大气力猛，三招两式就想置猫师父于死地。猫师父看出了老虎的险恶用心，应付了几招，趁势抽身，拿出了自己的看家本事，"扑扑扑"地爬到树上去哒，老虎再也奈它不何了。

后来，人们吸取了猫师父的经验教训，在教徒弟的时候，都要留一两招看家本领，不到临死的时候是绝不轻易教人的。

讲述者： 樊尚清

采录者： 樊其湘

采录时间： 1981 年 7 月 5 日

采录地点： 奉节县大树乡（今奉节县大树镇）关山村

170

猫和老鼠

相传在很早很早以前，猫是不吃老鼠的，并且是很好的朋友，时常一起劳动、共同生活。那时，老鼠很有存留，有好东西总舍不得吃，猫儿却成天好吃懒做。有一次，老鼠辛辛苦苦地积攒了一罐猪油，悄悄地藏好，准备冬天请猫一起吃，平时硬是舍不得吃一点。哪晓得被那好吃的猫子知道了，就想方设法偷吃猪油。一天，猫儿终于想出了一个好办法——耍哄骗术。它就对老鼠说："鼠弟，我有个表妹前几天找我打干亲家，今天我打算去一下。"说完，它就走了。走到后院里，把那罐猪油皮面一层吃完了才回来。一进门，老鼠就问："猫哥，你那干儿子叫么哩名字？"猫说："叫'去了皮'。"老鼠信以为真。过了几天，猫又馋起来了。就说："鼠弟，我今天又要到一个表妹家去打干亲家。"说完，它又走了。它来到后院，把那罐猪油吃了一半，吃腻了才回来。一进屋，老鼠又问："猫哥，你这个干儿子又取的么哩名字？"猫说："叫'去一半'。"过了三五天，猫又想起了剩下的半罐猪油，又跟老鼠说："鼠弟，今天我又要到一个表妹家去打干亲。"说完，就走了。这回它来到后院，把那罐猪油全吃光了，把罐子倒立在那里，才溜进屋来。一进屋，老鼠问："猫哥，你这个干儿子叫啥名字？"猫说："叫'一扫光'。"老鼠全都相信。

到了冬天，老鼠就邀约猫一块去吃那罐油。猫本想推脱，但又怕露了马脚，只好跟着老鼠去了。老鼠想，猫哥平时是最好吃的，一听说有好的吃，忙得扑爬跟斗的，生怕落了后，哪个今天却老是在后面荡呀荡，真奇怪。想着想着，不知不觉来到了后院。老鼠一眼就看见那罐子倒立着，忙跑过去翻开一看，那罐子已是空空的。这下，老鼠全明白了。它生气地对猫说："猫哥，我都晓得了，第一回你说叫'去了皮'，就是把油皮吃完了；第二回你说叫'去一半'，就是把油吃了一半；第三回你说'一扫光'，就是……"猫一听老鼠说的话，恰巧点在它的根节[1]上，没等老鼠说完，猫一个天步爪蹦起来，要给老鼠一口。老鼠见势不妙，一闪身跑得不见影了。猫没咬着老鼠，大不服气，老是怀恨在心。从此，猫只要见了老鼠就红眼，想尽办法吃掉它。

讲述者：　向永莲
采录者：　马厚泽
采录时间：　1986年3月11日
采录地点：　奉节县新贺乡（今奉节县兴隆镇）安淌村

171

蚂蚂[2]与老虎的故事

古时候，老虎住在坝下，蚂蚂住在山上，它们有了矛盾，互相做坏事。一天，老虎约蚂蚂来比赛，赢的就吃掉输的。它们比三样，先比哪个在水上走得快，老虎不熟水性，就输了。老虎不服气，就对蚂蚂说："我们来比看哪个跳得高。"蚂蚂一下就跳到老虎背上去了，老虎随便哪个都跳不到蚂蚂背上，老虎又输了。但它心不甘，又说："我们来看哪个跳得远些。"它以为蚂蚂会输，蚂蚂又跳到老虎的头上站起；老虎嘿起一跳，蚂蚂就遭甩到老虎的前面。老虎又遭输了，它怕被吃掉，爬起来就朝山上跑。从此以后，老虎就住在山上，蚂蚂就住在坝下。

讲述者：　周沛田，男，农民，高小学历
采录者：　卢勇
采录时间：　1986年10月5日
采录地点：　垫江县杠家乡（今垫江县杠家镇）石牛村

[1]　根节：要点。

[2]　蚂蚂：青蛙。

172

青蛙吃大猫[1]

一天早晨，一只大猫在山上跑，跑累了就在山上歇气。歇了一阵，大猫觉得口很渴，到处张望，想找水喝。它往远处一看，看到山脚下有一条小河，赶快向河边走去。走到河边，一只青蛙站起来，笑着说："你怎么这时才来？我哪阵都想吃你呐。"大猫连忙停住脚步，四下寻找声音。心想：是哪个这样大的狗胆要吃我！正找着，又听到："大猫，我真的哪阵都想吃你，等得不耐烦了！"随着声音，青蛙突然出现在大猫面前。大猫疑惑地说："青蛙，你这么大一点，怎么敢吃我呢？你吃得下去吗？""哼，你有好大个，吃不下去？"大猫说："你真要吃我，那我要来试一下！"青蛙灵机一动，说："那，我们跳这条小河沟，看谁跳得远些。跳得远的就吃跳不远的。"大猫满口答应："要得。""一言为定！"大猫就在河边准备跳，青蛙就藏在它的身后把它尾巴拉倒。大猫只顾跳，也不朝身后看一眼。它试了几试，一纵身就过去了，跳得很远。青蛙在它后面拉着尾巴，借势一腾，落

[1] 大猫：老虎。

在大猫的前面好远。大猫一站定，就赶忙说："青蛙，你过得来吗？"青蛙马上回答说："喂，你看我早就跳过来了，还比你跳得远些。原来讲好了的哟，你现在输了！"大猫吓了一跳，连忙又说："你这么大一点，吃得下去我吗？""哼，吃不下去？我已经吃都吃了一个呐。""你说你已经吃了一个，拿什么来证明？"青蛙说："你不信？你看我嘴上不是还有毛吗？"大猫往青蛙嘴上一看，果然有毛。这一下，把大猫吓倒了。大猫想，我是山上有名的动物，拿给你一只小青蛙吃了，多脏人啦。大猫越想越觉得可怕，急忙回头往山上逃。青蛙在后面大声说："大猫，你跑不了，我反正是要吃你的！"这时，一只狐狸向大猫迎面走来。狐狸见大猫慌张地逃，就问："大猫，你为哪样这么没命地跑？"大猫说："你不知道，后面的那只青蛙要来吃我。""这才笑人呢，你一只大猫还怕青蛙？你这不是在开玩笑？""它已经吃了一个呀，嘴上还有毛。"狐狸说："我不相信，一个青蛙能吃得下一个大猫？"大猫说："是我亲眼看见的。"狐狸说："你把我引转去看了我就相信。"大猫心想，你把我逗转去它好吃我，说："我不转去，我怕它吃我。"狐狸说："你怕的话，我俩一路转去咬它。"大猫心想，我两个肯定咬得赢它，就说："要得。"随后又一想，说，"那不行，青蛙来咬时，你跑了，我不就糟了吗？"狐狸说："那这样吧，我俩的尾巴用藤子拴在一起，我就跑不了啦，这下你该放心了。"大猫心里一想，是这个道理呢，我俩拴在一起，你没有我力气大，你跑不了，就不得不和我一起整青蛙，它连忙说："可以。"就这样，它俩拴在一起，对直向河边的青蛙走去。

这时，青蛙看见它俩来了，机灵地说："狐狸，你把大猫给我送来了吗？"大猫一听，认为上了狐狸的当，拖起狐狸飞一般横跑。跑了一阵，大猫回头一看，狐狸只剩个脑壳桩桩。大猫想：糟了，狐狸被青蛙吃得要完了。大猫更害怕，更是没命地跑，从此再也不敢露面。

讲述者： 张万富，男，农民，高中学历

采录者： 董云华、何小红、夏述贵

采录时间： 1986 年 7 月 28 日

采录地点： 丰都县河面乡（今丰都县龙河镇）白屋村
一组

173

公鸡讨角

公鸡的叫声，很像是人在扯起嗓音喊："龙哥哥……还我角呵！"这中间有一段故事：

据说，公鸡原先既有冠子又有角。海里的龙王却像个人，原先是既没冠子也没有角。龙王去接受封神时，觉得自己的相貌太寒酸，去找公鸡借角。封神之后，龙王贪心，不肯把角还给公鸡，于是躲到海里去了。公鸡不能下水去讨，只好站在岸上叫喊："龙哥哥……还我角！"一直喊到今天。

讲述者： 喻泽友，男，农民，初中学历

采录者： 戴寿银，男，县文化馆干部，大学学历

采录时间： 1986 年 8 月 14 日

采录地点： 丰都县双龙乡（今丰都县双龙镇）先锋村
四组

174

鸡鸭分道

很早以前，公鸡和鸭子本是两兄妹。公鸡是哥哥，鸭子是妹妹。那时候，鸡公腿杆短，鸭子腿杆长，健壮有力。有一天，公鸡对鸭子说："妹妹，我是哥哥却比你矮，太不相配了。不如把你的腿杆换给我，我就高了，像个哥哥的样子；我把头上的红冠子给你，你也会更漂亮一些。"鸭子听了很高兴，同意了。鸭子把腿杆换给了公鸡，公鸡扯长腿杆一趟子跑得远远的，红冠子也不给鸭子。这样一来，两兄妹就搞沙了[1]，赌咒永不生活在一起。直到现在，不管春夏秋冬，鸭子在水里生活，鸡在干坎上过日子。

讲述者：　吴才好，男，干部，小学学历
采录者：　傅品金
采录时间：1987 年 5 月 12 日
采录地点：南川区乐村乡政府

[1]　搞沙了：扯皮，不和睦了。

175

公鸡为啥迁怒雷公虫[2]

鸡公原来是有角的，后来才没有了。传说，很多年以前，那时遍地都是龙和老虎。龙和老虎争王，争来争去，分不出个输赢，去找玉皇大帝断理。龙想：老虎好威风；我要是能有两只角，就可以比老虎更威风。于是龙就去找鸡公借角。鸡公说："我这角借不得。"龙只好跟鸡公说好话："鸡哥哥，你借给我吧，用了就还给你。"雷公虫在旁边打总成说："我来给龙当保人。要是龙不还角的话，你见到我就把我吃了。"老实鸡公就把角借给了龙。

玉皇大帝看见龙有角，觉得龙也威风，要是龙和老虎争王的话，天下就要大乱。就封老虎为山中之王，封龙为水中之王，怎个大家都没得话说。龙想，这回我能封王，全靠鸡公的两只角；要是把角还了，就没得大王的气派了。就直接从天上跳到河里躲起来了。鸡公见龙不守信用，跑到河边叫："角角角！"龙在水头听不见，鸡于是迁怒于雷公虫，一见到雷公虫就要啄食。

[2]　打总成：帮助把事说成。

讲述者： 文德铭，男，退休职工，上过私塾

采录者： 彭明媛、周业伟、邓祥碧、聂焱

采录时间： 1987 年 3 月 24 日

采录地点： 涪陵区无祀坛 33 号

176

『女偏有份，娘没得饭吃』

在桐梓山、周家山一带，经常听到有一种雀儿悲伤地叫唤，好像是在说："女偏有份，娘没得饭吃。"人们听到它的叫唤，都要笑它"该捡得的，该捡得的[1]"。据说，这中间有一个故事：

以前，桐梓山上有家富户，当家人死了过后，剩下两娘母。那个老婆婆过惯了富日子，做事总是大手大脚的，没得个打算，过了今天不管明天，顾头不顾尾。看到屋头的钱粮越来越少，她的女儿劝她改一下德性，做事请客要有个打算，不要大抛细撒的。老婆婆一听，倒说女儿不懂知人待客，苟里苟气的。女儿劝说好多回，她都不听。后来那老婆婆乘阵[2]把女儿赶了出去。

俗话说"坐吃山空"。那个老婆婆没搞几年，家当就吃完了。后头卖了地方，又卖了房子，整得个柴完米尽烟煞搁，没得法子，当了叫花子，出门讨口要饭。那年腊月间，老婆婆讨口来到周家山的凤凰坝，走进一家办生期酒

[1] 该捡得的：活该如此。

[2] 乘阵：变本加厉。

的人户，心想，今天怕要好生吃一顿酒饭了。她披头散发，拄根棍棍就往灶房里头走，还没进屋，就听到几个厨子在摆龙门阵。有个说："那个老婆婆没得衣食，好好一个家当保不住，遭她大抛二舞[1]搞穷了。她的女儿劝她不听，倒把别个赶了出来。你看，别个今天好存财哟，两口子商商量量地过日子，修了房子，买了地方，置起了家当。"另一个接到起说："你们听到说没有，那个老婆婆搞败了家，各人当叫花子了。"老婆婆一听，脸巴像火灰炮（páo）了一样，晓得走到女儿的屋头来了，没得脸面见女儿，就个人走了。没得好久，周家山落了七天七夜大雪，老婆婆讨不到饭吃，又冷又饿，就死在雪坝坝上了。她死了过后，变成一个雀儿，到处飞来飞去地叫唤："女偏有份，娘——没得饭吃。"

讲述者：　王安碧，女，务农，不识字
采录者：　杨友仁，男，县建设银行干部
采录时间：　1986 年 7 月 13 日
采录地点：　武隆县（今武隆区）接龙乡马庙村

177

猴子屁股为啥红

　　相传很早以前，世间有一只猴子，能干得很，又会说人话。它看到别个娶媳妇，也想娶，只因它是个猴子，大家宁可给自己的女儿放[2]个孬人户也不肯嫁给它。猴子见娶不到媳妇，就想办法去抢。主意打定，一天到黑围着有姑娘人家的房子团团转。

　　这天，猴子看到有个姑娘在房子外头打水，把姑娘拉来背起就跑。背到一个岩洞头，姑娘没得办法，和猴子成了亲。成亲后，姑娘呵倒[3]猴子说："成亲了，该回去看看爹妈。"猴子怕她去了不转来，哪个说都不准。过后姑娘怀了娃儿，生下来没得一点猴子样样儿，猴子和姑娘都喜欢。姑娘又跟猴子说："猴三，这道[4]我们娃儿都生了，你可以让我回娘家了吧！"猴子想，现在已有娃儿了，不怕她变心了，就送她两娘母回了娘家。走拢家门口，姑娘不要猴子进去，叫它在外头等。猴子坐在房子侧边的一块

[2]　放：嫁。
[3]　呵倒：哄骗。
[4]　这道：现在。

[1]　大抛二舞：铺张浪费，大手大脚。

石头上，一等不出来，二等还是不出来，猴子只好回去。第二天又来等，一边等，一边喊，还是不见姑娘出来。第三天、第四天照样到那块石头上坐起等。姑娘的妈看猴子等了恁多天还不死心，就撮了铲红火灰倒在猴子坐的那块石头上。猴子来了往上一坐，屁股"区儿"一声，遭烙红了。猴子痛得跳起来，逃都逃不赢。

从那以后，猴子的屁股变红了，再也没变过来。

讲述者：　阮少修，男，退休工人，小学学历
采录者：　李四恒、聂焱
采录时间：1987 年 10 月
采录地点：涪陵区

178

猴子偷红苕

从前，两弟兄分家。老大狡猾，对老二说："我们家有田有土，你看啷个分法。"老二说："随便啷个分都要得。"老大说："兄弟，你要土，我要田。"老二说："要得。"

老二分了土，只好在土头栽红苕。红苕长得特别好，猴子要来偷，老二没得办法，只好在坡上搭个棚棚照着。

有一天晚上，老二睡着了，猴子来偷红苕，把老二当成一条大红苕抬到河边的一个洞子里头去了。老二醒来一看，发现洞内有一堆金子，把金子拿回家去，从此家一天比一天好。

老大看到老二的家搞好了，问他："兄弟，你是啷个搞好的？"老二一老一实地把全部过程都说给老大听了。老大眼睛发了红，对老二说："兄弟，我来做年土，你来做年田，要得不？"老二说："要得。"于是，老大就把老二的土拿去栽了红苕，照样搭个棚棚夜里去守。

一天晚上，猴子又来偷红苕，老大照例假装睡着，被猴子当成一条大红苕抬走。抬到河边，老大忍不住"咚"的一声打了个屁，很臭。猴子说："这是条烂红苕，把它

甩下河去算了。"老大还没有来得及挣扎，就被甩到河头
去淹死了。

讲述者： 段元普，男，职工，初中学历
采录者： 张毅、封孝文
采录时间： 1987年5月27日
采录地点： 南川区合溪乡粮站

179

道听途说

　　从前，有个人的亲家母来了，没得肉吃，他就和自己
的女儿商量，准备把鸡公杀来吃。这话被鸡公听见了，爬
起来就往坡上跑。

　　鸡公跑了一阵，遇到个兔子，兔子问它是啷个回事。
鸡公说："鸡公脑壳一朵花，杀来待亲家。"兔子听了，就
问："说我没有啊？"鸡公说："有啊，兔子嘴巴秃又秃，
杀来煮鸡肉，要遭杀哟。"兔子一听，也跑了。

　　鸡公和兔子两个跑了一阵，又遇到个麂子。麂子问
是啷个回事，它们把事情的经过从头到尾说了。麂子问：
"说我没有啊？"鸡公说："有啊，麂子脚杆跑得快，炒来
可做下酒菜。"麂子听了，跟着跑起来。

　　后来，它们跑得上气不接下气，累死了。

讲述者： 陶朝会，女，农民，小学学历
采录者： 戴寿银，男，文化馆干部，大学学历
采录时间： 1989年3月
采录地点： 丰都县三元乡（今丰都县三元镇）

180

乌龟壳上的裂纹

讲述者： 彭广文

选自： 《川东南民族资料汇编·神话传说故事第
一集》（四川人民出版社 1986 年）

　　乌龟听说天上要开"百鸟会"，就偷偷地和孔雀、喜
鹊、乌鸦商量，它很想去参加"百鸟会"。

　　开"百鸟会"的时间到了，雀鸟们见它苦苦哀求，答
应每只鸟借它一根羽毛，插在它身上，一同前去参加。乌
龟顿时感激得热泪盈眶，说："我能有今天，是大家的恩
情。我就取名叫'大家'，好让我终身不忘。"

　　到了天上，乌龟和鸟儿们尽情地玩耍。

　　宴会开始了，只听主持大会的凤凰说："请大家在逍
遥宫吃饭。"乌龟马上站起来说："叫我'大家'吃饭。你
们稍等一等。"说完，就大摇大摆向前走去。

　　鸟儿们见乌龟掉脸不认人，叽叽喳喳骂乌龟忘恩负义，
气得伸嘴叼下借给乌龟的羽毛，展翅飞回人间。而乌龟也
没吃到饭，因为它不是鸟，而是没有一根羽毛的乌龟。

　　百鸟会结束了，独有乌龟不能展翅回去，只好悄悄躲
在阴暗角落里。夜里，乌龟给龙王投了个梦，希望龙王在
地上多垫两床毯子，它只有从天上滚下来。龙王照样办了，
乌龟真的从天上滚了下来，幸好硬壳触地，没被摔死，但
背壳破裂成几个大块，至今还留下痕迹。

181

鸡公打『叉』

从前，鸡公根本就不会打"叉"。有一次，花母鸡生蛋后，咯嗒咯嗒地叫，主人知道它生蛋后在报告，随即奖励它一把米。白母鸡看见后，第二天也生了一个蛋，又向主人报告："我的蛋大！我的蛋大！"主人奖励了它一把米。花母鸡知道后，也生了一蛋，同时喊道："我的比它大！我的比它大！"想主人多奖励它一把米。它一叫，白母鸡也叫，两个鸡争吵得面红耳赤，随即去找鸡公评理。鸡公听了它们的道理后，说："差不多！差不多！"

从此，鸡公就开始打"叉"了。

采录者：　彭广文
选自：　《川东南民族资料汇编·神话传说故事第一集》（四川人民出版社 1986 年）

182

牛、马、兔子和猴子

一只兔子跑过来，被狐狸看见了，狐狸要吃它。可是，兔子跑得快，狐狸怎么也追不着。兔子跑到一条沟边，一跳就跳过去了，狐狸无可奈何地看着它。兔子说：

"狐狸呀，马屁股你都不晓得去吃，来吃我，哼！"

"马屁股好吃么？"

"哎呀，你还不晓得，马屁股啊，又肥，又嫩，又好吃。我就是吃了马屁股才跑得这么快的。"

"好呀！等我吃了马屁股你就跑不赢我了。"狐狸说完，就去找马屁股吃。

一匹马在林子里睡着了。狐狸跑过去，在马屁股边东盯西盯的：马屁股那么大，不知从哪里下口。兔子就去喊牛和猴子来看。

狐狸看了好一阵，朝着马屁股下口了。它一咬，把马咬痛了。那马打了一个滚，一翻身爬起来，一脚把狐狸踢出去几丈远。狐狸跌得鼻青脸肿直叫唤，兔子和猴子笑得直流眼睛水。牛一笑，一跟斗栽到岩头上，把上牙磕掉了，至今都没长出来；兔子一笑，把嘴巴笑破了，至今都没长拢去；猴子一笑，从树上栽下来，把屁股上栽个疤，至今都没长出毛来。马本来瞌睡很大，从那以后，就再也不敢睡瞌睡了。

183

鹿子、公鸡、蜈蚣虫

讲述者：　石登榜，男，苗族，初中学历
采录者：　杨凤珍，女，兰桥乡文化专干
采录时间：　1986 年 4 月
采录地点：　秀山土家族苗族自治县兰桥乡（今秀山土家族苗族自治县兰桥镇）金星村

相传很久以前，鹿子、公鸡、蜈蚣虫是好朋友，公鸡有一副美丽的角。这天，是狮子大哥的生日，鹿子没得空，就叫蜈蚣虫帮它去跟公鸡借角。公鸡答应了，就把角取给了蜈蚣虫。蜈蚣虫拿着角，高高兴兴地往鹿子家里跑去，交给了它。

狮子大哥家坐满了一屋子客，老虎呀、豹子呀、猴子呀、野猪呀，百兽都来了，鹿子还迟到了。大家一看，都惊讶地说："哎呀，鹿子那角好好看哟，好漂亮哟！"你看过去、我看过来地看着说着，鹿子好不得意。回到家里，蜈蚣虫早就等在那里："哎！鹿子哥呀，公鸡要角呢！"

"哎！蜈蚣虫呀！哪个拿它的角哟？"

"噫！我帮你借来的呀！"

"你借的，你自己还。再不走，我踩死你。"蜈蚣虫只好笑着回去向公鸡说了，公鸡又和蜈蚣虫一起去问鹿子。

"鹿子大哥呀，还我角吧。"

"哪个拿你的角呀？"

"就是你，我帮你到公鸡那儿借的。"蜈蚣虫帮着公鸡说。鹿子见它两个来说它一个人，就打将起来。它用脚踩蜈蚣虫，蜈蚣虫一跳，就跳到它身上去了，在它身上乱咬。鹿子搞不到了，就去打公鸡。公鸡打不赢鹿子，就跳进自己屋里，蜈蚣虫顺势跳下鹿子的背。鹿子的身上被蜈蚣虫咬得黑一块白一块的，成了花背。公鸡气倒了，要啄蜈蚣虫，一边叫着："还我角呀……"所以，鹿子成了现在的梅花鹿，公鸡见到蜈蚣虫就啄。

讲述者： 石登榜，男，苗族，初中学历
采录者： 杨凤珍，女，兰桥乡文化干事
采录时间： 1986 年 4 月 8 日
采录地点： 秀山土家族苗族自治县兰桥乡（今秀山土
　　　　　家族苗族自治县兰桥镇）金星村

184

水牛和黄牛换衣

相传，水牛以前的毛是黄色的，黄牛的毛是黑色的。

一天，水牛和黄牛同在一处吃草，黄牛说：

"水牛大哥，你那衣服真好看，我们换起穿一下好不好？"

"好！"

于是，黄牛穿上了水牛的衣服，黄牛的衣服很小，水牛只勉强穿得。黄牛见水牛的衣服颜色好看，穿起就跑了，水牛就去追。黄牛一边跑，一边叫："不哇，不哇！"水牛穿起黄牛的衣服走也走不动，直累得"嗯哎！嗯哎！"叫唤。由于衣服小了，就崩开了，落掉了许多毛。黄牛穿的衣服很松，毛就越长越密了。

讲述者： 石登榜，男，苗族，初中学历
采录者： 杨凤珍，女，兰桥乡文化干事
采录时间： 1986 年 4 月 8 日
采录地点： 秀山土家族苗族自治县兰桥乡（今秀山土
　　　　　家族苗族自治县兰桥镇）金星村

185

鸡和狗请客

讲述者： 吴碧英，女，苗族
采录者： 王仕滨，男，迎风乡文化干事
　　　　 叶青，女，平凯乡文化干事
采录时间： 1987 年 5 月 27 日
采录地点： 秀山土家族苗族自治县迎风乡牛石村（今
　　　　　 秀山土家族苗族自治县牛石村）

　　有一条狗，从小竹林边过路，看见好多鸡在里边，它突然想起，要要弄一盘鸡，就对鸡说："我们打个赌，要得不？""打哪样赌？""我请你吃一顿饭，你也请我吃一顿饭，要得不？"鸡想了一下，就同意了。

　　鸡和狗来到狗家，狗用一个光光生生[1]的圆盘子装饭，就喊鸡和它一路[2]吃。盘子是光的，鸡用尖嘴啄饭，啄几下，才啄得到一点饭吃。等它才啄得几颗饭吃，狗就把饭吃完了。吃完了，狗就要鸡请它吃饭。

　　鸡晓得着被狗要弄了，但它阴到起没做声，把狗引到它家，用一个瓶子把饭装起来请狗吃。狗的脑壳大了，伸不进去，连一颗饭也吃不到。鸡说："你不想吃我煮的饭，我各人吃。"于是，鸡把脑壳伸到瓶子里，津津有味地吃了起来，狗在侧边干瞪眼，吞口水。

[1]　光光生生：此处是光滑的意思。

[2]　一路：一起。

186

狗为啥见不得羊

原先，狗有一对漂亮的角苞[1]，那角苞不单是好看，还是它防身的好家伙。要是跟别个打起架来，它一角苞撬去，不把别个撬得惊叫唤才怪！羊子呢，原先就没得角苞，不好看不说，还没得法防身，遭别个欺侮就成了它的家常便饭。

那阵，羊子和狗是好朋友，经常在一起耍。它遭别个欺侮的时候，狗不晓得帮过它好多回忙。羊子心想：狗大哥总不能天天守在我跟前哪。它不在，我不照样遭别个欺侮吗？要是把它那角苞给我才好哟。羊子想要狗的角苞，怕狗不肯，就编方打条找借口。

一天，羊子对狗说："狗大哥，我想跟你借点东西，就怕你不肯。"

狗说："羊老弟，你我弟兄家说啥子肯不肯啰！只要哥子我办得到的，一定帮忙办到。老弟要借啥子东西，尽管明说。"

"哪里嘛，我是想……"羊子转弯抹角地说，"我，我

明天要去参加一个婚礼，你看我这个样子嘟个见得客？我想，我想把大哥的角苞借来用用，后天回来一定还你。"

狗本想不答应羊子，只是吐出来的口水实在不好吃回去，为了不伤兄弟的和气，只好答应了。殊不知，羊子原本就没打主意把角苞还给狗，在人家的婚礼上，因为有那一对角苞，它又出尽了风头，这一来就更不想还角苞了。它怕狗找它要角苞，从那阵起，就总是避开狗，一直不和狗见面。狗见羊子紧到不还它的角苞，晓得上了羊子的当，跑去跑来到处找羊子算账。羊子躲都躲了，哪去找嘛？这一来，羊子就和狗结下了冤仇。直到现在，羊子都没把角苞还给狗，狗也一直记恨羊子。你看嘛，狗和羊子点都合不来，狗只要一见到羊子就要去咬它，为的就是那对角苞。人们习惯用"狗见羊"来形容相互之间关系不好，合不来。

讲述者：	张子青，男，汉族，初中学历，巴县走马乡（今九龙坡区走马镇）
采录者：	严小华
整理者：	周熔德
采录时间：	1988 年 2 月
采录地点：	巴县走马乡（今九龙坡区走马镇）工农村

[1]　角苞：此处指角。

187

乌鸦和梭老二

"我的五个崽崽，是不是你吃的？"

乌龟说："不是我吃的。"

乌鸦说："不是你呀！你默到你穿个钻钻儿[2]，我就认不到你了唦！"

讲述者： 段太能，男，汉族，略识字，农民
采录者： 赵渝
整理者： 黎明辉
采录时间： 1987 年 10 月
采录地点： 双桥区（今大足区）双路乡政府

从前，有个乌鸦，它要和梭老二[1]打亲家。

乌鸦怕梭老二吃它的五个崽崽，它想打上了亲家，梭老二就不吃它的崽崽了。

头一次，这根梭老二去看它的五个干儿子，其实是想吃它们。

乌鸦问它："梭老二，你来做啥子？"

梭老二说："我来看我的干儿子。"

乌鸦说："你来看干儿子，啷个打个空手来呢？糖也不买点。"

梭老二说："我忙得很，搞不赢！"头一回，梭老二就没有吃得到乌鸦崽崽。

二一回，梭老二去，乌鸦没在家，它就把五个崽崽一下吃了。然后就梭进深山老林里去了。

乌鸦回来，看到它的崽崽都被梭老二吃了，就去找它。走到河边，看到石头缝缝里头，有一个乌龟，那乌龟的脑壳像梭老二的脑壳，尾巴也像梭老二的尾巴，乌鸦就说：

---

[1] 梭老二：蛇。

[2] 钻钻儿：钻读 zuān，钻着穿的背心。

188

屋漏

从前，在一座大山脚下住着一户人，只有老两口，他们生活过得很苦，坐的是间烂草房，一落雨就屋漏。

老两口喂得有一条猪，强盗想去偷，老虎也想去咬。

事情又还凑巧，那天晚黑，天在下雨，强盗和老虎都到了老两口的屋外头。强盗先去，他趴在草房的檐口上听动静；老虎后去，它在檐口脚门外头听动静。老两口儿呢，那阵已经上了床，坐在铺盖窝摆龙门阵。他们说："啥子都不怕，就怕屋漏，屋漏起来没得办法。"

老虎听了心想：哎哟！啥子东西叫屋漏呀，他们恁个怕？莫说呀说的老实来了哈！

它一边想一边车去车来[1]地到处看。看到檐口有个黑耸耸的东西，心头虚得很。

强盗听了老两口儿的话也在想：屋漏究竟是个啥子怪呀，他们说来了就没得法？等哈儿莫硬是来了哈！今晚黑要下细点。

他也边想边朝下头到处看。看到老虎那一对绿阴阴的眼睛，他默到屋漏真的来了咯，心一慌就从草房上掉下来了。硬是凑巧，他一掉下来正好骑在老虎背上，吓得老虎不要命地跑，默到是屋漏把它抓到了。

强盗惶惶昏昏地骑在老虎背上，使劲抓住老虎背脊上的毛不松手。这一来，老虎更害怕，拼命朝山上树林跑，想把背上的"屋漏"甩掉。跑啊，跑啊，跑到一根大树子眼前，才把强盗绊下来了。强盗怕"屋漏"转来找他，展劲朝树上爬，老虎怕"屋漏"追它，也不停息地朝前跑，跑到那边，遇到一只猴子才停下来。

猴子问："虎大哥，你做啥子跑起恁大阵仗哟？"

老虎说："老弟，你莫谈，我差点遭屋漏抓住了。"

猴子说："屋漏？啥子东西叫屋漏呀？"

老虎说："我都还不晓得屋漏是个啥子东西。它一家伙骑在我背上，死死抓住我的毛不放，我拼命跑，跑迄那根大树子跟前才把屋漏甩脱了。"

猴子说："你引我去看看。"

老虎开初不干，它怕猴子到时候耍鬼精灵。后来它对猴子说："那屋漏凶得很，万一它追起来了你是跑不赢的。干脆像恁个，找根绳子来，一头套在我颈子上，一头套在你颈子上，你骑在我背上，屋漏来了我就驮起你跑。万一没坐稳，下去了的话，也有绳子连起的，我也可以带起你跑。"

猴子说："要得嘛。"

它们就赶忙收拾，收拾好了就朝那根大树子跟前走。走拢树子脚脚，猴子就默到朝树上爬。强盗在树上看到"屋漏"当真回来了，还格外引了一个来，心头越更害怕，就拼命朝树子顶顶爬。一爬哎，脚上的鞋子就落了一只，落下来刚刚打在老虎身上。老虎本来就遭吓怕了的，心虚得很，遭鞋子一打呀，越更怕得不得了，扯伸脚杆就开跑。

这一回老虎跑得更凶。它逢沟跳沟，逢坎跳坎，跑啊，跑啊，跑得实在没得力气了才停下来。等它把气歇够了看呀，哪里有猴子哟，只有一个猴子脑壳在绳子那头套起！老虎就说："猴老弟呀猴老弟，狗日的屋漏硬是凶啊！要不是我跑得快，你脑壳都留不到一个哟！"

[1] 车去车来：走来走去。

讲述者： 龚芳怀，男，汉族，小学学历，巴县走马
乡（今九龙坡区走马镇）

采录者： 严小华

采录时间： 1988 年 2 月

采录地点： 巴县走马乡（今九龙坡区走马镇）

（六）植物故事

189

为什么漆树要割、棕树要剐

传说，目莲和尚那年取经回来，一头挑着母亲，一头挑着经书。他想，如果把母亲放在前面呢，就把经书背倒了；如果把经书背在前面呢，又把母亲背倒了。他就挑着担子横起走。

一路上，大树、小树都给目莲和尚让路，唯有漆树、棕树不肯让路。目莲和尚就说："你这两个东西呀，以后一定要遭千刀万剐！"所以，几千年后，漆树要兴割，棕树要兴剐。

讲述者：　向朝阳
采录者：　马超、谭奇云
采录时间：1984年2月
采录地点：石柱土家族自治县枫木乡（今石柱土家族自治县枫木镇）

190

漆树

这件事情不知发生在哪朝哪代，那时候土家人还是以打猎为生。这地方有个李家寨，寨上的首领立了一个规矩：举族祭祀祖先的时候，必须将一只活的小老虎当场打死，供在桌上，供祖先神灵享用。这规矩兴了几百年。后来轮到漆满作首领的时候，年年要用一只小老虎来祭祀就有些困难了。老祖宗[1]就劝他把这规矩改一改，漆满却说："改？祖先传下来的规矩，要改，那么容易？"

"我们多杀几头牛，宰几只羊，不一样吧？"

"不行，这规矩不能让我给毁了！"

"万一到时候捉不到小老虎呢？"

"我就杀人！"

"那……那怎么行？"

"怎么不行？"

"你那样做，土民们都会反对你。"

"谁反对我，我就杀谁！"

"漆满，你这样做，祖先是不会容你的！"

[1]　老祖宗：指年岁最大的人。

"少啰唆，我漆满做不到，就将我千刀万剐。"

老祖宗左劝右劝，漆满都不肯改。有一年，到了祭祀祖先那天，果然没抓着活的小老虎。漆满把李家寨的人召集起来，宣布了他的新规矩：如果抓不到活老虎，就杀人，因为死去的祖先也是要人去侍候的。漆满刚说完，老祖宗就站出来，说道："漆王，你要杀，就将我杀了吧！"

漆满一听，愣了：杀掉老祖宗，那怎么行？他德高望重，把他一杀，土民们怕真要造反哩！可漆满说出来的话，是从不收回的。于是，他又默了一个烂条，说："不行，祖先要的是十一二岁的童男童女，要你这样的老头子去干什么？"

他这一说，谁都怕杀了自己的孩子，全寨人都一齐跪下了，求他别这样做。可漆满什么话也不听，说："今天，我是非做不可，要做不到就将我千刀万剐！"

说完，就真的挑了两个童男童女出来，当场杀了祭祀。祭祀堂上，人人悲痛，个个怨恨，谁知道哪一年会轮到自己孩子的头上呢？祭祀一完，个个都咒骂起漆满头来。

以后，到了祭祀祖先的日子，如果抓到了活的小老虎就不说；要是抓不到呢，人们都把自己的孩子藏起来，或者让他们躲到很远很远的亲戚家去。

有一年，又没有抓到活的小老虎，全寨人到了祭祀堂上，个个都提心吊胆，害怕漆满要自己交出孩子。祭祀开始前，漆满见祭祀堂上除了自己的两个孩子，竟没有别的孩子来，便问道："孩子们呢？孩子们为什么不来祭祀祖先呢？"

祭祀堂上，静悄悄的，谁也不吭声。漆满又问："你们的孩子都到哪儿去了？"

还是没有人吭声。漆满火了，便指名道姓的命令道："溪保，快把你的孩子交出来！"

溪保一听，牙齿咬得嘎嘎响，拳头都捏出了水，真想上去和漆满拼了。这时候，老祖宗站了出来，说：

"漆满，溪保天天下河捕鱼，他的孩子是在渔船上长大的，一身的鱼腥味。你把那样的娃娃给祖先，祖先是不会满意的。"

"岩保，把你的孩子交出来！"漆满重新下了命令。

岩保一听，眼睛瞪得溜圆，肺都要气炸了，真想一拳

除脱这个漆满头。这时候，老祖宗又发话了，他说："漆满，岩保天天上山打猎，他的孩子是吃野兽长大的，一身的骚臭。你把那样的娃娃给祖先，祖先也是不会满意的。"

漆满头见老祖宗一次又一次地阻挠，对老祖宗一肚子的气，可当众又不敢发作，只好问他道："老祖宗，那你说杀谁的孩子祭祀好呢？"

这时候大家都抬起头来看着老祖宗，人人都替老祖宗捏一把汗。他们知道，老祖宗是不愿杀掉一个土家孩子的，可也知道漆满将怎样处置他。老祖宗抬起头来，不慌不忙地说："漆满，依我看，要杀就杀两个吃山珍海味长大的孩子，那样，祖先将保你世代为王。"

漆满一听，祖先要保他世世代代做首领，心中无比欢喜，便问："老祖宗，快讲，快讲，杀谁？"

"你挑挑，看谁是吃山珍海味长大的吧！"

"老祖宗心明眼亮，最清楚谁是吃山珍海味长大的，就由老祖宗挑吧！"

"依我看，就杀虎崽和月妹。"

这虎崽和月妹正是漆满的两个孩子。漆满一听，气癫了，怒吼道："你这老杂种，戏耍起我来了，我今天就杀你来祭祀祖先吧！"

漆满吼着，一刀向老祖宗砍去，老祖宗的头掉在了地下，可他的身子始终不倒。人们气愤极了，猛然爆发出一阵阵雷鸣般的怒吼。漆满吓得目瞪口呆，痴痴地站着。站着，站着，过了两时辰，竟变成了一棵树：十个脚趾钻进地下变成了树根，手指变成了树桠，头发变成了树叶。人们说，他变成了树，也该千刀万剐。于是，人们用刀将那树一砍，谁知流出来的汁都是黑的，而且有毒，谁沾了又痒又痛，还长疮。有的人连看都看不得，看了脸上身上又红又肿，那毒厉害得很。人们说，那毒是漆满那黑心子的血变的，黑心人比蛇蝎还毒，汁液怎么会没毒呢？由于那树是漆满变的；人们就给那树取名"漆树"。

那以后，谁也不敢再杀人祭祀了。

讲述者： 田老满，男，农民，不识字

采录者： 刘长贵，男，汉族，干部

采录时间： 1983 年 8 月

采录地点： 秀山土家族苗族自治县大溪乡

191

黄
桷
树

四川有种树，它是长在石头上面的，根子窜到很远很远，枝干长得又粗又大，这种长在石头上的树子，就叫"黄桷树"。

黄桷树为什么总是长在石头上呢？这却流传着一个故事。

据说，从前有三个结义的兄弟，老大姓黄，老二姓宗，老三姓卷。他们都很穷，没有一块田，没有一块土，同住在林子后面的一所破庙里，全靠给别人做点短工过活。

老大是个老实人，做工得来的钱，总是拿来和大家一起享用。老二老三就不像他这样啦，他俩总把自己干活得的钱偷偷存起来，一心只想弄块地，买条牛，自己好成家立业。

就这样，他二人存的钱慢慢多起来了，便离开了老大，各自去佃了几亩地，做起庄稼来。

做庄稼最怕是天干，他们家乡偏偏连年遭天干。这一年，直干得水田都裂了口，五谷都没有收成，野草、树皮全被吃光了，乡里老的、小的都被饿死了，年轻的、年壮的大多被迫到外地去逃荒。

老二老三没得办法，跑去找老大商量。老大说："难道守在家乡等着被饿死不成！不如我们一起逃出去吧。"

好在他们三人都是单身汉，没有家室的拖累，说逃就逃，拉开脚步就走了。

他们走到北边，正碰上北边闹水灾；他们走到南边，又碰上南边正闹着蝗灾。他们走了一乡又一乡，走了一方又一方，到处都在闹灾荒，到处都是一片叫苦声。

逃到哪儿去呢？他们都想不出一个主意。老二老三整天叽里咕噜地埋怨着自己，失悔不该一起跑出来。

大家正在发愁的时候，老大忽然想起一个主意来，便开口说道："从前常听人说四川是个好地方，天气不冷不热，土地也很肥沃，什么庄稼都长，我们不如到四川去吧！"

老二老三听说四川那么好，嘴都笑裂开啦！忙问道："四川真有这么好吗？这儿去有多远？"

老大扳着指头算了算，说：

"这地方可远啦！要翻好几千里路的大山，要过好几十条大河。"

老二老三同声说：

"这倒不要紧，只要地方好就成。我们简直被灾荒闹伤心啦！"

老大想了想，便认真地说道："走那么远的地方可不是闹着玩的呀，要去就得有决心。常言说得好，'三人同了心，黄土变成金'，大家应该做到有福同享，有祸同当才对。"

老二说："放心吧，大哥！既然大家一起去，当然是有福同享，有祸同当啰！"

老三也接着说："难道谁还会把谁丢掉不成！"

老大听他们都这样说，心里很高兴，也不再说什么，就和他二人一起向四川走去。

一路上，他们翻过了千重万重高山峻岭，渡过了一条又一条大河小河；经了许多风霜，受了许多折磨，整整走了三个月，才走到四川边境。

这时，正是寒冬腊月的天气。他们一看，却只见遍坡遍地都长满了绿油油的麦苗，豌豆、葫豆正开着粉色的花朵。

这一下，他们心里可高兴啦！老二老三连连拍着手说："真是个好地方，这一趟走得不冤枉。"

他们继续向内地走去。一路上，老二老三不停地东张西望，心里不住地暗自打算，都想能找到一块比别人更肥更大的土地。

有一天，他们走到一个山垭口，大家都觉得有些累了，就坐在一块大石头上歇气。老二老三心里想：老是在一起也不是个办法呀！这样，也许走一辈子也找不到一块大家都满意的地方。于是，老二就开口说了："我看，我们倒不如各自分开去找还省事些。"

"唔，各人分开找是要好些。"老三也跟着说。

老大起初只是摆头，不赞成分开。后来终于拗不过老二老三，只好答应了他们。

老大一心惦念着老二老三，就提醒说："我们各自走一方，去找我们理想的土地，以一年为期，到了明年的今天，我们弟兄都到这块石头上来相聚。谁先到这儿，谁就等在这儿，不见不散，可不许失信啊！"

老二老三满口答应了。

三人分手时，老二老三都兴高采烈的，只有老大心里感到很难过，还流了许多眼泪。

老大向北走去。走了半个多月，找到一块地方，周围是山，山上有很茂密的树林和竹林，中间是一片非常肥沃的土地，土地上横着几条小溪，还有无数口大大小小的池塘。老大一看很中意。心想：这地方再好不过了，靠山有树，不愁柴烧；土肥不愁不长粮食；池塘可以养鱼；小溪不愁缺水。于是，他便在那儿居住下来，开始辛勤地耕地、播种。他天天盼望着日子快些过去，到明年约定的日子，好去把老二老三接来一块儿居住。

老二向南方走去。走了半个多月，东挑西选都不中意，后来才找到一片斜斜的坡地，他一看，这坡地泥土很厚，也很肥。坡地下面是一片洼地，里面积满了水，还长着许多芦苇。他心里非常高兴，认为这地方再好也没有了，又不怕天干，又不怕水淹。于是，他便在那儿住了下来。

老三向西走去。也走了半个多月，这里那里都不称心，最后找到一片土坎，土也很肥很厚。土坎下面是一大坡梯田。他高兴极了，认为这是个很好的地方，便在那儿住了下来。

口子过得很块，三人约会的时间快到了。

老二心想："我好不容易才找到这么好的一块坡地，如果去把老大老三接来，我就得给他们让出一部分土地，再说，我将来还要讨老婆，生孩子呀！那怎么够呢！我不去，反正他们也找不到我的。"

老三心想："老大老二找到的地方未必会比我找到的这块好，找他们来，就白白地给占去一大半，我不去，反正他们也找不到我。"

老二老三都不愿去赴约。

只有老大一个人带着干粮，高高兴兴地去了。

他在路上走了半个多月，才走到那个山垭口，就坐在石头上等老二老三。

他眼巴巴地等了一天，不见他们来。老大心想："也许路远赶不上，明天一定会来的。"他就在石头上睡了一夜。

第二天，他又眼巴巴地等到天黑，还不见他们来，老大又在石头上睡了一夜。

第三天，他又眼巴巴地等了一天，他们仍然没有来。老大很担心："老二老三该不会在路上生了病？"

四天、五天……多少天过去了，老二老三仍然没有来。老大带的干粮都吃完了。为了不失信，他又不能独个儿回去。他想："要是我走了，他们来找不到我一定会难过的，还是等下去吧，终有一天他们会来的。"他只好一面等，一面在附近找些野菜来充饥。后来，他就在石头上搭了一间茅屋，决心在那儿一直等下去。

一年，两年，也不知过了多少年，老二老三都没有来，老大却一直等着，从没有离开那块石头。过了许多年，老大竟死在那块石头上了。不久，那块石头上却长起一棵又粗又大的黄桷树。据说，这黄桷树就是老大变的，他死后还遵守着自己的诺言，在石头上等着他那两个负义的兄弟。

老二死后，变成一棵又矮又小的棕树，人们每年从它身上剥下一层又一层的皮来取棕丝。

老三死后，变成一棵丫丫杈杈的榸子树，人们每年一刀刀砍下它结满榸子的桠枝。

有人说，老二老三和老大分别的时候，他们曾经发誓说："谁背信负约，就遭千刀万剐！"所以后来都应了誓，一个遭"千刀"一个遭"万剐"。

搜集、整理者：聂云岚

选自：　　　《金鸭》，1956 年重庆人民出版社出版

异文

古时候巴县有个书生叫黄阁，中举后放到福州当官，遇到连年天旱。他发现当地榕树很耐旱，就劝老百姓在房前房后大种榕树。几年后，福州成了历史上有名的榕城，克服了旱象。当地人怀念黄阁的功德，就把榕树改名叫黄阁树，尊称黄阁为黄阁树大老爷。黄桷树是黄阁树的谐音。黄阁卸任回巴县时，剪了几大捆黄桷树枝条，船到夔门就沿途插起转来。从此，四川才有了黄桷树。

192

谷子和稗子

本来，玉皇大帝派谷子和稗子下凡的时候，就跟它们讲得很明白：谷子春天生，稗子冬天长。

谷子很老实，当然没得二话说；稗子板眼[1]多，一听要它冬天长，心头就不安逸，嘴巴上没敢说，肚子头阴倒在打鬼主意。

春天，谷子急急忙忙下田生秧，稗子也混二混三地跟到跑起去了。

谷子说："嗑！玉帝不是叫你冬天长么？"

稗子说："哪个说的？我听得清清楚楚、明明白白，他是叫我在'中间'长嘛！"

谷子说："嗯！我好像记得……"

稗子发气了："你记得不如我记得，我就是要在你中间长嘛！"

谷子说："哎！你硬是要在我中间长么，等二天我发起来，那不把你挤死才怪哩！"

稗子说："哼！我才不怕哩！我踮起脚脚来，总要比你长得高一点。"谷子拿稗子没法，只好让它跟着下田了。

就这样，谷子狠起发蔸，把田头都占满了。稗子遭挤在缝缝头，踮起脚脚狠实长，七长八长，冲出一截来。到了六月间，谷子出吊压弯了腰，稗子却硬起腰杆向上蹿，硬是高出好长一截。稗子以为他睪赢了，摇头晃脑的高兴得很。哪晓得农民走来，一眼就认出它跟谷子不是一路货，一把扯起来把它甩到干田坎上，它就死了。

讲述者：　王长春，男，离休干部，初中学历
采录者：　王确
采录时间：　1983 年 8 月 23 日
采录地点：　南川区三泉药物场

[1]　板眼：名堂。

193

黄桷道人

整理者： 张明才
采录时间： 1985 年 11 月
采录地点： 江津县（今江津区）几子乡

　　很早以前，有一个会道法的年轻人叫黄桷，不知天高地厚。他看观音菩萨长得很乖，心头起了邪念。那天，观音从岚垭口石坝路过，他就走去把她拦到。观音问他要做啥子，他说要同她打赌斗法。如果观音斗不赢他，就要观音嫁给他。观音心头不安逸，冷笑两声说："你输了喃？""随你惩罚。""莫反悔哈。""绝不反悔。"二人就斗起法来，斗了一阵，没得输赢。黄桷怕拖久了搞不赢观音，就抓住女娃儿怕羞这个弱点，想一头撞过去把观音抱在怀里整她个措手不及。殊不知观音拿起拂尘一掸，黄桷就遭打一个倒栽桩立在石坎上，不管怎么扳都扳不动，身子变成了树杆，脚变成了树杈，手指拇把石坎抓破了，头发钻进石缝缝里头变成了树根，黄桷就变成了一根大树子。所以，黄桷树总爱在岚垭口石旮旯生长。

讲述者： 冯国正，男，汉族，小学学历，江津县几
子乡蝉村，农民
采录者： 邓大庆

194

谷子咪咪

很久以前，人些都是靠吃野兽和野果子过日子，日子过得很苦。该神农到人间为王了，他很不想来。玉帝问他啷个不愿意，他说："那个日子叫我啷个过嘛！"

太上老君说："你到了人间，有难处时，我就来帮你。"

神农投胎到人间，一晃就是五年。一天，他正拿着野兽肉在吃，一个大人走过来，扯起一爪就给他拖了。他就在那里哭。哭啊哭的，一个白胡子老头走过来了，那白胡子老头就是太上老君。太上老君把神农喊回去对他说："我喊你来学手艺的，学好后转去好救万民。"

神农问学啥子，太上老君把他带到后山，用手一指："你天天去砍它。"边说边递了两把开山给他。

神农一看是根水桶恁个大的龙，冷汗都吓出来了，啷个敢去砍啰！老君说，不去砍就救不了万民。神农一想到要救万民，就大起胆子去砍那条龙。就恁个，他天天都去砍，越砍越有劲，越砍越有力。一天，他和龙正斗得不可开交的时候，听到老君喊他还要用力，就鼓起劲向龙猛起一开山，那龙就不动了。

老君说："好了，你的本事已学到家了，回去吧。"

"我在哪堂去找龙来杀嘛？"

"是恁个，你拿着这两把开山到太阳山去，太阳老人那里有救万民的宝贝。"

神农谢过老君就朝太阳山走去。走到山下，照山的仙童把他拦住，说是要通报了太阳公公再说，叫他在那里等到。仙童去了没得好久又回来了。"公公说的，只要你能打过九道关口，他就把宝贝分一半给你。"

神农说声要得就往山上走。走啊走的，遇到一条龙，他一开山就把龙砍死了。像恁个，一连砍了八条龙，那龙和太上老君那条龙一模一样，他拿出开山就和那条龙斗了起来，斗了很久，都没分胜败。后来，那龙一架钳[1]把脑壳伸过来往上一抬，像抛燕一样把神农抛上了天。神农往下一看，得了！那龙一对眼睛像两个大灯笼，嘴巴奓得大大的，只等着神农一落进口中，就可以饱饱地吃一顿。神农叫声不好，急顾[2]将手里的开山朝龙嘴里甩，龙还没来得及闭嘴，开山就落进了它的肚皮，几扳扳就死了。

"你真是个了不起的小伙儿。我说过，你过了九道关口，我就把宝贝给你一半。"太阳公公哈哈大笑，边说边把宝贝给了神农。神农高兴忙了，接过宝贝就要走。太阳公公急顾把他喊到，说那宝贝叫谷子，春天把它种在有水的地方，夏天就会结出籽籽来，那籽籽好吃得很。

神农回来正是秋风秋雨渐渐凉的时候，人些听说神农拿回救万民的宝贝，都来看他。有个女子看中了他，要和他成亲，他不干，人些劝他一伙，他才答应了。后来成亲要人做媒，就是从那阵开始的。

第二年春天，神农把谷子种起，到了五黄六月，它就长出了籽籽。人些好欢喜啊，只是没得哪个谙[3]那籽籽是个空壳壳。只有那宝贝各人晓得，太阳公公把它分成了两半，还有一半在太阳公公那里。像恁个，一到晌午，太阳隔地很近的时候，那宝贝就张开嘴巴，望到太阳公公那一半，这就是谷子为啥在午时扬花的来历。

[1] 一架钳：一下子，一个回合。

[2] 急顾：急忙。

[3] 谙：估计，预料，预测。

那阵，神农的堂客刚好生了娃儿，她听神农说宝贝长出了籽籽，急顾和神农一起出来看。一看哪，哟，嗯个张起个嘴巴，像要吃东西一样哟。神农说："只怕是宝贝饿了哦，你挤点咪咪[1]给它吃看。"老实的，神农的堂客捞起衣裳就开挤。就恁个，那宝贝吃饱了才成了器。谷子壳壳头的米就是神农堂客的咪咪变成的，所以说，吃了恁个补人喃。

讲述者： 杨学模，男，汉族，小学学历，巴县广阳镇溪河村农民
采录者： 杜志榜
整理者： 罗桂英
采录时间： 1988 年 8 月
采录地点： 巴县广阳镇（今南岸区广阳镇）

195

麦子告状

从前，胡豆、豌豆、麦子是很好的朋友，它们都长得高高大大的，它们生活在一起，互相帮助，互相关心，生活得很愉块。

一天，胡豆、豌豆、麦子在一起摆龙门阵，摆了一会儿，麦子突然叹了口气。胡豆、豌豆不晓得为啥子，就问："你哪点不舒服，有啥子心事？说出来，我们给你想办法。"麦子慢吞吞地说："你看人家荞子多安逸，年年都在家里过年。我们每年都在外面过年。世上的事情呀，真不平等！"胡豆、豌豆一听，也觉得确实不平等，为啥我们就这样倒霉？还是胡豆精灵，它眼睛一转，拍了一下脑壳，就说："有了，我们到柳树法官那里去告荞子，说荞子光享清福，请法官断理。"豌豆、麦子一听，都说是个好主意。

它们商商量量走到河边柳树法官那里，豌豆把事情的缘由向柳树法官说了一遍。柳树法官一听，哈哈大笑起来，说："原来是为这事来告荞子呀！荞子一年出两季，多出好多粮，理当在家里过年，怎么能说是在享福呢？你们一年只出一季，出好多粮？你们还要说闲话。"

胡豆、豌豆、麦子听到恁个一说，只好红起块脸转身走了。一路上都在想着柳树法官的话，走着、走着，麦子脚一滑，一把拉住胡豆，三个挽住一团，一个筋斗摔倒在路坎坎下。胡豆爬起来，身子摔扁了；豌豆爬起来，身子滚圆了；麦子爬起来，肚子已破了。所以，直到现今，胡豆是扁的，豌豆是圆的，麦子肚子是破的。

讲述者：　　许英江，男，汉族，高中学历，荣昌县武
　　　　　　城乡人
采录、整理者：唐成军
采录时间：　　1985 年 8 月
采录地点：　　荣昌县武城乡

异文

很早以前，麦子、荞子、胡豆、豌豆，是四姊妹，她们性情有些合不来。有一天，麦子和荞子吵架。荞子说："麦子，你一年一季，还在坡上过年；我一年两季两却在屋里过年！"麦子又说荞子："那你在屋里过年，还冻成了个红脚脚哩？！"荞子气极了，就给麦子一刀砍去，把麦子砍了一条口。麦子也给荞子一巴掌，把荞子打成三个棱棱！豌豆看了，就在旁边滚去滚来地笑，把自己笑成了一颗圆珠珠。又一滚，滚到胡豆身上，就把胡豆压扁了！结果，她们四姊妹都变形了，成了现在那个样子！

（万盛南桐矿区《四姊妹变形》，朱干华讲述）

196

好心办坏事

传说在很早以前，世间没有草。后来为啥子又有了草呢？是恁个的：有一天，天上的星宿罗隐秀才下凡来，看见一个小娃儿站在山坡上喊他的老汉，喊了好半天都没人答应，弄得那个娃儿可怜兮兮的。

罗隐秀才动了怜悯之心，上前去问他："喊你屋老汉做啥子？"

娃儿回答说："喊爸爸回屋吃饭。"

"你恁个喊他，他为啥不答应呢？"

娃儿说："我爸爸在很远的地方做活路，难得听见。"

罗隐秀才又问："恁个说，你天天都在这坡坡高头喊他很久喽？"

娃儿说："对头。"

罗隐秀才听了小娃儿的话过后，想了一下说："小娃儿，从明天起你不用在这山坡高头喊了，就在你屋里喊，你老汉也能听得到。"

娃儿听了高兴地说："那当然好喽，明天我就在屋里

喊一架钳[1]试试。"

等娃儿走了过后，罗隐秀才作法造了一把籽籽撒在他们屋当门的一块田头。

第二天，小娃儿的老汉一大早起来出去做活路，刚走出门一看：噫，是哪个搞起的哟，满田都是草草！他就下田去扯草，把扯起来的草啊就甩在干坎上。恁个一来，田头土头都源起了种，越扯越多。他就天天去扯草，不到很远的地方去做活路了。从那天起，那个小娃儿硬是在屋头喊他老汉吃饭，一喊就听见了。

罗隐秀才本来是想帮那个小娃儿的忙，没想到，这草草越扯越多，到处都长起了，反而把那些庄稼整倒起了，害得他们天天都有活路干，干都干不完，好心的罗隐秀才反而办了坏事。

讲述者： 刘远扬，男，汉族，初中学历，巴县走马乡（今九龙坡区走马镇）银岗村八社

采录者： 艾一苇

采录时间： 1990 年 6 月

采录地点： 巴县走马乡（今九龙坡区走马镇）工农村

附
记

刘远扬是巴县（后改为九龙坡区）走马镇著名的民间故事家。采录者艾一苇是刘远扬徒弟。刘远扬身材瘦小，常戴鸭舌帽，能讲上千则故事。他一般在茶馆、院坝讲述。讲述故事的时候，条理清晰，语速不快不慢，娓娓道来，比较亲近听众。有时配合手势，增进故事情节的力度，讲到"一架钳"时，他就把手一挥，表示快速。跟听众互动比较好，听众有打断讲述提问的，他并不生气，耐心解释所提问题。

197

高粱为啥是红的

据说很早以前，高粱从脚脚到尖尖，周身都结满了籽籽，籽籽是白的。为啥子现在种的高粱又只有尖尖上才结籽籽，籽籽又是红的呢？这事儿跟罗隐秀才有关。

有一回，罗隐秀才下凡来骑了一匹马到处走。走呀走的，几根遭风吹倒的高粱把路给他拦到起了，他骑的马一走迄那里就停下来硬是不走。罗隐秀才气吹了，下马来就逮到高粱一歇扯。殊不知，随便他哪个使力，扯一伙硬是扯不起来。扯呀扯的，手一滑，就顺到秆秆从脚脚滑到了尖尖。这一滑，哟！下头大半节的籽籽遭扯脱了，只剩尖尖那一节才有；手也给划出了血，高粱秆和高粱籽上到处都糊起是。罗隐秀才冒了火，骑上马气冲冲地走了。

从那阵起，高粱就只有尖尖上才结籽籽了，高粱秆上有些地方和高粱籽也成了血红色。

[1]　一架钳：一下子，一阵子。

讲述者： 谢志忠，男，汉族，初中学历，巴县走马
乡（今九龙坡区走马镇）村民

采录者： 艾一苇

采录时间： 1991 年 6 月

采录地点： 巴县走马乡（今九龙坡区走马镇）工农村

198

乾隆帝与『大红袍』

乾隆帝游江南，也到过巴县。他装扮成算命先生，一会儿在城头，一会儿在乡下，身边只带了个小太监。有一天，乾隆从冷水场、打锣堂、破石缸到了铜罐驿的地盘，这些地方遍山遍岭都是柑子树。那天太阳又大，虽说不啷个晒人，几十里山路还是走得他又饿又渴，渴得他要喝冬水田的冷水。太监劝他忍一下，到了铜罐驿再干干净净、舒舒服服地吃点喝点。又走了一段路，他们撞到一个农民，手头拿根扁担。太监问："大哥，铜罐驿还有多远？""三里多点点儿。"乾隆问："那树树上红的是什么？""柑子。""能吃吗？"那农民说吃得，说后，几步走进柑子林就不见了。

乾隆听说吃得，这下渴得更凶，饿得也越恼火。他走到柑子树下一看，啊！原来是他早在北京城就吃过的橘子，一个个又大又红，把树枝都压弯了，有些还拖到地上了。他伸手摘了一个，剥两瓣丢进嘴巴，硬是又香又甜水又多，安逸惨了，他和太监你一个我一个，一连吃了二三十个。

再说刚撞到的那个农民，原来在重庆府当过几天兵勇，会点拳脚。这回是柑子林老板请他来压邪当厂头的，他一

天就在柑子林林头转来转去。当他转回来时，就听到柑子林在响，躲起一看，原来是刚才两个问路的在偷柑子吃。他想算了，走渴了摘几个吃算啥子哟。常言说："吃得的官都不究。"耶！不对头，皮子撕了怎大一坝，到处扯些"棉花蒂蒂"挂起，等下老板看到嘚个交差。想到这里，他"唬"的一声跳出去，挠起扁担就朝乾隆侧边砍。只听得"嚓"的一声，扁担断了半截，柑子也遭打落一地摆起。

太监拦开扁担说："大哥，打不得，你知他是谁？""偷柑子的。""乱说，这是当今圣上，乾隆爷！""两个贼娃子，还敢冲壳子！"说完他又一棰打过去。

太监手快眼快，一下把照柑子的手反扭在背上："不信他是万岁爷嘛，这银子总认得噻。"他随手摸了锭银子丢在地上。

说来遇巧，这会儿柑子老板来了。他只管喊："客官住手，他是我请来照柑子的，如有冒犯，请多原谅。"

乾隆弯腰捡起一个刚才打落的柑子，看了又看。他说："真是结得好来，长得乖，像我宰相穿的大红袍。"又车身过来对柑子老板和照柑子的说："今日之事，不得外传，地上的银子，拿去，谢了。"

一个月过后，柑子老板去重庆卖柑子，到茶馆去吃茶，几个人在茶馆摆龙门阵，说上个月乾隆皇帝到铜罐驿舒舒服服地吃了一顿柑子。柑子老板心想，你们几个哥子倒不晓得哟，皇帝老倌就是吃的我的柑子个。

老板回家过后，就把那柑子树取名"宰相树"，上头结的柑子取名"大红袍"。他还逢人便说："这是乾隆皇帝御封的。"

讲述者： 明旭，男，汉族，初中学历，巴县走马乡
　　　　（今九龙坡区走马镇）村民
采录者： 艾一苇
采录时间： 1991 年 6 月
采录地点： 巴县走马乡（今九龙坡区走马镇）工农村

（七）中草药故事

199

金钗还阳草

巫峡里的净坛峰，山形生得蛮好看。整个山峰既像一个大宝葫芦，又像一个大宝坛，四周都是悬岩绝壁，峰脚下有一个绿茵茵的深潭。

相传，神女和净坛峰的一位仙女在靠深潭一面的净坛峰峭壁上，种上了金钗还阳草。神女种的这种仙草，人吃了就能起死回生。

据说，净坛峰脚下深潭里的水，是万万不能搅动的。一旦搅动了，潭水就会猛然一下像开锅一样翻滚起来，涌起滔天的水柱；还会刮起一股蛮大的黑风，霎时飞沙走石，树倒人亡。人们害怕这股黑风，就在潭东一座山峰上修建了一座黑风窟，祭祀黑风神，以求平安。

相传，净坛峰下有一个外号叫饿蚂蝗的医生，这个人医术倒不差，就是心术不正。他给人治病卖药收钱蛮贵，后来，就靠医病发了家。他听说仙女在净坛峰峭壁上种了起死还阳的仙草，就整天想到把仙草采回来卖大价钱。

一天，饿蚂蝗不听别人的劝，凭到他有壁虎爬岩的本事，就爬上了净坛峰最高的悬岩。他找啊、找啊，在峰上找到了二十四蔸金钗还阳草。他就厚起心子采了二十三蔸，又怕仙女惩罚，就留下了一蔸不敢采哒。哪知他不小心，踩滚了一个石头，落到潭里去了，猛然间刮起了一股黑风，把饿蚂蝗卷进了深潭，就再也没有上来。

净坛峰下还有一个外号叫岩鹰的年轻草药医生，他继承了祖传的秘方，专为民间百姓治病，他医术高明，药到病除。岩鹰与别的民间医生不同，他治病不收钱不收礼，只供他一顿粗茶淡饭就行哒。遇到穷人看病，他连饭都不吃。后来，他也听人说，净坛峰上有仙女种的起死还阳仙草，就要上峰去采。好心的人劝他说："你有几条命哪！千万千万别去送命！"岩鹰偏不信邪。他带上药锄、抓钩、药袋就去爬净坛峰。他像壁虎一样贴在岩上，爬呀、爬呀，好不容易才看到那棵长在悬岩上的金钗还阳草。只差几步远哒，忽然，他脚下蹬的那根杂树断了，身子直往下梭！石头、土块也"哗啦哗啦"地直往岩脚潭里落。他心想，糟哒！这回要上西天了！突然，他的身子在陡壁上钉住了。原来是被一根杂树挡住了。他稳住身子又慢慢儿往上爬，硬是爬拢了仙草跟前，把那棵活鲜鲜的金钗还阳草采到了手。

他收拾停当，刚要下岩，突然听到岩下有"轰隆轰隆"的响声，就朝潭里一望：哎呀！不得了哒！潭水开锅了，黑风神真的来哒！只见黑风呜呜地怪叫，冲天的水柱一下就把他卷进了潭里。等他醒过来一看：奇怪！哪个没死喃？身子还漂在水上的！他就赶紧游上岸，伸手往药口袋一摸，还好，仙草还在里头。他就欢欢喜喜回去哒。回去后，他用采来的金钗还阳草治好了蛮多病人，人们都很感激他。

有时，岩鹰一想起净坛峰采药，差点儿把命丢了的事，心里头就不明白哒，到底是哪个把他救了喃？

后来，青石河的一个老大爷对他说，莫不是神女娘娘赐给了你金钗还阳草，又把你的命救哒？从此，岩鹰逢人就讲这则金钗还阳草的故事。一传十，十传百，四处流传。

讲述者： 侯久才

采录者： 唐探峰，男，干部，大专学历

采录时间： 1981 年 6 月 8 日

采录地点： 巫山县建平乡黄岩村

200

砂仁专治沙声沙气

很久以前，巴国那堂太阳大得不得了，把一个二个的晒得来皮搭嘴歪的。尽管这样，巴国的人些生来就爱欢喜，只要一到晚上啊，还是又唱又跳的。

有一天晚黑，何仙姑和铁拐李外出要路过巴国，远远看到人些这里一堆，那里一坨，比手画脚地在唱。何仙姑就挤拢去看。一看哪，舞嘛都还跳得好，就是唱的那个声音硬是沙得遭球不住[1]，嘶声哇气的。她心想，要是声音好听点儿才好哦。铁拐李也觉得人些舞倒是跳得好，看起安逸，那个声音听了硬还不是个味儿。

何仙姑对铁拐李说："应该想个办法帮他们治一治才好。"

"我这里有几个砂仁，是海藻国送给我的。说是吃了能够去火。"铁拐李连路说连路就把砂仁拿了出来。

"看你这个毛乎乎的，喃个吃嘛！"

"看你着急那个样儿啰，是吃里头那个仁儿。"铁拐李说，"你想个办法拿去给那些人吃，吃了看得不得行？"

[1] 沙得遭球不住：声音嘶哑，使人听了感到难受。

老实的，何仙姑就变成了一个小姑娘，来到人堆堆头，跟人些摆龙门阵。她说话的声音好听得很，人些喊她唱歌，她唱起更好听。大伙听得入了迷，就问她是哪个有恁好听的声音。

何仙姑说："我们那里有种果子叫砂仁，吃了过后声音就好听。"

"你也帮我们拿点儿来要不要得吗？"

"我身上有几颗，你们先拿去吃了看，好哎，我又回去给你们拿。"

大伙就用开水把砂仁泡起，一个喝一口泡的水。嘿，吃了硬还是灵验，一个二个的声音就好起来了，不沙了。

何仙姑说她回家去给人拿砂仁，就走了。走到看不到人的地方，化成一股青烟就上了天。

铁拐李看到何仙姑转来了，赶忙问她："人些吃了砂仁好点不吗？"

何仙姑说："哎呀，你那家什吃了硬是还灵验！就是少了点。"

"少了点嘛，我这个葫芦有办法。"铁拐李说完就装了一颗砂仁在葫芦里头，再往外一倒，嘿，砂仁不断线地出来，要好多有好多。

何仙姑又把砂仁拿去给所有的人吃。就从那天起，人些的声音就好听了。

后来，人些才晓得是何仙姑和铁拐李给的砂仁。大伙拿了一些来撒起，巴国就有砂仁了。

讲述者：　熊祥君，男，汉族，高中学历，巴县羊鹿乡（今巴南区双河口镇）塘湾村农民
采录者：　刘冰、罗桂英
整理者：　罗桂英
采录时间：　1988 年 7 月
采录地点：　巴县民间文学集成办公室

201

金腰带

有两口子，才结婚几个月就和老的分了家。男人天天上山找柴卖，女的呢，在家帮人做针线，两口子就靠恁个来维持生活。

俗话说：二十更更，三十夜夜。这两口子黑了睡一个床，就默到搞那个灯儿[1]。女的没得啥，男的嘛，那灯儿搞多了，又天天下蛮力，就累出了毛病。有一回柴担子重了点，就把男的腰杆整到了，随时都阴痛阴痛的，担柴没原先得行了。他去找太医医一伙[2]，钱花了，点都没医好。

要吃饭噻，男的又拖起病又上山去找柴。半下午柴找好了，担的时候他一鼓气，嘣的一声，把裤腰带挣断了。结起来嘛，短了；不拴喃，裤儿要落。他就随手扯了一根软绵绵的荆条条，在腰杆上缠了两转，打个死疙瘩当裤带儿。这下，裤儿不落了，他坐下来歇气，哪晓得这一歇，就睡着了。等他醒来时天都要黑了。他生怕摸夜路，也不管腰杆痛不痛，把柴担起就朝屋头跑，跑得他满身大汗。

[1]　那个灯儿：含糊代词，此指男女房事。
[2]　医一伙：医了一段时间。

跑拢屋，裤腰带都打湿完了。

黑了，男的又想搞那个灯儿。女的说算了，还是把腰杆顾到起。男的说他的腰杆不痛了。女的不信，就狠势[1]捏她男人的腰杆。要是往回，已痛得惊叫唤了。她又捏了几把，问："耶！粗翻翻的，这是啥子？"

"裤带儿个。"

男的就把裤带的来历摆了。女的想这家什是不是药啊，喊男人解下来给她看。摸起湿润湿润的，扯起软绵绵的，一咬哇，淡的。男的心想啥子药啊，依儿哟嘛嘟个哟，一下把条条甩了。女的喊男人捡来拴起，万一是药就对了噻。

第二天，男的腰杆越更好了。女的不甘心，把男人拉起去找太医。太医接过蔫纤纤的"腰带"，左看右看都取不到名字。他查药书，还是找不到这家什是啥子。就说："恁个，这家什我拿来医下别人看。"

老实的，太医拿去一连医了几个腰杆痛的人，硬是医一个好一个。太医用完了，去问那两口子是在啥子地方找的，还有没得。男的说多得很，他引太医去扯了很大一背篼。

太医心想，这荆条恁个好，取个啥子名字喃？头回用的是别个的"裤腰带"，腰带是荆条做的，荆和金同音，他就给这味药取了个响当当的名字，叫"金腰带"。

讲述者：　熊祥君，男，汉族，高中学历，巴县羊鹿乡（今巴南区双河口镇）塘湾村农民
采录者：　罗桂英、刘冰、王勇群
整理者：　周熔德
采录时间：1988 年 5 月
采录地点：巴县民间文学集成办公室

202

当归

从前，有两口子，男人是个木匠，长年在城头一家木器号当掌墨师，硬是看年看月才回趟家。他堂客在屋头喂猪做点庄稼过日子。两口子都四十出头了，脚下还没得娃儿。

有天，木匠回家了，两口子睡在床上摆龙门阵。木匠问："你是啷个搞的哟，未必没得生吗？"

他堂客说："一年当中你回屋几天？当归不归，怪哪个？"

木匠心想，是个道理。他回到木器号，就去向老板请一月假。那老板心想，他是号上的掌墨师，走一个月，把那些匠人弄来耍起吗？就问木匠屋头有啥事。你想，那起事情，木匠啷个好开口噻！老板是个精灵角色，见他涩古涩古[2]的，就把木匠喊到内堂问，这下木匠才说了真心话。

老板心想，他结婚二十来往年，少说点，一年也回去过四五回，一回作算三五天。耶！硬是一回都撞不到？

老板说："掌墨师，我号上忙，确实对不起你，还望

---

[1]　狠势：使劲，用力。

[2]　涩古涩古：不好意思启口。

大量点。书上说：不孝有三，无后为大。记得我祖辈摆了个龙门阵，说有一个女的开先也不生，后来把我们后花园的树疙瘩挖些去炖肉吃了几回，没好久那女的就生了。不如你也弄点回去试一下，要是还不行，以后干脆把师母接到号上来住。"

老实的，木匠就挖了些疙瘩回去炖肉给堂客吃了。又过了两个月，木匠回屋，他堂客说她怀起了。果不其然，第二年硬是生了胖冬冬一个儿。这下乐得他堂客说狠话，她对木匠说："只要你当归就归，再给你生几个都得行。"

木匠堂客生娃儿的事，遭老板晓得了。他想：掌墨师还是像过去一样，要不要回下家，他们得娃儿可能和我后花园的树疙瘩有关。

老板问："听说你生了贵子，恭喜恭喜！我说那个疙瘩管用哈。"

"老板，我内人说，那疙瘩吃了屁都不打个。你莫多心哈，她说是我当归就归的原由个。"

老板没有和木匠两个争，他自己心中有数，就去翻药书。书上说女子不生原因很多，其中有一条"次则气血枯也"。老板原先见过木匠堂客的样儿，他想未必然，我那树疙瘩能补女人的气血？有一天，他就大起胆子挖了一些去给一家药房。他说："这个药专医女子气血干枯的不孕之症。"药房的进货郎中问他药叫啥名字，老板冲口说："当归。这是我祖上的秘方，请大胆试用，我愿以字号担保。"

恁个一来，那家药房的胆子也大了，连配几张单子，病人吃了都说对头。药房老板真正得了当归的好处，就亲自上门找木器号老板要药。这下，木器号老板晓得要钱啰。药房没法，他们一不晓得当归的苗苗是啥样子，二不晓得出在啥子地方，只好出大价钱买。他们倒不怕哟，反正羊毛出在羊身上。

就恁个，药房靠当归出了名，木器号老板靠当归找了大钱。结果喃，两家都发了财。

讲述者： 杨仲良，男，初中学历，巴县双河口乡石朝门村农民

采录者： 李正勇

整理者： 周熔德

采录时间： 1988 年 8 月

采录地点： 巴县双河口乡（今巴南区双河口镇）

203

姜半夏

从前，挨到姜家场，有个姜家湾，挨到姜家湾，又有个姜家沟。名说是姜家沟，实际上沟里头只有一户姓姜的人家。这姜家的当家人，是一个六十多岁的老头，他上有白发苍苍的妈，下有儿子和孙子，一家四世同堂，人丁兴旺，都无病无痛，日子过得不错。

姜老头是个无师自通的草药郎中，像女人家的怪毛病呀，奶娃儿扯脐风呀，出痘子麻子呀，都爱找他医治。有一天，姜家有个寡妇，肩上挷把锄头，牵个五岁多的娃儿去找姜老头看病。姜老头问她，这娃娃哪点不好？

寡妇说："我也不清楚，年年到了四五月间，他出气就嗬嗬地响。"

姜老头看那娃娃缩起个颈子，上气不接下气，喉咙头硬是"嗬嗬嗬"的。他把娃娃的舌苔看了，又捉了阵脉，才对寡妇说："莫来头，是凉了个，等晌午阵你收活路回来，我扯几样草药你拿回去给他熬水吃，会好的个。"

看完病，寡妇就把娃娃牵起挖土去了。这娃娃有点千翻[1]，他看到他妈挖过的土头，摆起一些白生生的指头大的圆疙瘩儿，就去捡来吃。他刚刚吃了点点儿，就惊叫唤。他妈甩了锄头跑过来一看，只见娃娃脸青面黑的，嘴巴直吐白泡子，吓得抱起娃娃就朝姜老头那里跑。

姜老头正要问出了啥子事，那娃娃"哇"的一声，就翻肠倒肚地吐起来了。姜老头弯腰一看，在吐的脏东西当中有些白渣渣。

那白渣渣的样子很新鲜，他想一定是才吃下肚不久，多半是这家什坏的事。

姜老头问："这白的是啥子？"

寡妇说："不晓得。"

姜老头把白渣渣捡了起来，到寡妇挖土的地方去找。原来寡妇挖的是麦土，除了满土的麦桩，就只看见一些有指头大的白圆圆在土头摆起。他捡个起来比，和他手头的白渣渣一模一样。他把白圆疙瘩儿咬了点尝，当时就把他麻得遭不住。他下细一看，白圆疙瘩儿的样儿和芋儿差不多，只是芋儿大，这家什小得点。

姜老头对寡妇说："你娃儿是吃这东西遭的，幸亏都吐出来了，我看关系不大，先把娃娃带回去，不好再来找我。"

第二天，太阳刚刚出山，寡妇又牵起娃娃去挖土，刚走到姜老头的屋外头，姜老头就把寡妇喊到。他说昨天他给娃儿扯的药，叫她快去拿。

寡妇说："多谢大爷操心，我那娃儿好都好了。"

姜老头觉得很奇怪，他想，躺包是很难医的，啷个药都没有吃，就会好嗬？他喊寡妇把娃娃牵过去他看一下。姜老头一看这娃娃，颈子不缩，出气不躺，硬是好了。他心想，未必然那麻舌头，有点像芋儿的东西，能够医躺咳嘛。从那以后，姜老头就拿那麻人的家什，接连试着医了几个躺咳病人，硬还都医好了。他就给这味药取了个名字叫麻芋子。为了以后方便，他又去挖些来晒干了放起。

这年冬月间，姜老头的妈凉了，也整得躺累气喘的。他去找头回放的麻芋子，硬是旮旮角角找交了，都没找到。他只好提起药锄到坡上去挖来熬水给他妈吃。一连吃了两

[1]　千翻：指孩子调皮好动。

三回，她妈的痀病还是不见好。这就怪了！他想，未必然这个季节的药性，没得四五月间挖的好吗？姜老头又去找他原来挖的，这回找到了，原来他塞在墙缝缝头的。他拿半边熬水给他妈吃了，第二天就好了。

后来的医家证明，四五月挖的麻芋子，硬是药性好。如果是五月间挖的药性更好。五月叫仲夏，是夏天的一半。恁个一来，不晓得哪个又给麻芋子起了个文诌诌的名字叫半夏。据说"半"还有一层意思，就是麻芋子有毒，每回不能多用，只能用一个的一半。

这味药，是姜老头先用，大家又在半夏前头加了个"姜"字，喊成了姜半夏。

讲述者： 熊祥君，男，汉族，高中学历，巴县羊鹿
乡塘湾村农民
采录者： 李子硕
整理者： 周熔德
采录时间： 1986 年 6 月
采录地点： 巴县（今巴南区）鱼洞镇

204

金银花救命

金银花是两姊妹死了埋在一起，在两个的坟上长出来的。姐姐七岁，叫金花；妹妹小一岁，叫银花。

有年热天，金花长了一身疮，没得哪个管，这下糟了！就把妹妹惹起了。她们家头穷，又不晓得拿啥子医。她们老的想，反正是两个女娃子，医不医淡事情。大人一不管呀，两姊妹的疮就更恼火了。

一天上午阵，姐姐死了。下午唉，妹又死了。当娘的哎还是气。那当老子的说："怄啥子？只怪她两姊妹各人命不好。"他们就随便挖了一个坑坑，把两姊妹埋了。没过几天，两姊妹的坟上头长出了两根藤藤，一根开的白花，一根开的黄花。几天过后，两根藤藤就长来生拢了，变成了一根藤藤，开的是黄白黄白的花，花的样儿，就像一支金唢呐。

金花银花的隔壁户儿有一个儿娃子，他们岁数差不多大。两姊妹没有死的时候，他们时常一起耍。现在这个儿娃子也遭惹起了。同样长一身疮，很恼火。他睡在床上迷迷糊糊的，梦见还和金花银花在一起耍。两姊妹对他说："你的疮和我们长的是一样的，不医的话，也要像我们恁

个死。你是儿，又是屋头的独苗苗，死了的话你屋头就断了香火哟。"

"两位姐姐，那拿来啷个做嘛？"

"快喊你妈到我们侧边来讨点金银花回去熬水，又吃又洗就得好。"

娃儿一醒，见妈守到他哭，就把梦见的事摆了。老实的，他妈到金花银花坟上去看，硬是开有黄白黄白的花。她估谙是这家什，就扯了些藤藤，摘了些花拿回去熬水，照那梦头说的恁个弄给娃儿吃。嘿，这娃儿就一天一天地好了。

后来，这种医毒疮的办法就传开了，成了单方[1]。那些医家认为，金银花是清热解毒的个。

讲述者：	魏显德，男，汉族，小学学历，巴县走马乡（今九龙坡区走马镇）退休干部
采录者：	严小华
整理者：	周熔德
采录时间：	1988年2月
采录地点：	巴县走马乡（今九龙坡区走马镇）工农村

[1] 单方：指民间验方。

205

龙胆草

从前有户穷人，这户人只有母女两个，她们靠种棉纺线为生，日子过得很苦。后来，母亲王氏得了病，心头老是觉得不舒服，眼睛也慢慢看不见了，生活重担就落在女儿兰英一个人肩上。兰英起早睡晚，一人做两人的事不说，还要四处奔走，为母亲求医找药治病。母亲晓得苦了女儿，只是自己双目失明，啥子忙都帮不上，成天睡在床上只有叹气。

一天，王氏在床上睡得恍恍惚惚的，一个白发老头走到床前对她说："我是仙界药王，看你们母女俩勤劳善良，特来给你说药方。你要想眼明心清的话，只有找来龙胆、龙血，又吃又洗才得行。"说完就不见了。

王氏一下惊醒，原来是在做梦。她喊来女儿兰英，把梦中的情景摆她给听，兰英听了说："妈，你放心，我一定找回龙胆、龙血，把病给你治好。"

王氏问女儿："你到哪去找龙胆、龙血呀？"

兰英说："听说北山白龙洞里有条白龙，时常出洞吃人畜和庄稼。我去把它杀了，一来可取回它的血和胆为你老人家治病，二来也为民除了一害。"

王氏一听赶忙说："傻丫头快不要说傻话了。人家精壮汉子都不敢去惹它，你一个女娃子嘟个杀得到它？说得恁个容易！妈反正都活不到好久了，快不要去做傻事。要是有个三长两短，丢下妈一个人，你看我嘟个活？"

兰英说："妈，你放心好了，孩儿自有办法。"

兰英是个精灵人嘞，她当然晓得龙的厉害，晓得硬拼自己不是它的对手，只有巧取。她扎了一个草人，在草人身上横叉顺叉绑了几把尖刀，再把自己的红衣服穿在草人身上，格外还准备了一把杀龙的快刀，收拾好就上路了。她摸黑翻过了两座山，走过了两条沟，悄悄走到白龙洞口，把草人立在显眼处，再在草人侧边找了一处藏身的地方躲好，等着白龙出洞。

天刚麻麻亮，白龙出来找吃的，它脑壳一伸出洞口，就看到一个穿红衣服的女娃儿，还闻到了生人气气，心头好高兴，呼的一下窜出洞口，张开血盆大口向红衣女子使劲咬去。哪知那红衣女子是兰英做的草人，草人身上的尖刀一家伙就把嘴巴给它戳穿了，痛得它在地上翻来翻去地扳。这时，兰英猛起跳出来，把吃奶的力气都使了出来，一刀戳在白龙肚皮上。白龙血喷得个出来了，龙扳了几扳就死了。兰英歇了一会儿，起身剖开龙肚皮找龙胆，哪里还有龙胆啰？先前她那一刀戳进龙肚皮，刚好把龙胆戳破了，胆水流都流完了。没得法，兰英只好把沾满了龙胆水和龙血的草扯了些回屋去。

回到屋头，兰英马上把那草草熬水给妈又吃又洗，硬还是灵验。妈的眼睛看得见了，心病也好了。

后来，那种沾了龙胆水的草尖尖上，长出一个疙瘩，像龙胆一样，人们就把它叫龙胆草。它硬还是明眼清心的良药咧。

讲述者： 杨仲良，男，汉族，初中，巴县双河口（今巴南区双河口镇）乡石朝门村，农民
采录者： 李子硕、罗桂英
整理者： 金祥度
采录时间： 1988 年 8 月
采录地点： 巴县民间文学集成办公室

206

鸳鸯树

隋朝时候，当朝皇帝杨广荒淫无度，很门[1]好色。虽然三宫六院，宫娥嫔妃不计其数，他仍然派人到全国各地挑选民间美女，强令入宫。

当时，有一对新婚夫妇，妻子长得非常漂亮，面似桃花，体态轻盈。一日，小两口正在家头做家务，突然，一群选美官兵门一臁[2]就进来了，见了如花似玉的小媳妇，不由分说拉着就走。丈夫追出来想保护自己的妻子，却被凶狠的官兵一阵拳打脚踢，打瘫在地上。

这样一个好端端的家，就活生生遭拆散了，妻子被抓进皇宫，丈夫被打成重伤。丈夫伤势还没好完，就不顾伤痛，连更连夜往京城赶，他吃得孬，穿得又薄，路上经常挨饿受冻，但他顾不得这些，一心一意只想早日见到自己心爱的妻子，将她救回来。

终于好不容易赶到京城，到了皇宫大门口，丈夫拖着虚弱的身体，不顾一切地敲打大门，守门卫兵跑过来要绑

[1] 很门：非常。
[2] 门一臁：踢门。

他，他拼命挣扎，大声叫喊："我女人没犯王法，你们为啥子抓她！你们快把她放了！"

丈夫大闹皇宫的事，杨广马上就晓得了，他气得七窍生烟，大发雷霆，把龙袍角角一甩，提起御笔，发下圣旨，将那丈夫定了个扰乱皇宫，偷听国事的罪名，杀死在宫里。

然后，杨广把那个可怜的妻子召来，得意洋洋地对她说："你男人已经被我杀了，小美人。你要是从了我，寡人封你为西宫娘娘，还可以厚葬你死老公；要是不从，那可莫怪我寡人无情，就得将你死老公抛尸荒郊，让猪掏狗吃。"

妻子听到丈夫的死讯，悲痛欲绝，当场晕死过去。

她不愿屈从于这个恶魔一样的皇帝，也不忍心眼看自己的丈夫被抛尸荒郊，她眼泪汪汪地说道："你要是厚葬我丈夫，我就从你，但我要亲眼看到安葬他。"

杨广听后满口答应，他料想这个小女子已成自己笼中之鸟，逃不脱自己的手掌。于是，吩咐手下准备葬礼。

举行葬礼那天，杨广带着那女子来到高台上，他指着台下，斜着眼对那女子说："这下你该从了我噻！"哪知妻子一见丈夫的遗容，顿时哭得死去活来，她哽咽着说："我下去看看清楚……"话未说完，人已从高台上跳了下去，跶死在她丈夫身边。

杨广见状，气得大诀大骂，下令不许掩埋这对夫妻。

后来，皇宫里的下人，还是把这对可怜的夫妻偷偷合葬在一起。不久，从他们坟头长起两棵嫩生生的小苗，两株小苗相伴着生长，慢慢地开出白色的小花，到秋天又结了些鲜红鲜红的籽籽，人们就将这种树叫作鸳鸯树，结的红籽籽叫鸳鸯豆，这个就是为了纪念那对殉情的夫妻的。

讲述者：　魏显德，男，汉族，小学学历，巴县走马乡（今九龙坡区走马镇）退休干部
采录者：　钟守维
采录时间：　1990 年 6 月
采录地点：　巴县走马乡（今九龙坡区走马镇）工农村

207

首乌姑娘

从前，金佛山上有一只金鸡，一条蜈蚣，还有一个何首乌。他们在山上一起修炼了一千年，都成精了。

金鸡变成了一个和尚，蜈蚣变成了一个道人，首乌变成了一个姑娘。

那条蜈蚣变成道人以后，想把首乌姑娘吃了。因为吃了首乌姑娘他就能够增添道行，能够变成神仙。

蜈蚣是最怕鸡的，首乌姑娘天天跟金鸡和尚一起，蜈蚣道人不敢下手，天天在寻找机会。

金佛山的半山上面，有一个茅屋，里头住有两娘母——药妈妈和药娃。两母子靠挖药卖过日子。药娃对药妈妈很孝顺，人也很勤快。

有一天，药妈妈病得恼火，药娃想到山顶顶去弄几根灵芝草来给药妈妈吃。药娃走到山下，仰起脑壳一看，嗨呀！万丈悬岩，上去不到，心里头很是着急。

山顶上的首乌姑娘看到了，很同情他，就从脑壳上扯了根头发，朝下头一甩，一根比牛鼻绳还粗的首乌藤子，正好落在药娃的头上。

药娃见是一根首乌藤子，山顶上还站起一个小姑娘，

高兴昏了，拉到藤藤就朝上爬，上面的小姑娘又帮到在上头拉，三下两下就爬上去了。

首乌姑娘说，她叫药姑，也是到这山顶来挖药的。她帮药娃挖到灵芝草后，就跟药娃一起去服侍药妈妈。后来他们两个像亲姐弟一样亲热，一起上山挖药，一起经佑药妈妈，药妈妈对药姑也像亲生女儿一样，跟她在一铺床上睡觉，在一个桌子上吃饭。

自从首乌姑娘住在药妈妈的家里头以后，蜈蚣道人更难下手了，便想挑拨他们的关系。

有一天，是药妈妈的生日，山里头的乡亲都来给药妈妈祝寿。药姑也给药妈妈献上一坛用百花做成的蜜酒。药妈妈很高兴，把百花蜜酒端出来招待客人。

蜈蚣精摇身一变，变成了一个老道，也来祝贺。

药妈妈把酒坛坛的盖盖一揭开，香气就钻出来啦，大家一闻到，连口水都流出来啦，都想尝几口。老道走到酒坛坛跟前，端起酒坛闻一闻，从坛子口口吹进去一股毒气。等大家把酒喝进肚皮，都遭毒倒起了。老道说："这酒中有毒，送酒的人是个妖怪。"

他这样一说哇，不喝酒没遭毒的人，就把药姑抓到不放。药姑也不好说她自己是个首乌变的呀！正在为难的时候，金鸡变成一个和尚，大摇大摆地走进来啦。他向大家说："这个小姑娘不是妖怪，她是我们庙里头收留的一个孤女。她送来的百花蜜酒是没有毒的。"

道人见和尚说破他的阴谋，将身子一摇，一股旋风，变成一条八丈八尺长的红头蜈蚣，向首乌姑娘扑去。金鸡和尚见势不妙，立刻变成一只金鸡，展开翅膀，张开铁嘴，向蜈蚣道人啄去。道人卷起一团黑风，钻进照佛岩下面的山洞中去了。

金鸡没啄到蜈蚣，在天上旋了三圈，一嘴啄在照佛岩上，只听"哗啦啦"一声响，照佛岩被金鸡啄下像房子那么大一块石板，刚好把那个洞口封到起。蜈蚣精出不来了。

见药妈妈和喝过酒的人被蜈蚣毒倒，昏迷不醒，药娃和药姑心里都很着急，金鸡和尚也想不出啥子办法。首乌姑娘说："药娃，我本来是个首乌变的。我是看你勤快、善良、孝顺，才来帮助你。现在蜈蚣精放毒来害大家，他是为了想要你们撵走我，他才好来吃我。现在我为了救大

家的命，只有把我熬成水，大家吃了就会好的。"

金鸡和尚一听，连忙说："姑娘！你再修炼一千年就能成仙了，把你熬成水，你想变成一个人都不行啦，要不得，要不得！"药娃也不同意。

首乌姑娘又说："我修炼也是为了大家能过太平日子呀！我今后不能变成人形，还可以变成一个石人山。药娃，你就到石人脚下去找我的原形哈！"说完，首乌姑娘就不见啦。

药娃一爬上山去，看到一个石人，石人脚下长满了首乌藤藤。一个缸缸那么大的首乌，在土里冒出来半截。药娃晓得是药姑变的，不忍心去挖它，回头就走。哪晓得，那个大首乌跟到药娃滚回屋去了。药娃刚进屋里头，转身一坐下来，就看到那个大首乌在面前。

他心痛地把首乌抱起，一不注意，那个首乌一下就跳到锅里去了。药娃赶忙去抱，想把首乌从锅里头抱出来。不料那个首乌才怪，就像在锅里生了根一样，硬是抱不起来。药娃急忙跪在灶门口，伤伤心心哭了起来。

没有好一会儿，首乌熬成水，众人吃了，病全好了。

讲述者：　王和尚，男，金佛山人
采录者：　舒启述
采录时间：1983 年 8 月 28 日
采录地点：南川区金佛山

二 生活故事

（一）长工故事

208

赵大帮工

清朝时候，巴县双河场有个姓雷的财主，尽爱打些鬼主意整人，把满脑壳的头发都磨光了。大家当面喊他雷二爷，阴到说他是"一根葱""莫毛""光顶顶"。

他讨了几房小，最稀奇[1]三的一个。有天他和三婆子商量说："我恁有钱，双河场这个地方，老子占了一半。那些背时的还是要怪头怪脑地乱喊我。你给我设个法，要他们莫恁个叫。"

三婆子说："好办。常言说'有钱能使鬼推磨'，你只要请个会打的，收拾他几个，我看哪个还敢乱喊！"

他想：对呀！花钱不多，费事不大。于是他出了一张告示，一年一百块银圆的大价钱，请一个会打的人。

双河场有个赵大，生得来浓眉大眼，五大三粗，确实会打几砣子[2]、啄[3]几脚尖，平时又还最爱打抱点不平。那天，他看了告示，就找雷二爷去了。

[1] 稀奇：此处作喜爱讲。
[2] 砣子：拳头。
[3] 啄：此处是踢的意思。

"你看我要不要得？"

雷二爷把赵大从头到脚看了一道，说："要得。"接着对赵大交代说："一天没得多的活路，一大早把黄牛吆到坡上去放，回来喜欢干就干点，不喜欢就算了。就是有一条，要是听到哪个喊'一根葱''莫毛''光顶顶'，就给我朝死的打！"

赵大说："二老爷，我这个人手脚重。真的打死了人，我怕……"

"怕啥子？打死了就吃脑脑[4]。哪个还把我雷二爷做得到啥子？"

赵大帮工头天黑了，睡得正安逸的时候，就遭鸡叫吵醒了。他想：雷二爷你也太凶了，四更鸡叫就把我们撵上坡。这个鸡也可恶……没有等鸡叫出第二声他就把鸡扭死了。长工伙计们都为他捏了把汗。

"人家全靠这只鸡整我们，看你啷个办交代。"

"莫来头，我晓得。"

大家把鸡烧来吃了，天还没有亮，赵大喊大家又睡。一哈儿雷二爷来问赵大，看到他的鸡没有。赵大说那鸡坏得很，天不亮就在叫"一根葱啰——"雷二爷不信，赵大喊他问那些长工。长工些都说是恁个叫的。

"那鸡呢？"

"吧！二老爷你说打死了吃脑脑，我们吃了。"

雷二爷心头怪不安逸，面子上却说："吃得好。"

没隔几天，赵大把黄牛吆上坡，又打了个主意。他喊伙计们："来来来，好久没打牙祭了，今天我们把黄牛整来吃了。"

有的长工说："东家全靠那两条牛推磨，给他整死一条，晓得了不得了哟！"

"不要紧，祸事来了我去乘[5]。"赵大说。

这下，大家七手八脚，几锄头就把牛打死了，烧起吃。吃不完的，他们就拿去卖钱来分了。

天黑的时候赵大甩脚甩手地回去了。

雷二爷问："我的牛呢？"

[4] 脑脑：gǎ，即肉。
[5] 乘：此处作承担讲。

"二老爷，再莫谈你那个不争气的牛啦。"

"我的牛做啥子？"

"我不好说得。"

"莫关系，说。"

赵大说："那牛吃饱了，'莫毛、莫毛'地乱叫，又不听招呼，我就几砣子把牛打死了。"

"那不是也遭你们吃罗？"

"你说吃得好噻。"

这下，雷二爷心头像刀刀在割。他看到赵大恁大一堆，不敢惹，只好在心头诀：你个龟儿赵大！这都怪那个瘟丧堂客没把主意打好。他车身进屋就找到三婆娘出气。

"你个背时瘟堂客，百打百块银圆请个龟儿赵大，吃了我的鸡，又吃了我的牛，你的主意要得个屁。"

"这哈儿来怪我，哪个叫你的脑壳是个光顶顶啦？"

"吧！还要诀唢！"就举手要打。

赵大一步跨进去，说："二老爷，莫把你的手打龌龊了。"接着"啪"的一耳光，打在三婆子的脸上："哪个喊你诀光顶顶！"说完"啪"的又是一耳光。

雷二爷慌了："打不得，打不得！"

"吧！你说打死了吃脑脑哒嘛。"

雷二爷赶忙把赵大拖到，说："打不得了，打不得了！只怕我是请你来败我的家哟。算了，算了，我拿一百块银圆给你，给我走！"

从此以后，"一根葱""莫毛""光顶顶"的绰号比过去还要传得宽些。

讲述者：　杨仲良，男，汉族，初中学历，农民
采录者：　曾旂
整理者：　曾旗、赵泉峰、周镕德
采录时间：1985 年 10 月
采录地点：巴县双河口乡（今巴南区双河口镇）

209

长年收鬼

原先有一个员外，尽管家财万贯，还是要想方设法克扣长年的工钱。看到要过年了，长年家中一无米二无肉，年都过不起。长年气他不过，就打了一个主意来收拾员外。他晓得员外最怕鬼神，就打了一双一尺二寸长的大草鞋，半夜三更，悄悄在员外的门上印上了两个草鞋脚印。

第二天，员外看见门上有一双长脚印，吓得不得了，马上找人收鬼。长年就给员外说，他会收鬼，并且帮忙不收钱。员外一听不要钱，很高兴，就请他马上收。长年答应当天晚上收，但要员外依他的条件办：要准备一斗二升米的粑粑，和半边猪的腊肉，外搭收鬼的时候不准人看。员外一心想收鬼消灾，当然答应。

到了夜晚，长年预先叫自己的儿子，在院墙外头等到接东西。他一个人在员外的院子内假装做法事收鬼，唱道："东方有鬼，腊肉一腿。"随手就甩一腿腊肉到墙外。又唱："西方有怪，赏你一块菜。"又随手甩一块大腊肉到墙外。又唱："北方有妖，腊肉一挑。"说着就把腊肉全部甩出墙外了。接着他又唱："南方有邪，粑粑也要得。"唱完，把粑粑又甩出去了。这时，他儿子在墙外说："爹

呀！背篼背不完了！"长年又唱："你是何方鬼？你是何方妖？你背篼背不完，就用箩篼挑。"

员外遭收拾得安安逸逸的。长年一家人欢欢喜喜过了个闹热年。

讲述者：　　张洪春，男，汉族，不识字，石匠
采录、整理者：张炯和
采录时间：　1983 年 7 月
采录地点：　永川县东南乡（今永川区南大街街道）

210

憨包交租

从前有个人，个个都叫他憨包，其实哪点憨嘛？有年子他租了绅粮几石地方去做，写约据的时候，规定做出来的庄稼打伙分。绅粮想整他，问他要庄稼的哪一头。

"东家，您选了来。"

绅粮说："我要巅巅。"

憨包说："写起嘛。"

这年，憨包尽栽芋头。交租的时候，他给绅粮尽担些芋头秆秆去。绅粮气惨了，心想：明年来过。

第二年，绅粮说："我要头头。"

憨包说："写起嘛。"

这年，憨包尽点麦子。交租的时候，他尽给绅粮担些麦子根根去。绅粮晓得又糟了。第三年绅粮又要巅巅又要头头。心想：看你憨包又使啥子法。憨包还是说："写起嘛。"

这回呀，憨包尽种苞谷。结果呢，中间的苞谷尽该憨包得，绅粮又吃了大亏。

讲述者： 张少良，男，汉族，小学学历，退休工人

采录者： 熊英

整理者： 周镕德

采录时间： 1986 年 5 月

采录地点： 巴县和平桥乡（现属巴南区接龙镇）

211

这是规矩

有一年，一个长工去地主家干活。因刚开春，天气还很冷。长工手里提了一包糖，算是礼信。

长工刚跨进老板房门，就向老板道喜："老板受福。"老板一看长工手里提着糖，顺手接了过去，二话没说，舀了满满一瓢冷水，递到长工面前说："请喝下。"长工不晓得这是啥子道理，只好喝。冰冷的凉水，浸到肚里怪不安逸，好一阵总算把一瓢冷水吞进去了。长工把嘴一抹，问道："老板，我上工要喝一瓢冷水是啥子道理呢？"老板作古正经[1]地说："今天早晨，老板娘生了娃儿，来了生人就喝瓢生水，这是规矩呀！"长工听了，不住地点着头，心里想：这个规矩兴得好。

转眼一年过去了。第二年，长工又要提糖去老板家上工，可该上工那天，长工却没有来。财主一等二等都不见长工的影子。又等了好几天，长工还是没有来。活路成了堆，没得人干，老板非常着急，决定自己走一趟，去长工家喊他。

[1] 作古正经：很认真的样子。

老板手里也提了一包糖作礼信，来到了长工的家，装作客气的样子，跨进门口就说："你受福。"长工也不开腔，接过老板手头的糖包，顺手拿把瓢从水缸里舀了满满一瓢冷水，恭恭敬敬地捧给老板说："你请喝吧！"老板接过水瓢，"咕咚、咕咚"地往下喝，费了好大力气才把水喝干。老板抹了抹嘴边的水，拍了拍胀鼓鼓的肚皮，问："你家娘子是生的男孩还是生的女孩？"长工对着门角角一个狗窝窝努了努嘴说："你看，这窝里公的、母的都有啊！"

老板冒火地说："狗下了儿都要叫我喝冷水唦？！"长工认真地说："这是规矩呀！"

讲述者： 曹定华，男，汉族，高中教师
采录者： 刘平
整理者： 卢文忠
采录时间： 1985 年 10 月 24 日
采录地点： 铜梁县土桥乡（现属铜梁区土桥镇）

212

张小牛和铁算盘

从前，有个人叫张小牛，没爹没妈又很穷，他只有给地主帮长年。每次都是帮不到好久，就因主人家说他又笨又憨把他赶出来了。

后来，有个外号叫铁算盘的地主，打起张小牛的主意来。铁算盘听说张小牛又笨又憨，心想：十七八岁的年轻人，有的是力气，笨点憨点还好对付些，再加上没得妈，就把他诓到我家，让他给我做一辈子长年。

铁算盘找到张小牛："小牛，听说你又遭赶出来了。看你饿成这副样子，想不想找碗饭吃？"张小牛说："找得到就吃，找不到也饿不死。"铁算盘说："小牛，你现在也没得家，就到我家去，你给我做事，我管你的饭。"小牛说："那我有三个条件。"铁算盘一听说小牛要提条件，心头骂了一句："小杂种，阴倒鬼板眼多。"但一想到只要小牛可以当一辈子长年，也只好忍住气："你说出来商量商量。"

小牛说："第一，以后不管走哪去，都要你走前头，我走后头。"铁算盘心想，我这个当主人的和你一起出去，还有你走前头的？赶忙点头答应："要得要得。"

小牛又说："第二，我不挑软扁担。"铁算盘想，世上只有硬扁担，哪有软扁担呢？又赶紧点头答应："要得要得。"

小牛接着说："还有一条呀，就是我两头不见太阳。"铁算盘想，硬是又笨又憨哟，早上太阳没出来，天还没亮；晚上太阳落土了，天也黑了，还有啥子说的呢？铁算盘赶紧点头答应："要得。"还找了张纸来写起，他说："小牛，这都是你自己说的哟，就按这样实行了。"

第二天，天还没亮，小牛就拿起锄头上坡去了。铁算盘一看，高兴得不得了。哪知，小牛出去做了一会儿，天边刚露出红色，他就回来了；吃了早饭，躺到床上一觉就睡到太阳落土了，他才起来又扛起锄头出去。一连三四天都是这样。铁算盘忍不住了，就说："张小牛，我是请你来睡觉的？"小牛说："主人家，不是讲好条件，我两头不见太阳吗？"铁算盘晓得上了当，就不说了，他就半夜三更把小牛赶出去做活路。

有一天晚上，铁算盘去看戏，叫小牛提着马灯去送他。小牛说："主人家，你走前头。"小牛走在后头，一晃一晃地摇着马灯。铁算盘抬脚就是一跟头。铁算盘说："喂，还是你走前头。"小牛说："我咿个能走前头呢？条约上明明写的你走前头。"没得法，铁算盘只有一步一跛走回家，气得话都说不出来。

后来，铁算盘要进城，他嫌路远，就对小牛说："小牛，找个车把我拉到城头去。"小牛找了个板车，把铁算盘拖到半路上，就不走了，他说："主人家，这根软扁担我不担了。"说完就跑回去了。铁算盘没得法，只有自己把板车拖回家。这一气不得了，他就把小牛赶走了。

后来他逢人就说："张小牛又笨又憨，我把他打发了。"

讲述者：　冉崇锡，男，土家族
采录者：　西南师院中文系采风队
采录时间：1982年3月
采录地点：酉阳土家族苗族自治县南腰界

213

长工和财主

从前，有一个财主，是一个结巴，他对一个长工说："你……给我干……一年的活；我……给你……一头牛。"长工答应了。每天起早摸黑地干，盼望年底得头牛。

哪晓得到了年底，财主给他的却是一瓢油。他找财主评理，财主说："我……说……给一瓢油……，没有说……一头牛，一定……是你听错了。"

"不对，明明说的是一头牛，怎么变卦了？"

"我……从来不变卦，你……晓得我……我是个结巴，为什么……不把话……听清楚。"财主很得意。

长工回到家里，气得三天三夜没有吃好饭，睡好觉，他决心狠狠治一治这狗财主。

第二天，他来到财主家，对财主说："我给你做十年的长工，不要工钱，只给我一粒苞谷就行了。"财主一听，喜得睁大了眼睛："此话当真？"

"当真。"

"绝……绝不反悔？"

"说话算数。不过我有一个要求。"

"什么要求？"

"我的那一粒苞谷没地方种，只能在你的地里种。"

"行、行。没关系，你……只管种！"

就这样，长工领到了一粒苞谷。

一年以后，长了两根苞谷，长工把两个苞谷种到了地里。第二年长出了一小片苞谷，长工又把苞谷种下去。第三年长出一大片苞谷，财主慌了，对长工说："不行，苞谷我……我得……得一半。"

"为什么？"

"因为……你种的……是我的地。"

"你不是让我种你的地吗？"

财主涨红了脸："谁知道……你要的鬼主意，越种……越多……把我的地都种完了。"

"我没拿你的工钱，一切都按以前说的办，怎么能说我要鬼主意呢？"

"我……我不管，无论如何……要交一半的……苞谷给我！"

"要苞谷可以，把我三年的工钱拿来，少一文我都不答应！"

财主又吼又闹，赖着脸皮要一半的苞谷，但他理亏词穷，长工根本不理他，气得财主直跳："你……你给我滚！"

长工笑了笑，叫来一帮朋友，把那一大片苞谷全收起走了。财主眼看黄灿灿的苞谷被一担一担地挑走了，肺都气炸了，他发誓再也不雇用这个长工了。

这一年，财主地里的麦子熟了，干活的人手少，财主想找一些短工帮着收麦子，找来找去，谁也不愿意去。当时天气不好，看样子要下大雨，财主急得没办法，只好叫人去请那个长工。长工邀约了十来个大汉来到财主庄园里，财主见来了这么多人，心里很高兴，麦子有救了。可是他又舍不得多费酒肉，便给短工们订了个字约："无鸡鸭也可，无鱼肉也可，唯有青菜豆腐不可少，不得一分钱。"短工们不答应，那个长工向大伙儿眨了眨眼，对财主说："可以，就按字约办。"

晌午，短工们歇气了，财主叫人挑来几大桶青菜和豆腐。长工说："喂，怎么搞的，尽是毛毛菜，不是说有酒有肉吗？"财主眼珠一瞪，"穷鬼，又……胡闹，字约上写着只给青菜豆腐，难道……还有别的吗？"

"我不管，把字约拿来看！"

财主叫人拿了字约，长工当着大伙的面高声念了起来："无鸡，鸭也可；无鱼，肉也可。唯青菜豆腐不可，少不得一分钱。"财主抓过字约一看，大惊："不对，不对，不是……这样写的！"

"白纸黑字，难道有假？"

"不对，不……不是这一张！"财主急得满头大汗。

"不准赖！"

"要赖我们就不干了！"

大伙儿围着财主吵，又装出不干的样子，急得财主手忙脚乱。他怕大伙儿走了，无人收麦子，要是大雨落下来，他的麦子就全完了。最后，他无可奈何，不得不叫人拿来了酒和肉。望着十来个大汉快快活活吃酒吃肉，他心里恨死了。

这一年，财主过生日，他为了寻欢作乐，对村里人说，谁要把三样东西扔进他楼上的窗口里，他就赏给谁五十两银子。要是扔不进去，谁就倒给他五十两银子。这三样东西是：扇子、鞋子、鸡毛。当时，看热闹的人很多，可是谁也不敢上前去试。一个过路书生认为此事容易，就上前去扔，扇子和鞋子扔进去了，唯有鸡毛扔不进去。鸡毛太轻，飞到半空就飘下来了。结果，书生倒给五十两银子，灰溜溜地走了。财主十分得意，在楼上高叫："谁……谁又来，赢了……给五十两！"长工从人堆里挤了出来，对财主说："我愿意试试。"财主一看是他，心里一想，"你……你有……有银子吗？"

"有！"

"拿出来……拿出来看看！"

长工果然从怀里摸出五十两银子，财主一见银子，眼就红了："好，让你试试，不过，你得把银子交给……交给……中间人。"

"我交，你也要交。"长工说。

"交，交，一言……为定！"财主从楼上扔下五十两银子。

这时候，人越来越多，里三层，外三层，大家都为长工捏一把汗。长工拿着扇子，一扬手扔进了窗口，人群里一阵喝彩。长工又一扬手，把鞋子扔进了窗口，人群里又一阵喝彩。只剩下鸡毛了，大家都担心能不能扔进去，因为鸡毛这么轻。只见长工找了一个石头，把鸡毛拴在石头上，对准窗口，一扬手扔了进去，人们一片欢呼。财主慌了："你啊……你用石子，不算数！"长工笑了笑："你没说不用石子。"说罢，从中间人手里抓过那五十两银子，高高兴兴地走了。

讲述者： 冉崇锡，男，土家族，农民，不识字
采录者： 连小培，男，西南师院中文系学生
　　　　 李照萍，女，西南师院中文系学生
采录时间： 1982 年 6 月
采录地点： 酉阳土家族苗族自治县南腰界乡政府

214

三件大事

有个财主为人很狡猾。他请了一个长年，年初，就给长年讲好，一年工钱给十二吊。此外，还要做三件大事，如果三件大事都做到了，一年就加十二吊钱；有一件做不到，倒扣四吊；三件都做不到，一年不付工钱。长年不晓得他要搞啥名堂，就答应了。

这天，财主安排长年："今天做第一件大事：点四季豆。要淋一桶粪，吃一桶粪。"这个长年是个老实人，淋了一桶后舀了一瓢来吃，臭起没得法，只好认输。全年的工钱还剩八吊。隔了两天，财主又安排长年做第二件大事：要长年把豌豆点在房子上。长年抓起豌豆往房上撒，结果没有一颗巴稳了的，长年只好认输。一年工钱就只剩四吊了。又隔了几个月，财主又安排长年做第三件事：放牛，要牵到屋侧边大柏树上去放。这一下，又难倒了长年，只好又认输。就这样，长年在财主家白做了一年活路，怄粗粗地回家过年。

长年有个弟弟在外地帮人，也回来过年了。吃团年饭时看到哥哥怄粗粗的，问哥哥是啥子原因。哥哥就把财主一年要求做三件大事，自己一件都没有做到，工钱遭扣完

了的经过对弟弟说了。弟弟听了，气惨了，说："哥哥你不要伤心，明年我替你去给财主帮长年，一定把今年的十二吊钱拿回来。"

第二年，弟弟去给财主做活路，财主又对长年弟弟讲了同样的条件。弟弟很干脆地答应了。

这天，财主安排长年弟弟做第一件大事：点四季豆，要淋一桶粪，吃一桶粪。长年弟弟答应后，担着粪去点四季豆去了。隔了一哈儿，回来把锅儿整得乒乓连天地响。财主忙进来问："你搞啥子名堂？"长年弟弟说："我把这桶粪煮来吃，冷的你来给我吃嘛！"把财主吓昏了说："我认输，加你四吊钱。"

隔了几天，财主又对长年弟弟说："今天办第二件大事，点豌豆，要点在房子上。"长年弟弟二话不说，拵了一架楼梯，拿了一把小锄头儿，爬上房子后，顺着墙把瓦片往地下梭，然后在墙上打窝点豌豆。这一下把财主吓到了，说："我再加你四吊钱，你各人下来。"

长年弟弟晓得财主要喊他牵牛到柏树上去放，就请来一个木匠做了个拗[1]。隔了两天，财主果然说今天做第三件大事：牛牵到柏树上去放。长年弟弟拵着拗，牵着牛来到柏树底下，把拗捆在柏树上，然后把牛四脚捆作一堆，慢慢地搬上了柏树。财主深怕整到了牛，只好认输，又给长年弟弟加四吊钱。长年弟弟该得二十四吊钱，财主还是不甘心。这天吃了谢锄晌午[2]，长年弟弟找财主要一年的工钱。财主眼睛一转说："你给我办一件事，办到再增加二十四吊，一共拿四十八吊。办不到的话，那二十四吊也就不要想拿回去。"长年弟弟问："是啥子事？"财主指着门坎下的狗洞说："你从这个狗洞爬出去。"这差点把长年弟弟的肚皮都气爆了。他跑进财主婆娘的内房，抱出财主婆娘才生的奶娃，把奶娃脑壳塞进狗洞，跨出门坎就拉到奶娃往外拖。财主见了吓昏了，大声说："你想找死吗？"长年弟弟说："恁小个洞洞，你来跟我爬嘛！你爬得过去，我就爬得过去。"财主莫法，只好认输。长年弟弟拿着四十八吊钱，高高兴兴地回家去了。

[1] 拗：一种类似杠杆的工具。
[2] 谢锄晌午：年底老板给长年吃的最后一顿午饭。

讲述者： 杨大明，男，高小学历，农民
采录者： 任光中
采录时间： 1985 年 11 月
采录地点： 璧山县大兴乡（今属璧山区大兴镇）

215

财主和长工

从前，有个姓杨的财主，对待长工很刻薄，长工打定主意要收拾他。

一天早上吃面条，长工多放了点葱子，老财主眼睛一鼓，吼道："粗人真是不会吃东西。吃东西吃的是味道好，哪能尽吃饱！"吃过饭，长工上坡割牛草，天擦黑才转来，草只割了几根根，用一只手提着。财主一见生了气，大骂长工偷懒："割这几根，还不够塞牛鼻孔！混账东西，牛吃得饱？"长工慢吞吞地回答他："东家，吃东西吃的是味道好，哪能尽吃饱？"财主一听没话说了。

又一天，财主叫长工去砍柴。长工去了一整天，只砍回一把刺。财主大发脾气："妈的，哪个喊你砍刺？要砍长根的、伸伸展展的才好烧。"长工等他骂完了，认认真真地说："东家，我记住了。"第二天，长工磨了整整一个早上的刀，吃过早饭又上坡砍柴去了。吃晚饭时长工转来了，拖着两根大拇指粗、一丈多长的糯米条[1]，削得光溜溜的。他一屁股坐在板凳上，笑着对财主说："东家，你

[1] 糯米条：一种藤类植物，细长光滑。

看，今天砍的柴可是又长又伸展的啦！不过，这种柴很难找，我跑遍了几面坡，才找着这两根，差点把人累死啦。"财主气得说不出话来。

这年热天，杨财主临时请了十多个人叫长工带着上坡去薅苞谷草。他怕大伙儿偷懒，中午悄悄上坡去偷看。长工见东家来了，向大伙儿喊了一声："伙计们，厕尿去！"十多个人都跑到树林里拉屎拉尿。财主一见，忙叫住大家："我用酒饭胀着你们，未必连粪也不得一泡？以后要屙，在我屋里的茅厕头去屙。"以后一连几天，大伙总是牵麻吊线地往回跑，一个人不少于十来次，不是屙屎就是拉尿，活路只做了一点点。财主气昏了，跳着双脚大骂："背你妈的时，都给老子滚！"长工和大伙儿摸出契约说："照着契约办，做工给工钱，双方不得中途反悔。现在你反悔了，得按契约期限付给大伙儿工钱。要不，打架、见官随你的便！"财主气得一口气转不过来，一个跟斗倒在地上，一家子呼天喊地哭做一窝。

讲述者： 杨胜银，男，土家族，农民，初中学历

采录者： 王斌礼，男，土家族，干部，大专学历

采录时间： 1986 年 11 月 3 日

采录地点： 秀山土家族苗族自治县凤凰乡

216

给我买个『哎哟』来

采录时间： 1987 年 3 月 11 日

采录地点： 秀山土家族苗族自治县美翠乡（今秀山土
家族苗族自治县龙池镇）

　　有个地主，很抠索[1]，每次请长工，就先和长工讲定：
"逢年过节算账，派哪样活做哪样活，做不到就扣工钱。"
这年，临过端阳节，地主对长工说："给你钱，去街上给
我买个'哎哟'来！"长工听了，皱皱眉头出门了。不一
会儿，他抱来个罐子，对地主说："'哎哟'买来了。"地
主本是瞎说，自己也不晓得"哎哟"是啥东西，于是好奇
地问："在哪儿？我看看。"长工说："在罐里，你用手一
摸就晓得了。"地主把手伸进罐里，马上就"哎哟"一声
惊叫，将手缩了回来。原来罐里有蝎子，狠狠螫了他一下。
地主攥着红肿的手指，不住地嚷叫着："哎哟！哎哟！毒，
真毒！"长工笑着回答说："比东家还差得远呢！"不用
说，地主这回输了。

　　　　讲述者： 田应佩，男，土家族，农民，初中学历

　　　　采录者： 王显能，男，文化干部

[1]　抠索：吝啬。

217

十二个月和九两酒

从前，有一个小伙子，爱打抱不平。他听说赵家寨有一个员外，名叫赵万贯，有万贯家财，可是待人夹渴[1]，视钱如命，朝日[2]克扣长工工钱。小伙子一心想为长工出气，想整治整治这赵员外。

赵员外在家吃了睡，睡了吃，觉得很烦，就派人到处去请会唱曲的人为他散心。小伙子想：时候到了。就打了九两酒，到赵员外家去。走拢后，小伙子把酒挂在赵员外的门扣上，说："员外！听说你请人散心，我会唱戏，愿给你唱几段戏文。"员外很欢喜，就说："你能唱好久呢？"小伙子说："我能唱十二个月。"员外很高兴，就说："那你就给我唱十二个月吧！"一切讲好后，小伙子要回家取唱戏文的行头，员外送他到门外，小伙子指着门扣上的酒说："为报员外的恩，我送员外一壶好酒。"员外很欢喜，说："好呀，酒有好多？""有九两酒！"

第二天，小伙子按约定时间到了员外家。赵员外先是

倒茶倒水，后是酒席招待，把场子摆好，开始唱戏。小伙子想了想，就唱："正月去了二月来，二月去了三月来，三月去了……"

这样翻来覆去连续唱了三天，员外生气了，只拿三天工钱，要他走。小伙子就说："员外，你不要我唱可以，不过，我给你唱了一年，你只拿三天工钱，我不干！你给我一年的工钱我就走。"员外气得脸色铁青，跑到县衙告小伙子的状。

县令问："你们打哪样官司？"员外说："我请他唱戏，他只给我唱了三天，要我开一年的工钱。"小伙子说："老爷，我在他家唱戏，从正月唱到十二月，他只给三天工钱，这合不合理？"县令问赵员外是不是一年，赵员外说："是！是！"县令又说："正月到十二月是一年，你咋个只开人家三天工钱？"赵员外没办法，只得承认开一年的工钱。小伙子还不依，又说："老爷，我去时，他要黄金一斤，我就拿了一斤黄金给他，现在要退还我。"赵员外一听，急忙争辩道："老爷，他只给了我九两酒！"县令听后大喝道："明明是一斤你说是九两九。"责令衙役打他四十大板，退还一斤黄金，付一年工钱，当场算清。员外情知上当，哭丧着脸，只得照办。小伙子拿着工钱和黄金，笑着走了。

讲述者： 冉隆吉，男，土家族
采录者： 王礼军，男，土家族，溶溪乡文化专干
采录时间： 1986 年 7 月 3 日
采录地点： 秀山土家族苗族自治县溶溪乡（今秀山土家族苗族自治县溶溪镇）李家溪

[1] 夹渴：吝啬。
[2] 朝日：常常。

218

哎哟，哦哟

从前有一个财主，对人很刮毒[1]，特别是对待他雇的长年。这一年，一个裁缝在他家做了一年的活，整天脚不停手不住的。到了腊月三十日这天，裁缝给财主说："东家，我也要回家团个年啦，你把工钱给我结了吧。"财主听了满口同意，说："要得，这样吧，你看这里里外外忙得很，你到街上给我买个东西回来，就给你工钱，你拿回去过个胖子年。这东西嘛，名字就叫'哎哟，哦哟'。"

裁缝一听，知道是给他出的难题，灵机一动，就当场应了。

裁缝跑了好多好多的路，去山上捉了两个寸多长的牛角蜂，用两个竹筒分开装好，又用纸蒙了竹筒的口口，就往回走。财主以为裁缝上了当，正在屋头阴倒欢喜呢。正在这时，裁缝欢欢喜喜地回来了，一进屋就喊："东家，你要的东西买回来啦！"财主一听，觉得稀奇：莫非世上真还有"哎哟，哦哟"卖？就说："你快给我看看。"裁缝把竹筒筒儿给财主说："这个是'哎哟'，把纸弄穿，眼睛盯到才看得到。"财主拿在手上看了一阵，就把纸弄穿了，眼睛刚刚盯到竹筒口儿，就遭牛角蜂螫了，眼睛边很快就冒起鸡蛋大一个包。财主双手捂倒眼睛，不停地"哎哟，哎哟"叫唤。裁缝慢条细理地问："看到了啥呀？""哎哟……"又说："这一个装的是'哦哟'，你还想看吗？"财主说："再不敢看了！"这时，裁缝才说："你要的东西我给你买回来了，按我们讲好了的，你给我工钱吧。"

财主吃了哑巴亏，没得法，只好叫管家给裁缝结清账。裁缝高高兴兴地拿着工钱回家过年去了。财主呢，只得吊个大青包"哎哟哦哟"地过了年。

讲述者： 聂茂槐，男，农民，初中学历
采录者： 聂焱
采录时间： 1981 年 5 月 2 日
采录地点： 涪陵区开平长远五组

---

[1] 刮毒：狠毒、刻薄。

219

长年和八字先生

从前，有一个财主，请了个长年。这个长年三十几岁还没接堂客。

有一天，长年上街给财主买东西。在街上遇到八字先生袁天罡。袁天罡一看到长年，赶忙从凳子上站起来给长年行礼。连到几天都是恁个。长年不晓得是哪个回事，就问袁天罡说："袁先生，我回回走你这点过，你哪个都要站起来给我行礼呢？"袁天罡说："你比我大，我当然要给你行礼噻！"长年觉得很稀奇，就说："我一个帮长年的，哪个会比你大呢？"袁天罡说："哎，你是真的不晓得，还是假的不晓得哟？"长年说："我就是不晓得才问你噻。"袁天罡就说："那我给你说嘛。我观你的相，看到你走路的时候，前后都有一把伞，必是有文武星护到你。你的儿子肯定是文武状元，所以说我比你小，你比我大。"长年听到这些话，觉得很好笑。心想：我堂客都没得，哪来儿子做官啰！回到财主屋头，他就给财主摆[1]了这件事。哪晓得财主一听就信了。他晓得袁天罡的名声很大，上知

三百年，下知三百年，说的话肯定没得假。

从那过后，财主就娶了小。小老婆一过门，财主就喊她和长年两个住，长年还很感激财主。

自从长年和财主的小老婆住到一起后，长年每次上街去办事的时候，遇到袁天罡，袁天罡理都不理他了。长年忍不住又去问："哎，袁先生，我从前从这点过，你都要起来给我行礼，哪个现在理都不理我了呢？"袁天罡说："你现在和我一样大了，我哪个还要给你行礼呢？"长年说："你原来说我比你大噻，哪个这哈儿又是一样大了呢？"袁天罡说："你的福分遭别个掏起走了，我们两个就一样大了。"长年说："遭哪个掏起走了嘛？"袁天罡说："就是你的东家。你以为他把小老婆让给你困是为你好唦？他是要你的两个儿子。你这一辈子都没得啥子福分了。"长年一听就心慌了，赶忙求袁天罡帮忙。袁天罡看到他遭孽巴兮[2]的，就说："好嘛，我给你出个主意。你拿一吊二百钱给我，我再给你算一命，把福分掏回来。你要照到我说的去做，不然就没得法了。"长年赶忙拿了一吊二百钱来，说："你快点说嘛，我一定照到你说的做嘛。"袁天罡算了一阵，说："我观你相，你和财主的小老婆有一对双了。小老婆生娃儿的时候，只有你在场才生得出来。你要记到，先生下来的那个要小些、重些，后生下来的那个要大些、轻些。你等两个娃儿一落地，就把那小的一个、重的一个抱起走；拿嘴巴把大的一个、轻的一个的右脚大指拇咬脱。恁个，你就可以把福分掏回来了。"长年开先听到还有点不相信。等到小老婆生娃儿那天，长年在旁边还好点，只要长年一出去，小老婆就痛得哇啦哇啦地叫。财主没得法，只好让长年守在那点。过了一阵，小老婆把娃儿生出来了。长年一看，硬是像八字先生说的一样：头的一个小些、重些，二的一个要大些、轻些。长年赶忙照到八字先生的话，把大的右脚大指拇咬脱了，把小的个抱起就跑了。

长年抱起娃儿跑出来过后，就找了一个奶妈来喂这个娃儿。长年给奶妈说："只要你给我奶娃儿，我就在你屋头帮工，一分钱都不要。"奶妈答应了。等娃儿长到三岁，

[1] 摆：讲。

[2] 遭孽巴兮：可怜的样子。

长年就不给奶妈帮工了，带起娃儿到一家教书先生那点去帮工。

这个教书先生很有学问，一天到黑专门给那些有钱人的娃儿上课。有天早晨，教书先生去上课，看到讲台上有一篇写得很好的文章，他不相信这篇文章是他的学生写的，就先问学生些："昨天放学过后，哪个到教室头来了的？"学生些都说没得人来。他又回去问家里的人："昨天你们有人进过学堂没有？"家里的人说："没得。不晓得长年的娃儿去过没有。"先生又去问长年的娃儿，那娃儿说："先生，我去过的。"先生忙把那篇文章拿出来问是不是他写的。长年的娃儿说："是的。"先生就问他："你原来读过书的呀？"娃儿说："没读过。是在你这点来读的。你去给那些人讲，我就在外头听。放了学过后，我才跑到教室头去照你说的恁个做。"先生听了欢喜昏了，就给长年说："从今天起，你的娃儿就跟到我读书，你也不要给我帮工了，我养活你们两个。"

一晃，娃儿长大了，就要赶考，一考就中了个文状元。中了状元回来的路上，又碰到一个武状元。长年的娃儿就去给那个武状元道喜。两个就在一起亲亲热热地吹起牛来。吹到吹到的，武状元一下哭起来了。长年的娃儿不晓得为啥子，就问他。他说："你不晓得，我的命好苦哟。我是个没得爸爸的人。听我妈讲，我还有个弟弟，他遭爸爸抱起走了。走的时候，爸爸还把我右脚的大指拇咬脱了。我哪天才看得到爸爸和弟弟哟！"这边的话才说完，那边的文状元又哇地一声哭起来了。武状元又赶忙问他哭啥子。文状元说："我还不是个苦命的人哪！我从小没得妈，是跟到爸爸长大的。听我爸爸说，我还有个哥哥右脚没有大指拇，跟到我妈的。我哪阵才看得到他们啰！"两个哭了一阵，都觉得有点怪。分手的时候，就把各自住的地方说了。

长年的娃儿回家后，就把船上遇到武状元的事情给长年摆了。长年一听就说："娃儿，那武状元肯定是你哥哥。你晓得他住在哪点不？快点带我去找他。"

长年的娃儿就赶忙带起长年到武状元那点去。走到半路上，正好遇到武状元和他妈朝到这边走过来。长年过去一看，武状元的妈，硬是财主的小老婆，欢喜昏了。一家

人就恁个团圆了。

讲述者：　吴化岸，男，汉族，小学毕业，农民
采录者：　袁学夫
采录时间：1985 年 10 月 5 日
采录地点：长寿县石回乡（今长寿区长寿湖镇）

220

长工骂地主

　　从前，有个长工正在犁田，犁到田中间时，地主就从田边悄悄梭来监视长工干活，生怕长工偷懒。长工看到地主来了，故意吆着牛吼道："你这东西，正道不走，光走边边。"

　　地主听了，知道是在骂他，想等长工转过来后，骂他两句。哪知，长工犁到田那头，抓把泥巴往牛屁眼里塞。地主感到奇怪，走过去问他："你把泥巴往牛屁眼里塞做啥子？"长工答道："我不把它屁眼塞到，它一会儿又要放屁，臭得死人。"地主听了想发作，又不好开腔，只好阴到怄闷气。

讲述者：　左天顺，男，教师，初中学历
采录者：　文可山，男，干部
采录时间：1986 年 6 月
采录地点：城口县

221

马草缘

　　有个财主，他的女儿长大了，媒人上门给她说了好多有钱人户，小姐红黑[1]不答应。原来，她悄悄和家中一个长年相好了。

　　小姐晓得，父母不赞成这门婚事，就和长年商量了个法子，长年就辞工回自己家里去了。他走后不久，小姐对父母说："你们把我眼睛蒙上，让我骑在马上，马走到哪家不走了，女儿就嫁给哪家当媳妇。"财主两口子正在为女儿的亲事心焦，听了女儿的招亲办法，就答应了。

　　这天，小姐骑着马上路了。长年照小姐说的法子，在回家的路上撒了许多青草，屋当门还堆了一大堆。马沿途吃着青草走，走到一家财主门前时，这家少爷赶忙上前招呼，还放火炮欢迎。马一听火炮响，吓得直是跑。走了一阵，又遇到一户有钱人户，门上贴着红对联。但马怕红的，又遭吓跑了。马边吃草边走，一直走到长年门前，见屋当门堆着一堆很嫩的青草，吃着不肯走了。

　　姑娘下马来，拉着长年一道回家，要父母说话算话。

[1]　红黑：此指无论如何。

父母只好答应把女儿嫁给了长年。

222

女儿丘和围腰坟

讲述者： 张得修，男，汉族，古溪镇退休工人
采录者： 孙大英
整理者： 周海信
采录时间： 1985 年 11 月 29 日
采录地点： 潼南县古溪镇（今潼南区）

万松堡万老爷家有三件宝物：一是娇嗔嗔的独生女，一十八岁的万松针，人称"万重松堡一枝花"。二是万老爷门前山脚下弹长弹长[1]的一条"腰带"，"腰带"是一块田的名字：腰带丘。这腰带有好长？不晓得，只晓得它在山脚脚把个万松堡围了一转。三是万老爷家的小长年，小长年也不小，圆笃笃的糯米小伙儿，又亮色又能干。二十三岁就给万老爷帮了二十年的长年。

万老爷还有一绝：栽得一手好秧，哪个佃客开秧门，必请万老爷栽第一翼正翼，那硬是一快二匀三伸展。为了显他的栽秧本事，年轻时，曾请了许多人看他从太阳冒山起，不伸腰杆，一口气栽拢腰带丘，太阳才刚刚搁在岩岩上，洗脚上坎，万老爷的白绸衫、白绸裤还不沾一点泥水。

在万老爷的独生女万松针满十六那年，万老爷提出：他的女儿万松针要找个秧子栽得好的人做女婿。

秧子栽得好到啥子样子？像万老爷一样，在腰带丘不伸腰杆，一口气栽完一翼秧子两头杵坎才作数。

[1] 弹长弹长：弹，lāng，瘦长或细长，身小。

腰带丘长不说了，宽硬是合五翼，每翼秧子五行。在腰带丘栽一翼秧子，就把你的栽秧手艺考完了：顺田弯、巴壁弯这两种栽法虽不要求伸展，但不容易栽好，掐紧了会"拧死"一股，放松了又会长出"秧鸡儿"来，一般的手艺是拿不下火的。所以，两年过去了，万松针这枝花仍然香在万松堡中。

万松针满十八岁这年，万老爷放出话来，今年是栽秧招女婿的最后一年，万老爷要同女儿万松针亲自到田坎上看。立夏刚到，万松堡就来了许多青年人，一来看哪个能不伸腰杆一口气栽完腰带丘，二来亲眼见见万松针小姐。

立夏过了五天，刷粉亮就来了个青年人站在田坎上，有好事的人跑去报了万老爷。万老爷和女儿万松针正在吃鸡蛋冲的蛋花，端起碗出了家门。粗一看那个青年人穿的是粗白布对襟，粗白布裤子，细一看，却是万家的小长年。弄得万老爷抠后脑勺——哪个会是他呢？只有万松针万小姐心头是醒豁[1]的。

小长年是三岁到万老爷家的，先是抹桌扫地，给万老爷点火装水烟。后来，是抱万小姐，打马马肩。万小姐稍大点，又骑小长年的马马，又要小长年给她捉洋丁丁[2]，扑亮火虫，请黄丝蚂蚂，上坡摘桑泡、打李子、掐草花，没有哪样离得了小长年。

万小姐长大了，小长年又被派上山捞松毛、捡干柴、打疙蔸的活路。万小姐有时也背倒大人，跟小长年上山去耍。有一回，万小姐去松树底下躲阴，等小长年捆好柴一路回去，不想一条山毛虫落在万小姐的衣领上，吓得万小姐闭起眼睛，犟起颈子惊叫唤，脸都惊红了。小长年跑过来，用一根指拇把山毛虫弹掉了，万小姐还死抓住小长年，闭起眼睛喊怕。小长年说不怕，万小姐还是闭起眼睛，红起脸脸，嘟起嘴嘴儿喊怕。小长年觉得万小姐红通通的腮嘟儿很好看，就在那上头打了个"嘣儿"。万小姐睁开眼睛，把小长年盯到起，好一阵才说："你打我的'嘣儿'，我要回去告你。"小长年说："告不得，你告了我要挨打，还要当我的开销。"万小姐一是舍不得小长年挨打，二是

[1] 醒豁：明白。
[2] 洋丁丁：蜻蜓。

舍不得把小长年开销了，就没有告小长年打"嘣儿"的事。

后来，小长年要跟大长年学做庄稼的全武事，万小姐也去学做针线去了。每天黑了，收活路回来，小长年都要抬起脑壳望楼上的窗门，万小姐每回都爬在窗门，抬起腮嘟，向小长年打抿笑。

万老爷提出要栽秧招女婿那年，万小姐就问小长年："你栽得成秧子不？"小长年说："栽得成。"万小姐又问："你栽得好不？"小长年说："不嘟个很好。"万小姐说："我教你。"小长年一听，跨了一步，眼睛睁起核桃大："你教我？"万小姐赶忙退了两步，又用手把腮嘟捂倒："哎呀，你好生站起，听我说嘛，用松毛当秧子，在垮石坎那块有半转岩长的长石坝上去学，我爸爸就是恁个学出来的。"小长年说："你嘟个晓得的？"万小姐说："我妈给我说的，还是我妈给爸爸齐松毛呢。我爸爸栽过了，我妈又去把松毛齐起，放成行，我爸爸又栽。"小长年说："你帮我齐松毛干不干？"万小姐说："不干，你……你各人去嘛。"一边说一边把那腮嘟儿一摸一摸地走了。

当天晚上，小长年给大长年说，他要去垮石坎那块长石坝用松毛学栽秧，大长年心头醒豁是嘟个回事，就说："要得，坡上的活路我包了，好生学，学好了二天莫忘了请我吃喜酒。"

第二天，小长年去垮石坎长石坝，见摆起弹长弹长一杠松毛做的秧把头，万小姐坐在垮石坎上，摸到腮嘟打抿笑，小长年就急忙躬起腰杆练起来。栽了三丈远，小长年就想伸一下腰杆，还没伸直，就见万小姐把摸腮嘟的手放下了，脸也黑耸了，小长年急忙又躬起练。万小姐说："你莫想得撇脱，我妈说的，这有半转岩长的长石坝，要五五二十五个来回才刚好有腰带丘长，才两三丈远，就想伸腰杆啦？"

小长年在长石坝躬起腰杆练了一年零九个月的"弯功"。最后三个月，万小姐要小长年到冬水田去打"水碇子"，练发手快和衣服不沾泥水。小长年说冬天水头冷，不想去。万小姐说："你究竟去不去？"小长年笑扯扯地说："去又嘟个？不去又嘟个？"万小姐说："不去我就……"边说，边把摸到腮嘟的手放下来，把个脸黑耸起。

小长年说："我要去呢？"万小姐说："我就每天擦黑在朝门侧边拐角角接你，还准你……"后半句不好意思说完，就只偏起脑壳打抿笑，手还在腮嘟上不停地摸，小长年憨笑："嘿嘿，我去嘛。"

小长年打了三个月"水碇子"，万小姐在朝门侧边拐角角闭起眼睛让小长年打了九十个"嘣儿"。

所以，万小姐看到小长年站在田坎上，就摸到腮嘟打抿笑。

万老爷走上田坎，小长年就说："万老爷，我是来试起耍的，秧子栽拢了就算了，那个事呢，就不说了。"万老爷正正经经地说："我万老爷从来说话算话，你做到了，我决不喊黄[1]。"小长年说："万老爷，那，那我去扯秧子去了。"

万老爷心想：我是光栽不扯才刚好栽个"搁岩红"，你娃娃连扯连栽不"杀黑鸡母"[2]才怪！

小长年下田扯秧子那才快当！那一个秧把头甩上天刚落下地，二个秧把头又扯好了。只见秧把头不停地飞起去，落下来，小长年这一招是大长年传的，叫扯"推刨秧"，一手一推出，收回来就是一个秧把头。这秧母田也是大长年专心办的，秧根子像泥鳅胡子，扯起快得像麻地木耳一样，太阳刚冒山头，秧子就办齐了。

小长年下田栽秧，大长年就来给他抛秧子。大长年抛的秧把头很匀净，刚栽完一个秧把头，正好接上下一个秧把头。小长年栽秧样子也好看，栽得也快。上半个秧子时，小长年右手的秧子像在扇凉风一样，看起摇扇打扇的好舒服，姿势很好看。下半个秧子时，小长年把秧把手一立起，这种栽法叫栽"剐剐秧"，快得来像用手在水头划一样，一划过去就是五窝秧子，一划过来又是五窝秧子，巴壁弯、顺田弯像用梳子梳过一样，杆子秧像用墨线弹过的一样！万老爷越看越毛焦，万小姐越看越舒服，田坎老壁站满了看热闹的人。这些人中有当地的，有外地的。外地人不怕万老爷，说话不忌生冷[3]。有的说："小长年，快

[1] 喊黄：失言。
[2] 杀黑鸡母：摸黑收工。
[3] 不忌生冷：不忌讳。

点栽，你已栽到万小姐的胸膛了。"说倒说倒就太阳当顶，说倒说倒又太阳偏西。剩下最后一截了，这是最棘手最精彩的一截。小长年越栽越来劲，看的人越看越闹热："小长年，栽得快，栽断万小姐的裤腰带！""小长年，栽得好，栽拢万小姐就到手了！"吼得万老爷脸红筋胀的，当着众人又不敢发作，吼得万小姐红成个桃花脸，不好意思抬头。

小长年心慌毛躁栽完最后一窝秧子，想快点伸直腰杆看他的万小姐，谁知伸得太快，只听到"咳"的一声响，一声"哎哟"，就倒在田坎上了，本来干干净净没沾半点泥水的粗白布衣裤被沾了稀泥，大长年急忙去扶小长年，万老爷不准，说："栽拢了，要各人站起来洗脚上坎，才作数！"大长年说："万老爷，小长年的腰杆躬多阵了，起身太快，腰杆遭整断了。"万老爷说："那就不作数。"拉起万小姐就回去了。众人不服气，吼一阵也没奈何，就说："这丘田干脆叫'女儿丘'算了，也叫大家记住这件事。"

本来，万老爷栽秧招女婿就是假的，想借此机会张扬一下自己的手艺是没有人赶得上的，看到小长年要栽拢了，正失悔不转，小长年却把腰杆整断了，正好借口翻黄不认账，还不给小长年医腰杆。

大长年找了些药给小长年包，才慢慢地好了，小长年还是留在万老爷家帮长年。

不久，万老爷说要把女儿嫁给何家大少爷。万小姐心头不愿，但也没法，悄悄去看过几回小长年，后来，还是哭哭啼啼地嫁到何家去了。

万小姐每回回娘屋，一见小长年，就把腮嘟摸一摸的，小长年每回都想方设法和万小姐打照面，不管有人无人，打了照面也不说话。

眨个眼睛三年了，万小姐还是个空身子。

六月六，晒衣服，红朗朗大太阳烤得出油，万老爷却叫小长年去陡石坎转上坡粪，小长年累得喉咙冒烟。万小姐这天从娘屋回婆屋，晓得小长年在陡石坎转粪，就绕道走到陡石坎黄桷树脚等他。小长年担起粪，走拢陡石坎，万小姐摸到腮嘟儿说："坐哈儿不？"小长年说："不坐哟。"却把粪桶放下来了。万小姐用帕儿把身侧边的石头

扇干净，说："过来坐。"小长年说："要得。"却把扁担横搁在两只粪桶上坐下来了。万小姐不说话，只反手在腮嘟儿上摸一摸的。多一阵，小长年才说："你好不？"这一问，问得万小姐眼睛水花花转，抽了口长气，轻轻地唱了起来：

天上丁丁咬尾飞，
水中蜞蚂背起偎；
哥有公鸡不打蛋，
妹有腰磨无人推。

小长年的山歌多得索是索的，今天不晓得是哪个搞起的，心里跳得咚咚地响，歌唱不出来，只是连喘带说："乱说些。"就担起挑粪往陡石坎跑起上去了。万小姐在轻轻地哼：

胆水一点豆浆清，
筲箕一榨就端墩；
妹儿却是尼姑命，
嫁个男人是修星[1]。

小长年转身走了，自言自语地说："真的呀？"

小长年又挑一挑粪转来，默到万小姐还在黄桷树脚，一看没人，却有个红布肚儿在刚才万小姐坐的那地方，捡起一看，那纽襻都是银子做的，心想：万小姐把这个东西落在这的，回婆屋去要遭男人打。急忙抬头找万小姐，一看，万小姐已爬上陡石顶上，往他转粪的那条茅草路梭过去了。小长年急忙担起粪，往陡石坎跑去，跑拢顶，连粪桶也忘了放，挑起粪桶到处看；万小姐在黄荆笼笼那边睡起，小长年急忙跑过去，二人抱成一团。这时，正是六月间，天气说变就变，几朵乌云一冲上顶，大炸雷一响，豌豆大的偏东雨就来了。一是天气热，二是小长年实在累，三是偏东雨激，小长年"哎哟"一声，脚一蜷，手抱胸口就"拿过去"了。

万小姐见小长年死了，抱到小长年又哭又摇，一直到把雨也哭停了，把太阳又摇出来，万小姐才紧紧抱住小长年昏死过去。

大雨过后，天气凉快，一对喜鹊飞来，盘到万小姐和小长年飞了一圈，啄下几片羽毛给万小姐和小长年盖起。一对蝴蝶飞来，盘了一圈，给万小姐和小长年脸上扑了点粉。

太阳刚搁岩，天上飞来无数的雀雀鸟鸟，衔来飞毛、松枝、柏叶，花花草草，一层一层地盖在万小姐和小长年身上，泥虫蚂蚁推土拱沙，垒起了一个小小的坟。红布肚兜像一座碑一样巴在坟头上。

有一天，大长年在街上喝冷酒喝醉了，把万小姐和小长年的事前三后四地给打雇工的些摆了，大家都悄悄地跑去看，说："就叫围腰坟算了。"后来，当地还兴起了一个规矩，说不清"女儿丘"和"围腰坟"来历的，就不算打工的。

讲述者：　陈炳轩，男，农民，私塾
采录者：　陈曦震
采录时间：　1985 年 10 月 20 日
采录地点：　涪陵区新妙镇

---

[1]　修星：有生理缺陷的男子。

223

拴太阳

从前，有一个黑心烂肝的地主，整起人来硬是挖骨敲髓的。在他家做活路，工钱说起来不少，一年三十两银子；可是到头来，他总要编方打条怪古稀奇地想些法子来克扣你的工钱。长工们在他家做活，没有一个不吃亏的。因为他家有一条不成文的规矩：凡是在他家做活路的，最后都要分派你做三样狠活路；完不成的，每样扣十两银子。

老大在他家做活路，看到看到一年期限就要拢了。一天，地主喊老大说："这几天活路这样忙，天气又这样短，你今天就不做别的事，去搓根索索把太阳给我拴到起。"

老大说："太阳咋个拴得住呢？"

地主说："拴不住太阳，那就扣你十两银子的工钱。"

第二天，地主又喊到老大说："昨天叫你拴太阳，你奈不何；今天，去把粪坑里的屎全舀来吃了。这件事办了，我把昨天扣的十两银子也还给你。"

老大说："粪坑里的屎咋个吃得呢？这我更奈不何。"

地主说："那就别怪我哟，今天又要扣你十两银子的工钱啰。"

第三天，地主又要老大把几个大坛子装进小坛子里

去，老大又无办法，又遭扣了十两银子。这下子，一年工钱扣得精光，白帮地主干了一年活路。老大愁眉苦脸地回到家中。老二问他："哥哥，你咋个脸色这样难看呢？"老大说："别提起，我辛辛苦苦给他搞了一年活路，原先讲的三十两银子的工钱，结果遭他七扣八扣，扣得个裸球精光[1]！"老二问："咋个扣法的呢？"老大说："他要我做三件狠活路，奈不何的话，每样活路扣十两银子。结果，我一样都奈不何。"老二接着问："是啥子狠活路这样凶啊？"老大说："第一，要把太阳拴到起；第二，要把粪坑里的屎吃完；第三，要把大坛子装进小坛子里去。"

老二一听，肺都给气炸了，破口骂道："这个龟杂种！欺侮老实人也不该这样欺侮嘛！哥哥，你等到，看我去给你把工钱拿回来。"

老二跑到地主家去帮到哥哥要工钱，地主说："帮到来要工钱可以，但那三样狠活路必须做。"

地主要他搓根索索去把太阳拴到起。老二二话没说，拿着镰刀就朝地主的竹林走去，走拢就扑啦扑啦捉到竹子一阵乱砍，不一会儿，就砍倒了一坡坡竹子。

地主一见就慌了，对老二吼道："你吃多了！叫你去拴太阳，你朝着我的竹子砍啥子？"老二说："不是拴太阳嘛？太阳这样高，不搓根长索索咋个拴得到呢？我要把你的竹子全部砍光来扭扣扣、搓索索去拴太阳。"地主听见更慌了，连忙说："莫砍了，莫砍了！算了算了，这样狠活路不要你做了，这十两银子你拿去，我不扣你的了。"

第二样狠活路是要把粪坑里的屎吃完。老二不做声不作气地在灶屋里加了一大灶火，放了口大黄锅，大挑二挑地把屎倒进锅里去煮。

地主一见又慌了，对老二吼道："你把屎倒进锅里煮啥子？臭气熏天的，把灶神菩萨给我得罪了，要倒一辈子的霉呀！"老二说："你不是要我吃屎吗？生屎咋个吃得呢？我要把它放在锅里煮七七四十九天，煮熟了再吃。"地主一听急了，连忙说："算了算了，莫煮了，莫煮了！我不扣你这十两银子，这件狠活路也不要你做了。"

第三样狠活路是要他把大坛子装进小坛子里去。老二

[1]　裸球精光：意为赤身裸体、一丝不挂。这里指全部扣完，一点不剩。

笑眯眯地抱起大坛子往地上一甩，"哗"的一下把坛子打得稀巴烂，然后，慢条斯理地把烂坛子碎片往小坛子里装。地主一见，又急又气："算了算了，今天我算服你了，你快把三十两银子拿起给我滚。"

讲述者：　赵云鹏
采录者：　杜礼臣，男，县文化馆干部
采录时间：　1985 年 8 月 7 日
采录地点：　奉节县幸福乡十里村（今奉节县永安街道十里村）

224

地主与农民

从前，有一个农民，靠租种地主的田地为生。每年辛辛苦苦打下的粮食，八成都要交给地主，自己还要饿肚子。后来，这个农民也耍起滑头来了。

有一年，农民在年初就跟地主说好："今年种的粮食，老爷得上半截，我得下半截。"地主一听，就说："好，那就一言为定，年终不准变卦。"这些田历来都是种的水稻，殊不知，这一年来，农民把水放干了，种了一田的红苕。年终时，地主喊农民交粮食，农民自己得了红苕，给地主全交些红苕藤子。地主气得脸红脖子粗，要农民给他说道理。农民说："老爷，对不起，我们不是早就讲好的，老爷得上半截，我得下半截啥。"地主无可奈何，只得认输。

第二年，地主就说："今年种的粮食，我上下都要。"农民一想，又答应了。这一年，农民却改种了一田的玉米。收割时，农民全部把中间的苞谷扳了，把上面的天花和下面的茎秆全部交给地主。地主哑口难言，又搞输了。

讲述者： 黄胜俊

采录者： 马厚泽

采录时间： 1986 年 5 月 7 日

采录地点： 奉节县新贺乡（今奉节县兴隆镇）红安村

225

灰绳绳儿

　　很早以前，我们这儿有个放牛娃，全靠给地主屋头放牛来养活一身都是病的妈。地主好几回想点子撵他走，都没搞赢机灵的放牛娃。一次，地主又想了个法子，对放牛娃说："今天你给我搓一根灰绳子，不行，就各人回去，莫想再来了。"放牛娃想啊想啊，一眼看见猪圈里有根草绳子，心头就有了主意，跑过去捡起，说声"明天早上交货"，就走了。第二天天才麻麻亮，地主找到放牛娃，看他还在睡瞌睡，心头好不欢喜，心想，这回做灵了，就吼了一声："瞌睡虫，给我搓的灰绳绳儿在哪儿？"放牛娃一手揉眼睛，一手指到地下："那儿不是。"地主一看，地下当真有根灰绳绳儿，气得车身就走了。

　　原来，放牛娃把昨天捡的那根草绳子放在地下，用火点燃一烧，就成了一根灰绳绳儿。

讲述者：　谭地坤

采录者：　李继美

采录时间：　1986 年 5 月 2 日

采录地点：　开县（今开州区）岳溪镇

226

搬
水
井

　　有个地主，爱刁难长工，好短他的工钱。有一年，他短了长工的工钱，长工不服，去找他，他就说："明天早晨，你把我屋前的水井搬到屋后头去了，我就把连[1]把工钱给你；搬不了，还要倒扣！"长工想想，就答应了。

　　第二天一早，地主就站到水井边看，长工跑到水井边边上，站了一个八字脚，腰杆向下头一弯起，就向老板喊："快点来帮个忙，把水井放到我的肩膀上，我好搬到屋后头去。"老板干望起，只有认输，付了全部工钱。

讲述者：　谭地坤

采录者：　李继美

采录时间：　1986 年 5 月 2 日

采录地点：　开县（今开州区）岳溪镇

[1]　把连：全部，所有。

227

财
主
和
短
工

讲述者： 江方云，男，农民，初中学历
采录者： 杨友仁，男，县建设银行干部
采录时间： 1985 年 8 月 17 日
采录地点： 武隆县桐梓乡双凤村（今武隆区桐梓镇）

从前有个财主叫"李刮毒"，他天天想方设法剥削农民，人些恨死了他。有年子，正是下种的大忙季节，李刮毒请了一个从外地逃荒来的短工给他挑粪。短工冒着毒辣辣的大太阳给他挑了一天，晚上算账的时候李刮毒只拿了半天的钱。短工不依教，李刮毒说："你去的时候才挑粪，转来的时候，挑的是空桶桶呀，啷个要给你一天的工钱嘛？"短工听了，晓得李刮毒的厉害，没说啥子。

二的天，李刮毒又请这个短工挑粪。短工把粪挑到土头，不许别人动他的，接到又挑回去，一天就是这样挑来挑去的。土头的人起先不晓得他搞的啥子灯，短工说："去来都挑起粪的，才得到一天的工钱。"天黑的时候，这挑粪又原封不动地挑了回来，坡上的人点都没有用得到。李刮毒看见了，只得暗中叫苦。

算账的时候，短工说："老板，今天该给我一天的工钱了。你也看到的，我一天的肩头没空，都是挑起粪的。"

李刮毒哭笑不得，只好给了短工一天的工钱。

228

财主与先生

从前，有一个财主，吃用都很简单，总是把手头的钱打得很紧。财主的儿子七岁时，他想请个先生来教他儿子读书。谈到报酬，先生给财主写了这样一张契约："无鸡鸭也可无鱼肉也可唯青菜萝卜不可少不得学钱。"财主看了，以为是"无鸡鸭也可，无鱼肉也可，唯青菜萝卜不可少，不得学钱"的意思，就高兴地同意了。

后来，财主既不拿学钱给先生，吃饭的时候，桌上又没有鸡鸭鱼肉，全是些青菜萝卜，把先生气坏了。先生找财主讲理，说财主不按契约办事，财主则说他是按契约办的，两人争得脸红脖子粗。先生将契约重新一读："无鸡，鸭也可；无鱼，肉也可；唯青菜萝卜不可；少不得学钱。"财主无奈，才乖乖地照着契约办了。

讲述者： 裴东林，男，农民，小学学历
采录者： 裴泽均、熊云
采录时间： 1987 年 5 月 9 日
采录地点： 南川区鱼泉乡（今南川区山王坪镇）龙泉村十组

229

不要良心

从前，有一个地主请了一个长年为他干活，长年很老实，做活路像牛马一样。到了年底，长年要回家过年，就来找地主要工钱，没想到，地主一点也不给他，长年就生气地走了。长年走到半路，又回到地主家，对地主说："老板，我的'良心'在你的家里掉了。"那地主说："去你的哟，我家从来就不要良心，你在我家休想找到！"

讲述者： 梁大春，男，房管员，高中学历
采录者： 梁培、熊云
采录时间： 1987 年 5 月 16 日
采录地点： 南川区木凉乡（今南川区木凉镇）

230

火龙单

财主走在路上，不一会儿，就冻得嘴唇乌青，四肢麻木，手脚不听使唤了。他"咚"的一下倒在地上，大雪覆盖了他，一会儿就死了。第二天，风停雪止，出了大太阳，财主的尸体露出来了，周身发黑，全身鸡皮疙瘩。他的堂客跑来，扶尸痛哭，边哭边诉：

"羔羊皮袄你不穿，一心要穿'火龙单'，烧了一身紫疙瘩，为何不往水里钻？"

讲述者：　　冯义国

采录者：　　冯国辉、冯国光

采录时间：　1985 年 6 月

采录地点：　黔江县（今黔江区）冯家坝

一年冬天，天空下着鹅毛大雪，真是冷极了。一位财主穿着皮袄还觉得冷嗖嗖的，风一吹来，刺人肌骨，他恨不得把脑壳缩到颈子里头去。

这时，他看见自己家里的一个长工，只穿着一件破旧的单衣，满头大汗地在马棚中铲粪。外面的大雪纷纷地下着，寒风呼呼地吹着，那个长工不但不冷，像还热得很哩。于是财主问那长工："喂，伙计，我穿这么多衣服，都还冷得打抖抖。你啷个只穿一件单衣，还热得出大汗啰？"

"老板，"那个长工回答道，"你可别小看人，我穿的这件衣服，是我祖辈传下来的宝衣，名叫'火龙单'。寒冬腊月穿起它，不但不冷，还热得受不了。不过有一点，穿起是要做活路的哟！""哦！"财主眼红得不得了，连忙巴结地说道，"哎呀，我拿羊皮袄换你的'火龙单'，要得不？"长工故意迟疑了一阵，装出一副无可奈何的神色，说："这是我的祖传宝衣，是不能给外人的；实在你是我的东家，好，换给你穿穿。"财主与长工换了衣服。财主刚一穿上"火龙单"，就冷得发抖。他想，穿起这衣服是要去做活路才不冷，好嘛，我上场找酒喝。

231

冉老幺放牛

有个靠骗人起家的土财主，专门算计穷弟兄。有一次，他把冉老大的大牯牛说得像败家的灾星一样，啥子"榜头旋""抬丧旋"说了一大串，如果不马上卖掉，主人家就要家败人亡。害得冉老大像送瘟神一样，贴了一桌酒席，把一条大董董的牛卖了，才卖得二百吊钱。买这条牛的不是别人，正是这个土老财的"媒子"。腊月间，冉老大在外帮长年的儿回来团年，听说这事后，就到处打听土财主的住处。

土老财把相因买来的牛叫长年喂起，在需要牛的栽秧季节里卖俏价钱，还到处吹他在冉老大家买的牛是"双旋夹喉，赛过犀牛"，吹得口吐莲花现。缺牛的都来看，出钱的也一个比一个高，已经有人出了一千吊钱，但土老财还是稳起不说卖字。

一天，土老财家来了个愿帮月活的，工钱每月只要吊二百钱。土老财是个想把天下的便宜捡完的角色，当然就答应了。土老财叫他经佑牛，还要给厨房挑水。帮月活的经佑的这条牛正是土老财买的一条便宜牛。帮月活的特别下细，勤加草料，刷毛梳洗。这条牛长得油光水滑，越长越受看。

要到立夏了，马上就是栽秧的季节，差牛犁田的着急起了火，但土老财说不给千五百吊钱就不卖。千五百吊钱，那时阵要买三头大牛，谁愿出？不买就得租他的牛。每天租牛金是二百吊钱，你佃户不买牛、不租牛，拿啥犁田？如果把田荒起，秋后拿啥子交租？

这天，给土老财帮月活的正是冉老大的儿子冉老幺。他帮工满月后的第二天夜里，他把牛连夜牵出去，自己连夜赶了回去。天还没见亮，冉老幺拿起准备好的烂棕蓑衣，把水桶担起到水溪边坐起烧叶子烟。太阳出来两丈高了，他仍在烧叶子烟。厨房的等冉老幺担水回去煮早饭，老不见人回去，就到屋侧边来喊。冉老幺见有人喊，急忙起身答应："不得了啰，快喊老板来哟，老板的犀牛下水跑了。"喊冉老幺的人一听，急忙告诉土老财。土老财还在床上，一听，打个光脚板就开跑，一路跑一路喊："冉老幺，要拉住。"

冉老幺听是土老财来了，抽出担水的扁担，在棕蓑衣上砍了几下，然后将棕蓑衣往水潭中一甩，那棕蓑衣一浸水，就慢慢地往下沉。土老财跑得上气不接下气的，跑拢一看，绿豆清的水中是有个毛茸茸的东西在往下沉。

他气得一屁股坐在水潭边："我的赛犀牛啊……"隔了好一阵才回过气来，眼珠子一转说："冉老幺，你把我的牛卖了，又来哄我，哪有水牛会沉下水潭的？"

冉老幺说："老板，你这牛并不是一般的牛。我怕它跑了可惜，打死了卖牛肉汤锅也能卖得几百吊钱，就砍了它几扁担，你看，扁担上还沾有几根犀牛毛呢！"土老财接过扁担一看，果真扁担上有几根"毛"。

土老财回过神来又说："冉老幺，你赔我的犀牛。"

冉老幺说："我穷得帮月活，哪有钱赔？"

土老财说："我扣你的工钱。"

冉老幺说："我只有吊二百钱。"

土老财说："我罚你给我帮三年长年。"

冉老幺说："你不怕牛又变成犀牛跑下水潭去？"

土老财气得跺脚捶胸口："你给我滚！"

冉老幺双手在身上几拍拍，转身走了。

讲述者： 杨仲良，初中学历，农民
采录者： 陈曦震
采录时间： 1986 年 6 月
采录地点： 酉阳土家族苗族自治县

232

巧对老爷

有一个大户人家，请一个长年。长年帮他屋几年了，他就不大熊[1]他了。他就拿狠字眼儿来卡[2]长年，想借个封封儿[3]把他赶走：

"你呢，在我屋搞了几年了，有些急需要的事，你帮我一下。"

他说："老爷，办得到的呢，我尽量呵；办不到的呢……"

"你会得行哟。"

"那你说嘛。"

"我里头那间屋哦，硬是焦湿哟，你帮我搬出去晒下嘛。"

他就焦倒起了，晓得老爷在用狠字眼卡他。没办法，他就回去跟他屋的说："你看啰，那老板卡我狠字眼，叫我把他里头那湿屋搬出去晒，你看啷个得行嘛。"

[1]　熊：喜欢。
[2]　拿狠字眼儿来卡：出难题卡。
[3]　封封儿：借口。

"你把他房顶那瓦取脱儿沟就晒了嘛。"

当真，第二天他就雄起二神[1]地跑起去啦，一走拢就捞脚扎裤地爬上房子去取瓦。老爷跑出来问："你在做么子？"

"你要晒这间屋啦？我把瓦取了不就晒干了？"

"下来下来，快些下来，要湿让它湿。"

又等几天了，老爷又对他说："你还要帮我做件事呢。"

"做个么子事呢？"

"你要帮我做像海那么大缸酒。"

"那啷个得行呢？"

"不得行也要做。"

他回去跟他佑客说："看哦，老爷又在卡拿[2]我：他叫我跟他做海那样大缸酒，啷个得行嘛！"

"你叫他去买一个像海那大个坛子，给他慢慢煮嘛。"

好，当真第二天就走起去说：

"老爷，你弄个海那么大的坛子，我给你慢慢煮。"

老爷没得话说了，他说："这个就算了嘛，你就帮我织匹布嘛。"

他说："织嘛。织好长？"

"织像路那么长一匹嘛。"

他又跑起回去给他佑客说。

他佑客说："那还不便宜，你叫他去量一下路有好长，你就织好长嘛。"

回去给老爷一说。老爷又没卡拿倒他。过了，就不再拿狠字眼卡他哒。

讲述者：　冉光才，土家族
采录者：　许显昌、谢再明
采录时间：　1987 年 6 月 1 日
采录地点：　黔江区五里乡（今黔江区五里镇）

[1]　雄起二神：雄起起。
[2]　卡拿：为难。

233

巧治恶财主

从前，有个财主，又狗夹，又狠毒，为了整穷人，他尽出坏点子。有一天，他招长工，有两条要求：一是做事不准一弯一站；二是做事不准一扯一冲。榜文贴出来后，好多人围起看，边看边讲。不一会，来了一群小伙子，看了榜后，笑了笑，其中一个小伙子对同伴们讲了几句，大家点头走了。

到了财主家，财主马着脸说："榜上说的，你们做得到不？"

"做得到！"

"要是做不到呢？"

"由老爷惩罚，不过，要等我们休息几天，吃饱吃好，做起活来才有力气。"

"好！"财主大腿一拍，"要是违反其中一条，要扣全年工钱，还要自做三年苦工！丑话说在前，你们有屁就放，到时莫打翻悔。"

"我们照办就是了。"

财主很欢喜，跟着签定了契约。开头几天，小伙子们吃了耍，耍了吃，顿顿好酒好菜，餐餐鸡鸭鱼肉，财主看在眼里，恨在心里。他想：老子等你们快活几天，时间一到，有辣子汤够你几爷子喝，有尖尖鞋给你几爷子穿。七天过后，按契约上的规定，小伙子们该干活了，那天吃了早饭，财主站在寻欢楼上，对小伙子们大声说："喂，该干活了，今天的活路，是碓米……"

他喊了一阵，小伙子们谁也不理他，财主气得吐血："你们的耳朵聋了吗？"小伙子们说："我们听得很清哩！"

"那为啥不动？"

其中一个小伙子说："老爷，按榜上的第一条，做事不准一弯一站，这碓米的活儿，正是要一弯一站的，我们不能做。"

财主一听，这小子言之有理，不便再争，心想：你们几爷子算计我，看老子做个样子给你们看。于是，贼眼一眯，开口说道："不能舂，那就给我用磨子推！"

小伙子们说："那也不能做！"

"为哪样？"

另一个小伙子说："榜文上不是说得很明白吗！老爷明知故问。"

财主一想，那推米的活路，确实是一扯一冲的动作，他有苦难言，订的榜文不但没整住这伙穷鬼，反倒给他们钻了空子，财主气得七孔来血，昏倒在地，加上他原来又患有梅毒病，受不了这样的气，他的病更加严重，整天睡在床上，嗯嗯哼哼的，爬不起来了。

财主的儿子从外地回来，得知这一情况，就把和财主对话的那小伙子用麻袋装起来，吊在前院树上毒打，以报他父亲上当之仇。小伙子们气极了，决定要惩治这个坏种，营救伙伴，于是，大家商量了一阵，便分头行事去了。

不一会儿，财主家后院的仓库里火烟冲天，财主的儿子见状，急忙带着家丁奔去救火。他们刚走，留下来的几个小伙子马上把被毒打的伙伴放下来，由两位长工扶着离开财主家，其余的小伙子冲上寻欢楼，把财主从病床上拖起来抬到院中，仍然用麻布口袋装着，吊在树上。这时，财主的儿子从后院救火回来，心中窝着一肚皮火气，抓起木棒就朝麻袋上乱打。麻袋里的财主痛得死去活来，嘴里不断地嚎叫："莫打！莫打！我是你老子，我是你老子，唉哟！唉哟……"

财主的儿子听了，更加火了，手中的棍棒雨点般地落下，等他的气出够之后，麻袋里那"莫打老子"的声音也听不见了。他叫人把麻布口袋放下来，打开一看，不由"妈呀"一声，伏着麻袋痛哭起来。原来，口袋里果真是他的老子，已被他活活打死了。

讲述者：　黄修久，男，苗族，农民，略识字
采录者：　王显能，男，文化干部
采录时间：1986 年 4 月 5 日
采录地点：秀山土家族苗族自治县保安乡

234

那是一定的

古时候，乌江岸边住着一个姓王的财主，乌江两岸的田地都被他霸占了，穷苦人都租种他的田地，过着贫苦的日子。

为了收拾收拾这个姓王的财主，有一个叫张中的穷人，精心喂养了一只八哥，等这只八哥长大后，张中便教它学会了一句话："那是一定的。"后来，张中找人借了金子和银子，在一个山泉叮咚、绿树成荫，又非常偏僻的地方，一处将金子埋上，一处将银子埋上，然后去找到姓王的财主说："老爷，我喂了一只八哥，它能说出什么地方有金子和银子哩。"姓王的财主将信将疑。张中就带着他和八哥来到埋金子的地方，他问八哥："八哥八哥，这里有金子吗？"八哥答："那是一定的。"张中马上挖开泥土，露出了黄灿灿的金子。姓王的财主高兴不已，垂涎三尺地说："不错不错，它知道什么地方有银子吗？"张中又带着财主和八哥来到了埋银子的岩石下。他问："八哥八哥，这里有银子吗？"八哥答："那是一定的。"张中又挖开泥土，果然有白花花的银子。这时，财主深信不疑了，他想："只要换回那只八哥，万贯家产也能赚回来的。"于是，姓王的财主以全部家产的代价，换回了张中的那只八哥。张中得到财主的家产，就全部分给了穷人，自己出外谋生去了。

姓王的财主得到了八哥，心中好不高兴，于是，想尽快找回他的家产，便带着八哥走到一个山清水秀的地方，他问："八哥八哥，这里有金子吗？"八哥说："那是一定的。"财主请了不少人，挖了大片地，却不见金子的影子。财主还不死心，又将八哥带到一个高山耸立、荒无生灵的地方问："八哥八哥，这里有银子吗？"八哥说："那是一定的。"财主又请了很多人，费了九牛二虎之力，却没有挖出半两银子。姓王的财主气得跳了起来，恶狠狠地对八哥说："八哥八哥，老子要打死你。"八哥说："那是一定的。"财主气愤地用锄把向八哥打去，八哥却"嗖"的一声飞走了。

讲述者：　王汉智
采录者：　吴建国
采录时间：　1985 年 11 月
采录地点：　彭水苗族土家族自治县汉葭镇（今彭水苗族土家族自治县汉葭街道）

235

划得来

有个张牛儿，八岁时父母双亡，靠帮人打饭平伙[1]过日子。到了十八岁那年，他帮财主李善人种田。李善人明说好善，暗里刻薄长年秋二[2]。虽有一份家产，但是无后，只生了一个女，名叫李巧。他想儿，不晓得拜了好多佛，算了好多命，仍然是个断脚杆[3]。

张牛儿自小聪明，看穿了李善人的心境，就私下打了个主意。

一天，牛儿偷偷跑到场上，找到八字摊边，对八字先生说："先生，给我算个命，要算张好命哈！"八字先生抬头看了看："你这娃儿还怪，好不好算了才晓得嘛！你要个好命还来找我算啥子咧！""算不准没关系，你只管写张好的就是，我给钱嘛！"八字先生听说给钱，拿钱就好说！提笔就给牛儿写了一张好命八字。牛儿拿起八字单，高高兴兴地跑回去了。

第二天，牛儿担水从李善人房门前过，故意将他的八字单落在地上。正逢李善人从房门出来，见地上有一张八字单，就捡起来，一看，是牛儿的八字。他叫人把牛儿喊来问道："你掉东西没有？"牛儿说："我的八字单不晓得落到哪里去了。""我不相信这八字单是你的。""我看到你们算八字好耍，就悄悄跑去算了张，我又认不到上面写的啥子！"李善人认定牛儿的命好，就说："好生做活路[4]，我不会亏待你的。"

几年后，牛儿长大了，做事巴心巴肠[5]，李财主更喜欢他。老两口暗地曲孔[6]，要招小牛儿做女婿，继承他的产业。没过好久，小牛儿果真成了李财主的上门女婿。洞房晚上，牛儿在床上高兴得翻羊角桩[7]。他翻过去说声："划得来！"翻过来又说："划得来！"李巧在旁边听了，莫明其妙，第二天就去问李财主："爹！牛儿在说划得来！"李财主也不晓得哪个回事，又叫牛儿来问："小牛啦！你在屋头讲划得来，是啥子意思？"张牛儿打起哈哈[8]说："岳父大人，哪个又划不来呢？两个钱的八字，你得了个人，我也得个人，你说划不划得来嘛！"

讲述者： 刘少然，男，汉族，旧学，江北区麻柳乡民合村四组

采录者： 游尊全，男，汉族，高中学历，文化专干

整理者： 黄启宽，男，汉族，高中学历，文化馆干部

采录时间： 1985 年 6 月 20 日

采录地点： 江北区麻柳乡（今渝北区石船镇）

[1] 打饭平伙：只吃饭，不给钱。

[2] 长年秋二：指长工与短工。

[3] 断脚杆：民俗，有儿叫有人接替香烟，并引申为香炉脚。这里指香炉断了脚杆，即无后代的意思。

[4] 活路：工作，泛指一切劳动。

[5] 巴心巴肠：真心真意。

[6] 曲孔：小声商量。

[7] 羊角桩：翻筋斗，这里是指高兴得打滚。

[8] 打哈哈：即放声大笑。

236

陈四眨巴腰杆痛[1]

采录时间： 1985 年 10 月 21 日

采录地点： 江津县月沱乡

陈四眨巴十几岁就开始做长年，出门给人家栽秧子。有一天，他吃过早饭出去，在田中间栽了不多一哈儿，就开叫唤："哎哟，腰杆痛得很。"老板看到他那样子是偷懒，就说："陈四，你还不快点栽。腰杆痛？娃儿家哪有啥子腰杆啰！"陈四眨巴听他恁个说，跑回老板家去，把老板四岁那个娃儿抱来，放在田坎上横担起。娃儿惊叫唤，老板娘听到了，赶忙跑出来看。她问陈四眨巴："你为唡个把我娃儿放在田坎上担起？等哈儿把腰杆担断了，看唡个办！"陈四眨巴说："我恁个大都没有腰杆，你那娃儿恁个小有啥子腰杆啰！"

老板看到陈四眨巴不好打整，再也不敢随便说他的好歹了。

讲述者： 程德约，男，汉族，小学学历，农民

采录者： 周世先

整理者： 胡在全

[1] 眨巴：泛指害眼病的人。陈四眨巴是一个人的绰号。

237

陈四眨巴倒栽秧

有一年，陈四眨巴给张打紧栽秧子。有一天，栽到天擦黑了，张打紧还不喊收活路。陈四眨巴灵机一动，打了个主意，故意去跟主人家挨倒栽。他把秧子弄来倒起栽，还悄悄地把人家栽的都扯来倒起。

隔了一阵，主人家发现了，冒火地说："陈四眨巴，你啷个把秧子栽倒了！"陈四眨巴慢吞吞地说："天黑了，我看不清楚了，不晓得哪头是头头，哪头是尖尖。"同时，把主人家栽的扯一窝起来说："你看，你啷个也是倒起栽的哟！"主人家没得办法，只好喊收活路。

讲述者： 龚荣康，男，汉族，高小学历，农民
采录者： 邓大庆
整理者： 张明才
采录时间： 1985 年 11 月 10 日
采录地点： 江津县几子乡（今属江津区白沙镇）

238

王三蛋

从前，有个老板，请了个小长工叫王三蛋。为了借口克扣工钱，王三蛋不管做什么事，老板总是骂他笨蛋，还经常教训他："干活脑壳要灵，不要像石磨一样，推一下动一下。看到人家不做的事你要去做，看到人家不吃的东西你再去吃。"

王三蛋做的活路重，工钱又少，心头冒火，就想找个机会整治一下这个刻薄的老板。

有一天，老板有事外出。王三蛋在打扫屋子的时候，见木牌上记了一板账，神龛前放着一堆供品。王三蛋灵机一动，伸手就把木牌上的账，擦了个干干净净，又把供品吃了个精光。

晌午时候，老板回来了。一进门发现神龛前的供品不见了，就问王三蛋："桌上的东西收到哪里去了？"王三蛋说："是我吃了。"老板说："哪个叫你吃供品？"王三蛋慢吞吞地说："你不是说过，看见人家不吃的东西我再吃吗？我看到神龛面前的东西，老半天都没一个人吃，我就吃啦！"老板听了，光是气，开不起腔。

老板抬头一看，见墙上的木牌光抹抹的[1]，更气上加气，大声吼道："又是你把上面的账擦掉的吗？"王三蛋说："是我擦掉了的。你不是说，人家不做的事该我做吗？"老板肚皮都气炸了，扯到王三蛋的耳朵就开诀："你这个大笨蛋！做事一点脑筋都不动。硬是睁起眼睛睡瞌睡，就是我睡着了也比你清醒！"王三蛋听了也不作声。

有一天，快到晌午的时候，有人拿来一张请帖请老板去吃午饭。王三蛋见老板在屋里睡着了，就对来人说："你先回去，我等哈儿跟老板说，叫他马上就去。"

那人走了以后，王三蛋拿着请帖，来到老板房里，在他面前晃了晃，就走了出去。晌午过后，老板才从房里慢慢踱了出来。王三蛋一见，笑嘻嘻地迎上前问："到别人家吃饭回来啦？"老板丈二金刚摸不着头脑，问："到别人家吃啥子饭？"王三蛋就把请帖递给他。老板一看，大声骂道："你是昏了吧？人家中午请客，你哪个不早点跟我说？"王三蛋还是笑嘻嘻地说："你不是说过，你睡着了也比我清醒吗？那人一来，我就把请帖拿到你面前晃了两晃，你自己不清醒，怪哪个？"老板听了，怄也不是，气也不是，一句话也说不出来。

从此以后，老板再也不敢骂王三蛋是笨蛋了。

讲述者：　　王林，男，汉族，初中学历，农民
采录、整理者：敬世泽
采录时间：　　1985 年 11 月
采录地点：　　潼南县惠光乡（今潼南区古溪镇）

[1]　光抹抹：此处指字被擦光了。

239

聪明的吴良才

从前，有个地主叫张从善。

张从善有五百多担谷。俗话说，越有钱越抠。平时间，别人连水都喝不到他一口，他家的长工，一天也只准吃两顿饭。

一天，张从善要走人户，他深怕长工吴良才在屋头偷懒，就把他喊来说："这碗稀饭，是你今天的伙食，吃了把屋当门那块大土挖完。"说完，就各人走人户去了。

吴良才听说两顿才喝一碗稀饭，也不做声。等张从善走后，就把稀饭喝了，倒在床上就睡。等下午张从善回来看到土还是原铺原盖的，一锄没挖，气得他拢屋就开诀："吴良才，你龟儿子在做啥子！老子拿饭你吃了，挺尸呀？"吴良才伸个懒腰说："老爷，宵了夜不睡瞌睡去做贼呀？"

"清光白天的，你跟老子说啥子梦话！"

"啥子梦话哟，早晨我把早饭吃了，肚子还是捞垮松[2]，倒不如叫宵夜。夜都宵了，不睡瞌睡做啥子？"

[2]　捞垮松：肚子饿瘪了，裤带松了。

张从善听了，气得话都说不出来。

从此以后，张从善不请长工了，只请短工，做一天算一天工钱。他觉得这样划得来，再不会养着人吃空饭了。

十年后，张从善头发都白了，还是那样抠。那天，张从善请人薅秧子。他怕办饮食费钱麻烦，六十担谷想一天就薅完；人请多了又划不着，只请了六个。承头的又是吴良才。他们在张从善屋里把饭吃了出来，吴良才说："张老板拿一天的工钱，我们就做一天的事。"中午吃饭的时候，张从善问："你们薅了好多了哟？""老板，我们要薅到一半了。"

"草草薅倒没得哟，没薅倒是不作数的，我下午要来查看的哟。"

"你来查嘛，薅倒的。"

吃了饭，张从善又叫早点出工。

吴良才他们六个人，一出来就说："唉，太阳还有点晒人哩。"他们就坐在阴凉坝摆龙门阵。看到太阳要落坡了，才爬起来，在田头走了一圈。这哈儿，吴良才看到张从善拄着拐棍来了，他和老表王中明悄悄抓起稀泥巴，抶在路上。张从善望起脑壳走过来，不注意摔了个四脚朝天，爬都爬不起来。吴良才他们还说："哎呀，张老板，你恁大年纪了，出来做啥子嘛，谨防中风啊。"

张从善摔痛了，只好说："你们不薅了，把我抬回去。""那我们的工钱呢？"

"哎呀，加倍拿嘛。"

讲述者：　宗小平，男，汉族，旧学，农民
采录者：　宗学磊
整理者：　张容
采录时间：　1985 年 8 月
采录地点：　江北县大盛乡（今渝北区大盛镇）

240

减租

栽秧子的季节到了。城里有个绅粮到乡下佃客那里看栽秧子。走的哈儿，他在佃客屋头带了两个秧头回城去，栽在自家的荷花池里。

那年，恰好遇到天干，谷子收成不好，佃客就到绅粮那里去央求减租子。绅粮到荷花池看了看，对佃客说："我看你们乡巴佬儿就是滑。哪个说遭干了收成不好嘛？你看我栽在荷花池里的谷子长得恁好！哼，要不是我都栽得有的话，还差点遭你麻到起了嘞。不行，租子颗粒不减，不然就搬家！"

佃客没得法，只好回去东拉西借交清了租子。

一晃，到了第二年栽秧时节，绅粮又到乡下来了。佃客婆娘看见老板又来了，就杵[1]到男人耳朵说了几句悄悄话，男人听了说："要得。"

绅粮走的哈儿又要秧头子，佃客把早就准备好的那两个"秧头"拿给他。绅粮根本不晓得那"秧头"尽是稗子。

这年是个好年成。要抶谷子的时候，佃客又进城去找

[1]　杵：贴近、靠近。

绅粮了。他一进屋就哭兮兮地诉苦：

"老板，今年又遭灾了。田头的秧子尽结些小籽籽，你看嘟个开交[1]啊？"

绅粮说："不忙啰，我看看再说。"

他到荷花池一看，哎呀，硬还是嘞，他栽的"秧子"也尽结些小籽籽，有些落都落了。他回转来对佃客说：

"虽是结的小籽籽，也还有点收成嘛！我看今年你的租子就只交一半吧。"

佃客一听心头好欢喜哟，连声说：

"多谢老板，多谢老板。"

讲述、采录者： 李文新，男，汉族，高中学历，个体户
整理者： 金祥度
采录时间： 1986 年 5 月
采录地点： 巴县龙岗乡（今巴南区安澜镇）

241

戳天

有个叫陈二郎的人非常聪明，叫他做的事情没有办不到的。他在地主家做长工，五年满了，地主为了不给工钱，就与陈二郎打赌说："如果你能戳破天，那么我给你五年的工钱。"陈二郎听后爽爽快快答应了。第二天，陈二郎拿了一把开山到地主竹林里砍竹子。地主问他砍来做什么，他说砍竹戳天。这林竹子还不够，还要砍山林里的树干。地主一听，只好认输，乖乖地把五年的工钱给了陈二。

讲述者： 陈中华，男，苗族，农民，初中学历
采录者： 张少锦
采录时间： 1986 年 8 月
采录地点： 黔江区九龙乡（今黔江区白石镇）

[1]　嘟个开交：怎么办的意思。

242

要工钱

从前，有个陈二郎，尖[1]得连树子上的雀儿都哄得下来。

小时候，他出去帮人。一年做到头，那地主心子黑，不给他工钱。同时，对陈二郎说："陈二郎，我也不是不给你递工钱，你今天把我那些谷子弄出去晒干了，或者你逗我学了狗叫，我就给你递工钱。"

陈二郎没得法，就走了。他在心里头默[2]：我给你晒谷子，等太阳从西边起来嘛！陈二郎就不给地主晒谷子，几天也不到他家去要工钱。地主老爷搞着急了，就去找陈二郎，他问："陈二郎，我那谷子你要几时才给我晒？今天太阳出来了，你又不来给我晒，当真去年的工钱就算了？"

陈二郎也不急，就说："你莫说起，老爷。我到你屋去，你喂那狗，硬是讨嫌。我在这里'嚯嚯嚯'，我走到那里，它又'嚯嚯嚯'，叫我啷个晒法？"

那地主说："你陈二郎也是糊涂哟，那狗明明是'汪汪汪'地叫，哪个是'嚯嚯嚯'地叫？"

这一说，陈二郎就站了起来，把手伸向地主：

"老爷，工钱拿来！"

地主倒遭[3]搞糊涂了：

"么子[4]工钱？"

陈二郎就把手伸起看着地主。

地主回头一想，才晓得各人学了狗叫。于是只得把工钱给了陈二郎。

讲述者：　陈中华，男，苗族，不识字
采录者：　谢再明、饶昆明
采录时间：　1987 年 3 月 21 日
采录地点：　黔江区邻鄂乡（今黔江区邻鄂镇）

附记

清朝道光年间，湖北出了个学识渊博又很幽默的怪才，叫陈二郎。因为他为人正直、嫉恶如仇又敢作敢为，所以达官贵人都不喜欢他，尽管他一肚子学问，也因此在科举考场上屡屡失意。但老百姓却很喜欢他，都亲热地叫他"二郎"。

[1] 尖：聪明。
[2] 默：想。
[3] 倒遭：反倒被。
[4] 么子：什么。

243

这是乌龟那是鳖

讲述者：　胡元兵，男，不识字，农民

采录、整理者：陈友坤

采录时间：　1985 年 7 月 13 日

采录地点：　潼南县复兴乡（今潼南区卧佛镇）

从前，有一个长年，他做了整天的活路回屋，老板很晚都不拿饭出来吃。

一天，他很晚才收活路，回屋看到老板和管家在喝酒。他问三不问四[1]地爬到桌子上准备喝酒。管家说："我跟老板在行酒令哟，你既然要来吃嘛，也要行酒令啰！"长年说："要得嘛。"管家说："我们把一个字拆开来说，说起了就吃酒，说不起就不吃。"老板首先说："出字拆开两座山，一山煤来一山炭。炭煤本是同一色，这是煤来那是炭。"管家跟到说："吕字拆开两个口，一口茶来一口酒。茶酒本是同一色，这是茶来那是酒。"轮到长年说了，他想了一下说："二字拆开两个一，一个乌龟一个鳖。龟鳖本是同一色……"他把老板和管家看到说："这是乌龟那是鳖。"说完拿起筷子就拈菜。

[1]　问三不问四：不管三七二十一。

244

不准说话

浆，全部流到了地上了。她气得咬牙切齿，半天说不出话。

讲述者： 秦大爷，男，土家族，农民，不识字
采录者： 石柱县民间文学采风队
采录时间： 1980 年 5 月
采录地点： 石柱土家族自治县

从前，在一个土家山寨里，有一个狠心的财主，他对待长工非常刻薄。他家的长工大元决心要教训一下他。

有一年，春节前夕，老板娘叫大元推魔芋豆腐。这一带的人认为，魔芋豆腐如果做坏，是推魔芋豆腐时说了话造成的，因此，立了个规矩，推魔芋豆腐时不说话。

老板娘怕大元多嘴，首先对他说："你在推豆腐时不要嘴呷呷的！"大元早就恨透了财主，一直想找个机会医治他。这下机会来了。老板娘把水桶接在磨嘴下面就去添磨，她身材矮小，看不到水桶接磨的情况。大元见推的魔芋浆流到地下，也不开腔。推了半个时辰，大元说："哎，我有句话要说呢！"老板娘嘟起嘴巴瞪了他一眼，示意不准说话。大元一看，便闭上了嘴。

又推了一阵，大元又要说话。老板娘又恶狠狠地瞪了他一眼，大元只好不做声不做气地推磨了。直到一大盆魔芋快完时，大元才开了腔："哎，我硬是有句话要说呢。"老板娘看魔芋快推完了，便怒气冲冲地喊道："有啥子鬼话你就快说嘛！"大元不慌不忙地说："你那接浆的桶没有接到。"老板娘转过身去一看，推了一半天的魔芋

245

冷饭补虚

有一天，财主的老婆看到长年搬柴很利索，她就问长年："你的力气好大呀，你是吃了哪样呵？"长年心想，你明明是天天拿冷饭剩菜给我们吃，还要装倒不晓得！就说："我每顿吃冷饭，吃冷饭能补虚；吃剩菜，力气就大。"财主老婆听了长年的话，冷饭就不拿给长年吃了，自己留着吃。刚吃了几顿，财主就气惨了，给他老婆几耳巴子[1]，又打她几拳、踢了几脚，把老婆打得连滚带爬，鼻青脸肿。过后，财主老婆对长年说："冷饭吃了硬是能够补虚，剩菜吃了硬是力气大。你看，老爷这次打我比哪次都打得重些！"

讲述者： 金北伦，男，民办学校教师，初中学历
采录者： 张信伦、熊云
采录时间： 1985 年 3 月
采录地点： 南川区民主乡民办小学

[1] 耳巴子：耳光。

246

长明灯

离中梁山不远，有一个姓汤的财主，这人心术不正，喜欢敲诈勒索穷人，周围的人都对他敬而远之，不和他来往。有年春耕已经开始了，他还没有找到长工，心头很是焦急。

一天，有一个年轻人从他家路过，他看这人身强力壮，忠厚本分，就说："年轻人，你对农活熟不熟？"年轻人说："犁田耙田，栽秧割谷，我没哪样不会。""那你来帮我吧。一年给你一头牛的工钱。"年轻人一想不错，就留下帮他。一干就是三年。他想，三年的工钱，我安家都够了。就去找财主，说："主人，三头牛你拿多少钱给我？"财主说："啥子，三头牛？你是不是听错了。我给你讲的是一年一瓶油。"年轻人说："你当时说得清清楚楚的，我怎么会听错？"财主说："一年一头牛，那是你自己这样想的。再扯，我们到衙门见官。"年轻人知道，财主很生气，后果很严重，见官也不会有什么好结果，就把三瓶油提起走了。

华岩寺长老对小和尚说："我今天有事要外出，等会有一个大施主要来，你要开山门迎接，办素席招待。他走

采录时间：　2021 年 11 月 15 日
采录地点：　九龙坡区铜罐驿镇

的时候，你把神灯上落下的东西装三瓶送给他。"小和尚就一天都把山门开起，到下午的时候，才看到一个年轻人提了三瓶油进来。小和尚想，莫非这就是大施主？就把年轻人引去吃饭，然后到大雄宝殿去上油。年轻人把三瓶油倒进长明灯，灯光一下就亮了十倍，连菩萨的毛发都看得清清楚楚。年轻人走时，小和尚把神灯上落下的东西，装了三瓶给他。

后来，小和尚问长老："师父，今天施主的三瓶油倒进长明灯，比平常亮了十倍，这是怎么回事？"长老说："这三瓶油是他三年的心血。"

年轻人把神灯上落下的东西拿回家，都变成了金子，他把金子换成钱，买了田地，从此春种秋收、安居乐业。消息传到财主耳朵里头，他想，我装十车油去，肯定会发大财，赶忙装了十车油向华岩寺奔去。

长老对小和尚说："今天施主来，你开侧门，让他喝茶就行了。"早饭后，小和尚看到远处尘土飞扬，吱吱嘎嘎来了十辆车子。小和尚心想，那天捐三瓶油，长老叫开山门，今天来十车，倒开侧门。又一想，师父说的，不会有错。献上茶，然后到大雄宝殿上油，油一倒进去，灯立即暗淡无光，周围像打黑猫[1]了一样。小和尚问长老，长老说："他虽说送的十车油，但都是靠诈骗来的，属不义之财。我这里有一件袈裟，你把神灯上面掉下的东西，用袈裟包了给他。"小和尚如言照办，财主得了袈裟高兴而去。

财主回到家里，请了很多的亲朋好友，还有当地的官员及有钱的绅粮。等客人到齐了，他把袈裟披在身上，开始说话，人们先还听得清楚，后来就不知道他说了些什么，然后看到他慢慢地变成了一条黄牛，朝年轻人家跑去。

讲述者：　陈荣森，男，大专学历，重庆罐头食品厂
　　　　　　干部
采录者：　杨维义，男，大专学历，铜罐驿镇文化服
　　　　　　务中心，干部
讲述情景：　厂庆预备活动，听众百来人

[1]　打黑猫：形容光线暗，看不清楚。

（二）诗联唱酬故事

247

重庆对诗

　　明朝有位皇帝，在皇宫耍得不耐烦，就带着几个亲信的大臣和太监，到各地出巡游览。一天来到重庆城。皇帝老倌去过的城市倒不少，可从未见到像重庆城朗个[1]是建在半山腰上的，三面水，山清水秀，不由得诗兴来了。对随从的大臣说："我们对个对子，我说上联，你对下联。"

　　皇帝说：重山、重水、重庆府。

　　大臣马上对：大山、大川、大明君。

　　皇帝听了，欢喜昏了，当场就赐给这位大官一件黄马褂，对这位亲信更加宠爱。

讲述者：　王自新，大学学历，小龙坎居民
采录者：　张进，男，高中学历，文化专干
采录时间：1987 年 5 月
采录地点：沙坪坝区小龙坎文化站

[1]　朗个：这样。

248

和尚巧应对

　　有几个书生上京赶考。路过重庆的时候，听说重庆名胜古迹多，就准备耍几天再走。

　　一天，几个书生走到响水桥上，听到桥下河水哗哗地响，都说这桥的名字取得好。有个书生诗兴大发，开口吟道："响水桥下桥水响。"其他几个书生一听，大声喝彩："好，好，绝得很！"接着就搜肠刮肚，想把它对起；搞了多大半天，没得哪个对得起。

　　正在这个时候，有个和尚从这堂[2]路过，手头拿张画在卖。几个书生就围拢去看，画上画的荷花就像真的一样。一个书生问："请问师傅，这画出自何人之手？"和尚笑嘻嘻地答道："画上荷花和尚画。"

　　几个书生一听，此话正好把刚才那句上联对起。再看那个和尚，早已走远了。

[2]　这堂：这里。

讲述者： 张延丰，男，汉族，旧学，农民

采录者： 沈世云

整理者： 张明建

采录时间： 1985 年 7 月

采录地点： 江北县沙坪村（今渝北区沙坪村）

249

白绘楼对红罗帐

从前，有个地方叫白绘楼，楼上住着一个才女。她自以为是奇才，放出话来，说她的对子如果有人能够对得上，她就愿与这人成婚。这话一传出去，远近的文人学士闻风而来，却尽都扫兴而归，没有一个人对上。

有一天，来了个老者，头发胡子都白了。他请小姐出对。那女子一看，见是一老头，便随口而出说道："白绘楼，白绘楼，白绘楼下一老头。老梆梆，梆梆老。呀呸，滚开些，今生休想。"老者随口答道："红罗帐，红罗帐，红罗帐中出嫩娘。嫩冬冬，冬冬嫩。嗨哟，挨拢来，前世姻缘。"那女子一听，又忧又喜。忧的是老者年岁太大，喜的是他真有文才，心中着急，不觉满脸通红。老者一见忙说："小姐，我不是应对求婚，只是逢场作戏。"说完把手一拱，扬长而去。

从此，小姐再也不卖弄文才了。

讲述者： 欧沛林，男，高楼乡人

采录者： 欧建华

整理者： 卢文忠

采录时间： 1986 年 10 月

采录地点： 铜梁县高楼乡（今铜梁县高楼镇）

250

借对联姻

　　有一个书生去赶考，路过一员外的绣楼，有一个美人正在楼上绣花。书生把这个美人看了又看，心想：假如我能够与她结合的话，那是再好不过的了。他便在这绣楼下转来转去，舍不得走。这美人就说："下面的书生，我已知你的心意了。我出一副对子给你对，如果你对起了，高中回来，洞房花烛在等你。"她出的上联是"明镜悬窗一美梳妆双对面"。书生左思右想，总对不起。一看时候不早了，就赶忙向考场赶去。到了考场一看，在收卷了，他心里凉了半截，连忙找到主考官，磕头作揖地求告："我不远千里来此，请大人开恩。"

　　考官说："好、好、好！我出个对子给你，对起了，我取你就是了。"于是出了个"孤灯照壁两人作揖四抬头"。这书生一想：噫，用那美人的上联来对不正合适！就随即吟道："明镜悬窗一美梳妆双对面。"结果硬是被取了。功成名就后，他回去又过员外家，就将主考官的上联作下联去对那美人的上联，婚事也成了。

讲述者： 李枝茂，男，汉族，不识字，石鱼乡太康
        村农民
采录者： 李加义
整理者： 卢文忠
采录时间： 1985 年 10 月
采录地点： 铜梁县石鱼乡（今铜梁区石鱼镇）

251

渔翁巧联地名对

綦江是长江的一条支流，在江津县汇入长江。在綦江县和江津县交界的这一段綦江河，有三个地名：马桑溪、疯猴子、狗脚子。

相传，有一个经常在綦江河上往来的人，把这三个地名联成一副对联的上联：

猴子爬马桑，吊起两只狗脚。

这个人出了这个上联，求下联，并要求同样要以某一条河中的地名成联，这就难了。很多年过去了，还没有人对得起。

有一年，一个在长江打鱼的渔翁，知道了此事，就根据江津至重庆这段长江水路的三个地名：铜罐驿、猫儿沱、鸡冠石联成了下联：

猫儿钻铜罐，露出一个鸡冠。

讲述者： 幸杰良，男，汉族，小学学历，江津县广
        兴乡农科村农民
采录者： 庞国翔

整理者： 张明才

采录时间： 1985 年 11 月 11 日

采录地点： 江津县广兴乡（今江津区广兴镇）

附
记

据采录者庞国翔回忆，幸杰良是位老先生，擅长对对子，讲述故事富有节奏感。为了制造悬念，有时只讲上半截故事，出了上联，却不讲下半截了；过了几天，人多的地方，才重新接上半截故事讲。

252

险滩冤魂呼对来

从前，有一个秀才接亲办喜事。前来庆贺的亲朋好友听说新娘子很有才学，都想趁闹房的时候试她一回。

到了闹房吃酒的时候，几个小伙就把新娘喊出来，要跟她吟诗作对以助酒兴。吟得好，大家吃酒；对不上罚酒三杯。新娘莫法，便以酒壶为题出了上联：银锡壶腰中长嘴。

初初一听，大家都认为简单得很，容易对上。可是闷了好久，还是你望着我，我望着你，都对不上。大家就把新郎喊出来接新娘的下联。新郎是有文才的人，但是这哈儿[1]硬是接不上来。新娘也不给他接上去。那些要得好的朋友们，都等着看他的笑谈。新郎被整得无法，红着脸求新娘，新娘还是埋着脑壳不开腔。新郎气惨了，闹房的人些都扫兴而归。

夜深了，新郎越想越气。想到在女人面前丢了面子，今后不好见人，便悄悄投河自杀了。

后来，新郎投河的地方出现了一个险滩，经常打烂

[1] 这哈儿：这会儿。

船。行人路过滩头，常听有人在水中叫喊："银锡壶腰中长嘴……"去看又看不到人。

几年后的一天，一个道台大人带着一家人乘船从这里过。船到险滩前，驾船的老板晓得情况，就预先禀告："路过前面险滩时，大家不要出声，静悄悄的才能过滩，不然船就会被打烂。"道台大人问其缘故，船家就把闹房的事说了。道台大人说："这么平常的对子啷个会对不上哟？"但细细一想，又对不起。看到看到，船快到滩头了。这时道台看到夫人正在开箱子取东西，灵机一动对上一句："金铜锁肚内装须[1]"。从此以后，险滩就平息下来，再不打烂船了。

讲述者：　谢中国，男，汉族，高中学历，江津县琅山乡五里七组农民

采录者：　张进德

整理者：　杨道学

采录时间：1985 年 11 月 26 日

采录地点：江津县琅山乡文化站

[1]　须：此处指老式锁内的锁簧。

253

酒罐对对子

有个爱喝酒的人，见酒忘命，一吃必醉。尤其惹人讨厌的是，醉了就要发酒疯，所以别个给他起个外号叫"酒罐"。

一天，他到朋友家去吃喜酒。吃到高兴的时候，他提出行酒令对对子。同席的有个人，想借这个机会讽刺他一下，就说："要得！你出上联嘛！"那"酒罐"向窗外一看，天正在下雨，随口便说"雨"，同席的那人对了个"风"。"酒罐"又说"花雨"，那人说"酒风"。"酒罐"说"飞花雨"，那人对"发酒风"。"酒罐"说："檐前飞花雨。"那人对："席上发酒风。"上联加了个"天天"二字，成了"檐前天天飞花雨"。下联也添了"回回"两个字，念成"席上回回发酒风"。

"酒罐"听到这里，晓得那人是安了心的，心头怪不安逸，便一下加了四个字，说："皇天有道檐前天天飞花雨。"那人一听，心头欢喜，便一个字一个字地慢慢在念："祖上无德席上回回发酒风"。惹得满席人都哈哈大笑，把"酒罐"气得满脸通红，下不到台。

讲述者： 罗希明，男，汉族，高中学历，工人

整理者： 张麟书

采录时间： 1986 年 2 月

采录地点： 大渡口区重钢七校

254

巧联冤鬼对

　　有个秀才上京赶考，被一条河拦住去路。河边有个推船的老头儿，看他是个秀才，要过河赶考，就说："我出一个对子，你对起了我就推你过河，外搭不收你的过河钱；对不起我就不推你过河。"于是，老头念道："船漏满，锅漏干。"秀才一听：哎呀，糟了，这是一副绝对。左思右想对不起，只好转回栈房。他一连想了几天都对不起，不久，就怄死在栈房里了。从此，栈房里的这间屋就开始闹鬼，每晚二更过后就有人在屋里念："船漏满，锅漏干。"过往客商都很害怕，栈房生意也越来越孬了。

　　一天，一个乡下人来住栈房。栈房老板见他穷，就把他安排在秀才死去的那间屋里住。二更一过，屋里便响起了"船漏满，锅漏干"的说话声。乡下人爬起来，点起灯想看看是个啥子人。谁知灯一点燃就被风吹熄了。那个声音一直不断，闹得乡下人睡不着，心想：睡不着不如起来烧火煮饭。他一边烧火，一边听见那声音还在念："船漏满，锅漏干。"乡下人顺口说了句："灯吹熄，火吹燃。"谁知他这么一说，屋里就再也听不见声音了。第二天起来，栈房老板问他有啥动静，他就把昨晚的事讲了一遍。栈房

老板一下明白了：是"灯吹熄，火吹燃"正好对上了"船漏满，锅漏干"。从此，栈房里再也不闹鬼了。

讲述者： 余训林，男，汉族，高中学历，溉澜溪饮食商店干部

采录、整理者：傅达年，姜孝德

采录时间： 1985 年 11 月

采录地点： 江北区溉澜溪

255

冰冷酒对丁香花

从前，有一个举子到京城赶考。走到京城的时候，天色已经很晚了，各个客栈都住满了人，找不到住处。黑更半夜的到处找，最后找到一家客栈。老板说："房子都住满了，只有一间空的。但是这间屋里闹鬼，很多客人都不敢住。"这个举子一听，就说自己不怕鬼，愿意住。一来天太晚了，二来他不相信真有鬼。

老实[1]，举子就住进了那间客房。到了半夜三更，就听见有人说话，是个年轻男子的声音，一晚到亮，不停地念："冰冷酒，一点二点三点。"搞得举子一夜都没睡好觉。

第二天清早，他问老板是啷个回事。老板才说：三年前，这屋里也是住的一个赶考举子。由于考题中有副对子，上联是"冰冷酒，一点二点三点"，他对不起就落了榜。后来就天天在房间里念"冰冷酒，一点二点三点"，没多久，那举子就怄死了。从那阵起，每晚半夜，那房间里就响起了他的声音，再也没得哪个敢在那屋里住了。这举子听后问老板把那人埋在哪里，老板说就埋在城外，还

---

[1] 老实：当真。

给他立得有块碑。

这个举子出于同情之心，便买了些香烛纸钱和祭品，到那人坟上去祭奠。他在地上磕了头，抬起头来的时候，看见那坟头上长满了丁香花，一下触了机，想道：丁香花三字的字头不正是百字头、千字头、万字头吗？于是吟道："冰冷酒，一点二点三点；丁香花，百头千头万头。"为那怄死的举子对起了这副绝对。当晚，举子在客房里就再也没有听到那个声音了。从此，这家客店也不闹鬼了。

讲述者：　　　全泉，女，汉族，大学学历，退休教师
采录、整理者：傅达年、姜孝德
采录时间：　　1985 年 11 月 8 日
采录地点：　　江北区大兴村

256

太医招婿

从前，有个太医，脉理精深，医道高明。可惜他膝下无子，只有一个千金，才貌双全。太医疼爱女儿，决心招婿上门，继承他的手艺。于是，他写了张大红榜贴在大门边。

上头写的是：本人出联招婿。联曰：大将军骑海马，身披穿山甲[1]。择其年岁相当，品貌端正，应对工稳者以承家业。

几天过去了，都是看的人多，应对的人少。间或有应对的，不是年岁大了，就是对得不好。

一天，来了一个很穷的小伙儿，他拨开众人，从烘笼[2]里头摸出一坨桴炭[3]，在红榜上龙飞凤舞地写道：小红娘坐车前，头戴金银花[4]。

众人看了，都夸对得好，对得巧。这小伙儿硬是做了太医的上门女婿。

[1] 大将军、海马、穿山甲均系中药名。
[2] 烘笼：四川民间取暖工具，竹编内有陶钵以盛火炭。
[3] 桴炭：木炭。
[4] 小红娘、车前（草）、金银花亦系中药名。

讲述者： 江世荣，男，汉族，高中学历，个体医生

采录者： 周镕德

整理者： 余正全、周镕德

采录时间： 1984 年 11 月

采录地点： 巴县陶家乡（今九龙坡区陶家镇）

257

叫花子巧改进士联

　　清朝的时候，迎龙场傅家湾住着一户姓傅的有钱人，这家人两爷子都是进士。

　　那年过年，傅家两爷子写了一副对子，贴在大门上。那对子是：

　　父进士子进士父子进士，

　　婆夫人媳夫人婆媳夫人。

　　有个叫花子，原先是个穷秀才，懂得笔墨。他也写了一副对子贴在背篼上。那对子是：

　　千年香火随身走，

　　万贯家产一背背。

　　这个叫花子，三十天就在傅家湾去讨饭。傅家两爷子不打发他不说，还骂他不该糟蹋圣贤，把对子贴在讨口的背篼上。叫花子很不服气，等大门口没得人的时候，就把傅家的对子给他改了一下。

　　老大初一那天，傅家两爷子到大门外耍。抬头朝门枋上一看呀，是啷个搞起的？对子变了！变成了：

　　父进土子进土父子进土，

　　婆失夫媳失夫婆媳失夫。

讲述者： 张富才，男，汉族，初中学历，干部
采录者： 张启炳
整理者： 金祥度
采录时间： 1986 年 5 月
采录地点： 巴县长生桥镇（今南岸区长生桥镇）

258

改联骂县官

有个县官，专门整治老百姓，看人办事，看钱断案。他默倒人些不晓得，表面上做出一副清正廉明的样子。

过年那天，家家户户张贴春联，县官也写了一副对子，贴在自家的大门口。这副对子是：

爱民若子，执法如山。

第二天早晨，县官出门迎春，看到门口围起一大堆人在看他贴的对子，心头很有点得意，认为自己这副对子写得好，把老百姓麻[1]倒起啦。哪晓得，人些看着县官的对子，有的笑，有的骂，有的指指戳戳在咕哝，走了一伙又来了一群。县官看到这场合，觉得不是个味道，周身好像有针在刺。他喊家丁吆开众人，走向前去一看，昨天贴的对子长了一截，不晓是哪个家伙在对子下边各添了一句话，变成了：

爱民若子，金子银子皆吾子也；

执法如山，钱山靠山岂为山乎。

县官的脸巴当场就气歪啦，马上派人把对子撕了下来。

[1] 麻：欺骗。

讲述者： 萧振武，男，农民

采录者： 杨友仁，男，县建设银行干部

采录时间： 1986 年 12 月 3 日

采录地点： 武隆县火炉乡（今武隆区火炉镇）向前村

259

考女婿

王员外家有三个女儿，大女叫梅香，二女叫荷秀，三女叫玉香。

三个女渐渐长大成人，个个都长得乖乖的，特别是三女更加聪明乖巧。王员外想给三个女都选个好人户，找三个好女婿。便把三个女儿叫到跟前，问她们："你们愿意嫁到什么样的人户家呀？各说各的想法！"

梅香、荷秀同时答道："由爹爹做主，嫁到有钱的人户就是了。"

王员外听后心头欢喜，见三女没开腔，追问道："玉香，你呢？"

玉香回答："民以食为天，我就嫁个种田人吧！"

王员外听了，眉毛胡子皱一堆，吼道："哼！好嘛，嫁个泥巴脑壳！"

没好久，王员外就接二连三把大女儿嫁给了状元，二女嫁给了秀才，三女嫁给了一个种庄稼的小后生。

转眼到了七月十五日，是王员外的生日。大女婿请人挑了一挑寿礼，戴上顶子帽，穿着玻璃衫，去给亲爷拜寿。二女婿请人抬了一抬寿礼，打扮得很阔气，去给亲爷拜寿。

当大女婿、二女婿一进门，王员外欢喜透了，立即迎进客房，递烟倒茶。三女婿用提篮提着一包面、两瓶酒，打个光脚板，来给亲爷拜寿。王员外歪起眼睛一看，嘴巴一斜，叫人把他引到灶房去。

酒席摆好了，王员外叫女儿、女婿到席上依次坐定。王员外坐在上席开口说："今天，你们都来了，我要出题考考你们，答得好，我重重有赏；答得不好，不但不能坐席，我还要将他赶出去，以后，再也不许进我家的门。"大女婿、二女婿都答应说："要得！"只有三女婿没开腔。

王员外说："今天，讲个四言八句。要讲天上飞的，桌子上摆的，圈头关的，还要把妻子的名字连上去。"

题目一出，王员外的管家就催着说："现在从大到小，开始讲吧！"

大女婿出口讲道：

天上飞的是凤凰，桌上摆的是文章，

圈里关的是绵羊，我的妻子叫梅香。

大女婿一说完，王员外高声赞扬道："讲得好！讲得好！快赏金子一两、银子一两。"亲手将事先准备好的两个红纸封包给了大女婿。管家又催道："二郎请讲！"二女婿想了一下，咳了一声后，说道：

天上飞的是斑鸠，桌上摆的是《春秋》，

圈里关的是耕牛，我的妻子叫荷秀。

二女婿一讲完，王员外也高声赞扬道："讲得好！讲得好！快赏金子一两、银子一两。"又亲手将封好的红纸包给了二女婿。管家又催道："三郎请讲！"话才说完，王员外接着吼道："快讲！讲不好给我滚出去！"三女婿看了一眼妻子玉香后，说道：

天上飞的是火药枪，桌上摆的是火柴棒，

圈里关的是狗王，我的妻子叫玉香。

三女婿话音一落，王员外就高声吼道："滚出去！滚出去！快给我滚出去！"

这时，三女玉香站起来，给父亲王员外请了寿、拜了福后，开口说："叩请爹爹，我的丈夫比大姐夫、二姐夫都讲得好，为何不赏，还要赶他出去呢？"

王员外气愤地吼道："他哪些讲得好，你说清楚；不然，连你也一齐赶出去！"

玉香说道："天上飞的火药枪，打他斑鸠和凤凰；桌上摆的火柴棒，点烛好读《春秋》和文章。圈里关的是狗王，保他耕牛和绵羊，他的妻子是玉香，盖过荷秀和梅香。"玉香一说完，众人齐声高喊："好！"三女婿站起来说："金子银子拿过来！"王员外只得将赏给大女婿、二女婿的金子、银子收回来，全部赏给了三女婿。王员外很不好意思地招呼说："大家坐下，吃酒吧！"

讲述者：　　章来，男，土家族，农民

采录者：　　祁天运、胡长辉，文化干部

采录时间：　1987 年 6 月

采录地点：　酉阳土家族苗族自治县五福乡（今酉阳土家族苗族自治县五福镇）五福村二组

260

特来问安，请坐奉茶

从前，有两个同窗好友经常一起吟诗作对。两人很久没有见面，相互很是想念。一年中秋，其中一个伴着明月，前往朋友家拜访。故友重逢，分外高兴，主人热情地问："哎呀，什么风把你给吹来了？"来客满面堆笑，念着组字诗，风趣地说：

"寺庙门前一头牛，两人抬截哑木头。

"未曾进门先开口，闺房女子紧盖头。"

主人一听，朗朗一笑，知他是说，"特来问安"。便顺口答道：

"言对青山不是亲，二人土上肩并肩。

"三人骑着无角牛，草木丛中一个人。"

说完把手一伸："请坐，奉茶。"两位好友哈哈大笑起来，手挽手地进了屋。

讲述者： 王泽勋
采录者： 余学举、肖治
采录时间： 1987 年 9 月 24 日
采录地点： 巫溪县中梁乡双河村

261

『三国迷』选女婿

说起荣昌折扇，至今还广为流传着许许多多与之有关的民间故事。今天要给大家讲的就是一个荣昌折扇老字号的扇铺老板——刘三爷选女婿的故事。

清嘉庆年间，荣昌折扇的生产已基本达到鼎盛时期，西南二街为主要生产折扇的场所，有上百户的人家从事折扇业。大的字号达十户之多。这里单说墩子街的刘三爷，大名刘鸿顺，在墩子街就有一排三间的大店铺，后院便是折扇生产房。他的扇铺字号就是"鸿顺祥"，年生产量达二十万把之多，生意做得很不错。他一不打牌，二不烂酒，只有一个嗜好，就是爱看"三国"的川戏，爱听"三国"的评书。一本《三国志》，从头到尾就看过好几十遍，书都翻烂了好多篇。虽说他不能将"三国"倒背如流，但他却能把"三国"中大大小小的细节说得一清二楚。特别是做扇子的匠师们都喜欢他，因为他一来，你就请他摆一摆"三国"的龙门阵，他从不推辞，而且越讲越有精神，讲得眉飞色舞。在匠师们做夜活路时，刘三爷来吹一吹，大家瞌睡都要少打点。大家都亲切地叫他"三国迷"。

"三国迷"年过四旬，膝下无儿，单生一朵虚花，貌似貂蝉，年逾二八，尚未许亲。"三国迷"有个怪脾气，不但自己爱"三国"，而且选个女婿也要跟他一样精通"三国"方能入赘。这样既能继承他的家业，又能陪伴他度过晚年。一生中，身边也有摆谈"三国"的知己了。女婿的条件是：智如诸葛亮，勇如赵子龙，仁如刘玄德，义如美髯公。另外还要做得来扇子的手艺人。有这条件的人当然不多，即便有了这些条件，还得请一个"乔国老"式的媒翁去撮合，这样一晃，便是几个春秋，没有一个人如"三国迷"的意。

有一天，"三国迷"家中来了一个年轻人，自称是"三国通"。他自幼父母双亡，在舅舅家长大，并学得一手做折扇的好手艺，无论是做头批，还是做尾庄、捆扎都难不了他。只是他没有请"乔国老"来说媒，而是亲自来求亲。"三国迷"一听，知道这年轻人来头不小，便问道："我这样熟知'三国'也只能称'三国迷'，'三国'的故事你知道多少？敢称'三国通'！"

年轻人不慌不忙地答道："你叫'三国迷'，只能说明你爱看'三国'的戏，爱看'三国'的书，爱听'三国'的龙门阵。也说明了你至今对'三国'尚未精晓，不然你看了几十遍的《三国志》还成天把它捧在手里？我叫'三国通'，也不算很通，'三国'我也只看过两三遍，不过，任你考问'三国'中的哪个细节，我都晓得！"

一席话把"三国迷"说得耳烧面热。"三国迷"心里暗想，不出点难题把你娃娃考倒，我还叫什么"三国迷"！于是问道："'三国'中有姓无名的人是谁？'三国'中有名无姓的人又是谁？还有在'三国'中既无名又无姓的人又是谁？"

年轻人听完"三国迷"的问话，笑着答道："这乃路人皆知的事，那有姓无名的就是大乔、小乔；那有名无姓的就是貂蝉；那无名无姓的只有张三爷鞭打的那个'督邮'吧！"

"三国迷"见年轻人答得一字不差、二字不错，正想再考他几句什么。那年轻人又接着说："你既是'三国迷'，我也来请教前辈，那'三国'中去了没回来的是谁？'三国'中来了又没回去的又是谁？"

完了！这下把"三国迷"考倒了，他只想去考人家，

谁知人家倒把他考住了，他嘴里只有这个、那个，张口结舌半天说不出话来。

年轻人见状，只好解围，笑着说道："那去了没回来的就是走马荐诸葛的徐庶嘛！那个来了又没回去的就是刘备夫人、孙权之妹孙尚香！"

"三国迷"这时可算五体投地，心悦诚服地说："你可真算一个'三国通'，比我'三国迷'的学问还高，这门亲事我算答应了。"

自从"三国迷"刘三爷招赘了聪明能干的"三国通"为女婿后，他的扇铺越开越红火，他们将原来仅有的黑、白两个品种，新增加了全楠、正棕、串子、漆嵌、雕刻、绘画等十大类，使荣昌折扇在国内真正占得一席之地，正是："画栋连云，占尽三巴风月；齐纨拂暑，凉生两戒河山。"

讲述者：　王平浩，男，初中学历，荣昌折扇厂退休
　　　　　工人
整理者：　王平浩
采录时间：1986 年 10 月
采录地点：荣昌折扇厂

262

今年同是雨淅淅

从前，有个上京赶考的秀才，走在路上，天上忽然下起雨来。他见前面不远有棵大树，便快步走过去。谁知树下早有一个洗衣女子在躲雨。眼见雨越下越大，他也只好到树下躲雨。

秀才见这女子穿着虽然朴素，但人品却不错。借躲雨时便主动去攀谈，才晓得这女子是一富家小姐的丫头。真是天赐良缘，二人一见钟情，许下了终身。秀才高兴地吟了一句诗："天上雨淅淅。"

那丫头忙接了下句："裙钗洗罗衣。"

秀才又念道："若能折桂斧。"

丫头又念道："勿忘贫贱妻。"

秀才到了京城，考试文章做完后，主考官又要求以来京考试途中见闻为题写一首诗。秀才把躲雨时与丫头吟诵的那首诗写了出来，果然考中了。秀才就将那丫头接了回去。回到乡里后，左邻右舍都来恭贺，问长问短。秀才就把他在途中躲雨、订姻缘、吟诗的情由说了。

秀才家乡有个花花公子，听到秀才双喜临门，也想去碰下运气。

这一年，花花公子也收拾行装去赶考，也选了个下雨天，来在那棵树下躲雨。不过，就是没得洗衣的女人了。他只好一个人照样地在念："天上雨淅淅。"念了一遍又一遍，直到雨住了，太阳出来了，都还在念。忽然树后土沟里传来"啪啪"的声音，他两眼直往树后东盯西盯，嘴里继续念他的"天上雨淅淅"。有人突然说："老娘在拉稀。"花花公子一听，两眼到处乱盯，嘴里又念道："娘子在哪里？"原来拉屎的是一位老妇人，见这人两眼乱盯，便骂道："看你妈卖批！"

花花公子到了考场，主考要他把文章做好后，以见闻为题写首诗。他就把途中躲雨，同老妇人的对话写在卷子上。主考大人阅卷时，见此卷上写出了如此污秽语言，认为有辱圣贤，便叫人把他抓来重责四十大板。打得他喊娘喊老子，然后把他又出京城。

花花公子一边走，一边摸着屁股念道："当年天上雨淅淅，别人做官又得妻；今年同是雨淅淅，我却喊娘又喊爹。"

讲述、采录者：王平浩，男，汉族，四川荣昌折扇厂工人

整理者：王平浩

采录时间：1987 年 5 月

采录地点：荣昌县昌元镇（今荣昌区昌元街道、昌州街道）

263

周
煌
祝
寿

从前周家大坟坝出了一个大官，是乾隆皇帝钦点的翰林学士，姓周名煌，又名周干。后来，他年老退休，想回到老家看看，于是，带了一个随行人员回去。当他走到何氏井时，遇上一家给老人祝寿，又恰逢天上下雨，路滑难走，周煌便借此机会去到何府，一来给老人祝寿，二来避雨。

周煌身着便衣，来到何府，只见宾朋满坐，其中不少都是当地的官员和文人学士，大堂上红烛高照，寿联、寿匾四壁挂满。十分气派，热闹非凡。主人和负责接待的人，都不认识周煌，也没有人招呼接待他。于是，他就在一个不显眼的地方坐下，待在一旁看热闹。

祝寿的时刻到了。只见从内室走出一对老人，年已耄耋，步履轻盈，行走稳健，来到大堂屋中，与祝寿的人拱手致礼后，退到一旁站立。接着，又从内堂里走出一对老人，年已过百，童颜鹤发，满面微笑，健步来到大堂屋中，与祝寿的人拱手致礼后，仍退到另一旁站立。周煌觉得有些纳闷，两对老人为何不接受众人的祝贺？莫非其中还有什么规矩？正在此时，忽然鼓乐齐鸣，从内室中冉冉走出

一对老人，满头银发，满口银须，飘飘然像二位仙人立在大堂之中，拱手向人致礼之后，转身落坐在堂屋正中香火案前的一对太师椅上，接受子孙们的朝拜和宾朋亲友们的祝贺。周煌看在眼里，记在心中，老人共有七代子孙，约三百多人，真是兰桂腾芳。

接着是举行寿宴。周煌因肚子早就饿了，他入席后，不等主人发话，也不待席中之人喊"请"，就提起筷子夹起菜往嘴中送，端起酒杯往口中倒。他这吃不打紧，当即引起席中之人的讥笑和讽刺：有人说，这是哪里来的山野村夫？如此嘴馋豪饮。也有人挖苦道，这个老头可能是他奶奶结婚时喝了酒。周煌装着不听见，各自开怀畅饮。到酒酣饭饱之后，便去茶厅休息，却见厅内摆着文房四宝，不知为何。

一会儿，茶厅里坐了不少文人学士，大家一面品茶，一面议论何府祝寿之事。这时，主人传下话来说，今天是何府老人满一百五十大寿之喜庆日子，何氏老人的子孙七代同堂，更值得庆贺。老人以此为题，出了一副对联，上联是："两轮花甲半，眼观七代孙。"要求客人把下联对上。

在茶厅里品茗谈论之人，个个跃跃欲试，但又拿不出货来，对不上，约一顿饭工夫过去了，还是无人对上。不少人暗中议论，细语交谈，周煌只是在一旁若无其事地冷笑。不料，却被同一桌吃饭的人发现了，那人对周煌轻蔑地说，刚才在席桌上喝酒吃菜那股劲，怎么不拿出来对对子？另一人帮腔说，是呀，看来这个老头只能算个酒囊饭袋，肚子头一点墨水都没有，何必跟着坐在这里出洋相？还有人挖苦说，吃了别人的饭，喝了别人的酒，对不上对子的山野村夫，最好赶快出走。

面对一片耻笑责难之声，周煌从容不迫地站起来，向大家双手一拱致礼说："承蒙各位台爱，本人愿意涂鸦献丑，不过需要有人帮我磨墨抬纸。"有两个秀才自愿出力效劳，一会儿，墨磨浓了，纸也裁好了。周煌走近案桌，挽起袖子，站在桌前，运动内气到右手腕，提起羊毫"车腕笔"，蘸上浓墨，一挥而就，写出下联十个大字。文为："途中风雨阻，文星拜寿星。"大家凑拢来一看，一下都惊呆了。不但字写得好，是货真价实的"铁画银钩"的王羲之书法，而且对联内容也对得好，两个磨墨抬纸的秀

才，带头鼓起掌来，接着大家也鼓掌相贺，一下改变了刚才的尴尬局面。

何府主人闻讯忙来到茶厅，看了周煌所写的下联，极为高兴。心中想道，这个老人自称"文星"，一定大有来头，务必弄个明白。连忙亲自给老人上茶，装烟，十分尊敬与殷勤。然后又恭请老人把上联也写成，以求上下联一体，并落上款及书者名讳，以便制成硬对（木质刻成的对联），常挂大堂，供人学习。周煌均一一照主人要求，书写好上联，落款为"何府大成老人一百五十大寿志庆"，但书写人名讳，不愿写上。经主人及来宾多方劝说，周煌还是不愿写出。最后，主人把那位一百五十岁的老寿星请出来，老寿星诚意要求周煌书出大名，当作纪念。周煌出于敬老，不好再推，只得写了"门生嘉庆主周煌"七个小字在下联旁边。这一下满屋的人都惊呆了，原来这位貌不惊人的老头，竟是当今嘉庆皇帝的老师。何府主人顿感蓬荜生辉，喜出望外，连忙请周煌到大堂，行参拜大礼，何府三代老人也向周煌参拜，鼓乐齐鸣，鞭炮齐响，又是一场寿星拜文星的大典，热闹非凡。起先在席桌上，在茶厅里对周煌进行讥笑、挖苦的几个小文人，也连忙前来下跪请安谢罪，周煌均一一好言安慰，绝无半点指责之意，满堂人等，皆大欢喜。

何府老人盛情款留周煌。周煌盛情难却，在何府玩了七天，心情极为舒畅。琴棋书画，样样精通，何府上下，一片欢腾，终日像过节一样。有一天，周煌向老寿星探询长寿之道。老寿星说出了其中的奥秘。原来，在古时候，药王在峨眉山采药路过此地时，在何氏井旁边歇气、喝水。药王喝了井水后说，这井的水质好，人吃了少生病，又把随身采挖的一个中药"何首乌"种在井壁上。后来，这棵何首乌成了精，满山遍野都繁殖了。井中那棵何首乌，钻到石壁中去了，井中的水，吸收了石壁中何首乌的仙气，人吃了自然就能长寿。周煌听了很以为然，就对何府主人说："你们一定要好好地保护这口井，让更多的人健康长寿，我还要上奏皇帝，把乐温县改名为长寿县，以作纪念。"

果然，周煌到了重庆府后，就向皇帝上奏，建议恳请将乐温县改名为长寿县。白家镇的周家大坟坝，是周煌故

里。人们就在湾子的大门枋与堂屋香火门柱上，贴上一副对联，曰：

门生嘉庆主，
周煌老先生。

讲述者：　王周志，男，退休职工，小学学历
采录者：　黎美剑
采录时间：2003 年 4 月 15 日
采录地点：垫江县坪山镇

264

莫提酒字

就活过来了，马上爬起来："哈哈，你还是提了酒字，我还是要喝酒。"

讲述者： 金美华

采录者： 杨天恒，男，艺术馆干部

采录时间： 1987 年 6 月 8 日

采录地点： 巫山县大昌镇

有两口子，男的特别喜欢喝酒。女的说，酒喝多了要误事，就劝男的把酒戒了。男的也给女的出了个难题，他说："你要我戒酒，要得。你莫提酒字，那我就不喝酒；你提了酒字，我就要喝酒。"从此以后，女的硬是随便说个么哩，就是不提酒字，男的硬是喝不成酒了，心里怪不好过。

有一天，男的设了个法，弄了九十岁的老人九个，手里提着韭菜，叫他们去他屋里来接他去喝酒。他心想，今天，我女人乱碰也要说出一个酒字来。等九个老人到他家去过以后，他就接着回家去，女人也不张他的。他实在忍不住了，就问："我们屋里今天来人没得？"女的说："来了人的。"男的又问："来的些么哩人嘛？"女的说："八个老汉加一翁。""手里拿么哩？""手里提的扁扁葱。""说么哩？""叫你明天去饮几盅。"男的一听，还是没提酒字，又喝不到酒，就倒在地上气死哒。

女的一看男的气死了，心里一软，就哭喊，边哭边说："我的哥子啊，我的姊妹哟，晓得你想喝酒啥，我就提个酒字，姊妹呀！"男的一听女的说了酒字，心里高兴，

265

国王·国主·寡人

从前，有个姓国的人，自取单名一个"王"字。不久真正的国王知道了，便命武士将他抓进宫去，狠狠训斥道："国无二主，你成了国王，我又是什么？回去在王字边上加一点，改名国'玉'。饶尔不死，滚回去！"

这人回到村里，向四邻谎称：皇上叫他在王字上边加一点，今后他不叫国王，叫国主了。

此事国王又知道了，再次命武士将他抓进皇宫，判处极刑——剐罪，三日后行刑。国王问他是否有遗言留下。他家中有一个姓喻的妻子，和一个姓陈的老伙计。于是，便给二人合写了封遗书：

拜上、拜上、多拜上，拜上喻（御）妻和老陈（臣），早来三日看国主，迟来三日看剐（寡）人！

讲述者：　肖茂成，男，小学学历，荣昌折扇厂退休工人

采录、整理者：王平浩

采录时间：　1986 年 10 月

采录地点：　荣昌折扇厂

266

五天工钱照发

从前，有个叫刘二的人，长着一个公鸭嗓子，根本唱不来戏，他却天天想唱戏，一天到黑把戏班老板幽到要唱戏。

老板没法，只好答应，但穿戴行头把子要自备。刘二回家卖掉些破锅烂铁、旧木家具，总算将头盔、铠甲、靴子、宝剑置齐。

刘二又来找戏班老板，老板说那就试一下吧！

闹堂锣鼓一打，哒叭，哒叭，喽啾，喽啾，喽，喽，得咯，得咯，得！刘二踩着鼓点走在台中亮相念白："头顶锅头十八斤，身穿半块芋荷田。脚踏四根木板凳，手里拿把铁火钳。"喽啾，喽，喽得！

刘二拉开他那公鸭嗓门，似唱非唱，似吼非吼：

正月初一，

正月初二，

正月初三，

正月初四，

正月初五，

正月……

戏班老板实在听不下去了，愤怒喊道："打杂师，看到做啥，把他娃给我叉下去！"

叉下去！叉下去！

叉到叉下去了，这下刘二可不依教了。

刘二扭到老板要到县上去见官。

"见官就见官，我还怕你不成！"

这个地方的县官，姓胡名涂，嘴上还留有几根虾米胡！胡涂县令见有人告状立马升堂。

"你们来告状谁是原告？谁先说？"

刘二说："我是原告我先说，我要唱戏，老板要我自备穿戴行头，我唱得正带劲时，他把我叉下了台！"

"他乱唱！"

"我哪里乱唱了？"

"你头顶什么烂锅头，身穿什么芋荷田，脚踏什么木板凳，拿的啥子铁火钳！你有依据吗？"

"有哇！我卖了口大铁锅十八斤置了顶头盔，卖了半块芋荷田整了件铠甲，卖了四根长木凳买了双靴子，那把宝剑也是跟了我多年的铁火钳换的，样样都有根有据，从没乱唱过。"

"你唱初一，初二！有本本吗？"

"有哇！"

"啥子本本？"

"老皇历呀！我才唱到正月初五！"

"好了！好了！不要紧倒扯了，本官听明白了，你说人家唱得不好，唱到初一，初二，初三你就不要他唱了嘛！人家都唱到初五了，你把他叉下台……"

"老板不叉我下台，我至少也要唱到过大年！"

"好了，前话后话都不讲了。只唱到正月初五，五天工钱照发！看到做啥子，退堂！"

讲述者：　　王平浩，男，汉族，四川荣昌折扇厂工人

采录、整理者：王平浩

采录时间：　1987 年 5 月

采录地点：　荣昌县昌元镇（今荣昌区昌元街道、昌州街道）

267

饿死老公菜

藤藤菜，有人把它叫"饿死老公菜"。

从前有两口子，一味合不来。婆娘嫌弃老公，老公不喜饮吃藤藤菜，婆娘就专门把藤藤菜和在饭头煮着吃。大火煮饭，饭在锅里头涨；煮熟了，饭都钻进菜的空筒筒头去了。老公没办法，每顿只好喝两碗清米汤，婆娘就吃装满米饭的菜。不久，老公就饿得黄皮寡瘦的，婆娘却长得肥头大耳。周围团转的人都说："这婆娘好刮毒[1]！"这婆娘却说："我吃他剩下的嘛，还有哪点对不起他？饿死了怪得到我吗？"当真，没过多久老公就饿死了。安埋了老公，婆娘还在坟前立了一块碑，请人在上面写了几句顺口溜：

饭和藤藤菜，本是把你爱。

为好不识好，饿死把谁怪。

一个邻居看了，提笔在侧边也写了几句：

别人都不怪，是你把夫害。

[1] 刮毒：狠毒。

编方打烂条[1]，饿死老公菜。

从此以后，"饿死老公菜"就喊开了。

讲述者：　卢生云，男，38岁，初中学历，金山乡
　　　　　农民
采录者：　杨志坚
整理者：　龙良华
采录时间：1985年4月
采录地点：大足县金山乡（今大足区金山镇）

268

说诗吃肉

　　从前，有个财主老爷，姓刘。他的六十大寿这天，三亲六戚、亲朋好友全部来了。他的四个女婿也来了。吃饭时，其他客人都在开怀畅饮，四个女婿这一桌却只有一碗菜。这碗菜也怪，只有三块肉。四个女婿望着这碗菜，心里都在想：今天老亲爷是哪个的呀？我们四人三块肉哪个吃嘛？这时刘财主走来对他们说道："今天你们觉得有点怪是不是？其实不怪，只要求你们各说一首四言八句，每首前面依次用一、二、三、四开头，说了就可吃肉。

　　大女婿是教书匠，想显示一下自己的才学。他默了一下，抢先就说："一九得九，我拈起就走。"于是很得意地吃了一块肉。

　　二女婿心想：不客气唦，要得，我们都不客气了。他就说："二九一十八，我两块一下夹。"说完把剩下的两块夹起吃了。

　　三女婿眼看三块肉被他们两个都吃完了，只剩点汤汤了，灵机一动马上也说："三九二十七，我把汤汤滗[2]。"

[1]　打烂条：出坏主意。

[2]　滗：bì，从有水的东西里面把水弄出来。

说着就把汤汤端起来喝了。

四女婿眼看没得搞头了，心想：你们几个太不像话。越想越气，望着三个说："四九三十六，你们做事好刮毒。"

刘财主听完，说："好！都得行，重新上菜，慢慢地喝酒。"

讲述者：　文善成，男，汉族，小学学历，前进乡
　　　　　十一村三组农民
采录、整理者：邱安全
采录时间：1985 年 10 月
采录地点：潼南县前进乡（今潼南区太安镇）

269

全家人吟诗

从前有对年轻夫妇，女人对男人很好，好到男人想姨妹，她也不管的地步！

一次，老丈人做生期酒，两口子去拜寿。晚上，她男人吃醉了，堂客就叫幺妹送姐夫进屋去睡。一走进卧室，姐夫一把就把姨妹抱到。结果，小姨妹费了好大的力，才挣脱跑了！

小姨到灶房去，把事情对她妈说了。于是，母亲便吟诗一首，责备女儿道："他醉是他醉，然何送他睡？猫子见鲤鱼，哪有不抓背——险啦！险啦！"

第二天，女婿睡醒过来，想起昨天晚上调戏姨妹之事，觉得不好意思，就吟诗一首写在堂屋墙上："昨晚醉如泥，房中错认妻。拉到红棉袄，原来是小姨——不该！不该！"他写完诗还是觉得不好见人，又回床上去睡了。

一会儿，老丈人起来了。他在堂屋扫地，见了墙上的诗，也提笔吟诗一首："打扫堂前地，眼观壁上诗。家中出丑事，莫让外人知——捏到！捏到！"

哪知老丈人刚写好诗，却被长年看到了。长年哥哥本来跟小姨子有点相好，一晓得这件事，当然就不舒服了。

于是，他也和了一首诗："虽是你家事，不是我家事。若是我家事，砍头都不依——要谈！要谈！"

这么一来，全家人都晓得了。堂客一见男人还没有起床，就到卧室来喊，一看墙上写满了诗，她也吟诗一首："奴叫幺妹送你睡，不该将她抱入怀。这回二老惊动了，看你下回咋下台——痴呆！痴呆！"

两口子匆匆忙忙吃了早饭，就回家了。当他们从屋后的竹林边经过时，小姨妹站在竹林边吟诗一首说："醉酒就安息，为何拉奴衣？同娘两姊妹，岂作一人妻——羞啊！羞啊！"

讲述者：　韩志安，男，汉族，小学学历，农民
采录者：　王先鞭
采录时间：　1962 年 11 月 20 日
采录地点：　万盛区（今綦江区）南桐矿区两河公社

270

白吃秀才

从前有四个秀才，常在一起饮酒吟诗。其中有一个经常白吃，是个一毛不拔的铁公鸡。

有天，另外三个为了躲避铁公鸡白吃，便租了一只船，划到江中去吃。谁知刚到江中，忽见上游漂来一个木箱子，大家捞起打开一看，却是白吃秀才钻了出来，又只好邀他入座同饮。

大家商量吟诗饮酒，吟不好的不得饮酒。

第一个秀才说道："雪在天上不明不白，落在地上明明白白。雪要变水容容易易，水要变雪难得难得。"

第二个秀才说道："墨在砚中不明不白，写在纸上明明白白。墨要变字容容易易，字要变墨难得难得。"

第三个秀才说道："酒在壶中不明不白，倒在杯中明明白白。杯要装酒容容易易，酒要装杯难得难得。"

最后，该白吃秀才说了。他把三个秀才瞟了一眼，说道："我在箱中不明不白，钻了出来明明白白。我吃你们容容易易，你们吃我难得难得。"说完，就端起酒杯，一饮而尽。把三个秀才气得鼓眼！

接着，第一个秀才又吟道："砚石四四方方，墨水摆

在中央。笔杆来来往往，写出何吕司张（章）[1]。"

第二人吟道："桌子四四方方，酒菜摆在中央。筷子来来往往，品出雷贺倪汤[2]。"

第三个吟道："绣绷四四方方，白绢摆在中央。针线来来往往，织出苗凤花方[3]。"

最后，白吃秀才吟道："茅厕四四方方，屁股摆在中央。屎尿来来往往，屙出酆鲍史（屎）唐（糖）[4]。"

三个秀才一听，禁不住要呕吐，连酒菜也不想吃了。白吃秀才一见大喜，说："诸位食欲不佳，恕我代劳了。哈哈！"便狼吞虎咽大吃起来！

讲述者：　傅之如，男，汉族，初中学历，工人
采录者：　王永泉
采录时间：　1986 年 11 月 8 日
采录地点：　万盛区（今綦江区）南桐矿区砚石台煤矿

[1][2][3][4] 此十六字均引自《百家姓》。

271

和尚的脑壳

从前，有七个书生上京赶考。有一天晚上投宿到一个庙里。庙里的住持和尚对他们说："你们都是读书人，现在我出一题考你们。若答上，我盛情款待；若答不上，你们就请另外投宿。"书生们问道："以啥子为题？"和尚说："以我的脑壳为题，作一首倒宝塔诗。"书生们答应了。

书生一说道："一轮明月照九州。"

书生二说道："西瓜葫芦绣球。"

书生三说道："梳篦不需用。"

书生四说道："虱子难留。"

书生五说道："光溜溜。"

书生六说道："净肉。"

书生七说道："球。"

一首倒宝塔诗就这样出来了。和尚满心欢喜，招呼书生们住下来。

讲述者：　李远鹏，男，汉族，初中学历
采录者：　李强

整理者： 卢文忠

采录时间： 1985 年 10 月 26 日

采录地点： 铜梁县玉峡乡（今铜梁区土桥镇）

272

三婿比高低

从前，有个财主满六十，办了很多酒席。亲朋好友都赶来祝寿，三个女婿也来了。大女婿是个文官，二女婿是个武官，只有三女婿是庄稼汉。大女婿想炫耀一下自己，就向二女婿、三女婿提出："我们今天来比一比，看哪个的本领大，说赢了就坐到吃酒，输了的就去挨席斟酒敬菜。"两个老挑[1] 就点头承认啦。

大女婿先开腔："我官高，我势大，一县之主万人怕。我要叫谁死，想活也无法。"

二女婿接着说："我有弓，我有箭，我要叫谁死，立马[2] 在眼前。"这时，正巧空中飞过一只鸟儿，他赶忙朝鸟儿一箭射去，就把鸟儿射下来了。客人些齐声喝彩，他也洋洋得意。

三女婿心里明白，这是想让大家看不起他这个庄稼汉，就气呼呼地说："我有犁，我有牛，我的本领在田头。我要一年不种地，饿死你两个懒骨头。"

[1] 老挑：连襟。

[2] 立马：立刻，马上。

正在这时，一个差役跑来报告："大老爷，不好了，偏房起火啦！"当时人些乱作一团。只听大女婿抢先大喊："众衙役赶快鸣锣救火！"

二女婿也接口说："众将官快用弓箭射火！"

三女婿一听，鬼火直冒，说："呸！滚你妈的锣，去你妈的箭，老子挑上水一担，灭火还靠你老汉[1]！"

讲述、采录者：余河荣，男，汉族，初中学历，重钢干部

整理者：　　张麟书

采录时间：　　1986 年 3 月

采录地点：　　大渡口区重钢

[1] 老汉：此处指父亲。

273

员外选婿

从前，有七个秀才一路去赶考，来到一个地方，看到天快黑了，就到一家院子去借歇。这个院子的主人姓张，是个员外。他对秀才们来借歇很高兴，看到七个人个个长得伸伸抖抖、标标致致的，就想到了自己的两个女儿还没有许配人，要是能在这几个秀才当中选中两个女婿就好了。他就把自己的想法对秀才们讲了，说："你们每人做诗一首，哪两位做的诗好，我就把女儿许配他们。但这诗有个要求：全诗要把一到十，或十到一这十个数字镶在诗里，每一句里不得少于两个数。"张员外又把两个女儿叫来跟秀才们见了面。

七个秀才看到员外的女儿十分漂亮，都想当他的女婿。大家绞尽脑汁去做诗，瞌睡都睡不着。但大家都做不起这种诗。其中一个急得到处转游，无意中转到了小姐的楼下，听到了姑娘们说笑的声音。他往楼上一望，忽然开了窍，嗨！我的诗做起了。立马吟诵：

一座绣楼藏二娇，三寸金莲四寸腰；

买得五六七钱粉，扮得八九十分娇。

另外一个书生在月亮坝儿转来转去，他偶然抬头往天上一望，也开了窍，吟诗一首：

十九夜月八分圆，七个秀才六个憨；
五更四点鸡三唱，二娇何须一人眠？

到了第二天早晨，其他五个秀才都没有做出诗来。张员外看了这两位的诗很喜欢，于是就把两个女儿分别许配给了他们。

讲述者： 蒋国泉，男，汉族，初中学历，溉澜溪中医医生

采录者： 傅达年

整理者： 姜孝德

采录时间： 1985 年 11 月 5 日

采录地点： 江北区溉澜溪

274

黑白姻缘

从前办喜酒兴说四言八句。有个女娃子，她人长得白，又很漂亮，许给了一个男娃儿，这男娃儿人长得黑。旧社会，男女在结婚前是不准看人的。直到拜了堂，进入洞房以后，这女娃子才看到她男人黢黑[1]，便说：

黑天黑地黑乌云，妈妈做事太不行。
白鹤挨到乌鸦睡，世上缺少水一盆。

这女娃子把自己比成白鹤，把男人比成乌鸦，骂他妈生他的阵，哪个不打盆水把他淹死。这新郎官人老实，又对答不上来。正好他兄弟在外头，听到了，就想：哥哥对答不上，二天[2]要受嫂嫂的气，他就在外头对答说：

哥哥黑来是沉香，金银难买满屋香。

[1] 黢黑：很黑。
[2] 二天：以后。

嫂嫂白得像张纸，无钱买纸讨一张。

兄弟把哥哥比成沉香木，金银难买；把嫂嫂比成白纸，没得钱都能讨一张。嫂嫂听了又说：

兄弟外头莫参言，

莫说白纸不值钱。

状元也要白纸写……

兄弟接到下句："白的还要黑的填。"这四言八句对得清丝严缝[1]，嫂嫂哑口无言。

讲述者： 周全福，女，汉族，不识字，石马河乡农民

采录、整理者： 秦学、王正平

采录时间： 1985 年 10 月 30 日

采录地点： 江北区石马河乡（今江北区石马河街道）

275

考
女
婿

从前，有个嫌贫爱富的人，他有三个女婿。大女婿和二女婿都是读书人，家里也很肥实[2]，唯有三女婿是个穷庄稼汉。每次三个女婿到他家，他都不一样地看待。这年，三个女婿都去给他祝寿。头天晚上，大女婿和二女婿睡牙床，盖好铺盖。三女婿呢，睡奓床，盖又短又薄又烂的铺盖，顾了上头顾不了下头。

第二天，坐席的时候，老丈人本来不想让三女婿入席，但又不好明说得，就想出个难题来把三女婿难住。他就对三个女婿说：

"为了助酒兴，今天我出个题目来大家做。你们各说一段四言八句，每一句都要说'出头'二字。第一句说'上出头'，第二句说'下出头'，第三句说'两出头'，第四句说'不出头'。说得好吃酒吃菜，说不好就不吃。"

大女婿和二女婿心想，自己书读得多，这有啥难的，就满口赞成了。三女婿呢，没说好歹。

大女婿开始说：

---

[1] 清丝严缝：逻辑严谨，没有破绽。

[2] 肥实：殷实富有。

"上字上出头，下字下出头，卡字两出头，一字不出头。"

说完，看了看席上的人，见老丈人在笑眯眯地点头，他就端起酒杯喝酒了。

二女婿接着说："由字上出头，甲字下出头，申字两出头，田字不出头。"

说完，瞟了三女婿一眼，得意地端起酒杯喝起酒来。

老丈人看着三女婿，心想：这回你恐怕就吃不成了！

三女婿看到一个二个的那副样子，实在气愤得很！不由得想起了给他盖的那床顾得到头就顾不得脚的铺盖，就大声说：

"下扯上出头，上扯下出头，不扯两出头，蜷起不出头。"

说完，哪个都不看，端起酒杯，就要喝酒。老丈人忙问："你说些啥子哟？"三女婿说："你们拿给我盖的铺盖！"

讲述者：　余大斌，男，汉族，中专学历，干部
采录者：　张光选
整理者：　金祥度
采录时间：　1986 年 7 月
采录地点：　巴县长石乡（今九龙坡区西彭镇）

276

酒肉朋友

从前，有赵、钱、孙三朋友。姓钱的借了姓赵的一两银子，都有一年多了，姓钱的还没得要还钱的样子，姓赵的又不好开口要得。

一天，三朋友在街上会齐了。大家都说去喝杯寡酒[1]，叙叙交情。酒过三巡，姓赵的说："我们来说四言八句。说对了的，敬酒两杯；不通泰[2]的除罚酒三杯外，还要开今天的酒钱。"

那两个问啷个说法。

姓赵的说："先说两个地名，后说一辈古人和《增广贤文》上的一句话。"

两个请赵兄开头。

赵说："上有成都，下有丰都，都对都，何仙姑，酒中不语真君子，财上分明大丈夫。"原来姓赵的是在讨账。

说得妙。钱、孙各敬他一杯酒。

接上来是姓钱的说。他想：吧！你还精灵哩，要账嘛，

[1]　寡酒：无菜饮酒。吃酒人的谦虚说法。
[2]　通泰：通顺。

明说嗫……我又不是憨憨。他说："上有北京，下有南京，京对京，李老君，钱财如粪土，仁义值千金。"对头，顺口。他也吃了两杯敬酒。

姓孙的想：你两个一个要账，一个赖账，关我屁事。他说："上有合江，下有綦江，江对江，司马光，各人自扫门前雪，莫管他人瓦上霜。"

姓钱的说："老弟说得好！赵兄，我们一个敬他一杯。"结果，没得个输赢。

讲述者： 傅灿芬，女，汉族，初中学历，农民

采录、整理者：周镕德

采录时间： 1986 年 4 月

采录地点： 巴县陶家乡（今九龙坡区陶家镇）

277

老大娘巧难篾匠

从前，有两个篾匠，想找几个钱过年，就一同出外去找活路[1]做。两人走到一家门口，看到一个老婆婆，就问："老太婆，有活路做没得？"老婆婆说："有倒是有几样，想找个精灵的人来做，是傻子的话，我就不请他做了。"

篾匠问："你哪个晓得他傻不傻呢？"老婆婆说："自然考得出来，我说个谜子，如果他编出来的正是我要做的，就是精灵人，我就给钱；如果不是，那就请他各人走路。"篾匠说："请你说出来我试试看。"

老婆婆就说："天拱拱，地拱拱，千丝篾条不锁口，葱葱窜牵两手捧。你们把它编成四样东西。"

两个篾匠想了一下，也不开腔，就动手做了。他们把"天拱拱"编成一个甑盖。"地拱拱"编成一个簸盖。"千丝篾条不锁口"做成一把刷把。"葱葱窜牵两手捧"编成一个米筛。问老婆婆对不对。老婆婆一看，全做对了，就高高兴兴地给了钱，并且逢人便说这两个篾匠是精灵人，

[1] 活路：工作。

手艺好。这下，来找这两篾匠编东西的人就多了，两个篾匠就有些自以为是，得意起来。

一天，两个篾匠走到一家，遇到一个老大娘。篾匠问老大娘有活路做没得，老大娘问他们姓啥子。两个篾匠为了卖弄一下精灵，就说："我们姓弯弓十八子。"老大娘说："呵，你们一个姓张、一个姓李，对不对？"篾匠说对，反问老大娘姓啥子。老大娘说："只要你两个把我的姓猜出来，凡是我屋头需要的篾货，都请你们做。"篾匠请老大娘说，老大娘就说："我姓楼上三十三，楼下三十三,三七二十一,七六一十三。"

这一下，就把篾匠难倒了，两个从上午一直想到下午，都没有猜出来。想走，又怕别人笑，连个姓都猜不出来；不走，天都要黑了，到哪里去吃饭和住宿呵？正在这进退两难的时候，忽见来了一个小姑娘，拿了一根竹篙来点火，嘴里喊："百大娘，我来点个火咧。"这一下，两个篾匠才明白了：这楼上三十三，楼下三十三,三七二十一,七六一十三，几个数字加起来，刚刚是整数一百！两个篾匠从此以后就不再卖弄聪明了。

讲述者： 唐木匠，男，汉族，青山乡农民
采录者： 汪江
采录时间： 1986年1月16日
采录地点： 万盛区（今綦江区）矿区川剧团

278

一袋鹅卵石

岩口寨的哈哈阿爸老了，咳咳吐吐，吃得做不得。他有两个儿，娶了两个媳妇，都不孝顺他。两个儿都是耙耳朵，对哈哈阿爸也冷淡。饥寒冷暖无人问，病也深沉了。

一天，哈哈阿爸外出，擦黑，肩上扛一只很重的口袋，累得汗流气喘。大媳妇五岁的小孙崽见了，迎上去，摸了摸疙疙瘩瘩的口袋，问："公，装的哪样？"

"元宝！"哈哈阿爸悄声对小孙崽说，并嘱咐小孙崽不要告诉阿妈。小孙崽当时"嗯嗯"答应，转背就悄悄地向阿妈说："阿妈，公有好多元宝！"大媳妇不信，当晚，轻步来到哈哈阿爸的窗下，捅破窗户纸，只见公公正在床底下挖泥，把口袋里的元宝埋下去……

第二天，大媳妇突然换了笑脸，备办好酒好肉，孝敬哈哈阿爸，吃了又缝新衣。二媳妇也从小孙崽口中探听到公公有元宝，比阿嫂服侍得更巴实。

从此，哈哈阿爸享福了，两个媳妇争着弄好菜喊他吃，争着给他缝新衣。哈哈阿爸笑在眉头痛在心。

阿爸临死的前一天，两个媳妇来到床前，争着说："阿爸，你老人家还有口气，取出元宝，好二一添作五。"

哈哈阿爸手指床下，只吐出一个"挖"字。两个媳妇便钻进床下，手刨锄挖，取出重腾腾的一个口袋。哗啦，口袋朽了，漏出一大堆鹅卵石。两个媳妇气得跺脚大骂："老不死的，骗了我们好多酒饭！"

哈哈阿爸一阵痉挛一阵哈哈，摸起一个鹅卵石唱道：

鹅卵石、鹅卵石，
多亏你，才得吃。
儿媳因你当孝子，
老者为你笑断气。

哈哈阿爸唱呀唱，一阵反常的哈哈，断气了。

采录者：　唐道悭、孙因
选自：　　《川东南民族资料汇编·神话传说故事第一集》（四川人民出版社 1986 年）

279

借牛

从前，东山有一农家缺牛，丈夫对妻说："你到邻家去借条牛来犁田，不要去嘴喳喳的，早点牵牛回来。"

农妇听后，来到邻家，找到邻家主妇说："我家天出头，要找你家天出头，借个午出头。止月就止月，不止月我好大口包小口。"那家主妇不懂她说的啥子，连连摆头，农妇就空手回去了。

刚一进门，丈夫见妻子未借到牛，知道她又去胡言乱语，心中大怒，接着就是一顿打骂。那农妇却理直气壮地说："你要才丁就才丁，要四马就四马，怎么又才丁又四马呢？"

注：天出头是"夫"字，午出头是"牛'，止月是"肯"字，大口包小口是"回"字，才丁是"打"字，四马是"骂"字。

采录者：　覃家万
选自：　　《川东南民族资料汇编·神话传说故事第一集》（四川人民出版社 1986 年）

280

相字起头人字煞角[1]

从前，有三个人，常常一起喝酒。

一天，三个人又去喝酒，其中一个说："我们今天要说个四言八句，谁说不出，谁就开酒钱。"他的目的是针对傻子的。傻子虽然心虚，可听了他的话，也硬起鼻子说："好！好！"

当时，提议的人提了一个条件，要说相字起头，人字煞角。

一个说：

相识满天下，

知心能几人？

另一个又说：

相逢不饮空归去，

洞口桃花也笑人。

傻的一个想不起。这时，街上有个挑木偶的路过，箱子索索断，木偶满街滚。他便说：

箱子索索一断，

一坝坝都是人。

于是，酒钱便只有三一三十一了。

讲述者：　向朝阳

采录者：　马世超

采录时间：　1985 年 6 月

采录地点：　石柱土家族自治县枫木乡（今石柱土家族

自治县枫木镇）

[1] 煞角：结尾。

281

没主见的人

从前，苗寨里有一个做事没主见的人。一天，他牵着五匹马出门做生意，出门前，妻子再三叮咛："千万要有主见，不能老听别人说风就是风，说雨就是雨，不然要上当的。"

他在市场上遇到一个吆着六只羊的人，那个吆羊人提出要用六只羊换他的五匹马。他心里记着妻子的话，心想，羊总不如马值钱，就说不愿意换。

吆羊人说："伙计，常言说得好，听人劝，保如愿，且听我道来。"随即高声唱道：

五马换六羊，

越换越高强，

我的朋友呀，

何必细思量。

吆羊人反复吟唱，调门越唱越高，终于使他动心，高声答道："换，换，我换！"于是，双方交换了马羊。他牵过羊子往前走，遇到一个手提一只花公鸡的人。那人打

听到他的情况后，提出用鸡公交换他的羊。他心想，鸡公总不如羊值钱，便摇头说："不换，不换！"

提鸡人一手提鸡，一手拍肩，唱道：

羊儿咩咩咩，

不如花叫鸡，

我的朋友呀，

何必再迟疑。

捉鸡人反复吟唱，调门越来越婉转，又终于使他动心了，于是他高声答道："换，换，我换！"这样，双方又交换了。他捉过鸡向前走，不一会儿，遇到一个手提竹篮，篮中装着三根嫩黄瓜的人。那人早得知了他的情况，提出用黄瓜换他的鸡。他想，黄瓜总不如鸡值钱，便连忙摆手说："不换，不换！"

提瓜人一手提篮，一手比画着唱道：

叫鸡花又花，

哪及嫩黄瓜？

我的朋友呀，

不是我自夸。

提瓜人越唱越动情，他终于又动心了，高声答道："别唱了，我换，我换！"于是，双方又交换了。

通过几番交换折腾，他累得汗流浃背，口干舌燥，正好手中有黄瓜，一口气吃了个精光。吃了黄瓜倒也解渴，但突然感到两手空空，不是滋味，想到家里妻子正等着算账呢，失声叹道：

黄瓜吃了是泡水，

黑来回家要见鬼，

只因自家没主见，

想来想去打后悔。

讲述者： 龙兰香，女，苗族，农民，不识字

采录者： 孙廷觉，男，干部

采录时间： 1983 年 10 月

采录地点： 酉阳土家族苗族自治县

282

女扮男装读书郎

在很早以前，有一个姓刘的教书先生，生有一女，取名为刘逢岁。逢岁不仅生来美貌，而且天资很好，加上父亲的教诲引导，成为方圆几十里都知道的才貌双全的闺女。

有一年，刘先生收了一个叫路凤鸣的学生，这学生仪表堂堂，风度翩翩，每日刻苦用功，才学不在小姐之下。刘先生见了自然十分喜欢，加上周围的乡民都说凤鸣和逢岁是天生的一对，刘先生就自作主张将路凤鸣招为女婿，更加耐心地教授凤鸣。

却说凤鸣被招为女婿后，日日精神不振，每天都是三更灯火五更眠，甚是刻苦，但奇怪的是凤鸣睡觉时，夜夜都不曾解过衣裳。原来，凤鸣也是一个女子，因那时女子不能入学，凤鸣的求知欲又极强，便女扮男装，投拜在刘先生塾下刻苦读书，谁知，她被刘先生当成男孩子，招为女婿。

逢岁见凤鸣夜夜都这样，原以为她是为了攻读诗文，因此更加痴心地爱她了。一天，凤鸣不在，便在她时常用功的地方写下一首诗：

红粉佳人少年郎，

棉衣滚滚睡在床。

鸳鸯花枕为谁放？

红罗帐里为谁藏？

织女有心嫌夜短，

牛郎无意恨更长。

瑰丽花枝同园畅，

栀子何不压海棠？

凤鸣回来，看见她用功的桌上有诗一首，读完后，才知道逢岁对她是何等的痴情。为了使刘小姐不再单相思，也为了使自己不落个负心郎的名声，便连夜打点行装，写下一首诗，外出求学去了。诗曰：

月里嫦娥读书郎，

棉衣未解卧牙床。

白马金鞍为谁放？

万卷诗书腹内藏。

织女虽然嫌夜短，

牛郎却是恨更长。

芍药牡丹齐开放，

栀子怎么压海棠？

逢岁将诗拿给刘先生看了，刘先生才知道凤鸣也是个闺女，又气又悔，恨自己包办了一件傻事。刘先生老泪纵横，痛首疾呼，挥笔为后人写下一首告诫诗：

夜里窗映读书郎，

女婿用功未上床。

金乌东来教书畅，

谁知玉兔把花藏？

今生我才嫌夜短，

后人不要恨更长。

不是错点鸳鸯谱，

讲述者： 黄孟姜

采录者： 吴建国

采录时间： 1985 年 10 月

采录地点： 彭水苗族土家族自治县汉葭镇（今彭水土家族自治县汉葭街道）

283

马小姐考郎

从前，有一个马先生，教了一辈子的书，才混了个小康人家，在四十开外的时候，才得了一个宝贝女儿，马先生从小就教她吟诗作对，习画修文。马小姐生来天资过人，加上她刻苦用功，每每五更，便点灯伏案苦读，学得了满腹的诗文书画。长到十八岁时，更是无书不知、无画不晓，活脱脱像一朵百合花，貌似天仙，气死牡丹。

马小姐才貌双全，远近闻名，来马家提亲的媒人，像涨潮的水，一浪跟着一浪。但这些来马家提亲的都是些大官财主的公子少爷，大都不学无术，马小姐便一一拒绝了。原来，马小姐一不挑门户，二不挑钱财，就想挑一个才学渊博的夫婿。她把她的想法告诉了父亲，马先生把马小姐视若掌上明珠，大都有求必应。这次，马小姐的想法正合他的意思，就高高兴兴地答应了。原来，马先生教有十几个学生，在学生中有三个学生十分用功，经纶满腹，加上少年英俊，在马先生面前十分得宠。马先生早有意思在这三个学生中选一个佳婿，谁知，马小姐却说了他没来得及说的话，真是心有灵犀一点通。

在马先生门下受宠的三个学生有豪星、富冬和秦耕。

豪星生于员外之家，从小就受到家庭的引导，学起来毫不费力。富冬生于大财主家庭，无忧无虑，一心只扑在书文上，成绩也好。秦耕早年丧父，靠母亲帮人供他上学，每当他拿起诗书，就会想起辛劳的母亲，使他更加勤奋。这三个学生都各有长处，都在发奋，却又正方年少，久闻马小姐才貌，便一一害起相思病来，成绩也一落千丈。这三个学生的变化都没有逃过马先生的眼睛。这天，他把豪星、富冬和秦耕留了下来，对他们说："你们的心思我晓得，如果谁能进举，我就将女儿许配给谁。"三个人一听，又发起奋来，谁知秋天一考，三个人都进举了。

马先生知道后，一天茶不思，饭不想。正当马先生愁眉不展，想不出办法的时候，马小姐却来看他来了："爹，你啷个啰？"马先生就将前因后果说给马小姐听了。谁知，马小姐听后，不但不愁，反而笑着对马先生说："爹，不要紧，你去给他们说，一年后的今天，我出题考一下便知道了。"马先生听后，也只好打发人通知去了。

一年过后，豪星、富冬和秦耕都应约来了。马小姐听到通报后，打扮一下，就高高兴兴出来了。出来一看，好像当头一瓢冷水浇到脚下：只见前面站着两个没魂似的书生，长得黄皮寡瘦。另一个是勾腰驼背，披一件又烂又脏的长袍。马小姐心想："这两个鸦片鬼可能就是豪星和富冬了，秦耕可能是帮他母亲做事，累成了勾腰驼背。看他们这副样子，谅他们早把诗文丢了。"她越想越烦，想把他们早点打发走，就对他们说："你们以景为题，用'红彤彤''白弄弄''悬心吊''暗蒙蒙'各作一首诗。"

豪星和富冬听后，气了个颈粗头细。原来，他两个回去以后，仗着家底好，满以为自己能娶上马小姐，不久又染上了吸鸦片的恶习，早已把吟诗作对丢到脑后。豪星苦苦想了半天，才想出了四句：

爹的大印红彤彤，银子倒出来白弄弄。

提起笔来悬心吊，写不出东西暗蒙蒙。

富冬想了半天，想得口也呆了，眼也直了，直到马小姐要喊"想不起就算了"时，他才凑起几句：

我爹爹喂个猪儿难得供：

一刀捅进去红彤彤，刨了黑毛白弄弄。

把腊肉挂起悬心吊，吃进肚里暗蒙蒙。

马小姐听了"哼"了一声说："这也叫诗？"

秦耕最后边脱破长袍边说：

太阳出来红彤彤，月亮出来白弄弄，

星星出来悬心吊，雾在山上暗蒙蒙。

秦耕诗一对完，破破烂烂的布衫也脱完了，他把弓着的背一伸起，一个漂亮英俊、仪表堂堂的小伙子就出来了。原来，秦耕的勾腰驼背是他故意装的。

马小姐眼睛一亮，马上转忧为喜，笑逐颜开。不久，她终于和一直勤奋好学的秦耕成亲了。

讲述者： 李华方

采录者： 吴建国

采录时间： 1986 年 7 月

采录地点： 彭水苗族土家族自治县

284

教书先生与放猪人

古时候，有一个教书先生，读了几本书，就觉得自己了不起，自称饱学之士。一天，他在路上碰见了一个放猪的，正赶着一群猪上山去放敞。突然，放猪人停下来，提出和他作对。他瞥了放猪人一眼，半只眼睛也瞧不起，竟自走了。放猪人说："说你有学问，连作对也不敢。"教书先生不服气，说道："好嘛，今天我们来较量一下，比个高低。我说上联，你来对下联，如何？"放猪人答道："行呀！"教书先生举目四顾，见一桃树枝干弯曲，桃花朝地而开，有几个蜜蜂正在采蜜，于是计上心来，顺口吟道："桃腰驼蜜蜂倒采。"放猪人不假思索，马上回答："梨下坠喜鹊仰攀。"教书先生一听，果然不错，他又接着一句："蜂子蜂，嗡嗡嗡，嗡嗡嗡钻竹筒筒。"放猪人朝河边一看，只见溪水里有几只鸭子在戏水，有一只被石缝夹住了脚，正"呷呱、呷呱"地叫个不停，他的下句又冒出来了："鸭子鸭，呱呱呱，呱呱呱挤石匣匣。"

突然，教书先生朝天一指，说："我上通天文。"放猪人便朝地一戳，说："我下懂地理。"教书先生把肚皮一拍："我满腹文章。"放猪人把身子一扭："你狗屁不值。"

气得教书先生哇哇直叫。教书先生不服气，就出谜给放猪人猜。

教书先生："千节桥。"

放猪人答："是棕树。"

教书先生："不闹城。"

放猪人答："是庙门。"

教书先生："我在闹闹城中坐。"

放猪人："那是学校。"

教书先生："一斤半的二斤半，七两五钱八两半，是多少？"

放猪人答："五斤。"

教书先生："我姓东边有水，西边有田，说没得饭吃，米在枕头边。"

放猪人答："你姓潘。"

这时，放猪人对教书先生说道："现在，该我考你啰。"他说："层层叠叠是啥子？"教书先生答道："是牛屎堆。""稀稀拉拉是啥子？""羊屎豆。""两头溜尖是啥子？""耗子屎。""半黑半白是啥子？""鸡屎粪。"放猪人叹了一口气，然后说："我才一考你，你就全都答错了。层层叠叠是本经，稀稀拉拉是满天星，两头溜尖是杆秤，半黑半白是眼睛。"说得那教书先生无地自容。放猪人从容牵起他的猪，边说边走："你还是去教你的书，我还是去放我的猪。"说完各自走了。

讲述者：　李华方
采录理：　肖光胜
采录时间：　1986 年 7 月
采录地点：　彭水苗族土家族自治县

285

巧
辩
谜
底

从前有个大财主，是个好色之徒。他家有个长年，长年有个婆娘，长得很漂亮，就是有点不务正事，贪图吃得好要得好。财主摸到了这一点，就去勾引她。没多久，他们就勾搭上了。

长年晓得了自己的婆娘不学好，气得不得了，但他却没有声张，心头一直在盘算着打整他们的办法。

一天，他故意找到财主说："东家，你一概之乎者也，咬文断字的。今天，我们来一个猜谜打赌，要不要得？"财主心想：哼，一个五大三粗、斗大的字认不到一挑的人，还敢跟我猜谜？那真是鬼都要笑落牙齿！想到这里，财主就冷笑着说："你说，啷个猜法？"长年说："我出，你猜。"财主盯着问："你输了赌啥子呢？"长年说："要是你输了又赌啥子呢？"财主想了一哈儿，就皮笑肉不笑地说："我要是输了，就把家产分一半给你。要是你输了，又拿啥子东西给我呢？"长年爽快地答道："我要是输了，就把婆娘白送给你！"财主要的就是这句话，高兴得鼻子眼睛都挤到一堆去了，说："当真？""不扯把子！"长年的话说得很认真。接着，长年就说出谜语来："稀稀拉拉，斑斑点点，两头尖尖，一红一白。"限财主两天内答出谜底，各人就回家去了。

回家后，长年就把这件事说给了他婆娘听。婆娘听了，心头欢喜昏啦，巴心不得自己的男人输。那样，她就可以堂堂正正地当上财主的小老婆。她就套问他谜底是啥子。男人故意说："这种事说不得，要是漏了风，你就该成东家的人了。"婆娘见男人不讲，就故意撒着娇，摇着长年的肩膀说："恁大的事，我啷个敢乱说嘛！你把谜底说给我听听吧！"长年见时候到了，就跟婆娘说："稀稀拉拉是牛屎，斑斑点点是羊屎，两头尖尖是耗子屎，一红一白是鸡屎。"婆娘听了，高兴得瞌睡都睡不着。半夜时候，她就轻脚轻手地溜了出去，将谜底给财主说了。

第二天一早，财主就找到长年，说谜底猜出来了。哪晓得，财主说出谜底后，长年却说不对头。财主不依，俩人就争吵了起来。最后，官司就打到了县衙门。县官听了财主的谜底后，觉得答得不错，就反问长年："你说他答错了，那谜底又该是啥子呢？"长年不快不慢地说："稀稀拉拉是满天星，斑斑点点是本经，两头尖尖是梭子，一红一白则是大堂内的红漆棍。"

县官听了，连说答得妙。转过脸来，把惊堂木一拍，对财主吼道："你枉自读一伙书，答的谜底竟如此粗俗可笑。现在我宣判：你输了，长年赢了！回去马上把一半家产分给长年。"财主没有办法，只得画押，把一半家产分给了长年。

讲述者：　蒋德明，男，汉族，高小学历，居民
采录、整理者：蒋祖学
采录时间：　1985年8月15日
采录地点：　永川县（今永川区）茶店乡

286

巧对成婚

从前，有个太医，脉理精深，医道高明，可惜他膝下无子，只有一个千金，小名叫青青。青青长大了，才貌双全，太医疼爱女儿，决心招婿上门，继承他的手艺。于是，他写了张大红榜贴在当街的大门边。

上头写的是："鄙人出联招亲，联曰：大将军骑海马，身披穿山甲。择其年岁相当、品貌端正、应对工整者以承家业，谨此。"

几天过去了，都是看的人多，应对的人少。间或有应对的，不是年岁大了，就是对得不好。

有一天，来了个很穷的小伙儿，他拨开众人，从灰笼儿里头摸坨桴炭，在红榜上龙飞凤舞地写了一行字。

写的是：小红娘坐车前，头戴金银花。

众人看了，都夸对得好、对得巧。这小伙儿硬是做了太医的乘龙快婿。

讲述者：　魏显德，男，汉族，小学学历，巴县走马乡（今九龙坡区走马镇）退休干部

采录者：　　钟守维

采录时间：　1990 年 6 月

采录地点：　巴县走马乡（今九龙坡区走马镇）工农村

287

细娃栽秧蛋半边[1]

有个老板请了一拨[2]师傅栽秧。他见这拨人当中有两个十来岁的细娃，心头很不安逸。歇气的时候，老板给栽秧的人些提盐蛋去。按那个时候的规矩，歇气时每人一个盐蛋，老板却只给那两个娃儿每人半边盐蛋。两个娃儿点都没有说好歹。

歇了气起来栽大田。两个娃儿先下田，一个从这头角角朝那头角角栽，另一个从那头角角朝这头角角栽，两个刚好栽个擦身过，要好伸展就有好伸展，大细窝和稀密都合适。这回，老板看到笑嘻了。

秧子栽完了，请的人些走了。老板收拾屋的时候，看见门背后写得有一首打油诗：

大人栽秧蛋一个，

细娃栽秧蛋半边。

你若要想秧子活，

[1]　细娃：小孩。。

[2]　一拨：一伙

耐心等到六月间。

老板晓得遭整了，赶忙跑到田头去看。他把娃儿歇了气以后栽的那两翼秧子扯些起来一看呀，尽跟他栽些拐头秧[1]。

讲述者：　　杨先明，男，汉族，小学学历，农民
采录、整理者：金祥度
采录时间：　1985 年 5 月
采录地点：　巴县忠兴乡（今巴南区南彭街道）

288

白大嫂开店

白大嫂开了一间栈房。一天晚黑，来了两个歇号的人，白大嫂问他们："二位先生贵姓哪？"

"张十八子。"一个说。

"那二位就是张李二先生啰？"白大嫂说。

"不错。"另一个说，"老板娘贵姓嗮？"

他心想的话：你一个女人家，看你啷个说。

"我嘛？楼上三十三，楼下三十三，三七二十一，七六一十三。"白大嫂说完就各人做事去了。

嘿！那两个人满以为难得到白大嫂，没想到白大嫂一开腔就是一大堆，听完了还不晓得是啷个一回事，张起两张嘴巴说不出话来，只好红起个脸悄悄地去睡了。

两个人在床上翻来覆去睡不着，心头硬是酸萝卜蒸鲊——不是个味道。两个想啊，想啊，眼鼓鼓地想到天都亮了，还是没想出来个头绪来。

早晨，隔壁户的人来找白大嫂："白大嫂，你有米汤没得哟？我舀点嗮。"

那两个一听，呻唤了一声："唉！我们啷个就没有想到起哎！三十三又三十三，加上二十一，再加个一十三，

[1]　拐头秧：拐，yuē，把秧子的茎颈弄弯，使其根部向上。

不正好是一百吗！你这个姓哪，硬还是难得死人啰。"

讲述者： 邓树辉，男，汉族，初中学历，巴县走马乡（今九龙坡区走马镇）村民

采录者： 艾一苇

采录时间：1991 年 6 月

采录地点：巴县走马乡（今九龙坡区走马镇）工农村

289

刀儿匠比本事[1]

在用小钱的时候，一个卖肉的老刀儿匠，一天早上去买肉。人家问他买好多，他想考一考这个正在提刀割肉的小刀儿匠，就说："一斤半、二斤半、三个半斤、四斤半，快点割，快点算，割起回去吃早饭。"

小刀儿匠二话不说，提起刀来就割了一大坨拿去称。老刀儿匠一看，果真是那么多。就问："好多钱？"小刀儿匠说："前三十三，后三十三，三七廿一，七六一十三，就是这么多。"他一听，晓得遭到了行家，赶忙点了一百个小钱递过去。两个人隔张案桌看了一眼，啥子都没有说。

回家以后，老刀儿匠还有点不服气，就又跑转去。小刀儿匠见他转来，晓得是安了心的，所以也用上了心计，怕栽在同行人面前。就问："这回买好多？"老刀儿匠说："不要肥来不要瘦，不要骨头不要肉，你老弟看到割嘛！"

小刀儿匠眼睛一鼓，提刀割下一块猪肝，过了秤，不说有好重，只说要这么多钱："一二三、三二一、

[1] 刀儿匠：贩卖猪肉的零售商贩。

一二三四五六七，七加八、八加七、九个十个加十一。"

老刀儿匠一听，这人不在自己之下，就不慌不忙又掏了一百个小钱给他。两个人这才抬眼互相一笑，一个说："佩服佩服！"一个说："彼此彼此！"

讲述者：　佘河荣，男，汉族，初中学历，干部
整理者：　张麟书
采录时间：　1986 年 3 月
采录地点：　大渡口区重钢

290

老师出难题

从前有一个教私塾的老师，五月端午节放假，给题目布置了作业，题目是猜四个字："啥子是有脑壳又有脚？啥子是有脚无脑壳？啥子是有脑壳又无脚？啥子是无脑壳又无脚？"教师布置了，学生们很不高兴，不晓得是些撒子字。

有个学生回家就不高兴，他的姐姐问弟弟怎么不高兴，弟弟说："老师出的题，我做都做不起。"姐姐问："弟弟，老师出的啥子题嘛，说给姐姐听一下，看姐姐给你做得起不？"弟弟说："啥子是有脑壳又有脚？啥子是有脚无脑壳？啥子是有脑壳又无脚？啥子是无脑壳又无脚？"姐姐说："弟弟你各人吃粽子，是恁个生起的，有脑壳无脚是个'由'字，有脚无脑壳是个'甲'，又有脑壳又有脚是个'申'字，又无脑壳又无脚是个'田'字。"兄弟一听："哟，是这四个字，晓得了。"

第三天等上学，老师就考他，这个学生就全部答对了。老师一想，这个娃儿平时成绩不怎么好，啷个把这四个字答对了呢，恁个奇怪。老师就问学生："你对老师老实说，是不是你做的？不然要打屁股哟。"学生一听只好说："老

师不是我做的，是我姐姐做的。"老师一听，认为这个姐姐有才华，连声说："此女有才！此女有才！"师母喊他吃饭，老师还在说："此女有才！此女有才！"师母听了问究竟，老师就把事情的经过说了，师母不服气了："她有才，未必我没有才，我还不是答得起。"老师说："你有才华你答嘛，啥子是有脑壳又有脚？"师母说："有脑壳又有脚的多得很，鸡、鸭、鹅哪个不是？"老师又说："啥子是有脑壳无脚嘛？"师母想都不想说："黄鳝、鱼鳅哪个不是？"老师遭气惨了说："也算你对嘛，那啥子是有脚无脑壳？"师母想想说："家里头有桌子、板凳，河头有螃蟹，不是吗？"老师遭气得更惨，最后说："那啥子东西又无脑壳又无脚？"师母想不起，老师就冒火："我说你对屎不起，你说对得起。"老师脚一蹬，蹬到了师母的屁股，师母灵机一动："我晓得，我晓得，是蚌壳，是蚌壳！"

讲述者：　刘远扬，男，汉族，初中学历，走马镇银岗村八社人

采录者：　朱伟

采录时间：　2002 年 2 月

采录地点：　九龙坡区走马镇

291

刘天成的故事

团年席上

刘天成七岁那年，是在他外公家里过的年。

腊月三十吃团年饭，刘天成和他的两个老表由外公带起坐了一席[1]。外公坐上席，刘天成坐下席，两个老表一个坐在左边，一个坐在右边。

席上摆了一只清炖浑鸡。外公先把两个鸡腿分别扯给坐在左右的小孙孙，最后才给外孙刘天成夹了一坨鸡肉。刘天成看了看坐上席的外公，然后就眼巴巴地望到两个老表啃鸡腿。

外公顿时觉得过意不去，脑壳摆了摆，说："外孙呀，只怪鸡无三只腿哟！"

刘天成马上回答说："外公吔，就怕人有两样心哪！"

外公听了刘天成的回答，手在桌上一拍，连声道："了不得，了不得！对得好！有胆量！"于是喊家里人又杀了一只鸡，专门给刘天成补上了一只鸡腿。

[1]　一席：同一张桌子。

开了年，外公还把刘天成留在自己家中，专门请了老师来教他读书。

寸香诗

刘天成在白云寺读书时，学友中只有刘天成的年龄最小，才十三岁。

一天中午，刘天成同几个学友来到白云寺下的河边玩耍。上午刚下过一场偏东雨，河里涨了水，供来往行人过河的几坨石头，也被水淹了。这时有一个十五六岁的女子站在河岸，因为过不了河，非常焦急。刘天成见了，就把那女子背过了河。

下午上课时，先生在上头讲书，中午同刘天成玩耍的几个学友就在下面交头接耳地议论。还时不时地发出"咯咯咯"的笑声。先生见了，问："你们笑啥？莫非是为师讲错了？"一个学生站起来，答："我们笑刘天成背大姑娘过河的事情，没笑先生。"

先生听了，心想："自古以来男女有别！背大姑娘成何体统！"一下课就把刘天成喊过去询问。刘天成把背女子过河的事情一五一十地给老师讲了。可是先生仍要惩罚他，叫他跪在孔子像前，说："就以今天的事为题，限你在香燃一寸的时间内，作一首七律诗，否则就打你的板子！"

刘天成思索片刻，提起笔在早已铺好的纸上写道：

二八佳人阻洪流，小生权作渡人舟。
敢将素手攀花手，直把龙头附凤头。
三寸金莲浮水面，十分春色坠江流。
轻轻背过河岸去，默默无言各自羞。

先生看完，赞不绝口。从此更加器重刘天成了。

严训太子

刘天成在翰林院供职期间，以他的满腹经纶博得了乾隆皇帝的青睐，当了皇太子的老师。一天，皇太子仗着自己是未来的人中之王，藐视学规、不认真学习，当即受到刘天成的严厉训斥。皇太子认为受了委屈，哭哭啼啼地跑入后宫，请了正宫娘娘出来问罪。而刘天成则以乾隆皇帝钦定的学规据理力争。皇后娘娘无言以对，只好悻悻地说：

"哼，皇儿不读书，将来也要当皇帝。"

刘天成也不示弱，随即答道：

"知者明，可成尧舜之君；无知者暗，则是桀纣之主。"

皇后听罢，先觉刺耳，但细细思之，不禁猛醒，立即叫过太子当面认错，此事才算了结。

后来，皇太子登基当了皇帝，即嘉庆帝。可他没有忘记严师的教诲，用御笔撰写了一副对联送给刘天成。这副对联是：

门生嘉庆帝，
恩师刘天成。

讲述者： 杨明高，男，三驱镇大足石刻文创园工作人员

采录者： 夏明宇，男，重庆文理学院教授，民俗学者

传承情况： 讲述人系早年听三驱镇刘氏族人刘方勋讲述

讲述场景： 大足石刻文创园施工现场，旁边是园区引进的天津"泥人张"在建厂房

采录时间： 2021年3月

采录地点： 大足区三驱镇文创园

292

叫花子巧对塔联

刘天成（1733—1797），字乙斋，重庆市大足区三驱镇人，幼时家贫，但勤于学问，乾隆十九年（1754）进士，历任顺天乡、会试内监官，监察御史，黄门给事，顺天府丞，大理寺少卿，中宪大夫等职，乾隆晚年遭和珅陷害落职还乡。故乡迄今有故事流传。

一日，冉土司出巡，见小坝龙池有一古塔，此塔巍峨，随口出了上联：冒冒一塔，四面八方六角。

骚人墨客，唱和应对者众，然无满意下联。土司不悦，令州府贴出告示：面向全州府，重奖征下联。一时无人揭榜。

这天，龙池场上来了一个古怪乞丐，闻听此事，哈哈一笑："这有何难？"

众人讥笑："不知天高地厚，口出狂言！"

乞丐绕过拥挤的乡场，径直来到掌火的地方官吏秦大爷家。秦大爷高坐厅堂："来人有何事？"

乞丐道："我要揭榜！"

秦大爷斜视一眼来者，只见乱发长飘，衣衫褴褛，腋夹黑棍，手端破碗，十足的讨饭要吃的叫花子，便面呈厌恶之色，想，刚刚才打发走一个要饭的，莫不又是一个饿昏了头的叫花子骗吃骗喝？心生不快。坐在漆黑发亮的太师椅上，背往后靠，脸往上扬，口里倦怠地一个长呵欠："既是揭榜，何不写来？"

叫花子道："禀告大爷，我已写在手上了！"

秦大爷一怔，常言道，人不可貌相，海水不可斗量。难道牛屎巴内埋黄金，叫花子中出奇才？遂强打精神，扭身端坐，把手向身边家丁一挥："呈来本大爷一看！"

叫花子木碗搁地，棍杖倚壁，拳握两手，送向家丁。

家丁提起二指，远远拈伸过来，不耐烦地喝斥："手板摊开，纸条呈来！"

叫花子摆开双掌，嘻嘻一笑："来拿嘛！"

家丁捏着鼻子，近前一看。有何纸条？倒是叫花子那长长的指甲，藏污纳垢，十分醒目，令人恶心想呕。捂嘴回报秦大爷："抓粪爪爪，空手板，扯谎！"

秦大爷感到受了戏弄，一声吼："骗吃的！"转身对家丁道："看看早上那狗钵钵里，狗吃剩下的冷饭有没有？给他抓坨来！"就要离椅出堂进屋。

叫花子张开双臂，乱发飘动，拦着："我不是来骗吃的，我真的是来揭榜的呀！"

秦大爷冷冷丢下两个字："胡扯！"便"嘭"地进了家门。

家丁捏来一坨黄黄的冷苞谷面饭，扔给叫花子："滚在场角落去吃，快滚！"

秦大爷午睡后，睡眼惺忪就上堂，蒙眬见堂门外一团破旧棉絮，对家丁道："谁扔垃圾在公堂门口？不像话，铲远点！"

家丁道："老爷，那不是烂棉絮，是那个叫花子……"

秦大爷道："那冷饭团子没给他一坨？"

家丁道："给了。追出去，跑回来，他一直嚷着又要见你秦大爷。"

秦大爷道："怪事！"踱出堂外："叫花子，还有什么没讨到手？"

叫花子听了秦大爷的声音，从地上爬了起来："老爷，我不求你讨吃的。我真是来揭榜的……"

秦大爷讥笑道："写出下联来。"

叫花子嘻笑着走向秦大爷，在他面前摊开两掌："大爷，请你过目。"

秦大爷见了那双又黑又脏还发出怪气味的手板，本能地后退两步，离得远远的，以掌扇鼻，借风驱臭，可还是不禁好奇，踮足引颈瞟一眼。只见那摊开的一双脏手里，

什么也没有，不见一滴墨迹与半片字条，再次失望。又被叫花子耍弄了！秦大爷恼羞成怒，气不打一处来，紧捂口鼻，瓮声瓮气地命令家丁："一再哄骗戏耍本大爷，棍棒赶走。"

家丁抢过叫花子的打狗棍，卟卟朝其肩背拍打："快滚！"

秦大爷余气未消，以指点戳，警告叫花子："再来胡搅蛮缠，赶出乡场，再也不准在我的地盘上讨口要饭。"

叫花子仰天长叹，哈哈大笑："我真的写在手掌上的呀……枉为一方大爷把总，原来却是个目不识丁的瞎子，无所事事的混混！"

家丁又挥棍，使的劲更大："你个讨饭的，敢侮辱我大爷，看我不打破你穷骨敲断你狗腿！"

秦大爷满脸不屑，尽力装出不与乞丐一般见识的宽容："本大爷是白丁？四书、五经、《孔子》都背得。孔子曰……你懂吗？骗吃骗喝的懒角色，一再辱我公堂，败我民风，撵出乡场！"

家丁棍子嘭嘭响，乞丐摇头朗朗笑："大爷不是白丁，何以我浪人对的下联不认得？"

秦大爷道："怎的本大爷就不认得？你一再说你写在手上，何曾见片言只语？莫非你写的是暗文洋文？球没名堂！"

家丁追打："叫花子快滚，快滚！"

叫花子迎着棍棒扑在秦大爷跟前，平伸双掌："请大爷再次审读下联！"

秦大爷朝地上唾沫一吐，狠狠道："呸！一个叫花癫子，神经病！"

叫花子高声道："大爷真的读不懂？"

秦大爷道："读球呀？读你的臭粪脏手板？"

叫花子嘻笑道："是呀，就是要读我的脏手板！"

"张狂！无赖！"秦大爷面露厌烦。

"叫花子不得无礼，小心我打烂你狗嘴！"家丁道。

叫花子道："大爷实在看不懂？那我只好替大爷读出来了：平平两掌，五指三长二短。"

秦大爷侧耳一听，面现愕然，紧闭双眼，作冥思状，对叫花子应征的无字下联反复吟诵："冒冒一塔，四面八

方六角；平平两掌，五指三长二短。"平仄合韵，对仗工整，猛然一拍大腿，瞪目一声惊叫："对得好！"即叫家丁住了手，一改冷漠傲然状，躬身上前，亲自扶起叫花子："惭愧！真是斗篷脚下看不出人呀！"

秦大爷把叫花子待若上宾，又叫家丁驰马飞报州府。冉土司闭目轻吟，少顷，连连赞叹道："绝对！绝对！"随即奖金碗一个，银箸一双。

叫花子却将金碗银箸藏于塔内……

讲述者：	秦廷易，男，初中学历，农民
采录者：	姚明祥，男，酉阳自来水公司职工，退休
讲述情景：	在市里"送欢乐下基层"的联欢活动中讲述，讲述者着长衫，擅长用书面语
传承情况：	在酉阳一代广为流传
采录时间：	2022 年 1 月 20 日
采录地点：	酉阳土家族苗族自治县桃花源街道龙池村

293

亚魁与恶鬼

吴家坝子有一姓吴的大户人家，从乡下请来了一位穷书生，任私塾教师。

这位穷书生为了糊口，对吴氏子弟呕心沥血，认真施教。十年后吴门子弟在学业上大有进步，屡次科试中都有人上榜，有获得探花的，有获得廪生的，有获得举人的，有获得秀才的，反正众多桂冠。当地官府见状，就写了块"亚魁"的匾，赠给吴家。吴门为了炫耀，就把这匾题高悬于祠堂大门之上，并请人配了这样一副对联：

一门三探领；
五举八秀才。

于是，吴氏宗亲一时显得堂皇而高雅起来。

不久，吴门声誉名噪千里，数百里外的风水先生络绎造访，官人们联赞："吴门将相地，子女栋梁才。"风水先生献联曰："物华天宝，人杰地灵。"

吴家主人看了这些捧场联文，心里乐开了花，便不惜破费，又发红包，又摆筵席。把风水先生奉为座上客，而对那位穷教书先生则不许露面，只能与下人共餐。

"家宅有神灵，何须求野鬼。"那位穷教书先生在吴门早已成可有可无的了，他们打算在大年三十前将他辞掉。于是，又计议逐客方案两项：一是用对联难他，让他去而无怨；二是撕毁先约，克扣薪水，让他无可奈何，自愿离去。

不久，年关来临，回家心切的教书先生向主人提起薪金一事。吴氏主人拿出如意算盘，摆出阎王账本，东扯扯，西算算，扣这、扣那，结果一年下来只剩五块银圆了。穷教书先生这时候才意识到主人在故意刁难他，怒火从胸中不禁烧上眉睫。他本想拍案大骂，但是他没有。社会生活经验告诉他，现在要冷静和忍耐。他想到一副古联：大肚能容，容天下难容之事；开口便笑，笑世间可笑之人。所以他强忍心头怒火，接下几块银圆。主人猜透了先生内心想法，便假惺惺道，眼下年关，这几块钱是不够开销的，我今有一上联要请教先生，如能对上，就可多添几块……

教书先生晓得主人要洗刷[1]他，心想，不给点功夫给你们看看，你们是不晓得锅儿是铁铸的。于是爽快应允："请出上联！"主人将早已搜肠刮肚想好的联写在纸上：

树大根深，不宿无毛之鸟；

他们满以为能难倒穷先生，谁知先生随即展纸，奋笔疾书：

山低水浅，难藏有角之龙。

主人羞得脸红耳热，拂袖而去。先生仍然余怒未消，便到门外踱步，夜色朦胧中，那大门上的"亚魁"匾题映入眼帘，心里不禁骂道：什么"亚魁""殿魁"，都是一些恶鬼。先生突然计上心来，即回卧室，拿起笔墨，在匾题"亚"字下添了个心字，再将"魁"字中的"斗"字涂掉，使"亚魁"变成"恶鬼"，然后再用纸书了一副联贴于祠堂门外：

亚下添心，一门皆恶棍；
魁中无斗，全家尽鬼蜮。

随后，他收拾行装忿然离开了吴门。

自从这位先生走后，吴氏家族就找些便宜货[2]来充当教师。然而骄纵成性的公子少爷们是没有能耐搞好学习的。从此，吴门家族的荣耀景况，就渐渐变成"处处鹌鹑语"了。

讲述、整理者：王平浩，男，荣昌区折扇厂工人
讲述情景：　春节放假期间，广场人山人海
传承情况：　从未单个授徒
讲述时间：　2022 年 2 月 5 日
讲述地点：　荣昌区文化馆广场

[1] 洗刷：戏耍，调笑。

[2] 便宜货：能力欠缺的人。

294

秀才魂

一年春天，有几名巫山秀才乘木船上省城应考。木船沿江而上，行至万州城，夜宿聚鱼沱。第二天清晨，秀才们起得很早，站在船头望风景，见到江边有一少女在洗衣服。那少女时而搓，时而捶，姿势优美，很逗人爱。船上的秀才们正缺少谈笑资料，于是你一言我一语地说起那洗衣少女来了。

一个说："姑娘真能干，一大早就洗了那么多衣服。"

另一个说："哪个有福，娶她做媳妇，不中举也能一辈子享个清福啦！"

又一个干脆喊道："姑娘，抬起头来向我们笑一笑吧！"

姑娘知道船上的人是在拿自己开玩笑，就只当没有听见，一个劲地尽管洗她的衣服。其中有位李秀才，为人老实巴交的，本来他在一旁诵诗，这时也禁不住来凑个趣，提议说："我们哪个把她逗笑啦，逗得她抬起头来说话啦，到省城后我们请他的客。"大家都表示赞成。于是又你一句，我一句地说开了。

一个秀才说："我们远道而来，万州城的姑娘连笑脸

都不给一个，真扫兴！"

另一个说："姑娘，你如果不笑一笑，就是骂几句也好！"

李秀才见洗衣少女还是不理，很生气，便说："姑娘，你真是铁石心肠呵！算啦，秀才们，还是去省城应试要紧，叫开船吧！"

姑娘明白了，他们是去省城应试的秀才，就抬起头来笑着说："秀才们，你们拿我取乐，我不计较。不过，我说出一首诗谜来，请诸位秀才用八个字来解答，每句两个字。如果解答不出来，就算不得有学识的秀才！就莫枉费精神去省城应考！"

秀才们齐声说："你也会吟诗？那你就吟出来我们听听！"

洗衣少女抬起头来，吟出了四句诗谜：

谯楼刚打二更鼓，
雪里书生未曾眠。
千年柴灶无烟火，
寡妇房中泪涟涟。

秀才们苦苦思索，谁也解答不出来。开船的时候到了，船伙儿几次催促启程。秀才们急了，走吗，还算什么有学识的秀才？不走吗，误了考期不是断送了前程吗？一个秀才想出一个脱身之计，便说："这个祸是李秀才惹下的，干脆让他留下慢慢地来解答，我们还是先走为好！"

众秀才就笑嚷着把李秀才推上岸去，船马上就开走了。李秀才见船已走远，想到自己的前程，想到临行前家人的嘱咐，又看到那洗衣少女不时抬起头来向他抿嘴微笑，像是在嘲笑他无能，他感到万分羞愧，无脸活在世上，心一横，扑通一声跳进了江里。洗衣少女见到这情景，非常惊慌，江岸又无人搭救，眼睁睁地看着李秀才在江中淹死了。她后悔自己出个谜难住了秀才，但又不能挽回，只好提起衣服篮子，哭哭啼啼地走了。

那天晚上三更时分，就在李秀才跳江的地方，忽然咕咕地冒水花，一会儿旋涡中慢慢地升起一个人影，在沙滩上来回走着，口里不停地念着洗衣少女说的那四句诗，一

直念到天亮，那人影走进江水中不见了，每天夜晚都是这样。

这事一传十、十传百，传到万州城的一位姓万的才子耳朵里。万才子心想，那秀才也跟我一样，平日苦读诗书，谁料到却被一位洗衣少女难住！让我今晚亲自去看看也许可以给他一点帮助。

这天晚上，月亮圆圆的，万才子乘船来到李秀才投江的地方，坐在船头等候。三更刚到，离船十步远的江面上，突然咕噜咕噜地冒着水花，形成簸箕大个旋涡。一会儿，从旋涡升起一个人影，又慢慢地走到沙滩上，一边踱步，一边口里念念有词。

万才子十分同情，在船头上向那人影大声解答道：

谯楼刚打二更鼓，是冬冬；
雪里书生未曾眠，是冻读；
千年柴灶无烟火，是空空；
寡妇房中泪涟涟，是空哭。

那人影听到，立即下跪，连叩三个响头。突然人影不见了，地上冒出一缕青烟，一只小鸟随着青烟腾空而起，在万才子头顶上盘旋几圈后，就直朝太白岩上飞去，不断叫着："冬冬，冻读，空空，空哭……"

从此，每年春天，就会听到它的叫声。人们以为它是在叫"豌豆、苞谷、豌豆、苞谷"，其实不是，它是在解答那洗衣少女的诗谜：冬冬、冻读、空空、空哭！

讲述者：　熊素平，男，党校教师，大专学历
采录者：　卢胜贵、李世奎
采录时间：1985年2月
采录地点：万县地区沙河镇罗盘洞（今万州区沙河街道罗盘洞）

295

对绝对愧成冤鬼

从前，有一个汤员外，他有一个儿是秀才。

有一天，秀才读书读闷倦了，就在外面去耍。这时，农民正在栽秧子。他听一个农民说："谷草捆秧父抱子。"心想，这是一句绝妙的上联，就想对个下句。想了半天对不上，回到家里把所有的书本都翻出来看，还是找不到应对的下句。他觉得自己还不如一个农夫，就整天在家中茶不思，饭不想。员外一看不对，莫不是儿子生病了，就喊起来问。秀才把看见农民栽秧的事说了。员外听了后，找遍了自己所学的诗书，也对不起。后来，秀才越想越想不开，就两个五百——一吊，死了。

秀才死后，员外想，肯定是书房有鬼，把我的儿子找到了，就把书房封了。一天，有个官人路过员外府，见院子修得好，就想在这里过夜。员外把自己死儿子，封房子的事给他说了。这人听后，偏偏要在这书房去睡。他正睡得迷迷糊糊时，梦见一个白衣秀才站在他身边跟他说："大人啊，我死得冤枉啊，枉自我读了十年的书，连一个农夫都不如。农夫出个对子我对不起。你如果把它对起了，请用张纸写好帮我烧起来，我在九泉之下也瞑目。"官人听了说："你放心，三天之内，我一定把这副对子给

你烧来。"

　　回到府里，这人翻遍了所有诗书，都找不到这个下句，就着急了。到了三的一天，这人还是没把下句对起，就更着急了。他出去闲游，走到菜市场，看见一个女人家手中提个竹篮，竹篮里头装有几根笋子，他心里一下就亮了。他想，竹篮是竹子编的，笋子是竹子生的。用"竹篮装笋母怀儿"对，不就很好吗？他把上下句写起一看，果然对起了。

讲述者：　钟泽，男，汉族，小学文化，大石乡农民
采录者：　李亚军
整理者：　贺大舜
采录时间：　1985 年 10 月
采录地点：　合川区大石乡（今大石街道）

296

应鬼对巧结良缘

　　从前，有个秀才赴省赶考，忙着走路，错过旅店，来到一个偏僻地方。忽然见一所庄院，便去敲门借宿。门开了，走出一管家模样的老头。秀才赶忙上前施礼，说明敲门借宿原因。老头说："空房没有，只有后院有间闺房，是我家小姐住的。她死了之后，一直闹鬼，还没人敢去住。"秀才想了一想说："我不信真有鬼，有鬼我也不怕。你就行个方便吧。"老头说："要有个三长两短与我无牵涉哟！"秀才说："那是自然。"于是老头带秀才到后院空房，一会儿，又送上吃的和灯火，道了声"相公请便"就走了。

　　秀才吃过夜饭，收拾完毕，把书摆上书桌准备看书。忽然一阵冷风吹过，秀才一惊，满身鸡皮疙瘩。心想，硬是有鬼吗？只听后面传来了脚步声，他转身一看，竟是一个美貌女子。秀才连忙起身施礼问道："小姐深夜到此，有何贵干？"小姐道："这本是我的闺房，半年前，我因一事不明，闷闷不乐，得病而死。"秀才笑道："原来还是一位如花似玉的年轻女鬼呀！你今晚意欲何为呢？"小姐说："我来请教一副对子。你如能对出下联，我也瞑目。"秀才说："是何对子，请说上联。"小姐道："有一天我到

池塘边玩耍，见塘边李子成熟，塘里荷花开放，一群鲤鱼也在池边游来游去。忽然一阵清风吹过，树上李子落下几个。正在这时，鲤鱼也往上跳跃刚好碰个正着。于是一副对子的上联在我的心中构成，就是：树上李，树下鲤，鲤上李下李打鲤。但怎么也想不出下联，最后郁闷而死。今夜看你能否对上？"秀才说："容我想上一想。"整个夜晚，秀才反复吟诵思考。鸡快叫了，仍然没有对上来。小姐走来问道："秀才，你对上了么？"秀才道："能否容我再想三天。"小姐道："好吧，三天后我再来。"说完，一阵风走了。

第二天，管家打开门一看，秀才还在睡觉，便把秀才推醒，问道："秀才，昨夜晚有什么动静没有？"秀才答道："此处倒是个读书的好地方，我还想住上两天呢。"管家回说："要住你就住吧！"说罢就走了。

秀才想了一天又一天，到了第三天，人也想闷了。屋里不知何时飞来几只蜜蜂，嗡嗡直叫，令人心烦。秀才便把窗户打开，让蜜蜂飞出去。窗户一开，一阵清风吹来，顿时感到清爽极了。这时蜜蜂也正从窗口往外飞，秀才猛然触机，随口吟道："窗外风，窗内蜂，风进蜂出蜂遇风。"一再玩味，不正好对上了小姐的上联了吗？

晚上，小姐又来了。秀才赶忙把下联说出来。小姐和上联一起吟诵了两遍，的确天然妙对，高兴极了，对秀才的才华十分敬慕。这才说道："我并不是鬼。当初只因想不出下联，羞于见人，同管家商议，才定下了这个假死装鬼的主意。今天见你既有胆又有才，十分难得。秀才如不嫌我丑陋，愿托终身。"秀才见到小姐才貌双全，就欣然应允了。

讲述者：　范家和，男，汉族，初中学历，工人
采录者：　郑万芳
整理者：　黄声荣
采录时间：　1986 年 8 月
采录地点：　九龙坡区四胜村

（三）断案故事

297

县令巧断悔婚案

从前，大足县有个王员外，有个李员外。王员外的儿子叫王三，李员外的姑娘叫李义琼，两家是订了婚的。

那时，两个家庭都很好，两个娃儿从小在一起要，很亲热。

后来，临到要成亲了，王员外家就搞穷啦，李员外就翻盘儿[1]，说："我这姑娘不嫁给穷鬼！"

王三没有钱去求取功名，只好跟别个望牛[2]、割草，维持生活。李家的姑娘，格外[3]放了个有钱的人。

这一天，李家的姑娘快结婚了。王三在坡上割草，边割边哭。有个穿素衣的人看到他了，这个人就是出来察访民情的胜县令。

胜县令问："哎！小伙子，你割草就割草，哭啥子？"

王三就把他的事情给县令说了，还说："明天李小姐就要成亲了，我嘟楷[4]不伤心！"

胜县令说："那你还想不想和她成亲呢？"

[1] 翻盘儿：反悔，推翻前约。
[2] 望牛：放牛。
[3] 格外：另外。
[4] 嘟楷：怎么。

王三说："天呃！不敢想！我们穷人嘟楷想得到哟？"

胜县令说："只要你想，我给你打个主意，包你得到！"

王三说："啥子主意嘛？"

胜县令说："明天你还在这里等我，我两个一路去吃她的酒。"

第二天，县令把衣服、裤子、帽子、鞋子给王三穿起，就像个秀才一样，跟到县令去吃酒。

那里新姑娘，坐起轿子来了。县令走拢去把官印摸出来，把她的陪嫁一歇[5]就封了，说："吃了晌午把人和东西都给我抬到县衙门去！"

下午，县令升堂，把两个新郎官一齐喊进去。就喊前头订婚的王三在后面，姑娘在中间，后订婚的那个有钱的男娃在前头。三个人跪成个一字，跪到县令面前。县令就问案了："李小姐，你要哪一个？"李小姐看前头跪起的那个是有钱人家娃儿，就说："禀太爷，我要前头那一个。"

县令就对跪在前头那娃儿说："好！听到没得，不是我说的，是她各人自愿要前头那一个。你是后头才订的亲，你没得着[6]啦，回去吧！"

县令说的话，哪个敢不听！结果王三还是和李小姐成了亲。

讲述者： 段太凯，男，汉族，高小学历，双桥区农民

采录者： 罗学荣

整理者： 黎明辉

采录时间： 1987 年 7 月

采录地点： 双桥区（今大足区）双路乡政府

[5] 一歇：此处作"迅速""全部"讲。
[6] 没得着：没有份儿的意思。

298

江巴县巧断诈骗案

从前，白市驿有个鸡贩子，从乡下把鸡买来以后，就拿魔芋来喂，然后运到重庆去卖。

有一回，一挑鸡卖了，只剩下一个白鸡。他挑起回家，路过浮图关，被一个妇女拦住，说鸡是她的。鸡贩子心头不虚，当然不认账，两个人就扳[1]起来。这妇人是浮图关的烂货[2]，七八个跩半截鞋的幺爷[3]，这哈儿都一起围拢来舔肥[4]，鸡贩子丢海誓[5]也不行。最后他只有告到县里，找江巴县断案。县大老爷升堂以后，妇人死口咬定鸡贩子偷了她的鸡。

江巴县问："可有证人？"

妇人说："有，街邻为证。"

县官问："证人何在？"

七八双半截鞋就跩上了大堂，咬定鸡贩子偷了妇人的鸡。

鸡贩子看到大老爷只顾同那些街上人讲话，心头一着急，忍不住又大叫起"冤枉"来。

县官丢开证人又问妇人："你的鸡平素喂的哪样食子？"

"我喂的白米。"妇人的话刚完，那些跩半截鞋的又一齐跟到说："对头，我们吃了晌午还看到她抓了两把白米撒在地上，那白鸡一颗颗地啄得干干净净的。"

县官这才问鸡贩子："你的鸡今天喂的哪种食子？"

"大老爷在上，我今天卖的鸡全都是喂的魔芋。"

"好。"江巴县马上叫衙役，当着众人把鸡一刀杀了。取出嗉子剖开一看，里面全都是魔芋。翻来覆去，没有一颗米。县官把惊堂木一拍，指着鸡贩子："胆大鸡贩为了赚钱，竟敢拿魔芋喂鸡。本县罚你立即交铜钱三百文！"鸡贩子一听惊堂木响，又看大老爷冒恁大的火，不晓得要遭好大的祸事。临到听清楚只罚三百文铜钱，心一下轻松了，马上从裹肚里掏出三百钱当堂缴清。县官就命令当案师爷，将这三百文铜钱拿去全数买成漏子糖[6]，速去速回。这时堂上堂下的人些，都觉得怪，不晓得要搞啷个名堂。一哈儿，师爷买回了一罐漏子糖。知县马上叫当差的把一罐漏子糖全都涂在那个妇人屁股上，然后罚那儿个上堂做伪证、串通欺诈小贩的活二流[7]，一齐上前把妇人屁股上的漏子糖舔完，然后才许结案回家。

从此以后，街上那些跩半截鞋的活二流，尝到了江巴县的滋味，再也不敢在街上妖言邪法了。

讲述者：　刘世纪，男，汉族，高中学历，教师
采录者：　李新华
整理者：　刁琼图
采录时间：　1985 年 7 月
采录地点：　九龙坡区九龙乡政府

[1]　扳：此指争执。
[2]　烂货：此处指暗娼之类人。
[3]　跩半截鞋的幺爷：地痞流氓二流子。
[4]　舔肥：拍马屁、讨好。
[5]　丢海誓：赌咒发誓。
[6]　漏子糖：饴糖。
[7]　活二流：二流子。

299

审柜子

从前，大足县有一个县官，用巧计审清了一桩案子。

有两口子，男人经常外出做生意。那女的不正经，男的出去后，就在屋里找野男人。每天晚上都有男人在她那里过夜。

有一天晚上，那女的和野男人刚睡下，突然听到有人敲门。女的起去开门一看，吓得不得了。原来是她男人做生意回来了，肩上还搭着一串银子。野男人一听是她男人回来了，赶忙从后门出去，躲在后檐沟里。那男的进屋把银子放在柜子上，就同女的一起到灶屋弄饭去了。这哈儿野男人就偷偷溜进去把银子偷起跑了。等两口子把饭吃完转来一看，银子不见了。男人就问女的，女的说："我根本没有捡银子。""怪了，我刚才明明放在柜子上的。我拼死拼活才挣这么点钱，几千里都背回来了，放在屋里还不见了。"男人就怪他女人，女人很不服气。两个人就扯皮，扯到县官那里。县官听完他们的话后，说："把女人放了，把男的关起来。他们两个都说不清楚，去把柜子抬起来，老爷审柜子。"

几个衙役把柜子抬到堂上，县官说："你这柜子，要老实回答。有人放了银子在你上面是不是？噫，你不开腔，抗拒本官。来人！跟我拿皮鞭打二十下。"县官又问："不说呀，跟我把它钻些洞，抬下堂去。"差役就把柜子钻了些小洞，用封条封了，又把它抬回去。

那野男人听说男的遭关了，晚上又来了。女的说："你这个背时鬼，把银子偷起跑，弄得我两个扯皮，把他来关起，你看啷个办？"野男人说："这样我两个就可以做长久夫妻了。"

第二天，县官又叫升堂，把男的和女的都传来，又叫人把柜子也抬来，下令抽打柜子。然后县官又问柜子："银子在哪里去了？"这哈儿只听柜子里有人说道："银子被女人的奸夫偷去了。"那女人一听，吓得不得了。啷个柜子里头有人说话，又晓得了这种事呢？原来是县官用的计：叫一个差役藏在柜子里面，把女人和野男人说的话听得一清二楚。这一下，这个案子就审清了。女的挨了四十大板，那个野男人被关了监。

讲述者：　　刘锡金，男，汉族，不识字，新生乡三村三组农民

采录、整理者：陈金

采录时间：1985 年 11 月

采录地点：潼南县新生乡（今潼南区卧佛镇）

300

审坛子

有个生意人，他堂客不习好，趁他出门做生意，就和另外的男人扯起乱搞。两个想做长久夫妻，就商量好等生意人回来就把他整死。

这天，生意人就要回来了，女的办了些好酒好菜，野男人就躲到房圈屋的床底下。晚上，生意人回来，女人把酒菜端来，莽起[1]灌他的酒，一哈儿生意人就遭灌醉了。野男人便从床脚爬出来，几刀就把生意人砍死了。嘀个办咧？他们先前就找得有个榨菜坛子，把生意人砍成块块，擩[2]在坛子里头，还是像装榨菜一样，口口上封了一个泥碗。两个默到他们做得神不知鬼不觉。

哪晓得，这天晚上，正好有个强盗听说生意人回来了，就摸起来偷他。把墙扒了一个洞洞，一看：唉呀，在杀人哩，我进去不得了。莫忙，看他们搞个啥子名堂。强盗看到那女人和野男人把生意人砍成块块，擩在榨菜坛子头。强盗吓惨了，他没敢偷这家人，就悄悄跑了。

[1] 莽起：使劲。
[2] 擩：ròu，塞。

那女人把坛子放在家里过了个把月，才假装回娘屋，请那野男人帮她抱起榨菜坛子到河边赶揽载[3]。别个问装的是啥子，她说是给她妈做的咸菜。那男的一上船，假意洗手，手一松，坛子就礴到水头去了。一个浪子打来就把坛子卷走了。

哪晓得那坛子封了口口的，礴下水不沉底，又浮起来了。这个坛子东一流，西一流，流到一条住家船边边。这家人看到漂来一坛榨菜，心想福喜[4]来了，好不欢喜，慌忙捞起来。打开坛子一摸，哎呀，不得了，摸到人的一只手。人命关天，赶忙报官。

这地方是个新上任的县官，拿到这个凶案，真是学剃头就遇到了络腮胡。嘀个办呢？县官脑壳还灵，心想：这个案子办不活，我的名声还出不去。办！于是他叫衙役贴出告示，说某天某时，在衙门口设公堂当众审坛子。告示贴出，人们就惊动了。心想：这个老爷疯了，坛子又不是人，也不会说话，我看他嘀个审。

到了那一天，大家都涌到衙门口来看稀奇。县官到时也正南齐北[5]坐上公案，叫衙役把榨菜坛子带到堂前。他问："坛子呀，坛子！你有何冤枉，从实说来，本官好为你伸冤！"看的人哭笑不得，只有私下说："县太爷硬是疯了。"县官也真像疯子一样，在公案上咿哩哇啦问了半天，坛子一言不发。其实，县官他另有一套，他把手下人，全都换了衣裳，混在人群当中，看哪一个人惊诧或慌张，那就要理抹[6]。这头一回，县官没问出啥子来，他就说："好了，丢监！我们某天某时再审。"

人些听到县太爷还要审问那个不说话的榨菜坛子，第二回全城的人都来了。县官又恁个审问了半天，还是没得一句话。他生气了，惊堂木一拍道："坛子呀，坛子！你哑了。明日我来提审，你倘若再不开腔，本官就要拿你是问！丢监！"众人忍不住一阵哄笑，说"县大爷要疯出头了"。

县官审坛子的事，把四方都轰动了。第三回，那个强

[3] 揽载：客货混装的木船。
[4] 福喜：吃白食、占便宜。
[5] 正南齐北：认认真真。
[6] 理抹：清理、追查。

盗听说县太爷审坛子，他也跑来看稀奇。他从人群当中挤到前面，伸起颈子一看，看到堂上那个榨菜坛子，惊了一头，立即想起那晚黑亲眼看到的杀人情景。强盗刚把颈子缩回来，后面一个人把他肩膀一拍说："老兄，请跟我走一趟。""做啥子？""有话问你。"那人便把强盗带进了衙门。不多时，师爷出来在县官耳边嘘了几句，县官起身离坐，走到坛子旁边，侧耳一听，便说："啊，你为什么不早说呢！既是冤情，明日午时三刻，我将凶犯捉拿归案，当众发落！退堂！"

原来，强盗的神色，早被县官的下人些发现了。他们把强盗带进衙门，强盗眼看不说不行了，便把那晚黑看到杀人的经过一五一十地说了。县官立即发签，将那女人和她野男人捉拿归案，果真在第二天当堂发落：野男人杀头；女人丢监，关死幺台[1]。

讲述者：　　李汝杰，男，汉族，不识字，船工
采录、整理者：陈洁，王正平
采录时间：　1985年10月23日
采录地点：　江北区

301

熊知府智断眼镜案

从前，有个知府，姓熊，为官清正廉明，又还怜恤穷人。百姓都说他实实在在是个父母官。

有一天，一个叫小老大的下力人，一大早就担一挑柴上街去卖。街上人多打挤，一挤，小老大担的柴就把一个生意人戴的眼镜绊落了，一落下地就遭打烂了。这下子闯祸了！生意人边骂边打小老大的耳光不说，还扯住小老大的衣领，估到[2]要赔他好多好多钱不可，少了一文都不依教[3]。随便小老大啷个说好话都不得行。小老大是个老实人，钱也拿不出来，说又说他不赢，急得一点办法都没得。看热闹的人当中，还是有心好的噻，他们就给小老大打干帮[4]。生意人更不依教，就说要去见官。人些冒火了，就给小老大壮胆，支持他去见官。两个人就扯到了知府衙门。

熊知府听到鼓声，赶忙升堂问案。生意人和小老大跪在堂下，把事情啷个来啷个去说清楚过后，熊知府心头明

[1]　幺台：完结、了事。

[2]　估到：逼迫。
[3]　不依教：不依不饶。
[4]　打干帮：帮腔起哄。

白：生意人是要敲小老大的棒棒[1]。于是他把惊堂木一拍，对小老大说：

"赔！照他说的价钱赔！"

"我……大老爷，我哪来钱赔呀！"

"没得钱，把你那根扁担拿去当了嘛。"

"扁担……扁担也管不到几个钱哪！"

"拿上来本官给你签个字再拿去当。"

老实的，熊知府就在扁担上写了几个字，小老大就当真拿到当铺去当。当铺老板一见，说：

"你这扁担是金的还是银的？管得到几文钱？"

"我这根扁担不是金，也不是银的，是知府大人在上面写了字，叫我拿来的。"

当铺老板仔细一看，写的啥子哟？只写了三个字："你快走！"

小老大人是老实，傻还是不傻。一听当铺老板念出那三个字，马上就明白了知府大人的意思，赶忙把扁担接过来，提起就走了。

再说那生意人，他在公堂上跪起，知府大人不喊他起来他敢起来呀？跪一阵，实在遭不住了，见小老大还不回来，就说：

"老爷，小人的眼镜不要赔了。"

熊知府听了，把惊堂木一拍，说：

"案是你自己报的，本府也秉公给你判了，为啥又不要他赔了？明明是戏弄本府。来呀，把这混账东西拉下去重责五十大板。"

就这样，那生意人棒棒没有敲得成，反倒挨了一顿打。

讲述者：　胡伯英，男，汉族，初小学历，退休工人
采录者：　吕中兴
整理者：　金祥度
采录时间：　1988年1月
采录地点：　巴县中梁乡（今沙坪坝区中梁镇）

[1]　敲棒棒：敲竹杠。

302

巧断一女三许案

清朝光绪年间，有家姓谢的，男人在京城当官，堂客娃儿住在老家乡下。

一年，谢公子去京城看望他老汉，半路上病倒了，盘缠也用光了。莫法，他只好拿出一副缎子绣的画，请幺师[2]帮忙当几个钱医病。

当地有个刘公子，三月三给老汉上坟回来，碰到幺师忙慌慌地只顾走。他问幺师忙啷个，幺师就把当画的事摆了。刘公子就喊幺师把画拿给他看一眼。原来，缎子上绣的是荷花，像真的一样。刘公子看后心想：这画一定是谢公子的心爱之物。他喊幺师把画还给谢公子，医药钱由他来付。

当天，刘公子去看谢公子，确实病还沉重。他喊幺师马上去请太医来给谢公子捉脉抓药。隔几天，谢公子的病就好了。从此，两位公子就成了朋友，经常在一起谈今论古，写诗作文，很合得来。过了半个月，谢公子实在不能再耽搁了，刘公子又拿五十两银子给他做盘缠。在他们分

[2]　幺师：店小二。

手的那天晚上，谢公子对刘公子说，他有句话不晓得该说不该说。

刘公子说："有啥子难处，莫客气。"

谢公子说，他家有个妹妹，能吟诗作对，那幅画就是她绣来托哥哥为她找婆家用的定情物。他说如果刘公子不嫌弃的话，他有心把妹妹许配给刘公子。如果不合适的话，当他没有说。

刘公子见谢公子的长相和小姐的绣工都好，哪还有不愿意的，于是他就答应了。

谢公子到了京城，他老汉听他摆了路上许亲的龙门阵很冒火。原来，他老汉已将女儿许配给一个姓张的京官的娃儿。谢公子慌了，没耍几天，就急忙回家，与他老娘商量，心想，通过娘的嘴巴劝老汉退掉张家娃儿。哪晓得他娘听了更冒火，吵他两爷子办事糊涂，这种大事都不和她商量一下。原来，她早就把女儿许配给本县王员外的大少爷了。你说，这下拿来嘣开交[1]。

一个月过后，刘、张、王三家都到谢家去催婚，没有哪家愿打退堂鼓。事情越闹越大，官司从县衙门打到了府衙门。

高知府接过状子一看：一个是父亲做主；一家是老娘许婚；再一起是兄长撮合。你说这个案嘣个好断？高知府究竟是个精灵人，想来想去想出了好办法。他马上派人叫来谢府的管家，说了一阵悄悄话。

这天，高知府正升堂审这桩"三许亲"的案子，刘、张、王三家公子都在大堂上。突然一个公差上气不接下气地跑上大堂禀告知府大老爷，说谢小姐吃毒药闹[2]死了。

高知府说："我早晓得她要走这条路，叫你们把她照到。你们这些废物，都给我先关起再说！"差人些硬是被弄来关起了。

高知府车身过来对三位公子说："现在小姐死了，断给你们哪家好呢？"

还没有等高知府把话说完，张、王二家忙说他们要的是活人，不要死鬼，说完，车身就想溜。高知府喊道：

"莫忙，公堂断案不是搞起耍的。想告就告，想退就退，衙门又不是幺店子[3]！还是要留个脚模手印，才好交差，这是规矩。"

高知府正要问刘公子，只见他跪在大堂上，哭得话都说不出来。过了一阵才说："大老爷在上，学生命苦。谢小姐的定情画还在我手中。她生是我家的人，死是我家的鬼。我要领尸回乡，以妻礼厚葬。"

高知府当场记下三位公子的口供，一字一句地要他们过目，又写下"永无反悔"四字，交他们三人画押。

就在这哈儿，突然谢公子的管家急冲冲闯上大堂，笑眯眯地对高知府说："谢小姐经太医抢救，现在苏醒了。"话音刚落，只听得屏风后头，一阵鞋铃"叮当"响，谢小姐像一朵花，羞答答地走上来对刘公子说："还不赶快给高大人谢恩。"

两个憨包[4]像脑壳上挨了一盆冷水，遭淋醒豁[5]了，又是吵，又是闹，硬是不依。

高知府把惊堂木一拍："胡闹！大堂之上，涮坛子[6]唦，再闹，一个三十大板！"他把文书一亮，说："这叫先说断，后不乱，请两位另选高门。谢小姐的亲事我做媒，哪个敢扯[7]！"

刘公子和谢小姐成亲那天，专门请高知府去喝了"三百杯"。

讲述者：　　王正美，男，汉族，初中学历，退休干部
采录者：　　杨维义
整理者：　　周镕德
采录时间：　1986 年 12 月
采录地点：　巴县（今九龙坡区）铜罐驿镇

[1]　嘣开交：怎么办。
[2]　闹：nào，用毒药毒。
[3]　幺店子：鸡毛小店。
[4]　憨包：傻瓜。
[5]　醒豁：清醒明白。
[6]　涮坛子：开玩笑。
[7]　扯：无理取闹。

303

一文钱

有三个唯利是图、见钱眼开的商人：一个叫才国全，一个叫钱如命，另一个叫孔方君。一天，三人结伴赶场办货，刚拢场口，突然眼睛都瞪圆了，为啥？不知谁掉了一文钱。

才国全弯腰捡起："嘿，这文钱我先看见，该归我。"不料钱如命吼起来："明明我先看见，理应归我。"他边吼边抢。孔方君动作更快，伸出爪爪就抓："莫争莫抢嘛！我老远就盯到了，该我装腰包。"一时，三人争得脸红脖子粗，引来不少赶场人。大家见三人为一文钱动手动脚暗暗好笑，不知谁唱道："商人为钱丑态多，伸手动脚瞎乱摸，鼓筋暴绽要动武，可笑君子动手脚。"三人只好收回拳头，嘴还在争论。

正巧，县太爷的官轿前呼后拥而来。县太爷闪悠悠端坐轿内，听差役禀报路途被堵，勃然大怒。虎威正要发作，忽听有人口呼"冤枉"拦轿告状。县太爷只好叫差役掀起轿帘，步出轿来，见是三个商人跪在地上，便厉声喝道："拦路喊冤，必是重案。谁是原告？"

三人流眼抹泪都说："我是原告，我是原告！"

县太爷心想：吾真乃料事如神！三人争当原告，案必曲折重大。今天乐得我当众问案，以示明镜高悬。想毕，堆出笑脸："你们一个个地讲。老爷身为父母官，定能秉公执法。"当听说是为一文钱求大老爷明断时，他乐滋滋暗拿主意，便说："三人经商，为一文钱何必动怒动武！看来一文钱三人不够分，个人也不能打独吞。你们各说一首诗，谁说得自己最穷，老爷我当众断给他。"

"要得，要得。"三人自恃饱学，立刻应允。才国全把喉咙清理一番，抢先说："衣裳起索索，寒冬打光脚，盖的干谷草，睡的破竹笋。"说罢，就要去捡钱。县太爷忙把他拦住："莫忙，你不算穷。那干谷草能卖几文钱一挑哩！"才国全无奈，只好丢手。

县太爷回头问钱如命："你说吧！"

钱如命点头啄脑地吟道："锅儿挂上墙，家无鼠耗粮，盖的烂巾巾，睡的石板床。"话刚落也要去捡钱。县太爷一把拦住他："放肆！你也不算穷嘛，东城吴大爷要修猪圈，去把石板床抠来卖给他，随便敲个好价钱。"钱如命连声叹道："冤枉！冤枉！"

县太爷干咳了几声，问孔方君："怎么样？诗做好了吗？"

孔方君心想：我千万不能说任何实物，不然县太爷要作价变卖。对，来个虚的！于是笑嘻嘻地念道："天地间住宿，日月当蜡烛，盖的肚囊皮，睡的背脊骨。"

诗念刹角[1]，以为毫无破绽，也就弯腰捡钱。县太爷心想：这家伙倒还聪明，说得来一无所有……当见那一文钱要被孔方君的爪爪抓去的瞬间，县太爷大喝一声："放下！我问你猪皮值多少钱一斤？"

"禀老爷，市价五文钱一斤。"

"人的肚囊皮呢？"

"这个……"孔方君恍兮惚兮无言可答，只好硬着头皮说："没有听说过开价多少。"

县太爷乐呵呵忙道："对啰，明摆着嘛，肚囊皮为人身上一宝也。你身为商人没听说过有无价之宝？何谓穷？这文钱老爷万万不能断给你呀！"

---

[1] 刹角：也作煞角，结束。

三人一听都急傻了眼，看热闹的人群中，有人问了一句："县太爷，这文钱咋个公断呢？"

县太爷眉开眼笑地说道："本官一双眼，专找㧅和[1]捡，是财谁不爱？"

众人见县官要把那文钱拿去，人声哗然："大老爷，你的子民盯到起你的哟！""合势点才对哟！""为官要讲点体面，留点脸面啰！"

县太爷陡地怒发冲冠，接口说道："我要钱不要脸！"说罢，扶扶官帽，弯腰捡起了那文钱。随即步入官轿，喊了一声："鸣锣开道！"

一班人马，吆喝着，浩浩荡荡扬长而去。

讲述者： 汤寿川，男，汉族，重庆市水运职工学校
　　　　 教师
采录者： 李实际
采录时间： 1986 年 9 月
采录地点： 市中区（今渝中区）

304

知县扒皮

清朝嘉庆年间，有个姓张的七品官叫张澍，在大足当了知县。

那年夏天，大足县大部分稻田都遭受了严重的病虫害。张知县一面帮助农夫们灭虫救灾，一面贴出告示，严禁捕食蜞蚂儿。那告示写道：

"大足县正堂张谕：查近来稻田病虫为害。青蛙乃保护庄稼之益虫也，禁止捕食，违者严惩。"

告示贴出后，原来捕食蜞蚂儿的人差不多都不敢再捕食了。唯独有个叫蒋三的无赖不听劝阻，不识好歹，还在捕捉。这天，他又捉了一大笆篓蜞蚂儿进城来卖。当他正躲藏在大桥下面剐皮的时候，遭捕快抓到了。张知县立即打鼓升堂，叫人把蒋三带上来。大堂下边挤满了看热闹的老百姓。

张知县把惊堂木一拍，说道："本县有谕在先，严禁捕食青蛙，违者严惩。你把本谕当成儿戏，屡教不改，今又被抓获，你是愿打还是愿罚？"

蒋三黑眼珠一翻，不服气地说："罚，我是罚不起的，连裤儿都没有一条多的。要讲打，我一没偷二没抢……"

那意思是说你打我不着。

张知县听罢，只是淡淡一笑，说道："这样说来，你是打又打不得，罚又罚不起！好，本县今天既不打你，也不罚你，但也不能便宜了你。来人，给他贴上皮纸条！"

早已等候在旁边的两个衙役，一个端来一盆浆糊，一个拿来一摞皮纸条。两人把蒋三的两只手膀子抬起来，一个用刷子沾上浆糊，只往蒋三光着的背上抹；一个把纸条横七竖八地贴了上去。然后把蒋三带到大堂外边，让火辣辣的太阳晒了一袋烟的工夫后，又把蒋三带上堂来。只听张知县说了一声"扒"！两个衙役各自抓住皮纸条的一端，"唬"的一声，撕下了两张皮纸条。蒋三嘴巴歪了一下，没有吭声。接着又撕下第三张，第四张……这哈儿的蒋三，背上火辣辣的痛得钻心，啊吼连天地叫唤起来。

张知县走下堂来问道："蒋三，痛不痛？"

"痛，痛，呜……"蒋三边哭边叩头。

张知县说："你晓得痛了？你想过没有，那些活生生的青蛙，遭你剥皮的时侯又是啥子滋味呢？"

蒋三哭兮兮地说："老爷，我错了嘛！从今往后我再也不捉蚂蚂儿了。不信，我……"

"哈、哈、哈……"张知县摸着他那两撇八字胡哈哈哈大笑，"好！知错就改，就是良民！来人，把他放了。"说罢退堂。

这时，堂下看热闹的老百姓个个拍手叫好。"张扒皮"的绰号就这样传开了。

讲述者： 张孝达，男，36岁，高中学历，文管所管理员

采录、整理者：覃峻石

采录时间： 1962年2月

采录地点： 大足县龙岗镇（今大足区龙岗街道）

305

审箩筛

清末，千厮门河街是一个斜坡。一天，一个很精致的箩筛，顺着坡坎滚了下来，后面紧跟着一老头。忽然从一家米店里蹦出一个老汉，将箩筛抓住，说是他半年前丢失的。二人争执不休，互相抓扯，街坊四邻、地方保甲也莫办法。正好巴县知县耿巴县路过此地，追箩筛的老头便拦轿告状。耿巴县命衙役找来桌椅，设下公堂，当街审案。

告状的老头说他是卖面的，买这箩筛有半年多了，筛缝里头都积满面粉；抓箩筛的老汉说他买这箩筛有两年多了，半年前，他筛了米把它靠放在店门边，不小心碰了它一下，就滚下码头不见了。耿巴县又问二人，可曾将箩筛借给别人？回答都说从没借出。耿巴县默了片刻说："你二人都说得有理，但无旁证，看来只有审问箩筛了。"他喊衙役把箩筛"押"上来，围观的群众都惊奇地看着他咹个办。只见耿巴县问道："你这箩筛，究竟谁是你的主人？快快从实招来！"围观的人都忍不住掩口笑了起来。任他怎么问，这箩筛都不答话。耿巴县不由大怒，喝道：

"看来不用大刑，量[1]你不会招。来呀，给我打它十大板！"衙役将箩筛翻转过来，"噗噗噗……"打了十大板，箩筛仍旧不说话。耿巴县又令衙役再打十大板。二十大板一打，耿巴县脸露笑容，看着箩筛说："怎么？你有招？要对我悄悄说？好嘛。来呀，把它捧到我耳边来！"衙役把箩筛捧到耿巴县耳边。耿巴县侧起头，嗯嗯唔唔地像在听筛答话。忽然，他惊喜地说："啊，你是属于卖米老汉的呀？好，退下。"衙役把筛放回原处。卖面老头一听脸马上红了。他分辩道："大老爷，箩筛咋个会说话哟？这箩筛明明是我的哟！"

耿巴县朝着卖面老头，把双眼一瞪："你说这箩筛买来从未借出过，你看，箩筛上掉下来的碎米是怎么回事？"卖面老头目瞪口呆，答不上话来。耿巴县虎起脸又问："你这箩筛究竟是哪里来的？"卖面老头吞吞吐吐地说："半年前，我在码头上捡回来的。没有人来问过，我就当着自己的东西了。"卖米老汉忙说："扯谎！我当天就沿街找过，也问过你，你说没有看见。"耿巴县说："证据确凿，他瞒占不过去。你们看，碎米卡在筛缝里，面粉却巴在筛面上，所以一动刑，面粉先掉下来，碎米后掉下来。证明此筛筛米在先，筛面在后。所以，箩筛的原主是卖米老汉。"卖面老头立即跪倒在地，叩头求饶。耿巴县当场把箩筛还给了卖米老汉，打了卖面老头十大板，以示惩戒。

讲述者： 谢开

采录、整理者： 谢开

采录时间： 1988 年 5 月

采录地点： 巴县走马乡（今九龙坡区走马镇）工农村

附

记

此故事曾发表在重庆市艺术馆出版的，一九八○年《艺术广场》上，后又编入该馆的《重庆掌故传说》专辑。

[1] 量：料想。

306

断南瓜案

王二嫂和张二娃对门对户，她脸貌儿长得乖，身材又好，不管从哪方面看都相当漂亮。张二娃想王二嫂想得瞌睡都睡不着，随时随地都在打王二嫂的主意。

那天，王二嫂要回娘屋[1]，王二哥不在家，她只好一个人去。王二嫂背上背个娃娃，一只手拿一把撑花儿，一只手提个肥鸡母，走出门没得好哈儿[2]，张二娃就跟到屁股追起去了。

张二娃心想：平时人多事多的，不好跟她两个接近；今天出了门，在路上怕是有机会接近她了。他就悄悄跟在王二嫂后面。

王二嫂走到半路尿胀了，就走到那边弯弯去屙尿。又还凑巧，那山弯弯的高头面有张二娃的土，土头种得有南瓜。张二娃见是个好机会，就催起爬上坡去摘了一个南瓜往下抽[3]。南瓜顺坡一滚就滚到了王二嫂侧边，把王二嫂

[1] 娘屋：娘家。
[2] 好哈儿：一会儿。
[3] 抽：推。

吓了多大一跳，赶忙起身穿裤子。张二娃几大步跨[4]过去对她说：

"好哇，你王二嫂做的好事，大白天偷我的南瓜！你看哪个说，哪个说？"

王二嫂说："哪个摘你的南瓜哦？我都还不晓得是哪堂[5]来的耶！我去走人户，拿你那南瓜来做啥子？你那南瓜又值不到几个钱。"

张二娃说："我不管你那些，今天不说清楚不得行！我是给你吼出去的话，看你背不背得起那个强盗壳壳。我看是我们邻居，算了，我们私了算了。"他边说边对王二嫂伸脚动手的。

王二嫂又不是傻子[6]，她一听张二娃的话，一见他那个架式，当然明白他的意思。她是个正派人，哪个服你那套呀，就在那里又哭又吵闹得很凶，把那个弯弯都闹动了。正遇到耿巴县那阵在乡下察访民情，听说张二娃跟王二嫂两个在吵架，阵仗大得很，就叫人把他们喊去问。两个一走拢，耿巴县就说：

"好好好，你们两个都坐下，慢慢说，慢慢说。"张二娃和王二嫂争起争起[7]把事情一歇[8]说了，公说公有理，婆说婆有理，一个叫大老爷执法，一个请大老爷伸冤。耿巴县听了就说：

"嗯，我看像恁个，偷南瓜也好，没有偷南瓜也好，都算不上好大一回事，用不着追究了。就算是王二嫂偷了南瓜，承认了又有好幺不倒台[9]嘛？你们是邻居，对门对户的，话不要说外了。王二嫂的男人经常在外头做生意，王二嫂个人在屋头没得个照应也恼火，你们干脆结成亲戚算了。来来来，王二嫂，把你那娃儿拜继给张二娃，你们打个干亲家。"张二娃巴心不得恁个做，二天好接近王二嫂噻。王二嫂嘛，本来是不愿意干的，只是县大爷说的话哪个敢违抗？她只好应承了。

[4] 跨：ka，大步迈。
[5] 哪堂：哪个地方。
[6] 傻子：傻，读 ha，傻瓜。
[7] 争起争起：争先恐后。
[8] 一歇：一阵子。
[9] 幺不倒台：了不起。一般用于贬义。

耿巴县说:"呃,这就对了,这就对了。张二娃,这回你怕要送送亲家母才对哟。去,男子汉大丈夫的,快把干儿背起,东西拿起送她一节路。"

张二娃欢喜昏了,老实就把娃儿背起,一手提鸡,一手拿撑花儿默到走。耿巴县说:

"不忙不忙,把南瓜提起走!"

张二娃说:"哎呀,我啷个拿得完啰!"

话刚说完,只见耿巴县把桌子一拍,说:

"混账东西!你一个男人家都拿不完恁多东西,那别个妇道人家啷个拿得完?她把你那南瓜偷去啷个拿法!明明是你起心不良,有意陷害良家妇女。来人哪,给我带走!"

讲述者: 杨仲良
采录者: 李子硕、罗桂英
整理者: 金祥度
采录时间: 1988 年 7 月
采录地点: 巴县卷民间文学集成办

307

有理无理

从前,有两弟兄为争家产到衙门打官司。县官升堂以后,两弟兄跪在案前,县官问:"有理无理?"在场的人都觉得有些奇怪,弟弟更是丈二和尚——摸不着头脑。哥哥平素为人奸猾,灵机一动,就懂起了,赶忙从怀中摸出早已准备好的三十两银子送上案去,答道:"有礼,有礼。"县官面带笑容,用案卷把银子遮了起来。弟弟虽然老实,看到哥哥这样做,县官很高兴,断定县官是个贪官,可是自己没有准备,一摸身上,只有二两银子,他就把二两银子送上案去。他想,自己银子少,只好说:"无礼,小人无礼。"谁知县官勃然大怒,喝道:"有礼者恶,想用银两买通官府,肯定无理!来人呀,把他拖下去打三千大板。"等衙门把哥哥拖走,县官又说道:"无礼者有理,可是仿学奸民,视本县为贪官,拖下去打八百大板。"据说,"有理三千,无理八百"这句俗语就是这样来了。

讲述者: 魏显发,男,汉族,小学学历,巴县走马乡(今九龙坡区走马镇)退休干部

采录者：　　钟守维

采录时间：　1990 年 6 月

采录地点：　巴县走马乡（今九龙坡区走马镇）工农村

308

穷人赢官司

从前，有个土霸王，横得稀奇，阎王佬儿都怕他。

一个穷人有匹好马，拴在一块青草地上吃草。那个土恶霸硬把那匹马看上了，就把他那个狗儿也拴在那里。穷人说："老爷，先说断，后不乱。你把狗儿拴在那里，遭我的马踢死了，莫说我没先打招呼啊。"

土霸王也不听，指导那狗儿拴在那儿就走了，过了一会来，马真的把狗儿踢死了。有那个钉钉儿才能挂起个锤锤儿，这下好啦，土霸王就到县老爷那儿去告一状，说："那穷人的马把我的狗踢死了，要他用那马和二十两银子来赔。"

这下拐了，惹祸了。

差狗儿来了，喊穷人到衙门去，穷人"咿咿呜呜"地装作听不到，差狗儿就把他套去了。到大堂上，县大老爷把惊堂木一拍："哎，你的马把他的狗踢死了，还想赖帐？为啥子，老实招来！"

他还是"咿咿呜呜"的。

县大老爷又说："到底为啥子？说！"

他还是"咿咿呜呜"的，那土霸王在侧边说："老爷，他不说，要他加赔十两银子。"

县大老爷盯了土霸王一眼，说："人家一个哑巴，还要加赔？"

土霸王赶忙说："老爷，他不是哑巴，我拴狗儿的时候他都说话的。"

"说的啥子？"

"他说：'把狗儿拴在那儿，遭马踢死了，莫说没打招呼。'"

县大老爷把惊堂木一拍："大胆！既然拴狗儿时人家打了招呼的，你各人还把狗儿拴在那儿，来人，打他四十大板！"

县大老爷把惊堂木一拍，问穷人："你既然不是哑巴，啷个不说话？"

"大老爷，不是我不会说，我怕说不赢啊！"

讲述者： 陈中华，男，苗族，农民，初中学历
采录者： 张少锦，许显昌，干部
采录时间： 1986 年 8 月
采录地点： 黔江县九龙乡（今黔江区白石镇）

309

大审石狮

吴三桂的孙子在中山设立了清溪县衙门，衙门口有一对高大威武的石狮子，过路人惧其凶巴巴的样子，过路都要绕着走，不敢贸然靠近。有一天县大老爷突然传话："要大审石狮子。"当地老百姓莫名其妙，不晓得这大老爷葫芦里头卖的是啥子药哦。

原来，前不久中山发生了一起命案。有一个叫石脚三的贪财之徒，给他一个当刀儿匠[1]的乡邻说，去贵州杀猪很划得算，支起[2]他去贵州杀猪赚钱。刀儿匠就去了贵州杀猪。半年后，刀儿匠果然赚了不少钱。有一天，石脚三打听到了刀儿匠晚上要回来，就趁着天黑，躲在刀儿匠必经之路中山天星桥边，等他一来，石脚三乘其不备狠狠地把他推到桥下，遭活活跶死了。石脚三迣[3]到桥下去，摸了刀儿匠身上的铜板就开溜，没想刀儿匠还带着一条自己养大的狗，当时这狗正在桥尾捉蟋蟀，一见主人家出了事，

[1] 刀儿匠：杀猪匠。
[2] 支起：怂恿。
[3] 迣：跑。

一下子从桥尾跳下来，一路狂追，把石脚三吓得灵魂都差点出了窍。

第二天，死者屋头堂客到衙门报案。大老爷正为没有证据而一筹莫展，这时听到大门外大黄狗的狂吠声。大老爷叫人把大黄狗牵进来，对大黄狗说，你一起跟主人家去杀猪，未必你晓得凶手是哪个？没想到大黄狗听了，就径直在衙门口含了一块石头，绕着门口石狮子的脚转了三圈。

大老爷看了，一时没明白过来，正在琢磨，这时衙门口又出了新的麻烦，一个来看热闹的卖桐油的老头看见大黄狗的举动，很好奇，一时来了兴致，担着两个油篓子跟着大黄狗围着石狮子转了三圈，一不小心踢到石狮子的脚，把一挑桐油全给打倒了。这下老头不依教，非要大老爷赔他的桐油。"你不在门口断案，我哪里会来看热闹把桐油打倒呢？"老头年纪大，有点糊涂，他坚持说是石狮子踢了他的脚，他才跌倒的。到底是石狮子踢了老头的脚，还是老头踢了石狮子的脚？大老爷突然计上心来，叫人传话，明天大审石狮。

这一下中山老街可热闹了起来，人们互相转告，明天到衙门口看稀奇。到了第二天，大老爷差人用铁链子把石狮子捆了起来，还叫人用木板狠狠抽打石狮子，边打边喝问，做得煞有介事似的。不过，大老爷有规定，凡是来看他大审石狮的必须要交两个铜板。

喜欢看热闹的凶手石脚三也混在围观的人群里头，他要看看到底是大老爷赢还是卖油老头赢。大黄狗一见着石脚三，就咬住他的裤脚不松口。大老爷差人把狗赶开，同样要石脚三拿两个铜板出来作为观看"大审石狮"的"门票"。对石脚三拿出的铜板，差役分别作了记号，然后把石脚三交的铜板和其他人交的铜板混杂在一起，叫大黄狗来辨认。大黄狗很快叼出了那两个铜板，然后在人群里头找到石脚三，把他拖到了大老爷面前。大老爷问了石脚三姓甚名谁，忽然大喝一声："你这个歹毒的杀人犯，胆大妄为，左右，快快给我拿下！"

原来大老爷断案是根据石脚三交出的铜板有一股猪油味，加上打听到石脚三的名字，联想到大黄狗围着石狮子的脚转了三圈而做出的判断。果然，石脚三在衙门里供认不讳，自请死罪。

讲述者： 刘栋林，男，江津区中山镇文化站站长，大专学历

采录者： 任正铭

采录时间： 2021 年 11 月 4 日

采录地点： 江津区中山镇

310

杀鸡断案

"知罪就好，愿打还是愿罚？"唐知县问。

"愿罚，愿罚！"

"那也打五十大板。"退堂……

讲述者： 陈富其，男，28岁，汉族，高中学历，
　　　　 巴县走马乡（今九龙坡区走马镇）梓桐村
采录者： 钟守维
采录时间： 1990年6月
采录地点： 巴县走马乡（今九龙坡区走马镇）工农村

　　有一次，一个鸡贩子担鸡路过长寿七安桥，在饭馆吃饭的时候，笼子头的鸡飞了一只出去。街坊的人跟饭铺老板说："鸡飞了。"老板就把鸡捉回去，硬说是他喂的鸡。鸡贩子不依，和他争吵起来，吵了一阵又拉起老板和证人，到衙门请县官判案。长寿县的唐知县问老板："你说是你喂的鸡，那你喂了些啥子东西？"老板说："是喂的米和饭。"证人也一齐说："硬是老板屋头喂的鸡。"又问鸡贩子："那你喂的啥子呢？"鸡贩子不说话。他又问："你到底喂的啥子？快说。"鸡贩子看到不说不得行，只好照实说："我是喂的黄泥巴。"唐知县就当即叫人把鸡杀了，看到鸡肚子头硬是黄泥巴。唐知县就喊两个差人把老板打了五十大板。打完了，又喊把老板的屁股亮出来，叫差人拿半斤漏子糖来倒在老板的屁股上，要作伪证的人拿舌头去舔干净，说："你们作伪证，是想舔肥，今天就让你们舔个够。"

　　过后，唐知县又转问鸡贩子："你卖鸡掺杂掺假，知罪不知罪？"鸡贩子急忙磕头："小民知罪，小民知罪！今后再也不敢了。"

311

为狗戴孝

新中国成立前，云阳城里头势力最大的，数汪、刘两家。汪家主事人汪霸天打手起家，财大气粗，心狠手辣。刘家头人刘稼轩为资深古玩人，颇有积蓄，经常救济些被汪霸天欺得走投无路的人，深得人心，汪家因此视他如死对头。

腊月里的一天，刘稼轩儿子从省城军校求学回来，因新练了几趟拳脚，非要出去找武友切磋切磋。哪知一出去，竟把汪家横行一时的看门恶狗给打死了。

刘稼轩深知事情不妙，当即带了大洋，拉着儿子要到汪府登门道歉。儿子却死活不肯："那恶狗不分青红皂白张口就咬，不知祸害了多少老实人家，遇到我，它是罪有应得！"

见父子二人僵持不下，管家赶紧劝和："汪霸天欺人成性，这次更是得理不饶人，老爷你们这一去，汪家岂肯善罢甘休啊！"

刘稼轩仔细一想，管家说的不无道理，真要前去，保不准那家伙会使出什么下流手段。于是让儿子先去县衙备个案，自己干脆把玩起古玩来。

俗话说打狗还得看主人呢，听说爱狗丧命，汪霸天当即火冒三丈，咬牙切齿地要打死刘稼轩的儿子为爱犬报仇，操了家伙领着家丁就要去找刘稼轩算账，却被小舅子拦住了。两人咬着耳朵密谋了一番，一阵奸笑。

却说刘稼轩从晌午等到黄昏，始终不见汪霸天的影子，甚至口信都没带来一个，心里头不安起来。正准备派人打探，却等来了县衙的传唤，让他和儿子明天一大早，到县衙接受审讯。

汪家控告他身为刘家族长，纵子行凶，打死汪府看门狗，不但要赔偿丧狗损失费一百大洋，还要刘家以高堂谢世的方式，为狗做七七四十九天道场，大办丧事。

接到传唤，刘稼轩倒吸一口凉气，自己破财事小，要是汪霸天阴招得逞，刘家大姓背上狗孝子的名声，世代不得翻身啊。情急之下，找到人称"鬼才"的侄子刘双喜商量对策。

刘双喜是当地有名的"整人王"，得知情况后，他将烟袋锅往桌上一磕，轻描淡写地说："这有何难，汪家有啥子要求，你老人家答应就是，收场的事，我来处理嘛！"

刘稼轩暗骂，你这家伙真是癞蛤蟆打哈欠——口气不小哇，这节骨眼上，还跟我寻开心，我个人丢面子事小，刘家大小都不得好过啊！

次日早上，县衙升堂。作为原告，汪霸天端坐在县大老爷旁边，一手摇扇，一手轻蘸茶碗盖，一副非要置刘稼轩于死地的样子。

被告刘稼轩一方到来后，衙门再次申明了原告的要求。县衙外围满了群众，都在指指点点，责骂汪霸天要求过分。

无奈之下，刘稼轩心一横，按"鬼才"的授意，将汪府提的要求全都答应了，就等县老爷裁决！

这下倒好，围观群众一个劲地替刘稼轩怄气，刘姓本家更是失望之极，纷纷骂刘稼轩父子无能，为家族抹了黑。

县大老爷也暗暗着急，他很佩服刘稼轩的为人，早上也从刘稼轩儿子口中得知了事情的原委，本想暗地里帮他一把，可这样一来，也不好帮他说话了。

眼看就要结案，县大老爷惊堂木一拍："原告被告，双方还有啥子话要讲？"

"老爷英明，判决公正，我们无话可说。"汪霸天偷偷睃[1]了一眼垂头丧气的刘稼轩，阴阳怪气地说。

就在县大老爷再次拍下惊堂木，准备宣布结案的时候，"鬼才"站出来了，他不紧不慢地说："原告汪老爷，你要我们刘家出一百块大洋，赔偿丧狗损失，这是应该的，为狗办丧事做道场，我们也没意见，但丧事是因为你们家死了狗引起的，这需要你们配合才行！"

汪霸天一听，眉开眼笑："这是当然，我们配合，一定配合。"

"那好。""鬼才"接着说，"你们都知道，按规矩出丧端灵，做道场守孝是孝子的本分，外人是不可替代的，那么，你们让哪个来当这孝子，为死狗端灵牌呢？"

此言一出，全场顿时鸦雀无声。汪霸天清楚得很，为这场丧事端灵守孝，不就是给狗当了孝子嘛，这样的话，不管派谁端灵位，汪府上下，那不都成了狗的后人？

"罢了罢了……"汪霸天忽然抽身站起，拂袖而去。汪家众多随从也跟着掩面离去，连一百块丧狗赔偿费也不提了。公堂外顿时欢呼起来。

讲述者：　苏发灯，男，单位职员，大学学历
采录者：　苏发灯
采录时间：2011 年 3 月 2 日
采录地点：云阳县

附记

云阳县位于重庆市东北部，全县列入《全国文物分布图》的古建筑、古遗址、古墓葬、石刻造像等文物达 145 处，其中国家级文物保护单位 1 处，省级保护单位 3 处，县级文物保护单位 16 处，名列长江三峡库区各县之首。

作为文物、文化重地，云阳县同样不缺故事。走进田间地头、乡间集市，随便一侧耳朵，传入的往往是一个或美丽动人或爆笑教人或凄婉恸人的民间故事。作为一个在偏远山区长大的子弟，讲述者从小耳濡目染，浸润在民间故事里，练就了一双敏锐的耳和目。《为狗戴孝》就是讲述者在一次搭乘中巴车去某个乡镇走亲戚途中偶然听来的。讲者无意，听者有心，讲述者觉得这个故事很有意思，于是按照自己的理解进行了加工和升华，将群众嫉恶如仇而又机智勇敢的一面表现出来。讲述者当过乡镇文化专干和文化站长，在向群众讲述时，通过肢体动作和语言渲染，强化了故事的张力，大家都表示听得懂、有意思、受教益。

[1] 睃：看，偷瞧。

312

舔肥匠

从前，有个鸡贩子叫王五。有一回他在街上卖鸡，遇到张老板家的两个徒弟来买鸡。两人看见王五鸡篓子里有很多鸡，走拢就拉一个六斤重的大鸡，对王五说："我家老板要买鸡，我们拉回去请老板看，要得就买，要不得就拉来还你。"隔哈儿[1]，两个徒弟把鸡拉回来了。王五看见他们手上拉的鸡不是原来的那个鸡，就问两个徒弟："我是个大鸡，哪个给我换成了小鸡？"两个徒弟说："胡说！我家老板肥实[2]得很，有的是钱，哪个会换你的大鸡？"两个徒弟说完就吐王五的口水，还要打王五。王五只好忍气让他们。

两个徒弟走了过后，有个老头过来问王五："你哪个弄个[3]傻哟？大鸡换小鸡，你都依他的教[4]？"王五说："我是个乡巴佬，只有挨打受气算了。"老头说："你哪个不去官府告他，找他打官司？"王五说："老大哥，官府

[1] 隔哈儿：过了不久。
[2] 肥实：富有。
[3] 弄个：这样，如此。
[4] 依教：服气。

衙门大大开，有理无钱莫进来。我王五腰无半文，打啥子官司哟？算了！算了！"老头说："我会写状子，我帮你的忙，写去告他们。"王五说："那好嘛，我去买纸。"老头写好状子，交给王五，还叫王五当天快点到官府打鼓喊冤。

王五立马到了官府门口打鼓喊冤。差人传话，叫拿状子。县大老爷看后，叫差人把张老板和买鸡的两个徒弟传上堂来。大老爷问张老板："你换人家的鸡没有？"张老板回答："没有。"大老爷又问："你说没有，那你的鸡喂的啥子？"张老板说："我喂的是饭。"老爷又问王五："你的鸡喂的啥子？"王五说："我的鸡喂的洋芋。"老爷叫差人把大鸡和小鸡剖开，结果小鸡喂的是饭，大鸡喂的是洋芋。

老爷一看案情大白，就喊差人把张老板拉来打四十大板，打得张老板屁股鲜血长流。老爷又喊差人打两斤漏子糖来淋在张老板的屁股上面，喊买鸡的两个徒弟去舔屁股。在舔屁股的时候，还要舔快点，不许漏子糖流下地；假如流下地的话，仍然打四十板子。后来周围团转[5]的人些给这两个徒弟取了个外号，叫舔肥匠。

讲述者： 兰家成，男，小学学历，汉族，璧山县健龙乡卫林五队农民
采录者： 凌清霞，女，汉族，高中学历，璧山县健龙乡文化专干
采录时间： 1985 年 10 月
采录地点： 璧山县讲述者家中

[5] 周围团转：周围。

（四）戏班子故事

313

活灵官[1]打鬼

"活灵官"是川剧艺人何花脸的外号。在川东一带，凡是唱踩台戏和扫台戏[2]，十有九回都少不了他。他虎声如雷，嗓音洪亮，吼喊穿透力强，基本功夫好，身法指爪，眉眼动作，都有点灵官的架式。他宽额阔脸，大眼突鼻，勾画出来的脸谱，硬还是有点"神味"。每次踩台以后，他都要卖拓的灵官脸谱与画的灵官符[3]。卖的钱就用来做私行头[4]。灵官脸谱与灵官符，据说能驱妖避邪。社会上的老爷、太太、舵把子、土老肥、大家闺秀、名门小姐都争着来买"活灵官"的灵官脸谱与灵官符。

有个军阀打了胜仗，要唱戏庆贺。那军阀知道"活灵官"演灵官是川东地带数一数二的，便派专人去请。"活灵官"得到那军阀的邀请，马上就去赶台口[5]。他带起私

行头赶路，走到鬼家湾的灵官庙时，突遇瓢泼大雨。为了行头不遭雨淋，便到灵官庙去躲雨。进庙后，他见庙内蜘蛛网起吊吊，破烂不堪，辛酸地叹了一口气："唉！命不由己。我'活灵官'跑烂滩[6]，你灵官菩萨也打烂账[7]，人神各异，命运相同。"雨越落越凶，直到天黑还未停止。"活灵官"只好收起行头，在神龛脚下拉伸了歇息，等雨住了再说。

"嚓"的一声，神龛脚侧边有口棺材的盖子忽然掀开了。"活灵官"想：噫！莫扮灯[8]，未必有鬼呀！"哇"的一声，从棺材里冒出一个怪物来，披头散发，不顾风吹雨打，直往庙外跑去。"活灵官"周身发抖："天哪！我当真闯到鬼啦！"牙齿直打课课[9]，昏倒过去了。醒来时，直说："哎，我'活灵官'怕真要被鬼吃掉。哼！灵官脸，灵官符能驱妖避邪，我何花脸是活灵官还怕鬼！等我扮成活灵官来收鬼。"于是，他照唱戏那样装扮起来。

"活灵官"刚扮好装，一道闪电，刚冲出去的那怪物手里提了一只鸡，转回来了。那怪物未站定，"活灵官"用花脸口劲喊道："尔罗！吾乃斗口星君[10]是也。胆大恶鬼，竟敢在此扰乱四乡，残害生灵，可知吾神鞭的厉害！"

怪物向他猛扑过来，"活灵官"便给怪物一鞭。那怪物中鞭倒地，惨叫连声："哎哟！灵官菩萨饶命！灵官菩萨饶命！哎——哟！"

"你这怪物，到底是人是鬼？"

"我不是怪物，是人。灵官菩萨饶命啦！"那怪物边说边向"活灵官"磕头。

"啥子灵官菩萨，老子是'活灵官'。"

"灵官菩萨显圣，活灵官爷爷饶命啦！"

"你似人非人，到底是啥东西？快说！"

"我是蓝友。姓蓝的蓝，朋友的友。军阀混战，爹妈被飞弹打死，房子也被烧了。哭天无路，叫地无门，沦为

[1] 灵官：是捉怪降妖的凶神。
[2] 踩台戏和扫台戏：旧戏班凡到一个地方，演出第一台戏，谓之踩台；最末一台戏，谓之扫台。踩台、扫台都要演灵官戏，以驱妖镇邪，祝愿吉祥如意。
[3] 拓的灵官脸谱、画的灵官符：前者是用布或纸在脸上拓下来的；后者是用黄表纸条书画的。
[4] 私行头：这里是指何花脸私有的演灵官的专有戏装、道具等物。
[5] 台口：演出场地。

[6] 跑烂滩：浪荡江湖。
[7] 打烂账：穷愁潦倒，落魄失意。
[8] 扮灯：开玩笑。
[9] 打课课：上牙打下牙。
[10] 斗口星君：神的官号。

乞丐，无处安身，才到这灵官庙来寻求供果生存。求活灵官爷爷饶命啦！"

"活灵官"吼道："啥子活灵官爷爷哟，老子是唱戏的何花脸！"

"你是唱戏的何花脸'活灵官'，呀！真把我吓死了。"

"你也把老子整糊涂啰！"

从此，"活灵官"打鬼的龙门阵就传开了。

讲述者：　杨金全，合川川剧艺人，已故
采录者：　杨忠全
整理者：　李实际
采录时间：　1986 年 10 月
采录地点：　市中区（今渝中区）

314

去你妈的三十三

旧社会唱戏的最怕园箱[1]。园了箱就没得饭吃。

有一年，有名的川戏鼓师方寅安，搭到一拨[2]班子，冬月间东家就园箱了。这下唱戏的就惨啰：有的下河去拉船，有的到码头上去下力。唱小旦的人体弱无力，只有到处去告哀怜。

快过年了，有几个人看到是唱戏的好时候，就推举方寅安来承头[3]，把人些召起拢来，好在年关开锣唱戏。常言说得好：锣鼓一响，黄金百两。方寅安想到开了箱，大家总有一口饭吃，就由李管事到处去接人[4]。生、旦、净、末、丑和场面上的、管箱的各行人都找齐了，就是差软场面[5]。这方人[6]缺不得，不管昆腔、高腔、胡琴、弹戏、灯戏，都离不得他。后来打听到黄家码头有个教玩友[7]的

[1]　园（kàng）箱：此处指停业。

[2]　一拨：此处指一个。

[3]　承头：为首。

[4]　接人：邀约、相请。

[5]　软场面：又称文场，包括弦乐、吹奏乐。

[6]　这方人：指这行当的人。

[7]　玩友：座唱。

陈胡琴陈正清，一辈子就靠教玩友吃饭，胡琴拉得还可以，就决定去找他。李管事怕自己面子小了请不动，特别把方寅安老师也请起一路去。

这天，三个人在茶馆泡了两碗茶，李管事就把事情说了，请陈老师扶持一下。陈胡琴也同意去，就是提出要先用三十块钱，外加三块钱盘缠。李管事说班子是现搭起来的，要开了锣才有钱，眼下是不是少用点？陈胡琴傲起：少了三十三块就不去。李管事又说了很多好话，陈胡琴还是不干。方寅安气慌了，就说："好！李管事，你拿三十三块给陈老师。"事情就这样说定，大家分了手。

大年初一，这天是亮台戏[1]，全是折子戏。看戏的人山人海，很卖了点钱。演员和场面上的都很卖力。头一折《子仪寿》，昆腔，这是开台的喜庆戏。二折《长生殿》，生角、小旦的嗓子很好，陈胡琴又跟得来丝丝入扣。人们好久没有看戏了，看得都很过瘾，不住地喝彩。最后折是《水漫金山》。唱白娘娘的小翠花，男角小旦，人长得漂亮，武功又好，踩起翘[2]在台上翻打，刀枪把子都很过硬。看戏的无不称赞。方寅安也很卖劲儿，他是川戏界的名鼓师，一贯打戏[3]认真，演员都愿意他打戏，尊称他方老师。哪晓得戏正进行到水族涌漫金山的时候，有堂[4]唢呐《醉花阴》，这位陈胡琴没有过到坳[5]。方老师听没吹对头，就瞪了陈胡琴一眼。陈胡琴心头明白，更加着急，汗水大颗大颗地往下流。方老师越听越不对头，边打鼓边跟陈胡琴念牌子[6]。"弄哩啷当哩啷当，弄哩啷当哩啷当……"陈胡琴还是来不到[7]。方寅安气惨了，又担心亮台戏砸锅，不禁边念边骂："弄哩啷当哩啷当，去你妈的三十三……"这折戏一完，陈胡琴的衣服裤儿都被汗水打湿完了。他把三十三块银圆摸出来放到方寅安面前，说："方老师，我拿不下火[8]，道谢了！"

讲述者：　　　　逯旭初，已故著名评书艺人

采录、整理者：陈代金

采录时间：　1956 年 8 月

采录地点：　沙坪坝区小龙坎文化馆

附
记

逯旭初讲故事坐着在讲坛讲，坛下人山人海、摩肩接踵，经常赢得听众雷鸣般的掌声。

[1]　亮台戏：旧时戏班子新到一地的首场演出。
[2]　踩翘：以香樟木或枇杷木制成长约三寸，形似旧时妇女小脚，外罩布鞋，以白布带绑于脚背，谓之踩翘。
[3]　打戏：鼓师根据人物、剧情指挥场面。
[4]　堂：此处指一套曲牌。
[5]　坳：此处指关键地方。
[6]　牌子：指曲牌。
[7]　来不到：达不到。
[8]　拿不下火：胜任不了。

315

冬哥在哪里

从前的班子唱戏，若是唱错了，会首[1]要罚戏。一天，有个戏班子唱《铡美案》。剧情中秦香莲有一儿一女，女名春妹，男名冬哥。这种角色一般都是小娃娃来演，戏又不多。只是开始秦香莲带春妹、冬哥上京寻夫，他们有点戏；直到最后包文正在开封府铡陈世美的时候又才有他们上场。这天正遇落雪，天气很冷。演冬哥的娃娃开场上去演了就没事了，看到衣箱是空起的，便钻进箱里避风。箱子头比外头热乎，一下就睡着了。戏唱到铡陈世美那场的时候，秦香莲到处找不到冬哥，只好带着春妹一人上场。唱包文正的演员坐在上面没有发现少了角色，直到公主与秦香莲争夺儿女时，他才看到没有冬哥。紧接到就该他包文正搭腔唱了，唱包文正的演员好不着急。因为唱词是："琅琊府内出抢案，抢去她一女并一男。皇王家都在把法犯，百姓到哪里去喊冤。"但台上只有春妹，就不成其"一女一男"了。嘟个办？连熟悉这出戏的观众都在为他

担心。心想：包文正，看你啷个唱法哟！马口[2]一到，不容包文正多想，急中生智他唱道："琅琊府内出抢案，抢去香莲的女钗环。皇王家都在把法犯，百姓到哪里去喊冤。"观众见他救戏救得好，清丝严缝，停腔落板，满场喝彩，掌声不断！但地方上的会首懂戏，戏刚唱完，观众还没有散，他就上台去说："唱错了，罚戏！"唱包文正的演员问："哪里唱错了？"会首气势汹汹地问："冬哥哪里去了？"唱包文正的说："冬哥屙尿去了。""你又是怎么唱的呢？"唱包文正的便对台下观众说："各位，水火不容情。冬哥屙尿去了，不在台上。我唱的是公主'抢去了香莲的女钗环'，请各位说句公道话，唱错没有？"观众大吼："没有错，唱得好。"会首没得话说了。

讲述者：	钟兴邦，男，汉族，初中学历，江北区川剧团演员
采录者：	王正平，男，汉族，初中学历，江北区文化馆干事
采录时间：	1986年6月
采录地点：	江北区文化馆

[1] 会首：戏班子老板。

[2] 马口：接腔的地方。

316

拖下御河桥

新中国成立前夕，有一拨班子，在荣昌唱戏。生意不好，班主着急，演员也在担心饭碗。正在这时，来了一个女角搭班。一问，她说她是成都廖静秋的师姐。班主认为她是名角的师姐，想必本事不弱，立即奉为"财神"，决定当晚上戏，而且给她挂头牌。要求这位师姐上拿手戏，她便挂了《御河桥》。果然，牌一挂出，剧场顿时爆满，连站票都卖光了。班主好不高兴，叫本班有名的张花脸给这位师姐配戏。张花脸唱柯胡子柯太傅，师姐唱小姐柯宝珠。丫鬟、院子、家丁都是排的硬角[1]。

这位师姐年龄虽然大了一点，装扮出来也还将就看得，人些把维持饭碗的希望寄托在她身上。谁知她走出马门，就忘了唱词。唱词本来是："乌鸦儿高叫，叽叽呀嘹嘹，叫得宝珠心内焦……"那位师姐张嘴唱出："乌鸦儿高叫，叽叽呀嘹嘹……"下面的词就唱不出来了。打鼓匠忙为她掩盖，打了个圆场[2]。她又唱："乌鸦儿高叫，叽叽

呀嘹嘹……"又唱不下去了。打鼓匠只好又打圆场锣鼓。就这么"叽叽嘹嘹"，连唱三道也唱不下去。

原来，这是一个跑码头混饭吃的冒牌。满堂子观众都闹了起来，有人使力喝倒彩。她还在台上唱那句："乌鸦儿高叫……"谁都不敢上去拖她下来。前台后台的人都不晓得该哪个办，班主老板急得双脚跳。

正在候场的张花脸，眼看戏要砸锅[3]，饭碗要整翻。他抬头一看，上一个戏《三堂会审》唱苏三的本班女角未下装，正在侧幕边观摩名角的演技。张花脸抓起一件褶子[4]甩给她说："串宝珠。"又给惊慌失措的打鼓匠丢了个换牌子的手式，向扮院子、家丁的演员一挥手说："上！"柯太傅便踩着锣鼓当啾、当啾地上了场，向那位师姐大喝一声："呔！想吾女聪明伶俐，通晓诗文，你是何方来的疯婆，胆敢冒充吾女宝珠？家院们！""侍候老爷！""把这疯婆与我拖下御河桥！""喳！"扮演院子、家丁的演员们才把那位冒充廖静秋师姐的人拖到了后台。柯太傅忙向丫鬟们一挥手说："有请你家小姐！"演苏三的本班女角已扮就柯宝珠，在锣鼓声中上场。观众认为这位才真正是廖静秋的师姐出来了，不断为她的做唱喝彩鼓掌。这场戏才被救了转来[5]。

讲述者：　钟兴邦，男，汉族，江北区川剧团演员
采录、整理者：王正平，男，汉族，初中学历，江北区文化馆干事
采录时间：　1986 年 6 月
采录地点：　江北文化馆

[1]　硬角：有真本事的角色。
[2]　圆场：戏曲术语，即重复一遍。
[3]　砸锅：失败。
[4]　褶子：戏装。
[5]　转来：回来。

317

走州吃州，走县吃县

清朝时候，皇帝的叔父果亲王，一天吃了饭没事干，专门好四处游玩。这年他来到四川，为了游玩得自在，只带少许随从，素衣小帽，扮成普通人的样子。到什么地方，也都不去惊动官府。所以，他由成都到了崇庆府，知府李大人一点也不知道。果亲王一生只有两大嗜好，一是吃鸦片烟，二是看戏。什么戏都爱看，在成都看了几台川剧就看起瘾了。这天走到崇庆府夫子庙跟前一看，正在唱戏，热闹得很。他一听到锣鼓声，就闷到脑壳[1]往夫子庙里头拱。刚到门口就被人拦到问："你拱啥子？""我们要看戏。"他虽然是一口京腔，但并不像个官，正好今天连一个随从也没带。守门的衙役便把他推出门来说："去去去，今天地方上的绅士请知府大人看戏，闲杂人等不得入内，少在这里捣乱。"果亲王一时忘了庶民打扮，摆出了王爷架子，骂道："臭杂种，我要看戏，快与我让道！"守门的衙役见他不听招呼，说话又疯疯癫癫的，不由分说，一绳子就把他绑在庙门前的柱头上，说："我看你还发疯

不发疯。"果亲王急了，骂道："你们这般奴才，好大狗胆，敢把我绑起来。"看热闹的人，以为他有神经病，围着哈哈大笑。果亲王越骂越凶，这一下惊动了李大人，忙问："门口什么事？""启禀大人，有个疯子要进来看戏，我们阻挡不了，就把他绑在柱子上。请大人定夺！""哦，带进来让我看看。"衙役把果亲王带进来说："跪下！"李大人一看，正是京城参见过的果亲王，吓得"哎呀"一声跪在地上说："微臣不知亲王驾到，多有冒犯，罪该万死！"李大人又大喝一声："混账东西，这是果亲王，尔等还不跪下请罪。"吓得衙役们黑压压跪了一地，磕头如捣蒜。李大人忙令给果亲王松绑。果亲王却哈哈一笑说："不知者不为罪嘛。统统起来，我们看戏要紧。"

今天在夫子庙唱戏的这个班子，是川西坝上有名的戏班子。其中有一个小旦唱得特别好。那阵还不准女的上台，唱小旦都是由男的扮演。这个小旦姓杨，人称杨小旦。他的扮相漂亮，唱功也不错，看得果亲王不时为他喝彩。他带头一喊"好！"看戏的官绅当然跟到叫好，顿时使杨小旦身价百倍。

散戏后，果亲王把杨小旦叫到他的住处，由杨小旦当枪手[2]，侍候果亲王烧鸦片烟。果亲王烟瘾过足了才问杨小旦："你为什么要唱戏呀？"那阵唱戏的叫戏子，要低人一等，尤其是唱小旦，就更被人瞧不起。杨小旦早已受宠若惊，听亲王在问，便说："因为家境贫寒，生活所迫才来学戏。""唔，你就不必在班子里唱戏了，我收你为干儿子，跟我进京去，就在我府中唱戏，好不好？"杨小旦一听果亲王收他为干儿子，意味着自己与皇帝是弟兄了，喜出望外，立即跪下磕头道："上是父王，受儿一拜。"这样就在烟榻前拜了干爹，从此成了御儿干殿下。他的戏班也因此名震川西。

杨小旦启程进京那天，戏班子的人都来送行。杨小旦的师兄弟们除了给他道喜外，有的就说："你现在荣如皇亲，锦袍加身，不要忘了我们师兄弟哟。""各位师兄师弟，我杨某不会忘记你们的。"

进京后，果亲王的嫂嫂皇太后听说自己的兄弟收了干

[1]　闷到脑壳：埋着头。

[2]　枪手：此处指为吸鸦片烟者装烟的人。

儿子，川戏唱得好，太后一时高兴，便要果亲王带杨小旦进宫唱戏。杨小旦进宫为太后唱了一折《打金枝》。杨小旦扮公主。皇太后看到他的扮相，简直比公主还要公主。戏完后，不准他下装，叫到身边左看右看端详了半天，才说："像，像，太像我的皇儿了，我就封你为梨花公主吧。"杨小旦一听太后又收他为义女，赶忙跪下说："皇儿拜见母后，谢母后龙恩。"这下杨小旦又是皇帝的干弟弟，又是皇帝的干妹妹，戏又唱得好，皇宫内上上下下无不喜欢这个身兼御弟、御妹的杨小旦。

但是，他虽过着锦衣玉食的生活，总还想到他的师兄弟们的日子。尤其深宫没有师兄弟的欢颜笑语，慢慢地就思念他的戏班子和师兄们了，终日闷闷不乐。果亲王知道此事后，说："你如今是我们的皇儿，为什么还想回去唱戏，吃那种苦呢？""父王，我原来穷愁潦倒，没得办法的时候，是那个班子收留了我，师父手把手地指教，我才成了名角。而今，我锦衣玉食，他们还在吃不饱，穿不暖，我心何忍？"果亲王见他艺德可佳，便与皇帝和太后商量，让他回原班唱戏，有旨立即回京。为了不让他在外面吃苦，皇帝亲自下了一道手谕给他，让这个戏班子无论到何州何县，勒令当地官府供给吃食。这一来，他这个戏班子就成了"走州吃州，走县吃县"的戏班子。

讲述者：　钟兴邦，男，汉族，初中学历，区川剧团
　　　　　演员
采录、整理者：王正平，男，汉族，初中学历，江北区
　　　　　文化馆干事
采录时间：1986 年 8 月
采录地点：江北区文化馆

附
记

2021 年 4 月 22 日，编辑辗转找到王正平家，其家住江北区金源广场附近。据采访，王正平这篇采录是事后所记，词字句多有变动，做了书面化整理。原讲述用的是重庆口语，文中"什么"实际是"啥子"，"不知道"实际是"不晓得"。钟兴邦是区川剧团演员，讲述时间在一个月之前，单独为采录者讲述，讲述过程间或有川剧唱腔，如讲到"李大人又大喝一声：'混账东西，这是果亲王，尔等还不跪下请罪。'"其动作便有川剧扮态。

318

川伶巧应

（一）

以前，有个唱川戏的人，他很精灵。

有一次，他扮演一个渔翁。刚走出台来，一亮相，就开唱："渔翁我打鱼，来到大山上！"下面看戏的人一阵哄笑。原来，这句唱腔应该是："渔翁我打鱼，来到大山下！"他唱成了大山上。你想，这大山上打啥子鱼嘛！唱戏人晓得唱错了，可他却不慌不忙，紧走了几步，接着唱："山坳里有口大堰塘！"下面的人听了齐声喊好！

讲述者： 彭自余，男，小学学历，江津县和平乡政府干部

采录者： 林建中

整理者： 张明才

采录时间： 1985 年 10 月 15 日

采录地点： 江津县和平乡（今江津区珞璜镇）

（二）

从前，有一个川剧演员。一天，他在演三国戏《挑袍》时扮演关公。他刚出台，准备和曹操答话时，不料裤带断了，裤子将要落地。他急中生智唱道："叫周仓拿着刀，腰带系好杀曹操！"顺手将刀递与周仓，系好了裤带，再与曹操答话。观众哄堂大笑。

讲述者： 刘述初，男，中师学历，退休教师

采录、整理者：曹烈泉

采录时间： 1985 年 5 月 20 日

采录地点： 江津县石门乡

（三）

从前，有一个川戏班上演《三气周瑜》。扮演张飞的化好装后，在后台吸烟默[1]唱词。登场锣鼓响了，他都没注意。打杂师催他上场，才慌忙提矛执鞭跑出马门。观众一见，闹了起来。这时，扮演周瑜的武生唱道："来将通名！"扮演张飞的演员才发觉自己未戴胡须，急忙应道："本帅姓张名苞！"武生道："你这黄毛猴子，岂是本帅对手！本帅不忍伤你性命，快回去叫你父亲来上阵！"于是他立即转回后台，戴上胡须再登场。观众大笑，说他们善于取巧，免于罚戏。

讲述者： 刘述初，男，中师学历，退休教师

采录、整理者：曹烈泉

采录时间： 1985 年 5 月 7 日

采录地点： 江津县石门乡（今江津区石门镇）

[1] 默：暗想。

（五）家庭故事

319

一代还一代

闲耍。

有一年的八月十五，儿子杀鸡炖肉，弄好了不喊老汉吃，让他在灶门前坐冷板凳。一看到儿子媳妇吃得闹热，他忍不住走到桌子边，嘴巴头咕哝："我儿杀鸡公，我肚皮饿得捞松。"儿子听了，白了他一眼说："不是我不孝敬你，哪个叫你那阵不孝我公。"他听了这些话，嘴头说了一句："麻布口袋，一代还一代。"就跳水死了。

讲述者：　张继堂，男，苗族，农民，不识字

采录者：　肖光胜、张炳生

采录时间：　1986 年 4 月

采录地点：　彭水县双龙乡政府

从前，有一个人，没有孝道。他母亲死后，屋头只剩老父亲一个人。父亲年纪大了，身上又有病痛，做不得啥子活路，只能在屋头闲耍。这个当小的觉得父亲是多余的包袱，经常冷眼相待。隔壁邻舍的都说他不忠不孝要遭雷打，他当没听到。

有一天，他默出了一个鬼方。晚上吃饭的时候，他对父亲拿出一副笑脸，三杯两盏地将老头灌醉了，他马上去找了一条棕绳，将人事不省的父亲捆了个扣实，然后，装进麻布口袋里头笼起。他喊来十几岁的儿子帮忙，两个人用抬杠嘿咗嘿咗地把麻袋抬到河边的山岩上，准备把老头丢到河头去喂鱼。他正要动手掀麻袋，他的儿子突然说："把麻布口袋取下来，带回屋去放起。"他赶忙问："放起干啥子？"儿子回答："等你老了的时候，我又拿来装你。"他一听，一下子醒悟转来，急忙把绳子解了，扶起老头回去。但经过这一惊吓，老父亲没得几天就死了。

过了好些年，十几岁的儿子长大了，接了媳妇，顶家立业了。他的父亲呢，由于岁月的蹉磨，也成了一个勾腰驼背的老头子，屋头外头的活路都做不得了，只好在屋头

320

苦生和甜生

从前，土家山寨里有一个后生，名叫苦生，十五岁就失去了双亲。双亲去世时，房没一间，地没一块，苦生为安埋双亲又欠下了一笔债。好在苦生自幼勤俭，双亲去世以后，他四处找活干，帮长工、打短工，打柴放筏，背脚抬轿，什么苦活儿都干。平日里当吃两口他只吃一口，当用两个钱他只用一个，苦挣苦熬了十年，终于还清了债务，娶了媳妇，置了一点家业。他还勤扒苦做，省吃俭用，渐渐地，也有了一点积蓄。后来，他妻子生了一个孩子，他觉得日子比他小时好多了，就给孩子取名甜生。他天天外出做苦工，回来累得精疲力尽，对家事过问得少。他妻子对甜生娇生惯养，要月亮不敢给星星。到甜生十五岁那年，他发现甜生用钱如流水，叫他读书犹如逼他上皂角树，叫他做活路[1]犹如拉他上杀场。成天不干一件事，放了碗就去玩。苦生想，再让甜生这样混下去，将来一定是个败家子，便打定主意，叫他外出挣钱，让他知道酸甜苦辣，今

[1] 活路：工作。

后才能成为一个有用之人。一天早上，苦生把甜生从被窝里拉了起来，对他说："从今天起，你自个儿找饭去，七天以后再回来见我。回来时，还得带回三吊钱来。找不回三吊钱，你就别想再进这个家门。"说完，就外出做工去了。

苦生走了以后，甜生跑到娘面前哭了起来，越哭越伤心，哭得他娘都陪着掉了两碗泪。他娘边哭边打开钱箱，取出一锭银子，交给甜生，供甜生七天食用；又拿出三吊钱来，交给甜生，让甜生转来好在爹面前交差。甜生得了钱，欢欢喜喜走了。七天以后，甜生回来了，见了他爹，连忙从怀中掏出三吊钱来，交给他。他爹在甜生交钱的时候，见他的手仍然细皮嫩肉的，脸蛋儿也仍然白白净净，便断定那钱不是甜生挣的。于是，他接过钱来，顺手扔进房前的水沟里，再看那甜生，根本不当一回事。他心里全明白了。

第三天早上，他又把甜生从被窝里拉起来，对他说："这一回，你出去挣钱，要七七四十九天才准回来，过了七七四十九天，你得拿回三钱碎银。如果三钱碎银都挣不回，你就别想再进这个家门！"这一回，他一直看着甜生上了大路，他才出门做工。

谁知，苦生一出门，甜生又从大路上倒了回来，守着他娘哭，越哭越伤心，哭得他娘又陪着掉了两碗泪。他娘边哭边打开钱箱，拿出三锭银子，交给甜生，供甜生四十九天食用；又取出三钱碎银，交给甜生，让他回来好在他爹面前交差。甜生得了银子，高高兴兴走了。过了七七四十九天，甜生回来了，见了他爹，连忙从怀中掏出三钱碎银，交给他爹。他爹在他交钱的时候，仔细看了看，发现甜生的手还是细皮嫩肉的，脸蛋儿仍然是白白净净，他断定那三钱碎银不是甜生挣的。于是，他接过碎银，顺手扔进房前的竹林里。再看那甜生，甜生还是不当一回事。他知道这是怎么一回事了。

第三天早上，他又从被窝里将甜生拉起来，对他说："这一次，你出去挣钱，要九九八十一天才准回来，回来时，一定得带三锭银子。如果三锭银子都挣不回，就别跨进这个家门！"这一回，他暗中监视了三天，直到确信他娘没给一个钱，方才出门做工。九九八十一天，甜生还

没有回来，他娘向着苦生骂。苦生却说："好吃懒做败家子，勤俭才是好儿孙，你不教儿学勤快，养个败家子有啥用？"

又过了九九八十一天，甜生还是没有回来，他娘骂苦生骂得更厉害了。苦生还是说："好吃懒做败家子，勤俭才是好儿孙，你不教儿学勤快，养个败家子有啥用？"

又过了九九八十一天，甜生回来了，喊了一声"爹！"哽咽得话都说不出来。正是冬天，苦生和妻子正在火塘边烤火，他借着火光一看，甜生肩上的衣服磨破了，颈上起了一个大汗包。当甜生从怀中掏出三锭银子交给他爹的时候，他爹发现，甜生满手都打起了茧巴，脸儿也被太阳晒得红红的。可苦生还是不放心，接过三锭银子，随手扔进火塘里。甜生见了，眼泪扑簌簌往下掉，连忙用火钳去夹。银子被火烧得滚烫滚烫的，甜生握在手中，手烫起了泡，可他一点也不觉得疼。苦生见了，这次相信那钱真是甜生自己挣的。他感动得掉下泪来，说："儿啦，儿啦，你要记住，勤劳才是聚宝盆啦！"

讲述者： 陈益仙，男，土家族，农民，略识字
采录者： 唐腾华，男，文化干部，高中学历
采录时间： 1985 年 2 月
采录地点： 酉阳土家族苗族自治县李子溪

321

兄弟和朋友

从前，有两兄弟，德性大不一样。兄弟[1]很老实，为人正派。哥哥浪荡，日嫖夜赌，还交了几个烂友。有两个跟他特别好，硬是比兄弟还要好，一个叫钱财，一个叫仁义。

兄弟劝哥哥不要去和那些人裹在一起，免得上当，哥哥不听，还怒气冲冲地骂了他一顿。兄弟没得法，只好算了。他的妻子也经常劝他不要去日嫖夜赌，他还是不听，他还对妻子说："你同兄弟两个裹起，我都没说你，你还要说我。"其实，他妻子和他兄弟是很清白的。哥哥嫌兄弟多嘴，就把兄弟撵了出去，让他另立门户，碗都没给他一个。兄弟没说二话就出去了。哥哥没得人说他了，他就放心大胆和钱财、仁义到外面吃喝嫖赌。他妻子在屋头十分心焦，想把男人劝回来又没得办法。

有一天，哥哥和钱财、仁义到很远的地方赌钱去了。他妻子悄悄来到兄弟那里，要他帮忙劝劝丈夫。两叔嫂想了一阵，想出了一条计策。

[1] 兄弟：此处意为"弟弟"。

妻子回到屋里，把家里的狗打死了，用席子裹起来，甩在猪圈楼上。哥哥赌钱回来后，他妻子慌慌张张地对他说："拐了，出事情了！"他问："出了啥子事？"他妻子说："今天有个老汉到房背后偷柴，我用柴块把他打死了。"他一听，那还得了哟！心头就慌了。

他去找钱财说明了情况，请钱财给他想办法。刚刚把话说完，钱财就说："我给你想啥子办法？我不传出去就是好的哟。"没得法，他又去找仁义。刚把话说完，仁义也说："我给你想啥子办法？我不传出去就是好的哟。"他原先以为两个朋友会帮他忙，没想到是这个样子，气得很。

回到家里，妻子问他的朋友给他想了些啥子办法，他原原本本地说了。妻子挖苦他说："你以为你那些烂友对你实心，结果呢？我们还是去问兄弟吧，他说不定还想得出办法。"

他们找到兄弟，兄弟说："好办。"

晚上，两兄弟悄悄把席子裹起的"人"抬出去，埋在一块菜地头。过后，钱财、仁义来到他家里，他就不再用酒肉招待他们了，只煮点苞谷面羹，夹几节酸咸菜给他们吃。

钱财、仁义几次到他家来，他都不冷不热地对待他们。钱财、仁义很不高兴，就到县衙门去告他，说他把他们的伯伯打死了。第一回没告准；第二回，县官下来亲自查访，要开棺验尸。他们挖开菜地，打开席子一看，原来是个狗脑壳。县官气毛了，破口大骂钱财、仁义："撞你娘的鬼，这就是你们的伯伯吗？"

讲述者：　吴洪胜，男，土家族，农民，略识字
采录者：　吴明泉，男，土家族，文化干事，高中
　　　　　学历
采录时间：1987 年 10 月
采录地点：黔江区黄溪乡（今黔江区黄溪镇）

322

女儿换个大萝卜

从前，在金佛山脚下，住着一个姓何的孤老头子，靠自己种着一片小菜园过活。

何老头种得最多的是萝卜，每年靠萝卜来糊口，日子倒还过得去，身体也很健康。

他的邻近住着一个姓刘的绅粮，喂了一大群羊，还有几条大肥猪。有一天，刘绅粮故意把羊赶进何老头的菜园，把萝卜叶子吃得一干二净，把萝卜全拱出来吃了，把菜园子搞得稀烂，何老头费了很大的力气才把它们赶走。

何老头又气又伤心，在菜园找了又找，连萝卜根也找不到一个。他回家的时候，突然发现在靠近他草房的屋角边有一根刚长出嫩瓣的萝卜秧子。何老头像发现珍宝一样，把这根萝卜秧子细心保护起来，天天浇水，隔几天淋一次粪。萝卜秧很快长大起来，叶子像芭蕉叶一样，绿茵茵的，地上裂开缝子，萝卜把土胀开了。

到吃萝卜的时候，何老头要拔这个萝卜了，他先从萝卜四周几尺远的地方挖起，挖了好几尺深，把泥土刨开，萝卜露出来了。嘿，这个萝卜啊有一张十个人吃饭用的圆桌那么大，他一个人搬都搬不动。

何老头种了个大萝卜的事情传得很远，连县大老爷也惊动了，坐起大轿到何老头家去看个究竟。拢了后，他问何老头："听说你种了个大萝卜，快点给我看看，这是我们皇上的洪福，大大的吉祥啊。"何老头说："是有一个，老爷要看就去看吧。"县官一看，连连夸奖说："了不起！了不起！"刘绅粮也在一边顺口打哇哇："了不起，了不起！"

县官说："你应该把这宝贝给皇上进贡去。"何老头不懂他这话的意思，不做声。姓刘的绅粮在一旁听了，赶忙说："老爷叫你把大萝卜给皇上送去，你福气来了。"

何老头听明白了，忙问："那我吃啥子喃？"

官儿说："你还愁吃的？皇上随便赏你点啥子，就够你下半辈子用啰！"何老头不愿意，县官生气了说："你一个种地的，能受用这个宝贝吗？赶紧给皇上送去，要不我叫你够受的。"何老头没办法，只得答应给皇帝送去。

皇帝听说有个老百姓从很远很远的地方给他进贡，高兴得不得了，急忙上朝，叫把宝贝给他送上殿去。皇帝见是一个大萝卜，有些不高兴，又看县官送上去的奏折，上面写着："皇上圣明，有了天大的奇事。乡民何某种出大萝卜，不敢擅自受用，特地给皇上进贡来。"皇上一看，心里高兴了，连忙下令给何老头重赏，县太爷也升了一级官。何老头没想到皇帝会赏他，高兴地接受了。接过手一看，才是些玉器、古玩、珍珠、珊瑚之类的东西，吃不能吃，卖又不敢卖，眼看那么大、那么好吃的一个大萝卜被皇帝叫人抬到后宫去了，心里硬是有些舍不得。

何老头回到家里，邻居们都来问他得了些啥子东西，他把那些珍珠宝贝拿出来说："这些废物，哪能顶得到我那大萝卜吃。"何老头又赶紧种起他的萝卜来。刘绅粮一见那些珍珠宝贝，眼都红了，听老头恁个说，心里暗暗骂他是个傻子。不过，对于皇帝赏的东西，就是想也不敢下手。

刘绅粮回到家里，想到何老头给皇帝进贡了一个萝卜，就得了那么些好东西，自己如果能给皇帝进贡更好的珍宝，不是可以得到更多更好的奖赏吗？他每天都在心里盘算，愁得快生病了。

他有个女儿，十六岁了，长得又乖又聪明，两口子喜爱得很。女儿见他一天到晚愁眉苦脸的，就问他："爸爸，你心里有啥想不开的事呀？"他还是蔫巴巴地说："你不晓得，你爸爸……"说到这里，一抬头，忽然发现女儿漂亮得跟仙女一样，心里马上有了主意，高兴得大叫了起来："有啦！有啦！"女儿正想问他啥子有啦，他已经跑得不见影子了。

刘绅粮花了很多钱，才见到已经升了府官的县官，对他说，他有个美丽如仙的女儿，想进贡给皇帝。府官一听，心里也很高兴，万想不到他治理下的百姓中有这么爱皇帝的人，只怕刘绅粮的女儿不够材料，又坐起大轿去他家看。

刘绅粮见府官来了，大讲排场，招待府官，光肥猪就杀了三十条，给差人们赏的钱也抬了二十箩。

府官看了他女儿，也很满意，就是他女儿不干，哭稀稀不愿去给皇帝当妃子，他们也不管她干不干，打扮起就抬起往京城送。

皇帝自从收下何老头的大萝卜以后，对收下这个不值钱的东西有点后悔，听说又有人来进贡，心里已经不大感兴趣了，怀疑不知又是哪一个臣子，想用个啥子普通东西来骗他的宝贝，讨他的欢心，就叫人把姓刘的绅粮喊来见他，一开口，就马起脸问："你来进贡啥子东西？"刘绅粮回答说："不是东西，是小民亲生的小女，特意送来侍候皇上。"皇帝本来就爱色，一听有人自愿送美女来，心里安逸得很，把刘绅粮的女儿一看，更是说不出的欢喜。就对刘绅粮说："我要重重赏你，赏给你一个最宝贵的东西。"他一叫喊，侍卫们"喳"的一声，在他面前站了一大排。皇帝说："去把前不久那个老头进贡的大萝卜抬来，我要赏给他。"刘绅粮还没有完全明白过来，一个大萝卜已经搁在他面前了。皇帝带着他女儿进后宫去了，他只好找人抬了大萝卜回家。

一个女儿，就这样换了个大萝卜。

讲述者：　王义隆，男，金佛山竹林经营所，初中
　　　　　学历

采录者：　舒启述

采录时间： 1987 年 6 月

采录地点： 南川

323

十八个『子』

过去有个老汉，屋的个[1]死了，留下他和两个儿子。

后来，两个儿子长大了，接了媳妇。有天，两兄弟跟老汉说："爸爸，干脆把家分了，我们一处[2]供你半个月。"老实，老汉一处吃半个月。排头几个月都还勉强，后来就变了，遇到月大单一天，两兄弟就你推我推，后来，老大承认供早饭，老二承认供晌午。遇到单一天，老汉就消不到夜。过去，初二、十六打牙祭，两弟兄就提前吃肉，老汉两边都吃不到肉。有客来了，杀鸡煮鸭，只给老汉吃鸡鸭肠子。原来，说上半年缝件衣服，下半年缝件衣服，结果是儿穿绸子衣服，老汉穿粗蓝布衣服。两个儿对他越来越不好，还不拿脸子[3]待他，老汉阴倒怄气，就默了个方儿。

老汉有个大柜子，他喊个木匠来加了个扣扣儿，上了把大锁，老汉每天背东西回去放在柜子头。过了些时间，

[1] 屋的个：妻子。

[2] 一处：每家。

[3] 脸子：脸色。

大儿屋的请客，三亲六戚都来了。那天，老汉对来客些说："我怕后人不孝我，柜子没分跟他们，里头装的是金子、银子，不信你们去看。"人些老实去抬，硬是抬不起。老汉又说："哪个儿孝我，这柜金子就归哪个，两个对我都好，就一个分半柜子。"从那以后，两兄弟对老汉硬是孝敬，老汉穿的是绸子缎子，吃的是鸡鸭肘子。

后头，老汉害了病，两个儿抢倒接医生来看。老汉死了，道场做归一了，两弟兄才去把柜子撬开，一看，里头装的全是些石头！另外有张纸，上头写有十八句话，每句话后头有个"子"字。

"两个儿子，不孝老子，他吃鸭子，我吃肠子。害得老子，饿起肚子，逼得老子，乱出点子，说是柜子，装满金子。从此儿子，孝敬老子，吃的鸭子，穿的绸子，乐得老子，快活辈子。不是恁子，饿死老子。"

讲述者：　文德铭，男，退休职工，私塾
采录者：　袁明媛、曦震
采录时间：1987 年 4 月 25 日
采录地点：涪陵区无祀坛 33 号

324

吴守成守业

金佛山下的吴家沟，有个财主叫吴守成。因为他从小呆头呆脑，上了五年私塾，还没念完一本《三字经》。他的父亲死得早，他祖父知道不能指望他兴家发财，就给他取了个"守成"的名字，只盼他能够保住家业就行。

那一年，他祖父得了重病，近亲些都赶了来，想趁机捞点好处。其中，有他一个堂叔吴三，这个人很狡猾，想把那份家业抓到手里，凡事都卫护吴守成，不让旁人占点便宜。在吴守成的祖父生病时，他把吴守成看得紧紧的，一面叫他到祖父那里打听，看所有的积蓄到底藏在哪里，一面支应客人说，家里一切，在吴守成的祖父咽气以前，他自己完全做不了主。

吴守成祖父的病越来越恼火，有一天，喉咙里吼着浓痰，话都说不出，两手打抖抖。吴三把人招呼到他跟前去，吴三晓得他有一串管家的钥匙一直压在枕头底下，就想去哄过来。老头子见他走进来，拼命鼓起眼睛看到他，接二连三摆手。吴三试了几次都不行，只得把吴守成推进去。

老头子的喉咙里咕哝咕哝乱响，颈子上的青筋鼓起筷子那么粗，脸上流着冷汗，有气无力地对吴守成说："守成，我寿缘尽了，这份家业全留给你啦，你要把它守住啊！你，你只要不听别人的的话，你是守得住的。我，我就是死了变鬼，也，也来帮你守，只要我们这一份家业保住，我就心满意足了。"说着，费老大力气，才从枕头下摸出一串钥匙，提在手里抖得叮当响，眼光死死盯住它好一会儿，交给了吴守成，才断了气。吴守成也学他祖父的样子，把钥匙往怀里一揣，对亲戚们说："爷爷死了，没你们的事了，请回吧！我另外去请人来埋他。"亲戚们一听都呆了。吴三想讨好，就忙附和说："守成既这么说，各位也就不必费心了，我留下来帮他料理就是。"吴守成没理他，各自出门请人去了。

一年又一年，吴守成没有辜负祖父的期望，谁也别想占他点便宜，只见他把东西拿进去，从不见他拿出来。在他睡觉的房间上面，有一层楼，东西全保存在楼上，无论啥子东西，他一得到手，就往那里放，把楼门锁得死死的，哪个都不晓得楼上面有好多东西，是些啥宝贝。他请了个老得快看不见东西的长工，也从不让这长工上楼去。老长工有时在晚上听见楼上有响动，去问他时，他总是说："那是爷爷在查点他的东西。"老长工有些不相信，吴守成也不再多讲。

有一次，他突然对长工说，他要出门几天。老长工一个人守一座大院子，晚上灯油又少，黑洞洞的，有些怕人。半夜，忽然听见楼上"噗嗒、噗嗒"地响，他大声一喊，响声又马上没有了。就恁个，一连三晚上都是这样，老长工很不放心，又上不了楼，等吴守成回来，就把情形一一告诉他。吴守成还是说："那是爷爷在查点他的东西。"照样把带回来的东西往楼上一放，也没说丢了啥子。不久，老长工把这事传了出去，人们都认为吴守成房里有鬼。

吴三在这些年间，不断来向吴守成借东西，一次也没借到手。吴守成每次都说："我哪个敢啊！爷爷天天夜里都要来查点咧！"吴三本来也有钱，但又抽大烟又赌钱弄得手头很紧。家里人又不小心，遭了一场火，烧得一干二净。吴三没办法，又找吴守成商量说："把谷子借一两石给我，我一家在等米下锅了。"吴守成还是那句话："三叔，我哪个敢动呀！爷爷天天夜里都要来查点咧，他临死前说的话，你也听见的。"吴三根本不信吴守成的鬼话，心想，

你不借，老子就偷！你吴守成成天弄个死鬼来吓人，那我就装个鬼来吓你。

夜深人静，吴三装扮好，偷偷爬上吴守成住的房子，麻起胆子[1]摸到那间藏宝的楼房顶上，轻脚轻爪地揭瓦，锯椽子，一会儿就弄开一个洞口，借着月光，把楼房里的东西看得一清二楚，只见大箱、小箱、大柜、小柜排得很整齐，空出来的地方，全堆着粮食，楼板上也铺起厚厚的一层。吴三看到这些，恨不得全搬回自己家里去，胆子更大了，忙从洞口梭下去，想偷一点值钱的东西。他先摸那些箱子、柜子，哪知全是上了双重锁的，带有家什不管用，光着急，没有办法。正在手忙脚乱，不知哪个是好，忽然听见底下吴守成在咳嗽，又听见他在地板上走路的声音。吴三一想：事情不好，怕吓不到吴守成，反叫自己露了马脚，赶忙从楼上提了一口袋粮食，翻出洞口就跑了。

吴守成当天夜里照样上楼装他的鬼，根本没有想到有人来偷过他的东西。他刚上了楼，突然眼前有一股亮光，抬头一看，发现房顶上开了个大天窗。他起先还以为是自己那一次捣鬼时弄开的，被人家猫儿蹬开了，赶忙下楼去点了盏灯上来，才看见楼板上的粮食上面，横七竖八有很多脚印，不禁吓了一跳，心里感到奇怪，哪来这些脚印呢？

起初，他想把这件事张扬出去，又怕人家知道了他的底细，想再请一个年轻点的长年来帮他看家，又怕长工向他多要工钱。想来想去，认为还是装鬼的办法好，要是强盗，就把强盗吓走，不是，那就算了。

吴三回到家里把布袋打开，在灯下一看，见粮食里面黑麻麻一片，原来是黑壳壳虫在乱爬，粮食已经蛀坏了。他又生气又不甘心，决定再去一趟，即使碰上了吴守成也不怕。

一个月亮天，吴三爬到了吴守成的房顶上，找到前几天弄开的洞口，把脑壳伸进去看看动静。吴守成躲在柜子后面一个黑角角处，一连候了几夜了，正在打瞌睡。吴三见房里没有响动，以为没有人，就放开了胆子往下梭，没注意口袋里的铜铁家伙太多了，在洞口碰了一下，发出

[1] 麻起胆子：大起胆子。

"喀啷"一声，就把吴守成惊醒了。吴守成一下从柜子后面站起来，"噢"地叫了一声。吴三身子还没着地，听见响声，吓得一松手，朝楼板上摔下来。吴守成本来还不害怕，见怪头怪脑一个东西从天窗上飞了进来，像是向他扑来了一样，跟到又吹来一股冷风，吹得他周身发凉，心惊胆战起来，怪叫了一声，身子一晃，向前扑下去，吴三见一个怪物向他扑来，也一下被吓昏了。

吴守成的老长工睡了一觉刚醒，听见老爷楼上接连怪叫两声，又有啥子东西"扑通扑通"倒在楼板上，和经常听到的不一样，忙披起衣服喊："老爷！老爷！"没听见答应。又大声喊："老爷！老爷！"还是没有答应。他更慌了，就点起松油灯，去吴守成房里看。吴守成的房门关得紧紧的，他再叫再打门，都不见答应，他以为吴守成得了急病，狠实用力打开了门，见床上没有人，就朝楼上走。

上了楼门口，他把松油灯一晃，低头看了一眼，吓得"哎哟"一声就从楼梯上滚下来，亮也摔熄了，也顾不得摔痛了，翻身就往房门外跑，边跑边喊："不好了，出鬼了！"邻居们遭他吵醒了，迷迷糊糊地跑出来问："啥子事啊？惊咋咋乱叫！"老长工七喘八吼地说："有鬼！有鬼！两个鬼呀，在我老爷楼上。"大家先一惊，有些胆大的人就要去看个究竟，于是，就点起灯笼火把，拥进了吴守成的家。一到楼梯跟前，没有人敢第一个上去，叽叽喳喳地东猜西疑。好一阵，才有个年轻人爬上了楼梯，余下的人跟在后面。年轻人打起火把晃了晃，不见响动，又多几步上去看，楼板上躺起两个怪物，动都不动。其余的人也来到跟前，把细一看，是两个人。他们七手八脚把他们扶起来，啥子两个鬼哟，这不是吴守成跟吴三吗？他们两个装鬼，倒把自己吓得半死。

讲述者： 王长青，男，退休干部，初中学历
采录者： 舒启华
采录时间： 1987 年 6 月 30 日
采录地点： 南川区文化局

325

漏桶装水

早年间，有兄弟二人，父母去世之后，他们就商量："树大要分丫，兄弟大了要分家，我们就分开过日子吧。"大家说好啦，笑笑和和地分了老人留下的财产，各自生活。开头几年，两兄弟为了发家致富，一年到头都十分勤劳，粮食有吃钱有用。但是到后来，兄弟二人过的日子就不一样了。兄弟做事讲究勤俭节约，啥子都要先计算了再吃再用，细水长流，生活过得很康泰。哥哥就不同，做事大手大脚，花钱没得个计算，吃用不顾铺子[1]，长久搞下去，就把原来的积蓄都吃光了，生活没有着落，遇到缺钱缺粮时，便伸手去找兄弟借。

一天，哥哥没得钱用了，又跑到兄弟屋头借。这一回，兄弟没有立马把钱拿给他，只是提来两只水桶，跟哥哥说："你先跟我去挑一挑水回来再说吧。"

哥哥搞不醒豁，也不好追问，为了借到钱，只好挑起桶到水井边去。他挑水上路后，发现两只桶不一样，一只是好的，满满一桶水；另一只是漏的，桶底有两个孔孔，

[1] 不顾铺子：不讲节约。

边走边漏。等到挑回兄弟屋里时，那只漏桶已经没得水了。

这时候，坐在门口的兄弟才指着漏桶对哥哥说："哥哥哇，常言说得好，勤是摇钱树，俭是聚宝盆。我们过日子，就是要又勤快又节约，跟这两只桶装水是一个道理。好的这只桶，装得满满的，不洒不漏，从水井到屋头都是一个样子。另一只桶就不行了，原先是满的，一路走一路漏，挑回来，水就漏完啦。它好比光勤不俭，到头来滴水没得。老班子常说，勤中出财，俭才生富。哥哥，你只要晓得精打细算，紧把细默地过日子，以后的生活保证过得好。"

兄弟一席话，说得哥哥红头紫脸[1]的，钱也不借啦，回到家里，从此以后，花钱再也不大手大脚了，后来，日子老实过得好起来。

讲述者： 李绍林，男，农民，高小学历
采录者： 杨友仁，男，县建设银行干部
采录时间： 1984 年 9 月 2 日
采录地点： 武隆县火炉乡（今武隆区火炉镇）南泥村
三组

[1] 红头紫脸：不好意思。

326

该谁煮饭

从前有一对夫妻，都非常懒，懒得谁都不愿煮饭吃。大年三十夜，两口子商量决定，哪个先说话，就该哪个煮饭。

大年初一，别人都煮汤圆、腊肉来吃，唯有他两口子坐在床上一言不发。到了中午，街坊四邻见他们还没有烧火煮饭，问他们是怎么回事。两口子你望我，我望你，一句话也不说。别人以为他们吵了嘴在赌气，就没人管了。这样，他们饿了两天。第三天，四邻见他们还没煮饭，又来问是怎么回事。两口子一会儿摇头，一会儿啊一啊的，问不出个所以然来。当时，有个连坐法，一户犯案，十户连坐。四邻怕出了人命案子，只得报官。县官当即派差人把他们押到堂前，高声审问，他们仍然一会儿摇头，一会儿啊啊直叫，始终不说话。县官气愤不过，命令差役各打五十大板，先打丈夫。丈夫被打了一阵，干脆躺在地上一动不动，来个装死卖活。差人只得上前禀告："大老爷，打不得了，好像已经不出气了。"这一说，堂客听了，十分着急，赶忙去摸他鼻子，看有气没气，丈夫赶忙憋着气。堂客见果真没得气了，才放声大哭："哎呀，我的丈夫啊，你这一死，哪个又来煮饭给我吃呀！"丈夫听了，一价钱就爬起来指着堂客的鼻子说："好！这回是你先说话，该你煮饭了！"

讲述者： 郑少林，男，农民
采录者： 蒋鲁
采录时间： 1988 年 12 月 5 日
采录地点： 涪陵城区

327

妯娌俩

　　很多年以前，李员外生了两个儿子：大儿叫李龙，二儿叫李虎。大儿讨了刘氏，二儿讨了张氏，两个儿都在外面教书。有一年秋天，瘟病流行，李龙、李虎都得了疟疾。那个时候，农村看病硬是恼火，连这点小病都治不好，结果呢，两个都死了。

　　张氏看男人死了，就去向父亲说："爸爸，你的儿死了。"父亲当时就哭了起来，一边哭一边念了一首诗："我养娇儿一根蚕，娇儿死去痛心怀。一旦百年归阴去，死后无人端灵牌。"一家人哭成一团。刘氏又来说："妈呀，你的儿死了。"妈又痛哭起来，也边哭边数："我抚娇儿一尺三，儿死娘痛哭心肝。父母百年去世后，我由谁人送上山！"一家人又哭成一团，两个老的眼睛都气瞎了。

　　刘氏生的儿叫李元，张氏生的儿叫李保，才三岁，李家只剩这两根苗苗了。两个妇女又怎能维持一家六口人的生活呢！家庭就越来越困难。大嫂同二嫂商量："我两个来分个工，一个在家里煮饭，一个上坡，挨轮子转。"兄弟媳妇说："可以。"两妯娌就一个煮五天饭。有一天，该大嫂的轮子煮饭，她问公公婆婆要吃啥子，他们要吃鲜鱼汤。家中哪有钱去买鱼呢？想来想去没得法，打算干脆把李元拿去卖了。即使老人百年过世，还有我弟妹的李保呢。心里盘算好了，就逗李元："幺儿，你听说些，今天吃了饭把衣服换了，和妈一路去赶场，到场上去买粑吃。"老实，到场上就把李元卖了，卖了一锭银子，她就去买鱼和佐料，拿回去给她公公婆婆烧鱼汤吃。

轮到二嫂煮饭，二嫂问公公婆婆吃些啥子，他们说要吃猪肝。她想，我把李保引去卖了，老人百年过世，还有李元来负担，我不相信他不认我这个当姨娘的。她这样想好了，就把李保带到场上去卖了，卖了一锭银子。她就买了猪肝，称了米，拿回家，煮给他公公婆婆吃。公公婆婆这天吃了过后，就说："我们吃不完，快喊两个孙儿来吃。"一叫大儿媳妇，大儿媳妇说："公公你吃，他去耍去了。"一叫二儿媳妇，二儿媳妇就说："婆婆你吃，李保耍去了。"两个老人心里有点怀疑，哪个两娃儿都出去耍了呢，一定要她两个去喊回来。两个媳妇各自明白，明明是卖了的，到哪里去喊回来呢！公公婆婆一再追问，后来才现相[1]了。公公婆婆一听，更伤心了，要打这两个媳妇，两个媳妇就在老人面前跪下了。就在这一年，又遇天灾，庄稼都不长，她两妯娌就商量去要饭。开始是在团转要，要来干的[2]就给公公婆婆吃，清的[3]就给自己吃。要了一段时间，又到远处去要。

那两个孙儿卖到什么地方去了呢？李元卖给一个卖灯草的人，他晓得自己家境孬，就发愤读书；李保被一个卖药的山东人买去了，长大后，也发愤读书。有一年，上面行文下来考状元，他两兄弟都参加考试，两个都考上了状元，见面以后，两个都觉得有点面熟。问来问去，他们心里才明白：他们是两兄弟。

过了一年多，两兄弟商量要回老家看看祖坟。有一天，两妯娌听别个说，状元要路过这点，有人就叫她们背起公公婆婆到路上把状元公拦倒起，要点赏钱。那天，大嫂背公公，弟媳背婆婆，走到高镇[4]的一座拱桥，大嫂把公公

[1] 现相：露出真情。
[2] 干的：干饭。
[3] 清的：稀饭。
[4] 高镇：丰都县的一个镇。

背到桥的那一头，弟媳把婆婆背到桥的这一头，就在这里等起。看倒看倒太阳要当顶了，旗锣轿伞，锣鼓唢呐就来了。大嫂会说些，就去向走在前头的跪倒起，说："状元公，打发点给我们啰！"这些人都说，状元公还在后头呢！果然，后头是两乘轿子抬着两个状元公，一路过桥。抬轿的就说，前面有两个叫花子拉到起要钱。这阵子，大嫂就来讲了她家的来龙去脉。状元公李保听了，好像她说的是自家的事，吩咐抬轿的把轿子放下，一问，就问出实情来了，两个状元公才知道遇到了生母。他们两个又问那两个老的是哪个，她们说两个老人是她们的公公婆婆。结果呢，状元公两个就不坐轿了，让爷爷和奶奶坐，又牵来两匹马，让他们的妈骑，他们自己就走路，一道回去祭祖，全家人就团圆了。

讲述者： 熊宗炳，男，农民，初小学历
采录者： 戴寿银，男，文化馆干部，大专学历
采录时间： 1986 年 7 月 14 日
采录地点： 丰都县红星乡（今丰都县仁沙镇）九村一组

328

巧当家

讲述者： 薛伟男，男，汉族，龙江完小初中班学生
采录者： 王国英，女，汉族，龙江完小教师，中专
学历
采录时间： 1985 年 1 月 29 日
采录地点： 璧山区龙江小学

从前，有个老者，他有三个儿。有一天，老者对他三个儿说："我老了，该你们来当家了。"他拿出一块钱给老大说："你拿这块钱到街上去买一张板凳，一顶草帽，一把扇子，剩的钱到茶馆去喝茶。"

老大来到街上一问，板凳五角一根，草帽还要贵一点，格外还要买扇子，钱根本不够，还喝啥子茶哟；老大拿着钱回到家里，说钱不够，东西买不回来。他父亲听了，心头很不高兴，就把钱拿给老二，叫老二去买。

老二来到街上一问，老大说的价钱硬是真的。他回到家里，也说钱不够，东西买不回来。父亲又把钱拿给老三，对老三说："你大哥、二哥都没买着，这下看你的了。"

老三拿着钱来到街上，只买了一顶草帽，就到茶馆喝茶去了。他喝完了茶回到家里，父亲看见了，笑着问他："你买的板凳呢？"老三把草帽往地上一放，垫着屁股，坐下说："这就是板凳。"父亲又问他："你买的扇子呢？"老三把草帽拿在手上，两摇摇说："这就是扇子。"父亲听了，欢喜得合不拢嘴。

329

李翰林化解兄弟怨

从前有个人叫李惺，中过进士，在朝廷做翰林。有一年春节，李惺回家小住。他的家在垫江县城南外街冯家湾，其邻居是一户冯姓农民，家有两个儿子。冯家父亲临终前给两兄弟分了家，房屋各一间，堂屋各半，冯大分得一头牛，冯二分得一头猪。冯二认为大哥搞了小动作，才让父亲分得不公平，心里怨恨大哥，一见面扭头就走，根本不给大哥解释说话的机会，一直怨恨在心。李惺回家几天就发现兄弟俩不对劲；弄清楚原委后，他决定化解兄弟俩的怨恨。

李惺让人去通知老大，让他明天早上 8 点去南外街豆花店吃豆花饭。一听翰林老爷请吃饭，老大满口应承。李惺又让人去请老二，让他明天早上 8 点半去豆花店吃豆花饭。老二听说翰林请吃饭，也爽快地答应了。

第二天，冯大按时到达豆花店，桌上是丰盛的菜肴，却不见翰林。老板说，翰林有急事，让他稍等。不一会儿，只见李惺气喘吁吁赶来，连声说"对不起，有事耽搁了"，便招呼冯大吃饭。见翰林如此着急，冯大便追问何事。李惺说，刚才听说冯二从鸡公山悬岩上掉下去了，我赶去看，

没有找到。没等李惺把话说完，冯大把碗一丢，飞也似的朝鸡公山跑去。一会儿，冯二也按时到了，李惺如法炮制，告诉冯二，冯大挑水掉桂溪河去了。冯二把饭碗一扔就忘命地往桂溪河跑。

隔了很久，冯大哭丧着脸回来了，说没有找到弟弟。这时，街上传来哭声，冯二浑身是水回来了。当他走进豆花店看见哥哥时，"哇"的一声扑进哥哥怀里，兄弟俩哭成一团。待兄弟俩平静后，李惺刚开口要谈分家之事时，兄弟俩齐声说："我们懂翰林的苦心了，谢谢！"然后，三人吃了一顿永生难忘的豆花饭。

讲述者： 黄素华，女，农民
采录者： 黎美剑，男，垫江区委干部
采录时间： 2015 年 7 月 6 日
采录地点： 垫江县桂溪镇（今垫江县桂溪街道）

330

兄弟送嫂嫂

了个纸条放在菩萨那儿。他哥哥走起来捡起一看，只见："你今天伸脚动手，我明天就要剁你的手。"哎呀！这可把哥哥吓慌了，他跌跌撞撞地跑起来转去。他说这个菩萨硬是灵验，快拿刀头、酒去敬它。

讲述者：　魏显德，男，汉族，小学学历，巴县走马
　　　　　乡（今九龙坡区走马镇）退休干部
采录者：　严小华
整理者：　周镕德
采录时间：1988 年 2 月
采录地点：巴县走马乡（今九龙坡区走马镇）工农村

有个媳妇回娘家，回回都要她兄弟给她背娃儿。她兄弟也快长成大人了，他看到嫂嫂长得很乖，就想逗她一盘。这天，他把嫂嫂的娃儿背呀背的，背到那个弯弯里头去了。因为他前头跑得很快，过去女人兴缠脚，当然走得慢。他就在前头那个拐弯处，把娃儿的脚杆一阵掐，整得那娃儿一阵乱叫，然后坐到土地菩萨那里歇稍。看到嫂嫂要走拢了，就把他写的纸条放在塑着三头六臂的三龙土地神像那儿。嫂嫂看见了纸条，拿来一看，只见上面写着："兄弟把娃儿背上背，今天晚上跟嫂嫂睡。如果不依从，你的娃儿满不到周岁。"

这可把嫂嫂搞慌了。她回到娘屋，吃了点饭，把娃儿背起就往回走。

她一拢屋就把今天娃儿突然叫唤，菩萨见纸一事跟她男人说了。男人一听："真有这种事吗？"他拿起斧头就要去砍菩萨。这可把他兄弟搞慌了："菩萨为我遭殃咿个行？"他说："哥哥你先不要急，先歇一阵嘛，商量一会儿看。先拿点啥子去敬一下，娃儿好了我们也高兴！"他就叫他们煮点腊肉什么的，而他自己先跑到前头，又写

331

蛇吞象

陈安是个最穷的人，家里有老子、儿和妈，全靠他给人放牛割草维持生活。

有年夏天，陈安拉牛去滚水，看见牛滚凼侧边的草坝坝上头，有两根蛇你吞我，我吞你的，觉得很稀奇，黑了回屋，就摆给他妈妈听了。

他妈说："傻子，这叫蛇吞象。你明天再去看，等两个蛇脑壳吞齐的时候，就拿刀儿把两个蛇脑壳一哈给我砍回来。"

老实的，第二天陈安硬是把蛇吞象砍回来了，他妈妈找块红绸子包起来。

没隔好久，对门刘家老爷死了做道场，陈安照他妈妈说的，悄悄儿把蛇吞象拿去塕[1]在敬菩萨的斗头；等四十九天道场做完，又悄悄儿取回来放起。第二天就有人吆起一匹马儿，到玉石牌坊问陈安在哪嘞住，恰好问到他老汉儿。

"找他有啥子事？"

[1] 塕：wēng，掩埋。

"给他送银子来。"

"你从哪嘞来？"

"万寿宫。"

陈安的老汉儿不相信。吆马的说，先把银子搬进屋再说。到了屋头，吆马的拣锭银子交给他说，上头要有陈安的名字才作数嘛。他老汉儿接过银子一看，嗨！上头硬还有陈安两个字。后首，天天都有一匹马儿给陈安驮银子来。

陈安有了银子就买田买地，过后就越更富了。他屋老汉就到重庆去做生意，买了几个庄号、杂货铺，另外还开了家栈房。他老汉儿又给他说了堂客，喊他去重庆经佑生意。二十几年过后，陈安的娃儿也长大了，在城头安了家。陈安把庄号、栈房交给他娃儿，就送他的老汉儿回乡下养老，自己就管他的田土。人家租三十石出去，起码收二十一石回来，他喃最多收十五石。他说他都是穷人出身，只要大家过得去就行了。

虎溪河有个福音寺，是陈安修来济贫的，里头招的和尚都是些穷苦人。还有转山坪的寨子，也是陈安和龚家一个出一半银子打伙修的；一共有四道门，就是东定门、南定门、西定门、北定门。反正陈安爱做好事，照看穷人。

有一回，有人从重庆回来对陈安说，他的大少爷不成材，不好好做生意，被一些人裹起打牌，那些人骗他的钱。陈安听后就背个背篼，底底装些银子，表面上弄些柴来遮倒起；穿起蓝布衣裳，蓝布裤子，脚上穿一双水巴笼草鞋，烧了几个红苕，就朝重庆走。一路上口干了，他老荫茶都舍不得喝一碗，饿了就啃冷红苕，赶到重庆天都要黑了，他对直走进自己开的栈房去写号。那账房先生见陈安是恁个样子，欺他是乡巴佬就说"客满了"，要他到别处去歇。正好他娃儿来撞到了，问他爸爸是好久下来的。账房先生听说是大老板，赶忙又是倒茶又是赔小心。

陈安笑眯眯地说："以后对那些乡下人、下力人和气点。"

第二天，陈安对他娃儿说，你跟哪些人打牌，你去把他们喊来，我陪他们赌。老实嘞，他娃儿就去喊了三个赌友来陪他老汉儿打麻将。那三个看到陈安是个蔫苞老头，又有恁多钱，就摸鼻子眨眼睛地抬陈安的"轿子"[1]。于是，那三个左一个"满贯"，右一个"三元会"，几价钱就把陈安背篼头的银子赢光了。陈安喊他娃儿再去背点银子来，他要陪他们打个够。那三个心想，傻老头儿，你有好多钱输哟，都阴到打失笑。

陈安的娃儿把银子拿来后，他说："各位，这回我们打大点，一百两银子一个小和，要得不？"

那三个晓得他是"黄棒"，连声说："要得，要得。"哪晓得这回变了，到了陈安的庄上，只见他左一个"清一色"，右一个"四风会"，和起幺不到台，把先前输的捞回来不说，还倒赢了三个一人几百两银子。陈安问那三个还打不打，那三个像傻了一样，不晓得说啥子好。

陈安说："牌就打到这里，我赢的钱全数还你们。另送各位一人一百两银子做茶钱。奉劝三位，以后打耍牌可以，搞赌要不得，钱输多了，你们家里有老有小，没钱买油盐柴米唧个办？你们说对不对？"

打发那三个走了，陈安又轻言细语地把儿子吵了一顿："你还没看出来，那三个在抬我的'轿子'；你再大的家当没有说输不完的；以后各人好生点做生意，多守点本分。"

后来，陈安的老汉儿死了，他也越更老了，只是越是行善。哪家没得猪本，哪家没得牛犁田，他都送钱给他们。他还出钱修了一座陈家祠堂，每年吃清明会，都不用族人出钱，由他负责操办。

有一年，陈安病了。他晓得自己不行了，把后人些喊到床边，他说他死了不准做道场，找堂地埋了就是。以后收租，当收二十石的只收十石就行了。"我原来也是穷人出身，人要知足。"

陈安死了过后，埋在虎溪河袁家石坝，人些在河上修了一座桥，取名安公桥；桥下的水流得很好听，人些说就像安公在世时说话一样，轻言细语的。

[1] 抬轿子：暗中共谋假赌。

讲述者： 魏显发，男，汉族，小学学历，巴县走马乡（今九龙坡区走马镇）退休干部

采录者： 钟守维

采录时间： 1990 年 6 月

采录地点： 巴县走马乡（今九龙坡区走马镇）工农村

332

何三爷上当

过去，綦江县城有个最大的绸缎铺，生意做得很红火，掌柜是何三爷。

有一年夏天，铺里来了一位客人，是一个阔太太，金箍子金膀圈的戴起，穿的不消说很摩登，又年轻又漂亮，还跟着一个奶妈。奶妈抱一个两个月大的奶娃。

何掌柜一看，大买主来了，又是个年轻太太，就热情得很，又是请坐又是倒茶。这位太太说自己是重庆某公司经理的夫人，是来綦江探亲的。坐了一阵，买了两匹最好的缎子。临走时，何掌柜一再邀请这位太太要经常来照顾生意。

从此以后，阔太太真的成了何掌柜家的常客。阔太太和何掌柜的妻子也要好了，经常在何家买缎子、打麻将，何家还常常留她吃饭。奶妈也抱着奶娃进出，奶娃睡着了就放在何掌柜妻子床上。大家一点也不拘束了。

这样过了两个月。一天，阔太太带着奶妈和奶娃坐着一辆大马车来了。下车后，进到屋里，阔太太对奶妈说："你把小孩放在铺上，去选五十匹最好的缎子，老爷在重庆等到要货。"何掌柜高兴得不得了，一下子就买恁多，

真是个大财神爷！等他陪着奶妈去把缎子装上马车，送走了奶妈回来时，阔太太正和他夫人在打麻将。

阔太太见何掌柜回来了，问他："都装走了？""装走了。"阔太太说："三爷来替我打到牌，我走个厕所。"何掌柜就坐下来替她。过了一阵，不见阔太太回来。何掌柜说："恁一阵都不回来，硬是屙绵条屎[1]吗？"另外一个打麻将的太太说："是不是跑啰？"何掌柜说："宝贝儿子都在床上睡起的，哪个跑啰？你们默到[2]我没有考虑呀？我都是生意场中跑的人！"再隔一阵，还是没有来，何掌柜这才慌了，忙去铺上掀开铺盖一看：是他妈一个洋娃娃。这才晓得糟了！

讲述者：　王尊九，男

采录者：　王官品

整理者：　韩井泉

采录时间：　1986 年 12 月

采录地点：　綦江县隆盛乡（今綦江区隆盛镇）

[1]　绵条屎：戏指解大便时间过久。

[2]　默到：暗自认为。

333

马鼻梁和黄溪口

早年，在涪州城西有一匹石梁，像一个饮水长江的马脑壳，嘴埋在长江中，鼻梁骨露在江边，所以叫"马鼻梁"。这里山高路陡，土地薄，乱石高，住着姓况的人家。马鼻梁的河对岸是黄旗口，土地肥，出产多，住着马姓的人家。马鼻梁是他马家的风水地，不晓得从哪个时候起的，这两姓人经常打官司，一直打了几辈人，还不松手。起初，马家自以为住在黄旗，地方又好，收成也多，要钱有钱，要人有人，陪你况家把官司打到底。后来，因回回塞"包袱"，县官的胃口越塞越大，把马家也搞穷了。姓况的人认为自己是"讨口无二穷"了，虽然土地瘦，收入不多，管他的，抱着一个"屁股上背二两干胡豆当饭"的想法，也要和你马家把官司打到底，我况家反正是穷，怕个屁。这一来，马况二家横竖翻来翻去地搞，后头，孽子越结越深，都想把对方整背时才甘心，两家都忙着打官司，默烂条[1]，哪样都不做，田地荒了，越整越穷。

一天，姓况的族长把况姓的人喊在一起，商量咋个才

[1] 默烂条：暗自想坏主意。

能把姓马的整惨，咋个才把官司打得赢。这时，过来一位老头，他边走边翻来覆去地念："要想马家萎，石头变成灰。"边念边朝河边渡口走去。况姓的族长赶忙叫族人去问那老头，怎么使石头变成灰？等族人追到河边，那老头已上了去黄旗口的过河船了。族长便叫大家想法，如何才能使石头变成灰？大家七嘴八舌地说了半天都没说出个好办法。这时，有个族人说："族长，我下午要进城买点石灰糊个山茅厕，想早点回去了。"族长一听，忽然禅悟：有了！烧石灰！不就把石头变成灰了吗？开马鼻梁的石头烧石灰，败他马家的风水！嘿，马家要萎了。

况姓族长叫大家找石头修石灰窑，开灰石，砍柴草，不几天就点火烧窑了。不到一个月，马鼻梁这匹山梁上到处都是石灰窑子，况姓的男女老少全都上了山，把打官司的事忘了。石灰烧得多，况姓的收入也就增多了。包包头有了钱，况姓的人走路腰杆都直起来了，头也仰起了，说话的声音也大了，噫，马家硬是真的萎了。

马家一看况家兴旺起来了，很不服气，也召集族人商量整况家的办法，也是走来那位老头，他边走边翻来覆去地念："要得马家发，满山长出红疙瘩。"马姓的人追上去问他：山上咋个才能长出红疙瘩来？老头也不回答，光从包儿头摸出一个红橘子剖开，边吃边念边走。

马姓族长一见，心里就明白了，于是，叫族人到处找橘子树来栽。为了让马家能发起来，族长叫全族的人都上坡去栽橘子树。大家都把发家的望头寄托在"满山长出红疙瘩"上，所以，就把自己的全部心思都用上了，根本无心思想打官司的事。没过几年，橘树先先后后开始结果子，到了秋天一看，果不然满山长出"红疙瘩"来，马姓的人摘下橘子，用船装进城里去卖，第一年就卖了几千贯钱。

就这样，况姓的人整天忙着烧石灰，运石灰，卖石灰，马姓的人经佑橘树薅了又薅，淋了又淋。双方都想用自己的方法搞穷对方，哪谙，两姓的人都在忙着生产，根本没有闲心去想打官司的事，到后来，两姓的人都发起来了，哪家也没有萎下去，但没把对方整萎下去的事，还始终记在心头。

过了好多年，当年那个老头又到马鼻梁来了。况姓族长说："老哥子，当年全靠你指点，我况家才发起来，要

不是烧石灰卖，我这块连鬼都不下蛋，屙屎不生蛆的地方，只有让马家整绝，今天，我要办一桌酒席谢您。"

老头说："我不喜欢你们各人做的菜，要谢，就明天到城里请我。"老头说完，就过河到黄旗口去了。到了黄旗口，马姓的族长见了说："老哥子，全靠你说的'满山长出红疙瘩'啰，要不然，我马家随便怎么也发不起来，不要走，我今天请客。"

老头说："你要请客，就在城里去请，那里才有好酒好菜。"老头说完，就走了。

第二天，马家、况家的两位族长进城，在街上碰到了老头，马家拉况家扯的，老头说："我们都去，吃一桌。"

三个人进了饭馆，又到了楼上雅座，马、况二位族长争倒起叫菜，桌子都堆得尖溜溜的，快要下席了，老头说："我今天吃了你们恁大桌，我去点一样菜来。"说完，就下楼去了。隔了一阵，跑堂倌端了个盘子上来，上面盖着一块红布，老头却老不上楼来，两人揭开红布一看，盘子上放着一张纸，上面写着：

况家穷，马家萎，只因几辈官司打成堆。
马家发，况家富，全靠而今自家亲手做，
要想家业更发达，马、况二姓结亲家。

二人看后，你看我，我看你，心想，是这个道理——几代人争来争去，没得好处，反而更穷；不打官司，做自己的事业，很快就"发"了。二人急忙跑下楼问跑堂倌："刚才那个老头呢？"跑堂倌说："那个老头走了，他是告老还乡的周翰林周煌老先生。"

马、况二位族长手拉手出了饭馆。

后来，马、况二姓和好了，还开了亲，两姓的日子越过越好。至今，黄溪口的橘子，马鼻梁的石灰窑，还是很有名的。

讲述者： 陈炳轩，男，上过私塾
采录者： 陈曦震，文化干部
采录时间： 1981 年 10 月
采录地点： 涪陵区清溪乡（今涪陵区清溪镇）

334

狗儿报恩

从前，有一个木匠姓刘，人们都喊他刘木匠，家里只有他和婆娘两个人。他有个老表姓祝，是裁缝，光棍一根。两家隔得不远。

有一回，祝裁缝来喊刘木匠去做家具。刘木匠要走拢祝老表家的时候，看到路边堰塘里头有一条小狗儿被淹得要死不活的，就把它救了起来，带到祝裁缝家里。他跟祝裁缝说："这狗儿差一丝缝儿[1]被淹死了，就给它取个名字叫'丝缝儿'吧。"过了几天，他把祝老表的活路做完，就把狗儿带回家去喂起。时间长了，小狗儿也长大了。

刘木匠一年三百六十五天都在喊搞不赢，长期在外头做活，在家的时间就很少。哪晓得他那个婆娘跟祝老表都不是好东西，两个勾扯上了。为了想长期在一起，就起了害刘木匠的心。

这年的端阳节，祝裁缝请刘木匠两口子去过节，那条狗儿也一路去了。刚刚开始吃酒的时侯，那条狗直是咬刘木匠的裤脚，朝门外拖。刘木匠以为是狗和他逗耍，高兴

地说："哎，丝缝儿，你是啷个的哟，你迁翻[2]啷个哟！"祝裁缝狠起劝他的酒，说："今朝是端阳，你我弟兄今天要吃个痛快！这雄黄酒辟邪，多吃几杯！"刘木匠被灌了很多雄黄酒，遭毒死了。

祝裁缝和刘木匠那个婆娘见刘木匠已死，就把他放在大锅头煮烂，又把肉倒去喂老母猪，骨头藏在屋侧边的茅厕凼凼里头。一切收拾好，没有任何一点痕迹。两人就放心了。

刘木匠那条狗躲在侧边看得清清楚楚的。它见主人被整死了，也没有办法打救。隔了一阵，它就跑了。一跑就跑到了县衙门口，站起朝里头看。守门的差人见它守在门口，就要打它走。县大老爷看到了，就说："不要打，不要打！"县官又对狗说："畜生啦，你是来报案的就点头三下。"那条狗当真点了三下。县大老爷立马派了十几个差人跟到狗走。来到了祝家，差人把祝裁缝的屋悄悄地围起来。那条狗就跑到茅斯凼凼边边叫唤起来。屋里的祝裁缝听到狗咬，对刘木匠那婆娘说："糟了，搞忘了收拾那条狗，我们快点去把它打死，不然要出纰漏。"这话被守在外面的差人听到了。祝裁缝两个刚刚走出门坎，就被差人抓到了。差人把茅斯凼凼的粪水舀干，见底下有一堆人骨头。祝裁缝二人被送到县衙门判了死罪。

过后，县大老爷就把那条狗喂起来，还专门打了一块银牌牌给它戴在颈子上。这以后，丝缝儿还帮到县大老爷破过几桩疑案。

讲述者： 李世才，男，汉族，高小学历，江津县店子乡羊石村三组农民

采录者： 李健

整理者： 张荣华

采录时间： 1985 年 10 月 10 日

采录地点： 江津县店子乡（今江津区油溪镇）

[1] 差一丝缝儿：差一点的意思。

[2] 迁翻：调皮好动。

335

大黄狗救主

从前有两兄弟，父母死了以后，才各人接了个堂客，但是没有分家，仍旧住在一起。

有一年，大哥得病要死了，对大嫂说："我死了你可以嫁，但是你现在身怀有孕，生了娃儿以后，希望你一定要给我抚养大。"说完就闭上了眼睛。

不久，大嫂要生娃儿的晚上，二嫂对二哥说："我们怎么办？大嫂生了娃儿，今后我们就只有半份家产了。不如把娃儿整死，等大嫂一嫁，家产就全部归我们啦。你看要得不？"

二哥是个没主见的人，只说："不行吧？"二嫂说："反正大哥是死了的，大嫂年轻是要改嫁的。你怕啥子？等她生的那阵，我去办就是了……"

娃儿要生了，二嫂假意说："大嫂，我来帮你接生。"等娃儿一落地，她就把一张准备好的湿手帕，往娃儿的嘴巴上一搭，娃儿就咽气了。再对大嫂说："哎呀，娃儿没气啦！"大嫂吓了一跳，哭着说："唧个办呢？"二嫂说："我给你拿去埋了就是。"这时，二哥正好来了。二嫂转身说："你给我照灯，我抱娃儿。"

两个把大嫂的儿抱到一根草树脚下埋了。哪晓得家里的那条大黄狗跟在后面，等人一走，大黄狗就把还没有断气的娃儿叼出来，然后用爪垒好泥巴，把娃儿衔到狗窝里去喂起。

大嫂坐月[1]满了，心头想念自己的娃儿，要去看埋在哪里，二嫂只好陪她去看。一走到草树下，大嫂就哭了起来。这时，大黄狗走到大嫂身边，使劲咬住她的衣服不放，往屋里拖。拖到狗窝时，大嫂见地上的五个小黄狗儿全死了，草窝睡着一个胖娃儿！大嫂明白了，把娃儿抱起来，双脚跪在地上对大黄狗说："大黄狗，这娃儿的命是你救的，我没有什么东西报答你，就把这娃儿拜寄你，取个名字叫狗儿罢！"

二嫂见娃儿没有死，心里不安逸。狗儿三岁时，二嫂对二哥说："明天你到坡上去扯些巴豆[2]回来搓成面，等大嫂去赶场时，放在饭里给狗儿吃。他吃了要跑茅厮，你就去把他推到茅厮里淹死！"二哥不干，二嫂就指着他的鼻子说："怕死鬼！你不去，我去。"二哥只好说："我去，我去！"

果然，狗儿吃了有巴豆的饭，半夜里要拉肚子。他妈说："幺儿，你把灯拿去照着好生走呵！"狗儿刚走到门口，看见茅厮有个影子，遭吓到了，回屋对妈说："妈，茅厮头有鬼，我怕！"他妈就喊他在屋里屙屎算了。

二哥听狗儿说茅厮里有鬼，怕大嫂起来看，便一翻身从院墙跳出去。谁知大黄狗正在外面等着，咬住他的裤脚一拖，"扑通"一声，正好摔进了粪坑，弄得一身都是屎，他赶快爬起来跑回去。二嫂问："整死了没有？"二哥气冲冲地说："死了个屁！狗儿刚走到门口，就回去啦！"

大嫂想给儿子算个命，二嫂却先把算命先生拉到屋里去，对他说："先生，你算命的时候就说，'妈要改嫁，娃儿要抱出去，才得吉利。不然要遭雷打！'"算命先生得了二嫂两吊钱，算命的阵，就照二嫂的说了。

大嫂不相信，心想：八字先生的话不一定对，不如去

[1] 坐月：坐月子。
[2] 巴豆：一种泻药名。

找天师菩萨[1]问问。二嫂晓得了她要去求天师菩萨，便对二哥说："你明天一早到庙上去，躲到天师菩萨的肚子里头，等大嫂问菩萨的阵，你就说，'妈要改嫁，娃儿要抱出去，才得吉利。不然要遭雷打！'"二哥不去，二嫂就嬉皮笑脸地说："这回去嘛，菩萨会保佑你的。"二哥犟不过，又去了。

大嫂引起狗儿来到庙头，跪在菩萨面前求告："求菩萨保佑狗儿快点长大。"二哥藏在菩萨肚子里头，那菩萨的肚子里是空的，肚脐眼有个洞洞可以看见外头。二哥说："妈要改嫁，娃儿要抱出去，才得吉利。不然要遭雷打！"说完，用一只眼睛向外看。大嫂心想：菩萨啷个会说话呢？又看肚脐眼里，有个绿莹莹的东西在闪亮，就取下头上的发针，向眼眼里一戳，只听"哎呀"一声，差点把二哥的眼睛戳瞎。两娘母听到菩萨叫唤，也吓倒了，便三脚两步跑出庙门，急急忙忙回到家里。从此，大嫂一想到菩萨的话，总怕落雨打雷。

有天夜里落大雨，打炸雷。二嫂对二哥说："今晚好动手啦。你把衣服、裤子脱了，全身用锅烟墨糊黑，去把那个整不死的娃儿给整死！"二哥又不去，二嫂恶凶凶地说："你去嘛，我在门外与你壮胆子。"于是，二哥只好又去了。

大嫂怕遭雷打，把狗儿用两床铺盖围起，自己睡在侧边。二哥刚摸进门口，只听大嫂在问："狗儿，你怕不怕打雷？"狗儿回答："妈，我不怕。"二哥一听两娘母没有睡着，不敢下手。接着电光一闪，"咔嚓"一声炸雷，大黄狗在外边汪汪大叫，把个二哥吓得打抖，赶快跑出房门。这时，又是一个炸雷，响在地坝上，雨越下越大。大嫂把狗儿抱得紧紧的，渐渐睡着了。

第二天早晨起来一看，二哥满身漆黑跪在地坝中间，任何人去牵他都不起来；二嫂被雷打成了四半截，摆在二哥旁边。二哥望着大嫂和狗儿，不住点地流眼泪水。

看热闹的人喊大嫂："大嫂子，你去牵你二兄弟嘛！"老实，大嫂就去牵二哥。二哥哭着说："大嫂，我对不起你们！是你兄弟媳妇想整你们，没想得到了这个报应。"

大嫂说："晓得错了，你就爬起来嘛！"

不久，二哥也死了。大嫂和狗儿，还有那条大黄狗，都过上了安宁的日子。

讲述者： 罗安银，男，汉族，高小学历，屠工
采录者： 罗昭伦
采录时间： 1985 年 11 月 16 日
采录地点： 万盛区（今綦江区）南桐矿区南桐乡

[1] 天师菩萨：传说中的张天师。

336

富翁养个讨口子

从前，有个绅粮，晚年得子，喜欢得不得了，也惯适得很。儿子要啥给啥，就差点没把天上的星星给儿子摘下来了。儿子慢慢长大，老头子总看到儿子是一副富贵相，十分得意。有天赶场，两父子在场上碰到个算命先生。老头就喊算命先生给娃儿看相。这先生把那娃儿看了一眼说："富翁养个讨口子。"看都不看就走了。老头听了暗暗笑道：这个先生没得眼力，方圆百十里都是我的田土，随便啷个背时也要吃几辈人嘛。

谁知他娃儿大了，渐渐就现出怪象来了。先是不肯读书，后来就赌钱。成人过后是吃、喝、嫖、赌样样都来。老头这才来教育，已经没用了。他晓得算命先生把他儿说准了。他暗中盘算，就悄悄在街上修了三百六十五间街房，房子修好统统佃给别人。临搬进去时他找来这三百六十五家佃客，对他们说："你们住我的房子，我一不收押佃，二不收房租，只要你们答应一个条件，就是我死了以后，万一我儿子讨口，你们每家一年只招待他吃一天饭。"这些佃客当然答应啰。最后老头说："此事不准任何人说出去！"

没过好久，老头就死了。儿子当了家，他吃喝嫖赌，天天乱整，没得几年，家产弄得精光，只好沿街讨口。这个时候，那些佃客依照前约，便今天李家，明天王家，后天张家，一家一天地挨着请他吃饭。开头，这位少爷饿慌了只顾吃。后来，他才慢慢觉得有些怪：我一个叫花子，他们又不怕我，为啥子总请我吃饭喃？有的还满酒胘肉地招待。他就东问西问，后来有个佃客给他说了事情的经过。他一听，跳起来骂道："格老子，原来这些房子是我老汉早年修的，你们统统滚出去。"估住[1]去把房子收了回来，丢下讨口子行头，又上了赌场，日嫖夜赌。今天卖一间，明天输一间，没搞好久，房子全部卖光了。这下又没得法了，只好重新拿起讨口子棒棒，沿街去讨口。

讲述者：　曾炳轩，男，汉族，初小学历，船工
采录、整理者：姜孝德、王正平
采录时间：1985 年 8 月 25 日
采录地点：　江北区刘家台

[1]　估住：强行。

337

杀狗劝夫

从前有两兄弟，哥哥好吃懒做，滥酒赌钱，弟弟勤快老实。爹妈一死，哥哥就同弟弟分家。哥哥又是分房子，又是分牛。弟弟没搞头，只分得一间灰屋和一条大黄狗，半边锅儿，两个缺碗。哥哥分了那样多的家屋[1]，没有多久都拿去输了。

嫂嫂对弟弟倒很好。看到弟弟在灰屋睡个凉板，就抱了些谷草来给弟弟铺床。弟弟忙说："嫂嫂，我不要你们的东西，哥哥晓得了又要诀你。"嫂嫂说："哥哥几天都没有落屋了，从不管家里的事。"叹了口气又说："我真拿他没有办法了。兄弟呀，我想把你的大黄狗杀了来劝他改邪归正。"弟弟本来舍不得自己的大黄狗，但听嫂嫂说她杀狗可以劝哥哥改邪归正，也就答应了。

这晚上，嫂嫂叫弟弟把狗杀了，拿一件长衫子给狗穿上，把狗就放在哥哥家的大门口。嫂嫂进屋关上门，吹熄灯等丈夫回来。

半夜，哥哥喝得二昏二昏的，哼着"柳连柳"[2]回来了。嘿，安逸，他一脚绊到死狗，吓了一大跳，忙叫女人点灯出来看是啥子东西。女人装到不晓得，点灯出门一看，说："哎呀！不得了啦，门口死了一个人。"哥哥一看地上当真睡着个穿长衫子的人，吓慌了，问："唧个办？"嫂嫂说："唧个办，人命关天，你快去找你那些朋友来帮忙，悄悄地把死人弄去埋了，不是你就脱不了手。"哥哥连夜去找他的朋友帮忙。喊一伙张三李四，结果一个都不来帮忙。哥哥没办法了，只好找到自己的弟弟。弟弟也假装不晓得，就说："好吧，我去帮你把那死人埋了。"他们才把那死狗背到那官山[3]上去埋了。

哥哥的那些兄弟伙，不但没来帮忙，反倒来打他们的吊线[4]，看到他们把死人埋在官山上了。第二天一早，就找上门说："大哥，你哥子干的好事，唧个说，那死人是我舅舅。"哥哥这才把他的朋友看穿了，后悔不及。明明晓得是敲竹杠，自己又拿不出钱来，最后被这帮朋友拉进了衙门。因为是人命关天的案子，哥哥吓得不得了。来到大堂上，那些人硬说他昨晚杀了人，悄悄埋在官山上了。这些人本想得一笔赏钱。大老爷就问："真有这回事吗？"这些人说："大老爷不信，我们领你去看。"那些人就领着县太爷和差人到官山挖坟验尸。把坟挖开一看，埋的不是人，原来是一条大黄狗。这时，弟弟才上堂做证，说自己的大黄狗昨天死了，晚上同哥哥一起背上官山埋的。县太爷才判哥哥无罪，把那群酒肉朋友打了一顿。从此，哥哥不再同那伙人往来，同兄弟重新和好，再不赌钱了。

讲述者：　　庞文君，女，汉族，初小学历，退休工人
采录、整理者：范云英、王正平
采录时间：　1985 年 11 月 4 日
采录地点：　江北区文化馆

[1]　家屋：家产。

[2]　柳连柳：四川一种民间小调。
[3]　官山：公共坟场。
[4]　吊线：盯梢。

338

三分厚利卖婆娘

两个摆谈。老板娘连哭带骂，一五一十地说了她啷个多给买主舀饭舀菜。老板听完了，恍然大悟说："真是，一分薄利吃饱饭，三分厚利卖婆娘。"

讲述者：	姜孝德，男，汉族，初中学历，刘家台文化站专干
采录、整理者：	王正平
采录时间：	1986 年 3 月
采录地点：	江北区文化馆

从前，有个馆子的老板，他看到生意不好，赚不到几个钱，就把利看得厚，想从买主那点抠。结果，买主越来越少，生意越做越孬，最后生意都要做垮了。他为了挽救他的生意，昧着良心，把婆娘当给了人家。双方说好三个月死当，还不起钱作卖，别个就来领人。

老板娘晓得老板把她卖了，伤伤心心地哭了一场。她想：我帮你起早摸黑，勤扒苦做，嫁给你从来没说要穿金戴银、讲吃讲喝，这阵落得怎个一个下场。好嘛，你对我不仁，我也对你无义了。从那以后，老板娘帮丈夫做生意，卖菜卖饭她都舀得旺实[1]。她想：再卫向[2]你，你还是把我卖了，不如早点把你整垮杆。说来也怪，从那以后，买主还慢慢多起来了。三个月到了，债主默到来接人。老板一算账，连本带利翻了一番，还清了债主的本和利，老婆也不卖了。

老板觉得怪了：啷个馆子又红火起来了呢？就和堂客

[1] 旺实：多。
[2] 卫向：向着。

339

烧火佬[1]算命

从前有个老人公[2]，想烧媳妇的火，但没得机会。有一天，他看到媳妇房间后面有个窗子，随时都是开起的，于是就跟儿子说："我这几天不舒服，明天赶场你就一个人去。你要去早点，把事情办完了才回来。"然后他便把赶场要办的事情排了一大铺拉[3]。

媳妇早已留意到老人公在打自己的主意了。擦黑的时候，她看见老人公拢把扒梳[4]来挂在窗口的挑枋上。等老人公一转背，她就去把扒梳的把把抖松，又照样挂在那里。儿子不晓得老汉的居心，第二天天不亮就爬起来赶场去了。媳妇把门关得梆紧。老人公轻脚轻手地来到窗子下面，听到媳妇还睡得吹卟打鼾的，双手便拉着扒梳把把，想吊到翻上窗子梭进媳妇房间。没想到扒梳把把已被抖松了，他使劲往上吊，把把一脱，老人公"咚"的一声就礤下来，把屁巴骨跶脱了一层皮，痛得不敢叫出声，只好悄悄爬回屋去睡到，连活路都做不得了。

儿子赶场回来，问老汉得了啥子病，说要帮他请医生来看。老汉说不出口，心想，找医生来，有道是病不瞒医，更要出丑，只好摆摆脑壳。儿子见问不出个明堂，便去问自己的堂客，堂客才一五一十地告诉了丈夫。儿子闷了半天，便来对老汉说："爸爸，你一不求医，二不吃药，我就去给你老人家算张八字吧。"

果然，儿子就上街去了。

下午，儿子回来。老汉问："八字先生啷个说？""爸爸，先生说，初七、十七、二十七，扒梳把把不得力，屁巴骨上跶脱皮。"老汉心想：咂！八字先生算得准哪。又问："他还说些啥子？""先生还说：'初九，十九，二十九，一条鱼儿锅头走。'""哎呀！这鱼儿在锅头走还得活呀？"儿子说："爸爸，那就看你老人家烧不烧火了。不烧火还是得活，烧火呀，只怕就不得活了哟。"

讲述者：　张国良，男，汉族，小学学历，唐家沱乡太平冲村农民

采录、整理者：古建云，王正平

采录时间：　1985年10月25日

采录地点：　江北区唐家沱乡（今江北区铁山坪街道）

[1] 烧火佬：谑语。指那些对儿媳妇起邪念的公公。
[2] 老人公：公公。
[3] 一大铺拉：一大堆。
[4] 扒梳：农具，通称钉耙。

340

赛棋得妻

从前有个老头和他的孙女，靠下棋卖艺为生。孙女十六岁，品貌出众，棋艺超群。每到一处，便挂出牌来，上写："赢奴一局棋，奴愿配作妻。输奴一局棋，奴得一吊钱。"

招牌挂出之后，那些会棋的人和那些浪荡子弟，都纷纷前来对弈。更有那些看稀奇、凑热闹的人，把茶馆挤得水泄不通。但来的都不是小姑娘的对手，只消三几个回合，便被杀得丢盔卸甲，留下一吊钱，垂头丧气地走了。因此，爷孙二人颇有积蓄。

有一天，一个打柴郎从街上经过，见茶馆人山人海，也凑上前观看。他见门前挂的招牌，微微一笑，也不进茶馆，各人转身走了。

打柴郎回到家中，向母亲说："娘，我今天进城卖柴，见有爷孙二人，在茶馆中摆下象棋擂台。赢了以女相配，输了留钱一吊，我有心前去试试。"他娘劝道："儿哪，你父亲生前当县官时，由于只爱下棋，不会巴结上司，以致死后两袖清风。现时，我们住在这破庙之中，生活十分困难，哪还有闲情与人下棋？还是安心打柴吧。"打柴郎不愿违拗老娘的话，只得含糊答应过去。

第二天，打柴郎一早上山，把柴打好挑进县城，卖得一吊铜钱之后，就走进茶馆与姑娘对弈。那姑娘一看这小伙，虽是穿着破旧，却是眉清目秀，心中就有点喜欢。于是摆开棋盘，两人就下了起来。

这时，看热闹的人已挤满茶馆，想看谁输谁赢。两人下了一上午，双方你来我往。正当难分胜负时，老者竟叫封棋，吃过午饭后再赛。小姑娘就转身进客房去了。

姑娘刚转身走，打柴郎却哭了起来。旁观的人问他："小哥，尚未输赢，你为啥先哭了？"打柴郎说："我身上只有一吊钱，从早到现在尚未吃饭。如让她吃饱再来，肯定会赢我的，这不是把钱白送给她吗？"旁观的人为了想看个结果，就纷纷买来烧饼、油茶，送与打柴郎吃。

午时一过，棋赛继续进行。姑娘与打柴郎各自调动车马，杀得难解难分。走到将近天黑，那姑娘做了一步死杀，只消再一动子，打柴郎就会输的。可是那老头又叫封棋，说是明天再赛。观众就议论纷纷：有的说男的已经输定了，有的说还有救头。

打柴郎回转破庙，不言不语坐着。娘问："儿呵，你是去赛棋输了吧？"儿说："娘，我还没有输，明天还要再赛哩。只是那姑娘的确厉害，已是一步死杀了。如果我明天一步不走好，就会输给她的。"娘说："你快把残局摆出来我看看。"打柴郎就拿出家中的棋子，照着残局摆了出来。

他娘一看棋局就说："儿哪，这叫车炮抽杀。当年赵匡胤与老道下棋，就是这一步棋走错了，输掉了一座华山。"打柴郎一听大惊，忙问："娘，这怎么办呢？"娘说："不必惊慌。你父亲曾与我谈过，如要反败为胜，必须如此如此……"便把棋路走法，一步一步教给了儿子。打柴郎心领神会，当晚安心睡觉。

第二天，打柴郎卖柴之后，重进茶馆。爷孙二人早在等候，于是又继续赛棋。打柴郎不慌不忙，一会儿二路车抽将，一会儿又三路车抽将，突然来个丢车大胆穿心，再二路退车一将，喊一声"背篦！"那姑娘猝不及防，只好认输。观众拍手叫好，顿时欢声四起。

为了不失信用，老头当众宣布，将孙女许配给打柴郎，叫他准备迎亲过门。谁知，打柴郎又哭起来了。老头问他为何啼哭，他说："我穷无立锥之地，夜无鼠耗之粮，叫我咋个迎法？不如请小姐另选高门。"姑娘一听此话，立即拿出十锭银子，递与打柴郎说："柴郎，这银子拿去备办一切。十天之后，快来娶我。"打柴郎接过银子，心中十分欢喜，忙忙回到家里，向娘说明此事。母子二人立即修屋砌墙，添买家具。十天之后，果然敲锣打鼓，把新姑娘接过门去。从此，爷孙三代在一起生活，闲时深研棋艺，传为美谈。

讲述者： 姚仿勋，男，汉族，初中学历，职工
采录者： 王永泉
采录时间： 1980 年 12 月 30 日
采录地点： 万盛区（今綦江区）南桐矿区砚石台煤矿

341

屋内屋外两样命

有一个算八字的先生，四十多岁才结婚。年多些老婆婆就怀起了娃娃。老头儿一算：这娃娃长大了是贼。

老婆婆要生娃娃的时候，喊老头儿说："我要生了，你照应一下。"老头儿心想，这娃娃八字不好，枉操心，就往屋外头走。老婆婆就撵出去拉到老头儿，老头儿把老婆婆一掀就跑了。老婆婆一下子坐在地上，就把娃娃生下来了。邻居的人们看不过，才把老婆婆和娃娃弄进屋去。

晚上，老头儿回来了，硬说娃娃生来没用，将来是个贼。从此他就一点都不管娃娃的事情，全靠老婆婆一脚一手和邻居些帮忙照顾娃娃。

一日三，三日九，这娃娃慢慢长大了。在五六岁的时候，老婆婆就去找老头儿拿钱，说娃娃要读书。老头儿不拿，一回、两回、三回都不拿，还是说娃娃将来反正是个贼，我盘一伙[1]做啥子。

老婆婆只好去找娃娃的舅爷。舅爷是个单身汉，当烤酒匠。他问她来做啥子，老婆婆说："你外侄要读书，没

[1] 盘一伙：此处作哺养一场讲。

有钱想请舅爷照顾下。"舅爷说："要读书去读，要钱来拿，要米来背。"老婆婆说："将来娃娃书读好了，有办法了，就来孝敬舅爷。"

这个娃娃读书读得，年年都有长进。一日三，三日九。从县考、府考，到上京城赶考，最后中了状元。

娃娃当上大官，就喊舅舅不要烤酒了，又喊妈妈去叫爸爸不要再去算八字了，大家都搬到状元府去住起享福。

有一天，衙门口来了一个算八字的先生，老头儿又去跟他当了官的娃娃算八字。这个八字先生把生辰八字一排，就说："这张八字好。好倒是好，就是生在属头要做贼，生在门外要为官。"老头儿一听，才晓得这八字先生比他行势[1]。才想起娃娃是在门外生的，硬是做了官。自己过去就差这一点没把娃娃的八字算准。

讲述者：	黄国成，男，汉族，不识字，工人
采录者：	谢其昌
整理者：	唐薇薇
采录时间：	1987 年 4 月 5 日
采录地点：	大渡口区

342

卖柜子

从前，有两口子，很穷。那年的腊月底，两口子看见有钱的人都杀猪、宰羊、办年货的搞吼啦[2]，心想自家莫说办年货，连吃饭都没得着落。啷个办呢？男的说："我得行些，出去一定要搞点东西回来过年。"女的说："你不得行，我来想办法。"搬伙嘴劲，两口子就出门各走各，看哪个能拿过年货回来。

女的背个背篼，打打扮扮，走到大庙门前的一块菜籽田头，把背篼拉过去拉过来的。老和尚看见了，说："菜籽正在开花，是哪个在田头做啥子？"他喊了两声，妇人理也不理，就走到田坎上去看。女的看见和尚来了才说："别人过年搞吼了，我屋头啥子都还没得……"和尚见色起意赶忙说："没来头，今晚黑我给你屋头担米和肉去就是。"

女的回去就悄悄地跟她男人说："有个和尚晚上要担肉和米来。"于是两个人商量了一个收拾和尚的办法：男的躲在屋后面，用麻绳从墙缝缝穿过去，等和尚来了，女

[1] 行势：能干，有本事。

[2] 搞吼啦：搞得很热闹。

的就扯麻绳。

天黑以后，和尚当真担起肉和米来了。一进屋女的就对他客客气气的，还烧火煮饭炒菜来招待和尚。等和尚吃饱了饭，到快睡觉的阵，女的把麻绳一扯，男人就赶来敲门。这哈儿，把和尚吓慌了，问女的嘟个办。她说："赶快躲在柜子里头。"和尚躲好以后，女的把柜子锁好才去把门打开，问男人："找了啥子东西回来？"男人说："啥子都没找到，干脆把柜子背去卖了。"于是男人就把柜子背到庙门口，喊开庙门，对小和尚说："把柜子卖给你们要不要？"小和尚些说："师父没有在家。"男人假装去解手，柜子头的和尚忙对小和尚些说："徒弟，徒弟！他回来不论要多少钱都买下来。"男人回来后，小和尚些问："你柜子要多少钱？"他说："要两锭银子。"小和尚说："少点要不要得？"男人说："少一文钱都不卖！你们不要的话，我就背起走了。"小和尚些只好把柜子买下来。男人接过两锭银子，欢欢喜喜地回家过年去了。

讲述者： 肖海山，男，汉族，初小学历，干部
采录者： 刘书学
整理者： 李守志
采录时间： 1986 年 4 月 9 日
采录地点： 大渡口区泸汉村

343

一根秤杆一支香

以前，有一家人。三代人里头，只有个五六岁的小孙子是男娃儿。附近一个偷儿，见这家都是女人家，就想去偷她们。

这家的老婆婆是提防到的。她天天晚上都守在小楼的窗口旁边，把一根长秤杆伸到窗子外头，又点了一支香。晚黑看起，很像一支枪。那偷儿去试了好多回，就是怕这支枪，不敢翻墙去偷。于是，他就喊他堂客去看一下。他堂客装到去这家人屋里耍、摆龙门阵的时候，就故意问："现在强盗这么凶，你们家莫得大男人，怕不怕哟？"这家的媳妇说："嘟个不怕呀！多亏婆婆拿根秤杆，点支香吓到起，要不是早就糟了！"偷儿的堂客回去跟他男人一说，偷儿就大起胆子准备去偷，想发一笔横财。

说来也巧，这天黑啦，有个打猎的路过，要借宿一晚。老婆婆答应说："要得。就是这里有强盗，你要小心些噢！"猎人说："怕啥子？今晚我来给你们守一夜好啰！"主人家招待猎人宵了夜，猎人就上了小楼。他把枪往窗口一放，就点起叶子烟来吃。这个时候，正好偷儿来了。一看窗口的枪杆和烟火，便自言自语地说："你一根秤杆一

支香，吓得到哪个哟！"说到说到他就爬到墙上。那猎人眼力好，"砰"的一枪就把偷儿打栽啦。

讲述者： 李明金，男，汉族，小学学历，工人
采录者： 李明金
整理者： 张麟书
采录时间： 1986 年 1 月 18 日
采录地点： 大渡口区钢花村

344

折腰田

从前，有个姓王的老汉，六十多岁了。他有个十九岁的女儿，长得很漂亮，又聪明能干，知书识礼。来向王家姑娘求亲的小伙牵起线线。王老汉心想找个做活路得行，能吃苦耐劳的女婿。

四月小满节这天，当地的小伙子都集中在一块很大的田里栽秧子，比赛哪个栽得又快又伸展。这时王老汉担起秧子过来，看到恁多小伙子在一起，心中就有了主意。于是就说："今天，哪个小伙能在这几十丈的田头一股劲栽完，一不伸腰，二不抬头，三要栽得伸展，我就把女儿许给他。"小伙子些听了高兴得很，都展劲栽，想争得个好媳妇。开头还分不出好坏，栽到后来，好些小伙子都来不起了。栽到一半时，只有三个不抬头不伸腰地栽，其余的都遭不住，打了退堂鼓。

又栽了一阵，有两个也来不起了，只剩一个小伙子还在展劲栽。他栽得又快又好，栽的秧子像弹了墨线[1]一样。看的人不住地为他打气喊好。王老汉和他的女儿也伙在人

[1] 墨线：木匠用墨汁弹的直线。

堆里看，两父女心头都很高兴。

栽了差不多半天时间，小伙子终于栽完了最后一窝秧子。王姑娘也跟着大家走拢去，她羞答答地望着埋起脑壳的小伙子，轻轻地咳了一声嗽。哪晓得这一声嗽咳糟了：小伙子听见姑娘在旁边咳嗽，晓得是姑娘在招呼他，心中一喜猛地站了起来。谁知刚把腰杆打伸，就听"嚓"的一声，身子几晃晃，一下就扑倒在田里。王姑娘一看，赶紧背起小伙去找医生看。没等走拢，小伙子已经死了。原来，他的腰杆弯得太久，突然一伸就遭折断了。

王姑娘认为是自己害了小伙子，伤伤心心地哭了一场。回家后就抱起小伙子的灵牌拜了堂，算是成了亲。姑娘发誓永不再嫁。在埋她丈夫时，她在坟前立了一块碑，亲手写了"女儿碑"三个字，心想小伙子生前没能同自己在一起，死后就让这块碑陪着他。

讲述者：　　　杨绍云，男，汉族，高中学历，飞跃乡九
　　　　　　　村五组农民
采录、整理者：杨小芳
采录时间：　　1985 年 10 月
采录地点：　　潼南县飞跃乡（今潼南区古溪镇）

345

选当家

从前，在西山脚下，住着一户没分家的大户人家。全家男女老少加起来有一百人开饭。"船载千斤，主舵一人。"这个家全凭老当家操持。

近年来，老当家的岁数大了，就想在子侄中选个当家理财的人来接替自己。但挑来选去，都不满意。于是，他就在儿媳妇们的身上打主意。

一天，老当家拿了一把新扫把，放在去大媳妇卧室的过道上，他又端把凉椅放在一边，坐在那里假装打瞌睡。只见大媳妇从房间出来，脚绊到了扫把，她顺势一脚，把扫把踢到一边，嘴里咕哝："哼！好狗不挡路。"老当家看到了连连摇头叹气。

第二天，老当家又把扫把放在二媳妇的房间门口，照样眯起眼睛打瞌睡。二媳妇从屋里出来，看到扫把挡道，她大跨一步，从扫把上走过去了。老当家摇了摇头。

到了第三天，老当家又把扫把放在三媳妇的房间门口。三媳妇从外头提着一篮子菜回来，看到扫把倒在地上，她赓即捡了起来，把它放到堂屋大门的背后，这才又提着菜进灶房去了。老当家点了点头。

一天，老当家当着全家的面把三媳妇叫到跟前说："我要你做两件事：一是在一天之内，投[1]一百把锄头，但不得耽误任何一个人的日常活路；二是煮三天饭，但不得用现存的粮食，还要全家吃饱。"三媳妇想了想，说："要我做这两件事也不难，但全家人都得听我的铺排[2]。"老当家答应了。

第二天早晨，三媳妇煮好早饭，她从厢房取出一百张锄头、一百根锄把和一些楔子、卡子，分门别类地摆在院坝当中。不久出早工的人些都陆陆续续回家吃早饭来了。

三媳妇从灶房走出来，说："众位叔伯哥嫂、弟妹子侄们，早饭还差一把火，趁这哈儿空闲，一个人投一把锄头，费工不大，先投好的就先开饭。"众人听了，都"劈里啪啦"投锄头。不到一袋烟的工夫，一百把锄头全都投好了。老当家见了，不住地点头。心想：那无米之炊又看你哪个办？

就在这天晚上，众人宵了夜，都在院坝头乘凉。只见三媳妇挑来一担老荫茶，放在院坝边上，招呼众人都来喝凉茶。她趁大家喝茶时说："众位叔伯哥嫂、弟妹子侄们，俗话说'不愁饿肚，只怕不做'，'无事每天捶把草，全家老少饿不倒'，我们才挞了谷子的新谷草都在院坝边上，今晚是大月亮，又凉快，大家边歇凉边捶谷草，每人捶十个。"众人一听，说得有理，又不费事，就拖来谷草，找个地方捶了起来。连到三天晚黑，大家从谷草上捶下来的谷子全家人三天还没有吃完！

隔了两天，老当家召集全家老少，把当家的大权，丢心落肠地交给了三媳妇。

讲述者： 唐炳然，男，汉族，上过私塾，大足县拾万乡农民

采录、整理者：覃峻石

采录时间： 1983 年 4 月

采录地点： 大足县拾万乡（今大足区拾万镇）

[1] 投：此处作装配讲。
[2] 铺排：安排。

346

做好事的魏先生

魏先生是个教书的，家里很穷，全靠教书挣钱过日子。这一年年关到了，魏先生找主人算了账，高高兴兴地回家过年去了。

他走到半路上，碰到一个女人带起两个娃儿要跳河，就急忙过去把她们拉起来，说："你这个嫂子年纪轻轻的，哪个要跳水呢？"她说："莫得办法嘛！我那个男的欠老爷的钱还不起，遭老爷拉起去了。我几娘母莫得法，过年都烧不起火，活起遭孽。"魏先生劝说了一番，就把她们三娘母送回家。刚刚走拢就碰到狗腿子又来抓人。

魏先生急忙拦住那帮人，说："那哪个行啊！你把她拉走了，哪个来照管两个娃娃呀？"来人两眼一鼓，大声夸气地说："管不到恁个多，老爷哪个招呼就哪个办！"魏先生问："拿钱还账作不作数？"狗腿子说："哪个不作数？我们老爷多讲理的，只要还钱，把男的都放回来。"老实，魏先生就把一年的工钱拿给他们了。过了一哈儿，男的当真放回来了。一家人对魏先生感恩不尽。

魏先生接到赶路。回到自己屋头，就喊婆娘赶快煮饭。殊不知婆娘早就莫得饭吃了，天天靠挖点野菜糊嘴。这阵，

她见男人转来还没吃饭，就在米坛坛底底刮了点点碎米渣渣，加点野菜煮来吃。魏先生对婆娘说："我对不起你。教书的钱，路上拿去做了好事。"接到就一五一十地把救了三娘母的事摆了。他婆娘也是好心人，就说："这是对头的嘛。一下救了三条命，是好事情。我们自己再想想法子就是了！"

第二天，魏先生见屋头还有些红纸，他就拿起上街，在地下摆个摊子代人写对联。别个看他那个字写得好，对联词句也不错，就这个写一副，那个写一副。一天下来，硬还收了很多钱。第三天，他干脆去买些大红纸，找个铺子借张桌子，专心一意地帮人写对子。求他写的人越来越多，他婆娘就来帮他铺纸磨墨。擦黑的阵[1]魏先生要收桌儿，又来一个人说："我屋头想贴副对联，手头没得钱，把这个鸡拿给你要不要得？"魏先生说："要得嘛！"就这样，他一直写到腊月三十。一清钱，比教半年书的还多。

腊月三十下午，魏先生的婆娘正在打整鸡。隔壁老板的丘二走来，硬说是偷了他老板的鸡。甩了她几耳光，把鸡提起就走啦。

擦黑，魏先生高高兴兴回家来说："我们吃年饭嘛！鸡怕煨烂啰。"他一眼看见婆娘脸上肿泡泡的，就问："你哪个搞的哟？"她婆娘心想大年底下图个喜兴，免得怄气，就扯了个谎，说："莫谈了，我正把鸡弄好下锅煮，不晓得哪里跑来了一条大黄狗，一口衔起就跑。我架势[2]追都没有追上，还栽了一筋斗，把脸都跕肿了。"魏先生怜惜婆娘，就说："没来头，没来头，反正有肉有菜，胜过往年嘛！"

隔壁老板也正在过闹热年。一家人守岁到深夜，忽然听到鸡公叫唤。老板娘惊了一跳，鸡遭魏家偷去杀了，哪个又在叫喃？喊丘二去看，鸡硬是还在。天刚亮，老板娘赶忙把冤枉人家的事，给她大娃儿说了，要他赶快去跟魏先生拜年。老大初一，魏先生还没有吃元宝[3]，门外就有人喊拜年。魏先生一看是隔壁户的大少爷。一哈儿二少爷

也来了，说他妈请他们一家人一定要去耍。

老板娘摆了一桌酒席，招待魏先生一家人。席上老板娘说：

"我屋头这些娃儿要读书，想请魏先生来教。学钱嘛，我多拿一半就是。魏师母也可以过来洗衣服，你看要不要得？"魏先生一听，满口答应。就这样，他在老板家教了两年多书。第三年魏先生要去赶考，老娘板就给他做好书箱，送上了路。

魏先生到京城一下子就中了，恰好放到本县当县官。老板娘怕他当了官，翻起旧账整人，就急忙找人送匾、写对联、放火炮、披红挂彩，拼命去奉承。

有天晚上，魏先生两口子摆龙门阵，魏师母才把年三十丢鸡的事，照实说出来，并劝男人莫计较。魏先生这才明白老板家为啥子对自己这样好，就说："既然如此，你就去给他们说，过去的事就算了。"

讲述者：　朱正国，男，汉族，略识字，工人
采录者：　廖桂超、王伟
整理者：　张麟书
采录时间：　1986 年 3 月
采录地点：　大渡口区大渡村

[1]　擦黑的阵：傍晚的时候。
[2]　架势：此处作使劲解。
[3]　元宝：此处指汤圆。

347

唐玉贤的故事

从前，有一个秀才叫唐玉贤，二十五岁上，父母亲都得病死了。在给父母治病和安葬的时候，把钱财都花完了，唐玉贤无法生活，就开了个学馆教书，空时仍然勤奋读书。

一天中午放学后，玉贤在厨房做饭。邻居顾于厚员外来到学馆，隔个门坎跟玉贤谈了几句话就走了。

玉贤吃了饭后，回到学馆见自己的桌子上放着一张纸，上面写了"欲乞人间种"五个字。他心想：这必定是顾于厚员外夫妇求子心切，才出此下策。我唐玉贤是教人的老师，如果干些不道德的事，还有啥子脸面教育别人！虽说外人不晓得，神仙也晓得。于是提笔在顾于厚留下的纸条上写了"恐惊天上神"几个字。接着又想：他夫妻无子，定是精血有亏，待我提醒他们。又写道："乞种不相称，乱了血统亲。离床一个月，自有后代根。"写好后，放回原处走了。

顾于厚妻子张氏当晚来到学馆，不见玉贤，只见纸条上加得有字，马上拿回家交给丈夫。顾于厚夫妇结婚多年无子，才想出了这个鬼主意。如今见玉贤不但是个正派的至诚君子，而且还给他们提出了得子的方法。两人十分敬佩，就照玉贤所说的去办。不久，张氏果然有孕。十月之后生下一个男孩，长得眉清目秀，聪明可爱。顾于厚两口子欢喜得很，都说："玉贤的功德大，今后定要报答他。"

第二年，是大比之年，天下的举子都去赶考。唯有唐玉贤闷闷不乐，没有赶考的意思。顾于厚对玉贤说："你为什么不上京求功名呢？"玉贤说："顾兄不晓得，读书人哪有不求功名之理！只是京城相隔千里，没得点路费，怎么去得到呢？"顾于厚说："先生为啥不早说？到京的路费，由我负责。"他回到家中，取来纹银一百两，交给玉贤，叫他赶快起程，不要误了考期。

玉贤来到京城，恰恰碰上考期。三场考毕，玉贤得中状元。

三日之后，玉贤告假还乡祭祖。回到家乡与顾于厚夫妇相见，互称恩人，大家好不欢喜！顾于厚有个妹子，年方十七，有才有貌，顾于厚夫妻请媒说给玉贤。成亲后，玉贤夫妻告别兄嫂同到京都上任去了。

讲述者： 王显恒，男，汉族，初中学历，江津县石蟆乡望明村农民

采录者： 戴上流

整理者： 熊纯

采录时间： 1985 年 11 月 10 日

采录地点： 江津县石蟆乡（今江津区石蟆镇）

348

嫁嫂失妻

从前，有两弟兄，哥哥叫刘老大，弟弟叫刘老二。

两弟兄都娶了媳妇，没有分家。哥哥经常在外边做生意，家里的大小事情都交给了弟弟。刘老二不务正业，长期在外头吃酒赌钱。哥哥托人带信来，都是交给刘老二。开先弟弟都要交给嫂嫂，后来他就不交了。这样，哥哥与嫂嫂就失去了联系。

哥哥很久没有回来，弟弟就打起嫂嫂的主意来了。有一天，他对嫂嫂说："嫂嫂，哥哥在外做活路，劳累过度得病死了。"嫂嫂一听自己的男人死了，好伤心啰，就把丈夫的灵牌立起，自己披麻戴孝守灵。弟弟还是天天在外头吃酒打牌。

有一天，一个下河来的人想找一个婆娘。刘老二晓得后，就起了歪心，找到了那个人说："我给你做个媒。某处有一个乖姑娘，很会经佑家务。她还在披麻戴孝。不会出来，你去看一下。如果看起了，就拿一锭银子给我这个媒人，再选个日子把她抬去就行了。"那人当晚与刘老二一路去看人，一看就看上了，二人定好当晚来抬人。刘老二回家给妻子说："我给嫂嫂说哥哥死了，又将她卖了

一锭银子，怕她不干，你去买点酒肉回来把她整醉，等下好抬起走。"

殊不知两口子的话，全部被嫂嫂听见了，心里很难过。酒肉菜办好后，刘老二两口子劝嫂嫂多喝几杯，不要伤心了。嫂嫂心头早有主意，把喝进嘴的酒全吐在手帕里，颠转来又劝弟媳和刘老二喝酒。刘老二两口子心想：反正她跑不脱，就猛起喝。兄弟媳妇酒量小，真的喝醉了，嫂嫂却是装醉。刘老二赶忙上街通知那个人，走拢就说："我把她灌醉了，你们快去抬。她穿着孝衣，头包孝帕。"

嫂嫂看见刘老二出门去了，翻身爬起来，将兄弟媳妇抱在自己的床上，把身上的孝衣、孝帕给她穿戴起。一哈儿，抬人的就推门进来。看见床上睡着一个穿孝衣戴孝帕的，抬起就走。

天亮了，刘老二回家喊开门。嫂嫂和往常一样，给弟弟开了门。兄弟一看嫂嫂，吓了一跳。嫂嫂说："兄弟，你嘟个才回来？昨晚一伙人好凶啊，估倒把兄弟媳妇按在轿上抬走了，你还不赶快追！"

人都被抬走了，到哪里去追呀！刘老二硬才是哑巴吃黄连——有苦说不出。

讲述者： 何炳成，男，汉族，不识字，江津县慈云乡凉河村六组农民

采录、整理者：刁福田、杨道学

采录时间： 1985 年 10 月 28 日

采录地点： 江津县慈云乡（今江津区慈云乡）

349

好
心
的
儿
子

讲述者： 李发秀，女，汉族，不识字
采录者： 吴毛英
整理者： 李守志
采录时间： 1985 年 12 月
采录地点： 大渡口区钢花村

从前，有个知府的夫人死了，留下一个十多岁的儿子，名叫荣华。不久，知府又娶了一个夫人，也生了一个儿子，名叫富贵。

这个夫人的心不正，对荣华不好，不给荣华吃饱穿暖。有一年的冬天，后娘用芦花给荣华做棉衣，芦花穿起不热烘，想把荣华冷死。

一天，知府出门，把荣华带到一路。老汉见儿子冷得发抖，又见荣华的衣袖是破的，里面的芦花往外掉，才晓得荣华穿的不是棉衣，老汉心痛得很。回家后知府就要写休书，把这个没有良心的女人休了。荣华晓得了，就跪在老汉面前求情说："爸爸，不要休，不要休。休了再接一个后娘，弟弟会跟我一样，要受罪。"

老汉看到儿子苦苦哀求，心就软了，打消了休妻的念头。这件事感动了荣华的后娘，从此以后，她对待荣华、富贵都一个样了。

350

彭
挑
水

　　从前有个娃儿，三岁死了娘，五岁死了老汉，成了一个孤儿。嘟个办呢？他就用盆子端水卖。这娃儿很勤快，一天卖的钱除了生活，还要剩八个小钱。后来，这娃儿长大了，又挑水卖，先挑半担，后来挑满担，就不止剩八个钱了。

　　有一天，他坐在十字路口歇气，打起瞌睡来了。这时，一个算八字的先生正在十字路口摆摊子，"金钱来马啰"，喊得呵嘀连天的，还是没得哪个去算八字。八字先生去拍那个打瞌睡的娃儿："小兄弟，你是不是挑水卖的哟？"那娃儿醒来说："是挑水卖的。""看到要打午时炮[1]了，你还不去卖水，中午的肚皮拿啥子填呢？"娃儿说："我不怕，我每天除了生活，还剩十六个钱。""剩来做啥子呢？"娃儿说："拿去买点香蜡纸钱来敬土地个。"八字先生说："你今天莫去敬那个土地，你把那十六个钱给我，我给你算一张八字。"娃儿说："好嘛！"他把生庚时辰一说，那八字先生一算："不得了，你将来要当宰

[1]　午时炮：旧时无钟，中午时刻放炮，表示是吃午饭的时候了。

相！"就给他写了一个八字单，递给他，叫他放在身上，看到老爷、员外就走到他前头去，把八字单丢在地上。

　　有一天，娃儿挑了担水到衙门去放起歇气。衙门里刘老爷看这娃儿在卖水，就叫他把水挑进去。当他倒水时，扁担把耳朵边上放的八字单弄落了。这时，刘老爷家的小姐正在灶房里，看这娃儿倒水落下来一张纸纸，说："你再挑一担来。"这娃儿一走，小姐就把那纸纸捡起来。娃儿把二的一挑水挑进来倒了后，拿了钱就走。走一阵发现八字单不见了，就转来找。小姐问他："你在找啥子？"他说："我的八字单不见了。"小姐说："我们没有看到。"等这个娃儿走了，小姐把那个八字单打开一看，硬是一张好八字。晚上，女儿将这张八字给刘老爷看了。刘老爷说："咳，看这八字，此人将来有作帝王将相之份哟！"又问他女儿认得那挑水的不。女儿说："认是认得到，不知叫啥名字。"

　　第二天，刘老爷派两个快班到街上去找，见他在十字路口，不问红三黑四，就把娃儿弄到衙门里来。刘老爷问："你姓啥子？""我姓彭，叫彭挑水。""你昨天挑水到衙门口来没有？""来哒。""你挑了几担？""两担。""得了好多钱？""十个钱。"说的情况完全符合。

　　于是，就同彭挑水一路到里屋去，办了些酒菜，请彭挑水一起吃。又问他："你昨天掉了什么？""八字单。"吃过饭，又安排下人给彭挑水洗澡换衣服，说："你现在不挑水了，你就在我这里，我把女儿许配与你，招你为上门女婿。"彭挑水在那里住了半把个月，两口子情投意合，就是有一点，到了半夜，这个彭挑水爱说梦话。他说："这几个钱才划得来呢！"这话被小姐听到了，第二天就给她妈说了。她说："妈呀，妈，彭哥哥样啥都好，就是爱说梦话。""说梦话么是想嘛，那有啥子？"她说："他天天都说这几个钱划得来。"

　　她妈一听，觉得奇怪，就把彭挑水喊去说："彭大哥，你反正爱说那几个钱的梦话，是你该别个的，还是别个该你的？要钱，你拿就是。老是念它做啥子嘛。"彭挑水这天喝了点酒，说漏了嘴，他说："我那张八字单有个来由，某天某日我在那街上挑水，一个八字先生叫我给他几个钱，他给我编的八字个。你说嘟个划不来嘛！"当时，这丈母

娘一听，就着急慌了，心想，我女儿选来选去结果选中的却是这样的人，就告诉了丈夫。两个老的对这事急得不得了，但又有啥子办法呢？闹出去了又不好。刘老爷就打算叫两个心腹在某天夜晚将女婿哄出去杀了。这个计谋被他的女儿晓得了，女儿心想，一夜夫妻百日恩，又给他男的说了。还说："明打明杀，我还可以站出来保哟，暗地来，我有啥子办法呢？我这有两个金箍子，你拿起跑出去，走远些，还是去做那个买卖。"彭挑水就老实把那两个金箍子戴起出去，挑水卖。

过了一年，小姐生了一个男孩，样子活像彭挑水一巴掌拍下来的，个个都说是一副官相。过了八年，刘老爷和老婆都死了，这个家由女儿来继承。女儿一心养娃儿，那娃儿长大了很聪明，读书读到十六岁，到朝廷去一考，就考中了，派到一个县去做县官。他那同学呀，朋友哦，都来找他谋事。他一家伙就答应了四十六个人，一船装到县城河边，叫差人去报，说：新县太爷到了，要四十八乘轿子去抬人。脚力行帮都找完了，才凑足四十七个乘轿子的人。还有一乘轿子缺一人抬，有一个人就来找到彭挑水，叫他去抬。彭挑水抬到路上脚一滑，轿子一歪，把草鞋都弄烂了。他说："伙计，轿子落平[1]，我的草鞋带个断了。"他一边弯下去拴草鞋带，一边对那伙计说："老伙计，我那个时候是刘老爷的女婿，不过是嘴个不关风，遭撵出来了，不知这些人还在不在。"谁知，彭挑水抬的轿子里头坐的正是自个的女人，后来，把这话向自己的儿子讲了，儿子立马就派人去把彭挑水弄到公堂上，问他："你贵姓？""我姓彭。""你叫什么名字？""我叫彭挑水。""你原来结过婚没有？"这一问把他吓倒了，又不敢不说，只好抖抖颤颤地说："我十几岁的时候，在县城挑水卖，刘老爷招过我为上门女婿。""你又是啷个走了呢？"彭挑水老老实实讲了实情。最后，又说："我都是讲的实话，老爷要是不信，这两个金箍子就是凭据。"连说就拿出来给他看。县官见了，就下来给他磕头，认他为父亲，彭挑水就和那个女的团圆了。

[1] 落平：放下。

讲述者： 孙白涛，男，农民，不识字
采录者： 姚晓清、许正华、万政策
采录时间： 1986 年 8 月 27 日
采录地点： 丰都县灯塔乡（今丰都县双龙镇）

351

大路不平旁人铲

从前有个人，名叫大路，他家很穷，他娘帮员外带少爷、煮饭、洗衣服，把大路带在身边。员外家大少爷读书，大路也跟着认字。大少爷长大了，大路就跟少爷当书童。一天，大路跟娘说："娘，我也要读书啊。"娘说："哪有钱读书呢？我跟员外说，看行不行。"员外说，不行。说来说去，娘说不要工钱，员外才准许大路在员外家旁听。读了几年，大路送少爷上京考状元，少爷没考起，大路却考起了，皇帝要招驸马，大路就被招为驸马。

皇帝问大路家里还有什么人，大路想，娘在乡下帮人，年纪又老，生得又丑，怕说出来遭人笑话，就说家里没得人了。于是，大路在京城享福，过好日子。他娘呢？在乡下受罪！人老了，眼睛花了，气力也小了，员外就把她开销了。这天，她在河边洗菜，看见一条黑狗儿落在水里，要淹死了，她忙把小狗儿救起来，就跟黑狗两个过日子，到处托人打听大路的下落。

大路想：糟了！皇帝问我家还有什么人，我说没有，要是哪天我娘找到京城，皇帝晓得了，要判我欺君之罪！大路怕出事，就叫手下的人抬轿子去接他的娘，明说是接，

暗中却叫手下人在半路上把他娘整死，整死后拿他娘头上的簪子回京领赏。

这天，抬轿子的人走拢了，请老夫人上轿。娘想，儿当了官，派轿子来接我到京城享福，好啊！就上了轿。黑狗儿舍不得她，跟在轿子后面跑。走啊，走啊，走到一座桥头，抬轿子的把轿子放下来，正想把老人推下河去淹死。那黑狗看到了，猛扑过去，咬那抬轿的脚杆，咬住就甩不脱。老人问那抬轿的，到底是怎么回事？抬轿的看到狗通人性，还报主恩，而有些人无情无义，还不如狗，就说了实话："老夫人，你儿子中了状元，当了驸马，嫌你穷，嫌你丑，叫我们半路从桥上把你摔下河去淹死，拿你头上的簪子回京城领赏。"老夫人听了，大吃一惊，说："我把簪子拿给你们，你们回去交差，就说我淹死了就是了。"黑狗这才放了抬轿的。抬轿子的走后，老人和狗只好躲到破庙里安身。

老娘心想：我辛辛苦苦把儿子养大，他当了官就不认娘了，还想把娘整死，唉！嘟个幺台啊！一怄气，眼睛就怄瞎了。

破庙对门有一个人，名叫旁人，旁人这天上坡去犁田，他媳妇说："今天路远，回来吃饭难地走，我给你烙点粑粑，你带起去，饿了就吃。"旁人说："好！"就带起粑粑去犁田。犁了半天，肚子饿了，上田坎拿粑粑来吃，一看呢，粑粑不见了，只好回家去吃。第二天犁田，又把粑粑带去，放在田坎上。饿了去拿，还是找不到粑粑的影影。心想：怪！哪个拿去了呢？第三天，他又带起粑粑上坡，放在田坎边。这一天，他斜起眼睛把粑粑盯到，一会儿，看见一条黑狗慢慢走过来，衔起粑粑就跑，他赓即追去，追进破庙，只见黑狗把粑粑衔到一个瞎子婆婆手边放下来，瞎子老婆婆拿起粑粑就吃。旁人要打狗，瞎婆婆说："你莫打它，我都饿了好多天了，不是狗衔点东西救命，只怕早就饿死了！"旁人见这位老人可怜，就说："我不打狗了。"又问："老人家，你怎么到破庙来呢？"老人就把大路当了官不认娘，还要害死她的事说了。旁人一听，非常气愤，砣都捏出了水！若是大路在他面前，他要打得他跪下来喊娘。旁人说："你莫着急，我没有娘，你就给我当娘吧，我回去跟媳妇商量一下，就来接你。"

旁人回家对媳妇说:"我还不晓得我娘在破庙里啊!她眼睛都怄瞎了,我今天才把她找到。"媳妇说:"你啷个不把她接回来呢?"旁人说:"我想接回来,又怕你不认她。""不管她好穷,我也要认嘛!"他两个就把瞎子老人背回来,帮她洗澡换衣服,菜饭都递在她手上。

有一天,旁人在墙上看见一根草,三片叶子,他早听说过三片叶的这号草能医眼睛,就扯了一片叶子,在老人眼睛上擦了几下,这一擦,瞎眼看得见一丝丝了。接连擦了三天,老人的眼睛就好了。从此,老人帮他们煮饭、喂猪、洗衣,旁人对她像亲娘一样,媳妇对她也孝顺,一家人过得笑笑和和的。

这一年,王丞相的眼睛瞎了,贴起招贴请医生,旁人把招贴扯了,丞相接他到京城。旁人扯了一片叶子,给王丞相擦眼睛,才擦一天,王丞相的眼睛就看得见一点亮了。这天,皇帝来看丞相,大摆酒席,旁人说:"莫忙,我把丞相的眼睛医好了再吃饭。"他接连擦了几次,丞相的眼睛就完全好了,像年轻人的眼睛一样。丞相很欢喜,皇帝也很欢喜,问旁人要啥子,金银财宝随他要。旁人说:"我啥都不要,只要见见大路。"皇帝就叫人把大路找来。旁人当面问大路:"你娘在哪里?"大路说:"我没有娘,我娘早死了!"旁人说:"你当了官就不认娘,该当何罪?"当着皇帝和丞相的面,把大路不认娘的事一五一十说了。皇帝听了大怒,把大路斩了,埋在小路旁。后来,小路要改修大路,那坟堆堆挡路,旁人又把它铲平了。这就叫:大路不平旁人铲。

讲述者: 康定三,男,农民,初小学历
采录者: 谢大权、龚明、熊志纯
采录时间: 1986年10月28日
采录地点: 垫江县

352

刁婆娘

光绪年间,土地乡有一个姓姜的秀才,读书读到四十几岁,还没有考得起举人,县大老爷都可怜他。有一年羊角碛的监盐司缺个职员,县大老爷就派了一个差人到土地乡去请他到羊角碛补缺,大小给他一个事做。差人到姜家后,姜秀才叫女人去泡茶来待承客人。他女人是个横枝勒皮[1]的人,不等老公说完,马上顶嘴:"泡茶,我还没烧水呢。"

姜秀才说:"那就快点烧嘛。"

女人说:"水还在井头装起的。"

姜秀才说:"我挑担桶去挑回来嘛。"

女人说:"担桶还没做,料还在树树上长起的。"

差人听了,没把县大老爷的好意对姜秀才讲,起身就走啦。回到衙门,他把在姜家听到的一五一十地说给大老爷听。大老爷听后,拿起笔批了四句话:"家中有贤妻,男儿不遭混事;家中有横妻,无法儿可治。"

[1] 横枝勒皮:横不讲理。

讲述者： 周志清，男，农民，不识字

采录者： 周朝明、杨友仁

采录时间： 1987 年 1 月 13 日

采录地点： 武隆县火炉乡（今武隆区火炉镇）凤凰村
四组

353

龙岩与阿莲

　　很早以前，梅江河畔，晏龙坡脚的苗寨竹楼里，住着一对勤劳的夫妻。男的叫龙岩，生得剽悍、健壮，从小练就一身打猎的好武艺。女的叫阿莲，贤淑，聪慧，美得像一朵带露的玉莲。夫妻俩男耕女织，过着非常艰苦的日子。他们每年除交纳重税外，还要把上好的黄谷、兽皮、绢纱，无偿地敬奉给苗王。

　　这年，龙岩到很远的地方打猎去了。苗王的大管家三番五次来要贡品，阿莲只好带着亲手织的绢纱去纳贡。

　　肥头大耳的苗王是晏龙寨方圆几十里的"土皇帝"，他横行乡里，任意敲诈勒索，尤其是他的三个儿子，更是无恶不作，任意强取苗民财产，奸污民妻民女。

　　这天，三个畜生正在院坝玩猫逗狗，突然，看到一个如花似玉的青年妇女手捧绢纱飘然而至，一下子看呆了。大少爷昂起颈子看；二少爷一双猫猫眼瞪起半天不动，好像尚未闭眼的死人；三少爷像发了母猪疯，嘻嘻嘻笑得白泡子翻。大管家咳声嗽，才把三个畜生惊醒过来，他们看着阿莲的倩影，垂涎三丈，邪念顿生。

　　阿莲走后，大管家笑着说："你们看那阿莲的相貌如

何？"大少爷说："我要是能摸一下她的脸蛋，宁愿出一百两银子。"二少爷说："我要是能捏一下她的大腿，宁愿跪起磕三个响头。"三少爷说："我要是能得她做婆娘，宁愿变狗叫三声。"

大管家扯起野猫嗓子说："要把阿莲弄到手，既难又不难。我说不难，凡是你们家的女奴，生死都由你们一句话。我说的难，是她的男人龙岩，有一身好武艺，三拳打死过岩豹子，一箭射穿过爪老鹰。"

三个畜生一听龙岩的名字，吓得黄尿撒了一裤裆，连声问："咋……咋办？"

大管家不慌不忙地说："你们先把刚才的愿兑了现，我自会有妙计。"于是，大少爷从衣兜里摸出了一百两白花花的银子；二少爷跪在地上"嗍，嗍，嗍"磕了三个响头；三少爷趴下身子，"汪、汪、汪"狂吠了三声。

大管家这才如此这般地向三个少爷耳语了一阵，接着，四张嘴巴同时发出一阵狂笑。

第二天，下了大雪，龙岩打猎回来了，刚进屋，大管家就来请他，说三个少爷有要事找他商量。龙岩虽对这伙恶棍恨之入骨，但又不得不强压怒火，跟着大管家来到苗王府。三个少爷等在门口，一反常态，嬉皮笑脸地说："龙岩，我们三兄弟要结婚了，但新娘子要我们许多彩礼，你给帮帮忙吧！"大少爷说："我要三十三只黄狼。"二少爷说："帮我搞六十六只灰兔。"三少爷说："我要九十九只锦鸡。你如答应了，我们保准你三年不纳租税。"

龙岩想到妻子已经有了身孕，为了让她今后的日子过得好一点，只得答应下来。

龙岩含泪告别了难舍的妻子，冒着鹅毛大雪上山了。他来到老鹰岩，凭着一双猎人的眼睛，发现前面路上和往常不大一样。他抽出梭镖一挑，只听轰隆一声，那块路面全塌了下去，他惊得鼻尖上冒出豆大的汗珠。是谁在这猎人经常出没的地方设陷阱呢？而且又不被一般人察觉，倏地觉得事情不妙，转身就往家里跑。

他老远就听到家里有厮打声，急忙跑拢屋，只见大管家正抓着阿莲的头发往外拖。他大吼一声，如半天中降下了一个天神，吓得大管家一屁股坐在地上爬不起来。"天老爷，他没掉进陷坑哇！"他吓得牙巴骨上下直打战，只好把他们打烂条想害死龙岩抢走阿莲的事说了出来。

龙岩气得脸色铁青，喝道："起来！"一把提起大管家的后衣领，就像提条死狗似的，说："你赶快滚回去，对三个狗杂种说，阿莲已到老鹰岩找龙岩去了，叫他们赶快去追阿莲。"说完把手一丢，大管家像饿狗抢屎跌在地上，接着，连滚带爬地跑走了。

龙岩拿起梭镖，背起阿莲，朝老鹰岩走去。大管家匆匆跑回苗王府，三个家伙正如醉如痴地等着他带回阿莲来，现在，见他空手而回，很不高兴。当他们听说龙岩还没有死时，一下慌了手脚，"怎么办，怎么办？"大管家自作聪明地说："追！"三个人急急忙忙地奔了出去，但没跑几步就缩回来了，因他们不晓得路，便喊大管家去带路。

四个家伙来到了老鹰岩，只见阿莲披着一身雪花，在那里向他们招手。三兄弟早已抑制不住火一样燃烧的兽性，拼命扑了上去。突然，轰隆一声响，全落进了陷坑。龙岩从背后一脚，把大管家也踢了下去。

龙岩报了仇，"哈哈哈"大笑三声，背着阿莲朝山林深处走去。

讲述者： 杜志榜，男，汉族，小学学历，文化站专职干部
采录者： 龚煌
采录时间： 1985 年 3 月
采录地点： 秀山土家族苗族自治县城区

354

糊涂佬

从前，有个做生意的老汉，走到一个孤佬家头，天要黑，就问："老婆婆，找个歇行不？"老婆婆说："你看吗，我又没得儿没得女，老汉又死得早，我就住这个茅草屋，只有一人一铺，格外又想不出法子。嗯，想起得，那边有个老汉死得……你会唱孝歌不？"老汉说："我会唱几句。"老婆婆说："那你走那边歇，隔这不远的个[1]。"老汉就去了，才上阶檐坝子就唱起："我走进孝房就哭起哟，那孝房停的哟老伙计哟。"媳妇听说是老爹生前的伙计拢了，个个都来招呼他，连路说："老伯莫哭，生死不由人，他死了我们热热闹闹地送他上坡就是。你这么大年纪，莫把身体哭坏了。"就把他招呼坐上席，吃饭后还特别给他安个安静地头去睡。第二天，他等死人抬上坡后就要走了。

那老汉做生意，在家闲不住，又要出门，儿哟、媳妇哟都留不住他，他就估倒走了，这一次他就走几么[2]远。

话说的"河长有弯弯，路长有坡坎"。有一天他又在路上走黑了，看见那面人户非常热闹，走拢了，一听：啊！又是死人了。他心头一阵高兴：头次死人唱几句孝歌就待他如上宾，这次老子又唱。主意已定，就从那死人的人户走去，上了阶檐坎[3]唱起："哦，我一进孝房就哭起哟，孝房哟停的是老伙计哟。"天喽，这户的儿哟、媳妇哟、孙哟、亲戚朋友哟听到他唱唧格，个都气吹了，一阵脚尖砣子打得他扳都扳不动了。后来那孝子才问他："你是哪里的烂老汉？我母亲正停棺在堂，一家三代几十个，亲戚朋友这么多，你来给我们出丑，你说你该遭打不？"那老汉连呻唤连说："你们这些大哥大姐积个德呀，我是某处某处人，在你们这一带做生意，走到这哈黑了想借歇个，我不晓得你们老母亲死了哟……惭愧惭愧。"说得呻唤连天。

那些族房人些看到他可怜兮兮的，才把他养在屋去，服侍他松活了才让他走了。

讲述者：　左顺清，男，苗族，农民，不识字
采录者：　谢承友，男，苗族，迁桥乡文化专干
采录时间：　1987 年 20 日
采录地点：　彭水苗族土家族自治县乔梓乡高龙村四组

[1]　的个：语气助词，无意义。
[2]　几么：非常，很。
[3]　阶檐坎：大门前的阶梯。

355

王先生

有个姓王的教书匠，学生喊他王先生。他家在江北寸滩住，屋头有三个人，他、堂客和娃儿。那年辰，靠他教私馆得点钱，是不够三个人糊嘴巴的。一到了青黄不接的时候，王先生的锅儿就经常吊起打当当。实在莫法了，这天，他就趁天麻麻黑的时候，出去捋别个的谷吊儿[1]，遭他的一个学生看到了。这块田就是这个学生屋头的。其实学生没说啥子，倒把王先生羞得绯红一张脸。他撑起来就跑，一脚踢在石头上，脚指拇踢落多大一块皮，流了好多血。他一趟跑回屋，躲了多久都不敢出门，心想：我是当先生的，还偷学生的谷吊儿，有啥子脸面见人啰。就悄悄拿了几本书和几件换洗衣裳出门走了。一去好多年，都没有回屋。谁也不晓得他到哪去了。

王先生这一跑，就跑到了京城，正碰上大比之年，但是考期已过。他想方设法找到了考官，说明自己家住四川重庆寸滩，到京城路途遥远，所以错过了考期，请求补考。原来考官也是重庆寸滩人。俗话说：亲不亲，故乡人。看

[1] 谷吊儿：稻穗。

在同乡的分上，就答应了他补考。于是，就递给他二指恁大一张纸飞飞，想试一试王先生的才学，要他在上头写一万个字：

王先生便提笔在纸飞飞上写了十二字：

"一而十，十而百，百而千，千而万。"

考官一看连说："好，聪明，有才学！"当场就把他取了。考官问他想当个啥子官，王先生说，要个七品县官就够了。老实的，没过几天，朝廷就放王先生回家当了县官。本来，他想先回家去看下子的。但又一想：出门恁多年了，晓得堂客在屋头做没做见不得人的事情哟？不忙，过些时候再说。他先喊来木匠跟他做几样家具，把书房收拾下子。来的这个木匠只有二十来岁，做呀做的就饿得做不动了。他跑到伙房去偷包子吃，看到恁多白生生的包子，心想：我妈还在屋头饿起的。他边吃边藏了好几个在背篼儿头。正在这个时候，就遭伙夫看到了。伙夫把他拉到县太爷那里去。县太爷问他为啥子要偷东西，木匠说他饿了。县太爷说饿了吃几个就是了嘛，为啥子还要偷些来装在背篼头？木匠说他妈在屋头饿起的。

县太爷说："你姓什么？你老汉呢？"

小木匠说："姓王。"就把他老汉捋别个的谷吊儿的龙门阵摆了，最后他说："出去恁多年，口信都不给屋头带一个，多半都死了，要不就是坏了良心，不认我们娘母了。"

县太爷就喊差人到伙房去拿二十个包子，用干净帕帕跟他包好，递给小木匠说："小木匠，拿回去给你妈吃，喊她明天到我衙门里来，我找她有事。"

第二天，木匠把他妈喊到衙门头来了。他妈一见县太爷就跪到起。县太爷喊她起来坐到说话，她也不敢。

县太爷问："你认得我吗？"

木匠的妈说："认得，你是县大老爷。"

县太爷说："那今后你就留在衙门头跟我洗衣裳，你看要得不？"

"要不得，老爷。我眼下还不晓得娃儿他爸爸是死是活，万一二天他回来看到起，我拿啥子脸去见他哟。"

县太爷说："你好生看下子，我像不像你的男人？"

"哎呀！大老爷，你啷个高人不当当矮人哟。"

县太爷说："大堂之上，哪有开玩笑之理？我叫你好生认一下。"

木匠的妈起来把县太爷看了又看说："你像倒有点像。我男人有记号，那年他去捋谷吊儿，不小心把脚指拇踢了，后来脚指拇上头就长了个肉疙瘩。大老爷你未必然也长得有啊？"

县太爷脱了鞋子，把脚伸过去，问："像不像？"

"像是像，你是大老爷了，我不敢认。"

县太爷把吼班[1]些喊开，才下了实话说："我正是当年的王先生。"堂客这才欢喜了。一家人大团圆。

讲述者：　张大清，男，汉族，小学学历，农民
采录者：　吴远福
整理者：　周镕德
采录时间：1987 年 12 月 12 日
采录地点：巴县含谷乡（今九龙坡区含谷镇）

356

怀
胎
草

从前，有个娃儿，父母死得早，十一二岁就去帮小伙计。过了些年人长大了，犁田打耙，栽秧拽谷，提得起，放得下。

后来，他去佃了些田土来种。一天到黑忙进忙出的，经常饭都吃不上。他白天夜晚都在想：我的娘不死就好了，也有个人给我煮下饭，经佑下养牲[2]。就是样事不做，给我守下屋也要得。

他想了一两年。那天有个叫花子老婆婆，穿得又脏又烂，走到他的地坝来要饭。这娃儿就把她请到屋头去，煮起好饮食来给她吃，又问她为啥子出来要饭。老婆婆说："我本来是有儿的人，儿成了家就不要我了。没得办法，我才出来要饭的。"这娃儿听了说："老人家，你给我当娘要不要得？"

老婆婆说："给你当娘？连我的亲生儿都不认我，你还要我当娘？算了，算了，我还是去要饭啰。"

这个娃儿马上跪在地上说："娘，你就是我的娘。你

[1]　吼班：衙役。

[2]　养牲：家禽、家畜。

今天不答应，我就不起来。"叫花子老婆婆看到这个娃儿还心诚，就答应了。娃儿对她硬是孝顺得很，娘前娘后地喊得个亲热。平时，有了好吃的，先让娘吃了自己才吃。这个叫花子老婆婆从此也就享起福来了。

一晃两年过去了。

那天，娘对儿说："你要是个真孝子的话，就得依我一件事。"

儿说："啥子事嘛？我一定依从你。"

"好嘛，我给你说，现在秧子正扯亮梗苞[1]就遇到天旱。我看啦，今年怕没得收成。干脆，你在谷子要出来那阵，就把它割了算了。它冒一块田，你割一块田，割起来晒干、捆好，抽到楼上去放起。不然，死了干成索索，有啥用？"

"娘，把秧子割了嘟个上得起租？还要吃饭啰！"

"不怕得，今后自然有饭吃。"

当真，这娃儿就守在田边，见谷子冒一块苞，他就割一块田；又冒一块田，就又割了一块田。六十挑谷的秧子都割完、晒干，捆起放得好好的。

这年从四五月间起，一直干到八九月间，都没落一滴雨。俗话说："久晴必有久雨。"秋后天一变，雨就落得喀儿[2]都睁不起眼睛。一冷一热，人受了症，打摆子、屙秋痢的人多得很，金刚马汉的人倒了床也爬不起来。四处的医生看病都说，要怀胎草做引子。人些就是不晓得怀胎草是个啥东西。

老婆婆听说后，叫娃儿把割的秧子从楼上取下来说："扯亮梗苞的秧子就是怀胎草。你赶快拿些送去做药引子。"那娃儿一听就不管别个拿钱多少，没得钱的就不说钱的事，到处拿怀胎草医病救人。最后，怀胎草拿出去完了，人也救活了不少，钱也收了很大一屋。娃儿屋头富了，娘也病倒了，到处找医生，都没医好，不久就死了。

这些被他救活的人都说："我们都是二世人了，多亏你救了我们的命。"那娃儿说："不是我，是我的娘要我这么做的。"这下，人们就说开了："唉呀！这个叫花子老婆婆才会算啰！她嘟个晓得怀胎草是药引子呢？""她莫不是个神仙啰！"

讲述者：　　　蒙济清，男，不识字，双槐乡农民
采录、整理者：蒙昌华
采录时间：　　1985 年 10 月
采录地点：　　合川县双槐乡（今合川区双槐镇）

[1]　扯亮梗苞：指谷穗快从叶片中露头了。

[2]　喀儿：青蛙。

357

贞节牌坊

从前，有一个人经常在外头做生意，他的老婆在屋头不规矩，悄悄跟当地的财主吴老爷勾勾搭搭。生意人听说后很冒火，但是表面上装着啥子都不晓得。

有一次，生意人出门才两三天，就在夜里悄悄跑回家来看，正碰到他的老婆和吴老爷在家鬼扯。他的老婆见他回来，脸色都吓变了，吴老爷也不晓得哪个下台。生意人倒像没事一样，看了看桌子上的酒菜，笑着说："吴老爷，真是稀客，肯到寒舍喝酒，欢迎！欢迎！我也来陪你喝几杯。"吴老爷不好走得，只得坐下喝酒。三喝两不喝，吴老爷一哈儿就被灌醉了。这时，生意人顺手拿到一把剪刀，乘他老婆没注意，两剪刀就把老婆杀死了。吴老爷昏昏沉沉，看到出了人命，爬起来就跑。生意人追上去把吴老爷的辫子剪了下来，然后把辫子放到老婆的右手捏着，剪刀甩在老婆的身边。一切收拾好以后，生意人又出门去了。村里没得哪个人晓得这件事。

过了一天，生意人就回家来了。还没走拢屋，别个就跟他讲他的妻子遭人杀了，已经报到县官那里，正派人找他。生意人听了后，假装很伤心。

县官经过查访，晓得了生意人的老婆跟吴老爷有来往，就派人去抓吴老爷来。吴老爷自从那天晚黑辫子遭割了以后，回家吓得一天到黑门都不敢出。县官又差人把生意人叫去问，生意人说："依我看，怕是有人想估到奸污我老婆，老婆不从，就同坏人打了起来。坏人见达不到目的，就用剪刀杀了我的老婆。"说到这里，县官又问："照你恁个说，你老婆手头捏的那根发辫子又是哪个回事？"生意人说："是不是那一剪刀没有杀死，坏人的辫子遭我老婆抓到不放，逃不脱又拿剪刀剪掉辫子后，干脆一不做二不休，朝致命处补了一刀就爬起来跑了。""你又哪个晓得补了一刀？""看到老婆身上有两个眼眼。"生意人这样一说，他的老婆就显得很贞节了。县官听后，觉得很有道理。等到差人把吴老爷抓来后，县官看吴老爷的辫子被割了，马上断定生意人说得对。问吴老爷："招是不招？"吴老爷喊"冤枉"。县官叫差人用刑，最后吴老爷屈打成招了。县官又问生意人哪个处置吴老爷。生意人说不要吴老爷填命，只要他给老婆立贞节牌坊。这样，吴老爷当真就给生意人的老婆立了座贞节牌坊。

讲述者： 肖乾华，女，汉族，上过私塾三年，青峰乡场镇居民

采录、整理者： 曾垂菊

采录时间： 1987 年 3 月

采录地点： 永川县青峰乡（今永川区青峰镇）

（六）巧女故事

358

聪明的媳妇

从前，有三弟兄。老幺傻些，却有个精明媳妇儿。老大、老二不服劲，就联合起来整老幺。

老大说："老二、老三呀，我们兄弟三个来说相信不相信，哪个说输了呢，就挑他的谷子。"

老幺说："要得嘛。"

老大说："老二、老三，你们晓得不？看到没？昨天那水牛在房子上走得'咚''咚'地响，你信不？"

老二说："那我信啰，哥哥。"

老幺老实些，就说："我硬信[1]啰，水牛上得房子？"

老幺不信，输了。

老二说："哥哥，老三，昨天我们那个水井，遭墨脑壳[2]抬起走得'咚咚'的，水都荡出来哒。你信不？"

老大说："我相信喽，老二。"

老幺说："我硬信喽，那水井在地上的硬抬得起来？"

老幺不信，又输了。

老大老二说："信不信由你，明天我们挑谷子。"

老幺回去睡起，不起来吃饭。

他佑客[3]喊：

"吃早晨了，不起来吃饭做么哩[4]？"

"哪个有心肠吃饭？谷子都输完啰。"

"啷格？"

"老大、老二和我打赌。"老幺就跟女人说了昨天的事。

"呃，你起来吃饭。不怕不怕，大哥二哥好久来？"

"明天就来。"

"你在屋睡起，莫闹，点都莫闹哇！"

第二天，老大老二来嘞，说："老幺，老幺，在屋没？"

老幺的佑客跑出来："大哥，二哥，你们有么子事？"

"挑谷子。"

幺媳妇说："呃，那你们莫进，他昨晚生个细娃儿送在学校读书去嘞。"

"我硬信喽！"老大老二不相信。

幺媳妇说：

"那不相信就除喽，那么想挑我谷子？硬是狠喽！"

讲述者： 孙其华，女，苗族，个体户，初中学历
采录者： 徐光才
采录时间： 1986 年 10 月
采录地点： 黔江县石会乡（今黔江区石会镇）

---

[1] 硬信：不信。

[2] 墨脑壳：强盗。因过去都是脑上涂墨而后行抢事。

[3] 佑客：老婆。

[4] 做么哩：干什么。

359

聪明的小媳妇

很早以前，有一个姑娘，嫁到婆家过后，绣龙是龙，绣虎是虎。一个小国的国王知道了，千方百计地想讨到这个姑娘。有一天，这家媳妇对男人说："你去给我买点缎子回来，我绣一龙一虎，你拿到街上去卖；但是，不管怎样，你都不要到九十一条街上去卖。"

一天，开水烧开了，姑娘一下倒下去，把猫儿烫死在柜子里了。女子骑马就跑，跑出去不远，遇见三个酒疯子把她拦住，要她成亲。女子问："你们三个都要我跟你们成亲是不是？"三个都说："是的，是的！"女子又说："如果你们三个都要我呢，那就各人去打三斤酒。看哪个先把酒喝完，我就嫁给哪个。"三个酒疯子真的各自去买三斤酒，喝了之后，醉得像一摊稀泥，人事不省了，女子又骑起马跑了。跑到第二天，跑了几百里，又遇到几个打猎的拦住她，要与她成亲。女子又说："你们要与我成亲，我有个条件。"几个猎人问："什么条件？"女子说："你们把弓箭拿给我，我把箭射出去，谁先抢到箭，我就嫁给谁。"几个猎人说："要得，要得。"她把箭一射，几个猎人拼命地跑去追那箭。几个猎人一跑，女子又女扮男装，

跳上马，骑起就跑。跑着跑着，不知不觉，跑到另外一个国家去了。这时，这个国家的国王死了，正在选国王。

这个国家的选法是，在人群中放飞一只孔雀，如果这孔雀落在谁人身上，谁就是这个国家的国王。这时这女子混在人群中看热闹，她没想到，孔雀一飞，就落在她身上，她被选为这个国家的国王了。当了国王之后，左右大臣都要给她找媳妇。但她自己明白，忙说自己上位不久，要过一段时间再说。有一天，有几个打猎的人来告状。她一看，正是在路上抢箭的猎人，就下令把他们关起来。

没有几天，又有三个酒疯子来告状。她一看，正是在路上要和她成亲的酒疯子，下令把他们关起来。又没有几天，又有一个男人来告状，她一看正是自己的丈夫。她就私下跟自己的丈夫说："你现在改扮成女人，至某个客店去住起。到时，我派人来接你。"她男人就改扮成女人在客店住下来了。没有过多久，国王就派人去接他，要他给国王当老婆。他一听，心里乐坏了。就这样，二人团圆了。

讲述者：　何显和，男，农民，不识字
采录者：　刘代荣、卢勇
采录时间：　1986 年 10 月 16 日
采录地点：　垫江县五洞乡（今垫江县五洞镇）三台四组

360

巧姑

张老头有四个娃儿，大的三个接了媳妇，只有幺儿还没有成亲。老头心想：自己年岁大了，让哪个来当这个家呢？娃儿些一个都不行，他就想在媳妇当中选个当家的。

一天，他对三个媳妇说："现在没啥活路，你们都回娘屋去多耍几天。"

三个媳妇听说回娘屋，都欢喜昏了。

老头又说："大媳妇耍三五天，二媳妇耍七八天，三媳妇耍半个月。你们同一天回去，同一天回来，都要带点扎包回来。大媳妇带红心萝卜，二媳妇带纸包火，三媳妇带无脚团鱼。"老头说完，三个媳妇就收拾打扮出了门。

三妯娌走到一个有幺店子的岔路口，正要分路各走各，大媳妇说："哎呀，糟了！起先我们没有细想，公公叫我们同一天回去倒容易，他叫我们在娘家耍的天数又不一样，哪个能同一天回来呢？"

二媳妇说："哎呀！我们硬是些恍恍[1]，那红心萝卜、纸包火、无脚团鱼又是些啥子嘛？"三个媳妇没得哪一个

[1] 恍恍：粗心大意的人。

打得起主意，一着急，就汪呀汪地哭成一堆。

哭声惊动了幺店子里头一个姑娘，她出来问："三位大嫂，你们伤心哪样啊？"

三妯娌把来龙去脉讲了，姑娘说："好办，好办！你们不要哭了，他叫耍三五天，三五一十五天；七八天，七加八也是十五天；半个月还不是十五天？你们各人耍十五天，不是就同一天回来了吗？"

大媳妇问："那扎包又啷个办呢？"

姑娘说："这也不难。红心萝卜是盐蛋，纸包火是灯笼，无脚团鱼就是糍粑噻！"

三妯娌都夸这姑娘精灵，各自欢欢喜喜地回娘屋去了。她们耍满十五天，都一起回来了，带的扎包也对头。老头子心想：三姑嫂哪有恁精灵嘛！莫非背后有人在帮忙打主意？一问，三妯娌说了老实话，老头子就决定亲自去会一下这个姑娘。

老头来到幺店子，见那姑娘正在提刀割肉，便对姑娘说："割点肉。"

"请问大爷割哪点？割好多？"

"我要割：皮打皮，瘦肉不带皮，肥肉不粘皮，一斤少八两，再加三十二两多粗，分成三堆要均匀。"

那姑娘二话不说，提刀就割，割了就分成三堆，问："大爷，你看是不是这些？对不对头？"

老头一看，有耳朵、尾巴，对头，这是皮打皮；再看，有心舌，这是瘦肉不带皮；还有边油是肥肉不粘皮。一称共三斤，分成三堆很均匀，忙说："对不起，我听说你精灵得很，今天一看，我相信了，请问姑娘贵姓？叫啥名字？"

姑娘说："我姓王，叫巧姑。"

张老头高兴忙了，赶紧回去找人给他幺儿说媒。巧姑的父母早就晓得张老头是个有心计的善菩萨，家境也还可以，就答应了。

巧姑过门，又勤快，又孝顺，一家人都喜欢她。张老头本来想马上拿家给她当，又怕几妯娌不依。一天，他把儿子媳妇都喊到一堆，对他们说："我老了，该清闲了，现在，我出个题，哪个答起了，就当这个家。"大家说要得。

老头说："两种粮食煮七样饭，两种菜做十样菜。"

那几个都说做不出来，只有巧姑说："我来试下看嘛！"

中午，巧姑喊吃饭了，老头一看：原来是绿（六）豆干饭和韭（九）菜炒鸡蛋，这不就是两种粮食煮七样饭，两种菜做十样菜吗？

这一来，张老头就放心地让巧姑当了这个家。

讲述者：	王正美，男，汉族，退休干部，初中学历
采录者：	周镕德，男，乡文化专干
采录时间：	1986 年 9 月
采录地点：	巴南区铜罐驿镇

361

三姊妹请客

有三个姨夫，在老丈人生日那天，一齐到丈人家祝寿。大姨夫和二姨夫很聪明，三姨夫是个老实人。

吃饭的时候，大姨夫说："我们三个都来把自己家中的物件说一个，才能动筷子吃饭。"大姨夫就说："我家有个大木盆，三千个和尚在里面洗澡都不挤！"二姨夫说："我家有个大鼓，在鼓面上晒三千担黄豆，都晒不拢边边！"三姨夫由于老实，无话对答，只好饭都不吃，就跑回家去了。

一回家，堂客问他："你咋个这么快就回来了？"他就把事情经过给堂客说了。堂客说："你去把两个姐夫请来吃饭，到时候你在内屋藏到，让我来招待。"老实，他就去请了。

第二天，两个姐夫来了。大姐夫问："三妹，三兄弟请我们吃饭，咋个没在屋里哩？"堂客说："他到外头断理去了。"二姐夫问："三妹，啥子事情要他去断理哟？"三妹笑一笑说："河东那家的一头牛，把脑壳伸到河西的那家麦土里，把麦子吃了；河西那边的一笼竹子伸过河，又把河东那边的田遮了一大片。所以，两家就吵起来了，要请你们三弟去断理。"

大姨夫一听就说："哪有恁长的竹子哟！隔一条河还遮了人家的田！"二姨夫也说："哪有恁大的牛哟！隔一条河还吃了人家的麦子！我不信。"三姨妹就说："你们都不信？如果没得恁大的竹子，大哥的木盆又拿啥子箍咧？如果没有恁大的牛，那二哥晒三千担黄豆的鼓又拿啥子皮子来绷呢？"

两个姨夫一听，无话可答，只好红起一张脸走了。

讲述者：　梁大灿，男，汉族，高小学历，农民

采录者：　封万华

采录时间：　1985 年 12 月 5 日

采录地点：　万盛区（今綦江区）丛林乡

362

翠莲拿夫

从前，南山坡上住着两父女，日子过得很苦寒，全靠老爹爹编一些竹货卖了来维持生活。老爹爹的独生女儿叫翠莲，人很漂亮，已经是二十岁的大姑娘了，老爹爹只顾求生活，不知道女儿的心事。

一天，翠莲做了两顶帽子，又在两顶帽子上分别绣了一条龙和一只凤，对她爹爹说："爹，你明天赶场，把这两顶帽子拿去卖了，价钱喊大些，识货的人是肯出大价钱的。"

第二天，老爹爹把女儿绣的两顶帽子拿到街上去卖。由于帽子上的龙凤绣得好，很多人都围拢来看，但老爹爹要的价钱太大，都没有人买。

这时，县官从此过路，感到好奇，就命一差人去看一下那里在做啥子。差人回来说："禀老爷，那边一个老汉在卖帽子，那帽子高头绣了龙和凤，很好看，价钱要得大，人些围起光看不买。"县官对差人道："去，把那老汉给我叫来。"

老爹爹拿起帽子，跟差人一起来到县官面前。县官一看帽子吃了一惊，那龙凤绣得像活的一样，心想：这山

里还有这等能干人？就问："这龙凤是哪个绣的？"老爹爹说："是小女翠莲。"县官想了想说："好，帽子我买下，但我有一个条件。"县官命差人拿来个线团，接着说："我把这个线给你，叫你女儿在三天之内给我织一匹布送来，若不能照办，可莫怪我不客气。"

老爹爹回到家里，把事情的经过给女儿说了，翠莲笑了一下。老爹爹说："你还有心思笑？一个线能织一匹布吗？再说，我们连机头都没有，三天在哪里拿布去交呀？"翠莲连忙安慰爹爹道："这有何难？"于是，如此这般地对爹爹说出了自己的主意。

第二天，老爹爹拿了一根树子来到县衙门，县官见了问："这么快，三天期限没有到呀？"老汉说："禀老爷，布还没有织，我家女儿叫我送这根树子来，若是老爷用这根树子做一个机头，我家女儿保证三天织出一匹布来，交给老爷。"县官一听，说："妙，妙，妙！"县官心里很佩服翠莲的聪明，于是，请媒人到南山坡提亲，要娶翠莲为妻。

聘礼送过，选择了成亲吉日，县官又提出了一个要求，说："成婚那天，我不去接，我要新娘子不坐轿，不骑马，不穿衣裳，自己走到洞房来，不准出错。"翠莲听了说："这有何难？"

成婚那天，翠莲用红纱裹住全身，骑了一匹骡子，来到有石狮子的县衙门，朝着"囍"字高悬、蜡烛通明的洞房走去。县官问："你怎么骑骡子来呢？"翠莲说："这一不是轿，二不是马呀。"县官问："你怎么一身红纱呢？"翠莲说："我没有穿衣裳呀！"县官大喜，把新娘子从骡子上抱下来，拜堂成亲。

成亲后三天，县官要上大堂问案，就对翠莲说："我去问案，你不许参言，我晓得你聪明，你若参言，我要将你休了。"翠莲点了点头。等县官上堂后，翠莲还是到屏风后面去偷听。一个喂马的和一个喂骡子的来打官司，两人把马和骡子喂在一个圈里，喂马人的马，下了一个小马，喂骡子的偏偏说这小马儿是他的骡子下的。县官听了，判决说："骡子要大些，这马儿当然是骡子下的，应该归喂骡子的人，退堂！"一场官司就这样结束了。

喂马人走出大堂，一直喊冤枉，骂县官是昏官，这时，翠莲从衙门出来，给喂马人打了个主意。

第二天，翠莲约县官到一个山坡上去玩。爬上山顶，县官看见了昨天打官司的喂马人穿一条短裤，手里拿着网兜，在山上来回跑。县官向："你这是在干啥子？"喂马人说："打鱼。"县官问："笑话，山坡上打得到鱼吗？"喂马人说："回老爷，骡子能下马儿呀？"县官不开腔了，他知道是翠莲给喂马人出的这个主意。

回到县衙门，县官对翠莲说："我说过，在我问案的时候，你不许打岔，更不准扰乱我的公务，你违背了我的意愿，现在我要把你休了，你可有话说？"翠莲说："随你的便吧。"

第二天，县官写好了休书，还办了酒席，为翠莲饯行。县官对翠莲说："你我夫妻一场，今天我要把你休了。俗话说，一日夫妻百日恩，我不会忘记你的。现在，你要走了，我这县衙门的东西，你喜欢啥子就拿啥子。"说完，就去喝酒去了，一直喝得大醉。

翠莲趁县官大醉，就命人将县官抬回南山坡，放在了老爹爹睡的烂席子床上。县官酒醒后，发觉自己睡在翠莲家，觉得很奇怪，问道："你怎么敢把我弄到这里来？"翠莲说："你不是对我说，凡属你衙门里的东西，我喜欢啥子就拿啥子吗？我喜欢的就是你这个人！"

县官听后，觉得翠莲不仅聪明，而且多情，于是，收回休书，两人笑笑和和回转县衙。

讲述者：　蒋育林，女，居民
采录者：　李强，卢文忠
采录时间：1985 年 10 月 9 日
采录地点：铜梁区巴川镇（今铜梁区巴川街道）

363

小偷死在妇人手

有个小偷，老是想去偷一户人的腊肉。他一连几晚黑都躲在那户人屋外头看动静，每晚黑都看见一个穿长衫戴帽子的人影站在屋头窗门跟前，一哈儿就听见那里传来叮叮咚咚的声音，不用说是当家人在起夜。小偷见了，迟迟不敢动手，担心进屋去遭发现了跑不脱。他又实在不甘心，想悄悄摸到窗门外头看个究竟。没想到才走几步，狗就拼命咬起来了。接着，屋头传出一声："强盗，枪来了！"小偷一看，只见那影子手上拿了一根黑乎乎的东西在朝窗外指，随后又是一声："强盗，枪来了！"小偷不也久留，转身就开跑。

小偷回到屋头，左想右想都不甘心，决心非把那户的腊肉偷到不可，就叫堂客到那户去打听究竟有没有枪，屋头有几个人。

小偷的堂客装起过路去讨水喝。那户也有一个堂客，两个堂客一见面就摆起龙门阵来了。

小偷的堂客说："你们这里有强盗没得嘛？我们那里强盗是晚晚黑都来，啥子都偷，凶得很，你要下细点哈。"

那个堂客听了，也没多想，接过话就说："是啊，我

们这里强盗也是多，晚晚黑狗都咬得凶。你我都是妇道人家，说句老实话，我当家的又出门去了，害得我只好把他的长衫穿起帽子戴起，拿一个酒壶滴水，装起像男人在屙尿的样子。有一天晚黑我听到狗咬得凶，就拿了根黑竹棍朝窗门外头一指，吼一声：'强盗，枪来了！'这样才把强盗吓起跑了。"她一边说一边比，两个堂客笑做一团。

小偷听到堂客回来给他说怎个回事，心头又高兴又鬼冒火。高兴的是，腊肉眼看就要到手了；冒火的是，自己堂堂男子汉，反倒遭一个堂客戏弄了。他心想老子今晚黑看你再威风！

当天晚黑，小偷又到那户去。狗一咬，屋头又在吼："强盗，枪来了！"小偷心想，你莫再戏弄老子了，老子才不怕你那个枪呢！他理都不理只管朝地坝走。屋头又吼："强盗，枪来了！""嘿嘿，枪？黑竹棍一根，你还说枪！"小偷大起胆子只顾走。就在这个时候，只听"当"的一声，火花一闪，小偷摇晃了几下，倒在地上再也起来不到了。

这是哪个回事呢？原来，这天下午，那堂客的老表打猎路过她家，她就把老表的猎枪借来了。小偷默到还是黑竹棍个，你说哪个不送命嘛！这才真的叫作"聪明"一世，败在妇人手里，偷肉不成，反送一条性命。

讲述者：　魏显德，男，汉族，小学学历，巴县走马乡（今九龙坡区走马镇）退休干部

采录者：　严小华

整理者：　周镕德

采录时间：1988 年 2 月

采录地点：巴县走马乡（今九龙坡区走马镇）工农村

364

傻宝[1]卖布

过去，有个傻宝，没进过学堂，却接了个勤快精灵的婆娘。婆娘会编小布[2]，编好叫傻宝拿去卖，喊他不到一吊八百钱就不卖。傻宝场场上街卖布，多也不卖，少也不卖，硬是要一吊八才卖。有一场，碰到一个绅粮，绅粮晓得他是傻宝，看见他场场卖布，就叫他把布拿来看。布当真编得好，问他多少钱才卖，傻宝说一吊八。问他有少没得，傻宝说没有少。问他二吊二卖不卖，傻宝说："只卖一吊八。"那绅粮就给他买了，说："今天没有钱，明天你自己来拿。"傻宝问他在哪点住，他说："我住在三个湾的两个湾，当门有千节节，后头有节节空。"

傻宝回家后，婆娘问他："你卖布的钱呢？""那个绅粮买去了。他叫我明天自己去拿布钱。"婆娘又问："你认不认得他？""认不得。""你晓得他在哪点住？""他说他住在三个湾的两个湾，当门有千节节，后头有节节空。"婆娘听了说："三个湾的两个湾就是伍家湾，当门有千节

节就是栽得有很多松树，后头有节节空就有很多竹子。背时男人，你当真是傻宝，那是冷一赋先生，你都认不得呀，他就在伍家湾住嘞。"第二天，傻宝到冷先生那里去收布钱，走拢就喊："冷先生，给我吆狗[3]，我来收布钱。"

这天，冷先生家里有客，划拳打马的闹得阵仗。傻宝使劲喊了好一阵，冷先生才听到喊声。出来一看，原来是傻宝收布钱来了。就问："你是哪个找到我的呀？"傻宝说："我婆娘说你在这里住。"冷先生心想：看不出他婆娘还精灵嗒，就说："今天你拿不到布钱。回去给你婆娘说，你今天呜嘘呐喊地把我的话把都打落了，我不拿布钱。"

傻宝只好怄气回家。婆娘问："你收的布钱呢？"傻宝把收钱的经过讲给婆娘听了。婆娘一听就很冒火。心想：噫！冷先生，你明知道我男人是傻宝，故意整他。想了一哈儿就教男人说："你明天吃了早饭，挖把锄头，走拢冷家门口不要喊，就把门撬开，指到香火[4]脚挖。先生要是问你挖啥子，你就说我挖路根。他要是再问你，路哪有根。你就说路没有根，话也没有把，我没打落你的话把，你就快拿布钱。"当真第二天，傻宝照到婆娘说的去做，走拢就挖香火脚。冷先生忙问："你在挖啥？"傻宝说："我挖路根。"冷先生忙问："路哪有根？"傻宝说："路没有根，话也没有把。我没有打落你的话把，你就快拿布钱。"冷先生听了又问："这话哪个教你的？""我婆娘教我的。"冷先生一听：吔！他婆娘当真精灵嗒。就把布钱拿张红纸封好，里面写了张纸条："可惜好鲜花，插在牛屎粑。"交给傻宝拿回去。婆娘一看纸条，就想到自己的命不好，白天晚上焦眉愁脸的。

过后，冷先生知道自己一时说错了话。心想：只能搭桥，哪能拆桥咧？有一天，冷先生骑马路过河边，见傻宝的婆娘怄楚楚[5]地在对面洗衣服。他把马骑过去，骑过来，傻宝的婆娘看都不看一眼。后来，冷先生把马鞭丢下河去，然后下河去捡。这时傻宝的婆娘说话了："冷先生，你那马鞭杆哪个怎值价哟？"冷先生说："马鞭虽小，跟随我

[1] 傻宝：傻子。
[2] 小布：土布。

[3] 吆狗：驱赶狗离开。
[4] 香火：家神牌位。
[5] 怄楚楚：很怄气的样子。

多年；夫妻不好，是前世的姻缘。"女人心想：哦，傻宝再不好，也是前世的姻缘。后来，两口子更加和睦了。

讲述者：　吴景中，男，汉族，小学学历，农民
采录者：　柯愈佳
采录时间：1985 年 10 月 27 日
采录地点：璧山县璧泉乡

365

会元桥

　　甲辰年四月初五的那天，有个地方有两个姑娘出嫁。一个叫陈兰英，是穷人家的姑娘；一个叫尧秋桂，是有钱人家的姑娘。

　　陈兰英啥子陪嫁都没得，只坐了一乘小轿。抬轿的累了，就抬在会元桥上歇气。

　　尧秋桂陪嫁的东西多不说，爹妈还拿了三百两银子，装在她做的绣花囊袋里面，放在花轿里头作为压银。她出嫁闹热得很，抬花轿的、抬嫁妆的、打旗旗的、吹喇叭的，好大一群人哟。他们也来在会元桥上歇气。

　　陈兰英在轿内看到尧秋桂的那个阵仗[1]，心想：有钱之人出嫁，红红绿绿摆一坝；我贫家女儿出姓[2]，清清静静两手空。想起想起就哭起来了。再一想到媒婆说的话：公公是打财神[3]的老汉；婆婆娘是讨口的人。她就哭得更凶。

[1]　阵仗：情势、情况。
[2]　出姓：嫁人。
[3]　打财神：每逢旧历新年，装扮财神边跳边唱，到村镇各家送"财神"以求施舍。

讲述者： 卢祖群，女，汉族，小学学历，工人
采录者： 廖桂超、王伟
整理者： 李兴荣
采录时间： 1986 年 2 月
采录地点： 大渡口区九宫庙

尧秋桂在轿内听到哭声，就问丫头她为啥子在哭。丫头晓得陈兰英的身世，就把她娘婆二家的苦情给小姐说了。小姐一听，就说："我这轿子头，有三百两压银，你们赶快跟她送去。"

陈兰英哭得正伤心，突然从轿子外面塞进来一袋银子，又听一个女娃儿说："莫哭啦！这是我们小姐给你的银子，叫你拿去求生。"她撩开轿帘，想问问恩人的姓名，没有想到送银子的人，一下子就猋[1]不见啦。

陈兰英过门后，把小姐给的钱拿来做起了生意。运气来了，生意越来越好，就赚了大钱，发了财。这一来，她越更想念恩人，叫人到处去查访，都不晓得她恩人是哪个。她没办法，就把那只装银子的绣花囊袋，放在经堂上供起，天天烧香朝拜。

再说尧秋桂嗨，她娘婆二家，不晓得哪个搞的，一家伙就垮杆[2]啰。尧秋桂没法，就靠帮人糊口。有回遇到陈兰英家要请人，她就到陈兰英家去了。

一天，陈兰英出门去了。尧秋桂想：老板娘一直不准哪个进经堂，今天她不在，我悄悄进去看看里头有啥子名堂。她跨进经堂，转了一圈，没有看到啥子稀奇东西，只看到供起一个绣花囊袋。她取下来一看，还是自己亲手绣的。她想起过去有钱时的光景和现在落得个帮人吃饭的日子，就哭起来了。

她走出了经堂，心想：为啥囊袋会在主人家里，莫非她就是会元桥上的那个新姑娘吗？没有好久，陈兰英回来了。一进屋看到尧秋桂在哭，就问："你今天哭啥子？"她就把看到绣花囊袋的事和娘婆两家先富后穷的经过，一五一十地说了。陈兰英一听，原来她就是自己的恩人，也把自己先穷后富和到处寻找恩人的经过讲了。这一下，两人就像亲姊妹一样的亲热。陈兰英忙叫人把尧秋桂的男人接来，还分了一半的田地房屋给他们。后来两家的儿女长大了，又结成了亲家。

[1] 猋：biāo，极快地跑。
[2] 垮杆：垮台、倒霉。

366

杨仙娘弄假成真

轿山村有个陈百顺，他婆娘任珍病了半年多都不得好，他怕婆娘有个三长两短，自己拖起三个娃儿要丧德[1]。院子里的人都叫他给婆娘好生医一下，唯独隔壁的孙二婆叫他信一下神。那天，孙二婆悄悄对他说："百顺！任珍的病再拖不得了啊。要神药两改噻！药不听，求神灵嘛。你去请个观花婆儿来给她打整[2]下。"

老实，第二天，陈百顺就到河对门请杨仙娘。杨仙娘才三十挂零，平时很爱打扮。陈百顺去一请，她收拾得苏苏气气的就到百顺屋来了。左邻右舍的人听说，今夜晚陈百顺屋里要观花走阴，天一黑就跑来看闹热。

消夜后，杨仙娘叫陈百顺在堂屋中摆一张桌子，设起了神案。她印[3]了一升米放在桌子当中，里头插了三根香、一对烛。杨仙娘在上方摆了一尊卡[4]那么高的金菩萨。

屋头的人活像长的笋子一样，挤杂麻密的。个个伸

起颈子，立起耳朵，鼓起眼睛，息风静气地把杨仙娘盯到。杨仙娘想：我第一盘[5]走这边湾来，很多人都认不到我。搞我们这个灯[6]的人，就是要人多才好传名，二天才有生意。今晚一定要搞真作点。

观花走阴要一问一答，她把陈百顺喊到她右手边说："我先扑在任珍的魂魄上，走阴间去帮她看一下。"说完她向神案拜了几拜，嘴头叽叽咕咕，像唱又不是唱，像哭又不是哭。烧钱化纸请神安位，日不隆咚[7]地搞了一阵，往椅子上一坐，闭起眼睛，咬紧牙巴。一哈儿，全身就像筛糠一样抖起来了。她越抖越凶，跟打摆子差不多。她扯起腔口说："百顺呀！我噻，因前世罪过哟！这盘噻，阎王老爷不饶我哟！那个判官小鬼噻，要来捉我了哟！我们夫妻一场要分手，不说一日夫妻百日恩嘛，屋头幼儿小女的，你一个人也难得盘[8]噻。嗯！我啷个放得下心哟！"

坐在杨仙娘身边的陈百顺，听到女人说得弄个巴心巴肠的，眼睛水一颗跟到一颗滴得没收留。心子跳得咚啦咚的。想了这样想那样，想到：大女隔一年把要交代[9]；二女也是半大人了；幺儿还在读小学。这一摊子，我一个人拿来啷个收拾噻！他越想越着急，哽哽咽咽地说："任珍啦，你心头要放明白些哟，屋头的事你丢得下心呀？放不下心，就千万莫走哟！"说到说到，陈百顺转身扑在杨仙娘身上，说："任珍呀！看在我们夫妻面上，你一定走不得呀！"

杨仙娘原来以为自己把假事做真点，话说活点，好让看闹热的人都相信她的法术。万没想到陈百顺当了真。这下啷个办？翻得脸啊？翻脸就要现相。没得法，只好装神说："百顺呀，只怕我要走哟！"边说边在椅子上直顾扳。杨仙娘是想把扑在身上的陈百顺扳脱。陈百顺以为是自己的婆娘不听他的话了，就抱得越紧，箍得杨仙娘全身痛麻了。陈百顺的胡子戳在杨仙娘嫩皮细肉的脸上，毛乎乎的，嘴巴杵到杨仙娘的耳朵边说："任珍呀，你还是听一下劝

[1] 丧德：可怜。
[2] 打整：此处作整治讲。
[3] 印：yìn，量。
[4] 卡：用手指量长度。

[5] 盘：此处作回、次讲。
[6] 这个灯：此处指这个行道。
[7] 日不隆冬：此处指装神弄鬼的样子。
[8] 盘：此处指抚育。
[9] 交代：出嫁。

噻！未必硬要犟起去死喷。要得嘛，要死我们两个一路去，反正大河没得盖盖。"陈百顺左手从杨仙娘颈子后头伸过去搂到她的左膀子，右手从杨仙娘两个脚杆下伸过去搂到腿杆，呼的一下，就把杨仙娘仰叉八叉地抱起来了。

杨仙娘见自己遭陈百顺抱起往门外走，赶忙偏起脑壳在陈百顺肩膀上咬了一口。陈百顺"哎哟"一声，双手一松，杨仙娘咚的一下就落到地上了。她赶忙翻爬起来，摸着自己的屁巴骨说："撞你妈的鬼哟！我又不是你的婆娘，抱到我要做啥子嘛！"说完，一趟就跑了。

讲述者：　　蒙昌辉，男，初中学历，住双槐乡宏恩村
　　　　　　二组
采录、整理者：蒙昌华
采录时间：　1985 年 9 月
采录地点：　合川县双槐乡（今合川区双槐镇）

367

无常二爷被鬼吓死

从前，有一个老太婆，有个儿子叫陈亥，媳妇林氏，孙儿一岁多，乳名小猴。

一天，老太婆生了病，很恼火[1]，请侄儿张裁缝来给她做寿衣。媳妇林氏在侧边给婆婆熬药，几夜没有睡瞌睡了，精神不好，恍兮惚兮的。突然看见鸡脚神和无常二爷用铁链子在套她的婆婆娘，吓得大叫一声昏倒在地。醒来后，她就把看到的情况跟丈夫和张裁缝说了。

没有好久，林氏的婆婆就死了。陈亥到坟上给老人守孝受了风寒，病不多久，也死了。

林氏死了婆婆又死了男人，要守孝，不能穿红着绿。但她是年轻人，屋头只有红红绿绿的衣裙，就请了张裁缝来家头做守孝衣裳。

张裁缝看见林氏年轻漂亮，早就在打她的主意了。他缝衣服的时候，手里拿着剪刀，眼睛瞅着林氏，嘴上说："表嫂，你看我像不像表兄啊？表兄死了你欠[2]不欠他

[1]　恼火：严重，厉害的意思。
[2]　欠：挂欠，怀念。

哟！"林氏晓得张裁缝话中有话，不理他。张裁缝看到林氏不理，又在缝衣服的时候编了段顺口溜唱道："一朵鲜花嫩冬冬，年纪轻轻死老公。与其天天哭男人，不如嫁我张裁缝。"这一下把林氏气到了，就骂张裁缝说："说话不像人，像你表兄屙的硬头屎。"张裁缝不开腔了，心想：你一个孤身女人，今晚上我非把你弄到手不可。你见了鸡脚神和无常二爷就吓昏了，今晚黑我就装个无常二爷来吓你。

晚上，张裁缝找来黑纸做成高帽子戴在头上，左手拿把烂蒲扇，右手拿根铁链子，脸上用锅烟墨涂得黢黑，还一摇一摆地学无常二爷走路的样子。

这边，林氏在屋头把儿子诓睡了，就纺棉花。她听到张裁缝那边稀里哗啦响，就悄悄走过去看。她看到张裁缝屋里有个无常二爷，差点吓得昏倒。再仔细一看，原来是张裁缝装的。林氏回到屋里心想：我今晚上要不设个计，就要落在张裁缝手里。想了一伙，她就把头发打散，又用胭脂把脸涂得绯红，装成一个披发红脸鬼，把灯挑得很亮，把帐子放下来，自己在屋角角躲着。

过了一阵，张裁缝装的无常二爷，把铁链子摇得稀里哗啦响，走来了。从窗口看到林氏屋头的床上帐子放下了，他默到林氏已经睡了，欢喜得很。砰的一脚把林氏房门踹开，手里摇着铁链子，嘴头叽里咕噜地念着，做起无常二爷套人的样子向屋头冲去。林氏躲在旮旯里看得清清楚楚。等到张裁缝来到床当门，就哇的一声大叫，使劲向张裁缝扑去。张裁缝突然见到一个披头散发的红脸鬼向他扑来，吓得叫都没有叫出声来就仰身倒了下去。哪晓得，这一倒，恰恰撞在纺车的锭子上，锭子把他喉管戳穿了，当时就死了。林氏一看张裁缝死了，心想这是人命关天的事，我不赶快报案喊冤，别人不说是我把张裁缝整死的吗？于是就背着儿子连更连夜上县衙门去报案。

第二天早晨，县衙门刚刚一打开，林氏就一步跨了进去，把开门的差二哥吓得扑爬礼拜地大喊："鬼来了！鬼来了！快打鬼！"林氏急忙说："我不是鬼！"差二哥问："你不是鬼是啥子？"林氏说："我是来报案的人。"差二哥仔细把林氏看了看，见她还背着一个娃娃，就说："你真报案就去堂前击鼓。"林氏走到堂前"咚咚咚咚"地

敲起鼓来。鼓声惊动了县太爷，县太爷升堂问案说："你有何冤枉？快快讲来！"林氏就把昨夜发生的事情讲了。县太爷派人到林氏家去验尸后，用朱笔给张裁缝断批："张裁缝贪花好色，应死于锭上。"就结了案。

讲述者： 黄素清，女，汉族，不识字，居民
采录者： 彭伟伟
整理者： 黄声荣
采录时间： 1985 年 8 月
采录地点： 九龙坡区上山村

368

叫花女做状元夫人

从前，在一个大雪天。一家员外的大门口来了两个叫花子：一个老妇人和一个十二三岁的小姑娘。她们又冷又饿，周身都在打抖。小姑娘望到门内喊："发财的大爷，发财的大娘，讨一口饭吧！"员外家的儿子出来了，看到这两娘母很遭孽，那个小姑娘更可怜，跟自己差不多大，遭饿得那么瘦，就赶忙跑进去跟他妈说："妈呀，门口来了两个叫花子，那小姑娘嘴巴很甜，在喊'发财大爷''发财大娘'哩。妈，就喊她们到我们家里来吧。"员外夫人出门来看，这两个叫花子确实遭孽。又看到小姑娘长得眉清目秀，很精灵，心头有些喜欢，就把她们喊进屋来。夫人又同员外商量后，便把老妇人和小姑娘安顿在家里住下来，帮他们做事。过了几年，老妇人就病死了。

小姑娘在员外家看到看到就长大了，长得很漂亮，又能干，帮夫人干了很多事，员外一家人都喜欢她。这个姑娘跟员外的儿子从小到大都在一起耍，耍得很好，长大后大人就跟他们订了亲。

不久，员外的儿子上京去考试，一考就考中了状元。这下子，状元郎就变了心啦。想到自己的妻子是叫花子出身，不光彩，就决定把妻子休了，格外去接一个门当户对的小姐。员外夫妇看到儿子当了状元，对叫花子出身的媳妇也看不顺眼了，就同意了儿子的做法。

状元郎叫下人为叫花女牵来一匹马，并打了一个糍粑，想到她帮家里干了很多活，就专门放了一些瓜子金在糍粑里拿给她。就这样把媳妇打发走了。

媳妇出了门，眼泪水直见流，不晓得自己该往哪里走才好。她跪下去给马磕头，对马说："马呀，你带着我随便走吧，你走到哪里不走了，我就到那里落脚。"说完，她骑上马就走。马驮着她走过了三条沟，翻过了三座山，最后来到一座大山边。马还在朝山里走，一直走到天黑，才停步不走了。媳妇一看这块地方一没得村，二没得店，真不晓得该啷个办，急得大哭起来。哭着哭着，她一下子看到半山腰有一点亮光在一闪一闪的，她只好牵着马朝亮的地方爬去。走拢一看，是个山洞，她在洞口喊了两声，一位老妈妈端着灯走出洞口来，问她有啥子事。媳妇说来讨歇[1]，老妈妈看到她那一身伸伸展展的打扮，说道："山洞里床都没得一张，你来，只有滚草哟。"老妈妈说完就给她抱了一捆干草来铺在洞中让她睡觉。媳妇累了一天，倒下去就睡着了。

半夜里，老妈妈讨饭的儿子回来了。看到洞内睡着一个年轻漂亮的女人，赶忙把母亲喊醒来问。母亲跟他说是来讨歇的。他就一个人到外面去帮媳妇放马，一夜都没有回洞来睡。

第二天早上，媳妇醒了。从老妈妈那里晓得了昨晚的情况，心头很感激老妈妈的儿子。又想到今天自己不晓得该往哪里走，就哭了起来。老妈妈连忙劝她，媳妇就把自己的情况告诉了老妈妈。老妈妈看她遭孽，就留她在洞里多住几天，媳妇很感激。

媳妇在山洞里住了几天后，看到老妈妈那当叫花子的儿子忠厚老实，心想自己也是叫花子出身，不如跟他们一起生活算了。她把自己的想法跟老妈妈说了，老妈妈欢喜得不得了。这样他们俩就在山洞里成了亲。

有一次，叫花子出去没有讨到东西回来，一家人都很

[1] 讨歇：请求给个住宿的地方。

着急。媳妇突然想起状元郎打发的大糍粑，就拿出来分给大家吃，发现糍粑里有瓜子金。叫花子认不到那是啥子东西。媳妇跟他说是瓜子金。叫花子说："哎呀，我的妈呀，那就是瓜子金唦！背后山上那根大树子蔸蔸底下好大一凼哩。"全家人一听都高兴得要命，赶忙跑去一看，当真有一凼金子，就用马把金子驮了回来。这样，他们就发了财。

有了钱后，媳妇就请了一个很有学问的老师教她的丈夫读书。叫花子丈夫读书很用功，读了三年就去应考，考了个举人；又读了三年，再去应考，竟中了头名状元。

这时，员外的状元儿子犯了法，被罢了官，家产被官府没收，状元郎变成了讨口子。这天，他听说百里外的山上有个状元人家在做酒，他就赶去吃席，还想从那里讨点啥子东西回来。到了那里，他过去的媳妇现在的状元夫人一眼就把他认出来了，便叫手下人不要搭理他。等到席散了，状元夫人叫人重新摆了一桌席请他吃，并亲自来陪。这个状元讨口子光是觉得状元夫人很面熟，但做梦也没有想到会是他过去的妻子。吃完饭，状元夫人也照样打了一个大糍粑，在里面放了很多瓜子金，打发给他。当他拿着大糍粑路过桥头时，实在拿不动了，一冒火，把糍粑朝桥下甩去。糍粑砸在河边上摔烂了，金光一闪，瓜子金掉出来溅到河头去了。这时他才明白是哪个一回事，但后悔已经没得用了。

讲述者： 李世先，女，汉族，私塾
采录、整理者：曾垂菊
采录时间： 1987 年 3 月 19 日
采录地点： 永川县鱼种站

369

两妯娌

有个老太婆，她有两个媳妇。大儿媳妇对她不孝，二儿媳妇很孝顺她。

有一次，二儿媳妇走人户去吃喜酒。她想，妈很久没吃肉了，就拈了几块肉用南瓜叶包起来放在包包头，准备拿回家给妈吃。哪晓得回屋解手时未注意，肉掉到尿桶里去了。她连忙捞起来，急得哭了。她想：好不容易给妈包点杂包[1]，这下掉到尿桶里，害得妈吃不成了。她妈听到哭声，就来问她："幺女，你哭啥子嘛？"二儿媳妇说："妈，我刚才解手，不晓得哪个的，把给你带的杂包掉到尿桶里了。"老太婆听了就说："不要紧，你把它洗一洗，再煮一道就是，不然丢了可惜嘛。"二儿媳妇就拿到田角角洗了又洗，回来煮了又煮，给妈吃了。

有一天，天色变了，接着又是打雷又是下雨。二儿媳妇心想，是天老爷降罪来了，就跪在地上求上天饶命，说："雷神爷，我不是有意的，饶了我呀，我就是死也没得啥子哦，怕只怕我的妈没得人照顾哟！"她求了半天，

[1] 杂包：此指外出带回的少量礼物或食品。

雷还是不停地打，雨还是不停地下。没得法，她就躲到一棵空了心的大树子里。哪晓得她一爬进树子，火闪一亮，就看到空心树里，放着三个坛子。揭开一看，里头全是亮光光的银子。雷雨停了后，她欢欢喜喜地把三坛子银子背了回去。有了银子，二儿媳妇就给妈买这样买那样，屋里头啥子都有了。

大儿媳妇看到后，心想：前几天弟媳妇穷得饭都吃不起哩，啷个现在屋头啥子东西都有了？就去问："兄弟媳妇，你是啷个发财的嘛？"二儿媳妇就把事情的经过说了。大儿媳妇听了后，她也去走人户，也照样用南瓜叶包了一包杂包，又故意把它弄到尿桶里头去，然后装着伤心的样子大哭起来……她妈听后就问她："大女，你在这里哭啥子？"大儿媳妇说："妈，我走人户去了来，心想带点杂包回来给你老人家吃。刚才我不小心，杂包掉到尿桶里去了。您看看嘛，好可惜哟。"妈听她这么说，就叫她去洗，说："洗了后煮给我吃。"老实的，大儿媳妇就拿去洗了，煮起来看到她妈吃了才回家去了。

又碰上个雷雨天，她也像兄弟媳妇那样，跪在地上求了饶后，也跑到那根空心树子里去躲。刚射[1]进去，一声响雷就把她打死在树子里头了。

讲述者： 黄昌芳，女，汉族，小学学历，个体户
采录者： 王越伟
整理者： 魏仲云
采录时间： 1987 年 5 月 13 日
采录地点： 沙坪坝区童家桥

[1] 射：快疾如射箭。

370

麻子媳妇

从前有一个姑娘，十六岁时就放了人户[2]。刚刚定亲就出痘子，后来，就变成了一脸大麻子。结婚后，男的嫌她脸麻不好看，经常打骂她。

麻媳妇一向勤快得很，又孝敬公婆。公婆倒还喜欢她，经常劝说自己的儿子，但儿子总是不听劝。

一天晚上，男的比往天更凶，先是骂："丑八怪，快跟老子滚，不看到你心头还安逸点！"接着又是一阵拳打脚踢，把她赶出了房圈门。

当时正是月底，到处漆黑。她没得法，只好到灶房的柴堆里睡。睡着睡着，一股清风吹过，飘来一个老者，对她说："我是灶神，看你可怜才来救你。这里不是你久留之地，明天骑马离开这里。马在哪里停，哪里就是你的家。"麻媳妇醒过来，原来是一个梦。

第二天早晨，麻媳妇照样把饭菜给公婆煮好，向公婆道了安，哭着说："爹娘啊，我不能服侍你们了，我要走了。我想要一匹马骑，不晓得爹妈干不干。"公婆说："你

[2] 放了人户：找了婆家。

又勤快又能干又孝顺，我们硬是舍不得你，都怪我那个砍脑壳的猴儿。你不走日子不好过，走了也好，免得遭嫌。马棚里的马，随你牵一匹就是。"公婆说完，大家伤伤心心地大哭一场。过了一阵，公公取出两锭银子递给麻子媳妇，说："当老的没得东西送你，这点银子你拿去做盘缠。"麻媳妇接了银子，走到马棚，硬是有一匹白马朝她点头，刨蹄子。她摸了一下马头，说："今朝我就听你的了。"她把马牵出马棚，骑上马，又看了看送她出门来的公婆，边哭边骑着马走了。

走了大半天，白马走到一个岩洞口就站住了。麻媳妇心想：莫非我就在这里安身？她下马走进岩洞，岩洞里面坐着一个老者和一个老婆婆。她大起胆子喊了一声："伯父伯母好！"她一边打招呼一边用眼睛往洞子瞟：里面空荡荡的，一样家什都没得。只有两间拿柴棒棒搭成的床，一眼用几块石头垒成的灶，还有把瓜瓢。老者正在吧叶子烟，老婆婆在补麻布衣裳，两个见进来一个女的，连忙站起来说："请坐请坐！"

麻媳妇坐下后，就问这家人的情况。原来这老两口很穷，有一个三十来岁的儿子，还没有接媳妇，这哈儿上街买盐巴去了。麻媳妇说："我想跟他做媒，不知二老同不同意，他本人干不干。"老者赶忙说："要不得，要不得，穷得锅儿打当当，饭都吃不起。"老婆婆说："我家塘小，养不起大鱼啊。"麻媳妇心想这是灶神指点，命中注定，管他穷不穷，就说："我愿给二老做儿媳妇，我不嫌你们穷。"老婆婆说："这啷个对得起你哟！"麻媳妇说："不说这些啦。我这里有两锭银子，拿去买点东西吧。"老者接过银子，翻来翻去地看，心头惊了，就说："你这个就叫银子呀？我这岩洞角角头多得很！"原来这家人很穷，只见过小钱，没有见过银子。麻媳妇走拢去一看，一堆银子放在那里，面上都蒙起了灰灰。这一下老两口欢喜昏了。

老者拿起银子上街去买东西。走到半路，碰到儿子回来，就把事情说了，要儿子又倒回去买东西。儿子听了，欢喜得很，没有注意摔了一个跟斗，把背跶驼了，忍到痛才把东西买回来。两个见了面，一个不嫌背驼，一个不嫌脸麻，结了婚。后来就买了地方，修了房子，过上了好日子。

一天，麻媳妇忽打忽[1]病倒，医好后，脸上发痒，用手使劲一抓，抓脱一层皮，麻子没得了。不久男的也得了病，腰杆痛得像棒棒打。几天过去，骨节都松了，一伸腰杆，背不驼了。两口子身上的毛病都好了。一家人好欢喜。

有一天，来了个叫花子在门口讨饭。麻媳妇出去看，原来是先前那个男人。她嘴头不说，心头有数，又想起原先的公婆来，问道："你姓啥子？为啥子讨饭？"那男的把原因说了：他原来有个媳妇，脸上有麻子，遭他嫌出了家门。以后他又不为好，吃喝嫖赌，把家业搞光了。两个老的也去世了，只有讨口求生。麻媳妇就给他打了七块糍粑，每块糍粑里放八块银圆，七八五十六块。那时五十六块银元正好合两锭银子，想用它补报公婆的恩惠。叫花子拿起糍粑走了。

叫花子走在路上，碰到一个老婆婆要给孙儿买吃的东西，一时又买不到，他说："我有几块粑，你买去就是了。"老婆婆就买下了。这个老婆婆就是麻媳妇现在的婆婆。她把粑拿回家，麻媳妇把粑分开，发现里面的银圆，晓得自己的糍粑又遭婆婆买回来了。看来，这钱完全和前夫没得缘分。她有些伤心，就把事情的来龙去脉跟家里讲了。婆婆忙叫人去追赶叫花子，要他住下，供他吃穿。这叫花子晓得了这个女主人家就是自己原来的妻子，不好意思得很。他住了几天，还是讨饭去了。

讲述者： 饶楚相，男，汉族，小学学历，江津县永
兴乡法胜村四组农民
采录者： 场长实
整理者： 张华荣
采录时间： 1985 年 11 月 8 日
采录地点： 江津县永兴乡（今江津区永兴镇）

[1] 忽打忽：忽然。

371

傻媳妇

儿，浸在水头的一半煮熟了，卡在锅盖上的还是生的。公婆走进来一看，气冲冲地问："傻媳妇，我叫你煮一半留一半嘛，你啷个在煮？"傻媳妇揭起锅盖，说："咦，这不是煮一半留一半吗？"

讲述者： 王志梅，女，土家族，农民，不识字
采录者： 连小培，男，汉族，大学中文系学生
采录时间： 1982 年
采录地点： 酉阳土家族苗族自治县南腰界（今土家族苗族自治县南腰界镇）

从前，有一家人，屋头有个小媳妇，公婆说她傻，就喊她傻媳妇。其实，她常常捉弄公婆，弄得他们傻眉傻眼的。

有一年腊月间，公婆喊傻媳妇推过年豆腐。腊月初三，傻媳妇天不亮就起来挑水，泡豆子、洗磨子、推豆子、滤豆浆、点豆腐。等她把豆腐包起装了箱，全家晌午都吃过了，傻媳妇累了，才吃了点剩饭。

刚吃过饭，公婆又在喊："傻媳妇，你胀完了饭，就把豆腐拿桐壳灰吃起。吃干了水，好烘干豆腐。"傻媳妇不声不响又到灶房去了。隔了一会儿，公婆看她没出来，又叫起来："傻媳妇，这多大天了，豆腐还没吃完呀？"傻媳妇在灶屋答应："妈，我吃了五块，还剩三块，硬是吃不下了，你们来吃吧！"

到了栽秧的时候，傻媳妇更是屋头田头忙不赢。有一天，公婆割了块肉，回来喊傻媳妇弄。傻媳妇问："妈，这块肉啷个煮？"公婆说："这么大块肉未必想一顿吃完嗦？煮一半留一半！"傻媳妇就把锅盖挖了个孔孔，把肉从孔孔穿过去，一半浸在水里，一半压在锅盖上。一会

372

明年还来不来

从前，有家人，虽算不得豪门富户，却也是高房大屋的。他家有田有地，当门就有块大田，这块田方方正正的，年年收成都好，惹得对面那家财主眼红得没法。这个财主是霸道惯了的，又眼浅，见不得别人有点东西，每年他都要带些人来割些谷子回去。这家人惹不起，躲不开，年年忍气吞声，哑巴吃黄连，苦在肚里。这家只有一个儿子，那年娶来了媳妇，媳妇娘家是小户人家，陪嫁也不多，公婆不太中意，丈夫也小看媳妇。媳妇在家话都说不起，做啥吃啥，只乐得少操点心。

眼看谷子黄透了，一天，财主带过信来说：明天要来割谷。一家子都不吭声，媳妇还以为是来帮忙，问婆婆，被婆婆抢白道："人家要来抢谷子呢！年年都来。你明天弄点菜，做十来个人的晌午，侍侯好一点，人家少抢点呢。"

"哼，弄晌午！他们要割就割，这些谷子不要算了！"

她丈夫一听，气不打一处来："你癞蛤蟆打哈哈，口气不小。一家子就数你有本事？"她听了也不争辩，由他们去操心巴肝地愁。第二天，公公、丈夫都躲出去了，眼

不见心不烦，只有婆媳两人在家。到时候，财主硬是带了十多个人来了。刚要下田，媳妇跑出来喊："哪个要打我家的谷子？"众人一看，咦，是个新媳妇，睬都不睬。还以为照旧有顿晌午，都乱吼乱叫地喊："快去弄晌午吧！"

"哼，弄晌午，你们不怕吃错牙巴骨？我弄来喂猪喂狗也不给你们吃，你们打了谷子还规规矩矩地给我装起！"

那些人听都不听，闹哄哄地只管动起手来。媳妇气得一头闯进屋来，把那口嫁过来大半年还从没打开过的箱子打开，里面只有几件衣裳、一双铜靴、一副手镯样的护腕，都是些艺人的行头。她把这些穿戴好，几步跑出去，又说一遍："你们到底听不听？"那些人头都不抬。气得她跳下田去，一手提担装得尖尖的谷子就往院坝头拽。财主一看，就吆喝手下人来抢。逼得媳妇只好动手，一顿拳脚就把那些人打得七零八落。财主在旁边也吓呆了，众人都告饶："不打了，不打你家的谷子了。""哼，你们不想打，我还要你们打咧。赶快割，今天非打完这块田不可！"

晌午过了，这些人也不敢要晌午饭吃；太阳快落坡了，这些人也不敢说歇歇；天都快黑了，一块大田才收完，一个个腰都直不起，也不敢叫累。最后，媳妇问："明年还来不来？"众人说："不来了，不来了。"财主也忙跟着说："再不敢了，再不敢了。"哪知媳妇一下变了脸："哪个说不来？"吓得众人连忙改口："还来，还来！"

晚上，公公、丈夫回来，一看，这么大块田，草都不剩一根，差点就倒在门槛外面。待进屋一看，眼睛都鼓大了。从此，大家对媳妇刮目相看，媳妇也再不是说不起话的人了。

讲述者： 冉崇雄，男，土家族，农民，不识字
采录者： 西南师院中文系采风队
采录时间： 1982 年
采录地点： 酉阳土家族苗族自治县南腰界（今土家族苗族自治县南腰界镇）

373

一家和睦值万金

从前，有一家人，家大屋大，有田有地，吃穿不愁，老头子半辈子不晓得愁是啥滋味。没想到，后半辈子还大大地愁了几场。他养了三个儿子，小时都聪明可爱，谁知越长越呆；待长成人后，个个都是半斤八两，呆到一起去了。儿子该娶媳妇了，请了无数媒人，却没有说来一个媳妇。人家都嫌女婿呆，不愿嫁女儿。儿子一天比一天大，愁得老头饭吃不香，觉睡不甜，巴心巴肠地想着给儿子娶媳妇的事。

后来，老大、老二好歹娶来了媳妇，只是美中还嫌不足，两个儿媳妇心性都不大灵活，百样还得老人操心。老头心里盘算道：儿子呆，媳妇笨，三年五载我腿一伸，去了，这么大的家产交给哪个？于是，决定拼上老命也要给三儿寻个聪明媳妇来当家。一年过去，两年又快过完了，老头脚杆也跑细了，总算访到一个聪明姑娘，赶快就央媒人去说。又怕夜长梦多，一说定，赶紧就娶了过来。果然没有白费苦心，新媳妇又会应酬又会理财，老头便放放心心地把家拿给她当起来，自己当老太爷，享福。

一天，他喝了几盅酒，想到自己给儿子们操心也算是操到头了，家里要吃有吃，要穿有穿，万事不需求人了。他心血来潮，就写了一副半通不通的对联去贴在大门上，上联："有田有地万事不愁。"下联："多吃多卖百业兴隆。"横联："万事不求人。"

恰好在第二天，县太爷从他门口路过，看见对联，大不以为然，心想，这家人好大胆，敢说如此大话，我倒要试试他到底求不求人。便高声叫随行差人："去把这个说大话的人给我找来。"

老头被差人推了出来，县官开口就说："本官今天有公事，要向你借银万两，限三天办齐。到时候交不出来，拿你是问。"

老头回去，愁得团团转，心想，就是把全部家产变卖也凑不齐一万两银呀。怨天怨地，最后还是怨自己糊涂，没法，只得找三儿媳妇商量。"爹，那不怕，县官来了有我呢。"儿媳妇一句话，老头安心了。

三天后，县太爷带着人来了，看一家子都围坐在一起，亲亲热热地商量着事情。县太爷走过去问："本官借的万两银子在哪？"新媳妇不回答，反而问："大人，你看我们一家子还算和睦吧？"县太爷顺口说："和睦。"新媳妇接过来说："一家和睦值万金。大人，这万金就借给你吧。"县太爷无话，想了想，又说："我还要借个比天大的东西，也限三天。"

县太爷一走，老头又愁了，心想这么大的东西哪儿有呀？儿媳妇还是叫他不要操心。三天后，县太爷来时，这家几兄弟正在分家。幺儿子硬要把自己的田再分一半给爹，老头又不要。县太爷一见如此，很惊奇，说："我审的案子也不少了，只见争田争地的，却没有见过让田让地的，你们家的规矩硬与别人不同呢！"幺儿媳妇赶紧接着说："大人，孝顺父母比天大，这点道理你都不知道吗？"县官一听，不知该怎么说了，老着脸皮，带着人回府去了。

讲述者：　冉崇雄，男，土家族，农民，不识字
采录者：　西南师院中文系采风队
采录时间：　1982 年
采录地点：　酉阳土家族苗族自治县南腰界（今土家族苗族自治县南腰界镇）

374

不真不假的话

寨子上有一户财主，读过一点书。那天他出了一道题：哪个说出不真不假的话来，就给他五百两银子。说出真话来，要把他弄来淹死；说出假话来，要把他弄来吊死。寨子上没得哪个敢去说这个话。

有个姑娘，赶场从那里过路。听说财主出题，要说不真不假的话，她走去就说："财主，我来请你把我吊死！"

那财主想：说她说的是假话，她又真是说的把她吊死；真的把她吊死，她说的又成了真话。说了真话，又该被弄来淹死；把她淹死，她说的又成了假话。

这下就把财主难倒了。那财主也没把她吊死，也没把她淹死，只好给了她五百两银子。

讲述者：　邓文成，男，土家族，木匠，略识字
采录者：　许显昌，男，土家族，文化干部
采录时间：1987 年 3 月 16 日
采录地点：黔江区沙坝乡（今黔江区沙坝镇）

375

巧三妹

从前，有一个穷秀才，胸怀大志，日夜苦读，引起了农家姑娘巧三妹的爱慕。不久，他俩就结成了夫妻。巧三妹每天纺线织布，有空还跟着丈夫读书，渐渐地她学会了做诗。穷秀才苦读多年，前后共考了五次，都名落孙山，慢慢地他丧失了信心，成天唉声叹气。巧三妹经常劝他，他根本不听，只认为这辈子命苦，是命中注定的。他开始懒惰起来，成天在街上闲逛，还沾上了一些不好的习气。

这年端午节的早上，巧三妹对丈夫说："你今天就不要出去闲逛了，在家做点事，我把织的布拿到街上去卖，有了钱，就可以过这个端阳节了。"巧三妹走后，穷秀才也跟着晃出了门。他想：男子汉大丈夫做什么家务事！不趁端阳节上街逛逛，太可惜了。

街上车来人往，好不热闹。穷秀才游逛了半天，肚子饿了，看见路边有一个糍粑摊子，趁人不备，偷偷拿了一个，不料被人发现，抓到了县衙门。

巧三妹正在街上卖布，听说丈夫被抓起来了，心急火燎，急忙赶到县衙门。门子不让进，说："进门可以，须得送礼。"巧三妹一听，气愤极了，指着门子的鼻子说

道："我从来没听说过进衙门还要送礼的，你不要我进，我今天偏要进，看你把我怎么样？"巧三妹的声音吸引了不少人，大家都纷纷为巧三妹鸣不平。巧三妹趁机吟了一首诗："自古衙门就办起，从未听说要送礼。不准进门把人拦，天下哪有这个理？"把门子骂得狼狈不堪，众人都拍手称快，巧三妹趁机冲进了衙门。

堂上的差役见冲进来一个女子，要把她赶出门去，县官却说："慢着，叫她进来。"巧三妹来到县官跟前，县官问："刚才是不是你在门外胡闹？"巧三妹说："不是胡闹，是你的门人不要我进来。"

"你来有何事？"

"你们把我的丈夫抓起来，我来要我的丈夫。"

"就是那个偷糍粑的小偷？"

"我没看见，我不晓得。"

"嘿嘿，真会说话。可惜，你男人已经关到牢里去了，怎么办？要见他吗？"

"不是要见他，是请老爷放他出来。"

县官笑了笑："放他出来？偷者当罚，这是王法，谁也不得违命。"

"是呀，偷者当罚。就是不晓得怎么个罚法，要是连一个偷拿糍粑的穷汉也要下牢，我看，牢房怕都盖不赢哟！"

"嘿嘿，想不到你这妇道人家如此利舌，少见，少见。"他想了一想，对巧三妹说，"你男人在端阳节偷别人的糍粑，想必家中十分贫寒。听说你善做诗，能不能以家之苦为题，做一首诗给我听？如果你做出来了，我就放你男人出来。"

"老爷说话可算数？"

"算数，算数。"

巧三妹略略思索片刻，吟道："自怨薄命嫁贫夫，端阳佳节样样无。别人雄黄对美酒，只有我锅煮菖蒲。"

周围的差役们听了，连声说好。县官也面带喜气，点头称赞："不错，不错，想不到你果真会做诗。"

"老爷，这下可以叫我丈夫出来了吧？"

"慢。"县官摸了摸胡子，"我再考你一次。"

"还要考一次？"

"对，再考一次。"

县官命人从后堂捧来一尊小巧玲珑的铜牛，对巧三妹说："以牛为题，再做一首，必须上句末尾的字和下句开头的字相同。"说完，得意地笑了笑，心里想：这回你再也做不出来了。谁知，没过好一会儿，巧三妹就做出来了，她吟道："一尊铜牛亮光光，光来光去无用场。场上碾谷无牛使，使人累得痛断肠。"

县官听完后大喜："妙，妙，妙极了！一个妇道人家竟会做诗，少见。到牢里去接你的男人吧。"

巧三妹向县官道了谢，跟着一个差役来到牢前。谁知守牢的老差役偏要巧三妹做一首诗给他听，否则，他就不开门。巧三妹望着牢中丈夫那副可怜相，想了一想，说："好，我给你做一首。"她吟道："趁我不在就离家，跑到街上偷糍粑。今天不是我救你，早挨五十鞭子打。"老差役听了，哈哈一阵大笑："做得好，做得好！"穷秀才在里面羞愧万分，脸都不晓得往哪里藏。

巧三妹把穷秀才领回家后，又把他好好教训了一番。从此，穷秀才天天在家读书，再也不敢上街偷糍粑了。

讲述者：　刘应邦，男，土家族，农民
采录者：　西南师院中文系采风队
采录时间：　1982 年
采录地点：　酉阳土家族苗族自治县南腰界（今土家族苗族自治县南腰界镇）

376

戒酒

"喝多少？"

"八两多一两。"

"该多少钱啰。"

"百钱少一个。"

"找你要酒钱的是哪一个哟？"

"张老八的兄弟呀！"

丈夫一心要引出酒字，妻子却处处避开了酒字。从那以后，丈夫便戒掉了酒。

讲述者： 向朝阳，男，农民，上过私塾

采录者： 彭林绪、马世超，文化干部

采录时间： 1986 年 3 月

采录地点： 石柱土家族自治县枫木乡（今石柱土家族
自治县枫木镇）

从前，有两夫妇，婚后，日子过得和和美美。这日子一舒坦，丈夫就高兴，一高兴就喝酒，天天都喝得醉醺醺的。妻子便劝他戒酒。他说："你要我戒酒呀，那从今往后，你就不要再说酒字了。一听到酒字，我的酒瘾就发了。"妻子说："行！"

九月初九那天，妻子回了娘家。丈夫就到对门张老九的酒馆里，喝了九两酒，一算账，该九十九个钱。临走时，他对张老九说："后天我堂客回来，往你这里过路，你找她结酒钱就是了。"

第三天，妻子回家，路过张老九门前，张老九找她要酒钱，她二话没说，给了就回家。刚走到大门口，她老公迎上前来：

"你到对门去干啥子？"

"给钱啥！"

"给什么钱啰？"

"你在他那里喝的天长地呀！"

"哪天喝的哟？"

"重阳那天嘛！"

377

万事难不倒

从前，在土家山寨，有一个家藏万贯的员外。他有三个能干的儿子，能打铁，能烧砖，能做家具，能耕田……又娶了能干的媳妇，能纺纱，能做线，能织土布，能计算……特别是三儿媳，那更是一个人尖尖。要说她有多聪明，她就有多聪明；要说她有多能干，她就有多能干。把个家庭安排得吃有吃的、穿有穿的，一切都搞得归四归一的。

老员外眼看自己家业兴旺殷实，又想到儿子媳妇织布造房，各会一行，样样能干，好像什么事都不用去求人，什么都不能难倒自己一家人，不觉踌躇满志。自豪之余，情不自禁提起笔来，刷刷刷写下五个大字："万事难不倒"。并亲自把它端端正正贴在大门口横着的匾上。

寨里毕兹卡（土家人）看了，有的点头，有的摇头。点头的说题得高明，摇头的觉得这样题不对头，但也打不出喷嚏。

这一天，县官下寨查访，来到员外大门外，抬头一看，那块金光闪闪的大匾耀眼夺目，再一看那"万事难不倒"五个大字，不禁气往上冲。心想：这家人好大的口气，老

爷倒要看看他有多大本事，竟敢如此狂妄！想到此，一声吆喝："来呀，给我把这户当家人叫出来！"随身跟班闻命，立即跑进屋去，把员外叫了出来。

员外出来看是本县父母官，连连拱手作揖，说："不知老爷驾到，有失远迎，望祈恕罪。"说着，恭请县官进屋吃茶。

县官把袖一拂，指着大匾问道："这匾是你题的吗？"

"是小老题的。"

"那本县就来试一试，看你题的对或不对。"说罢，皱着眉头想了一会。接着说道："本县要你献出四样东西：一要天样大，二要海样深，三要软如麻，四要硬如铁。这四样东西，限你三日送到本县衙门，如期不送，重打五十大板！"说完扬长而去。

员外一听，顿时慌了。心想：我一时得意写下这匾，没想到竟惹出祸事来了。这四样东西叫我哪儿去拿哟？但不送起去，又怎样脱得到手呢？那五十大板，莫说我老头儿遭不住，就是年轻人怕也吃不消！可要送的这四样东西，我又没得，真真难死人了！他想来想去，突然一拍脑门，自言自语地说："有了，有了！常言说得好，县官爱财宝。他要那四样东西不就是水牛、美酒、绸缎、金银吗？对！就是这几样东西。水牛天样大，美酒海样深，绸缎软如麻，金银硬如铁。"自言自语后，他便命人带上这四样东西，和他一道给县官送去。

谁知县官见了这几样东西并不满意，说："谁叫你拿这些乱七八糟的东西来？你自诩万事难不倒，难道我要那几样东西就把你难倒了吗？快些跟我回去办，若三天到了，事还没有办到，我定重责不饶！"

员外垂头丧气回到家里往铺上一躺，茶不思，饭不想，只泪流满面叹道："完了，完了！"三媳妇见公爹如此着急，便轻轻走上前去问道："阿巴（爸）为何这样难过？能不能说出来大家听听，说不定能帮你想想办法。"

"唉！"员外长长叹了一口气，说，"你们有所不知，怪我一时糊涂，在大门外挂了一个'万事难不倒'的大匾，惹得县太爷生了气，要我献上天样大、海样深、软如麻、硬如铁四样东西，我左思右想，以为是水牛、美酒、绸缎、金银四样东西。结果县太爷大发雷霆，说都不是，限我三

天内照要求送去，不然就要打我五十大板。眼看限期要到，我一样东西都拿不出来，你看我怎能不着急呢？"

三媳妇闻言微微一笑说："这几样东西不难，只不过是几句话而已。"

"是几句话？你说得轻巧哟！"

"是的，是几句话。到时你老人家上堂去一说就行了。"接着三媳妇俯身贴近员外耳朵如此这般一说，说得员外直顾点脑壳。

三天期满，员外来到县衙大堂。县官一见即问："本县要的那几样东西带来了吗？"

"带来了。四句话。"

"四句话？"县官大吃一惊，接问，"哪四句话？"

"天大不算大，父母为大；海深不算深，书深。夫妻打架软如麻，弟兄打架硬如铁。"员外不慌不忙地回答。

县官听老员外说得有理，心里暗暗惊诧：这老头儿，昨天来都宝筛筛的，弄得牛头不对马嘴，为何今天竟变得如此聪明了呢？想到此，便问员外道："这话是谁教你说的？"

员外知瞒不过，便老实回答道："是我三媳妇。"

知县听是个女流之辈，不禁有些怀疑，便问："真是你的三儿媳妇吗？"

"真真是的！"

"那就去叫来本县当面考试。考起了，既往不咎；考不起，大话，谎话，一起治罪。"

员外闻言，答应了一声"是"后，马上就回去把三儿媳妇带上堂来。知县一看，果然是一个乖乖巧巧的媳妇，便和颜悦色地说："你阿巴（爸）回答本县的话，是你教的吗？"

"是的。"

"那本县再问问你。什么早行时？什么迟行时？什么正行时？什么不行时？"

三媳妇立即不慌不忙回答："甘罗十二为丞相，早行时；太公八十遇文王，迟行时；知县大人坐上边，正行时；小女百姓跪下面，不行时。"

知县听她答的条条在理，不由衷心佩服，于是，便吩咐他们下堂回寨去。

回到家，三媳妇便劝员外把大匾取了。这一来，远远近近的人更加敬重三媳妇，慢慢就把她的故事传开了。

讲述者： 彭秀清
采录者： 林贵
采录时间： 1984 年 6 月
采录地点： 酉阳县民委

378

王二妹

你会出主意，这回我要考考你了。她对王二妹说："今天你来做饭，我这个灶是无米灶。"说完，就坐在一旁看王二妹嘚个办。王二妹把锅洗得干干净净的，把水掺起，抱些湿柴请婆婆娘帮忙烧火。婆婆娘烧了半天也烧不燃，就叫媳妇给她找吹火筒，王二妹却给她一根擀面棒。婆婆娘说："棒棒嘚个能吹燃火呢？"王二妹说："无米嘚个做得出饭呢？"问得婆婆娘开不起腔。从此，婆婆娘再不难为这些媳妇了。

讲述者：	苟昌明，男，汉族，小学学历，农民
采录者：	米福秀
整理者：	卢文忠
采录时间：	1985 年 10 月
采录地点：	铜梁县（今铜梁区）石虎乡

从前，有一家人，他们有两个儿子。大儿子接了个媳妇，忠厚老实，平时不多言多语，只晓得做活路。

有一天，婆婆娘扯了七尺布回来。她有心想考一考媳妇，就把布拿给大儿媳妇说："你给我做一件衣服，一根围腰，两个枕头，一根手帕。"这一下，大儿媳妇作难了。

邻居王二妹，看见这个媳妇愁眉苦脸的，就过来问清了事情的来龙去脉，还给大嫂出了个主意。

第二天，婆婆娘就要东西来了。大儿媳妇把衣服拿出来，给娘穿在身上。婆婆娘问她："还有围腰呢？"媳妇说："已经给你了。"婆婆娘问："在哪里呢？"媳妇说："你的衣服的前边先挨到灶面那一块，就是围腰。"婆婆娘又问："我的枕头呢？"媳妇说："你睡瞌睡的时候，双手抱到脑壳睡，这两个衣袖就当枕头了。"婆婆娘又说："还有手帕呢？"媳妇说："你的衣襟不是可以做手帕吗？"说得婆婆哑口无言。婆婆心想，这个媳妇没得恁个精灵，就盘问她。媳妇老实，就把王二妹出主意的事说了。婆婆娘就托媒到王二妹家跟二儿说亲，结果一说就成。

王二妹成了她的二媳妇后，婆婆娘心想：哼，头回

379

万事不求人

从前，有一个富有的人叫李狗四，扬言万事不求人。这事被县官晓得了，就对他说："你说你万事不求人，我就喊你做几件事：一要喂山那么大一条肥猪；二要织路那么长一匹布；三要烤海水那么多酒；四要牤牛下个儿来。办不到就拿你是问。"

这一下，李狗四不知该怎么办。他坐在屋里闷想，他的媳妇就问："公公，你为啥子发愁嘛？"李狗四说："县官喊我喂山那么大一条猪；织路那么长一匹布；烤海水那么多的酒；还要牤牛下个儿。我怎么办得到呢？"媳妇说："这好办。我帮你去办这几件事。"第二天，她手里拿着秤、尺子、酒壶，来到县衙门前喊："李狗四求见！"县官一看，是一个女人在外面喊，就叫进去问："你是什么人？李狗四怎么没有来？"这媳妇说："我是李狗四的媳妇。公公在屋头坐了月来不到。"县官说："哪有男人坐月的哟！"这媳妇说："哪有牤牛下儿的呢？"县官一听，心想这女人不简单，就说："这件事就算了嘛。那几件事呢？"媳妇说："公公托我办。"县官说："山那么大的一条猪你能喂吗？"媳妇说："能喂。请你称一称山有多重，我好比到喂。"问得县官无话可说。县官又问："路那么长的布你织得出来吗？"媳妇说："我尺子都拿来了，请你量一量路有多长。"县官又问："海水那么多的酒你能烤？"媳妇说："我酒壶都拿来了，请你量一量海的水有多少壶，我好比到烤酒。"这下反把县官难倒了。

讲述者： 邓海云，男，汉族，小学学历，农民
采录者： 张远文
整理者： 卢文忠
采录时间： 1985 年 10 月 8 日
采录地点： 铜梁县新桥乡（今铜梁区土桥镇）

380

巧女对私塾先生

英莲又写出下联，叫弟弟带去学堂交给先生。先生一看，对的是：

"藕虽有孔生池中，腹内不纳污泥。"

先生很想难倒对手，又无可奈何，只好又写一纸条叫英福带回。英莲一看，上面写着：

"树大根深，叫樵夫如何下手。"

英莲仍然对出了下联，又叫弟弟带给先生。先生一看，上面对的是：

"楼台果熟，任猴子百计难偷。"

弄得先生实在没有办法。从此，再也不敢难为小学生了。

讲述者： 廖帮遐，男，苗族，农民，初中学历

采录者： 高积超，退休干部

采录时间： 1987 年 7 月 15 日

采录地点： 彭水苗族土家族自治县连湖乡（今彭水苗族土家族自治县莲湖镇）毛坪村

从前，在一个村子里住着一家庄户人家，因父母早亡，只留下姐弟二人相依为命。姐姐叫赵英莲，弟弟叫英福。英莲从小聪颖过人，也随父亲念过书，年已十八岁，尚未许配人家，靠做针线活糊口。弟弟七岁，便送去附近学堂读书。英福读书很用功，姐姐很怜爱他。

一天中午，先生正关着门睡午觉，英福有一个字认不倒，就敲门去问先生，把先生从梦中惊醒。先生很生气，便随口出一上联，要英福对出下联，否则，就要重责十板。先生上联是"有客敲门惊午梦"。英福哪里对答得上，只好哭着跑回家里。姐姐心疼地问他为什么在哭，英福便把敲门惊醒先生睡眠，并出对的情况告诉了姐姐。姐姐说："这不要紧，我给你写好，明天去交给先生，他就不会打你了。"第二天，英福到学堂，把姐姐写好的纸条交给先生，先生打开纸条一看，上面写的是："无人枕边度春心。"先生问是哪个写的，英福只好实话告诉先生。先生听说是一个女子对答的，心想，此女一定对我有意。当天放学时，也写了纸条，叫英福带回家交给姐姐。英莲接过纸条一看，写的是："竹子心空本无意，何必节外生枝。"

381

应对成亲

从前，有一个李员外，他有一个独生女儿，十分聪明美丽，知书达理，称得上才貌双全。上门提亲的人牵起线线，但李小姐一个也看不上。为啥呢？原来，她一心要找个有才学的人。为了达到目的，她就跟父亲商量，用出对子考试的方式来招亲。

李员外答应了，贴出了告示："以贤招婿，不论贫富贵贱，谁先把我这副对联对上了，就招他为婿。这上联是：黑白相间，看去不分南北。"

告示贴出，好多公子哥儿见了，都无可奈何。

一天，有个穷秀才从这里路过，他也走到告示跟前来看。正好他这时肚子又饿得慌，于是提笔写出下联："青黄不接，走来要点东西。"小姐见了又悲又喜。喜的是这对联对得很好；悲的是这句话是讨口子话。但告示又说了以贤招婿，不论贫富，就勉强同意了婚事。

在进洞房时，小姐想再试一试他是否有真才实学。恰好这时，一只小猫从窗子上跳下来落在小姐脚边，小姐轻轻一脚踢开，马上说："踢猫三寸足。"穷秀才马上对道："打狗两尺鞭。"小姐一听，又是讨口子话，心里有点不高兴。但她又一想：是不是自己的题没出好？于是又用宫廷里的事情出了一题："午朝门外站两排文文武武。"穷秀才不假思索对道："十字街口叫一声奶奶爷爷。"李小姐一听，还是讨口子话，心里很不满意。但还是和他结成了夫妻。

小两口过了一段恩爱的日子。有一天，他们在花园里玩耍，小姐想起了秀才刚来的时候那副穷酸相，于是想取笑他，便说："捅破石榴，红门中都是酸的。"穷秀才一听，心想：你还想取笑我，未必我就胸无大志。便马上对道："绽开银杏，白衣里倒有大仁（人）。"小姐听了，心想：对啰，这就不是讨口子话了。

讲述者：　黄良海，男，汉族，初中学历，石田乡农民

采录、整理者：刘德庆

采录时间：　1985 年 10 月 27 日

采录地点：　荣昌县石田乡乡政府

382

巧联谜语对

从前，有一个叫常君的秀才，很有才学。有一年，常秀才进京去应考。一天，他来到一家客栈门前，抬头一看，只见门框上挂的"悦来客栈"几个字写得龙飞凤舞。他被这手字迷住了，于是连忙进店投宿。

坐在店堂柜台后面的是一位年青美貌的女子，她是店主文幺爸的独生女儿。从小就熟读四书五经，又练得一手好字，是一位才貌双全的才女。这天文幺爸出去收账，她只好来招呼客人。

常秀才在店内住下后，就到柜台前去问文姑娘："请问姑娘，贵店的招牌是哪位高手所书？"文姑娘一听就笑了，说："哪里是爪子[1]高手哦，是一个黄毛丫头写的。"常秀才惊了一跳：这么绝妙的书法，黄毛丫头写得出来吗？于是他又问："请问这位写字的姑娘姓甚名谁？"文姑娘轻声地说："这几个不像样的字是我写的。"

常秀才听说是眼前这位姑娘写的，更不信了。他心想：这个荒村小店还会出如此书法高手？他对文姑娘上下

[1] 爪子：啥子，什么。

打量了好久，才轻轻地说："姑娘既然有这样的才华，我想姑娘定会吟诗作对了。学生敬请赐教。"文姑娘见秀才这么看不起人，心头很不高兴，说："那好，我出一个谜语对联给你对，如对上了我就拜你为师。如你对不上呢？"常秀才马上说："我对不上就立即返乡，永不上京赴考。"

文姑娘看常秀才这样爽快，就指着桌上的油灯说："我就以油灯为题。"说着提笔就写了上联："白龙过江，头顶一轮红日——油灯。"

常秀才一看惊呆了：不但这字迹同招牌上的字出自一人之手，这对联也十分贴切。白龙过江指的是泡在油里的灯草，这头顶一轮红日不就是火焰吗？既是一个以物作上联的谜对，就该以物对下联。这下子常秀才东想西想，急得满头大汗都对不上来，可是心头又不服输，说："既然你能够出上联，那你能对下联吗？如果你对上，我立刻返乡。"

这才是出对容易对对难。这姑娘也遭难住了。正在这时候，屋里的伙计喊文姑娘快拿秤进去称柴。文姑娘就去取挂在墙上的秤。她一见秤杆便触了机，立马走到柜台前，抓起笔写道："皂蟒上壁，身披万点金星——秤杆。"

常秀才一看，羞得满脸通红，连声"惭愧、惭愧"，就连夜返回家乡去了。

讲述、采录者：王平浩，男，初中学历，工人
采录时间：　1987 年 3 月 30 日
采录地点：　荣昌县昌元镇（今荣昌区昌元街道、昌州街道）

异文：谜对

东街上的悦来客栈，鞭炮声、鼓乐声连成一片。原来是悦来客栈的文幺爸带发修行的独生女返俗了。

文幺爸的独生女叫文懿，幼年丧母，寄住舅舅家，熟读四书五经，并写得一手好字。幺爸开店后，将女儿接回

在柜上写写算算，确也能助幺爸一臂之力。

一天傍晚，东街上来了一位赴京应试的举子，此人姓常名君，长得眉清目秀，文雅风流。他正欲寻一幽雅客店歇息，忽见这"悦来客栈"的招牌，就停下脚步不走了，原来他是被这飘逸的招牌书法迷住了。于是步入客栈，高呼店家。应声出来的不是文幺爸，幺爸今日外出收账还没回来，而是文懿出来招呼应酬。常君一见文懿脸如拂晓流霞，眼似含露明珠，就呆呆望着，文懿不无愠色地言道："此乃客栈，若投宿，就请进。"这话使常君回醒过来，赶忙说："学生乃上京举子，是来投宿的。"

"投宿的？请住上官房！"文懿仍无喜色地点燃一盏桐油灯，一声请，正欲引常君进店，常举子却说道："慢，请问姑娘贵店的招牌是何人所书？"

"问他则甚？"

"学生欲登门拜访。"

文懿扑哧一笑，这才和颜悦色地说道："她乃一黄毛丫头，不值一访。"

"什么？"常君一震，"出自妙龄女郎之手？"

"是的！"文懿放下油灯。

"真了不起！请问这女郎家住那里，姓甚名谁？"

"远在天边，近在眼前。"

"莫非是你？"

"是又怎么样？"

"不怎么样。"

文懿有点不服气了："你太小看人了，我柜上有文房四宝，你敢打赌吗？"

"打赌！"常君心中暗思，你这小镇村姑有多大学问，今天倒要让她在我举子老爷面前出出丑，于是用讥讽的口气言道："姑娘既精翰墨，何妨当面赐教？倘若是真……"

"怎么样？"

"甘愿拜在门下！万一是假呢？"

"关闭客栈，远走他乡。"

"可无戏言！"

"请快出题！"

常君未料到这姑娘如此爽快，眼望桌上那盏不明不暗的油灯，于是用手一指说："就以桌上油灯为题，出个对儿怎么样？"

文懿本想笑他俗气，忙转身进入柜台展纸疾书。

常君一见，却惊呆了。不但字迹与客栈招牌一模一样，这对儿还十分贴切："白龙过江，头顶一轮红日。"这"白龙过江"，指灯草横泡在油盏中；"头顶一轮红日"乃指灯草点燃后的一团火焰。这姑娘把一盏油灯写得如此传神，只是这下联叫我如何去对？急得常君满头大汗，半天说不出一句话来。

在一旁的文懿催问道："怎么啦？对不上，就下拜吧！"

常君乃巍巍富家子，堂堂大丈夫，岂肯拜在一黄毛丫头脚下，为了不失体面，忙说道："此乃一绝对，不可草率，容我慢慢想来，如对不上，我决不上京应试。"就这样，常君就在这悦来客栈住下了。

不知常君是一路感了风寒，还真是被"谜对"难住了，一连几天卧床不起，水米不进。文懿父女还特地为他请医熬药，但都无济于事。可怜这位恃才傲物、自以为满腹经纶的举子老爷便悄悄离开了人世。临终前，他恳求文懿姑娘代他对好此对，纵死九泉亦瞑目了。

常言说，出对容易对对难，这文懿姑娘也未寻出个恰当的下联来。心中非常内疚，自感对不住常君，枉送了他的性命。文懿忧郁成疾，不几天也卧床不起。幺爸求尽名医，总算保住了女儿性命。幺爸怕女儿翻病，便将文懿送到离场镇不远的"静修庵"带发修行，以求神灵保佑。文懿也暗下决心，不续好此对决不还俗。

庵中住持很同情文懿，凡重活从不让她动手，只叫她抄抄经书和为庵中记记日常往来账目。

光阴似箭，转眼就是一年。一天山下樵夫送来一担柴火，文懿要去过秤记账，便去柴屋取秤，不知怎的门后的秤不见了。文懿左寻右望，忽见大秤挂在柴屋侧壁上。真是无巧不成书，此时才思敏捷的文懿已有了对这对儿的下联，她顾不上称柴，迅速来到禅房拿起笔，铺开纸"哗哗"直书，写完之后，长长地舒了一口大气！不知老住持啥时来到文懿身后连声说道："好啊！好啊！你也该返俗了。"

原来这纸上是这样写的：

上联："白龙过江，头顶一轮红日。"

下联："皂蟒上壁，身披万点金星。"

姑娘戏先生

讲述者： 肖茂成，男，小学学历，荣昌折扇厂退休
工人

采录者： 王平浩

整理者： 王平浩

采录时间： 1986 年 10 月

采录地点： 荣昌折扇厂

　　从前，有两姐弟，姐姐十七八岁，弟娃儿七八岁。这年，姐姐把弟娃儿送到一个私塾先生那里去读书。头天，姐姐把弟娃儿送去拜见了先生，先生见姐姐长得蛮端庄，直想给她搭个往来。一时，又想不出个办法，就盯到学生身上看，发现学生脚上的鞋子破了个口，就出了个对子"学生鞋子张巴口儿"，教学生读。

　　晚上，弟娃儿总是念："学生鞋子张巴口儿，学生鞋子张巴口儿……"姐姐听见了问："弟娃儿，这句话是不是先生教你的呀？"

　　弟娃儿"嗯"了一声。姐姐心想，这个先生想戏弄人呢，便问弟娃儿："你看到先生穿得啷个样，衣服有没得烂的地方？"弟娃说："有啊，先生衣袖上烂了个口口儿。"

　　姐姐说："你明天温书的时候，在后头加一句，先生袖口耍龙头。"

　　第二天，弟娃儿按姐姐说的读了。先生走过来问："你后头一句是哪个教的？""姐姐教的。"先生说："你今天回去给你姐姐说，我放学要到你屋里来。"

弟娃儿放学回家，把话给姐姐说了，姐姐叫弟娃儿上坡去捡柴。一会儿，先生来哒，走到屋里一看，没得人，就在堂屋中间找个板凳坐了下来，说道："虎坐中堂无人问。"这时，睡在床上的姐姐说："凤眠床上正翻身。"

先生看到墙上挂的一条鱼，就说："墙上鲤鱼有多重。"姐姐说："自从挂起就没称。"

先生听到她对答如流，还有几分才气，把头上的瓜皮帽儿揭下来往桌子上一放，说道："一顶帽儿四两重。"姐姐说："两个奶子重一斤。"

先生听到这么一说，认为有那么点儿意思哒，就大起胆子问："长起奶子做什么？"姐姐说："养的儿子当先生。"

先生晓得遇到个惹不起的哒，气得边往外走边说："晦气！晦气！"

讲述者：　春堂
采录者：　樊培嘉
采录时间：　1986 年 6 月 7 日
采录地点：　奉节县曲龙乡马岭村

384

巧媳妇过渡

从前，有一个艄公在河边上摆渡。一天，船上来了五个人：一个卖盐的，一个杀猪的，一个文秀才，一个武秀才，最后上来的是个年轻妇女。

艄公正要摆渡，文秀才忙摆手叫艄公停下，对其他几个人说："今天过渡，我们来个新规矩：每个人都说一段四言八句，说得好的过河不要钱，说得不好的就付船钱，众位说要不要得？"说完，对其他几个人丢了个眼色，不怀好意地看着那个年轻妇女。所有的男人都说："好！好！"

文秀才不紧不忙，把衣袖一搂，走到妇女面前说："小娘子，你如果说不出来的话，就早点请我帮忙。"

那个妇女站起来，瞄了他们一眼，说道："说四言八句可以，不过，我从不抢先。"文秀才连忙说："那我是从不落后。"四个人都一起推文秀才先说。

文秀才清了清喉咙，斯斯文文地说："笔儿尖尖，砚儿圆圆，这次上京去赶考，一定中个文状元。"

武秀才接着说："箭儿尖尖，弓儿圆圆，这次上京去赶考，一定夺个武状元。"

杀猪佬抓了抓脑壳说："刀儿尖尖，盆儿圆圆，一年四季杀猪卖，天天月月挣大钱。"

卖盐的把秤盘一敲："秤钩尖尖，秤砣圆圆，将我盐巴渡过河，不知要赚多少钱。"

艄公摆了摆艄，也说："船儿尖尖，艄儿圆圆，男男女女渡过去，要收你们几百钱。"

五个人一说完，就哈哈大笑起来。文秀才又跑到那个妇女面前说："小娘子，你刚才都听到了。是想请我帮忙，还是愿意付船钱？"

那个妇女看到秀才老是在她面前嬉皮笑脸的，冷冷一笑就说："想得撇脱，都扯起耳朵听到。我奶儿尖尖，肚儿圆圆，一胎生五子，文武两状元，三儿在杀猪，四儿卖私盐，只有幺儿生得苦，河下撑渡船。"说完，稳稳当当地站在船脑壳上。

这几个人一听，心里怪过不得，硬是哑巴吃黄连——有苦说不出，只好自作自受。艄公也乖乖地推船过渡，到了对岸，妇女大摇大摆地走了，艄公连船钱都没敢收。

讲述者：　覃绍霞，男，庙宇镇农民
采录者：　覃昌武，男，庙宇镇文化中心干部，高中学历
采录时间：1984 年 8 月 9 日
采录地点：巫山县庙宇镇

以前，有一个和尚，一个秀才，一个妇女，三人走在一路。走到一座名叫清和桥的地方，走在前头的和尚，想奚落这个妇女，就在桥中间拦到，要每个人都以桥名的一个字为题，说一段四言八句，说起了才准过。那个秀才呢，也看不起这个妇女，就说"要得"。

和尚先说：
有水认清，
无水也认青。
去掉清边水，
加争本认静。
清静佛，
谁不爱？
上堂把佛拜，
每天吃点油炸豆腐老盐菜。
你说安逸不安逸？

你说自在不自在？

秀才接到说：

有口认和，

无口也认禾。

去掉和边口，

加斗便认科。

科举子，

谁不爱？

两朵金花头上戴。

皇帝赐我三杯酒，

胜过你油炸豆腐老盐菜。

你说安逸不安逸？

你说自在不自在？

那妇女看到他两个摇头晃脑的一副怪相，心中很生气，就说：

有木认桥，

无木也认乔。

去掉桥边木，

加女本认娇。

娇女子，

谁不爱？

生了两个儿子好乖乖。

大儿清静佛，

上堂把佛拜；

二儿科举子，

两朵金花头上戴。

为娘屋头当太太。

你说安逸不安逸？

你说自在不自在？

和尚和秀才反而被妇女奚落了一顿，只好让她过桥走了。

讲述者： 杨义文，男，汉族，初中学历，鹅公乡政府干部

采录者： 熊纯刚

整理者： 张明才

采录时间： 1985 年 11 月 21 日

采录地点： 江津县鹅公乡

异文：过河吟诗

从前，有三个人同坐一只船，其中一个是文秀才，一个是武秀才，一个是妇人。当船行走时，文、武秀才和艄公想欺负女人没得文化，就想出她一个丑。

艄公首先提议，叫每个人说一个四言八句，要把"尖尖""圆圆""三"贯在四言八句中，说不出就过不到河。默到一定能把女人难倒。文秀才得意洋洋地先说："我笔儿尖尖，砚儿圆圆，连写三篇文章，得中头名状元，钦赐三杯御酒，做个一世清官。"武秀才接着摇头晃脑说："我的箭杆尖尖，弓儿圆圆，连射三支利箭，中了武魁状元，钦赐三杯御酒，皇上派我镇守三关。"艄公也接到说："我的篙竿尖尖，我的船篷圆圆，载了三个客官，得了三串铜钱。打了三两烧酒，喝醉了，顾不得一女二男。"

这下该妇女说了。她心想：这船家说话讨厌，那两个也得意昏了，欺负我个女人家。于是说："我的脚儿尖尖，我的肚儿圆圆，一胎生了三个，文武两个状元。唯有幺儿不争气，打发他到河边去推船。"

讲述者： 魏显德，男，汉族，小学学历，巴县走马乡（今九龙坡区走马镇）退休干部

采录者： 艾一苇

采录时间： 1990 年 6 月

采录地点： 巴县走马乡（今九龙坡区走马镇）工农村

386

连生三个儿

讲述者： 王少谷，男，汉族，中学学历，八塘乡卫
生院医生

采录者： 陆玉久

采录时间： 1986 年 1 月

采录地点： 璧山县八塘乡（今璧山区八塘镇）

从前，有三个人同坐一只船。其中一个是文秀才，一个是武秀才，一个是妇人。当船行走时，文、武秀才和艄公想欺负女人没得文化，就想出她一个丑。

艄公首先提议，叫每人说一个四言八句，要把"尖尖""圆圆""三"，贯在四言八句中，说不出的认罚。默到[1]一定能把女人难倒。文秀才得意洋洋地先说："我笔儿尖尖，砚儿圆圆，连写三篇文章，得中头名状元，钦赐三杯御酒，做了三任清官。"武秀才接着摇头晃脑说："我呀，箭杆尖尖，弓儿圆圆，连射三箭，得中武魁状元，钦赐三杯御酒，皇封镇守三关。"艄公也接到说："我篙竿尖尖，船篷圆圆，连载三个客官，得了三串铜钱，打了三两烧酒，喝醉了顾不得一女二男。"

这下该这个妇女说了。她心想：这船家说话讨厌，那两个也得意昏了，欺负我们女人，我何不还敬他们一手？于是就说："我脚儿尖尖，肚儿圆圆，连生三个儿子，文武两个状元，唯有幺儿不争气，来到河下推小船。"

[1] 默到：以为。

387

一女三许

从前有个女人，生了一儿一女。家中比较富裕，她就请了个老师教儿子读书，请个长年种地，又请一个放牛娃养牛。

有一天，那女人跟老师说："老师，老师！你若把我儿子教好了，明年考中秀才，我的女儿许配给你。"

又跟长年说："你若把庄稼种好了，明年粮食得到丰收，我把女儿许配给你。"

转身又跟放牛娃说："你若把牛养好了，明年下头小牛儿，我把女儿许配给你。"三人听了，心头都热乎乎的，大家干活都很卖力。结果第二年儿子考中了秀才，粮食真的丰收了，母牛也下了头小牛儿。三个人都在想：这个姑娘我得定了。可那女人只有一个女儿，这一来，事情就难办啦。她天天茶不思，饭不想，急出病来了。

女儿看见母亲病了，就问母亲哪里不好，母亲就把许愿的事说了。女儿说："老人家，不要焦，这件事我来办。明天摆一桌酒席，请他们来了再说。"

第二天，三个人都来了，高高兴兴地坐在席上。姑娘说："我母亲把我许了你们三个人，但我只能嫁一个。现在每人说一首诗，哪个说对头啦，我就嫁给他。"

三人一想：对头，哪有几个人讨一个堂客的呢？都答应要得，就喊小姐出题。姑娘说："头句要说'一点红'，二句要说'像弯弓'，三句要说'悬空吊'，四句要说'罩子[1]笼'。"

老师说："太阳出来一点红，月亮弯弯像弯弓，天上星星悬空吊，早上起雾罩子笼。"小姐摆脑壳。

长年说："桃子开花一点红，桃树丫枝像弯弓，桃子结起悬空吊，桃树叶多罩子笼。"

轮到放牛娃说了，他不晓得说啥子好，抬头看见小姐在抿嘴笑，心想：老子别的说不来，就来按到小姐说。于是他就说："小姐嘴皮一点红，小姐眉毛像弯弓，小姐奶子悬空吊，小姐罗裙罩子笼。"

放牛娃的话刚一落音，小姐就说："他才说对了，我就许给他。"

讲述者：	许绍文，男，汉族，小学学历，干部
采录者：	许绍文
整理者：	李守志
采录时间：	1985 年 12 月 23 日
采录地点：	大渡口区新山村

[1] 罩子：蚊帐。

（七）傻女婿故事

388

三个女婿

张老头有三个女娃子，都长大嫁人了。大女娃和二女娃嫁给了有钱人家，女婿又漂亮，又穿得好，张老头很喜欢。只有幺女娃死活嫁给了一个木匠，没得钱，没有财产，女婿穿得又破又烂，张老头不喜欢。

这天，张老头过五十大寿，事先就给大女婿和二女婿说了。他两个早就派人送来了一大堆财宝，老头欢喜得不得了，忙派人去请他们来吃酒席。这两个女婿穿得伸伸抖抖，打扮得漂漂亮亮，两个过来向张老头磕了头，道了喜，又说了一大堆好话，张老头笑得嘴巴都闭不拢。

隔一阵，外头说三女婿来了，空起个手板儿。老头一听就不安逸，也不见他，只和两个大女婿先吃酒去了，半天不出来。

这三女婿叫王立，年纪轻轻，很会做木工活，就是不会讨好人，只晓得帮人做柜子、箱子的，别人给多少钱他也不管。这天，听说他老丈五十大寿，他很想买点东西来祝寿。想了半天，不晓得买啥子好，还是得来，心想，空着手来总比不来好些。没想到张老头硬是不安逸，屋都不准进。王立就坐在门槛上吃烟，没得话说，守门人也不理

他。他没得事，把头上戴的破帽儿甩在板凳上，提个长扫把，扫院子去了。

张老头存心要整他，叫人悄悄在破帽子里放个红萝卜。这王立转来也不看，拿来就戴起，看到天都要黑了，慌着要回去做点事，心想，不去给老丈人说一声不好。哪晓得跑到里头一看，张老头和那两个女婿吃得醉醺醺的，看都不看他一眼。王立心头很不安逸，还是硬着头皮，向老丈人作揖说："给老丈人祝寿。"话还没说完，帽儿头的红萝卜落到地下，张老头和两个女婿一齐笑得不得了。张老头捡起红萝卜，睁大眼睛盯着王立说："你就穷得送个红萝卜了？穷鬼，快走开，不准再来。"王立气得不得了，话都说不出来，车转身就跑了。

王立想到自家穷，被人看不起，心头气愤不过，突然想到自己不读书的难处，想到读了书就晓得事理，就会说话，就腰杆硬，便打定主意要读书。

他回家和婆娘商量，她说要得，卖了好多陪嫁，买来好些书，天天读。春夏秋冬，好多年，书都翻烂了，学好了。五年后，京城开考，哈，考得了进士。好了，这下有钱了，当官了。王立转来，还是穿着那黑黑烂烂的衣裳，想去看看老丈人咋个做。又遇到老丈人做寿，他不信王立会考得起，心想，他还不识好歹，就再整他一回。想了一个办法，叫三个女婿都来坐起，三女婿坐中间，大女婿和二女婿坐两边。张老丈人晓得大女婿和二女婿读过书，得行，就出个说字的题目来做。他以为三女婿不得行，就说，说不出的罚在地下滚三圈，想整他王立一回，看他还好意思来不来。

大女婿说："拿'丛'字讲：上面是两个大人，下面是一横木，朽木不可雕也。"把王立比作烂木柴。

二女婿说："拿'坐'字讲，两边坐的大人，下面一堆土，粪土做墙，不可用也。"把王立比作臭狗粪。

王立不慌不忙地说："拿'众'字讲，下面两边坐的是小人，我上面坐的是大人，不可比也。"说得他们都不晓得咋个说了。

压不倒王立，他老丈人还要耍赖。突然，外头人报："王姑爷送来的寿衣寿帽到！"张老头忙跑出去看，晓得王立中进士了，赶忙进来抱着他，"嘿嘿"地笑个没完。

人爱有钱人，狗爱拉屎汉。张老头喜欢王立得很，一天到晚捧着他，说了好久好话，大女婿和二女婿也不准来了，生怕夺了他的财神菩萨。

王立看到他老丈人是这样一个人，不理他，做官走了。大女婿和二女婿也不理他，再也不来给他祝寿了。亲戚都不来，张老头差点气死了。

讲述者：　吴秀明

采录者：　张平、左忠

采录时间：　1986 年 7 月

采录地点：　秀山县城

389

原汁

王大娘有两个女婿：大女婿老实人，二女婿是个能说会道的人。王大娘喜欢二女婿不喜欢大女婿。

有一天，王大娘杀了一只鸡，就跟王大爷说："明天赶场，你去请二女婿来吃鸡。"王大爷心想：咹个光请二女婿，不请大女婿呢？第二天，王大爷上街把大女婿也请来吃鸡。

中午，两个女婿一起到了。王大娘早在桌上放好了一钵清蒸鸡。她坐上席，大女婿坐左边，二女婿坐右边。王大娘想把这只鸡让给二女婿一个人吃，便对二人说："今天吃鸡不比往常，我来兴个规矩，我在钵钵头夹一坨鸡肉，要你们说它的名字，看哪个说得好听，说得对头，那坨鸡肉就给哪个吃。"两个女婿都说要得。

王大娘拿起筷子一夹，就夹了个鸡脑壳。她问大女婿："老大，这是啥子？"

大女婿说："妈，那是鸡脑壳嚯。我说对了，该我吃。"

"我刚才说了的，问了你，还要问老二，如果老二说错了，才该你吃。"

王大娘转身问二女婿："老二，你说这是啥子？"

二女婿一想：刚才妈说的，既要说对头，又要说得好听。这"鸡脑壳"不好听，要另外说一个好听的名字才行。便说："妈，那叫凤点头。"

"哈哈，说得对头，很好听。来，该你吃！"王大娘便把鸡脑壳给二女婿吃了。

大女婿想：鸡脑壳说成是凤点头，稀奇！

这时，王大娘又夹了一对鸡腿腿，问大女婿："老大，这又是啥子？"大女婿又老老实实地说："鸡腿腿，该我吃了嘛。"

"不忙，看老二嘟个说嘛。"王大娘又转身问老二，"老二，你说，这叫啥子？"

二女婿早已想好了："妈，那是一对肉鼓槌。"

"哦，对头，这正是一对肉鼓槌。你又说对了，该你吃。"

二女婿便又把鸡腿腿拿去吃了。王大娘又夹起一对鸡翅膀问大女婿。大女婿粗声粗气地说："鸡翅膀。"王大娘问二女婿，二女婿说："这是乌鸦展翅不能飞。"王大娘又把鸡翅膀给二女婿吃了。

钵钵头只剩下鸡身子了。王大娘把它夹起来问大女婿："你说，这又叫啥子？"

大女婿想：说鸡身子，不好听，鸡身子全靠胸脯子那点肉，干脆叫它胸脯子。便说："那是胸脯子。"心想：这下，老丈妈总该让我吃了吧？嘿！哪晓得，王大娘又问二女婿："你说这是啥子？"

这鸡身子硬还不好取名字。二女婿想了一阵才想出一个花样来："妈，那是扑地儿。"

王大娘一听，笑道："哈哈，对、对！那鸡呀，一天到晚就在灰里头扑到起，扑地儿这个名字取得好，该你吃。"

哦嗬！一个鸡全都被二女婿吃了，只剩了点鸡汤。大女婿毛包[1]了："吔，妈！一个鸡都被老二吃光了唦。"气不过，就伸手去端鸡汤喝。

王大妈把钵钵按到，说："不忙哟！吃鸡汤也要说个名字。"

大女婿说："鸡汤就是鸡汤，还有啥名字！"

王大娘问二女婿："老二，你说说这是啥子？"

"是原汁。"

"对，鸡汤没冲水，当然是原汁啰，又该你喝。"

大女婿连一点鸡味道都没有尝到，气得哭了起来。

这时，王大爷赶场回来了。他看到大女婿哭，便问："老大，你哭啥子？嘟个不去吃鸡？"

"吃鸡，我连鸡毛都没看到一匹。"

"嘟个的呢？"

"妈把鸡肉和鸡汤都给老二吃了。"

王大爷一听，火冒三丈说："吔，老鸡婆，我不在家，就亏待我的大女婿呀！"他一伸手就把老太婆的头发抓到，提起一摔，把王大娘摔在地上趴起，举起手锤[2]就开打。二女婿吓得不敢动了，大女婿忙喊：

"爹，要不得！你抓住我妈的凤点头，摔个扑地儿，给她一对肉鼓槌，打得我妈乌鸦展翅不能飞。哎呀，爹，你再也打不得了！"

"我做啥子打不得？"

"再打，原汁要流出来了！"

讲述者：　　　张大泉、男、汉族、重庆养护队干部
采录、整理者：廖健
采录时间：　　1986 年 4 月
采录地点：　　重庆市市中区（今渝中区）

[1]　毛包：冒火。

[2]　手锤：拳头。

390

千
里
驹
换
镖

从前，一个老太婆有三个女婿。大女婿、二女婿都是做生意的，家里头都有钱。只有三女婿是个庄稼汉，靠帮人过日子。

一天，老太婆把他们喊去，说："明天是我的生日，你们哪个先来拜寿，我就赏他十个大元宝。"大女婿想：我有千里驹，几十里路莫来头，肯定是我占先，得元宝。二女婿也想：我有黄骠马，没得说头，元宝该是我的。三女婿也想：他们两个都有马儿骑，我哪个赶得赢呢？不如早点回去找婆娘出个主意。他那婆娘是个机灵的女娃子，还真的给他出了个好主意。

就在这天晚上，三女婿把婆娘打草鞋用的草催[1]拿来别到裤腰上。不到二更天就摸到他老丈人家，躲在屋后头熬干夜。刚过了五更，鸡一叫，他赶忙爬起来就去拍老丈母的门，大声喊："老大人，起来哟，我给你老人家拜寿来啦！"老丈母听到心头高兴，赶忙开门让他进去。一进屋头，三女婿就把老太婆扶到床上坐起，急忙作揖磕头：

"三女婿给你老人家拜寿了，祝你老人家寿比南山。"老太婆站起来拿出十个元宝赏给了他。

天刚大亮，大女婿、二女都骑马赶来了。拜了寿却没有得到啥子东西。两个人见老三得了元宝，心头不安逸。老大把老三悄悄拉到一边，问："你今天来得早，是骑的啥子哟？"老三说："大哥，我是骑镖来的。我的镖当然要比你两个的马快哟！"老大听了一惊，心想：赶车骑马我都见过，还没见过骑镖的。这镖，定是个宝物呀！就对老三说："我用我的千里驹，调你的镖，要不要得？"老三说："光马儿调，不干，要搭几两银子才行。"

老大点头答应，就到山垭口去把马牵来，外搭十两银子交给老三。老三接过银子，拉过缰绳翻身上了马，才从裤腰带上取下草催交给老大，说："大哥，我先骑马走到，等哈儿你骑上镖，就会追上来的！"

老三骑马走远了。老大右脚一抬，把草催往裤裆下一夹，喊了声："给我猋！"哪晓得，那草催扭都没扭一下。他想莫非骑反了头，又把草催调过来骑，还是不动。三整两整的把他整冒了火，举起草催就朝草笼笼头一甩。正好草笼笼头跍[2]起一只野兔，野兔一听到响声，一下跳出来，扯伸脚杆就开猋。老大一见，心里明白了："这是老三留了一手，没有把秘诀传给我，整得我随便哪个骑，它都不猋；刚刚一甩，它就直猋哟！"

讲述者： 张贵华，男，汉族，初小学历，重钢二炼厂大班长

采录者： 邓泽霖

整理者： 张麟书

采录时间： 1986年1月

采录地点： 大渡口区二炼厂

[1] 草催：打草鞋的工具，用一截木棍做成，形如"弓"状。

[2] 跍：蹲。

391

傻宝女婿作诗

讲述者： 张村全，男，不识字，农民
采录、整理者： 唐会
采录时间： 1985 年 8 月
采录地点： 合川县福寿乡（今合川区官渡镇）

从前，有个员外，他有三个女儿都放了人户。大女、二女放的女婿聪明，三女放了个傻宝。

这年，员外做六十大寿，家里来了很多客人。吃饭时，大女婿对两个老挑说："我们三弟兄各作一首诗，作起了就吃，作不起就不吃饭。"二女婿说："那就用'好''大''小''多''少'这几个字来作嘛。"大家都同意了。

大女婿先作。他看见屋角角有一把雨伞，就说："老丈人这把伞好，撑起来大，缩拢来小，落雨打的时间多，天晴打的时间少。"

二女婿见老丈人穿了一件新衣服，就说："老丈人这件衣服好，穿起来大，叠拢来小，走人户穿的时间多，在屋头穿的时间少。"

三女婿想了半天，也作不起。突然，他看见老亲娘在和客人说话，就说："老亲娘长得好，坐到起大，站起来小，和老亲爷耍的时间多，和我们耍的时间少。"客人"轰"的一声都笑了。老亲爷直顾摆手，说："吃饭，吃饭。"

392

三
个
女
婿
答
题

三女婿想了一阵，喊到老亲娘说：

"你老人家独站，

"搽胭抹粉好看，

"男朋友成堆，

"老丈人撵散。"

讲述者：　　朱正国，男，汉族，不识字，居民

采录者：　　廖桂超、王伟

整理者：　　李兴荣

采录时间：　1986 年 2 月 28 日

采录地点：　大渡口区九宫庙

从前，有个老丈妈[1]，出了一道题，要三个女婿都连到说四句话，每句话挨到用"独站""好看""成堆""撵散"来结尾。

大女婿想了一哈儿就先说：

"你当门那根柏树独站，

"堆起谷草好看，

"耗子成堆，

"花猫儿撵散。"

二女婿听他这样一说，就一眼盯到了大门前的广柑树，接到说：

"你当门那根广柑树独站，

"广柑黄了好看，

"放牛娃成堆，

"大黄狗撵散。"

[1]　老丈妈：岳母。

393

三婿夸马

讲述者： 张龙成，男，汉族，农民
采录者： 冉顺生
整理者： 卢文忠
采录时间： 1985 年 10 月
采录地点： 铜梁县（今铜梁区）虎峰镇

从前，一个有钱人家有三个女婿。大女婿、二女婿都有钱，三女婿是个农民，家里很穷，尽都瞧不起他。

一天，三个女婿同时去祝老丈人五十大寿。酒过三巡，大女婿提议以岳父的马为题行酒令，既要说明马快，又不要说快字，哪个说错了就罚酒三杯。大女婿先说："水上放铜铃，岳父骑马到江城[1]，骑去又骑回，铜铃尚未沉。"二女婿接着说："火上放鸡毛，岳父骑马赶中敖[2]，骑去又骑回，鸡毛还未焦。"该轮到三女婿说了，他正在想的时候，岳母打了一个屁，把他打醒豁了，随口念道："岳母打个屁，岳父骑马赶松溉[3]，骑去又骑回，岳母的屁眼还未闭。"话音一落，引得满堂大笑。

[1] 江城：地名。
[2] 中敖：地名。
[3] 松溉：地名，"溉"当地读"既"。

394

傻女婿淘见识

简家院子的老板，招了一个上门女婿。这个女婿傻得很，吃饭不晓得放碗。老亲爷觉得应该让他出门淘点见识，就拿了二十两银子，喊他出去淘见识。傻女婿问："啥子叫淘见识？"老亲爷说："见啥子学啥子就叫淘见识。"傻女傻就说："要得嘛。"

傻女婿出门不晓得朝哪里走。恰好这时有个货郎子过路，他看货郎子那个拨浪鼓摇起很好耍，他就跟货郎子一路走。

正是三伏天的时候，太阳大得很。走到一个石坝上，石坝晒得烫脚。货郎就说："哎呀，锅烧辣了[1]。"侧边有个晒粮食的人接到说："锅烧辣了就煎蛋嘛。"傻女婿一听，心想：见啥子学啥子，我就把这句话学到。他又跟着货郎子走，一走就走到一条河边，河上用一根树棒棒搭了个木桥。货郎子说："咳，独木桥实在难过呀！"傻女婿又学到了。心想：咦，货郎子还有点见识，我就跟他淘好了。又跟货郎子走了，走到一块水田边边，田缺的水正哗哗地

[1] 锅烧辣了：锅烧烫了。

流，冒起一股一股浪花来，像水开了锅一样。货郎子说："水涨了[2]，下面！"傻女婿又学到了。又走到一个石凼凼，凼凼里的水清清亮亮的，货郎子又说："心想打口渴[3]，没得瓢羹舀汤喝。"傻女婿又学到了。又一走，就走到一个院子当门，院子头有一群狗，龇牙咧嘴地来咬他们。货郎子吼道："老母狗，你莫龇牙，龇牙给你两虾扒[4]。"傻女婿又捡到了。

傻女婿淘到这些话回屋，一家人都来问他淘到些啥子见识。他说："淘得多得很啰。"一家人好不欢喜。老亲爷专门办了酒席，请了些亲戚朋友，庆贺他女婿淘了见识。

三亲六戚听说傻女婿都淘到了见识，大家都来了。厨倌师傅也跑到堂屋来看。一哈儿，灶房的人就在喊厨倌师傅："锅烧辣了！"傻女婿一听就说："锅烧辣了就煎蛋嘛。"满屋一听，都惊了一头：呲，傻女婿硬是淘了见识啰，锅烧辣了他晓得喊煎蛋了。

摆席了，恰恰傻女婿当门只摆了一支筷子。他一看，就说："唉，独木桥实在难过呀！"大家看到他当门只有一支筷子，笑了起来，觉得傻女婿不仅淘了见识，还学到抛文了。堂屋里一闹热，那厨倌师傅又跑来看闹热。一哈儿，灶房头又有人在喊他说："水涨了！"傻女婿一听，赶忙接嘴说："水涨了下面嘛。"老亲爷见女婿硬是淘了见识，高兴得嘴都闭不拢，忙请大家入席。

席桌吃了一哈儿，灶房头就把莲子汤端上了桌。傻女婿一看没得瓢羹，就说："心想打口渴，没得瓢羹舀汤喝。"又惹得满屋客人笑。丈母娘高兴得不得了，想亲自去帮女婿拿瓢羹。哪晓得她欢喜很了打烂砂锅[5]，刚一站起来，脚就绊到了板凳脚，"啪"就是一扑爬，摔得张起嘴巴惊叫唤。傻女婿看到就吼道："老母狗，莫龇牙，龇牙给你两虾扒。"惊得满屋的人都说不出话来。

[2] 水涨了：此处指水烧开了。
[3] 打口渴：解渴。
[4] 两虾扒：虾扒本是打鱼的工具，此处作量词，即两下子。
[5] 打烂砂锅：此处指高兴过余出了问题。

讲述者： 石蕴玉，女，汉族，初中学历，退休教师

采录、整理者：姜孝德，王正平

采录时间： 1985 年 1 月

采录地点： 江北区刘家台

395

吴
财
主
招
女
婿

从前，有个姓吴的财主，家有钱财万贯，可惜是个大老粗，凡是笔墨上的事，总是求乞别人。他膝下只有两个娃娃女，都长得花样的好看；大女已出嫁，女婿也任何字都认不倒，帮不了他的忙。老两口商量，要给二妹子找个识字的上门女婿，来支撑门面。于是，吴财主就特地出外查访，找寻有文才的人。他来到县城，在北街看见一个漂亮的后生在一处屋下摆摊，面前地上乱七八糟地摆起好多书，他欢喜得眼睛笑成豌豆角，心想，可叫我找着了。他打着哈哈走过去，和那个后生交谈起来。原来，那个后生姓杨，叫杨三，单身一条光棍。吴财主当即把招亲的事明说了。杨三也在愁，靠卖点破书求不得温饱，巴都巴不得，满口答应。当天，吴财主就把杨三带转去，对老伴一说，老伴当然也欢喜，只是觉得要考考杨三，摸摸底。

三天后，正是吴财主的生日，亲友们照依[1]来拜寿。大清早，吴财主叫杨三钉一个本子，备好笔墨，要杨三把各家的礼物记上账，这可急死了杨三。原来，他从小死了

[1] 照依：照倒，照例。

爹娘，没跨过学堂门坎，也是个没文墨的。吃过早饭，杨三还没打出主意，客人却开始来了。大姑爷提来五斤茶油，咋个[1]记呢？咦！他无拢[2]想起了一个办法，杨三一拍脑壳，在第一行滴了五滴墨水。接倒起又来了三个人，隔壁二嫂背来一兜芋头，他就在第二行涂了一些点点，每个点点周围又画了一些须须，毛乎乎的。第三个是长工田大，提来一串黄鳝，他在第三行画了长长的一横。第四个族人五伯，送了一条大鱼鳅，杨三在第四行画上短短的一横。这时，吴财主走来一看，只见账簿上点点横横，哪里像是字！他赶忙叫来老伴，老婆子对杨三说："杨三，你可要记个一清二楚。礼尚往来，是要还人情的哟，你念来听听噻。"杨三不慌不忙，装出斯文的样子："毛毛乎乎是芋头，长的那横是黄鳝，短的那横是鱼鳅。"吴财主听了，欢喜得像心里装满蜂糖：天啦，他还编成了诗呢！家人们也不住地夸奖："好文才！好文才！"

讲述者：　石庆明，苗族，高小学历
采录者：　王斌礼，男，大专学历
采录时间：1986 年 11 月 3 日
采录地点：秀山县龙凤乡（今秀山土家族苗族自治县
　　　　　清溪场街道）三合村

[1] 咋个：怎样。
[2] 无拢：忽然。

396

傻女婿学说话

从前，有个傻女婿，不会说话，回回得罪老丈人。媳妇呢，哭也不是，笑也不是，教他说话，他也不会说。这年，丈母娘满五十，要做生，女儿跟女婿都该回去给老丈母拜寿。女儿担心傻女婿到那时乱说，得罪老丈母，就拿了四两银子，叫傻女婿出门去长见识，学说话，学好了才一路去拜寿。

傻女婿带了四两银子，出了门，走啊，走啊，翻了一座山，过了一条河，走到一个竹林院门口，看见一对秧鸡"扑扑扑"飞进竹林。满院子的人呢，都出来看。一个老汉笑嘻嘻地说："一对秧鸡飞过林啰，惊动一湾人啊！"傻女婿听了，心想：这句话说得好。他就拿一两银子，请那个老汉教他说，学了三天，他才学会了。

傻女婿又走，走啊，走啊，看见河边边有一个鸳鸯鸟在水里游。河坎上有个读书人，像是在问那个鸳鸯鸟："往日成双成对，今日为何成单呢？"傻女婿听了，心想：这句话说得好。他又拿一两银子请那个读书人教他说，学了三天，他又学会了。他又走，走啊，走啊，看见一个庄稼汉，拓一把钉耙，田坎上，一条黄狗对直过来，不让路。那庄稼汉冒火了，诀那黄狗："老母狗稀牙稀牙，给你几钉耙！"那黄狗就夹起尾巴跑了。傻女婿听了，心想：这句话又说得好，一说狗就吓跑了。他又拿出一两银子，请那庄稼汉教他说，学了三天，他才又学会了。

傻女婿又走，到一个青草坡，看见坡上有两条牛，正在打架，牛角抵牛角，要斗个你死我活，坡上围了些人在看闹热。一个放牛娃儿赶忙跑过来，老远就喊："沙（母）牛打牯牛，拖开，拖开！"大家把沙牛拖开，才没打了。傻女婿心想：这句话也说得好，一说牛就不打架了。他拿出剩下的银子，请那放牛娃儿教他说，学了三天，又学会了。

银子用完了，话也学会了，快到八月中秋节啦，他急忙回家去，跟媳妇一路，到丈母娘家去拜寿。

还没走拢屋，在竹林角，他就长声悠悠喊起来："一对秧鸡飞过林啰，惊动一湾人啊！"

不消说，老丈人、老丈母都欢欢喜喜接他进屋，堂屋几张桌子都坐满了人，舅母拉他坐上席，有意试他，只给他摆一支筷子。

一支筷子嘟个拈菜嘛！傻女婿想起他学的第二句话，就说："往日成双成对，今日为何成单呢？"听了这话，舅母想：当真他不傻啊，急忙给他加一支筷子。

丈母娘一见，心头高兴，就哈哈大笑起来，傻女婿马上说："老母狗，稀牙稀牙，给你几钉耙！"老丈母气昏了，抓起响篙就打，打得傻女婿惊叫唤："沙牛打牯牛，拖开，拖开！"

讲述者：　谢伯清，女，农民，不识字
采录者：　林三、卢勇
采录时间：1986年10月1日
采录地点：垫江县龙岗乡

397

咳都说不成

从前，有家人，有三个女婿。大的两个是读书人，小的一个屋头穷，读不起书，说话高一句、矮一句的，丈母娘就说他傻，嫌他。

有一回，丈母娘生日，三个女婿都去了。丈母娘喊大的两个在屋头耍，把幺女婿喊上坡去挖土。幺女婿几锄一挖，累得他满身冒汗。他把衣裳脱了挖，几股风一吹，就伤风了，咳得他上气不接下气。实在是挖不下去了，他就挖起锄头朝屋头走。丈母娘问他，嘟个恁早就收活路了？

幺女婿说："几股风跟我一呛，呛得我……"他话还没有说完，又"咯咯咯"地咳起来了。

丈母娘说："呛、呛，咳都说不成。"

幺女婿说："我要是客[1]舍，又不上坡挖土啰。"

讲述者：　彭少云，男，汉族，小学学历，农民
采录者：　陈兴智

[1]　客：方言，读咳。

整理者： 周镕德

采录时间： 1986 年 4 月 11 日

采录地点： 巴县凉水乡（今巴南区接龙镇）

398

傻女婿

从前，有个老秀才，他有两个女婿。

大女婿是读书人，知书识礼的；二女婿却笨痴痴的。

有一回，大女婿屋头撇脱[1]，老秀才和他的二姑娘都去了。二姑娘吃了酒回来，嘟起嘴巴一句话也不说，她男人问她为啥子不安逸。

她气冲冲地说："你看人家大姐哥多文雅。"接着，她就把去大姐哥那里的经过一一摆了出来：

"那天，我和老汉一起去吃酒，刚走拢门口，一条大黄狗"汪"的一声冲出来扭倒我们咬，打都打不开。大姐哥跑出来只轻轻儿喊了一声，大黄狗就摇尾摆尾的，看倒我们像主人家一样。

"老汉儿说：'你喂的狗儿好乖哟。'

"姐哥说：'小小毛犬，何须挂齿。'

"进了门，我们看到姐哥他们的房子只有那么修得好了，老汉问，房子是哪年修的？

"姐哥说：'此乃祖传之物，小婿一概不知。'

[1] 撇脱：泛指办酒席请客吃饭。

"老汉儿看到那满墙满壁的字画，夸他家是书香门第，又问他出了好多读书人。

"大姐哥说：'决非小婿夸口，一代都要出两个。'"

二姑娘一摆完，她男人说："那有啥子稀奇？我早就会说。"

没隔好久，老秀才的二姑娘生了娃儿，老秀才去吃祝米酒。二女婿把老丈人接进屋，老丈人问："贤婿，我那外孙儿是读书的嘛还是绣花的哟？"

二女婿装起斯斯文文的样儿说"小小毛……毛，"那个犬字他说不来，就说成"小小毛狗，何须挂齿。"

老秀才以为女婿客气，又问："贤婿，我那外孙儿是何时出生的？"

二女婿说："此乃祖传之物，小婿一概不知。"

老秀才一听，不对头，把桌子一拍："混账，蠢才！"

二女婿以为蠢才就是秀才，他也答得快："有账，有账，一代都要出两个。"

讲述者： 姚波，男，文化专干，高中学历
采录者： 周镕德，男，文化专干，高中学历
采录时间：1985 年 5 月
采录地点：巴南区石滩乡（今巴南区石滩镇）

399

傻宝女婿

有个傻宝女婿，要去跟老亲爷拜寿。他堂客给他买了一匹绸子，对他说："你会到我爹，你要喊巴实[1]点。就说这绸子是你亲自买来送给他老人家的。他若问你，这是啥子绸子，你就说是大河绸子，不是小河绸子；是嘉定绸子，不是顺庆绸子；是三丈二尺长、二尺八寸宽的好绸子。"

傻宝女婿说："我晓得了。"

傻宝女婿到了老亲爷的家，老亲爷好酒好肉地招待吃了饭。老亲爷又给他泡了一碗盖碗茶，问："你送的那绸子，是哪里出的？"傻宝女婿就照堂客教他的话说："老亲爷，这个绸子是大河绸子，不是小河绸子；是嘉定绸子，不是顺庆绸子；是三丈二尺长、二尺八寸宽的好绸子。"

老亲爷见傻宝女婿答得头头是道的，心想：他不是傻宝呀！就问道："女婿娃呀，这茶怎么样？"傻宝女婿答道："老亲爷，这个茶是大河茶，不是小河茶；是嘉定茶，不是顺庆茶；是三丈二尺长、二尺八寸宽的好茶。"

[1] 巴实：此指亲热。

老爷亲见他说得牛头不对马嘴，气惨了，便骂道："你在放屁！"傻宝女婿忙说："老亲爷，这个屁是大河屁，不是小河屁；是嘉定屁，不是顺庆屁；是三丈二尺长、二尺八寸宽的好屁。"

老亲爷气得吹胡子。

讲述者：　林长禄，男，小学学历，川剧琴师

采录、整理者：杨忠全

采录时间：　1986年1月

采录地点：　重庆市市中区（今渝中区）

400

傻女婿学唱戏

从前，有个有钱人，他有好几个女婿。几个女婿当中，有一个傻得没得法，他堂客不晓得为他怄了好多气，总想把他教精灵点儿。

那年过年，这个有钱人想热闹一番。他不但要请戏班子去唱戏，还要每个女婿到时也来唱一段。这一来，把傻女婿的堂客急得心头像猫抓一样：嘟个做啥？到时候不丢丑才怪呢！想了半天，还是决定先教他一段戏。

那天黑了，两口子睡在床上，堂客对傻女婿说："过年的时候，爸爸要你们一个唱一段戏，你唱不成嘟个做啥？我先教你，我念一句，你就跟到念一句。"

傻女婿说："要得嘛。"

堂客就拿起腔念道："今日见娇娘——"

傻子拖声大气跟着念："今日见娇娘——"

堂客听他多大阵仗[1]，气就来了，心想，黑更半夜的，人家听到多焦人[2]，赶忙招呼他说："你小声点儿！"

[1]　阵仗：阵势，来形容排场、声势。

[2]　焦人：本指忧虑，此处指难为情。

傻子默倒是堂客又在教他唱戏了，也跟到大声念道："你小声点儿。"

堂客气忙了，就蹬了他一脚，说："滚你妈个×！"

他也跟到大声说："滚你妈个×！"

堂客气得遭不住了，起来就朝隔壁房间走，边走边说："老子不跟你两个睡了！"

傻子也跟倒说："老子不跟你两个睡了！"

过年了，傻子的老亲爷请了不少的客。那天，傻子自然也去了。轮到他唱戏了，他打开喉咙，拖声吆吆地念道："今日见娇娘——"还有点唱戏的味道，引得在场的人都拍手叫好。傻子大声说："你小声点儿！"

老丈母怕他这样把客些得罪了，就拢去对他说："恁个说要不得。"他马上大声说："滚你妈个×！"

哎，这一下把老丈母气得话都说不出来！小姨妹赶忙拢去劝他："姐哥，那是妈，你咋个乱诀哟？"

他又吼道："老子不跟你两个睡了！"

讲述者： 杜子榜，男，乡文化站专干，初中学历
采录者： 李子硕，男，文化馆干部，高中学历
采录时间： 1988年1月
采录地点： 巴南区广阳坝文化站

401

取名吃鸡

从前，有个财主，他有两个女婿。大女婿有钱，又油嘴滑舌，很讨老丈人喜欢。二女婿家头穷，老丈人就讨厌他。

一天，两个女婿到老丈人家耍。老丈人杀了一只鸡，巴心不得把鸡都给大女婿吃！又想到两个都是女婿，做得太明显了不对头，就想出个题目考倒二女婿。

财主想了半天，才想出一个"取名吃鸡"的办法。他晓得，大女婿精，能说会道；二女婿憨头憨脑，不会说话。只要一考，当然是大女婿吃啰！

主意想好了，他就对两个女婿说："今天，我想考你们，来个取名吃鸡。我掐一样鸡肉，哪个能取个好名字，哪个就吃；取不来名字，就莫吃！"

大女婿晓得这是老丈人整二女婿的法子，急忙说："好好好！"二女婿心想：我虽是很少吃鸡，未必鸡身上的名字我都叫不出来么？也说："要得嘛。"

老丈人一听，暗自欢喜，招呼两个女婿去席上坐好了，用筷子夹起鸡脑壳，问二女婿："这是啥子？"

二女婿说："鸡脑壳。"

"不对。"财主转过头来问大女婿，"你说这是啥子？"大女婿赶忙站起来，说："泰山，这是凤凰头。"

财主一笑，说："这就对了，该你吃。"说着，就把鸡脑壳放到大女婿的碗里。然后，他又夹起鸡脖子、鸡翅膀，问二女婿："这是啥子？"

二女婿说："鸡颈子、鸡翅膀。"

财主摇摇头，说："不对。"

大女婿指着鸡颈子、鸡翅膀说："这是格格弓、两扇风。"

财主直是点头，说："对，对，该你吃。"说着，又把鸡颈子、鸡翅膀放到大女婿碗里。后来，他又夹起鸡腿，放到鼻子边闻了闻，对二女婿说："这东西安逸哟！你说，这叫啥子？"

二女婿看了看财主手里夹的鸡腿，说："鸡腿嘛！"

大女婿赶忙接嘴说："不！那叫鸡溜锤！"说完，老丈人又把鸡腿放到大女婿碗里，还催他说："你说得好，名字取得好，该享口福，快点吃。"

看到鸡肉就要完了，二女婿汤也没得尝，心头有气，又说不出口，只好把气闷在心里头。这时，财主又夹来鸡肠子、鸡屁股问二女婿："这是啥子？再讲不对，就莫想吃了。"二女婿看了看，说："是鸡肠子、鸡屁股！"

财主摇了摇头说："不对！"

大女婿手里拿着鸡腿，怪声怪气地说："泰山，这是节节香，给你老人家下酒，有滋有味的东西。"

财主高兴得哈哈大笑，说："你娃说得好，说得对，该你吃，都给你吃！"

说着，连肉带汤全部端给了大女婿。二女婿只好吃光饭。

吃过饭，财主要两个女婿上山给他砍点柴回来。这下，大女婿就喊恼火了！他是一个好吃懒做的人，要嘴皮子还来得，要做事就叫和尚的脑壳——没得发（法）了。但不能不去，只好慢一慢二往山上摇。二女婿天天砍柴，手脚灵便，听老丈人说要砍柴，一口气就跑上山去，很快就砍了一大捆柴。

回家路上，他见大女婿躺在路边一个棚棚里睡懒觉。二女婿喊他回去，他爬起来，背起别人放在棚棚的柴就走。

凑了巧，那柴的主人来了，一见大女婿偷他的柴，二话不说，抓起大女婿脑壳上的头发，顺手就是几耳光。还把大女婿按在地下，用脚踩倒，捆住手，卡住颈子，举起拳头憨打，打得大女婿"妈呀娘"地呻唤。

二女婿背柴回去，财主问他："你大姐夫怎么没回来？"二女婿说："他上山睡懒觉，醒来把柴盗，被人发现了，当然不依教。抓住凤凰头，卡着格格弓，踏住两扇风，捆上节节香，劈背几溜锤，打得有滋味。"

财主听了，哭笑不得，只好悄悄走开了。

讲述者：　林亚忠，男，土家族，农民，小学肄业
采录者：　谢再明，男，文化干部
　　　　　许显昌，男，文化干部
采录时间：1987 年 3 月 23 日
采录地点：黔江区邻鄂乡（今黔江区邻鄂镇）

402

戳
背

讲述者： 周成宽
采录者： 马世超
采录时间： 1985 年 6 月
采录地点： 石柱土家族自治县三河镇

　　一个员外，有三个女婿，大女婿、二女婿都是秀才，三女婿傻得话都说不伸展[1]，有客来，菜都不知道请。

　　一次，傻女婿的生日，大姐夫、二姐夫到他家里来做客。他妻子对他说："一会儿上桌子，你要请人家拈菜。你不是知道嘛，这板壁上有个洞，我在洞里用木棍一戳[2]，你就说："请菜！请菜！"傻女婿答应说："对嘛！你戳一下，我就说'请菜！请菜！'"

　　酒席摆出来了。果然，他女人在板壁孔里用木棍戳一下，他便说："请菜！请菜！"拈了几回后，大姐夫、二姐夫见他只请一样菜便不再拈了。他妻子直顾戳，暗示他请别的菜，他说："拈嘿，拈嘿！你们还不拈啥，我背都着戳烂了！"

[1]　伸展：清楚。
[2]　戳：duō，捅的意思

403

一雀入林百鸟哑声

从前，有个财主，他女儿许了人户，可女婿又穷又傻，财主就想悔婚。财主生日这天，傻女婿的母亲决定让他先学点见识。于是，拿钱请了一个秀才同行。

走到一个廊场，树木繁茂，百鸟儿在林中歌唱。突然，飞来一只鹞子，百鸟见了鹞子，不再鸣叫了。秀才便说："一雀入林，百鸟哑声。"傻女婿说："这话好，这话好！"便向秀才学这句话。秀才教了好几遍，才记住了。

他和秀才又走呀走呀，走到前面，有一个院子，一个农妇提着猪食去喂猪，那猪食刚煮好，热气腾腾的。猪食倒进槽里，猪儿见很烫不吃。秀才又说："畜见热食不餐。"他说："这话好，这话好！"他又请秀才教他。秀才教了好几遍，他才记住了。

他和秀才又走呀走呀，走到一条溪沟。溪沟上搭了一根木棒。秀才跨上独木桥，胆战心惊的，过不去，便说："独木桥难过江。"他说："这话好，这话好！"他又请秀才教他。秀才教了好几遍，他才记住了。秀才过不了独木桥，只好独自返回去。

到了岳父家，宾客们知道他岳父要悔婚，见他一去，都不讲话。傻女婿便说："一雀入林，百鸟哑声。"宾客们一听，嘿，他女婿又聪明又有本事哩。

酒席摆好了，客人们入了席，一个个把筷子举起来，讲客气，都不动筷，他便说："畜见热食不餐。"他岳父一听，以为是女婿知道自己要悔婚，不满意，故意骂人的。心想：女婿学精灵了哩！

傻女婿坐的位子，只有一支筷子，他又将筷子搁在酒杯上，说："独木桥难过江。"岳父听了，以为他是在说气话，连忙把他肩头一拍，喊进后堂，对他说：

"你不要说怪话。对这婚事，你看个期辰来娶就是了。"

讲述者：　向朝阳
采录者：　马世超、彭林绪
采录时间：　1985 年 6 月
采录地点：　石柱土家族自治县枫木乡（今石柱土家族自治县枫木镇）

404

傻子女婿问安

相传，有一个傻子女婿，他舅子的牛死了，老家公、老家婆就喊他回家来摆一下龙门阵，顺便劝劝他的大舅、二舅，让他们散一下心。老家婆就把这个打算给女儿讲了。那女儿说："要得嘛！我明天喊他来就是了。"

这可把傻子女婿害苦了，他从来很少出门，又不喜欢说话。他便对他堂客说："你自己去不就行了吗？叫我去，我说得来啥子嘛？我不去！"

"不去不行呀，人家老家公、老家婆说了的，要你去。"堂客说。

堂客见他在那里闷起不开腔，就又说："来，我教你怎样说。你去了，见到他们，就对他们说：'大舅二舅你莫要怄气，蚀财免灾星！'"

一走起去，老家公、老家婆又是递烟又请他坐，大舅、二舅也走拢来，想摆一下龙门阵。他一开腔就照堂客教他的那样说："大舅二舅你莫要怄气，蚀财免灾星嘛！"他那些舅子一听：嘿！别人说他傻，他哪里傻？还晓得劝人呢！

傻子女婿耍一伙就回去了，那老家公却紧倒怄气，想不通：牛死了，庄稼哪个做法呢？没多久，由于年纪大，又怄气，就死了。

老家公死后，傻子女婿这回就对堂客说："老家公死了，我去问问安。"

"要得，要得，你去嘛！"堂客觉得男人比以前聪明些了。

傻子女婿一到老家公家，见大舅、二舅也在，顺口就说："大舅二舅你们莫要怄气，蚀财免灾星。"两个舅子看他说话时的得意劲，气不打一处来，把他推倒在地，暴打一顿。

这次呀，只得怪他堂客没有教他了。

讲述者：　刘远扬，男，汉族，初中学历，走马镇银岗村八社人

采录者：　钟守维

采录时间：　2002 年 2 月

采录地点：　九龙坡区走马古镇

（八）婚嫁故事

405

火柴盒传书结良缘

有一个很漂亮的姑娘，在火柴厂工作。父母早死了，单身一人，性情孤僻，但为人善良，工作表现也都不错。就只一桩，二十好几的人了，还没有找到对象，姑娘只好自认命苦。

姑娘在厂头是包装火柴的包装工人。一天，她把自己的姓名、性别、年龄、工作单位等等，就像如今时兴的征婚启事一样，详详细细地写在一张小纸条上，并约定得到这张纸条的人，某月某日某时在公园会面。然后把这张小纸条就放在一盒火柴里，作为成品包装出厂。姑娘想：这盒火柴不管被哪个买到，只要他是没有成婚、年纪相当的男子，哪怕是盲人、聋哑人，我都愿意与他成亲，反正这是我命中注定的了。

火柴从厂里卖出后，到了姑娘约定的日期了，她真就按时到约定的地点等候。不一哈儿，一个手拿火柴盒的人来了。她把这人一看，人倒也年轻，个子还高高大大的，只是他那身烂朽朽的衣裳，脏得跟叫花子一样。头发长得像乱鸡窝，花眉屎眼 [1] 的。那人从火柴盒里取出姑娘那张小纸条说："同志，这是你写的吧？"姑娘点了点头。那人便自我介绍姓名、年龄等情况说："我是个无职无业的人，算是交了好运，才买到你这盒火柴。若你不愿意，我也不强迫。"姑娘听这人说话倒诚恳，心想：这怕真是我今生的命了，他就是叫花子我也养他。便说："没有职业是暂时的。你人还年轻，地段上一定会帮助你的。"姑娘看他样子也实在是穷，便先领他到馆子头去吃饭，然后上百货公司给他买一身衣服。尽管这人褛垮垮的，还一身臭气，姑娘并不介意，跟着他从上街走到下街，满城地转悠。最后，这人把姑娘请到他家里去了。这人的家，住在一条巷子的地屋里，门一打开，姑娘就闻到一股霉臭味儿。家里什么东西也没有，仅有的桌凳上铺满了灰尘，桌子上还放着没吃完的稀饭和馒头，都发出了酸味儿。但这人倒很热情，一边招呼姑娘坐，一边收拾那些烂东西，还拿出一点已发霉的饼干来招待姑娘。姑娘心想：这屋子再孬，将来是自己的家了，她也就坐下和这人摆谈了半天。分手时，她留下三十元钱，叫这人先去洗个澡、理理发，暂时没有工作，剩下的钱就作生活费用，并约定下个星期天再见面。

第二个星期天，姑娘真的又按时去与那人会面。刚走到十字街口，只见围了一堆人，不知发生了啥子事。她便走过去一看，吓了一跳。原来她找的那个对象，还是那副褛褛垮垮的打扮，在人群当中又哭又说，说他的女朋友送的三十元钱和一身新衣服，都被小偷偷了，今天没脸去见女朋友了。周围的人听了一阵哄笑，说："你少在这里扯把子，你这个样儿还会有女朋友呀，只怕哪个姑娘瞎眼啰。"那人说："你们不信，可以去……"他抬头一眼就看到了姑娘，忙指着说："她就是我的女朋友，你问她嘛！"人们把姑娘一看，都惊呆了。姑娘忙上前招呼这人说："钱，掉了算啦，衣裳掉了我们又去买，走吧！"周围的人看见这姑娘果真是这个人的女朋友，便都叹息说："哎，一朵鲜花插在牛粪上喽！"姑娘没去管众人的闲言碎语，又领着自己的对象，先去吃饭，再买衣裳，又领他去洗澡、理发，把一身换得干干净净，才送他回家。分手时，又留

---

[1] 花眉屎眼：此指脸上又脏又花。

下三十元钱。这人说，段上已给他安排了工作，钱他就没有要。但是说他的父母想见见姑娘，问她好久有空。姑娘说："到时候再说吧！"

他们这地方是个小城镇，姑娘当众认自己这个褛褛垮垮的叫花子男朋友，便成了头条马路新闻。还有人说她："东选西选，选了个烂灯盏。"她的好朋友中也有人提醒她慎重考虑。但姑娘认为这小伙子人虽穷，但对自己是真心相爱，也就一如既往，每次按时赴约。

一天，姑娘正在上班，传达室的老师傅来对姑娘说："你的男朋友来了。"她忙来到厂门口，只见一个魁梧英俊、西装笔挺的小伙子站在那里，却不见她那个烂朽朽的男朋友。她正东张西望，老师傅才指着那小伙子对她说："你怎么连自己的男朋友都不认识啰？"姑娘才仔细打量那西装笔挺的小伙子，确是自己的男朋友。小伙子这才对姑娘说，他父母要见她。她去找领导，请了一天假，两人便往小伙子家里走去。

路上，小伙子主动说明：他本不是待业青年，父母还是相当高级的干部。过去虽然有不少姑娘追求过他，但他发现，那些人，有的是爱他的家庭地位，最多不过是爱他这个人长得漂亮、身高一米八零以上。真心爱他这个人的，简直是少有。这次无意中买到姑娘那盒火柴，便伪装成个又穷又烂的待业青年，想试探姑娘的心，果然发现了姑娘有颗善良真诚的心。又说："父母听说你真心爱我，非常高兴。"姑娘听了，轻轻捶了小伙子一拳说："你真坏！"两人便有说有笑地去见两个老人家去了。

讲述者：　　张屏屏，女，汉族，高中学历，文化站专干

采录、整理者：王正平

采录时间：　1986 年 4 月

采录地点：　江北区文化馆

406

丘二当驸马

从前，有个帮丘二的人，送他的相公到京城考状元。这京城他是头回来，一看还好耍，就东游西逛，到处看热闹。逛到一个地方，那里挤起嗨大一堆[1]人。原来是皇帝要招驸马，这里巴的是皇榜。上头是公主出的考题，写的全都是些很不好认的字。这丘二心想：是啥子东西恁多人看哟。他挤拢去一看，密密麻麻一饼字，他一个字都认不得。看榜文的人看他挤得恁凶，就问他："你挤恁凶，认得好多嘛？"他照直说了就没得这回事了。嘿，这丘二跟他相公没淘到文墨，倒学会了抛文，就说："一字不识。"那个守护榜文的人一听，赶忙跑出去给皇帝说："外头有个人，说他只有一个字认不到。"这个皇帝一听，心想：呲，他只有一个字认不得，比我都还要得行。就给皇门官说："把他喊进来我看一下。"老实，皇门官就出去把那个丘二喊进去见皇帝。

这个丘二进来，皇帝一看：哎呀，像个叫花子一样。他又一想：莫不是个举子，故意来试我哟。又看到这个丘

[1]　嗨大一堆：很大一堆。

二人也年轻，唔，人不可貌相，海水不可斗量。就对皇门官说："快给驸马爷沐浴换衣。"皇帝又向全国宣布招这个丘二为驸马，还给这个丘二和公主两个举行了婚礼。

婚后，公主问丘二："你究竟是哪一个字认不到呢？"丘二说："哎呀，我全都认不到。"公主一听，糟了！他已是驸马，这名声都传出去了，我要是不干，二天哪个办！公主左想右想，最后还是手把手地来教丘二。还好，这个丘二还有点精灵，就跟到公主学。

有一天，皇帝想当到王公大臣，考一下丘二的才华。公主早晓得皇帝要考问他开天辟地的人是哪一个。公主就给他说："开天辟地是盘古王。"这丘二随便哪个都记不到盘古王。公主着急昏了，就帮他打了个主意：拿个盘子放在他怀头，喊他把盘子摸到，就会想起盘古王。

考试那天，皇帝当真问他开天辟地是哪个。丘二一听，呲，我堂客硬是谙到[1]了，等我摸一下就晓得是哪个了。他伸手到怀里摸到了盘子，觉得是个瘪东西，哦，是瘪古王。赶忙说："瘪古王开天辟地。"王公大臣惊了一张[2]：嗨呀，这个人都要招驸马？这下把皇帝气到了，说："开天辟地明明是盘古王嘛，瘪古王是啥子人？"这丘二一听：哎哟，搞拐了。他都还精灵，赶忙说："瘪古王是盘古王的老汉，盘古王是他的儿子。子承父业，开天辟地当然该是瘪古王啰。"王公大臣当中也有人看出驸马在胡说八道，为讨好皇帝，接连说："高见，高见。"

有一天，公主她姐夫来喊他们出去打猎，想告一下驸马的本领。看到天上飞来三只雕，姐夫一箭就射下一只。又喊丘二射。丘二心想：从来没有射过箭，这拿来哪个办？他气力还是有，搭上了箭，使力一拉，弓拉开了又不敢射。公主在侧边着急昏了，给他一搒[3]，那箭就射出去了。硬是不巧不成书，一箭射去，把天上那两只雕一下都射下来了。他还说公主："你搒我做啥子，不搒我的话，我还要多射两只。"

公主的姐夫对这丘二很佩服。回去过后，马上写封信向这丘二赔情。遇到公主不在，送信的人又要回信。丘二哪里写得起信呢？就磨起墨铺好纸等公主回来写。等到半夜，他就打瞌睡了。皇宫头用的都是上等香墨，偷油婆就爬起来吃墨，把纸爬得稀脏。丘二醒了一看，纸上弯弯扭扭的一些墨迹，又像字又不像字，心想：管他的哟，就拿这个当回信算了。送信的人带回去，公主的姐夫左看右看，纸上的字他一个也认不到。忽然想起：哦，这弯弯扭扭莫非是梅花篆字？难怪公主那些怪字，他除一个字认不到，其他都认得到。嗨，公主的姐夫便逢人就说，新驸马文武双全。

安逸了。正在这时，边关报急，说是异国攻打边关，守军打得大败，要求朝廷派兵。皇帝听说新驸马文武双全，就派他带兵去打。说是打赢了加官，打输了要军法从事。这个帮丘二出身的人，哪里打过仗哟！把心一横，格老子反正都是死，不去，死在皇帝老倌手头划不来，要死老子到边关去死。他就带起兵去了。

到了边关，这丘二心想：要死我一个人去死，不要连累别个。正好敌国打来战书，他喊马上回书应战。

第二天，他叫众将士守关，自己就脱了个光胴胴[4]，穿条火窑裤[5]，拄了一根矛子，一个人出关过后，对对直直朝敌营跑起去。跑到半路上就碰到了敌人的大队人马。这阵正是寒冬腊月，边关地方冰天雪地。他一个人，又打个光胴胴，本来已跑出一身汗，看怎多敌人，又吓出了一身虚汗。这一下倒把敌人吓了一跳。

敌人的将官心想：他昨天答应决战，今天一个人跑起来，莫非其中有诈？想问一下，两国人的话又不通。这将官就拿马鞭往天上一指，意思是：你胆大包天，一个人也敢来交战。

这丘二看到敌人碰到自己，连动都不敢动，又不懂那将官把天指到是啥子意思。这哈儿他人也跑累了，就把矛子往地下一丢，双手把腰杆一叉，把脚一跺，心想：老子反正是死，看你把我哪个办！敌人那将官一看他脚在地下跺，就把他的意思搞拐了。哦，我说他胆大包天，他说我

---

[1] 谙到：估计对了。

[2] 惊了一张：吃了一惊。

[3] 搒：pǎng，碰。

[4] 光胴胴：赤膊。

[5] 火窑裤：短裤。

死无葬身之地。气得来用马鞭往后一指，意思是说：我有千军万马，你休得口出狂言。这丘二看到那将官比手画脚，不晓得他是啥子意思，就鼓起一双眼睛把他盯到。恰好这阵，丘二屁股上有个蚊子在咬他，他忙用双手往屁股上"啪，啪"几拍几打。谁知敌人那将官又搞拐了意思：唉！我这千军万马，他说是屁不疼[1]。哎呀，其中必然有诈。慌忙喊人马后退。队伍突然听到后退，不晓得出了啥子事。前队慌忙掉头，后队的人不晓得前头的事，还在拥起来。这一下前后挤在一坨，你挤我，我挤你，队伍顿时大乱。这时，守关将士们按[2]拢了。

原来，这丘二一个人出关过后，众将士吓慌了。他是驸马呀！一个人出关，有个好歹，这些将士还脱得到手吗？向皇帝哪个交代？众将士扑爬跟斗地按起来了。按拢一看，正遇到敌人在丘二面前吓得连连后退，乱成一团。众将士没问三七二十一，就冲杀过去。嗨哟，这一杀，杀得敌军大败。

皇帝得报，说丘二打赢了，欢喜得不得了。等丘二班师回朝，皇帝和公主都亲自到十里长亭迎接。

讲述者：　　荀元才，男，汉族，初中学历，农民
采录、整理者：古建云、王正平
采录时间：　1985 年 1 月
采录地点：　江北区唐家沱乡（今江北区铁山坪街道）

[1] 屁不疼：没当一回事。
[2] 按：扑，赶得很急。

407

朝
珠
姻
缘

江南有两兄弟，姓穆。哥哥死了，留下五十石田产。嫂嫂守寡，带着儿子穆怀兴在屋头读书。兄弟在外头做生意，赚了不少的钱，家境也还过得。

一天，兄弟对嫂嫂说："怀兴已是十七八岁的人了，该让他出去见见世面。我想把他带出去跟到我学做生意，有空照样也可以读书。嫂子，你看如何？"嫂嫂当真就拿了些银子，叫穆怀兴跟着叔父出去学做生意。

一天晚上，船靠了码头，穆怀兴在舱内点起灯读书。忽然，一股风吹来，把灯吹灭了。他看挨到的一只船上有灯，就拿起灯跨过船去接火。殊不知这只船是卸任回乡的花千岁的官船。那有灯的船舱头，正是花小姐在读书。穆怀兴跨过船来，扒开门帘一看，是个小姐，长得很美貌，惊了一头。来都来了，只好上前向小姐施礼，说自己只来接个亮。千岁爷在隔壁船舱头，听见女儿舱头有男子说话声音，就问："燕容！哪个在你房里说话？"小姐一听搞慌了，接说："没得人，没得人。是你老人家耳朵

发岔[1]。"穆怀兴也吓到了。那个时候是男女交言，授受不亲。男女双方都背不起这种不清白的罪名。穆怀兴接亮了灯，正准备跨过船去，哪晓得一股风吹来，糟了，把两只船吹开了，当口[2]大得来一步跨不过去。这阵，千岁爷又向后舱走来。小姐赶忙把穆怀兴拉进船舱，急中生智，把一个箱子打开，叫穆怀兴躲到箱子里头去，然后用一把锁锁了。千岁爷到女儿舱中，果然没看见什么，随便摆谈了几句，就出去了。

这一夜，风越吹越大，两只船越吹越远，穆怀兴一时回不到自己船上去。天未色明，官船就起锚开头了。穆怀兴的叔叔，天亮过后，到处找不到穆怀兴。默到是昨夜大风当中，穆怀兴礤到水头去了。赶忙找人下水去摸，摸了半天也没摸着尸体。出了这样的大事，穆怀兴的叔父哪有心思再去做生意呢？连夜回家，向嫂子说明情况。他嫂子守寡就守到穆怀兴这根独苗苗，一听就不依教，到衙门头去把兄弟告了，告他谋财害命。兄弟跳进黄河也洗不清。但官府一时又找不到尸体和罪证，官司就长期拖了下去。

花千岁的船一开，穆怀兴在箱子头又不敢出来。小姐每天三顿饭，都叫丫头送到船舱，让穆怀兴吃了又把他关进箱子里。好不容易挨到了千岁爷的家乡，箱子抬到小姐房圈屋。天天半夜过后，才把穆怀兴放出来，但不让穆怀兴离开绣楼一步。若有人来还是把他锁在箱子头。一日三，三日九，一个郎才，一个女貌，二人便私定了终身。穆怀兴牵挂他妈和叔父，想要回家。花小姐也认为天天关在房圈头不是办法，就封了一包银子作盘缠，又把她父亲叫她收藏的一串朝珠拿给穆怀兴，作为定情之物。说："穆郎，回家禀明母亲，要发奋读书。来日高中过后，快快托媒来提亲，这朝珠就是把凭。"当天夜晚，穆怀兴由丫头领起，悄悄从千岁府的后花园出来，插上大路就是一趟。

一天，穆怀兴走到一家幺店子歇号[3]。包袱头有朝珠，他就没有交柜。哪晓得被住店的一个偷儿盯上了梢，觉得他这包袱重沉沉的，很有点搞头。半夜过后，偷儿摸进穆怀兴的房间，看到他把包袱当枕头压在脑壳底下。偷儿就扯两根谷草，轻轻去掏他的耳朵。穆怀兴是走累了的人，睡死了；耳朵一痒，他就动一下脑壳。偷儿就这样儿掏儿掏，穆怀兴的脑壳就移开了枕头，偷儿把包袱拿起就走。天亮过后，穆怀兴发现包袱被偷，找到店老板。店老板说："你包袱没有交柜，本店概不负责。"穆怀兴哭天无路。

先说那个偷儿得到包袱，银两他当然知道有用，但他拿着无价之宝的朝珠却不识宝，当成普通首饰送给他妹妹作为出嫁的陪奁。

再说，花千岁得到消息，皇帝已到江南巡视，叫他准备去迎驾。花千岁迎驾，必须带上朝珠，他就叫女儿取朝珠来。花燕容已经把朝珠送给穆怀兴了，还拿得出啥子朝珠呢？假装找一阵说："不见了。""怎么会不见的呢？""那我怎么晓得呢！到处都找了，就是没得。"千岁当然没有别的办法，忙下令各州府县，速即捉拿盗珠人，追回朝珠。

单说悠悠山下的县大老爷，受到花千岁交下来的案子，不敢怠慢，立即派出捕快班头，四处缉拿。过了好多天，都没有一点蛛丝马迹。上面追得紧，捕快些商量说："明天划龙船，看热闹的人多，我们安些眼线[4]，或许会有点眉目。"捕快在看划龙船的人当中审来审去，忽然看到一个乡下妇女，竟把花千岁爷的那串朝珠，正大堂皇地挂在颈子上。捕快些一下拥上去，就把这乡下妇女逮到，问："好哇！你这朝珠哪来的？"这妇女正是那偷儿的妹妹，就说："啥子事嘛！这是我哥哥送我的，你们要做啥子？"有的捕快就说："管她哪来的，拉起走，见官就了。不要跟她啰唆。"就把那妇女套起往衙门里拖，那妇女沿街又哭又闹。正正拖到一座茶楼底下，惊动了一个人。

这人是悠悠山上的山大王，名叫南山豹。他正在茶楼上喝茶，看到差狗子强抢民间妇女，顿时怒火冲天。拔出宝剑，从茶楼上飞身跳到街心，手起剑落，先就砍翻了那个拖妇女的捕快。悠悠山上的弟兄伙，看到大王动手了，也跟到出来，把衙役些打跑，救了这个妇女。南山豹看她是个良家妇女，喊她赶快回家。那女子为报答救命之恩，

[1] 耳朵发岔：耳朵产生错觉。
[2] 当口：船与船的距离。
[3] 歇号：住店。
[4] 眼线：暗探。

就把那串朝珠送给了南山豹。

穆怀兴丢了朝珠和包袱，一路哭哭啼啼，往家乡走。这天，也到了悠悠山下的县城，肚子也饿了，身上又没得钱，读书人又不好意思向人伸手，就坐在路边边哭。一哈儿，围了一大堆人，当中也有穿便衣的捕快，问他为啥在这里哭。他就把失掉包袱的原由，以及包袱中有些啥东西都说了。捕快一听，心想：抓到那个得朝珠的妇女，又被强盗抢去，现成案子不得了结。就抓住穆怀兴说："原来偷花千岁爷朝珠的就是你呀。"一索子就拉进了衙门。大刑面前，穆怀兴不得不说出他和花小姐的私情。县令和师爷们一听，认为这个事情传扬出去，对花千岁不体面，就判了穆怀兴死刑，想杀人灭口。谁知穆怀兴被拿下狱的事，又被悠悠山上的南山豹晓得了。他是个专打抱不平的人，等到秋后处决穆怀兴的时候，南山豹带领弟兄伙，冲进法场，把穆怀兴抢上了山寨。见穆怀兴知书识礼，南山豹便跟穆怀兴结为兄弟。

花千岁追逼县令了结朝珠案子，县令才来向花千岁说，朝珠是小姐送给穆怀兴的。花千岁大怒，就气冲冲来到小姐房里，丢一根绳子和一把刀在小姐面前说："我没有你这种伤风败俗的女儿，你各自给我去死。"花小姐的丫头、奶妈才和小姐商量，认为千岁说了，小姐不死不得行的，大家就打了个主意。

第二天，花千岁的气稍稍消了之后，又到小姐房里来，只见丫鬟和奶妈都在屋里哭。一问她们哭啥子，说是小姐已经上吊了，怕张扬出去，她们便把她埋在了后花园里。花千岁听说女儿已被自己逼上了绝路，哭哭啼啼到花园一看，新坟已垒好了。奶妈向千岁爷说道："王爷，我从小把小姐喂养成人，一直舍不得离开小姐。现在小姐归了天，我也没得事了，求王爷恩准我回家。"于是千岁拿了些银两，打发奶妈回乡。

原来，花园头的新坟是假的。小姐早已悄悄逃出王府，到奶妈屋头躲起来了。奶妈放回家后，便和小姐一路赶到穆怀兴家乡去，想找到穆怀兴过后，便有落脚地方，从此隐姓埋名，与穆怀兴过一辈子。

这天，她们来到一家幺店子住下，奶妈忽然得了病，只好住在栈房头将养几天。谁知这是一家黑店，老板孙老大，见她们一老一少，又是女人，包袱也沉重，里面必有搞头。特别是看到花小姐十分美貌，就起了霸占小姐的邪念。这地方是前不巴村，后不着店，店小二都是些喽啰。花小姐看阵势[1]不对头，但奶妈生病，寸步难行。

不几天，奶妈就死了。这时，孙老大就向花小姐摊牌说："你走是走不脱的，要活就做我的压寨夫人，要死我也成全你。"花小姐晓得一时不能脱身，便说："做你的压寨夫人也要得，但要等我跟奶妈守孝七七四十九天过后再成亲。要不，我宁死不从。"孙老大还怕把花小姐逼死了，答应孝满之后成亲。七七四十九天一过，孙老大又到花小姐房中逼婚。花小姐答应说："三天后就拜堂成亲。"孙老大高兴昏了，马上叫人拿酒菜来与花小姐喝几杯。孙老大是个酒色之徒，一见女人就贪杯，有一杯无一杯地喝。花小姐一看，也就殷勤劝酒。孙老大吃得二昏二昏地说："美人，你说点话来我下酒嘛。"花小姐说："先喝酒，后成亲。""好，说！""一刀砍断你脚后跟。""嘿！你哪个说些不吉利的话哟？""不吉利的话说在前头，后头就吉利了嘛。""对，我……我喝。"孙老大喝了又说："美人，再说点啥子呐？""先吃酒，后拜堂。""好，说下去。""一刀砍断你背脊梁。""哪个又说不吉利的话哟！""没得关系，不吉利的话说完了，后头尽是吉利的了。"劝到半夜过后，孙老大醉得人事不省倒在床上像死猪一样。花小姐拿过孙老大腰间的砍刀，一横心就把他杀了，然后把孙老大的衣裳脱来穿起，女扮男装，帽子拉下来把脸遮到就出了店门。孙老大手下兄弟伙看到她走出店来，还默到是孙大哥半夜出门去屙尿，也没有阻拦。

花小姐出了黑店后，连夜连晚地走。逢人便打听穆怀兴，没有打听到下落。一天，来到一座龙王庙面前，百姓正在做龙王会。几个道士又欠文墨，花小姐仗着女扮男装，便上前去帮忙写字。会首与她闲谈起来，问她从哪里来到哪里去，她就乱编个来龙去脉，说自己无家可归。人们说："你学问这么好，我们这里正想找个教书先生，你不如就在我们这里教书好了。"花小姐心想：暂时住下，慢慢打听穆怀兴的下落也好，就答应留下来教书。

[1]　阵势：情况，趋势。

孙老大被杀之后，第二天才被手下发现，赶忙报官。官府派仵作验尸，再回报官府，上上下下，搞七八天，官府才派人四处缉拿花小姐。这一天，有几个做公的到这龙王庙来，看见这个教书先生，倒男不女的，就有点疑心。一打听，是外地来的人，又悄悄找来孙老大手下人辨认，果真是花小姐。做公的跑进学堂，一索子把花小姐套起便走。百姓一看捉他们的先生，都不依教，又把差狗们没法，花小姐就被拉进县衙，丢进了大牢。适逢这天南山豹在此经过，见到官府捉人的情景，就悄悄问当地老百姓是怎么一回事。当地老百姓说了很多这位教书先生的好处，又说她那斯文样子哪里像个杀人犯嘛，说不定是谁在陷害她。南山豹惯打抱不平，当夜就偷进大牢。拿银子买活了禁子头，把花小姐救出大牢，并领上了悠悠山。穆怀兴一看花燕容十分面熟，上前盘问。花燕容一见面前的人，正是自己要找的穆怀兴，忙脱去男装与穆怀兴相认，各自述说自己的前因后果。正当二人为丢失朝珠而不安时，南山豹取来朝珠，二人见了大喜。南山豹说："此乃天赐良缘。"便在山寨为二人完了婚。

完婚过后，南山豹认为山寨不是穆怀兴夫妇久留之地。穆怀兴与花燕容也都想念家头的亲人。南山豹便送了他们一千两银子，又给花千岁写了一封信，派了一队喽啰，装扮成官兵护送二人回花家。花千岁家人见到旗锣伞盖，人夫轿马，一队官兵前呼后拥，以为是什么大官路过此地。直到队伍走拢花家门口，花小姐下轿来，家人才看出是小姐，赶忙报告花千岁。花千岁觉得奇怪：小姐早死了，怎么又来个小姐？出门一看，真是自己的女儿，迎进内堂。花燕容哭述丢失朝珠前后经过，和患难中与穆怀兴完婚的事，又献上朝珠和南山豹的书信。花千岁见女儿死而复生，朝珠失而复得，尤其南山豹那封连劝带吓的书信，他不得不承认了女儿这门亲事。穆怀兴便上前参拜了岳父。在王府住了一个月，穆怀兴挂念着母亲，夫妻双双又回到了家里。家里母亲和叔父的官司已经打了几年，至今没有了结。他们这一回屋，才把真相弄清。花小姐拿出两百两银子，叫婆婆和叔父去打扫[1]衙门，了结了官司。

[1] 打扫：此处作打点讲。

讲述者：　　　李清云，男，汉族，不识字，农民
采录、整理者：吴培荣、王正平
采录时间：　　1986 年 6 月
采录地点：　　江北区寸滩乡（今江北区寸滩街道）

408

王裁缝蒙冤

张挑水的父母死得早，家中有妻子和一个妹妹。张挑水靠挑水维持生活。他屋对面，有一家裁缝铺，铺里有个王裁缝。张挑水每天出去挑水，他妹妹就在家绣花。附近有一个姓陈的屠夫，看到张挑水的妹妹和王裁缝相好，有天夜晚就仿王裁缝的声音，到张挑水的妹妹房前去叫门。这妹崽以为是王裁缝来了，就开门放他进去了。

过了一段时间，张挑水的婆娘发觉，妹妹歇房的窗子正对王裁缝的门不好，就和张挑水商量，把自己的房间和妹妹的房间调换了。

一天深夜，陈屠夫杀完猪路过张家，就溜到上次去的那间屋去了。他看见床上睡着两个人，以为是王裁缝。拿起屠刀，就把这两人杀了。

第二天一早，妹妹发现哥嫂被人杀了，哭得汪啦汪的[1]，惊动了左邻右舍。他们就去报官。县官把妹妹捉来审问，妹妹不招，就钉竹签、上夹棍。妹妹受不了，就招了和王裁缝的隐情。官府把王裁缝一链子套去。王裁缝大喊冤枉，说自己不但没有杀死她的哥嫂，和张家妹崽也只是相好，没有通奸。官府对王裁缝动了大刑，王裁缝被打得死去活来，还是不招。官府只好把妹崽提来审问，妹崽才说："王裁缝屁股上有个包。"官府一对，王裁缝屁股上并无包。就另外去查访。捉拿屁股上有包的人。

过了几天，公差走到很远的一个场镇，遇到场上正在演戏，人很多，拥挤不通。公差突然听到侧边有人叫一声，说："你挤啥子嘛，把我屁股上的包都挤痛了。"公差一听，嘿，我正在捉拿屁股上有包的人，原来是你唦。就把这人一链子套到衙门交差去了。

到了公堂上，这人不招，就遭上了夹棍。他受刑不过，只好如实招认了他冒充王裁缝，杀死张挑水夫妇的实情。案情一查明，陈屠户就被打入死牢。王裁缝与张挑水的妹妹终于结成了夫妇。

讲述者：	唐云吉，男，住合阳镇溪子口 65 号
采录者：	傅国飞
整理者：	贺大舜
采录时间：	1985 年 9 月
采录地点：	合川县（今合川区）合阳镇

[1] 汪啦汪的：形容大声啼哭。

409

吴长生奇遇

吴长生小时候读书，先生经常对他讲："逢到女子不多看，捡了人家的东西要还。"他把这些道理一一记在心上。

有一天，放了学，吴长生在一棵大树下捡到一个褡裢，褡裢里装着一百两银子。这是哪个落的呢？他就在这棵树脚等，等了好久，都没有人来找。这时，跟他一起读书的几个同学见他拿着褡裢坐在树下，就问："放了学好一哈儿了，你啷个还不走？在树下做啥子？"吴长生把捡到一百两银子的事讲了。几个同学都说："还他个屁，我们几个干脆分了算了。"吴长生不干，他说："先生经常讲，捡了东西要还。"几个同学见他不干，就拉着他打。吴长生死死把褡裢抱住不放，也不还手。恰恰在这时，失落银子的那个老头转来到处找，吴长生把褡链和银子一起还给了他。

几个同学回家后，把吴长生捡银子还银子的事添盐加醋地跟吴长生爸爸说了，还说："落银子的人连多承[1]的

[1]　多承：谢谢。

话都没有说一句，吴长生就把银子还给他去了。"吴老汉听了，骂吴长生："妈的，笨东西！那么多银子，不还他，我们一辈子都够用了，要你这个笨家伙做啥子哟。"又骂又打，把吴长生赶出了家门。

吴长生无处可走，就到他二叔家里去。二叔问他为啥子被赶了出来，他就把捡银子还银子的事讲给了二叔听。二叔说："没事，长生，我去跟你爸爸说，叫他不要再赶你了，收你回去就是。"第二天，二叔到了吴长生的家，劝了他爸爸一阵，他爸爸还是又骂又诀。二叔无法，只有叫吴长生暂时在他家住起。住了几个月，二叔家也穷，生活无着，二叔就对吴长生说："长生，你干脆跟我学裁缝手艺吧！"

一晃几年，吴长生已是二十岁的小伙儿，裁缝手艺也学会了。有一次，叔侄二人在黄员外家做手艺，二叔赶场去了，只有吴长生一个人在家。黄员外见他艺高人又漂亮，就对他说："长生，你给我做件事情。"吴长生说："东家，你叫我做哪样？"黄员外说："我儿后天结婚，他瘫了，走不得，你去代他把媳妇接回来。"吴长生不干，黄员外又缠了半天，吴长生才勉口勉嘴答应了。

结婚那天，吴长生穿得整整齐齐，打扮得漂漂亮亮，到黄员外的亲家王员外家迎亲。

事也凑巧，他们正准备转来时，突然间，狂风大作，暴雨倾盆，河水涨起来把桥给淹了，过不了河，回不了家。王员外生怕失掉了选好的这天吉利日子，就叫他们在王家拜堂成亲。这可把吴长生急死了！没法，只有拜堂。入洞房后，吴长生一直坐着不动，愁眉苦脸，不时喊着："冤枉啊！"小姐问他，他啥也不说，小姐发火说："是我配不上你，还是我的嫁妆不好，你不喜欢？"吴长生连眼都不斜一下，一直坐到天亮。

第二天一早，小姐把昨夜的事情给王员外说了。王员外跑去问长生，吴长生无法，只有把代人迎亲的实情告诉了王员外。王员外听后，大发雷霆，就对吴长生说："假的？现在是真的！我的女儿已许配给你，我不反悔，我还要找黄员外那老狗算账。"吴长生说："我身无半文，又无家可归啊！"又把如何捡银子还银子，被爸爸赶出家门，只得跟二叔学手艺的情况也讲了。王员外说："十二年前，

那大树下丢失银子的就是我。现在，我把女儿许配给你，我称心如意。你没有家，我的家就是你的家。我无儿，你就做我的儿吧，我的一切家产都是你的，你就安心跟二叔在我家住下吧。"吴长生听后，才同意与小姐成亲。

讲述者：　余家显，男，农民，初中学历
采录者：　余登泉、卢勇
采录时间：　1986 年 10 月 24 日
采录地点：　垫江县沈家镇（今垫江县平山镇）

410

张德宝娶亲

张德宝是王员外家的守牛娃，他帮王员外家守了十年牛。守牛的时候，张德宝常常帮乡亲们守牛，乡亲们都很喜欢他。

和张德宝一起守牛的刘光贵很聪明，办法多。他年轻的时候常常帮穷人打官司，打了九十九场就赢了九十九场。后来年纪大了，就在家守牛。张德宝经常帮他赶牛，他非常喜欢张德宝，决心要把王员外那漂亮的女儿给张德宝娶过来。

一天，他对张德宝说："德宝，德宝，我帮你讲个姑娘好不好？"

张德宝说："我们这种人哪里讲得起姑娘呢？"

"王员外那女儿你看得起不？"

"你讲得好！人家是小姐，我再看得起，也不敢讲。"

刘光贵说："德宝，只要你看得起，我包你讲得成。但是，你要依我的话去做。"

"啷么做呢？"

"你不要慌，到时候我会告诉你。"

过了几天，刘光贵把一副银圈子、一颗金戒指交给张德宝，对张德宝说："这圈子、戒指，你只有在每天早上去牵牛和晚上去关牛的时候戴，守牛的时候不要戴。"

张德宝点了点头，刘光贵又说："如果小姐要你的圈子、戒指，再拿好多钱你都不要卖，你要她拿东西换。"

张德宝点了点头。刘光贵又说："小姐问你要啥东西，你就要她亲手绣的带子和荷包，别的你啥也不要。要她把带子、荷包递给你了，你才把圈子、戒指交给她。"

张德宝照计行事，每天早上去牵牛和擦黑去关牛，他都要从小姐绣楼的窗前过。小姐早上一开窗，看见张德宝的圈子闪着银光，戒指金晃晃的，一双眼睛盯住就不转眼，一直看着张德宝进牛圈。张德宝牵牛出来，她又把张德宝的圈子、戒指盯住，一直看着张德宝牵着牛上了坡。小姐照了照镜子，看着自己粉嘟嘟的脸蛋，心里想："要是我戴上那圈子和戒指，不就更漂亮了吗？"就这样，过了一天又一天，她越来越想要张德宝的圈子和戒指。一天，张德宝去牵牛，从小姐的窗前过，小姐喊住他说："德宝，德宝，把你那圈子和戒指卖给我好不好？"

"我这圈子、戒指，不卖！"

"给你二十两银子，行不行？"

"你给一千两银子我也不卖。"

"那你要啥呢？"

"我只要你亲手绣的带子和荷包。"说完，张德宝就进圈牵牛去了。过了三天，张德宝去牵牛，小姐又喊住他说："德宝，德宝，把你那圈子、戒指换给我吧！"

"我要你亲手绣的带子和荷包。"

小姐把她亲手绣的带子和荷包从窗口递给了张德宝，张德宝才把戴着的圈子和戒指取下来，交给了小姐。张德宝得到了带子和荷包，连忙跑去告诉刘光贵。刘光贵又对他说："德宝，你看哪一天，王员外两口子都不在家，你就来喊我，我装个算八字的先生到他家去，你就来找我算八字。"

一天，王员外两口子到岳父家给岳父祝寿去了，张德宝连忙跑来告诉刘光贵。刘光贵说："你先回去，我一会儿就来。"

张德宝回到王员外家，不到一杆烟的工夫，就听见门外的狗"汪汪汪"叫起来了。张德宝出门一看，刘光贵穿

个长衫衫，背个二胡筒筒，拄着拐杖来了。张德宝就去找刘光贵算八字。刘光贵把生庚八字一问，就说："德宝，德宝，你的八字好得很。你这么好的八字，得给我二十两银子。"

"你老人家讲得好！我一个守牛娃，有啥好八字呢？"

"你八字好！我还没算到过你这么好的八字，快拿二十两银子来。"

"你老人家真是，我哪有这么多银子给呢？"

"不给？不给你今天就走不了路。"

"你老人家怎么搞的哟，今天敲起我的竹杠来了？"

"敲竹杠？我随便在哪儿，算到这么好的八字，都要收二十两银子。"

说着，二人争吵起来，越吵越凶。小姐在绣房里听见了，出来问是怎么回事，张德宝说："他算我的八字，说我的八字好得很，向我要二十两银子，我没得银子，脱不了身。"小姐听说他八字好得很，满心欢喜，便叫丫鬟去取了银子来，帮张德宝付了钱，她也找刘光贵算八字，刘光贵问："小姐，年庚几何？"

"庚辰年。"

"啥子时辰？"

"八月十五日子时生。"

刘光贵把小姐的生庚八字讨过了手，说："你要是和张德宝那八字相配就好了。"说完，就背上二胡筒筒，拄着拐杖，走了。

刘光贵将就小姐的二十两银子置办了一挑礼物，买了一挂鞭炮，然后，把张德宝找来，对他说："德宝，德宝，王员外在家的时候，你把这挑礼物挑去，放在堂屋，然后点起鞭炮放，王员外出来，你就喊他'亲爷'。"

张德宝说："那怎么行呢？"

"不怕，有我呢，我扮成媒人，和你一道去，到时候，我自有办法。"

四月初八这天，张德宝看见王员外在家，就到刘光贵这里来挑起礼物，拿上鞭炮，和刘光贵一起来到王员外家。张德宝把礼物挑进堂屋，就放起鞭炮来。王员外听见鞭炮声，跑出来一看，见是张德宝在放，抓起鞭炮就往外甩。张德宝走上前去喊了一声："亲爷！"

王员外听见守牛娃在喊他亲爷，一双眼睛睁得大大的，楞眉鼓眼把张德宝盯住。张德宝又喊了一声："亲爷！"

王员外怒吼道："谁是你的亲爷？"说着举起右手，要打张德宝。刘光贵走上前来，说："王员外，说得好好的，你怎么变卦了呢？"

"谁给你说得好好的？"

"怎么没有呢？二月初三，我向你提亲，你就答应把你女儿许给张德宝；三月十五日我给你讲，你也满口答应；三月二十八，我给你讲四月初八女婿要来送礼订婚，你也是答应了的。怎么今天一上门，你就变卦？女儿的婚姻大事，未必是说了耍的？你是不是嫌他穷了？嫌他穷你当时就不该答应，一个员外怎么能在这么一件大事上不讲信实[1]呢？"

刘光贵说得有根有据，任王员外怎么辩驳，也难得说清。王员外就去县衙门告状，告张德宝骗婚。张德宝听说王员外告了他，连忙跑去找刘光贵，刘光贵说："你放心，准备成亲就是。"

接着，刘光贵告诉他："到大堂去的时候，你要带上小姐给的带子和荷包，另外，还要带一根针。到了大堂上，要挨着小姐跪下，隔一会儿用针去扎小姐一下，小姐掉过头来看你，你就说：'小姐，你不要着急，大老爷会公断的。'"

到了堂上，张德宝就紧挨着小姐跪了下去。县官要媒人先讲，刘光贵说："大老爷，这个亲事是我做的媒，二月初三我向王员外一提亲，王员外就满口答应。后来，我讲了好多回，王员外都是答应了的，小姐的生庚八字也是讨了的。"

县官一听，立即问道："你说小姐的生庚八字都讨了，那么，小姐是何年何月何时生？"刘光贵立即答复："庚辰年八月十五子时生。"

县官又问王员外："王员外，你家小姐是何年何月何时生？"王员外回答说："庚辰年八月十五子时生。"

这边县官在问媒人和王员外，那边跪着的张德宝不时用针扎一下小姐。小姐掉过头来看他，他就说："小姐，不要着急，大老爷会公断的！"看了这情景，堂上的人都以为张德宝和小姐是事先讲好了的。

刘光贵见事情快成了，又说："大老爷，不光是讨了生庚八字，张德宝和小姐的订婚礼物都是交换了的。"

"什么礼物？"

"小姐亲手绣了一根带子、一个荷包给了张德宝，张德宝给小姐的圈子和戒指小姐还戴着的。"

"小姐给张德宝的带子和荷包现在何处？"

听了这话，张德宝立即取出小姐给他的带子和荷包，捧在手上说："大老爷，带子和荷包就在小人这里。"

县官又问小姐："小姐，这带子和荷包是你亲手绣的吗？"小姐看了看张德宝手中的带子和荷包，只得羞答答地说："大老爷，那是我亲手绣的。""你戴的圈子和戒指是不是张德宝送给你的？"

小姐点了点头。大老爷又问一声："是不是？"

"大老爷，是张德宝送的。"

县官听了这话，把王员外训斥了一顿，说他自己悔婚反诬告人家骗婚。县官害怕王员外回去以后又悔婚，就叫张德宝和小姐在堂上立即拜堂成亲。

张德宝就这样娶了王员外的小姐。刘光贵帮穷人打的第一百场官司又打赢了。

讲述者：　　彭承宣，男，土家族，农民

采录者：　　何丽佳，彭林绪，文化干部

采录时间：　1983 年 6 月

采录地点：　酉阳土家族苗族自治县老寨乡（今有氧土家族苗族自治县五福镇）

---

[1] 信实：信用。

411

盘古王冲壳子[1]

古时候，有个盘古王，他八百八十岁时，说个媳妇才十八岁。大家都开他的玩笑。有一天，他上街去说："老子今年八百八，说个媳妇才十八。哪个有我的岁数大，我把媳妇送给他。"

话刚落音，千岁来了。大家连呼千岁，把刚才发生的事儿一讲。千岁对盘古王说："老弟，你在充啥子狠？"盘古王一看是他，心想："糟了，媳妇输了。"

赢了盘古王的媳妇，千岁正在高兴。皇帝来了，大家连呼万岁。大家把刚才的事儿一讲，万岁便对千岁说："老弟，在我面前，你算老几哟？"

千岁一看是万岁，晓得到手的媳妇得不成了，啄起脑壳，开不起腔。

万岁笑嘻嘻地对盘古王说："我明天来抬媳妇吗？"

盘古王："你来嘛！"

回到家里，盘古王怪不欢喜。他媳妇问：

"你今天是咋个啰？"

[1] 冲壳子：说大话，吹牛皮。

"唉！说不得。"

"你说嘛。"

"说不得呀！"

"有啥事，说出来大家商量嘛。"

犟不过，盘古王把今天上街去冲壳子，倒把媳妇输了的事说了。

他媳妇问："你心头愿意输我不？"

"我心头哪里愿意嘛！"

"既然你心头不愿意，就算了嘛。"

"算了？！人家明天就要来抬人哪！"

"莫着急，他抬不走。"

第二天，他媳妇磨些豆浆来熬，再把面上那层黄皱黄皱的豆油皮揭来贴在脸上。刚刚贴满，锣鼓唢呐就响到门口来了。

只听见万岁在外头喊："盘古王，把你那年轻媳妇送出来！"

盘古王正要开腔，他媳妇一把按他在旮旯头，一个人出去了。

万岁看到出来一个黄脸老妇人，问道：

"你是哪个？"

"盘古王的媳妇。"

万岁一看，打了个冷战，又问：

"你有好大岁数？"

"我不清楚，只记得个谱谱。"

"说来我听。"

盘古王媳妇不慌不忙地说："天上梭罗是我栽，地下黄河是我开，张古老屋妈是我做的媒，张古老是我捡的胎。"

万岁一听，气吹了。锣鼓不打，唢呐不吹，晓得吃了哑巴亏，带起人马没趣地走了。

讲述者： 黄清泉
采录者： 马世超、谭奇云
采录时间： 1985 年 10 月
采录地点： 石柱土家族自治县

412

张翠莲择嫁

从前，县城外南山坡上住着两父女，日子过得有点造孽[1]，全靠老汉种菜和编篾货卖来维持生活。老汉的独生女儿叫作张翠莲，都是二十岁的大姑娘了。

一天，翠莲把绣了龙凤的两顶新帽儿交给老汉[2]，说："爹，明天赶场把这两顶帽子拿去卖了，价钱喊高点——你放心，只要碰到识货的人肯定卖得脱。"

当真，第二天老汉上街卖帽子，很多人都围拢来看。就连刚到本县上任的县太老爷也觉得稀奇，令差人把卖帽子的老汉喊到面前。

县官一看帽子，心头就吃了一惊，原来那帽子上的龙凤绣得太巴适[3]了，就像是活的一样！他问："喂，这个龙呀凤的是哪个绣的？"

张老汉连忙答应："是小女张翠莲。"

县官想了想说："要得，帽子我买下了，只是还有二

[1]　造孽：可怜，贫穷。
[2]　老汉：父亲。
[3]　巴适：这里指漂亮。

轮生意。"说着命人拿了个线团来递给张老汉，"叫你姑娘在三天之内给我织一匹布送来。"

张老汉忧心忡忡地回到家里。翠莲闻言却只是笑了笑，接着如此这般地对老汉说出了自己的主意来。

第二天，张老汉扛了一根树儿进县衙门去，说："禀老爷，我女儿说，请你今天用这根树儿赶做个机头拿给我带回去，她就保证只用两天时间织一匹布交起来。"

县官一听，连说了两声"妙"，心里很佩服翠莲的聪明，于是请人上南山坡做媒，表示要娶翠莲为妻。

聘礼送来，吉日也选定了，县官又提出了一个要求，说成婚那天他不去接亲，要新娘子一个人不坐轿、不骑马，也不穿衣服，自己走到洞房里边来，同时还不准出一点差错。翠莲听了又笑了笑说："这个也难不倒我。"

成婚那天，翠莲用红绫裹住全身，骑着一匹骡子来到县衙门，径直朝着红烛高照、"囍"字高悬的洞房走去。县官迎出见了，非常高兴，一把把新娘子从骡子上抱下来，立即拜堂成了亲。

婚后三天，县官要上大堂问案，就对翠莲说："我去问案，你不准参言[4]哈！"翠莲虽然点了点头，但是禁不住好奇，还是站在屏风后面去偷听。

原来是一个喂马的人和一个喂骡子的人来打官司。两人把马和骡子喂在一个圈里，后来圈里多了一匹小马儿，喂骡子的偏偏说小马儿是他喂的骡子下的。县官听了，当堂判决说："骡子块头大些，小马儿当然是骡子下的，应该归喂骡子这家，退堂！"喂马的人走出大堂，一路喊冤枉，骂县官是昏官。这时，翠莲从衙门里追出来，悄悄地给喂马人打了个主意。

第二天，翠莲约丈夫出城去耍，在半坡头撞见了昨天打官司的喂马人，穿着一条半截裤儿，拿着个打鱼的网兜跑来跑去的。县官问他在干啥子，喂马人答应是在打鱼。县官说："笑话，干坡上都打得到鱼么？"喂马人说："回老爷，骡子不是都能下马儿么？"县官掉头看了一眼妻子翠莲，不开腔[5]了。

[4]　参言：插话。
[5]　开腔：说话。

回到县衙，县官发话说："喊你不准干扰我的事务，你却偏要这样做，如今我要把你休了，你可还有话说？"翠莲说："随便你嘛！"

第二天，县官当真写了休书，还办起酒席为翠莲钱行，说："一日夫妻百日恩呢！现在你要走了，我这里的东西你喜欢啥子尽管拿就是。"说完就去喝酒去了，一直喝得酩酊大醉。

趁县官大醉，翠莲令人将他抬回南山坡，放到了自家的旧牙床上。县官酒醒后发现自己睡在翠莲家里，便喊了起来："你好大的胆，咋个把老爷弄到这里来了？"翠莲答："老爷不是喊我喜欢啥子就拿啥子吗。我喜欢的就是你这个人呀！"

县官听后，觉得翠莲不但聪明，而且多情。于是收回休书，两人笑笑和和地回转县衙。

讲述者：　蒋玉玲，女，初中学历，原住铜梁区巴川镇，现在在重庆文理学院学生食堂务工

采录者：　夏明宇，男，重庆文理学院教授，民俗学者

讲述场景：下午，"小阳春"天气。学生食堂楼上自习室。采录者与学生社团骨干20余人听讲。讲述者被推到上座面朝大家，边讲边笑说"讲得不好"……

传承情况：说是"家传"，30年前在家"当女"时听父亲讲过两次，就记下来了

采录时间：2021年12月7日

采录地点：重庆文理学院学生二食堂

413

王二娃娶妻

王二娘想给儿子王二娃接[1]个媳妇，可是又没得钱。

一天来了个说媒的老婆婆，说有个老头想找个老伴，但又找不到合适的人，聘礼是两百块钱。王二娘心想，有了两百块钱，接媳妇就没问题了。因此，她就给媒婆说她愿意嫁。

王二娘嫁走了，她的儿子就用这两百块钱接了个婆娘。可是接了婆娘的王二娃天天愁眉苦脸的，话也不说，婆娘就问他："你对我哪些不满意嘛，为啥子不说嘞？"他闷了很久才说："这话咋好说出口啊，为了娶你，我妈只好嫁出去了。"婆娘听了也觉得难过，就对男人说："既是这样，那我们就勤快点、节约点，存点钱把妈赎回来嘛。"

经过三年的勤扒苦做和省吃俭用，王二娃两口子终于存起了一百八十块钱。婆娘说："我们有了一百八十块钱，再把那头肥猪卖了，赎妈的两百块钱就凑够了。"王二娃连忙点头说是。

近处有个猪贩子，听说这户人家要卖猪，就跑来议价。

[1]　接：娶。

媳妇把猪拉出来给猪贩子看，一边议价一边讲她为啥要卖这头猪。猪贩子听说他家有一百八十块现钱，就打起了鬼主意，假装喝水，跑到屋头去把钱偷了，才出来讲好价把猪牵走。

猪贩子牵起猪揣着钱口袋急忙赶路，走到一片黑松林时，一只老虎蹿出来把猪吃了，把猪贩子也咬死了，钱口袋扯来掉在路上。正好王二娃做生意回来路过这里，把钱口袋捡起来一看，跟自己家头那个一模一样，再数里面的钱，也正好是一百八十块，心头很奇怪，带上连忙赶回家，婆娘边哭边诉说钱遭偷了正急得要上吊。他赶紧说："钱在这里，我把它拿回来了！"

第二天，两口子带着两百块钱去接[1]亲妈。走到老头的家里，他们把两百块钱交给老头，老头却不收，但是同意他们接走王二娘。于是二娘收拾好东西，三人上了路。走了很远了，王二娘回头去看老头子，见老头还靠在门枋上望着他们，王二娘感到心酸，便对儿子和媳妇说："你们回去嘛，我还是不回去的好——留下他孤孤单单的多造孽啊。"儿子和媳妇觉得妈说的有理，于是决定倒转去把老头儿一起接走。老人很感动，高高兴兴地跟着他们走了，从此这四个人就成了新的一家，王二娃接妈回家还得了个老汉，一时间传为美谈。

讲述者：	罗太平，女，临江镇农顺村五组农民
采录者：	夏明宇，男，重庆文理学院教授，民俗学者
讲述场景：	夏天，午后，临江镇农顺村五组罗家堂屋，好客的主人开了两把落地扇，还切了西瓜。采录者与《临江镇志》编写组另三人和镇文化中心两同志围坐听讲
传承情况：	讲述者称小时常听祖父罗文清讲此故事。罗文清老先生 1987 年 80 岁，为当时编印《中国民间故事集成重庆市永川县卷》（内部资料）贡献了 10 多个民间故事
采录时间：	2019 年 7 月 6 日
采录地点：	永川区临江镇农顺村五组

[1]　接：迎接。

（九）市井故事

414

野猪林闹鬼

每年的农历七月半，相传是鬼的节日，野猪林就经常闹鬼。

每到夜晚，村子里乌烟瘴气，鬼哭狼嚎，令人毛骨悚然，胆小的人躲在家里不敢出门。

野猪林本来就人烟稀少，据说村子里经常有魔鬼出没，饿死的、吊死的、杀死的、淹死的、产后死的，五花八门的恶鬼在村子里不断出现。魔鬼总要找个替死鬼，自己才能投胎转世重新做人。魔鬼披头散发，凶神恶煞，像僵尸一样经常在人们的房前屋后出没怪叫，吓得人们魂飞魄散，胆战心惊，闹得村子里鸡犬不宁。

野猪林有个年过半百的道士先生——朱幺毛，每到这个季节，生意相当红火，家家户户都要请他前去收鬼、捉鬼、降妖除魔。朱幺毛每到一家，人们都把他当贵宾相待，生怕他不认真捉鬼，留下后患，祸害家人。朱幺毛更是趾高气昂，故弄玄虚，夸大其词，把魔鬼描述得神通广大，活灵活现，人们都信以为真。虽然人们很穷，但是都很乐意花钱消灾，替家人保平安。

野猪林只有朱幺毛的表姐小花不相信有鬼，她家从来没有请朱幺毛去捉过鬼。小花还经常取笑朱幺毛："我看你幺毛就像个鬼。不要装神弄鬼吓唬别人，喝人[1]钱财。"

"小花你不相信就算了，千万别打胡乱说。"

"我真不相信有鬼，不知道鬼是个啥子模样？"

"世界上真的有很多鬼，每天都在吞噬人们的性命，喝你的血、吃你的肉，吃人不吐骨头。"

"你心里有鬼就怕鬼，心里没鬼就不怕鬼敲门。"

"小花，你别不相信，小心为好，时时处处提防鬼上身哟！"

"幺毛，你怕鬼吗？"

"我天天跟魔鬼打交道，降妖除魔，专门捉鬼，还能怕鬼吗？鬼也怕恶人，魔鬼见了我，就像老鼠见了猫似的，都得绕道而行。"

"幺毛，你真的不怕鬼吗？"

"我真的不怕鬼，只有鬼怕我。"

有一天睡到半夜，小花突然听见窗外有"呜……呜……呜……"的声音。小花拉开窗帘，只见窗外一个披头散发的鬼影，在不停地跳动。小花屏住呼吸，细心观察：嘿嘿，幺毛啊幺毛，你那筲箕背，就是变成鬼我也认得。

第二天，小花走进幺毛家："幺毛，我昨晚上真的看见鬼了，披头散发的样子好恐怖呀！吓死我了！"

"你不是不相信有鬼吗？"

"这次我真相信了，还真的有鬼。我害怕极了，幺毛你快去帮我家捉捉鬼吧！"

"好嘛。"

傍晚，幺毛早早就背着背篓来到小花家。吃罢晚饭，幺毛从背篓里拿出捉鬼的工具，手舞斩妖除魔的宝剑，口中叽叽咕咕地念着谁也听不懂的咒语。

"小花，你家里有几个恶鬼经常出没，只不过都被我抓住除掉了，保证你一家人平平安安、万事大吉。"

"谢谢表弟，忙活了大半夜辛苦了。你收多少钱呢？"

"你我都是亲戚，一家人不说两家话。别人都是收三五百，你是我表姐，就象征性地收两百。干我们这一行

[1] 喝人：骗人。

有个不成文的规矩，不收钱就不灵。"

小花心想："好你个死幺毛，嘴里说得咪咪甜，张口要我两百元，等会有你好受的。"

朱幺毛鬼也捉完了，钱也收了，酒足饭饱也该打道回府了。他起身告辞："表姐，不好意思，让你破费了。"

"哪里哪里！深更半夜你就住在这儿吧，久走夜路必闯鬼哟！"

"不怕，只有鬼怕我的。"

"好吧。那你就慢慢走吧。"

朱幺毛出门不大一会，总觉得后面有人紧跟着，有叮叮当当的响声。他回过头看，什么也没有发现。他跑，后面的人也跟着跑；他停下来，后面的人也跟着停下来。只要他一跑动，后面叮叮当当的响声就更大。他心里发慌了，拿出宝剑狂挥乱劈，咒语念了一遍又一遍，始终不灵；魔鬼阴魂不散，紧追不舍。幺毛不要命地往家里跑，一头栽进屋里，吓得昏死过去。等他醒来，一个劲地大喊大叫："有鬼！怕鬼！怕鬼！"

他老婆也吓坏了，只见幺毛衣服全湿透了，瘫倒在地，一个劲地大喊："怕鬼！怕鬼！"

天亮以后，朱幺毛发现他的背篓后面，不知是哪个背时的[1]偷偷给他系了一根丈多长纳鞋底的细麻绳，麻绳上挂了一个小铃铛。

从此以后，野猪林再也不闹鬼了。

讲述者：　付克发，男，文化站专职干部，小学学历
采录者：　付克发
采录时间：2007 年 5 月 11 日
采录地点：江北区

附记

自从野猪林闹鬼的事被小花戳穿后，朱幺毛在当地就成了臭名昭著的大骗子。人们纷纷谴责朱幺毛，猪八戒照镜子——里外不是人，昧着良心赚左邻右舍的黑心钱，真该挨千刀万剐，他死有余辜。朱幺毛已经去世多年，他的故事成了人们茶余饭后的笑柄，至今人们还在诅咒他，他的名声遗臭万年。但凡喜欢欺骗和糊弄别人的人，他的谎言迟早会被人们识破。要使人不知，除非己莫为；一旦被识破，他的身价就一文不值。

以前，野猪林的人但凡有个三病两苦、大灾小难的，不去医院看医生，都喜欢请朱幺毛来家里降妖除魔，花钱消灾。自从朱幺毛的骗术败露后，人们再也不相信有鬼了。世上本无鬼，心虚的人心里才有鬼。鬼怕恶人，只要你有一身正气，邪不压正。人正不怕影子歪；不做亏心事，半夜不怕鬼敲门。一些人好逸恶劳，装神弄鬼欺骗人，玩弄一些小把戏、小伎俩，故弄玄虚，夸大其词，哄骗愚昧无知的人，往往屡屡得手。

从此，野猪林的人，不再相信有鬼，他们从魔鬼的阴影里走了出来。现在的骗局更多，花样百出，令人防不胜防，避之不及就会上当受骗。野猪林的人，吸取以往的经验教训，吃一堑长一智。他们相信科学，崇尚科学，用科学的头脑和眼睛看问题，用法律的武器来保护自己。人们就经常拿朱幺毛的故事来教育后人，以免上当受骗，悔之晚也。

[1]　背时的：骂人的话，倒霉的。

415

女鬼何南英

丰都城以前有个地头蛇，名叫秦二，此人年轻时无恶不作，流氓成性，人见人怕，靠地痞流氓手段聚了一大笔钱财。人过中年，他想，老是被人认为是个地痞，今后对后代不好交代，不如用这笔钱财做生意，名声好些，让子孙有个体面的祖宗。他年轻时花天酒地，下身有病，接个堂客也下不了崽，直到四十岁那年，才收敛了些，又经不少医生治理，生了个儿子。儿子十三岁那年，害了一场大病，秦二找八字先生测字算命，八字先生说："这娃儿的火过旺，恐怕不吉，命在旦夕。"

秦二一听，吓得不得了，忙唤丫鬟取了几两银子给八字先生，烦他再算一算有没有办法解救。八字先生装模作样，心头暗喜，晓得秦二这无赖上了钩。他叹了口气说："难办哪，难办哪！"

秦二吓虚了，哀求说："先生，只要能救犬子小命，要什么我秦某都舍得！"

八字先生说："我有一法能救，只是难哪！"

秦二一听有办法，又塞了十两银子："只要先生相告，就是要天上的星星，我也去摘下来。"

八字先生接了银子，理了理胡须说："你只管照我说的去办，保准万无一失。"扳着手指说："你家公子火旺，找一贫家女子成婚，要同月同日生，今年七岁，女方水旺，水克火，就得救了！"

秦二心想，这有何难？又给了那八字先生几两银子，命家人四方打听，八方找寻。

一连找了数日，都没得着落。一天，秦二出去打猎，追赶一野物时，突然看见一座茅草房前一个小女孩在玩耍，那女孩儿长得乖乖巧巧，很是逗人喜爱。他命家人去打听这女孩儿的情况，自己继续追赶野物。家人去打听后回来禀报说："那女孩儿家境贫寒，有一父一母，中年才得此女，名叫何南英，今年七岁，刚好和公子同月同日生。"

秦二一听大喜，叫了几个家丁去把何南英抢回家中，同十三岁的儿子完了婚。

何南英在秦二家过了十年，出落得非常标致，心术不正的男人见了都垂涎三尺。

何南英日夜想念父母，泪雨涟涟。她和着箫声唱得好凄惨：

月儿缺又圆

女儿泪涟涟

七岁离爹娘

女儿哭断肠

花开花又落

女儿苦难说

相见已无期

只有盼来世

黄泉路又窄

都说阴曹去不得

此生不自主

阴间或可有

望乡台上见爹娘

爹娘空养儿一场

女儿长跪拜双亲

养育之恩永不忘

她天天哭，天天唱。后来绝望了，便想着法子寻死。

一天，秦二和儿子外出回来，仆人惊慌地跑来报告：何南英在后园吊死了。秦二大惊失色，从此闭了后园。那时迷信得很，凡是吊死了人的房子是不能住人的，会闹鬼。果然，不久何南英的住房闹起了鬼，传说何南英冤魂不散，要找秦二算账。秦二家开了一家客栈，紧挨后园，因为闹鬼，也没有人敢住他家客栈了。

时间一长，秦二损失不小。为了招来客人，他贴出启事：凡有人敢住他家客栈的，送银二两。有几个山民想得银子，进去住了。半夜时分，见有个披头散发的白衣女人，满口血红，"乒乒乓乓"走进客栈，拿两面镜子照着梳头，几个人立即吓晕了过去。

不久，来了个过路的穷秀才，叫范海。因为进京赶考，银钱用完，见了秦二客栈的启事，正可得些银子，于是，大胆来找秦二。不过他提出条件，要先给银子，再进去住。秦二为了证明客栈无鬼，也就依了。

晚上，范海把灯捻亮，坐住那儿看书。半夜时分，那披头散发的白衣女人又来了，满口血红，十分吓人。

范海确实也吓了一跳，毛发倒竖，周身起鸡皮疙瘩。范海强作镇静地说："小姐，你我一无冤二无仇，何必要来吓我？我范海进京赶考，身无分文，正想跟你去呢！"

那女鬼听了，嫣然一笑："范公子，不必害怕，我不是鬼，我是人。"

范海说："既然是人，又何必如此吓人？"

女鬼说："秦二不是人，抢我来强迫成亲，百般地虐待我，我才出此下策。"

范海说："小姐有何冤情，可去投诉阴曹判官断理，定可惩罚他父子二人。"

女鬼说："什么阴曹判官，想来和阳间也差不多，哪会惩办恶人？"

范海说："小姐此言差矣。"

女鬼说："范公子，我实言相告，我真的是人不是鬼。我想逃出这高墙深院，但又无投奔去处。今天范公子落难到此，真成了我俩缘分。只要你带我逃出牢笼，我可教你一法，得些银两赴京赶考。"

范海说："何法？"

女鬼说："明日你找到秦二，说你今晚已见到那女鬼，被你打跑，如能给三百两银子，你就可以收鬼。"

范海摇头说："此法差也，君子不行骗术！"

女鬼说："秦二父子乃无赖之徒，他家钱财来之不义，取他三百两还算便宜了他，有何差池？"

范海说："他行无义，我一个书生不可学他！"

女鬼说："真是个书呆子，真该饿死你！既然公子不愿帮我，算我命苦！"说罢流泪不止。

范海心想，这女鬼也着实可怜，既然无加害于我之意，于是就答应了。

第二天天亮后，范海找到秦二说："昨晚果然有鬼，但被我打跑了。你如愿给银三百两，我可将鬼收了。"

秦二很不高兴，勉强答应了。

第二晚上，范海又住了进来，那女鬼也来了。范海一看，见对方梳理整洁，竟是一个绝代佳人，不禁心头有些恍惚起来。

女鬼和范海说了半夜话，终于说得范海情意绵绵。二人商定，当夜一同出逃，结为夫妻。

范海也不赶考了，二人回到家里过起恩恩爱爱的夫妻生活。

然而好景不长，一天，有个和尚前来化缘，见南英长得像天仙一般，贼眉贼眼看得呆了。背着南英，和尚向范海说："范公子，你夫人是个鬼！"

范海一惊："何以见得？"

和尚说："出家人不说谎，贫僧会些法术，自然识得！"

范海心中犯了疑，说不出话来。

和尚见范海有些信了，又说："如若公子不信，她分娩时会吃掉自己生下的孩子！"

范海说："真的？"

和尚说："贫僧不哄你！如果她吃孩子，你咬破中指，甩三滴血在她身上，她就不会成人形，变成一缕青烟跑了。"

不久，南英十月临盆，要分娩了。孩子刚一生下，突然一股风吹灭了灯，孩子啼叫不止。范海想起和尚的话，猛地咬破中指一甩，突然觉得太阳穴挨了一拳，昏了过去。

范海醒来时，女人不见了，刚生下来的儿子的右脚指拇被咬掉了一只，血淋淋的，孩子哇哇直哭。范海真相信何南英是鬼不是人了。

范海给儿子取名小海。小海十八岁那年，中了举人，一举成名，当了老爷，成了丰都县令。这天，范小海成亲，吹吹打打，很是热闹。花轿刚过桥头，只见一个乞丐妇人站在桥头叫喊："范小海，我的儿啊！"

范小海一惊，掀开轿帘一看，那妇人是在叫他。但是他碍于情面，不愿当场细问，命官丁将那妇人带回县衙再说。

范小海等客人散尽，把那妇人带到客厅询问："你为何称我为子？"

妇人说："你的的确确是我的儿子，我好不容易寻得你的下落。"

原来何南英年轻时长得过分漂亮，男人见了都恋她几分。那和尚虽是出家人，但六根未净，情欲未了，见了她哪肯就此甘心？于是使出趁南英生产时抢她而去的诡计。这些年来，她受尽了那秃驴的蹂躏，好不容易又逃了出来，找到范海。范海一口咬定她是鬼，撵了出来。她好不容易才找到儿子范小海这里。

范小海问："你认我是你儿子，有何证据？"

南英说："你的脚指拇儿被那秃驴咬掉了一只，为娘一直心痛啊！"

范小海一听，确信南英是她亲生母亲。两母子抱头痛哭不止。从此，他们母子团聚了。

讲述者： 杨正喜，男，农民，初小学历
采录者： 高应平，男，县文化馆干部，大专学历
采录时间： 1986 年 10 月 4 日
采录地点： 丰都县社坛乡十三村

416

除鬼

从前，有两弟兄，老大六十，住在麻柳溪南边；老二五十，住在麻柳溪北边。七月十五这天，老大去老二家祝寿。晚上，老二在屋里接待客人，老大和几个伙伴讲起鬼的故事，老大越听越害怕。

晚饭后，客人们道谢回家了。有个人向老大开玩笑说："你怕鬼吗？今晚就住这里吧。"

老大头皮一硬："笑话，我七老八十了，还怕啥子鬼哟！"为了壮胆，他喝了一口酒，打着亮杆[1]，麻着胆子一个人往家里走。

他钻进麻柳林中的小路，手一抖，亮杆掉在地上。捡起来，不亮了。前面，黑咕隆咚的麻柳，像鬼怪伸出的三头六臂，老大心里直发麻。后面，风吹树叶呜呜叫，像鬼叫一般，吓得他背沟都凉了。他心惊肉跳地走到观音桥头，向前一看：呵呀，不好了，桥的那头一个一丈多高的黑影，拦住去路；像草帽大的蒲扇，在鬼怪的胸前一扇一扇的。鬼怪呼哧呼哧直喘粗气，正得意地等待着他哩！老

[1] 亮杆：火把。

大在心里问自己："莫不是眼睛花了？莫不是个树桩桩？"但是，很奇怪，那黑影坐下了，坐下来也有一丈把高。哪有这么高的人？哪有会坐下去的树？转眼间，那黑影又躺下了，不见了，像是藏在溪沟边边等待着他。

他没敢多想，一转身改从仙人桥回家。哪知走到仙人桥跟前，又听到呼哧呼哧的喘气声，那个可怕的一丈多高的怪物，又站在桥的那一头。草帽大的大蒲扇，还是在胸前一扇一扇的。硬是撞到鬼了，他惊叫着直往老二家跑转去。还没跑进屋，就躺倒在地坝里，爬不起来了。

老二把老大扶到自己的床上，问是怎么一回事。老大盯着窗户说："鬼，鬼……"直到天亮了，老大才嗑着牙，断断续续说清了出门的经过。

老二肯定地说："你眼睛花了，看错了。"

老大摇摇头："没，没……"话没说完，就晕了过去。

为了不让鬼的风波使那些怕鬼的人更害怕，老二封锁了消息。白天，他让老婆给老大侍候汤药，自己睡大觉；晚上，他独自一人，暗地来往在观音桥、仙人桥一带，要把怪物弄个水落石出。

一连几个晚上，也没发现啥子可疑的地方。第五天晚上，老二又来到观音桥头，他忽然看见了那个一丈多高、扇着大蒲扇的怪物，和老大讲的一模一样。老二沉住气，不声不响，藏在桥头看这个怪物到底搞啥子名堂。

过了一阵，不见动静。老二想了一想，就离开桥头。这时候，乌云遮住了月光，天黑得什么也看不清，老二听到桥边有挪动东西的响声。他走到桥的两头查看，又啥子可疑的东西也没有了，怪物也无影无踪了。没有办法，他只得向仙人桥走去。

他刚刚走到仙人桥桥头，那个丈多高的怪物又出现了，正站在桥那边，大蒲扇照样一摇一晃的。他马上冲过仙人桥，打亮火镰一看，原来是一个偷树的人，正背着一截树棒，枝杈上挂着一个草帽，风吹得草帽一晃一晃的。背树人吓得不得了，急忙把树棒的一端放在地上，伸手取下草帽，戴在头上。草帽压得很低，遮住了半边脸。老二弯下腰，把火镰直照在偷树的人的脸上："干什么的？偷树呀！"

偷树的人又急忙把树棒横放在地上，然后扑通一声跪

倒在老二脚前："我错了，你就饶我这一回吧！"

"你偷过多少回？"

"我的天王爷呀，我只偷过这一回。"

老二想了想，说："不对，七月十五晚上，你就偷过，背着树棒先往观音桥走，被人看见了，又拐过来往这边走，和今天一样，是不是？"

"是，是，你知道了，我不瞒你了……"

"好，暂且不说了，你照样把草帽挂在树棒上，背起树棒到我家去，为我大哥治病。"

"我不会治病呀，我不是医生。"

"哼，你晓得不，你那天晚上偷树，碰到我大哥。大哥以为你是鬼，吓得病倒在床上，几天起不来。你去说清楚。"

"是，是。"

老二把偷树人一带进屋，鬼的迷雾就烟消云散了。老大的怕鬼病也治好了。

采录者：　　波特
选自：　　　民间故事集《合欢树》

417

收鬼人

病。老婆一走，背后也稀里哗啦地响起来。老婆放下背篼一看，原来是谁在背篼后面拴了一张笋壳。

采录者：　高兴兰，女，大专学历，中学语文教师
选自：　　民间故事集《合欢树》

解放前，刘泰到处去收鬼。据说，他给你收了鬼，你要是把钱给少了，他又把鬼放回来，弄得你一家白日夜晚都不安宁。

有一天晚上，刘泰在李家收完鬼，背着背篼回家。走着，走着，他听见身后传来稀里哗啦的响声。他觉得奇怪，停住脚，朝四周一看，什么也没有。他一走，响声又起了。他一停，响声嘎然而止。他愈发狐疑了：未必真有鬼？他这样一想，便害怕起来。想着，想着，仿佛四周都有黑影，愈想愈害怕。于是，他加快脚步往家里走。谁知，走得愈快，响声愈大；响声愈大，刘泰便愈害怕。走着，走着，来到坟地旁，刘泰便不要命地跑起来。他这一跑，响声更大了。这一下，吓得刘泰魂不附体，背心沟沟都凉了。刘泰连滚带爬跑回家，连叫老婆开门都叫不出来了，只是一双手抓住门环不住地摇。

老婆开了门，刘泰一下扑进屋来，倒在地下。老婆点来灯一看，刘泰青鼻青脸，话也说不出来了。老婆吓慌了，连忙把刘泰扶上床去。刘泰在被窝里，还在不住地抖。

老婆背上背篼，准备上街买点东西，找医生给刘泰看

418

『鬼』戴草帽

从前，重庆郊区有两个做草帽生意的商人，一个叫张五，一个叫王平。一天，王平对张五说："老兄，听说丰都很出名，我想到丰都去做一笔生意，你说要得不？"张五点头说："生意人四海为家，陪你走一趟吧。"王平就择了个吉利日子，带了一百顶草帽，乘船到丰都去了。

王平刚下船，草帽就遭一个人全部买走了。好几天的生意一下船就脱手了，王平非常高兴，就在江边找了个旅馆住下，把装满银子的褡裢压在枕头底下，然后出门耍去了。晚上，回旅馆歇息，心里越想越安逸，睡前又去看他的银子。这一看可不得了，银子不见了，褡裢内装满了纸灰。他很害怕，心想：传说丰都是个"鬼城"，上午是人赶场，下午是鬼赶场，莫非自己遇上鬼啦？越想越怕，瞌睡也困不着了，坐了一个晚上。这一夜没有合眼，他倒想通了：反正也来了，还不如到名山去逛逛。

第二天一早，他来到名山。刚到半山腰，看到满山遍野的坟脑壳上都戴着一顶草帽，他吓慌了："妈呀，真遇鬼啦！"两手抱着头跑回旅馆，半天才静下心来。一百顶草帽白白地弄丢了，比割了身上的一团肉还难受啊。王平

暗自想：既然上午还是人，去拿了也许还没啥事，就壮着胆子爬上名山，畏畏缩缩地走到一堆坟前，仔细地看了半天，觉得没有啥子怪现象，就慢慢地伸手去拿草帽。这样试着拿了几回，没有什么怪事出现，于是，不管他三七二十一，一个劲地一顶一顶收，一口气把坟堆上所有的草帽收完了，打成捆子背回旅馆，也不敢在丰都卖草帽了，当天，就乘船赶回重庆去了。

王平回到重庆，丰都城闹鬼的事很快就传开了，张五听了哈哈大笑："老弟，人间哪有鬼？你莫不是生意不好，回来不好意思交差，扯谎了。"王平说："老兄，你要不信，自己去试一试看。"于是，他俩就商量再将这些草帽运到丰都去卖，看个究竟。

二人来到丰都，刚一下船，一个人又将草帽全部买去了。王平悄悄地对张五说："老兄，前次买草帽的就是他。"张五一听，忙看褡裢里面的银子，全是白花花的碎银；再看那人，也不是青面獠牙、披头散发的，和一般人差不多，更怀疑王平是在扯把子。他还是到王平前回住的那个旅馆住下。张五对王平说："老弟，这次要小心点，把褡裢挂在肩膀上，莫又变成钱纸灰了。"说完，就到城内访一个朋友去了。

王平一个人待在旅馆里，提心吊胆地坐着。过了一会，有一个人进来和他摆龙门阵。那人说自己也是做草帽生意的，同行相遇，彼此谈得十分投机。天快黑的时候，王平见张五还不回来，有点着急。那人好像看出了他的心思，就拉他出去喝酒。王平不好推辞，也就去了。

半夜，张五从朋友家回来，王平醉得像个死人，躺在床上。张五喊醒王平，打开褡裢一看，果然银子不见啦，倒出一堆纸钱灰来，两人都吓呆了。

第二天，两人到名山去看一看，满山遍坡的坟脑壳上全都放着一顶草帽。王平对张五说："老兄，我说丰都有鬼，你还不信，这回相信了吧。"张五不说话，叫王平拿下草帽看看。王平由于前次揭了没什么事，这次，又有张五做伴，就更不害怕。谁知上前一揭，一颗骷髅头放在草帽底下，牙齿完整无缺，两只黑黑的眼眶像是恶狠狠地盯着他。王平惊叫一声，栽倒在地上。张五背上王平跑回旅馆，连忙请医生调治，可是，一点不见好转；身上的散

碎银子也花得精光，心里后悔不已。又隔了一天，他实在没办法了，就去找他的朋友借钱，并把这件事的经过说了。他朋友却笑了笑说："哎呀，你上当啦，哪有啥子鬼嘛！丰都城也有几个合伙做草帽生意的人，头儿心狠手毒，是个地头蛇，不准别人来抢生意；凡是远处来的，他都想方设法整治人家。我有个隔房兄弟就在他手下跑腿，前几天，听他说起你们这档事。"

张五一听，恍然大悟，赶回旅馆，把这事给王平一说，王平的病也一下子好了许多。不过，从此他们再也不敢到丰都来卖草帽了。

讲述者：　姚秀芹，女，干部，高中学历
采录者：　姚秋云，男，干部，高中学历
采录时间：1983 年 10 月 12 日
采录地点：丰都县石油局

419

道士先生被鬼吓

从前有个道士先生，他到处讲他不怕鬼，随便啥子鬼他都能收。有一家人安心要整他。一天，道士先生从这家人的屋门口过，这家的主人就叫着他说："我们这个屋成天不清静，恐怕是有鬼，你来给我收鬼要得不？把鬼收了呢，我给你十个钱作答谢。""要得，要得，我明天就来给你收鬼。"道士先生一听有十个钱作答谢，就很高兴地把事情答应下来了。

第二天，天还没亮，这个道士就把收鬼用的香烛、钱纸、司刀、令牌收拾好放在一个背篼里，吃过早饭就背起背篼去了。到了之后，道士先生把香烛点燃供在香案上，又念念有词地收起鬼来，到晚上才说我已把鬼收了。这家主人装作很感激的样子，给了他十个钱，还送给他许多包谷，并帮他把香烛、司刀、令牌装到背篼里去。临走时，这家主人说："你背背篼恐怕不大方便，我给你提一下。"说完就把背篼提起来，顺手把早串好的笋壳挂在道士先生的背篼高头。

夜深了，道士背着背篼一个人在黑漆漆的小路上走着。突然他听到身后响起吱吱喳喳的声音。他很奇怪，转过头来看，声音却没有了。他一走，声音又响起来。他走快一点，声音就大一点；走慢点呢，声音就小一点。他害怕了，心想："莫非今晚我真的遇到鬼了？不怕，我会收鬼。"他给自己壮胆，又伸手从背篼里摸出令牌，开始收鬼。他手刚一舞，吱吱喳喳的声音又响起来了，他蜷下去就听得"哗"的一声，他撑起来，又是"哗"的一声，他车过头来看呢，后头又没得啥子人。这下可把他吓倒了："妈的，你这个鬼凶呢，我收了恁个多年的鬼，今晚上还遭鬼整倒了，这是嘚个的嘛？"于是道士先生就使劲跑，越跑声音响得越凶，硬是把道士先生吓惨了。等他跑拢屋门口已是脸青面黑喊不出声了，他只得用脚把门踢得咚咚咚地响。堂客在屋里听到门响，觉得很奇怪，她把门打开一看：哎呀，原来是她的男人！"你为啥子嘛，看你这副样子哟？"他堂客又心痛又惊奇地问。"我，我遭鬼吓倒了……"道士先生上气不接下气地说。"哪来恁凶的鬼嘛，你平常就是收鬼的人，嘚个遭鬼吓倒了呢？"他堂客一边问，一边去接他背上的背篼，突然发现背篼上吊着一串笋壳。

从此，这个道士先生再也不讲他会收鬼了。

讲述者：	魏先发，男，汉族，初中学历，巴县走马乡（今九龙坡区走马镇）慈云村十三社
采录者：	钟守维
采录时间：	1990 年 6 月
采录地点：	巴县走马乡（今九龙坡区走马镇）工农村

420

王端公捉鬼

从前，有一个王端公，经常替人家跳神捉鬼，听说很灵验。王端公也常夸海口，说没有不怕他王端公的鬼。因此，请王端公捉鬼的很多。

王端公有两个宝贝儿子，叫王大、王二。虽说王端公捉鬼很灵，可从来不教两个儿子捉鬼，王大、王二却很想学他父亲捉鬼的本事。这样一来，一个要学，一个又不教。于是，王大、王二就对王端公捉鬼的事产生了怀疑，总想找个机会试一试自己的父亲，看到底灵不灵。

一次，王大、王二乘王端公出门捉鬼去了，就对自己的妈说，晚上去接王端公。

晚上，王大、王二来到王端公回来的路上，藏了起来。王大藏在一个土堆的后面，王二藏在一棵树上。一会儿，王端公来了。王大等王端公走近土堆，就立即向王端公拽泥巴坨坨。王端公一惊，四下一看，又看不到一个人，便以为是碰上了鬼，就吼道："何方小鬼，敢碰我王端公，还不退去？"王大也不管他喊不喊，只是一个劲地拽泥巴。王端公见吓不退鬼，就把平时捉鬼用的法宝取出来，一件接一件地丢出去。可是，王端公把法宝都用完了，泥巴还是不停飞来。这下，王端公确实着慌了，撒腿就跑。

王二见王端公过来，也把沙子一把接一把地向王端公撒去。王端公又吓了一跳，暗叫不好，心想，今晚真的碰上鬼了。心里一慌，脚步就慢了下来。这时，后面泥巴，前面沙子，接二连三地向他飞来。王端公惊恐万状，别无他法，只有摸出平时走夜路防身的两把飞刀，向泥巴和沙飞来的方向，用力各扔一把。只听两声惨叫，吓得王端公没命地奔跑起来……

王端公跑回家，他女人见他脸青面黑，气都回不过来，忙问他啷个了。王端公说："我……我捉了几十年……的鬼，今晚黑硬是碰上了，啥……啥子法都用尽了，也赶不走鬼！"他女人说："两个儿子都去接你了，啷个没有跟你回来？"王端公说："莫是走错过了，唯愿他两个没碰上鬼。"

等到天亮，王端公也不见两个儿子回来，就和女人一起去找。当王端公找到他昨晚遇鬼的地方，见地上躺着两具尸体，胸前各插一把飞刀。王端公走近一看，正是自己的两个宝贝儿子。王端公一下子就明白了昨晚上的事，气得捶胸顿足，痛苦万分。最后，把脚一蹬，自骂道："我再也不干这种害人害己的事了！"

讲述者： 吴万国
采录者： 张应臣
采录时间： 1986 年 5 月
采录地点： 万州区双石乡（今万州区白杨镇）

421

救人救己

从前，有个书生去京城考试，途中，碰见一个八字先生在摆摊算命。这个书生也想去算一下自己的命运。八字先生给他一推算，说他活不过明年正月初一。这书生不服气地说："我年纪轻轻刚满十八，你怎么说我活不过明年正月初一？"八字先生说："你若活过了明年正月初一，你把我的摊子掀了。"这书生一听八字先生口气很硬，就放弃考试的机会，回了家。在回家的路上，看见一对中年夫妇拉拉扯扯，哭哭啼啼。书生问："你们二位为何这样？"男的说："因我欠了别人的账，没有办法，只好让她去抵债；但我们夫妇二人感情好，实在是难分手啊！"

书生一想，我反正是要死了的，还留些钱干什么呢？倒不如把我的钱拿给他还账。书生问："你们欠多少账？"二人说："我们欠五锭银子。"书生说："你们既然夫妻很好，舍不得分手，我有银子，你们拿去把债还了。"夫妻二人高兴极了，连忙下拜，口中连称干爹、恩人。时间到了年末，夫妻想起了救命恩人，大年都不在家过，腊月二十九就起身去书生家拜年。

话又说回来，这书生到了腊月三十就想，我明天就要死了，我就在家里什么地方都不去，就睡在床上不起来，看我怎样死法。书生睡在床上，整夜两眼睁得大大的。等到第二天大清早，忽然门外鞭炮沉沉，一听到"干爹，干爹，拜年，拜年"的喊闹声，书生不得不起床看一下。书生一起床，刚刚穿好衣服走出门，只听房屋后面像打雷一样，轰隆一声。书生回头一看，后墙倒下来，把床打得个粉碎了。这样，书生得救了。书生从此以后，常常就奉劝人，一生中要多做好事。

讲述者：　柏道国
采录者：　帅兴友
采录时间：　1986 年 12 月 29 日
采录地点：　城口县治平乡岩弯村

422

土司背新娘

在川黔湘三省交界处的武陵山区，是土家族世代聚居的地方。在清朝雍正年间，土家族出了个武艺高强、足智多谋的青年，名叫彭不平。他见义勇为，嫉恶如仇，在民间留下了许多可歌可泣的故事。

有一天，彭不平骑着骏马，路过川边平茶司的凉亭。路旁的草房突然传来凄惨的哭声。他把马拴在柳树上，进门一看，一个满脸皱纹的土家老阿涅[1]，抱着一位如花似玉的青年阿打[2]，儿呀妈嗳地痛哭。彭不平问道："老阿涅，你为哪样事哭得这样伤心？"

老阿涅呜咽着说："平茶司的土司爷，看中了我的女儿，要我今天送她进府，去做他的第十八个小老婆。说是要有个不字，就要烧我的房子，挖我的眼睛，砍我的腿……"

彭不平一听，血涌脑门，火冒三丈，决心要狠狠地惩治一下这个残暴的土司，便安慰说："阿涅，阿打，你们

[1]　老阿涅：老妈妈。

[2]　青年阿打：姑娘。

不用怕，有我彭不平。"接着就骑上骏马，来到土司衙门，对守门的家丁说："我是凉亭里阿打的表哥，要和土司爷商量表妹的婚事，请他快快出来相见！"

不一会儿，胖得像肥猪的土司出来了。他露出一口黄牙，对彭不平叫道："老弟好眼力！你表妹做了我的小老婆，我不会亏待你的。"

彭不平佯笑说："能攀上土司爷这样的高亲，我很高兴；只是我表妹家贫如洗，这办喜事嘛，别的不说，新衣服总要几件，可这银两……"

土司急忙说："要多少？"

"五百两！"

土司的眼睛鼓得像铜铃一样大："多了！"

"那就三百两。再少，就不好办了！"

土司拍着光头，苦笑一声："好，三百就三百！"

彭不平装着为难的样子，又说："我表妹八字大，搞不好要克夫，成亲时一见不得生人火光，二听不得鞭炮唢呐，三坐不得花花小轿，四住不得高楼大厦。你二人既有天地撮合的美满姻缘，我看用不着摆酒席，宴宾客，就由你背到一所僻静的小院，一根彩带牵入洞房就行了。"

土司一听，高兴得手舞足蹈。不办酒席不请客，省钱省事又得美女，这有哪样不好！何况他大老婆是个凶恶的母老虎，要是大吹大擂把一个山野贫女弄进府，她不闹个鸡飞狗跳才怪哩！

"这样好！本土司在你们凉亭附近就有一所行院，我把你表妹悄悄接到那儿享福就是了。"

彭不平说："那，今晚我们就等土司爷来背阿打了！"

半夜过后，土司提着红灯笼来到老阿涅家中。彭不平把三百两银子接在手里，马上吹熄了红灯笼，埋怨地说："土司爷，白天不是告诉了你，新娘见不得灯光吗？"

土司赔笑说："搞忘了！搞忘了！"

彭不平叫土司暂等，他走进房里，对老阿涅悄悄嘱咐说："等我们走后，你两娘母骑上我的马，到思州那边去谋生吧！这三百两银子，就当作你们的盘缠……"

老阿涅母女感动得哭了起来。彭不平假装规劝，大声说："哭些哪样？到土司爷那里去享福，有哪样不好！"说着，他迅速地穿好新娘的衣裙，又将一块红绸盖在头上，

掀开门帘，甩着手走到土司身边，装着新娘的声音哭了起来："妈，妈嗳！……"

土司急不可待，背起新娘就跑。山野里，洒着灰蒙蒙的月光。他背着新娘，爬坡上坎，穿山过林，来到行院门口，累得像铁匠炉前的风箱，呼呼地喘着粗气，说："新、新姑娘，你，你好重啊！累死我了。"

新娘娇滴滴地说："累一点算啥！古话说，要得夫妻常聚月常圆，丈夫背上打三拳；要得百年夫妻合，丈夫胸前踢三脚……"

土司心想，你一个嫩生生的姑娘，手无缚鸡之力，脚无十里功夫，莫说三拳三脚，就是三十拳三十脚，我也只当蚊虫搔搔痒，便笑嘻嘻地说："啊！打是亲，骂是爱。新姑娘，老爷爱你，你展劲[1]打，展劲踢就是了。"

新娘甜甜一笑，真的动手了，"铛铛铛"三拳，如铁锤击在土司背上。土司眼睛冒金星，哇地吐出一口鲜血，摇摇晃晃，老半天才冒出一句话："新、新、新姑娘，你、你、你的手好重呀……"

新娘忍住笑，娇嗔地说："还得踢三脚呀！"

土司哭丧着脸："我的老子，免了算了！"

新娘哭泣起来，高低不依。贪色如命的土司没奈何，只好瑟瑟抖抖地站起来，恐惧地说："我的先人，你轻点踢好不好？"

新娘笑了，他运足气，拉开架势，一脚朝着土司胸口踢去。土司惨叫一声，肋骨断了两根，还没清醒过来，又被一腿扫到院旁的水沟里，鼻青脸肿，头破血流。这时，天已发白，新娘正要下沟踢第三脚，土司"爹呀妈呀"地呼喊起来了。新娘见他那狼狈的丑态，忍俊不住地大笑起来。土司一听笑声不对，挣扎着站起来："你是谁？胆敢戏弄本土司！"

新娘呼地扯下头上的红绸："老子是你祖宗彭不平！"

土司吓得尿都流了出来，颤抖着倒在了水沟里。彭不平把新娘的衣服脱下，抛在土司身上，大笑着走了。

[1] 展劲：使劲。

采录者： 王显能

选自： 《川东南民族资料汇编·神话传说故事第
一集》（四川人民出版社 1986 年）

423

一字千金

以前有一个妇女，八十多岁只有一个儿，这儿倒瓜不精的，说话总是爱带把子[1]，每句话都离不开"日妈"。他的妈就想把这个儿弄出去讨点见识。这个儿从来没有出过门，他一出去，不知往哪里走，就乱走。他每天都想到"见识"两个字，边走边说"见识""见识"，经常把"见识"二字挂在嘴边。他走到十字路口，不知再往哪里走。一会，来了一个卖灯草的客人，挑了很大一挑灯草，他就跟着那个灯草客。他在后面走几步就说"见识"，走几步又说"见识"，那个灯草客也没有理他。到了一个地方，灯草客在那里卖灯草，他就在旁边站着，凡有人来买，他说一声"见识"。天黑了，那灯草客去写号[2]，他又跟那灯草客一路。栈房是两母女开的，一进去，老板娘就端茶来，她女儿就拿水烟杆来，那个讨"见识"的连说"见识""见识"。灯草客心想：哪个遇到你这个家伙，一天到晚就是"见识""见识"。越想越生气，就冲了他几句。睡

[1] 带把子：说脏话。

[2] 去写号：去栈房登记。

到半夜，讨"见识"的想：你恨我么，我去把你那灯草烧了！接着，就把灯草客没有卖完的灯草全部烧光了。第二天，他多早就起床走了。灯草客起来，打算去做生意，才发现灯草全给烧了，知道是那个讨"见识"的搞的名堂，只得各自回家。

讨"见识"的走了几十里路，到了一个县城，不知往哪里走，在城外转圈圈。转来转去都"见识""见识"地说。这时，城里一个烂秀才到河坝厕所解手，但解不出，蹲在那里多半天，只听到有人在旁边不断地重复喊"见识"二字。他想：今天，我的财喜来了，就让你讨"见识"吧。他出来就对那人说："你这个讨'见识'的，过来！走，到我家去！"就把这人弄到他屋里去了。秀才说："我教你一个字，你就拿一两银子。"教他"你"字，并说："教的这个'你'字，你能够读十个的话，就拿十两银子。"他又教他"也"字，还是教会一个拿一两银子，能读十个也拿十两银子。接着，又教他"来"字，教他"了"字。这些都教会了，才把四字连起来教，"你也来了"。这一句话教会了，又要一锭银子；能连读十遍"你也来了"，就要十锭银子。这样一来，讨"见识"的把"见识"二字忘了，一天就是喊"你也来了"。过了大半个月，那烂秀才说："你也学得不少了，你的银子也快完了，你回去把银子拿起来再学吧！"他就照原路回去了。他走到和灯草客住的那个栈房，老板娘同样给他端茶来，那女儿也拿烟杆来，他就照着那姑娘说："你也来了。"那姑娘很不好意思，把脑壳往侧边一偏，他又偏过去说："你也来了。"姑娘就躲在她母亲身后，脑壳偏过去、偏过来十回，讨"见识"的人也歪过去、歪过来地喊了十个"你也来了"。妈妈和女儿记起上一次他来时一晚到亮都是喊"见识"，这回来却不像那样了，又想到她们有时也忙不过来，于是，就招他为女婿客。从此，店里的生意越来越兴隆，他们的生活越过越好。一年一年过去了，讨"见识"的人的老母亲寿满九十，要泡生酒[1]，夫妻回去赶生[2]。他们准备了好多寿礼、铁炮[3]。讨"见识"的老母亲只有他这么个儿，见他出去不但讨到了见识，而且还成了家，就想：我的家产反正是归他的。于是，晚上就安排他儿子到放金银的那个屋去睡。

一些强盗知道他家要泡三天生日酒，想趁机来偷他家的钱财。来的强盗共有一百零八个，准备把他家的金银偷光。这晚上，他宵了夜，就到那屋里去睡，睡下，又在念那烂秀才教他的那几个字。当一个强盗把桷子撬开，脑壳刚一伸下去，就听他正在床上念"你"。那强盗以为被他看见，转身就走了。第二个强盗上来，他又念一个"你"，这强盗也不敢下来。像这样又连续上来八个，他又慢慢地念了八个"你"，那八个强盗始终不敢下来。隔了一会，又接连上来十个，他又念道"你——你——你……"接连念了十个"你"，那十个强盗又赶快退回去了。那些强盗又叫他们的头头上去，他又念："也。"那个强盗头头又缩转去了。他就像这样在那床上念。前后来的七八十个强盗都不敢动手，慌忙缩转去了。这时，那个最凶的强盗说："我不信！"就爬上房往下看，听他正念"你也来了"。强盗一听，就赶快回转身去。像这样轮流上下的十几个人，都听到他说"你也来了"，都被吓转去了，鸡都叫了，还没有偷到任何东西。强盗头头便亲自选了九名干将，同他一起上去。正在这时，他又一连念了十个"你也来了"，吓得这些强盗都不敢动手，只好空着手回去了。

万万没有想到，那个烂秀才教他学了几个字，他却保住了大量的金银财宝，硬还是一字值千金哩。

讲述者：　秦万忠，男，农民
采录者：　姚晓清、许正华、万政策
采录时间：1986 年 8 月 11 日
采录地点：丰都县开峰乡友谊村（今忠县涂井乡友谊村）三队

[1]　泡生酒：生日办酒席。
[2]　赶生：庆生，吃生期酒之意。
[3]　铁炮：当礼炮用的铁器。

424

五大天地

有一个贪官，赴任后，整天吃喝玩乐，不理政事。他一味贪图贿赂，鱼肉万民，百姓对他恨之入骨。

当他任满离职时，乡人百姓给他送了一块德政匾，上面写着四个大字：五大天地。

"多谢大家的好意！"贪官暗自高兴，又对这四个字疑惑不解，问道："你们送的这四个字是什么意思呀？"

有一老者向前，代表众人给贪官解释："这四个字嘛，老爷一上任后，便要百姓行贿送礼，这就是'金天银地'；老爷住在衙门里整天拥妻抱妾，饮宴不断，这就是'花天酒地'；老爷升堂判案，枉法营私，曲断歪判，这就是'黑天黑地'；由于舞弊营私，老百姓们便'怨天恨地'；而今，老爷任满离职了，万民百姓当然就要'欢天喜地'啦！"

讲述者： 何永庆

采录者： 何悦仙，男，万县河口镇干部

采录时间： 1985年12月8日

采录地点： 万县（今万州区）河口乡河口村

425

莫贪意外财

从前，有两个秀才，一个名叫陈实，一个名叫李坚，两人一同进京赶考。天气很热，他们走得又累又渴，就到路边一座庙头去歇一歇。

他们歇了一会儿，就起来看壁上的画。陈实脚踩到的一块方砖和别处的响声不一样，闷声闷气的，陈实觉得很奇怪。李坚说："挖开看一看。"挖开那块方砖一看，下边埋着满满一罐银子。

李坚高兴地说："我俩把银子一分，到前边雇一辆车和一头牲口，把我们送到京城；到京城后，也不愁没有钱花了。"

陈实说："还是照原样埋上吧。常言说，不义之财不能得，我们怎么随便拿人家的银子！"

两人争论了半天，最后，由李坚出了个主意：仍旧把银子埋起来，他们回来的时候再分。陈实想，到回来的时候，主人可能把银子取走了，就勉强同意了这个办法。他俩埋好银子，又赶路。

晚上，他们住在一个栈房里，到了半夜，李坚突然得了急病，肚子痛得直打滚，一直闹到天亮。第二天一早，陈实急着要去找医生，李坚却说："我的病什么时候好，现在还说不岩[1]。考试日期快到了，你不要等我了，不能为我把你也耽误了。"停了一会儿，又说："你走吧，医生我另外找人去请。我的病一好，马上就来撵[2]你。"

陈实本来打算等他的病好了一块儿走，但见李坚话说得很硬，不好深说，就托付栈房照顾李坚，自己一个人上路走了。

李坚见陈实一走，马上带着行李往回走。原来李坚怕陈实分了那罐银子，因此，夜里装病，支走了陈实，自己转去挖那罐银子。到了庙里，他顾不得累和渴，就动手挖。撬开那块方块一看，糟了，银子没有了，罐里却装着清水。他当时就瘫倒在地，一路的高兴，马上烟消云散。这时，他感到又热又累，口渴得要命。一口气就喝干了罐里的水，又把罐子原样埋好，打算上路赶陈实。

这天晚上，李坚还是回到那家栈房里歇。到了半夜，李坚真的病了，肚子痛得像刀儿绞。栈房得知后，马上请来医生，但诊断不出病症；一摸肚子，肚子里有疙瘩，像石头一样，硬邦邦的，医生急忙处了一个方。李坚吃过药，不见病情好转；以后又请来名医，还是不见效。这样，一直在这个栈房里住了两个月。

常言说，害病吃药，两头背时。李坚的病没减轻，盘缠早已花光了；吃药医病，又欠了账。栈房几次要赶他出去，李坚苦苦哀求，栈房才勉强答应让他住下来，等他的朋友回来后，再算账。

一天，陈实中举回来，到栈房一问，李坚还在栈房病着，赶紧来看他。见李坚枯瘦如柴，不禁掉下泪来，问他："你得的什么病呀？"李坚一见陈实，觉得自己为了想独吞银子，没病起病，现在真的得了病，实在对不起，自己心里难过得很，真想大哭一场。他刚一张口，就"哇"的一声吐个不停。吐完一看，吐出来的完全是银子。陈实一看，很奇怪，就问，是怎么一回事。李坚惭愧地把事情的经过说了一遍。陈实说，银子仍然还给人家；你欠的账，我这里还有银子，你不要哭。

说也奇怪，李坚吐出银子后，身体就复原了。两人把栈房的账结清后，背上银子，欢欢喜喜地往回走。到了那个庙里，他们就找那个埋银子的地方，可是一直找到天黑，也没找到，晚上只好住在庙里。到了半夜，李坚和陈实做了个同样的梦，梦见庙里的神像从座位上走下来，向两人说："一罐银子是我埋，试探何人不正派。奉送二位做盘缠，从今莫贪意外财。"

从此以后，李坚再也不贪意外之财了。

讲述者： 黎昌发
采录者： 杨明清
采录时间： 1986 年 9 月 9 日
采录地点： 开县（今开州区）华山乡双河村

[1] 说不岩：此处指说不定。
[2] 撵：此处指赶上。

426

铁公鸡

从前，有个卖羊肉汤锅的老汉，很想发财。他起五更睡半夜，勤扒苦挣，省吃俭用地积累了很大一笔家财。可他舍不得用，当用的也一文不花，爱钱如命，人们都叫他铁公鸡。

一次，他上街摆摊卖羊杂碎[1]，看见一位过路客掉了一文铜钱，他连忙上前捡在手里。殊不知马上就被那人发现，赶忙喊道："喂！这钱是我掉的，快还我。"老汉说："捡的当买的，凭哪点还你。"那人也不依，上前动手就抢。老汉见自己抢不赢，慌忙把钱丢进嘴里。掉钱的人也固执，非要把这个钱追回来不可，上前抓住老汉的衣领，硬要从他嘴里把钱抠出来。老汉到手的钱怎舍得丢失，"咕咙"一下就把铜钱吞下了肚。丢钱人没法再要，只好算了。

铜钱进肚，不得消化，老汉因此一病不起，而且一天天厉害起来。老汉知道自己没有多少日子了，就与儿子们商量安排后事。

首先喊来大儿子问："看来我是活不长了。我死后，你打算把我哪个做？"大儿子说："父亲您辛苦了一辈子，为我们挣下了这么大的家业；您死后，我们一定开奠行祭，讣告亲戚朋友，都来坐夜，然后热热闹闹地送老归山，做斋修墓，超度来世。"老汉一听，大怒道："你这个不孝的东西，太糟蹋钱了。滚、滚、滚，滚出去！"

老汉又把二儿子喊到床边问："我死了你把我哪个搞？"老二说："您死了，简单地开个路[2]，烧点纸，找个木箱子装起，弄出去埋了就是。"老汉一听又要花钱，连忙说："要不得，要不得，不存财的东西，给我出去！"

接着，老汉又把幺儿叫来问："我死了你打算把我哪个办？"老幺见两个哥哥出来，晓得老汉怕花钱，便说："您死后，把您的肉卖给馆子，肠子、肚子等内脏拿去卖汤锅。"老汉一听非常高兴，连忙咂咐[3]道："我的儿啊，肠子就莫卖给别人喏，那里面还有一个铜钱呀，你千万要记到。"

老汉说完就落了气，阴魂去到阎王殿。阎王爷问他是怎么死的，老汉照实说了。阎王怒道："你这铁公鸡一文不舍，为个铜钱把命丢了，给我拿出去下油锅。"老汉被抓到油锅前，闻到滚开的油锅里飘出的香味，赶忙大喊："把油给我卖成钱，我情愿煎干的。"

讲述者： 李先举
采录者： 雷守清
采录时间： 1987 年 9 月 17 日
采录地点： 巫溪县镇泉乡（今巫溪县宁河街道）

[1] 杂碎：清炖的内脏。

[2] 开路：道士超度亡人的道场。

[3] 咂咐：叮嘱。

427

杨少甲儿子戏罚瓦匠

杨少甲儿子，是双江杨氏家族中的一个二少爷。在清末民初，双江镇杨家在潼南可是家财万贯、富甲一方的乡绅，也堪称首富。

就是在那个时候，位于双江正街的杨家大院请一个瓦匠来揭瓦。临近中午时，他在房顶上正要收工，无意中看到隔壁房间的杨二少爷正在吃午饭。

杨少甲儿子很能吃，每天要吃三斤肉，而且要用砂罐炖得很耙，今天的午餐也不例外，把一年难得吃上两回肉的瓦匠看得口水长流。

看到杨少甲儿子吃完，瓦匠的肚子也开始咕咕作响。他急忙爬竹梯下来，到厨房吃饭去。当他端起厨子打给他的清稀饭和咸菜时，不由自言自语说道："要是我能吃到杨二少爷这样一顿，死也值得。"

不料这句话却被路过的杨少甲儿子听到了。

第二天一早，瓦匠又到杨家大院去，准备上房揭瓦，杨少甲儿子却说："今天你不用做事，就待在这里休息，我照给工钱。"同时吩咐厨子多准备一个砂罐炖肉。到午饭时，就端出来给瓦匠吃。

瓦匠以前可没享受过这样的生活。他刚吃完第五坨肉，加起来也还不到半斤，就开始受不了啦。不但吃不下去，还捂着肚子往茅厕跑。

看到他远去的背影，杨少甲儿子笑道："看来你没得这个福分哟。"

后来，这个瓦匠看到肉都不敢再吃。据说在那时候，他连续拉了三天的肚子，才导致后来的这种畏惧感。

讲述者： 张建，男，汉族，中学学历

采录者： 张建，男，汉族，中学学历

采录时间： 2020 年 11 月

采录地点： 潼南区双江古镇

附记

此篇为张建小时候听来的故事，大约在 1980 年，后经艺术加工，收录于他个人专辑。张建为潼南区民协会员，经编写组约请，于 2020 年，以座谈的形式，重新讲述并记录。

428

干谷草医病

有一回，耿巴县装个八字先生到民间私访。晌午过了，他的肚儿还是空的。遇缘了，前头不远有个大院子，他就去找饭吃。他找到那家人嘛，刚才吃过午饭。主人家说："饭菜还是热的，你不嫌弃的话将就吃点。"常言说："饥不择食。"耿巴县连声道谢，端起碗就吃，觉得香喷喷的。正在这个时候，主人家有个十七八岁的姑娘，长得多乖的，她抬起一双手从房圈屋走出来，立伸伸坐在矮板凳儿上。她的妈端碗饭菜朝她嘴里一口一口地喂，她那双手嘛，还是抬起就抬起。耿巴县觉得奇怪，问是哪个搞起的。她妈说："这个姑娘在半个月前，抬起双手伸了个懒腰。啊嗬！她这双手抬起就抬起，硬是放不下来了。周围团转的太医都找焦了，没得哪个医得到。"耿巴县几口把饭刨完，对主人家说，他可以医这种病。就叫主人家找几根干谷草来，还说："只要几根哈，多了医不好。"

老实的，姑娘的妈到地坝草树上扯了几根谷草。人些问她扯去做啥子，她就把耿巴县的话照实说了，大家觉得古怪，就跟到围拢去看稀奇。

耿巴县把几根谷草结成一根，交给姑娘的妈说："你把这个拿去给你女儿做裤腰带儿，把原来拴的那根腰带儿解下来交给我，毛病就松活了咯。"人些不相信，耿巴县正儿八百地说："你们啷个晓得医不好喃？"几个岁数大点儿的人，看到耿巴县那副正经样子，都说告一下看嘛。姑娘她妈也说："要得嘛，告一下看嘛。"说完就把女儿牵进房圈屋去，把裤腰带儿换了。换好后，又牵着姑娘走出来，把原来那根裤腰带儿交给了耿巴县。

这时，耿巴县就对姑娘说："今天是给你医病哈，我喊你啷个做，你就要啷个做；要是不听我的，医不好莫怪我哈。"

姑娘听了只是点头。耿巴县喊门口的人些让开点，叫姑娘朝到门口外大跨五步，这才对着姑娘在前面边说边数："跨大步点哈，还跨大步点，一、二，展起劲跨……"还没等耿巴县把三字喊出来，姑娘一鼓劲，干谷草裤腰带"嘣"的一声就断了。这时，姑娘只觉得小衣儿直往下梭，心想恁多人围起在看，好丢人啰！她心头一急，那双抬起的手，一扑就放下来把小衣儿提起，回头一趟就钻进房圈屋去了。看稀奇的人些一下遭逗笑了，都夸奖先生医术高明。

主人家问先生尊姓大名，说要给他传名。耿巴县说："小事一桩，怕还值不到主人家这顿饭钱嘞。"话刚说完，他把褡裢儿搭上肩头，又到别的地方去了。

讲述者： 刘远扬，男，汉，初中学历，巴县走马乡
（今九龙坡区走马镇）银岗村八社
采录者： 钟守维
采录时间： 1990 年 6 月
采录地点： 巴县走马乡（今九龙坡区走马镇）工农村

429

考卷与水烟袋

从前，有一个穷秀才，考试连年落榜。一天，他打听到知府大人是他原来的同窗好友，今年恰好当主考官。于是他修书一封，请老朋友在阅卷时高抬贵手。知府大人看信时，正在抽水烟，便在回书中叫秀才在考卷中写上"水烟袋"三字为记，以便在阅卷时不论文章好坏，一定批中。秀才见了主考大人回信，欢喜昏了，喝了几盅烧酒，将信扔在桌上就睡了。秀才的妻子见丈夫这样高兴，猜想一定是有什么喜事，就将桌上的信拿来一看，高兴地想到：这下熬出头了。又一想，有这样的好机会，何不将这消息告诉我的两个兄弟，让他们也沾沾光。于是把在考卷中写上"水烟袋"三字为记的事告诉了两个弟弟。

主考官在阅卷时发现有"水烟袋"三字的卷子，心想这一定是那老朋友的。勉强看了看，心里说：我这老朋友的文章这么多年来没多大的长进。转念一想，既然答应了人家，怎么能言而无信。于是红笔一点，放在榜首。过了一阵，又发现有"水烟袋"三字的卷子，主考一愣。哦！想必是我那老朋友的亲戚。算了，一并批了。随后，又发现有"水烟袋"的卷子，主考大人把笔一放说："真是人

心不足，莫非想让我为此事丢官不成？"气得把卷子揉成一团，丢在一边。谁知这张考卷正是那位穷秀才的。

张榜之时，秀才见两个内弟都中了举，他又名落孙山，觉得有点蹊跷。赶回家里，就问妻子是否将此事泄漏。妻子如实将情况说了，秀才气得卧床不起。

讲述者：　冉星极，男，汉族，铜梁县虎峰镇翰林五组农民

采录者：　冉顺生

整理者：　卢文忠

采录时间：　1985 年 10 月

采录地点：　铜梁县（今铜梁区）虎峰镇

430

夏其通

从前，有一位新任江南的主考官，在离京到任之前，去拜见恩师中堂大人，恭恭敬敬听恩师有什么吩咐。殊不知，他恩师近来肚子气鼓气胀的，屁放不出来，很不舒服，面带愁容，不爱开腔说话。主考官坐了阵，准备告辞，就问恩师："大人有什么难处需要学生关照？"老恩师手拍胸腹说："没什么，只要下气通出来就好了。"说完闭目躺在椅子上。这主考官一想：中堂大人是江南人，他说"要夏其通出来"，这"夏其通"一定是他的亲戚。于是牢牢记在心上。

到了江南，他就四方八面打听"夏其通"这个人。费了好大的力，才在一个老山沟沟头找到夏其通。刚好夏其通这年二十几岁，念了两年书，斗大的字认得到一挑。这主考官就把夏其通叫来考试，取为第一名解元。

主考官回京复旨后，就去拜见老恩师说："学生已将夏其通取了首名解元。"这时老恩师的肚子早已好了，听到什么"夏其通"，感到莫名其妙，问："什么夏其通？""呛，晚生前次离京时承恩师嘱托，不是要夏其通出来吗？"老恩师这才恍然大悟说："唉，那是我肚子不好，要下气通了才舒服。你真是哟，上人放个屁，你都要追三千里！"

讲述者：王少谷，男，汉族，初中学历，璧山县八塘乡卫生院医生
采录者：陆玉久
采录时间：1985 年 12 月
采录地点：璧山县八塘乡（今璧山区八塘镇）

431

心病还要心药医

城头有个太医，三天不开张，五天不看病，硬叫背时。

就在那个城头，有个员外的小姐，得了怪病，看遍了全城的太医，不但没好，病还在加重，把个精灵得很的员外都搞到了。他心想：只还有一个太医没请，就是那个三天不开张，五天不看病的背时太医。是不是也请他看一下？于是，就叫管家抬起轿子去请。

管家找到这个背时太医，说明来意。这背时太医，也晓得员外小姐得了怪病，又不好推，假意傲盘[1]说："我医病从来不出门，要医就给我抬来。"

员外一心想医女儿的病，就抬去了。背时太医捉到脉也说不出病来。

原来，小姐天天都在闺房绣花，每天麻糊糊亮[2]的时候，就听到一个长声吆吆的声音："黄糕啊——泡粑！"这闪冬冬[3]的声音，比小生唱的还好听。小姐心想：声音

都这样安逸，只怕人还要长得乖些。她就天天想那个卖黄糕的，想来想去就得了相思病，又不好说得，只好拖起。

正当太医捉到小姐的脉，搞不清是啥子病的时候，就听到窗子外头在吼："黄糕啊——泡粑！"小姐的脉象突然跟到这叫喊声的高矮，一下儿快，一下儿慢，卡白[4]的脸上也红润起来。背时太医心想：怪喃！莫非小姐的病和卖黄糕的有牵扯？他就假装要吃黄糕，叫他堂客追出去买。小姐的脉象这一下跳得更快了，眼睛也有神了。背时太医想：吧！只怕是小姐想看一下卖黄糕的人哟！

太医又把堂客喊转来，说："你把卖黄糕的请进来，我要亲自拣几个热的。"

卖黄糕的进来了，太医看到小姐把嘴巴一瘪，长长地叹了口气，样子很失望，脉象很快就平稳了。太医这才发现，卖黄糕的原来比武大郎还矮、还丑。

太医找到了病由，开了太平药了事。

这服药拿回去熬起，小姐一道[5]药都没喝完，病就松活了大半。员外还认为是背时太医药到病除，妙手回春，赶紧给他挂红吊匾，送礼传名。背时太医硬是时来运转，发了大财。

讲述者： 尹光钿，男，汉族，小学学历，农民
采录、整理者：周镕德、周贤良
采录时间： 1986 年 4 月
采录地点： 巴县元明乡（今九龙坡区西彭镇）

[1] 傲盘：摆架子。
[2] 麻糊糊亮：蒙蒙亮。
[3] 闪冬冬：形容声音悦耳。

[4] 卡白：苍白。
[5] 一道：此处指一次。

432

三个叫花子

从前，在一座破庙里，住着三个叫花子。他们讨到东西打伙吃，像亲兄弟一样。

一天，三个叫花子在庙门外草坝坝上煨东西来消夜。煨好了，都进庙去拿碗筷。这时，一条野狗闯进，见砂罐里有东西就开吃。三个叫花子出来一看，气吹了[1]，捡起棒棒就追。那狗一跑，哦嗬，把砂罐打倒在地上，趵了个稀巴烂，水水汤汤搞了一地。害得三个叫花子连夜都没有消得成，只有饿起肚皮，蜷到睡瞌睡。

后来，遇到朝廷招兵，大叫花子就从军走了。剩下的两个叫花子也离开了破庙，四处讨口为生。

大叫花子在军营里打仗立了战功，得到了提拔。后来当了将官，被派去镇守一座小城。那两个叫花子听到这个消息，就商量起要去找他，请他看在兄弟一场的分上，留在府上混碗饭吃。商量一伙，决定二叫花子先去。

二叫花子来到大叫花子府上。大叫花子见他还是那副样子，心头怪不安逸，就装起认他不得。二叫花子急了，赶忙说：

"吔，大哥！你装到认不到了唦？记不记得那些年我们一路讨口的事哟？有一回，狗把砂罐给我们打烂了，我们夜都没有消得成！"

大叫花子见二叫花子当众抠他的老疤疤[2]，哪个放得下面子嘛，赶忙喊：

"快把这个胡言乱语的疯子给我赶出去！"

二叫花子遭轰出了府门。回到住处，就把事情的经过，对三叫花子摆了。

三叫花子说："明天我去找他！"

二叫花子说："忘恩负义的东西，找他有啥子意思啊？算了算了！我看还是各人去讨口。"

三叫花子说，去碰碰运气看。

第二天，三叫花子收拾了一下，就去找大叫花子。他一进府门就连声说：

"恭喜恭喜，恭喜大哥升官发财！"

大叫花子见他话都还说得好听，只是自己的架子还一时放不下，就装腔作势地问：

"你是哪个哟，哪个喊我大哥呀？"

三叫花子说："大哥你是贵人多忘事。昔年我们一起大战青草坪，打破罐州城，手持齐眉棍，赶走狗官的事你总记得吧？那时你我兄弟威风凛凛，杀气腾腾；到而今大哥你步步高升，小弟我一事无成。"

大叫花子听了心想：这嘛，都还像话。就把三叫花子请进内堂去了。

讲述者： 黄旌镕，男，汉族，小学学历，营业员
采录者： 曾旂、余正全、张乾辉
整理者： 金祥度
采录时间： 1985 年 6 月
采录地点： 巴县青木关镇（今沙坪坝区青木关镇）

[1] 气吹了：非常生气。

[2] 抠老疤疤：揭老底。

433

色不迷人人自迷

江南有个李员外，家资万贯，膝下只有一个儿子。这李公子从小锦衣玉食，读书却不发奋。他听说苏、杭二州赛过天堂，便向他老汉说："爹爹，我恐怕不是读书的材料，想去苏、杭地方学做生意，不知爹爹意下如何？"李员外想到儿子读书是不得行，学做生意未尝不可。再说，他外出也能增长点见识，便拿了三千两银票，一千两现银，让儿子外出经商。

李公子辞别父母，带一书童，担着现银和行李到了苏州。苏州的三街六市十分热闹，尤其是来来往往的女子，一个比一个漂亮。看得李公子眼花缭乱，啧啧赞叹：真是苏杭出美女呀。当时客栈的茶房，多半熟悉妓院和烟馆那些地方的情况。见李公子花销洒脱，眼睛总不离女人，便对他说："李公子，城中秦淮楼，是苏州的头块招牌。那里有个叫红红的歌伎，漂亮得很。公子何不前去看看？"李公子得茶房指点，来到秦淮楼。院妈妈叫出红红。他一看，红红确有倾国之貌，不仅善歌善舞，琴棋书画都行。李公子一见钟情，迷而不舍，天天去要，院妈妈要多少银子他就给多少。如此月余。一天，李公子要求红

红留宿。红红见李公子人虽轻浮，但也是一表人才的读书人，便以良言劝说："李公子，常言说色不迷人人自迷，楚馆秦楼不是你们读书人久留之地。想我红红为生活所迫，卖身秦楼以来，立志卖艺不卖身，请公子自重，从今后不要再来这里，回去发奋读书。"果然，从此以后，李公子出再多的银子，红红都拒绝出来见面。李公子先是不悦，后是嫉恨。但他百思不解：一个青楼女子，为何拒绝金银。

一天，李公子正在他的上官房自斟自饮，借酒消愁。忽然，楼下传来悲悲切切的哭声，他十分诧异，便找来茶房问道："什么人在楼下啼哭？""公子，楼下住的是一个年轻妇人，不过二十零点。她的丈夫是做绸缎生意的，出门至今，杳无音讯，弄得她连饭、号[1]钱都没有了。近几天，又传来消息，说她丈夫的船打翻了，人也下落不明。又有人说她丈夫在路上遇了匪。这些消息都是凶多吉少，这妇人想起伤心，不时啼哭。店里的东家和客位都去劝过也劝不住。李公子也是有钱人家的少爷，不妨下楼帮店东劝劝她。"李公子心想：去看看这个女人也好。便让茶房领他下楼去。那时是"男女交言，授受不亲"的时候。李公子为避嫌，先让茶房叫门。茶房在门外说："嫂子，现有住店的李公子来看望你。他是读书人，正人君子，不妨开门一见。"多半天，那女子才开了门。李公子一看，这女子虽无红红的倾国之色，但也是市街上少见的漂亮女子。那女子向李公子道了万福，请进房里落座。李公子十分关切地细问这女子的遭遇。这女子又抽抽泣泣地述说了丈夫出门经商未归的经过。李公子劝慰说："小娘子，凡事当想开一点，从最坏说，人死也不能复生，徒自悲伤无益。至于生活开销，更是小事一桩，不必烦恼。"说着，便叫书童取来白银两锭，交与茶房说："你拿去作为小娘子的开销，但愿她丈夫平安回家。万一有所不测，有我在，也不会亏你们的饭号钱。"当时两锭白银，二十两，一般百姓要置一副家业了。茶房忙替那女子向李公子打拱称谢，那少妇更加悲切地再向李公子道了个万福。

从此，李公子便借过路之便，常到那女子房中闲谈。一回生，二回熟，嘘寒问暖，关怀备至。数日过后，二人

[1] 号：此指客栈。

便亲热起来了，常在房中同餐共饮。如是过了数月之久，仍不见那女子的丈夫归来。一天夜里，那女子又流眼抹泪，叹息命苦。李公子百般安抚，到了深夜也不愿离去，那妇人也不送客。李公子见状，便大胆上前求欢，那妇人半推半就，脱衣上床。李公子刚一吹灯，店门被捶得砰砰乱响。茶房跑来说："大嫂，你丈夫回来了，现在外面叫开店门。快起来吧，我开店门去啰。"李公子吓得不知所措，慌忙穿上衣裳。此时，店门已开，他来不及出房上楼了。那妇人倒也沉着，叫李公子先在床下躲一躲。李公子刚爬进床脚下，那绸缎商便进屋来了。小妇人假装哭哭啼啼地说："听说你在河中翻了船，吓得奴家好苦呀！""船是翻了，但命不该绝，被人救起来了，所以辗转数月，今天总算回来了。"妇人破啼为笑。夫妻久别如新婚，说不尽离别之情。李公子从未经历过这种事情，早在床下吓得哆嗦发抖。夜深人静，那绸缎商一听，跳起来吼道："床脚下好像有人？"那妇人忙说："哪里是人啰？怕是店老板那条狗儿钻在床下去了，莫管他。"绸缎商哪里容得狗在床下，顺手抓起一根棒棒便往床下一阵乱敲乱打，打得李公子叫出声来。商人一听床下是人，拖出李公子一看，心里全明白了。先将他女人一顿拳打脚踢，然后便扭着李公子要去见官。此时，男女双双向商人求饶，尤其是那小娘子向丈夫哭述自己的苦境，李公子的恩德。茶房也进来劝解，商人才答应不报官府，但对李公子说："你既有钱来勾引良家妇女，那就拿五百两银子赔我的损失。否则，事大事小，见官才了。"李公子只得忍痛，当晚交付了五百两现银。商人自称无脸见人，天不见亮便带着娘子离开了客栈。

李公子又赔银子又丢脸，一连三个月没出客栈。他身带现银一千两，秦淮楼的开销和赔赏商人之后，所剩无几了。一天，便拿出银票，请茶房代为兑换五百两现银。茶房如数换回，对李公子说："客官，我们客栈地方，人走事了，那件事早烟消云散了，你何必再挂在心上呢？你既是来我们苏州做生意，本钱也还有三千，何愁生意不成？这几天先去散散闷，顺便看看货，看准了办货回乡，五百两算啥子呢。"李公子听茶房说得有理，第二天，便带着书童一道出外游玩。来到阊阖门，只见戏院门口车水马龙，十分热闹。一打听，原来是绍兴来的名戏班，便包了个包

厢。刚刚坐下，隔壁包厢出来了一位少妇。李公子一看，她年纪不过十八九岁，长得如花似玉，穿戴雍容华贵，后跟四个丫头。这位天姿国色的少妇向李公子这边瞟了一眼才坐下。这一眼，竟使李公子心猿意马，但那位少妇再没向这边看了。李公子总想那女人再看一眼，想得来连唱的啥子戏他都不晓得。好容易戏唱幺台，那位少妇起身离开时，果然又向这边看了一眼。从这天晚上起，李公子便向戏院把那个包厢包下来了，天天去看戏。说也巧，隔壁包厢那位贵妇人也是每晚必到。李公子从不看戏，只呆呆地看着那少妇的一举一动。那少妇发现了李公子的举动，不时嫣然一笑。二人眉来眼去，日子一长便暗送秋波，虽从未对面说过话，但双方情意早在眼中传递。一天，李公子想打听打听这位少妇的根底。忽见那少妇身边的一个丫头，来到自己包厢。他正想问，对方递了个眼色，叫他不要开腔，悄悄把一个纸团塞在他手上，轻轻地说："回去后再看！"戏未完，李公子便回到了客店。打开纸团一看，上面写着：今夜来舍下一叙。后面是地址。李公子有绸缎商人给他的教训，本无胆子赴约了。但这位少妇迷人的姿色终使他铤而走险。先向茶房打听到那个地方，二更后一个人走到那里一看，竟是幢大宅院的后花园，送信的丫头早已等在那里。李公子跟那个丫头悄悄穿过后花厅，来到一座孤零零的绣楼下面，楼上只有孤灯一盏，四周清丝雅静。抬头一看，那少妇早在楼上倚栏等候。李公子上楼，客套几句，那少妇劈头便问："公子可知道这是什么地方？"李公子只摇脑壳。那妇人说："这是知府大人的府宅。""啊！"李公子登时面无人色。那少妇说："公子不必害怕，我是知府的七姨太，但你莫看这个老东西已经六十多岁了，在我之下，他一连又接了七个姨太太，早把我忘到九霄云外了，我只好借看戏消磨时光。在戏院见公子一表人才，特请你一叙。"李公子受宠若惊地说："小娘子有何见教？""若公子不嫌弃，奴愿终身追随公子。"李公子忙说："学生爱莫能求，岂敢嫌弃。只是……""公子一切放心。"那少妇简单问了李公子的家境和住处后说："今晚是个好机会，老东西在公堂连夜推审要案，猝不及防。我赓即带上我的积蓄同你去客栈，等到天亮城门一开，我便随公子远走高飞。"李公子满口答应。那少妇早已收

拾好了。李公子一看，单那金银首饰和珍珠宝玉就价值连城了，更何况能得到这样一个如花似玉的美人，便把心一横："好，事不宜迟，请跟我走。"李公子扶着七姨太，丫鬟背着细软珠宝刚刚下楼，园内突然亮起灯笼，原来是知府大人回来了。李公子正想躲避，知府早已看清，大喝一声："把这双狗男女给我拿下！"把二人绑上楼，先骂七姨太说："你这贱人，本官虽年老，但对你不薄，你反跟他人私奔，我定饶不了你！拖下去。"七姨太被拖走了。知府又骂李公子："你是何方狂徒，擅入府宅，勾引官眷。来人，把他打入死牢，明日午时三刻，凌迟处死！"李公子吓得跪地求饶："老爷饶命。"把额头都磕流血了。知府的气稍稍消停之后，沉吟道："唉，念你也是读书人，一念之差，走入歧途。死罪免去，活罪难饶，你是愿打愿罚？"李公子哪里受过皮肉之苦，连连说："愿罚，愿罚。""好，罚银三千，限期交付。"知府连夜派人去李公子客店，抄走了银票和现银，弄得他和书童身无分文，二人便流落街头。

李公子一人在苏州河边发呆。一只画船，管弦悠悠，慢慢在他面前靠头。忽听船上一个娇滴滴的声音在喊："李公子！"他惊醒过来一看，原来是秦淮楼的歌伎红红在叫他。红红见他这般落魂丧魄的样子，忙请他上船，问他为何落到这步田地。李公子便把遇商人之妻和知府七姨太的经过，一五一十地说了："悔不该当初不听你的劝告。"红红说："知过能改，善莫大焉。李公子知道两个女子是什么人吗？""你未必认识？""全城人都认识，独有你不知道。这两个女人原是我秦淮楼的姊妹，苏州顶顶有名的美人，二人都被买去作妾。绸缎商的生意垮了，便以自己的女人勾引人上当，进行敲诈。一个虽官至知府，也用女子勾引人上当，并依仗权势，敲诈得更凶。公子定是银钱露白[1]，才落入了圈套。""啊！"李公子恍然大悟，但悔之晚矣。红红拿出两锭银子说："李公子，这点小意思，权作盘缠之用，望能笑纳。回乡后发奋攻书，再勿贪恋女色，前程无量。"李公子千恩万谢，拜辞红红，离开了苏州。

---

[1]　露白：暴露，指银钱被人看见。

讲述者：　钟兴邦，男，汉族，初中学历，区川剧团演员

采录、整理者：王正平

采录时间：　1986 年 1 月

采录地点：　江北区文化馆

434

锅
巴
和
烂
草
鞋

从此以后，锅巴煮饭，就成了行船人的规矩了。

讲述者： 高伟华，男

采录者： 廖亚丽

采录时间： 1986 年 10 月

采录地点： 南岸区

从前重庆有个老船工，经常驾船走武汉。后来他老了，就不跑长途了，由他娃儿去了，自己就推过河船。

有一年娃儿那条船跑上海。临走前他问老汉，要不要带点东西回来。老汉说："我啥也不要，只把你们在路上吃剩了的饭锅巴和穿烂了的草鞋带回来就是了。"娃儿听了，觉得很奇怪。

一路上娃儿照老汉说的去做，把全船人吃剩的饭锅巴收起来，穿烂的草鞋捡起来藏好。

那时候走一趟水就将近一年。等到要开船回重庆的时候，娃儿一看，收藏的锅巴和草鞋装了几大麻袋。

眼看差两三天就拢重庆了，哪晓得起了大风，大雨像瓢泼一样。一哈儿就涨了大水，船也推不动了，只好靠在岸边。这一带是荒滩滩，周围团转没得人烟。这船一停就是好几天，粮吃完了，柴烧光了，一船人焦得莫得法。

这时，娃儿才想起收藏的锅巴和烂草鞋，心头好欢喜。他把锅巴掺了水用干了的烂草鞋当柴，煮成锅巴饭当顿，才渡过了难关。这时娃儿才懂得老汉要锅巴、烂草鞋的意思。

435

饿死不做贼

璧山县城北乡到大路乡的磨滩河桥头，有块碑，碑上写着"饿死不做贼"五个字。

传说，有一个落第秀才，家中只有堂客和一个儿子，穷得锅儿吊起打秋千。这天晚上，一家人又揭不开锅了，堂客就叫秀才去偷点谷子来煮米糊糊吃。秀才去了，他走到田边把谷子摸一下，又转来了。堂客问他为啥子不偷点回来，秀才说："饿死不做贼。"

第二天，一家人饿得实在遭不住，堂客又叫秀才去偷。秀才来到田边，刚摸到谷子，就想到自己偷了谷子，今后被查出，大堂受审的情形，又没偷就回来了。堂客又问为啥不偷，秀才又说："饿死不做贼！"

第三天晚上，一家人饿得遭不住，秀才又去偷。还没摸到谷子，照谷子的人咳了一声，秀才默到遭发现了，吓得转身就跑。鞋子跑落了一只，也不敢去捡。照谷子的人拿起鞋子，回去向老板报告，还下下细细说了秀才三个晚上来偷谷子的情况。老板听了过后，起了怜惜之心，想打救他，就叫丘二去请秀才。

丘二来到秀才家，给秀才说："老爷叫你去。"秀才吓惨了，装病不去。丘二回去报告老板说："秀才得了病不来。"老板说："这是他害怕。你再去，就说请他给我写点东西。如果你还请不来，今年的工钱你就拿不到！"丘二没得法，只好又去请秀才。听丘二说若是不去，丘二一年的工钱都得不到，秀才就去了。

秀才一到，老板热情接待。秀才问写啥子，老板说："不忙不忙，吃了夜饭再说。"吃了饭后，秀才又问写啥子。老板说明天白天再写，现在先洗了脚睡瞌睡，就叫丘二去拿鞋子来给秀才换。丘二默到老板要理抹[1]秀才，就把秀才跑脱的鞋子拿出来。秀才看到吓了一跳，心想要吃官司，忙对老板说："我去解个手再洗脚。"出门逃回家，对堂客说："我偷谷子的事遭发现了。鞋子都在老板家头，要吃官司。现在我只有跑出去躲几年再回来。"于是，秀才连夜就逃走了。

秀才出去无法谋生，只好讨饭。一天，讨到一个姓邓的员外屋头。邓员外见秀才举止不凡、谈吐文雅，不像讨饭的人，就细问秀才来历，秀才如实告诉了。邓员外就把秀才留在家中当他儿子的伴读。邓员外请的老师很有学问，秀才几年后学问有长进，考试中榜，恰好分到璧山县当县官。

到璧山任职后，秀才暗中访问自己的堂客和儿子。他打听两人都在，儿在生豆芽，场场都担到北街卖。

这一天，县官把卖豆芽的儿叫来，问他一天的豆芽卖得到好多钱，家头有些啥子人，等等。最后叫他天天把豆芽担到县衙来，照样付钱，不必去开零市。

几年过后，秀才的官当得好，就升到重庆府当府官。走的时候有很多百姓在路边送行。县官东张西望地找卖豆芽的小伙儿，一直到凉亭关才看到他。县官就下轿，送了几锭金子给卖豆芽的小伙儿。

秀才到了任上，派轿子把母子二人接去团了圆。后来磨滩河的人根据秀才的经历，在桥的两头立了"饿死不做贼"的石碑。

[1] 理抹：清理、追查。

讲述者： 周光良，男，汉族，高小学历，会兴乡正
云村农民

采录者： 朱家庆

采录时间： 1986 年 3 月 1 日

采录地点： 璧山县（今璧山区）会兴乡

436

两个强盗

从前，有两个强盗，一老一少。小的胆大，手脚麻利，飞檐走壁、进屋取货，是他的拿手好戏。老的机灵，一到黑了就像猫儿头[1]，又听得远，又看得远，专门放哨接货当二把。两个偷的东西，凡是贵重一点的，都藏在一个没得外人晓得的山洞里头。

一天，老强盗对小强盗说："老弟，那些东西，尽够你我两个用一辈子啰。依我看，不如今天好好吃顿分家饭，洗手不干了。你说要得不？"

"大哥，你说了作数[2]。"

老强盗又说："那我们就分活路。你年轻，找柴、担水、烧火算你的；买东西、灶上掌锅铲算我的。"

鸡鸭鱼肉饭都整好了。

老强盗说："我还差点搞忘了，你喜欢喝酒嚛！稍等哈哈儿。"他提把酒壶就出了门，不一阵就回来了。老强盗刚刚把酒壶顿在桌子上，小强盗虚指一下说："大哥，

[1] 猫儿头：猫头鹰。
[2] 作数：算数。

那是啥子？"

老强盗刚一掉头，小强盗就给他一火钳。不偏不斜，端端打在后脑啄上。老强盗哼都没有哼一声，就倒在地上死了。

这下小强盗才叫欢喜，山洞头的财宝都是他一个人的啰。他把老强盗的尸首拖到灶门前，抱些柴去壅到起，然后撒些柴灰把血迹打整干净，这才大口的酒、大口的肉，吃了个安逸。吃完过后，小强盗就在柴堆上点了一把火，车过身，人还没有跨出门槛，肚皮就痛起来了，越痛越凶，倒在地上滚来滚去，喊娘喊老子地叫唤，鼻子嘴巴都在流血。

小强盗心想：糟了！那老狗日的一定在酒里头下了毒药。

小强盗一寸一寸地朝门外爬，刚刚手抓到门槛，大火就封了门……

讲述者： 杨维义，男，汉族，高中学历，文化专干
采录、整理者：周镕德
采录时间： 1985 年 7 月
采录地点： 巴县陶家乡（今九龙坡区陶家镇）

437

起心害人反害自身

有个姓张的穷秀才，满肚皮的学问，就是茶壶装汤圆——倒不出来。四邻团转请他教书，三个月过后，没得哪个来上学，他只有回家种庄稼。

秀才有个姓汪的驼背老表，在跟一个船老板当管。有一天，他走秀才屋头去耍，见到秀才的婆娘张氏年轻漂亮，心头就打鬼主意。他对秀才婆娘说："表嫂，老表恁有学问，干脆去帮我们老板当掌柜学做生意。你看你们穷得这个样子哟。"

秀才说："好倒是好，我一走，这庄稼你表嫂啷个做哟？"

驼子说："莫来头，我送你们一百两银子，尽够表嫂一个人一两年的嚼用了。"

第二天，驼子硬是送了一百两银子去。秀才两口子把驼子当成大恩人，说了很多感激的话。

秀才出门半个来月，驼子去对表嫂说：秀才遭洪水淹死了。张氏听了，哭得死去活来。驼子劝她莫哭，拿一百两银子请道士做了三天三夜的无尸道场。另外，还拿一百两银子给张氏。这下团转四邻都晓得秀才遭淹死了，有一

个好老表帮他婆娘的大忙。

从这以后，汪驼子经常给张氏送这送那，邻居都不觉得怪，还夸驼子心好。时间一久，就稀眼背篼装笼子猪儿——脚脚爪爪都钻出来了。有一回，驼子就对张氏动脚动手的了。张氏是个精灵人，她说："老表，你的好心我领了，你的意思我懂。我不是那些不要脸不要命的女子，要成我两个的好事，随便啷个都要等我守节三年过后才办得到。不然的话，我马上死给你看，要你人财两空，还老鹰抓蓑衣——脱不到爪爪。"

驼子莫法，只好傻等。一晃三年过去了，驼子又去缠张氏，她还是不干。驼子要硬来，她就要去告官。驼子要她还银子，张氏说："人都死了，那些银子还不该得！"驼子是硬的不行，又来软的，把自己的女儿拜寄跟她做干女儿，把这根线线吊到。后来，干脆喊女儿冬梅去跟她搭伴。

驼子随时都在想，老子人弄不到手，银子是要取回的。这时山西来了个客商，说要买个年轻漂亮的四川女人做小老婆。驼子听到后，赶忙去给山西人说媒。一说，价就讲好了：先交一百两银子，看了人，抬过门再交二百两。

驼子把钱拿回去交给堂客，堂客喜欢昏了，问他哪来的，驼子把来龙去脉讲了。他堂客不但不说他，还帮到打主意，引起山西客商悄悄地把人看了。

这天，张氏正在洗衣裳，看见两个抬轿子的，对对直直朝她家走。两个轿夫走拢跟她说，他们是驼子喊来接她出去耍的，散散心，几天就回来。张氏心想：不晓得驼子又在耍啥子把戏。就说："我进去换下衣裳就来。"两个轿夫车身就解手去了。张氏进去对正在绣花的冬梅说："冬梅，你老子派轿子来接你回去耍，轿子都拢啰。"

那姑娘听说回屋，飞叉叉[1]地跑出来，就钻进轿子坐起，把轿门关得死死的。两个轿夫回来一看，轿门外伸起一双小脚，心想：人都上了轿了，抬起就是一趟。一口气抬到山西客商的房圈门口才搁下。山西客商早就等得不爱了，喊两个轿夫走开点。他亲自去揭开轿帘子，把驼子的姑娘牵进房圈就把她抱进怀里。冬梅又哭又闹不依

教。两轿夫朝门缝缝一盯，哎呀，拐啰！啷个跟驼子办交代呀？正想抬起轿子溜，驼子来了，问他们抬到没有，两个见走不脱，只好照实说。万没想到，驼子悄悄对他两个说："事情不错已经错了，两位大哥千万莫张扬，我多拿些工钱都要得。"两个轿夫阴到捡了炝和。驼子回去一摆起，两口子就伤伤心心地哭了一场。

没过好久，中秋节就要到了。驼子两口子商量起，买了一封月饼，喊他们的娃儿二毛子，跟表婶娘送去。驼子一再跟二毛子打招呼：莫要吃封封头的月饼，要吃的话，屋头有。顺手就格外拿了两个月饼给他。二毛子拿起月饼边啃边走，出门不远，两个月饼就吃完了。他还想吃，就把红纸封封打开一数，十个，就取两个，依原把它封好。二毛子心想，她晓得我们送的是十个嘛还是八个哟。吃完还没有走到半里路，二毛子肚子痛起来了，一下倒在路边边。天要黑了，二毛子还不回屋，驼子不放心，他沿路走去看，二毛子硬是遭毒药闹死了。他堂客又哭又闹，诀他："龟儿驼子！你打些背时主意，尽整自己，老娘和你拼了！"

驼子说："事到如今，你还找我拼，硬要一家人死干净才安逸吗？听说下河来了个大客商，发财得很，也要讨个婆娘。干脆一不做二不休，这回我亲自去把她抢来抬起去卖钱。"

老实的，驼子又把原来的两个轿夫找到，一起去抢张氏。几个生拉活扯，估到把她按进轿子抬起就朝大河边的船上跑。轿子上了船，张氏下轿来又哭又扳[2]，硬要朝水头跳。哭闹声遭大客商听到了，他想这声音啷个怎个熟喃，走出船舱一看呀，原来是自己的婆娘！两口子抱在一起，又哭又笑。

驼子、轿夫见大事不好，像遭狗撵昏了的兔儿一样跑了。

原来秀才是遭汪驼子抽到水头去了的。驼子以为他遭淹死了，其实他被一只过路船救起来了。后来秀才在下河发了财，这回改名换姓回来，一是找仇人，二是看家里人。

[1] 飞叉叉：轻浮的样子。

[2] 扳：翻滚跳动。

讲述者： 李汉林，男，汉族，高小学历，农民

采录者： 李全芬

整理者： 周镕德

采录时间： 1986 年 4 月 24 日

采录地点： 巴县石龙乡（今巴南区石龙镇）

438

宰相吃乌龟

　　古时，有一个宰相，很喜欢吃乌龟。他想天天都能够吃到乌龟，便贴了一张告示出去，要人们捉乌龟来卖给他。

　　有个农民知道了这个事后，便到河边去捉。一天，他在河边沙滩上，发现了很大一个乌龟，怕有一二十斤重。在乌龟的背上，盘着一条乌鸡杆儿[1]。他就用手中的铁铲打去，乌鸡杆儿遭打伤后梭起走了。他赶忙把乌龟捉到网里头。

　　第二天，农民把乌龟捉到相府，卖给了宰相。宰相非常高兴，叫家人把钱付给农民。又连忙叫厨子把乌龟给他煨起。煨好后，家院把乌龟汤端给相爷。你看那相爷哟，心慌毛糙地端过来就开吃，吃得来津津有味。一大碗乌龟汤，没有好哈儿就被他吃光了。家院把碗端回厨房，相爷在太师椅上品着回味。隔一哈儿，相爷感到心里很不舒服，就回房里躺在床上，不停地呻唤。这一来，把老夫人吓了一大跳，连忙叫人去请医生。可是，连吃了几个医生的药，都不见松。没办法，只好又巴了一个告示出去，遍请各地名医给相爷看病。

[1]　乌鸡杆儿：蛇的一种，又叫乌梢蛇，这种蛇并无毒。此是泛指蛇。

有一个远方来的先生，看了宰相巴的告示后，便把它撕了下来。家院急忙拦住这人，问："你知道布告上写的是什么东西吗？"那人说："我当然知道。"于是，家院忙把他带进相府。老夫人看了心里很高兴，就将得病的原因告诉了先生。先生给宰相摸了脉，看了脸色和舌苔，便对老夫人讲："相爷的病我能医，但要依我一个条件。"老夫人忙问："只要能医好相爷的病，我什么条件都答应。"先生说："你给我一间房间，所有的窗子和缝缝都要用纸褙好，我要一个人单独在里面兑药和煨药。"老夫人说："可以，可以。"赶忙叫家院去布置。

房屋布置好后，先生便把门关上，一个人在屋里面兑药，药兑好后就开始煨。不一哈儿，他就把药端出来给相爷吃。相爷吃了第一道药后，病就松活了不少。又隔了一阵，相爷吃了第二道药，病又松活了不少。先生便对老夫人说："我要上山去采药，请你们用锁把房间给我锁上，不准任何人进去。"老夫人高兴地说："行、行、行！"于是，先生便离开相府，上山采药去了。老夫人连忙命家院把门锁上，传下令去，不准任何人进去。

第二天，宰相的小婆子路过那间房子时，发现门被锁着，感到很奇怪。她又听说老爷吃了先生的药后，松活多了，但不知先生究竟弄的是些什么药。心想，我不如趁先生不在房里进去看个究竟。于是，她把门锁砸了，走进屋去，把桌子上的药罐端起来看。不看还好，一看大吃一惊，药罐里面尽是装的雷公虫。小婆子惊惊慌慌地端起药罐就朝老爷屋里去，把药拿给老爷看。老爷和老夫人看了都惊呆了。宰相的病本来就没好规一[1]，经过这一吓便一命呜呼了。

先生在山上采药回来，还没有走拢相府，就听到相爷死了的消息。先生一想：肯定有人进了我的屋，我即使把药拿回去，也不起作用了。没法，他只好悄悄跑了。

相爷究竟得的什么病呢？原来是因为他吃乌龟中了毒。那么，宰相过去吃了那么多乌龟，为啥又没中毒呢？是因为这次的乌龟背上盘了乌鸡杆儿，它的毒传到乌龟身上去了。所以宰相实际上是中了蛇毒。先生用以毒攻毒的药方

是对的，但宰相不明底细，因此才被吓死了。

讲述者：　　　庹树清，男，汉族，小学学历
采录、整理者：　王其慎
采录时间：　　　1985 年 10 月 23 日
采录地点：　　　铜梁县（今铜梁区）虎峰镇

[1]　　规一：此处指完全。

439

天知书

从前有一家人，男的下野力，女的纺纱养活一窝儿女。

一年，腊月三十快到了，别人家欢天喜地准备过年，这一家穷得像水洗。娃儿闹起要吃年饭，还是女的想得到：叫男人把她纺的棉纱拿去卖了，割几斤肉回来过个年。

男人把棉纱拿到街上去卖了，准备到案桌[1]上去割肉。路过场口，看到一堆人在那里赌钱，他也过去看热闹。看到好多人都赢了，他的手就有点发痒，也想去干一回。心想：拿一半钱去押，输了也没得来头，手头的一半还能割两斤肉，最多少吃点就是。要是赢了，就要多割几斤肉。他决定只干这一回，就去押了一半的钱。宝一揭开，嘿，赢了！他脑壳一热，还想干一回，赢了回家过肥实年。他就把手头的钱全部押上。揭宝，哦荷！输了！这下输光了，怎么办？一家大小等到吃年饭，我拿啥子给他们吃！他后悔不及，站起发呆。不多一时，天快黑了。他想来想去，想了一个没得办法的办法：偷。偷哪一个呢？他猛然想起自己的老丈人，老丈人家的路又熟，东西放在哪里又都晓得。

于是，他等到天黑了，就悄悄地摸进了老丈人的屋。爬到楼上，想等老丈人睡着了，提几块腊肉就走。等了好久，老丈人都不睡。听到老丈母对老丈人说："快过年了，家家都在准备吃年饭，唯有我那姑娘屋我放不下心，恐怕年都过不起啊。大人娃儿这么多，我看你明朝上午给他们送点米、腊肉、汤圆去，好歹也让他们一家过个年。"他听到了这句话，心想：只要像这样又何必偷哟。他赶紧下楼，刚要出门，忽然又想到：像这样空手回去，堂客问到我的钱怎么办？就顺便把桌子上的一本烂书揣在怀里，想回去扯个把子[2]算了。

他出了老丈人的门，正朝屋头走。凑巧半路上碰到一个人，拉个大肥猪慌慌张张地跑。原来这个拉猪的是他的熟人。他没开腔，拉猪的人也没有认出他。

他走拢屋，娃儿大人见他空手回来，气得没法。堂客问他的肉，没割；问他的钱，没有了。他不慌不忙地从怀中取出那本烂书说："钱都买这个去了。这是一本'天知书'，无价之宝，天上地下无一不知，无一不晓，只要一翻，要啥有啥。"堂客气慌了说："你就马上翻点过年的东西出来！"他装模做样地把书翻了几下，口头念念有词，猛然手指老丈人家的方向说："恭喜我妻，明天有人从西方送年货来。"第二天，老丈人果然送年货来了。

堂客看到男人的"天知书"灵验得很，信以为真。恰好昨天黑了，隔壁户的肥猪被盗了，堂客就去给隔壁户打了包台[3]，说："这事包在我男人身上。"她就喊男人翻书。男人心想：你多事。但说找不到又怕昨天扯谎的事现相，他只好把书翻来翻去说不出强盗在哪里。猛然，他想起昨黑碰到那个拉肥猪的人，说不定就是他偷了隔壁户的猪。便说：此猪是某某人偷的，赶快去某方向查找。隔壁户去一找，当真找到了。感恩不尽，杀了年猪，专门送了两个蹄髈给他。

这件事一传十，十传百，大家就喊他"神算子"，这一下就传远了。

[1] 案桌：卖肉的铺子或摊桌。

[2] 扯把子：编造谎言骗人。

[3] 包台：打包票。

有个员外的鹦哥不见了，这鹦哥在员外心头是无价宝，他费了好多力，花好多钱，连影子都没有找到。这员外公开贴榜，说是哪个给他找到了鹦哥，拿好多好多银子。这天"神算子"的堂客去赶场，听到那些围到榜文的人一说，心想：这回该发财了。接着一口气跑到员外屋头去，说她男人能找到鹦哥。员外一听很高兴，就请她男人明朝去找。堂客回家，高高兴兴地把事情告诉了男人，说是这回子要发财了。她男人好不着急！心想：这回麻烦了。但又不敢说出实情，只好假装起没得事的样子。

第二天，他带上"天知书"来到员外家。员外就跟他来了个约法三章说：找到了要啥拿啥，找不到就交官问罪。他只是暗中叫苦，心想这回完了，干脆来个一不做二不休，多磨点日子，享享福，到时间死了也划得来。他跟员外说："你的条件我赞成。我也有条件，我要七七四十九天，吃穿不一样才得行。"员外都一一答应。没想到他穷日子过惯了的，一过上好日子，天天鸡鸭鱼肉吃多了就坏肚皮，一天到黑提起裤子跑茅厕。日子一天一天过去，眼看四十九天就要到了，他也有点坐不住了。

一天早上，他进茅厕屙屎，好像听到有东西在响。一看，正是两只鹦哥。他好不欢喜，心想好了好了，真是菩萨保佑。他忙把鹦哥捉去藏起。四十九天到了，他当到员外，拿出"天知书"，嘴巴叽叽咕咕地念一阵，说是鹦哥在后花园茅厕侧边的草笼笼头，快点去捉，去慢了飞了不照闲[1]。员外连忙去捉，果然捉到了。这一回他当真发了一笔大财。

神算子的名声，邻近州县都传遍了，大人娃儿都晓得。

这时，县大老爷的大印不晓得被谁人偷走了。县大老爷急得坐也不是，站也不是，又不敢声张，深怕上司晓得了脑壳儿下地。只有暗中派亲信四处私察暗访，还是没有下落。县大老爷没法，便拿出银子悬赏，还说哪个找到大印就把亲生姑娘嫁给他。这时，有人说某处有个神算子的"天知书"很灵验。县大老爷派人去请，神算子不在。他堂客热热情情地接待了差人，满口答应三日后男人去县衙门找印。

堂客等男人一回屋，高高兴兴把事情说了。他一听，顿时眼睛一白，倒在地下。过了好一阵才醒转来，只好把真情告诉堂客，说："这一下我完了，县大老爷不是那么好抹[2]哟！"堂客也后悔，怪男人为啥不早说。

三天转眼就过。他跟堂客说："你把娃儿些带好，我说不定再也回不来了。要想我多在屋头一天，只有等我走后一个时辰，你把屋头的烂猪圈屋烧了。"刚说完，县大老爷的人，抬起轿子接他来了。他坐进轿子，就朝县城走。走了一个时辰，他就翻起"天知书"，大声吼道："不好了，我家房子烧起来了，我要回去。"差人只好依他，抬起就跑。刚抬拢就看到烂猪圈大火冲天。来接的人没得一个不信"天知书"灵验的。救了火以后，他耍了一天，差人们又抬起他朝县衙门走。县大老爷热情地接待了他，还问他有那些要求。他心想：这回子不比往回子了，多赖点时间来享福，死了也心甘。他说要三个月，三三见九，九九归一才找得到大印。县大老爷只好答应他。

从此以后，他天天吃了耍，耍了又吃。街上街下东游西荡，其实心头焦烂了。有时拿起"天知书"翻一翻，做个样子。眼看三个月要到了，便有点坐不住了。

比他还坐不住的是抬他进县衙门的两个轿夫。他们亲眼看到了他的"天知书"很灵验。眼看三个月时间要到了，就天天跑去问他："先生，有门路了没得？"一天都要去问几道。越往后，去的回数越多。他本来心头焦，看到两个轿夫天天来问，就冒火了，一巴掌打在桌子上说："哼，不是张三就是李四！"两个轿夫吓得咚的一声跪下说："先生饶命！"

原来县大老爷的大印就是他两个偷的。他两个一个叫张三，一个叫李四。他们因受了县大老爷的气，想偷了印，吓一下老爷，出口气，谁知闯下杀头大祸。神算子见大印是两个下力人偷的，心头好不欢喜，嘴头上说："我早就晓得是你两个干的，你两个都是下力人，我不会把你们交给县大老爷。你两个今晚黑把大印放在衙门大堂中间的尾梁上。"张三、李四感恩不尽。三个月一满期，他又把"天知书"乱翻一阵，说："偷印人只想吓老爷一跳，没拿

[1] 照闲：管。

[2] 抹：蒙混。

走，放在大堂中间的尾梁上。"差人们一找就找到了大印。

神算子找到大印，得了很大一笔钱财。县大老爷心想神算子以后大有用处，何不依约把姑娘嫁给他做二房，留在身边听我调用？县大老爷的姑娘精灵得很，不相信"天知书"，想考一考他，看到底是不是真的。

这天，小姐把一只绣花鞋藏在后花园的狗洞里，叫神算子给他翻"天知书"找绣花鞋。神算子一听，完了完了，要是现了相，还是活不成。想来想去，只有跑了了事。衙门看守严，朝哪里跑？趁天黑没人，他往后花园跑，一看，有个狗洞。他刚刚要钻狗洞，有人把他拉到了。他心想：这回子算是完了，只有等死了。掉头一看，拉他的就是小姐。小姐笑眯眯地说："哎呀，我是考你的，你何必亲自来拿嘛。"这回神算子又抹过去了。

小姐没有难倒神算子，还是不放心，决定还考一回。一天，她悄悄地把手上的玉圈丢在后花园的水池头，又要神算子跟她找。神算子一听这话，心头又慌了，心想：前几回算抹过去了，这回怕没得啷好的运气了。小姐不相信我，我终究有一天要死在她手头，干脆今朝死了算了。等天黑了，他一看四面无人，就悄悄起来连衣服也不穿就跑到后花园。正准备跳水，又有人拉住他。原来小姐暗中派人跟到他。小姐又笑眯眯地说："你又是恁个老实认真。恁冷的天，你下水去摸，冻坏了怎么得了？那玉圈是我前几天故意丢在水池的。好了，这下我完全相信你了。"小姐马上回去告诉了县大老爷，神算子第二天就和小姐拜堂成亲。成亲后，县大老爷遇到一桩盗案，来找神算子翻"天知书"。他翻来翻去也说不准谁是盗贼。县大老爷问："这回为什么不灵了？"神算子急得大汗流，心想这回抹不过了。但他突然大吼一声："哎呀，糟了，我忘了老师临终的话，叫我不接两大小[1]，不然'天知书'就不灵了。"县太爷一听，女儿都嫁给他了，后悔也来不及了。

讲述者：　肖绍绪，男，初中学历，江津津福乡小学
　　　　　教师
采录者：　李世超
整理者：　张荣华
采录时间：1985年8月
采录地点：江津县津福乡文化站

[1]　接两大小：娶两个老婆。

440

李神仙

过去，成都有一个测字先生，他打的招牌是"李神仙"。

有一天，一个道台穿着素服在街上转耍，看见"李神仙"这招牌，就站在侧边观察，想看这测字先生到底有多少功夫，敢称"神仙"。

一哈儿，走来了一个人对李神仙说："先生，问个事。"测字先生说："什么事？""我母亲病重。她的生死如何？"先生说："拈嘛。"这个人拈到一个"鱼"字，李神仙说："你快点买香烛钱纸回去，慢了送终都送不到了。"那个人赶忙走了。

不一哈儿，又来了一个人，问李神仙："先生，问个事。""什么事？""我母亲病重，我问她生死如何？""拈嘛，拈嘛。"这个人还是拈到一个"鱼"字。李神仙说："你各自赶场，不要怕，没得事。"

道台在一边心想：妈哟，不是凭你嘴巴说哟！我明天就要盘[1]你。

[1]　盘：盘问，考问。

第二天，道台就叫他的手下人过来，在他手上写了一个"人"字，叫他到李神仙那里去测字，道台自己站在侧边看。手下人问："先生，你看我是做啥子的？"李神仙说："拈嘛！""你看我的手嘛。"李神仙说："你是听人家使唤的人。"道台心想：你硬还抹得到人哩。又派一个囚犯去，要他在桌子上写个"人"字。囚犯走拢问："先生，你看我是个啥子人？""拈嘛！"囚犯老实的在桌子中间写了一个"人"字。李神仙说："你是一个囚犯。"

道台回到衙门，就叫两个差人去把神仙喊来，要他说个清楚，说不清楚就问罪。道台问他："昨天我看两个人拈一样的字，你为何说法不同？"李神仙说："大人，昨天头的一个人来拈了个'鱼'字，侧边正好有个猫，猫吃鱼，我就说他母亲该死不活，叫他快点回去；第二个人来拈到'鱼'字，侧边正好站着一个人，担了挑水在歇气，鱼见水就活，所以我说他母亲没得事。后来那两个人，第一个手上写'人'字，不消说，是捏在别个手头上的人；第二个人在桌子中间写了一个'人'字，桌子是方的，方框中一个人字，就是一个囚字。我这是见景生情。"

正在这哈儿，梁上落了一个燕儿下来，正好落在道台手上。道台捉住燕儿问李神仙："你说它该死还是该活？"李神仙说："爱之欲其生，恨之欲其死。"道台心想：这个人硬还精灵、能干，就封了他一个官。

讲述者：　周守格，男，汉族，初中学历，稿子乡先进二组，农民

采录者：　代容

整理者：　张荣华

采录时间：　1985 年 11 月 13 日

采录地点：　江津县稿子乡（今江津区石蟆镇）

441

医
饿
病

以前，有一个姓黄的太医，医术高明，平时就爱看照干人[1]。有一天，一个吃了上顿没下顿的干人来到药店，跟黄太医开玩笑说："你样样病都能医好，能医好我肚皮饿的病吗？"黄太医说："当然可以医，但起码要半年时间才行。"干人说："不说半年，随便好久我都等到。"黄太医说："后山不是有很多青藤香和艾子[2]吗？你回去把它割些来剪成五寸长一根的，每根青藤香靠[3]一根艾子，在你屋前屋后要多栽点，半年后我保证你不饿。"干人就按黄太医的说法去做了。

过了一段时间，一个很有钱的人病得恼火，来找黄太医看病。黄太医看了脉后说："病能治，但药引子很贵。"有钱人一听能治他的病，说："不管多贵都要得，只要有。"黄太医听后就说："你这药引子要八寸以下的青藤香靠艾子，要已经发了根的，又不要太老了，还要时间恰到

好处的才好。这样药是很贵重，用起来比灵芝草还好。只有后山那个干人才有。趁他还不懂这东西的价钱，你先给他一两银子一窝。如果他知道了，说不定几十两银子都买不到一窝呢！"

黄太医又跑到干人那里说："你种的这药是神仙草，要每窝一两银子才卖。"

就这样，黄太医每天给这个有钱人开一副药，天天都用这种药做引子，干人就每天一窝草卖一两银子。干人等到有钱人的病治好了，也渐渐富了起来，饿病当真被黄太医治好了。

讲述者： 刘明琴，女，不识字，江津县刁家乡世德村农民

采录者： 蓝福昌

整理者： 李世超

采录时间： 1985 年 11 月 18 日

采录地点： 江津县刁家乡（今江津区慈云镇）

[1] 干人：穷人。

[2] 青藤香、艾子：中药名。

[3] 靠：嫁接。

442

一盆水错成名医

清朝年间，湖北均州有个朝武街，街上有个药店"神拳堂"，老板姓邵，排行第二，人称邵二先生，外号叫"一盆水"。提起"一盆水"，却有个来历。

当时，湖广总督张之洞命湖北巡抚专程赶往均州议事。那巡抚有个爱妾，早就听说那里有个武当山，名扬天下，十分好玩，非要一路跟着不可。巡抚明知小妾身怀大肚的跟着不便，可又拗不过她，只好让她上船同行。

船到了朝武街码头，刚要上岸，突然小妾肚痛难忍，已临产要分娩了。巡抚大人只好等她生下娃儿再上岸去见张之洞。因此，也就没有惊动当地的知府。

谁知小妾是头胎，生起困难，只痛得她满脸发白，满额颅上冒出黄豆大的汗珠子，急得临时请来的接生婆团团打转，心疼得巡抚无计可施，只好派人上岸请医生。

此时，天色已晚，均州城四门紧闭，只有城外朝武街上还灯火明亮。那当差的跑到街上打听，一家馆子的堂倌顺手一指说："那斜对门神拳堂药铺，就有个邵二先生。"这邵二原本医术不高，找他看病的人很少，生意萧条，每天只能吃两顿稀饭。

这天晚上，邵二空起肚子，老早就蜷上床睡觉了。他正在昏昏入睡时，忽听得一阵敲门声。侧耳一听，门外有人高喊："邵二先生在家吗？"邵二有气无力地答应："在家，有啥事？"外面当差的答道："我家老爷请你去治病！"一个"请"字把邵二高兴得一蹦，从床上跳了下来。他明白生意来了，连忙说道："就来，就来。你家老爷在哪里住？"当差的答道："在大码头官船上！"邵二一听，就像饿肚皮吃了一碗堆尖尖的白米干饭，精神一下子就来了。他自言自语地说："好，生意上官船，不愁肚儿圆。"

邵二边穿衣服边叫他老婆："快给我打盆水来洗脸！"他老婆慢梭梭[1]摸到厨房去，嘟起嘴巴咕哝说："半夜三更的，哪来的热水嘛！"邵二心想：老爷请我，我能眼屎巴拉的去吗？再耽搁一哈儿，当差的去别处请人，到手的生意不是又黄了吗？恰在这时，门外当差的也等得着急，说："邵二先生，快点，病人恼火！"邵二也着急，向他老婆大喝一声："倒盆冷水嘛！"当差的听到"倒盆冷水嘛！"以为是先生叫他回去，给月母子倒盆冷水。于是，不等邵二出来，说了声："你快点来哟！"就往回跑。

当差的一口气跑回官船，急向巡抚说："先生喊倒盆冷水……"巡抚听后吃了一惊！又见月母子昏迷不醒，已经气息奄奄了。心想：反正事已到此，只好死马当成活马医。就叫当差的在河里打了盆冷水，照定小妾头上一泼。那小妾被冷水一激，猛然一惊，产门开了，"哇"的一声，一个胖儿子就生下地来。这一下，把个巡抚大人乐坏了！

娃儿刚落地，那邵二也赶到河边了。巡抚竟亲自上岸，请邵二上船，并且连声赞扬："先生医术高明，医术高明！"倒把邵二搞得糊里糊涂的，心想："我病还没看哩，咋个就高明起来了呀？"只好顺口打哇哇说："哪里，哪里！在下才疏学浅。"巡抚笑道："不必过谦。若不是先生叫倒盆冷水，小妾早已气绝身亡了！"

邵二上船一看，月母子头上还水淋淋的！他才恍然明白：刚才闹了个隔墙错。管他的，就将错就错吧。转身向巡抚笑笑说："不怕大人见笑，这一招还是家父传下来的秘方哩！"

[1] 慢梭梭：磨磨蹭蹭。

巡抚参见了总督，办完公事到了均州衙门，写了一块"济世神医"的匾，连同一百两银子，派人送到神拳堂来。从此，邵二抖起来了，靠那一百两银子铺底，把药店生意扩大，再靠巡抚送的那块金字招牌作广告，不到十年，竟成了均州的"名医"。

443

双龙汤

讲述者：　杨芝启，男，汉族，小学学历，退休工人
采录者：　刘正丽
采录时间：　1985 年 12 月 30 日
采录地点：　万盛区（今綦江区）南桐矿区关坝乡

有个娃儿，他妈得了病，恼火得很，几天来颗米不沾，滴水不进。他背了几十里，翻了几匹山，才把他妈背到一个医生那点。那医生是很有名的。把他妈的脉一摸，说："算了，没得法啦，背起走吧。"这娃儿"咚"的一声跪在医生面前说："医生，你救我妈一命吧！"说到说到就哭起来了。医生也被他哭得眼睛水花花直转，说："不是我不愿医，是没得这种药医。方子倒还有一个，是个古方，叫双龙汤。你到哪去找龙嘛？"这娃儿一听，晓得没得法了，只好把他妈往屋头背。早晨出门的时候，天倒还凉快；这哈儿转去，正是晌午阵火燎火辣的太阳。他妈在背上直喊："儿啦，我要吃水。"这阵，正爬在山顶顶上，周围一无井二无塘，连块水田都没得，尽是些坟包包。儿子只有说："妈，你老人家忍到一哈儿。""儿啦，我忍不住了，要渴死人呀。"娃儿只好站住脚，东盯西看，看到一座坟侧边，有一个死人的脑顶骨，像碗一样搁在地上，里面有半碗嘟个一点水。水都绿荫荫的了，有两条小蛇正在水里头洗澡。那蛇一看到人就梭起走了。这娃儿想：反正我妈得了绝症，让她渴死也太难受了，不如让她舒服一点

死。他顾不得那脑顶骨里的水干不干净，就端起来给他妈吃。他妈吃了这半碗水就不呻唤了，还趴在儿子背上睡着啦。走拢屋头，他妈又要吃又要喝，病也就一天天地好转了，人一天一天也硬朗起来。又养了个把月，人就复了原。

有一回，这娃儿去赶场，遇到了那个医生。医生听说他妈好了，吃了一惊！就问："是哪个医好的呢？"这娃儿就一五一十地说了经过。医生听完了，一拍大腿，说："嗨，那蛇就是龙；两条蛇的洗澡水，正是双龙汤。"

讲述者： 姜孝德，男，汉族，初中学历，文化站专干

整理者： 王正平

采录时间： 1985 年 12 月

采录地点： 江北区刘家台文化站

444

强盗治懒人

从前，有户人家，硬是懒得没法。有一年腊月间，这家杀了一头大肥猪，猪肉挂在屋内檩子上。腊月二十九的晚上，一个强盗来偷他家的腊肉。这强盗先取下屋顶瓦片，然后趴下从檩子中间伸进手去，将腊肉一块块提出来。在取第三块时，由于心慌，没把肉抓稳，就掉下去了，正好落在主人的床当头。女人听见呼的一声响，忙说："幺毛爸，你听听，是啥子在响？还不起来去看看。"这时，强盗吓慌了，赶忙趴在房子上，一点也不敢动。男主人把手一伸，说："我也听到是啥子在响，你起去看看嘛。"说完，又翻身睡去。强盗等了一阵，没有听见啥子动静，他走了几步，又返身转来，将一对猪脚杆放在门口，并在门口写了一首打油诗："你也懒来我也懒，门口留对猪脚杆。望你全家不要怄，三十初一完全够。"

第二天早晨，主人才晓得自己家的腊肉被偷，当时气倒在地，失悔不该太懒了。

讲述者：	韩国邦，男，显周乡显周村退休工人，高中学历
采录者：	泰华平，男，花桥乡文化站干部，高中学历
采录时间：	1986 年 8 月 3 日
采录地点：	巴南区显周乡（今忠县拔山镇）显周村

445

在人不在命

很早以前，土溪乡的曾家沟叫大石坝，这里的李员外生在绅粮屋里，从小只晓得吃喝玩乐，他逢人就说："发财是我命中注定！"这里的曾叫花生在穷人屋，五岁死了爹娘，没得巴岩处，要饭过日子。

有一天，李员外显摆自己，在大门上写了一副上联，要别人来对。上联是："升官发财皆由命。"他的女儿李彩珍看到了，对了个："发家致富在于人。"李员外认为女儿有意跟他反起投，冒火[1]说："世人只有由命不由人，哪有由人不由命之理呢？好嘛，我就看她由人嘛！"

第二年，李员外办六十大生期酒，除亲朋好友祝生外，叫花子也来赶酒了，很热闹。叫花子坐席时，员外也去敬酒，他看到有个叫花子十六七岁，长得很端正，就拉下了席，叫旁边人领到另外屋里看起来，其他叫花子都来求情，员外没说好歹，叫他们吃饱了各自走就是。

李员外问清了曾叫花姓甚名谁，家住哪里，叫家奴另摆酒席招待他，曾叫花莫名其妙。员外叫曾叫花大夹大夹

[1] 冒火：生气发火。

抇肉，大口大口喝酒，吃得半醉半饱的时候，员外拉着叫花子的耳朵说："等一下，我把女儿嫁给你。"叫花子一听，吓得酒从额头冒出来了，心想："睡瞌睡的地方都没有，才笑人啰。"想找个空空溜走算了。

曾叫花跟员外说："员外，承得你看重，我尿胀了，屙了尿来说。"员外说："你不要放屙屎筏子哈。"果真，曾叫花一去就不回来了，员外气心慌了，把女儿和堂客喊了出来，对她们说："把彩珍嫁给曾叫花子，牵马出来，让她上路。"堂客一听，吓落了魂，对着员外冲了一句："你疯了！"员外说："女儿的对子，不是在人不在命吗？叫她走！"母亲没法，给了几锭银子，看到女儿出门了。

那匹马很怪，它各人找得到路，一会儿就追到了曾叫花，跟到了岩缝头。李彩珍下马一拜说："哥哥不要嫌弃，爹爹把我许配给你，我也心甘情愿。"曾叫花说："你是千金小姐，我是光棍叫花，咋个能配对对嘛？"小姐说："只要勤快，要饭也饿不死。"曾叫花说："那就依你了。"小姐要拜堂，曾叫花才想起，今晚还没得夜饭吃，对小姐说："等我出去要点饭来，不是拜了堂还没吃的哩！"说完就走了。

曾叫花晓得隔不远的杨秀才在修房子，剩菜剩饭多，就跑到那里去了，要回来几大碗残汤剩饭。他对着岩壁壁，作揖磕头拜了堂。吃了饭，钻进苞谷壳头，热热和和地睡到了大天八亮。

小姐同曾叫花要饭，讨两碗一个一碗，讨一碗一个半碗，夫妻俩很笑和。有一天，小姐对曾叫花说："杨秀才不是对你好吗，他家修房子，拉石头拉木料搞不赢，你用我的马去给他帮忙，凭劳力找碗饭吃比讨饭好一些。"曾叫花跟杨秀才一说，秀才高兴死了。曾叫花做活路，要米不吃饭。秀才觉得奇怪，就问："煮起现成的不吃，拿米去做哪样？"曾叫花说："我岩壁里还有个叫花婆。"

没有好久，杨秀才的房子修起了，见曾叫花老实忠厚，干脆叫曾叫花来看管。小姐把岩壁旯旮打整出来种庄稼，收了些粮食，日子比以前好多了。

曾叫花在杨秀才家有一年多了。有一天，他大起胆子问杨秀才的女人："娘娘，你们生娃儿吃些哪样哟？"杨妻说："男子八叉的，问这些好脏人哟。"曾叫花说："我

那个叫花婆小姐肚子长娃儿了，装不住要落下来了。"杨妻才明白过来。

杨妻跟丈夫商量，装了一背鸡、蛋、油、糖，送给了曾叫花。曾叫花背回了岩壁，不久，小姐就生了一个白白胖胖的儿娃子。这些好的吃了，小姐还是没得奶，曾叫花急了，又去请教杨妻。杨妻让他到池塘里捞鱼，给小姐吃了发奶。曾叫花运气好，一下就打了九条鱼，欢欢喜喜拿回去给小姐吃。小姐见鱼活生生的，舍不得伤生害命，叫曾叫花拿回去放生，把个叫花搞得这也不是那也不是，只好按小姐说的去做。

杨妻晓得了这个事，认为这小姐心肠好，就跟曾叫花说："明天，我约几个人背点发奶的东西去看她。"曾叫花回去跟小姐说了，小姐忙从包里取出一锭银子，叫去街上买点菜回来，准备迎接客人。

第二天，小姐也起来忙灶上饭菜，曾叫花打整岩壁。不一会儿，杨妻她们就来了，看见小姐长得又乖又秀气，说起话来也文文秀秀的，一点不俗气；办的饭菜，又甜又香，有盐有味，透好吃。一看岩壁角角，还堆得有粮食，把小姐爱在心窝窝头去了。杨妻回家后，把在曾叫花岩壁看到的稀奇，摆给秀才听。秀才很同情他们的苦衷，两口子商量，拿间屋给曾叫花几爷子住。曾叫花对杨秀才更加巴心巴肠，小姐做鞋、绣花，也给娘娘帮忙。

曾叫花两口勤奋开荒，又种了几面坡的庄稼，那年收的粮食堆了半间屋。有一天，夫妻俩又去开荒，忽然挖到一块石板，他俩把石板挖出来，发现下面有个洞，里面白晃晃的，仔细一看，哎呀，是一洞银子。曾叫花跟杨秀才说了，杨秀才以为曾叫花是说了耍的，也开玩笑说："是银子，就担到堂屋来。"曾叫花老实，就去挑，担了一天才担完了。杨秀才看了真是银子，也被弄得眼花缭乱的。

杨秀才是个耿直人，不贪横财，跟妻子商量，将这些银子给曾叫花买成田土。曾叫花去跟小姐说了，小姐说："杨秀才对我们太好了，银子给秀才家，我们守着这些开荒田土，勤耙苦做，吃穿不愁就是了。"杨秀才见他俩不愿，就在买土的契约上通通写成他儿子的名字，后来，把大石坝都买完了，曾叫花两口子还一点都不晓得。

一晃七年了，李彩珍想起了父亲的七十寿辰来，小两

口商量，回去为父亲祝寿，做了寿衣十套，软彩、硬匾样样都有，火炮、香烛买了几大挑，生日那天，请力夫挑起回娘家去。

大坝这几年遭天干，佃户没得好大个收成，李员外搞惯了，一天游手好闲的，光吃不理家，很快就破落下来了，七十岁生期早就忘记了，哪里还去安顿酒席哟！

李员外听到吹吹打打，火炮震天响，就出来看热闹，看见一个人领着一帮人来了，李员外问那人："你把这些人领到哪里去呀？"曾叫花说："为老丈人祝寿！"员外说："哪个是你的老丈人？"曾叫花说："你就是。我是为你祝七十大寿来的。"员外被搞恍惚了。这时，李彩珍走上前来，拜见了父亲，员外才想起来。

听说曾叫花子发了财，周围团转的人都来看他们。曾叫花把杨秀才给他买的田土，送给大石坝的穷人，大石坝的人没得哪一个不称赞曾叫花的，就把大石坝改名叫曾家沟。曾叫花见老丈人年已七十，无人照应，就从杨秀才屋搬回老丈人家住了。

讲述者： 吴在于，男，农民，不识字
采录者： 谭湖海，男，大观镇人，初中学历
采录时间： 1987 年 1 月
采录地点： 南川区大观镇中心村

446

贪心的徒弟

从前，有个阴阳先生，带着一个徒弟在外头跟别人看地[1]。一天，两师徒来到一个地方，老师看到了一穴地，这地在很高的一个岩缝里头。老师跟徒弟说："徒儿，你跟我这么多年，为师没有求过你。现在求你答应我一件事。""老师尽管说，当徒弟的照办就是。"老师说："我年纪大了，不久就要归西。我没有儿女，我死后，请你把我的尸体烧成灰埋在那石缝里。"徒弟问："那么高，我啷个才能埋得上去呢？"老师说："把我的骨灰掺在酒米[2]粑粑头，用箭射上去就行了。"徒弟说："请老师放心，我一定照办就是了。"

没过好久，徒弟的父亲死了。他另外四个兄弟喊他跟父亲看一穴好地。徒弟想起了老师看中的那穴地，心头想：那穴地肯定好，我悄悄把父亲埋在那里，老师死后我随便找个地方把他埋了就算了。他把四个兄弟喊拢来，按照老师教的方法，把他父亲的骨灰埋到石头缝里去了。

[1] 看地：看风水。
[2] 酒米：糯米。

一天，老师从那个地方过，一看就晓得那穴地已经埋了人。他想：这块地不知道埋的是哪个。如果是埋的有儿女的人，那他的儿女就会是一个无恶不作的大恶人，不晓得有好多人要受害。他二话没说，急忙捉了一个公鸡来杀了，把血混在装有酒的酒杯里头，一杯一杯朝石缝泼。泼一杯，骨灰就滚一坨出来。等骨灰滚出来完了后，老师就走了。

从那天起，徒弟那已经当了山寨王的三个兄弟，一天死一个，三天就死了三个。徒弟急忙去找老师。老师问他最近做过啷个事没有，徒弟没得办法，只好把他埋父亲的事说了。老师听了很冒火，说："你这个贪心人，你以为那是块好地吗？我是为了不让天下人遭殃，才叫你埋我在那里。你赶快回去，我跟到就来！"老师使用法术，费了大半天的工夫才把徒弟的命保住。

讲述者：　李建平，男，汉族，初中学历，江津贾嗣乡华丰村四队

采录者：　余昌明

整理者：　熊纯刚

采录时间：　1985 年 10 月 28 日

采录地点：　江津县贾嗣乡（今江津区贾嗣镇）

447

自作聪明

从前，有个篾匠，他爱自吹，远近有名，常常把自己的手艺吹得神乎其神。

有一天，一个老板娘请他去做篾活，他大清早就走到了主人屋头。他不慌不忙喝茶抽烟，茶足烟够后才问主人："老板娘，做哪样篾活哦？"老板娘说："吃早饭还有阵，跟我做一个'千丝篾条不回头'和一个'鸡怕'就是。我见你这个有名师傅，做完怕早饭还没煮熟呢。竹子在坝子头，就在那里做就是啰。"

篾匠不以为意。走到坝子，拿起竹子，准备材料时，才为难了。他想，"千丝篾条不回头"和"鸡怕"是哪样东西呢？我当了几十年篾匠，鸳篼、箩篼、甑盖、簸盖哪样难得倒我呀？今天，未必还要出丑不成？他拿起篾条在坝子里头默，默来默去，默不出来。几回想去问老板娘，又想到她是个女的，哪有男人拜倒在女人面前的呢？他不愿去。他摸一下又放一下，站一下又坐一下，在那里拖时间。

太阳挂在树尖尖上了，老板娘的早饭早熟了，看篾匠心神不定的，各人悄悄把饭吃了。

忽然，篾匠想起来了：千丝篾条不回头，就是划千丝篾条没有头头；砍了节疤就没有头头了，这么撇脱！他转过身，看见老板娘家的狗对着他，旁边的鸡吓得劈扑飞。他明白了，这“狗”就是“鸡怕”嘛。

篾匠心中有数，瞟了一眼太阳，心想：好师傅不在忙上，少吃两杆烟就在那头去了，就自作聪明做起来。他一口气一丝篾，十口气十丝篾，百口气百丝篾，最后，硬是划了千丝篾。他又麻利[1]地把千丝篾条的节疤砍去。这时，腰酸背又痛，想歇一个气，吃杆烟，可是“鸡怕”还没做哇。他不敢歇气，编“鸡怕”了。狗他是没有编过的，这编那编，编来编去都不像。他想：反正要用纸糊，糊像点就行了。篾活编好了，就叫老板娘来看。

老板娘走出门来，见扯了一坝的篾丝，鼻子眼睛都焦作了一堆。她指着篾丝问：“这是啥子哟？”篾匠说：“是你要的‘千丝篾条不回头’嘛。”老板娘又指着篾绕绳问：“这又是哪样呢？”篾匠说：“你叫编的‘鸡怕’嘛。”老板娘一听哈哈大笑。篾匠说：“你数嘛，千丝篾条一丝不少；那篾绕绳用纸糊成狗样子，鸡才怕。”

老板娘说：“‘千丝篾条不回头’，是刷锅的刷把，‘鸡怕’是吆雀儿的响篙。你是有名气的篾匠，还没听说过嗦。”篾匠听了，羞得满脸通红。

讲述者： 张祥书，女，农民，不识字
采录者： 唐传江、傅品金
采录时间： 1984年5月13日
采录地点： 南川区大观镇

[1] 麻利：利索，动作干脆。

448

彭秀才坐县

酉阳老寨是川鄂边界一个偏僻的山寨，可西藏人却知道老寨。他们是啷么知道的呢？这就与彭秀才去西藏坐县有关。

传说，彭秀才是一个正直善良、刻苦好学的读书人。他十年寒窗，一举成名，考中进士第一甲，入了翰林院。照他的学问，本来可补个“肥缺”，到一个平坦富庶的好地方上任的。但由于他没行贿钻门路，翰林院主事就推荐他去边远的西藏坐县（当县官）。

彭秀才也不管他任所远近，只想着为百姓办点好事。走马上任第二天，县衙门里为他摆宴接风。满席鸡鸭鱼肉、山珍海味。彭秀才心想，一开始就应该做个好样子，以表示崇尚俭朴，就不吃那些人参燕窝、上等好菜，只把摆在桌上的两碗半饭吃了就下席了。他满以为藏人会夸他克勤克俭，艰苦朴素；谁知，藏人却说他贪婪无厌，十分奢华，毫不体恤民情，不要他在西藏坐县了。彭秀才莫名其妙，大惑不解地问师爷：“这是怎么回事呢？”

师爷告诉他说：“老爷，那天在席上你把他们的样饭吃光了。他们认为老爷不体恤民情，不敢要老爷在此

做官。"

彭秀才一听，越更糊涂了，又问："什么样饭让我吃光了哟？"

师爷答道："就是席上摆的那两碗米饭。西藏这里不出大米，米饭十分珍贵，一两银子都买不到一颗，平时谁也吃不起。只有盛大宴会，搞点出来摆在席上做样子，显示主人的富贵和对客人的尊敬。老爷一下子就吃了两碗，还不知吃了多少金银哩！所以藏人都怕你在此做官了。"

彭秀才一听，这才恍然大悟，不禁哈哈大笑说："这个东西在我们土家老寨，毫不稀奇，喂狗的都是这个。"

西藏人不相信，请求派几个人和他一起到老寨去看看。彭秀才想，让他们去看看，顺便带点谷种回来，也算自己为西藏百姓做了件好事。于是，就答应了。

第二天，他便带上几个西藏人往老寨走。一路翻山越岭，晓行夜宿，也不知走了多少天，终于来到了老寨。彭秀才对家里捞饭（煮饭）的人说："你把饭煮好了，先舀几碗给狗吃。"

捞饭的人按秀才的吩咐，饭刚煮好，就把那滚烫的饭舀在狗槽里。狗不吃。彭秀才又对捞饭的人说："你把昨天剩的肥肉汤和点在里面。"捞饭的人把冷冷的肥肉汤舀在狗槽里，和转。那饭不烫了，狗就吃了。

彭秀才便对西藏来的几个人说："我们这里米饭烂贱。没和肥肉汤，狗还不吃。"几个西藏人一看，真正是的，便都相信了。彭秀才又叫他们住下来，到处看看，了解了情况。一直住了一个多月，彭秀才让他们带着谷种回西藏。从此，西藏有了稻谷。几个人回西藏后就到处对同胞们说："老寨好，山好水好人也好，到处都是宝。地形也生得好：这边有个牛蹄坡，那边有个马蹄窝；东有金鸡报晓，南有犀牛滚澡；左有岩门狮子，右有石马破槽。"还说："老寨是自生码头自生桥，石龙过江柳结桃。还有一抱大的棕树，两抱大的竹子……"他们这样说，老寨就在西藏闻名了。西藏人也就让彭秀才继续坐县了。

讲述者： 彭连忠
采录者： 何丽佳，女，文化馆干部
　　　　 彭林绪，男，文化馆干部
采录时间： 1983 年 4 月
采录地点： 酉阳土家族苗族自治县老寨乡（今酉阳土家族苗族自治县五福镇）

449

蛇坟

现在金凤乡牛脑滩，有个地势像蛇恁个。

以前，大股枫的庙子头，有根蛇梭出来，在下头的堰塘里游来游去的，被一家姓龚的看到了。龚家是金凤乡的首富，有钱得很。正好这时龚家的老人死了，下头堰塘头又正好有根蛇在游，应了地势。龚家认为风水好，就把老的埋在蛇脑壳上，把坟取名叫蛇坟。坟埋好之后，龚家见塘坎矮了，怕蛇梭起跑，就请石匠来把塘坎砌得很高。这哈安逸了，龚家心想："我们一定要发财了。"

哪晓得塘坎加高了，蛇梭不出去，没得好久就把塘头的东西吃完了；慢慢地，慢慢地，蛇就着饿死了。蛇一死，龚家也慢慢地倒了霉。

讲述者： 程昌明
采录者： 严小华
采录时间： 1990 年 5 月
采录地点： 九龙坡区

450

寒婆婆与甘露茶

三塘盖上有座观音堂石窟，岩壁上有一座观音大士的石刻像，神龛两边刻有一副对联："即此是观音，何须朝南海？"当观音堂石窟落成后，原本无水的这里，突然从石岩缝里流出了一股清水，旱时不干，雨天不浑。人们认为这是观音菩萨降下的甘露，喝了可以驱疾免灾。是观音菩萨显灵了！从此，地处旮旮偏偏[1]的观音堂名声大振，四乡八寨来这里朝拜观音菩萨的香客络绎不绝。有一年，不晓得从哪里来了一位穿得巾巾吊吊[2]的老婆婆，人们都不晓得她的姓名，看她冷得发抖，就叫她"寒婆婆"。

寒婆婆见香客些在寒冷的天气里喝凉水解渴，就留了下来。留下来她干啥子呢？她采集经冬不落的藤叶，接来甘露水，煮成甘露茶，摆在岩口通往观音堂的"天梯"拐弯稍宽地的地方，供上下往来的香客饮用，分文不取。香客些感念于她的好，有的就把携带的食物送给寒婆婆，有的还把随身衣物送给她，于是寒婆婆就在石窟附近长住下

[1] 旮旮偏偏：喻指偏远地区。
[2] 巾巾吊吊：衣衫褴褛。

来，为香客接水烧茶。年复一年，日子就这样过去了。不晓得过了好久，香客些再来这里，却再也见不到那个慈眉善目的寒婆婆了。大家都说她已不在人世，或者已经修炼成仙，飞走了。喝过寒婆婆烧制的甘露茶的香客些，并没有忘记寒婆婆的恩惠，怀着感恩之心，捡来一根根柴禾，毕恭毕敬地放在寒婆婆之前摆茶摊的地方，以供寒婆婆烧火煮茶取暖之用。人们代代相传，这成为来观音堂的香客些一个必须的仪式。

讲述者：　　熊祥君，男，汉族，高中学历，乡村医生
采录者、整理者：饶昆明
采录时间：　2012 年 10 月 21 日
采录地点：　巴南区木洞镇

附记

据采录者饶昆明回忆，熊祥君脚力好，喜欢登山，好结交朋友，常在登山途中歇脚的时候给人讲述故事。他讲述的特点是比较慢，不急；一边讲，一边喝茶抽烟，偶尔与听众拉拉家常。讲述故事拉近了他与人们之间的关系。

451

杨飙箭

新中国成立前，五台山[1]下有个杨老大，很会栽秧。那年，杨老大约了几个人到别州去栽秧。走拢一问，工钱不少：栽一天秧，能收工钱一升半米。杨老大很高兴。路上他遇到个老头，就问："大爷，你栽秧不？"老头说："不栽！不栽！我家每年秧子都是罗大师傅栽个。"杨老大说："我只收一升米一天，要得不？"老头听了，摇着头走了。不一会儿，看到个年轻小伙子正在犁田，杨老大问他："小伙子，你家栽秧不？"小伙回答："不栽，不栽！"摇着头各人犁田去了。又隔了一会儿，杨老大遇到一个细娃儿，就问："小娃儿，你家栽秧不？"小娃儿说："不栽！不栽！我家每年秧子都是请罗大师傅栽个。"杨老大说："我只收一升米一天，你去问一下你家大人嘛，要得不？"小娃儿摇着光脑壳跑了。

吃晌午的时候了，杨老大还没找到老板，就到一家茅草房去喝水。这家人穷，锅头正在煮麦羹，杨老大问："老板，你家栽秧不？我不收工钱，只吃一点儿麦羹就

[1]　五台山：南川区冷水关镇的一座山名。

是。”这个老板正愁请不起人，一听，高兴地说：“要得，要得。”他吃了麦羹就下田栽秧了。过路的一看他栽得又快又好，第二天，就有人请杨老大栽秧了。就这样，他得罪了罗大师傅。那一天，罗大师傅打听到杨老大在王绅粮家栽秧，带着大徒弟、二徒弟去跟杨老大比试。一到王绅粮家，见杨老大正在那里。罗大师傅说："这个地盘每年都是我和徒弟栽；今年，你把我的饭碗夺了。你有啥本事？今天，我们比一下。栽不赢你，我叫你一声师傅；你栽不赢我，把你这几天的工钱留下，放你一条小命，各人回去。"杨老大一想，今天遇到了地头蛇，没得办法了，只好说："要得嘛，比就比！"两个人就开始比。罗大师傅的两个徒弟开始扯索索，又身背两个滚滚，在田角一站，就"嘻嘻哗哗"把索索拉到那头田角角；罗大师傅也不说话，下田顺着索索栽起花儿开。杨老大一看，心想，你有啥本事？原来是个孬火药[1]！他不慌不忙地下田栽。罗大师傅已栽出两三丈远了，他不到一杆烟的工夫就赶上来，把罗大师傅杵起杵起的。栽到了田角，该杨老大开头了。杨老大也不说二话，不慌不忙地栽起花儿开了。罗大师傅一看，杨老大已栽了四五尺远了，赶快下田追赶，心想，我非赢杨老大不可！确实，一会儿就把杨老大追上了。杨老大想，我让你三分，你还伊呜牙呜[2]的，咳，现在不让你了！于是，两手两脚同时进行。你看他脚弯弯夹秧子，左手解秧子右手栽，只有恁个快了！只看到秧把在数莲花落，右手把水提起了丝丝，一会儿就栽拢了田角。罗大师傅在后头汗流浃背的，气都出不赢，可怜兮兮的。杨老大在干坎上吃了烟，歇完气，罗大师傅才栽拢。罗大师傅说："我不习惯栽水田。吃了晌午，我俩栽干田行不行。"杨老大回答："随便。"下午，两个又在干田比起来。干田硬得起火，可是杨老大比栽水田还要快。罗大师傅一辈子栽秧没遇到过对手，今天却很难堪：背上冷汗直流，腰杆也痛得支不住，手又被划破了皮，众人又讥笑他。秧没栽拢，就夹起勾子[3]回去了。

第二天，有个书生赶考，看到杨老大栽秧这么快，就说他栽秧像飙箭一样。从此，大家就叫他"杨飙箭"！

讲述者：　王兴林，男，务农，初中学历
采录者：　谢生文
采录时间：1987 年 5 月 10 日
采录地点：南川区冷水关乡（今南川区冷水关镇）高
　　　　　丰村三组

[1]　孬火药：水平不行的人。
[2]　伊呜牙呜：这不是，那不是。
[3]　勾子：屁股。

三 机智人物故事

（一）安世敏的故事

安世敏，一个在川东群众中广泛流传的机智人物。具体的安世敏其人，生卒年月及身世不详；从有关他的故事所反映的社会生活、风土人情等来看，大概是清末民初时候的人。安世敏的故事以重庆为中心，上至泸州，下及涪陵、万州区，沿长江两岸的川东地区都广为流传。有说他惩恶济善的，也有说他玩世不恭的。在故事中，安世敏的身份经常变换不定：有时他以学生出现，有时又以长工登台；有人叫他"安二少爷"，有时他主持正义事，又颇似一个风度绅士。因流传地区的差别，安世敏的名字也略有改变，有世敏、世明、思敏、施民等等多种称法，只是姓没有变。

本卷选入的安世敏故事，我们侧重了他惩恶济善、扶贫济危的一面，对他搞恶作剧、玩世不恭方面的内容选得较少。星瀚出版社已出版了《安世敏的故事》一书，较为全面。

452

神刀

有个财主，对长年非常刮毒[1]。长年做了活路，他只给很少几个工钱。遇上下雨天，长年不能上坡做活，他就不给饭吃。时间长了，七传八传，把财主的刮毒传到安世敏耳朵头，安世敏就想狠狠地收拾他一番。

一天，安世敏来到财主家门前，借故找水喝，牵边边、理线线地问起财主的家景来。财主谈到他养了几十条牛，全是请人喂养时，安世敏假装吃惊的样子说："了得，一年四季，用牛的时间恁短，到了冬季，牛光吃草，不干活，划不来。"财主抢过话头说："是呀，要是谁有办法，把它在拖田时弄出来拖田，不拖田时搁好，不吃不动那就好了。"安世敏哈哈大笑，眯起眼睛细声细气地说："好办！我那神刀，一定能帮大忙。我那堂客，只要我一出远门，就用神刀把她杀了搁起来，不吃不动；回去后，再把她弄活，还是好的。"

财主听了很欢喜，又有点不相信，就说："请问高姓？家住哪里？""我姓下，名一家，家住东城街。"安世敏答道。

财主想看神刀，就和安世敏一同来到东城街。走拢屋，安世敏叫声："夫人！"从屋头走出个红头花帕的大肚子女人。只见安世敏三步两步赶进屋，拿出一把七寸长的小刀，走到堂客跟前，往肚子上使劲一戳，鲜血到处流，堂客倒在地下死了。财主吓得打抖抖，急忙叫安世敏把她快点弄活转来。于是，安世敏一遍一遍地念："刀刀把，敲三下。"他边念边敲："请夫人活一下。"过了半个时辰，堂客从昏迷中醒过来，跟先前一模一样。安世敏喘口气说："财主，这就是我的神刀。"财主立即出高价要买这把刀。起先安世敏不卖，财主再三求说，安世敏才答应把刀借给财主用半年，还立了约据。

财主拿了神刀，高高兴兴地回了家。正逢阴历十月间，天气变凉耕牛用不着了，财主就打发走了长工，把耕牛杀了搁起。

时间过得快，转眼到了第二年春天，阳雀开声叫了。这时，财主慢条斯理打开放牛的屋子，一看，里头只剩下一堆牛骨头了。财主只得拿着约据来到东城街找安世敏算账。哪里还有安世敏的影子？房子的主人早就换了，根本没得下一家这个人，那是安世敏故意作弄财主的。那堂客的死也是安世敏事先弄好了的圈套：安世敏在堂客肚子上拴个猪尿脬装些猪血，用刀一戳，咋个不鲜血长流呢？

讲述者： 高亚凡，男，农民，初中学历

采录者： 况国栋、刘兴茂

采录时间： 1981年3月8日

采录地点： 涪陵区南沱乡（今涪陵区南沱镇）

[1] 刮毒：刻薄。

453

盖屋

讲述者： 刘玉楼
采录者： 陈敬伟
采录时间： 1983 年 7 月 15 日
采录地点： 忠县花桥乡（今忠县花桥镇）花桥村

一天，安世敏来到黄泥坝，听当地老百姓说，有一个叫黄世文的财主，女婿是县官，他硬是狗仗人势，一歪二恶，百姓无不痛恨。正巧，他家的房屋漏雨，需要翻盖。安世敏灵机一动，冒充盖屋匠，前往黄家。

盖屋时，黄世文不是说这里瓦盖稀了，就是说那里瓦盖密了，安世敏也不还嘴。最后盖完屋领工钱时，黄世文问他姓名，安世敏说："我姓林名醒。"领了工钱就走了。

晚上，天突然下起雨来，筷子粗一股雨水直往黄世文床上灌，雨水湿透了被盖，冷冰冰地贴在黄世文两口子身上。两口子你瞪我，我瞪你，不住地互相骂道："老背时的，七老八十岁的还在流尿。"一边说，一边往床边滚，但还是冷冰冰的。两口子坐起身来，一伸手，雨水不断线地滴在手上。黄世文这才知道是瓦没盖好，气得破口大骂："淋（林）醒狗日的，盖的啥房子！"他老婆也跟着骂："淋（林）醒狗日的……"骂了一阵，觉得不对头，忙说："老家伙，莫骂了，你这不是自己在骂自己？"

原来，安世敏有意对准他睡处，用一块破瓦做沟瓦，雨水便从瓦缝不断线地直往黄世文的床上灌。

454

买蛋

有一次，安世敏赶场，看见一个蛋贩子在收蛋，正与一个卖蛋的乡下大娘讲价。见他把蛋一个一个从大娘的背篓里捡起来，翻来翻去地看了一阵，假装又放回背篓里去，其实那蛋已滚到蛋贩子的袖筒里去了，却说："你这个价太高了，我不买了。"说完，挑起收蛋的挑子就走了。避开卖蛋的大娘后，他轻轻地把袖筒里的蛋放到箩篓里，然后又去与另一个卖蛋的讲价。安世敏一直跟在蛋贩子的后面，看得仔细；见他用不同的方法污[1]了很多农民的蛋，实在可恶，存心要惩罚一下那个蛋贩子。他见蛋贩子进了饭店，也跟着走进去。

在饭馆里，安世敏靠近蛋贩子说："老兄，你那蛋卖不卖？"蛋贩子一听有人要买蛋，见安世敏穿得很阔气，以为是个"大头"，就忙问："你出啷个价？"安世敏见鱼上钩，贴近那人的耳朵讲起价钱来。最后，出高价买下了蛋贩子的一大挑蛋，讲好，由蛋贩子给他担到家里，力钱也一齐在交货地点付清。两人越谈越投机，蛋贩子见认识了一个有钱人，以后还得打交道，就招待了安世敏一顿酒肉饭。

安世敏引着蛋贩子在路上七弯八拐走了半天，累得蛋贩子满头大汗，精疲力尽。太阳都快落坡了，安世敏才把蛋贩子引到一个大石坡坡上，石坡侧边有一座住家房子。安世敏说："到了。我们先在这石头上把蛋数清楚后，赓即给你拿钱来。"蛋贩子听说到了，很高兴；但要在石头上数蛋，又为了难。心想：这石头上啷个能数蛋呢？就提出要到屋里去数。安世敏推托说："我是做黑生意的，屋里人不晓得，你决不能进屋去。"接倒，给蛋贩子出了个主意："你把扁担放下来，楞起放在地上，用脚尖抵住，把蛋一个一个捡在石头上，扁担拦起就不会滚的。"蛋贩子眼看天要黑了，也不愿再啰唆，耽搁时间，就照安世敏的办法，数起蛋来。清点完后，安世敏对他说："你等倒，我进屋去找个东西来装，把钱也跟你拿来，不要动哦！"说完，就走了。

蛋贩子被安世敏定在那个石头上，手脚撑住扁担，动都不敢动，眼睛盯到扁担上面垒起的一大堆蛋，生怕滚一个下去了，就恁个等倒安世敏来付钱。但一等不来，二等也不来，心想：未必他是骗子？突然，从那房子头窜出两只大恶狗，直向他扑来。他双脚双手又不敢动，喊人也没有人答应，看倒看倒狗已扑拢脚杆了，一时慌了手脚，扯起扁担就向狗砍去。啊嗬，一大堆蛋就"洗洗火火"滚下坡去，打得稀烂。他气冲冲走进屋一问，根本没得个人，才蔫皮搭脑地摸黑往回赶。蛋没卖成，反而遭狗咬，还白白帮补[2]一顿饭钱。

采录者：　陈曦震
采录时间：　1986 年 10 月 8 日
采录地点：　涪陵区义和乡

[1]　污：偷。

[2]　帮补：浪费。

455

整财主

听说有个财主对农民很刻薄，安世敏就想收拾他。有一天，这个财主生病了，肚子屙得很凶，不住地往茅厕跑。安世敏把一件女人穿的衣服披在粪桶上，然后把桶放在茅厕口，对在大门口前缝衣服的裁缝师傅说："师傅，老板今天跟他堂客吵过嘴，他要出外的话请你拦倒劝劝他，以防老板寻短路。"这师傅信以为真。一哈儿，财主忙着要屙，走到茅厕看，有女人正在那里，急忙退回来，想从大门出去到坡坡上方便。刚走到大门口，师傅就说："老人家，息气些，请回屋里头去。"老板嘴上不好说，只有硬着头皮回到房中。忍了阵，实在没得法，又去茅厕看，那个女的还坐在粪桶上没起来，他又回屋头去。像恁个来去好几回，实在忍不住了，屙了满满一裤裆的稀屎。

讲述者：　周吉昌，男，农民，初中学历
采录者：　余学华、刘兴茂
采录时间：　1987 年 1 月 5 日
采录地点：　涪陵区义和乡

456

官司是编出来的

有一个烂龙[1]，经常与人扯皮闹事，说不对头就扭着人家去打官司。这家伙脑壳里头鬼点子很多，又能说会道，因此，许多人都虚他。

这烂龙平常东游西逛，无所事事。每天起床后，便戴上博士帽，披上羊皮袄，拄着拐杖，提着酒壶到酒馆去混日子。他一进酒馆，就先把空酒瓶子往墙壁上挂起，然后，坐在那里，看哪个有吃不完的剩酒，他便去抓过来喝；哪个有扔掉了的烟头，他便去捡起来吸。

酒馆的常客们都摸清了这烂龙是个啥角色了，其中有几个就想跟他开个玩笑。那天清早，他们用烟叶裹了个牛角蜂甩在地上，又把墙上那颗钉子取了，钉到另一面墙上去，弄一个蜻蜓来趴在原地方。

那烂龙一进酒馆，看都不看一眼，顺手就把酒瓶往墙上一挂。那蜻蜓一飞，只听"哗啦"一声，瓶子掉在地上打得稀烂。他说："唉，今天有人跟老子作对吗咋个的？"

没有人答话，他就坐在凳子上看哪里有剩烟剩酒。这

[1]　烂龙：流氓。

一看，嘿，搞着了，地上还有他妈这么好一杆烟嘛！唉，这是哪个败家子，才叫不爱惜哟！莫忙，等老子去捡来过个瘾。他弯起腰杆把烟捡起来就衔在嘴巴上，借了个火抽起来。没抽几口，就"哇"的一声吐了出来，两只手抱着嘴巴，妈哟娘地乱喊。叫唤过了，他走到柜台前去找老板："老板，你我无冤无仇，为啥要害我？"

老板莫名其妙："我咋个在害你？"

"你把墙上的钉子取了，弄得我一进门就把酒瓶子出脱了。这还不算，你弄他妈个牛角蜂在烟里头，把我嘴巴都螫烂了，这还不是害我吗？"

老板说："硬是活天冤枉！这哪是我干的事嘛？我一点都不晓得。你说墙上的钉子被取了，你看这边不是还有钉子吗？"

那烂龙晃了一眼，以为又是一个蜻蜓，说："去他妈的钉子哟！"走拢去，"啪"地一巴掌打上去。这下子还得了吗！手掌被钉子钉得对穿对过，鲜血直流，痛得他双脚乱跳。这一下，老板更脱不了手了，烂龙非拉他到县大老爷那里打官司不可。

正吵得不可开交的时候，安世敏来了。他问明情况后，对那烂龙说："喂，朋友，这事情就算了吧，钉子和烟都与老板无关系，咋动不动就要打官司呢？"

"这官司我今天非打不可。"

"朋友，我劝告你一句：官司是编出来的，不是打出来的，你不要以为打官司你就要赢。"

那烂龙朝安世敏上下一打量："喂，我劝你少管闲事，你要再来多言多语我就要和你打官司了！"

安世敏说："我倒不怕哟，我相信官司是编出来的。"

"啥子？"那烂龙被安世敏激怒了，一把拉住安世敏就走，"今天就让你看看老子是咋个把官司打出来的！"

"走就走！"

两个人扯起脚杆就往县衙门走，安世敏越跑越快，那烂龙累得气发吼，汗长流，急忙说："走慢一点，热死我了。"

安世敏说："来，我帮你老兄把羊皮袄拿一下，你也轻松点。"那烂龙巴心不得，急忙将皮袄交给安世敏拿。

到了大堂前，县大老爷问："你们俩谁告谁呀？"

"我告他！"安世敏和那个烂龙同时指着对方的鼻子说。

"混账！到底哪个告哪个？"

"我告他！"两人又争着说。

县大老爷把惊堂木一拍，指着烂龙问："你告他啥子？"

烂龙说道："我告他多管闲事，我要和人家打官司，他不准我打！"

县大老爷又指着安世敏问："你告他啥子？"

安世敏说："我告他偷我的羊皮袄，我要他把羊皮袄还给我，他不但不还，反而说我诬告他，要拉我来打官司。"

县大老爷朝烂龙身上的羊皮袄一看，说："这羊皮袄到底是哪个的？"

"是我的！"两个人又争着说。

县大老爷又把堂木一拍："各自说出自己的记号来。"烂龙抢着说："老爷，这羊皮袄我买了三年了，因是自己的，没作什么记号。"

安世敏说："老爷，我买了这件羊皮袄后，担心掉了，因此，特地在衣服里夹了个纸条，上面写着我的名字。"

"你叫什么名字？"县大老爷问。

"安世敏！"

"查！"县大老爷将手一挥，立即有几个差人过来将烂龙按住，把羊皮袄脱了下来，翻开衣服一看，当真有个写着"安世敏"几个字的纸条。

县大老爷当场将皮袄判给了安世敏，喝令左右将烂龙拖出去重打四十大板。那烂龙被打得周身红肿，东倒西歪地走出县衙门，见安世敏正在等他。安世敏把羊皮袄还给他，说："今天委屈老兄了，皮袄还给你，我起先就对你说过：官司是编出来的，不是打出来的，你哪个就不还相信嘛！"

讲述者：　李国金，男，农民，高中学历

采录者：　李鉴踪，男，文化干部，大学学历

采录时间：1987 年 2 月

采录地点：长寿县（今长寿区）

457

换皮袍

听老辈子说，早年有个叫安世敏的人，爹妈给绅粮当长年，死得早。安世敏小时候很精灵，长大成人后，石匠、木匠、瓦匠和农家活路样样行。他经常跑州过县看得多，还会做点歪诗、写点对子，脑壳灵活，嘴巴也巧。平时对周围团转的人，不管谁有红白喜事，他都喜欢帮个忙；对那些有钱有势的绅粮和恶霸，却恨得很。

所以，有钱有势的人又恨他又怕他。特别是有个外号叫"王坏水"的绅粮更是与他"垭口起拱桥——结起梁子"。

这个王坏水，本来就没喝过半点墨水，可他硬要装起一副要不完的样子，喜欢冲壳子[1]，又特别贪财。安世敏晓得他这个口味，就专门借势医整[2]他。

这年腊月二十八，安世敏晓得王坏水又要来村里催租逼债了，他头天就对王坏水的个老长年说："你回去给王坏水说，安世敏在外头弄到一件无价之宝，叫火龙衫，不

论打霜落雪，穿在身上，一点都不冷，把他哄到我家来。"老长年回去照直[3]说了。王坏水半信半疑，决定第二天去找安世敏。

第二天大早，安世敏烧了一碗辣子姜汤趁热喝了，又搬出两个树疙苓在地坝里劈柴。王坏水穿着狐皮大衣，骑着白马，领着管账先生来到安世敏家门口。天上的雪像柞叶子样飞，北风吹得眼睛都睁不开；王坏水穿起狐皮大衣，也冷得清鼻涕直是流。他急忙叫人喊开门。安世敏满头大汗出来打开门，一边扇扇子，一边抹汗水，嘴巴上直喊热。王坏水好稀奇："我们恁个冷，啷个你还喊热？"安世敏拍拍身上穿的红汗衫说："王老爷，我自从穿上这火龙衫，就热起不得了。看来我福薄命浅，消受不得。"王坏水一听安世敏说的和长年说的一样，又亲眼看见安世敏硬是热起那个样子，真相信是一件宝贝，便要安世敏卖给他。

安世敏说："我卖给你以后，冷起来穿啥子？"王坏水说，愿拿狐皮袍调换，安世敏还是不干。经管账先生劝说后，才以本村几家佃户欠债的欠条和狐皮袍，调换了安世敏的火龙衫。

后来，人们编了一段顺口溜：安世敏，真会算，汗背心冒充火龙衫，换了皮袍不消算，佃户过了鬼门关。

讲述者： 张时炳，男，七星乡，农民，私塾

采录者： 张尚信，男，七星乡，邮递员，初中学历

采录时间： 1983 年 10 月 26 日

采录地点： 梁平县七星乡（今梁平县七星镇）七星村

---

[1] 冲壳子：说大话，吹牛皮。

[2] 医整：惩治。

[3] 照直：照实。

458

卖碓窝[1]

王坏水上了当，安世敏晓得他不会甘心，也想好了主意，大门不出，坐在家里打碓窝。

这一天，王家的长年悄悄给安世敏带信，说王坏水明天要到他家来。安世敏第二天一大早，就把新碓窝放在火上烧红，然后放到一边。王坏水刚一拢，安世敏就笑嘻嘻地迎出去说："王老爷早！那火龙衫穿起还安逸噻？"王坏水气冲冲地说："你那是啥子火龙衫，明明是件臭汗衫！"边说边把洗得干干净净的汗衫甩到安世敏面前。安世敏赶忙捡起汗衫，装出十分惋惜的样子说："可惜呀，可惜！"王坏水一见安世敏这样子，忙问他有哪点可惜。安世敏说："人家说你很精灵，我看你是个脓包。火龙衫哪能下水嘛？真是可惜我一件宝物！"

安世敏几句话说得王坏水哑口无言。安世敏忙从里屋把早就准备好的醪糟、鸡蛋、红糖端出来，对王坏水说："你一大早就来了，这阵也怕饿了吧，我煮碗荷包蛋给你打个尖。"当着王坏水的面，把醪糟、鸡蛋、红糖倒进碓窝里。只见碓窝里热气腾腾翻翻开，一袋烟工夫安世敏就把荷包蛋端在王坏水面前了。

王坏水楞睛鼓眼地看着那碓窝，心想，这东西硬是好，我要弄回去，煮荷包蛋，烧开水，炖鸡肉、猪脚杆又快又没得烟子，那好安逸嘛！他连荷包蛋也不吃了，对安世敏说："你把这石碓窝卖给我。钱嘛，我两个好商量。"安世敏说："这是玉皇大殿前的香炉，是太上老君八卦炉里炼出来的，我是绝不会卖的。"安世敏越是不卖，王坏水越是要买。东说西说，最后说好，碓窝好重，银子好重；一手交银子，一手交碓窝。

王坏水带人抬着碓窝回去时，在一个坡坡上，索子烤断了，碓窝滚到坡坡下，摔得稀巴烂，王坏水气得在床上睡了半个多月。

讲述者：	张时炳，男，七星乡七星村农民，上过私塾
采录者：	张尚信，男，七星乡，邮递员，初中学历
采录时间：	1983 年 10 月 26 日
采录地点：	梁平县七星乡（今梁平县七星镇）七星村

---

[1] 碓窝：以石、木、铁等制的深窝状器具，以杵、舂米等。

459

比
面
子

讲述者： 张时炳，男，七星乡七星村农民，上过
私塾

采录者： 张尚信，男，七星乡，邮递员，初中学历

采录时间： 1988 年 9 月

采录地点： 梁平县七星乡（今梁平县七星镇）七星村

安世敏和王坏水的梁子越结越深，王坏水站起坐到都想把安世敏扎实地整一回。他啥子主意都想尽了，最后才想起个歪点子。他想：我王某财大气粗，走在街上哪个不恭维我，不招呼我？你安世敏脑壳儿再精，嘴巴儿再滑，面子总没得我大。好，这回我跟你来个比面子，十拿九稳我会赢。王坏水想好主意，就派人去请安世敏。安世敏一来，他就提出比谁的面子大；哪个输了，要在街上给赢了的挂红放火炮。比的方式吗，是两个人一路上街，看街上招呼哪个的人多。安世敏满口答应，明天赶场一路去。

第二天，安世敏内穿白汗衫，上面写着"安二老爷早"，外面穿一件对襟，同王坏水一前一后往街上走去。安世敏一见有人走来，老远就把对襟敞开，来人看到字就念："安二老爷早！"从上场口走到下场口，个个都是那样的招呼。王坏水急得脸青面黑，只得给安世敏挂红放火炮。

王坏水不但没争回面子，反倒丢了脸，硬是气起过不得。从此，他做事再也不敢做得太绝了。

460

屙
银
驹

王坏水吃安世敏的亏，心里总是想找机会报复。这一天，他听到街上有人在摆龙门阵，说是安世敏最近得了一头啥子屙银驹，天天晚上要屙二两银子，还听说安世敏放出大话，要把周围团转的田地房屋买完。

王坏水吓了好大一跳。他想，安世敏把周围团转的田地房屋都买了，我二天又咋个办啰？一定要想法把他那屙银驹弄过来。

王坏水上了安世敏几回当，这一回精灵了些。当天晚上，他带起管账先生悄悄跑到安世敏家里去偷看。他俩从壁子缝缝里看到安世敏屋里困倒一条黄牛。过了个把时辰，那条牛从地上爬起来，安世敏也赶忙从床上爬起来，手里端了个木盘子。那牛尾巴一翘，安世敏赶忙用木盘子接倒，只听得"唑"的一声，安世敏从盘子里摸出一坨东西，在盆子里洗，一坨足有二两重的白花花的银子现出来了。安世敏赶忙捡好银子，上床困了。把王坏水和管账先生看得楞眉鼓眼。第二天、第三天晚上，他两个偷看到的和头晚上都是一样的，王坏水这下放心了。

第四天，王坏水带着管账先生来到安世敏家，硬要用

自己经常坐的一匹千里马调安世敏的屙银驹，安世敏又装起横竖不愿的样儿。王坏水最后又拿出他家十亩旱涝保收的当家田添上，当众立下字据，安世敏这才调了。

王坏水把屙银驹牵回家后，晚上他一个人端着茶盘等呀等，好不容易等到老黄牛站起来，翘起尾巴，他赶忙端起茶盘去接。啪的一声，泡稀牛粪飙[1]出来，溅了他一脸一身，气得他破口大骂，把牛也杀了。

原来，安世敏为蒙倒王坏水，天天早上把银子用青草包着塞进牛喉咙，晚上再屙出来。

讲述者：　张时炳，男，七星乡，农民，上过私塾

采录者：　张尚信，男，七星乡，邮递员，初中学历

采录时间：　1983 年 3 月

采录地点：　梁平县七星乡（今梁平县七星镇）七星村

[1]　飙：读镖，液体喷射或迅猛地流。

461

哭笑官司

从前，忠州城东门外张家坝有个张员外，家财万贯田千亩，是个脑壳上长疮、脚板心流脓——坏透了顶的家伙。他有三儿两女，最喜欢幺儿张三。这个张三也是一肚子的烂条[1]，比他老子还狠三分。

张三常想，我们兄弟姐妹五人，二天老家伙两脚长伸后，就不算那两个"泼出门的水"吧，家财三一三余一，有多大搞头？不说逢一进一嘛，至少要来个二一添作五才像话嘛。想倒好想，要做到却没那么容易。默了好多烂条儿，都怕行不通，真难办得很啦！一天，他猛然想起在城里教馆的安世敏先生。

他选了个吉日来到县城，恰好碰到安秀才放学往家走。他迎上去，双手抱拳说："安先生，发福啦。"安世敏见是大名鼎鼎的张家三少爷，勉强还礼道："托福！三少爷到哪里发财去？"张三一看团转[2]没人，便贴着安世敏的耳朵说明了来意。安世敏心里一惊："嘿！看不出这小

[1] 烂条：坏主意。
[2] 团转：周围。

子，喝穷人的血不过瘾，还想啃他老子的骨头呢！"口里却说："三少爷，鄙人才疏学浅，此事无能为力。"张三忙说："安先生，莫客气啦！这周围团转，哪个能比得上你？这点小事，还能在话下？！"边说，边从怀里摸出几大坨银子塞过去。安世敏忙说："使不得，我安某为人出力，向来不受礼物。"小剥皮本来就爱财如命，便借势一歪，收回银子，说道："那就暂时存放我处，二天一并酬谢，不过，我的事……"安世敏说："三少爷，这事非同小可，让我仔细想想，明天午时你来我家听回音吧。记住，不能让任何人晓得，就是你的婆娘也不能透露半点风声。"张三连忙赌咒发誓："我要是走漏半个字，就是龟儿杂种。"于是，安世敏告诉自己家的住址，便分手了。

第二天中午，张三偷偷摸摸地溜进了城，穿街过巷，找着了安世敏所说的那座青砖大瓦房。大门是关着的，试着推了一下，果然是虚掩着的，便像老鼠一样溜了进去，里面黑咕隆咚的，伸手不见五指。他揉了揉眼睛，定了定神，才勉强认出这是一间把窗户、墙缝都糊得严严实实的屋子。心想，未必安家有人坐月子？正在这时，听到安秀才的声音："是三少爷吗？"张三忙说："是的，安先生，你在哪里？""我在屋里。"他朝着声音的方向摸了十几步，果然摸到一扇小门，用力一掀，一股热气随着亮光朝他冲来。他吃一惊，下细一看，只见安秀才头上戴一顶狐皮搭耳的大毛帽，身穿新滚衫，外套一件老羊皮翻毛背心，下身是老青布大棉裤，一双肥大的棉鞋穿在脚上，面前一盆杠炭火烧得红朗朗的，嘴里还自言自语地说："今天咋个这么冷？"张三正想发问，安世敏却先开口："你来的时候可有人看见？""没得。"安秀才便在他耳边叽叽咕咕地说了一阵，张三听得眉开眼笑，说："我一定照办。"

第二天早饭后，张三来到县衙门大堂，拿起鼓槌便擂鼓，县官急忙升堂。衙役将他带上，他"咚"的就是一个响头，"哇"的一声大哭起来。县官问他姓甚名谁，他不开腔，只是哭。问他多大岁数，家住哪里？他还是不开腔只是哭。又问他状告何人何事，他仍然不开腔，而且越哭越伤心，不断用袖子擦眼泪。县大老爷见了倒有点犯难，只得喝问道："你这年轻人不要哭了，有天大的冤枉，只管讲来，本青天与你做主就是。"

张三这才伸直了腰，县官见他两眼红肿。师爷小声告诉县官："这是张家坝张员外的三儿子。"县官点了点头，又问道："你有状子吗？"张三把两手高高举起，手掌对着堂上。县官一看，噫！手板心各有一张纸条，便下座仔细观看，不禁勃然大怒："这还了得，来人哪！马上把张员外给我抓来。"

张员外被凶神恶煞的衙役抓到堂上，见堂上已跪着一人，正在啼哭，又见县大老爷满脸怒气，旁边师爷阴阳怪气地冷笑，便筛糠一样跪了下去。县官喝道："张员外，你做的好事，你认识他吗？"

张员外转眼一看，天哪，跪着的竟是自己最喜欢的三儿子，他实在想不起哪点没有将就得了他，惹他告到县衙来，只得答道："我三娃子告我什么？"

"各人做事各人明白，不要坛神老爷戴官帽——假充正神。"县官叫张三把手高高举起，叫张员外自己去认。他凑近一看，原来左手纸条上写着"妻有貂蝉之貌"，右手纸条上写着"父有董卓之心"。这不是告我霸占儿媳么？哪有此事呀！真是活天冤枉！气得他指着张三："你……你……"又气、又急、又怕，"你"了半天，也没有"你"出个名堂来，张三呢，又大哭起来。

一见此情，县官把惊堂木一拍，对着张员外喝道："死不要脸的东西，老牛还想吃嫩草，玷辱祖宗，败坏伦常，你招不招？""没……没……"张员外恨不得浑身有口替他叫屈了。"啪！"县官又是一声惊堂木响："来呀，先把这老骚货拉下去重责五十大板。"

张员外从娘肚子钻出来，从没吃过这样的苦头，才几板子下去，就皮开肉绽，他怕老命保不住，便胡乱地招了。张三没说一句话，官司就打赢了。最后，张员外答应将一半家产归幺儿张三，官司才算了结。

张员外回到家里左想右想，硬是想不出三儿子为啥要打这样的毒条来整老子。他又气又恨地动用家法，张三没法，只好说出这场官司的经过，张员外气得咬牙切齿，恨不得把安世敏一口吞了。大叫："好个姓安的，烂条打得好毒啊！好嘛，你怕我张某又是个好惹的！不整你个家破人亡，妻离子散誓不为人！"

县官接到张员外告安世敏的状子，马上差人把安世敏

传到公堂。安世敏一见张家父子四人跪在堂上，心中就明白了一大半。他装着没事的样子向新县官拱拱手，便站在旁边听候下文。县官问："安世敏，张家父子联名告你包揽词讼，诬陷良善，整得他父子不和，可有此事？"安世敏连连摇头，双手乱摆，笑而不答。

"你不承认？原告在此，当面对质，张三从实诉来。"张三便把经过详细说了一遍。当他讲到安世敏在三伏天戴棉帽，穿棉滚衫、毛背心、新棉裤，烤杠炭火时，满堂人众都大笑起来。县官止不住也笑了起来，等他讲完，又问道："那两张纸条是他写的吗？"

张三说："是我写的，是他教我写的。"

"那么，你哭是假的，怎么装得那样像？"

"回大老爷的话，事前在袖子上糊得有海椒面，一抹，眼睛就泪水直流。"

"是安世敏给你糊的？"

"不是，是我自己糊的，是他教的。"

这时，又是一阵哄堂大笑，县官问张三："事前可有人晓得你要打官司？可有人晓得你找过他？"

"没有人晓得，他叫不要给任何人晓得，就是自己的老婆也不能说，还要我对天发誓。"

县官又问："为这事，你给他塞了多少包袱？"

"事先给五十两，他不要，事后我亲自送去一百两，他分文没取。"

县官有些不解："那他是帮你的干忙？"

话刚说完，满堂人又哄笑起来。停了一会儿，又问张三："属实吗？"

"句句是真，若有半句是假，情愿反坐。"

安世敏照旧不开腔说话，只是昂头朝大堂正上方望了两眼。县官顺着安世敏的目光看去，明白他是盯着自己头顶上的"明镜高悬"的金字大匾，看他那神情，好像说：看你这县大老爷的明镜如何高悬？这时，师爷凑近县官耳朵嘀咕了几句，他恍然大悟，连连点头。把惊堂木一拍，大声说道："六月三伏天，哪有身穿棉衣棉裤，戴棉帽，穿棉鞋，关起门在家烤杠炭火的？真是一派胡言！时间不对。安秀才家道贫寒，哪来的青砖大瓦房？地点也不合。你们说是安秀才主使，谁人做证？鬼都没一个。依你张三

所说，字条是你自己写的，海椒面也是你自己糊的。人家一没得你钱，二没收你礼，非亲非故，凭什么给你打那种鬼条？分明是你张氏父子狼狈为奸，合谋诬陷，骗我错断此案，以侮朝廷命官。真是胆大包天，目无法纪。来呀，把这四个刁民拉下去，每人先打五十大板，再行发落！"

这一番话，吓得张员外父子目瞪口呆，一顿板子，打得他们皮开肉绽。最后，张家父子除了给安世敏叩头作揖、赔礼道歉外，还向县官交纳了三百两银子才收了场。

讲述者：　向德成，男，居民，小学学历
采录者：　江苏托，男，忠州镇江城工具厂设计员，中专学历
采录时间：　1985 年 12 月 27 日
采录地点：　忠县石子乡石子林场

462

讪谈子[1]

有一年，安世敏在老丈人屋头耍。老丈人说："安大哥，有人说你整人不分亲疏，你不怕报应啦！"安世敏笑扯扯地回答："我不整人，只是爱跟那些人讪谈子。"老丈人不信，安世敏说："如其不信，那就请慢慢看嘛。"

第二天吃饭的时候，安世敏先不先就找了个大杯子，满满地倒了一杯酒，再悄悄掩[2]点巴豆面在酒里头，高矮劝老丈人多喝几杯。还没等到下席，药性发作，老丈人按到肚皮就要屙。他赶忙起身对安世敏说："安大哥，稍等一下，我去打个毛杂[3]。"殊不知安世敏事先就在茅厮屋门坎里头，放了一双幺舅母的绣花鞋。等老丈人提起裤子推门解手，一眼就看到了那双鞋。那阵啦，老人公连媳妇的房圈屋门坎都不敢跨，媳妇在屙屎屙尿就更不敢闯了，只好退出来。这下安逸了，几股气一催，老丈人就喊夹不

[1]　讪谈子：开玩笑。
[2]　掩：yan，轻轻地撒。
[3]　毛杂：琐事。

住了，一个澒[1]枪，澒了一裤裆稀屁屁[2]，搞得满身膀臭。就在这哈儿，安世敏在背后说："丈人咧！这就叫讪谈子哒嘛。"把老丈人气得吹胡儿。

老丈人实实气他不过，就要去县衙告他。安世敏见老丈人当真要去告状，就悄悄换条套裤穿起跟到走。走到半路上，安世敏就说："丈人，打官司，见官是要下跪的哟！你看，我穿的是棉花裤，跪一半天也没来头。你呢？"老丈人心想：我只穿了条单裤子，这回又糟了。安世敏说："没关系，我们年青人不怕跪，换给你穿。你老人家上了年纪，光骨头跪起是喊遭不住。"两个就把裤子换了。来到大堂，安世敏先不开腔，老丈人就把安世敏放绣花鞋，整得他打澒枪的事说了一遍。这时，安世敏才说："大人明鉴，我老丈人是个疯子。"县大老爷不信，安世敏说："大人如其不信，你就捞起他的长衫一看就明白了。"县官就叫衙役捞衣。这一捞，老丈人当然现象：套裤后面，亮出了一个光溜溜的屁股。

老丈人出衙后，对安世敏说："你讪我恁大个谈子！"安世敏还是笑扯扯地回答："你老人家不告我，就没得这场事嘛！"

讲述者：　杜得清，男，汉族，高中学历
采录者：　沈世云
整理者：　黄启宽
采录时间：1985 年 6 月
采录地点：江北县（今渝北区）沙坪乡

463

整老汉

安世敏整他老丈人的事，遭他老汉晓得后，老汉把他吵了一顿。安世敏心想：你个鬼老汉，还要吵唦，等我哪阵也整你一回。

有一天，为了一点小事，两爷子吵起来了。隔壁王大爷费不尽的力，才把他们劝住了。

吃晌午的时候，安世敏悄悄放了些巴豆面面儿在他老汉的饭里面。吃了晌午，他就到隔壁户去对王大爷说："王大爷，我们老汉的脾气你是晓得的。要是他想不开，要去寻短见的话，你一定要帮我劝到他哈。"王大爷说："你们年轻人嘛硬是的，为恁点点儿事情，跟你老汉两个吵啥子嘛，少说两句要不得呵？吵出祸事嗯个办？要得嘛，耍哈儿我和你大婶在外边注意点就是。"安世敏谢过王大爷回去了。回到屋头又跟堂客招呼："老汉气大得很，莫消[3]跟他两个说好歹。隔哈儿你去把圈打整了，跟几个猪猪儿把虱子捉下子。"

隔了一阵，安世敏的老汉肚皮头叽叽咕咕地干起来了，

[1]　澒：biāo，拉。
[2]　屁屁：屎。

[3]　莫消：不要。

他赶忙朝猪圈屋走。一看媳妇在里头的，又赶忙朝房圈屋跑，哪晓得房圈屋又遭安世敏锁了的。没得法，只有往屋外头茅厮跑。

隔壁王大爷两口子见他慌里慌张的，默到他要去寻短见，赶忙把他往屋里拖。连路拖连路劝："我说老哥子，啥事儿恁大气哟！进屋去说，快点进屋去说，莫要想不开！"

见王大娘在场，安世敏的老汉说又不好说，挤[1]又挤不脱，急得惊叫唤："哎呀，丢了[2]，丢了！你们不要管我，不要拉到我……"

王大爷两口子嘟个会丢嘛！人家安世敏打了招呼的，万一出了事嘟个做？这下子搞安逸了，安世敏的老汉忍不住，"卟"地滗了一裤裆。

讲述者： 杨亚格，男，小学学历，农民
采录者： 赵行云
整理者： 金祥度
采录时间： 1986 年 4 月
采录地点： 巴县一品镇（今巴南区一品街道）

附
记

安世敏是民间故事中的一位传奇人物。有关安世敏的民间故事，在川东一带代代讲述，广泛流传，历久不衰。安世敏的故事，大都是说他整人、搞恶作剧。被他整的对象上至绅粮富豪、官宦名流，下至贩夫走卒、石木工匠，就连他的至爱亲朋也未能幸免。讲述者则因事各异而对安世敏其人褒贬不一。

[1] 挤：bèn，挣扎。
[2] 丢了：放手。

464

整麻糖匠[3]

一天，安世敏在他表嫂那里耍，听到麻糖匠当呀当地敲起过来了，就对表嫂说："表嫂，今天我们弄点麻糖来吃，帮补点点谷子把麻糖全部给他兑[4]过来。"

表嫂说："不得行，龟儿麻糖匠精灵得很！他的秤，称你的东西称得很旺；称他的麻糖称得很恰[5]。你难得把他整倒。"

安世敏说："不要紧，你照我的办法做，包你得行。"他就把嘟个嘟个做，一歇给表嫂说了。

老实的，表嫂就拿个大撮箕，装了大半撮箕二糠壳[6]在里头，再撮了点好谷子放在面上。等麻糖匠一拢，假装端都端不起的样子，端出去对麻糖匠说："趁我当家人没有在屋里，今天多兑点麻糖。就是这一撮箕谷子，兑你那一坨麻糖。"麻糖匠见有搞头，直顾说："要得，要得！"正在这哈儿，安世敏穿起他老表的衣服，帽子一斜

[3] 麻糖匠：农村熬麻糖四处叫卖的人。
[4] 兑：换。
[5] 恰：这里作不足秤讲。
[6] 二糠壳：其中夹杂少许谷粒的谷壳。

戴起，埋起脑壳从屋后头出来了。他连路走连路吵，阵仗大得很："哎呀！老子一出门，你日妈几娘母就在屋里偷嘴兑麻糖吃，把个龟儿子麻糖匠给我逮到！"麻糖匠一听，慌忙把麻糖拿给了表嫂，表嫂也假装慌里慌张地把撮箕头的谷子给他倒进口袋，他担起就跑了。

麻糖匠默到今天搞了着[1]。跑回屋一看，那一撮箕都是二糠壳，没得几颗谷子。

讲述者： 魏显德，男，汉族，小学学历，退休干部
采录者： 严小华
整理者： 金祥度
采录时间： 1988 年 2 月
采录地点： 巴县走马乡（今九龙坡区走马镇）

[1] 搞了着：此处作赚了讲。

465

整鸡贩子

有天，安世敏去赶场。走到场口外头，看到个鸡贩子在那里灌鸡食子。别的鸡贩子灌鸡嘛还用点苞谷子这些；这个鸡贩子把鸡嘴巴掰开，往嘴里塞石子。安世敏说："大哥！你想多卖几个钱嘛，恐怕也不是你这么整的哟。"鸡贩子说："先生，我们鸡贩子就赚点鸡嗉子头的钱。要说整，我算得啥子整人啰？你们这一方的安世敏，才是整人的大王，连他妈、老汉都要整。""哦！你认得到安世敏吗？"鸡贩子说："认是认不到，哪个都晓得安世敏整死人。"

安世敏看这个鸡贩子一头担的鸡，一头担的是蛋，心想：你说我是整人的大王，我今天就整给你看一下。便把鸡贩子的蛋篓子盖盖一揭："哟，你还卖蛋啦？嗨，我正默到到场上去买蛋呐，没想到你这里就有，卖给我要得不？"鸡贩子说："我担到场上还不是卖？你要得到好多嘛？""只要价钱说得拢，你这一箩，我都要得完。好多钱一十嘛？""你要得完嘛又便宜点嘛，这里卖又少担一节路。就拿七个钱一十吧？"安世敏大大方方地说："好嘛，七个钱一十就七个钱一十，价钱我都不跟你讲

了，我们打伙都撇脱。数一下吧，看有好多个？""不消数，三百个没得少。"安世敏说："还是数一下放心些。亏了你，亏了我，都不好。"安世敏一看蛋篓子面前正是个抹斜抹斜[1]的石滩滩，便一五一十地把蛋捡出来放在石滩滩上。抹斜滩滩光光生生的，鸡蛋直往坡下礴。鸡贩子赶忙说："要不得，要不得，这坡坡上啷个放得稳鸡蛋啰？"安世敏这才把鸡贩子的扁担取来把蛋拦到说："你掌到扁担不是就不礴了吗？你把扁担掌好，我一哈儿就数完了。"鸡贩子只得把扁担掌稳，拦住鸡蛋，让安世敏数。安世敏一五一十地把三百个鸡蛋都捡在石滩滩上来摆起，说："我屋隔这里不远。你掌好，我马上就去拿东西来装！"说完，爬起来就走了。鸡贩子手都不敢松，连说："你快些来哟！"安世敏边走边说："快得很，我一哈儿就来了。"

安世敏一去就不来。不晓得从哪里跑出来一条大黄狗，鸡一见到狗就发诧[2]，狗看到鸡就"轰"地一头按过来，把鸡笼扑翻了，鸡吓得遍坡乱飞。鸡贩子想去抓鸡，蛋又丢不了手，顾得蛋来鸡又跑了。狗去撵鸡，把一篓子鸡都撵跑完了，又来咬鸡贩子。鸡贩子双手掌着扁担又不敢松手，大黄狗"汪"的一声向他扑来，吓得他忙抽扁担来打狗。扁担一抽，鸡蛋"乒乓乒乓"地礴下坡去，整得个稀球烂，鸡贩子急得双脚跳。有个过路人问他是啷个回事，他才说了卖蛋的经过。过路的人说："唉，那买蛋的就是安世敏。""哎！"鸡贩子才明白遭整了。

讲述者： 倪国华，男，汉族，初中学历，工人
采录、整理者：唐燕，王正平
采录时间： 1986 年 2 月
采录地点： 江北区唐家沱（今江北区铁山坪街道）

466

整烂龙

场口有家馆子，生意是靠老板摆摊搞起来的。场上有几个烂龙，随时到馆子头来吃，吃了说声"记起"就走，根本不说给钱。一回两回，老板自认倒霉。回数一多，老板免不了要叽咕两句，这下就把这些烂龙方[3]了。

一天，有个烂龙到馆子里来，要了一盘花生米下冷单碗[4]。正当馆子里打拥堂[5]的阵，一个人担挑大粪到门口。烂龙就招呼那个担大粪的人说："三哥！来来来，喝酒，喝酒！"担大粪的就把这挑大粪搁在馆子门口，进来陪烂龙喝酒。那挑大粪在门口臭气熏天，想到馆子头来吃东西的人一看，都不进来了。正在吃东西的人，也遭臭得捂到鼻子走了。老板把烂龙没得办法，敢怒而不敢言。

恰好，安世敏这天赶场，买了一盒酥饼从馆子门口过路。嘿，看到了，心里想：哼，这杂种还会整人呢？他一步就跨进馆子，走到烂龙那张桌子坐下，把酥饼放在桌子

上，叫来了酒菜。烂龙认得到安世敏，就跟他摆谈起来，说上几句就混熟了。安世敏干脆就把酒菜跟他们合在一起，不分你我地吃了起来。吃到吃到，安世敏像忽然想起了要紧事一样，赶忙把账会了，对烂龙说："我有点要紧事去耽搁一下，要哈儿再来陪你们喝酒。这盒酥饼，就麻烦你帮忙看到一下，我隔哈儿来拿，千万不要人动哦！"说完就慌慌忙忙地出去了。

安世敏走后，烂龙闻到酥饼的香味，喉咙管都伸出爪爪来了。忍不住把盒子打开一看，黄桑桑[1]的，好不安逸！拿起一个就往嘴巴里头塞，还对挑粪的说："三哥，安逸！你也来一个。""呃，安世敏的东西……""安世敏的东西不吃还吃哪个的？""哎，他的东西恐怕不那么好吃哟，哪个不晓得他是整人无厌的？""哈哈，整人。要说整人嘛，他还得跟我学两天。吃！"两个人都吃了一个。刚刚把盒子盖好，安世敏就进来了。

"麻烦你们了，我有点事先走一步，失陪，失陪！"安世敏拿起酥饼正要走，忽然抬了抬[2]酥饼盒子说："咦，这酥饼嘟个轻了呢？莫非有人动了吗？"安世敏边说边打开一数，惊叫唤："哎呀，糟了！嘟个少了两个？是哪个拿了呢？"烂龙忙说："大少爷！你搁在这里，我们摸都没摸一下哟。"安世敏说："哎呀，我不是怕你们二位动了，只是我这酥饼吃不得呀！"烂龙忙向："嘟个吃不得呢？"安世敏才说："你不晓得，我屋头耗子多得很。吃了粮食不说，把我的皮袄都咬烂了。这酥饼是我去订做的，里头放得有耗子药，是拿回去闹耗子的。这个药叫七步倒，耗子吃了走七步就要死。倘若被人吃了，他也难熬一夜。"烂龙吓得脸青面黑地问："万一人吃了嘟个办呢？"安世敏说："卖药的人说：'万一人吃了，只有一个方子可以解，那就是吃大粪。'除了吃大粪是没有方子解的。"安世敏突然想起了什么似的又说："哦，我这酥饼刚才在一个熟人屋头搁了一哈儿，万一是他的娃娃吃了，岂不要出人命吗？"他慌忙提着酥饼走了。

挑大粪的和这个烂龙是一伙的，他两个今天是商商量量来整这家馆子的老板。一听吃了耗子药，吓慌了，忙问烂龙："嘟个办？我还有老小呵。"烂龙说："嘟个办嘛，安世敏不是说只有吃大粪才解得了吗？三哥，快点挑起走吧。"两个人慌慌张张把粪挑到场口外头没有人的地方。烂龙用手抠了点大粪起来已臭得他放不进嘴，但想到性命要紧，只得硬起心肠塞进嘴巴里吃了。挑粪的也抠了一点起来说："硬是要吃这个呀？""三哥，不吃不得了，吃吧！"

两个人正在吃大粪的阵，安世敏来了，忙问："哎呀，你们在做啥子？""哎，安大少爷，不瞒你说，你的那两个酥饼是我们吃了。""咹，原来是你们吃了啊！嘟个不早说呢？出了人命，我负不起责呀。你们用指头沾点大粪吃了还解不到药性啰。起码要吃半瓢才行呀！"两个家伙只好用瓢舀起来喝。安世敏在一旁见他两个一个喝了半瓢大粪后，才问："喂！你们二天还好吃不好吃呀？""噢！"两个家伙惊了。安世敏笑扯扯地说："这是你们估吃霸赊的报应！""呲，安世敏！你整人整到我们头上来了。""嘿嘿，只准你们整人，就不准我整人吗？哈哈哈！"安世敏抱到肚皮笑。

讲述者：　　倪国华，男，汉族，初小学历，工人
采录、整理者：唐燕、王正平
采录时间：　1986 年 2 月
采录地点：　江北区唐家沱（今江北区铁山坪街道）

[1]　黄桑桑：黄灿灿。
[2]　抬了抬：抬，tāi，掂量了一下。

467

整舅母

安世敏为啥子要整他舅母呐？原来，安世敏定亲后，家道败落了，女方便想悔婚。旧社会订了婚，一般是不能悔的，结果还是结了婚。但是，安世敏到女家去，大舅母、二舅母这些人总是爱奚落他。

这年五月端阳，安世敏的家景已经好了一些，就办起酒席把舅母些请来过端阳节。舅母些都来了，酒席也办得好。安世敏说："今天我包了只船。大家吃了饭，就下河去游江，看划龙船。"哪晓得安世敏悄悄在菜里面放了巴豆。

吃了饭过后，大家就到河边去看划龙船。安世敏早就给船老板打过招呼说："王大爷！你这只船，我今天是包来招待女客的，要跟到龙船走，我叫靠岸才靠岸，要让她们看安逸。如果你不听我的招呼，我没喊靠岸你靠了岸，我是不给钱的哟。"王大爷说："安大少爷招呼了，还有啥话说呢？"安世敏当下请舅母些上了这只船，推了出去。

开初，看到那些彩船、龙船，舅母些倒还欢喜。慢慢地，大舅母觉得肚子不对头，叽叽咕咕地，要屙。一哈儿，二舅母也要屙。就喊："王大爷！请你靠一下岸呐。"王大

爷说："对不起，安大少爷招呼了的，靠了岸我们得不到钱。"小木船上根本没有厕所，两个舅母憋不住，屙了一裤裆。舅母些心想：呸，安世敏，你硬是会整人嘛。总有一天，你才认得我们。

五月端阳过了就是八月中秋。舅母些也办起酒席，请安世敏去过节。安世敏已经把他整舅母的事搞忘了，去吃了饭就要走。舅母些留他说："呸，你啷个就要走哟！今晚上还要赏月哩。"安世敏心想：赏月就赏月嘛。

黑了，赏月过后，他就被安排在他大舅子房间里去睡。安世敏一跨进房间，他大舅母出去就把房门拉来反扣起。安世敏睡了一哈儿，肚子里就吼起来了，想上厕所，去开门才发现门被扣上了。心想：糟了，舅母些在整我。一看屋里除桌子板凳，啥子东西也找不到。最后，他在床下找到大舅子穿的一双靴子，便给他屙在靴子里头，然后用裹脚布把靴子口口搭严，闻不到一点臭气。

第二天早晨起来，安世敏便向舅母些道谢，还说他一觉睡迄大天亮，睡得很安逸。大舅母、二舅母进屋一看，没有看到哪里屙得有屎尿，也没有闻到哪里有臭气。心想：未必那巴豆失了效吗？他啷个没有屙呢？

第二天，大舅子正好有事要进城。他从床下摸出靴子来，埋起脑壳把脚向靴子里头一伸，"哐"的一声，溅他一脸的屎尿，臭死个人。他把堂客喊来问："这是啷个搞的？"舅母些才明白过来说："呸，安世敏！你硬是整人嘛！"

讲述者：　倪国华，男，汉族，初小学历，工人
采录、整理者：唐燕、王正平
采录时间：　1986 年 1 月
采录地点：　江北区唐家沱

468

整石匠

有个走乡串户的石匠，在路上碰到一个同路人，就和他摆起龙门阵来。石匠不晓得这个人就是安世敏，便说："听说你们这地方有个安世敏爱整人？"安世敏点了点头，但心头不安逸，暗想：你龟儿还要出我的言语[1]，我不整你一下，你不晓得我的厉害。就说："石匠师傅，你给我打一盘磨子要不要得？"石匠说："要得。你在哪点住嘛？"安世敏指着路边一座院子说："我就在这个院子里头住。"石匠一看，院子门口有一个碾场。安世敏指着碾场上的碾磙说："就把这碾磙给我打一盘磨子好了。我想开粉房，不想开米房了，要一乘大磨子。你这就开始动工吧，我进去叫丘二拿烟茶来。"安世敏说完就进院子里去了。石匠就按到碾磙"叮叮当当"地打了起来。

錾子手锤一响，首先惊动了院子里的狗，跑出来就对石匠"汪汪汪"地乱叫。狗一叫，主人家跟到也就出来了。看见石匠把他的碾磙打烂了，气得暴跳如雷，大声吼道："喂！你这个石匠疯了吗？为啥把碾磙给我打烂了？"

[1] 出言语：诽谤人。

石匠诧了，说："刚才你院子里头有个先生说不开米房了，要开粉房，叫我把这碾磙给他改一盘磨子，啷个说是我疯了呵？""胡说！什么先生，人呢？""他进院子去叫丘二拿烟茶去了。""我就是这里的主人家，没得啥子先生。那个人像啥子样子？"石匠才把那人的长相、穿着一五一十地说了。主人家说："哎呀，那是安世敏。总是你得罪了他，他才恁个整你。"石匠把在路上和安世敏的谈话经过说了，问主人家："安世敏不是进你院子头去了吗？他人呢？""我那院子是通的，他只怕早从那边出去回家吃晌午啰。你以后莫要再背地里说人的坏话了。"石匠点头应声说："对，对，对！"收拾行头想走，主人说："不行，你还得打个碾磙赔我才走得了路。"

讲述者： 冯素清，女，汉族，不识字，农民

采录、整理者： 秦学、姜孝德

采录时间： 1986 年 12 月

采录地点： 江北区石马河乡（今江北区石马河街道）

469

整观花婆

安世敏最不安逸观花婆。他认为观花婆不干好事，到处惹是生非的，好多谣言都是观花婆造出来的。说些啥子：哪一个坟找到哪一个人哪，哪一个菩萨又找到哪一个人哪！说菩萨哎倒还好些，不过是烧香还愿咯嘛；说起坟那就麻烦了：有的就去朝别个坟上撒铁末子啊，有的乘机去挖别个的坟。这不是惹是生非吗？不是造谣生事是啥子？

安世敏的堂客哎又还相信观花婆，她的娃儿害个病生个疮啊，她偷到偷到的都把观花婆请到屋里来。那回她娃儿遭感冒了，安世敏又谙到起了，晓得他堂客把观花婆请在屋头来了。他没吭气，悄悄地在大门外头等她阴起。啥子叫阴起？就是观花婆做法事咯嘛。她哎，把脚恁个一阵跌，嘴里就在说："阴间人，阳间人啊，烧点钱来啊，烧点钱来啊！"东喊西喊的就叫阴起了。

安世敏见观花婆在屋头做起法事来了，等她正起劲时，他就在门前喊了起来："你们搞快点，快点啊，快去帮观花婆家抢火啊！她家房子烧起来了，这可啷个得了哟，大人、娃儿都快点去抢火哟！"

这一喊哪，把观花婆搞慌了，哪的阴起去哟，"嗖"的一下，爬起来就朝各人屋里跑，连花都不观了。等她跑拢屋一看哪，哪里有恁个一回事嘛，这才晓得遭安世敏把她整了。

恁个一来，那一堂的人都晓得观花婆是骗人的："你阴起去了嘛，啷个一说你家房子烧起了，你就跑得恁个快哟？"

从此，这些人，还有安世敏的堂客，都不再去观花了。

讲述者：　　　冯素清，女，汉族，不识字，农民

采录、整理者：秦学、姜孝德

采录时间：　　1986 年 12 月

采录地点：　　江北区石马河乡（今江北区石马河街道）

470

两个钱一闻

讲述者： 陈碧光，男，不识字，农民
采录者： 张文
整理者： 贺大舜
采录时间： 1985 年 9 月
采录地点： 合川县万隆乡

从前，有个叫花子，饿得实在没得办法，跕在街边边，嘴巴不住地念："要是安世敏给我想个法就好了。"恰巧这时安世敏从他身边过，就问这叫花子："为啥子要我安世敏给你想办法？"这个叫花子就一五一十说了。安世敏听了后，从身上摸了点钱给叫花子，叫他先把饭吃了，把脸洗干净点，到当铺去租一件衣服来穿起。再去买个好看的瓦罐罐屙一泡屎在里头，用红纸把瓦罐的口口蒙到，纸中间用篾签戳个小眼眼，拿到街上人多的地方去喊："两个钱一闻。"

老实，这叫花子就照安世敏说的办法，端起屎罐边走边喊："两个钱一闻！"有个爱稀奇的人，花两个钱去闻了一下。别个问他好不好闻，他想：老子花两个钱去闻了一下臭气，硬是划不着。他怕别人说他精灵人上当，就顺口回答了一句说："好闻，好闻。"这个人也拿两个钱去闻了一下，还是阴到不说。就这样，一个整一个，一个哄一个，个把时辰都没得，这个叫花子就收到一百多文钱。后来，他对别人说："不是安世敏，我那一泡屎卖得到一百多文钱啦？"

471

五
个
钱
的
生
意

水桶的盖盖，那些婆娘看到还有一桶清水，就赶忙去洗手。安世敏说："不忙哟，讲好了来。拿三个钱才可以涮洗涮洗。"那些婆娘有啥法？总不能像怎个烦糟糟[2]的回去噻，只好答应拿三个钱把手洗了。

安世敏阴到好笑。

讲述者：　杜志榜，男，汉族，文化专干
采录者：　余正全、张乾辉
整理者：　金祥度
采录时间：1985 年 8 月
采录地点：巴县广阳镇（今南岸区广阳镇）

安世敏看不惯重庆城那些有钱人的婆娘妖里妖气的样子，就想了个办法打整她们。

他弄了一挑漆得很乖的有盖盖的桶，一头装大粪，一头装清水，园好盖子，担起在大街小巷边走边喊："两个钱一沾啰！三个钱一涮！"

一般人管得你啥子沾不沾涮不涮啰，不买就不去过问，各人做各人的正事。唯有那些有钱人家的婆娘，吃了饭没得事做，就喜欢稀奇古怪的东西，又还爱买炽活。一听"两个钱一沾，三个钱一涮！"默到是卖的啥子好东西，心想总共才五个钱，干得着，就跑去买。

安世敏先收她们两个钱后，把装大粪的桶盖盖轻轻揭起，龀开一条缝，叫她们去摸，还说要好多摸好多。那些婆娘巴心不得多摸点，就七手八脚使劲往里伸；伸进去摸到是稀糟糟的，又赶忙缩回来。一看，满手都是大粪，臭得要命，才晓得上了当。这号人又一味[1]死爱面子，吃了亏嘟个好发作呢？只有阴在心头。这时，安世敏揭开装清

[1]　一味：一贯。

[2]　烦糟糟：脏。

472

争铺盖

有一回，安世敏从江津坐船下重庆。在船上，一个�铺盖卷的人挨到他坐。那人和他摆龙门阵的时候，问他认不认得到安世敏。他说认不到。安世敏反问那人认得到不。那人说："我也认不到。我听到别个说的，那狗日的喜欢整人。要是碰到他，得防到点啰！"

安世敏心想：你我素不相识，我又没有得罪过你，做啥子要骂我？不医[1]你一回，你是不晓得好歹的。他就悄悄写了个纸条条，塞进那人铺盖的夹层里面。

船到朝天门码头靠了岸，安世敏把那人的铺盖卷抱起就走。那人赶忙拖住，两个就拉扯起来了。船上的人断不清这个理信，两个只好扯到衙门去。

县太爷问他们各自的铺盖有啥子记号。那人说，他铺盖是他老婆编的布做的，十三幅宽。安世敏说："启禀大人，铺盖差不多都是十三幅。小人的铺盖也是十三幅，还另有暗记。前几天，隔壁户接媳妇，来借过小人的铺盖。当时怕扯错，我就写了个条条塞在铺盖夹层里面。请大人

[1] 医：此处作整治讲。

明察。"

县太爷叫人把铺盖打开看，硬还是找到一张条条儿，上头写得有"张大全铺盖一床"七个字。县太爷就把铺盖断给了安世敏。

出了衙门，安世敏笑嘻嘻地跟那人说："我是跟你讪谈子的，各人把铺盖拿回去。"

那人狠狠地盯了安世敏一眼，接过铺盖卷就走。安世敏转身跑进衙门对县太爷说："请大人为小民做主，那人又把铺盖跟小人抢去了！"县太爷听了很冒火，赶忙派人把那人追了回来，重责二十大板，然后把铺盖又交给了安世敏。

出了衙门，安世敏对那人说："我安世敏和你前世无冤，今生无仇，你做啥子平白无故骂我？"

那人听说他是安世敏，木了！

安世敏把铺盖卷往那人手上一递说："拿去吧！"头也不回就走了。

讲述者：　王正美，男，汉族，初中学历，退休干部
采录者：　杨维义
整理者：　金祥度
采录时间：　1986 年 12 月
采录地点：　巴县铜罐驿镇（今九龙坡区铜罐驿镇）

473

暗记

有一回，安世敏去重庆。有个堂客背个娃儿和男人一起，同安世敏赶的是一条船。

赶了一阵，那堂客的娃儿醒了，她把娃儿放下来，敞起胸膛喂咪咪[1]。她男人喊她拿衣服把咪咪遮到点，说："听说安世敏最爱赶这条船进城，要是遭他看到了，逗他说你的详碎[2]话。"

堂客说："没有嫁人是金咪咪，生了娃儿是狗咪咪，老娘还怕他安世敏来喝两口吗？"

安世敏听到心头很不安逸，心想：我安世敏又没有得罪你两口子，为哪样要恁个不安逸我？

船到朝天门，那两口子朝上半城走。安世敏走过去一把把那个堂客拉到说："走！跟我回家去。"

那堂客一看，是同她一路赶船的，以为他疯了，吓得话都说不出来。

她男人说："嘿！你要做啥子？"

[1] 咪咪：乳房，奶水。
[2] 详碎：挖苦。

安世敏说："我问你，你要把我的堂客朝哪里引[3]？"

他们三个，你一句，我一句，拉拉扯扯地搞起了。惹得那些看热闹的把他们围了个内三层的外三层。其中，有个看热闹的老头喊大家莫闹，他问那堂客究竟哪个是他的男人，那堂客当然说安世敏不是她的男人啰。

安世敏说："各位大爷、大哥，你们莫信她的。她想跟她这个野男人走，当然说我不是她的男人啰！"

这样一来，哪个都断不伸[4]。那老头子说："你们公说公有理，婆说婆有理，我看还是去找官断。"

帮到安世敏说的人多，拉的拉，扯的扯，把那两口子拉进了巴县衙门。

县太爷听他们说来都有道理，确实很不好断得。想了一下，就问那个堂客的本男人："你说他是你的堂客，有啥子暗记？"

"我的堂客就是我的堂客，没有暗记。"

县太爷又问安世敏："那，你呢？"

安世敏说："大老爷，我的堂客有暗记。"

"在哪里？"

"我堂客右边咪咪下头有豌豆恁大一颗红痣。"

县官喊那堂客脱开看，那堂客不好意思。

安世敏说："你的猪咪咪、狗咪咪还怕哪个看吗？快脱。"那堂客还是不干。

县官冒了火，喊声："来呀！"几个差人走过去，几爪就把堂客的衣裳撕开。硬是右边的咪咪下头有一颗红痣。

县官把那男人弄来打了四十板屁股，喊安世敏把堂客领起走。

走出衙门，安世敏就喊那堂客快跟她男人走。这事本来算了，但那堂客不依教，骂安世敏说："你这个不得好死的龟儿子……"

安世敏心想：你还要诀唦？就又跑回衙门："大老爷，大老爷！我的堂客一出衙门又跟到她那野男人走了，硬不跟我回去。"

县太爷赶忙喊两个差人去帮他把那堂客追回来，打了

[3] 引：带、领。
[4] 断不伸：难以裁断。

几个嘴巴，又喊安世敏领回家。还说如果再不守妇德，就要把她弄来关起。

他们三个走出衙门，安世敏说："我就是安世敏。我又没有惹你们，凭白无故为啥子要出我的言语？"

那堂客的男人赶忙说："安老爷，都怪我眼睛瞎了，对不住，对不住！"

安世敏说："以后少开腔，多发财。"

讲述、采录者：周镕德，男，汉族，高中学历，文化专干

采录时间：1987 年 12 月 8 日

采录地点：巴县陶家乡（今九龙坡区陶家镇）

474

看到太太的屁股

有个老爷，接了个很漂亮的女人。他怕别个看到他女人漂亮，打他女人的主意，就把他女人安排在后花园里住，差不多的人是看不到的。

有一天，安世敏到那老爷家头去耍，他对老爷说："你不让外人看你的太太，我就看得到你的太太，还要同她一堆摆龙门阵，你信不信？"

老爷不信，就跟安世敏打赌：要是三天之内，安世敏看不到他太太的话，就输两百个钱；看到了的话，就赢两百个钱。

安世敏回去过后，就和堂客商量好。第二天，两口子就悄悄梭到老爷后花园去躲起。隔了一阵，就见一个丫鬟提了个尿罐从太太的屋里出来倒。等她打回转的哈儿，安世敏的堂客就走上去向她作揖。丫鬟不晓得她要做啥子，赶忙把尿罐放下去扶她。等她两个摆谈的时候，安世敏梭起去把事先准备好的锅烟墨[1]，抹在尿罐口口上就走了。

三天到了，安世敏去找老爷要钱。老爷说："是你输

[1] 锅烟墨：锅底上的烟灰。

了，啷个还要问我要钱？"

"我输了？！"安世敏说："啷个是我输了呢？我不单是看到了你太太的脸貌，还看到你太太屁股上有个黑圈圈。"

"放屁！简直是胡说八道。"

"不信？不信你各人去看嘛。"

老实的，老爷赶忙去看，他太太屁股上硬是有个黑圈圈。简直把他气昏了。他心想：这三天我和太太寸步未离，安世敏是啷个看到她屁股上有这个黑圈圈呢？

没有办法，他只好认输，给了安世敏两百个钱，还叫安世敏不要把这件事说出去。安世敏嘴上说要得，心头阴到在笑。

等安世敏走了过后，老爷把他女人着实打了一顿，说她不贞节，和安世敏有勾挂。搞了半天，才发现尿罐口口上的锅烟墨，原来是上了安世敏的当。

讲述者： 杜志榜，男，汉族，初中学历，文化专干
采录者： 李子硕
整理者： 金祥度
采录时间： 1988 年 1 月
采录地点： 巴县（今南岸区）广阳坝

475

赔碗

一天，安世敏到酒店去喝酒，不小心把碗打烂了。老板要他赔，安世敏没得钱，老板硬是不让他走路。

安世敏说："老板，我们又来打个赌，要不要得？"

老板以前吃过他的亏，这哈儿就直是摆脑壳："不干，不干，我不想再当傻宝了！"

一听说安世敏要打赌，店里店外就挤满了看热闹的人。大家都晓得他会整人，就想看他今天露一手。人些一看老板不干，深怕没得好戏看了，都说："老板，就和他打赌嘛。你如果输了，碗由我们大家来赔你就是了。"

老板一想：输赢都有糖吃。就答应了。

只见安世敏拱手向大家说："午时三刻再会。"说完，就大摇大摆走了。

快到午时的时侯，人些都到店里来了，一个酒店都挤满了人。大家眼巴巴地望着安世敏早点来，搞不清楚他今天要搞些啥名堂。

午时三刻到了，安世敏还没来。

午时过了，安世敏连个影子都没得。

"可能是生病了哟！"

"不会的，刚刚还是好好的嘛！"

已经是未时了，安世敏还是没有来。

突然，有个人醒豁过来，大声说道："妈哟，我们都遭安世敏整了！"

"嘟个整了？"老板想不通，他人都没有来，嘟个把我们整了呢？"他根本不得再来了。他说午时三刻见，今天有午时三刻，明天有午时三刻，一年有那么多午时三刻，你晓得他哪阵来？我看等到明年他都不得来了。这点鸡毛蒜皮的事，隔了年鬼都不管。算了，算了。"

一听这么说，人些都蔫弹弹[1]地开始散了。

老板一看着了急，赶忙把人些拦到，要他们赔碗。这些人没看到稀奇，哪个情愿赔哟？反倒说老板小气，把他抽开[2]各人走了。

讲述者：　　　王方伯，男，汉族，初中学历

采录、整理者：杨兴亮

采录时间：　　1987 年 5 月 25 日

采录地点：　　沙坪坝区工人村

476

买缸

有一天，安世敏出去耍，看到有个人在卖缸，大大小小的十几个。他就去问那个卖缸的人："哎，你这个缸好多钱一斤啰？"那个卖缸的说："缸是一个一个地卖，哪里在讲好多钱一斤啰？"安世敏说："我就是要称斤数，嘟个嘛？杀猪杀屁眼，各有各的杀法噻。"卖缸的一听他还有理，就说："好嘛，那就称嘛。称了你就要哟！"安世敏说："你称嘛。"那个缸恁大一个，嘟个好称嘛？卖缸的没有法。安世敏说："你跶烂了称噻。"卖缸的心想："要得，恁个还可以多称几个给他。"他老实就把缸跶烂了称。等他一跶烂，安世敏就给他说："我只称一斤。"把卖缸的气得双脚跳。

讲述者：　　　李铭庆，男，汉族，高中学历，工人

采录时间：　　1985 年 7 月 6 日

采录地点：　　长寿县氮肥厂

[1]　蔫弹弹：无精打采。

[2]　抽开：推开。

477

卖鱼

安世敏的堂客病了，想吃点鱼，安世敏就到鱼行去买。鱼行老板见他手头只有几个铜钱，就说：“你要买鱼唦？我这鱼要一两银子一条。”

安世敏晓得老板是欺穷，在有意刁难，就忍着一肚子气，说：“好！劳烦你给我留两条鱼，我马上去拿钱来取。”说完，车身走了。

老板以为他买不起鱼，是打假叉[1]。哪晓得没隔好一阵，安世敏就转来了。他把手上拿起的二两银子“啪”的一声丢在柜台上，说：“老板给我留的鱼呢？”

老板心想：咦，他硬是要吧！好嘛，愿挨棒棒就挨嘛。老板就串了两条鱼给安世敏，想打发他走。哪晓得安世敏接过鱼偏不走，把那两条鱼高高地提起，在鱼行门口大声喊：“要买鱼的快来买哟！鲜鲫鱼，相因[2]卖！”

他这一喊哪，很多人都围上来看稀奇。他就对大家说，他那两条鱼，是用二两银子在鱼行买的。人些听了就七嘴八舌地议论起来。有的说棒棒敲得太过分了；有的说这是哄抬市价，实在不合理。那些本来想买鱼的人一看也都不买了，搞得鱼行那天没卖几个钱。

第二天一早，安世敏又在鱼行门口扯声卖气[3]地喊：“来哟，买鱼哟，一两银子一条老鲫鱼哟！”

那些本想买鱼的人，一听这种价钱都吓跑了。鱼行老板见症候不对头，赶忙出来赔小心。他把安世敏请进屋去，又是递茶拿烟，又赶忙把银子还给他。

安世敏才说：“生意人切莫欺穷。敲棒棒、吃炸活要不得！”

讲述者：　蒋中山，男，汉族，高中学历，农房员
采录者：　张廷繁
整理者：　金祥度
采录时间：　1986 年 7 月
采录地点：　巴县公平乡（今巴南区界石镇）

[1]　打假叉：找借口。
[2]　相因：便宜。
[3]　扯声卖气：大声。

478

无把水瓢

有个木货铺的老板，请了个挖瓢匠来做水瓢。活路做完了，挖瓢匠去领工钱的时候，老板对他说："你挖的瓢不合规格，我拿去哪个卖得脱？"

挖瓢匠说："老板，我们手艺人从来就按规矩办事，决不乱搞。"

老板硬说不合规格，在算工钱的时候，七扣八扣把工钱跟人家扣脱一半。

这个挖瓢匠把老板没得法，就去找安世敏撑腰。安世敏叫他不要着急，说老板一定还要来请他的，到那阵你把他傲够。挖瓢匠还不哪个相信他的话。

第二天，木货铺老板刚把门打开，就来了个订货的。那人说，他专门从外地赶到这个地方来，要买一批没得把把的水瓢，他说有特殊用途，价钱可以高点，问老板能不能在三天之内把货办齐。老板心想，我把这次挖的瓢拿来把瓢把把锯了不就行了吗？差的，再请挖瓢匠来赶一下。嗯，这笔生意做得！他就把那人请进客堂，倒茶拿烟。生意讲成了，他还请那人吃了一顿饭。那人走的时候，告诉老板说：他在某某栈房歇，有事就去找他。老板当天就派

人到栈房去问，确实有这么个人在那里住。

为了赶到交货，老板又去请那个挖瓢匠。这挖瓢匠想起安世敏的话，就甩老板的牌子[1]，非要他把上一回扣的工钱补清了才干。老板怕放过了发财的机会，补清了工钱不说，还承认这回的工钱稍微多给点。

挖瓢匠两天工夫就把活路做完，领了工钱走了。

老板赶忙到栈房去通知那人提货，那人说，他马上就去联系船只和运力，第二天早晨交钱提货。

第二天，老板一等不见人来，二等也不见人来。等着了急，就跑到栈房去看。栈房老板说：那人头晚黑就付了房钱，今早晨坐下水船走了。说完，把一张条条交给木货铺老板。老板打开一看，上面写的是一首打油诗：

水瓢岂能无把，
实为天下笑话。
劝你今后为人，
切莫刻薄奸诈。

下款署名是安世敏。老板看了，气得昏倒在地。

讲述者： 朱儒壁，男，汉族，初中学历，农民
采录者： 张廷繁
整理者： 金祥度
采录时间： 1986 年 8 月
采录地点： 巴县公平乡（今巴南区界石镇）

[1] 甩牌子：摆架子。

479

千年肥

　　一天，安世敏在自家的田土周围转耍，看到他们当地那个绅粮走过来了，他就把田坎壁壁的石头，一坨一坨地往田头甩。绅粮见了就问他为啥子要把石头甩在田里头。他说：

　　"吔！你还不懂唦？常言说得好：石头屙屎千年肥，狗屎大粪烂秧根！"

　　绅粮默到是老实的，回去就喊丘二把团团转转的石头，往自己田头搬。晚上，又叫丘二悄悄去把安世敏田头的石头抠起来，搬到自家田头，再担些粪去倒在安世敏的田里。绅粮默到把他安世敏整到了，他哪里晓得，安世敏这哈儿正在屋头阴到好笑哩。

讲述者：　黄万明，男，汉族，初中学历，文化专干
采录者：　余正全、张乾辉
整理者：　金祥度
采录时间：1985 年 8 月
采录地点：巴县惠民乡（今巴南区惠民街道）

480

八两酒

　　有一回，一个姓贺的老板，无缘无故把一个请的[1]开销了，八两银子的工钱分文不给。那个请的想到衙门去告他，又认不到字，写不起状子，请人写嘛又没得钱，在那里打不起主意。有人叫他去找安世敏帮忙。老实的，他就去找安世敏。安世敏把事情问伸展[2]过后，对那人说："你尽管放心好了，我一定帮你把八两银子的工钱拿回来，包你分文不少。"

　　安世敏晓得贺老板是个见了酒命都不要的角色。第二天，就提了半斤上等好酒到贺老板家去，假装和他谈生意，还故意把酒瓶瓶敞起，让酒气跑出来。一哈儿，满屋都是酒的香味，把贺老板逗得直吞清口水。安世敏起身走的阵，又像是搞忘了一样，把酒瓶瓶留在贺老板家了。贺老板酒瘾早就发登了堂[3]，安世敏一走，就不管三七二十一，拿起瓶瓶"咕噜咕噜"就开喝。

[1]　请的：佣人。
[2]　伸展：此处作清楚讲。
[3]　登了堂：到了极点。

隔了一阵，有两个差人给贺老板送传票来，说有人把他告了。贺老板不晓得是啷个回事，只好跟着差人到县衙门。

一上公堂，贺老板见跟他讲生意那个人也在那里，马上就想起了酒的事，心头就有点虚了。县官问他，为啥子大白天抢去安世敏八两银子？他听说那人就是安世敏，心头鲊[1]了，连忙说："大老爷在上，小人实在不该贪他八两酒的混食。"

县官听说是八两九（酒），就叫他先把八两九银子还给安世敏再说。贺老板说，不是八两银子，是八两酒。县官心想：八两九（酒）不是比八两还多嘛！这东西像是有意跟本官鬼扯。就喊："来人啦！把这个混账东西拉下去重责二十大板！"贺老板展劲喊："大老爷，冤枉呀！是八两酒，是半斤啊！"县官说："混账！哪个不晓得八两是半斤[2]！拉下去给我着实打！"

贺老板挨了一顿打，晓得说也说不清。好汉不吃眼前亏，只好照县官断的办，交了八两九钱银子给安世敏，另交了官司钱，蔫萆萆地回去了。

安世敏把银子拿回去，全部交给了那个佣人。

讲述者：　朱宗蜀，男，汉族，小学学历，农民
采录者：　张廷繁
整理者：　金祥度
采录时间：1986 年 7 月
采录地点：巴县公平乡（今巴南区界石镇）

[1] 鲊了：心虚了。
[2] 八两是半斤：系十六进位制。

481

和老汉打赌

安世敏跟他老汉两个打赌，看出门去哪个的熟人多。两个说好了的，哪个输了就钻狗洞。

一天早晨，两爷子一起出门了。老汉走前头，儿子走后头。一路上，老汉的熟人确实不少，随时都有"安老太爷早"的问候声，招呼安世敏的硬还没得几个。

老汉很得意，心想：你娃娃才混几天世面，有几个熟人啦？

哪晓得，走拢街上情况就变了。"安大少爷早""安大少爷早"的招呼声不断纤[3]，搞得安世敏"早""早""早"的，答都答不赢。越是闹热的地方，招呼他的人越多。安世敏的老汉心头不安逸，又没有办法，气呼呼地说："老子输了！"

这到底是啷个一回事呢？原来，安世敏背上贴了一张纸，纸上写着"安大少爷早"五个大字。街上人多，人家从后面一看到那几个字就念，哪里是在招呼他哟！安世敏

[3] 不断纤：连续不断。

的老汉啷个晓得会遭儿的这种生意[1]呐？

讲述者：　郭元海，男，汉族，初中学历，招干

采录者：　李全芬

整理者：　金祥度

采录时间：　1986年10月

采录地点：　巴县石龙乡（今巴南区石龙镇）

482

钱莫落老子的手

冬天，一群人围着炉子在烤火，看到安世敏来了，有个人就说：

"他一味喜欢整人，今天我们来整他一回。"

这人把火钳把把烧得飞烫[2]，仍旧插在炉子边边。安世敏一拢，大家一边招呼"安老爷请坐"，一边就把插火钳那一方的座位让了出来。安世敏一坐下，就去拿火钳掏火。这一下，不消说是遭烫安逸了的！原来，这些人晓得他烤火的时候，有个爱掏火的德性[3]，大家才恁个整他。

安世敏今天遭整了，他怕二天遭别个笑，就装起没得事的样子。

隔了一阵，有人问安世敏从哪里来，他说去给别个断了理信[4]来。问他断啥子理信，他说："有两爷子角孳，老子抓到钱就乱用，又不准儿子当家。他们各有各的理，一个也不让，才请我去做个见证人。"众人问安世敏是啷

[1]　生意：此处作算计讲。

[2]　飞烫：很烫，非常烫。

[3]　德性：此处作习惯讲。

[4]　断理信：评理。

个断的呢。他说：

"我对儿说：二天你的钱（钳）莫落（烙）老子的手哈！"

大家听出安世敏是在挖苦他们，但又说不出口。

讲述者：　　杨先明，男，汉族，小学学历，农民
采录、整理者：金祥度
采录时间：　　1986 年 7 月
采录地点：　　巴县忠兴乡（今巴南区南彭街道）

483

留
肉

有一天，安世敏在城头歇栈房，他割了一斤多肉叫幺师[1]帮他弄。幺师切肉的时候，悄悄把肉留了点在侧边，默到拿去弄来自己吃。安世敏看得清清楚楚，一直没有开腔。幺师把肉弄好了，给他端来的时候，他开腔了："在家样样好，出门越更好啊！"

侧边有个人听到了，就说："安先生，你都是个读书人，唥个把话都说错了哟？"

安世敏问他哪里错了。那人说："人家都说在家样样好，出门事事难嘛，你唥个要说出门越更好呢？"

安世敏说："事事难？不是的，不是的！你看嘛，今天我割了点肉，本来默到一顿就把它吃了哟；幺师怕我晚上没得了，就给我留了一坨在侧边，等我消夜的时候吃呢！"

幺师听了，只好把那点肉晚上弄给他吃了。

[1]　幺师：过去四川人对客栈、旅社、茶馆服务人员的称谓。

讲述者：	杨平一，男，汉族，高中学历，退休教师
采录者：	张乾辉、余正全
整理者：	金祥度
采录时间：	1985 年 11 月
采录地点：	巴县鱼洞镇（今巴南区鱼洞街道）

484

搭扯谎架[1]

　　安世敏扯谎扯出了名，好多人都吃了他的亏，有人就告到县大老爷那里去了。

　　县大老爷把安世敏传去，对他说："安世敏，你硬是会扯谎唦？你要是扯个谎把本县都麻倒了，就不定你的罪。要不然的话，就要重重地处罚你。"

　　安世敏说："大人，要我扯谎把你麻到起是干得起的，只是要请大人帮忙给我搭个扯谎架。"

　　县大老爷心想：搭就搭嘛，搭起了看你搞个啥子名堂。

　　他就派人照安世敏说的样子搭了一个架子。搭起过后，就叫安世敏扯谎来看。

　　安世敏不慌不忙地说："启禀大人，扯谎哪里要搭啥子架子？我说扯谎要搭架子，本身就是在扯谎哄你。大人照我的要求把架子搭起了，就是信了我的谎话，遭我麻到了个。"

　　县大老爷一听，才晓得上了安世敏的当。堂堂父母官，说话哪个能够不作数呢？只好把安世敏放了。

[1]　扯谎：说谎。

讲述者： 杜志榜，男，汉族，初中学历，文化专干

采录者： 李子硕

整理者： 金祥度

采录时间： 1988 年 1 月

采录地点： 巴县广阳坝（今南岸区）

485

拐犁辕[1]

安世敏的老汉吵他："你这个东西好的不学，专门习起整人，硬是混账得很！"安世敏听了一点不吭气。隔了几天，安世敏挖了一节柏树棒棒来，要他老汉拐个犁辕。他老汉说：

"哪个跟你说的犁辕是恁个拐的？犁辕是柏树儿从小拐弯了长的噻。你会就拐给我看看！"

安世敏说："恁个唦。我默到你还得行呢！那么，我小的时候你不好好教，现在脾气养老了，你教得转来吗？"

几句话说得他老汉开不起腔。

讲述者： 田维明，男，汉族，小学学历，农民

采录者： 曾旅、余正全

整理者： 金祥度

[1] 拐（yuè）犁辕：拐，改变物体形状，使其弯曲或变直。犁辕是木材制成的旧式犁上部的弓形部件。

采录时间： 1985 年 5 月

采录地点： 巴县（今巴南区）清溪乡

486

背
磨
子
下
河

安世敏整人，越整越没得个样子了。老丈人和舅子恨他得很，就打主意除脱他。

那天，他们把他弄来装到大麻布口袋头，准备甩他下河去喂王八。两爷子抬起他朝河边走，走迄半路，累得遭不住了，就把他连口袋一起，绑在一根树上，各人回家吃早饭去了。

他们走了没得好一阵，一个驼背子吆了一群猪从树旁过。安世敏从口袋眼眼看到了一个驼背子，心想这下有办法了，就在口袋头"嘿咋、嘿咋"地吼。驼背子听见了，就问他在做啥。安世敏说我是个驼背子，正在把驼背正伸[1]。驼背子就把他从树上放下来，打开口袋一看，他的背当真不驼了。安世敏说得天花乱坠，驼背子硬还信以为真，就拱进口袋头去正他的驼背，安世敏把麻袋照样套好挂在树上。

隔了一阵，安世敏的丈人和舅子拿了一根棒棒，走拢不问青红皂白，对着口袋就是一歇打。驼背子在口袋里直

[1] 正伸：把弯的东西扳直。

顾喊："不要打，不要打！我是猪贩子。"

"初犯？你整了恁多人还是初犯？！"他们不管他啷个喊，一直打得不出声气了，才把他丢下河去。

安世敏把驼背子的猪儿吆去卖了一大笔钱，又到老丈人那里去了。老丈人一见安世敏，吓得周身发抖，"你、你、你"的，话都说不出来，默到他是鬼。

安世敏说："不要怕，我不是鬼，我是活人。那天全靠你和哥哥两个，要不，我还到不了龙宫呢！呀，龙宫才好哟，珍珠玛瑙、金银财宝多得不得了！你看，我这些银子都是龙王送给我的。"

老丈人一听动心了，问安世敏还去不去，去的话把他也带去。

安世敏说："要去，当然要去。龙宫缺磨磴儿，这回我转来就是帮龙王弄两扇磨磴儿去。你想去的话，明天我就来喊你。"

第二天，安世敏和老丈人，一个背一扇磨磴儿来到河边，安世敏对老丈人说：

"你是长辈，应该走前头。不要怕，把眼睛闭紧点只管往下跳，一哈儿就拢龙宫了。"

老丈人使起劲跳下河去了。没有见到龙王，而是见了阎王。

采录者：　陆恩儒，男，初中学历，文化专干
整理者：　金祥度
采录时间：　1986 年 4 月
采录地点：　巴县（今巴南区）清和乡

做『鬼王』

有个装颜匠[1]和他的徒弟，只听说安世敏会整人，但都认不到安世敏。

一天，两师徒摆龙门阵：

"安世敏会整人，搞我们这一行的，他是整不到的。"

"是啊，量他也不敢整！"

他们的话，恰好遭安世敏听到了。

腊月三十就要到了，有个人来找装颜匠帮他做个鬼王。说做得越大越好，相貌也要做凶点，三十晚上取货。他们讲好价钱，那人给了定钱就走了。

装颜匠俩师徒做了三天，腊月三十那天把鬼王做好了。他们等那人来取货，一等不来，二等也不来。等迄半夜，还不见那人的影子。

两师徒着急了：要是到了初一子时都还没有把鬼王拿出去的话，这一年都不吉利。

眼看子时就要到了，他们没有办法，就把鬼王抬到地坝边去烧。刚刚把鬼王烧起来，那人来了。这下子，两师

[1]　装颜匠：民间纸扎艺人。

徒到哪里去拿鬼王给他呀？别个讲好三十晚上取货，这阵还没有到初一的子时！没得法，两师徒讨不尽的人情，说不完的好话，定钱一文不少地还给了那人才算脱了手。三天白做了，还贴了一节本钱。

后来，他们听说那人就是安世敏，才晓得他硬还不简单。

讲述者：　鲜云辉，男，汉族，小学学历，农民
采录者：　鲜光禄
整理者：　金祥度
采录时间：　1986 年 10 月
采录地点：　巴县长岭乡（今万州区长岭镇）

488

买裤子

有一回，安世敏进城，在城门口看见一个小将[1]抱起一件新衣服在哭，就问："小老弟，你买了新衣服还哭啥哟？"那娃儿说："成衣铺少补了钱给我，回去要遭大人打。"安世敏听说是成衣铺整了他，心中不平，车身一趄，先到官茅厮[2]去，把长衫一捞，脱下裤子，出来对那娃儿说："小老弟，把裤子给我拿到，我一哈儿就来，千万不要走了，我包你回去不得挨打。"说完后，他就对对直直找那个成衣铺去了。

安世敏找到了那家成衣铺，在铺面上东选西选，选了一条青绸小衣[3]对老板说："把那条裤子取来试一下看。"买裤子要比一下长短，那是人情在理的事，老板就取下来递给了他。殊不知，安世敏接过裤子，转到屋角角，悄悄把裤腰撕个口子，穿起就正南齐北地朝门外走。老板见他要走，赶紧出来拉到，说："买裤子不兴给钱唦？"安世

[1]　小将：小孩。
[2]　官茅厮：公厕。
[3]　小衣：裤子。

敏一不慌二不忙，说："我没买裤子也要给钱吗？"老板这下着急了，说："你穿起那条。"这下，安世敏反转当到人众，说："我穿起这条？是我的哒嘛！未必然我穿各人的裤子也兴给钱？"老板见说不伸展，就扭去见官。两人来到大堂，成衣老板先说："老爷，这人穿我的裤子，不给钱。"安世敏对县官说："请大人详情：你能打光条条进城不？更何况我这裤子是有记号的呢！"边说边把长衫捞起，叫县官看裤腰上的口口。成衣老板也老奸，他看到了记号之后，也一口咬定那就是他打的记号。县官听后，把惊堂木一拍，说："胆大，人家堂堂正正七尺男儿只穿了一条裤子，还是老爷亲眼所见。你身为成衣铺老板，未必然存心把裤子撕个口口才卖不成！明明是在冒认财物，还不给我滚下去！"成衣老板吃一闷盘[1]谈不起话，只好蔫弹弹地走了。

讲述者： 周祖禄，男，汉族，小学学历，农民
采录者： 陈常国
整理者： 黄启宽
采录时间： 1985 年 6 月
采录地点： 江北县鱼嘴镇（今江北区鱼嘴镇）

489

当土地

有一天，安世敏路过一家当铺，正碰到当铺老板在吹大牛："我这当铺呀，有的是梢本[2]，珍珠玛瑙铁观音，只要肯上门，那硬是件件成交。"安世敏心想：吧！他的底子还厚实哩，等安大老爷取点来打零用。

安世敏走过土地岚垭，看到岚垭上的土地遭放牛娃儿膃倒了，横搁在路边。他心头一默，抱起土地就朝当铺走。走拢当铺，喊到掌柜先生，说："安世敏这几天手紧，这个金土地拿来当给你们，只要五十两银子。"掌柜早就听说，安世敏这个人惹不起，心想：糟啦，明明是他妈个石土地，当也不行，不当也不行！只好笑眯眯地说："安老爷请稍候，小的做不了主，问下老板来。"老板也晓得安世敏缠不得，逼起承认拿五十两银子收当土地。

安世敏拿起银子走后，当铺老板自认倒霉，叫学徒娃儿把土地抱出去甩了，免得看到狗屎恶心。殊不知，没过几天，安世敏提起银子又来当铺，找掌柜取当。掌柜也不谙，石土地当了五十两银子，他今天还来取，这明明

[1] 吃一闷盘：吃哑巴亏。
[2] 梢本：本钱。

是个杀着。土地早就甩了，又拿啥子来还？只好赔个小心，说："安老爷，老板说你那土地是石头打的，甩都甩了。依我看，你得五十两银子就算了。"安世敏高矮不依教："我那金土地是称过的，五斤三两重，五十两银子到哪里去买？"当铺老板听到了，也出来说那是个石土地。安世敏呢，硬说是金子铸的。双方争得很凶，安世敏说："就依你说，也要还我原物！"老板无法可想，明知是石头一坨，他要说是金子，原物又不在，硬赔五斤三两金子还了得！只好求情，说："安老爷，小店本短利薄，赔也赔不起，还也还不出，请你高抬贵手，我再赔你一百两银子，作不作数？"安世敏笑扯扯[1]地说："对了罗！我安世敏是输得起的。看在你小本生意份上，算我上当好了。不过，你尔后莫吹牛就是了。"说完，拿起一百五十两银子走了。

当铺老板这才明白过来：这场祸事是自己吹牛吹出来的。

讲述者：　周祖禄，男，汉族，小学学历，农民
采录者：　陈常国
整理者：　黄启宽
采录时间：　1985 年 6 月
采录地点：　江北县鱼嘴镇（今江北区鱼嘴镇）

490

不吃亏的女人

有个女人，专门爱打点小算盘。随便做啥子事，都要占点便宜才幺台。她时常对别人说："我这一辈子，从来没吃过亏。"

这话不晓得哪个传到安世敏耳朵头去了。

有一天，不吃亏的女人抱着小儿子去赶场。刚走到一个大馆子当门，安世敏从馆子头出来，抱过她的儿子，笑着对她说："大嫂，走，我请你进馆[2]。"

不吃亏的女人一看，认都认不得，心想：他怕是认错了人啰。就说："小兄弟，你怕是……"话说了半截，她又想：管他认错没认错哟，吃他一顿再说。不吃亏的女人就跟到安世敏后头进了馆子。

安世敏点了一桌子酒菜，吃饱喝足后，抱起她的儿子对不吃亏的女人说："大嫂，你慢慢吃。你儿子真乖，我去给他扯件衣服，哈哈儿[3]就来。"

不吃亏的女人看到满桌子的好菜舍不得走，一听又要

[1] 笑扯扯：讥贬的微笑。

[2] 进馆：到饭馆吃饭。

[3] 哈哈儿：一会儿。

给她儿子扯衣服，赶忙说："要得，要得。"安世敏抱起娃儿找到馆子老板说："老板，我堂客还在吃，等阵她来算账哈。"老板看他抱了个娃儿，那女人也正在吃，就说："好，好！你就请便。"

安世敏把娃儿抱起，来到隔壁的绸缎铺，对老板说："老板，给我扯三丈蓝布。"布扯好了，他在身上东摸西摸，摸了一阵，然后对老板说："哎呀！老板，我把钱拿脱了。恁个，屋头裁缝等着布用，我先把布拿回去，马上给你拿钱来。你要不放心，我把娃儿放在这堂，拿钱来就领娃儿，要得不？"老板见他说得在理，也就答应了。

那个不吃亏的女人，吃得差不多了，才放下筷子。等了一阵，看娃儿还不回来，就想出去看。走到馆子门口，遭老板一把拉到，说："大嫂，请算账。"

"我算啥子账，等哈儿他来算。"

"还等哪个，你男人说了，你来算。"

不吃亏的女人一听鬼火冒："哪个是我男人！我认都认不到。"

"大嫂，说啥子笑哟。认不到，你两个哪个会坐在一桌吃饭呢？"不吃亏的女人心想：这回糟了，我说不清楚。没得法，只好算了账出来找儿子。

走出门，一眼看到儿子在隔壁绸缎铺的柜台上坐起，就放心了，赶忙过去抱起儿子："乖乖，快走。"

老板见她要走，赶忙拉到："呃呃，慢点走哟，把钱给了来。"

不吃亏的女人一听："又要啥子钱？"

"啥子钱？你男人扯了三丈蓝布，说好拿钱来领娃儿。"

不吃亏的女人一听更冒火："哪个舅子是我男人！我认都认不到他。"

老板一听也冒了火："你这女人才怪呢，不是你男人哪个把你娃儿抱起来买东西呢？两口子伙起来骗人嗦！走，到衙门说理去。"

不吃亏的女人一听，周身都瘟[1]了，心想：今天撞了他妈个鬼哟！上恁大个当！

这时，有个老头过来劝架。听女人把话说完后，笑道："哎呀！今天算你倒霉，你肯定是遇到安世敏了！"

讲述者：	王忠良，男，汉族，初中学历
采录者：	沈世云
整理者：	张明健
采录时间：	1986 年 7 月
采录地点：	江北县两路区（今渝北区）

[1] 瘟：软。

491

打官司

安世敏爱整人，他不管你是天王老子，只要看不顺眼，就要编方打条来整你。有一天，安世敏进城去，路上碰到两个绅粮，听到他们一边走一边在摆龙门阵。其中一个穿狐皮袍子的说："亲家！安世敏这人拐得很啰，整人不分内外，连妈老汉都要整。"另一个拿了根象牙烟杆，是镏金脑壳，血玉嘴子。这时正好吧完烟，把烟杆脑壳在地上一磕说："是呀，听说安世敏良心黑得很，随便哪个说了他，他都要整别个。"安世敏走在后头听得清清楚楚的，心头想：吧！这两个土老肥会说我的空话喃，你等我整给你看看。

走进城门洞，人一多，穿狐皮袍子的就反手把后摆搂起来走。安世敏乘势打燃火绳[1]，挨拢去悄悄把那人皮袍子的后摆，烧了酒杯那么大一堂。等他们走到衙门口，安世敏一手抓住一个绅粮惊叫唤道："捉贼娃子哟！"他恁个一喊，街上的人围了拢来问是啥子事。安世敏说："他们一个偷我的皮衫，一个偷我的烟杆。"众人便把二人揪

进了衙门。两个绅粮遭搞得绿眉绿眼的[2]。一哈儿，县大老爷升堂，问安世敏啥子事。安世敏说："禀老爷，这个偷了我的皮衫，那个偷了我的烟杆。"两个绅粮惊叫唤："冤枉呀，大老爷。"县大老爷把惊堂木一拍："你们有啥子冤枉，讲！"穿皮袍子的说："大老爷！我是李家坝的首富，每年收租几百担，肥得流油，嘟个会当强盗嘛。""你皮衫是哪来的？""是我新做的。""有什么记号？""这个……我自己的皮衫，没有记号。""岂有此理！"县大老爷车过来又问安世敏，"你说皮衫是你的，有什么记号？"安世敏说："我吃叶子烟，有回把烟屁股落在后摆边上，烧落了酒杯那么大一堂毛。"县大老爷叫差娃子过去捞起那人的皮袍子来一看，果然后摆上烧落酒杯大一堂毛。县大老爷把惊堂木一拍说："给他垮了！"差娃子三刨两爪就把绅粮的皮袍子脱来丢给了安世敏。安世敏说："还有我的烟杆。"拿烟杆的绅粮给安世敏一阵乱诀："闯你妈个鬼哟，这烟杆是我祖传下来的！"安世敏说："大老爷！是他的还是我的，大老爷是读书人，只要看我们各自吸一杆烟，就能明察了。"县大老爷果然叫那个绅粮和安世敏都拿这根烟杆吸一杆烟。那绅粮认为烟杆反正是我自己的，吸完了烟，还是像往常那样，把烟杆脑壳在地上一磕，磕落了烟锅巴就把烟杆递给了安世敏。安世敏吸完烟后，从身上掏出一支金牙签，慢条斯理地把烟锅巴从烟锅里掏出来，然后又在荷包头摸出一张白绸帕儿，把烟杆揩了又揩，擦了又擦，擦得干干净净才把烟杆放到大老爷公堂上说："请大老爷明断。"县大老爷拿过烟杆看了看，交给安世敏说："这根烟杆确实是你的。"那绅粮跳起来了，说："老爷！烟杆是我祖传的，嘟个会是他的咧？"县大老爷把惊堂木一拍，说："混蛋！怎么不是他的？你看别个好爱惜，吃了烟后打整得好下细。用金牙签掏烟锅巴，拿白绸帕儿揩了又揩。哪像你，吃完了往地上一磕，一点不顾惜。这是啥子烟杆？镏金脑壳玉嘴子，又不是竹脑壳烟杆。这烟杆能是你这种人的吗？"这两个绅粮遭整得哭不出来，安世敏拿起烟杆和皮袍子就走了。

[1] 火绳：古时，用以取火的绳子。

[2] 绿眉绿眼的：惊诧得不知所措。

讲述者： 罗海林，男，汉族，不识字，居民

采录、整理者：刘文升、姜孝德

采录时间： 1985 年 10 月 19 日

采录地点： 江北区华新街

492

报信

　　有一回，安世敏到表嫂家去吃午饭。一走拢，表嫂就笑着说："安老表，满[1]都说你会扯谎，今天你就给我扯一个来听。扯得好，我推豆花来请你。"安世敏说："还是不扯哟，我一扯起来你就要哭。"表嫂说不会的。隔了一哈儿，安世敏对老表说："喂，老表，我们坐起没得事，到堰塘去打点鱼来，等表嫂在屋里推豆花。"老表听了说："要得。"就和安世敏一起去打鱼。

　　来到堰塘边，安世敏又说："老表，笆笼[2]拿脱了，你先打到，我回去拿笆笼来。"老表说要得。安世敏跑拢屋，看到表嫂，哭兮兮地说："哎呀！表嫂，拐了呀！"表嫂看到安世敏哭兮兮的，忙问："啥子拐了？"安世敏说："你不晓得，我跟老表到堰塘打鱼，老表不下细，滚到堰塘里淹死了。表嫂，搞快点，去下块厚实点的门板，背起去抬人。我先去看到。"安世敏说完，又往堰塘那边去了。

[1] 满：全。

[2] 笆笼：竹编的装鱼器具。

安世敏走后，表嫂连忙下了一块牢实的门板背起，一边哭一边朝堰塘走。安世敏跑拢堰塘，又大声说："哎呀，背时老表，你还在打鱼，屋头遭火烧了！"老表一听，赶忙丢下虾扒[1]，爬起来就开跑。跑起半路上，碰到堂客背了一块门板跑起来，就说："你铺盖帐子都不抢，抢块门板干啥子？"表嫂看到老表，忙说："安老表说你遭淹死了！"老表说："哪里哟，他说屋头遭火烧了。"两个一想，才晓得安世敏的这个谎，硬是把表嫂扯哭了。

讲述者： 黄崇辉，男，汉族，初中学历，农民

采者录者： 毛德金

采录时间： 1986 年 1 月 2 日

采录地点： 璧山县广普乡（今璧山区广普镇）

[1] 虾扒：捞鱼虾的器具。

493

救老表

安世敏有个老表，一贯不务正业，又不孝敬老人。他的老汉气不过，就到官府去告他。官府受理了这个案子。这下老表慌了，连忙来找安世敏打主意救一救他。安世敏听了原因后说："你到大老爷传你那天来找我就是，包你没事。"

到了那天，老表接了传票要上堂去见官，安世敏披件老羊皮袄，提个铜烘笼走出来。老表找到他问啷个办，安世敏就写了两张纸条，叫老表两手捏到。还叫老表上堂去，不管大老爷啷个问都不开腔，等大老爷冒火拍桌子的时候，就把两手伸开，大老爷看了纸条，包你打赢官司。又要他千万不能先看纸条，不然就要输。老表记到他的话就去了。

当时五黄六月，天气暑热，安世敏为啥子要穿羊皮袄烤烘笼，老表根本没去想。

在大堂上，大老爷连问老表好几句话，他始终不说，只是流泪。惹得老爷冒了火，拍案大骂，老表才把两手伸开，原来是两张纸条。一张上写："妻有貂蝉之貌。"一张上写："父有董卓之心。"大老爷一看明白了，倒转对老表的老汉骂道："原来是你这个老东西不正经！你媳妇生得

乖，你想吃嫩草，反告你儿不忠不孝，真不是个东西，拉下去给我责打四十大板！"结果老表的官司打赢了，老汉反而挨了打。

老汉挨了打，心想一定是安世敏那家伙跟儿打的主意，回去后就把安世敏和儿子叫来对证。儿子说："那条子是安老表写的。"但是安世敏不认账，他说："姑爷，我整人嘛都是整外头的人嚯，哪有连自己的姑爷都整的嘛？"他老表硬说两个纸条是他写的。安世敏说："你哪阵找我写的嘛？"老表说："就是你穿羊皮袄，烤烘笼那阵给我写的。"安世敏说："姑爷你听，老表在打胡乱说。现在六月天，他说我穿羊皮袄烤烘笼。"姑父老实不信儿子的话，反把儿子大骂一顿。

讲述者：　张华轩，男，汉族，小学学历，退休工人
采录者：　陆玉久
采录时间：　1986 年 1 月
采录地点：　璧山县八塘乡（今璧山区八塘镇）

494

会吴县官

传说安世敏是江北县人。当时江北县的县官名叫吴心安，是个贪赃枉法、欺压百姓的昏官。安世敏想出了一个办法去挖苦他。

安世敏来到大堂对县官说："我有一个老表，他有两个娃儿，一个女娃，一个男娃。老表很不喜欢自己的姑娘，就和他女人商量，要把姑娘丢在河里去淹死。他就用背篼背着儿子，手牵着姑娘往河里走。到河边后，就使劲把姑娘朝河里按。姑娘紧紧拉住他的衣袖，哭着喊：'爸爸呀！我要回家！'他心头一慌，使劲一按，哪晓得他腰杆弯狠了，背上背篼里的儿子'扑通'一下掉下河里去了。结果，姑娘没有淹死，反转把儿子淹死了。"

吴县官听完后问："还有没得？"安世敏说："这真是有心淹死女，无（吴）心淹[1]（安）死儿。"吴县官一听，气得吐血。

[1]　淹：ān，音安。

讲述者： 龙年厚，男，汉族，初中学历，农民
采录者： 周鸣凤
采录时间： 1985 年 11 月 20 日
采录地点： 璧山县（今璧山区）鹿鸣乡

495

医病

从前，有一个财主，他有一个妹崽[1]长得很好看。那财主把她当成宝贝一样，随便啥子都惯适她。

有一天早晨，那妹崽起床后伸懒腰，两个手杆一挓，就放不下来了，往下放就痛得不得了。财主搞慌了，到处去请医生来医，医来医去都医不好。财主说："如果哪个把我妹崽的病医好了，我就把妹崽嫁给他。"

这个事情遭安世敏晓得了，就跑起去跟财主说："我医得到小姐的病。"财主很欢喜，就问他啷门[2]医。安世敏在财主耳朵边嘘了一下，财主就答应了。

第二天，财主叫人在场上的街中间安了一张桌子，叫他那妹崽站到桌子上去。赶场的人听说安世敏要给财主妹崽医病，都围拢来看热闹。

安世敏站到桌子边，正儿八经地指手画脚搞了一阵，突然用手把那妹崽穿的裙子使力往下一逮，喊了一声"放下来！"过去的妹崽家，一天到晚都是跍到绣楼上的，人

[1] 妹崽：女儿。
[2] 啷门：怎么。

都怕见得，更莫说要在大街上，站到桌子上让男的来扯自己的裙子。安世敏扯她的裙子，那妹崽就遭吓到了。她也不管自己手杆痛不痛，赶忙伸手去哆[1]裙子。说来也怪，她那手一下就放下去了。财主看到高兴得很，就决定把妹崽嫁给安世敏。

讲述者： 柳明阳，男，农民

采录者： 吴继德

整理者： 贺大舜

采录时间： 1985 年 8 月

采录地点： 合川县（今合川区）黄土乡

496

哆粪上山

有个喜欢吹牛的人，一天，他担大粪上凤鸣山，担到山脚歇气，碰到一个过路的。一搭上野白[2]，就东说南山西说海，两个人越摆越有劲。担粪的上过几天私塾，自以为见多识广。他到处听到安世敏的龙门阵，认为安世敏没啥了不起，就是会整人。这哈儿，他就问过路的晓不晓得安世敏，过路的说不晓得。他就提起劲来了："要是哪天我碰上这个姓安的，我就不信邪，一定要给他点颜色看。"

过路人问："你有本事夸恁大的海口？"担粪人说："这种人啦，你只要不听他那些花言巧语，他就没抓拿[3]了。"担粪的看天色不早，要走。过路的说："嘿，你恁大一挑，怕有一百好几。一个人担上山去，不累？要不要我帮你一把，两个人一桶一桶抬上去。虽说多跑一趟，其实又快当，又松活得多。"挑粪的正巴心不得有个人帮忙，连忙说："那就太客罪你啰！"两个人一边说一边抬，把一桶粪顺顺当当就抬上了山顶。挑粪的抓紧时间，

[1] 哆：diā，即提。

[2] 搭上野白：搭话。

[3] 没抓拿：没办法。

一下就把扁担取下来，正准备一道往回走。哪晓得过路人却说："哎呀，对不起，我还有点急事要办，不得不先走一步了。""那，我那一桶啷个弄上来嘞？""好办，慢慢哆嘛！"

"哆？"挑粪的绿眉绿眼盯着过路人走了。只好一个人梭下山脚，咬紧牙巴去哆粪。俗话说巧手难提四两，这七八十斤一桶粪，他只有哆起一步一步地往山上爬。两条腿不听招呼，直打蹿蹿[1]。等到他把一桶粪哆上山时，一屁股坐在地上就起不来了。

这时，他忽然发现粪桶侧边，有一行石灰写的字："安老爷路过此地，略治乱提虚劲人。"

挑粪人惊了一跳："他就是安世敏哟！"

讲述者： 郑永明，男，汉族，初中学历，农民
采录者： 孙成荣
整理者： 刁琼图
采录时间： 1985 年 7 月
采录地点： 九龙坡区九龙乡（今九龙坡区九龙街道）

[1] 打蹿蹿：东偏西倒。

497

老板上当

安世敏听说安岳城头有个饭馆老板，爱整人得很，就想去收拾他一下。

有一天，天气很热，安世敏穿得很阔气，来到这家饭馆，坐下来说："老板，给我煮五个人的饭，我有几个买牛的伙计还在后头。另外，还给我煮两升米的稀饭，煮来喂牛。"老板欢喜得很，跑到后堂对他婆娘说："快点把糠撮一升来，掺一点米，熬一锅牛吃的稀饭。"他又对掌锅铲的师傅说："把昨天的剩菜拿出来，再炒一个菜合起。"安排好了，又出来对安世敏说："先生，马上就好！"安世敏说："要得，他们来了就吃。"

等到样样都弄好了，安世敏就说："他们还不来，我去看一下，这些银子请老板照看一下。"说着，取下褡裢，放在桌子上就走了。老板高兴得很。可是等了很久，还不见客人回来。老板打开褡裢一看，里头尽是石头，气得他话都说不出来。

讲述者： 魏显德，男，汉，小学学历，巴县走马乡
（今九龙坡区走马镇）退休干部

采录者： 严小华

整理者： 周镕德

采录时间： 1988 年 2 月

采录地点： 巴县走马乡（今九龙坡区走马镇）工农村

（二）吴癞子的故事

498

河相思

有一家人住在河边，屋头有个十七八岁的大姑娘。这姑娘经常趴在屋背后的窗门上，木呆呆地盯到河对门的碛坝。她妈心想：这背时女一天到晚无事八事[1]地趴在那点做啥子？就问："幺儿，你趴在这点做啥子嘛？"女儿说："妈！没做啥子。"

这个姑娘白天黑夜地趴在窗门上，盯到河对门。一天一天的，人就瘦了，懒洋洋病恹恹的，把她妈吓倒了，赶忙请个先生[2]去给女儿号脉[3]。先生说没得病，走出门过后，才悄悄给当妈的说："你女儿恐怕是心病。俗话说：心病还得心药医，我没法哟。"她妈是个过来人，一听就明白了。心想：十七八岁的大姑娘，是该找得人户[4]了，就托媒婆给女儿说媒。哪晓得说了好几家，姑娘总是不应承，抹喉吊颈也不干，病也越来越恼火了。她妈总觉得这

当中有名堂，就慢慢拿话掏[5]女儿。开头，女儿死个舅子也不说[6]。后头才说："妈！我要嫁给他。"她妈问："哪一个嘛？"她说："二天他来了，我给你说嘛。"

没过几天，姑娘突然对她妈说："妈，他来了。"把妈拉到窗前，指着河对门碛坝说："妈，你听，这就是他。"她妈一听，从河对门碛坝上，传来了拉船的号子声。一看，碛坝上有只船正在拉上水，隔得很远，又看不清人。只听见一个领号子的人，声音特别优雅，喊得硬是巴实，比戏班子头那小生的管管[7]都还要好听。女儿问："妈，这个人好不好？"妈只好说："我找个媒人去说说看。"女儿欢喜得很，病都好了一半。

她妈找到河下弄船的人，打听那个喊号子的。人些都说："哎呀，你还不晓得呀，那是我们吴大哥，管管好得很。他喊号子，在大小两条河[8]都是出了名的。"她妈等这吴大哥拉船又从河下过路的阵，就包了一个打鱼船，推她过河去看了一趟，回来对她女儿说："算了，你就对那人死了心吧。"女儿死活不依。妈只好说："好嘛，下一回他们船过路，你各人去看了再说。"

不久，那优雅的号子声，又从河对门碛坝上传了过来。姑娘和她妈就坐了一只渔船过河去看。渔船划拢的时候，姑娘看到那响亮优雅的号子声，原来是从一个五十多岁、干巴躺翘[9]、黄皮寡瘦的老头儿嘴头发出来的。外搭那老头儿还是个癞子脑壳，癞得只剩下几根毛了。穿一件油衲砣[10]，拿根搭绊[11]，站在碛坝上，扯伸喉咙在喊号子。这姑娘一时木了，多半天才喊了一声："天啦！"就要往河头跳。幸好她妈手脚快，一把抱住了。

也难怪姑娘为这老头儿的号子声害了两年的隔河相思。这个老头儿确实是大小两河船帮上有名的人物，人称吴癞子，外号老小生。

[1] 无事八事：不管有事无事。
[2] 先生：此处指医生。
[3] 号脉：摸脉诊病。
[4] 人户：此处指婆家。

[5] 掏：试探。
[6] 死个舅子也不说：坚决不说的意思。
[7] 管管：嗓子，也指嗓音。
[8] 大小两条河：此处指嘉陵江和涪江。
[9] 躺翘：读 lǎng，瘦小。
[10] 衲砣：旧时船工穿的破烂长衫。
[11] 搭绊：船工用来拉纤的布带子。

讲述者： 姜孝模，男，汉族，初中学历，船工出身，

厂部秘书

采录、整理者：姜孝德、王正平

采录时间： 1985 年 10 月 18 日

采录地点： 江北区

499

海椒钱

从前船工弄船[1]，饭是跟到船老板吃；伙食的好孬，全在船老板的大方与不大方。

一天，吴癞子他们的船，在临江场靠了码头。消夜的时候，煮饭的端出一钵"老梭边"[2]，船二哥[3]些敢怒而不敢言。吴癞子看到菜恁个孬，心头鬼火冒，就说："煮饭的，你龟儿子和老板两个伙起来整我们唦，吃老梭边连海椒都不放点。"烧火的急赶说："吴大哥！不是我的意思，是老板娘招呼了的。"吴癞子说："少啰嗦，去把海椒拿来，就说是我要吃。"

海椒钵钵端来，船二哥些你一坨我一坨地挑在碗头。刚刚要吃，老板娘看到了，就说："咦，哪个龟儿子恁个凶，敢偷老娘的海椒吃？"吴癞子说："是我。""你，哼哼！照样收钱，拿来！"吴癞子说："好，钱由我拿。"就对船工们说："连手[4]，吃呀！"船工们就把一钵钵海椒吃

[1] 弄船：推船。

[2] 老梭边：咸菜中最低劣的一类，一般都用青菜的边角叶腌制，故名老梭边。

[3] 船二哥：船工。

[4] 连手：推船的伙计们。

得来干干净净。老板娘气惨了，问吴癞子："海椒钱你拿不拿？你不拿老娘就在你工钱上头宰[1]。"吴癞子笑扯扯地说："好说，好说，明天给你。"

第二天，船继续弄下水，拢了一个滩口叫落魂滩，这地方凶险得很。当船正要放上陡滩的阵，吴癞子炸啦啦地[2]叫唤一声："连手，榨[3]啰！"几十把桡子"嘎"的一声，齐齐崭崭地抬起来停到不推。连船工们都木了，心想：吴癞子这龟儿，是不是在发梦冲哟？在这落魂滩上来停桡不推，一梭进漕口，撞在姜疤癞[4]高头[5]，大家礌到灰里[6]，日妈的都找不到瞎子算（命）啰。拿舵的惊叫唤："吴癞子！你龟儿疯了吗？扮灯[7]也不看个地方。"吴癞子笑扯扯地说："你未必没吃海椒？"顺手把草帽揭下来摊在手上说："老板娘昨黑就逼我要海椒钱。各位是红口白牙齿吃了的，都把海椒钱拿出来吧！"这下，大家才醒豁过来。

老板娘站在中舱头，看到船在往姜疤滩上困[8]，魂都吓脱了，惊叫唤："吴癞子！我的先人伯伯，海椒钱老娘不要了，恢喊号子。"吴癞子说："好嘛，你都不要了，我又何必枯拿[9]各位呢。"他才把草帽往脑壳上一戴，扯伸喉咙吼道："吆喂，连手。"几十把桡子齐刷刷地落下水去。吴癞子顺口喊起了号子："海椒不要钱啰嗬（嗨），膀子要甩圆啦（嗨），脚板要踏紧啰嗬（嗨），桡子扳翻舷啦（嗨），船要过陡滩啦（嗨），跟它慢慢绵嗬（嗨）。"船顺利地过了落魂滩。

讲述者： 姜孝模，男，汉族，初中学历，干部
采录、整理者：姜孝德、王正平
采录时间： 1985 年 10 月 21 日
采录地点： 江北区

[1] 宰：扣除。
[2] 炸啦啦地：突然大声地惊叫。
[3] 榨：此处指停桡不推，还要将桡子压离水面。
[4] 姜疤癞：凸凹不平的礁石，形若癞疤，像姜一样堆积在河中。
[5] 高头：上面。
[6] 灰里：水里。弄船人忌讳说水，故把水说成灰。
[7] 扮灯：开玩笑。
[8] 困：此处指船横着撞向礁石。
[9] 枯拿：枯，kā，穿小鞋的意思。

500

打
鼎
锅

有一回，吴癫子帮到一个老板。这老板很逗[1]，难得给弄船的打回牙祭。一天晚上，大家在背后咕哝：老板逗得很，尽吃他妈老梭边，肠子都生锈了。大家晓得吴癫子很有些板眼，都说："吴大哥，打个条[2]嘛。"吴癫子想了一哈儿说："好嘛，明天我请大家吃胚胚。但是，明天早晨我随便做啥子，你们都不要搭白[3]。"大家就说："要得，要得！"

第二天，吴癫子起来得很早。爬起来就按到煮饭的诀："你个老子，买的啥子鼎锅嘛，烧你妈恁个久，水都还没有烧涨。那个龟儿子打鼎锅卖的也是，打你妈个鼎锅恁个厚，你把鼎锅打得薄点要不得呀。你龟儿烧火的也是，鼎锅打得薄的你不买，买个打得恁厚的鼎锅。"哪个都晓得鼎锅不是打的，是铸[4]的。船上的人最忌讳说倒、沉、翻这些不吉利的字眼。哪个说了，哪个就脱不到手，一船人都要找你还价钱[5]。吴癫子这早晨爬起来就在那里鬼念：打鼎锅、打鼎锅。弄船的听到了都不开腔。

遇到这个船老板，平常都爱睡点懒觉，有时船走了二三十里才起床。今天吴癫子一大早爬起来，就在那里大声武气地说"打鼎锅"，打扰了他的瞌睡。他心头鬼火冒，就推开脚窝[6]的门说："吴癫子，你龟儿吃多了吗！清早八晨的爬起来就吼，吼啥子嘛！哪个鼎锅是打的嘛？格老子鼎锅明明是铸的。"

吴癫子一下跳起来说："吧，老板！给你哥子道喜了，清早八晨你就说这种不吉利的话唦，嘟个说？"船老板一听：糟了，自己犯了讳啦，舌头伸出来了半节缩不回去。

船工们一看，才明白了吴癫子昨夜晚说的话。一个、二个，七嘴八舌地咕哝起来了："清早八晨就有人说这些不吉利的话，今天哪个还敢弄船哟？""不割脑脑敬菩萨，你要开船，我们就上坡。"

船老板明知是钻了吴癫子的圈圈[7]，哑巴吃黄连，有苦说不出，只好承认打酒割肉敬菩萨。其实，敬菩萨是假，敬船二哥这些活菩萨才是真的。

讲述者： 姜孝模，男，汉族，初中学历，干部
采录、整理者： 姜孝德、王正平
采录时间： 1985 年 10 月 18 日
采录地点： 江北区

[1]　逗：各啬。
[2]　打条：设法，打主意。
[3]　搭白：搭话。
[4]　铸：dào，铸造。
[5]　还价钱：认错赔礼。
[6]　脚窝：尾舱，一般在舵后。前为头，后为脚，故称脚窝。
[7]　圈圈：圈套。

501

装死人

过去的船老板，逗的多，大方的少。有一年腊月三十，船老板给船工们团年。这是船上过年的规矩。但初一天船停了，不大方的老板只管小菜饭，这也是规矩。这天团年，回锅肉一端出来，吴癞子看到俏头[1]比肉多得多，就有点不安逸了；他憋住气，没说啥子。酒坛子一抱出来，吴癞子心头就热烘了。心想：恁大一坛酒，菜孬酒多还将就。哪晓得他揭开坛子一看，只有把屎屎[2]恁点酒，气就冲上来了。抓起一根桨脚[3]，"砰"一下就把酒坛子的上半截打脱了。船老板心痛慌了说："吴癞子，你格老子疯了嘛？""我没疯。这酒坛子上半截不装酒，拿来也占地方，不如敲脱还要轻巧些。"

老板明白，吴癞子是嫌酒少了，又奈不何他。大年三十，怕他生出事来，只好叫人重新去打酒。想到明天是老大初一，万一吴癞子趁势说些不吉利的话出来就恼火了。便扎咐[4]了又扎咐。吴癞子说："我担保不说不吉利的话。我们两个打赌，哪个说了哪个请大家打牙祭。"老板一想：自己是从来不乱说话的。当下就跟吴癞子两个拍了掌说："漂[5]就漂了。"吴癞子就欢欢喜喜地大碗大碗地喝起酒来。

三十晚上，老板让船工们守岁，他却先去睡了。睡得迷迷糊糊的，就听到船工们在说吴癞子醉得要死了。老板心想醉了也好，免得他明天开黄腔[6]，就放心大胆地睡了。一睡睡到第二天大天亮，船老板爬起来一看，龙头枋[7]上硬翘翘地停着一个人，还穿了一双新布鞋，用麻把两只脚并在一起捆到，脸上搭了一张草纸，脑壳底下垫了一摞草纸。船老板一看死了人，忙问："那是哪一个？"有人说是吴癞子。老板着急慌了。因为船上有规矩，船工生疮害病各人付汤药钱，但人死在船上，老板至少要花费一床稿帘子。老板又想到，吴癞子不是一般的人，看来一副火匣子[8]是说不脱了。这下比昨夜晚打烂一个酒坛子的损失大多了。急忙跑到船头说："吴癞子，你个老子喝不得少喝点嘛，吃你妈个生养死葬，这下醉死了安逸啦。"船上最忌讳说死；就是死，也说"撬"。吴癞子翻身就爬起来说："老板，你说得好。今天既是大年初一，我们昨天又有言在先，给你道喜了。各人规规矩矩给大家打个牙祭！"老板哑口无言了。

讲述者：　　姜孝模，男，汉族，初中学历
采录、整理者：姜孝德、王正平
采录时间：　1985 年 10 月 18 日
采录地点：　江北区

[1]　俏头：荤菜中配搭的素菜。
[2]　把屎屎：把屎屎是说底上有少许东西。屎，dǐ，底底。
[3]　桨脚：支撑船桨的柱子。
[4]　扎咐：嘱咐。
[5]　漂：打赌。
[6]　开黄腔：信口雌黄。
[7]　龙头枋：船上的一根横枋称"龙头枋"，此处泛指船头。
[8]　火匣子：很薄的棺材，形若火柴匣子。

502

摸女人的手

有人说吴癞子缺德。其实，他也算不上啷个缺德。有一回，船靠在一个乡码头，吴癞子和几个弄船的在街上转起耍，见前头有个提花布包包的妇女，有个人就说："吴大哥，你看那女人的手又白又嫩。"吴癞子说："你格老子各人走各人的路呵。常言说：'生人妻，古人墓，摸到就是祸。'"那个人说："吴大哥，你平时啥子事都办得到，今天你要是摸到了那女人的手，我输个东道[1]。办一桌席请你。""你龟儿子想刁难老子吗？说话作不作数？""笑话了，船老二一言既出，驷马难追。不过有个条件：你摸了她的手，还不挨诀才作数，挨了诀不作数。""好嘛。"吴癞子当真就跟在那妇女后头。看到那妇女到一家铺子头去扯布，顺手把手头提的包包就放在柜台上。吴癞子看到包包头提的是鸡蛋，一下就傍[2]拢去，悄悄把那包包解开一个角角，鸡蛋哗一下就满柜台乱礶。那妇女一看，慌忙伸手来接鸡蛋，吴癞子也伸手去帮忙，趁势按在那妇女手上，抚摸了几下，再把鸡蛋帮她包好说："大嫂，你下细点啰！"那妇女不但没有诀他，还感激他说："哎呀！大哥，难为你啰。"吴癞子回来，对那打赌的人说："看到没得，这大嫂是个正经人，往后你龟儿莫昏想汤圆吃[3]。"

讲述者：　姜孝模，男，汉族，初中学历，干部

采录、整理者：姜孝德、王正平

采录时间：　1985 年 10 月 18 日

采录地点：　江北区

[1]　输个东道：输了做东。

[2]　傍：pēn，此处作挨靠讲。

[3]　昏想汤圆吃：妄想占便宜。

503

一线牵

有一回，吴癫子他们的船弄到了遂宁中坝。中坝是个大码头，船工们趁歇气的时候，有的上街为家头的人买点针线，有的在船上吹牛。吴癫子懒洋洋地在太阳坝上睡瞌睡。不多一哈儿，上街的几个人回来了，说他们在路上遇到两个女的，那两个女的一看他们，就躲得很远。大家很气愤，说那两个女人太看不起弄船的人了。吴癫子骂道："你几爷子莫冤枉好人，总是你龟儿子些张起嘴巴乱说，不干不净的，别个总是怕你们才躲开嘛。人人有父母，个个有姐妹。嘴闭到又不得馊臭。"几个都赌咒发誓说他们没说详碎话，只是上街没换这身衲砣。大家话还没说完，其中一个指着河边的路说："你们看，那两个女人来了。"吴癫子一看，河边上来的这两个女人，穿着举止不同一般。就说："你们看，她们决不是看不起你们。"人些说你哪个晓得，吴癫子说："不信我们告一下。我比你们穿得更烂，你看我到那路边上去，她们不但不得走开，还要走到我当门[1]来。"吴癫子盯到有个船工，为家头买了一团红毛线，

他一把抓起就走。走到那两个女人要经过的路上，把毛线的一头放在路上，把线牵到一笼草笼笼里，他就躲在里头牵着毛线的另一头。

两个女人走过来，看到路上掉了一根红毛线，周围又没有人，捡起来一看，毛线还多长。两个人好欢喜，一路挽一路走，挽扰了吴癫子当门，拨开草笼笼去找毛线，突然看到吴癫子。他虽说是笑嘻嘻的，也没做啥子怪像，但他那一身打扮和他那个癫子脑壳，早吓得两个女人惊叫唤："我的妈呀！"丢了毛线回头就跑。吴癫子哈哈大笑，跳起说："别人说千里姻缘一线牵，你们看我牵拢了的都跑了。"

讲述者： 姜孝模，男，汉族，初中学历，干部

采录、整理者：姜孝德、王正平

采录时间： 1985 年 10 月 18 日

采录地点： 江北区

[1] 当门：此处指面前的意思。

504

渡口良缘

吴癞子在川江上跑码头,多年后就搞腻了,回家自己钉[1]了一只小船,就在他屋当门的渡口推过河船。他想:人人都说我吴癞子爱整人,这下我也要积点阴德了。他在船头放个瓦罐罐,过河的人有钱就丢在罐罐头,不论多少;没有钱的照样过河。就恁个他一个光杆的生活也还过得去。

一天,渡口上来了一男一女,二人背包拎伞。男的横眉竖眼,一看就不像善良之辈。女的倒是眉清目秀,像个大户人家的姑娘,但眼睛红肿,脸上还有泪水。从言谈举止上看,两个不像是夫妇。吴癞了是久跑江湖的人,觉得有些蹊跷。再把那男的仔细一看,哦,认出来了,这人是朝天门有名的李拐子,是个专门拐骗良家妇女,拿去卖给妓院为娼的家伙。李拐子并不认识吴癞子,就说:"船老板!你这只船我包了,把我们推到重庆去,要多少钱给你多少钱。"

"先生!我这是过河船,只推过河,哪里也不去。"

[1] 钉:打造。

"过河能推几个钱啰?你推我们到重庆去,沿途的烟、饭全包在兄弟身上。"

李拐子扭到好说歹说,吴癞子终于答应了。二人上了船,吴癞子提起篙竿才对李拐子说:"先生,麻烦你下船去帮忙解一下缆绳。"李拐子果真放下包袱,下船解了缆绳往船上一甩,正要上船,吴癞子又说:"先生!请你顺手帮忙把缆桩抽起来。"李拐子回身去拔缆桩,吴癞子几篙竿就把船撑出去了三四丈远。李拐子在岸上惊叫唤:"你啷个就开头啰?""嘿,李拐子,我认得到你,你今天又到我们乡坝头来拐骗妇女来了!""你胡说,她是我……"吴癞子对那女子说:"你不用怕了,他再也上不了船了。你说,你是不是被他拐骗来的?你家住在哪里?我送你回去。"那女子这才边哭边说,她走亲戚走错了路,被李拐子骗到了这里,不能脱身。吴癞子便按那女子说的地点,把船推往下水。李拐子知道自己上了当,也只有在岸上干瞪眼。

吴癞子在一个有熟人的码头靠了岸,送这女子回到了家。原来这女子是个富豪人家的小姐,一家人都感激吴癞子救命之恩,就留他在那里耍几天。吴癞子耍了两天就想走,一家人再三挽留。那小姐也亲自来劝说:"吴大哥,你再耍几天嘛,我们这里有个神水缺,那里的水能治各种疮癣,千里之外的人都到这里来求神水治病,明天我就陪吴大哥去求神保佑,医好你头上的疮。"本来俗话有"见到癞子莫说疮",吴癞子当然也忌讳,一听就有点不了然。但听这女子确是一片诚意,而他自己啷个又不想治好癞子呢,就欢欢喜喜地答应了。

第二天,小姐带着丫鬟,陪吴癞子到了神水缺。一看,香烟袅袅,求神水的人很多。小姐带着吴癞子烧了香,磕了头,拜了神灵,便到神水缺上去冲洗。吴癞子把头抠了抠地洗了半天,然后才回家去。哪晓得这种水硬是灵验,吴癞子洗了一回,就不痒了;洗二回就脱疤;洗三回就开始长头发。吴癞子好不高兴,便天天都去洗,一连洗七七四十九天,头发就长齐了。小姐又叫人到街上去扯了几丈布,为吴癞子做了一身新衣裳。吴癞子的岁数虽然稍大一点,但头发一长齐,衣裳再一换,人倒也还伸伸展展的。

吴癫子已经不癫了。他正打算向主人家道谢，忽然来了一个中年妇女，自称是媒婆，专为撮合吴癫子与小姐的姻缘来说媒的。吴癫子一听忙说："小姐是富贵人家的千金，我是腰无半文的干人，哪里配得上小姐哟？请你千万不要提这门亲事。"媒婆说："吴大哥！实不相瞒，小姐早已有心于你，老爷和夫人才请我来提亲的。你都是个跑江湖的人，难道你还看不出来？要是小姐无心，她为啥子一再留你呢？莫要辜负了小姐的一番美意哟。"吴癫子心想：是倒是，人家都不嫌弃我，我这个刚长头发的癫子不能好了疮疤忘了痛啊！于是就答应了。

据说吴癫子成亲后，两口子很笑和，还留下了子孙。

讲述者：　　李清云，男，汉族，不识字，农民
采录者：　　敬相安、吴培荣
整理者：　　王正平
采录时间：　1986 年 6 月
采录地点：　江北区寸滩乡（今江北区寸滩街道）

（三）冉广盘的故事

505

救火又救人

大坝冉家出了个冉广盘，是个出名的机灵鬼。

冉广盘还是小娃儿的时候就出了名。有一天，他拿渔网下河打鱼，刚走到河边就碰到两个有钱人家的少爷在沙滩上耍。那两个少爷是两兄弟，平时最爱欺负小娃儿了。他们一看到冉广盘来打鱼，就冲过去抢他的渔网。冉广盘个子矮，当然抢不过他们。

大少爷说："冉广盘，别个都说你的点子多。今天你把我们哄住了，我们就把渔网还给你；要不然，你不要想得到渔网。"

冉广盘特别恨这两个爱占便宜的少爷。他心头打定了主意，装着害怕地说："我啷个敢哄少爷哟。"

两个少爷不答应，估倒要冉广盘哄他们一次。冉广盘假装不干，说："我才不干呢，万一你们不给我网呢？"两个少爷着急了，说："冉广盘，干脆你把网先拿去，这下子好了嘛。"冉广盘拿起网就往河里走去。突然，他念头一转，扯起脚杆就往回跑。

他一头冲进少爷家，慌慌张张地叫起来："不好了，快点去，你家少爷遭淹死了，快点去收尸。"不等人家反应过来，他转身就往河边跑。

两个少爷正找不到冉广盘，突然看见他急冲冲从山坡上冲下来，大少爷骂起来："你龟儿子跑到哪点儿去了？我还以为你死了呢！"冉广盘上气不接下气地说："先不忙骂我哟，你屋头失火了，还不快点回去。"两兄弟一听，慌得转身就往家跑。跑到半路上，迎面看到爹和妈哭哭啼啼地跑过来，后面跟着几个长工扛着门板。大少爷叫起来："爹呀，我存钱的罐罐抢出来没得？"二少爷也跟着喊："妈呀，还有我的呢？"

地主和地主婆一听，愣住了："你们没有死呀！"两个少爷莫名其妙地说："哪个说我们死了？冉广盘说屋头失火了。"爹和妈一听，气惨了。现在他们才晓得一家人都上了冉广盘的当。老爷气得心口痛，一定要找冉广盘算账。他们一看，冉广盘扣起渔网蹦蹦跳跳地往河边跑去，只听他唱：

笑死人嘞笑死人，
又救火来又救人。
哪个叫你太霸道，
害得各人整各人。

周围的乡亲一听，都哈哈大笑起来。地主一家人无可奈何地走了。

讲述者：　冉崇强，男，土家族，农民，初中学历
采录者：　连小培，男，汉族，大学生
　　　　　李照萍，女，汉族，大学生
采录时间：1982 年 11 月
采录地点：酉阳土家族苗族自治县南腰界（今酉阳土家族苗族自治县南腰界镇）

506

还棉絮

有一天，冉广盘到贵州思南府去赶考，半路上，碰着一个良家妇女，抱着奶娃在路上悲声痛哭。冉广盘近身问明，才知道母女逃荒途中带的一床棉絮被扒老二偷走了。冉广盘将自己身上带的微薄银钱接济母女，并在前面一家客店将母女安顿住下。

妇女在店内认出了偷她棉絮的扒老二，扭着他退回棉絮。扒老二年轻力大，能说会辩，反把妇女骂了一顿，还要妇女给他赔罪洗白。

冉广盘看扒老二一副横样子，心头气极了，近身拉着扒老二往一家酒店走去。买了酒菜落座，互相劝酒，高谈阔论。扒老二最爱吹牛皮，夸海口，他说："老兄，你够朋友，我逢州吃州，逢县吃县。人说酉阳冉广盘厉害，他算老几，怕我怕得尿滴……"冉广盘默默不言，只是劝酒，直到扒老二大醉为止。

深夜了，扒老二躺在床上像死猪。冉广盘在店里找了一个萝卜刻上自己的名字，悄悄在扒老二的棉絮四角盖上"冉广盘印"，然后也去睡了。

第二天清晨，冉广盘喊道："快起床，我要赶路！"

扒老二昏昏迷迷地嚷道："你赶路有我屁事！"冉广盘一本正经地吼道："你这个好酒贪杯的醉鬼，还在说酒话。我要拿我的棉絮，快起来！"扒老二惊奇地问："啥？你说啥子？棉絮明明是我的，哪个变成你的了？"二人你争我夺起来。扒老二力气比不过冉广盘，提出说："走，我们到衙门去打官司。"于是，二人向思南州府衙门走去。

州府衙门开堂审问，二人争吵不已，都说棉絮是自己的。州官被争吵吼昏了脑壳，惊堂木一拍，制止道："堂下不许争吵！我问你：你说棉絮是你的有何证据？"扒老二哩哩嚅嚅说不出个名堂。州官又问被告："冉广盘，你说是你的，你又有何证据呢？"冉广盘听后大声说道："大人在上，小民说棉絮是我的，也确是我的，在我请人弹好棉絮之后，在四角上还盖有我冉广盘鼎鼎大名的印章，请州官大人明察，如有欺诈，愿受重刑。"州官大人听后当即亲眼验明，完全属实，将棉絮判给冉广盘，对欺诈的扒老二重打五十大板。

冉广盘抱着棉絮在州衙门口，等着挨打的扒老二出来一同前行。当走在城门口一棵大树下，冉广盘将棉絮交给扒老二，说："你人很年轻，手脚要干净，不要欺负穷人，你把这棉絮拿去退给原主吧！"扒老二接过棉絮，心头恨死了冉广盘，只奈何他不过，愤恨地说："你整我挨了一顿打，还要来捉弄我！哼！"气愤地抱着棉絮就走。

冉广盘见扒老二没有一点诚心悔改之意，马上跑回衙门禀告："州官大人，我们走到城门口，棉絮又被年轻人抢走了。请大人做主呀！"

州官听后火冒三丈，马上派人将扒老二抓回，升堂审问："本官谅你年轻，才打你五十板子了事，你嫌少了不思悔改，背着我又抢人。来人，拖下去狠狠地打！"一顿板子，皮开肉绽，血淋淋的扒老二知道了冉广盘的厉害，便规规矩矩地抱着棉絮去还给了逃荒的妇女，道了歉，赔了礼。然后跪在冉广盘面前说："冉老兄，我认识了你，请受我一拜！"

讲述者： 冉崇阳，男，土家族，农民，初识字
采录者： 胡长辉，男，土家族，文化干部，高中

507

妙语咒财主

学历

采录时间： 1985 年 8 月

采录地点： 酉阳土家族苗族自治县

从前，土家寨有个王员外。此人阴险刁滑，心肠歹毒，平日勾结官府，鱼肉乡里，干尽了坏事。人们恨之入骨，背地里都咒他不得好死！这王员外晓得人们恨他、咒他，巴不得他早死，但他却偏偏要人们给他唱赞歌。特别是大年初一这天，他认为，只要这天讨个吉利，一年就吉利。因此，每逢大年初一，他就要逼着附近几个寨子的土民去向他敬财，说吉利话。

周围的土民恨死了王员外，都不愿去。王员外就千方百计整土民，整得土民家破人亡。土民感到十分恼火！冉广盘见乡亲们为难，便想了一个办法去对付王员外。

这一年，正月初一大清早，他背着一捆柴上王员外家去。一进门，他就大声喊起来："老爷，老爷，我代表乡亲们给你老人家敬财（柴）来了哟！恭喜你老人家今年财喜临门，大吉大利。"王员外一听，心里顿时像喝了一罐蜜，甜滋滋的，欢喜极了。他连忙笑嘻嘻地把冉广盘接进屋，吩咐家中佣人摆酒摆肉招待。

冉广盘不推辞，将端上桌来的好酒好肉大嚼大咽，吃了个痛快。酒足饭饱之后，他才笑着对王员外说："老爷，

0705

故事·重庆卷（一）
机智人物故事

我本来是给你老人家敬财（柴）来的，现在，你倒蚀财了。我送你一捆柴火，能值几个铜钱嘛！你办这么一桌酒席，岂不是多的都去了么？唉，我这人也真穷，没能给你老人家送财宝。不过，我从小学会了看病扯草药。往后，你老人家和你的少爷、孙儿们有个三病两痛，不管是屙痢疾、打摆子、生脓疮、长疔疮，或是跌打损伤，只要带个信，我立马就来帮忙看病扯药，不要你老人家一文工钱。"

王员外听了，哭笑不得，心想：变脸吧，人家讲的又都是奉承话；忍了吧，又句句不吉利！大年初一说这么多不好的兆头，真倒霉！王员外越想越气，但他又是哑子吃黄连，上了当吃了亏却说不出口。莫奈何，只好苦笑着脸把冉广盘送出了大门。

讲述者：　田老满，男，土家族，农民，不识字
采录者：　彭林绪，男，文化馆干部
　　　　　刘长贵，男，汉族，干部
采录时间：　1985 年 5 月
采录地点：　酉阳县酉阳招待所

508

分大小与不进出

冉广盘和许多财主斗智都赢了，名声越来越大。后寨新搬来的王员外，听了很不服气，扬言说："我就不信一个泥腿子比有钱人聪明！"并说："要是冉广盘敢来和我斗智，我一定要叫他输得一塌糊涂！"

此话传到冉广盘耳里，冉广盘冷冷一笑说："那我就去和他比试比试吧。"

一天，王员外五十大寿，宾客盈门。由于王员外有钱有势，娶了三个一模一样的老婆，漂亮无比，客人都想见识见识。王员外便得意洋洋，把三个老婆喊上堂来。众人一看，三个模样果然都乖，并且长得特别相像，加之都穿镶边花布衣，都戴银项圈、金耳环、金戒指，打扮得一样，硬是分辨不出谁是谁。

正在众人看热闹的时候，冉广盘来了。王员外一看，对冉广盘说："你来得正好，我正要试试你的才智呢！"说着，伸手向他的三个老婆一指，说："我有三个老婆，如果你分得清大小，我就服了。"

冉广盘把那三个一模一样的女人看了一眼，立即对员外说："员外，你那大婆子生得好哟，是个凤头。"

他这一说，二婆子、三婆子就不服气了，心想：她生得好，她是凤头，啷个我们在一起这么长时间，都没有发现呢？于是，两人就往站在中间的大婆子头上看。

冉广盘看在眼里，又说："员外，你那二婆子也生得好哟，是个凤眼。"

他这一说，大婆子、三婆子又不服气，心想：她生得好，她是凤眼，怎么我们没有发现呢？于是，两人就往左边看。冉广盘把这些也看在眼里，心头就全明白了。便对员外说："员外，你三个老婆都生得好哟。中间大婆子，左边二婆子，右边三婆子，都长得乖。"

财主一听，冉广盘全说对了，仍不服气，说："这还不算本事，我那三个蠢东西的神色让你指使了，帮了你的忙。你要能指使我做一件事，我才服你。"

冉广盘听后，想了想说："员外，我看这样吧！我不说，只写；我怎么写，你就怎么做！"

众人一听，都觉得新鲜。财主一听，"嘿嘿"冷笑了两声，说："那你就试试吧！"

冉广盘提起笔飞快地在纸上写了一事。而后，当着众人的面，指着员外高声说道："今天，我要你进去你就进去，要你出来你就出来！"

财主一听，火冒三丈，说："你还真敢来指使我？我今天非要进也不进，出也不出，就在门上卡起。"说着，愤愤地走到门上卡起。

冉广盘一见，把纸条一扬，"哈哈"大笑起来。原来，冉广盘晓得，员外一定不会听他的话，所以就在纸上写道："不进不出，在门上卡起。"

王员外果然上当，硬是自己在门上卡起。众人把纸条拿来一看，都佩服冉广盘聪明过人！员外也只好认输，规规矩矩放鞭炮送冉广盘出门。

讲述者： 田老满，男，土家族，农民，不识字
采录者： 彭林绪，男，文化馆干部
刘长贵，男，汉族，干部
采录时间： 1985 年 10 月
采录地点： 酉阳县酉阳招待所

509

搭救胡顺

有个人叫胡顺，家头穷得地无一块，田无一丘，就靠帮人做事，挣点钱养活他老娘。

这年夏天，胡顺去背盐，从龚滩码头到县城，二百多里路，辛辛苦苦背一趟，说是五十吊钱，如果天不帮忙，下场大雨再出个大太阳，那盐淋了雨又一晒，化得一路滴起盐水走，等你背拢了，少个十斤八斤，就把脚钱扣脱一大半。胡顺明晓得这钱不好拿，可是穷得衣不遮身，饭不糊口，只有拼命去干。

有一天，胡顺背了一大背盐朝县城走，一上一下爬了七八座山，上坡脚发软，下坡打闪闪，山路很窄，一边是悬岩，一边是陡坎，一不小心背篼碰到岩上，就要滚下万丈悬岩。突然一阵大雨倾盆而下，狂风把背篼上遮的蓑衣也掀开了，胡顺只好停步不动，让那风吹雨淋。一会儿，雨停了，胡顺好不容易走到一个宽敞点的地方，把背篼搁下来一看，他急得抱着头哭了起来。刚好冉广盘从这里路过，看到胡顺背的盐，被雨冲走了好多，剩下的也湿透了，等太阳出来一晒，还不晓得要化多少。冉广盘拉起胡顺说："大哥。哭也不是办法，快点背起走。"胡顺说："只

智斗盐老板

从前，西阳山区没有一条公路，交通很不方便，吃的用的，啥子东西都要从贵州沿河背过来。几百里路，坡陡路险，要翻大大小小几十座山，打空手都要走七八天；背一趟东西，最少也要十天半月。

听说盐号背盐脚钱高，好多脚夫都去背盐。哪晓得盐号老板阴倒刮毒，每挑盐都少称一秤（十斤）；等到背拢不够秤，盐老板就扣脚夫的脚钱来抵少称的盐钱。这一来，"咳嗬！咳嗬！"一步十滴汗，一步一个打枵印，累了十多天，一点脚钱被扣得差不多了。

有一回，冉广盘听说这件事，心想，盐老板这样可恶，等我去整他一下。他找了个背篼，就跟脚夫到沿河盐号去出盐。等大家走了，他才背了一背盐去过秤。号房问他的名字，他说："我没读过书，不晓得名字。"号房问："别个叫你啥子嘛？""叫我 gěr 二爷。"号房拿起笔左想右想，前头一字硬是想不起，就写了个"○二爷"。他写好了，左想右想，又觉得不对头，又问："你妈叫你啥子嘛？""我妈叫我冉大 wur。"号房拿起笔，左想右想，后头一个字又写不起，又只好画个圈圈在那里，写成个"冉

剩了这点盐，我拿啥子去赔老板，我老娘还在屋头挨饿，等我拿钱去买米呢！"冉广盘看到胡顺那个老实巴交的样子，心想，歹毒的盐老板是不会饶这个老实人的，就对胡顺说："大哥，我倒是有个办法帮你救个急。"胡顺半信半疑地盯倒冉广盘。冉广盘给他叽叽咕咕地说了一阵，胡顺听了直摇头。冉广盘说："那我就不管你了。"说完，他把胡顺的背篼朝地上一掀，盐巴滚到稀泥里，糊得稀脏。胡顺一看更急了，抓住冉广盘的衣服："你赔我的盐，你赔我的盐！"冉广盘松开胡顺的手："大哥，你莫急，我赔你，我赔你。"说完，他把地上的盐捡进自己背篼里，和胡顺一起朝西阳县城走去。

到了盐号，冉广盘悄悄对胡顺说："大哥，这阵你就听我的。"他们等过秤的进屋去了，冉广盘拉着胡顺就跑进盐号，把盐巴倒在盐堆上，过秤的人听到外头有声音，提起秤就跑出来。"哎！你怎么称都不称就把盐倒了。"冉广盘说："啷个没称呢？在那边称好的。"掌秤的说："那不行，重过秤。"冉广盘说："好嘛，反正我们今天摔了跟斗，沾了泥巴的盐都是我们的。"说完，就和胡顺到盐堆上，把有泥巴的盐都装到各人的背篼头。一个装满一背，有泥巴的盐还没捧完。掌秤的一看就吼起来："你们背得起好多？"冉广盘说："怕两个大男子，还不背两百多斤？算了，算了，就算我们今天倒霉，只装这些。"冉广盘和胡顺把背篼的盐一过秤，一个一百多斤。盐号只好付了两百多斤盐的脚资给他们。

胡顺拿到一百多吊钱，不晓得啷个感谢冉广盘，非要分一半给他不可。冉广盘说："大哥，你这人太老实，拿到这钱去拜师讨点乖吧！"说完，背起背篼就走了。

讲述者：　冉崇能
采录者：　连小培、李照萍
采录时间：1985 年 10 月
采录地点：西阳土家族苗族自治县南腰界（今西阳土家族苗族自治县南腰界镇）

大〇"。号房看到他傻头傻脑的，就说："傻子，背起走吧。"

冉广盘把盐背走了。后来盐号一查，发现少一背盐，也不晓得背盐的人叫啥名字，只看到几个圈圈。冉广盘后来就把这背盐卖了，和脚夫分了盐钱，赚回了原先的克扣。

讲述者： 冉崇锡，男，土家族

采录者： 连小培，男，汉族，西南大学学生

采录时间： 1982 年 11 月

采录地点： 酉阳土家族苗族自治县南腰界（今酉阳土家族苗族自治县南腰界镇）

（四）扯谎三的故事

扯谎三，是川湘鄂边区传说中的人物，是否实有其人，无从查考。他多才多艺，聪明正直，不畏强暴，嫉恶如仇，加上练就一套过硬的拳脚功夫，当地的贪官豪绅、地痞恶棍都怕他。这里搜集的，是他除暴爱民的几个小故事。

511

一件狐袍

腊月的一天，北风猛刮，雪花飘飞，扯谎三来到秀山县城里。他走到城隍庙门口，看到一位白发蓬蓬的乡下老大伯在伤心流泪，急忙问是怎么回事。老大伯说："我那靠打猎为生的女婿孝敬我，给我做了一件新狐袍，可刚刚穿到这儿，就被地头蛇抢了去！"

扯谎三气愤地问："他人呢？"

老大伯指着大西街："刚走！"

扯谎三把老大伯扶起来，叫他就地等着，赓即跑进庙去，从香炉中取了几支燃着的香头，迈开大步追到十字街，见"地头蛇"正把新狐袍披在身上，洋洋得意地自我欣赏。扯谎三走到他面前，笑嘻嘻地说："好狐袍，老哥子你卖不卖？"

"地头蛇"贼眼一转，伸出四根手指拇说："这个数，你小子出得起？"

扯谎三笑嘻嘻地："四两银子，算啥？不过，我得穿穿，看合身不？"

"地头蛇"看他如此慷慨，便把狐袍脱下。扯谎三接过来，穿在身上，前后左右地看了又看，嘴里不断地嚷道："好狐袍，嘻嘻！好狐袍！"他那滑稽的神态，把行人都吸引过来了。趁大家赞赏抚摸狐袍的时候，他悄悄取出香火，将狐袍背腰上烧了个小洞，然后嬉笑着，旁若无人地挤出了人群。

"地头蛇"大怒，一把抓住他："你他妈咋个不讲理？"

扯谎三打开他的手，突然变脸："你这人好坏，白肉上生钉！这狐袍明明穿在我身上，怎么说是你的？"

"地头蛇"扬拳要打："是我的！"

扯谎三托住他的拳头，对众人说："乡亲们请看，他敲诈勒索不算，还要动手打人！"

县城里的市民对"地头蛇"的恶劣行径非常清楚，平时对他恨之入骨，此时，都帮扯谎三说话。"地头蛇"有口难言，只是抓着扯谎三不放。二人抓抓扭扭地来到县衙门口，惊动了县令，他吩咐差役将他们带上堂去，二人还是公说公有理，婆说婆有理。县令气极了，惊堂木一拍，大声喝道："不许吵！我问你们，这狐袍上有何记号？"

"地头蛇"心中无数，吞吞吐吐地："我……我……"

县令桌上一拍："有没有？"

"地头蛇"只好老实招认："没有！"

县令又拍惊堂木，对扯谎三："你呢？"

扯谎三脱下狐袍，交给县令："大人，我这狐袍是我打猎的大哥才给我大伯做的，我穿时，被调皮的小兄弟用香火在腰背上烧了个洞。大人明镜高悬，慧眼识真，请验！"

县令接过狐袍，翻来覆去地看了又看，果然在腰背上发现了一个筷子头大的洞。这时，围观的乡亲们又上堂做证。县令见人证物证俱全，立刻把狐袍扔给扯谎三，跟着又抽出一支牙签，指着"地头蛇"叫道："来人呀！将这敲诈勒索的歹徒拉下去，重责四十大板！"

几个凶神恶煞的差役将"地头蛇"按倒在地，剥开衣裤，痛打起来。在他爹呀妈呀的叫痛声中，扯谎三捧着狐袍跑出公堂，到城王庙门口找到那个乡下老大伯，将狐袍恭恭敬敬地交还他，笑着出城去了！

讲述者： 张安全，男，苗族，海洋乡大沟村农民，不识字

采录者： 王显能

采录时间： 1986 年 4 月 18 日

采录地点： 秀山土家族苗族自治县海洋乡大沟村

512

火烧黑心账

　　秀山西部有个大财主，他发家致富的手段是放高利贷，尤其阴险毒辣的是他肆意篡改账目：穷人明明只借他一吊钱，他欺债主不识字，就在一字上加一竖成了十吊钱。这样账加账，利滚利，他由一个地痞无赖变成了金银万贯的大财主。在他的黑心账下，不知有多少人妻离子散，家破人亡。人们万分愤慨，暗地里就叫他"黑心狼"。

　　扯谎三早就听说过"黑心狼"的黑心账，决心为民出气，收拾收拾他。这天，他来到"黑心狼"的大门口，只见"黑心狼"穿绸着缎，抽着水烟杆，烤着旺旺火炉，正横蛮霸道地指骂他脚下跪着的一大群债民。有个年轻后生忍不住说了句："老爷，我家阿爹说只借你的一担谷呀！"小后生的老父也颤抖着说："是呀！咋个又变成十担谷子了？"

　　"黑心狼"桌上一拳，口水乱溅："胡说！我看你父子知恩不报，反而猪八戒败阵——倒打一钉耙！"说着，他又把账本扔在小后生面前："你瞎了眼，这白纸黑字，写得清清楚楚，明明白白……"

　　小后生气不过，顶撞道："我看你这账一定有假！"

"黑心狼"大怒，他跳下阶梯，手起棒落，打得小后生头破血流。跟着，又抓着他的衣领骂道："杂种，谁做假？假在哪点？你说！"

债民们见他那凶狠样，吓得大气都不敢出。扯谎三看在眼里，恨在心里，他大步向前，推开"黑心狼"，把小后生拉到自己怀里，气愤地说："不准你欺侮他。至于他欠你的债，还有众乡亲欠你的账，都由我来还。"

"黑心狼"双手交叉一抱，狞笑道："你还得起吗？"

扯谎三强硬地说："只要是真账，分文不少！"

"黑心狼"指着账本："好！那就请点数。"

扯谎三拾起账本："就这些？"

"黑心狼"傲然地捋着山羊胡子："一笔不少！"

扯谎三冷笑一声，翻了翻账本说："这小兄弟说，你记的账有假；其他乡亲们也说，你的账有假。唉！但愿他们说的不是真的。不过，听老人们说，真金不怕烈火炼。要是你记的不是黑心账，我想也不怕火来炼。老爷，为了证实是真是假，我们也来验一验吧！"

"黑心狼"听说，急忙扑上前夺账。扯谎三当胸一拳，将他打翻在地。家丁恶棍前来帮忙，又被他打翻几个。大家见他厉害，吓得不敢近前，只好眼睁睁地看着他把厚厚的账本投入火炉，又眼睁睁地看着一张张纸灰飞上天空。

"黑心狼"气得仰天狂嚎："我的账，我的账，老天，我的账呀……"

扯谎三笑着说："看到了吗！你的账确实是假的，是黑的。我劝你改邪归正。要是再干这没良心的事，我扯谎三知道了决不饶你！"

乡亲们知道他就是扯谎三，高兴得围了上去，问长问短，异常亲热。"黑心狼"吓得爬进内屋，叫人快把门闩插上。听说两天以后，他都还吓得像筛糠一样发抖哩！

讲述者： 张安全，男，苗族，海洋乡大沟村农民，
不识字
采录者： 王显能
采录时间： 1986 年 4 月 18 日
采录地点： 秀山土家族苗族自治县海洋乡大沟村

513

智惩伍霸道

扯谎三烧了"黑心狼"的黑心账后，来到青龙镇上。这天，正逢赶集，场上人山人海，万头攒动；吃的用的，穿的戴的，五花八门，样样都有。他走到鸡鸭行，看到一个衣着华丽的浪荡哥儿，东瞧瞧，西望望，贼眉贼眼的，便跟了上去。

这个人是城里县令的干儿子，青龙镇上有名的土霸王伍矮哥。他在镇上开了一个瓷器铺，平时欺压穷苦百姓，无恶不作，是个逞强霸道的无赖，人称"伍霸道"。他走到一个山沟来的小姑娘面前，提起竹篓中的几只鸭子，气势汹汹地问："小丫头，你这鸭子咋卖？"

小姑娘怯生生地望着他："五吊钱一只。"

"伍霸道"鼻子里"哼"了一声："嘿嘿！五吊钱一只，不贵，可老子不想吃鸭肉，就想吃这掌上的鸭蹼，你咋个卖？"

小姑娘害怕地说："光要鸭蹼，我不卖！"

"伍霸道"睁着铜铃眼："不卖？你这小娼妇晓不晓得我是哪个？帮我讲，老子伍霸道看上了的，你不卖也得卖！"说着，他取出随身带的刀，将竹篓内的二十只鸭蹼

砍下，丢下两吊钱就走了。

小姑娘伤伤心心地哭了。

扯谎三走过去，掏出一两银子放在她的衣袋里，拉着她的手说："小妹妹，别难过，走，看我去教训教训这个坏种！"

他们追上"伍霸道"，跟着他走进瓷器铺。这儿的瓷器好多啊！描金的、镀银的、画花的、画鸟的，全是白白生生的上等货。扯谎三叫小姑娘在门口等他，然后指着货架高声问道："掌柜的，这上等瓷器还有吗？"

"伍霸道"见他气度不凡，以为是个大买主，忙把鸭蹼交给伙计，答道："你要多少？"

扯谎三说："花茶壶，花酒壶，花边金碗，花边银碗……凡是有花的都要一点。"

"伍霸道"高兴地说："这些货都有，只是价钱高低不一。"

扯谎三落落大方地说："这好办，我这人爱撇脱，不管哪种货，干脆用秤来称，值多少钱，你算出来我照付就是了。不过，要什么货，得由我来点！"

"伍霸道"心想，这人不论个数论斤头，看来是个大老板，我不如趁机敲他一竹杠，多算他几十两银子，便笑哈哈地说："可以可以，客人请点货！"

扯谎三把货架上画着雀鸟花卉的上等瓷器点了二十样，放在案桌上后，才不动声色地说："掌柜的，老爷我只喜欢这瓷器上的花鸟，你把它敲下来称吧！"

"伍霸道"这才明白对方是在捉弄他，气得暴跳如雷，冲着扯谎三骂道："你滚，老子不卖了！"

扯谎三冷冷一笑："不卖？你小子认不认得我是哪个？帮你讲，老子扯谎三看上了，你不卖也得卖！"说着，他从看热闹的人群中抽过一根扁担，把案上的瓷器打得粉碎，然后，将十来块有花的碎片拾起，丢下两吊钱，牵着那个卖鸭的小姑娘走了。

"伍霸道"知道冤家碰到了对头，他慑于扯谎三的威名，只得自认倒霉，从此，再不敢在青龙场上称王称霸了。

讲述者：　张安全，男，苗族，海洋乡大沟村农民，不识字

采录时间：1986 年 4 月 18 日

514

巧难刁秀才

阳春三月，桃红柳绿，百花盛开，有两个文武秀才，摇扇打扇，来到秀山城外春游。他们看到绿油油的一片韭菜，禁不住诗兴大发。文秀才卖弄文才，先念道："艳阳绚绚当空照，打草斗狗乐逍遥……"武秀才不甘落后，也抢着念道："春光融融无限好，麦苗青青起波涛……"

一个聪明年轻的农夫，扛着犁铧，牵着大水牛，从他们身边走过，听到他们胡言乱语，止不住也念了两句："四肢不勤卖风骚，错把韭菜当麦苗。"文武二秀才听到农夫挖苦他们，勃然大怒。武秀才说："你这黄泥脚杆，也配做诗？有本事，敢与老爷比试比试？"

年轻农夫淡然一笑："比哪样？"

武秀才对着文秀才咬了阵耳朵，文秀才点头，说："我们各以自己的身份或器具念四句诗，末尾的韵脚要同。当侧边人提出质问后，还要回答'不！不！不！'三字。要是没有人问，那做诗的人就输了！"

年轻农夫问："那输了又怎么办呢？"

武秀才说："我们输了，就各把十两银子给你；要是你输了，我们就把这条牯牛牵走。你敢不敢比？"

这年轻农夫不知是二人的诡计，加上平时又能编会唱，向来不把这些不学无术的酸秀才放在眼里，见他们紧紧相逼，便说："比就比，难道我还虚你不成！"

文秀才摇头晃脑先念："我笔毛儿尖尖，笔杆儿圆圆，写了些天天，写了些月月……"

武秀才问："你是文状元？"

文秀才急忙说："不！不！不！"

武秀才不等文秀才落音，就嘶声哑气地念道："我枪头儿尖尖，枪杆儿圆圆，练了些天天，练了些月月……"

文秀才问："你是武状元？"

武秀才洋洋得意地："不！不！不！"

文秀才幸灾乐祸地指着年轻农夫："该你啦！"

年轻农夫胸有成竹地念道："我铧口儿尖尖，铧杆儿圆圆，犁了些天天，犁了些月月……"

他说得很好，可文武二秀才装猪吃象，谁也不问他是什么？年轻农夫说不出"不！不！不！"才明白二秀才是有意在整他。他非常气愤，但又有言在先，只得眼巴巴地看着二秀才趾高气扬地把大牯牛牵走。

这时，扯谎三刚巧也路过这里，他见年轻农夫愁眉苦脸的样子，问明原因，立刻追上二秀才："你们文才好，让我来和你们对！"

二秀才见扯谎三蓬头赤脚，衣衫陈旧，心想，又是一个好对付的泥巴脑壳，便摆出一副居高临下的派头，傲慢地说："要是你说不出'不！不！不！'呢？"

扯谎三说："我把家产一起押给你！"

文武二秀才相视一笑，同声地："好！要是我们输了，再加十两银子！"

扯谎三说："说话算话？"

二秀才摆出二十两银子："画押为据。"

三人立下文书，画押为凭。扯谎三看了看得意洋洋的二秀才，拍着大牯牛朗朗念"牛角儿尖尖，牛肚儿圆圆"，又指着两个秀才说，"怀了你天天，怀了你月月……"

二秀才勃然大怒，喝道："你把我们当成畜生？"

扯谎三笑着答："不！不！不！"

说完，他收起银子，连同大牯牛一起，交给年轻农夫，二人有说有笑地走了。二秀才呆呆地站在那儿，半天都还没回过神来！

谎下来

讲述者：　张安全，男，苗族，海洋乡大沟村农民，
　　　　　不识字

采录者：　王显能

采录时间：1986 年 4 月 18 日

采录地点：秀山土家族苗族自治县海洋乡大沟村

　　狮子头听说扯谎三哄了不少人，很不服气，他不信扯谎三能哄得过他。于是，他派出家丁，把扯谎三找了来。

　　这天，狮子头端坐在大堂的太师椅上，心想：我这么坐着，看他有什么道法。他盘算着如何除掉扯谎三。

　　扯谎三被家丁领到大堂门前，狮子头昂头鼓眼："我今天就坐在这，你若哄我不下来，就砍你的头。""好！万一把你哄了下来呢？""随你便。""你打开粮仓任百姓挑三天三夜。"狮子头鬼眼一转，满口答应。扯谎三说："我扯谎有个条件：你先坐在那儿，我哄不下来；就是人在椅子下，我一定可以把他哄上去。"狮子头哈哈大笑，下了椅子。心想，我下来了就不上去，你能把我有什么法！扯谎三一看他下了椅子，就说："怎么样？开仓吧！"听到扯谎三喊开仓，狮子头这才恍然大悟，气得顿时直了眼。

讲述者：　张安全，男，苗族，海洋乡大沟村农民，
　　　　　不识字

采录者： 张为民，男，苗族，海洋乡文化干事
采录时间： 1986 年 4 月 18 日
采录地点： 秀山土家族苗族自治县海洋乡大沟村

516

谎架子

说不清楚是哪个朝代，有个扯谎三，因为他连树上的鸟儿都能哄下来，所以相当出名。

一次，扯谎三当着众人的面哄骗了当地的一个大财主，使他下不来台，还当着众人的面取笑了他一番。所以他十分恼恨扯谎三，就告到县大老爷那儿去。

县大老爷用差人把扯谎三传了去。

县大老爷问："你就是扯谎三？"

"大老爷，我就是扯谎三。"

"听说你很会扯谎啦？"

"大老爷，我说不会，你又说我扯谎，让我还吃官司。扯谎的事，我强勉得行。"

大老爷说："扯谎三，你今天若把我县大老爷谎过去了，我不打你板子，倒输你两百块洋钱。如果你在我面前谎不过去，我今天就要先打你板子，再杀你的头！"

"大老爷，嘞个就算谎过去了？"扯谎三问。

"不说好难，只要你能扯谎，离开我百步远就算。"

"大老爷，先生出门都要带支笔呀，你现在叫我赤手空拳，又嘞个能扯？还是要有个工具才能扯讪！"

大老爷问：“你要么子工具才能扯？”

他说：“我要扯谎么？还有个'谎架子'在屋没出来。”

大老爷说：“那你去把谎架子拿来嘛，要快点啰。”

边说，边叫左右和看稀奇的人让开路。

扯谎三放开腿就一阵小跑，超出了足有两百步远，才回过头说：“大老爷，我不要你那两百块洋钱了。”边说，边照来路跑了。

大老爷搔着后脑勺，说：“又着他哄了。”

讲述者：　刘士孝，男，土家族，黔江五里乡炊事员
采录者：　许显昌，男，土家族，文化干部
采录时间：1986 年 6 月 25 日
采录地点：黔江区五里乡（今黔江区五里镇）

517

神药

一天，扯谎三来到一个小镇，听说镇上一个地主老财家的幺儿得了怪病，无一人能治好，扯谎三立即装扮成郎中，大摇大摆地向老财主家走去。

扯谎三"神药两改"地吹了一通，老财主如遇救神，立即请他给幺儿看病。扯谎三装神弄鬼地打整了一番，突然惊道："呵！撞了碓窝神，快准备香米粮食，大谷三十担，红绫十三丈，雄鸡四十九只，到北方张三家碓屋去还神，方能有救。"老财主立即按扯谎三的吩咐，派人把东西挑到指定地点。然后，与老婆一起，带上两个家童，跟着扯谎三急急忙忙地去还神。

扯谎三念念有词，喷了一碗清水，叫老财主两口子把碓窝尾巴紧紧踩起。他麻利地把老财主的幺儿放进碓窝，念念有词："心诚则神灵……"说完，走了。两口子看着碓嘴下的儿子，不敢有半点疏忽，只好紧紧踩着。

扯谎三转过来，就对张三说："快喊大家把东西挑走，等那狗东西喊叫，你们再去把他的儿子抱出来。"说罢，扬长而去。

讲述者： 张安全，男，苗族，海洋乡大沟村农民，
不识字

采录者： 张为民，男，苗族，海洋乡文化干事

采录时间： 1986 年 4 月 18 日

采录地点： 秀山土家族苗族自治县海洋乡大沟村

518

三斤半

　　从前，有一个财主，硬是爱说勒横话[1]，方的说成圆的，屁臭说成屁香。由于他有权有势，周围的人都怕他。

　　过去他老爱说勒横话，不管说是么子，他都说不是的不是的。

　　那天，扯谎三打算要整他一手儿。他把秤、刀安顿[2]起，再把财主请去说勒横话。

　　把财主喊去了，扯谎三就说：

　　"我晓得，老爷你脑壳有三斤半。"

　　财主说：

　　"不是的，不是的。"

　　扯谎三把眼睛一鼓[3]：

　　"不是的，老子割下来称。"就拿起刀要割财主的脑壳。

　　把财主吓死了，忙说：

　　"是的，是的。"

[1] 勒横话：不讲道德的话，违背生活逻辑的话。

[2] 安顿：准备。

[3] 鼓：瞪。

周围的人"哄"的一声就笑起来，因为三斤半指牛卵子。

财主气得脸上青一块白一块的，过了就不敢再说勒横话了。

讲述者：　刘世孝，男，农民

采录者：　许显昌、谢再明

采录时间：　1987年6月2日

采录地点：　黔江区五里乡（今黔江区五里镇）

519

改联杀老财

扯谎三机智勇敢，好打抱不平，经常作弄有钱人，替穷人出气。官家财主恨死了他，穷苦百姓都很喜欢他。

有一年，财主黄豺狼的少爷黄鼠狼考中进士回来，黄豺狼得意"癫"了。一会儿，高声大气呼唤长工打扫庭院，张灯挂彩；一会儿，又指手画脚吆喝长工杀猪宰羊，买酒办菜。一天忙下来，长工们一个二个累得脚耙手软，腰酸腿痛。黄豺狼却只给了长工一人一碗黑不溜秋的红苕坨垃，便忙着到堂屋敬祖宗去了。

高中进士的黄鼠狼踌躇志满，得意得很。他耀武扬威，迈着八字步儿，摇摇摆摆走到长工面前，做出一副不可一世的样子，瞟了瞟正蹲在地下吃饭的长工们。他满以为长工们会立即站起来恭维他，赞颂他不得了或了不得。谁知长工们各自埋头吃饭，谁也不理睬他。黄鼠狼见状，心里很不高兴，鼻子哼了一声，指着扯谎三说："扯谎三，你敢跟我应对么？"

扯谎三早气笃了，立即站起身来，说道："好吧，我今天就要看看你的学问怎么样了。"黄鼠狼瞄了扯谎三一眼，心想：你要来跟我应对，真是自讨难堪。便漫不经心地说道："好嘛，那你就听到嘛。我的上联是：四书五经有滋有味。"

扯谎三接口就答："我的下联是：一日三餐无油无盐。"

黄鼠狼一惊：嘿，看他不出，不但对得工整，还尖酸刻薄。好吧，等我出个长联来难倒他。黄鼠狼看着张灯结彩、富丽堂皇的堂屋，想出一个长联，说道："十根金龙柱，十颗小圆珠，十对宫灯十红十绿。"

扯谎三闻言，晃了晃手里的破碗烂筷子，答道："一只土花碗，一个大缺疤，一双筷子一黑一乌。"

黄鼠狼见他对对带刺，不觉恼羞成怒，顾不得什么斯文体面，抹下一张鼠狼脸，说道："哼，吃阿普[1]的，喝阿普的，还不知么么？"

扯谎三用筷子敲了敲早已吃光的空碗，眼睛盯着烧香摆供的堂屋，答道："嗬，敬祖宗的，拜祖宗的，当然嫌少呀！"

黄鼠狼一听，又怒又气又不好发作，只得把袖一拂，转身缩回堂屋。黄豺狼见自己儿子吃了亏受了气，不禁勃然大怒，说："让扯谎三占了上风，这还了得！"接着，叫丫头拿来纸笔，亲自提笔，写了一副显示自己富贵气派的对联，叫人拿出去端端正正贴在大门两旁。扯谎三见那对联写的是：

父进士，子进士，父子进士；
婆夫人，媳夫人，婆媳夫人。

扯谎三不禁"嘿嘿"冷笑两声，便走开了。当晚，更深夜静时，扯谎三去黄豺狼的上联上添了三笔，下联上添了九笔，各自回屋睡觉去了。

第二天，长工们把周围的穷苦乡亲喊去看黄豺狼家大门上的对联。扯谎三有意叫一个识字的老人家高声念了出来：

父进土，子进土，父子进土；

婆失夫，媳失夫，婆媳失夫。

大家听了，敞怀大笑，十分痛快，笑声惊动了黄豺狼父子。黄豺狼还以为人们在赞赏他的对联写得好，急忙带着儿子出来观看。一见被改了的对联，句句辛辣，像一把钢刀戳在他的心上，不觉"哎呀"一声惨叫，扑通一下跌倒在地，口吐白沫，给气死了。

讲述者：　　彭国仁，男，农民，小学学历
采录者：　　刘长贵、彭林绪
采录时间：　1984年冬
采录地点：　秀山县石堤场上

[1]　阿普：此处指老人的意思。

520

哑
谜
骂
达
官

从前，有个贪婪凶残又好逸恶劳的皇帝，他饱食终日，无所事事，便将搜刮来的民脂民膏尽情挥霍浪费，整日花天酒地，歌舞不休。到后来，他吃厌了山珍海味，听厌了器乐歌声，便想出了一个猜哑谜取乐的新花样。特别是在逢年过节的时候，他更要大赌哑谜取乐。

这一年，眼看年节又快到了，皇帝提前很久就派出钦差大臣，四处寻访最会打哑谜和最会猜哑谜的人。钦差大臣找啊找啊，最后访得苗家的扯谎三会猜哑谜。

扯谎三早恨透了那些当官做老爷的寄生虫，常常编方打条讽刺咒骂皇帝老倌和地主老财，久而久之，他好说敢讲就出了名。这次，钦差大臣下来，慕名把他请到了京城。

皇帝听说扯谎三很会打哑谜，就把他宣上金銮宝殿，亲赐御酒三杯，而后说道："朕洪福齐天，几经努力，培养了三个最会猜哑谜的人。今年，又访着了你这个最会打哑谜的人，真正可以开怀乐一乐了。"说完，一声令下，"来呀，宣文武百官上殿陪坐欣赏。"

满朝文武官员乐得看稀奇，闻后赓即雀跃上殿观看。皇帝见群臣一个二个兴趣盎然，更加得意洋洋，当即降旨，叫扯谎三打哑谜给那三个人猜。

那三个所谓最会猜哑谜的人，实际上是几个善于揣摩皇帝心理，投其所好，谄笑媚言之徒，因拍马有功，皇帝分别让他三人当了土司、总管和县官。这三个小人得志，经常作威作福，欺压善良百姓，今日，听说又要猜哑谜，不禁喜形于色，心想，只要顺着皇帝的意思，把好听的话说它一堆就可以领赏，如说得皇上高了兴，说不定还可以加官进爵哩。想到得意处，不觉手舞足蹈起来。

扯谎三见这三个得意忘形的样子，觉得恶心。他把眉头一皱，领旨出题，一一做起手势，打起哑谜来了。众人见他：上一指，下一指，左一指，右一指，前一指，后一指，把胸一拍，伸出三根指头，两手一拱，又把心口一指，就停了。

大家看着十分有趣，皇帝也看入了迷。过了多一阵，皇帝才想起叫人解猜。皇帝举目往下一扫，见三人毕恭毕敬站在殿下候旨，就指着土司说："你先猜。"

土司赶忙向皇帝拜了一礼，而后眼睛眨了眨，指手画脚猜道："上知天文，下晓地理，左青龙，右白虎，前朱雀，后玄武。本人土司，一年三百天，承皇上洪福，钱财天天进屋，喜得我心头像吃酒肉。"

扯谎三不待皇帝询问，厌恶地把头一摇，冷冷地说了一声："没猜对！"

皇帝又命县官接着猜，县官站起身来，恭恭敬敬向皇帝鞠了一躬，而后看了看皇帝脸色，满有把握地猜道："上奉圣旨，下管黎民，左三班，右六役，前呼，后拥。本人是县官，任满三年，若皇爷开恩，就可升官作知府，敬祝皇帝万寿万福。"

皇帝闻言，微微一笑，掉过头来看着扯谎三，扯谎三又冷笑了一下，说："仍没猜对！"

皇帝老儿一听，又没猜对，感到非常扫兴，便喝令总管来猜。总管慌忙站起来，又赶忙跪下去，诚惶诚恐地给皇帝叩了一个头，把衣冠整了一整，摸着脑壳想了一阵，而后舞手动脚地猜道："上打泰山压顶，下打老树盘根，左插花，右插花，前弓，后箭。本人总管，三军马前，仗皇爷神威，保国泰平安，皇爷欢乐。我始觉报皇恩于万一。"

皇帝一听，哈哈大笑，连夸："猜得好！猜得好！"扯谎三忍不住"侧"地一下站起身来，指着三个马屁客耻笑道："你们几个硬是蠢得像猪，只晓得说奉承话，半点也没猜对！"

皇帝闻言吃了一惊，心想：这扯谎三好大的胆子，竟敢如此放肆！本想当即喝令杀了他，又怕消息传出去以后，再没人敢来打哑谜，便忍了一口气，假惺惺向扯谎三说道："他们三个东西都是蠢材，你口齿伶俐，必定很有肚才，那你快将哑谜解出来，让孤王和爱卿们听个欢快吧。"

扯谎三说："我这哑谜，是皇爷和老爷们平日都很难听到的，今天过年，我就让你们听个痛快吧！"说完，扯谎三将吃得肠肥脑满的达官贵人们瞥了一眼，想起乡亲们饥寒交迫走投无路的悲惨遭遇，不禁气往上冲，脸色一变，指着皇帝和官员们厉声斥责道："上天无路，下地无门，左思右想，前后为难。我苗家人，年节三天，锅盖揭不开，你们做官当老爷，只晓得升官发财，吃喝玩乐，不顾百姓死活，良心何在！"

讲述者： 彭国仁，男，农民，小学学历

采录者： 刘长贵、彭林绪

采录时间： 1984 年冬

采录地点： 秀山石堤场上

521

巧谎冉土司

冉土司有权有势，而且爱款大话[1]。有一次，他又款大话说："我这大半辈子啥都经历过，就是没经历过被人扯谎。不过，哪个要是真的把大老爷我哄过去了，我算他凶。"

这话传到扯谎三耳朵头去了，他点都不安逸，心想：你个狗日的，一天吃别人的汗，喝别人的血，还要占别人的便宜。老子没其他本事，你没尝过被人扯谎的味道，我叫你试。

一天，扯谎三在武陵山上弄柴，看到山脚下的大路上，一群人抬着一副滑竿过路。扯谎三一看，是冉土司，他就在山上头喊："路上是土司老爷吗？"

听到有人喊，冉土司叫把滑竿停下来，问是么子事。

扯谎三说："我有件要紧的事情，给土司老爷一个人说。"

冉土司说："有么子事，你就说嘛，这些都不是外人。"

[1] 款大话：说大话。

"老爷，这事，我连我亲娘亲老子都没说的，你不听算了，到时候莫又来找我。"扯谎三转过身装出要走的样子。

冉土司这下着急啦，心想：么子事？莫不是哪家又要娶媳妇儿，给我透个风声儿，好晚上去。这一想，他更着急，连忙喊：

"哎哟，你莫走嘛。"

扯谎三车转身，站着不动，冉土司喊："哎，你是哪个？有话下来说，我给你三十两银子。"

扯谎三装倒起一走，脚一崴，就蹲在地上了："老爷，不是我不走，我脚遭崴了。哎哟，老爷，要来就来，不来我就爬起走了啊。"

"莫走，我来，我来。"

冉土司没得办法，只好叫抬轿子的等一下，一个人向山上爬、爬、爬，爬得身上汗水像尿流。

好不容易爬到山上，扯谎三才凑在他耳朵边边说："老爷，我说给你了，千万莫跟别人说啊。"

"嗯，娘老子我也不说。"

扯谎三作古正经地说："老爷，我只给你一个人说，就是这个猪油炒酸菜，米汤泡锅巴最好吃。"

"就是这个？"

"老爷，我要回去了。"扯谎三一跳，脚也不痛了，扯伸脚杆就逃了。

冉土司这才晓得挨骗了，在山上有气却说不出来。

讲述者： 宁清扬，男，私塾
采录者： 孙文木、胡永鸣
采录时间： 1984 年 8 月 7 日
采录地点： 黔江区联合镇（今黔江区城西街道）杉
木村

（五）林贵福的故事

522

整老板

讲述者： 占显义，男，农民，初中学历
采录者： 钟德彬
采录时间： 1986 年 12 月 3 日
采录地点： 开县（今开州区）竹溪乡竹兴村

半人高的夜壶，就要赔我三倍的订钱。"老板气得浑身直是筛糠，只得赔了三倍的订钱。

从前，临江御河沟有个窑罐厂，窑老板对烧窑的丘二十分刻薄，丘二们找到林贵福，请他帮忙出口气，林贵福就答应了。

一天，林贵福来到窑罐厂，对老板说："我要订做一百个半人高的夜壶，正月初三在临江大河坝交货。先给订钱，到时钱货两清，决不赊欠；到时交不了货，你要赔我三倍的订金。"老板见是一笔大生意，笑得嘴巴都合不拢缝，收了订钱，连天连夜地赶做起半人高的夜壶来。

正月初三那天，临江大河坝人山人海，都来看热闹。一百个半人高的夜壶摆了一坝坝，奇形怪状的，哪个不把嘴巴笑吞[1]，弄得老板站在一边被人指指戳戳，巴不得林贵福快点来把夜壶弄起走，好脱货求财。殊不知，等了一个上午，林贵福连个人影都不见，气得老板拿起打杵"乒乒乓乓"一阵乱打，把一百个夜壶打得稀巴烂，个好的也没剩。老板正要回去，一抬头，林贵福就在面前站到，还说："货还没交，你啷个把它打烂了？今天交不出一百个

[1] 吞：张开。

523

搬月亮

采录时间： 1987 年 3 月 1 日

采录地点： 云阳县养鹿乡（今云阳县养鹿镇）桐林村

一次，林贵福到一个财主家去打短工，这个财主素来要赖，远近闻名。他有个规定：凡是做工的去领工钱时，非得要做一道题，做对了来领工钱；做不上，一文钱也不给。

这天，林贵福来领工钱了，老奸巨猾的财主笑着说："老林，你很聪明，我出一道题你做上了，就拿双倍的工钱；做不上，那就一文钱也领不到啰！"说完，就出了一道题："把天上的月亮搬到屋里来！"

林贵福眼珠一转，不慌不忙带了一把锄头爬上屋上，抡起锄头，朝屋顶一阵乱打，只听见"哗啦哗啦"响成一片，财主的屋顶上很快就开了个大天窗；然后，他又下屋来，打了一盆清水放在屋里地上，清水里立马映出了月亮的影子。这时，林贵福才去请来财主。财主一看，气得说不出话来，最后，只好把双倍的工钱给了林贵福。

讲述者： 刘成善，男，农民，初中学历

采录者： 周云

524

戏弄算命先生

林贵福见算命先生骗人钱财，早就想戏弄一回。

一天，林贵福去赶场，忽然，听见一个瞎眼算命先生在向一些人吹嘘："不怕林贵福那么聪明，可他一回也莫想戏弄我。"

散场了，林贵福便跑过去笑嘻嘻地对算命先生说："我们那里有好多人要算命，请您到我们那里去一下吧。我来牵您，碰到沟沟坎坎，我喊您跳您就跳。"算命先生很高兴，满口答应。在路上，问林贵福："你叫啥名子？"林贵福笑道："我叫这个。"

林贵福把算命先生牵到一个粪坑边，喊了一声"跳"，只听到"咚"的一声，算命先生一下子就跳到了粪坑里。这时，林贵福悄悄溜跑了。

算命先生在粪坑里挣扎了一阵子才爬起来，可满身是屎，只好把衣服裤子全脱光。一边脱，一边咬牙切齿地说："我找到这个后，非和他算账不可。"这时，恰巧有几个妇女在附近池塘边洗衣服，算命先生听见了，立刻伸直身子，大声地招呼道："喂，洗衣的大姐，你们看见'这个'没有？"这些妇女抬头一望，见是一个瞎子赤条条地站在那儿，气得大骂："我们孩子都有一大群了，还没看见你那个？你这老不死的，真是狗胆包天，大白天就敢这样戏耍我们！"妇女们越骂越气，拿起洗衣棒槌，冲上去就朝瞎子身上一阵乱打，打得算命先生直喊爹叫娘。

讲述者： 刘成善，男，农民，初中学历
采录者： 周云
采录时间： 1987 年 3 月 1 日
采录地点： 云阳县养鹿乡（今云阳县养鹿镇）桐林村

附记

林贵福是一个地方传奇人物，机智诙谐，爱打抱不平。"林贵福的故事"是以林贵福的生平事迹为主要内容，最初流传于开县（今开州区）临江镇一带，后来成为四川、重庆、湖北部分地区家喻户晓的故事，而在开县可以说是尽人皆知。

清嘉庆年间，林贵福出生在"举子之乡"开县，其祖父按"福、禄、寿、喜"为孙辈取名，他是长子，故为林贵福。

林贵福6岁入塾读书，天资聪敏，能言善辩；18岁以优秀成绩考取秀才，入开县盛山书院读书（与李宗羲、沈西序同学），名列前茅。但他在参加乡试时，因不满科举取士制度，写宝塔诗嘲弄了主考官，被取消考试资格。在仕途无望之后，林贵福更加放浪形骸，嬉笑怒骂，藐视权贵，捉弄世人，发生了许多有趣的故事，被时人称为"怪才"。

由于开县具有明显的区位优势和交通优势，每天来赶集的人和码头工人都很多，非常热闹。于是"林贵福的故事"在清朝同治、光绪年间，通过开县的"船帮"码头工人和商贾们传到了外地。这些居于社会底层的劳苦大众和漂流在外的游子，因为有了林贵福这样机智幽默，敢于漠视礼教、蔑视权贵的人而感到自豪。同时"林贵福的故事"诙谐有趣、嬉笑怒骂，能借此发泄对社会现实的不满，所以深受广大体力劳动者的欢迎，基本达到了家喻户晓的地步。

年过八旬的张昌畴老师对开县民间文化研究颇深，"林贵福的故事"他也收集整理了多年。

林贵福的故事大致分为四个类别：一是家庭故事类，其中有《发蒙》《报喜》《教先生》《伤兵谣》《忆苦饭》等；二是斗争故事类，如《砸缸》《整端工》《表叔出丑》《明天吃饭不给钱》等；三是诙谐故事，如《扫牛屎》《三级跳》《正驼子》《在此小便》等；四是机智故事类，有《治忧》《求婚》《捞裤子》《贵福你好》等。

（六）其他机智人物故事

525

张扯谎与李爱财

的贵客，哪个还算得上？"

李爱财一听，气得咬杏[3]。算了算了，喜事莫搞成忧事。坐席就不分等级了。

讲述者： 唐晓智，男，汉族，八角乡农民

采录者： 吴继德

整理者： 蒙昌华

采录时间： 1985 年 10 月

采录地点： 合川县八角乡（今合川区小河镇）

有一次，李爱财办生期酒。他想把酒席办热闹点，等级分细点，好多落几文。

张扯谎想：我不去不对头，不送礼也不好，送轻了又出不到手，多送点又划不来。想一阵，就把一床铺盖芯子拆下来，披在身上，背了一扇磨蹬石，去作礼信。

到了李爱财家，他把磨蹬石往地上一甩，"咚"的一声，把地上杖[1]了大洞洞。他把铺盖芯子取下来搭在手腕上，坐到等开席。

李爱财一看这家伙是安了心的，当面不好说得，就喊了一个伙计去给张扯谎说："堂屋那儿桌，是老爷安贵客坐的，你各人隔外找坐凼[2]。"张扯谎问："啷个才算得是贵客？""老爷说，衣裳穿得大块的，礼信送得重的是贵客。"

张扯谎把眼睛一鼓："今天来的这些人，哪个有我的礼信重？哪个穿的衣裳有我的大块？我不算老爷屋头最贵

[1] 杖：zāng，捶打动作，此处作投掷讲。

[2] 坐凼：坐的地方。

[3] 咬杏：无可奈何。

526

栽秧架子

一天，李爱财屋头喊起几桌人栽秧子。半上午打了幺台[1]后，正要装起秧子出秧田时，李爱财从秧田边过路，喊到张扯谎说：

"张扯谎，都说你哄人得行，今天来告一下嘛。你要是把我哄到了，我喊这些人去给你屋头栽秧子，我给活路钱。你要是哄不到，就下田给我栽秧子，我也不拿活路钱给你。"

张扯谎说："我有栽秧架子，半天就栽煞搁了，用得着你喊人来栽吗？"

李爱财一听，心想：张扯谎种六十挑谷，半天都要不到就栽完了。要是把他的栽秧架子借给我栽两天，不晓得要少花好多钱啰。忙说："张扯谎，把你的栽秧架子借给我栽一下。栽一天，算双价钱给你，要不要得？"

"算了啊，挨邻处近的，哪个还收你的活路钱。恁个，

你把这些栽秧的活路钱挡了[2]，喊他们到我那凼[3]去盘栽秧架子嘛。"李爱财心头一默，划得着喃，就答应了。

李爱财坐在秧田角角头，等那些人到张扯谎屋去抬栽秧架子来。等到要煮晌午了，还不见影，就跑到张扯谎屋头去看。走拢见门是锁起的，猫不叫，狗不咬，人影子都没得。隔壁的给他说："张扯谎叫我给你带个信：栽秧架子散架了。实在要的话，叫你栽秧时，把手倒拐搁到胳膝头上，架子就搭起了。"李爱财一听，才晓得上当了。

讲述者：	周高军，男，汉族，高中学历
采录者：	吴继德
整理者：	蒙昌华
采录时间：	1985 年 11 月
采录地点：	合川县黄土乡（今合川区双槐镇）

[1] 打幺台：农忙时，半上午加餐。

[2] 挡了：挡读 dǎng，此处作给了讲。

[3] 凼：此处作地方讲。

527

背和尚

从前有个女人，男的做生意，经常出远门，她一人在家，又是单家独户。离她家不远有座破庙，庙里有三个和尚，他们知道这女人的丈夫出门去了，就想打她的起发[1]。

一天晚上，大和尚来敲门，那女人以为是丈夫回来了，就起来开门。哪知那大和尚趁势就拱进屋，嬉皮笑脸，摸摸搞搞的。这女人气得不得了。这时外头又有人在敲门，这女人脑壳一转[2]，说："好嘛，这下我丈夫回来了，看你想死嘛想活？"那和尚也以为是她丈夫回来了，慌了手脚，忙问："这咋办呢？"这女人一想说："我屋头有个红苕窖，只有那里才藏得住你。"那和尚急迫之中，不管三七二十一，一跳就下去了。这女人把红苕窖用烂棉絮盖起，上面又压了一扇磨子，她才去开门。

开门一看，原来是二和尚，二和尚拱进门就伸脚动手的。这回这女人就沉着得多了。正在想法对付，外面又有人在敲门。这女人说："看嘛，你来得不是时候，我

[1] 打起发：打坏主意。
[2] 脑壳一转：动脑筋。

男人回来了，你看咋个办？"二和尚急得没法说："求求你，你看咋个办？"这女人依然叫他进红苕窖里去，才去开门。门一开，原来是三和尚，一拱就进屋来了。这女人一想：今晚上才遇得到哟！只好一边和三和尚周旋，拖延时间，一边想法子对付。事有凑巧，邻近有个赌棍，没得赌本，连夜跑来借钱捞梢[3]，看到房门紧闭，就使劲敲门。这女人一听，有了，对三和尚也如法医治[4]。等他跳下红苕窖后才去开门。

门一开，又拱进来一个，把这女人吓了一跳。那赌棍忙说："嫂子，我只求你借点钱给我捞梢。"这女人一听才放了心。心想：和尚已经闷死了，他既是借钱不如……于是，她正儿八经地说："借钱是可以，但你要帮我做件事。"赌棍心急，只要承认借钱，做点事没来头。就问："嫂子，啥子事嘛？""那你出去一下，等我清点一下钱再说。"赌棍连声答应要得、要得，就出去了。

这女人赶忙把红苕窖里的和尚拖一个出来，靠在门后头。然后把钱放在桌子上，喊赌棍进来说："哎呀！你不晓得，我家来了个和尚，得急病死了。我一个妇道人家，弄不动他，你把他背出去甩了，回来就把钱拿去嘛，不过你要甩远些。"

赌棍说声要得，把和尚背起就走。等赌棍走后，这女人又从窖里头拖出一个和尚，靠在门背后。赌棍背了一阵，就把死和尚甩在土沟沟头，转来就向这女人要钱。

这女人见赌棍回来了，就说："哎呀！背时的，我给你说的要背远点才行。你看，他又跑转来了呀！"那赌棍不信，说："我明明丢在土沟沟头的，我肯信……"他走拢门背后一看，和尚硬是在那里。他二话不说，背起和尚又走。等赌棍走出门，这女人从窖里又拖一个和尚靠在门后。赌棍把和尚甩了，回来正准备拿钱，这女人说："唉，你把和尚甩在哪里嘛！啷个又跑回来啰？"赌棍不信："我甩在对门岚垭上的，我肯信他硬还……""不信你看那里。"赌棍朝门背后一看，硬是有个和尚靠在那里。为了借到赌本，赌棍又第三次背起和尚就跑，心想：老子

[3] 捞梢：捞本钱。
[4] 医治：整治人的意思。

这回甩远些，看你跑不跑得赢我。他背了很久，来到一个岩岩边，把和尚往岩下一丢。哪知和尚的尸体刚好丢到一个官茅厮头，这时，茅厮头正好有个人在屙夜屎，突然听到"呼嗙"一声，吓得他提起裤儿就跑。赌棍在岩岩上看见了，心想：算了，这钱我不借了，你看他比我还跑得快些哟！

讲述者： 叶兴全，男，汉族，乡政府干部
采录者： 胡定明
整理者： 饶春英
采录时间： 1984 年 10 月
采录地点： 江北县梅溪乡（今渝北区石船镇）

528

先生后生都是我的儿

从前，有一个人，肚皮头没有几滴墨水，但他却收了些学生，当起先生来了。这个先生喜欢吃别人的欺头[1]，爱说详碎话。

有一个学生家里很穷，大冷天还是穿一条刷把裤儿[2]。学生每天上学，先生都要招呼一声："裤烂马笼须，你好早呀！"学生知道是挖苦自己穿得烂，回家哭着对嫂嫂说："我不想上学了。"嫂嫂忙问他："你为啥子不上学呢？"兄弟说："先生说我穿得烂，挖苦我是'裤烂马笼须'。"嫂嫂又问："你先生又穿得怎么样？"兄弟说："先生穿的鞋子都是破的。"嫂嫂就教了他对付先生的法子，叫兄弟继续上学。

第二天，先生端着饭碗又招呼这个学生："裤烂马笼须，又上学来了？"学生开口回敬说："鞋破狮子口，你在吃早饭吗？"

先生心里想：这娃儿今天为啥会这样说呢？就问学

[1] 吃欺头：占便宜。
[2] 刷把裤儿：烂裤儿。

生："是哪个教你怎个说的？"学生回答："是我嫂嫂。"先生心想：我倒要看看你嫂嫂是哪个样子。先生很早就放了学，到学生家头去了。

走到学生家门口一看，看见一个青年妇女，背上背着一个娃儿，手里牵着一个娃儿从屋里出来。先生开口就问："大嫂，你背起的娃儿是先生的呢，还是手牵的娃儿是先生的？"妇人听了这话，晓得是弟弟说的那个先生来了，立马回了一句："管他先生后生，都是我的儿。"先生听了立在门口开不起腔。

讲述者：　陈兆良，男，汉族，初中学历，江津县慈
　　　　　云乡雁桥村农民
采录者：　刁复田
整理者：　杨道学
采录时间：1985 年 10 月 29 日
采录地点：江津县慈云乡（今江津区慈云镇）

529

书童服毒

从前，有个私塾老师是个好酒贪杯的馋嘴。他自己屋头的好酒好菜舍不得吃，总想去吃学生家的福喜。这个老师只要一听到哪个学生家有红白喜事，办席请客，不管人家请不请，都要厚起脸皮摇起去吃。这一来，出门的时候就多了，他又怕家头没有人照看，东西遭人偷，想请个书童来照屋。又怕书童偷他的酒肉吃，想了一伙，就在招帖上写明了招书童的条件：一要不会喝酒；二要认不到酒。招帖贴出去后，来了几个不吃酒的小伙子应试。老师一个一个地查问，都认得啥子是酒，还分得出是啥子酒。他就一个都不敢留用。

过后，又来了一个小伙子。老师照旧拿酒考他。这人莫说不会吃酒，连啥子是酒都不晓得。老师高兴昏了，就收下当了他的书童。

有天，老师把学生的书一教完，就换上衣服对书童说："今天我有事要出去，你留在家里照屋。墙上挂的火腿和院坝喂的那只鸡要看好。那桌上的两个瓶瓶装的都是毒药，一瓶是红砒，一瓶是白砒，千万动不得哟！"书童听了连说："请老师放心，我会照看好的。"

老师在学生家吃得酒足饭饱，醉醺醺地回了家。哪晓得，刚推开屋门，就闻到很大一股酒气，进屋又看到书童睡在地上。老师赶忙把他唤醒扶起来问："你生啥子病啦？"书童不慌不忙地说："老师咘，我错了，实在对不起你老人家！"老师一听很着急："啥子事嘛？快说，快说！"书童说："今天老师走了以后，我就去屙屎，回来见鸡被毛狗拖去了，火腿又让猫儿衔跑了。都怪我没有照看好，没有脸再见你老人家，所以我想死掉算了。先吃了一瓶红砒，没有死；又把一瓶白砒吃了，还是不得死。老师咘，你看我该嗯个办呢？"

讲述、采录者：刘蜀芳，女，汉族，识字，跃进村居民
整理者：　　　张麟书
采录时间：　　1987 年 2 月
采录地点：　　大渡口区跃进村

530

孤儿智取牛羊

从前，有个财主，把一家穷人都逼死了，只剩了一个七八岁的孤儿，他就要孤儿去给他当放牛娃儿。孤儿怕财主，就跑到山林林头躲起。

有一天，孤儿在山坡坡上头，看到财主牵了一只羊到场上去卖。孤儿就跑到前头大路上，脱了一只鞋，丢在路上；又跑了一节，又脱了一只鞋，丢在路上。财主看到第一只鞋，心想，一只鞋没得用，要是一双鞋就好了。财主走了一节又看到一只鞋，跟前头那只鞋刚好是一双。财主就把羊子拴在路边边的树子上，跑转去捡那只鞋。

孤儿看到财主走了，就把羊牵起走了。财主转来，看到羊不见了，找了一阵也没有找到，不晓得是跑了呢，还是遭人偷起去了。

过了几天，孤儿在山坡坡高头，又看到财主牵了一条牛在大路上走，孤儿就在山上装羊子叫。财主听到了，以为是前几天不见了的羊子，看到了主人在叫。他就把牛拴在路边边的大树子上，上山去找羊子。

等财主上了这面山，孤儿又在那面山上去装羊叫。财主又跑到那面山上去，孤儿又跑了。财主听到羊子在哪里

叫，就朝哪里追。追了一阵，听不到羊叫了，才回到路上来。一看呢，牛也不见了，就遭气死了。

讲述者： 周宏志，男，汉族，高小学历，农民
采录者： 乔志国，男，汉族，教师
采录时间： 1985 年 7 月 8 日
采录地点： 长寿县八颗乡（今长寿区八颗街道）

531

陈蛴蟆[1]的故事

相传，在很久以前，我们这地方有一个能人，叫陈蛴蟆。陈蛴蟆专和地主老财作对，所以，穷人们非常喜欢他。

他有一天出门，在褡裢里放着十几粒染得花花绿绿的谷子。来到李家村，正值李员外家泡生酒[2]，陈蛴蟆来到堂屋高喊："恭喜！恭喜！员外寿比南山。"在礼房挂了礼，包袱交给写礼单的人。第二天，陈蛴蟆要走，要过包袱，里面的谷子没了，只剩了一些红红绿绿的谷壳。陈蛴蟆生气地说："叫你们放好，你们不放好，那是皇上给我保考状元的宝物。现在被老鼠吃了，啷个说嘛？"

一听说皇上二字，员外吓呆了，不知如何是好。陈蛴蟆暗暗发笑，说："皇上说过，什么东西吃了宝物，拿什么东西赔。"李员外无法，只得叫人在屋里东挖西掘，灶挖垮了，墙挖塌了。挖了一天一夜，才捉住了老鼠。

陈蛴蟆提着老鼠，背着李员外赔的银子，又上路了。

到了张家湾，又遇张员外接儿媳妇。陈蛴蟆到了堂屋，

[1] 陈蛴蟆：蛴蟆，也作渠猫儿，青蛙，这里指姓陈的外号，不是真名。
[2] 泡生酒：过生日。

高喊："恭喜！恭喜！员外儿孙满堂。"在礼房挂了礼，又把染得花花绿绿的老鼠叫写礼人放好。写礼人顺手把花老鼠放进碗柜里，殊不知碗柜里面有个老鼠啃的洞，花老鼠跑了出来，被猫一口咬住，叼走了。陈蛟蟆说："嘟个办吗？这是皇上给我保考状元的宝物。"张员外一听皇上二字，吓得浑身抖了起来。陈蛟蟆暗暗好笑，说："皇上说过，什么东西吃了宝物，用什么东西赔。"张员外只得叫人逮住猫，赔给陈蛟蟆，还赔了一些银子。

陈蛟蟆提着猫，出门后又把它染得红红绿绿的。

他坐在一个垭口上歇气。把猫用带子系在槐树上，刚想躺下睡一会儿，一个很阔气的人骑着一匹驴也来到槐树下。陈蛟蟆说："喂！你的驴不要把我的宝物踢了哟。""嗯，……"那人还没把话说完，驴子甩起一蹄子把猫踢进深沟摔死了。陈蛟蟆生气地说："哎呀呀，你这个人也真是……现在嘟个搞嘛？那是皇上给我保考状元的宝物。"那人一听皇上二字，吓得两腿筛糠。陈蛟蟆暗暗高兴，说："皇上说过，什么东西弄死了宝物，用什么东西赔。"那人莫得法，只得用驴子赔了猫。

陈蛟蟆骑着驴子高高兴兴地向王家村进发，因为那个村的王员外很可恶，对穷苦人又凶又狠，百姓恨之入骨，陈蛟蟆早想整治他了。天要黑时，他来到村口，碰到一些人正在垒坟，一打听，才知道是赵员外的女儿昨天死了，埋在这里。陈蛟蟆等那些人走了，就挖开坟墓。用些红绸绿缎把死尸打扮得像活人一样，放在驴背上，自己也打扮了一番，牵着驴进了村。来到王员外地坝边的一口水塘边，把驴拴在一棵杨柳树上，扶正女尸，就到王员外家借宿。王员外问他是何方人氏，做什么。陈蛟蟆说，他是东村刘员外的女婿，前天结的婚，今天回门，天黑了，到你这里借宿。

王员外家的小姐听说新娘子还在塘边的驴背上，前呼后拥地奔去。陈蛟蟆在后边故意高喊："小心哟，我那驴子见不得生人。"

几个小姐不听，嘻嘻哈哈地跑去，刚一摸驴子，驴子又蹦又跳，把"新娘子"跌入水中。约莫午夜时分，才把"新娘子"从水中打捞起来。但"新娘子"已被淹死了。

陈蛟蟆说："嘟个做嘛？明天刘家问我要人，我嘟个回答哟？"王员外也得罪不起势大人多的刘员外。只好把幺女赔嫁给陈蛟蟆。

一天，陈蛟蟆知道王员外要来他家，赶快把舂米的碓窝烧红，搁在一边。王员外正好到家，陈蛟蟆连忙在碓窝里放油，倒水，打鸡蛋，忙得不亦乐乎。不一会儿，水开了，蛋熟了。王员外觉得这个碓窝是个宝物，就要买它。陈蛟蟆不干，但王员外拿了许多银子，非买不可。陈蛟蟆说："算了吧，要不是您，我死也不卖。"

王员外请人把碓窝抬回去，也放油掺水，不但烧不开，而且烧了半天连水都不热。他气炸了，要去找陈蛟蟆算账。

陈蛟蟆料到王员外要来，就对媳妇说："你用猪尿脬灌满血，一个胁孔脚[1]夹一个，如果有人来，我叫你煮饭你抗令哈。我用刀杀你的右胁孔脚，你就装死；杀你的左胁孔脚，你就活过来。"

果不然，第二天一早，王员外气冲冲地来了。不等王员外开口，陈蛟蟆忙说："请坐！请坐！娃儿他妈快烧火煮饭。"灶屋里回过来说："做啥子饭哟，你就煮不得饭？！"

"你今天还要抗令，得的哪门子意？"陈蛟蟆边说边抓一把尖刀怒气冲冲地冲进灶屋。王员外也急忙跟到灶屋，还没有来得及劝说，只见陈蛟蟆一刀杀在媳妇的右腋下，媳妇倒在地上，流出一摊血，死了。

王员外气得梗喉，就要拉他去官府。陈蛟蟆说："你是要你的女儿，还是要我去抵命？"王员外想：女儿死了，看你怎么还我？还不出女儿，就赔一千两银子作为不去官府的条件。说："我要人。"

陈蛟蟆也不答话，又拿起那把尖刀向媳妇的左边腋下杀去，流出一摊血。媳妇一翻地爬了起来，把个员外看呆了。

陈蛟蟆对媳妇说："快换了衣服，出来煮饭。"她换好衣服，出来生火煮饭，刷锅洗碗，如同没有发生那事一般。

王员外看着那把刀，又想占为己有。心想，家里有几十口人，一到冬天都不办事而尽吃好的。何不用这把刀在冬天把他们杀死，开春后再杀活，那不是很好么？就对陈

[1] 胁孔脚：腋下。

蛴蟆说："把你那把刀卖给我吧……"

"不行！不行！你拿去使用不成。"又说，"我的宝物不灵。"

不管怎么说，王员外非要不可。陈蛴蟆说："算了吧，要不是您，我死也不卖。"

王员外得了宝刀，兴冲冲地拿了回去，把家里几十口人统统杀死，垒了半间屋。只留一个在外地做猪生意的驼背儿。

隔了几天，垒尸那间屋散发出一股难闻的臭味，王员外连忙拿刀往那些人的左腋下一捅，哪里还杀得活？气得王员外双脚暴跳。

第二天，他就邀约几个人把陈蛴蟆绑来，用一个麻布口袋装起，吊在地坝堰塘边那杨柳树上，恶狠狠地说："你好个陈蛴蟆，害得我一家人都死了。等我吃了饭来，不把你甩进堰塘喂龙王才怪呢！"

陈蛴蟆在口袋里暗暗发笑。为何笑？因为他知道王员外回回整人都用这种残忍的办法。陈蛴蟆早就准备了一把小刀，正要割麻袋时，他从麻袋的小孔里看到王员外的驼背儿赶一群猪回来了，就大声喊："撑驼背啦，撑驼背啦。"

"能把驼背撑直吗？"驼背盯着口袋问。

"能能能，不信，你打开口袋看，我的背已被撑直了。"

驼背放下口袋，打开一看，果然看见陈蛴蟆的背不驼了。

陈蛴蟆说："你也钻进口袋里试试吧，保证撑直你的背。"

驼背钻进口袋，陈蛴蟆把他捆得紧紧的，吊在树上，吆着猪走了。转过一个弯，他又把那些猪染得花花绿绿的，赶了回来。王员外吃罢饭出来，把那吊起的口袋"嗵"的一下甩进水塘里。他的大儿子就这样一命呜呼了。

不一会儿，陈蛴蟆赶着一群花花绿绿的猪回来了。王员外觉得很奇怪，问："你不是被淹死了吗？"

"怎么会淹死呢？你看这一群宝物还是龙王送给我的哩。"陈蛴蟆得意地说着，指着那群花里胡哨的猪。

王员外是个见财眼红的人，也想得到一笔财产，忙问："你能带我去见龙王吗？"

"能，能啊！你找两口缸来，一口是木的，一口是瓦的。再找两把羊角锤[1]来就有办法见到龙王了。"陈蛴蟆很认真地回答。王员外把找齐的东西运到堰塘边。陈蛴蟆说："我坐在木缸里，你坐在瓦缸里。我怎样做，你就怎么做，才能见到龙王。"

他们坐在缸里，用力向堰塘中心划去。开始，陈蛴蟆"叮叮咚咚"地轻轻敲，王员外也跟着轻轻地敲。缸划到塘中心，陈蛴蟆就"叮叮咚，叮叮咚"地使劲敲，王员外也跟着使劲敲。还没敲到三五下，缸就破了。王员外就沉入塘底见"龙王"去了。

采录者：　隆仁乐

选自：　《川东南民族资料汇编·神话传说故事第一集》（四川人民出版社 1986 年）

[1]　羊角锤：榔头。

532

吴老实智斗恶土司

乾隆十年（1745），秀山出了个形似牛头马面的龙土司，他为人残暴，贪财如命，当地的苗族乡亲对他恨之入骨，早就想收拾收拾他。

有年冬天，酉州知府要过生日，顺便商量苗岭防务，龙土司收到红请帖后，高兴得几天都睡不着觉，他决定备下一份厚礼，巴结巴结知府，保他加爵高升，世世代代统治苗岭。

寿礼备齐之后，龙土司又犯了愁，这么多金银珠宝，怎么送到酉州去呢？近几年灾荒不断，川黔边一带的苗民石柳邓又在密谋造反，路上不太平，而府上的兵丁吃喝嫖赌，本事平庸，加之奸狡巨滑，不可深信，最好的办法是找一个武艺高强而又很老实的人，乔装打扮，挑着财礼，跟着他去酉州，可找来找去，也找不到一个合适的人选，眼看知府大人寿日快到，他不由暗暗焦急。

这天，他正在寻欢楼查看财宝，猛听大门外狗在狂吠，探头一看，原来是他家那条高大壮实的看门狗，正朝一个乡下的青年猛扑。那青年傻头傻脑地站着，等那狗快要飞到他的头顶，突然蹲下身，抓着恶狗的两条后腿，一鼓劲，

把恶狗撕成血淋淋的两半边，龙土司大怒，喝道："你好大胆！"

那青年憨头憨脑地说："老爷，它……它咬我！"

龙土司见他那傻劲，觉得是一个合适的人选，口气稍稍缓和了些："你是搞啥子的？"

那青年又痴笑呆笑地说："父母双亡，四处流浪，老爷，有活儿干吗？我有的是力气……"

龙土司已有三分喜欢："叫哪样名字？"

那青年又傻头傻脑地回答："叫吴……吴老实！"

龙土司一听，倒是个好名字，可谁又知道他心中老不老实呢。常言道：耳听为虚，眼见为实。不如留他几天，试试再说，于是，他冷冷地说："我这里本来不要人，看你力气大，暂时收下，不过，为了赔偿狗的损失，半年内不发工钱，不发衣服，还要听使唤，要是违抗，斩手断脚，你办得到不？"

吴老实点点头说："办得到！办得到！"

这时，天快黑了，北风呼啸，冰凉刺骨，满天雪花，狂飞乱舞，龙土司穿着厚厚的狐袍棉袄，烘着旺旺的银质火炉，还冷得发抖。他看了看衣衫单薄的吴老实，恶念油然而起，操着两片猪嘴说："那你今晚的第一件事，就是站在院子里，看今晚的雪能下多厚！"

吴老实恭恭敬敬地答应一声，站在院子里再也不动了……

第二天一早，龙土司从寻欢楼的热被窝里伸出秃头一看，吴老实已变成了一个"雪人"，他脚下，那白花花的雪花足有尺多厚，龙土司心中又有了三分喜欢，不禁自言自语："不错，是他妈个老实人。"

吴老实看到他，傻里傻气地说："老爷，雪还在下哩！"

龙土司心想，老子还得试试他，他看到荷塘里的水结成了厚厚的一层冰，又想出了一个鬼点子："老实，你不要再站下去了，赶快挑一挑煤块到河里去洗白！"

吴老实又恭恭敬敬地答应一声，挑着一大挑煤块走了。

龙土司不放心，提着火炉子，品着蒙顶茶，站在高高的寻欢楼上监视着，他看到吴老实到了河边，抓起煤就洗，手冻红了，脚冻僵了，腰弯酸了，也不休息一下。他

心中又有了三分喜欢，口中骂道："真他妈一个十足的木脑壳！"

下午时分，吴老实挑着空担子回来了，他来到寻欢楼下，哭丧着脸说："老爷，煤块洗完了，一块也洗不白，你……你……"

龙土司装着震怒的样子："笨蛋！还不快去打扫茅厕！"

吴老实乖乖地走了。

龙土司还有一分不放心，他又想出了一条妙计。趁吴老实在打扫茅厕的时候，他把一锭银子丢在离茅厕不远的后园里，然后躲在寻欢楼上，偷偷观看。不一会，吴老实出来了，他把工具放好，走到后园，发现了银子，拾起来，擦擦灰，傻笑着，翻来翻去地看了看，最后，像疯了一样，跑到寻欢楼下喊道："老爷！老爷！银子！银子！你的银子……"

龙土司故意说："那不是我的银子！"

吴老实呆头呆脑地说："是老爷的，是老爷的！"说着，他把银子抛到龙土司面前，嘿嘿地痴笑着，担起水桶又挑水去了……

龙土司完全放心了，他断定吴老实是个有力气无脑壳的人，可以把他当成心腹人来使唤了，没几天，酉州知府的生日到了，他叫吴老实挑着沉甸甸的一挑金银珠宝，与他一同启程。他们走了一天一夜，来到梅江河边的叫花洞边，看到一大群人喧闹着，争吵着，要吊着长绳到悬崖下的岩洞去。

龙土司上前问是怎么回事，一个白胡老爹告诉他，这岩洞最近显灵，夜夜射出珠光宝气，大家想下去拿，可洞口被一块巨石挡着，推不开……

龙土司听说有这等好事，忙对吴老实说："快下去看看！"

吴老实放下担子，顺着绳子滑下悬崖。不一会儿，只听天崩地裂一声巨响，那块巨石被他推到河中。过了一会儿，他又爬上悬崖，将一块木牌交给龙土司，认真地说："好多好多金银珠宝呀！里面霞光耀眼，凡人进不去！"

龙土司接过木牌念道："财宝藏高岩，只等贵人来，显灵龙土司，莫叫穷鬼开。"哈哈！这不是神灵暗示，只

有自己才进得了洞吗？他按捺不住了，叫吴老实把他用长绳拴好，吊下洞去，等他把金银珠宝取上来后，再去酉州。

吴老实照办了，他老老实实地把龙土司吊到半空，突然大声说道："老爷，那洞内全是一堆乱石，你用心良苦，就在这半崖喝喝西北风吧！"

崖上的人们开心地大笑。

原来，这群人是吴老实寨中的乡亲，在老实去土司府前，他们探听到这个龙土司要找一个有武艺又老实的人押寿礼，便商量好了，派吴老实打进去，取得信任，事成之后，又暗通消息，约定在这儿惩办这个贪财鬼！

龙土司听到笑声，情知上当，想往上爬，可四肢肥胖无力；想往下滑，绳子又在吴老实手中。他急得大骂："吴老实，快把老爷吊上去，要不，我宰了你！"

吴老实开怀大笑："老爷，怕你宰，就不到你府上站雪地、洗煤块了！"

人群中又是一阵快乐的哄笑！

龙土司看硬的不行，又来软的，央求道："老实，你要是把我救上去，我把全部家产都送你！"

吴老实大声说："谁稀罕你那些不义之财！"他转向众人："乡亲们，这些年来，土司勾结官府，抢田霸地，搜刮金银，逼得我们好苦，我们只有造反，才有生路。现在，我们把这担金银珠宝分给受苦受难的乡亲，然后到泡木山去投奔石柳邓的起义大军去！"

人们欢呼起来，跟着吴老实走了。龙土司被悬在半空，哇哇嚎哭，至于他后来是死是活，那只有老天才知道了……

采录、整理者：王显能，男，文化干部
采录时间：　1983 年 3 月 26 日
采录地点：　秀山土家族苗族自治县

533

小娃儿智取贪官

从前，有个单身汉，无田无地，靠帮人担水求吃。这个单身汉很老实，就是爱喝酒，每天他都要把担水得来的钱送进张家酒馆。时间久了，酒馆的张老板就认得单身汉了。哪怕单身汉身上没得钱，张老板也是一样的把酒呀、菜呀拿给他吃。过了一段时间，单身汉就欠了张老板三块大洋的酒菜钱。

一天，单身汉被一个烤酒的老板请起去了。烤酒老板看单身汉很勤快，就留他帮了七八年。到后来，单身汉硬是不干了，老板才把几年的工钱，一个不少地算给了他。

叫花儿都记得贤惠人嘛。单身汉有了钱，就拿了五块大洋去酒店还张老板。张老板找不着单身汉的欠账单，没有说啥子高矮。哪晓得张老板的老婆不依教，她说："付五块钱怕不够吧。"单身汉说："当时我就只赊了点酒呀、盐蛋呀这些吃，总共才欠了三块钱，我都多给了两块呢。"老板娘说："多给了啥子？八九年利该多少？你吃我那些盐蛋要是抱成鸡，鸡又生蛋，蛋又抱鸡，你算一下该欠我好多！"单身汉一听，冒火了，说："哪有这种道理？按

你这样子算，就把我几年的力鸳[1]钱全部拿去都不够。要不认黄[2]我们大家都不认黄，反正你找不出我的账来，我就一个钱也不给你！"说完，抓起刚才放在柜台上的五块大洋就走了。

老板娘哪里肯依教，就叫人写了状子告到县官那里，又给县官塞了包袱。第一堂官司下来，单身汉挨了板子，县官还要他付张老板一百块大洋。县官说："现在人人都兴放利，赊了蛋吃，利嘛就要像蛋变鸡、鸡变蛋这样算才是正理。"最后，县官限三天内把一百块大洋交给张老板，要是超过了期限，从重处罚。

三天期限已到，单身汉没得一百块大洋交给张老板。老板娘又告到县官那里，县官就派了差人来传单身汉到堂。单身汉来到城门口，心想不如死了算了，免得又去受罪。就一头朝城墙上撞去。这时，一个小娃儿赶快上前把单身汉抱到。单身汉说："你为啥要把我抱到？"小娃儿说："我不把你抱到，脑壳撞在城墙上头，你还得活吗？"单身汉说："我就是不想活了哟！"小娃儿说："为啥子嘛？"单身汉说："小兄弟呀，你哪里晓得嘛！我到大堂也是死，不如在这里死了还好点啰。"小娃儿这才问："你到底有啥子事情嘛？说出来我好帮你的忙噻。"单身汉心想，你这么大点个娃儿能帮我啥子忙哟？只是摆了摆脑壳。小娃儿再三要单身汉说，单身汉才把他为啥子要死的原因说了。小娃儿听了，说："这官司我今天来帮你打。"

县官几道传单身汉上堂，小娃儿都不准他去。一直到县官等得冒火了，小娃儿才拉起单身汉走进大堂。县官大骂："胆大的刁民，本官传了你几道，为何迟迟不来？"小娃儿忙回答："大老爷，莫怪他。今天是我把他拉到给我们做点活路，所以来晏[3]了。"县官道："啥子活路也没得本太爷的事儿要紧啦！"小娃儿道："大老爷呀，我一升豌豆，一升胡豆，都已经煎熟了，要是不赶紧点进土头去，二天有啥收成哟！所以我……"县官听了，打断小娃儿的话说："真是糊涂透顶！煎熟了的豌豆胡豆点进土里

---

[1] 力鸳：下力、帮工。

[2] 不认黄：不认人。此处指不讲理。

[3] 晏：迟到。

苗苗都长不出来，还有屁的收成呀？"

小娃儿忙说："大老爷，煎熟的豌豆、胡豆点进土里长不出苗苗；那煮熟了的鸡蛋，又嘟个能够抱出鸡崽崽来呢？"

县官一听，张起嘴说不出话来。木了好一阵，才一拍桌子道："你两个的事情，收账的不收，补钱的不补。如果哪个再来麻烦我，老爷要打烂他的屁股！退堂！"

讲述者：　兰华平，男，汉族，小学学历，古龙乡农民

采录、整理者：刘谦胜

采录时间：　1985年7月

采录地点：　大足县古龙乡（今大足区古龙镇）

534

龚二顺与刘幺公

担碗

一天，刘幺公去玉龙场买碗，喊龚二顺跟他一路去担。

去玉龙场是十五六里山路，爬坡上坎很难走，两个人天不见亮就上路，太阳出来一竹竿多高才走拢。

刘幺公在街上买了几副中碗，几副斗碗，又杂七杂八买了些相因东西，装了三斗米箩[1]满满一挑。就催龚二顺："我们回去吧。"

龚二顺爬了一早上的坡，又没有像刘幺公那样过早[2]，这阵肚皮饿得咕噜咕噜叫唤。他把扁担搁在米箩上，说："刘幺公，肚皮饿了哟，我们怕还是吃点东西才走哟。"刘幺公摸了摸钱口袋，说："二顺，走路说不得饿，越说越饿，担回去再吃。"

龚二顺装了一肚子气，担着碗在前头直顾走，有意将米箩在路边的岩石上撞，撞得米箩里的碗"哗哗啦啦"直

[1]　三斗米箩：装三斗米的大箩篼。

[2]　过早：吃早点。

响。刘幺公跟在后头，上气不接下气地直是招呼："龚二顺，龚二顺，慢当点！莫把碗撞烂了！"龚二顺头也不回，边走边答："刘幺公，担碗说不得撞，越说越要撞烂啰！"说完，扯伸脚杆走得更快，箩篼里"哗哗啦啦"的响声更凶了。

回到屋，一挑碗没剩一个好的，全成了块块。气得刘幺公一张老脸发紫，一身骨头像散了架，瘫在凉椅上。

幺公起床我起床

以往时，刘幺公天不见亮就吼："龚二顺，我刘幺公都起床了，你还挺到[1]做啥子？晏了我要按'文约'规定，扣一吊工钱啰！"等龚二顺出去做活路后，他又钻进被窝，睡个回笼觉。

这天，刘幺公害病没有起床，也没来喊龚二顺。太阳都出来一竹竿多高了，刘幺公才想起了经佑[2]龚二顺做活路的事。他几道想翻身起来，又头晕眼花不舒服，就喊他老婆去看看龚二顺今天在干啥子活路。

刘幺婆就往外头走，走近龚二顺的屋时，听到屋头一阵"呼噜噜"的扑鼾声。她走过去把门一推，门闩得梆紧，就一边拍门，一边喊："龚二顺！太阳都晒到屁股了，还挺到干唧个！"

今天龚二顺硬是睡得安逸。外面的打门声把他惊醒后，心里只是好笑。他没有开腔，也没有马上起来。弄得刘幺婆把门打得更阵仗，诀得更凶。

刘幺公听到诀骂声，才晓得龚二顺还在睡。他一翻身从床上爬起来，病也没有了，光起个脚板就跑到龚二顺睡的房门口，帮到老婆"砰砰"地打门，嘴头展劲诀："你这个龟儿懒东西，这哈是啥子时间罗，还在挺尸……"龚二顺这才翻下床，慢吞吞地去开门。门开了，刘幺公还在门口骂："懒东西！老子非扣你两吊钱不可。"龚二顺伸了伸懒腰，打了个哈欠，说："刘幺公，你冒啥子火嘛！那帮工文约上不是明写起的吗？你哪阵起床，我就哪阵起来吔。今天我是早就醒了，想起来，但又怕你没喊我，我各人起来，又违犯了文约。"

刘幺公开不起腔，气得车转身回他的屋头去了。

请大个的

转眼到了薅秧的季节。

刘幺公跟龚二顺交代："龚二顺，明天给我找点人来薅秧。记到，要给我请大个的，那些小个的莫要来吃空饭。"

龚二顺想：往年他专门要小娃儿薅秧，因为只付大人一半的工钱。为啥子今年不拣这个䎬和了呢？未必然要打我的主意呀！想到这里，龚二顺回答刘幺公说："你放心吧，一定给你请大个的来。"

第二天，天才刷亮，龚二顺就去约了几个穷兄弟帮忙。又以刘幺公的名义，分头到张家坝请了张大爷，李家冲请了李二万，宋家庙请了宋七老爷，欧家湾请了欧八老爷等几个大绅粮。早饭刚吃过一哈，这几个大绅粮就坐起滑竿，来到了刘幺公的朝门口。

刘幺公一看，不晓得是哪股水发了。

几个大绅粮在院坝下了滑竿，边作揖拱手，边向站在阶沿的刘幺公打招呼："刘幺公，今天贵府有何喜事啦？""恭喜你呀！刘幺公！""你喊来请客的人也客气，又不说有啥子事情，我们就只得空起两只手来啰……"

刘幺公一听，差点把肚皮都气爆了！但这哈儿又只得装起一副笑脸，安排龚二顺杀鸡宰鸭，办了一顿招待，才脱了手。

几个绅粮一走，刘幺公找到龚二顺："哪个去请他们来的？"

龚二顺回答："我去请的。"

刘幺公一听就开诀："你龟儿疯啦，哪个喊你去请的？"

"是你喊我请的噻！你唧个就忘了哩？"

刘幺公遭弄糊涂了，问："我哪阵喊你去请的呀？"

[1] 挺到：骂人睡着不起床的恶语。

[2] 经佑：此处作督促讲。

"昨天啦。你不是要我去请大个的吗？我排了一夜，排来排去，只有他们几个才是最大个的呀。"

刘幺公这才晓得又挨了，气得不得了！

菩萨薅秧

气归气，秧还是要薅的。下午，刘幺公又对龚二顺说："明天你给我请吃不得的来薅秧。"

龚二顺问："啥子叫吃不得的呀？你可要讲清楚哦。不是又说我在跟你扯拐哟。"

刘幺公平白无故被几个大绅粮吃了一顿，心头火气还没散，这哈儿就气冲冲地回答龚二顺："吃不得的就是吃不得的嘛！还要问哪个！"

龚二顺摸了摸脑壳，说："好好好！我去给你请吃不得的来薅秧。"

当天晚上，龚二顺又去找了几个穷兄弟帮忙，把观音庙里的大大小小十几个菩萨抬的抬，背的背，一齐搬到刘幺公的田坎上和秧田里立起，才转去睡了。

第二天，天都大亮了，龚二顺才起床。他刚跨出房门坎，被刘幺公看见，便问他："龚二顺，你给我请的薅秧的人哩？"

龚二顺回答："昨晚上我就给你请好了，恐怕这阵薅了一块田了吧。"

刘幺公来到朝门口，抬头一望，他的田里隐隐约约站起一排人，就问："有多少人啦？"龚二顺跟过去回答："有十二三个。"说完，就要朝外头走。刘幺公赶忙说："这阵你就不出去了嘛。去担几挑水，帮到煮点稀饭。"龚二顺转回身来，说了声："要得。"就去担水去了。

一锅稀饭煮好了，太阳出山已两个竹竿高了。刘幺公这才喊龚二顺去喊薅秧的回来吃早饭。龚二顺去坎子走了一趟，回来跟刘幺公说："刘幺公，今天这一锅稀饭煮冤枉了……"

刘幺公问："啷个的哩？"

龚二顺说："我去喊他们回来吃早饭，他们只顾薅秧，没得一个上坎。我喊了半天，才有一个回话，说：'我们不吃饭。'"

刘幺公一听，怪啦，天底下哪有帮净忙的？但又细想，恐怕是龚二顺怕我扣他的工钱，去请了他那帮穷兄弟来帮他的忙的。他又怕这帮子人不把草给扯干净，就喊了龚二顺一路到田边去看看。

走拢田边一看，哪有薅秧的人啰！原来是一排排菩萨在田头立起。不等刘幺公开腔，龚二顺说："刘幺公，你看这些人不做声不做气，又不吃饭，天底下硬是少有呢！"

刘幺公气得来脸上的肉都在发抖，两眼盯到龚二顺话都说不出来。

讲述者：　　欧义会，女，汉族，不识字，农民
采录、整理者：刘谦胜
采录时间：　1981 年 10 月
采录地点：　大足县对溪乡（今大足区雍溪镇）

535

老
婆
婆
赶
路[1]

从前，有个技术高明的木匠掌墨师[2]，带了很多徒弟，帮一家财主修房子。这个财主待人刻薄，活路规[3]得很恼火，伙食办得又孬，做了好久都不发工钱。徒弟们都不满意了。这个掌墨师却没说什么。

一天，天气很热。本来趁早凉快好多干点活路，但这个掌墨师却迟迟不来。活路由掌墨师安排，他不来，其他人就懒得找事做，都在工地上吹牛。老板遭气到了，左等右盼，还是不来。直到半晌午，掌墨师才风火连天地赶来了。一拢便喊老板快拿把扇子给他，他边扇边说："天好热哟，我还没吃早饭都这样热；吃了早饭，热起啷个幺得到台！"这一下，把老板气得遭不住，说："来这样晚还没有吃早饭，你是啷个搞的嘛？"掌墨师说："老板，你不晓得，我屋头今天出他妈个笑话。我一早来做活路，老婆婆要赶路。走到半路，我说了好多好话，才把她送回去

了。你看，我这就来迟了。"财主说："说你妈些笑话。老婆婆家的，几十岁的人了，还在赶路，说给哪个听？"掌墨师说："你不晓得，她说我在外头帮人吃得好，就不管屋头了。又说我好久不拿钱回去，她在屋头几天没吃饭了，今天要跟到我一路在老板这里来吃顿饱饭，打个牙祭。我跟她说：'你想得安逸。我堂堂大掌墨师，在老板那里都搞不到着，一两个月都难得打回牙祭，饭也难得吃饱，哪还有你老婆婆的哟！再说，男人家做活路，老板都嫌慢了，你个妇道人家去，更是该挨。还是回去在屋头吃把菜，落个自在松活。'老婆婆听我这样一说，她才不赶路了。"

财主一听，明白了他的意思：明明是在骂我活路恼火，伙食又孬，工钱发迟了。心想：今天他这一做，整得我吃亏不少，又不敢再得罪他，不然的话，又不晓得明天他还要想些啥子方[4]来整我。只好打酒割肉，打牙祭，还支了一点工钱。

讲述者： 陈顺清，男，汉族，不识字，农民
采录者： 李朝庚
整理者： 卢文忠
采录时间： 1985 年 10 月
采录地点： 铜梁县福果乡（今铜梁区福果镇）

[1] 赶路：本指小孩强要跟大人出门或走亲戚。此处借用其义。
[2] 掌墨师：技术负责人兼工头。规：kuī，此处作催逼讲。
[3] 规：kuī，此处作催逼讲。
[4] 方：主意、计策。

536

扯长的中梁

掌墨师一斧头敲下去，丝毫不差。这时鞭炮齐鸣。

看热闹的都夸潼南木匠手艺好，梁短了六寸都扯得长。安岳来的那些木匠，又惊又诧，半天回不过神来。

讲述者：　　丁联弟，男，小学学历，退休职工

采录、整理者：樊文俊

采录时间：　1987 年 8 月

采录地点：　潼南县柏梓镇

修建南华宫的时候，木匠有两起：一起是潼南的，一起是安岳的。两起匠人不和，但表面上却装得没事。

这天，给中梁下料的是安岳的掌墨师。他有心要整负责上梁的潼南掌墨师，就把中梁下短了六寸。潼南掌墨师很细心，他暗中观察，发现中梁尺寸不对头，用尺子一量，果然短了六寸。他的徒弟们很不服气，要找安岳掌墨师扯皮。潼南掌墨师制止说："他们有意让我们出丑，我们只有将计就计。"说完，吩咐众徒弟暗地找了一根木料，量足尺寸，锯下来交给画师，连夜赶制花纹。同时，把那根短梁埋掉了。

上梁那天，仪式是很热闹的。主人赏钱撒粑粑，看热闹的人多得很。安岳那起木匠，这时也有意来看潼南掌墨师丢脸。上梁时辰已到，潼南掌墨师在房架上，把一切法事做完后，高喊："上梁。"他的徒弟在下面一量，大声说："师父，中梁遭安岳掌墨师下短了六寸！"潼南掌墨师说："没来头，找几个师兄弟，把它扯长嘛！"下面几个徒弟，拉着中梁两头，"嗨咗，嗨咗"地扯了起来。只听得潼南掌墨师喊声："送上来！"中梁就被吊上了梁位。

537

农夫说梦

秀才和农夫一路上街赶场，看见路边有一坨黄灿灿的东西。秀才喊农夫捡起来一看，是一坨香喷喷的熟肘子。秀才一见是好吃的东西，就伸手去夺。农夫死死捏在手里，说："这肘子是我捡的，该我得。"秀才说："是我看到的，我也要分一半。"农夫答应平半分。二人来到一根大黄桷树下，就歇下来谈分肘子的事。

秀才心想，这坨肘子要是一个人吃，那才过瘾哩。心头马上打了个吃独食的主意。就对农夫说："我们两个来睡到起做梦吧，做完了摆[1]出来听，看哪个的梦做得好、做得圆和，肘子就归他一人吃。"农夫心头也早有了数，就一口答应了。

秀才和农夫就睡在树脚脚下，一会就打起扑鼾来了。农夫是假睡，等秀才睡着了，他就翻身爬起来，拿起肘子就啃。啃完啦把骨头一丢，抹了一下嘴巴，才舒舒服服地睡下。过一会真的打起鼾来了。

秀才一觉醒来，伸了伸懒腰，把身边的农夫摇醒，就赶忙摆他做的梦："我一睡着，就梦见一架长楼梯，一直搭拢天上。我大起胆子上梯子，一步一步朝上爬，一下就爬到了南天门。这阵啦，嘿，玉皇大帝带起天上的大小神仙来把我接到。皇宫里头，专门备了酒席跟我接风，哎呀呀……"秀才像真的见到了一样："那八仙桌上摆的尽是些金碗、金筷、金盘、金杯、金瓢瓢。里头装的尽是仙酒、仙桃、山珍海味。真把我吃得来酒醉饭饱。玉皇大帝还亲自把我送回来，喊我二天又去耍。我答应了一声，不晓得哪个就醒了。"秀才摆完了，农夫接到摆他的梦。他说："我也梦见一架搭拢天的楼梯。我麻起胆子朝上爬。刚到南天门，守门神把我拦到，不要我进去。我说我是玉皇大帝的亲戚，才把我放了进去。我还没走拢皇宫就闻到了酒香，还听到划拳估子的声音。走拢一看，哟！啧啧！那神仙都坐了满满实实的几十桌。我看到你也坐在尾巴上那一席。啧啧！看你吃得来那个饿虾虾[2]的样子哟，硬是好笑，没得一点斯文味道。我也有点饿了，想来吃点残汤剩饭。哪晓得神仙和你一样，连盘子都舔得干干净净的，我还吃啥子哟！我肚皮实在饿得遭不住了，你晓得我爬了那么长的楼梯，哪个又不饿哟！就想到地上还有一坨肘子，学着你那个样子，三啃两不啃地吃起来……"

秀才听到这里，吞了吞口水，忙斜过眼睛一看，那坨肘子真的不见了，侧边有块啃得光光的骨头。

讲述者：　刘谦信，男，汉族，初中学历，雍溪乡政府干部
采录者：　李守祥
整理者：　刘谦胜
采录时间：　1985 年 9 月
采录地点：　大足县雍溪乡（今大足区雍溪镇）

[1]　摆：此处作说、讲的意思。

[2]　饿虾虾：穷吃饿吃。

538

聪明的庄稼汉

锭银子。

从此，大老爷再也不敢请人讲故事了。

讲述、采录者：喻建英，女，17岁，汉族，初中在读

采录时间： 1985年11月

采录地点： 万盛区（今綦江区）南桐矿区青年镇

从前，有个大老爷很有钱，他爱听别人讲故事，就贴了一张告示出去，上面写着："凡有人来讲了我没听过的故事，就赏他一锭银子。"有几个秀才上门去讲了，大老爷都说："你讲的故事，我早就听说过了。"

有天，一个庄稼汉上门来讲："我家里有一条牛，站在牛角这边的人，喊牛角那边的人都喊不答应，看也看不到。"讲完以后，庄稼汉就坐下喝茶歇气了。大老爷舍不得这一锭银子，就和仆人商量："他讲的故事，我们都没有听过，怎么办呢？"仆人们说："还是说我们早就听过的好啦！"

庄稼汉又讲："我家里有一粮仓的银子，你家大老爷也借过我十锭银子……"仆人们为了讨好老爷，又说："早就听说过了！"庄稼汉说："我不信！"大老爷急忙说："是真的。"庄稼汉还是说不相信。大老爷就提笔写了一张条子，上面写道："借你十锭银子那个事，早就听说过了，确实是真的！"并且在条子后头，还签上了名字。

于是，庄稼汉就要大老爷还他十锭银子。大老爷不依，双方告到县里。县官一看条子，就判大老爷还了庄稼汉十

539

伏天穿皮袍

从前，有个叫赵长生的人，以修雨伞为生。

这年夏天大天干，赵长生生意很孬，没得办法，就向财主潘老六借了高利贷，讲定了一个月后连本带利归还。哪晓得这一个月尽是大晴天，赵长生没有挣到钱还债。

一天，潘老六前来逼债，估到要赵家拿祖屋抵债。赵长生不答应，潘老六就动手打人。赵长生用手一推，潘老六跌倒在地，脑壳恰恰碰在一块尖角石上，因流血过多当场死亡。这是桩人命案子呀，赵长生着急得很，就去找周师爷想法子。

周师爷与赵长生同住在一个村里。赵家发生的人命案，他很快就晓得了。事情很严重，他又想解救这个穷苦人，就暗暗打定了主意。

赵长生来到周家，周家人叫他等一等，就进去报告。过了好长时间才出来说："请进。"赵长生走了进去，刚进客厅，只见里头生着一个大火炉。周师爷头戴皮帽，身穿皮袍，一个人坐在桌边喝酒。哎呀，三伏天呀，这是啷个一回事呢？赵长生不好多问，忙上前说明来意，恳求周师爷救命。周师爷说："你不必担心，一切有我。"

赵长生见县衙门的周师爷肯帮忙，连连道谢说："多谢周师爷，但不晓得你用什么办法救我？"周师爷说："不要多问，你记住，明天上公堂要蓬头赤脚，手拿一把扫帚，不管县官问什么，你都回答说：'我是玉皇大帝派来的扫帚星。'只说这一句话，你能做到吗？""一定做到，一定做到。"赵长生倒信不信地回去了。

第二天早上，县官升堂，传衙役带赵长生。赵长生当真蓬头赤脚，手拿一把破扫帚。公堂里的人见了，都觉得好笑。

县官问赵长生："你叫什么名字？"赵长生说："我是玉皇大帝派来的扫帚星。""你为什么打死潘老六？""我是玉皇大帝派来的扫帚星。""大胆刁民，本官问你，你可知杀人偿命？""我是玉皇大帝派来的扫帚星。"连问三声，答话牛头不对马嘴。县官又冒火又感到奇怪，就传潘老六家的人上堂。潘家人哭诉说："欠债还债，杀人抵命，望大人严办凶手。"

这时候，站在县官身旁的周师爷说："大人，赵长生杀人，人证物证俱全，是应该严办。"

赵长生的心里一惊，吔！你这师爷倒是好刁！你答应帮我的忙，这哈儿却把我往死里推！好，我也不客气了，就说："周师爷，你昨天明明讲好救我一命，啷个现在变卦了？"

县官问周师爷："是啷个回事？"

周师爷笑笑说："大人，莫听他胡说八道，我昨天根本就没碰上他。"

赵长生越听越冒火，大声说道："你不要赖。昨天我去的哈儿，你家厅堂上生有一个大火炉，你头戴皮帽，身穿皮袍，一个人坐在桌边喝酒。有没有这回事？"

"哈哈，这三伏天气，我啷个会生火炉、戴皮帽、穿皮袍喝酒呢？"周师爷一阵大笑后，回过头对县官说："大人，我看这个人肯定是疯了。不然，你刚才连问三句，他为啥子都胡说八道呢？"

县官听周师爷说得很有道理，不由点了点头。

周师爷又说："大人，这个疯子不是故意伤人，不能同一般杀人犯那样定罪。"

这时，赵长生才醒豁过来。原来周师爷是在疯字上做文章，救自己咧！他就又装疯喊道："我是玉皇大帝派来的扫帚星！我是玉皇大帝派来的扫帚星……"边喊边舞扫帚，把个公堂闹得不可开交。

这下，县官更加确信赵长生是个疯子，就给他免去了死刑。

讲述者： 张世杰，男，汉族，小学学历，惠光乡一村一组农民

采录、整理者：敬世泽

采录时间： 1985 年 12 月

采录地点： 潼南县惠光乡（今潼南区古溪镇）

540

狗咬狗

从前，有个叫花子，长期住在山洞里头。

有一年，大年三十了，叫花子没得一点搞头，肚皮饿得咕咕叫。他想：大年三十的，去哪里要饭呢？想了一阵，想起了杨道士，就朝杨道士屋头走。

走拢杨道士家，看见杨道士正在烧香、磕头，口中念道："神灵保佑，明年多死几个人，我多做几个道场，多找点钱！"叫花子听了，心想：呸！这狗日的道士，良心才不好哟！就大声地说："杨道士，光是磕头吗？打发碗饭来噻！"杨道士一听，心想：硬是不吉利，大年三十就来讨饭，就说："背你妈的时哟！没得！赶快给我滚！"就把叫花子赶走了。

叫花子气冲冲地来到张太医家，看到张太医也在烧香磕头："菩萨保佑，明年多有些病人，我好多找点钱！"叫花子想：呸！今天这些人的良心都遭狗吃了。又要张太医打发点吃的，又遭张太医赶走了。

叫花子又到棺材铺要饭。饭没要到，还被老板诀了一个够。叫花子接连要了三户，饭没要到，还受了一肚皮的气，就想了一个办法来整那几个没良心的东西。

叫花子跑到杨道士门口喊："杨道士，张太医家死了人，喊你明天去跟他做道场！"喊完就走了。

杨道士心想：吔！神灵硬是显灵了！大年初一就有事做，恐怕今年的生意好得很咧。

叫花子又跑到张太医那里去说："张太医，棺材铺有个人病了，请你明天去跟他看一下！"说完又跑到棺材铺去跟老板说："老板，张太医家死了人，他明天要来买棺材！"老板心想：今年生意好哟，初一就有人买棺材。

叫花子把事情弄整归一后，就回山洞里去了，等明天看笑谈。

大年初一的早晨，张太医背着药箱箱来到棺材铺。老板一见，赶忙过来招呼："张太医，你硬是早。你要哪种棺材？自己选嘛！"张太医说："你这个人才怪，你喊我来看病，嘟个喊我买棺材？"老板说："噫！你昨天不是带信来说你家死了人，今天要来买棺材吗？"张太医一听，火冒三丈："这是嘟个说起的嘛！大年初一说我家死人，我看你狗日的家里才死了人！"两个你一句、我一句的吵得不可开交。

叫花子躲在街边角角头，阴到好笑。

张太医吵一伙，气都快气死了，背起药箱箱就往家走。等他走拢屋，一跨进堂屋，看到钱纸、蜡烛、香，样样都有，杨道士把灵堂都跟他整好了。张太医气得遭不住，对着杨道士就开吼："狗日的杨道士，你发疯了，我家又没有死人，你整些啥子明堂？"杨道士遭了诀，也鬼火冒："你昨天找人带信来，喊我来给你家做道场，这哈儿灵堂整好了，想赖账唛？你把钱开了我就走！"张太医气得扭到杨道士就开打。

叫花子这哈儿睡在山洞里，高兴得很，心头在说：看你几个狗日的还讨嫌不讨嫌，等你几娘母狗咬狗！

讲述者：　周开万，男，汉族，小学学历，江津县龙山乡马岭村三组农民

采录者：　郑玲

整理者：　张明才

采录时间：　1985 年 11 月 23 日

采录地点：　江津县龙山乡政府

541

一根扁担睡三个人

从前，有个人常年在外头做生意。

有一天，他回家，刚刚走在半路上就遇到落大雨，无法赶路，只好去找栈房。不谙[1]一连走了几家，都满了号，老板不开门。最后，生意人又来到场角角一家栈房门口。

"老板，开门啰！"

老板娘答道："满了号啦，格外走一家！"也不开门。

生意人心想：这是最后一家栈房了，还到哪里去找歇处哟？外头下起恁大的雨，哄她开门进去坐到避个雨也好嘛。他想了个办法，要老板娘开门。于是生意人大声武气地说道："伙计们，老板娘说没得住处了，看来只有歇屋檐坎。好好好，我们三个人就睡在这根扁担上，要得不？"

"扁担上嘟个睡人呢？"老板娘听了很想开门看一下，又怕生意人拱进来，只有立起耳朵听动静。隔了一阵，只听生意人说："嗨呀，三个人睡一根扁担还空恁大一节，你两个睡过来点噻！"

[1]　不谙：没有料想到。

老板娘听到外面恁个一说，再也忍不住了，就打开门出来想看稀奇。趁这机会，生意人一下就拱进栈房避雨去了。

讲述者：　李同华，男，汉族，高中学历，上游村农民

采录、整理者：李新华

采录时间：　1986 年 8 月

采录地点：　九龙坡区九龙文化楼

542

偷儿亮手艺

从前，有位大爷满六十岁。几个在外头学手艺的儿，都赶回来给老汉祝寿。

大儿子学的裁缝，为老汉缝了两套新衣服。二儿子学的是厨子，为老汉办了几桌好酒席。老汉问三儿："你在外面几年，学的什么手艺？今天也亮几手嘛。"三儿说："爹，我在外面学的偷，今天怎样显手艺嘛？""啥呀？你学的偷啊？你偷哪个？偷他妈的和尚呀！"三儿一听，哦，爹叫我去偷个和尚，我就去偷一个回来。

他来到和尚庙，看到有个和尚在念佛，没去惊动他。就在高墙下挖了个洞，进去把和尚喂的猪牵出来，拴在庙外的树上后，就把庙门反锁了。这时，拴在门外的猪，狠命地叫得不停。和尚听猪在庙外叫，就想出门来牵猪，谁知庙门遭锁了。和尚见墙下有个洞，就忙从洞子爬出来。守在那里的偷儿用麻布口袋把和尚一笼，拷起就走了。回到家里，老汉只好跟和尚师傅赔礼道歉。

和尚不依教，就到县大老爷那里去递了一状。大老爷忙叫人把偷儿捉拿归案。偷儿到了公堂，大老爷问他："你为啥子要偷和尚？"偷儿说："这是我学的手艺。今天

亮给老汉看一下。"老爷问："你真是学的偷这门手艺？那老爷我就要试你一试。三天之内，你能偷到我的大印，就算你本事好！"偷儿说："要得！"

大老爷白天叫夫人把印抱在手上。夜晚，大老爷和夫人轮流抱印不丢手。一天、二天过去了，毫无动静。第三天夜晚，老爷实在遭不住[1]了，说："夫人，你再抱一会儿，等我去睡一下来换你。"说完，把印交给了夫人，自己就睡着了。偷儿一直躲在大老爷房里，见夫人抱着印也睡着了，就穿着老爷的衣服，戴起老爷的帽子，去把夫人摇醒，说："夫人，天快亮了，把印给我，你去睡一下。"夫人恍恍惚惚的，把印交给他，就各自回房睡了。

第四天，老爷刚起床，就听说有人要见大老爷，忙叫："带进来。"那偷儿进来说："老爷，我还印来了。"老爷一见大印，才晓得自己的印被他偷去了。

后来，这偷儿被老爷留在府中当了差役。

讲述者： 孙志坚，男，汉族，住七间镇
采录、整理者：凤天祥
采录时间： 1985 年 11 月
采录地点： 合川县七间乡（今合川区三庙镇）

[1] 遭不住：支持不住。

543

老和尚打整耿巴县

有年腊月初八那天，耿巴县鸡叫头道就起床了。为啥子喃？他老早就听说华岩寺的腊八稀饭好吃得很，又还只能在腊月初八庙会那天才有。华岩寺在冷水场，离城有四十来里路，他怕赶过了时间，头天晚上他就给衙役总管打了招呼："明天我有公务，一定要在吃早饭前赶拢华岩寺。"衙役总管一听就懂起了，也想巴到老爷去吃福喜，等耿巴县起床时，早就叫抬脚衙役做好了上路准备。

耿巴县坐在八抬大轿上，前面有灯笼照路，后头有跟班保镖。赶拢华岩寺的时候，正碰上吃早饭。

寺里老和尚听说耿巴县拢了，赶忙出来迎进禅堂敬茶，然后请吃腊八稀饭。吃过腊八稀饭后，正当耿巴县坐着休息时，长老和尚过来说："小寺本来有个规矩，腊八稀饭是卖钱的。今天在县台面前，老僧就不好收钱了，请大人出点'随喜公德'就是了。"耿巴县说："今天我没带银子出来。以后叫我夫人来进香时，一定给寺里送五十两银子来。"

长老和尚心想："咄，你硬还会耍点儿滑头喃！以后要等到哪个时候？明摆起是一句推口话。"他灵机一动，想了条诡计，就说："老僧想请大人为小寺写'华岩善寺'四个字，一则为小寺增几分光彩，二来也不枉大人走这一趟。"

耿巴县不晓得是长老和尚挽的圈圈，就说："要得，要得。"小和尚马上捧出文房四宝，他几画几画就写好了，后头还落了的他官衔和大名。长老和尚说："请你把印盖上。"老实的，他又把印章摸出来盖起。接着，老和尚又请他到佛堂去听《法华经》《金刚经》，一讲就是两三个时辰。

耿巴县在听讲经的时候，知客师在佛堂后面，按照长老和尚的吩咐，阴到模仿耿巴县的笔迹，在化缘簿上写上了"耿葆奎捐银五十两"；接着又比照他的私章，刻了一颗假印盖在后面。这才把化缘簿交给一个能说会道的和尚，叫他带去找耿夫人取银子。

耿夫人接过化缘簿看，心想：老爷啷个恁个大方，一捐就是五十两？再看看簿子上的字迹、私章都对头，就只好把五十两银子送出去了。

耿巴县听完讲经后，吃了晌午，老和尚又带着他到处耍了一阵。走的时候，天也不早了，只好在冷水场过夜，到第二天上午才回到府衙。耿夫人一见面就问他为啥捐那么多银子，他问捐了啥子银子，耿夫人说："你还假装不晓得唦？人家和尚师傅拿起簿子来，明明是你亲笔写的：'耿葆奎捐银五十两'，还盖得有你的印章。"耿巴县默了好一阵，这才明白过来，肯定是遭老和尚烫了，就想叫人去把银子追回来。耿夫人说："算了，算了。堂堂知县老爷，啷个好意思去追？各人阴到做个大方了事，莫去逗人笑话。"就恁个，耿巴县吃了哑巴亏还阴到说不出口。

讲述者： 明旭，男，汉，初中学历，巴县走马乡（今九龙坡区走马镇）村民
采录者： 艾一苇
采录时间： 1991 年 6 月
采录地点： 巴县走马乡（今九龙坡区走马镇）工农村

544

智斗县官

从前，在深山老林里住着一家农民，家中只有一个老头和一个女儿，唯一的家产是一匹母马，这匹马已怀了小马。有一天，老头骑着马，下街赶场买东西时，就把马拴在一个木桩上。

他走后不久，母马就生了一匹小马儿。正在这时，有一个地主骑着一匹高头大公马也来赶场，看到木桩上的马下了崽，他见财起意，就把他的马也拴在木桩上。这个老头赶场出来，准备回家，来木桩上解绳拉马，一看，自己的马下了小马，心中十分欢喜，正准备牵走，地主跑过来说："这匹小马儿是我的马下的。"二人争执不休，地主就告到县衙门去，并暗中给县官送了包袱，要县官把这匹小马断给他。

县官见财心黑，就对这个老头说："你说这小马儿是你的马下的，那你今天回去办一件事，要你屋里的母鸡今晚下一百个蛋，今晚就孵一百个小鸡，明早上给我送来，你就领回你的小马儿。"

老头知道这是县官故意刁难他，又无可奈何，只好回家去。女儿看到父亲愁眉苦脸的，不知为啥事，就问：

"爹，啥事焦成这个样子？"他爹把事情的经过一五一十地对女儿说了。女儿说："爹，莫焦，今晚上你好好睡觉，你明早上到县官那里去说，小鸡已经孵出来了，但小鸡要吃普天下一天就能收割完的那种粮食，请县官把那种粮食找来，我们才能把小鸡送去，不然，小鸡会在路上饿死。"

第二天早上，老头去到县官那里，照着女儿的话对县官讲了。县官知道这个主意不是老头出的，一定是其他哪个给他出的这个点子，就问："这个话是谁讲的？"老头说是她女儿讲的。县官说："一个黄毛丫头，如此厉害。你马上回去叫她上不沾天，下不沾地，全身不沾一丝线，到我这里来领小马。"

老头知道这又是一个刁难的主意，只好闷闷不乐地回到家里，把县官的话对女儿讲了。女儿说："不要怕，我照他的话办。"当晚，女儿和父亲连夜将平时打来的兽皮做了一套衣裤，骑着马到了县官那里，一见县官就高声招呼："县官，我照你的吩咐来了。"

县官一看，惊住了，的确上不沾天，下不沾地，全身没有一丝纱线，赶忙装着十分客气的样子，把姑娘请到堂上。县官知道自己斗智斗不过姑娘，但他以为他们要小马儿一无人证，二无依据，就假惺惺地对姑娘说："好姑娘，挺聪明，这个争小马的案，我请你来断。"姑娘问："真的吗？"县官说："真的。"姑娘又问："断了作数吗？"县官答："作数。"姑娘又说："那好，这个简单，请他们双方都把马牵来，两匹马向两个不同的方向走，看小马儿跟哪一匹马走，这个小马儿就是哪个的。"县官只好吩咐照姑娘讲的办。

结果，小马儿乖乖地跟着老头的母马走了。

讲述者： 左天顺，男，庙坝乡同心村农民，初中学历
采录者： 文可山，男，庙坝乡政府干部，初中学历
采录时间： 1986 年 6 月 25 日
采录地点： 城口县庙坝乡同心村（今城口县庙坝镇）

545

解董鸡整县太爷

解董鸡是走马岗解家沟的人。有一回，新来了一个县官，这个县官一来啊就到处请客。请哪些人喃？请的都是当地那些有钱有势的。

后来，这个县官听说走马岗解家沟有个人叫解董鸡，整人凶得不得了，连他老汉都把他没得法。他怕遭解董鸡整，就赶忙派人去走马岗解家沟请解董鸡。

差人来到解董鸡家，对解董鸡说："解董鸡，县太爷有请。"

"要得嘛，你们明天把轿子抬来接我。"解董鸡说。

第二天，差人果然抬了轿子来。解董鸡一见，便对他婆娘说："你收拾打扮一下，我们回娘屋。"

老实的，他婆娘就去收拾打扮，一哈儿穿戴好了，解董鸡叫差人把轿子抬进院子，又叫他拉婆娘上轿先走，说他随后就到。

等差人把他婆娘抬走后，解董鸡赶忙进屋换了身土布衣裳，出门就抄捷路，从那些尿巷子旮旯穿过去，看到要追上轿子了啊，他就扯开喉咙大喊起来：

"县太爷抢占民妻啊，县太爷抢占民妻啊！"

他连路喊，连路扑爬礼拜地在后头追，一直喊迄大堂前。

这一喊哪还得了，团转的人都跑出来看稀奇！县官听到闹轰轰的，赶忙出来看。轿子停下后，里面出来的不是解董鸡，是个女的！还没等县官醒豁过来，解董鸡已拢了他面前，一把扭住他，跳起脚脚又喊又闹："你当官才几天就抢占民妻！走！见抚台大人去！"

就恁个，县官吃了官司，遭罢了官。

讲述者： 魏显德，男，汉族，小学学历，巴县走马乡（今九龙坡区走马镇）退休干部

采录者： 钟守维

采录时间： 1990 年 6 月

采录地点： 巴县走马乡（今九龙坡区走马镇）工农村

546

解董鸡埋娃儿

解董鸡就是走马岗解家沟的人，他娃儿多，大的个娃儿死了，解董鸡吧起烟嘴，嗲起锄头去埋娃儿，他一路还唱歌乐神地走。人家问他："唉，解董鸡，你娃儿死了呢，你哪个还唱哟？""唉，死了有啷个关系吗？死都死了嘛。"好嘛，这些人给解董鸡记倒起的，娃儿死了，他倒反还唱歌乐神的。说来也还怪，不久，解董鸡的老二、老三出麻子发高烧都死了。他还是吧起烟嘴，嗲起锄头担一挑娃儿去埋，这回解董鸡是一路走一路哭。那些人奇怪地问："解董鸡，上回你娃儿死了，你还唱歌乐神的，这回你啷格哭了？""你晓得个屁！你不哭，你打算担几挑娃儿去埋嘛？"

讲述者： 魏开才，男，汉族，小学学历，巴县走马乡（今九龙坡区走马镇）村民

采录者： 钟守维

整理者： 周镕德

采录时间： 1991 年 2 月

采录地点： 巴县走马乡（今九龙坡区走马镇）工农村

547

船老大装死人打牙祭

过去的船老板，财[1]的多，大方的少。有一年腊月三十，船老板给船工们团年。这是船上过年的规矩。但初一天船停了，不大方的老板只管小菜饭，这也是规矩。这天团年，回锅肉一端出来，船老大看到炒头比肉多得多，就有点不安逸了，他憋住气，没说啥子。酒坛子一抱出来，船老大心头就热烘烘了。心想：恁大一坛酒，菜孬酒多还将就。哪晓得他揭开坛子一看，只有巴角角恁点酒，气就冲上来了。抓起一根桨脚，"砰"一下就把酒坛子的上半截打脱了。船老板心痛慌了说："船老大，你格老子疯了吗？""我没疯，这酒坛子上半截不装酒，拿来也占地方，不如敲脱还要轻巧些。"

老板明白，船老大是嫌酒少了，又奈不何他。大年三十，怕他生出事来，只好叫人重新去打酒。想到明天是大年初一，万一船老大趁势说些不吉利的话出来就恼火了。便扎咐了又扎咐。船老大说："我保证不说不吉利的话。我们两个打赌，哪个说了哪个请大家打牙祭。"老板一想：自己是从来不乱说话的，当下就跟船老大两个拍了掌说："漂就漂了。"船老大就欢欢喜喜地大碗大碗地喝起酒来。

三十晚上，老板让船工们守岁，他却先去睡了，睡得迷迷糊糊的，就听到船工们在说船老大遭醉得要死了。老板心想醉了也好，免得他明天开黄腔，就放心大胆地睡了。这一睡睡到第二天大开八亮，船老板爬起来一看，龙头枋上硬翘翘地停着一个人，还穿了一双新布鞋，用麻把两只脚并在一起捆到，脸上搭了一张草纸，脑壳底下垫了一提擦草纸。船老板一看死了人，忙问："那是哪一个？"有人说是船老大。老板着急慌了。因为船上有规矩，船工生疮害病各人付汤药钱，但人死在船上，老板多少要帮补一床稿帘子。老板又想到，船老大不是一般的人，看来一副木板板是说不脱了。这下子比昨夜晚打烂一个酒坛子的损失大多了。急忙跑到船头说："船老大，你给老子喝不得就少喝点嘛，你吃得生养死葬，这下醉死了安逸啦。"船上最忌讳说死，就是死，也说"撬"。船老大翻身就爬起来说："老板，你说得好，今天既是大年初一，我们昨天又有言在先。给你道喜了，各人规规矩矩给大家打个牙祭！"老板哑口无言了。

讲述者： 魏显发，男，汉族，小学学历，巴县走马乡（今九龙坡区走马镇）退休干部

采录者： 严小华

整理者： 周镕德

采录时间： 1988 年 2 月

采录地点： 巴县走马乡（今九龙坡区走马镇）工农村

[1] 财：吝啬。

648

骗子中计

采录者：　钟守维
采录时间：　1990 年 6 月
采录地点：　巴县走马乡（今九龙坡区走马镇）工农村

从前，乡下有一户人家，女儿很聪明。老汉人老了，头脑不清楚，在外面惹了是非，都是女儿去解决。

有一次，老汉穿了一身新衣服外出，遇上一个骗子。骗子哄老汉说："老人家，你这件衣服很合我的身，你让我试一试，我也要照样子做一件。"老头硬是把新衣服脱下来，让骗子试。哪知，骗子穿上新衣服扯伸脚杆就跑了。

第二天，女儿看到那个骗子穿着她老汉的衣服又来了，就假装在路边哭。骗子问她哭啥子。她边哭边说："我戴的金手镯不小心掉到堰塘去了。女人家不会水，想捞也捞不起来。"骗子一听堰塘里有金手镯，暗暗高兴，赶忙说："莫哭，我下去帮你摸起来。"说完，骗子就把身上穿的那件老头的衣服脱下来，丢在堰塘坎上，穿着条短裤，跳进堰塘。女儿等骗子下到堰塘深处后，她抱起衣服就跑。

骗子一看，才明白自己中了计。

讲述者：　魏显德，男，汉族，小学学历，巴县走马乡（今九龙坡区走马镇）退休干部

549

憨包交租

讲述者： 魏显德，男，汉族，小学学历，巴县走马
乡（今九龙坡区走马镇）退休干部
采录者： 钟守维
采录时间： 1990 年 6 月
采录地点： 巴县走马乡（今九龙坡区走马镇）工农村

从前有个人，个个都叫他憨包，其实哪点憨嘛。有一年他租了绅粮几石田去做，写约据的时候，规定做出来的庄稼打伙分。绅粮想整他，问他要庄稼的哪一头。

"东家，您选了来。"

"我就要巅巅。"绅粮说。

憨包说："写起嘛。"

这年，憨包尽栽芋头、红苕。交租的时候，他给绅粮尽担些芋头秆秆、红苕藤藤去。绅粮气惨了，心想，明年来过。

第二年又写约据的时候，绅粮说："我要头头。"

憨包说："写起嘛。"

这年，憨包尽点麦子，栽谷子。交租的时候，他尽给绅粮担些麦草谷草去。绅粮晓得又糟了。

第三年写约据的时候，绅粮说："我巅巅、头头都要。"他心想：看你憨包又使啥子法。

憨包还是说："写起嘛。"

这回呀，憨包尽种苞谷、胡豆。结果呢，中间的苞谷、胡豆尽该憨包得，绅粮还是吃了大亏。

550

新婚『打赌』

讲述者： 吴国柱，男，苗族，居民，初中学历
采录者： 高积超，男，退休干部
采录时间： 1987年8月10日
采录地点： 彭水苗族土家族自治县郁山镇五段

　　七百二结婚那个时代，结婚的两个人在结婚那晚上是不能互相说话的，连一句悄悄话都不能说。

　　七百二结婚那天晚上，他的年青伙计和他打赌说："老兄，你今晚上要是让嫂子同你说一句话，我输一只猪儿给你。说两句，输两个；说三句，输三个……"

　　"要得，一言为定。"七百二说。

　　晚上，七百二进了新房，看也不看媳妇一眼，也不往床上坐，只是端来一根矮板凳，坐在火盆边烤火，还不住地往火盆里加柴，满屋起烟雾。媳妇不忍心，就对七百二说："烟这样大，夜已晚了，你莫烧了，来睡吧。"七百二头也不抬，口里念着："一个猪儿。"媳妇莫名其妙，以为是说猪未喂食子，就说："猪，妈早已喂了，你快来睡吧。"七百二又念："两个猪儿。"仍是不抬头，越往火盆里添柴。媳妇以为是他冷了，便说道："来，把棉衣披上。"七百二立刻又数："三个猪儿。"

　　就在这时，门外的伙计高声叫唤起来了："老兄，我家只有三个猪儿，我再赌不起了，你明天去吆猪儿就是。"

551

七百二的烟盒

七百二爱扯谎。官府说他犯了罪，就派差人到龙池来
捉他。差人走时，县大老爷向差役交代说："为了防止捉
错，你们首先摸到了一个大烟盒的，就是七百二了。"一
天，差人来到七百二家，一个差人上前抱住了七百二，一
个差人就去摸烟盒。后一个差人对七百二说"你这个烟盒
好大啊"来试探七百二，七百二灵机一动，随口答道："你
这位大哥不知，对门刘不住大哥那个烟盒，比我这烟盒还
要大一倍呢。"

于是，差人急忙放下七百二，叫七百二指一下刘不住
家就去了，七百二马上逃到黔江县黑溪乡躲避去了。

差人找去找来，找不着刘不住，七百二也不见了，一
个爱动脑筋的差人才醒悟过来："刘不住跑了。"原来，刘
不住就是七百二啊！

讲述者： 廖征茂，男，苗族，农民，不识字
采录者： 高积超，男，退休干部
采录时间： 1987 年 6 月 27 日

552

康老汉惩治骗子手

三月三的第二天，康老汉从女儿家转来。背篼头，女儿给他装了粑粑、豆腐和一大块腊肉。本来够重了，手里又抱着一只鹅。他歇歇走走，走走歇歇地赶着路。走到松林坡，看见一个小伙子躺在青石板上晒太阳。那小伙子看见康老汉走到跟前，就翻身跳起来，朝着他甜眯眯地喊："老伯伯，你这样大年纪咋个背得起？快让我给你背嘛。"不管康老汉愿意不愿意，他抢过背篼就飞快地朝前走。慢慢地两个愈隔愈远了。康老汉晓得上了当，他想个法子，连忙高喊："那个小哥等一等，请把这只鹅也帮我抱一下。小伙子一听，正好，鹅也成了我的下酒菜，他就站着等老汉。康老汉走拢了，没把鹅递过去，却对小伙子说："小哥，我看你这个人良心好，我有个外孙女，是我从小拖大的，人才美貌，我想把她许配给你，你干不？"那小伙子一听，真是喜从天上降，满口答应了。"那现在就请你和我去会会亲。"小伙子接过鹅，恭恭敬敬扶着老汉慢慢走。翻过几座山，过了几个湾。他俩来到一座磨坊前。康老汉对小伙子说："你等我一下，我去找口水喝。"老汉和磨坊主人马福是老熟人，进去后，就把遇到骗子的事向马福一

家说了。马福早就认得这个骗子，也几次上过他的当。康老汉对马福咋个咋个作了安排，一同出去。马福上前捉住那小伙子："你那回偷了我的驴，现在该还我了。"康老汉装着从中劝解，马福咋个讲也不依，康老汉只好自顾走了。马福把那小伙子拖进屋，一家大小按住他，蒙上眼睛捆住手，套上枷档，代替驴子拉磨，马福一家轮换监视着。到深夜，小伙子又累又饿，蚊子又嗡嗡叫着围住他咬。那小伙子受够了罪，后悔了，他不断地自言自语："得了老汉的东西又想他的鹅，鹅没得到手又想得老婆。恶人定遭恶人收，恶人自有恶人磨。"直到天亮，马福教训了他一顿才放了他。从这以后，这个小伙子改邪归正了，老老实实靠帮工过日子。后来，在康老汉的担保下，给马福当了个帮手。三年后，由康老汉保媒娶了个媳妇。

讲述者：　曾绍云，女，土家族，农民，初中学历
采录者：　王斌礼，男，土家族，县教师进修校教师，大专学历
采录时间：1986 年 11 月 3 日
采录地点：秀山土家族苗族自治县平章村

553

巧管事智挫曩神[1]

从前，重庆桐君阁药房的药卖得很齐全，门口挂了块"万药俱全"的招牌，生意好得很。街坊上有个曩神，想敲桐君阁的竹杠，就在"万药俱全"招牌上打起主意来。他横想顺想，烂板眼[2]来了。

一天，这曩神来到药房的柜台前，阴阳怪气地对抓药人说："我要抓一味药，跑遍重庆城都没有，不晓得你们桐君阁有没有。"

柜台上的人问："请问你要抓的是味啥子药？""啥子药？我要活人脑髓！"这味药把柜上的人难住了：回答没有吗，就是自己打黑"万药俱全"的招牌；说有吗，这"药"又在哪里去拿呀。就先安顿他在客堂坐下，连忙进账房去向管事禀报。管事问明事情之后说："不要紧，我会去应付他。"管事慢条斯理地来到客堂，先打招呼，又给曩神倒茶、递烟。待承定了，才轻言细语地问："听说先生要配一味活人脑髓，是么？""对头，对头。"管事接着把手一伸说："好，那请先生把药方给我看看，我才晓得是哪个先生开的方子，医的啥子病症。"

曩神没有料到管事先生会突然来个"杀着"，一下就卡壳了，支支吾吾拿不出药方来。管事又进一步说："既然先生为难，病又等到要医，耽搁不得，那就只有请你看一看我们这几号人，哪个人的脑髓合适，看好了我们再讲价钱，你交了钱把'药'拿去就是了。"

管事先生这一逼，曩神晓得今天碰到叫鸡[3]了，只好下矮桩[4]说："误会，误会！"蔫鸤鸤地夹起尾巴走了。

讲述者： 胡邃初，男，汉族，初中学历，农民
采录者： 胡大鹏
整理者： 刁琼图
采录时间： 1985 年 8 月
采录地点： 九龙坡区上游村

[1] 曩神：tuǒ，曩神即无赖。
[2] 烂板眼：烂点子。
[3] 叫鸡：以会叫的鸡喻能说善辩的人。
[4] 下矮桩：告饶、妥协。

554

轿夫投宿

一个抬轿的脚夫，一天到一家栈房投宿。刚一进店，一个胖女人就说："我这里住满了，你到别处去吧。"

"嘿嘿，老板娘子，天黑了，我到哪里去歇？请行个方便，这号钱嘛，按规矩给。"轿夫恳求地说。

胖大娘把轿夫扫了一眼，见他头上戴顶草帽，身上穿件烂长衫，腰间捆根布带，肩上扛一乘滑杆，便冒火冲天地说："你这人硬是不听招呼，未必我钱都不想？"

轿夫再三恳求，说不尽的好话，胖女人终于答应在硬石板上打个铺。

晚上，寒气逼人，冷得轿夫牙齿打课课，哪里还睡得着。他爬了起来，穿上衣服坐等天明，心想：这个婆娘心好狠，地铺的号钱和正铺一样多。忽然，他看见老板灶屋油灯亮着，就想找点火烤。进去一看，见灶屋中间有个天井，天井里有一个箩筐，栽了一窝南瓜，南瓜藤爬在墙上，长得很好。灶背后有个鸡母正在抱蛋[1]。轿夫又冷又气，心想：老子今天不收拾她一下，她不晓得我厉害。他

把鸡窝的蛋捡得干干净净，又把那窝南瓜连根扯了起来。再抱了一块石头，半截放在灶头上，半截放在盖住锅的锅盖上，伸手在灶孔头摸了把桴炭，在粉壁上写了四句话。

天刚亮，轿夫把老板娘叫醒说："请开门，我要赶路。请清点东西。"胖大娘把门一打开，轿夫扛起滑竿就走了。

这时候，老板娘忙着煮饭。她刚把锅盖揭开，只听得"咚"的一声，石头落在锅头，锅底遭打穿了。老板娘搞得莫名其妙，又扫了一眼，发现那南瓜也遭扯出来摆起。默了一下："肯定是那个砍脑壳的抬脚！"就马上追出店门，开花开朵地乱诀起来。住店的客人些听老板娘在骂花鸡公[2]，也捧到店门外来看稀奇。有人发现壁上写得有几行黑字念了起来："不怕你号钱要得多，清早起来打烂锅，太阳出来南瓜蔫，抱鸡母抱个空窝窝。"老板娘听完最后一句，急忙回头打开圈门一看，果然是个空窝窝。想到昨晚黑自己做了缺德事，转身就回到歇房把门关起阴到怄气。

讲述者：　罗炳万，男，汉族，宝龙乡十村农民
采录、整理者：张世先
采录时间：　1985 年 11 月
采录地点：　潼南县宝龙乡（今潼南区宝龙镇）

[1]　抱蛋：孵蛋。

[2]　花鸡公：此指骂脏话。

555

石三献梨种

过去，有一个叫石三的人，家里穷，只好给大老板照看梨园过活。这年秋天，梨子黄桑桑的，像金子样，石三硬是想搞一个尝尝。他正伸手摘下梨子，老板早不来迟不来，偏在这时来了，一见石三在偷吃梨子，就骂："你这个猴子变的，经常偷起吃，我的梨子还不够你一个人吃，你看我打不死你。"说着，就是一顿打。

一年到头，石三因偷吃了一个梨子，没得到一分工钱，就和老板吵了起来。老板是个黑心人，写了状子告到县衙，石三被送进了监牢。

石三硬想不通，这天，他灵机一动，想出了一个好计策，对守牢门的说："你快对县太爷说，我身上有一个宝贝，若是献给皇上了，县太爷还要升官，我也好早些出这个背时的牢房。"

县令一听，连忙来找石三要宝贝，石三不慌不忙地说："老爷，我这个宝贝我要亲自献给皇上才得行，别人一拿过手，它就要变。"

县令也依他说，带了几个心腹，把石三送往京城，到皇帝面前献宝。见了皇上，石三从口袋里摸出了一颗梨籽，说："万岁，这是一颗金梨籽，种下了，能结金梨子。"皇帝听了，满脸都在笑，正要来拿，石三说："您拿去要好好保管，不然，稍微有点私心，它就不结金梨子了。"

皇帝一听，心里暗暗自悔：我的天哪，我争这个位子不晓得害死了好多人，哪有没得私心的！于是，丧起个脸问石三："这么好的种籽，你各人咋不种？"石三好像怄糟了的样子说："万岁不知，我因为照看梨园，偷吃了一个梨子，种起遍山遍堡，就是不结金梨子。我想，万岁身为万民之主，肯定没得私心，所以专门来献的。"

皇帝怕有私心种起不结金梨，就不想要，别人想要，又不敢要。

石三又把梨籽拿到宰相面前说："我就献给宰相大人！"宰相也怕不结金梨，别人晓得了真底细，笑他有私心，也不敢种。石三就说："我愿献给老将军。"将军一想，不行，不说别的，就只说克扣军粮、冒领军功这点，就不得结金梨子，也不敢接，把脑壳摇得像玩车车灯儿一样。

石三又笑嘻嘻地拿到府官大人面前，说："那我就献给府官大人！"府官大人心里一默，说："知县举贤有功，还是给他好！"知县各人心里明白，打官司扯皮，不晓得贪了别个几多包袱，但在上司面前又不好露出，只得说："我一个小小县令，只能上行下效，不敢种梨！"石三又走到押卒面前说："那你就拿去种起吧！"押卒搞慌了，说："不敢、不敢，你进牢房时，我拷了你的衣服的。"未等石三开口，县令吼了起来："你好大胆子，敢拷犯人衣服，贪赃枉法的东西。"

这时，宰相、将军、府官，都一齐来训斥押卒。石三哈哈大笑："你们在座的都是百姓的父母官，贪赃枉法尽是你们。你们都不进牢房，我一个穷人，偷了个梨子就把我送进牢房，未必这也合理呀？"

众人一听，都不再做声[1]了。

讲述者： 王友彬，男，石马乡樊家村农民，初中学历

[1] 做声：吭声。

采录者：　朱代荣，男，石马乡文化站干部

采录时间：　1986 年 4 月 19 日

采录地点：　奉节县石马乡（今奉节县草堂镇）樊家村

556

摆三年的龙门阵

从前，有个皇帝很爱听摆龙门阵，他叫大臣贴了一张榜文在门外，上写着：皇帝爱听龙门阵，凡是摆得来龙门阵的，都可以来摆。一个龙门阵要摆三年，摆不到三年的杀头，摆到三年的赏金一千两。

人些看了榜文，没得哪个敢来。有一天，来了一个人把榜文揭了，守榜文的卫兵把他引进皇宫，那人就开始给皇帝摆龙门阵了。他说道："从前，有一个员外，他有个装谷子的仓，做得又大又扎实。有个耗子，钻在仓底下想吃仓里的谷子，就白天黑夜地啃仓板。一天啃一点，啃了一年，才把仓底板啃了个洞，谷子从洞中流出来了。一群麻雀不晓得啷个搞的，也晓得了仓底下有搞头，专门飞到仓底下去啄谷子吃。东一颗，西一颗，过了两年，就把流出来的谷子吃得黄瓜打大锣——大半截不对头了。"

这龙门阵前后摆了不到一杆烟的时间，皇帝就听得打瞌睡了。皇帝醒转来，没有听到他的声音，问他啷个不摆了。那人说："摆完了。"皇帝说："你不是摆三年吗？为啥子只摆了这么一哈儿？"那人答道："已经摆了三年了嘛：耗子啃仓板一年，麻雀衔谷子两年，刚刚三年，不多一天不少一天。"

皇帝开不起腔，只好赏了他一千两金子。

讲述者： 卜学兵，男，汉族，玉溪乡中学初中生

采录者： 刘建

采录时间： 1985 年 11 月

采录地点： 潼南区玉溪乡中学校

557

叫花子还仇

从前，有一家大餐馆，生意非常兴隆，尤其是中午那一阵，更是打拥堂[1]，热闹得很。

有一天，来了一伙叫花子，他们晚上没得地方歇脚，就在餐馆背后的炉坑里挤作一堆。餐馆老板说他们弄脏了铺子，就喊幺师把他们赶走。几个幺师狗仗人势，气势汹汹地跑去给叫花子一歇骂："你们这群贱货，快点给老子滚开，要不然打断你们的狗脚杆！"

叫花子们只好格外找地方歇脚。他们恨透了餐馆的老板和幺师，决定想法还仇。

有天逢过节，餐馆头灯红酒绿，比哪阵都热闹，晌午的阵，一群叫花子提着死耗子、乌梢蛇，一齐朝餐馆跑来，一边跑一边吼："让开，让开！我们给馆子送货来了。"

走进餐馆，这个叫花子喊："掌柜的，快拿秤来称哦！"那个叫花子说："莫耽搁时间嘛，今天的货比哪天都鲜！"

幺师一听，赶忙跑出来："滚滚滚！你们这些混账

[1] 打拥堂：四川话，原指顾客挤满店堂，后来泛指拥挤。

东西！"

"嘿，今天不对头了？"一个叫花子说，"老板喊我们送货来，你们要开黄腔呀？"

"啊，我明白了。"另一个叫花子说，"往天嘛，我们是天不亮就送来的，今天想我只有弄点货，来迟了。对不起，对不起！明天我们早点送来就是。"

那些在餐馆里吃东西的人看到这种场面，一个个都发恶心，有的翻肠倒肚，把吃下去的东西都吐了出来。顾客们非常气愤，嘿，馆子里原来是买的死蛇死耗子肉！胆小的骂一通就走了，胆大的把桌子板凳打得稀巴烂。

从此，这家餐馆就没有多少人来吃东西了，老板只好关门。

讲述者： 魏显发，男，汉族，小学学历，巴县走马乡（今九龙坡区走马镇）慈云村十三社
采录者： 严小华
整理者： 周镕德
采录时间： 1988年2月
采录地点： 巴县走马乡（今九龙坡区走马镇）工农村

558

公鸡蛋

从前，有一个姓李的差人，因仗义执言得罪了县大老爷，这个"父母官"就变着法子想收拾他。可是，这个姓李的人平生谨慎，毫无过错，贪婪残忍的狗官抓不到他的把柄，一时半时也奈何他不得。

这一天，县官终于想出了一个主意，他派人去把姓李的差人传来，对他说："我限你三天之内交一个公鸡蛋来，如果交不上来，我就要杀你的头。"姓李的差人晓得是县官出难题故意整他，但自己又没有办法，只得埋头在家生闷气。两天时间一混就过去了，而公鸡蛋的事还没有着落，这是明摆着的事，公鸡怎么会生蛋嘛！姓李的差人只好在家长吁短叹，伸着颈子等死了。

姓李的差人有一个儿子叫李宝，虽然才七八岁，但生来很聪明。这两天，他看见父亲茶饭不思，就去问："爹，你啷格啰？"他父亲说："孩儿，县大老爷限我三天之内交上去一个公鸡蛋，否则就要杀头。现在，已经两天过去了，叫我去哪里找公鸡蛋啰！我死后，你要好好听你娘的话。"说完，老泪纵横，泣不成声了。李宝听后，不但不哭，反而说："爹，你起来吃饭，我找得到公鸡蛋，明天

我去交。"父亲听后，虽然不信，但见他信心十足总得了些安慰，便开始起床吃饭。

第二天，李宝早早来到县大人的住处，守门的问他："小孩，你来做什么？"李宝说："我是来替父亲交公鸡蛋的。"门卫便放他进去了。

三天已到，县大老爷早就布置好了刑场，正准备派人去捉人，突然，有差人来报告说："有个小孩来交公鸡蛋。"县大老爷就赶紧升堂审问："小崽子，你父亲呢？"李宝说："我父亲在家生娃儿。"县大老爷一怒，喝道："你放狗屁，哪有男人生娃儿的道理？来人啦，把这小杂种给我抓起来！"差人正想上前去抓，李宝却喊道："慢，既然男人生不出娃儿来，那公鸡又怎么能生蛋呢？"问得县大老爷张口结舌，无言以对，最后，只得赦免了父子二人。

讲述者：　　杨家恒
采录者：　　吴建国
采录时间：　1985 年 5 月
采录地点：　彭水苗族土家族自治县汉葭镇

559

打牙祭

从前，有个老汉，他有三个儿子，天天做活路不展劲，总是蔫杂杂[1]的。老汉一问原因，才晓得三个娃儿想打牙祭[2]。老汉就把三个儿子喊拢来，对他们说："只要你们作古正经地做活路，有的是牙祭打。明天你们三个把对门那块大田的秧薅完了，就打牙祭。"说完就上街割肉去了。

第二天中午，三个儿子回来，说秧子薅完了，要老汉拿肉出来吃。哪谙老汉一听，却大发脾气，把脸马起[3]说："你们活路都没做完，还想打牙祭？不得行！"三个儿子都说秧子薅完了的，不信，叫老汉去看。于是四爷子[4]来到田边一看，只见满田浑水，看上去薅得很好。老汉还是马起脸说："你们中间的根本没有薅，只是把周围的薅了一下。"三个儿子都说冤枉。老汉见三个儿子不认账，就卷起裤脚，走下田去，从中间抱起一个大罐罐说："你们中间薅了的，为啥子没有薅到这个大罐罐？你

[1] 蔫杂杂：精神不振的样子。
[2] 打牙祭：指吃肉。
[3] 脸马起：拉长脸，形容生气。
[4] 爷子：父亲和儿子。

们把它打开嘛！"老大打开一看，里面装了一块五六斤重的保肋肉。

原来老汉发现三个儿子做活路不展劲不说，还做假假[1]活路，又想打牙祭。他想了一个办法，把肉装在罐子头放到田中间，如果他们把罐罐薅到了，就表明没做假假活路。

三个儿子自己做了假假活路，一齐都吓到了，急忙跟老汉认错。

讲述者： 孙代龙，男，初中学历，汉族，农民，璧山来凤镇四平村
采录者： 石维扬，男，高中学历，璧山大鹏乡专干
采录时间： 1986 年 1 月 1 日
采录地点： 璧山来凤镇讲述者家中

560

李二拐

从前，垫江城有个李二拐。这人天不怕，地不怕，神不怕，鬼不怕，连城隍爷也不怕。那时候，每逢过年，正月初起头，男男女女都要到城隍庙去烧香，求城隍老爷保佑。去磕头的人，各有各的心事，许的愿也不同。李二拐想去听一下，听他们到底说些啥子，他就大起胆子，爬上殿堂，躲在城隍老爷后面偷听。

这一天，东门的谢医生来许愿。谢家是富豪，有用不完的钱，年年都要给城隍老爷烧钱化纸。今天他又提起香、烛、钱纸来了。走拢把香点燃，把钱纸一烧，磕了几个头说："城隍老爷呀！你今年要保佑我，让城里起瘟症，要那些人都害大病。害病的人多，请医生的人才多。请我的人多，我就多挣钱。你保佑我发了财，我明年来还愿；给你扎三根盖头[2]，把你的脑壳搭满拖迄地！"说完，又磕了三个头，作了三个揖，走了。李二拐听得一清二楚，心想：你这个医生心肠不好！这时候，又进来一个人，是南门开棺材铺的胡老板——胡胖子。他呢，也是烧钱化纸，

[1] 假假：弄虚作假。

[2] 盖头：头帕。

跪在城隍老爷面前说："城隍老爷呀！你要显个灵，今年起瘟症，多死些人。保佑我生意兴隆，多卖棺材。棺材涨价赚了大钱，我明年来还愿，给你点长明灯，一年四季都不熄，还要给你镀金身。"说完，又磕了头，作了揖，走了。接到进来的是北门街上的王道士，专门给死人开路、做道场的。他也烧了香，跪下去就说："城隍爷呀！你要显个灵，今年多死人。我王道士好去给别人开路，做道场，赚的钱多了，我明年来还愿，买个大猪脑壳来供你。"说完，磕了头走了。李二拐在城隍后面听得明明白白，心想：你这三个人才坏呵！都唯愿别人遭殃，自己发财。哼！老子今天要整他们一下，整他们一个二个现原形。对！他想好了办法，就跑到东门谢医生屋里头，喊："谢师母！谢医生在不在家哟。""不在，一会就回来。""回来你跟他说，南门街的胡胖子得了急病，请他去看，快些去。""好！一会儿就来。"接到起李二拐又跑到棺材铺对胡老板说："胡老板，东门那个谢医生，他的少爷得急病死了，要一副好棺材，他马上来抬。""要得！"胡胖子心想：城隍老爷硬是灵验哩！才许了愿就死人，今年我这棺材生意要赚大钱。

谢医生回到家，听妇人说南门老板要他去医病，心想：城隍菩萨真灵呵！才许了愿，就有人得了急病！他提起箱子就往南门走。走进棺材铺，胡老板说："你来买棺材吗？我给你准备好了，你要哪一副就抬哪一副。""我不买棺材，我是来给你医病的。"胡胖子说："大年初二，你啷个乱说哟！我好好的一个人，你咒我生病，莫说那些，你的棺材快抬去！"谢医生也发了火："撞到鬼哟！新年大节，你咒我死人，哪个死了？""你少爷死了嘛！""我儿子好好的，你屋少爷才死了哟！"两个你一句、我一句吵起来，越吵越凶。你一耳矢[1]，我一脚尖就打起来了。满街的人都围拢来看热闹。这时候呵，北门街上的王道士，拿起做道场的响器，到棺材铺来了。"让开！让开！"王道士一看，胡老板跟谢医生在打架，一个撕烂了衣服，一个鼻子在流血！王道士急忙把他们拉开，说："胡老板，谢医生只医得好病，医不好命，你儿子死了就

算了！不要打了，我来给你儿做道场！"胡老板一听不对呀！又拉扯起打起来，打了半天，打得头破血流，胡老板才问原因。王道士说是李二拐带信来说胡老板的儿子死了，请他来做道场。谢医生说，是李二拐带信来说胡老板得了急病，请他来医病。胡老板说是李二拐带信来说是谢医生的少爷死了，给他准备棺材。哈，都是这个李二拐！他们三个人一起要去找李二拐说理。李二拐从众人背后站出来说："不睬！陪你们说理，到茶馆说，说得脱走得脱，说不脱就认罚。"隔壁就是大茶馆，四个人坐一桌，满茶馆的人都听他们说理。谢医生、胡老板、王道士把李二拐怎么扯谎骗他们的事摆了出来，要李二拐赔礼道歉开满堂的茶钱，还要给一家磕二十四个响头。李二拐不慌不忙对大家说："我把原因说出来，大家来评理，大家要我开茶钱我就开，要我磕头我就磕。"他就把他在城隍庙听到的话一五一十对大家说了出来，问众人："他们心肠黑不黑？他们三个都有钱，都给城隍菩萨许了包袱，一个是上盖头，一个是点长明灯，一个是换金身。大家说茶钱该哪个开。"满盘[2]都说："李二拐不错，他三个该遭，茶钱该他三个人开。"

讲述者：　李永良，男，农民，不识字
采录者：　黄启富、林三、卢勇
采录时间：1986年10月27日
采录地点：垫江县城

[1]　耳矢：耳光。

[2]　满盘：全部人。

四 传统笑话

561

管钱的有几个是白的

尉迟恭一生正直，死后没有下地狱，反而升了天。

这天，他来到灵霄殿，请求玉皇大帝分派事情。最近，玉皇察觉管银库的账目不对头，正愁没有一个合适的人去接替。他一见尉迟恭，马上想到此人办事大公无私，正好胜任此职。于是说道："天庭中正缺一个管银钱的官，你愿去否？"尉迟恭正要谢恩，忽然，王母娘娘出来阻拦道："陛下，你看这尉迟恭，长得黑不溜秋的，让他来给皇家管银钱，这不有失皇家体面吗？"

尉迟恭一听忙奏道："启禀王母娘娘，你身居天庭，不晓凡间事。人世间管银钱的人，有几个是白的哟？"

讲述，采录者：王平浩，男，初中学历，工人

整理者：陈国方

采录时间：1987 年 4 月 18 日

采录地点：荣昌县昌元镇（今荣昌区昌元街道、昌州街道）

562

四心

从前，有一个老头，生了三个儿子，都不成器。有一天，老头到茅厮去解手，看到茅坑里头有一个心子。他想：茅坑里头啷个有个心子呢？他把老大喊起来问："这个心子是不是你的？"老大说："哪里是我的哟！我那个心子要大得多！"

老汉想：不是老大的，会不会是老二的呢？把老二喊起来一问，老二说："哪里是我的哟！我那个心子是烂的！"

把老三喊起来看，老三看了说："不是我的，我的那个心子是歪起长的，你看这个心子嘛，长得好端正！"

这时三个儿子不禁一起问："那心子是不是老汉你自己的掉出来了哟？"老汉说："你们都还不晓得吗？我根本没得心子！"

讲述者：杨孔林，男，私塾，退休工人

采录、整理者：李建中

采录时间：1985 年 9 月

采录地点：合川县（今合川区）太和镇

563

先生先死

讲述者： 叶光，男，汉族，初中学历，农民
采录者： 赖荣模
采录时间： 1986 年 1 月
采录地点： 璧山县正兴乡文化站

　　从前，有一个教私馆的老师，看见老板娘在绣楼边边坐起抠痒，心头突然一动。当天给老板的儿子上课，就出了个对子，题目是："抠抠痒痒，痒痒抠抠，不抠不痒，不痒不抠，越抠越痒，越痒越抠。"老板的儿子对不起，回到屋头闷起脑壳不言语，饭也吃不下。

　　老板娘问娃儿为啥子吃不下饭，娃儿说："先生出了个对子，我对不起。"老板娘问："他出的啥子对子？"那娃儿把对子说了一遍。他妈一想：咦，是在挖苦我啊！那天我坐在绣楼边捉虱子，那先生看到了，就出了这对子来详碎我。她想了一下，就教娃儿一副下联："生生死死，死死生生，不生不死，不死不生，先生先死，先死先生。"她娃儿第二天上学就把这下联念给先生听。先生惊了一张，赶忙问是哪个对的这个下联，娃儿说是他妈对的。先生心想老板娘的才学比我还高咧。从此就再不敢挖苦人了。

564

不如老爷就吃屎

从前，有位财主，喜欢喝酒。一天，他在街上喝得大醉，走出来一看，天下着大雪。他随着兴致立刻编了一首咏雪的诗，吟道："天公下雪不下水，雪到地上变成水。雪变水来多麻烦，不如天公就下水。"吟完，自以为聪明，便独个儿哈哈大笑起来。

这时，墙边有一个叫花子，正冷得发抖，就随口念答道："老爷吃饭不吃屎，饭到肚里变成屎。饭变屎来多麻烦，不如老爷就吃屎。"

这位财主气得七窍生烟："你这龟儿，胆敢骂老子。"他上前要打那叫花子，不料那叫花子却笑嘻嘻地说："老爷，我是在和你的诗，并非骂你。就是打官司也说得走啊。"这财主顿时哑口无言。

讲述者：　杜相合，男，初中学历，教师
采录者：　杜浪
整理者：　田达永
采录时间：　1985 年 9 月
采录地点：　潼南县朱家乡（今潼南区崇龛镇）

565

总乡约

从前，有个总乡约，喜欢吃白食。周围五里三乡的人都晓得他是个福喜大王。

一天，有两个人刚走进馆子准备喝酒，总乡约看到了就坐了下去。那两个人不敢说不请他吃，因为他是总乡约，大小还是地方上一个官嚛。二人中有一个就说："今天我们三个人喝酒，每个人说四言八句。说得伸抖[1]走得脱，说不伸抖就给酒钱。"另一个立马心领神会，就说："要得，要得。"总乡约心想：管你妈的哟，吃了再来扯。边吃边说："好嘛，好嘛。"

第一个说："我们各人都用三个同头字和三个同旁字连成句，四句要连贯通顺。"另一个当然没得意见。总乡约默到吃了扯，也没得意见，话就这样说定了。

第一个先说："三字同头官宦家，三字同旁绸缎纱；要穿绸缎纱，离不得官宦家。"

第二个说："三字同头芙蓉花，三字同旁姊妹妈；要

[1]　伸抖：清楚。

戴芙蓉花，离不得姊妹妈。"

　　总乡约没啥文化，他想了很久，才想起"总乡约"不就是三字同旁吗！"屎尿屁"不就是三字同头吗！他就连起来说："三字同头屎尿屁，三字同旁总乡约[1]；要吃屎尿屁，离不开总乡约。"他便大吃大喝起来。

讲述者：　王长信，男，汉族，初中学历，乡政府干部

采录、整理者：敬相安、姜孝德

采录时间：　1985 年 12 月

采录地点：　江北县寸滩乡（今江北区寸滩街道）

566

爹满门

　　从前，有个人，过年时看到家家户户都贴春联，他也想写副来显示一下自己是有学问的。他找来一本春联书，选好一副春联，原文是：

天增岁月人增寿
春满乾坤福满门

　　看后觉得不很满意，心想：人增寿不如改成娘增寿。又一想：人字既改成娘字，能和娘字相对仗的当然是爹字啰。于是，提笔一挥而就。贴出去后，邻居都来看他写的对联，大家念道：

天增岁月娘增寿
春满乾坤爹满门

[1]　总乡约三字的繁写为"總鄉約"，"鄉"字与"總""約"二字本不同旁，但被没有文化的总乡约误认为同旁。

讲述者： 李家洲，男，汉族，旧学，居民

采录者： 周京立

整理者： 张蓉

采录时间： 1985 年 7 月

采录地点： 江北县静观镇（今北碚区）

567

剥皮与割耳朵

　　从前，有一个姓陈的财主，家里请了一位姓周的教书先生。这个财主认不到几个字，把"周"字认成"吉"字，周先生称为吉先生。周先生心里不高兴，但又不好说得。

　　一天，周先生遇到一个好友，就对他说："我那个东家是个别字先生，称我为吉先生。"朋友听了哈哈大笑，说："你二天就喊他东翁算了！"

　　周先生回到财主家，果然喊他为"东翁"。财主不高兴地说："我姓陈，啷个喊我东翁？"周先生说："你把我的皮剥掉了，我只好割掉你的耳朵！"

讲述者： 李保林，男，初中学历，农民

采录者： 赖维健

整理者： 张明才

采录时间： 1985 年 10 月 25 日

采录地点： 江津县真武乡（今江津区支坪镇）

568

差点把你认成亲爹

讲述、采录者：王平浩，男，初中学历，工人

整理者： 陈国方

采录时间： 1987 年 3 月 30 日

采录地点： 荣昌县昌元镇（今荣昌区昌元街道、昌州街道）

有个人叫柏孜，家里很有钱，但胸无点墨；只好花了三千贯钱，买了个县试主考官来当。

接事不久，碰上了考期。四乡的考生聚集在一堂，恭候主考大人。柏孜来到考场，书吏递过考生的名册，柏孜说："众考生注意，点名了！"接着打开名册，喊道："都尚来！"考生一听"都上来"，哪个敢说不动？一齐拥到柏孜身边。柏孜本想发火，又觉得这是第一次过官瘾，还是忍到好了。接着又大声喊道："下去！"众考生被弄得莫名其妙，只好又回到原来的座位上。

这时有个考生来到柏孜身边，彬彬有礼地小声说道："刚才大人是否念错了？我们书友三人一起来报名，大书友姓都名尚求，你念成了'都尚来'；二书友姓夏单名一个法，你喊成了'夏去'。"柏孜听到这里，忙问："你叫什么名字？"这考生说："学生姓新名斧。"柏孜一听说："啊呀呀，幸好你早说，差点我把你认成亲爹了！"

569

学懒

很早以前，有个叫王小的懒人。他有好懒咧？就是口水吐到脸上，他都不得揩一下，等它阴干[1]了事。

有人说："王小你再懒，也没得山那边的张大懒。你比起他呀，是黄瓜打大锣——还差大半截不对头。"

老实的，王小就去找张大。张大问他来做啥子，他说："我来找师傅学手艺的。"

张大问："你是唥个来的呢？"

王小说："礤起来的。"

张大认为他还懒得乖，就把他收下了。张大叫他去拖张席子来摆在黄桷树底下，好教他学手艺。他不拖，他把席子裹成筒筒礤起来。张大喊他坐下，他就睡倒。三伏天，开始还凉快；太阳当顶那阵，晒得两个汗直流。张大喊他起来捱[2]一下，他说："师傅，太阳会走的，等哈儿就阴了。"太阳都偏西了，张大说："你回去煮饭吃嘛。"

王小说："师傅，我吃口水都吃饱了。"

张大熬不过，只好自己回去煮。吃完饭，张大说："你可以出师了。"

讲述者：　王学华，男，汉族，小学学历，农民

采录者：　石光碌

整理者：　周镕德

采录时间：　1986年4月

采录地点：　巴县小观乡（现属巴南区接龙镇）

[1] 阴干：不晒自干。

[2] 捱：移动。

570

教懒

讲述者： 徐尚志，男，汉族，初中学历，农民
采录者： 毛德金
采录时间： 1985 年 10 月 19 日
采录地点： 璧山县（今璧山区）

以前，有一位专教懒的温先生。

有一个叫王斗的，是出了名的懒人。在家里光吃不做，大人打骂也不改，后来被家里人赶出了家门。

王斗被赶出家门后无路可走，想起了专教懒的温先生，就去找他。王斗来到温先生面前，背向着温先生说："温先生，我是家里出了名的懒人，被赶出家门，请先生收容。"温先生看到他背向着自己，不高兴地说："你怎么不车过来[1]？"王斗回答："要是你不收，我头也懒得回就走。"温先生听了想：果然是一个懒人。于是就收下了他。

一次，温先生割了一斤肉，叫王斗拿菜板来切肉。王斗说："温先生，我懒得去拿，你就在我背上切吧。"于是，温先生就在王斗背上切肉。切完肉，温先生看到王斗背上一条条血印，就问："王斗，在你背上切肉不痛吗？""痛。""那你为啥不叫唤？"王斗说："我懒得叫唤。"

[1]　车过来：转过身来。

571

懒三

有个名叫周三的人，因为懒得稀奇，所以大家都叫他懒三。

一天晚上，懒三很早就上床睡了。在床上正磨皮擦痒[1]睡不着，一个小偷摸进了他的屋。

小偷进屋后，东摸西摸，摸了好一阵，才晓得屋头都是些不值价的烂东西，只好走了。他刚走到门口，懒三对他喊道：

"喂！出去的时候顺便把门给我关到哟，我懒起来得喽！"

讲述者： 卢开银，男，汉族，小学学历，农民
采录者： 钟炳福
整理者： 金祥度
采录时间： 1986 年 5 月
采录地点： 巴县南彭乡（今巴南区南彭街道）

[1] 磨皮擦痒：形容烦躁、无聊的样子。

572

护脸壳

从前，有一个懒婆娘，懒得来从不洗脸。吃了饭也不洗锅洗碗。一天，她男人做生意回来，叫她烧碗开水来喝。烧了很久，婆娘才端了酒杯那样大一碗水来。男人喝了没解渴，又叫她烧，很久也不见端水来。男人进灶屋一看，只见烧水的锅底底只有一小碗水，锅的四周是一层很厚的黑锅巴。男人火冒三丈，顺手拿起菜刀朝婆娘砍去，一刀砍在婆娘脸上。男人吓慌了，心想：这下出人命了。只见婆娘把菜刀从脸上取下，笑嘻嘻地对男人说："没关系，我有护脸壳。"男人仔细一看，婆娘脸上只砍落一层汗甲甲[2]，皮肉一点都没有碰到。

讲述者： 张龙成，男，汉族，初小学历，农民
采录者： 冉顺生
采录时间： 1985 年 9 月 2 日
采录地点： 铜梁县虎峰镇（今铜梁区）

[2] 汗甲甲：汗垢。

573

骂土地

过去有个地方的垭口上，有个土地庙，一年四季的香火都不旺盛。有户人家看到土地菩萨冷清得遭孽，就给他吊了一个竹筒筒。来敬他的人，先在竹筒筒上敲几下，才开始烧香。

有一天，王二娃挑起煤炭在这里歇气。他对土地说："土地呀，土地！你的命也孬哟！我王二娃的命也孬哟！你要是保佑我把煤炭卖个俏价钱，我跟你搞个小碗恁个大的铁钟来，别个来烧香敲铁钟的响声都应得远些，人家也好来敬你嘛！"

当真，土地菩萨想要一个铁钟，就保佑王二娃的煤炭卖了个俏价钱。这样一来，王二娃就拿钱在街上打了一个铁钟，拿去挂在土地庙跟前。过路的人一看，就说土地菩萨显圣了，有人给他挂了铁钟，香火就真的旺起来了。

隔了几个月，王二娃又给土地菩萨说："土地呀，土地！你再保佑我有一匹马儿来驮煤，我给你右边挂铁钟，左边再吊个铜钟。别人来烧香，敲了铁钟又敲铜钟，声音应得更远，烧香的人就更多。"土地公公和土地婆婆一商量，说要得。结果王二娃硬是卖煤赚了钱，买了一匹马儿

来驮煤。他又拿钱去打个铜钟来挂在土地庙的左边。

这个时候，王二娃的心还不足，又去对土地菩萨说："土地呀，土地！你保佑我多发财，我保证打个金钟来给你挂起。敬香的人打了铁钟打铜钟，打了铜钟又打金钟，多好啊！"这一下把土地气倒啦，就开口说："王二呀，王二！你有了一百想一千，有了一千想一万。还记不记得你背时倒灶担煤炭？"

王二娃怄倒了。他堂客问他："王二，你为啥子怄楚楚地回来？"王二娃说："土地菩萨骂了我。说我有了一百想一千，有了一千想一万，记不记得我背时倒灶担煤炭。"他堂客说："不要怄，我去帮你骂回来。"王二娃说："你嘟个去得哟？"他堂客说："走嘛！去得去得！"老实，两个人一起走到土地菩萨面前。那堂客就说："背时的土地公公、土地婆婆，我也要骂你几句。你有了铁钟想铜钟，有了铜钟想金钟，你记不记得背时倒灶敲竹筒筒？"

讲述者：　杜生雨，男，汉族，略识字，工人
采录者：　廖桂超，王伟
整理者：　李兴荣
采录时间：1986 年 3 月 7 日
采录地点：大渡口区九宫庙

574

土地佬编[1]酒吃

有个土地公公爱吃酒，是个酒罐。那天他看到屋头没有酒，就赶场编酒吃去啦。恰恰这阵，有个青年妇女背个娃儿来了。一走拢土地庙，就给她娃娃司尿[2]。土地婆婆看到不成话，心想：你挪开点去司要不得呀！偏要弄到这里来司。她就伸手去把那娃娃儿的雀雀[3]捏到起。这一下，那娃娃就屙不出尿来，胀得惊叫唤。年轻妇女赶忙许愿说："土地菩萨呀！你保佑我娃娃屙得出来尿，我拿酒和刀头来敬你。"这一许愿还灵验，一哈哈娃娃的尿就顺顺当当地屙出来了。她回去马上办起酒和刀头来还愿。

土地公公赶场回来后，土地婆婆问他："你吃到酒没有？""我又没有钱，哪里吃得到酒嚏？""哼！我在屋头遇到一个娃儿屙尿，我去把他的雀雀捏到起，他妈就割肉打酒来敬我。这里酒还跟你留起的，拿去吃嘛！"土地公公把酒吃安逸了，心想：我以后也恁个干。

有一天，土地婆婆走啦，土地公公在屋头。恰巧遇到一个人，牵匹骡子来这里歇气。那骡子不管三七二十一，就对到土地庙屙尿。土地公公一价钱[4]就把骡子屙尿的家伙捏到起。心想：这一下有酒吃了。谁知，骡子屙不出尿来，脚蹄子几蹬几蹬的就把土地庙蹬垮了。

土地婆婆回来一看，庙庙都整垮了。问土地公公是哪个搞的，他就老老实实地说了。土地婆婆听了冒火地说："你这个背时的老汉，我在屋头，还有酒肉吃；你在屋头，把房子都除脱[5]了，我们在哪里歇啊？"

讲述者：　余明清，女，汉族，初小学历，工人
采录者：　廖桂超，王伟
整理者：　李兴荣
采录时间：　1986 年 3 月 1 日
采录地点：　大渡口区九宫庙

[1]　编：此处作想方设法讲。
[2]　司尿：把着小孩屙尿。
[3]　雀雀：指婴幼男儿的生殖器。

[4]　一价钱：一下子。
[5]　除脱：毁掉，失去。

575

县令冷松发

讲述者： 王少谷，男，汉族，初中学历，医生

采录者： 陆玉久

采录时间： 1986 年 1 月

采录地点： 璧山县八塘乡（今璧山区八塘镇）

　　捐班老爷冷松发的老汉，是璧山冷家槽的土肥头。他认不到一个字，请人代写春联，结果被人嘲笑了。这春联写的是："一家午出头，满门生无底。"点破了是说全家是牛。所以冷松发的老汉决心要儿子读书。殊不知儿子不是块读书的材料，后来只有用钱给儿子捐一个老爷，又花钱给儿子买了一个县官来做。冷松发到那个县上任后，一切事情都靠师爷代办。

　　有一次，上司道台来了，县官要去迎接。上司要问话，这个事情师爷就代理不了，只有他亲自去。参见道台之后，道台问："贵县民风如何？"冷松发不懂民风两个字的意思，说："本县地处山窝窝里头，没有大风，微风也少。"道台见他答得牛头不对马嘴，以为他没听清楚，又问："我问的是贵县黎庶。"冷松发还是不懂，说："我县梨树不多，只有很少几根，也没大结果。"道台一听大怒，提高声音对他吼："我问的是小民！"冷松发连忙跪下："卑职小名不好听，不敢说。"道台更加发火，问："什么？"冷松发说："卑职小名叫狗儿。"

576

一片糊涂

一天，有一个睁眼瞎在路上走，前面来了一位县官，他不晓得，没有让路。那县官火冒三丈："你好大的狗胆，敢阻拦老爷的路！"

睁眼瞎说："老爷，我的眼睛实在看不到！"县官说"胡说！我看你睁起一双眼睛清清白白的，为啥子说看不到？"睁眼瞎说："老爷，你看我是清清白白的，我看你是一片糊涂啊！"

讲述者： 王真云，男，高小学历，农民
采录者： 刁祥先
整理者： 杨道学
采录时间： 1985 年 10 月 23 日
采录地点： 江津县慈云乡（今江津区慈云镇）

577

抓糊涂虫

一天，县官升堂，叫差役去抓三个糊涂虫来。限令一天之内务必抓到。

差役出去，在大街上寻找，看到一个人骑在马上，头上顶一个大包袱。差役见了问："你为啥不把包袱放在马背上？"骑马人说："我的马瘦，我自己驮着包袱，马就可以少费点力呀！"差役们听了，心想这是个糊涂虫，就把他抓了起来。他们又来到城门口，看见一个人横起拿着一根竹竿，左拿右拿总是进不到城，这个人就请城楼上的人帮他把竹竿接进城去。差役们一见，心想对了，第二个糊涂虫有了，把这个人抓起就走。差役们把全城的大街小巷都找遍了，还是没找到第三个糊涂虫。眼看天要黑了，只好带着两个糊涂虫来见县官。

县官见差役没完成任务，心头大不高兴，说："等我把这两个审问了，再算你们的账。"县官把第一个糊涂虫打了四十大板，又提问第二个糊涂虫。这个人就把拿长竹竿进不到城的事说了。县官说："你真是糊涂虫！长竹竿拿不进城，你找一把刀，把竹竿砍断，不就拿进来了吗！"差役们听到这里，急忙禀道："禀太爷，第三个糊涂虫已抓到。"县官问："在哪里？"差役说："就在大堂上坐起问案。"

578

糊涂县官

讲述者： 王少谷，男，汉族，初中学历，医生
采录者： 陆玉久
采录时间： 1986 年 2 月
采录地点： 璧山县八塘乡（今璧山区八塘镇）

从前，有个糊涂县官，他的官职是用钱买来的，实际上他啥都不懂。

有一个不孝顺的人，不拿饭给自己的父亲吃，父亲无法。邻居劝他告官，他就到衙门去击鼓。县官喊升堂。

县官问："啥子事？"

老头说："我儿子不拿饭给我吃。"

县官说："你儿子不拿饭给你吃，关我啥子事？"

老头说："你是一县之主，百姓的事你该管。"

县官问差人："这些事该不该我管？"

差人说："该管。"

县官说："该是该管，我认不得你的儿子，哪个办？"

老头说："你派差人跟我一路，我指他们去捉。"

老头和差人一道去捉儿子，只见他儿子在看别人补锅。本来应该差人去捉，因为老头没给他们钱，差人不高兴，说："你去把他抓到，我们就来套。"老头老实去抓，儿子一看就跑了。老头一扑，就扑在锅沿上，锅就打烂了。锅主人就要老头赔锅。差人一看又出了事，就各人回去了。

锅主人拉了老头去找县官。县官问："啥子事？"

锅主人说："他把我的锅打烂了。"

县官说："你不拿饭给他吃，他哪个不打烂你的锅？"说完就叫差人把锅主人重责十板，还说："你二天不拿饭给他吃，我还要打你。"差人打完就退了堂。锅主人跪着不走。县官问："你不走，不服吗？"锅主人一看地上有坨石头，捡起来就朝糊涂县官打去，打了就跑。县官起劲喊："快去抓那个打石头的！"

差人跑到街上去找，正好碰到一个石匠在喊："打碓窝，打狗槽，修磨子……"差人就问："你是打石头的吗？"石匠说："是。"差人就把他带回去禀县官："打石头的抓来了。"县官说："给我重责二十大板！"打后问石匠："你为啥要打石头？"石匠说："我是学的这个手艺，我哪个不打石头嘛？"县官说："原来打石头也是一门手艺。幸好没有打到我的脑壳。快滚！"

讲述者：　王桂山，男，私塾，退休工人

采录者：　马蕾玲

整理者：　余合明

采录时间：　1985 年 12 月 10 日

采录地点：　北碚区歇马镇（今北碚区歇马街道）

579

不要银子要棺材

从前，有一个青年渔民，在打鱼的时候，从河里救起了一个落水的人。落水的人感激不尽，拿出三百两银子，对青年渔民说："感谢你的救命之恩。你把银子拿到，以后有啥子作难的事就到临安城丞相府找秦桧好了。"青年一听，吓了一跳说："哎呀，你就是秦桧大人！银子我不要，请你赏给我一口棺材吧。"秦桧就问："你为啥子不要银子要棺材呐？"青年渔民说："如果我老汉[1]晓得我救的是你秦丞相，他老人家肯定会把我打死的。"

讲述者：　余德云，男，小学学历，农民

采录、整理者：唐忠勇

采录时间：　1985 年 12 月

采录地点：　永川县万寿乡（今永川区三教镇）

[1]　老汉：父亲。

580

送令尊

采录时间： 1986 年 7 月
采录地点： 巴县双新乡（今巴南区接龙镇）

　　从前，有个穷人问一个有钱人："请问老爷，令尊是个啥子东西呀？"

　　那个有钱人听了，怪不安逸，就说："这个都不晓得！令尊嘛，就是对人家儿子的称呼噻。"说完，车转身去阴到笑。

　　穷人又问："老爷福气好，一定有好几个令尊吧？"

　　有钱人听了，心头鬼火冒，又不好发作得，只有推说自己没有令尊。

　　穷人说："要是老爷真的没得令尊的话，千万不要伤心。我有四个小的[1]，个个都身强力壮。只要老爷不嫌弃，我送一个给你当令尊就是了。"

讲述者： 张光政，男，汉族，农民
采录者： 王芬
整理者： 金祥度

[1]　小的：对自己儿子的谦称。

581

龙门阵

从前有个老太爷，爱吹龙门阵，吹得活灵活现的。有一个年轻人专门听他的故事，听神了。

有一天，这个老太爷对年轻人说："你这小伙子经常来听我吹龙门阵，给我递烟泡茶，我很喜欢你。今天我就给你摆两个老实[1]龙门阵，记到了，这一辈子的吃穿都有了。"年轻人一听，非常高兴，催他快点讲。老太爷说："你到深山老林去找乌鸦的窝，等乌鸦生了蛋，候到它把蛋抱[2]了，里头有了崽，然后把蛋捡出来，用开水将里头的崽崽烫死放回窝里去，它就抱不成小乌鸦了哟。这时，老乌鸦就会到西天衔灵芝草回来放在窝里，救它的小乌鸦。等老乌鸦又飞走了，你就把窝里头的草一根不漏地装进口袋带到河边，把草全部倒在水面上。一般的草草顺水而流，灵芝草就往上游走，你就把灵芝草捡到了。这个灵芝草能使死人复生，这多好啊，要值多少钱哟！"

年轻人听了激动得不得了："是恁个的喷唢！"老太

爷又把手一按："不要慌，还有个龙门阵讲给你听。有一种鸟叫啄木鸟，一天到黑，在树子上啄，专门在树丫丫断了心的洞里头。你去把它盯准后，等飞去了，照着洞口口上的大小塞一个塞子在里头，担一挑沙来倒在树脚下，用平尺把它刮平，躲在侧边看。啄木鸟一回来，看到洞口着塞了，就会站在沙上面用嘴壳子画；画得差不多了的时候，那洞口口的塞子就会'嘣'的一声跳出来。这时你跳出来，使劲把啄木鸟吆开[3]，用笔和纸把它在沙上面用嘴壳子画的图形拓[4]下来，一天到黑照到画，要画熟、画到家。啷个才晓得画到了家呢？你可以用一把锁来锁倒起，只要你一画，那锁'嘣'的一声开了，你就算画到家了。如果到了那个地步，你还有啥子弄不到呢？起头说的灵芝草要死了人才能找钱；万一你碰不到死人的话，不是要挨饿了吗？你学到两项手艺，一辈子都不缺吃不缺穿了。"

年轻人卖了家产，来到深山老林守乌鸦生蛋，还守啄木鸟画图；守了几十年，啥子也没有。

讲述者： 王应华，男，初小学历，北碚区文星乡五井村农民

采录、整理者：马晓岚、李鉴踪

采录时间： 1984 年 7 月 27 日

采录地点： 北碚区文星乡（今北碚区天府镇）五井村

[1] 老实：真实。

[2] 抱：bào，即孵蛋。

[3] 吆开：赶走。

[4] 拓：复制，复印。

582

宁愿挨棒棒

愿打吗，愿罚？"强盗说："愿打如何，愿罚又怎么办？"地主说："愿打我就打几棒；愿罚，你就听我唱几腔，我唱完了就放你走。"强盗说："我愿罚，听你唱戏。"一听强盗要听戏，他的劲就来了，他就开始唱。唱得实在难听，强盗都听不下去了，就说："哎呀，我宁愿挨棒棒，你还是打我好啦！"

讲述者：　刘绍先，男，汉族，初中学历，居民
采录者：　刘绍先
采录时间：　1986 年 2 月
采录地点：　璧山县来凤镇（今璧山区来凤街道）

　　从前，有个地主特别爱好唱玩友[1]。但他只唱得到一个《春陵台》的吴夫差，又唱得很难听。因为他有钱，社会上的干滚龙[2]些爱捧他。只要你说他唱得好，他就到馆子大办招待，吃得左脚打右脚，他心头安逸得很。大家掌握了他的脾气，凡是打玩友都要喊到他。他每次都唱那个《春陵台》。

　　有一天晚上，有客位[3]要打玩友。有人去找他没找到人，都以为他不来了。客位就把《春陵台》唱了。哪晓得他听到街上在打玩友，打起灯笼就上街。一走拢听别人把《春陵台》唱了，车身就往回走，气得瞌睡都睡不着。

　　他一睡不着，就听见后阳沟在响。原来是强盗来偷他，在撬洞洞。地主根本不管他，等强盗刚把脑壳从洞洞伸进来，他就端根小板凳把强盗的颈子卡起。强盗进又进不来，出又出不去。这个地主在板凳上坐起问："你今天

[1]　玩友：是民间的一种自娱自乐的玩耍形式，可以随性而发，也可以用川戏唱腔自编自演，插科打诨。
[2]　干滚龙：靠欺哄捧吓过日子的无赖、游民。
[3]　客位：此处指外地来的票友。

583

万万千

讲述者： 黄廷章，男，汉族，农民
采录者： 李新华
采录时间： 1985 年 7 月
采录地点： 九龙坡区九龙乡（今九龙坡区九龙街道）

从前，有个绅粮，很有钱，但认不得字，就把儿子送去读书。他这个儿子是个淘气包。上学的头一天，先生在纸上画了一横，教他读一，要他照读照写。第二天画了两横，说是读二。第三天画了三横，说是读三。淘气包读了三天书，心想：画一横读一，画两横读二，读书有啥子吆不到台[1]？他干脆背起书包回屋去了。

一走拢屋，淘气包就对老汉说："读书有啥稀奇？不过是画一横读一，画两横读二，我现在都会了。"绅粮听儿子说他读了三天书就会读会写，欢喜得很，连声夸儿子有出息。

过了几天，绅粮满五十岁，喊淘气包去写请帖。淘气包就在屋头搞了好大半天，绅粮默到写得差不多了，就进屋去看。只见淘气包满头大汗，正提笔在纸上不停地画道道。他问淘气包写完了没有。淘气包气鼓鼓地说："去他妈的哟！第一个人的名字就叫万万千。我画了半天，才画了八百咧！"

---

[1] 吆不到台：此处作有什么了不起讲。

584

吃鬼肉

从前，有个装神弄鬼的道士，哪家有病人请他收鬼，他就事先用灰面[1]做一个奇形怪状的小人，烧熟了拿颜色涂得花儿古稀[2]的，悄悄拿去埋在那家人的屋团转[3]。然后他就到了病人屋头，装模作样鬼念一阵，突然大吼一声："恶鬼，看你往哪里跑！"便提起司刀追出门去。在屋团转假意追了两圈，追到他埋小面人那个地方，用司刀三下两下把小面人掏出来，当到众人的面，盲[4]进嘴巴头，几嚼儿不嚼地吞到肚皮里头去了，就恁个把鬼收了。你莫说，他这一套确实还麻到[5]了一些人。

有一回，道士正在一家病人的屋后头埋小面人，遭一个割草娃儿看到了。那娃儿不晓得道士在搞啥子明堂，等道士一走，他就去掏。掏呀掏的，就把小面人掏出来了。那割草娃儿一看，明白了这道士捉鬼是啷个一回事。他就

把小面人吃了，又去捡坨干狗屎埋在原处。

第二天，道士到病人屋头收鬼来了。他像往回那样，做完法事，提起司刀，追到埋小面人那里，掏开一看：糟了！小面人变了。但他怕当众丢丑，以后再骗不到钱，只有硬起鼻子[6]说："不怕你会变，你今天就是变成狗屎，我也要把你吃了。"说完，道士把狗屎盲进了嘴里。

讲述者： 杨先明，男，汉族，小学学历，农民

采录、整理者：金祥度

采录时间： 1986 年 4 月

采录地点： 巴县忠兴乡（今巴南区南彭街道）

[1] 灰面：面粉。
[2] 花儿古稀：颜色杂乱。
[3] 屋团转：房子的四周。
[4] 盲：māng，喂食入口。
[5] 麻到：哄骗。

[6] 硬起鼻子：打肿脸充胖子之意。

585

冲壳子[1]

两亲家说："你那媳妇是张啥子嘴哟？"那人说："冲壳子的嘴呀！"

讲述者： 宋朝福，男，汉族，不识字，农民
采录、整理者：金祥度
采录时间： 1987 年 10 月
采录地点： 巴县忠兴乡（今巴南区南彭街道）

两个亲家喜欢冲壳子。一天，他们在路上碰到了，张亲家问李亲家："亲家，你今年喂了好大一个猪哟？"

李亲家说："没得好大，一个猪崽崽儿。那天放它下圈来游耍，它头在青山吃草，尾在黄河洗澡；跟到[2]南海过，打湿一只猪蹄爪。"

张亲家说："你那个猪儿硬是不大，它还不够我煮一锅呢！"

李亲家问他锅有好大。他说："我那口锅呀，上煨三千牛，下煨八百马；下头骨头都炖烂，上头还在放起耍[3]。"

一个过路的人听到了，就说："你那口锅呀，不大，不大，煮满满一锅还不够我媳妇吃一顿！"

两亲家都问他："你那个媳妇有好大一个人啰？"

那个人说："我那媳妇呀，上嘴壳子顶到天，下嘴壳子杵迄地；朝天打了个喷嚏，落了三天三夜毛毛雨。"

[1] 冲壳子：吹牛。
[2] 跟到：打从。
[3] 放起耍：任意游耍。

586

雷公借錾子[1]

　　从前，有个石匠。一天，他遇到几个人正在吹翻天壳子[2]。一个叫贾斯文的人说："若论我的文才，天下第一。孔夫子认不到的字，还来问过我哩。"又听到那个叫孙有钱的人说："若论我的钱财，世上无双。财神菩萨缺钱用的时候，还向我借过钱哩。"石匠听得不耐烦了，说："今早晨，雷神菩萨还来向我借錾子哩。"众人问："他借去做啥子？"石匠说："借去打那些吹翻天壳子的人。"

讲述者：　　谢利遂，男，小学学历，农民

采录、整理者：罗明

采录时间：　1986 年 10 月

采录地点：　合川县合隆乡（今合川区燕窝镇）

[1]　錾子：石匠用的工具。

[2]　吹翻天壳子：形容牛皮吹上了天。

587

有钱之人高三辈

　　有个人从小游手好闲。后来，他父亲找到一个好友，托他把这个不争气的儿子带出去，做点生意，学点见识。儿子的运气来了，外出做生意找了一些钱，也还学到不少的见识。他常听人说："有钱之人高三辈，无钱之人辈辈低。"他想：这话很有道理。

　　半年过后，儿子带着钱回家。刚走到地坝边，就看见他的父亲在阶沿上做手工活路。他两步走到父亲身旁，脆生生地喊道："大哥，你受福！"他父亲抬头一看，喊自己大哥的不是别人，正是自己不争气的儿子，就吼道："你傻了！我是你老汉！"儿子说："常言道：有钱之人高三辈；我才高一辈哩！"

讲述者：　　柏志轩，男，汉族，小学学历，农民

采录者：　　刘平

整理者：　　卢文忠

采录时间：　1985 年 10 月 18 日

采录地点：　铜梁县土桥乡（今铜梁县土桥镇）

588

升辈

从前，有一个乡坝头，住了一族同姓的人，外姓人很少。这一族人，好多都是背时倒灶的干人；独有一户走运，钱多势大，在坝子上操裈[1]了。这家财主老爷吃得肥头奄耳，就只有一件事不顺心：在一族人里他的辈分最低。财主一天到黑都在打主意，想把自己的辈分升上去。

有天，财主想起坝儿上的穷秀才，就赶忙坐起轿子去找他出个主意。秀才本来恨透了这个不仁不义的财主，就想借这个机会收拾他一下，于是就笑嘻嘻地说："老爷莫着急嘛。你转去先办一两百桌酒席，把族人都请来，到时候我替老爷声明一下就是。我想大家吃了你的口软，哪个还会反对你老爷提升辈分呢？"财主心想：只要把辈分升高点，花点钱也划得来。

财主回去就当真杀猪宰羊，打酒买菜，到处发请帖。坐席那天，一桌桌男女老少都是莽起吃，划拳打码，闹热吼啦。秀才也直顾猜拳行令，喝酒吃菜。财主一见心头很着急，深怕秀才误了大事，连忙上前去催。秀才说："老

[1] 操裈：裈，kún，指财势逼人。

爷放心，莫要着急，要等大家酒足饭饱了再开腔最好。"

过了一阵，秀才看到大家都吃得差不多了，才两手一拱说："诸位请肃静，在下声明几句：今天老爷办酒席请大家光临非为别事，只因老爷在族中辈分太低，这与老爷的财势地位很不相称。所以望各位成全老爷，把辈分给他升高一步。从今以后，老爷就称他的令尊大人为兄、令堂大人为嫂。"

财主一听，连忙扯到秀才的衣角说："那啷个要得啊！"秀才不慌不忙地回答："老爷，要得，要得。古训说：长兄当父，长嫂当母嘛。这有啥子要不得嘛！"财主听了开不起腔，引得族中人哄堂大笑。

讲述者： 刘景光，男，汉族，初中学历，干部
采录者： 李兴荣
整理者： 张麟书
采录时间： 1985 年 12 月 4 日
采录地点： 大渡口区李子林

589

文雅话

整理者： 金祥度
采录时间： 1986 年 7 月
采录地点： 巴县双新乡（今巴南区接龙镇）

从前，有个姓朱的财主，他认为他的姓和猪同音，就很忌讳人家说朱字。他对新来的丘二说："你要记住我家的规矩：跟我两个说话不准说朱字，不准喊我朱老爷，喊老爷或者自家老爷就行了。"他还叫丘二说话要文雅点，不要俗头俗脑的。如吃饭要说"用餐"，睡瞌睡要说"就寝"，病了要说"患病"，病好了要说"康复"，死了要说"逝世"，杀头要说"处决"，等等。

一天，财主家里有条猪得了瘟病，丘二赶忙跑去对财主说：

"有条自家老爷患病了，叫它用餐它不用餐，叫它就寝它不就寝，恐怕是很难康复了，不如把它处决了吧。"

财主听了正想发作，那丘二又说：

"要是不想处决这条自家老爷的话，干脆让它自己逝世算了。"气得财主话都说不出来。

讲述者： 张光政，男，汉族，小学学历，农民
采录者： 王芬

590

抹嘴油

有个人本来穷得起灰[1]，偏偏要操点漂亮，大家背地都喊他假哥。

一天，假哥要上街喝茶。他从墙上取下二指大一溜儿灰巴巴的边油，在嘴巴上抹了一转，又把这抹嘴油挂在老地方，就出门去了。

一进茶馆，假哥自言自语地说："今早上，油吃多了点，心头腻得不安逸，喝碗浓茶，看好点不。"

那些茶客，见他油渍渍一个嘴巴，都悄悄说："龟儿子穷得锅都揭不开盖盖，格老子牙祭打得恁勤？"

这时，假哥的大娃儿飞叉叉地跑进茶馆，上气不接下气地说："爸爸，你的抹嘴油遭狗含去吃了。"

"你妈在做啥子？"

"睡起的。"

"啷个还不起来？"

"裤儿烤起还没干。"

"放屁，你快回去把狗杀了。"

"刀都没得。"

"菜刀不是刀是啥子？"

"我们没得菜刀。"

"胡说，那菜是啥子切的？嗯？！"

"锅铲。"

"你龟儿子硬是要臊老子的皮[2]吗？"说着就打娃儿。娃儿怕挨打，扯伸脚杆就开跑，假哥才借势去追娃儿。惹得一个茶馆的人哈哈大笑。

讲述者：　　江国伦，男，汉族，初中学历，副乡长

采录、整理者：周镕德

采录时间：　1986 年 8 月

采录地点：　巴县陶家乡（今九龙坡区陶家镇）

[1]　起灰：程度副词。

[2]　臊皮：扫面子。

591

哪个是我老汉

从前，有个叫花子到处讨口要饭。一天，在路上捡到一个罐罐，他拿起一看，是个空的；抱到一摇，里头在响，一倒就倒出了个钱。从此，叫花子一没得钱，就抱起罐罐倒。后来，他就不讨口了。

这件事被当地的财主晓得了。财主把叫花子捉去问了来龙去脉，便说罐罐是他失了的，就不还叫花子了。

一天，财主拿起罐罐来看是啥原因倒得出钱。他歪起脑壳一瞅，罐罐把他一下就喝进去了。他的儿子搞慌了，赶忙喊人来抱起扯。哪晓得，扯出来一个人，又有一个人，一连扯出来了十几个跟他老汉一模一样的人，搞得他认不出哪个是他老汉了。只好问侧边的人："哪个是我老汉呢？"侧边的人说："最扣钱的那个就是你屋老汉！"

讲述者：　　张正珍，女
采录、整理者：米庆友
采录时间：　1986 年 1 月
采录地点：　合川县云门镇（今合川区云门街道）

592

三个秀才汪王旺

从前有三个秀才，一个姓汪，一个姓王，还有一个姓旺。一年，三个秀才搭伴进京赶考，找了个皮匠给他们挑行李。那阵，秀才进京赶考是个大喜事，要翻皇历选好日子出门，说话也要说些吉利的。他们选了个好日子，四个人高高兴兴地上了路。

挑行李的皮匠，这次出来就是想长点见识，所以一路上见啥就问啥。刚上路时，迎面碰上个挑粪的，皮匠就问秀才说："他担的是啥子哟？"秀才说："是黄金酱。"接着，对面来了一乘轿子，皮匠又问："这是啥子？"秀才告诉他这叫"风摆柳"。又走了一段路，遇到抬棺材送葬的，皮匠问："这叫啥子？"秀才说："这叫逍遥杠。"

四个人继续向前走，见一家死了人在打锣开路，皮匠又问秀才："这又叫啥子呀？"秀才说："这叫叮路会。"往前走了没好远，就见一家失火烧房子，皮匠问："那叫啥子？"秀才说："那叫屋放光。"一路上，看到好几个叫花子站在别人门前讨饭，皮匠又问："这叫啥子？"秀才想了想说："这叫满门闯。"

到了京城，四人住进客栈。皮匠觉得一路上长了不少见识，非常高兴。秀才些也对他帮忙挑行李很感激，便多给了他几文钱。皮匠很满意地对秀才说："道谢你们。今天分手，我也该送你们几句吉利话才对。"三个秀才笑眯眯地等到听他的吉利话。皮匠开腔说："三个先生汪王旺，顿顿吃的黄金酱。来时坐的风摆柳，去时坐的逍遥杠。三年一个叮路会，两年一个屋放光，先生们的儿孙满门闯！"秀才听完，个个脸都气得刷白。

讲述者：　刘蜀芳，女，汉族，略识字，居民
整理者：　张麟书
采录时间：　1987年2月
采录地点：　大渡口区跃进村

593

财迷鬼的后事

　　从前，有个人是做生意的，光铺子就开了一条街，是地方上最有钱的人。他有三个儿子，到了他年纪很大的时候，他还不愿意把这些家当分给三个儿，只想在三个儿当中，挑一个自己满意的来掌管家业。

　　一天，他把大儿喊来说："我是快要入土的人了，想从你们三弟兄当中，挑一个最会当家理财的来掌管家业。现在我考你们一下，考起了的就当这个家。"

　　大儿当然想当这个家啰，就说："爸爸，你考吧。"老头儿就问："要是我死了，你把我啷个办呢？"

　　大儿说：爸爸，你老人家给我们挣下恁大副家业很不容易。你老人家过世的话，我就用白绸给你老人家裹尸，再做七七四十九天的道场，摆他几百桌酒席，还要……"

　　老头儿没等他大儿说完就说："算了，算了。你不够格。"

　　大儿回去就跟女人说了，大媳妇又跟二媳妇说了。二媳妇就给老二说："大哥铺排太大了，老汉不喜欢。二天问你，你对老汉就不要恁个说哟！"

　　第二天，老头儿又把二儿喊起来问："我要是死了，

你把我啷个办？"

二儿心头早有打算，就说："爸爸，你死了，我只买匹白布把你老人家的尸裹了就是。请两个道士开个路[1]，抬上山就算了。"

老头说："算了，算了，你也不成器。"

这事被三媳妇晓得了，她就跟老三说："你爸爸是个财迷鬼，大哥、二哥都遭考到了。要是他问你，你就说把老人家的肉拿来卖烧白，骨头拿来卖汤锅。"老三说："这啷个要得哟！"三儿媳妇说："你就恁个说，不得戳拐[2]。"

果真，老头儿把三儿喊起去问："我死了过后你把我啷个办？"

老三就说："爸爸，你死了过后还可以为我们家作点贡献。我准备把你老人家的肉拿来蒸烧白卖，骨头拿来熬汤锅卖。"

老头儿一听，连忙说："好，好，好，还是你娃娃有办法，该当家。"但马上招呼老三说："慢点，你卖汤锅，世人都卖得，不要卖给隔壁的王老五啊！"

老三问："啷个的呢？"

"他爱赊账！"

讲述者： 任冬秀，女，汉族，高中学历，工人

采录者： 刘文升

整理者： 王正平

采录时间： 1985 年 11 月 6 日

采录地点： 江北区华新街

[1] 开路：迷信习俗，死了人做道场的一种简便形式。

[2] 戳拐：把事情搞坏。

594

天下第一裁

从前，有个医生，医不好病，却打了一块"天下第一医"的招牌。

这医生对门有个裁缝，看了这块招牌很是不服，也去打了一块"天下第一裁"的招牌来挂起。医生见了，说裁缝是跟他唱对台戏，就去问："你有好大本事，要打'天下第一裁'的招牌？"

裁缝说："你又有好大本事，要打'天下第一医'的招牌？"

医生说："我医术出众，能起死回生。"

裁缝说："我裁技高超，能翻旧换新。"

"我能医百种病。"

"我能裁千家衣。"

"我能医陈年怪病。"

"我能裁时兴奇装。"

"个个病人我能医好。"

"件件衣服我能裁成。"

两个都认为自己高明。最后医生说："我不信。"

裁缝说："你来缝一件告一哈[1]，包你穿起最合适。"

医生赌气，硬是付了工钱，要裁缝给他缝件衣服。

衣服缝好了。医生穿起一看：右手衣袖小，左手衣袖大；衣服前摆长，后摆短。医生正要冒火，裁缝说："你莫冒火，这衣服你穿最合适。你看，这右手衣袖小你好拿脉；左手衣袖大你好装钱。前摆长，你好绷门面；后摆短，你医死了人好跑，免得被人家逮到了。"

讲述者：　　谢安朝，男，汉族，两年私塾，退休职工

采录、整理者：杨忠全

采录时间：　1986 年 11 月

采录地点：　重庆市市中区（今渝中区）

595

见鸡行事

从前，有个人叫王二，佃别个的田来种。逢年过节，他都要给东家提几个鸡去，东家年年都把田佃给他种。

这一年，腊月三十天，他给东家背租子去。他妈喊他给主人家提两个鸡去。他说："哎呀，今天懒得拿了。"说完就走了。东家看到他只背来了租子，也没说啥子。主客间摆了一阵龙门阵，东家就送王二出来。王二一看，粉壁墙上写着：此田不与王二种。王二吓到了，赶忙回去给他妈说。他妈说："看嘛，我喊你提几个鸡去你不干，这一下好了嘛。还不快点给主人家提几个鸡去。"王二又赶忙提了几个鸡给东家送去。东家也没说啥子，又跟他摆了一阵龙门阵，就送他出来。王二看到粉壁墙上先前那句"此田不与王二种"下面，又添了一行字："不与王二又与谁？"

王二就问："东家，起先那句话是……"

"哦，那是无稽（鸡）之谈。"

"东家，现在这句话是……"

"哦，这是见机（鸡）行事嘛。"

[1]　告一哈：试一下。

讲述者： 刘渝冰，男，汉族，小学学历，退休工人

采录、整理者：刘文升、王正平

采录时间： 1985 年 11 月 26 日

采录地点： 江北区华新街

596

丘二比鬼还饿

　　从前，有个财主，他非常相信鬼神。他那婆娘很爱生病；每一回病了，就要请端公、仙娘婆到他屋去做法事、泼水饭。他家的丘二每一回都要等到法事做完了，去把水饭泼了，才睡得成瞌睡。后来，这丘二跟财主说："老爷，你的水饭太不妥了，鬼都不得吃。不信，白天你去看嘛，那饭还在坡上土头摆起。"财主去看，水饭真的还在，就叫丘二用好菜好饭去泼。哪晓得丘二把这些饭菜一端出去，就自己吃了。鬼看见了，说："吔，平时都说我饿鬼最饿；哪晓得，当丘二的比鬼还饿。"

讲述者： 魏显德，男，汉族，初中学历，走马镇慈
云村十三社人

采录者： 严小华

采录时间： 1991 年 10 月

采录地点： 九龙坡走马古镇

597

刘瞌睡

讲述者： 魏显发，男，初中学历，走马镇慈云村
十三社人
采录者： 朱伟
采录时间： 1993 年 5 月
采录地点： 九龙坡走马古镇

走马岗刘家湾有一个庸医，此人非常爱打瞌睡，所以周围团转都喊他刘瞌睡。

一年正月，一家新媳妇得了重病，就派人去请刘瞌睡。刘瞌睡望、闻、问之后，再切脉。哪知刘瞌睡把新媳妇的手摸倒就不放——原来刘瞌睡一摸脉就打瞌睡——搞得新媳妇很不好意思。旁边的人想逗逗刘瞌睡，就去找了根中海椒的棒棒，把新媳妇的手取下来，让刘瞌睡把海椒棒棒拿倒。

"刘太医，新媳妇得的啥子病啰？"旁边的人问。

"有点寒个[1]。"刘瞌睡半闭着眼回答。

"有点寒，还怕有点辣哟。"新郎官没好气地回答。

刘瞌睡一听不对头，睁眼一看：自己竟拿根海椒棒，羞愧得很，背起药箱箱就走了，听说回去便一病不起了。

[1] 个：语气助词，无意义。

598

肉 与 菜

采录时间： 2002 年 2 月
采录地点： 九龙坡走马古镇

从前，有个财主很爱讲文雅话。有一次，他家里宴请客人，家里坐了好几桌。吃饭的时候，仆人把一盘一盘的肉送上桌子，一边高声喊道"肉来了！"这里喊"肉来了"，那里喊"肉来了"，财主听了觉得太俗了，心头很不高兴。

等客人们走了，财主训斥仆人说："今后，凡是吃的东西，一律都叫菜。只能说菜不能说肉！"

隔了两天，财主在坐椅上打瞌睡，一只蚊子在他的脸上，伺候他的仆人看见了，就一巴掌把蚊虫打死了。财主被打醒了，冒火冲天地骂仆人："狗东西！你怎么打我？"

仆人说："老爷，有个蚊虫在你脸上吃菜。"财主听了气得是哭笑不得。

讲述者： 刘远扬，男，汉族，初中学历，走马镇银岗村八社人
采录者： 钟守维

599

县太爷画虎

从前，有一个县太爷，脾气非常暴躁。他觉得当官就是要威风，老百姓才得畏惧。他想，这个世界上最威风的要数老虎，所以他就特别喜欢画老虎，但总是画得不像。他每次画好后都拿给下人看："你看这是啥子，像不像？"下人说："像！像！像！老爷，你这个猫儿画得好像！"

他听了很不安逸，就把下人弄来打板子，下人挨了打还不晓得是哪门子回事。

又有一天，这个县太爷又画了一张老虎，他又把下人叫来问："你看这是啥子，像不像？"连问好几声，下人都不敢开腔[1]。县太爷暴跳如雷："哑了呀？你怕啥子！怕我呀？我又怕啥子？"下人说："老爷，你怕皇帝噻。"县太爷问："那皇帝又怕啥子？""皇帝怕天。""那天又怕啥子？""天怕地。""那地又怕啥子？""地怕耗子。"

"地为啥子怕耗子？"县太爷继续追问。

"耗子要在地里打洞呀！"下人战战兢兢地说。

"那耗子又怕啥子？"

[1] 开腔：说话。

这时，下人把县官那幅画一看，用手这么一指，都快要哭起来了说："耗子怕老爷画的那个……"

老爷的堂客打趣地说："我的个老爷，你画的还是猫！"

讲述者： 刘伦，男，中专学历，走马民间曲艺团团长

采录者： 钟守维

采录时间： 2011 年 10 月

采录地点： 九龙坡走马古镇

600

县官画虎

讲述者：　聂伯学，男，土家族，农民，私塾
采录者：　李成禄，男，干事，高中学历
采录时间：　1986 年 8 月 26 日
采录地点：　黔江区黄溪乡（今黔江区黄溪镇）

　　从前，有个县官，爱画老虎，但总画不像。有一次，县官画了一只老虎，自认为画得很好，就喊来一个差役，问他："你看老爷画的什么呢？"差役顺口答道："老爷，你画的是只大老猫呀！"县官一听大怒，一气之下就下令把那个差役杀了。

　　县官又喊来师爷，问师爷他画的是什么。师爷很狡猾，吹捧说："县太爷，你老人家画的这只老虎真凶猛，叫人看了都害怕。"县官听了，心里挺高兴，觉得自己真的把老虎画像了。但他还是有点不放心，就又喊来一个丫鬟，问他画的什么。那个丫鬟很聪明，灵机一动，答道："回大人，你画的东西，我不敢说。"县官说："为什么？""因为我怕你。""那我怕哪个呢？""你怕皇帝。""皇帝又怕哪个？""皇帝怕大圣。""大圣又怕哪个？""大圣怕风。""风又怕什么？""风怕墙。""墙怕什么？""墙怕老鼠。""老鼠又怕什么？""老鼠怕大人你画的那个东西。"

601

懒人

忙说："快点吃开！快点吃开！"

他说："我才懒得吃呢！它吃不完总要给我剩点。"

讲述者： 黄清泉，男，土家族，农民，略识字
采录者： 马世超，男，干部
　　　　 谭奇云，男，干部
采录时间： 1985 年 8 月
采录地点： 石柱土家族自治县三河镇

有个很懒的人，硬是懒得出奇。

那一天，他跟师傅上山去耍，背了个鼎罐，还割了块肉。

他们安顿烧火煮饭的时候，才想起没带刀板。他师傅说："肉怎么切哟？"

他便把衣服一剐[1]，身子一躬，亮起个光背背，喊道："师傅，就在这上头切哟！"

他师傅把肉摆在他背上就开切。哪晓得，这肉有肥有瘦，还有筋筋。那筋筋一切一让，他背上就遭切了好几道口口，还在流血。师傅心疼地问："你疼了不？"

"咋个又不疼呢？"

"那你咋个不叫唤一声？"

"我才懒得叫唤呢！"

切完了肉，他师傅叫他烧火煮。他说："这么大的太阳，烧啥子火嘛！搁在石头上，我们睡会瞌睡就烫熟了。"

等他们一觉醒来，一条野狗正在吃他们的肉。他师傅

[1]　剐：剥的意思，此处当脱。

602

财白星遭饿死

讲述者： 魏显德，男，汉族，小学学历，巴县走马
乡（今九龙坡区走马镇）退休干部
采录者： 严小华
整理者： 周镕德
采录时间： 1988 年 2 月
采录地点： 巴县走马乡（今九龙坡区走马镇）工农村

从前，有个叫财白星的人，他一生下来，父母亲就去给他算命，张张八字都说他命好，今后要发财。从此，父母亲就非常喜欢，处处将就他，惯适[1]得很。

财白星长大成人后，心想自己命好，不做都有吃有穿，就饭来张口、衣来伸手，一天到黑耍了睡、睡了耍，在那里等待发财。父母死后，他还是照样好吃懒做，结果坐吃山空，家里越搞越背时，穷起了灰。不久，有名的财白星就活活地饿死了。

他死了以后不服气，去找阎王老爷说道理。质问阎王老爷："你们大家都说我命好，要发财，结果把我活活地饿死了，这是啷个道理？"阎王爷答道："对你财白星来说，我派了好多差人在水路上给你送银子，又在旱路上给你送金子，到各个州县来都找不到你的影影，原来你天天在家里睡瞌睡，啷个不该饿死嘛！"

[1] 惯适：溺爱。

603

老爷和背力汉

讲述者： 谭方银，男，土家族，农民，上过私塾
采录者： 谭照方，男，土家族，干部
采录时间： 1985 年 10 月
采录地点： 石柱土家族自治县

　　秦淮月是清末拔贡。有一天，秦淮月从外地回乡省亲，在回家路上，碰到一个同路的背力汉，他俩一路交谈，很是投机。途中，背力汉谈到六塘坝有个店老板，他将过往吃饭的行人分为两等：有钱人管吃"顿饭"，以顿计价；下力汉管吃"帽儿头"，以碗计价。秦老爷听后点头微笑，说："待我们戏他一戏。"于是，他跟背力汉掉换衣服行李，前去吃饭。秦老爷身背扁背，手提打杵，来到六塘客店，拣个角落坐定。店老板将同时来的"老爷"迎进堂屋里，随即端上两菜一汤一碗饭。身穿补疤汗袄的秦老爷，只买了个"帽儿头"，吃了几口就不吃了。堂屋里头戴"顶子"、身穿官服的背力汉，却吃了一碗又一碗。弄得店主人在旁添菜添饭，忙个不停，前前后后盛了不下八碗饭。店老板还讨好地说："老爷真是罗汉肚皮，海量，海量！"

　　"老爷"顺口答道："不错，不错。胆大骑龙骑虎，肚子如鼓。下官不像有些人，肚量狭小，光打鸡毛蒜皮主意。"说得店老板面红耳赤。饭钱未赚得，倒受了一顿奚落。真是哑子吃黄连，有苦不能说。

604

秦二祝寿

讲述者： 向朝阳
采录者： 马世超、彭林绪
采录时间： 1986 年 6 月
采录地点： 石柱枫木乡（今石柱土家族自治县枫木镇）

　　从前，有个秦老爷，家中有钱有势。在他四十岁生日那天，大摆筵席，上门祝寿的人很多。其中，有些纯粹是去喝泡舔肥[1]的。秦二见此情景，便带上一盒草纸，送上门去。收礼的问他："你为什么送一盒草纸呢？"秦二回答说："秦老爷家财万贯，今天生日，有送糖的、送酒的、送衣物的、送鞋帽的，可没有人送纸。我想，秦老爷解溲总是要用手纸的吧，我便送了纸来。"收礼的说："好，好！你真想得周到。"于是，就请秦二入席。

　　临走时，秦二找到收礼的，对他说："请将我的草纸还我吧！""你送了的礼物，岂有拿走之理？""哎，我看了半天，秦老爷解溲根本用不着手纸。""怎么？""舔沟子[2]的人多嘛！"

[1]　舔肥：拍马溜须。
[2]　沟子：屁股。

605

认钱不认人

从前，有一个地主，忽然想起要读书，就请了一个私塾先生来教他认字。老师先教了他一个"人"字，教了几遍，他才认到了。隔几天，老师又教他一个"钱"字，教一遍他就认到了。过了一段时间，老师要他把学过的字再认一遍，他只认到一个"钱"字，连"人"字都认不得了。先生说啷个再也不教他了！地主问："你为啥不再教我认字了呢？"

先生说："因为你只认钱，不认人。"

讲述者： 郑少林，男，农民，不识字
采录者： 蒋鲁
采录时间： 1988 年 12 月 2 日
采录地点： 涪陵区万寿乡（今长寿区云集镇）河沟村

606

戏弄皇帝

以前一个皇帝，喜欢别人给他讲故事。天下的故事他都听说过，就下了个诏书，说："哪个给我讲一个我没听过的故事，我就把女儿许配给他。"诏书发出去以后，来讲故事的、听故事的人不计其数，像过节一样。

有个秀才对皇帝的行为感到可笑，就准备戏弄一下皇帝。

有一天，他去给皇帝说：他家房子很高，鸡公站在屋梁上可以抓到星子。皇帝明知他是吹牛，但没有思想准备，一时回不过神，只好表示没听说过，喊他第二天又来讲。

第二天，他又给皇帝说：他家原来很富有，良田万顷，骑马跑一圈都要跑七七四十九天。这个故事皇帝也没有听说过，又喊他第三天来讲。

这个皇帝原先以为没有谁会讲他没听过的故事，这会儿才感到不然。他想要赖不把女儿许配给秀才，暗暗地召集文武大臣说："明天他来讲故事时，你们都说，我们听说的，有这么回事。"

第三天，秀才又来了。他走来就说："皇帝，你借了我三百箱银子，啥时还呢？"说完，文武大臣都说："我们听说过的，有这么回事。"皇帝听了只是摇头。他想，文武大臣们都说我借了他三百箱银子，怎么办呢？没有办法，不但给了秀才三百箱银子，还把女儿也赔进去了。

讲述者：　马关应，男，农民，高小学历

采录者：　戴寿银，男，文化馆干部，大专学历

采录时间：　1986 年 8 月 7 日

采录地点：　丰都县三元乡（今丰都县三元镇）前丰村
　　　　　　四组

607

贪吃的老财主

从前，有个老财主，又馋嘴，又心痛钱财。有一天，他接到一封请帖，是李府请他去吃生期酒。他高兴得很，连忙把请帖揣起。

老财主在屋头扳起指拇算了又算，心想：李府请我初一去，今天都是三十了。老子今天在家不吃饭，腾[1]肚儿，明天好去甩实[2]海[3]他一顿。

老财主饿起肚儿等，一直等到第二天晌午，不见李府来催客。就把请帖摸出一看：哎呀！原来是请我初二去嘛。既然是初二，我饿都饿了一个对时，要是这阵吃各人的东西，那才划不来哟！还是等到明天到李家去海一顿算了。于是，就躺到床上，养起神来。

老财主一直等到初二的下午，还是不见李家来催客。这时候老财主饿得浑身直冒虚汗。他又把请帖摸出来一看：嗯个搞的哟！昨天又少看了一横，原来是初三嘛！心

[1]　腾：此处指有意空起肚皮。
[2]　甩实：狠劲地。
[3]　海：吃，或狠吃。

头一着急，支持不住，就倒在床上了。

夫人见丈夫体虚气短，有些担心，就说："老爷！再饿下去是要伤身子的哟，还是先吃点东西好些。"老财主一听就冒火喽，说："你这不懂事的妇道人家，我都饿了两天多，肚儿早空完了，这阵吃东西要吃好多啊？哼！我一不做二不休，挨都要挨到明天。"他夫人心疼丈夫，就去灶房给他煮了碗荷包蛋来，说："老爷，你只吃两个蛋，定定心，稳到起，明天才好去捞噻！"

老财主实在饿得遭不住了，接过碗一口一个，把蛋吞了。哪晓得他刚把两个蛋吞进喉咙，就"扑通"一声倒在床上，遭鲠死了。

家里人买来一副棺材把他装上。在盖棺时，铁锤"嘭嘭嘭"一敲，没想到，这一震动就把老财主喉咙管头鲠起的荷包蛋震梭下去了。老财主喘了口大气，苏醒了过来。一听外面嘭嘭嘭地在响，就使劲地拍打棺材，连声喊："开门！开门！快去开门呀！李府催客的来啦！"

讲述者： 张学易，男，回族，大专学历，十八冶干部

整理者： 张麟书

采录时间： 1986 年 3 月

采录地点： 大渡口区

608

吝啬女打灶

从前，有个非常吝啬的女主人。有天她去赶场，听到一个打灶的师傅说，他打的灶能省一半的柴。女主人想，我家正愁没柴烧，为何不叫他给我打一个灶呢？就把打灶师傅请到家里，叫他打灶。灶打好后，女主人想，这灶能省一半柴，如果再打一个，把另一半也省掉了，烧锅煮饭不是可以不用柴了吗？于是，叫师傅给她又打了一个灶。后来，女主人每天都用两个灶煮饭，但她怎么也想不通：柴怎么没有节省下来呢？

讲述者： 吴长万，男，农民，初中学历

采录者： 孙华刚、洪永福

采录时间： 1986 年 7 月 13 日

采录地点： 丰都县新建乡政府

609

两亲家

讲述者： 毛世麒

采录者： 王如阳，男，县文化馆干部

采录时间： 1986 年 7 月 26 日

采录地点： 忠县文化馆

从前，有两亲家，一个穷，一个富。每年青黄不接的时候，穷亲家总是来找富亲家借钱借粮；富亲家很不情愿，但又不好翻脸不认。

有一次，富亲家杀了鸡，炖了膀，刚要吃的时候，穷亲家就来了。富亲家心里很不安逸，又说不出口，只好留他吃饭。这时，富亲家默了个主意，他装着进灶屋看饭熟了没有，不一会儿出来了，出来后就和穷亲家摆龙门阵，家里其他人就轮换到灶屋吃好的。哪个先吃完了，就出来换那跟穷亲家摆龙门阵的人进去吃，家里的人就这样轮换着吃完了一顿饭。穷亲家还是在那里坐着摆谈。富亲家搞的这个名堂，早被穷亲家看出来了，但他还是装着不晓得。在起身回家时，就说："亲家，我这次不是为了别的，我家的母猪下了十几个猪崽，猪槽不够用，想找你借个罐子去喂，想来，你该有吧？"富亲家听后，连忙说："有，有。"接到问道："亲家，你家母猪下了十几个猪崽，一个罐子嘟个喂哟？"穷亲家说："有办法，就是这个猪崽吃了，又换那个猪崽去吃，这样轮换着喂，不就可以了吗？"富亲家听了，一脸通红。

610

『七律』和『一律』

有一个人，一天就写诗，家务事从来不沾手，时间久了，妻子就有了怨言。妻子说："你一天到晚都在写，究竟写的是啥子些名堂嚛？"他说："你莫打岔，我在写'七律'。"妻子倒也贤慧，听丈夫这样一说，也就不闹了。

有一天，妻子替丈夫收拾抽屉，看到了某某编辑部给丈夫的退稿信，信上有一句："你的稿件一律退还。"她看了以后，气不打一处来。等丈夫回来了，她就朝丈夫开了火："烂心肝的，我一天忙里忙外，累死累活的，支持你写'七律'，你还黑起心来哄我：你明明创作的是一律，哪个要多说六律嚛？"

讲述者：　吴建国，男，苗族，干部
采录者：　张炳生，文化馆干部
采录时间：1987 年 1 月 21 日
采录地点：彭水县文化馆

611

抓到哪个是哪个

从前，有一家两口子，靠卖酒求衣食。他想发财呀，硬是昧起良心做些事，在酒里头掺它一些水。一些打酒的喝了就诀："这个讨不得好的呀，把水弄来卖钱，硬该遭雷打。"两口子听了这些话，只是记在心里，各人做的事心里明白，听到诀要遭雷打啥，心里还是带疑呢！

这天，要到晌午时候了，他两口子又掺了些水在酒里。正想来弄饭吃，天上忽然雷公火闪，一哈儿，雨像瓢在泼。两口子听到雷越打越狠，以为是来取他们的"荆州"的，吓得都往里屋躲，女人跑前头，男人跑后头。也巧，一炸雷打起来，把他屋梁上挂的一根绳子震了下来，掉在女人面前。女人见了绳子，以为是雷公菩萨来捉她的，连忙说："菩萨呀，莫打我呀，酒里的水不是我掺的，是……是……"刚说到这里，男人怕把他说了出来，连忙说："菩萨呀，你有眼睛呀，抓到哪个就是哪个，抓到哪个就是哪个啊！"

讲述者： 朱盛安

采录者： 朱有春

采录时间： 1986 年 1 月 5 日

采录地点： 奉节县康坪乡拖板村

612

偷
肉

　　从前，有个当厨师的人，这天回家，夫妻二人商量着要吃饺子。他老婆出去买回来半斤肉，这当厨子的切下四两多来剁馅子；剩下那几两肉，趁他老婆没有看见的工夫，就偷偷地揣到怀里了。他以为他老婆没看见，其实已经看见了。老婆就说："你怎么就这样没出息哪！这是我们自己的肉，你怎么也往怀里揣呀？"厨子说："你不知道啊？我是这么搞惯[1]啦！"

讲述者： 陈远卓

采录者： 甘元学

采录时间： 1985 年 10 月 12 日

采录地点： 城口县北屏乡政府

[1] 搞惯：习惯。

613

一钱莫救

从前，有一个吝啬鬼，一日外出，过河时正发洪水。他舍不得出钱叫渡船，跳在河里想涉水过去。不料，到了河心后，水流急，一下子就把他冲出了半里多远。他儿子在岸上见了，马上要找船救他。船夫要一钱银子才肯去救，他儿子只肯出五分，于是，他们就争执起来。一个要一钱，一个又只肯出五分，好久了，也定不下来。吝啬鬼眼看就要被淹死了，他在水中拼命挣扎着，对儿子大声喊道："儿啦！儿啦！是五分银子就救，要一钱就莫救了！"

讲述者：　张子新
采录者：　解维军
采录时间：　1987 年 5 月 16 日
采录地点：　云阳县云安镇

614

躲在里面吃

有一家屋里来了客，到吃饭的时候，主人家阴悄悄儿摸到里头屋吃饭去了，也不给客打个招呼。客实在受不了他这顿气，眼睛一鼓，计上心来。在外头屋里，他一个人说起话来："好大一座厅堂，白有这些栋梁，唉！可惜被虫吃了。"主人听到"虫吃了"几个字，把碗一丢，连忙跑出来问："在哪儿？"客人不慌不忙地说："你们还没看见啦，我就看到了，它（他）躲在里面吃呢！"

讲述者：　朱盛安
采录者：　王沛
采录时间：　1986 年 1 月 5 日
采录地点：　奉节县康坪乡拖板村

615

比你更有理

从前，有两弟兄为家产闹纠纷，吵来打去，闹了很久，谁也劝阻不了，闹到最后两个都到县衙门打官司。

在打官司的前几天，哥哥拿了三十两银子给县官塞了包袱，请求县官将家产判给他，县官答应了。后来，这件事被弟弟知道了，他连夜赶到县衙去找县官，送了五十两银子，求县官帮他把官司打赢，县官也答应了。

这天，升堂审案的时候，县官只问了三两句话，便把脸一沉，把惊堂木一拍，就叫差役把当哥哥的拉下去打板子。哥哥忙伸出三个指头，说："老爷，我是有理（礼）的哒嘛！"县官把惊堂木连拍几下，说："什么，你有理（礼）？"说着，伸出五个手指向哥哥喝道："你弟弟比你更有理（礼）。"

讲述者： 秦学成
采录者： 秦华平
采录时间： 1986 年 9 月 10 日
采录地点： 忠县花桥乡（今忠县花桥镇）英明村

616

糊涂虫

有一天，一个县官到乡下去巡视，半路上听到"咪呀嘶"在树上大声武气地叫。县官问两个抬轿子的轿夫："这是么哩[1]东西，敢在我面前乱叫？"

轿夫说："这叫糊涂虫。"

县官又问："这个糊涂虫有好大呢？叫得怎个儿响？"

轿夫说："小的要两个人抬，大的要四个人抬。"

讲述者： 李常洪
采录者： 税明宣
采录时间： 1986 年 4 月 1 日
采录地点： 巫山县石碑乡香坪村

[1] 么哩：什么。

617

懒
夫
妻

从前，有两口子，懒得出奇，男人一天拖起两片烂草鞋，堂客成天披毛散发，不爱好[1]是出了名的。

有天晚上，一个强盗进了懒汉屋头，一看，没有哪样东西可偷，就想走了。又一想，进屋不拿样东西走不吉利，就顺便把灶头的锅端起。不晓得啷个不小心，脚把床脚脚绊断了只，"咔"的一声，床垮了，两口子吓醒了，恍眼[2]看见有人顶起锅在逃，两口子爬起来就追。

强盗见有人追，急忙把别在腰杆上的刀拿出来朝追的人打去。堂客见男的糟了，叫他快点回去，自己又去追。强盗见又有人追来了，又一刀打去，堂客抱起脑壳哦嗬连天叫，车转[3]身逃都逃不赢。回到屋头，堂客急忙去看男人遭砍得怎样了。一看，原来只把糊在脸上的垢耳子夹夹划了个口口。男的听堂客叫得恁凶，赶忙给她看。一看，刀还栽在脸上的，把男的吓忙了，直顾说："忍倒哈

儿，我跟你把刀扯出来。"男人费了多大气力才把刀扯出来，一看血珠珠都没得，哪打谙[4]，刀遭钉在眼屎上栽起。两口子欢喜了一阵，一哈儿想起锅遭端了又怄起气来。走到灶当门一看，锅还在灶上安起的，原来强盗把锅巴当成锅端起逃了。两口子醒豁过来，都说："看来我们二天还是懒点好，要不东西被偷了不说，还要遭砍得个血骨淋当的。"

讲述者： 聂茂魄，男，农民，初中学历
采录者： 聂焱、邓祥碧
采录时间： 1987 年 4 月 8 日
采录地点： 涪陵区开平乡（今涪陵区新妙镇）

[1] 不爱好：不爱自身卫生。

[2] 恍眼：恍惚。

[3] 车转：扭转。

[4] 打谙：料想。

618

官场话

讲述者： 李绍林，男，农民，高小学历

采录者： 杨友仁，男，县建设银行干部

采录时间： 1984 年 7 月

采录地点： 武隆县火炉乡（今武隆区火炉镇）南泥村
三组

从前，有个姓朱的县官，文墨浅淡，花钱买了个官当。他假装饱读诗书，说话做事要讲点"高雅"。一天，升堂后，县官装模作样，对手下的衙役们说："本官昭示，你们以后办事要说官场话，不能土里土气的。"衙役们弄不明白他的意思，问道："老爷，官场话啷个说法呀？"县官想了一下说："官场话嘛，就是文话嘛。打个比譬，如说死，要讲'仙游'；杀人，要说'正法'；吃饭，要说成'用膳'；睡觉，要说成'安寝'；碰到姓朱的，要说老爷的本家。懂不懂嘛？"衙役们才点头，明白了老爷的意思。

过了几天，县官家里喂的一头老母猪得了瘟症，几天都不吃食子，看倒看倒就要死了。衙役们搞慌了饺子，没得办法，只好把猪抬到县官面前，说："禀告老爷，大事不好了。"县官不晓得出了啥子事，忙问："何事惊慌？"衙役们回答："'老爷的本家'几天不'用膳'了，一天到黑就'安寝'；如果不马上'正法'，恐怕明天就要'仙游'了。"县官听后，搞得个脸红筋涨的，好一阵说不出话来。

619

有理三千，无理八百

讲述者：	传立禄，男，农民，初小学历
采录者：	李官福、杨友仁
采录时间：	1986 年 10 月 21 日
采录地点：	武隆县长坝乡（今武隆区长坝镇）新生村二组

从前，有户人家，儿子一年到头在外面做生意，家里只有父亲和儿媳妇。一天，媳妇和隔壁邻居吵嘴，心里想不通，就跑去跳水。老人公晓得后，跟到屁股就去追。刚追拢河边，儿媳妇已经下水了。老人公顾不得啥子，脱了衣服就跳下水去，把儿媳妇救了起来。

这时候，正遇到官府的差人过路，看见这个情况，不问青红皂白，就把两公媳捉到大堂上，告禀了县大老爷。县官是个糊涂虫，也不问啥子原因，就说："你当老人公的太不像话啦，白天大亮的把衣服裤子脱了去侮辱儿媳妇，真是不知羞耻。"喝令跟班的罚老人公三千板子、儿媳妇八百板子。后来，村里的父老赶来申辩，说出了老人公下水救儿媳妇的情由。

县大老爷晓得自己的道理说不赢，但是又放不下面子，就喝道："刁民少来胡说，本官断案从来都是公正廉明的。有理给他三千，无理给她八百，没得啥子错的！"

从此以后，人们用"有理三千，无理八百"这句话讽刺那些断歪歪道理的人。

620

重人情

从前，有个傻子，傻到吃饭都要人托碗。有一回，他老丈人满六十，堂客头天下午就先去帮忙，走的哈儿对傻子说：

"我先走了，明天你早点到我娘屋去吃生期酒。去的时候，衣裳穿光生[1]点，人情[2]拿重点啊。"

第二天，鸡叫头道，傻子就起来翻箱倒柜地找光生衣裳穿。这件要不得，那件要不得，最后拿到一件绸衫衫儿。一摸到扣子，觉得钉钉绊绊的，也不光生。翻来翻去找了好大一阵，硬还找不到一件光生的。傻子正在为难，丫头打洗脸水进来了，傻子要丫头跟他设法。丫头找了一根布口袋，底底上剪个洞，一边又剪条口口拿给傻子笼起。傻子一摸，说要得。

傻子又去找人情。他提了几块腊肉找丫头称，最重的也才十来斤，要不得。他去拿糖，一封才一斤，更要不得。丫头说有一样东西重，傻子问是哪样，丫头说磨子。老实

[1] 光生：伸展、整洁。

[2] 人情：礼物。

的，傻子穿起口袋衣，背起磨子就朝老丈人家走去。

晌午，要开席了，傻子还没有拢，急得他堂客到屋侧边去等。东等没来，西等还是没得人。他堂客以为他不来了，正要走，傻子拢了。"等到起，来帮我抬下人情。"傻子喊。

他堂客回头一看，见傻子勾腰驼背地背个磨子，身上穿条布口袋，累得汗爬流。急得他堂客怄也不是，笑也不是，说："你硬傻呀傻吧，你哪个不把碾磙[3]背来哟？"

傻子说："我倒不傻哟，要碾磙嘛，又不先说一声。"

讲述者： 揭保生，男，汉族，不识字，农民
采录者： 鲜光禄
整理者： 周镕德
采录时间： 1985 年 12 月 12 日
采录地点： 巴县长岭岗乡（今巴南区石龙镇）

[3] 碾磙：石碾子。

621

学说话

傻儿子说："小小毛团，何须问之。"

讲述者：　　　蒋淑俊，女，汉族，居民
采录、整理者：刘文升，王正平
采录时间：　　1985 年 11 月 21 日
采录地点：　　江北区华新街

　　从前有个富翁，他儿子傻得很，连话都不会说。但他的女婿却很聪明，很会说话。有一天，富翁带着儿子到女婿屋头去学说话。他们走拢就看到女婿屋头又修了几间新房子。富翁问女婿说："华室数间，费银若干？"女婿回答："实为家父所造，小婿一概不知。"走进屋，富翁看到墙壁上挂了一幅画，又问女婿："这是一幅啥子画？"女婿说："苏州带来的古画。"富翁看到屋头有个很乖的小狗儿，又问女婿："这是啥子狗？"女婿回答说："小小毛团，何须问之。"富翁觉得女婿这几句话说得很好，便对儿子说："记到，你二回也要像恁个说。"儿子点头应声说："记到了。"

　　有一天，傻儿的老亲爷[1]到他屋头来耍，进门便问道："我外孙怎么样了？"傻儿就说："实为家父所造，小婿一概不知。"他老亲爷一听遭气惨了，就说他："你说的啥子话哟？"傻儿忙说："苏州带来的古画。"他老亲爷一听，更搞不伸展是哪个回事，就问他："你父亲还好吗？"

[1]　老亲爷：岳父。

622

学礼信

从前有一个人，他去找他的一个朋友，朋友没有在屋，朋友的女人在屋头。他向她说明了来意。朋友的女人听说是来会自己的丈夫的，就问："先生贵姓？"他看朋友这女人很懂礼信[1]，就说："我姓张。"朋友的女人又问："先生是弓长张还是立早章？""我是弓长张。"朋友的女人问他吃饭没有说："张先生用膳了吗？""用过了。"因为朋友不在，他就回去了。回到家头就把朋友女人待承他的这些事，给自己的女人说了。他的女人说："这有啥子嘛，我还不是会恁个待承人。"

没隔好久，他们屋头就来了一个客，恰恰男的不在屋。他女的就想：哼，你说我不懂礼信，今天我就做给你看一下。她就问客人说："先生贵姓？"客人说："我姓杨。"她想：这个羊字哪个分法呢，跟那个张字不一样。哦，羊嘛分公羊母羊。就问："先生是公羊还是母羊？"客人一听：咦，哪个问我是公羊母羊呢？哦，我是男的。忙说："公羊。"这女的心想：该问他吃过饭没有了。但她又把

"用膳"这个话搞忘了，只记得一个膳字，就说："羊先生，你膳了没得？"客人心想：我有儿有女的，她问我骟了没得。忙说："没有，没有。"这女的一听客人没吃饭，就说："羊先生，你请坐！"转身进屋拿出一把刀来，默到弄菜。客人以为真要骟他，吓得爬起来就跑。这女的也不晓得是哪个回事，提起刀追出来喊："羊先生，骟了再走嘞！"吓得客人飚起跑。

讲述者： 任冬秀，女，汉族，高中学历，居民
采录者： 刘文升
整理者： 王正平
采录时间： 1985 年 11 月 11 日
采录地点： 江北区华新街

---

[1] 礼信：此处指礼貌、礼节。

623

鸡抓豆腐

痛了，又扳又跳，总算把豆腐抓烂了。但把婆娘的汗水都整出来了。男人见了，忍不住哈哈大笑。婆娘见男人笑了就说："啊！烧茄子错了你就打，鸡抓豆腐对头你就笑！"

讲述者： 黄继源，男，汉族，高小文化，明德村
         干部

采录者： 兰开衡

采录时间： 1985 年 12 月

采录地点： 璧山县五里乡（今璧山区大兴镇）

乡下有户人家，只有两口子，婆娘很闷戳戳[1]的。男人在外赶场做生意，扯常[2]在馆子吃饭。他在馆子头吃到烧茄子这些菜，觉得吃起很安逸。

一天早晨，男人又要去赶场，就喊婆娘给他做烧茄子来下饭。婆娘说："要吃烧茄子唦，这个好做。"就把茄子放在灶头去烧。茄子被火一烧，皮子就烂了，里头的水流出来，沾上柴灰，茄子就成了稀糟糟一坨，灰巴弄耸[3]的。这个样儿哪个吃嘛？男人冒火，就给婆娘两碇捶[4]，说："不吃烧茄子，吃鸡抓豆腐[5]。"

婆娘又把锅洗干净，把豆腐放在锅里，把火烧起。再拉一只鸡来，把脚爪洗干净，把鸡的两个翅拐[6]提起，让鸡的脚爪在锅里去抓，好把豆腐抓烂。鸡的脚爪在锅头烙

[1] 闷戳戳：老实，不开窍。

[2] 扯常：经常。

[3] 灰巴弄耸：灰糊糊的。

[4] 碇捶：此指拳头。

[5] 鸡抓豆腐：抓，hā，一种豆腐为食材的川菜。

[6] 翅拐：翅膀。

624

端阳哪阵来

客说："杀来吃了。"男人冒火冲冲说："我给你说了的噻，等端阳来了才吃嘛！"堂客说："你前脚走，端阳后脚就来了！"

讲述、采录者： 刘绍先，男，汉族，初中学历，居民
采录时间： 1985 年 12 月
采录地点： 璧山县来凤镇（今璧山区来凤街道）

有一个傻堂客，她喂了一只鸡，长得又肥又大。一天，堂客问她男人："鸡都喂大了，哪阵吃嘛？"男人说："哪阵吃，等端阳来了就吃。"堂客说："端阳来了才吃呀，晓得端阳哪阵才来哟？"男人说："来了我会给你说嘛。"说完就赶场去了。

两口子说吃鸡的时候，有个捡狗屎的人在后阳沟听到了。他晓得这个堂客不知道啥子是端阳，就把狗屎鸳笼藏在竹林里头，旋过来进了大门。他来到堂屋就喊："王嫂子，把你的鸡拿来杀了！"那堂客说："我屋赶场的[1]说的，等端阳来了才杀。"那人说："我就是端阳。""你就是端阳唢。"那堂客赶忙把鸡拿来杀了，烧水把鸡烫了，大锅里煮饭，鼎锅炖鸡。饭煮好了，鸡也熟了。那堂客把饭摆好，就请"端阳"吃。那人一坐上席，就饿捞饿相地吃了一顿，吃完说声道谢就走了。

下午男人赶场回来，刚拢地坝，见阶沿上一堆鸡毛，一看没有看到鸡，就问堂客："我们那只鸡呢？"堂

[1] 赶场的：此处是对丈夫的称谓。

625

两娘母补疤

采录时间：　1985 年 12 月

采录地点：　璧山县龙江乡（今璧山区健龙镇）

　　有两娘母，把家里的烂东西搜出来补。妈拿了一床铺盖桶桶[1]，看到要补的口口很多，心想：要是我在桶桶外面补，补了还有丝缝也看不到。不如就钻进桶桶里面去补，哪里有亮就补哪里。她就钻进去了。

　　她姑娘拿了一条裤子，心想，这条裤子在手上拿起补不方便，她就把屋头的木马[2]拿出来，把裤子笼在木马上补。姑娘补好了，裤子总是脱不下来，没得办法，最后只有喊妈："妈，裤子在木马上补好了，脱不下来！"妈在铺盖桶桶里听了，冒火冲天地说："死鬼女，要是我钻得出来，就给你两耳矢了！"

讲述者：　杜常德，女，汉族，小学学历，农民

采录者：　张宝荣

[1]　铺盖桶桶：被套。

[2]　木马：木工的工作架。

626

道听途说吃大亏

从前，重庆有个要钱不要命的假秀才。有天，他坐茶馆吹牛，听人摆龙门阵说："曹操过江南，沿路烧饼一抢而光。"他就回家凑了些钱，买了一大船烧饼运到汉口。那时，正好是梅雨天。船到码头一起货，烧饼都发霉了，卖也卖不脱。假秀才拉住一个打鱼的问曹操下江南的事，打鱼的笑得不可开交，说："曹操过江南是哪年子的事了哟，这个时候做烧饼生意，当然卖不脱啰！"假秀才只好自认倒霉。

他走到一个码头，听见摆摊子镶牙的在喊："十个钱拔一个牙！"这阵，他正饿起肚子，又身无半文，心想一个牙齿换十个钱，我这满口牙齿硬是有搞头啊！就张开嘴巴让牙医拔下所有的牙齿。这牙医也是个想多得钱的人，管他牙齿好坏，一个一个都给他拔了下来。牙齿拔完，假秀才赶忙伸手向牙医要钱，牙医也伸手向他要钱，两个说不伸展就拉扯起来。街上的人问了拉扯的原因，个个都大笑不止。也有几个好心人，见假秀才可怜兮兮的，就给了他几个小钱。

假秀才又走到一道城门跟前，见有好多人围着看告示。

他走拢就听到有人在念："愿献首级者，赏银五百两。"假秀才心想，我有两只手，砍掉一只也没得啥子，先得五百两银子回家去。于是，他就走到一家中药铺门口放铡刀处，把手铡了一只下来。假秀才提起那只血淋淋的断手，跑到县衙要换五百两银子。县太爷听衙役一禀报，满肚子都是气，就命令手下："打这无赖五十大板！"打得假秀才哭爹叫娘，被赶出了衙门。

假秀才正在走投无路的时侯，又听人说京城来人在招太监。他想这可是个吃得饱穿得暖的享福差事。于是，就去找了个骟猪匠帮他割了生殖器。他走到府门口要报名，人家见他是个断手杆就把他赶了出来。假秀才莫得法，只得一路讨饭回到了重庆。

假秀才一进家门，就倒在床上。他婆娘还以为他发了财，哪晓得打开包袱一看，里面就只有几件烂衣服。于是就问他是不是在外头把钱赌光了。假秀才一伸断手杆说："手都莫得了，还赌啥子哟！"

他婆娘又问："莫不是吃光了？"他张张嘴说："牙都没得了，咹个吃嘛？"

他婆娘一看就诀他："肯定是嫖堂客去啦！"假秀才听了，指指裤裆，摊了摊手，腔都开不起。

讲述者： 王显才，男，汉族，初中学历，工人
采录者： 王显才
整理者： 张麟书
采录时间： 1985 年 12 月 29 日
采录地点： 大渡口区李子林

627

摸
屁

讲述、采录者：郭藩莲，女，汉族，初中学历，农民

采录时间： 1986 年 5 月

采录地点： 九龙坡区华岩乡（今九龙坡区华岩镇）

从前有个笨人，他听人说打屁在地里可当肥料，就在每天要打屁的哈儿，都要急急忙忙跑到自家菜地头去，把屁打在菜地里。

从他家到菜地要经过一条小河沟，小河沟上有一座小桥。有一天，他要打屁了，就急急忙忙向菜地跑去。刚刚跑到桥上，实在忍不住就放了出来。他觉得白白地把这个屁从桥上放到河沟里很可惜，就跳进水里头去，想把屁摸起来。

这时，桥上来了一个过路人，看见他在河沟里摸来摸去，默到是掉了什么东西，就问他摸啥子。他却急得没空回答，光是请过路人赶快下河来帮他摸。两个人在河沟头摸了很久，啥子东西也没摸着。过路人看他那傻乎乎的样子，就各人上岸走了。这个放屁的人看见过路人走了，怀疑过路人摸走了他的屁，就大声追问："喂！究竟摸到没有？"过路人气冲冲地答道："摸到个屁！"

这放屁的人一听说那人把屁摸到了，又高兴又着急地奔上岸去追那人。他连跑带叫："把屁还给我！我摸的就是屁！"

628

夫妻打赌

有夫妻二人，男人在外头做生意，堂客在屋头喂猪煮饭。腊月三十天晚上，堂客对男人说："天天顿顿都是我煮饭来服侍你，太不公平！明年子该你煮啦！"

男人说："恁个，我俩来打个赌，哪个输了，明年就该哪个煮。"

"要得，你说打个啥子赌嘛？"

"从现在起，两个都不准说话。谁先开腔，谁就煮饭。"堂客点头答应了。

第二天，大年初一早晨，他们的舅子来拜年。堂客把门打开，也不说话，只打了个手势招呼兄弟坐。

舅子说："姐姐，姐哥，给你们拜年，恭喜发财。"

男人也不说话，只是笑嘻嘻地拿烟递茶。舅子看到他们两口子都不说话，以为姐姐、姐哥被人暗害，吃了哑药。扯伸脚杆就去官府击鼓报案。

县官听了，就喊两口子来问。两口子来到公堂笑嘻嘻地又比又画，把县官都整冒了火，惊堂木一拍，对男人大声骂道："大年初一的，撞你妈个鬼，给我拉下去重打五十大板。"

衙役上来，噼里啪啦一顿棍棒。打得男人遭不住，躺在地上不动了。

堂客在旁边以为男人遭打死了，扑在男人身上又哭又数："我不该跟你打赌呀，把你的命都赌丢了！"

地上的男人听了，翻身起来，指着堂客说："好呀！今年还是该你煮饭。"

讲述者：　聂政，男，汉族，旧学
采录者：　张蓉
整理者：　张明建
采录时间：　1985 年 7 月
采录地点：　江北县（今渝北区）西口乡

629

炣耳朵打赌[1]

啥子？"

张三慌了，连忙答："要是我呀，糖都不放就一口气喝了。"

讲述者：　申天福，男，汉族，高中学历，农民

采录者：　苏其善

整理者：　卢文忠

采录时间：　1985 年 10 月 22 日

采录地点：　铜梁县永清乡（今铜梁区旧县街道）

张三和李四都是炣耳朵。一天，张三对李四说："如果你能够叫你老婆百依百顺，我输一桌酒席。"李四计上心来，说："要得，我们打赌。"

这天晚上，李四回屋，把打赌的事给他老婆说了，还求老婆就依他这一回。老婆同意了。

第二天，张三到李四家来了。果然看到李四叫他老婆做什么，老婆就做什么，百依百顺。张三只好认输。

张三刚走，李四的老婆就大声叫道："老娘今天服侍你这么久，这一下你该伺候老娘了。打洗脚水来！"

李四立即打水给老婆洗脚。洗完脚，他默到去倒水。老婆说："把洗脚水给我喝了！"李四喝了两口，实在喝不下去，就求老婆说："我去买点糖来兑起喝。"老婆总算同意了。

李四去买糖，路过张三的家，忍不住进去诉苦。张三听后，说："哼！要是我呀……"殊不知这话恰巧给张三的老婆听见了，恶凶凶地问："要是你，要是你又做

[1]　炣耳朵：对怕老婆者的戏称。

630

两兄弟打赌

讲述者： 万刚前，男，汉族，初中学历，农民
采录者： 杨玉华
采录时间： 1985 年 11 月
采录地点： 南桐矿区丛林乡（今万盛经济技术开发区
丛林镇）

从前，有两兄弟。有天，老大接堂客。照当地的风俗，洞房花烛夜，新娘是不说话的。兄弟就叫哥哥打赌，说："哥，你只要能在今晚上让嫂嫂说话，说一句我输一块钱。"老大同意了。

晚上，新娘一跨进洞房，老大就问寒问暖，问这问那，逗她说话。新娘子不开腔光摇头。老大转身爬上床，把新铺盖横起盖，顾了头就顾不了脚。他边盖边说："岳母真小气，铺盖做得这么短。"新娘一看，忍不住说："喂，你盖横哪！"老大一听，喜出望外，立即向躲在窗子外的老二喊道："哎，一块钱啊！"新娘以为他说铺盖不值钱，急忙说："光棉花都不止一块钱！"老大高兴地又喊道："两块钱啰！"新娘说："还有铺盖面子哩！"老大赶紧说："三块钱啰！"新娘又接着说："还有包单布呢！"

老二在窗外急了，赶忙把头伸进窗子说："嫂嫂，莫说了嘛，我身上只有四块钱啰！"

631

捡毡帽

讲述者： 何德荣，男，汉族，初中学历，对溪乡副
乡长

采录、整理者：刘谦胜

采录时间： 1985 年 5 月

采录地点： 大足县（今大足区）

有个院子，住着张、王、李三个老头。一天，三个老头邀约起上街看夜戏，戏幺台已是三更天了。他们没有带火把，只得由年纪小两岁的李老头走前头探路，王老头居中，张老头押尾梢，摸黑朝回走。

走着走着，李老头突然看见前面石板路中间有一顶毡帽。他深怕后头的两个老头看见了来和他争，紧走两步，想一把抓起来揣进怀里。哪晓得，他一把抓下去，原来是一泡牛屎。他自己吃了亏却稳起，还说："这顶烂毡帽我不要，我各人屋头还有顶新的。"

王老头听说前头有顶毡帽，他怕后头的张老头跑来和他抢，两步跨上来，伸手一抓，也抓了一手的牛屎。顿时，他明白李老头是吃了亏说不出口，那他也只有稳到。于是他说："我那顶毡帽虽是旧得点，也还比这顶好得多。"

张老头一听，兴冲冲地走过来说："你们嫌烂，我……"他伸手一抓："啊……"顿时，气得吹胡子。但他也不想现相，说："嘿嘿，你两个都瞧不起的东西，我还是不得要。"

632

猜哑谜

有个张幺爷，他有三个儿子。大儿子是个教书匠，二儿子是个太医，三儿子是个阴阳。他们结婚后都分了家。几兄弟离老头子的家不远，但平时很少去过问老人。逢年过节就带着他们的婆娘儿女，回家来吃妈、老汉，一住就是三五天。

有一回，张幺爷病了，一病就是三个月。三兄弟听说老汉病了，邀邀约约地带着婆娘儿女一齐来看老汉。他们一来就住了三个多月不走。天天都划拳估子地吃得酒醉饭饱，东倒西歪。老汉的病，他们有时也假巴意思地问一下。眼看张幺爷辛辛苦苦挣的那份家业就要吃空了。

有一天早晨，张幺爷把三个儿子喊到床边，说："老子的病看来是难得好了。要死不死，要活不活的，半年都落不下这口气。你们三兄弟也算尽到孝心了。今天，我想考一下你们，如果哪个猜到了我的心思，就留在这里经佑我，给我送终；猜不到的，就各人回去。"

三兄弟听老汉这么一说，都不晓得老汉究竟要搞啥子名堂，反正三兄弟都在想抱到老南瓜啃[1]。

张幺爷喘了口气说："我打手势来表示我的心思，你们来猜。"张幺爷伸了一只手，往天上指一下，往地下指一下，前面指一下，后面指一下，左边指一下，右边指一下，最后把胸口拍一下，闭上眼睛就不动了。

三兄弟你看我，我看你，都不开口。张幺爷闭起眼睛又说："从大到小，不要讲礼了。"

当教书匠的老大听到老汉在点他的名，心头骂道："这个死老头不晓得安的啥子心。"便说："你的心思我晓得。你指天是想天上的事情要知道一半，你指地是想地下的事要全知。前三国、后水浒、左传、右传这些书，要我买回来读给你听。你老人家说对不对？"张幺爷摆了摆手。

做太医的老二接着说："大哥你错了。"他转过身来对父亲说："你老人家的手势我猜到了。你指天要吃天冬，指地要吃熟地，还要前仁、厚朴，配上右转藤、左转藤。吃了这几味药你老人家的病就会好的。"张幺爷又摆了摆手。

学阴阳的老三走上前来说："爸爸的心思我最清楚。你老人家落不下这口气，主要是想埋一穴好地，择个好日子。你指天是要不占天煞，指地是要不占地煞。这穴地要前朱雀，后玄武，左青龙，右白虎。你老人家放心，我一定这么办。"

老三话没说完，只见张幺爷睁开一对大眼睛，骂道："你们三个畜生！老子的手势是：天上不落，地下不生；我前无杀手，后无救兵，左无良田，右无熟土。你三兄弟带起婆娘儿女吃了我三个月，吃得老子心痛啊！"

张幺爷把手一挥说："都跟老子滚回去！"

讲述者：　魏汉青，男，汉族，初中学历，盛水乡新建村六组农民

采录、整理者：钟广琼

采录时间：1985 年 9 月 11 日

采录地点：永川县盛水乡（今永川区五间镇）

---

[1]　抱到老南瓜啃：老南瓜比喻老人，此指其父。这句话的意思是说赖着父亲吃。

633

买烘笼

有一个老汉六十多岁了，老婆婆死了，心想再接一个。他就跟儿子些商量。

几个儿子都不同意。理由是，老头年纪恁大了，儿孙满堂，有吃有穿，样样都不缺，还想去接老婆婆，简直跟当儿的丢脸。后来，几个儿子见老汉没接成老婆婆很怄气，心想：恐怕是老汉夜晚一个人睡起冷。几个儿子就商量给老汉买了个烤火用的烘笼。

老汉见了火冒三丈说："老子早晓得不该给你们几个接媳妇，也给你们一个人买个烘笼！"

讲述者： 黄继源，男，汉族，高小学历，五里乡明
德村五组干部
采录者： 兰开衡
采录时间： 1985 年 12 月
采录地点： 璧山县五里乡（今璧山区大兴镇）

634

八个老汉打平伙

有八个老汉，商量打平伙[1]喝酒，说好一人带一瓶酒来。

这天，八个老汉都到齐了。他们一人带一瓶，八个老汉带了八瓶酒，尽都说把酒倒在一起喝。

原来，八个老汉的酒瓶内，都是装的冷水。他们都想：我一个人装一瓶冷水，跟七瓶酒合起来，不会吃出味道。哪晓得八个瓶瓶装的都是水。

合好了，一人倒一大碗。本来一点酒气气都没得，八个人尽都稳起，边喝边说："好酒，好酒！"

讲述者： 石维德，男，汉族，小学学历，农民
采录者： 兰开衡
采录时间： 1986 年 1 月
采录地点： 璧山县五里乡（今璧山区大兴镇）

[1] 打平伙：两人以上共同出钱买东西吃。

635

扯铺盖

从前，有两口子，晚上睡觉，堂客爱扯铺盖。一天晚上，睡到半夜，堂客又在扯铺盖。男人说："莫扯哟！"正好外头偷他蒜苗的小偷听到了，心想：咦！莫非他看到我在扯蒜苗唦！隔了一阵，堂客又在扯铺盖，男人又说："你还要扯唦！"小偷正展劲扯蒜苗，被这一声喊吓了一跳，以为主人发现了，就退到土角角等待时机。隔了一阵，小偷认为主人睡了，又窜到土头去，扯了一大片，忽听男人又说："莫消扯了，我只有一个角角了。"这下小偷被吓得甩了蒜苗就跑。

讲述者：　钱光立，男，汉族，高中学历，医生
采录者：　赵圣中
采录时间：　1985 年 12 月
采录地点：　璧山县依凤乡文化站

636

偷儿遇强盗

从前，有个穷秀才，穷起没得法，两口子屋头除了有半罐罐米以外，啥子都没得。

一天晚上，有个偷儿去偷秀才。一钻进屋，就被睡在床上的秀才两口子发现了。婆娘用脚蹬男人，意思是叫秀才起去逮偷儿。秀才动都不动，像睡死了一样。偷儿进屋一看，屋头样啥都没得，只有半罐罐米。偷儿不甘心冤枉来一趟，想把这点米偷走，就把棉衣脱下来铺在地上，默到把米倒出来，用棉衣兜起走。偷儿转身去抱米罐罐，秀才轻轻梭下床把棉衣拿了，又回到床上。偷儿抱起罐罐走过来默到倒米，一看棉衣不在了。刚好这个时候，婆娘蹬冒火了，就喊男人说："有强盗！"秀才说："哪里有强盗哟？"偷儿的棉衣不见了，心头鬼火冒，一嘴接过秀才的话说："没得强盗，我的棉衣又遭哪个偷起走了呢？"

讲述者：　瞿学良，男，汉族，中学退休教师
采录者：　谷海莉

采录时间： 1986 年 2 月

采录地点： 璧山县丁家镇（今璧山区丁家街道）

637

哭
夫

从前，有个女的死了男人，她守到男人的棺材，一板一眼地数起，哭得很伤心。边哭边说："你死了倒好啊，丢下我一个人守活寡，我也不想活了。你快点把我也拉到阴间去呀！"她哭得一把鼻涕一把眼睛水的，伤心惨了，还抱到棺材撞一撞地哭。

哪晓得她一撞，脑壳上有一绺头发卡在棺材缝缝头了。这女的正哭得有劲，以为头发遭死人拉到了，吓得惊抓抓地叫唤[1]说："你莫拉呀，莫拉到呀！我不跟到你去！"

讲述者： 钱光立，男，汉族，高中学历，医生

采录者： 赵圣中

采录时间： 1985 年 11 月 25 日

采录地点： 璧山县依凤乡文化站

[1] 惊抓抓地叫唤：惊呼。

638

算命

有一个人上街，碰到一个算命的人正在拉着别人的手说："男人手如绵，身边有余钱；妇人手如姜，财钱堆满箱。"

这个人听了，欢喜得连忙拍手说："我堂客的手像姜，我堂客的手像姜！"算命的问他："你啷个晓得？"这个人说："昨天我遭她打了个嘴巴，到现在都还辣乎乎的。"

讲述者： 张仲贵，男，汉族，小学学历，农民
采录者： 陈荣材
采录时间： 1986 年 3 月 5 日
采录地点： 璧山县（今璧山区）城北乡

639

混得两耳光

从前，清明节讲究上坟。有的排场大，引起不少人去看热闹。有个好吃懒做的人，看到一家有钱人，三牲祭祖，在坟上大摆酒席。有个老头子上前去招呼上坟的主人说："你们孝心好。"又指着坟头说："他在世的时候，跟我多对吧！"主人听了，连忙拱手请老头和他们一起坐席。

懒人看了，心头一默，有了主意。转过岚垭，果然又看到了一家人正对着一座新坟磕头作揖。懒人学到刚才那老头的样子，走到坟前盯了一下，对站在侧边正在伤心的一个大胖子说："你们孝心好。"又指着坟头说："他在世的时候，跟我是最相好了。"

懒人不谙[1]，这个坟里埋的是这个胖子还没出嫁的女儿。胖子一听，"啪"地就给他两耳光。

[1] 不谙：没有想到。

讲述者： 张绍成，男，汉族，不识字，农民

采录者： 李新华

采录时间： 1985 年 8 月

采录地点： 九龙坡区九龙乡（今九龙坡区九龙街道）

640

矮丈夫

很早以前，有对夫妻，男人很矮，只有三寸高，老婆有五尺长，很不般配。过去的婚姻多半是老的[1]说了算，老婆莫得法，只好将将就就混日子。

有天晚上睡瞌睡，老婆要喝水，就叫男人拿牛眼睛杯杯[2]去端。他端起很费力，正好一股风把油灯吹熄了，男人摸到床脚底下去了都不晓得。隔了一阵，老婆不见男人转来，就叫："矮子，你是哪个的哟？"矮子听到了才赶忙从床脚走出来，把水递给老婆。但他爬了很大一阵都上不到床。平常是靠老婆提上床的，今晚黑老婆喊他踩到夜壶爬上去。矮子脚一滑，就滚进夜壶头去了。他老婆听到叮叮咚咚的水响，就问："矮子，要不要拉一把哟？"

矮子说："我还有两把水[3]，没得问题。"

矮子费了好大的劲，才从夜壶头爬出来，一身膪臭[4]，就摸上床去了。老婆气惨了，就更不想和矮子过了。

[1] 老的：父母。

[2] 牛眼睛杯杯：杯的大小如牛眼。

[3] 有两把水：初识水性。

[4] 膪臭：膪，páng，很臭。

第二天，老婆假装说办猪草[1]，背起背筢，抓起围腰就跑了。跑了很远很远，她才坐下来歇梢，叹口气说：

"天哪天，我甩脱矮子好新鲜。"

哪晓得矮子在她背筢头说：

"地呀地，你把我背到哪里去？"原来矮子早已猜透他老婆的心，藏到她围腰的荷包里。他老婆还是没把他甩脱。

讲述者：	王学华，男，汉族，初中学历，农民
采录者：	石光禄
整理者：	周镕德
采录时间：	1986 年 4 月 28 日
采录地点：	巴县小观乡（今巴南区接龙镇）

641

恍心[2]大

从前，有个女人叫恍心大。她的恍心说有好大就有好大。有一天，她男人对她说："这几天活路松了，你带起娃儿回娘家去耍几天吧。"她听说回娘家，高兴得连姓啥子都忘了。赶忙把饭煮起吃了，猪儿喂了，打扮一下，把娃娃从床上抱起来就走。

当她走到一块冬瓜地里时，被一根冬瓜藤绊倒了，把娃娃也摔在地里。她爬起来抱起娃娃又赶紧走。

回到娘家时，外婆看到外孙来了，高兴得合不上嘴，忙说："来，外婆看看我的小外孙。"她接过一看：嘿！你猜恍心大抱的是啥子？原来是一个冬瓜。这下可把恍心大急得没得法，心想：莫不是我在冬瓜地摔那一跟斗，把娃娃落在冬瓜地里啰！于是，她又转身往回跑，跑到冬瓜地一看：我的天，冬瓜地里是个枕头。她想：哎呀！莫非我抱娃娃时，把枕头抱走了？恍心大又赶紧往家里跑。跑回家一看，娃娃还在床上哭。

[1] 办猪草：打猪草。

[2] 恍心：粗心。

讲述者：　陈德志，男，小学学历，农民

采录者：　伍云芳

整理者：　卢文忠

采录时间：　1985 年 10 月 15 日

采录地点：　铜梁县（今铜梁区）西郭乡

642

大意人

　　从前，有俩老表，一个姓朱，一个姓陈。一天，二人出外去游耍，住在一家栈房，睡在一间床上。朱老表身上有干疮[1]，晚上痒得很，他使劲抠，抠来抠去，抠了很久，还是不止痒，不晓得是啷个回事。原来，他抠到的是陈老表的脚杆。

　　第二天，陈老表发现自己脚杆上到处都是血道道，就怪是朱老表抠的。朱老表又不晓得是自己干的，也就不认账，说："我抠你，你昨黑啷个不叫唤呢？"两老表扯不伸展，就告到县官那里去了。

　　县官听两老表各自说了事情的由来，心想：天下哪有这种怪事？分明是来戏弄本官。便命令各打五十大板。两老表听到都要挨打，爬起来就跑。跑又跑不出去，忽然看到院墙脚有两个水洞，两老表就各钻一个，想赶快爬出衙门。哪晓得脑壳出去了，屁股出去不到。差人追拢了，捞起板子就朝两个屁股上打，打得很响。这时，把脑壳钻到院墙外的两个老表说话了。朱老表欢喜地对陈老表说：

[1]　干疮：疥疮。

"幸好，我们两个都跑脱了。你听，里头不晓得是哪个遭打得恁阵仗哟！"陈老表说："管他打哪个哟，你我跑脱就对了！"

讲述者：　钟建明，男，小学教师
采录者：　王忠全
整理者：　杨道学
采录时间：　1985 年 10 月
采录地点：　江津县羊石乡（今江津区油溪镇）

643

吓你一大跳

从前，江北有个县官姓葆，人们叫他葆大爷。

有一回，葆大爷学古时候的清官，微服出访。他刚从衙门后头出去，走到撑花[1]街口，突然有人大吼一声："卖冲冲糕[2]哟！"把葆大爷吓了一大跳。

葆大爷气到了，马上回衙门，叫衙役去把撑花街卖冲冲糕的提来。

卖冲冲糕的跪在公堂上，不晓得犯了啥子法，吓得全身都在抖。

葆大爷把惊堂木一拍，大喊一声："准备打。"

下头的衙役把棒棒举了起来。

卖冲冲糕的看到要挨打，更吓得遭不住。等了一哈儿，还不见棒棒打在自己身上，就悄悄抬头看。

葆大爷笑着对他说："你先生在撑花街吓了我一大跳，我现在也吓你一大跳。你各人走吧。"

[1]　撑花：雨伞。
[2]　冲冲糕：一种小吃，糕点类，是用蒸气快速蒸熟，故名"冲冲糕"。

讲述者：　李兴敏，男，汉族，中学教师
采录者：　梅现清
整理者：　沈世云
采录时间：　1985 年 7 月
采录地点：　江北县明月乡（今渝北区大盛镇）

644

女人跳坑

从前，有两口子，由于生活没有着落，再加上女人好吃懒做，两口子经常吵架、打架。这个女人有个坏脾气，打架、吵架后都要喊去寻死，不是跳坑，就是跳水，但每回都被别人劝回来了。

又有一次，两口子吵架之后，她就哭叫着往屋后的一个天坑边跑去。这次，男的个在后头跟着，看她究竟要搞哪样名堂。他看到她一直就在坑边走过去走过来的，这时候家里的那只大黑狗拱了她一下，这个女人打了个窝罗转[1]，说："你这个背时狗日的，当真要把我拱下坑吗？"男的个晓得她是装猫跳坑来吓人，就在对门边装鬼叫唤。跳坑的女人一听，吓得掉头就朝屋里跑。男的个赶在她的前面，先到了家，等那女人一进屋，男的个就问："你要跳坑的嘛，啷个没跳呢？"那女人说："我这次差点真的见不到你了。我刚走到坑边，那个背时狗差点把我拱下去了；过哈哈[2]，对门鬼又在叫唤，把我尿都吓流了哟。你

[1]　窝罗转：身子旋转一圈。
[2]　哈哈：一会儿。

看，我摔了几跟斗，连二杆[1]都摔了几个青包。"

从这以后，这个女人再也不喊跳水、跳坑了。

讲述者：　王子明，男，苗族，居民，高中学历

采录者：　庹本瑛，汉葭镇文化专干

采录时间：1987 年 6 月 26 日

采录地点：彭水县汉葭镇（今彭水苗族土家族自治县
　　　　　汉葭街道）六段一组

645

两个土地佬

从前，有两个土地佬，一个住在岩上，一个住在坎脚[2]。岩上的土地佬吃酒吃肉，坎脚的土地佬饿得要死。时间长了，坎脚的土地佬就去问岩上的土地佬："你啷个经常吃肉呢？是啷个来的哟？"岩上的土地佬说："我是帮人们照看田坎，看见哪里流水就给他们堵到，不让它流。"这一个听了说："呃，是这么回事。我还不是做得到？"于是就回来了。

回来之后，他看见一个娃儿在屙尿，赶忙跑去堵到，不让他流。结果遭人家咒了几句。后来看见一匹骡子在屙尿，他又去给它堵到，不准它流。谁知骡子屙不出尿，一脚就把土地庙踢垮了。结果还是没有酒、没有肉吃。

讲述者：　蒋朝龙，男，农民，小学学历

采录者：　戴寿银，男，县文化馆干部，大学学历

采录时间：1989 年 10 月 15 日

采录地点：红星乡十二村甘蔗岩

[1] 二杆：两条脚杆。

[2] 坎脚：岩下。

646

剃胡子

从前，有一个人，他留有一口八字胡。这天，他去剃头，跟剃头师傅打招呼说："我的八字胡要留到，不要剃了。"师傅道："要得！"头剃了一会儿，他又说："喂，你莫忘了，我的八字胡。"师傅说："不会忘记。"洗头的时候，这人又说："师傅，我的八字胡不要剃了。"剃头师傅心烦了，大声说："不会剃你的。"剃头师傅拿起刀子正在给他修面，这人又说："师傅，不要把我的八字胡剃掉了。"师傅气不过，一刀儿把八字胡给剃下来，说："客人，你伸手把胡子拿到，这该放心了吧！"

讲述者：　秦述培，男，汉族，初中学历，农民
采录者：　欧建华
整理者：　卢文忠
采录时间：　1985 年 10 月 14 日
采录地点：　铜梁县高楼乡（今铜梁区高楼镇）

647

不能认真

孔夫子带着他的学生们去周游列国。一天，大家都走饿了，想去找一个地方吃饭，但都没得钱了，啷门办呢？孔夫子只好喊这些学生分头去想办法。

孔夫子的得意门生颜渊，走到一座庙子外面，看见墙上贴了一张告示。告示上面说，不管哪个人，认到了庙门上方的字，都可以进庙去大吃一顿，还可以得到一些银子。颜渊抬头一看，庙门上是"真武庙"三个字，马上就去敲门。庙门开了，出来一个老和尚。颜渊说了来意后，就说："师傅，你庙门上写的是'真武庙'三个字。"

哪晓得老和尚腔都没开，"砰"地一下把门关了。这下子把颜渊搞蒙了，他心想：这明明是真武庙嘛，啷门老和尚又不理我呢？难道是老师把字教错了？

颜渊回去给孔夫子把这件事说了。孔夫子也觉得很怪。想了好久，才对徒弟们说："你们等到，让我去。"

孔夫子到了庙门口，把老和尚叫出来后就说："师傅，你这庙门上的字不就是'直八武庙'吗？"老和尚一听就笑了，马上请孔夫子他们进庙，大吃了一顿。走的时候，老和尚还送了很多银子给他们。

走在路上，颜渊问孔夫子："那门上明明是真武庙，你唡门要认成直八武庙呢？"

孔夫子笑了一下说："徒弟呵，在这种时候不能认'真'；如果认了'真'，我们连饭都弄不到吃了。"

讲述者：　郭以荣，男，汉族，高小学历，工人
采录者：　廖正礼
采录时间：　1987 年 3 月 17 日
采录地点：　荣昌县昌元镇（今荣昌区昌元街道、昌州街道）

648

龙平晒书

从前，有个人叫龙平，他读了很多书，但屡试不中，人们都喊他迂夫子。

俗话说：六月六，晒衣服。那年六月间，女人们都翻箱倒柜地把衣服搬出来晒，怕放久了长霉。龙平看了，把衣服一脱，睡到太阳坝去摆起晒肚皮。别个问他："太阳这么大，你晒起做哪样？"他说："衣服在箱子头放久了都要长霉；我肚儿头装这么多书，盘盘[1]都考不起，怕是长了霉，让它晒一下。"

讲述者：　唐宪章，男，干部
采录、整理者：周秋菊
采录时间：　1985 年 10 月
采录地点：　合川县土场乡（今合川区土场镇）

[1]　盘盘：每次。

649

买镜子

从前，有个张三娃，他在外头做灯草生意。有一回，他看到城里在卖镜子，拿起一看：很好。就给他婆娘买了，托个熟人带回去。他婆娘听说男人在外头带东西回来了，拿过镜子一看，买的是一个女人，心头不喜欢不说，还睡到床上去哭。婆婆见媳妇哭得恁凶，就问她哭啥子。媳妇说："你那个没良心的儿子又在外头讨了个婆娘！"说完就把镜子给了婆婆。婆婆拿来一看："哎呀！硬是咧！讨他妈一个六七十岁的老婆婆做啥子？要讨嘛，讨个年轻点的嘛。"这事被在衙门做事的舅子听说了。舅子拿到镜子一看："糟了！这个官司打不得哟。你们看，他脑壳上还长得有翅子[1]儿，是个当官的呢！"

讲述者： 谢利遂，男，小学学历，农民
采录、整理者：罗孔明
采录时间： 1986 年 1 月
采录地点： 合川县合隆乡（今合川区燕窝镇）

[1] 翅子：指官帽上的帽翅，通称纱帽翅。

650

抛文

古时候，有一个人，说话最爱抛文。

一次，他家起了一间牛圈屋。父亲牵牛进屋时，不提防被牛撬了一角，起不了床。父亲对他说："你去给我请个医生来。"说完又打招呼说："你说话要客气些，不要乱抛文，听到没得？"他说声"晓得"就走了。没得好一哈儿，他就回来了。父亲问他："你是啷个请的？"他说："我说得很客气，你听我说一遍嘛：

"新踩[2]屋基四个角，

"父亲被牛打一角。

"请你先生去看看，

"家父得活不得活。"

父亲一听，火冒三丈，提起一把夜壶朝他掟[3]去。他赶忙钻进床脚，夜壶砸在床脚上"咚"的一声摔得稀烂，他在床脚说：

"危危壶（乎），

[2] 踩：此处作划定讲。
[3] 掟：投掷。

"荡荡壶（乎），

"不是床脚挡到起，

"我要挨球一夜壶。"

讲述者： 朱万才，男，汉族，初中学历，农民

采录、整理者：沈世云

采录时间： 1985 年 7 月

采录地点： 江北县统景区（今渝北区统景镇）

651

信一半

从前，有个教书先生，屋头很穷，全靠他出去帮人教私学为生。有一年过年，教书先生回不到家，很想屋头的婆娘。他就给屋的个[1]写了封信。信上说："富贵花开月月红，东家留我过残冬。要想夫妻同相会，只等明年二月中。"

他屋的个接到信看了很生气，提笔给教书先生写了封信，说："富贵花开月月白，你不回来我接客。一天接一十，十天接一百。"

教书先生接到屋的个回信，看了很着急。东家看到他愁眉苦脸的样儿就问他："先生，唧个今天不高兴呢？"教书先生说："你看我屋的个的信嘛，才急死人啰。"东家拿去看了，就笑起给他说："你也是，妇人家的话，信一半不信一半，急啥子嘛？"教书先生说："你晓得啥子哟，信一半也有五十个哆嘛！"

[1] 屋的个：此处指妻子。

讲述者： 李鹏举，男，汉族，不识字，农民

采录者： 袁学夫

采录时间： 1985 年 10 月 21 日

采录地点： 长寿县石回乡（今长寿区长寿湖镇）

652

弃教从乞

从前，有个先生在别个屋头教书。主人家天天煮稀饭来吃，吃得这先生喊天，但又不好说得。一天，他题了一首诗："撮米煮成一大瓯[1]，朔风吹去浪悠悠。恰似一派西湖景，缺少渔翁下钓钩。"巴到大门上。

那天，有个老叫花子来要饭，问先生这首诗是啥子意思，先生说："因主人家对我贤慧，三顿都吃稀饭，我就写了这首诗。"叫花子说："你的诗好是好，就是把话说大了。"先生说："老师的高见呢？"

叫花子说："我看应该恁个写：'粒米熬成一大瓯，鼻风吹去浪悠悠。恰似一面青铜镜，有个先生在里头。'"先生一听，很吃惊："老师的学问这么好，为何要讨口呢？"叫花子说："不瞒你说，我原来也在教书，是吃怕了稀饭才来讨口的哟。"

[1] 瓯：盅子。

653

叫花子联句

讲述者：　蒋北村，男，汉族，小学学历，居民
采录、整理者：柳家武
采录时间：　1985 年 8 月
采录地点：　合川县孙家乡（今合川区）

一天，有个秀才看到天上下起大雪来了，很高兴，就在那里抛文，摇头晃脑地念：

大雪纷飞坠地。

一个当官的听到了，就接上去：

此乃皇家瑞气。

刚好有个财主听到了他们那两句，心想落大雪对皇上有好处，我们有钱人还是要沾光，就赶忙接了一句：

落他十年何妨。

又还遇缘，一个叫花子蜷在屋檐脚下，正冷得周身发抖，一听财主那话就鬼火冒，马上诀了一句：

你们都在放屁！

讲述者：　　杨先明，男，汉族，小学学历，农民
采录、整理者：金祥度
采录时间：　1985 年 7 月
采录地点：　巴县忠兴乡（今巴南区南彭街道）

654

别字先生

从前，有一个县官要请客，他叫差人出去买东西。差人说："我的记性不好，请大老爷把要买的东西给我写在纸上。"县官在纸上写了"鸡二只，兔一只"几个字，就交给差人，叫他照纸上写的去买。

差人拿起纸条来到街上，一看纸条上的字，一个都认不到，心头着急。看见前面有一家学馆，就走进去，请先生把纸条上的字念给他听。先生接过纸条，念道："鸡二只，兔一只。"他就交给差人说："就是只买一只鸡。"差人谢过先生，到市上买了一只肥母鸡，回到县衙。县官一看，只买了一只鸡，就问差人："为何只买一只鸡？"差人回答："大老爷写的是'鸡二只，兔一只'，所以我就只买了一个鸡。"县官问："是哪个给你讲的'鸡二只，兔一只'？"差人答："是大街上那个学馆的先生给我讲的。"县官听了，叫差人去把那个先生叫来。差人来到学馆，说道："先生，大老爷请你。"先生听了，非常高兴，以为大老爷请，一定有赏。就跟差人来到县衙。

县官见先生来了，叫他认大堂匾额上的"考奇问苦"[1]四个字。先生看后，念道："老哥何苦。"县官听了，气得大声喝道："你这样的先生，莫把学生教坏了。"便下令说："把他的学馆给我封了，拖下去重打四十板。"左右答应一声，把先生按倒在地上，打了四十大板，赶出县衙。

先生一拐一跛地走出县衙，那个差人看了心头不忍，追上去把先生扶到一家叫"玉泰馆"的饭馆去吃饭，想表示一下自己的歉意。二人来到门前，先生抬头一看，口中念："王春官。"心想刚才遇到县官遭了四十大板，现在遇到王春官，不晓得又要挨好多板子，吓得掉头就跑了。差人一看，不晓得先生是为啥子。

讲述者： 朱先德，男，汉族，初中学历，农民
采录者： 吴兴政
采录时间： 1986 年 1 月 18 日
采录地点： 璧山县来凤镇（今璧山区来凤街道）

[1] 考奇问苦：此四字疑是考奇问古之误。

655

为官不学文

从前，有一个县官，官职是靠裙带关系得来的，只认得不多几个字。一切公事案件都靠师爷来办理。

有一天，县衙接到一个状子。师爷一看，是城隍庙的首事[1]告一个叫李岚的地痞。告他吃醉了酒，打坏神龛的事。按律应罚款。师爷就写了个四言八句的判语：

照得恶棍李岚，
无故打坏神龛；
按律必须严惩，
理应罚钱十串。

县官接过判语来一看，好几个字认不得，但又没得办法，只得当堂读道：

照得恶棍李山风，
无故打坏神合龙，

按律必须严征心，
理应罚钱十中中[2]。

众人哄然大笑。

讲述者： 刘述初，男，汉族，中师学历，退休教师
采录者： 曹烈泉
采录时间： 1985 年 5 月 20 日
采录地点： 江津县石门乡（今江津区石门镇）

[1] 首事：指负责主办公益事业的人。

[2] 过去书写为直排，所以将"岚"念成"山风"，"龛"念成"合龙"，"惩"念成"征心"，"串"念成"中中"。

656

找鸭子

从前，有个地主的儿子，人很笨。请起老师在屋头教他读书，但他始终读不得。后来他父母干脆就不要他读书，拿起钱让他出门去学见识。

一天，他来到街上，见一个八字先生在给别人算八字。他走过去看了一下问："你是算八字的先生吗？"八字先生答道："你既知之，何必问也。"他把两句话学到了，给了八字先生一锭银子就走了。他走到场口，见一个卖打药的正在扯把子说："我的打药好得很，通街都要数我好。"他又去问："好的还有几个？"卖打药的说："好的就是老子一个。"他又学到这句话，给了一锭银子就走了。他东转西转，来到河边，见河边有一个人在钓鱼，还有群白鹤在沙滩上找食，见了人也不怕，还在钓鱼人周围转。他把白鹤认成了鸭子，来到钓鱼人面前，问道："你的鸭子卖不卖？"钓鱼人不知道他是傻的，顺口说了句"要卖"。他把一锭银子拿给钓鱼人，说："鸭子我买了。"钓鱼人一见银子喜欢昏了，把钓鱼竿交给他说："这是吆鸭子的竿竿，你看到天黑了，就拿起竿竿一吆，它们就飞回去了。"果然，天擦黑时，用竿竿一吆，十多只白鹤全部飞了。他

拿起鱼竿回家一看，屋头一个鸭子也没有。

第二天，他出来到处找鸭子，走遍了上下两岸，都没有看见。

回来的时侯，他看到一个地方很热闹，原来一家人正在接新媳妇。他走拢去看，有一处正在写人情[1]，他也去送了一锭银子。写人情的给他收了，也没有写名字。坐了席以后，一般的客人都走了，只有少数内亲留宿，也没有人来照顾他。

天黑了，他就爬到新媳妇的床脚下去睡起。半夜的时侯，他听到新郎问新娘："你今天在轿子上坐起，好不好耍啊？"新娘说："好耍得很，像在天上腾云一样。"他在床下听到新娘在天上耍，一下子钻出床脚问："你在天上看到我的鸭子没有？"床上的新郎新娘吓了一大跳，赶忙从床上下来，叫人把他捆起。主人问他："你是不是想来偷我的钱财？"他回答："你既知之，何必问也。"主人又问："你们一路有几个？"他说："好的就是老子一个。"

讲述者：　罗代清，女，汉族，小学学历，农民
采录者：　刘绍先
采录时间：　1986年2月
采录地点：　璧山县来凤镇（今璧山区来凤街道）

[1]　写人情：登记送礼人的名字及礼物。

657

学见识

就伸舌头在桌子上去舔来吃。儿子看到就说："黄狗舔石头。"父亲听到很冒火，就给儿子一巴掌打去。儿子说："大牛打小牛。"父亲听到气得要命，就在木棒堆里去找棒棒来打他。儿子看到就说："老猪拱木头。"接到又说："你叫我出去学见识，我就只学了这些，再也没得了。"

讲述者：　刁树高，男，汉族，高小学历，农民

采录者：　蓝福昌

整理者：　李世超

采录时间：　1985 年 12 月 14 日

采录地点：　江津县刁家乡（今江津区慈云镇）

有一家人，妻子早年过世，留下父子两人。父亲辛辛苦苦把儿子拉扯养大，但儿子又懒又笨。父亲准备了一点银子，想让儿子出去学点见识，以后好当家为人。于是，就请来了一个很有学问的老师，要他带着儿子出去学见识。

老师带着学生在外头吃喝玩乐，天天到处转耍。有一天，走到一个小溪边，看到溪水很好看，学生就问老师："这是什么？"老师说："清清水长流。"他觉得好听，就记下了。又走到一个地方，看到一条狗在石头上舔，他又问老师。老师说："黄狗舔石头。"又走到一个地方，看到一条大牛和一条小牛在角对角地打架，他又问老师。老师说："大牛打小牛。"又走到一个地方，看到一条老母猪在拱树子，他又问老师。老师说："老猪拱木头。"连到几句话他都觉得好听，都记到了。耍了几天，他们的钱用光了，只好回家。

父亲看到儿子回来了很高兴，心想他一定学精灵些了，就上街去割肉打酒回来庆贺。吃饭时，儿子不小心把酒壶打倒了。他看到酒倒出来流起很好看，不扶起来不说，反而高兴地说："清清水长流。"父亲看到酒打倒了实在可惜，

658

赶快给我送命来

采录时间： 1985 年 7 月

采录地点： 九龙坡区九龙乡（今九龙坡区九龙街道）

从前，有个读书人常常写错别字，却喜欢写点打油诗。

一天，他有点事要进城。不想刚刚走到浮图关就遇到偏东雨，周身都淋湿了。幸好有一个邻居打着伞从城里回家去，他就请这个邻居带个纸条回屋，叫家里人快些拿把伞到浮图关去接他。家里人打开纸条一看，又是一首打油诗：

> 一走走到浮图关，
> 忽见大雨落下来。
> 人家有命（伞）我无命（伞），
> 赶快给我送命（伞）来。

家里人哭笑不得。

讲述者： 夏伯阳，男，汉族，小学学历，农民

采录者： 严开元

659

翻筋斗

有个叫潘芹科的，妈死了做道场，他和堂客李池番哭得很伤心。

道士开始读祭文了。当他念到"孝子潘芹科"时，后面三个字认不准，只好都认半边，念成了"孝子——番斤斗"。潘芹科只有听从道士的，在地上翻了个筋斗。

筋斗刚翻过，道士又念到他堂客李池番了。"池"字又认不得，又读半边，就念道："孝媳——李也番！"媳妇心想，咋个我也要翻？但又不好问，只得硬起头皮，也在地上翻了个筋斗。引得周围看的人哈哈大笑！

讲述者：　熊雨木，男，汉族，不识字，农民
采录者：　夏光华
采录时间：1985 年 12 月 8 日
采录地点：南桐矿区丛林乡（今万盛经济技术开发区丛林镇）

660

不说酒

从前，有老两口，老头很喜欢吃酒，天天都醉醺醺的。一天，他老婆子说："你酒吃得太烂了，现在订个规矩：你要喝酒，就要等我说出了酒（九）字，才准喝。"

到了初九那天，他就去问老婆子："今天是初几了啊？"老婆子说："是初八的第二天。"又等了十天，到了十九，他又去问："老婆子，今天是十几啊？"老婆子说："今天二十还差一天。"老头就想了个办法，去找他的一个叫张老九的酒朋友，叫他初九这天到家里来向婆娘要九吊九百九的酒钱。初九这天，张老九去了，老头故意躲了出去。后来，老头回来问是不是有人来找过他。老婆子说："昨天，就是初八的第二天，张老八的兄弟来找你要钱买八加一，要十吊差一十那么多。"老婆子硬是没有说一个"酒"字，老头子就没有喝得成酒。

讲述者：　王焕章，男，汉族，小学学历，小林乡十村五组农民
采录者：　刘代昌

整理者： 卢文忠

采录时间： 1985 年 10 月

采录地点： 铜梁县小林乡（今铜梁区小林镇）

661

说输了开饭钱

从前，有四个人：一个麻子，一个瞎子，一个跛子，一个爪爪儿[1]。他们四个人天天都要在一起耍。

有一天，几个邀约进馆。麻子说："今天，我们每个人编个四言八句儿，哪个说输了，就开饭钱。"另外几个都说要得。

麻子说："我麻子只麻面，将来当知县。只有知县管百姓，哪有百姓管知县。"

瞎子说："我瞎子眼睛鼓，将来当知府。只有知府管知县，哪有知县管知府。"

跛子说："我跛子脚踮地，将来当皇帝。只有皇帝管知府，哪有知府管皇帝。"

爪爪儿最后说："我爪爪会抓金，当皇帝的父亲。只有父亲管皇帝，哪有皇帝管父亲。"

说完后，几个人望着麻子大笑。只有麻子的官最小，只好认输。

[1] 爪爪儿：手有残疾的人。

讲述者： 洪长贵，女
采录者： 陈维高
整理者： 龚随东
采录时间： 1985 年 9 月
采录地点： 合川县（今合川区）东津沱

662

喊 礼

　　从前，有个新媳妇，娘家给她煮了二十个鸡蛋，叫她在花轿里头吃。新媳妇在花轿内，剥了一个来吃，觉得好吃，又加上当姑娘时在娘家难得吃一个蛋，于是一口气吃了七八个。哪晓得蛋吃多了搪心，气往下坠。花轿抬拢，新媳妇就要打屁。但她想：今天这么多客，打屁多不好。开初就忍住。一直到拜堂时忍不住了，就打了一个屁，引得客人哄堂大笑。

　　喊礼[1]的是两老表。一个老表喊："新人放屁。"另一个老表听了心头一惊：嘟个喊礼恁个喊哟？但又怕在客人面前丢丑，他马上接下去喊："大吉大利！"话音刚落，新媳妇又打了一个响屁。喊礼的老表脑壳还算灵光，他灵机一动，又喊："一放再放。"另一个老表有了准备，马上接到喊："六畜兴旺。"紧接着新媳妇接连打了一大串屁，这时喊礼的又说："接二连三。"另一个喊礼的喊："洪福齐天。"

　　两个喊礼的人喊得巧，就把这事遮盖过去了。

[1]　喊礼：司仪。

讲述者： 冯中元，汉族，小学学历，农民

采录者： 凌清霞

采录时间： 1985 年 10 月

采录地点： 璧山县健龙乡（今璧山区健龙镇）

663

新姑娘打屁

从前，一个新姑娘，过门[1]那天，一走拢就打了个屁。那媒婆赶快给她圆[2]："新人打屁，大吉大利。"她非常满意，又打了两三个。媒人又给她圆："打屁幺二三，生的儿子做高官。"她嘭！嘭！嘭！又打了几个屁。媒人就不给她圆了，说："打痢打血，没得哪个给你圆得。"

这下把新姑娘气到了，有屁也只好装在肚皮里，气鼓鼓的，饭也吃不下，事也做不得，越气人越瘦。一天，她婆婆娘问她："你做啥子嘛，一天饭也不吃，事也不做，人也又黄又瘦的。有病就医，有话就说，有屁就放嘛。"她说："当真啊？"马上就叮咚叮咚地打了几个凶屁，一下就把婆婆吓死了。周围四邻的人都不依教，拉她去见官。

走到老爷那里，老爷问她："你为啥要把你婆婆娘打死？嘟个打死的？快从实招来。"她把打屁的事情说了，老爷听后说："当真啊？那你打几个屁我看嘛。"她又嘭、嘭、嘭，连打了几个屁，把老爷的乌纱帽也冲到半天云上

[1] 过门：指出嫁。

[2] 圆：打圆场。

去了。老爷搞忙了，直顾喊："打屁大嫂快收屁，老爷的纱帽好落地。"

讲述者：　　　陈金全，男，农民
采录、整理者：秦光荣
采录时间：　　1985 年 8 月
采录地点：　　合川县七间乡（今合川区古楼镇）

664

不准说鬼

有家人，腊月三十晚上睡觉的时候，妈跟娃儿脱衣服，边脱边教娃儿说："幺儿！明天是初一，过年啦！你早晨起床，不要说鬼哟，听到没有？"小娃儿说："听到了。"

大年初一早晨，娃儿醒了。妈去跟娃儿穿衣服，娃儿说："妈妈！昨晚上你教我，今天起床不要说鬼，我就是不说鬼！"妈一听，气慌了，就给娃儿一耳光，把娃儿打哭了，还多大一声一声地骂："死崽崽！叫你今天不要说鬼，你一爬起来就在说鬼。"男人在外边听到了，也粗声粗气地说："你两娘母清早八晨就鬼过去鬼过来的，在搞啥子鬼明堂嘛！从现在起，不准你两娘母再说鬼啦，听到了没有？"

婆婆在床上还没有起来，一听到他们三个人都在说鬼，就说："记到噻，老大初一的哟，说啥子鬼嘛！"

讲述、采录者：唐华，男，汉族，初中学历，工人
整理者：　　　李兴荣

采录时间： 1986 年 2 月

采录地点： 大渡口区大渡村

665

屠夫收账

　　从前有个卖肉的屠夫，认不到字。有一天下大雨，生意不好，他守了半天才来了一个打伞的买主。这人割了一斤肉说："我手头没有钱，赊个账嘛！"屠夫心想：今天还没有开张，赊账就赊账。就拿出他记账的折子[1]，说："把你的姓名、住处写规一[2]。"这人就在折子上写道：大雨淋淋，来个大人，打把大伞，割肉一斤。写好提起肉就走了。屠夫把折子一看：嘿，写恁多字，只怕都是写规一了的哟。

　　隔了一阵，又来了一个人，也割了一斤肉，还是说要赊账。屠夫又拿出折子让他写。这个割肉的接过一看，上面写了四句打油诗：大雨淋淋，来个大人，打把大伞，割肉一斤。他就在后头写一句：我也割肉一斤。

　　事情一晃就是好几天，屠夫看到没有人拿肉钱来，就拿起折子出去收账。走到街上才想起：找哪一个呐？姓啥子嘛？在哪里住呐？正好碰到个过路人，他就拿出折子请

[1]　折子：纸折子。

[2]　规一：清楚、整齐。

这人帮他看一下，是哪家人割了他的肉。过路的人一看，就念道："大雨淋淋，来个大人，打把大伞，割肉一斤。"屠夫说："对头，那天是下大雨，这个人还老实，我是割的一斤肉给他。"过路的人又念："我也割肉一斤。"屠夫说："哦，你也割了一斤唦。对的，那天只有你们两个割了我的肉。拿钱来。"过路的人说："我哪里割了你的肉哟？""刚才你自己都说割了一斤，嘣个就不认账啰？"

两个人当街吵起来，街上的人谁也断不清这个道理，两个人就扭到衙门。县太爷问："啥子事啊？"屠夫说："大老爷，他割了肉没拿钱，刚才他自己都承认了的，这阵又不认账了。你看嘛，这折子高头写起的。"县太爷接过折子念道："大雨淋淋，来个大人，打把大伞，割肉一斤。"屠夫说："对头，那是个大人，他只割了一斤。"县太爷又念："我也割肉一斤。"屠夫说："哦，大老爷你也割了一斤唦？这就对了，你们两个赊账的我都找到了。"他把手伸向二人说："都拿钱来吧！"

讲述者：　陈桂兰，女，汉族，初中学历，农民
采录、整理者：周其伦、王正平
采录时间：　1985 年 10 月 25 日
采录地点：　江北区溉澜溪

666

要画大家画

从前，有个地主，请人把墙壁粉得雪白。遇到一个放牛娃用桴炭在粉墙上乱七八糟地画了些人人马马。地主看见了说："我这么好的墙，给我画得花儿麻遢[1]的。"又重新请人把墙再粉白，并在墙上写了几个字："此壁不能画。"一个过路人看见了，就在旁边写了几个字："为何你要画？"一个学生过路，又写道："他画你画我也画。"又来了一个过路的商人一看，又添了几个字："要画大家都来画！"

讲述者：　王桂山，男，两年私塾，退休工人
采录者：　马蕾玲
整理者：　余合明
采录时间：　1985 年 12 月 10 日
采录地点：　北碚区朝阳街道

[1]　花儿麻遢：乱七八糟。

667

雷麻子

走马镇有个雷麻子。他个子矮矮的，是个胖子，脸上长些麻子。雷麻子是医生。他的医术很好，江津、璧山、巴县都有名。

雷麻子有的喊他雷先生，有的喊他雷老师，这些都是当地人对他的尊称。走马成立了联营诊所，石牛成立了一个医疗点。雷麻子在石牛村蹲点，早上就担了挑药去石牛村。他又要看病，又要抓药，又要算账，还要出诊。那天，有个姓王的堂客，她的娃儿发高烧，去喊雷先生："你来给我看一下嘛，我娃儿不好得很。"雷先生说："我这会去不到啥。你先转去倒起，我一哈儿就来。"晌午过后了，王家婆娘回去看娃儿发高烧，已经痉挛了。娃儿儿脚一伸，眼睛一鼓，就像要拿过去的样子。这个堂客一看娃儿要死，就哭起来了："我的幺啊儿，你就像咯去了噻，叫你娘嘣个放心我的幺儿啊。"正在这个时候，雷麻子就走到了，这边有个人说："王大娘，你不要哭，雷先生来了。"王大娘又哭道："雷先生你进来坐嘛，我的幺儿啊。"结果雷先生都成了她的儿了。"你不要哭，天气这么大，你还是给雷先生端碗茶噻。"王大娘接到哭："茶啊茶，茶在雷先生

后头的嘛，你还不晓得呀？"结果雷先生又吃了亏。雷先生说："王大娘你不要哭了，我来给你看了就是了。"雷先生去拉到娃儿的手，还有点脉，心口还在跳，还有点气，雷先生给娃儿扎了几根银针。老实的，没得好哈儿[1]娃儿的病就好了。王大娘还在问："雷先生，我娃儿得不得成麻子？"雷先生一脸的大麻子，阴到不好说得，只好说："你儿不是麻子，你儿不是麻子。"

讲述者： 刘远扬，男，汉族，初中学历，走马镇银岗村八社人

采录者： 朱伟

采录时间： 2002 年 2 月

采录地点： 九龙坡走马古镇

[1] 好哈儿：好一阵。

668

一斤七两七钱漆

以前有一座桥，是由几个绅粮出钱修的。修起过后，绅粮们每天专门派两个人守在桥头，凡是过桥的，都要缴一吊钱。有一天，一个木匠从这座桥上过，守桥的问他要钱，他说："我没有钱，只有一斤七两七钱漆给你们押起[1]，我转来的时候，拿两吊钱来取。"守桥的人认为可以，想等他二天回来取的时候不承认，看他有啥子办法。

这个木匠也是个怪家伙，他跑去县里告状，说守桥的抢了他一斤七两七钱八的银子。

县老爷一听说白天都有人抢银子，就下令差娃子去捉守桥的。捉来过后，县老爷问他："你为什么抢这个木匠的一斤七两七钱八的银子？"守桥的搞慌了，就说："不是呀，大老爷，是一斤七两七钱漆。"大老爷把惊堂木一拍："一斤七两七钱七和一斤七两七钱八又相差好点呢？给我重打一百板，限两天之内还木匠一斤七两七钱银子。"

结果，守桥的想贪财没贪得到，挨了打不说，还倒赔了一斤七两七钱银子才幺台[2]。

讲述者：	张长清，男，农民，初中学历
采录者：	蓝朝权、李昌茂、夏述贵
采录时间：	1986 年 8 月 4 日
采录地点：	丰都县青龙乡政府

[1]　押起：抵押。

[2]　幺台：终了，了结。

669

两只鸡

讲述者：　向朝贵，土家族，干部，中专学历

采录者：　彭林绪，男，文化馆干部

　　　　　何丽佳，女，文化馆干部

采录时间：　1985 年 7 月

采录地点：　黔江区黔江招待所

过去，有一个财主，他儿子上了大学，便经常在人前夸耀。

一天，他儿子放假回来，财主办了一桌酒席，正菜是清蒸焖鸡[1]。他请来了村里的长者和亲朋，坐了满满一席。在喝酒的时候，财主还想在人面前炫耀一番，便问儿子：

"你读的什么系？"

"哲学系。"

"什么叫哲学系？"

儿子为了显示自己的学识，就打了一个比方，说：

"比如碗里这只鸡，在你们看来，只有一只鸡；在我们学哲学的人看来，就有两只鸡——除了碗里这只鸡，在我们头脑里还有一只鸡。"

"你看，你看，读了大学是不同，一只鸡都变成了两只鸡。"财主说。

村里那位长者说："那好，我们六个就吃碗里这只鸡，你儿子头脑里那只鸡就留给你两爷子吃吧！"

[1]　焖鸡：焖，kún，整个。

670

一碗面

采录地点：　秀山土家族苗族自治县官庄乡（今秀山土家族苗族自治县官庄街道）

从前，有三个秀才，一个秀才胖，一个秀才瘦，一个秀才头发白。有一天，他们三个凑钱买了一碗面，各自都打着主意，看咋个才能吃到那碗面。胖秀才想一个办法，对那两个秀才说："我们每人讲一个四言八句，哪个讲赢了，就吃这碗面。"那两个秀才也同意。

胖秀才说："我身肥人漂亮，朝中做宰相。只有宰相管秀才，没得秀才管宰相。"

瘦秀才接着说："我人瘦身伶俐，朝中做皇帝。只有皇帝管宰相，没有宰相管皇帝。"

这时，白发秀才不紧不慢地说："我头发白花花，是皇帝的亲爸爸。只有爸爸管儿子，没有儿子管爸爸。"说完，他把那碗面端起来就吃了。

讲述者：　张达昌，男，农民，小学学历
采录者：　杨秀维，男，文化专干
采录时间：　1986 年 7 月

671

一块大洋

讲述者：	石维安，男，苗族，初中学历
采录者：	杨凤珍，文化专干
采录时间：	1986 年 4 月 10 日
采录地点：	秀山县兰桥乡金星村石维安家

很久以前，有两个秀才，一个姓曾，一个姓白，一路同行，走着、走着，忽然看见了一块光洋。两人争着去抢，硬是争得下不了台。这时，来了一个县官，他走出大轿就问：

"你们两个争什么呀？"

"我们俩看见了一块光洋。"俩秀才说。

县官问："那争哪样呀？"

白秀才说："我家很穷，穷得茅屋见青天，屋内断炊烟；日无夜饭米，老鼠死灶边。"

"你呢？"县官问曾秀才。

"我家更穷：天地是我屋，月亮当蜡烛；盖的是肚皮，垫的是背脊骨。"

"你们把钱给我。"县官说。

俩秀才就把钱递了过去。县官把钱拿在手里就说：

"千里来求官，为的吃和穿！见钱如不拿，何必去买官？"说完，就大摇大摆地走了。两个秀才谁也没得，只好干瞪眼。

五　寓言故事

672

寡妇和皇帝

采录时间： 1985 年 2 月 1 日

采录地点： 潼南县桂林乡（今潼南区桂林街道）

从前有个穷寡妇，年年种出来的粮食，都被皇帝收了苛捐杂税，她只有讨口。

这年，老皇帝死了，由他儿接位。哪晓得新皇帝的捐税更重，压得穷人喘不过气，这寡妇继续讨口谋生。

寡妇讨口来到京城。她对这皇帝不但没有骂，反而还把要来的钱去买香蜡纸烛，天天向神仙祈求，保佑皇帝无灾无难，长命百岁。皇宫的差人知道后，立即禀报皇帝。皇帝听到有人求神仙保佑他，心中大喜，便把寡妇接进皇宫问道："我刚接皇位不久，并没有给你什么好处，你为什么要求神仙保佑我呢？"穷寡妇说："你父亲的苛捐杂税重，我还咒骂过他。他死了，你接了皇位，苛捐杂税比你父亲还要重。照到这样推算，我是担心你死了后，你的儿子接位，苛捐杂税比你更重，所以我才求神仙保佑你长命百岁。"皇帝听了哑口无言。

讲述者： 米永含，男，小学文化，农民

采录、整理者：奚治成

673

丘二比鬼还饿

从前，有个财主，他非常相信鬼神。他那婆娘很爱生病，每一回病了，就要请端公、仙娘婆到他屋去做法事、泼水饭[1]。他家的丘二每一回都要等到法事做完了，去把水饭泼了，才睡得成瞌睡。后来，这丘二跟财主说："老爷，你的水饭太孬了，鬼都不得吃。不信，白天你去看嘛，那饭还在坡上土头摆起的。"财主去看，水饭真的还在，就叫丘二用好菜好饭去泼。哪晓得丘二把这些饭菜一端出去，就自己吃了。鬼看见了，说："吧！平时都说我饿鬼最饿，哪晓得，帮丘二的人比鬼还饿。"

讲述者：	李龙哲，男，农民
采录者：	张文
整理者：	贺大舜
采录时间：	1985 年 9 月
采录地点：	合川县二郎乡（今合川区二郎镇）

[1] 泼水饭：祭鬼神时用米饭掺水泼在荒郊或田土里，意在请鬼神受用。

674

光吃不做，还想变人

有一条肥猪年终遭杀了，它的灵魂跑到阴曹地府，找到阎王喊冤说："人不该杀我，我要变人。"阎王说："你要想变人，还要变一世狗，再变一世猫。等到吃饭用碗了，才能变人。"

猪变成了狗。狗想，这一世不晓得又要等多久时间。它给人家看屋时，一天到黑都在睡瞌睡，强盗把主人家的东西偷走了，它还不晓得。主人家气不过，给它几棒槌就把它打死了。狗又去找阎王，要求要变人。阎王说："你先变了猫再说。"

狗又变成了猫，变成的也是个懒猫，一天三顿都是跟耗子在一起打伙吃。一天被主人看到了，主人把猫儿提起一摔就把它摔死了。这一下，猫儿欢喜昏了，又来找到阎王说："现在总该我变人了。"阎王说："你这懒家伙，光吃不做事，还要想变人？"

讲述者：	邓文瑞，男，三年私塾，荣昌折扇厂退休工人

采录者：　王平浩

整理者：　王平浩

采录时间：　1986 年 8 月

采录地点：　荣昌折扇厂

675

谁能干

从前，有两兄弟，父母死了过后就分家。一间房子夹[1]做两间，一人一间。

有一天，哥哥家来了一个客，就来找兄弟借碗，兄弟把碗借给了哥哥。到了吃饭的阵，兄弟没有饭碗了，他就叽叽咕咕地说："哼，这种人才不能干啰，屋头来一个客都要借碗，害得我吃饭也没得碗了。"

讲述者：　陈嗣明，男，汉族，高小学历，退休工人

采录、整理者：姜孝德

采录时间：　1985 年 10 月

采录地点：　江北区刘家台

[1]　夹：隔开。

676

猫和耗子打官司

猫儿天天咬耗子，把耗子咬惨了。耗子不服气，就跑到玉皇大帝那去告状。

耗子说："玉帝，你好不公平啰。我们耗子嘛还是要算一房人，猫儿把我们咬的咬去吃了，咬的咬得脚拜眼瞎，整得一个二个的家破人亡。它们恁个凶，你啷个管都不管一下哟？这叫我们啷个过嘛？"

玉皇大帝说："你恁精灵哒嘛，不晓得钻洞洞的咯嘛！"

"钻洞洞？我们钻洞洞，它们不是悄悄守在洞口咬我们，就是把洞口给我们堵到，我们出都出来不到。我们硬是没得法呀！"耗子说呀说的就哭起来了。

玉帝心想："猫儿这家伙硬还可恶，得把它叫来教训教训。"他就派火神去把猫儿抓来。

猫儿跟火神一路到了天宫，玉皇大帝问猫儿做啷个要把耗子整得恁个丧德，猫儿说："启禀玉帝，你不晓得，耗子好可恶嘛。它们把人家的柜子啃些洞洞，钻进去咬烂衣裳、偷吃粮食不说，还要在里头屙屎屙尿，搞得个一塌糊涂的；它们偷吃人家的蛋，把蛋拖起去，吃又吃不完，

到处甩起是；它们到处打洞，把地下和墙都打空了。这些呀，数都数不完。主人家把它们没得法，才喊我们咬它们。说起来的话，我们还没尽到责任，没有把它们咬死完，还让它们逃脱了些。玉帝，你主持一下公道看，我们到底有啥子错呀？"

玉皇大帝一听猫儿说得有道理，就说："嘿，耗子，你这家伙还恶人先告状喃。简直岂有此理！猫儿，你该咬耗子。你咬耗子有功。从今天起，每天奖赏你两根鱼鳅黄鳝。"

从那阵起，猫儿就特别喜欢吃鱼鳅黄鳝了，人些也都要捉鱼鳅黄鳝给猫儿吃。

讲述者： 范民刚，男，汉，初中学历，巴县走马乡（今九龙坡区走马镇）

采录者： 钟守维

采录时间： 1990 年 6 月 11 日

采录地点： 巴县走马乡（今九龙坡区走马镇）工农村

677

土地菩萨和农夫

从前，有个农夫抬起酒肉去敬土地菩萨，求土地菩萨保佑五谷丰登。

土地菩萨对跪在案前的农夫说："只要你诚心敬奉我，将秋后收获的东西分给我一半，我可以保佑你。"

农夫听后，连连叩头说："只要丰收，保证给菩萨送下一半，绝不失信。"

当年农夫种的水稻，生长繁茂，颗满籽圆，金黄闪亮。秋收后，坛坛罐罐都装满了。农夫把下一半的稻草，送到土地菩萨庙里。

土地菩萨气愤地说："你丰收了，怎么送稻草给我？"

农夫答道："当初我说的送下一半给你，我怎么能违抗呢？"

土地菩萨听了，气得瞪眼，心想：上了你的当，以后再也不保佑你了。

第二年开春，农夫又抬着酒肉去敬奉土地菩萨，再三恳求说："菩萨，如果今年丰收了，一定把上一半敬奉给你，绝不失信……"土地菩萨听后，心里顿了一下，还是答应保佑农夫得丰收。

农夫这年栽的红苕，由于深耕浅栽，重施底肥，个儿肥壮。请人挖了好久，大小黄窖都装满了。农夫把上一半的苕藤、苕叶送到土地菩萨庙里。土地菩萨看后，气得瞪眼，诅咒发誓，再不保佑他了。

来年开春，农夫又抬着酒肉来在土地庙里，跪在香案前，再三乞求说："菩萨，请你息怒。你如再保佑我今年丰收，我将今年丰收的上一半和下一半，全部奉献给菩萨，绝不失信。"

土地菩萨听后，心里怀疑地问道："你说的是真的？"

农夫答道："是真的，绝不欺骗菩萨。"

土地菩萨也觉得这回错不了啦，上头一半、下头一半都给我，还有什么说的，于是又答应保佑农夫丰收。这年，农夫种的苞谷，精耕细管，适时施肥，苞谷长得像牛角。丰收了，农夫将苞秆全部砍完，一挑一挑地挑到土地庙里，把土地庙四周围得密密匝匝。农夫高声喊道："菩萨，上一半、下一半全担来了，请收下吧！"

土地菩萨睁眼一看，气哽了喉咙，半天说不出话来，牙齿咬得扎扎响，吼道："真是可恶可恨！"吼声断后，听见庙后沙沙地响，土地菩萨循声看去，农夫不见了，只有一头老母牛在啃吃苞谷叶。土地菩萨气愤已极，走去将老母牛牵来拴起，不准农夫牵走了。一会儿，农夫吆着一条小牛来在庙前，乞求说："菩萨息怒，老母牛是我耕地的宝贝，请让我牵走，我愿以这头小牛换取。"

土地菩萨看着小牛肥鼓鼓的，比老母牛强多了，于是答应说："好吧，我要小牛吧！"

农夫将小牛绳子拴在土地菩萨的颈子上，牵起老母牛就走。小牛看见老母牛走了，直叫唤，朝着母牛展劲一奔，把土地菩萨拖在地上，哐啷哐啷拖出了土地庙，在石头上碰得土地菩萨遍体鳞伤，痛得哎哟哎哟地惊叫唤。农夫听到哭声，回头一看，叹气说道："唉！菩萨，你不要小牛儿嘛，叫我一声就是了，何必劳你远送呢！看嘛，把你跌成这个样子，谁又来保佑你呢？"

讲述者： 陈义昌，男，土家族，农民

采录者： 胡长辉，男，土家族，干部，高中学历

采录时间： 1986 年 4 月

采录地点： 酉阳土家族苗族自治县中岭乡地灵村（今
酉阳土家族苗族自治县涂市镇地灵村）

678

青蛙和老虎

老虎饿了，下山来找东西吃。它碰到一只青蛙，想打它的主意。青蛙说："老虎，可不能乱来，我是玉皇封的青蛙王。"

"我不相信。你有多大本事？"

青蛙笑着："好，我俩比赛，谁跳过那条一丈多宽的大沟，谁就为王。要不，就甘作菜。"

老虎同意了："让你先跳。"

"还是让你先跳。"

老虎架起势，一纵就过去了。它回过头来喊："青蛙，来吧。"

"我早就来啦，还在你前头。"老虎回过头来，青蛙真的站在它前面。不觉大吃一惊："果然不虚！"

其实，青蛙起势时，悄悄咬住了老虎的尾巴，跟着老虎一起过来了，它嘴里还含着几根虎毛。老虎问："你嘴边是什么？"

"我先过来，吃完一只老虎你才过来的，这就是吃剩的虎毛。"

老虎听了，吓得拼命逃。路上，野兽们问它跑什么，它只顾逃命，顾不上回答。最后，花言巧语的狐狸把它拦住。老虎说了青蛙的厉害，狐狸听后冷笑三声："你受骗了，哪有什么青蛙王？咱们一起去，看它有啥本事。"老虎先是不肯，经狐狸再三壮胆，才勉强答应，但又怕狐狸抛掉自己只顾逃跑。狐狸向它发誓："同生死，共患难。"于是，它们把尾巴捆在一起，看青蛙去了。

青蛙看见老虎和狐狸一起走来，便大笑三声："狐狸，你给我送老虎来做晚餐吗？太感谢你了！"老虎以为受狐狸骗了，扭头就跑。随便狐狸怎么请求，老虎都不肯停住。直到离青蛙很远很远了，才停下来。回头一看，狐狸早被拖死了。

讲述者：　杨淑斋，男，土家族，农民，上过3年私塾

采录者：　李吉英，女，土家族，石耶乡文化专干

采录时间：　1986年4月8日

采录地点：　秀山土家族苗族自治县石耶乡（今秀山土家族苗族自治县石耶镇）

679

人心第一高

从前，有一个老太婆烤酒卖，有一个老头天天来吃酒。那老太婆不管那老头有钱无钱都给他吃。

有一天，老头要走了，对老太婆说："你这人对人都还好。我没得啥子送你，给你讲件事。你屋后面那口水井头的水，冲在酒缸里，可以当酒卖。"说完那老头就走了。

有一天，那个老太婆硬是没得酒卖了。想起老头临走时说的话，就到井里去提了一桶水来冲在酒缸里，当真变成了酒，香得很，于是她就不烤酒了。酒卖完了又到井里去提，卖完了又去提，过了一年她就发财了。

那老头又来了，问她："你生意很好吗？"她说："生意都还好，就是我的猪没得酒糟吃了。"那老头听了没有说话，埋到脑壳吃酒。吃了酒就走到井边写了一首诗：

天高不算高，人心第一高。

井水当酒卖，还说酒无糟。

后来，那老太婆又提井水冲在酒缸里，就再也变不成酒了。

讲述者： 陈吟梅，女，汉族，不识字，重钢七校
工人
采录者： 罗世新
整理者： 唐薇薇
采录时间： 1987 年 3 月
采录地点： 大渡口区重钢七校

680

乌鸦的名声

　　柳员外起屋上梁，左邻右舍的人都来凑热闹。人们都说吉利、祝贺的话，主人也喜气洋洋地忙着招待客人。

　　一棵大树上歇着一只乌鸦和一只喜鹊，它们听祝贺的人们都说好听的话，主人听了很高兴。乌鸦就说："世上任何人都爱听恭维的话，不愿听不吉利的话。"喜鹊不赞成地说："不一定，恭维话不见得人人爱听，不吉利的话也不一定都不受人听，这要看是什么人说的。"乌鸦不相信，于是，它俩吵了起来。一气之下，乌鸦飞走了。

　　乌鸦飞到柳员外屋旁的一棵槐树上，扬着嘶哑的嗓子叫道："起得好啊！起得好啊！"人们抬头，见是一只乌鸦，就讨厌；无论它讲什么恭维话，人们还是纷纷说："乌鸦是叫丧的，真不吉利，快把它撵走。"柳员外赶忙叫人把这丧门星打跑了。

　　乌鸦飞到喜鹊旁边，喜鹊赶忙问："恭维话人人都听吗？"乌鸦说："他们不听恭维话，把我赶跑了。"喜鹊说："你等着，我去试试。"

　　喜鹊也一翅飞到那棵槐树上，大声叫道："起起垮哒！起起垮哒！"人们一见，是只喜鹊，就喜欢，都纷纷

祝贺道："柳员外，喜鹊报喜啦，今天真是大吉大利啊！"柳员外听了心里非常高兴，忙叫家人端来包子，扔给喜鹊吃。

喜鹊把包子衔在嘴里，飞到乌鸦身边，说道："怎么样？我说的话不错吧！"

乌鸦惭愧地说道："不是你的话说得好，也不是我的话说得不好，而是我的名声太坏了！"

讲述者： 唐启明
采录者： 余学举、肖治
采录时间： 1987 年 9 月 26 日
采录地点： 巫溪县天元乡白果村

681

驴子照镜

百兽都说驴子长得很丑陋，但驴子本人却认为自己很俊很美，心想，可能是大家嫉妒自己的美貌吧！

一天，驴子听说镜子是一位公正无私的评判官，就跑去请求它给予公正的评判。

镜子对驴子说："美丑好恶，我也无法判断，请你自己来照照就是了。"驴子将大脸贴近镜面一照。不照犹可，一照之后，驴子大吃一惊：怎么镜子里现出一副龇牙咧嘴、丑陋不堪的恶相？哼！这一定是镜子在捉弄我。我要不给它一点厉害看看，它是不会为我照出副好相貌来的。于是，大叫一声，四蹄翻腾，想以威吓的手段逼着镜子照出俊容。当它慢慢地又向镜面靠拢一照：哎！还是那么一副丑相。

这下可把驴子气坏啦！飞起一蹶子，将镜子踢得粉碎。心想，你这些碎片儿总不会照出我的丑相啦！弯身捡起一块碎片儿一照：嗨！真他妈的可恶！这么多的碎片儿，连一块也照不出我的美貌来！

讲述者： 毛三朝

采录者： 何悦仙，男，万县河口镇干部

采录时间： 1986 年 5 月 3 日

采录地点： 万州甘宁乡（今万州甘宁镇）柏林村

682

捞珍珠

河中有一只大白鸭在追逐小鱼虾，忽然看见一只青蛙捧着一颗珍珠，笑嘻嘻地钻出了水面。

大白鸭眼馋得不得了，忙问："青蛙老弟，这玩意儿是水里头捞起来的吗？"青蛙只"嗯"了一声，又跳进了河里。

"哼！看它多神气！以我的本领，还捞不到吗？"大白鸭很自信地想，又把头钻进水中。尽管它费了九牛二虎之力，也只是捞到了几条小鱼小虾，连一颗珍珠的影儿都没看到。它垂头丧气地爬上岸来，坐在河边长吁短叹。

一会儿，小青蛙又捧着一颗珍珠钻出水面。

大白鸭更是眼红，上前问道："青蛙老弟，你是哪个又捞到的？我钻进水里几次，费了好大的劲，为啥一无所获呢？"

青蛙答道："古人说过'涉浅水者得鱼虾，凫深水者获珠珍'，鸭大哥，你只是将脑袋埋在水里，屁股翘在水面上，却不扎进深水中去，哪个会把珠珍捞到呢？"

讲述者： 何一富
采录者： 何悦仙，男，万县河口镇干部
采录时间： 1986 年 1 月 31 日
采录地点： 万州区河口乡白虎村

683

螃蟹与小白兔

　　有一只螃蟹想到海边去，路上看到一只白兔，就问："白兔大哥，到海边怎么走？"白兔说："就在眼前。"螃蟹也不多问，就横着走了。这样走了一天多的时间，还是没见到海，心里很着急。这时，又看到了白兔，就说："兔大哥，你怎么要戏弄我？你不是讲海就在眼前吗！我走了整整一天，还是没见到海。"白兔说："你自己不听我的话，要横起扯，还说我戏弄你。你想，是你错了，还是我不对？哦——？"螃蟹仔细一想，才醒悟过来，说道："你讲得对，只怪我自己横着走，把方向搞错了。"

讲述者： 魏代才
采录者： 康健
采录时间： 1987 年 6 月 24 日
采录地点： 城口县明月乡政府

附记

　　据魏代才亲戚回忆，魏代才喜欢与人开玩笑，擅长讲笑话、寓言，语言幽默，表情滑稽。讲到兴趣处，肢体语言特别丰富。讲到"螃蟹也不多问，就横着走了"，做横行状；讲到"你想，是你错了，还是我不对？"就用指头指着自己鼻子，反复反问两遍，然后习惯以语气词"哦"代替肯定词，以表示己方的正确、对方的错误。

附录

一

重庆市主要民间故事家小传

朱奉天小传

朱奉天，男，1909年生，1984年辞世，汉族，巫山县巫峡镇居民，高中文化。他性格开朗，喜欢读书，记性好，思维敏捷；尤其喜欢讲故事，如巫山的3台、8景、12峰的故事都能讲。因为他于民间文学集成普查搜集前辞世，因此具体能讲多少故事已无法调查。好在当时还在巫山县建平乡工作、热爱民间文学的唐探峰同志，于1980年前后多次采录朱奉天讲的民间故事，留下了20多篇，已成为长江三峡民间故事的重要组成部分。

杨淑斋小传

杨淑斋，男，1916年生，土家族，小学文化，秀山土家族苗族自治县石耶青龙六组人。他8岁上学，早晚放牛，16岁后参加农业生产劳动。为了躲避被抓壮丁，他逃到湖南吉首，先在一所商业专科学校挑水，一年后到一所中学当炊事员。解放后，杨淑斋回到家乡，担任大队文书，直到1984年，年老退职。

杨淑斋心灵手巧，能说会道，天南地北、古今中外的事，他都知晓。他爱好广泛，乐于助人，附近百姓找他写对联、写申请、写诉状的，他总是有求必应。白天在田边地头，晚上在家中庭院，他周围总聚集有成群的大人小孩，听他讲述各种故事。

杨淑斋讲述的故事，内容十分广泛，有历史的，有生活的，有人物的，有动物的，等等，生动有趣。

马福海小传

马福海，男，生年不详，汉族，生于武隆白果乡红光村，务农，小学文化程度。马福海生长在一个贫苦的农民家庭，从小聪明好学，记忆力特别强。少年时上过一年私塾，识字两千，便能看懂诗文，反复阅读了《三国演义》《水浒传》《西游记》《封神榜》和《说唐全传》等古典著作，对一些片断和诗赋背得滚瓜烂熟。20余岁从军，到过川北、两湖、云贵等地，10年后归家。劳动之余，常在茶馆和街场给众邻讲故事。据他说，300个故事不少，500个故事不多。1980年后，文化馆干部先后向他搜集、整理了660余个民间传说故事。

魏显德小传

魏显德，男，1923年11月生，2009年病故，汉族。家住走马镇慈云村13社。他从小受到民间文学的熏陶，父亲魏海棠是山村泥水匠、盖匠，是当地讲故事、唱山歌的能手。其母虽不识字，但也能讲上百则故事。他的幺祖父魏富禄，人称"寡白嘴"，是走马岗、白市驿一带有名的民间艺人。魏显德11岁时，就随幺祖父跑江湖，打"莲花闹"、送财神，走遍了云南、贵州、四川、西康（1955年撤销）4省，时间长达3年之久，使他积累了大量的山歌、故事，还学会了打金钱板、连箫和唱花鼓等民间说唱艺术。

魏显德十四五岁时回到家乡，在谢锡清家放牛。主人谢锡清既能讲故事又会唱山歌，几天几夜可"不打重台"。魏显德在谢家一干就是8年，其间耳濡目染。从14岁开始讲述民间故事、唱山歌，有68年的历史。他能讲述民间故事多达1367则，唱山歌420余首，是出口就讲故事、张口就唱山歌的艺术家。魏显德不仅自己讲述大量的民间故事，同时还动员村里会讲故事的人也来讲故事，为走马镇民间故事的采集工作作出了巨大的贡献。1990年，被评为重庆市特级民间故事家。1996年，他和魏显发一道被联合国教科文组织授予"中国的格林兄弟"称号。1998年，年已75岁的魏显德，应邀出席由联合国教科文组织和中国民间文艺家协会联合召开的"中国十大民间故事家命名大会"，被授予"民间故事家"称号。2006年被文化部授予首批国家级非物质文化遗产代表性传承人。

魏显发小传

魏显发，男，1931年生，1999年病故，汉族。家住走马镇慈云村13社。7岁时，在新学读书，10岁停学，11岁又入学至小学毕业。13岁至15岁在家务农。他的曾祖魏登源、爷爷魏少儒、父亲魏炳南等都会讲故事，使魏显发对民间风俗、地方传说产生了浓厚的兴趣。他还深受附近李银山、何颜村、吴光福、谢治忠等民间故事讲唱家的影响。16岁，被拉壮丁当兵，到过云南、贵州、湖南等地。1948年，随部队起义，编入中国人民解放军82炮兵连。1950年元月，回到家乡，被选为宣传员。1954年，到华兴钢铁厂（后重庆铸管厂）当工人，3年后，回家务农。魏显发无论到哪里，都对周围的人和事抱有强烈的好奇心。他喜欢听评书、听故事和讲故事。他常常在逢年过节，或夏天纳凉时，给大家讲述故事。他讲的故事生动活泼、风趣幽默，一屋子的人都会被他吸引过去。他能讲述民间故事1141则。1992年，被重庆市文化局命名为"特级民间故事家"。1996年，联合国教科文组织专家木卡拉授予魏显发、魏显德"中国的格林兄弟"称号。

杨仲良小传

杨仲良，男，1931年生，汉族，家住巴南区双河口乡永生村，务农，初中文化程度。重庆市民间文艺家协会会员。

杨仲良祖父辈和父辈多是船工兼务农事。祖父杨吉山、父亲杨建坤及二叔杨德顺、五爸杨老五等都是吼船工号子和讲故事的能手，在当地有"天上事知一半，地下事全知"的称号。

杨仲良从小和父辈在一起，学会了船工号子，记下了许多故事，并在民间自发的故事讲赛中得到锻炼。13岁当放牛娃，拜着名"禾籁头"江开才为师学唱山歌,从而记下了大量歌谣。14岁进入江北中华职业学校,半年后即回乡务农。16岁便在"闹春歌赛"中崭露头角。17岁已成为"禾籁头"。此后故事连篇,笑话成串,一遇闲暇,逢人便讲。加之善打连箫、花鼓,常在闹洞房和祝寿中充当"闹友",在当地很有名气。1951年入伍,曾创作快板剧《必须警惕》获西南军区文艺会演创作二等奖。1954年复员回村,任民办学校教师至1962年,后一直务农至今。长期的农村生活使他积累了大量的故事和歌谣,且能编能讲能唱。在市、县举办的故事调讲中,曾多次获奖。

他讲的故事门类多,题材广,数量大。有较原始的远古神话,也有变异了的神话。传说中,历史人物、史事、地方、动植物、风俗……无所不有,反映了不同历史背景下生活的各个领域,不少笑话很有特色。讲述简明易记,亲切自然,朴实无华。1983年以来,先后为集成提供曲调近百首,歌谣500余首,讲述故事1000余则。并提供了大量背景材料,堪称综合性巨型故事家、民歌手。1988年底受到县的表彰和奖励。县集成办和西南师大中文系联合编辑出版了他的故事专集。

王正平小传

王正平,男,1933年4月生于璧山,江北区文化馆干事。小时家穷,与父亲同为搬运工。后当兵,1949年起义,参加革命,剿过匪,打过仗。1952年转业,就读于重庆市农业学校,具有初中学历,曾任职江北区重庆文具厂厂长秘书。1961年拜四川著名评书艺人程梓贤为师,从事四川评书的创作和演出。并收集整理民间传说、民间故事等。在国家、省市级报刊发表《拜师》《石头后面》《涂山氏的传说》等作品,共计百余万字。现为中国民间文艺家协会会员、中国曲艺家协会会员、重庆市作家协会会员。1995年退休,为江北区文化馆副研究员。曾任重庆市文联1983—1996年两届委员、重庆市曲艺家协会三届常务理事和两届副主席。

何悦仙小传

何悦仙,男,1935年1月生,汉族。万州区河口乡河口村农民。初中文化。重庆市民间文艺家协会会员。他出生于家境衰落的诗书门第。11岁小学毕业后,因为家庭困难,到县城新生书店当学徒。两年后回乡,跟随府考秀才的祖父何云鹊读私塾,随后在石麟中学读完初中。

何悦仙从小受到民间文学的熏陶,爱听祖父和乡下老人讲故事。长大后,又把听来的故事、笑话、谜语讲给乡亲们听。在"文化大革命"期间遭到批判,关过"牛棚"。在关"牛棚"期间,仍悄悄写故事、诗歌。他自嘲是一个"打不死的程咬金"。"文化大革命"之后,更热心于民间文学采录、整理。1986年左右,先后向县民间文学集成办公室送去故事、笑话、寓言170多篇,30万字。被地、县故事卷录用30多篇。1987年12月,获四

川省民间文学三套集成普查工作先进个人奖。他还在《民间文学》《故事会》等多家报刊上发表民间故事近100篇,其中还有多篇作品获奖。他本人能讲故事、笑话、寓言等400多则。

范远万小传

范远万,男,生于1936年10月,汉族,忠县文工团美工,中专文化,中级美术设计师。解放前,因为家境贫寒,尽管考上了中学却无法就读。1948年在家乡跟一位老师傅学钉鞋。师傅爱摆龙门阵,一些有趣的故事常常使他晚上睡不着觉。从而对民间故事产生了浓厚的兴趣。1959年从四川省立万县师范学校毕业后,到忠县川剧团作美工。经常随团下乡下厂演出,有更多的机会接触工人、农民,积累了大量的民间故事资料。1970年川剧团撤销,下放到农村劳动。他在劳动中常听一些老农摆故事。1970年,川剧团改为文工团。他回团工作时,已积累了60多万字的故事资料,其中有些故事经他整理在报刊上发表。他本人可讲400多则故事,以人物地方风物传说为主,如《秦良玉的传说》《三月会》等。

刘远扬小传

刘远扬,男,1938年9月生,2019年病故,汉族,农民。家住九龙坡区走马镇银岗村8社。从小受到民间文学的熏陶,喜欢听父亲刘云枢、母亲刘普氏和街道邻居雷麻子等讲故事。他只要听他们讲述一遍,就能过耳不忘。12岁开始讲故事,尤其喜欢讲民间神话和地方风物传说。他讲述的故事有"徐半仙""鬼儿子""走马魁星楼的传说"系列。经过长时间的积累,能讲述民间故事500则以上,现已在不同场所讲述民间故事200多则,为走马镇获得"民间文学之乡"的称号作出了一定贡献。他生活面广,喜欢学习,多才多艺,写得一手好书法,除了讲故事还会唱山歌。1990年,被市文化局命名为民间故事讲述家。1990年10月,走马民间文艺协会成立,被吸收为会员,并担任协会理事。2002年2月18日,他参加首届重庆巴渝民间艺术节,所讲的故事《王二嫂求神》《老师出难题》获得艺术优秀表演奖。同时,他被聘为走马镇小学民间故事校外辅导员。2009年,入选为第三批国家级非物质文化遗产代表性传承人。2010年,被文化部授予国家级非物质文化遗产代表性传承人称号。

明旭小传

明旭,男,1940年生,2008年病故,汉族,小学文化。家住走马镇灯塔村7社。从小迷恋民间传说故事,能讲述民间故事300则以上,现已讲述200多则。2002年,在首届重庆市巴渝民间艺术节上,他讲的故事《三个女婿拜寿》获得优秀表演奖。

2006 年 6 月，被走马小学聘为民间故事校外辅导员。2007 年12 月，被区文广新局、人事局命名为"民间故事讲述家"。

王平浩小传

王平浩，男，1945 年生，汉族，荣昌县人，荣昌折扇厂工人，初中文化。中华诗词学会会员，中国楹联学会会员，重庆市民间文艺家协会会员，重庆市作家协会会员，重庆诗词学会理事，重庆市楹联学会会员，荣昌区诗词楹联学会副会长，荣昌区作家协会副主席。

王平浩少年时进入折扇厂工作，折扇工人们在手工操作时，常以唱神歌和讲述逸闻趣事、民间传说的方式消除工作中的寂寞。王平浩出生于折扇世家，深受民间口头文学熏陶。成年后，常将所积累的传说故事讲述、整理出来，并向省、市报刊投送发表。在民间故事的搜集中，王平浩讲述民间故事 101 篇，演唱歌谣 32 首，谚语近百条，并全部由他自己整理成文，选入县市资料卷，计有 50 篇（首、条）故事、歌谣、谚语。

石登榜小传

石登榜，男，1946 年生，苗族，秀山土家族苗族自治县兰桥乡金星村人。

石登榜的父亲，原是一个教书先生，是讲故事的能手。石登榜从小就受到父亲的熏陶，加上自己聪明好学，很快就能复述父亲讲述的故事。他对听来的故事，能取其精华，去其糟粕。他讲的故事诙谐风趣，富于幻想，体现了苗族人民对美好生活的向往和追求。

石登榜上学时，正逢"文化大革命"。他先后到过北京、天津、长沙等大城市，游历名山大川，了解风土民情，丰富社会知识。这对他积累民间文学素材，更好地讲述民间故事，发挥了重要作用。之后，石登榜回家务农，到川黔边区搞副业。他走乡串寨，求师拜友，听到了许多民间故事，能一口气讲上 100 来个故事。

杨学模小传

杨学模，男，1949 年生，汉族，家住巴县长生桥镇溪河村，务农，小学文化程度。重庆市民间文艺家协会会员。

杨学模的父亲杨成富念过数月旧学，常在劳作之余苦读古书，尤喜听乡人摆龙门阵、唱山歌。年复一年，在民间文学方面有了相当多的积累，人称"杨秀才"。

杨学模 7 岁入学，13 岁停学，后一直从事农业劳动。因受父亲影响，从小对龙门阵、山歌、谚语等产生浓厚兴趣。家居长江之滨，过往客商不绝。闲暇时，常到河坝或船上找人吹牛，天南海北，无所不摆。为不忘却，常做笔记。同时，凡能到手

的书册，他都细读，并把学来的故事向人传讲。村人乐于听他讲述，农闲时，雨天或夜晚，往他家里跑的人三五成群。因此，有人称他家为"娱乐园"，称他"吹破天"。

普查中，他讲故事 508 则，唱歌谣 212 首，提供谚语 1042 条。他的故事，神话和传说约占三分之一。地名传说居多，其次是风俗传说，二者皆颇有地方特色。故事中生活故事为最多，五花八门无所不有，生活气息浓郁，洋溢着知识性，富有趣味性，既有消遣作用，又有启悟功能。

1988 年底，县里对他进行了表彰和奖励。县集成办和西南师大中文系，联合编辑了他的个人故事专集。

杜志榜小传

杜志榜，男，1950 年生，汉族，生于四川省平昌县一个农民家庭，文化站专职干部，小学文化程度。

杜志榜父亲杜洪光以放木筏为业，口齿伶俐，有"小诸葛亮"之称。他自幼和父亲一起生活，受其影响颇深。家住山乡水埠，客商过往不绝；奇闻异事，自不乏摆谈之人。他记下了父亲和过往客商等人的故事。

20 岁入伍，在部队当过副班长、文书、团部宣传队演员。1976 年退伍，因婚事迁来巴南区广阳镇，任过村治保主任。后苦读医书，行医卖药。于是，见闻日增，故事积累益丰。擅长曲艺表演，又能玩若干小型魔术，乡人称之为"口笔两流土秀才"。

1985 年被招聘为文化专干。他曾组织曲艺队走村串户，围绕中心工作进行宣传，讲故事、说笑话、玩魔术……群众喜闻乐见，谐其名称"肚子宝"。

普查中，自拟故事目录 516 则，采录 308 则。他的故事，门类浩繁，贯古通今，无所不包。神话有《伏羲姊妹制人烟》等，地方传说有《巴子石的来历》《广阳大佛寺的传说》等，人物传说有李调元、安世敏、孔明等，故事中笑话居多。他的讲述，语言诙谐，幽默风趣，随口而出，既令人捧腹，又余味无穷。

1988 年底，县里对他进行了表彰和奖励。同年，被吸收为四川省民间文艺家协会会员。

吴文小传

吴文，男，1959 年生，汉族，九龙坡区文化馆戏曲干部、国家一级演员。7 岁开始讲故事，先后参加过沙坪坝区故事团、重庆市群众艺术馆故事团、重庆市文化宫工人故事团，曾在重庆市大、中、小学举办过 800 多场个人故事专场讲述。吴文热爱走马民间故事，擅长演讲结合，在原故事的基础上，用丰富的表情和幽默诙谐的语言感染观众，使更多的人了解喜爱走马故事。2006 年，他拜国家级代表性传承人魏显德为师。能熟练地讲述走马民间故事 200 余则，并在原有的基础上，创作了新的走马故事 30 余则。为了把走马民间故事发扬光大，他不

断打造精品，积极参加各类比赛，曾荣获市文化局主办的"柏林杯"三分钟笑话大奖赛一等奖，市文化局、市故事协会主办的"故事大王"赛三等奖，市文化宫"92宫中乐"故事比赛优秀奖，市文化局"笛女杯"故事比赛二等奖，重庆电视台"笑话大赛"优秀奖。2011年，代表重庆市参加"岳池杯"首届中国曲艺之乡曲艺大赛，讲述的故事《废品的报复》荣获金奖。曾被市文化局授予"优秀故事员"称号。1998年，荣获"巴蜀十大笑星"称号。2009年被评为走马镇民间故事市级代表性传承人。2018年，入选为第五批国家级非物质文化遗产代表性传承人。

熊祥君小传

熊祥君，男，1962年生于巴南区木洞镇，汉族，高中文化程度，乡村医生。重庆市民间文艺家协会会员。

祖父和父亲都善摆龙门阵，使他从小学到了很多故事。高中毕业后，在拜师学医过程中，从老前辈那里听来许多关于药物的传说。他性格开朗，能说会唱，积极参加各种业余文艺活动。多次参加市、县故事调讲，并受到过著名评书艺术家程梓贤先生的指点。

1980年组建高山曲艺队，在涪陵、南川、江北、巴南等区县的乡村、企业、学校演出千余场次，很受群众欢迎。他将搜集到的民间故事热炒热卖，在群众中进行讲述，为群众喜闻乐见。在串乡演出中，虚心向群众学习，开阔了眼界，增加了故事储量。因他反应快，口齿伶俐，乡人称之为"铁嘴王"。他的故事，题材广泛，地方特点突出。在已讲述的1080则故事中，中草药传说有300余则。他是一位年轻的储量大的新型故事讲述家，1988年受到县的表彰和奖励。市、县集成办已联合编辑出版了他的中草药传说专集。

陈富其小传

陈富其，男，1963年生，汉族，高中文化，家住走马镇梓桐村9社。毕业后，陈富其在家务农，是一个种庄稼的能手。他从小就喜欢民间故事。他的爷爷是有名的故事篓子，给他传授了不少故事，由此他对民间风俗、地方传说产生了浓厚的兴趣。他还经常到左邻右舍去听民间故事讲述。1992—1994年，在重庆木模厂当销售员，走过大江南北许多地方，接触到不少的人和事，听过不少民间传说故事，极大地丰富了阅历，积累故事内容。陈富其讲述的故事完整翔实，有声有色，较为生动。现已讲述民间故事近300则。2009年，被评为走马镇民间故事市级代表性传承人。

刘万能小传

刘万能，男，1971年11月生，汉族，中专文化。家住走马新街。1984年，毕业于南充艺校。1989年，进入攀枝花市川剧团，2009年，在走马定居，加入走马镇民间故事讲述队伍。能讲述新故事和民间故事200则。2010年7月，被区文广新局命名为区级非物质文化遗产代表性传承人。2011年，被评为九龙坡区"故事大王"。

严小华小传

严小华，男，1956年生，汉族，大专文化。1985年至1990年任走马乡（今九龙坡区走马镇）文化站站长，现任九龙坡区金凤镇人大主席。

1985年始，从事民间文学三套集成普查搜集工作。当时故事篓子怕讲述民间故事挨整，多不愿讲，当年所搜集的故事仅16则。1987年后，原巴县文化馆书记兼集成办主任李子硕找到严小华，要求他继续深入扩大民间文学搜集面，不断发现挖掘故事篓子。严小华回乡后立即向当时的乡党委副书记黄学海汇报，引起乡党委的高度重视，随即成立走马乡（今九龙坡区走马镇）民间文学搜集领导小组，由严小华具体负责抓落实。于是严小华整天步行于乡间小路到农家院坝调查座谈，很快找到了近20个故事篓子，他用录音机进行采录工作。他从魏显德开始，可魏大爷却因以前讲故事被整怕了而不愿讲。严小华回到家，说服自己的母亲带头讲故事，然后把录音放给魏显德听，这才让魏显德金口大开，一讲就是1000多则故事。通过严小华的艰苦努力，发掘、发现了谢志忠、何青云、程昌明、邓树辉、吴清荣等一大批故事家和讲唱能手。从1985年至1990年，严小华采录民间故事110盒磁带，故事2500多则，记录文字资料50万字。1990年，走马镇获得重庆市"民间文学之乡"称号。

朱伟小传

朱伟，笔名艾一苇，男，1963年8月生，汉族，走马镇人。系中国十大民间故事家之一的魏显德弟子。1992年，参加辽宁大学与重庆市民协举办的"中国民俗文化高级讲习班"。2000年始，主持开展重庆市九龙坡区走马小学民间文化特色教育学校建设，主持市级科研课题"弘扬民间文化与校本课程建设的研究"，主编《黄葛树下是我家——走马镇民间故事》系列校本教材及《走马镇民间故事精选》。搜集整理民间故事3382则，搜集整理民间歌谣3200余首，搜集整理民间谚语3500余条，撰写《魏显德民间故事中的民俗信仰初探》等多篇民间文学论文，被命名为"重庆市优秀民间文艺家"。讲述的民间故事《圣贤愁》，获首届重庆巴渝民间艺术节优秀表演奖。能讲述568则民间故事，是重庆市优秀民间故事讲述家，走马镇民间故事市级代表性传承人。

钟守维小传

钟守维，男，1966年3月生，汉族，大专文化。现任走马镇文化服务中心主任。1990年10月始，接替严小华从事民间文学资料搜集工作。通过艰苦细致地深入调查，先后发掘出千则型故事家魏显发，500则型故事家刘远扬、陈富其，百则以上故事家明旭、赵大青、范明刚、涂安明、文光友、赵明德等20人，以及316人的讲唱群体。独立采录民间故事2200则，记录文字近5万字。在西南大学中文系师生们的协助下，完成大量的采录记录工作。到目前为止，走马镇已采集故事目录10915则，录制故事9714则，录制磁带400盒，记录文字700余万字，为民间故事的采录、协调、申报做了大量的工作。1990年，走马镇被市文化局授予"民间文学之乡"称号；2006年，走马民间故事被列入国家级非物质文化遗产保护名录。

王秉诚小传

王秉诚，本名刘玉声，祖籍江西庐陵县。1900年生于重庆，1953年病逝，时年仅53岁。新中国成立前，他的社会职业是报社记者，同时以王秉诚为名挂牌说评书。并搜集整理了大量的重庆风物传说，以"阿顺""琅琅"为笔名在当时报纸上陆续发表，继于1948年编辑成册，出版了《重庆掌故》。他在评书艺术上造诣精深，以清谈闻名，自成风格。对四川评书艺术产生过深远的影响。另有长篇小说《如此江州》《巴渝春秋》先后连续刊载于1926、1928、1947年的《重庆晚报》《东方晚报》上。《金牛过江》节选自王秉诚发表于1947年5月10日至19日《重庆晚报》的《金子门与金鸭卷》。

二

未收录本卷的
重庆市部分民间故事索引

1. 蛇郎［丁乃通《中国民间故事索引》（以下简称"丁乃通AT"）433D］

一位母亲（或父亲）有三个女儿，女儿们看到树上的花想去摘，花旁守护的蛇提出与她们中的一位成亲，大姐、二姐不愿意，只有幺妹未反对。通过蜜蜂说媒，蛇郎娶走了幺妹。大姐看见幺妹与变成英俊小伙子的蛇郎生活得很幸福，心生嫉妒，将幺妹推下井里淹死。幺妹变成雀鸟等多种化身惩罚大姐，蛇郎终于识破假妻子，与复活的幺妹又生活在一起。

重庆市江北区卷（177），永川县卷（245），荣昌县卷（170），南桐矿区卷（107），巴县卷（133），南川县卷（106），秀山土家族苗族自治县卷上册（147），忠县卷（208），奉节县卷（253），黔江土家族苗族自治县卷（165）、（168）

2. 狗耕田（丁乃通AT503E）

两兄弟分家，弟弟仅分得一只小狗。小狗长大学会拉犁。一富人惊奇，与弟弟赌狗耕田，输后留下一担绸缎（或其他财宝）。哥哥向弟弟要来狗如法炮制，只得到一担石头，故将狗砸死。狗幻化成各种东西来帮助弟弟，惩治黑心的哥哥。

永川县卷（249），长寿县卷（228），北碚区卷（243），大渡口区卷（152），铜梁县卷（141），璧山县卷（104），万州区卷（98），城口县卷（94），南川县卷（145），丰都县卷（123），涪陵市卷（224），秀山土家族苗族自治县卷下册（353），西阳土家族苗族自治县卷（222），万州区卷（216），云阳县卷（116），奉节县卷（265）、（448）

3. 田螺姑娘（丁乃通AT400C）

一孤身小伙子靠打猎为生，他将从井里打来的水连同一个螺蛳一起倒进水缸里。当他再打猎回家，桌上已摆好煮熟的饭菜，一连多日如此。小伙子不知是谁干的，便提前返家观察，发现做饭的姑娘是水缸里的螺蛳变的。于是拿走螺蛳壳（或姑娘自己踩破），姑娘不能再变成螺蛳，小伙子遂与姑娘成家。

南川县卷（150），丰都县卷（137），永川县卷（248）、（273），江北县卷（89），重庆市卷（519）、（522），巴县卷（164）、（178）、（180），秀山土家族苗族自治县卷上册（74）

4. 蛤蟆儿子（丁乃通AT440A）

老父母奇异生子，得到一会说话的癞蛤蟆儿子。癞蛤蟆长大后，以神奇的本领降伏国王（或龙王、员外），使之把三女儿嫁给他。在赛马中，三女儿认出跑第一名的小伙子是自己的丈夫。她回去烧掉了癞蛤蟆皮。不能变回癞蛤蟆的小伙子终与妻子生活在一起。

忠县卷（284），巫山县卷（246），重庆市沙坪坝区卷（167），璧山县卷（122），江北县卷（85），巴县卷（186），南川县卷（149），秀山土家族苗族自治县卷（126），西阳土家族苗族自治县卷（256）

5. 问佛（丁乃通AT461A）

小伙子想知道自己为何不能摆脱贫穷。在去西天问佛的途中，土地、员外、乌龟（或其他）分别请他代问一个问题，佛祖只愿回答三个问题。小伙子先为别人问了三个问题，但在其他难题得到回答并解决的同时，小伙子也获得了帮助。

城口县卷（92），长寿县卷（113）、（115），永川县卷（226），荣昌县卷（183），铜梁县卷（93），江北县卷（81），秀山土家族苗族自治县卷上册（95），涪陵市卷（214），开县卷（60），云阳县卷（127）

6. 人心不足蛇吞相（丁乃通AT285D）

秀才救活并养大了蛇。蛇为报恩，同意让秀才剜去双眼以治公主和皇帝娘娘的眼病。秀才因此当上了驸马和宰相。当秀才还想以蛇的心、肝去换取王位时，蛇把他吞吃了。

江北区卷（188），永川县卷（230），北碚区卷（143），武隆县卷（128），奉节县卷（245），巫溪县卷（149）

7. 熊家婆（丁乃通AT333C）

母亲外出，熊装成两个孩子的外婆骗入室内。熊把老幺吃了。大姐逃跑，后用计谋把熊处死。

万州区卷（128），秀山土家族苗族自治县卷上册（42），沙坪坝区卷（126），江北区卷（163），北碚区卷（168），荣昌县卷（197），大渡口区卷（141），铜梁县卷（262），璧山县卷（152），江北县卷（136），巴县卷（61）、（63）、（65）、（66）、（68）、（70）、（71），南川县卷（158），武隆县卷（112），梁平县卷（127），云阳县卷（130），奉节县卷（468），巫山县卷（283），黔江土家族苗族自治县卷（94）

8. 龙女（丁乃通AT555+465）

猎人（或渔夫、樵夫等）与瞎眼母亲相依为命。他救了化身为鱼（或其他动物）的龙女。龙王为报答他，请他到龙宫挑选一样喜欢的东西。他选中的东西恰好是龙女所变。龙女与猎人成亲，并治好其母的眼疾。好色的皇帝（或县官）刁难猎人，想赢得他的妻子。龙女帮助丈夫一一解决难题，并惩罚了皇帝。

铜梁县卷（121），璧山县卷（128），巴县卷（148），涪陵市卷

（229），丰都县卷（137），南川县卷（121）、（151），黔江土家族苗族自治县卷（139），云阳县卷（135），奉节县卷（259）、（271），巫山县卷（232）、（243）

（232），北碚区卷（208），黔江土家族苗族自治县卷（256）、（260），忠县卷（332）、（39）、（48），秀山土家族苗族自治县卷下册（245），南川县卷（264），涪陵区卷（276），巫溪县卷（130），城口县卷（139），酉阳土家族苗族自治县卷（291），万州区卷（197）、（209），梁平县卷（90）、（102）

9. 望娘滩

儿子与母亲靠砍柴割草为生。儿子无意中发现宝珠。财主欲抢宝珠，儿子吞珠下肚，口渴喝水，变成一条大龙，大龙涨水淹死追他的财主。儿子多次回头遥望母亲，便形成很多滩。

长寿县卷（75），沙坪坝区卷（170），江北区卷（171），荣昌县卷（97），大渡口区卷（110），丰都县卷（46），梁平县卷（36）

10. 罗隐送围腰

罗隐秀才考问庄稼汉的问题，均是由庄稼汉的女人解决。而且女人的反问还使罗隐难堪。于是罗隐送围腰给她，从此女人就不如男人聪明了。

巫溪县卷（116），永川县卷（206），北碚区卷（125），荣昌县卷（23），大渡口区卷（98），铜梁县卷（211），璧山县卷（186），南川县卷（323），武隆县卷（92），秀山土家族苗族自治县卷下册（261）、（264），酉阳土家族苗族自治县卷（99），黔江土家族苗族自治县卷（260），忠县卷（260），开县卷（59），梁平县卷（93），奉节县卷（325），巫山县卷（212）

11. 巧媳妇解难题（丁乃通 AT875D1）

老父亲出题考三个儿媳妇，能解题的是过路的一位姑娘。父亲遂请人说媒将姑娘聘为幺儿媳妇。又通过解决难题，幺儿媳妇接替公公当家了。当县官（或他人）要以三件不可能的事为难老人时，幺儿媳妇用自己的聪明使县官败北。

巫溪县卷（118），长寿县卷（203），北碚区卷（199），荣昌县卷（297），大渡口区卷（199），璧山县卷（213），江北县卷（186），南川县卷（237），忠县卷（326），万县市卷（160），开县卷（91），奉节县卷（318），巫山县卷（292），黔江土家族苗族自治县卷（197）、（199）、（208）、（216），秀山土家族苗族自治县卷下册（251）、（265）、（270）

12. 傻姑爷学话（丁乃通 AT1696A）

为让傻丈夫在老人（父母）的生日聚会上不出丑，妻子费心地一句一句教丈夫说体面话。结果丈夫把学到的话刚好用错地方，反而闹出笑话。

云阳县卷（159）、（163），奉节县卷（326），长寿县卷（212）、（216），渝中区卷（290），江北区卷（339），沙坪坝区卷

三

重庆市主要方言表
（以下按笔画顺序排序）

一画

一歇： 一阵。
一趱： 一阵。
一家伙： 一下子。
一夹钳： 一下子。
一哈儿： 一会儿。

二画

二一场： 下一次赶集。
二回： 二次。
二天： 以后。

三画

幺不到台： 最后一出戏叫幺台，借用，指长得没完没了。
幺师： 旧时重庆人对旅店、饭店服务员的称呼。
门头： 冤枉。
万不谙： 万万没有想到。
下矮桩： 顺势让人下得了台，不至于尴尬。
马起脸： 严责不快的样子。
卫向： 向着。
么子： 什么。

四画

火闪： 闪电。
开山： 斧头。
心花： 不用功，精力不集中，心思不专一。

不是那家人：
①不符合要求，或不懂行的人。
②不是那种人。那家人，一般是贬称。

不虚： 不怕。
巴适： 妥贴、合适之意。
扎劲： 作"起劲""逞威风"等讲。
勾了： 勾销。
火石： 祸事。
气糟了： 气坏了。
气惨了： 气坏了。
不热： 不满意，不喜欢。
认不得： 不知道。
不谙： 不料。
巴挨处： 依靠处。
长洋： 自以为是，自以为了不起。
办灯： ①开玩笑。②做事不踏实。
日诀： 无理漫骂。

五画

皮搭嘴歪： 疲惫不堪。
打吊线： 暗地跟踪。
讨： 要，取。
龙门阵： 掌故、故事、家常话。
打拥堂： 形容人多，拥挤。
打牙祭： 吃肉。
打起圆凿来： 打圆场，撮合。
打烂账： 生活无着落。
打假岔： 说与此事无关的话岔开。
打得挓堆： 跟众人关系很好，合得来。
打了张： 发生意外。
归一： 完工、周到的意思。
打成捆子： 这里为结成团伙，串通一气之意。
打闪闪： 指双脚无力，走路颤颤悠悠。
正南齐北： 也叫正儿八经，堂堂正正。
打条： 设法。
丘二： 雇工。
发火： 发脾气。
打平伙： 两人以上均摊出钱买东西吃。
甩实吃： 狠劲吃。
打烂条： 出坏主意。
出杂症： 出乱子，闹出不可想象的坏事。
礼信： 礼物。
兄弟： 弟弟。

六画

光巴胴： 也叫光胴胴，赤裸上身。
诀： 骂。
尖些： 头脑灵活些，贬义。
吃： 赶。
耳巴子： 耳光。
安逸： 舒服、满意。
先生伙： 指唱戏的艺人。
有几把水： 亦作有几把刷子。指有些本领。
阴倒： 即暗地。
凼： 指地方、地点。
那阵： 也作那哈，那时。
光膀膀： 赤膊。
团倒： 讨好，笼络。
冰口： 天冷造成的皮肉裂口。
吃欺头： 吃白食。
吃铲铲： 也作吃个锅铲，即吃不到东西。
行嫁： 指嫁妆。
老轻： 非常轻。
团转： 邻里，周围。
冲壳子： 说大话，吹牛皮。
曲才： 机智，鬼点子多，诙谐。
名堂： 也作板眼，或指原因。
阵仗： 阵势。用以形容排场声势等。
守牛： 放牛。
欢喜登了： 高兴到了极点。
伤了： 厌烦了。
红登了： 走鸿运到了极点。
阳尘火坑： 沾满了灰尘。
阵仗： 排场。

七画

住凼： 住地。
估倒： 强迫，迫使。
扭： 动。
告一下： 试一试。
盯一盯： 看一看，观察观察。
扯把子： 吹牛，说谎话。
盯到： 不转眼地看着。
抓拿： 办法。

扯起把子： 摆架子。
身上来了： 指来月经。
吭起： 不开腔，不说话。
巫教： 没有正义，不讲原则。
弄： 用。
扯声卖气： 大声。
闷盘： 碰壁，封住了嘴。
困： 睡。
医整： 恶意整治。
吼班： 指戏中的小兵。
把活： 容易获取的，不需要付出相应劳动的事。
医治： 意指整治。
抠： 挖的意思，亦指吝啬。
连手： 伙计们。
来得陡： 指来得凶猛。
来登了： 表示程度到了极点。

八画

直见扳： 拼命挣扎。
板眼： 意图，计谋。
单子： 处方笺。
转耍： 游玩。
念得： ①读书成绩好。②指碎碎嘴。
码干了： 压得抬不起头。
舍死： 卖力的意思。
拐： 错。
泼倒： 拼的意思。
瓮： 淹溺。
拌： 用劲地摔或搅和。
昂： 响，叫。
放屌尿筏子： 扯谎。
卖泥鸳： 做零工。
拣脚脚： 做扫尾工作，处理遗留问题。
放黄： 此处指出丑、丢脸。
肥实： 殷实富有。
闹麻了： 吵嚷得厉害。
丧德： 可怜。
经佑： 照护，管理。
治物子： 泛指虫类或小动物。
兔儿折： 很快转身回来。
旺实： 多。

九画

恼火： 受不了，痛苦。
架墨： 开始。
独食子： 也叫吃独食。意思是单独吃好东西，亦指个人独占。
垛着： 安放。
拜码头： 与码头上有权威、有影响的人或团体办交涉。
蚀： 丢失。
背时帖子： 这里是罪责之意。
歪囹了： 霸道极了。
架势： 样子。
鬼灯： 鬼主意
胡子冲： 胡子冒，胡子拉碴。
迷(min)头儿：指潜水。
冒烟： 头破血流。
屋的个： 妻子。
挤： 用手紧紧箍，捏。
送了： 糟了，垮了。
重台： 重复。
待承： 招待。
歪诀歪叨： 乱骂。
绒： 烂。
垮杆： 垮台。
烂条： 坏主意。

十画

恁个： 这样。
通槽： 通，整个；槽，名词。通槽指两山之间的地带。
粑粑： 饼状食物。
紧倒： 长时间，无限期。
赶礼： 带着礼物去参加某种礼仪。
桩桩： 指脑袋、头颅或身子。
烤过心： 指烤热烤透。
凉起： 指没有事做没有收入。亦指不理、不管。
晒龙头方： 晒太阳。
热鲁鲁： 热气腾腾的样子。
乘倒： 担待起。

展： 移动。
展劲： 使劲。
笑扯扯： 似笑非笑的样子。
钻圈圈： 自投罗网。
烧艾灸： 整冤枉。
笑和： 和睦。
烧打： 收拾。
家什： 东西。
莫来头： 没有关系。
根节： 指关键、要害的意思。
孬(pie)： 差、不行、坏的意思。
孬死货： 假货。
烧打： 收拾。

十一画

望牛： 放牛。
眼泪水： 泪水。
野东西： 泛指野生动物。
脚脚爪爪： ①问题或毛病露出来了。②指手下人。
堂客： 妻子。
清丝严缝： 严密吻合。
啷个： 怎么、怎样。
啷格： 怎么、怎样。
麻杂： 指男女私通关系不正常。
桴炭： 木柴烧后留下的残炭。
得行： 很有本事。亦指办得到。
惊爪爪： 惊恐地吼叫。
桶杆： 靠山。
盘水： 泛指人力运水。
假死： 装腔作势之意。
萝卜花： 黑眼球中长有白雾状块，形为萝卜花。
理麻： 清理。亦指批评。
啄瞌睡： 打盹。
梁子： 怨恨，矛盾。
捶平： 花光，用完。
做姑拐： 做手脚。
掐干： 搞得一点财产都没有。
谙： 想，估计。
绿眉绿眼： 目瞪口呆的样子。
梭： 行走很快。
焉妥妥： 精神萎顿。

十二画

揍： 堵塞。
跕： 蹲。
黑了： 晚上。
掌火： 掌握大权。亦指拿火候。
富实郎： 很有田地财产的人家。
跑咚咚地： 小跑着。咚咚，指脚步声。
硬扎： 功夫过硬，或指质地硬。
滑刷： 灵活，麻利。
棒老二： 土匪。
硬火： 泛指不可碰的人和物。
搭白： 搭讪。
装了桶子： 意即上了圆套。
黑串： 暗杀。
揣起根红苕： 心里揣了疙瘩。
焦人： 忧虑，为难。
斑竹笋子炒瘦肉： 指用竹片打屁股。
舒舒气气： 漂亮。
董砣子： 怂恿人去做明明不能做的事，有整人的意思。
煮不蚀： 煮了不减少分量。
登了堂： 到了最高峰。
登了个名堂： 存心捣乱。
雄竹： 雄纠纠。
硬绷凶了： 装起要不完的样子
敞扬： 扩散、张扬，或开阔。
裁了： 砸了，坏了。
搭野白： 接别人的话岔。
编筐逗把： 寻找理由和借口。

十三画

楞眉鼓眼： 眼睛瞪得大大的。
歇响： 间歇，这里指休息。
腰磨： 用两人推的石磨。
跳： ①玩耍。②高调。
煞角： 结束。
解手： 解大小便。
歇号： 住旅馆。
摆龙门阵： 闲聊，讲故事。
歇房： 寝室。

（第二栏）

搞场： 搞头。
搞拐了： 做失败了。
摸不到五斤头：没有摸到头脑。
腾： 此处指有意空着肚皮。
裸零磬尽： 精光的意思，比喻很穷。
歇气： 休息。
嗨： 吃。
勤爬苦做： 勤勤恳恳，不停地劳动。
摸： 碰。

十四画

遭孽： 受罪，可怜。
遭不住： 承受不了。
肇皮： 惹事。
遭盘黄了： 被盘问而露出破绽。
遭掌： 被打。
精勾子： 光屁股。
嫩孚孚： 新鲜，水灵。
撇脱： 简单、容易。

十五画

撒绿花： 眼冒金星。
糍粑心： 软心肠。
鞑鞑儿： 辫子。
醉麻失倒： 酩酊大醉。
憋起： 被迫。
撬面： 挑面。
踩水： 演出中出了漏子。
踩假水： 说假话，做假事。
懊怜： 同情，怜惜。
鲠死： 噎死。

十六画

醒豁： 明白，清醒。
默到： 暗想，以为。
飚： 液体喷出或迅猛地流。

十七画

擦黑： 黄昏。

十八画

戳： 捅的意思。
戳拐： 也作戳笨。惹祸。
戳锅漏： 惹祸的人。

十九画

黢黑： 也作黢妈孔黑。漆黑。
爆： 裂开。

四

走马故事考察对
当代民间文学调研的意义

从 1996 年开始，联合国教科文组织对重庆走马故事进行了调查记录。

25 年后，中华优秀传统文化传承传播之"中国民间文学大系出版工程"（以下简称大系出版工程）正开展得如火如荼。此工程涉及神话、史诗、传说、故事、歌谣、长诗、说唱、小戏、谚语、谜语、俗语和民间文学理论 12 个门类。

回头看，上个世纪的那一次对点考察，对于当代民间文学的系统记录或许早已产生了前瞻性深远影响和积极引导意义，只是当时的我们，并未察觉和引起足够重视而已。

历史的记忆

重庆走马镇原属九龙坡区，1995 年前，隶属巴县，现属高新区。它是我国民间故事篓子地，特别是工农村，那里的人们都说："躲子山下一匹坡，坡脚是个故事窝，大人细子都能讲故事，男人女人都能唱山歌。"在 20 世纪 90 年代就挖掘出能讲千则故事者 2 人——魏显德和魏显发，能讲 500—1000 则的故事家 3 人，能讲 200—500 则的故事家 10 人，能讲 100—200 则的故事家 15 人，还有 316 人的讲唱群体。他们当中，有祖孙三代的，有兄弟数人的，有夫妻二人的。1990 年，重庆市文化局命名走马乡（今九龙坡区走马镇）为"民间故事之乡"；1998 年，联合国教科文组织、中国民协授予魏显德"中国民间故事家"称号。魏显德、魏显发二人也被誉为"中国的格林兄弟"。

1996 年 12 月，由联合国教科文组织、中国民协、四川民协组成的"中国民间文学考察团"对重庆走马镇进行了为期一周的联合考察。事后，形成了系列考察成果，包括：原始录音带 41 盒（3600 分钟，共 500 多则故事）、录像带 1 盒、照片 34 幅，一份详尽的《走马镇民间故事考察报告》、一本《走马镇民间故事》（准印证号：川新出内（97）字第 65 号 1997 年 4 月印刷）、一份冯元蔚（时任中国民协主席）撰序手稿，和根据录音记录的文字、信件等 20 多万字以及采录卡片卷宗多卷。这些系列成果无不体现了参与考察的民间文学工作者的心血，并饱含着他们的一腔热忱。

有一组回忆。据时任走马镇文化站站长，现今 55 岁的钟守维介绍，当时参与考察的还有联合国教科文组织官员木卡拉。这次考察也是走马民间文学第一次走向世界。考察组一行当时从 12 月 7 号到 11 号，每天清晨从住地白市驿出发，乘车到走马镇，马不停蹄，早出晚归，对 16 位主要故事家进行采录，晚上又赶回住地整理录音磁带和文字资料。走马的故事家们讲的故事可以说生动完整，既有传统故事的特点，又有创新，反映了走马故事流传广泛、代代有人的特点。即便是现在，每年走马也在举办小小故事家活动。钟守维说，当时讲述者最大的 80 岁，最年轻的 34 岁，还有一个小魏健，年仅 10 岁。

现实的回响

2021 年 3 月 9 日上午，在市文化和旅游研究院举行了走马民间故事史料捐赠仪式，四川民协、重庆民协、市非遗中心签订了资料交接协议。当年那批调查搜集的史料终于得以回归"从原点走出去的地方"。时至今日，在这个特别的时间节点，当我们认真思考 1996 年那次对走马故事的定点考察对今天大系出版工程的时代意义时，还真的受益良多，并激励所有民间文艺工作者和从业者秉承历史的使命、事业的初心和学科建设的专业精神，将民间文学事业进行到底。

编纂出版《中国民间文学大系》（以下简称《大系》）是新时代传承发展中华优秀传统文化的国家级重点工程，是中国民间文学遗产抢救保护与传承民心工程。此工程自 2017 年启动，预计 2025 年完成。4 年来，此项工作正在全国有序推进中，重庆方面也正在同步实施。这项工程的主要任务是：以客观、科学、理性的态度，突出人民观、生活观、历史观，收集整理地域性民间口头文学作品及理论方面的原创文献。

目前，《大系·重庆卷》已组建高质量专家队伍及编纂队伍。就当前开展的工作来看，主要存在以下两个问题：一是专业人员缺乏。民俗学、民间文学专业人员不足，以各高校作为生力军的学生队伍还没能很好地组织和利用起来。理论基础和学科体系薄弱导致收集整理缺乏见地性和科学指导。二是田野精神不够。特别是深入一线的年轻的采编人员，缺少"俯首甘为孺子牛"的钻研精神、任劳任怨的干事精神和向老一代民间文艺工作者学习的吃苦精神，多了一些娇气和贵气，这都不利于丰富田野考察和获得更多第一手感性资料。

时代的启示

历史对现实空间有何启发意义呢？

第一，民间文学具有与生俱来的人民性。

1996 年考察组广泛下到工农村，到人民中去，到广大故事家中去。据时任四川省民协副秘书长兼办公室主任李建中介绍，当时考察组对每一个采录人都建有"走马镇民间故事考察登记卡"，上面有讲述者姓名、性别、年龄、民族、文化程度、职业、家庭住址等详细记载。除了采录 16 位故事家的原始讲述外，还对 2 名很有特色的故事家（因为部分原因不能直接采录）进行了转录和登录，为走马古镇口头文学遗产保留下珍贵而鲜活的民间文化记忆。这些故事家讲述他们自己听到、学到、懂到的民间故事，而这些故事内容又包罗万象、类型多样，其中尤以神话仙话、风物传说、动植物传说、民俗传说、生活故事为主。

2021年当全国上下如火如荼开展"中国民间文学大系"传承传播工程时，当务之急就是要到人民中去，体现"人民性"精神，即人民至上、人民智慧至上、人民的民间口头文学至上。所有的民间文学作为集体智慧的象征，来自人民，并回馈于人民。并表现在民间文学由人民创造、由人民保存、由人民传播、由人民继承、由人民加工、由人民享受等方面。但由于时代不同，如今，我们的采录队采录工作以人民为中心为主旨，不仅包括乡野中的人民，还包括都市生活中的人民。城市化是乡村田野采录的补充，而当代人民性的重要意义不仅体现在在人民中享受，从人民中汲取，记录人民的故事，抒写人民的才华，还同时更应体现其价值：通过"大系"时代工程，重新真正再回归"人民主角"的社会符号意义。了解当代人民的情感，关心当代人民的需求，懂得基层民间文学传承人的喜怒哀乐及根本需求，并与整个时代幸福感即满足人民群众对美好生活的向往紧紧联系在一起。作为新时代民间文艺从业者和工作者要做的，就是在党和政府与人民之间架起一座桥梁，让民间文学走得更远。

习近平总书记在文艺工作座谈会上的讲话中指出："人民既是历史的创造者、也是历史的见证者，既是历史的'剧中人'、也是历史的'剧作者'。"可以说，民间文学活动就是人民的生活活动、生产活动、习惯活动与审美活动。

而百姓生活中的民间文学，其本身就是生活的一种载体，甚至是生活本身。它一定伴随着"人"这个生命主体和"生活"这个生命承受面而融合性存在。它如一条涓涓细流，长绵不绝，汇成日常生活的持续性与常态化。它又好似一条条滚滚大江，激荡并碰撞出生活本身的精彩，让生命主体在如此漫长的物质长河中结出一朵朵、一片片绚烂多姿的鲜花。有血有肉、常开不败。

第二，田野调查始终是民间文学记录研究的方法论。

我们对一种文化的研究，一方面基于文献、文本、文字资料，另一方面得利于基层田野的实地考察。这仍然适用于新媒体发展的当下。

1996年对走马故事的考察可以说是一次民俗学、民间文学田野调查的教科书范例。当年，考察组下到一线、深入乡村、扎根田间，采录到最真实的一手资料。他们不仅采录故事，科学记录讲述时间、故事目录、重点故事家名录，还进一步搜集文化现象背景材料和民间故事家材料，并对乡村和生活生产背景进行采录，让故事表演更具有生动性与原生态，并运用文字、图片、录音、录像等现代手段进行采集。这些方法和思路对于我们现在提倡用科学的方法、技术的革新、学术的态度、主题的设计进行民间文学采录与研究同样有借鉴作用。

回看当年的考察组，集结了联合国教科文组织的文化官员，给我们带来了联合国教科文组织对田野考察的方法及方法论，中国民协、四川民协、重庆民协专家、学者又带来了理论的深度与广度，并身体力行。因此，对民间文学的调研，我们获得的经验是：首先要必备一定学理知识，并注重地域社会的全局认知；其次要对考察获得的资料信息进行分类鉴别、保管、利用、传播，并运用文献视角和草根视角、官方眼光和民众眼光、宏观观察和叙述记录、全面认知与局部分析的理性思维进行田野调查；还要对其整体和局部进行研究、总结和思想再升华，并结合史料的历史性与田野的空间场景，进行叙述性记录；最终将由学术界总结出一套科学方法，体现出学术实践的风雨兼程。

因此，对我们现在从事《大系》收集整理而言，就要求所有工作者沉心静气，深扎民间，立足田野，不要唯档案、文献，甚至传闻为素材并进行删减。

这里，结合笔者自身实践，特别提及田野调查的九大禁忌：

一是忌资料摘抄。前期、中期、后期的田野作业工作就是查阅资料，然后摘抄整理。为了做好田野报告或书写文章而走所谓捷径。

二是忌道听途说。田野调查中，对所有走访者的口头调查，不加辨别、不加分析、不加取证加以采纳。

三是忌走马观花。将田野作为旅行和驿站。我们要做的不是所谓的到此一游而是田野作业。

四是忌添油加醋。比如对传承人的口述加以自己的主观语言或主观判断，或根据自己的观点对其材料加工，而后就作为口述史，作为文本文字，甚至夸大其辞，博人眼球。

五是忌无中生有。将民俗事项描绘成五彩斑斓的色彩或假大空型的颜料。

六是忌差别对待。由于直观感情因素，对被访人差别看待，或对其言辞断章取意。记住："以人为本"才是调查研究的人文原则。

七是忌无理推论。仅仅调查了一个民俗事项的一个发源地，就认为这个民俗种类表现都差不多。"窥一斑以知全豹，处一隅以观全局"，对民俗调查并不合适。

八是忌生搬硬套。所有方法、语言、文章不加辨析地加以运用。然而，这并不符合当地民俗民风习惯。

九是忌就事论事。将作品、人、事的调查研究作为研究者的终极目的。而非出发点在于通过田野作业来传播传统文化价值，并进行文化建构。

这些在现在《大系》编纂中，进行田野调查中要尤其要注意。

第三，对非物质文化遗产保护具有先行启示意义。

1994 年 8 月，中国政府与联合国教科文组织签订了关于保护中国无形文化遗产的协议。并以民间故事为"先锋"，先后在湖北、吉林、云南等地实施了民间故事的采录和保护项目计划，为继承研究弘扬我国传统优秀文化作出了有益尝试。9 年后，我们国家即开始了对非物质文化遗产的抢救保护，将对民间文学的抢救延伸到了"非遗"十项，即：民间文学、民间音乐、民间舞蹈、传统戏剧、曲艺、杂技与竞技、民间美术、传统手工技艺、传统医药、民俗。民间文学抢救对于非遗保护的意义在于：作为非物质文化遗产重要组成部分，活态传承，自成一体又自我存在。同时，民间文学还贯穿于传统表演艺术、传统节日习俗、传统生产生活习俗等中。可见，当年对走马故事的考察具有国际先声示范意义。

　　而回想当年，木卡拉就曾提出过"将无形文化遗产保护区设在走马"的设想，现在看来对中国后来文化生态保护区同样具有借鉴价值与科学启示。（郭静）

后记

中国民间文学大系出版工程项目确立以后，重庆市文联、重庆市民协高度重视，庚即成立中国民间文学大系重庆市领导小组，2018 年 1 月，重庆市民间文学卷编委会组建。《中国民间文学大系·故事·重庆卷》始终本着"科学性、广泛性、地域性、代表性"四性原则，始终坚持思想性、艺术性标准，兼顾资料价值和文学价值，照顾地区情况，进行编纂工作，比较完整地反映了重庆市各民族民间故事的风貌，较好地展现了民族文化的精华，体现了巴渝传统文化的内在精神。

自 2018 年 1 月起，《中国民间文学大系·故事·重庆卷》的编纂工作正式启动，以全市三十八个区县和四个高新区推荐的故事为基础，分三个阶段进行。

一、目录汇总、内容筛查阶段。编委会多次组织采风队分别赴黔江、石柱、奉节、江津、九龙坡等地采录、核对民间故事目录及其内容。1. 将《中国民间故事集成·重庆卷》和各区县推荐的目录汇总，共 5000 余则，根据内容按思想性、艺术性标准筛查，主要划为四级：一级，记录整理完整；二级，记录整理比较完整，存在某些缺陷；三级，记录整理不完整，某方面有可取之处；四级，记录整理很不完整，无可取之处。其中，以一级优先选用；二级经过反复比较，择优选用；三级一般不选，为照顾地区情况，个别选用。2. 重庆 55 个少数民族中，人口在 100 万以上的有土家族，50 万以上的有苗族，1 万人以上的有回族，1 万人以下的有蒙古族、藏族、维吾尔族等。土家族为渝东南石柱土家族自治县、酉阳土家族苗族自治县、秀山土家族苗族自治县、彭水苗族土家族自治县和黔江区的主体民族；苗族为彭水苗族土家族自治县、酉阳土家族苗族自治县、秀山土家族苗族自治县和黔江区的主体民族，在万盛、綦江、永川、江津、南川等区县亦有苗族聚居的村落。土家族、苗族人民创作了许多优美的民间故事。本卷在收录少数民族民间故事时，侧重考虑了各民族人口数量的比例；由于其他少数民族为杂散居，没有产生本民族民间故事的人文环境和条件，收录较少。3. 对于未被采录而实际在民间流传的本地民间故事，通过主动索取或直接采录、查阅历史采风资料等方式，有重点地进行整理补充。该阶段共有8位民间故事专家参与。

二、文字梳理、疑文注释阶段。对各区县推荐的民间故事分组审读。在审读过程中，重庆民间故事卷编委会10余名专家遵守"保持原貌、忠于本义"的原则，采取严肃慎重的态度，认真进行分析、研究，展开多次讨论，分别进行文字梳理、疑文注释，尽量从作品内涵和风格上呈现出地方特色：1.对凡属再现了原始思想艺术形貌的作品，只作文字规整、梳理，补充注释或附记。2.凡属精芜掺杂的作品，则去芜存精，尽量再现和突出它的固有光彩与基本内涵。3.对一些原整理者未能把握好特点而在某些方面失去原貌的作品，则按主题、情节、人物及语言、风格四不变的原则，进行再次整理。4.有相当数量的作品，原整理稿未能再现出民间口述的原貌，编纂者则按讲述者的文化层次、职业习惯所形成的方言口语特点进行规整，使其尽可能接近原来的语言、风格。5.在语言使用上，主要保留重庆通行的方言和区域性的口述风格。为提高本卷的阅读欣赏性，对于区域性过强的方言土语和与作品密切相关的人名、民俗、史事等，均根据不同情况加写了注释。

三、分类编目、突显特色阶段。根据《中国民间文学大系出版工程工作手册》的编辑体例，结合重庆民间故事实际，从子类编排中突出本地地方特色。依序分设幻想故事、生活故事、机智人物故事、传统笑话、寓言故事等五个大类为第一层次，以下根据实际情况，对个别子类进行了分组编排，比如幻想故事又分鬼狐精怪故事、童话故事、动物故事等；生活故事又分长工故事、诗联唱酬故事、断案故事、戏班子故事、家庭故事、巧女故事、傻女婿故事、婚嫁故事、市井故事等；其余子类则按故事的流传地域或分布数量，相对集中连排。

《中国民间文学大系·故事·重庆卷》知识面广，学术性强，体量巨大，要求甚高，难以驾驭。由于经验不足、时间紧迫等诸多因素，难免出现疏漏，留下遗憾。尤其遗憾的是，按照编撰体例要求，每篇后面要有附记，以说明作品流传情况、当时记录情况，对作品涉及的民俗语境和方言土语进行解释，以及讲述人、采录人的基本情况，等等。但在编撰过程中，工作人员通过上百次的走访、上千次的电话联络，也无法联系到某些讲述人、采录人；而且据了解，还有相当一部分当事人已经不在人世，因此无法了解到相关情况。对这部分故事附记，我们尊重客观事实，不胡编乱造，予以留白。总之，不足之处，恭请专家、学者和广大读者指正。此外，在编纂过程中，本卷得到了重庆市各区县民间文艺家协会和市文化部门相关领导的大力支持，谨在此一并致谢。

《中国民间文学大系·故事·重庆卷》编委会

2020年12月